KB262250

 韓國古典文學研究

崔台鎬 編

도서출판 역락

머리말

이 『한국고전문학연구』는 원래 본인의 주갑을 맞아 기념논총으로 간행한 것이다. 따라서 애초에 매우 한정된 부수만을 인쇄하여 증정본으로 배포하게 되었으므로 자연 여타의 수요에 부응하지 못하는 아쉬움이 있었다. 그러나 논총에 수록된 주옥같은 논문들은 우리 고전문학 연구에 적지 않은 의의가 있을 것으로 생각되어 학계에서의 보다 폭넓은 활용을 위하여 여기 별도의 보급판을 간행하게 된 것이다.

이 책에는 모두 37편의 논문이 실려 있다. 흔쾌히 청탁을 수락하고 옥고를 보내주신 집필자 여러분께 깊은 감사의 뜻을 표한다.

여기의 논문들은 원칙적으로 각각 별개의 독립된 논문들로서 처음부터 기획 집필된 것은 아니다. 각 집필자의 의도를 존중하여 논문의 체재도 불가피한 경우가 아니면 최대한 원래의 모습 그대로 두었다. 그러나 수합한 글들을 정리해 본 결과 자연스럽게 영역별 분류가 이루어졌다. 그리하여 이를 총론, 시가론, 산문론, 한문학론 및 구비·민속·연희론의 5부로 나누고 필자명 가나다순에 따라 배열하여 엮은 것이다. 고전문학 분야의 각 영역이 망라된 셈이다. 국문학계의 원로학자를 비롯하여 신진 소장학자에 이르기까지 다양한 필진에 의하여 공들인 이 노작들이 우리 고전문학 연구에 새로이 기여하는 바가 적지 않을 것으로 기대한다. 다만 제작 과정에서의 미흡한 점이나 편집 교정상의 완벽을 기하지 못한 것을 송구스럽게 생각하며 질정을 바랄 뿐이다.

　이 책이 나올 수 있게 된 것은 전적으로 간행위원회의 노고에 힘입은 것임을 밝혀 두며 아울러 그 고마움을 길이 간직하고자 한다. 이러한 결실을 맺게 되기까지는 특히 논총간행의 일을 총괄 추진하여 주신 전용문 교수님과 구체적 실무를 맡아 진행하신 신지연 교수님의 노고가 컸다. 또한 간행위원을 비롯하여 이 일에 헌신적으로 참여하여 주신 많은 분들의 고마움을 잊을 수 없을 것이다.

　그리고 영리를 떠나 적극적으로 이 책의 간행을 맡아 주신 도서출판 역락 이대현 사장님께도 아울러 감사의 뜻을 표한다.

2000. 10

엮은이 씀

目　次

제 3 부 散 文 論

제 4 부 漢 文 學 論

제 5 부　口碑・民俗・演戲論

제1부

総論

韓國古代文學流通史序說

史 在 東

1. 序 論

원래 한국문학사 자체는 구원하고 완전한 것이었다. 적어도 중원이나 동북아권에서 문화 예술의 기반을 같이하면서 독자적으로 발전을 거듭하면시도 상호・交流함으로써, 대등한 위상을 유지해 온 한・중문학사 등이 그만큼 징구하고 완선하기 때문이다. 그런데도 중국문학사는 역대 작품・장르가 거의 완전하게 유통・전승되었고, 그 연구・기술이 대체로 완벽하게 진행되고 있으므로 그 모두가 완전・완벽한 것이라고 인정되었지만,1) 한국문학사는 그 고대 문학기

---

1) 趙明主編, 先秦大文學史(吉林大學出版社, 1993)를 비롯한 中國古代文學史의 연구・기술은 거의 모두 이런 경향을 띠고 있다.

에서 복합적인 제반요인으로 역대 작품·장르가 그만큼 망실·부전
되어 공백상태를 보였고, 그 연구·기술도 그처럼 부실·미비되어
있으므로 이 모두가 축소·불비된 것이라고 공인되어 왔다.2) 그렇
다면 우리는 그 잃어버린 작품·장르, 문학사의 실체를 묵살하고
마치 그것들이 형성되지도 않았던 미개시대·암흑기의 황무지로 잠
정하여 모두 방치하고 말 것인가.

기실 한국 역대의 현전하는 작품·장르를, 선학들이 문학이라고
인정한 그것만을 시대순으로 이리저리 얽고 꿰매어 온 업적은 문학
사의 실체·실상을 버리고 편의대로 안이하게 기술한 소박한 연대
기에 불과하다. 이러한 문학사의 기술이야말로 문학사의 정신이나
사명, 그리고 그 방향과 방법론에서 아주 어긋나는 비학문적 작업
에 속하기 때문이다. 이처럼 소홀하고 오만한 작업에는 그만한 명
분과 방법론이 통용되어 온 게 사실이다. 거기에는 문학사학이 실
증과학이기에 현존하는 자료·원전을 가장 적확하게 해석·편년하
는 게 최상이지, 없어진 것, 있을 법한 것들을 바탕으로 추정·복원
하는 것은 결국 허구라는 논리가 도사리고 있다. 이러한 논리야말
로 그간의 어긋나고 부실한 작업을 올바른 업적으로 합리화하는 원
리로 작용해 온 게 분명하다. 이제 그처럼 불합리하고 무책임한 원
리나 논리 내지 방법론이 묵과·좌시될 수 없는 현실에 직면하고
있다. 잃어버린 문학사를 찾아서 문학사의 실체·실상대로 완벽하
게 연구·기술하기 위하여, 그 복원·재구의 작업이 그만큼 중시되
고 긴요하기 때문이다.

만약 현재까지의 작업에 안이하게 만족한다면, 문학사의 연구·
기술은 오히려 문학사 자체를 축소·불구·후진·미개·폐쇄의 상
태로 몰아 넣는 그 역사적 과오와 책임을 면할 수 없다. 지금까지
잘 알려진 한국문학사의 기술은 먼저 그 시대를 축소하고 있다. 거
의 모든 작업에서 상고시대 내지 원시시대를 내세우고는 있지만,

---

2) 한국고대문학사의 기술은 조동일의 노력(한국문학통사 1, 지식산업사, 1996)
   에도 불구하고 거의 모든 문학사 저술에서 이런 경향을 보이고 있다.

이를 문학의 시대로 취급하지 않는 게 사실이다. 게다가 대개의 그 기술에서는 부여·예, 삼한 등의 열국시대를 거론하면서도 그 때를 문학의 시대로 인정하지 않는 게 현실이다. 그래서 그런 작업에서는 겨우 삼국시대부터를 문학의 시대로 용인하여 그나마 부실하게 기술하고 있는 실정이다. 이런 기술들이 공인·고정될 때, 적어도 중국문학사와 대등한 한국문학사의 시대는 저 위진 남북조 이후로 축소되는 게 당연한 귀결이다.

다음 그 유통공간을 제한하고 있다. 거의 모든 작업에서 이 문학의 공간은 넓은 역사지역을 버리고 대강 현재의 한반도에 국한되어 있는 게 사실이다. 그리하여 한족의 중원과 대등하게 펼쳐 온 동이족 동북아의 광활한 문화·문학지대를 포기하는 결과를 가져 왔다. 게다가 한반도 내에서도 문학의 형성·유통공간을 신라 중심으로 제한하여 고구려나 백제의 구강지역이 소홀히 취급되는 경향까지 보인다. 더구나 역사적 문화·문학의 공간으로 공인되었던 가야나 후백제의 강역을 부인하는 사례까지 나타나고 있는 실정이다.

이처럼 축소·제한된 시·공간에서나마 형성·유통되던 작품들이 거의 모두 포기되고 있다. 현전하는 작품에만 집착한 나머지, 흔적을 잃은 작품은 물론 작품명이나 그만한 자취를 남긴 작품마저도 묵살되고 있기 때문이다. 따라서 그 작품들로 충만·규정되는 각개 장르가 시대에 따라, 특히 삼국시대 이전에는 공백으로 취급되는 게 당연시되어 왔다. 그리하여 완전한 한국문학사는 실제로 축소문학사·불구문학사 내지 후진문학사·폐쇄문학사 등으로 공인·행세할 수밖에 없었던 것이다. 적어도 중원 문학의 작품·장르와 대등하게 형성·유통되어 온 우리 작품·장르가 양측 동일시대 상대 공간에서 묵살·부인되는 것은 용인될 수 없다. 여기서 한국문학사, 고대문학사의 재구가 세기적 과업으로 대두되는 터라 하겠다.

그런데 최근에 조동일이 ≪동아시아문학사비교론≫이나 ≪하나이면서 여럿인 동아시아문학≫ 등을 통하여 우리 문학사가 동아시아문학사, 특히 중국문학사와 대등한 위치에 있음을 제시하고,3) 馬清

福 등이 東北文化叢書 중 ≪東北文學史≫를 통하여 한국문학사의 위상을 확인하고 있는 것은4) 주목할 만한 일이다. 이에 반하여 梁湖 등의 ≪新東方文學史≫5)와 김채수의 ≪동아시아문학 기본구조≫6) 류에서는 오히려 중·일문학사에 비하여 한국문학사를 위축·격하시키는 결과를 내고 있는 점은 실로 수긍할 수 없는 것이라 하겠다. 그것은 종래의 통념을 그대로 재강조한 것에 불과하기 때문이다. 이제 한국문학유통사의 실제적이고 구체적인 재구를 통하여 그 동북아문학사·동방문학사 상의 위상을 올바로 정립하는 작업이 더욱 절실해지는 터다.

이에 본고에서는 첫째 한국고대문학유통사의 무대를 시대적 연원과 공간적 영역으로 나누어 확대시켜 보겠고, 둘째 한국고대문학유통사의 원전을 구비적 전승, 문헌적 유전, 그리고 예술적 유변 등으로 나누어 수습하겠으며, 셋째 한국고대문학유통사의 장르적 전개 양상을 그 무대와 원전에 근거하여 재구해 보려 한다. 여기서 한국문학의 망실된 작품과 묵살된 장르를 온갖 방법으로 재구하여 당해 시대에 적용·배치함으로써, 잃어버린 고대문학사를 복원·체계화 하자는 것이다. 그리하면 이 고대문학유통사를 연원·기반으로 하여 한국문학사가 확충된 문학사, 완비된 문학사, 선진한 문학사, 개방된 문학사로 연구·기술될 것이기 때문이다.

여기서 방법론적 전제가 요구된다. 그 중에서 가장 근본적이고 중요한 것은 이른바 유통론의 문제다. 이 논제가 '韓國古代文學流通史序說'이므로, 우선 이 유통론이 그 핵심·주축을 이루는 것은 당연한 일이다. 실제로 한국문학사는 유통사일 때에 비로소 그 실체와 본질을 제대로 드러내게 된다. 어느 시대 어느 지역의 문학이든지, 그 화석화를 극복하고 유통을 통하여 생동하는 데서만 문학적

---

3) 조동일, 동아시아문학사비교론, 서울대학교 출판부, 1993.
　　──, 하나이면서 여럿인 동아시아문학, 지식산업사, 1999 등 참조.
4) 馬淸福, 東北文學史, 春風文藝出版社, 1992.
5) 梁湖, 新東方文學史(古代·中古), 廣西師範大學出版社, 1990.
6) 김채수 편, 동아시아문학기본구도, 박이정, 1995.

기능과 문학사적 역할을 다하기 때문이다. 실로 모든 문학은 유통을 거쳐서 종횡으로 전파·유전되면서 변화·발전하는 것이다. 따라서 모든 문학사는 그에 상응하는 시대와 지역을 근거로 하면서도 이를 극복·초월하여 자유롭고 자연스럽게 유통되는 작품·장르들의 유기적이고 계통적인 관계 그 자체라고 보아진다. 따라서 진정한 문학사는 시대와 강역에 구애받지 않고 다만 유통하여 생존할 뿐이다.7)

그러기에 한국고대문학사는 시대적으로 상한선이나 하한선에 구애받지 않고, 지역적으로 국경이나 특수지방에 제한받지 않는다. 실제로 이 고대문학사는 국내외의 문화·예술·문학 등과 무제한 교류하면서, 그 자체의 체계·계통을 유지하는 그 유통사로서 진면목을 드러내었기 때문이다. 그렇다면 한국고대문학유통사는 동북아문화권에서나 중원문화권에서 대등한 실상·위상을 유지해 왔을 뿐만 아니라, 이들 문화권에서 유통되는 모든 작품들 내지 장르들을 공유·원용할 수가 있었다고 본다. 실로 이런 작품·장르들이 시간·공간을 망라·유통하여, 언제 어디서나 문학적 기능과 문학사적 역할을 다하여 왔기 때문이다. 그러므로 이 문학유통사는 동일문화권이나 연접문화권에서 상대적인 독자성을 고수하면서 보편적 균형을 잡아 온 것이라 하겠다.

2. 韓國古代文學流通史의　舞臺

2.1. 時代的　淵源

실로 한국고대문학유통사의 상한선은 언제까지 소급될 수 있는

---

7) 史在東, 韓國文學流通史의 記述方向과 方法, 韓國文學流通史의 研究(1), 中央人文社, 1999 참조.

가. 그것은 조선민족의 생활사·문화사와 시원을 같이할 것은 물론이다. 그 시원적 생활과 문화 속에 이미 문학이 태동·형성·유통되었기 때문이다.

최근에 한국고대사학계와 고고학계에서는 한·중 사서와 고고학적 발굴·정리를 통하여, 한국역사의 상한선을 고조선 시대로 확정지어가고 있다. 적어도 중원지역의 역사와 같이, 서기전 20세기까지 소급하여 최초의 조선민족이 세운 고조선을 종합적으로 고증하고 있기 때문이다. ≪三國遺事≫〈紀異〉에서 "2000년전에 단군 왕검이 아사달에 나라를 세우고 나라 이름을 조선이라 하니 요와 같은 시기"8)라고 한 것은 결코 단순한 신화가 아니다. 이 고조선은 많은 소국을 거느리고 동북아를 아우르는 대국으로서 동이족의 상은과 직결되고, 하·주·진·한나라 등과 깊은 관계를 맺으면서 제반 문화를 형성·발전시키고, 언제나 대등한 위치를 점유하여 왔던 것이다. 이 고조선 내에서 통일대국을 이룩하였던 부여와 읍루·동옥저·예 등 제국이 이른바 한족의 중원 제국과 대립하여 성쇠를 거듭하면서, 기자조선이나 위만조선을 거쳐 한나라의 침공으로 한사군을 설치할 때까지 명맥을 유지하였다.9) 그 후로 위 북방계 대·소국들이 남방계 삼한과 더불어 열국시대를 이룩하고, 이어 고구려·백제·신라·가라 등의 본격적인 국가로 형성·발전하였던 것이다.

이처럼 고조선으로부터 사국시대 내지 신라통일기까지, 한국의 역사는 동이족·조선민족이 한족과 함께 면면하게 유지하여 왔다는 것이 중시된다. 이 한국의 역사는 그 자체 내에서도 복잡하게 얽히고, 동이족 중심의 동북아 제국과의 사이서나 한족 중심의 중원 제국과의 사이에서도 다단하게 접촉·갈등·성쇠를 거쳐 온 것은 사실이다. 그런데 여기서 가장 중요하고 확실한 것은 한국의 역

---

8) 一然, 三國遺事 紀異第二, 〈古朝鮮〉 조에서 "乃往二千載 有檀君王儉立都阿斯達 開國號朝鮮 與高同時"라 하였다.
9) 李鍾旭, 古朝鮮史研究, 一潮閣, 1993 참조.

사·문화가 동북아 제국의 중심을 이루어 중원 제국의 역사·문화
와 대등하게 면면히 유지·발전하여 왔다는 사실이다. 이런 점은
고고학적 발굴에서도 구석기시대·신석기시대·청동기시대·철기시
대로 이어지면서 구체적으로 실증되었다.10) 결국 동북아의 문화·
예술·문학 등이 중원의 그것과 부단히 교류하면서 대등한 수준과
위치를 확보하고 있다는 점이다. 그러므로 동북아의 중심이 된 한
국의 문화·예술·문학이 중원 중심의 중국의 그것과 파란만장한
구원의 역사시대에서 유사한 수준과 대등한 위치를 차지하여 왔다
는 게 정론이다. 요컨대 여기 고대문학유통사의 시대는 적어도 기
원전 20세기 고조선으로부터 부여 등 열국시대를 거쳐 고구려·백
제·신라·가라 등 사국시대까지로 이어진다고 하겠다.11)

2.2. 空間的 領域

이 공간적 영역은 바로 역대 한국문학이 역사적으로 유통된 넓이
를 말한다. 아주 일찍이 동이족의 문학이 소박하게나마 동북아 지
역에 형성·유통되었을 것이다. 그렇지만 이 동이족·조선민족의
문학이 제대로 유통될 때는 아무래도 고조선에 중점을 두었으리라
보아진다. 그 문학은 구체적으로 부여·읍루·동옥저·예 등을 거
쳐 삼한과 상통하고, 드디어 고구려·백제·신라·가라 등으로 유
통되었던 것이다. 마침내 신라가 한반도를 통일하였을 때, 그 문학
은 남북조 문학으로 양립·융화의 길을 걸었으리라고 보아진다.
　이 조선문학과 그 이후의 문학은 각기 영역을 지키면서도, 우선
동이족의 상은과 교통하고 이어 동북아 제국과도 상당히 교류하였
을 것이다.12) 그리고 이 조선문학과 동북아 문학은 서역이나 중원
제국 문학과도 교류를 활발히 하여 문학유통사의 진면목을 보이게

---

10) 李亨求, 韓國古代文化의 起源, 까치, 1991 참조.
11) 李丙燾, 韓國古代史研究, 博英社, 1984 참조.
12) 金庠基, 東方文化交流史論考, 乙酉文化社. 1954 참조.

되었을 터다. 이러한 문학의 교류는 중원의 문학을 수용하고 동북아·고조선의 문학을 전파함으로써, 상호간에 그 유통영역을 확대하는 실제적인 결과를 가져 왔을 것이다.[13] 여기서 고조선 이래 불투명한 가라나 백제 내지 발해 등의 당시 영역을 제대로 재구한다면, 동북아·조선문학과 중원문학의 유통범위는 거의 대등하다고 보아야 할 것이다. 적어도 이 문학의 정상적인 유통은 양측에 공히 이중적인 기능과 역할을 강화하여 그 의미망을 입체화하는 데에 기여하고, 나아가 양측에서 문학의 작품과 장르를 공유하는 결과를 가져오게 되었던 것이다.

3. 韓國古代文學流通史의 原典

3.1. 口碑的 原形

여기 고조선 이래의 역대 국가에서나 동북아 제국 등에 문화가 열리고 언어 예술이 생동하면서, 민요·건국신화·역사전설·민담 등 구비문학이 형성·유통되었던 것은 물론이다. 이런 현상은 중원 제국에서도 동일한 과정을 밟았던 게 사실이다. 말하자면 민요·악부나 설화·담화·연희 등이 형성·전개되어 상호 유통됨으로써, 양측의 공유물로 행세·연행되었던 것이다. 기실 후대적으로 기록된 양측의 문학도 각장르에 걸쳐 그 원형은 구비였다는 사실이다. 이 구비적 원형은 추상적이고 이론적인 것이 아니고, 보다 구체적이고 실제적인 것이라 본다. 고금을 통하여 아무리 미개한 인간 사회에서도 구비문학은 제대로 유통되었기 때문이다. 그때에는 국가·민족의 관념이나 장르 개념이 뚜렷하지 않은 채로, 그 구비문학이 자유롭게 유통되었던 것이다. 이 구비문학은 그 생동하는 유

---

13) 朱雲影, 中國文化對日韓越的影響, 黎明文化事業公司, 1981 참조.

통을 거쳐 국경을 초월하고 민족을 극복하여 국제적 교류와 장르적 교섭을 이룩하여 왔다. 여기서 문학의 보편적 생존·변화·발전의 방편이 바로 이 유통이라는 게 확인된다.

따라서 동방권, 한·중의 문학사적 생장과정이나 그 발전적 교류·교섭이 이 유통을 방편으로 하여 공통적 기반과 대등한 위상을 유지해 온 것이라 하겠다. 이 구비적 원형이 실제적으로 동방권 특히 한·중 문학계에서 공통성과 대등성을 갖추고 있었기 때문이다. 굳이 구비문학의 장르를 본다면, 한·중 사이에서 그만한 동질성과 근접성이 발견되는 것은 당연한 일이다. 이러한 구비적 유통을 통하여 상호간에 동질성·근접성을 드러내고 있는 현상은 그 문헌적 유통에 그대로 전수·반영될 수밖에 없다. 기실 문헌적 작품들도 일단 유통선상에 오르면, 그대로 구비문학의 형태를 유지해야 되기 때문이다.14)

3.2. 文獻的 流通

이 고조선 이래 역대 제국이나 동북아 동이 제국에서는 전대의 구비적 원형을 문자로 정착·정리시킨 작품·원전이 상당히 유통되었을 것이다. 그러던 것이 민요계의 〈公無渡河〉·〈黃鳥歌〉·〈龜旨歌〉와 한시계의 〈與于仲文詩〉·〈致唐太平頌〉, 향가계의 〈彗星歌〉·〈願往生歌〉 등 25수, 그리고 역사 산문 ≪三國史記≫·≪三國遺事≫와 불경논소, 약간의 금석문 정도만 남고, 거의 다 실전되거나 중원 제국의 각종 문헌에 편입·흡수되어 그 극소수의 면모를 보이고 있는 실정이다. 그러한 문헌은 양측에 유통·수용됨으로써, 상호간에 공유관념을 가지게 되었다.

실제로 중원 제국의 이름으로 찬성된 역대 시가 ≪詩經≫이나 ≪楚辭≫·樂府 民歌 기타 古體詩 후대의 ≪全唐詩≫ 그리고 역사 산문

---

14) 조동일, 한국문학사와 구비문학사, 口碑文學研究 제5집, 한국구비문학회, 1998 참조.

≪書傳≫·≪春秋≫·≪左傳≫·≪國語≫·≪戰國策≫ 내지 ≪史記≫·
≪漢書≫ 등, 그리고 제자 산문 ≪論語≫·≪墨子≫·≪孟子≫·≪莊子≫·
≪荀子≫·≪韓非子≫·≪老子≫[15] 나아가 ≪漢譯佛經≫·≪高僧傳≫,[16]
후대의 문·사·철·산문과 선집·비평서 ≪文選≫·≪全唐文≫과 ≪論
衡≫·≪文心彫龍≫·≪詩品≫ 그리고 소설가류·금석문·잡가류 등은
모두가 중원 역대 제국에 유통되고 이어 고조선 이래 역대 제국과 동
북아 동이 제국에도 다같이 유통되었던 것이다.

이들 문헌들은 주로 중원의 한족이 찬성하였다고 하지만, 그 중
에는 동이족 내지 조선민족이 관여·찬성한 것도 없지 않다고 보아
진다. 더구나 그 문헌들의 내용에는 동이족이나 조선민족에 관한
기사가 있어 상호 깊은 관련성을 증언하게 되었다. 이러한 문헌들
은 중원이나 동북아 등 한자·한문 공용 지역에 전파·유전되어,
문학적 기능과 문학사적 역할을 수행하여 왔던 것이다. 한편 〈公無
渡河〉 이래 우리의 작품들이 동이 제국이나 중원 제국에 유통·행
세하여 그 지역의 작품처럼 문학적 기능과 문학사적 역할을 수행하
여 온 것도 분명한 사실이다. 그렇다면 그 발상 지역이 중원 제국
이든 동이 제국이든, 그 작품들은 오랜 역사 위에 동일한 대륙에
유통·행세하였다는 점에서, 모든 지역·국가 민족의 공유물이라고
취급되어도 무방할 것이다. 따라서 고조선 이래 역대 제국에서 위
문헌으로 유통된 모든 작품들은 상관성이 짙은 순차대로 이 고대문
학유통사에 편입·고찰할 수가 있다는 것이다. 이 문학의 유통론에
입각해 볼 때, 그 작품들이 어느 나라 누가 언제 지었느냐는 근거
보다 실제로 그 나라 그 민족에 얼만큼 문학적 기능과 문학사적 역
할을 했느냐는 실상이 보다 중시되기 때문이다.

여기서 도외시할 수 없는 것은 위 국내외 문헌들에 이름만 남기
고 있는 작품들이다. 물론 이 작품들은 작품론이나 장르론에서는
결코 논의할 여지가 없어 제외시킬 밖에 없다. 그러나 이런 작품들

---

15) 方銘, 戰國文學史, 武漢出版社, 1996 참조.
16) 史在東, 韓·中高僧傳의 文學的 展開, 韓國文學流通史의 硏究(Ⅰ) 참조.

은 문학유통사를 연구·기술하는 데는 그 관계기사와 함께 소중한 근거가 된다. 그것은 문학유통사에서 그만큼 분명한 위상을 정립하여 왔기 때문이다.

3.3. 藝術的 演變

언제 어디서나 모든 문학은 유통·생동하는 현장에서는 문학 자체만으로 유지될 수는 없다. 이 문학은 미술과 교환되고 음악·무용 내지 연극의 내용과도 조화·교류되었기 때문이다. 이러한 경향은 예술장르가 전문적으로 분화된 현대보다도 그 장르 상호간에 종합적 지향성을 강화하던 고대로 올라 갈수록 더욱 뚜렷해졌던 것이다. 그리하여 이 고대문학유통사를 연구·기술하는 과정에서 문학작품 자체가 망실되었을 경우, 그 문학현상과 교류·조화되었던 미술·음악·무용·연극 등에서 문학작품의 윤곽·내용을 탐색·재구하여 그 공백을 메울 수가 있겠다.

일찍부터 미술은 문학의 시각적 변용으로 간주되어 왔다. 고대문학기의 미술은 고고 미술사의 '詩畵一如'라는 관점에서 이미 잘 정리되어 있는 실정이다. 신화의 원류인 암벽화로부터 제의문학의 근거인 제당·제기 등과 문학을 대본으로 한 각종 건축·회화·조각·공예 등이 확실한 근거와 모양을 가지고 역사적으로 체계화되어 왔기 때문이다. 이러한 미술사는 유통론의 관점에서는 이미 하나의 문학유통사로서 기능·역할을 잘 보여 주고 있는 것이다. 다만 이 문학유통사에서, 그로부터 문학현상을 검증해 내려면, 이런 미술사를 어떻게 수용·활용하느냐가 문제로 남을 뿐이다.

그리고 음악은 문학의 그릇이라 보아진다. 그렇다면 고대문학기의 음악이 역사적으로 성리된 마당에서, 그로부터 문학유통사를 탐색·재구할 수 있는 것은 당연한 일이다. 그 그릇의 역사를 알면, 그 내용물의 역사를 족히 알 수가 있기 때문이다. 따라서 잘 정리된 고대음악사는 그대로 고대문학유통사를 반영하고 있는 터라 하겠다.

이어 무용은 문학의 행동적 표현이다. 따라서 무용을 보면, 그 속의 문학을 알아 낼 수 있다. 이제 고대무용사가 정리·체계화된 마당에, 그 가운데서 고대문학유통사를 찾아내기란 그리 어려운 일이 아니다. 더구나 연극은 문학을 대본으로 연행하는 종합예술이다. 그러므로 고대연극사를 제대로 정리·체계화하였다면, 그 속에 그대로 고대문학유통사가 흐르고 있는 터라 하겠다. 그 연극사는 극본사·희곡사와 직결되어 고대문학유통사의 기반을 이루는 것이기 때문이다.

그러기에 위 고대미술사·고대음악사·고대무용사·고대연극사 등은 각개의 작품이나 장르를 통하여, 모두가 고대문학사의 원전으로 활용될 수가 있다. 원래 문학사는 예술사의 핵심을 이루고 자유롭게 교류·변용되었기에, 다른 예술사들이 이 문학사의 외곽에서 잃어버린 문학작품이나 장르를 복원·재구하는 데에도 소중한 전거가 되는 것이다. 실제로 문학은 유동적이어서 망실되기가 쉽지만, 미술·음악·무용·연극 등은 고정성이 강하여 역사적 증거가 되어 왔기 때문이다.17)

4. 韓國古代文學流通史의 장르적 展開

4.1. 古代詩歌의 形成·展開

이 시가는 고조선시대에 민요로부터 출발하였던 것이다. 그 전형적인 사례가 〈公無渡河歌〉로서 빙산의 일각처럼 나타났다. 이 노래가 실린 한대 ≪樂府≫ 그 중의 '相和歌辭'에는 이와 유사한 작품들이 허다하여 널리 유통되었다. 그러기에 이 노래들 중에는 고

____

17) 史在東, 韓國文學史 原典의 擴充과 解釋, 韓國文學流通史의 硏究(Ⅰ) 참조.

조선 이래의 조선민족이나 동이족의 작품이 섞여 있었을 것이다. 적어도 이 작품들이 고조선 이래의 역대 제국이나 동북아 동이 제국의 강역에 유통·행세하였을 것은 족히 짐작된다.

그렇다면 ≪詩經≫중에도 고조선 이래의 조선민족이나 동북아 동이족과 관련된 작품이 없지 않았을 것이다. 더구나 동이족인 공자의 ≪詩經≫ 편찬 이래,18) 그것은 중원이나 동북아 동이 제국 내지 고조선 이래의 역대 제국에 활발히 유통·행세하여 그 작자층이나 발상지에 무관하게, 모두의 시문학으로 수용되었던 것이다. 따라서 이 ≪詩經≫의 작품들은 고조선 이래 역대 제국에서, 사국시대를 거쳐 통일신라·고려·조선조에 이르기까지 중원·중국의 시가라는 관념이 없이 유통되어, 문학적 기능과 문학사적 역할을 해냈던 것이다. 이렇게 되면 ≪楚辭≫의 경우도 일찍부터 ≪詩經≫과 같은 유통과정을 겪었으리라 추정될 수도 있겠다.

사국시대에 이르러 향가가 출현하였는데, 중원이나 동북아 시가와 결코 무관하지 않다고 본다. 이 향가는 중원이나 동북아의 시가와 상호 연결·유통되는 과정에서 형성되었기 때문이다. 비록 이 향가가 독자성을 가진 것은 사실이지만, 그 구조 기반이나 표현 정서에 있어 그 보편성을 갖추고 있는 게 사실이다. 그러기에 이런 향가가 형성·발전하였을 때, 그 작품들은 동북아 동이 제국이나 중원 제국까지도 유통·전개되었으리라 보아진다.

한편 한시는 전게한 〈與于仲文詩〉나 〈致唐太平頌〉 등이 빙산의 일각으로 남아 있는 실정이다. 이것이 ≪全唐詩≫에 실려 더욱 유명해졌을 뿐만 아니라, 이만한 한시들이 조선민족 역대 제국의 학자·문인들에 의하여 수없이 제작되었을 것이다. 역대 금석문의 '銘' 운문은 중원의 고체시와 무관하지 않게 많이 제작·유통되었다. 그리고 중원에서 근체시가 형성되었을 때, 그것은 역대 조선민족의 제국에 유통되어 공동으로 제작·개발되는 성과를 내었을 터이다.

---

18) 稽哲, 中國詩詞演進史, 莊嚴出版社, 1978 참조.

적어도 사국시대의 학자·문인들은 교양과 자격기준으로 한시를 지어냈으니, 그 수작이 동북아 제국과 중원 제국에까지 유통되었던 것이다. 그 많은 작품들이 거의 실전되고, 중원 역대 시인 묵객의 한시가 유통·수용됨으로써, 이를 대신하고 있었을 뿐이라 하겠다.[19]

이로써 고대시가의 형성·전개과정이 완전하다고 파악된 셈이다. 이 시가의 명맥이 고조선으로부터 사국시대 그 후까지 면면하게 이어져 왔다는 게 실증되었기 때문이다. 이 고대시가의 장르적 전개는 확고하지만, 이를 충족시키는 역대 작품들은 부실한 게 사실이다. 따라서 그 구체적 작품을 탐색·고증하여 재구해 들이는 게 무엇보다 중요하다.

4.2. 古代隨筆의 形成·展開

고대수필은 발생 당시부터 그 하위 장르를 확보하고 있었다. 이른 바 '敎令·奏議·論說·序跋·傳狀·哀祭·碑誌·書簡·日記·紀行·譚話·雜記' 등이 그것이다.[20] 이런 수필장르들이 중원이나 동북아의 그것과 결부되어 면면히 이어져 왔던 게 사실이다.

먼저 이 교령은 왕이 신하·백성들에게 내리는 명령이다. 그것이 말씀으로나 문장으로 나타날 때, 정제된 명문일 수밖에 없었다. 실로 고조선 이래 역대 제국에 걸쳐 매일 수시로 교령이 내려지고, 그것은 실로 위력을 발휘하였던 것이다. 그것은 정치 문장이라 하겠지만, 문학 쪽에서 볼 때는 위력있는 명문장이라 하겠다. 이러한 역사적 문장은 중원이나 동북아의 그것과 연관성을 가지고 면면한 역사를 유지하여, 역대 사서에 잘 나타나 있다.

이 주의는 신하나 백성이 왕에게 올리는 말씀이나 글이다. 이것은 왕과의 관계로 하여 거의 다 문장으로 성립되어 왔다. 그것은

---

19) 閔丙秀, 韓國漢詩史, 太學社, 1996 참조.
20) 姚鼐, 古代辭類纂, 華正書局, 1978.

교령과 맞물려 고조선 이래 역대 제국에서 수많이 제작되었던 터다. 그것 역시 정치성을 띠었지만, 그만큼 정성을 드린 명문장으로 제작된 게 사실이다. 이런 작품은 역시 중원이나 동북아 제국의 그것과 관련성을 가지고 면면한 역사를 유지하면서 각국의 사서에 남아 있었던 것이다.

이 논설은 백관이나 백성 중 학자·문인이 정치·사회·교육·윤리·문화·예술 등 전반에 걸친 의견을 논술한 말씀이나 글이다. 이것은 공·사 양면을 가지고 있어 보다 다양하게 나타났다. 이 작품들은 책임있는 명문장으로 지어져 국내외 제국의 그것과 연결되면서, 면면한 역사를 이끌어 왔던 것이다. 이런 작품들은 성질상 역대 사서에 기입되기가 어렵고, 개인문집으로 수습되기도 쉽지 않아 유실된 게 대부분이었다.

이 서발은 주로 서적의 서문·발문을 가리킨다. 고조선 이래 역대 제국에서 펴낸 서적이 상당히 많았기에, 그에 따른 서발이 그만큼 풍성하였던 터다. 서적 간행이 보다 활발하였던 중원이나 동북아 제국에서도 그 서발이 성행하였으니, 이것과의 상호 관계가 매우 깊었던 것이다. 이 작품은 서적의 역사와 더불어 면면히 유지되었으니, 그와 운명을 같이 하였던 것도 사실이다. 또한 이 작품들은 독립된 장르로서, 그 자체의 역사를 지켜왔던 것이다.

이 전장은 역대 인물의 행장·전기를 이른다. 고조선 이래 역대 제국에서 활동하던 인물들의 일대기를 공·사간에 구연·기술하였으니, 그 전통은 풍성하고 면면하였다. 이 작품은 그 인물들을 기념하고 선양하기 위해서 보다 널리 유통되었으니, 중원이나 동북아 제국에서도 같은 경향이었다. 이런 작품은 역대 제국에서 상호 유통되면서 면면한 역사를 이끌어왔던 것이다. 이 전장은 보다 부연·확대되면서 바로 소설형태 기전소설로 허구화되어 성장할 수가 있었던 터다.

이 애제는 역대 인물의 죽음에 대한 애도의 말씀과 글이다. 모든 제의에 따른 제문을 포함한 것이다. 위 전장에 따른 애도문도 많거니와, 역대 유·무명의 인물에 바친 애도문이 무수히 지어졌다. 그리고 공·사의 통과제례나 세시풍속에 따른 정시·수시의 제의에서 무수한 제문이 명멸하였던 게 사실이다. 고조선 이래 역대 제국에서 제작·유통되었던 그 애제들은 역대 사서나 개인문집에 상당히 남아 있고, 그보다 많은 것이 사라졌다. 이런 형편은 중원이나 동북아 제국에서도 거의 같은 것이었다. 어쨌든 이 장르는 국내외에 유통되면서 면면한 역사를 이끌어 왔던 것이다.

이 비지는 역대 비문과 묘지를 가리킨다. 고조선 이래 역대 제국에서 저명 인물이나 유명 사건 등에 관련하여 추모비나 기념비를 세우는 일은 실로 허다하였다. 그것은 공·사간에 공인된 문장가가 지었기로, 모두가 명문으로 평가되었다. 더구나 그것은 금석문으로 새겨졌기에, 생명이 보다 길었다. 그래서 국내외에 이 비지는 풍성한 자료를 바탕으로 뚜렷한 역사를 유지하고 있는 터다.

이 서간은 공·사간에 주고 받은 편지다. 고조선 이래 역대 제국에서 개인간에 공적 사적으로, 기관간에 공적으로, 국가간에 국제적으로 주고 받은 사신·공한이 무수히 유통되었다. 그 작품들이 풍성한 유통사를 유지하면서 역대 사서와 공·사 기록에 남아 있는 것이다. 이 장르야말로 중원 제국이나 동북아 제국과 긴밀하게 유통된 전통을 가지고 있었던 것이다.

이 일기는 공·사간에 매일 있었던 일을 기록한 글이다. 고조선 이래 역대 제국에서 공·사간 날마다의 사건을 기록하는 일이 계속되었다. 국가에서는 실록 사초로, 각개 기관에서는 업무일지로, 개인으로서는 회고·반성기록으로 일기를 쓰는 전통은 면면하게 유지되어 왔다. 이 장르는 다른 장르와는 달리 어느 정도 비밀을 요구하게 되고, 특히 개인 일기에 이르러서는 공개하지 않는 게 원칙이었다. 그러기에 이 일기는 고래로 국제적 공개·유통이 유보된 채, 역사책으로 찬성된 후에야 유통의 자유를 얻을 수가 있었던 것이다.

이 기행은 어떤 목적지를 다녀 온 뒤에, 그 지역의 자연·문물·

풍속·인물·사건 등을 견문한 사실과 소감을 적은 글이다. 고조선 이래 역대 제국에서 공·사간에 여러 곳을 다녀 보고, 그에 관한 기행문을 쓰는 것은 당연한 관례·습속으로 되어 왔다. 이 장르는 남모르는 장소·지역에 다녀와서 보고하는 형식이므로, 독자들의 흥미를 끄는 많은 작품을 남겨 놓았다. 이런 작품은 군왕의 순행 비문을 비롯하여 역대 사서나 개인문집에 상당수가 전하여 중원이나 동북아 제국과도 많이 교류·유통되었던 것이다.

이 담화는 일정한 목표·주제를 가지고, 그에 적합한 일화·설화 등을 인용하여 주견을 예증·제시하는 글이다. 이런 표현방식은 고래로 보편화되어, 고조선 이래 역대 제국에서도 면면히 형성·전개되었다. 이 장르는 그 안의 흥미로운 담화로 하여 유통·전승이 활발하고 국제적 교류도 빈번하였던 것이다. 이 작품들은 역대 사서나 야사·만록 등에 기술·전승되었거니와, 현전 자료도 비교적 풍부한 편이다.

이 잡기는 다양한 신변잡기를 이른다. 이것은 어엿한 전형을 벗어나 자유롭고 진솔한 세계를 지향하여 개성이 뚜렷하고 보다 흥미로왔다. 그러기에 이 장르는 오히려 향기롭고 문학적 멋이 많았던 터다. 그래서 고조선 이래 역대 제국의 학자 문인들이 이 형식을 빌어 자신들의 생각을 다양하게 표출하였다. 이 작품들은 문자 그대로 잡기이기에 재미있게 읽기는 하지만, 이를 수집·보존하는 데는 소홀한 경향이 있어 왔다. 이런 점은 중원이나 동북아 제국도 거의 같은 형편이었다. 그것은 이 장르의 국제적 관계와 면면한 역사를 증언하는 현상이라 하겠다.

이로써 고대수필의 면면한 역사기 실증된 셈이다. 이 고대수필이 고조선 이래 역대 제국에서 그 시대에 상응하여 적절한 내용과 형식으로 형성·전개된 것은 당연한 현상이다. 그래서 이 수필장르가 고조선시대까지 소급되면서, 그에 상응하는 실제적 작품을 수습·규정하는 작업이 더욱 소중하게 되었다.

4.3. 古代小說의 形成·展開

　고대소설은 고조선 이래 발생 당시부터 그 장르가 마련되어 있었다. 이른바 '說話小說·紀傳小說·傳奇小說·講唱小說' 등이 바로 그것이다. 이러한 장르들은 고조선 이래 역대 제국에서 중원이나 동북아 제국의 그것과 교류·유통되면서 형성·발전을 거듭하였던 것이다. 이 고대소설은 서사문학의 일환으로서 순연한 설화형태와 미묘한 관계를 가진다. 기실 소설장르론이나 작품론에서는 그 소설과 소설 이외의 것을 엄격히 구분·고찰할 수밖에 없지만, 소설사를 전체적으로 논의할 때는 그 시대에 상응하는 최선의 서사형태를 소설로 넓게 규정하지 않을 수 없다. 소설사의 면면한 연장선 상에서, 소설형태가 없었던 시대는 없었을 것이기 때문이다.

　먼저 설화소설은 고대설화 중에서 소설수준에 이른 작품을 이름이니, 원래부터 풍성하였을 것이다. 고조선 이래 역대 제국에는 건국신화를 비롯하여 자연신화·종교신화·인문신화, 그리고 자연전설·역사전설·인물전설·인공전설, 나아가 다양한 민담 등이 성행하여 그 가운데 소설수준에 이른 작품들이 줄을 이어 나타났다. 이런 작품들은 중원이나 동북아 제국의 그것과 교류·유통되면서, 그 영역을 넓혀 갔던 것이다. 〈檀君神話〉를 비롯하여 〈東明神話〉·〈溫祚神話〉 나아가 〈赫居世神話〉·〈首露神話〉 등은 현전하는 전형적 신화소설 즉 설화소설들이라 하겠다.21)

　이 기전소설은 역사적 인물의 전장을 부연·확장시킨 작품이다. 이러한 전장이 오랜 전승과정에서 민중적으로 유형화되고 창조적으로 허구화되어 소설수준을 유지하게 되었다. 이런 장르는 고조선 이래 역대 제국에서 형성·유통되어 ≪三國史記≫의 열전이나 ≪三國遺事≫의 별전, 역대 고승열전 나아가 장편 개인 비문 등에 수많은 작품들이 존재·유통되어 왔다. 이런 작품유형은 중원이나 동북

---

21) 羅景洙, 韓國의 神話研究, 敎文社, 1993 참조.

아 제국의 그것과 상통하여 널리 유통·전승되었던 것이다.

이 전기소설은 '奇人怪事'를 허구적으로 표출한 본격적 한문소설이다. 이런 장르는 위 기전소설이 창조적으로 성장하여 형성되는 경우와 처음부터 어떤 작가에 의하여 창작되는 경우가 있었다. 고조선 이래의 역대 제국에서는 위 기전소설이 형성·성장한 바탕 위에서, 전기소설이 본격적으로 창작되어 왔으리라 보아진다. 역시 전기소설은 성장문학성이 강하기 때문이다. 이 전기소설의 형성·전개는 중원이나 동북아 제국의 그것과 맥락을 같이하면서 널리 보편화되었다. 이런 작품들은 ≪三國史記≫ 열전 중의 〈都彌傳〉·〈溫達傳〉·〈薛氏女〉·〈金庾信傳〉 등과22) ≪三國遺事≫의 〈調信夢〉·〈金現感虎〉·〈薯童傳〉 등의 형태로 드물게 현전하는 실정이다.

이 강창소설은 전기소설의 형태 안에 시가를 삽입하여 실제로 강담·가창되는 작품을 가리킨다. 일찍이 고조선 이래 역대 제국에서는 중원이나 동북아 제국과 함께 변문이나 강창문학을 개척하고 이를 변문소설·강창소설로 정제·승화시켰던 것이다. 이 장르는 불경 전래 이후, 그 불경을 강설·광포하기 위하여 창도된 강경변문으로부터 시작하여 역사를 강담·교육하기 위하여 개발한 강사변문에 이르러 크게 융성하였던 터다. 그러던 것이 거의 다 망실·방치되고, ≪三國遺事≫의 〈紀異〉 부에 강사변문류가 7편, 그 〈興法〉·〈義解〉·〈感通〉·〈避隱〉 등에 10여 편이 현전하여 탐색·재구의 여지를 보이고 있다.23)

4.4. 古代戱曲의 形成·展開

고대희곡은 소설의 발생 당시부터 그 연행형태로 형성되기 시작하였다고 보아진다. 중국의 희극·희곡은 선진시대로부터 양한시대

---

22) 林熒澤, ≪三國史記·列傳≫의 文學性, 韓國漢文學 12집, 韓國漢文學會, 1989 참조.
23) 史在東編, 韓國敍事文學史의 硏究, 中央文化社, 1995 참조.

를 거쳐 위진·남북조시대 내지 당시대로 이어지면서, 그 형성·전개의 계통이 면면한 것이었다.24) 그처럼 고조선 이래 역대 제국에서는 서사문학·소설형태를 바탕으로 연극을 개발·활용하였으니, 그것이 가창극·가무극·강창극·대화극 등 장르로 나타났던 것이다. 이 연극장르에는 반드시 극본이 자리하였으니, 가창극본·가무극본·강창극본·대화극본 등 희곡장르로 전개되었던 터다.25)

먼저 가창극본은 가창을 위주로 하는 연극형태의 대본을 이름이다. 고조선 이래 역대 제국에서 연행되던 가창극은 수많은 시가를 형성시키고 활용하여 왔다. 이 가창극을 주도하는 주역이 바로 역대 시가들이었기 때문이다. 따라서 민요·악부나 향가·한시 등이 가창극의 극본으로서 역할·행세할 수밖에 없었다. 이런 연극과 극본은 서역·중원이나 동북아 제국에도 일찍부터 교류·유통되고 있었다.

이 가무극본은 가창과 무용을 아우르는 역동적 가무극의 극본을 가리킨다. 이런 연극형태는 고조선에 이어 열국시대에 부여·예·고구려나 삼한에 걸쳐 정기적으로나 부정기적으로 성행된 '歌舞'와 '歌戲' 등에서 그 존재가 확인된다. 이런 연극의 대본이 주축을 이루어 유통·전승되어, 면면한 역사를 이루어 왔다. 이런 연극과 극본은 이미 서역·중원이나 동북아 제국에서도 성행하여 국제적 유통양상을 보여 왔던 것이다.

이 강창극본은 강창문학·강창소설을 극화하여 연행한 강창극의 극본을 이름이다. 그러기에 이 강창극본은 위 강창문학·강창소설과 기본 구조면에서 다를 바가 없다. 다만 그 연극적 장면의 분화와 극적 분위기를 위한 제반 설명, 행동 지시와 대화의 강화 등에서 차이·특성을 보일 따름이다. 이런 연극·극본들은 고조선 이래 역대 제국에 널리 형성·유통되어, 서역·중원이나 동북아 제국의

---

24) 張庚·郭漢城, 中國戲曲通史, 丹靑圖書有限公司, 1985.
　　 唐文標, 中國古代戲劇史, 中國戲劇出版社, 1985 등 참조.
25) 史在東, 韓國戲曲史 硏究序說, 韓國文學流通史(Ⅱ) 참조.

그것과 공통·공유의 세계를 이룩하게 되었던 것이다.

　이 대화극본은 종합예술로 전문화·입체화된 대화극의 극본을 가리킨다. 이 대화극은 가창극과 가무극에 대화를 강화하여 형성되거나 강창극을 입체화하여 형성되는 경우가 있고, 처음부터 서사문학·소설을 바탕으로 창작되는 경우가 있었다. 어쨌든 이 대화극본은 강창극본과 유사하여 저 강창문학·소설형태와 근접하고 있음을 나타낸다. 이런 연극·극본은 고조선 이래 역대 제국에서 서역이나 중원 제국, 동북아 제국의 그것과 함께 개발·창작되어, 연극·희곡의 국제적 유통망을 형성하여 왔던 것이다.26)

4.5. 古代評論의 形成·展開

　언제 어디서나 각개 작품·장르에는 평론이 따르는 게 원칙이요 당연한 현상이다. 그러기에 모든 작품에 비평이 따르고 장르에도 반드시 평론이 따르니, 시가론·수필론·소설론·희곡론 등이 바로 그것이다. 이 평론은 제2의 창작으로 고조선 이래 역대 제국에서 작품·장르를 따라 형성·전개되었던 게 사실이다. 현전하는 원전은 희미한 채로 시대와 장르에 따라 상대적으로 논의되고 있지만, 원칙론과 현실론을 가지고 고조선 이래의 역대 제국과 중원이나 동북아 제국의 교류·유통을 전제한다면, 이 평론은 각개 장르에 걸쳐 면면히 계승·전개되어 왔다고 추정된다. 이른바 종합과학적 방법을 입체적으로 적용·활용한다면, 그 각개 장르가 올바로 복원·재구될 수가 있기 때문이다.27)

　먼저 시가론만 해도 〈公無渡河〉 가화를 비롯한 민요론과 향가 가화 등의 소박한 가요론, 역대 한시 시화의 시론 등이 합세하여 그 계맥을 유지하고, 중원이나 동북아 제국의 시가론 ≪詩品≫ 등과 교류·유통하여 그 체제를 강화하여 온 게 사실이다.28)

---

26) 史在東編, 韓國戲曲文學史의 研究, 中央人文社, 2000 참조.
27) 전형대, 한국고진비평연구, 책세상, 1987.

이 수필론은 역대 제국을 통하여 문장론을 기초로 교령·주의·
서간 등의 상호 비평적 논의가 계속되었고, 나머지 장르에도 그 나
름의 논의가 이론과 실제로 진행되어 왔다. 이 수필론 역시 중원이
나 동북아 제국의 비평론 ≪文心彫龍≫ 등의29) 유통·보완을 받아
그 명맥을 유지해 왔다고 보아진다.

이 소설론은 고조선 이래 역대 제국에서 소박하게 시원하여 본격
화되기까지는 시간을 요했으리라 추측된다. 실로 고담을 서로 주고
받으면서 '재미있다'·'무섭다'·'착하다'·'악하다' 하는 식의 반응도
그 소설형태에 대한 평론의 시발이라 볼 수 있기 때문이다. 그로부
터 상당한 과정을 겪어 소설이 전형을 이루고 널리 유통되면서 소
설찬반론이나 소설효용론이 나오고, 나아가 소설구성론·소설표현
론으로까지 발전할 소지를 보였던 것이다. 그것은 본격적이고 전문
적인 소설론을 기반으로 하여 그 발전과정을 역으로 추적하면 족히
재구될 수가 있는 것이다. 더구나 이 소설론은 중원이나 동북아 제
국의 그것과 상호 보완적으로 협력·추적한다면, 상당한 수준으로
복원될 여지가 있는 터다.30)

이 희곡론은 고조선 이래 역대 제국에서 희곡이 연극으로 실연될
때부터 관중에 의하여 즉석 평가되었던 데서 출발한다. 연극·희곡
에 대한 원론적 평가는 다를 수 있거니와, 희곡의 실연에 대한 반
응은 찬·반 양론이 있을 수밖에 없다. 이러한 긍정론에 입각할 때
연극관이나 연극효용론, 그 주제·내용론을 지향하는 논의가 나타
나기 시작하였다. 저 중원이나 동북아 제국의 연극·희곡론과 관련
하여 여기서는 관극시나 관극문이 희곡론을 대신하게 되었다. 대강
주류를 이루는 관객의 연극평·희곡평은 부침을 거듭하였을 뿐, 그
에 관심있는 학자·문인들의 관극시와 관극문이 현전하여 주목을
받을 뿐이다. 이론적이고 체계적인 희곡론은 아무리 복원·재구를

---

28) 趙鍾業, 韓國古代詩論史, 太學社, 1984.
29) 鄭惠文, 文心彫龍與詩話研究, 莊嚴出版社, 1980 참조.
30) 吳春澤, 韓國古小說批評史研究, 高麗大學校大學院, 1990.

전제하여도, 고대문학기를 바탕으로 상당 기간 발전을 거듭해야만
가능했으리라 보아진다.[31]

5. 結 論

　위와 같이 한국고대문학유통사를 올바로 연구·기술하기 위하여,
종래의 연구성과를 비판적으로 검토하고, 몇 가지 측면에서 합리적
인 논의를 시도해 보았다. 지금까지 논의된 바를 요약하면 다음과
같다.

1) 한국고대문학유통사의 무대는 적극적으로 소급·확장될 수 있
다. 그 시대적 소원은 적어도 서기전 20세기 전후 고조선 이래 역
대 제국으로 연결되어 중원이나 동북아 제국의 그것과 동등하게 대
비되어 있었다. 이어 그 공간적 영역은 고조선으로부터 기자조선·
위만조선을 거쳐 부여·읍루·동옥저·예 그리고 삼한 등에 이르
고, 나아가 고구려·백제·신라·가야·발해까지 포괄해야 된다는
것이다. 게다가 문학유통론에 입각하여 고대문학의 영역을 동북아
동이 제국 내지 중원 제국에까지 넓혀야 된다는 것이다.
2) 한국고대문학유통사의 원전은 유통론에 따라, 적극적으로 탐
색·복원·인용될 수 있다. 거기서는 먼저 구비적 원형 작품을 국
내외로 폭넓게 탐색한다는 것이다. 다음 문헌석 유동 작품을 국내
적으로 확대 복원하고, 중원이나 동북아 제국의 문헌과 관련·유통
시켜 적극적으로 색출·복원하며, 공유관념으로 적극 인용하자는
것이다. 그리고 예술적 연변을 통한 고대미술사·고대음악사·고대
무용사·고대연극사에 의거하여 문학작품을 독파·재구할 수 있다
는 것이다.

---

31) 尹光鳳, 韓國演戲詩研究, 박이정, 1997.

3) 위와 같은 무대와 원전을 기반으로 하여, 한국고대문학유통사는 고조선시대로부터 사국시대에 걸쳐 5대장르로 형성·전개될 수 있었다. 그래서 고대시가·고대수필·고대소설·고대희곡·고대평론 등의 장르가 고조선을 기점으로 발생·형성되어 사국에까지 면면하게 전개됨으로써, 각개의 장르사를 이룩하여 중원이나 동북아 제국의 그것과 동일 수준으로 대등한 위치를 점유하였던 것이다. 그리하여 각개 장르사는 실제적인 작품을 복원·재구함으로써, 제대로 보완될 수가 있다는 것이다.

이와 같이 한국고대문학유통사를 연구·기술할 수 있는 방향과 방법론을 제시하였다. 이 고대문학유통사의 연구를 새시대의 과업으로 삼아, 잃어버린 작품, 막연한 작품들을 발굴·고증·평가하고 국내외 유관 작품들과 비교·검토하여, 그 시대에 상응하는 해당 장르에 소속시켜 보완한다면, 그 장르사를 완벽하게 복원·재구할 수가 있다. 그리하여 완비된 5대장르사가 종합·조화되면, 한국고대문학유통사도 거의 완벽하게 연구·기술되는 게 확실한 터다. 그래서 이 고대문학유통사를 바탕으로, 한국문학유통사가 확충문학사·완비문학사·선진문학사·개방문학사로 연구·기술될 수 있다고 확신한다. 문제는 그 실천이다. 이것을 더욱 확신한다.

國文學의 思想的 背景 〈陰陽五行〉

趙 德 子

1. 머릿말

'陰陽五行'이란 단어에 대해서는 어딘지 우리 전통의 미신스러움을 느끼게 하는 케케묵은 어휘 정도로 알고 있는 사람이 의외로 많다. 연령층이 낮을수록 이런 현상은 더욱 심하다. 이것은 우리들 대부분이 서양적 교육제도와 교육방법 또 교육내용을 통해서 서구적 잣대, 서구적 색안경을 가지고 사물을 인지하고, 판단하는 인식의 틀을 가지고 있기 때문이다. 식자들 가운데도 흔히 '陰陽五行說'이 미신인지 과학인지를 질문한다. 그러나 동양의 역사에는 그러한 질문이 용납되지 않았던 오랜 세월이 존재하였다. 그 오랜 역사의 물결 속에 선택의 여지도 없이 온 민족이 몸과 마음을 담고 살아온 덕에 우리는 지금도 또한 '陰陽五行'이라는 단어가 낯설지만은 않다. 동양학 연구자는 말할 것도 없고 '우리전통문화읽기'에 이론적 기초가 되는 '陰陽五行說'에 호기심을 가지는 입문자에게나 또는 으슥한

뒷골목에 붙여진 '양기부족'이라는 선전문을 보고 있는 밤거리 취객에게도 이 단어는 그렇게 낯설지 않다. 그만큼 지금부터 한 50년까지만 해도 '陰陽五行'은 우리 민족의 대표적 인식론적 사유방법이었다. 그러나, 현재 그 단어가 낯설지 않은 만큼 '陰陽五行說'의 내용이 잘 알려져 있는 것은 아니다. 즉 그 내용에 대해서는 잘 모르고 있다는 말이다. '陰陽五行說'을 통해 우주와 세계에 대한 이해를 하고 시간과 공간 그리고 계절의 變化를 설명할 수 있었던 시절, 그 우주관 내지 세계관은 그 시대를 살아갔던 사람들의 삶의 태도를 결정짓는 이론적 기초였다. 그리하여 먼 옛날 자연과 생활로부터 귀납된 '음양오행'이라는 관념체계가 거꾸로 생활에 영향을 미치고 또 문화를 만들고 철학과 사상을 이루고 드디어 우리 국문학의 사상적 배경이 되었다.

'陰陽五行'을 이해하는 것은 동양을 이해하는 필수조건이며 또 우리 민족 문화를 똑바로 읽을 줄 알게 되는 지름길이며 우리 국문학을 올바르게 이해하고 계승해 갈 수 있는 유일한 열쇠인 것이다.

2. 國文學의 思想的 背景

우리 국문학의 사상적 배경이 무엇이냐 한다면 의례히 우리의 토속종교인 무속종교를 위시해서 삼국시대에 중국을 통해서 유입된 불교, 중국의 유교, 도교, 천도교 그리고 근래의 서양에서 유입된 기독교에 이르기까지를 열거해 왔다.

우리 민족이 상고시대부터 이 한반도를 중심으로 살아오는 동안 그 시대마다의 생존을 위협하는 대상이 달랐고, 그에 따라 생에 대한 생존방법 내지는 가치관도 달랐다. 상고시대에 우리를 위협하는 것은 굶주림과 질병이었다. 그래서 桓雄이 天上에서 내려올 때 비(雨師), 구름(雲師), 바람(風伯)을 거느리고 와서 곡식과 질병을 주관하였다.1) 보통 사람의 능력으로 풍년과 흉년을, 굶주림과 질병을 좌우할 수는 없는 것이고 인간 이상의 능력자, 곧 神性을 가진 사람, 神과 사람 사이를 주재할 수 있는 중간적 존재만이 그것을 주재할 수 있었다. 이른바 政敎一致 시절의 종교지도자, 곧 巫堂이다. 따라서 巫俗 종교적 형태는 그 시대의 최고의 가치요, 힘이었다.

삼국시대에 들어와 각 부족간의 싸움이 격렬해지면서 外侵을 막을 수 있는 위대한 힘이 그 절대적 가치로 등장하면서 고구려 광개토대왕의 영토넓히기, 신라 화랑들의 武勇情神 등의 全體主義的 정신이 찬양을 받게 되고 중국을 통해 유입된 불교는 신라의 佛國土 건설과 護國思想의 구심점이 되었다.2)

몽고의 침입, 원나라의 침입, 거란, 왜구들의 침입, 또 무신들의 장기집권 등으로 세상이 오랫동안 괴롭고 시끄러웠는데다가 魏晉時代의 道敎的 玄學風의 영향이 유입되었다. 세상을 피해 은둔생활을 꿈꾸는 것이 그 시대의 가치였다. 그 유명한 고려가요 '청산별곡'이 이 시대의 가치관을 잘 드러내 주고 있다.3)

조선조를 지배한 性理學은 임진왜란과 병자호란을 분기점으로 두 가지 다른 성격을 띤다. 조선전기의 性理學의 특성은 개체와 전체, 본질과 현상을 균형있게 조화시켜 보는 形而上學的 논리체계요, 조선후기의 性理學, 즉 新儒學의 특성은 관념적 이상으로부터 구체적 현실로 문제의식을 전환하는 實事求是의 實學精神 바로 그것이었다. 다시말하면, 抽象的 普遍性에서 쓸모 있는 현실성으로의 가치전환이었다.

개화기를 거치면서 실질적 현실을 존중하는 가치관은 점점 개인의 자유와 생명, 재산과 같은 것을 중하게 여기는 근대의식으로 전환되었다.

---

1) 將風伯雨師雲師而 主穀主命主病主刑主善惡(三國遺事 古朝鮮)
2) 崇奉佛法 守護邦家(三國遺事 文武王條)
3) 고려가요 靑山別曲
　　살어리 살어리랏다　靑山에 살어리랏다
　　머루랑 다래랑 먹고 靑川에 살어리랏다
　　얄리얄리 얄랑셩 얄라리얄라

이처럼 上古로부터 현재에 이르기까지 변화해 가는 상황에 따라 무속종교, 불교, 도교, 성리학, 신유학 등의 종교적인 영향하에 의식이나 가치관이 변화를 거듭하여 왔고 이러한 가치관이나 의식의 흐름은 우리의 생활과 문학에 그대로 반영되어 시대는 그 시대의 문학을 창조해 왔다.

이처럼 위의 여러 종교들의 특색이 그 철학적 성격이나 우리 민족의 사상이나 생활의 저변을 복합적으로 지배하여 온 것은 사실이고 오늘날까지도 그 막강한 영향력 권내를 감히 벗어나고서도 그 문학적 성격을 단지 한국사람이 한글로 쓴 작품이라는 조건만으로 감히 국문학이라 지칭되기를 바랄 수 없다.

그러나 한가지 아쉬운 것은, 위의 종교들에서 기인된 국문학의 사상적 배경말고도 우리 국문학의 배경사상으로 크게 자리잡고 상고로부터 현재까지 우리 생활과 문화와 문학을 지배해온 유기체론적 철학이며 또한 우리 민족의 대표적 사유방법인 '陰陽五行思想'이 있었음을 간과해 온 것이 바로 그것이다.

생존을 위협하는 것이 굶주림이나 맹수나 질병이든 부족간의 外侵이든 정치적 싸움이든 간에 또 그것에 대응하여 큰 힘이 되었던 무속사상, 불교사상, 도교사상, 유교사상, 기독교 사상들이 어떻게 거듭하였던 간에 上古시대로부터 오늘에 이르기까지 일관되게 우리 민족의 생활저변을 면면히 흘러내려온 철학이요, 사유방법인 음양오행 사상은 그것 자체로서가 우리 민족의 생활방식이 되었고 곧 국문학이 되어 왔음을 간과해서는 안될 것이다.

3. 한국인의 思惟方法과 陰陽五行思想

앞에서도 얘기했듯이 오늘날 흔히 음양오행설이 미신인지 과학인지를 질문한다. 그러나 동양의 역사에서는 그러한 질문이 용납되지 않았던 오랜 시대가 먼저 있었다. 그렇기 때문에 동양철학 또 우리

의 사유구조를 파악하는 열쇠로서의 음양오행의 연구는 우리 國文
學을 연구하는 데 있어서 가장 우수한 방법론 중의 하나다.

고대로부터 오늘에 이르기까지 우리민족은 하늘을 믿어왔다. 하
늘은 지평선으로 한정되어 아득히 높고 궁륭상을 이루는 시계의 공
간으로서의 시각적 하늘만의 뜻이 아니었다.

여러 종교적 의미의 '하늘'말고도 하늘이란4)

① 天, 太虛이다.
② 고대의 사상으로 천지만물의 主宰者이다.
③ 사람이 죽은 뒤 그 영혼이 올라가서 머무른다고 하는 곳이다.
④ 자연의 이치, 조화에 의하여 부여된 것으로서 인력으로는 어찌
   할 수 없는 운명적인 것이다.

라는 등등의 의미를 지닌다.

하늘과 관계 있는 하늘을 신앙하는 사상은 제천의식, 천신제, 기
우제 등등의 의식적 행사에는 물론 각 분야의 일상생활 곳곳에까지
깊이 스며들었다.

다음은 하늘을 두고 한 生活語句 들이다.

하늘은 무서운 말 = 천벌을 받을 만한 못된 말
하늘 밑의 벌레 = 사람을 두고 한 말
하늘 보고 주먹질 한다 = 당치 않은 일을 함을 비유하는 말
하늘에 침 뱉기 = 하늘에다 뱉은 침은 곧 자기 얼굴에 떨어진다는
                 뜻
하늘을 보아야 별을 따지 = 동기가 있어야 결과가 생긴다는 말
하늘의 별 따기 = 성취하기가 매우 어려움을 이르는 말
하늘이 돈짝 만하다 = 모든 일을 가소롭게 여김을 밀힘
하늘이 무너져도 솟아날 구멍이 있다 = 극히 어려운 경우에 부딪혀
                              도 살아날 길은 생긴다는 말

---

4) 이희승 편, 국어대사전, 민중서관, 1981.

하늘은 절대적이요, 완벽한 것, 하늘의 뜻은 운명과도 같은 것, 하늘은 정당한 것, 사람도 언젠가는 그곳에 흡수(귀의)되는 곳 등등으로 사유하여 온 우리 민족에게 '태극'을 우주만물이 생기게 된 근원으로서 하늘과 땅이 아직 나뉘기 전 세상만물의 始初상태로 보고 또 우주나 인간사회의 모든 현상을 陰陽의 두 원리의 消長을 가지고 설명하는 '陰陽論'과 이 영향을 받아 만물의 생성소멸을 木 火 土 金 水의 變轉으로부터라고 합리적, 논리적으로 설명하는 '五行論'이 '하늘'을 믿는 우리의 思惟方法에 자연스럽게 스며들어 習合되었음은 당연하다.

그러면 陰陽五行思想이란 어떤 것인가. 먼저 '陰陽'은 무엇인지를 생각해 보자. 한의학의 最古 원전인 '黃帝內経' 陰陽應象大論에 보면,

陰陽者 天地之道也 萬物之綱紀
變化之父母 生殺之本始
神明之府也 治病必求本   이라 하였다.
(음양이란 천지의 도이고 삼라만상을 통제하는 강기이다.
변화를 일으키는 주체로서 살리고 죽이는 것이 여기서 나온다. 또한 신명이 깃들인 집으로서 인간과 삼라만상의 병은 반드시 음양의 조절을 통해서 고칠 것이다.)

陰陽은 '낮에는 해가 뜨고 밤에는 해가 진다'는 가장 단순하고 명확한 자연의 진리에서 출발한 학문이므로 '맞다 틀리다'는 是非는 있을 수 없다. '음과 양'이라는 말의 본 뜻은 언덕에 생긴 '응달과 양달'이라는 말이다. 하루해가 저물고 밤이 되면 천지가 어두워 아무 것도 보이지 않아, 이런 상태에서는 '존재한다', '존재하지 않는다'에 대한 아무런 판단이 설 수 없다. 어둠에 묻혀 있는 적막한 상태 이런 상태를 無極이라고 한다.

영원할 것 같은 어둠도 시간이 흐르면 해가 솟아올라 적막하던 천지가 밝은 햇빛 아래 드러난다. 빛이 비치자마자 언덕에는 양달

과 응달이 동시에 생겨난다. 양달이 먼저다, 응달이 먼저다 할 수 없을 정도로 음양은 순식간에 태어난다. 陰이 있는 곳엔 항상 陽이 있고 반대로 陽이 있는 곳엔 陰이 함께 한다.

陰陽이라는 말이 좁게는 음달과 양달이지만 위와 같은 특성 때문에 동양의 자연주의 사유방법의 기초 개념으로 광범위하게 사용할 수 있는 관념체계의 용어가 되었다.

陰陽의 속성은 무엇인가.

陰在內 陽之守也
陽在外 陰之使也

陰陽이 잘 조화된 모습을 보려면 쌩쌩 돌아가고 있는 '팽이'에서, 구심력 원심력을 팽팽히 맞물려 돌아가게 하면서 조심스레 터언하고 있는 자동차에서, 정월대보름날 저녁 깡통에 불을 넣어 원을 그리며 돌리고 있는 쥐불놀이에서도 볼 수 있다.

陽은 陰의 밖에 있어 陰의 제재를 받아 한없이 팽창되어 분산됨을 막는다. 陰은 안에 있어 陽의 지켜줌을 받아 한없이 응축되어 결국 한 점으로 사라져 버림을 막는다. 陰陽은 相互對立 相互制約 相互依存 相互爲用하는 상대적 관계에 있다고 한다.

그러면서 上爲陽 下爲陰(태극의 모습이 이를 상징함)하고, 孤陰不生 獨陽不長(암수가 합치지 않고서는 생산을 바랄 수 없음)하며 無陰則 陽無以化, 無陽則 陰無以生할 수밖에 없다. 흔히 사람의 부부간을 內外라고 함은 여기서 나온 말이나. 또한 陰陽互爲消長 不斷運動變化 相互轉化하면서 維持動態的 平衡을 하는 것이다.

자연계에서 陰陽 평형이 깨져 陰이나 陽이 일방적으로 득세하게 되면 홍수, 한발 등의 천재지변이 일어나게 되고 인간의 몸이나 마음에 陰陽의 평형이 깨지면 病이 생긴다. 양이 득세하면 陽병(코피, 여드름, 알러지 질환, 대머리, 잇몸의 피, 혓바늘...)이 생기고 음이 득세하면 陰병(수족이 찬 것, 추위타는 것, 식욕없는 것)이 생긴다.

주로 가볍고 밝고 강하고 뜨겁고 위로 뜨는 것이 陽의 속성이라면, 상대적으로 무겁고 어둡고 약하고 차고 아래로 가라앉는 것이 陰의 속성이다.

五行은 陰陽의 다섯가지로 변화된 모습니다. 시간(陽)과 공간(陰)이 합쳐져서 태극을 이루고 있는 현 우주를 대우주라 가정할 때, 이 대우주의 시공 속에는 무수한 소우주가 존재한다. 크고 작은 소우주들이 제각기 태극을 이루고 살아가고 있는데 모두 대우주를 닮은 모습들이다. 은하계, 태양계, 지구, 인간, 돼지, 나무, 벌레들....... 모든 것이 태극을 이루고 있다. 그리고 소우주들은 제각기 독립된 태극이지만 서로가 서로에게 유기적으로 영향을 미치고 있다.

중국 전국시대 추연이 五行 相生論과 五行 相克論을 포함한 '음양오행론'을 체계화한 이후 그 이론은 일년 四時를 오행에 분배함을 위시하여 우주에 존재하는 모든 사물과 사리를 다섯종류로 오행에 배속시켰는데(표 1 참조), 이러한 체제는 마침내 동양의 모든 심리와 제도에 뿌리내려 사상을 지배하기에 이른다. 물론 그 관념 사상은 오늘 현대를 살아가는 한국인의 실생활에도 작용하고 있다.

五行의 相生과 相克에 대해서는 다른 기회에 상세히 설명하고자 한다.

〈표 1 : 五行歸類簡略表〉

五行	五行屬性	五季	五方	五化	五色	五味	五氣	五時	五音	五穀	五畜	五臟	五腑	五體
木	生發舒展	春	東	生	蒼	酸	風	平旦	角	麻	犬	肝	膽	筋
火	溫熱炎上	夏	南	長	赤	苦	暑	日中	徵	麥	馬	心	小腸	脈
土	長養變化	長夏	中	化	黃	甘	濕	日西	宮	稷	牛	脾	胃	筋肉
金	靜肅收斂	秋	西	收	白	莘	燥	合夜	商	稻	鷄	肺	大腸	皮膚
水	寒濕下行	冬	北	藏	黑	鹹	寒	夜半	羽	豆	豚	腎	膀胱	骨

4. 陰陽五行思想의 발생과 한반도에로의 유입

중국에서 시작된 음양오행설의 역사는 그 시작이 어느 때부터라고 단정짓기가 어렵다. 전설적인 河圖洛書의 상징적 그림시대를 지나 陰陽이 서로 연속된 하나의 명사가 되고 무형무상한 두가지 대립적인 성질을 가리키게 된 것은 대체로 孔子 또는 老子부터 시작되었다. 그들 이전의 전적 중에서 확실히 믿을만한 것은 〈詩經〉, 〈書經〉, 〈易經〉의 괘사와 효사 등이다. 三經 중에서 '陰'이나 '陽' 자가 보이는 몇 곳의 구절 및 그 의미를 보면 다음과 같다.[5]

詩經
* 내가 외삼촌을 배웅하여 渭水 북쪽(陽)에 다다랐네(秦風, 渭陽)
* 岐山 남쪽(陽)에 거하셨다.(大雅, 皇矣)
* 해그림자를 바라보고 언덕 위에 올라 산의 북쪽(陰)과 남쪽(陽)을
  살피고,(大雅, 公劉)

---

5) 양계초·풍우란 외 지음, 김홍경 편역, 음양오행설의 연구, 신지서원, 1993.

書經
* 岷山의 남쪽(陽)(禹貢)
  남쪽으로는 화산의 북쪽(陰)(禹貢)

易經의 효사
  우는 학이 그늘(陰)에 있으니 그 새끼가 화답한다(中孚九二)

이상에 근거할 때 은주시대 이전의 이른바 음양이라는 것은 자연
현상에 불과하였을 뿐 어떤 심오한 의미를 담고 있는 것은 아니었
다. 음양 두 글자의 의미가 비약적으로 변화되는 것은 老子로부터
시작된다. 老子는 이렇게 말하였다.

  만물은 陰을 지고 陽을 안는다. (老子 42장)

다음 공자가 지은 주역의 해석서 곧 十翼 중 계사전, 설괘전, 문
언전 등에서는 음양을 말하는 경우가 많다. 說卦傳에서 그 예를 몇
가지 들어보면 다음과 같다.

  * 一陰一陽之謂道
  * 陽卦에는 陰이 많고 陰卦에는 陽이 많다. 그것은 무엇 때문인가.
    陽卦는 奇數이고 陰卦는 偶數이기 때문이다.
  * 건은 '陽'이고 곤은 '陰'이다. 음양이 덕을 합하여 강유의 體가 있게
    된다.
  * 陰陽에서 변화를 보고 卦를 세웠다.
  * 하늘의 道를 세워서 陰과 陽이라고 하고 땅의 道를 세워서 仁義라
    고 한다.

대개 공자의 철학은 우주에 두 가지가 있어서(예컨데 전기의 양
전기, 음전기 같은) 그것이 상호작용하면서 모든 존재가 발생한다
고 파악하였다. 요컨대 음양은 공자의 二元哲學 중의 한 부호이다.
  五行說이 조직화되는 것은 추연으로부터이다. 전국시대의 추연

(B.C. 305-240)은 五行相生論과 五行相克論을 포함한 '음양오행론'을 체계화한 사람인데 새로운 학설을 구축하여 오늘날 음양오행 사상의 기초를 마련하였다. 추연의 이러한 학설은 당시 제나라, 연나라, 조나라 사상계를 휩쓸었다. 그 후 이 음양오행 사상은 전한시대에 더욱 완전한 구조를 갖추게 되고 커다란 영향력을 지니게 된 것은 동중서(董中舒)로부터이다.

漢代를 거쳐 宋代에 와서 '음양오행설'을 유학에 편입되어 확고한 사상계를 구축하여 아무도 건드릴 수 없는 확고한 위치를 차지하였다.

한반도에 음양오행 사상이 유입되기 시작한 것은 기원전 5세기경 '비파형 동검'이 요동 지방을 통해 한반도 서북부로 처음 전파되던 춘추전국시대 즈음으로 보고 있다. 이때는 이미 추연에 의하여 오행, 상생, 상극론을 포함한 음양오행론이 완전히 체계화된 때였다. 산동반도, 요동반도 지역에서 새롭게 발생한 '비파형 동검'의 전래와 더불어 한반도 백두대간의 서쪽으로 본격적으로 전파되었다. 이 때 한반도는 초기의 부족국가가 좀 더 커다란 '나라(國)'의 형태로 완결되어가고 있는 과정에 있었는데6) 중국땅의 춘추전국시대 이후 특히 유교를 국교로 삼은 漢 나라의 문화토대가 음양오행사상을 중심으로 한 '유교'가 유입되자 곧 한반도의 새로운 국가들의 이념이 되었다. 또한 B.C. 108년에는 '음양오행화된 유교'를 국교로 삼은 漢나라가 여러번의 전쟁을 통해 위만조선을 멸망시키고 '한사군'이 대동강유역에 자리하여 그 뒤 약 300여년에 걸쳐 진퇴를 거듭하며 漢文化를 전파했는데 바로 이 시기에는 이미 한반도 전역에 음양오행사상이 전파되어 있었다고 볼 수 있다.7)

서기 10년 유리명왕 29년 여름 6월에 모천(矛川)가에서 검은 개

---

6) 권오영, 삼한사회(國)의 구성에 관한 고찰, 한국고대사연구회, 신서원, 1995, p.11.
7) 우실화, 전통문화의 구성원리, 서울, 소나무, 1998. p.199.

구리와 붉은 개구리가 떼를 지어 싸우다가 검은 개구리가 져서 죽었다. 이것을 보고 논의하는 사람들이 말하기를 "검은 것은 북방의 색이니 검은 개구리가 죽은 것은 북부여가 파멸될 징조"라 하였다.[8]

이 기록으로 볼 때 고구려 유리명왕 때 이미 '검은색은 북방'에 '붉은 색은 남방에' 배당시켰다. 고구려, 부여 지역에서는 이미 서기 10년에 五行에 五方位와 五方色을 정해서 사용하고 있는 완벽한 음양오행론이 일반화되었음을 알 수 있다.
〈삼국사기, 신라 제 27대 선덕여왕 5년(636) 5월條〉에는 그 후 다음과 같은 기록이 있다.

여름 5월 왕개구리들이 대궐 서쪽 玉門池 에 많이 모였다. 왕이 이 말을 듣고 측근자에게 말하기를 "왕개구리의 성난 눈은 병사의 모습이다. 내가 일찍이 듣기는 서남쪽 변경에 역시 玉門谷이라는 땅 이름이 있다 하니 반드시 이웃 나라 군사가 이 골짝 속에 잠입한 것이 아닌가?" 하고 곧 장군 알천과 필탄등을 시켜 뒤지니 과연 백제 장군 우소가 독산성을 습격하려고 군사 오백을 거느리고 와서 그곳에 숨었으므로 알찬이 이를 엄습하여 모조리 쳐 죽였다.

위의 내용은 〈삼국유사〉善德王知幾三事에도 그대로 실려있다. 여기에는 나중에 신하들이 왕에게 어떻게 적군이 숨어있는 것을 알았는가 물으니 왕의 답변을 아래와 같이 기록하였다.

"개구리는 성낸 꼴을 하고 있어 군사의 모습이요, 玉門이란 여자의 생식기다. 여자는 陰이요, 그 색깔이 흰 것은 곧 서쪽 방위다. 그래서 군사가 서쪽에 있음을 알 수 있다. 남자의 생식기가 여자의 생식기에 들어가면 죽고마는 것이니 그래서 적병을 쉽게 잡을 줄 알았다."하였다. 이 때야 여러 신하들이 왕의 기특한 지혜에 탄복하였다.[9]

---

8) 삼국사기 권13 고구려본기, 제1 유리명왕條.
9) 삼국유사 권1 기이제2, 善德王知幾三事, 서울, 신서원, 1990(영인본). p.128.

이 기록에는 이미 남녀를 음양에 배당하였을 뿐 아니라 오행론에 입각한 색깔 즉 흰색은 서쪽이라고 설명하였다. 이처럼 음양오행사상은 이때 이미 사상적 바탕으로 완전히 자리잡았음을 알 수 있다.

5. 生活 속의 陰陽五行

그 후 고려시대 조선시대를 거쳐 음양오행적 사유방법은 계속 유지 발전되고 귀족층으로부터 서민에 이르기까지 실생활에 도입, 적용하여 오늘에 이른다.

결국 민족사적인 의미를 지닌 현상이나 사건들은 그 민족에게 주어진 역사적 조건에 대응하는 그들 원형과의 긴장관계 속에 전개된 것이다. 특히 종교, 정치, 경제, 법률, 관습, 학문, 예술 등 문화의 각분야에는 공통적으로 '민족원형'이 내재되어 있다. 그런 뜻에서 원형은 문화 의지이기도 하다. 곧 민족문화의 각 분야의 특수성은 원형의 의지를 구체적으로 표현한 것이다. 가령 한국문학, 예술, 종교 등은 문학, 종교예술의 수단으로 '한국원형'을 표현하고 있다. 때문에 개개의 문화적 갈등이나 역사적 사건에서 원형이 추출될 수 있으며 거꾸로 원형으로서 문화적 역사적 사건의 성격이 설명될 수도 있다.10)

그 후 고려시대를 거쳐 조선시대를 통해 '한국전통원형'으로서 넓은 영역을 차지하게 된 음양오행사상은 전통문화의 산물을 쏟아내기 시작한다. 그 중 대표적인 문화산물이 조선초 제정된 훈민정음이다.

〈훈민정음의 제자원리〉
훈민정음의 제자원리는 역사상, 음양오행론, 삼재론(天地人)을 그 기본 사상으로 하고 있다.

---

10) 김용운, 원형의 유혹, 서울, 한길사, 1994, pp.43-44.

훈민정음의 자음체계는 오행에 해당하는 木 火 土 金 水에 기본자음을 두고 거기에 加劃하는 구조를 취했다.

五行	木	火	土	金	水
五聲	角	緻	宮	商	羽
五音	牙音	舌音	脣音	齒音	喉音
기본자	ㄱ	ㄴ	ㅁ	ㅅ	ㆁ
초성 17자	ㄱ,ㅋ,ㆁ	ㄴ,ㄷ,ㅌ (ㄹ)	ㅁ,ㅂ,ㅍ	ㅅ,ㅈ,ㅊ (ㅿ)	ㅇ,ㆆ,ㅎ

훈민정음의 모음체계는 天 地 人 三才를 본 따 기본자를 만들었다.
·(天) 둥근 하늘의 모습을 본 땀
ㅡ(地) 평평한 땅의 모습을 본 땀
ㅣ(人) 直立한 인간(만물)의 모습을 본 땀

역시 여기에 加劃하는 구조를 취했는데 그 加劃하는 방식은 옛 중국 易思想인 河圖원리에서 취했다고 한다. 、 ㅡ ㅣ ㅗ ㅏ ㅜ ㅓ ㅛ ㅑ ㅠ ㅕ 로 정하여 天地人 글자가 서로 보합되는 모습을 보여준다. 초성과 중성과 종성의 낱글자가 합하여 成音이 이루어지는 과정을 보면 역시 三才論에 그 터를 두고 있다. 즉, 三才論에 입각해서 초성, 중성, 종성으로 구성 된다는 전제를 뚜렷이 세워 지금은 종성 없이 쓰이는 낱글자에도 초기 훈민정음에서는 음가가 없는 ㅇ을 종성자리에 굳이 자리매김했던 것이다.(예 - 셩종 - 세종)

요약하면 훈민정음 구성에 있어서 초성과 중성을 이루는 자음은 음양오행론에 입각하여 글자를 만들고 중성인 모음은 天地人 三才論에 입각해서 글자를 만들고 成音(음절)은 역시 三才論에 입각해서 반드시 초성, 중성, 종성으로 이루어야만 소리를 이룰 수 있다고 못박았다. 결국 훈민정음은 음양오행론 삼재론이 유기적으로 결합되어 있는 동양 사유의 산물이며 '한국 전통원형'의 대표적 산물임을 부인할 수 없다. 이러한 한국적 사유체계나 방법을 모르고서는 훈민정음(한글)의 논리적, 과학적, 철학적 성격을 이해할 수 없을 것이다.

〈한국의 전통음악〉

음양오행론적 사유방법은 한국적 전통음악이라는 예술로 나타난다. 한국적 음악은 악기의 형태, 줄의 수, 장단, 박자 그리고 5음계 등 모든 것이 음양오행과 天地人 三才라는 철학적 배경에서 만들어진 것들이다. 한국 전통음악의 이론을 알게 해 주는 책 成俔의 樂學軌範 서문에서는 다음과 같이 한국음악의 기저를 밝히고 있는데 한국 전통음악은 그 근본이 五音과 十二律인데 五音은 五行에 배합되고 十二律은 일년 열두달 곧 12地支에 배속되어 있다는 것이다. 그리고 이것은 자연에서 본받은 것이지 인간이 사사로운 지혜의 산물이 아니므로 五音은 곧 대자연의 소리라고 하였다.11)

〈태극과 삼태극〉

우리의 국기인 '태극기'에서 볼 수 있는 태극은 바로 陰陽論의 총체적 상징이다.

陽은 진홍빛, 陰은 푸른 빛으로 하여 우주만물이 생긴 근원이라고 보는 본체, 만물의 元始를 상대적으로 보여주고 있다.

또한, 삼태극이란 陰陽의 조화에서 생겨난 만물, 그 대표자 인간, 즉 天 地 人 三才를 상징한 것인데 우리생활에 널리 쓰여왔다. 향교나 서원의 대문, 북이나 징고 같은 악기, 왕궁의 돌계단, 사찰의 돌계단, 일상생활용품의 하나인 부채..... 등 부지기수다. 오히려 태극보다 삼태극이 더욱 인간적, 생활적 문양으로 친근감을 느끼게 해서인지 오늘날까지 두루 쓰인다.

---

11) 성현, 악학궤범, 렴정권 옮김, 평양국립출판사:서울여강출판사, 1991(영인본), p.27.

〈오방기·令旗〉

　五方旗의 배색과 상징성이 五行論과 연결되어 있음은 더욱 자명하다.

* 東方靑色旗에는 동방의 수호동물인 靑龍을 그려 넣는다.
* 南方赤色旗에는 남방의 수호동물인 朱雀을 그려넣는다.
* 西方白色旗에는 서방의 수호동물인 白虎를 그려 넣는다.
* 北方黑色旗에는 북방의 수호동물인 玄武를 그려 넣는다.
* 中央黃色旗에는 중앙의 수호동물인 黃龍이나 騰蛇를 그려 넣는다.
　오방기의 모습을 자세히 살펴보면 그 구조와 색깔이 음양론 오행의 相生을 상징하지 않는 것이 없다. 令旗라고 불리는 적색과 청색의 두 깃발은 陰(청색 영기)와 陽(적색 영기)을 상징한다. 보통 '令'이라는 글씨가 白色으로 씌여져 있으며 좌측에 陽의 적색 영기를, 우측에 陰의 청색 영기를 단다. 이것 역시 음양론을 토대로 한 깃발의 형태다.

6. 國文學의 배경이 된 陰陽五行思想

　이렇듯 우리 민족의 사유방법과 그 생활이 이미 음양오행론적 본질을 지니고 있는데 한 시대와 사회와 인간과 현실의 반영인 그 문학에 아무런 영향이 없을 수가 있겠는가.

　음양오행론적 사유방법에는 정치에도 제도에도 종교에도 예술에도 그 사상적 체계를 뿌리내려 드디어 우리 국문학의 사상적 배경이 되었다.

　현재 사용하고 있는 어휘 수효만도 陰陽論과 관계 있는 낱말이 150여개요, 五行論과 관련 있는 낱말은 70여개가 넘어 모두 240-250여개의 수를 헤아릴 수 있다.[12]

　일상생활이 응집되어 표현되는 어구 속담이나 수수께끼 등에 녹아있는 음양오행적 사고도

---

12) 이희승 편, 국어대사전, 민중서관, 1981

'음지가 양지되고 양지가 음지된다.'
'오장까지 뒤집에 보인다.'

등을 위시하여 음양적 대구법이나 대조법, 억양법을 사용한 것까지 합치면 500여개가 넘는다.[13]

우리 고전 소설 중 음양오행론적 소설이라 하면 단연 寓話小說의 하나인 鼠同知傳이다.

"오호라 乾坤(음양)이 혼합하고 천지개벽하는 법은 열두회가 있으니……"로 시작하여 "슬프다. 우리 서씨 문호문장 이름이 끊이지 않으므로 세상에서 五行白書와 奇文僻書에 꼭 알기 어려운 것이 있으면 우리 서씨 문중에 의논하는 고로, 복희씨 비로소 八卦를 베풀어……" 하는 식으로, 음양오행 뿐만 아니라 동양학문의 역사를 총괄할 정도의 내용으로 되어 있다.

춘향전을 위시하여 우리 고전소설들은 남녀 주인공의 만남, 혼인제도, 의복, 음식, 건축물 등에 이르기까지 음양오행의 배치를 자연적으로 따르고 있다.

21세기 현대를 살고 있는 사람도 남(陽) 녀(陰)가 만나 결혼하여 아이를 낳고 전통결혼식 때는 綠衣(陰), 紅裳(陽)을 입으며 두 부부는 內外(陰陽)라 불리며, 낮(陽)이면 해(陽)뜨는 것을 바라보고 밤(陰)이면 달맞이(陰)를 한다. 여름엔 더워하고(陽) 겨울엔 추워하고(陰) 때로는 부부간에 한치의 양보도 없는 대립의 소용돌이에 빠시게(陰陽의 상대싱)되어 길등을 겪기도 하고 그러디기 음괴 양은 힘겨운 조회를 이루게 되고 陰陽의 이치를 체득하게 된다. 그래서 남녀가 부부가 되어 살아가는 것은 가장 어렵고도 힘든 길이다. 음양이 화합하여 조화를 이루면 창조가 일어난다. 즉 자식이 생기는 것이다. 아내와 남편은 마주보고 있는 陰과 陽이다. 두사람의 조화(태극)가 아름다운 음악이 되고 미술 작품도 되고 마침내 道를 이루게 된다. 줄거리가 다르고 갈등양상은 달라도 위와 같은 양상

---

13) 속담풀이사전, 한국고전신서편찬회, 홍신문화사, 1997.

이 현대문학의 내용들이다. 현대라고 하여 인간이 자연의 일부가 아닌 것은 아니고 살아가는 양상들은 어느 나라 언어, 어느 나라 공식으로 풀어도 대자연주의적 범주에서 벗어나지 못한다. 인간이 곧 자연인 이상 또한 陰陽五行思想이라는 것 자체도 自然主義的 思惟方法으로 이야기 되는 철학이기 때문이다.

그래서 '하늘(陽)에는 별이 총총, 땅(陰)에는 나무가 총총....' 하던 고대가요에서부터 복잡한 세상의 A(陰)와 B(陽)의 갈등구조를 그리고 있는 현대문학에 이르기까지 수없이 생산되는 우리 국문학의 思想的 배경으로는 陰陽五行思想이 一貫되게 건재하여 왔음을 考察하여 보았다.

'음양오행'이라는 사유방법이나 우주관 내지는 세계관이 정당한 인식체계로 제 자리를 찾지 못할 때 우리의 유형, 무형의 모든 산물들 특히 우리 國文學의 참된 모습은 해독되지 않는 수수께끼나 미신으로 영원히 머물러 있을 수밖에 없을 것이다.

제2부

詩歌論

女訓歌辭 〈女箴〉에 對하여

姜 銓 爕

1. 導 言

筆者가 새 資料로 學界에 提示한 農歌 2篇과 女箴 1篇이 學界에서 校註 鑑賞하고 再評價되고 있는 것은 매우 흐믓한 일이 아닐 수 없다.[1] 學問은 한 사람의 힘만으로는 크게 이루기 어려움을 切實히 느끼고 있거니와, 많은 共助者와 後援者가 있음으로써 드디어 完成을 期約할 수 있음에 틀림없는 것이다. 진즉이 〈農夫歌〉는 柳鐸一 敎授의 도움이 컸었고 〈女箴〉은 崔康賢 敎授의 完璧한 校註作業이 發表되어 筆者에게는 매우 鼓舞的인 반가움이 되었음을[2] 이

---

1) 柳鐸一, 〈農夫歌 註釋〉, 《韓國文學論叢》 第2輯 釜山大, 1979, 115~146쪽.
  拙 著, 《韓國詩歌文學硏究》, 大旺社, 1986. 3, 289~308쪽 參照.
  姜憲圭, 〈螺黌 李基遠의 農家月令 註解〉, 《熊津文化》 第11輯, 1998. 12,
  186~233쪽.
2) 崔康賢, 〈조선시대 여성교재 《여잠》(女箴)을 살핌〉, 《威齋金重烈敎授回
  甲 紀念論文集 韓國人의 古典 硏究》, 太學社, 1998. 9, 777~808쪽.

에 밝혀두어야 하겠다. 昨今에 이르러 休息을 취하면서 論文을 쓸 對象을 物索하고 있는 중이었는데 때마침 좋은 硏究素材를 提供하여 주었기 때문이다.

筆者가 關心을 기울이고 있는 歌辭文學作品의 下位 장르에는 階層別에 따른 分類인 兩班歌辭·庶民歌辭·內房歌辭(閨房歌辭)·女性歌辭(女訓歌辭)라든지, 宗敎別에 따른 宗敎歌辭인 佛敎歌辭·儒學歌辭·東學歌辭·天主歌辭와 本格的 純粹歌辭인 紀行歌辭·敍景歌辭·敍情歌辭·敍事歌辭 등 여러 部類로 類別하여 論議할 수 있는데, 그 중에서도 庶民歌辭·閨房歌辭·佛敎歌辭·東學歌辭·紀行歌辭·敍景歌辭·敍事歌辭는 매우 깊이 있는 硏鑽이 이루어져서 單行本 著書로까지 發展되어[3] 硏究의 熱氣가 더욱 불타오르고 있음은 반가운 일이 아닐 수 없다.

그러하지만, 個別作品에 대한 密度 있는 硏究가 繼續 積層되어야만 비로소 보다 큰 成果를 거둘 수 있으리라고 믿는다. 本稿는 嶺南이 아닌 畿湖地方에서 創作되어 筆寫本으로 傳承되어 온 注目할 作品이면서, 女訓歌辭(女誡文學)의 하나로[4] 마땅히 손꼽아야 될 鄙藏本 〈女箴〉(녀줌)을 精密히 分析 檢討하여 또 다른 視點으로 새롭게 論議해 보기 위하여 執筆하려고 한다.

---

3) 權寧徹, 《閨房歌辭硏究》, 二友出版社, 1980. 4, 328쪽.
　金文基, 《庶民歌辭硏究》, 螢雪出版社, 1983. 8, 366쪽.
　尹錫山, 《龍潭遺詞硏究》, 民族文化社, 1987. 3, 264쪽.
　柳慶桓, 《東學歌辭의 深層硏究》, 大韓出版公社, 1985. 3, 212쪽.
　崔康賢, 《韓國紀行文學硏究》, 一志社, 1982. 5, 422쪽.
　金基卓, 《敍景歌辭硏究》, 學文社, 1989. 4, 298쪽.
　柳海春, 《長篇敍事歌辭의 硏究》, 國學資料院, 1995. 11, 296쪽.
4) 崔康賢 敎授는 〈女箴〉을 女性敎材인 散文으로 判讀하고 隨筆文學作品으로 把握하였다.

2. 本 論

2.1. 書 誌

本稿에서 研究對象으로 한 〈여줌〉(女箴)은 鄙藏 筆寫本에 採錄되어 있는 女誡文學作品이다. 筆寫年代도 紙質로 보아 별로 오래지 않을 뿐만아니라 製本도 제대로 되지 않아서 한 卷의 책으로서의 볼품을 갖추지 못하고 있다. 책의 크기는 가로 17㎝, 세로 25㎝이고 10張(20쪽) 밖에 되지 않는 얇은 寫本이다.

줄글로 筆寫된 이 寫本에는 筆寫者의 筆寫記라든지 筆寫年紀도 없으며, 女筆인 宮體 흘림글씨로 筆寫되었는데 題目도 없이 〈여줌〉 1卷이 8張(16쪽)에 걸쳐서 精寫되었고 그 나머지 餘白 2張에는 〈고금현완열녀전〉(古今賢婉烈女傳)의 一部인 娥皇 女英의 傳記와 故事가 재미있게 記錄되어 있다.5)

이 寫本의 內容을 綿密히 檢討해 본다면, 두루마리寫本으로 傳해지고 있었던 〈여줌〉을 冊子 形式으로 알뜰하게 轉寫한 것이 이 寫本의 바탕이 아닌가 한다.(下項 原典 判讀 參照)

2.2. 原典 判讀

轉寫本의 判讀은 쉬운 것 같으면서 쉽지 않은 어려운 일이라고 생각된다. 그것은 寫本의 現狀만 그대로 옮기는 것으로 그치지 않고 以前 寫本의 誤謬까지도 充分히 勘案하면서 判讀해야 되기 때문이다. 줄글로 轉寫되었다 하더라도 귓글로 判讀하지 않으면 原典의 理解를 그릇칠 수도 있고6) 誤讀者 漏落句를 校止補充하지 않으면

---

5) 崔康賢, 前揭論文, 778~779쪽,
　　崔康賢, 《韓國古典隨筆講讀》, 高麗苑, 1983. 7. 影印附錄 16~36쪽 參照.
6) 拙稿, 〈녀힝뉵(女行錄)에 對하여〉, 《燕居齋申東益博士停年紀念論叢 國語國文學研究》, 景仁文化社, 1995. 6. 51~70쪽.

作品의 意味內容을 제대로 把握할 수 없다는 事實을 留意해야 할 것이다. 좀 번거로운 일이지만 原本所藏者의 判讀結果를 整理하여 有志諸彦들에게 提示하면 다음과 같다. 勿論 崔康賢 敎授의 勞苦를 參酌하여 嚴密히 檢討하여 校正本이 이루어졌음을 밝혀둔다.〔　〕括弧 속의 글자는 文脈으로 보아 漏落된 말을 補充하여 判讀한 것이다. 硏究者들이 判讀하기 어려운 筆寫本 原典 判讀의 본보기로 삼아주기를 바란다.

〈여줌〉(女箴)

〈1〉　텬지(天地)가 숨긴 후의　　　　　음양(陰陽)이 증(졍)위(定位)ㅎ니
　　　인싱지초(人生之初) 긔운(氣運)되미　남녀(男女)가 눈호여셔
　　　셩현(聖賢)이 지은 예의(禮儀)　　　비필(配匹)이 지즁(至重)ㅎ다.
　　　숨강(三綱)의 부위처강(夫爲妻綱)　오륜(五倫)의 부부유별(夫婦有別)
　　　숨종지탁(三從之托) 의논(議論)ㅎ면　부부(夫婦)가 웃듬이라.
　　　강강(剛强)을 텬졍(天定)ㅎ니　　　남즈(男子)의 긔샹(氣象)이요
　　　유슌(柔順)을 텬졍(天定)ㅎ니　　　녀즈(女子)의 도리(道理)로다.
　　　남녀(男女)의 강유지도(剛柔之道)　쳔셩(天性)을 타고느셔
　　　텬셩(天性)을 거스리며　　　　　　인도(人道)를 어긜소냐.
　　　고금(古今)의 여즈(女子)되리　　　긔 누고며 몃몃친고.
〈11〉경셔(經書)의 층(칭)(稱)ㅎ 경계(警戒)　ᄉ칙(史冊)의 오른 말슴
　　　데왕가(帝王家) 현철부인(賢哲夫人)　녀념가(閭閻家) 졍열녀즈(貞烈女子)
　　　망국망가ᄒ온 ᄉ젹(史蹟)　　홍국홍가(興國興家)ᄒ온 여즈 만키도 만커니와
　　　망국망가(亡國亡家) 요악여즈(妖惡女子)　그 즁의 업술소냐.
　　　구고(舅姑)의게 불효(不孝)ㅎ고　　부즈(夫子)의게 불초(不肖)ᄒ 일
　　　말ᄒ기도 츄(醜)ㅎ거든　　　　　부슬 드러 의논(議論)ㅎ랴.
　　　가운(家運)이 왕셩(旺盛)ᄒ면　　　여즈(女子)가 현철(賢哲)ㅎ고
　　　여즈(女子)가 불슌(不順)ᄒ면　　　가도(家道)ᄂ 그만이니
　　　이롤 밀워 싱각ᄒ면　　　　　　　홍망(興亡)ᄒ기 뉘〔덕〕(德)인고.
　　　요슌지도(堯舜之道) 모라거든　　힝실(行實)을 닷그시고
〈21〉홍가지스(興家之事) 알야ᄒ면　　도리(道理)를 일흘소냐.
　　　젹악부인(積惡夫人) 홍망가ᄉ(興亡家事)　역역(歷歷)히 긔록(記錄)ㅎᄉ
　　　고금역ᄉ(古今歷史) 다 잇스니　〔ᄉ단취쟝(捨短取長) 잘ᄒ여〕

져무신 부인(婦人)내들　명심(銘心)ㅎ고 불망(不忘)ㅎᄉ.
측흔 일을 본(本)을 보고　악(惡)흔 일은 경계(警戒)ㅎ소.
요(堯) 님군의 두 짜님이　뎨슌씨(帝舜氏)의 이쳐(二妻)로다.
텬즈(天子)의 귀(貴)흔 쌀노　밧 미는 디 조ᄎ스니
슌(舜) 죽이기 의논(議論)ㅎᄂ　완악(頑惡)흔 져 고슈(瞽叟)와
이슈(二嫂)의계 뜻을 두ᄂ　흉포(凶暴)흔 동긔간(同氣間)의
아황(娥皇) 여영(女英) 아니런들　슌(舜)의 뜻을 뉘 바(밧)드리.

〈31〉 슌(舜) 님군이 붕(崩)ㅎ신 후　두 안히가 후종(後從)ㅎ니
창오산(蒼梧山)의 쑤린 눈물　소상강(瀟湘江)의 반쥭(斑竹) 되여
만고(萬古)의 피 흔적(痕迹)이　열여(烈女)의 표적(表迹)이요
유신씨(有藝氏) 셩인즈뎨(聖人子弟)　구연홍슈(九年洪水) 다사릴 졔
삼과불입(三過不入) ㅎ엿거든　우ᄂ 아들 싱각ㅎ랴.
도손(塗山)의 어진 비필(配匹)　하(夏) 나ᄅ의 국모(國母)로다.
텬ㅎ(天下)국가(國家) 티평지치(太平之治)젼즈젼손(傳子傳孫)ㅎ엿더니
요악(妖惡)흔 고종평신(姑從平身) 걸(桀)의 쳐(妻)가 져 미희(妹喜)냐.
ᄉ복년(四百年) 왕즈긔업(王者基業)　네 손으로 폭망(暴亡)ㅎ니
하걸(夏桀)의 음ᄂ(淫亂)ㅎ미　눌노 ᄒ여 그러ㅎ뇨.

〈41〉 ᄉ도(司徒)의 어진 즈당(慈堂)　간적(簡狄)의 축흔 부덕(婦德)
황텬(皇天)이 갓가올ᄉ　졉니(제비)알을 듀어시니
부도시 덕(德)을 이어　셩탕(成湯)을 나흐시니
상(商)ᄂ라 육칠 셩군(六七聖君)　간적(簡狄)의 음덕(蔭德)이라.
부인(婦人)이 축ㅎ기로　셩인(聖人)이 이엇더니
구고(九皐)의 늙은 셔(시)가　요물(妖物)[로 환싱(還生)]되여
녹피(鹿皮)의 즈란 복조(福祚)　암둙이 우러셰라.
상(商) 쥬(紂)의 망국망신(亡國亡身)　한 달긔(妲己)의 음ᄂ(淫亂)이라.
슈(周)ᄂ라 비로ᄂ 셰　어신 부인(婦人) 금죽ㅎ다.
뎨곡시(帝嚳氏) 축흔 원비(元妃)　ㄱ 덕(德)이 쌜희ㅎ야

〈51〉 쳐음의 ᄉ람 ᄂ미　이거시 요격 강원(姜嫄)이라.
곡식(穀食)을 가라치신　후직(后稷)이 나 계시니
셰상(世上) ᄉ람 밤 머기ᄂ　강원(姜嫄)의 음덕(陰德)이요
고공단보(古公亶父) 축흔 부인(夫人) 강시녀(姜氏女) 가도(家道) 잇스니
호셔(湖西)의 함긔 와셔　기하(岐下)의 터를 보고
ᄉ지(仕宦)ㅎ신 지즁(摯中) 임시(任氏)　왕계(王季)의 쌍(雙)이 되야
티교(胎敎)ㅎ신 셩인(聖人) 아들　문왕(文王)을 ᄂ흐시니
티님(太姙)이 이러홀 졔　그 아들혼 엇더ㅎ고.

셩군(聖君)이 ᄂᆞ겨시니   슉여(淑女)가 업술소냐.
관져장(關雎章) 조흔 쪽이   요조(窈窕)ᄒᆞᆫ 티ᄉᆞ(太姒)로다.
〈61〉 송ᄉᆞ장(頌辭章) 지은 혼(魂)이   ᄌᆞ손(子孫)도 번셩(繁盛)ᄒᆞ다.
주션왕(周宣王) 착ᄒᆞᆫ 황후(皇后)   영향(影響)되리 긔특(奇特)ᄒᆞ다.
늦계 일물 경계(警戒)ᄒᆞ니   왕(王)의 졍ᄉᆞ(政事) 근긔ᄒᆞ다.
어진 부인(婦人) 이러키로   쥬(周) 나라이 오래더니
팔빅연(八百年) 혁혁(赫赫) 종실(宗室) 포ᄉᆞ(褒姒)가 망(亡)케 ᄒᆞ니
흥(興)ᄒᆞ기ᄂᆞᆫ 어려오나   망(亡)ᄒᆞ기ᄂᆞᆫ 줌간(暫間)이라.
당(唐)ᄂᆞ라 댱손황후(長孫皇后)   여측(女則) 삼권(三卷) 갸륵ᄒᆞ다.
규즁(閨中) 간(諫)ᄒᆞᆫ 말슴을   츙신(忠臣)인들 당(當)ᄒᆞᆯ소냐.
졀통(絶痛)ᄒᆞ다 무ᄉᆞᄌᆞ(無嗣者)야   댱국복조(長國福祚) 그만일다.
송(宋)나라 슝열황후(崇烈皇后)   슈렴(垂簾)ᄒᆞᆫ 지 구연(九年)이라.
〈71〉 사직(社稷)이 평안(平安)ᄒᆞ니   여즁(女中)의 요순(堯舜)일다.
그러ᄒᆞᄂᆞ 말할 졔   긔쟝궁요(期將窮妖)ᄂᆞᆫ 무슴일고.
황명 태조(皇明太祖) 창업(創業)ᄒᆞ미   마황후(馬皇后)의 힘이로다.
황후(皇后)갓치 귀(貴)ᄒᆞᆫ 몸이   폐의폐금(弊衣弊衾) ᄇᆞ릴소냐.
황비 공쥬(王妃公主) 이른 말슴   궁즁(宮中)의 경계(警戒)로다.
니 몸이 귀(貴)ᄒᆞᆯ스록   누에 길슴 힘을 쓰라.
텬셩(天性)이 공검(恭儉)키로   여즁(女中)의 군지(君子)로다.
우리 나라 민즁젼(閔中殿)은   셩덕현심(聖德賢心) 극(極)ᄒᆞ시나
참혹(慘酷)ᄒᆞ다 신임 양년(辛壬兩年) 댱빈(張嬪) 참소(讒訴) 공극(孔劇)ᄒᆞ다.
십연(十年)을 깁흔 궁(宮)에   하날을 못보더니
〈81〉 셩덕(聖德)이 지극(至極)ᄒᆞᄉᆞ   텬심(天心)을 감동(感動)ᄒᆞ니
만고(萬古)의 졔일(第一)이라   티임(太姙) 티ᄉᆞ(太姒) 불워ᄒᆞ랴.
국가ᄉᆞ젹(國家史蹟) 이러〔커늘〕   여염간(閭閭間)은 엇더ᄒᆞ고.
밧 갈든 각결(卻缺)이ᄂᆞᆫ   긔야(岐野)의 ᄒᆞᆫ 농부(農夫)로
졈심(點心) 이고 가는 부인(夫人)   단졍(端正)ᄒᆞ고 졍디(正大)ᄒᆞ다.
냥슈(兩手)로 밥을 쥬고   밧 두듥의 뫼셔스며
화순(和順)으로 졉디(接待)ᄒᆞ니   공경(恭敬)ᄒᆞ미 손 갓도다.
부부(夫婦)의 경대(敬待)ᄒᆞ믈   밧 간다고 폐(廢)ᄒᆞᆯ소냐.
빅이희(伯里奚) 곤궁(困窮)할 졔   그 부인(夫人) 이란 말이
"디쟝부(大丈夫)의 놉훈 뜻이 녀ᄌᆞ(女子) 싱ᄉᆞ(生死) 관계(關係)ᄒᆞᆯ가.
〈91〉 남ᄋᆞ(男兒)의 귀(貴)ᄒᆞᆫ 일을   급(急)히 가 도모(圖謀)ᄒᆞ소."
문지방 싹근 나모   누른 암닭 국을 짓고
누른 조을 지진 쟝(醬)과   벗긴 밤 밥을 먹여

어린 아히 품의 품고　이별(離別)홀 제 울며 말이
"귀ᄒ기를 ᄇ라나이(니)　귀(貴)ᄒ거든 잇지 마오."
무졍(無情)ᄒ다 졍승(政丞)ᄒ 후　ᄉ십연(四十年)을 ᄇ려더니
쌜니ᄒᄂ 져 두 시비(侍婢)　졍승부인(政丞夫人) 걸인(乞人)이로다.
ᄉ십연(四十年) 훈 ᄆ음이　일시(一時)ᄂ 변(變)홀소냐.
겸이가(鎌苡歌) 훈 곡조(曲調)가　승상부(丞相府)의 이러ᄂ니
빅이히(伯里奚)의 후회지심(後悔之心)　부쳐(夫妻) 부ᄌ(父子) 맛ᄂ고나.
〈101〉 졀기(節槩) 잇고 니확(內確)ᄒ미　두시(竇氏) 밧긔 ᄯ 잇ᄂ가.
불상ᄒ다 져 밍강(孟姜)은　긔량(杞梁)의 안히로셔
전쟝(戰場)의 ᄂ간 쟝부(丈夫)　쳔니(千里)의 긱ᄉ(客死)ᄒ니
쳥산(靑山)의 오ᄂ 송쟝　ᄯ로나니 쳥츈과부(靑春寡婦)
쳐량(凄凉)ᄒ 우름 소리　놉흔 셩(城)이 문허지고
삼상 후(三喪後) 후죵(後從)ᄒ니　무덤 우희 잣ᄂ모라.
훈(漢) ᄂ라 포션(鮑宣)이ᄂ　지샹가(宰相家) ᄉ회되야
그 안히 셩(盛)ᄒ ᄌ쟝(資粧)　"심(甚)히 불평(不平)ᄒ니"ᄒ니
거룩ᄒ다 환소군(桓少君)이　그 쟝부(丈夫)의 ᄯ을 알고
뵈옷술 몸에 입고 녹거(鹿車)로 ᄂ려와셔 항(缸)을 줍아 물을 니니
〈111〉 지샹가(宰相家) 귀(貴)ᄒ 쌀이　조곰이ᄂ 교만(驕慢)ᄒ랴.
그 쟝부(丈夫) 물을 지며　그 부인(夫人) 밧츨 미여
필경(畢竟)은 귀(貴)히 되니　그 아니 니치(內治)런가.
홍안(紅顔)이 박명(薄命)이니　박숙(薄色)을 웃지 마소.
황용(黃龍)의 박식(薄色) 쌀이　졔갈션싱(諸葛先生) 좃ᄎ스니
얼굴은 복식(薄色)이ᄂ　늌졍늌갑(六征六甲) 영웅(英雄)으로
졔갈공명(諸葛孔明) 쟝(壯)ᄒ 지조(才操)　그 부인(夫人)계 비호미라.
아들을 가라치미　아비계 잇거니와
어미가 측훈 후의　그 ᄌ식(子息)을 볼 거시라.
증부ᄌ(曾夫子) 숨ᄉ세(三四歲)의　고기를 눗가오니
〈121〉 "급(急)히 갓다 물의 너흐라."　모훈(母訓)이 엄졍(嚴正)ᄒ다.
증니(曾鯉)가 불숙(不淑)ᄒ야　그 안히를 니쳐스니
부모(父母)긔 효도(孝道)ᄒ미　증부ᄌ(曾夫子)가 졔일(第一)이요
살인(殺人) 긔별(奇別)　셰번 듯고 ᄶ던 북을 더져스니
ᄌ식(子息)의 밋ᄂ ᄆ음　증모(曾母)가 아랏고나.
밍부ᄌ(孟夫子) 어려슬 제　삼천지교(三遷之敎) 잇엇단 말가.
글 읽기를 경(輕)이 ᄒ면　뵈를 끈허 권학(勸學)ᄒ고
소심을 뉘우쳐셔　졔육(猪肉)을 ᄉ 먹이니

그 ᄌᆞ친(慈親)이 이럿키로　　　밍부ᄌᆞ(孟夫子)가 아셩(亞聖)되고
변곤(卞壼)의 놉흔 졀기(節槪)　　　곤양(昆陽) 쏘홈 입졀(立節)ᄒᆞᆯ 졔
〈131〉 두 눈물 가로 씻고　　　팔십노모(八十老母) ᄇᆞ라보니
　　ᄯᅮ종ᄒᆞ며 증(憎)닌 얼골　　　엄(嚴)홈도 엄(嚴)ᄒᆞᆯ시고.
　　그 어미가 이럿키로　　　변쟝ᄉᆞ(卞壯士)가 튱신(忠臣)되고
　　졍틱즁(程太仲)의 후씨부인(后氏夫人)　　　갸륵홈도 갸륵ᄒᆞ다.
　　평ᄉᆡᆼ(平生)의 ᄒᆞᄂᆞᆫ 말슴　　　ᄌᆞ식(子息)의 불초(不肖)ᄒᆞ미
　　어미의 ᄉᆞ졍(私情)으로　　　ᄉᆞ랑만 젼혀 말고
　　허물를 슴기기로　　　아비가 모라미라.
　　양뎡ᄌᆞ(兩程子)의 엄(嚴)혼 ᄉᆞ랑　　　뉴죄불언(有罪不言) 엄(嚴)ᄒᆞᆯ시고.
　　먹ᄂᆞᆫ 거슬 급(急)히 아ᄉᆞ　　　ᄯᅮ종ᄒᆞ며 니른 말슴
　　"어려셔 기ᄂᆞᆫ 욕심(慾心)　　　ᄌᆞ라셔 엇디ᄒᆞᆯ고."
〈141〉 ᄌᆞ훈(慈訓)이 이러ᄒᆞᆯ 졔　　　현ᄌᆞ(賢子)룰 못 둘소냐.
　　쥬렴계ᄌᆞ(周濂溪子) 도(道)를 ᄇᆞ다　　　졍부ᄌᆞ(程夫子)가 되엿스니
　　수ᄉᆞ(洙泗)의 ᄂᆞ린 연원(淵源)　　　ᄒᆞ람(河南)의 묽앗고나.
　　고금(古今)의 현철부인(賢哲夫人)　　　만키도 만커니와
　　녈튱부인(烈忠夫人) 겸(兼)혼 집은　　　광산김씨(光山金氏) 웃듬이라.
　　양쳔허씨(陽川許氏) 놉흔 졍녈(貞烈)　　　아동방(我東方)의 뉘 모라리.
　　십칠셰(十七歲)의 과거(寡居)ᄒᆞ여　　　부모(父母)의 쯧을 알고
　　ᄉᆞᆷ셰(三歲) 아기 품의 품고　　　구가(舅家)로 오실 젹의
　　경긔(京畿) 댱단(長湍) 연소(連山)꺼졍　　　반쳔이(半千里)가 머럿ᄂᆞ디
　　그 뒤흘 ᄯᅳ른 범이　　　하놀이 감동(感動)이라
〈151〉 뎡열(貞烈)이 이러ᄒᆞᆯ 졔　　　ᄉᆞ문(斯文) 뎡녀(旌閭) 업슬소냐.
　　쳔리(天理)가 분명(分明)ᄒᆞ야　　　손자(孫子)가 디챵(大昌)ᄒᆞ니
　　광순군(光山君)과 광셩군(光城君)의　　　형뎨(兄弟) 공훈(功勳) 금즉ᄒᆞ고
　　황강(黃岡) 부ᄌᆞ(父子) 신직(愼齋) 형뎨(兄弟) 셰셰명현(世世名賢)ᄂᆞ 계시니
　　광김(光金)의 갑족(甲族) 되미　　　허시(許氏) 음덕(蔭德) 아니런가.
　　사계션ᄉᆡᆼ(沙溪先生) 말지ᄌᆞ부 녀듕군ᄌᆞ(女中君子) 연녀손서시(連山徐氏)
　　국운(國運)이 불ᄒᆡᆼ(不幸)ᄒᆞ야　　　병ᄌᆞ연(丙子年) ᄂᆞᆫ(亂)을 만ᄂᆞ
　　강도(江都)의 입졀군ᄌᆞ(立節君子)　　　댱부(丈夫)로 몃몃치리.
　　팔송딕(八松宅) 말지ᄌᆞ뎨(末子子弟)　　　명부(名府)의 ᄌᆞ뎨(子弟)로셔
　　당초쳑화(當初斥和) 장(壯)ᄒᆞ더니　　　쳐ᄉᆞ불ᄉᆞ(處死不死) ᄒᆞᄂᆞᆫ고나.
〈161〉 진원군(珍原君)의 견마군(牽馬軍)이　　　기명션복(改命船覆) 무슴 일고.
　　ᄒᆞᆫ번 듁길 어려워〔셔〕　　　쳔고(千古)의 슈치(羞恥)되고
　　ᄉᆞ부여(士夫女) 지샹부인(宰相夫人)　　　호국(護國)의 인물(人物) 되야

강포지욕(强暴之辱) 참혹(慘酷)ᄒ다　　상설(霜雪) 갓흔 셔시(徐氏) 의리(義理)
널녀(烈女)요 츙신(忠臣)이니　　위국슌졀(爲國殉節) 亽양(辭讓)홀가.
소연ᄌ졔(少年子弟) 싱원공(生員公)과　　亽님 댱시(張氏) 현쳐(賢妻)
놉고 놉흔 화악셩(華岳城)의　　뒤를 ᄯᅡ라 올나가니
모ᄌ(母子) 남미(男妹) 일시입졀(一時立節)　　텬니동방(千里東方) 빗치는다.
슬푸다〔애달프다〕　　금셰(今世)의 부인(婦人)들아
무무(貿貿)ᄒ고 무식(無識)ᄒ여　　옛 亽젹(史蹟)을 젼혀 몰ᄂ
〈171〉 힝실(行實) 녜의(禮儀) 날노 멀고　　괴이(怪異)ᄒ 일 눌노 보니
현쳘(賢哲) 부인(婦人)되랴 ᄒ들　　어디로 본(本)을 비호리요.
고금(古今)의 쵹흔 일을　　녁녁(歷歷)히 긔록(記錄)ᄒ여
여줌(女箴) 일권(一卷) 지여니여　　져믄 부인(婦人) 경계(警戒)ᄒ니
언어동죽(言語動作) 효뎨유슌(孝悌柔順)　　옛亽람 본(本)을 보아
평싱(平生)의 ᄒ온 일　　붓그렵지 아니ᄒ면
열녀편(列女篇) 니훈편(內訓篇)의　　여ᄌ(女子)를 불워ᄒ랴.
〈178〉 효열(孝烈) 여ᄌ(女子) 장(壯)ᄒ도다.　　〔효열 여ᄌ 장(壯)ᄒ도다.〕

2.3. 作品 評價

　筆者는 旣往에 女性文學作品에 대하여 적지 않은 關心을 보여 왔다.7) 그러나 兩班 士大夫의 格調 높은 作品을 찾아내지 못함을 안타깝게 생각했었다. 그런데 鄙藏 寫本 가운데에서 그 所望을 이루게 된 것은 매우 큰 기쁨이 아닐 수 없다. 筆寫年代도 별로 오래되지 않았고 保存狀態라든지 轉寫의 眼目도 그리 높지 않은 寫本이었기에 대수롭지 않은 資料로 생각하고 있었는데, 意外로 光山金氏 門中의 注目할 人物이 製作하여 轉寫 遺傳되었음을 알게 된 것이다.

　研鑽의 勞苦를 아끼지 않은 崔康賢 敎授의 考證 結果에 의하면, 肅宗 年間에 政界에서 活動하였던 竹泉 金鎭圭(1658~1716)가 지었을 것이라고 밝혀졌는데8) 그것은 틀림이 없는 올바른 意見이라

---

7) 拙稿, 〈靑春寡婦自嘆歌의 哀歡과 情恨〉, 《慕山學報》 第10輯, 1998. 2,
　　221~248쪽, 註5) 參照.
8) 崔康賢, 前揭論文, Ⅲ, 지은이와 지어진 연대, 779~792쪽.

고 나는 본다.

〈女箴〉은 歷史的인 史實들의 敍述이라든지 歷代 女人들의 婦德에 대한 把握 등으로 보아 매우 眼目 있는 선비의 作品으로 볼 수가 있으며, 婦德의 重要함을 切實히 알고 婦女敎育의 重要性을 强調하였을 뿐만 아니라 古今의 賢哲夫人과 后妃들의 行實이 國家와 社會에 미치는 影響이 매우 크다는 事實들을 골고루 밝혀 놓은 것으로 보아, 閔中殿(仁顯王后)의 廢妃事件 등 仁敬王后의 오라비로서의 뼈아픈 아픔이 作品의 밑바닥에 隱現하고 있는 점을 우리는 크게 注目해야 되겠기 때문이다.

〈女箴〉을 竹泉 金鎭圭의 作品이라고 볼 수 있는 꼬투리를 作品 가운데에서 찾아보면 다음과 같다.

〈女箴〉의 作品構造를 살펴보면 序詞・本詞・結詞의 三段構造로 나누어 볼 수 있는데 緒頭語인 〈1〉 "텬지가 숨긴 후의"에서부터 "젹 악부인 흥망가ᄉ 역역히 긔록ᄒᄉ / 고금역ᄉ 다 잇스니…… / 축훈 일을 본을 보고 악훈 일은 경계ᄒ소."〈30〉까지를 序詞로 볼 수 있고, 〈69〉 "슬푸다 금셰의 부인들아" 以下를 結詞로 볼 수 있게 된다. 우리는 이 序詞와 結詞만 檢討해 보아도 〈女箴〉의 製作動機와 그 意圖를 알 수 있으며, 本詞 중의 閔中殿 讚歌(〈78〉~〈82〉)와 陽川許氏・連山徐氏의 讚歌(〈144〉~〈168〉) 등의 敍述內容으로 미루어 보아도 《女誡諺解》와 國文行狀인 〈祖妣行狀拾遺錄〉과 《大夫人行狀拾遺錄》을 남긴 바 있는9) 金竹泉과 깊은 關聯이 있음을 미루어 알 수 있겠다. 특히 金竹泉은 祖妣 尹夫人을 위하여 班昭(後漢 安帝時人)의 《女誡》를 諺解해 드릴 정도로 女性들의 德性敎育에 대한 關心이 깊었을 뿐만 아니라10) 仁顯王后(1667~

---

9) 宋百憲, 《西浦家門行狀》, 螢雪出版社, 1997. 7, 26~24쪽.(太夫人行狀拾遺錄)

10) "……祖妣於諸孫女子 亦欲其稍知古訓, 小子嘗諺解班昭女誡 祖妣見而甚喜, 手自膳寫一通 以賜小子之女 曰爾宜知此, 時年過七十矣.……"(金鎭圭)
(……소ᄌ 일작 반소의 녀계를 언히ᄒ니, 조비 보시고 심히 깃거ᄒ샤 손ᄌ 일통을 써닉샤 소ᄌ의 쏠을 쥬어……)

1701)에 대한 남다른 情誼가 도타웠던지라, 光山金氏 門中 女性들에 대한 愛着心도 남다르게 깊었으리라고 보아진다. 그러하기 때문에 光山金氏 門中 女性들을 讚揚한 〈女箴〉의 著述도 可能했던 것으로 보려고 한다. 竹泉 金鎭圭는 〈女箴〉의 作者일 可能性을 排除할 수가 없는 것이다.

　萬若에 우리의 主張이 헛되지 않다고 한다면, 〈女箴〉一篇이야말로 上流層 士大夫의 格調 높은 女訓歌辭로서 다시금 높이 評價받아야 마땅하리라고 본다. 要컨대 〈女箴〉은 女性의 存在와 德性, 社會的 位相에 대하여 올바로 認識한 매우 貴重한 女訓文學作品이라고 생각한다.

3. 結　論

　위에서 論議한 바와 같이, 鄙藏 筆寫本 〈女箴〉은 그냥 지나칠 수가 없는 매우 貴重한 價値를 지니고 있다고 하겠다. 本論의 內容을 다시 要約 整理해 보면 다음과 같다.

　첫째로, 〈女箴〉은 格調 높은 內容과 品位 있는 表現으로 보아 士大夫 兩班層의 作品임에 틀림없고,

　둘째로, 〈女箴〉의 敍述內容과 時代相의　表現 등으로 따져볼 때 肅宗年間에 政界에서 活動하였던 竹泉 金鎭圭(1658~1716)의 作品으로 볼 수가 있겠으며,

　셋째로, 〈女箴〉은 士大夫 上流層 婦女들의 謹嚴한 法度를 알아볼 수 있는 貴重한 證言文獻으로서, 옛날 女性들의 本質的인 位相을 가늠할 수 있는 훌륭한 女訓歌辭(178句의 長歌)로서 다시금 새롭게 評價 받아야 하리라고 본다.

〈參考文獻〉

崔康賢, 《韓國古典隨筆講讀》, 高麗苑, 1983.7.
《威齋金重烈教授回甲紀念論文集 韓國人의 古典硏究》, 太學社, 1998.9.
宋百憲, 《西浦家門行狀》, 螢雪出版社, 1997.7.
崔康賢, 《조선시대 우리 어머니들》, 박이정, 1997.
《燕居齋申東益博士停年紀念論叢》國語國文學研究, 景仁文化社, 1995.6.
拙稿, 〈靑春寡婦自嘆歌의 哀歡과 情恨〉, 《慕山學報》第10輯, 1998.2.
姜憲圭, 〈螺臾 李基遠의 農家月令 註解〉, 《熊津文化》第11輯, 1998.12.

趙胤熙의 〈關東新曲〉에 對하여

金 起 瑩

목 차

1. 緒 論

〈關東新曲〉은 秦東赫(1993)이 학계에 발굴·소개함으로써 비로소 세상에 빛을 보게 된 1238구의 장편 금강산 기행가사이다. 이 작품은 永祚를 字로 쓴 趙胤熙(1854~1931?)가 1894년 음력 4월, 그의 나이 41세시에 지은 것인데, 뛰어난 문학성과 이 가사가 지닌 금강산 기행가사상의 사적 의의로 하여 일찍이 주목을 받은 바가 있다.[1]

그러나 연구사를 검토하여 볼 때에, 작품의 이모저모와 가사문학사상의 의의에 대하여 세밀하게 논증한 단독 논고는 전무한 실정이

---

1) 이에 대하여는 염은열(1998), 김기영(1999. 2), 김기영(1999. 8), 柳貞先(1999)을 참고하기 바람.

다. 이에 필자가 〈관동신곡〉에 대하여 의욕적으로 검토할 필요성을 느끼게 되었음은 너무도 당연한 일이라 하겠다. 더욱이 문학 내지 그의 연구는 문학을 향유하는 수용자층을 항상 의식하고 그들에게 도움을 줄 수 있는 방향으로 모색되어야 한다고 보는데, 금강산 관광의 진행으로 금강산에 대한 관심이 증폭되고 있는 요즈음 이러한 논의는 의미있는 작업이 아닌가 한다.2)

본고에서는 〈관동신곡〉의 문예적 실상과 작품에 투영된 작자의식을 중점적으로 고찰하되, 이 가사가 출현하게 된 배경 및 가사문학 사상의 의의에 대하여도 살펴보고자 한다. 본고에서는 진동혁이 〈새 자료 관동신곡 연구〉의 말미에 제시한 〈관동신곡〉 원문을 기본 자료로 하여 분석한 것임을 밝혀 둔다.3) 다만 본문은 원전 표기를 그대로 따르되, 진동혁이 시도한 음보별 띄어쓰기가 아닌 현행 표준어법에 맞추어 띄어썼다.

2. 〈關東新曲〉의 創作 背景과 文藝的 實相

2.1. 〈關東新曲〉의 創作背景

본 절에서 밝히고자 하는 것은 〈관동신곡〉이 어떠한 계기로 창작되게 되었는가 하는 점이다. 이의 단서로 우선 작자가 작품명을 〈관동신곡〉이라 한 것을 주목할 필요가 있다. 19세기의 여타 금강산 기행가사와 비교해 볼 때에 작자의식 면이나 문체·표현 등의 부면

---

2) 작금의 상황을 보면, 금강산 관광에 부응하여 각종 금강산 관련 서적이 출간되어 독자들의 금강산에 대한 궁금증을 해소시키거나 그들의 금강산을 향한 그리움을 더욱 증폭시키고 있다. 금강산 문학을 연구하는 필자로서는 여간 고맙고 반가운 일이 아닐 수 없다. 대표적인 저서 몇 권을 소개하면 대략 김동주 편역(1999), 최상익·허남욱·김풍기 공역(1999), 최완수(1999), 차종환(2000), 노르베르트 베버(1998) 등과 같은 것들이다.
3) 〈관동신곡〉 자료 원문은 秦東赫(1993 : 12~47)에 실려 있음.

에서 두드러진 차이를 보이는 것은 아니지만4) 어쨌든 작자가 관동, 곧 금강산을 노래한 기행가사를 죽 읽어 왔으며, 이를 새롭게 표현하고자 한 의도를 가지고 본 작품을 창작했음을 확인시켜 주는 것이다.

다음으로는 작자가 작품 서사에서 금강산을 유람하게 된 동기를 서술한 데서 찾을 수 있다. 작자가 여기서 말하고자 한 요지는 속세의 부귀영화가 모두 부질없다는 것과 산천을 유람하여 도덕과 문장을 이룬 옛 성현을 본받아 금강산을 유람하게 되었다는 것이다.

> 지금 세상 사람덜은/이히 영욕 골몰ᄒ여/부귀복틱 자셰ᄒ고/일평싱을 허송흔다/황강급졔 디관ᄒ여/한님디고 각신ᄒ고/이죠참의 디사셩의/병인판셔 중신니며/우상 좌상 영의정은/문관 지위 극진ᄒ고/남힝 선젼 별군직의/조사ᄒ여 사례훈 후/남북병사 통제사며/병조참의 금군별장/좌우 포장 어장 훈장/호반 지위 극진ᄒ고/초시 진ᄉ 결신ᄒ여/동몽교관 능참봉의/계방관원 션혜낭쳥/광나쥬목 다 지니고/도영도정 보국판셔/남힝 지위 극진ᄒ고/귀흔 ᄉ람 부 안할가/남젼북답 남노여비/고디광실 놉흔 집의/금의옥식 싸여쓰니/우환 질고 젼혜 읍고/희희낙낙 질거워라/오날 가고 너일 가니/쳘연일 듯 말연일 듯/일장츈몽 거거중의/무졍 셰월 다 보닌다

그러나 상기 작품 서사 '무정세월 부유인생' 단락(후술할 '〈關東新曲〉의 構成' 항 참조)의 제11구~제42구의 사설을 보면, 문반, 무반, 음직의 주요 관식이 두루 나열되어 있다. 훗날 通訓大夫 黃州郡守를 지냈던 직자였음을 고려할 때에 "널긔 서싱"의 쳐지에서 서영한 상기 내용에서 세속적 현달에 대한 욕구를 찾을 수 있다.

즉 작품 서사를 통하여 볼 때에, 작자는 한미한 시골 유생으로서, 무의식적으로 顯達에 대한 욕망을 擔持하면서, 사대부로서의 정체

---

4) 물론 조선 전기의 〈관동별곡〉이나 〈관동속별곡〉, 그리고 18세기의 〈명촌금강별곡〉과 비교하면, 작자의식이 다양하게 작품에 투영되어 있고, 작품의 길이가 길어진 점에서 두드러진 차이를 발견할 수 있다.

성을 확인하고 더욱 확고히 하는 문화적 의미로써 그들 사이에서
유행하던 당대의 유산 풍속에 동참함으로써 자신의 신분적 열세를
대리 만족함과 동시에 아울러 신분적 상승을 열망하는 차원에서 이
작품이 창작된 계기를 찾을 수 있겠다.5)

2.2. 〈關東新曲〉의 文藝的 實相

2.2.1. 〈關東新曲〉의 構成

〈관동신곡〉은, (천안) - 한양 - 동디문 - 아남동 - 무넘니(이) -
양주 - 포천 - 쳘원 - 김화 - 김성 - 창도 - 단발영 - 장안면 - 쳘
니고기·형제송 - 괘궁전 - 탑거리 - 천만교(만천교) - 장안사 -
법총누 - 진여문 - 행운암 - 장경암 - 관음암 - 보원암 - 지장암 -
옥경디 - 황뉴담 - 티자성 - 비룡문 - 오리봉 - 명연담 - 쳔왕바회
- 삼불암 - 빅화암 - 슈즁(츙)영각 - 함영교 - 표운(훈)사 - 능파
루 - 상수문 - 정양스 - 반아(야)젼 - 현승젼 - 약산(사)젼 - 흘
(헐)셩루 - 표훈사 - 금강문 - 영약(아)지 - 셔루문 - 방션교 - 홍
(흑)용담 - 비파담 - 벽파담 - 불(분)셜담 - 망(만)슝암 - 보덕굴
- 진쥬담 - 지(구)담 - 설(선)담 - 황종(룡)담 - 마ᄒᆞ연 - 만화
(회)암 - 빅운디 - 금강슈 - 마ᄒᆞ연 - 불지암·감노수 - 소광암 -
묘길상 - 사션암 - 안문영 - 호(효)운동 - 유졈스 - 만월누 - 산영
누 - 호지문 - 용읍누 - 만월루 - 삼일포 - 스션졍 - 몽쳔암 - 무

---

5) 염은열(1998 : 79~86)은 김대행이 소개한 du Guy의 문화 개념을 적용
   하여 〈지헌금강산유산록〉과 〈관동신곡〉의 문화적 의미를 논하는 가운데, 유
   산 풍속이 유교적 이념과 결부됨으로써 사대부들의 유산은 더욱 사대부로서
   의 정체성을 확인하고 더욱 확고히 하는 문화적 의미까지 지니게 된다고 하
   면서, 문화론적 관점에서 볼 때에, 양반이되 양반으로서의 문화적 정체성을
   지니지 못한 시골 선비들이 일시적이나마 사대부들의 유산 문화에 동참함으
   로써 신분적 컴플렉스를 보상해 줄 수 있는 문화적 정체성을 얻고자 한 데
   에서 이들 두 가사가 산출된 것으로 보았는데 좋은 참조가 된다.

션셕 - 사지셕 - 고성읍 - 입셕포 - 명ᄉ십이 - 희금강 - 고성읍 - 신계ᄉ - 만셰루 - 디웅전 - 오션암 - 양(앙)지디 - 용(옥)용관 - 칠션암 - 감사굴 - 옥욱동 - 연쥬담 - 비몽(봉)폭포 - 무몽(봉)폭포 - 연담교 - 구농(룡)연 - 보광암 - 신계사 - 은징(온졍)영 - 만물쵸 - 온천 - 용천읍 - 층셕졍 - 환션젼 - 회양읍 - 촉지령 - 화쳔장터 - 회양아즁 - 김셩읍 - 영평 - 티화산 - 삼부연 - 연웅전 - 영평읍 - 금수졍 - 빅운누 - 이양졍 - 빅견와 - 한양 - (천안) 順의 노정에 따라 작자가 보고 느낀 점을 노래하고 있는 2율각 1구로 헤아려 총 1238구의 금강산 기행가사이다.

  본 작품을 제대로 감상하기 위한 선행 작업으로서 작품 분단을 하여 보면,6) 전편이 5대단 27소단으로 구성되어 있음을 알 수 있다. 이를 개조식으로 정리하면 다음과 같다. 오른편의 (   ) 안의 숫자는 2율각 1구로 헤아린 구의 순번을 의미한다.

【緒　詞】　　　金剛山 遊覽 動機
(1)無情歲月 浮游人生　(1)망망쳔지 무궁ᄒ디~(46)보름 후의 도로 쥰다
(2)옛 聖賢 遊覽 追隨　(47)영쳔 은ᄌ 소부 허유~(88)금강손 안니 보랴
【本　詞】　가. 金剛山行 途中
(3)入京과 金剛山行 準備　(89)갑옷 모츈 발졍ᄒ여~(112)젼별 회포 챵연 ᄒ다
(4)東大門出發 金城到着　(113)동디문 니다라셔~(131)챵연ᄒ기 긔지 읍다
(5)烈女張氏 旌門　　　(132)챵도역 못 (미)쳐셔~(168)감모지회 할냥 읍다
(6)斷髮嶺　　　　　(169)오리 가고 십니 간니~(218)지우금 젼ᄒ엿네
(7)鐵伊嶺·掛弓殿　　　(219)산 아리 니려가셔~(228)문장군의 활근 터라
　　나. 內金剛 遊覽
(8)長安寺·長安洞　　(229)탑거리 즁화ᄒ고~(296)도량니 졍결ᄒ다
(9)百川洞·明鏡臺　　(297)구경을 맛친 후의~(350)오리 모양 쳔연ᄒ다
(10)靈源庵, 金蛇·黑蛇窟, 望君臺 景槪·傳說

---

6) 작품 분단은 진동혁이 처음 했는데, 작품 전편이 (1) 一段階(起詞) : 1句~88句, (2) 二段階(承詞) : 89구~184구, (3) 三段階(轉詞) : 185句~1098句, (4) 四段階(結詞) : 1099句~1238句로 구성되어 있는 것으로 보았다.〔(秦東赫 : 17~19) 참조.〕

	(351)영월(원)동이 조튼ᄒ나~(373)망군티라 ᄒ여다데
(11)長安洞	(374)엽길로 나려와셔~(400)윤ᄉ국의 글씨로다
(12)白華庵	(401)법당의 올나보니~(444)이닉 마음 상쾌할가
(13)表訓寺	(445)빅화암 다 본 후의~(518)고초장은 너머 쓰다
(14)正陽寺 風景과 歇惺樓上 眺望	
	(519)점심 요긔 다한 후의~(602)비로봉이 졔러구나
(15)萬瀑洞	(603)표훈사로 나려와셔~(666)팔담을 다 보앗다
(16)白雲洞	(667)마ᄒ연 ᄎᄌ 간니~(684)물맛시 아름답다
(17)花開洞	(685)마ᄒ연 나려와셔~(702)고셩 ᄯᅡᆼ 지경이라

다. 外金剛·海金剛 遊覽

(18)曉雲洞	(703)영ᄒ의 나려간니~(714)이곳의 오단말가
(19)楡岾寺	(715)유졈ᄉ 다다른니~(789)유졈ᄉ 지여다네
(20)三日浦·四仙亭·夢泉庵·舞仙石	
	(790)만월누의 숙소ᄒ고~(830)사지 모양 쳔연ᄒ다
(21)海金剛	(831)고셩읍 드러가셔~(918)지우금 져(젹)막ᄒ다
(22)神溪洞	(919)구경을 맛친 후의~(948)폐우ᄒ던 곳시로다
(23)玉流洞, 九龍淵·九龍瀑布	
	(949)아름답다 옥웍(유)동은~(1012)점심 요긔 디졉ᄒ다
(24)萬物草	(1013)신계사로 날여와셔~(1088)그려디지 못할너라
(25)溫泉~叢石亭	(1089)옛길로 나려와셔~(1132)도연명은 어디 갓노

【結 詞】   歸路上의 路程과 戀戀不忘

(26)歸路上의 路程	(1133)오월 오일 회졍ᄒ여~(1220)유월 쵸싱 당ᄒ엿다
(27) 戀戀不忘	(1221)명산디쳔 됴흔 곳의~(1238)과희 비소 안니할가

이상에서 정리한 서술을 볼 때에, 〈관동신곡〉은 내용면에서 '출발 →노정→목적지→회정'의 4단계 구조인 바, 崔康賢이 내용적 구조상 정격형 또는 완전형이라 명명한 기행가사의 유형7)에 속하는 가사 임을 확인할 수 있다. 작품 전체의 서술 양상을 보면, 시간의 흐름 에 따라 빠르게 서술되어 있는 여정의 나열 부분과 장황하게 묘사

---

7) 崔康賢(1982 : 16)은 '출발→노정→목적지→회정'의 내용 구조를 지닌 기 행가사 작품을 정격형 또는 완전형 가사라 하고, 회정의 내용이 빠진 기행 가사 작품을 불완전형 또는 결격형 가사라 명명하였다.

된 승경 묘사 부분, 그리고 특정 승지나 승경과 관련된 설화를 소개하는 설화의 삽입 부분이, 시간적 순서에 따라 이어지는 전개 방식을 취하면서, 헌사한 금강산의 모습을 말의 헌사함으로 표현하고 있다.8)

2.2.2. 〈關東新曲〉의 文體·表現

이 가사에는 헌사한 금강산의 모습을 형상화하기 위한 방편으로 각종 수사적 표현과 언어유희가 동원되어 작품의 문예미를 제고하고 있다. 즉, 용사법, 열거법, 대구법, 대조법, 도치법, 직유법, 은유법, 영탄법, 설의법, 의인법, 돈호법, 비교법, 문답법, 과장법, 의태법, 반복법 등 각종 수사법이 단독으로, 또는 복합적으로 사용되고 있을 뿐만 아니라 언어유희(pun)를 구사하여 자칫 지루하게 느껴지기 쉬운 장편가사의 한계를 극복함과 동시에 작품성을 한껏 고양하고 있는 것이다.

이중 두드러지게 사용된 수사법은 용사법, 대구법, 열거법, 직유법으로 보여지며, 언어유희와 '~(하)다 ~는(은)….' 식의 도치적 표현이 여러 군데에서 보이는 점은 여타의 금강산 기행가사에서는 찾아보기 힘든 시적 표현기교라고 하겠다.

신계사로 날여와셔/그 날 밤 숙소ᄒ고/그 이튿날 발힝ᄒ여/말(만)물쵸 구경 가자/은졍(온졍)영 놉흔 고기/사십이 올나간니/만물쵸 이리구ᄂ/구경을 ᄌ세 ᄒᄌ/긔긔괴괴 만학천봉/가진 물형 다 잇도다/쳔틱산 옥동자가/학을 타고 져를 불며/구름 속의 달리난 듯/월중 션여 니려와셔/칠보단장 갓게 ᄒ고/단졍이 안잔난 듯/상산사오(호)모여 안셔/바둑 두며 노이난 듯/셔(석)가여러 붓쳔님/오빅나흔 서나리고/여(연) 하더의 올나 안자/셜법ᄒ난 모양이요/장판교의 장익덕이/쟝창금을 빗겨 들고/고치눈을 부릅쓰고/호령ᄒ난 모양이요/와농 션성 계갈양이/빅우션 학창의로/신륜거의 올라 안ᄌ/쳔병만마 두르난

---

8) 염은열(1998 : 70~79) 참조.

듯/금관 됴복 져 지상은/옥호를 손의 쥐고/조(초)헌 우의 놉흐 안즈/공고의 들어가나/웅장ᄒ다 져 장수난/투구 쳘갑 가초 입고/챵(쟝) 챵 디금 빗겨 들고/은안 빅마 놉희 안즈/오방긔취 휘두르며/젼쟝의 나아가나/위수의 강틱공이/낙디 들고 조난 모양/부츈산의 엄즈릉이/소모라 밧 가난 듯/광한누 리도령이/난간의 의지ᄒ여/츈양이 바라보고/졍신읍시 앉즌난 듯/육관디ᄉ 승진의가/팔션여 만나보고/ᄭᅩ가지 셔로 쥐며/반기여 노이난 듯/쳥용황용 넙느러셔/영(여)의쥴(쥬)을 희롱ᄒ나/월궁의 옥툇기가/불사약 방아 찐나/소상 동졍 달 발근 밤/쪠기럭이 나려오나/봉도 갓고 학도 갓고/형형싁싁 다 잇도다/사람으로 볼짝씨면/왼갓 스람 다 모이고/짐싱으로 볼작시면/가진 짐싱 다 잇도다/이리 보면 이것 갓고/져리 보면 져것 갓다/쳔틱만산(상) 황홀난측/긔이ᄒ고 괴이ᄒ다/한퇴지의 문장으로/글로 형숭 못ᄒ겟고/소진 장의 구변으로/말로 혀(형)용 못ᄒ겟고/소양난의 지됴로도/수도 놋치 못ᄒ겟고/고긔지의 그림으로/그려디지 못할너라

위는 '만물초' 단락으로써 제1013구~제1088구의 내용이다. 본 작품에서 구사된 대표적인 수사법들이 두루 드러나 있어 다소 장황하지만 전문을 인용하였다. 특히 '~듯, ~요, ~고, ~나' 등의 어미를 나열한 열거법, 석가모니와 중국의 역사적 인물 및 또 그에 얽힌 고사와 고전소설의 주인공을 끌어들인 용사법, 제1047구에서 보여지는 도치법, 제1077·1078구에서 쓰인 언어유희 등을 매개로 하여 기묘한 바위들의 집결처로 이름난 만물초의 다종 다양한 모습을 생동감 있게 형상화하였다.

기실 용사법의 경우 그 사용된 실상을 볼 때에, 한·중의 실제 인물과 또 그에 얽힌 고사, 한시, 고전소설의 주인공, 각종 금강산 경물에 얽힌 이야기까지 총 망라하여 작품 내에 끌어들이고 있다. 또한 대구법, 열거법, 직유법도 작품 곳곳에서 빈번히 사용되어 1238구나 되는 긴 가사를 마치 파도치듯 변화를 모색하면서 문학적 완성도를 높이는 데에 일조하였다. 특히 언어유희와 도치법은 상기 주요 수사법에 미칠 바는 아니지만 그래도 비교적 많이 사용되어 전자는 해학적인 웃음과 율동을 조성하고, 후자는 단조로운

문장에 변화를 주는 한 방편으로 사용되고 있다.

 (1) 흘셩누의 올나 안져/스면을 바라본니/금강산 모든 봉이/녁녁히 보인다/장경봉 관암(음)봉은/장안스세 먼져 보고/웃쑥훈(셕) 가봉은/셕가려리 모양이요/쎄쑥쎄쑥 십왕봉은/열 디왕이 져러ᄒ며/**불승ᄒ다 죄인봉은**/무삼 죄를 못 씨지여/져디지 뒤 결복의/비난 모양 참혹ᄒ다/엄연훈 판관봉은/최판관이 져러훈가/**어여쑤듯 동자봉은**/희미ᄒ게 웃둑 셧다/**영악ᄒ다 사자봉은**/네굽을 한 더 모고/등셩이를 쥬구리고/소리를 지르난 듯/**웅장ᄒ다 빅마봉은**/은 안장 금 치촉의/오릉 소연 어디 두고/이곳의 혼ᄌ 잇노/마면봉 우두봉은/말 얼굴 쇠 머리요/**천연ᄒ다 차일봉은**/차일 친 모양이요/쏐쥭훈 세 봉오리/삼인봉이 져 안니며/영특훈 미륵봉은/미륵보살 형상이요/빅람봉 슈렴봉은/마조 셔셔 웃둑ᄒ고/네모번듯 승상봉은/평승 노은 모양이요/셕응봉이 긔이ᄒ다/미 안진 모냥이요/법긔봉 팔을(일)봉은/모다 보살 일홈이요/다섯 봉이 나른ᄒ니/오션봉이 이 안니냐/금수더 조흔 경기/구월 단풍 졔일이라/**이상ᄒ다 혈망봉언**/봉오리 가온디의/구명이 쑬여쓴니(하략)

(〈정양사풍경과 혈셩루상 조망〉제537~제585구)

 (2) ·곳슬 보고 곳슬 보고/풍우의 쩌러지고/달을 보고 달을 보고/보름 후의 도로 쥰다 (제43구~제46구)
   ·ᄌ고 급금 천만연의/승현문중 몃 분니냐/명순 디쳔 널니 노라/진토의 버셔나셔/희동조션 삼쳘니의/명순니 몃 곳지냐(제73구~제78구)
   ·십팔닐 비가 오고/십오닐 날리 긔니 (제93·94구)
   ·오리 가고 십니 간니/빅여리 쏘 왓쏘다/니십오리 셕양쳔의/단발영의 닐럿다/십오리 놉흔 고긔/반공의 소사쓴니 (제169구~제174구)
   ·세 거름의 두 번 쉬고/다섯 거름 셔 번 쉬여/쉬염쉬염 올나 가니/흠ᄒ고도 넙 흘셔라 (제181구~제184구)
   ·쳔 명인지 만 명인지/불지기슈 알 수 읍다 (제247구~제248구)
   ·이층 견각 삼층 견각/웅장ᄒ고 긔이ᄒ다 (제255구~제256

　　구)
　・지장암 구경 가자/지로승니 지로ᄒ여/지장암 다다르니/도량
　　니 졍결ᄒ다 (제293구~제296구)
　・널비난 ᄒ간 남즛/놉기난 ᄒ길 남즛 (제475구~제476구)
　・쳔길린지 만길린지/졍신이 아득ᄒ다 (제659구~제660구)
　・층층이 셧난 돌이/층셕이 이 안니야 (제1115구~제1116구)

　　(1)과 (2)는 〈관동신곡〉에서 독특하게 사용하고 있는 문장 표현 기법인 도치법과 언어유희의 실상을 좀더 구체적으로 살펴보기 위해 인용된 사설이다. 여기서 (2)를 보면, 본 가사가 숫자와 동일 음절·음운·단어의 변화적 반복을 통해 언어유희를 구사하고 있음을 알 수 있다.

　　율조면에서 볼 때에 〈관동신곡〉은 2음보 1구로 헤아려 장장 1238구 중, 2음보 1행이 10개로 10구, 4음보 1행이 521개로 1042구, 6음보 1행이 62개로 186구를 차지하고 있다. 즉 2음보 1행이 전체 구에서 차지하는 비율은 0.8%, 4음보 1행은 84.2%, 6음보 1행은 15%로서 일부 귀글체 율조가 파괴되기는 하였지만, 안정되고 유장한 율격을 유지하고 있음을 확인할 수 있다.

　　한편, 작자는 가사 속에서 시를 외거나 읊는 장면을 서술하였다.

　　(1)　이슈즁분 빅노쥬요/삼산반낙 쳥쳔외난/디젹션의 글리로다/방모 방당 일감기요/쳔광운영 공비회난/주부ᄌ의 글리로다/두 글을 을퍼 본니(제810구~제813구)
　　　　三山半落青天外/二水中分白露洲 (李白, 〈登金陵鳳凰臺〉)
　　　　半畝方塘一鑑開/天光雲影共徘徊 (朱子, 〈勸學詩〉)

　　(2)　춘수션여 쳔상좌난/두자미(杜子美)의 글을 외고/죵일위능 만 경은/젹벽부도 을퍼 보며(제871~874구)
　　　　佳辰强飲食猶寒/隱几蕭條帶鶡冠/春水船如天上坐/老年花似霧中 看/娟娟戲蝶過閑幔/片片輕鷗下急湍/雲白山青萬餘里/愁看直北是 長安 (杜甫, 〈小寒食舟中作〉)

縱一葦之所如/凌萬頃之茫然（蘇軾, 〈赤壁賦〉)

(3) 도화유슈 묘연거/별유쳔지 비인간/리젹션의 글을 외고
　　　　　　　　　　　　　　　（제1197구～제1199구)
桃花流水杳然去/別有天地非人間（李白, 〈山中問答〉)

　이백·주자·두보의 시, 소식의 부를 용사하고 있는 (1), (2),
(3)은 동일 저본의 전사 이본인 학산 조종업본 〈금강산유산녹〉·김
동욱본 〈금강산뉴산록〉·고대악부본 〈금강산유산록〉의 "절귀 ᄒ나
ᄒ고 가ᄌ"라거나 "시흥이 졀노 난다" 하고 작품 가운데 한시를 지
어 삽입한 것과 같은 맥락에서 이해되는 독특한 표현법이라 하겠
다. 이를 통하여 작자는 독자로 하여금 가사의 율동감과 한시의 리
듬감을 동시에 맛보게 하는 재미를 주면서, 본 가사가 지닌 유장한
율격에 변화를 꾀하고 있다고 하겠다.

3. 〈關東新曲〉에 나타난 作者意識

　〈관동신곡〉을 보면, 유자의식과 도선적 낙토의식이 노정되어 있
고, 불교에 호의적이며 풍수설 또한 수용하고 있다. 물론 이렇듯 작
품 내에 여러 의식이 반영되는 것은 19세기 금강산 기행가사가 갖
는 하나의 보편적 현상이기도 하다. 임·병 양란을 기점으로 하여
조신 후기는 근대성을 지향하는 쪽으로 제반 문학가 변환하였고,
이에 따라 의식면에서도 보수적인 유자의식을 탈피하여 융통성을
보이게 되었기 때문이다. 그러나 다양한 의식을 드러내는 기법은
작가마다 차이가 있고, 의식의 내용 또한 개별적인 특성을 보인다.
문학이 궁극적으로 인간을 이해하기 위한 한 방편이라 할 때, 장을
달리하여 작자의식을 상론하는 것도 나름대로 의미가 있다고 하겠
다.

3.1. 儒者意識의 反映

작품 전편을 볼 때에 작자는 철종 때 영의정을 지낸 趙斗淳 (1796~1870)의 願堂 및 諱字 새긴 돌 언급, 朱子의 勸學詩 인용, 尤庵 宋時烈(1607~1689)의 "怒瀑中瀉 使人眩戰"이라는 필적 언급, 三淵 金昌翕(1653~1722) 선생 언급 등 조상을 기리고 선현을 추모하는 유자의식의 일단을 엿보이고 있다. 그것의 구체적인 모습은 유람동기를 서술하는 대목과 孝烈을 勸獎하는 대목과 憂國衷情을 표백하는 서술에서 확연히 드러난다. 먼저 작품 서사, '옛 성현 유람 추수' 단락의 전문(제47구~제88구)을 보기로 하겠다.

> 영천 은주 소부 허유/누황돈표 안주님은/져 부귀를 부러ᄒ고/니의 낙을 곳칠쏘냐/니 아모리 닐기 셔싱/삼척미명 가련ᄒ다/승현의 글을 닐거/고닌을 사모ᄒ니/져러ᄒ 진셰 스람/ᄒ가지로 싹홀쇼냐/비우리라 비우리라/옛 스람의 비우리라/등틱산이 소쳔ᄒ난/공부즈의 도덕이요/이십의 남유강회/사마쳔의 문장이요/남혼 여가 맛친 휘의/유람 쳔ᄒ 상펑니며/광풍졔월 주렴계난/명산쳔의 질거이고/황ᄒ 보고 틱산 보니/소즈유의 안목니요/향손거사 빅낙쳔은/녹슈쳥손 쥬인니요/무의구곡 조흔 경기/두(주)부즈의 노던 터라/즈고 급금 쳔만연의/승현문중 몃 분니냐/명순 디쳔 널니 노라/진토의 버셔나셔/ᄒ동조션 삼쳘니의/명순니 몃 곳지냐/남지리 북한산과/동금강셔 구월에는/일국의 경기쳐라/고금 스람 만니 노니/금강손쳔 졔닐리라/중국의도 소문 닛다/원싱고려 닐견금강/디국 스람 글리로다/됴션의 싱겨 나셔/금강손 안니 보랴

고대 중국의 전설상의 은자로 안빈낙도를 즐겼던 隱士의 전형인 巢父·許由 및 유가의 현인인 顔回(521~490 B.C.)와 문인의 대표격인 香山居士 白居易(772~846)·蘇轍(1039~1112), 대표적인 역사학자 司馬遷, 孔子(551~479 B.C.)·濂溪 周敦頤(1017~1073)·朱子(1130~1200) 등 儒家 聖賢의 산천 유람 사례를 들고, 이들을 법받아 금강산 유람을 결심하게 되었음을 밝히고 있다.

이는 곧 각종 유산기를 지은 여타 유자들과 유람동기 면에서 동일한 의식이라 할 수 있겠다.

　다음으로 작자가 효열을 권장하고 있는 부분의 내용을 살펴보기로 하겠다. 본 가사를 보면, 작자가 열녀 장씨의 정문을 본 소회를 장황하게 서술하고 있는 부분이 있다. 작품 본사 '열녀장씨 정문' 단락의 전문인 제132구～제168구의 사설이 그것이다.

　　창도역 못(미)쳐셔/열여 장씨 젹문니라/장열여의 절긔 보소/년광니 십구셰의/츌가 셩닌 못ᄒ여셔/병자호란 변을 만나/오랑키의 사로잡혀/인물 졀식이라/도젹니 ᄉ모 ᄒ여/엇기를 후여잡고/겁칙 필욕ᄒ랴 ᄒ니/장씨 마음 분니 여겨/즁심의 혀아리되/부모의 바든 혈육/도젹의 둘러우니/여ᄌ의 고든 절긔/사싱을 도라보랴/도젹의 자분 엇기/칼을 ᄲᅨ여 잘은 후의/그 칼노 자문ᄒ니/일누 잔명 가련ᄒ다/장ᄒ도다 져 장씨여/지ᄒ의 도라간 후/봉쳔 두씨 짝을 지여/아황 여영 비행ᄒᆫ가/츄상갓치 놉흔 졍졀/빙옥갓치 말글셔라/오고 가는 힝닌닌덜/뉘 아니 감창할가/외로운 져 무덤은/열여의 산소로다/일가 친쳑 뉘가 잇셔/산소 슈호 ᄒ엿스랴/무근 쑥디 우거지고/공곡 훈풍 소슬ᄒ다/방황ᄒ며 바라보니/감모지회 할냥읍다

　작자는 효에 명분을 두고 궁극적으로는 여성의 절개를 강조하였다. 이러한 내용은 독자에 대한 孝烈 勸獎의 차원에서 이해되는데, 여성 독자뿐만 아니라 가부장적 봉건사회 하에서의 남성 독자들에게도 득히 여성 빔질의 딩위셩이라는 측면에서 궁정적으로 수융될 수 있었을 것으로 본다. 더욱이 국난을 당하여 보여준 '일개' 여성의 절개 앞에 當爲的 '義'라는 견지에서도 많은 유자들로 하여금 각성을 유발하게 하였으리라 본다.

　그러면 끝으로 작자의 우국충정이 반영되어 있는 구절을 보기로 하자. 기실 유자라면 모름지기 난세를 당하여서는 목숨을 아끼지 않는 것이 당연한 도리였다. 따라서 작자로서도 일본 제국주의의 침략이 점점 드세어지고, 설상가상으로 그의 표현대로라면 '동학난

리'가 진행 중이던, 1894년의 어수선한 시국 속에서 나라를 걱정하는 마음이 없을 수 없었으리라 본다.

> (1) 슬푸다 오날날의/왜젹이 쏘 승흐여/동니 인쳔 덕원부의/
>   집을 지고 나와 살며/진고기 젼을 본니/도셩의 들어와셔/
>   셔산디사 시명당을/어이 흐면 다시 어더/져 왜 젹을 물이
>   쳐서/이니 마음 상쾌할가

> (2) 촉지령 나려셔셔/화쳔 장터 숙소흐고/회양 아즁 들러가셔/
>   사오일 유련 후의/김셩읍 들어와셔/녹엽을 츠지든니/남즁의
>   동학날니/그져 평젼 못되잇(엇)고/왜병 들러와셔/도셩의 진
>   을 친니/쇼셜이 요란흐고/인심이 송구흐다/어렵도다 이니 몸
>   이/육빅여리 집을 쩌나/불안흔 이런 쩌의/타향고즁 염예로다

(1)은 '백화암' 단락의 일부분인 제435~제444구의 내용이고, (2)는 작품 결사 '귀로상의 노정' 단락의 제1145구~제1160구이다. (1)에서는 日人에 대한 적개심을 극명하게 표명하였고, (2)에서는 東學革命과 日人의 대응, 그리고 민심의 이반 등으로 어수선했던 당대의 시국 상황을 전하고 있다.

3.2. 好意的 佛敎意識

작품 전편을 통하여 볼 때에, 작자는 승려에 대하여 매우 호의적인 태도를 보일 뿐만 아니라 노정에 따른 공간 이동에서 마주 보게 되는 각종 사찰과 그 안의 부속건물, 그리고 조각, 그림, 공예품, 집기 및 사찰 음식 등을 유심히 관찰하고 있으며, 사찰·불상·지명·경물에 얽힌 전설을 소개하고, 아울러 불가에서 유래한 峰名에까지도 관심을 표명하였다. 승려에 대한 작자의 호의적 태도는 다음과 같은 구절에서 확인할 수 있다.

　　법당의 올나 보니/단청 치식 황홀ᄒ다/법당의 나려셔셔/슈즁(즁)
영각 구경ᄒ자/동방의 모든 도승/족ᄌ의 화승이라/벽 우의 걸여씬니
/누구 누구 모엿쩐야/지공ᄃᆞᆼᄉ 난용(나옹)ᄃᆞᆼᄉ/고여 쩌 도승이요/난
용(나옹) 상좌 무학이난/이ᄐᆞ조 쩌 도승이요/임진연 왜난 쩌의/스승
상좌 합역ᄒ여/승군 의병 이릿키니/셔산 ᄃᆞᆼᄉ 스승이요/사명당의 졔
ᄌᆞ로다/사명당의 화상본니/웅중ᄒ고 쥰슈ᄒ다/치거실른 두 눈셥은/
어이 져리 사나우며/부릅쓴 눈 모양은/봉의 눈이 이러쿠나/수염은
안니 쌱거/비 아리 나려 온니/기리가 ᄒ 자 남짓/왼손의난 긔를 들
고/오른손의 염쥬 걸고/엄연이 안진 모냥/위풍이 서리갓다/현판의
금자 식여/문의 붓쳐씨니/ᄃᆡ광보국 승국ᄃᆡ부/즁의 직즁 놀납도다

　　위는 '백화암' 단락의 제401구~제434구의 사설이다. 작자는 酬
忠影閣에 봉안되어 있는 高僧 眞影을 보고, 指空(?~1363)·懶翁
(1320~1376)·無學(1327~1405)·淸虛　休靜(1520~1604)·
泗溟　惟政(1544~1610)의 순으로 이어지는 師承 關係를 밝히고,
서산대사와 사명대사가 壬辰倭亂時에 의병을 일으켰던 행적을 지적
한 다음 사명당의 위풍당당한 모습을 구체적으로 전하고 있다. 이
밖에도 작자의 승려에 대한 우호적 관심은 "金剛山 長安寺"라 쓴 금
화대사의 筆劃을 賞讚한 것, 眞表律師(8세기 중엽)를 道僧이라 하
며 장안사를 창건한 사실을 전한 것, 表訓을 道士라 칭하며 표훈사
창건 사실을 지적한 것, 석가모니의 설법 장면을 묘사한 것 등에서
확인할 수 있다.

　　심보슈승 영접ᄒ여/요긔상 ᄎ려오ᄂᆡ/실불이며 슛박산은/날ᄀᆞ도 향
취 잇다/요긔상 물인 후의/겸(졈)심상 들러온니/나물로만 차린 반상
/칠첩반상 분명ᄒ다/콩나물 숙쥬ᄂ물/겻들려 ᄒ 졉시며/도라지 고비
고사리/겻들려 ᄒ 졉시며/표고 능이 나물이며/거문 셕이 나물이요/
곰취쌈 ᄒ 졉시며/더덕나물 ᄒ 졉시의/다ᄉ마 퇴각이며/믓김쌈　무
룻무침/별미로 ᄒ여 놋코/귀두름 아욱국언/두어술짐 쩌셔 노코/엿시
고은 콩자반은/짭ᄌᆞ름 달착지근/고초장은 너머 쓰다

위는 제495구~제518구로서 '표훈사' 단락의 말미 내용이다. 절
간 음식이 이토록 자세하게 소개된 금강산 기행가사는 이외에 더
없는 것으로 알고 있다. 작자가 유람하면서 깊은 관심을 표명한 각
종 사찰과 그 안의 부속건물 등은 필자가 조선후기 금강산 기행가
사를 다루면서 많이 논급한 바 있어9) 편의상 인용 설명은 생략하
기로 하겠다.

> 이 절 사적 무러보자/이상ᄒ고 긔이ᄒ다/어나 ᄊᆡ 문슈보살/황금으
> 로 불녀니여/오십삼불 죠셩ᄒ여/쇠북의 안치여셔/바다물의 ᄯᅴ여던니
> /물 우의 ᄯᅥ단니며/구빅 여 년 지닌 후의/신나국 남히왕 ᄯᅢ/고셩 ᄯᅡ
> 의 이르르셔/안창포의 ᄒ류ᄒ니/고셩동명 긔방 초년/부쳐 쉬던 촌명
> 이요/쇠북 노은 홀총셕은/쇠북 자최 그쳐 잇다/오십삼불 쇠북 타고
> /금강산 향ᄒ온니/삽살기와 ᄉ향노루/압 질(길)을 지도ᄒ니/긔지고
> 긔 노로 목이/지로ᄒ든 곳시로다/유졈ᄉ 터의 와셔/졀터를 증ᄒ랄
> 졔/아홉 뇽이 니다라셔/터를 안니 ᄲᅢᆺ기야고/지조 결음 셔로 할 졔/
> 붓쳐의 조화로다/연못 물을 ᄭᅳᆯ케 ᄒ니/아홉 뇽이 다라나셔/구용소로
> 옴겨 ᄀᆞ니/그 연못 우의다가/유졈ᄉ 지여다네

위는 제757구~제789구로서 '유점사' 단락의 사찰연기 설화를 전
하는 대목이다. 유점사와 오십삼불 전설을 비교적 요령 있게 전하
고 있다. 이 밖에도 斷髮嶺에 얽힌 文將軍 일화, 玉鏡臺·黃流潭·
太子城·地獄門에 얽힌 전설, 靈源庵·金蛇窟·黑蛇窟에 얽힌 전설,
穴望峰 전설 등에서 불교적 색채가 물씬 묻어난다.
한편 "웃쑥ᄒ 셔(셕)가봉은/셕가려러 모양이요", "영특ᄒ 미륵봉은
/미륵보살 형상이요", "법긔봉 팔을봉은/모다 보살 일홈이요", "오십
삼불 져 바휘난/붓쳐 안진 모양이요/묘ᄒ도다 곡갈바휘/도승이(의)
귀이던야"와 같은 구절에서 드러나는 佛家式 峰名에 대한 관심 표명
도 눈여겨 볼 만하다고 하겠다.

---

9) 김기영(1995), 김기영(1997), 김기영(1998), 김기영(1999. 2), 김기영
   (1999. 8) 참고 바람.

3.3. 道仙的 樂土意識

작자는 자신이 살아가는 현실을 塵世로 인식하고, 이를 벗어나 천하 제일 명산인 금강산을 향해 출발한다. 그리하여 단발령 정상에 올라 금강산을 바라보고 그 소회를

> 영상의 계우 올라/금강산 브라보니/우뚝우뚝 말 니쳔봉/운무 중의 소사 낫다/빅옥으로 싹거니여/쳔은 단장 ㅎ여난 듯/동지셧달 써닌 눈니/그져 녹지 못ㅎ연네/산 니 어이 져러ㅎ가/쳔ㅎ장관 네로구나/상셔 구름 닌난 곳의/신션니 나려오나/져 구름의 올나 안져/옥경션자 동모지여/삼산 북지 조흔 곳의/팔연 동락ㅎ여 보세/유셰 동입 우화등션/소동파가 니 안니며/긔경상쳔 니티빅은/오날 다시 보리로다/조흔 흥치 다흔 후의/슬픈 심회 도로 난다/남쳔의 묘망 운슈/고향이 아득ㅎ다 (〈단발령〉 단락의 제185구~제208구)

라 하여 금강산을 도션적 낙토로 형상화하였다. 여로상의 곳곳에서는 만폭동을 別天地로 언급하거나 葛仙人(葛洪)의 글씨인 "小洞泠泠風波滄滄"을 인용하거나 경물 묘사의 방편으로써 물골 玉女, 三日浦 四仙亭 전설, 舞仙石 유래, 女媧補天 고사, 다섯 신선이 놀던 오선암, 일곱 신선이 놀던 칠선암, 영랑·술랑 놀던 환선전, 이백의 〈山中問答〉을 활용한 데서 작자의 도선적 낙토의식이 확인되어 진다. 그러나 뭐니뭐니 해도 금강산을 도선적 낙토로 형상화하고 있는 대표적 장면은 '해금강' 단락과 '만물초' 단락에서 찾을 수 있다.

> 순식간의 다다른니/히금강 예로구나/물 위의 솟슨 봉이/옥돌노 조와닌 듯/놉흔 봉 낫튼 봉이/웃쑥웃쑥 긔희ㅎ고/누른 빗 푸른 빗치/어른어른 빗치인다/오십삼불 져 바휘난/붓쳐 안진 모양이요/묘ㅎ도다 곡갈바휘/도승이 귀이던야/쵸목금슈 가진 모양/쳔틱만상 긔괴ㅎ다/히중의 삼신산을/옛글의 보아던니/아마도 봉니 영쥬/이곳시 분명ㅎ 듯/진시왕의 치악(약)션은/어디 가고 안니 오며/한무졔의 빅양디난/어이 예다 못 지연네 (〈해금강〉 단락의 제875구~제896구)

작자는 해만물상의 기기묘묘함을 三神山의 그 둘인 蓬萊·瀛洲山에 비기고 있으며, 秦始皇이 파견하였다는 採藥船 고사와 漢武帝가 만들었다는 栢梁臺 고사를 끌어와 해금강의 승경을 도선적 낙토로 그리고 있다고 본다. 앞서 '〈관동신곡〉의 문체·표현' 항에서 인용한 바 있는 '만물초' 단락도 "셔(셕)가여리 붓쳔님/오빅나훈 거나리고/여(연)하디의 올나 안자/셜법ᄒ난 모양이요"와 같은 구절에서는 불교적 낙토로 萬物草를 형상화했다 할 수 있지만, 제1023구~제1030구, 제1061구~제1072구는 학을 타고 箸를 부는 天台山 玉童子, 七寶丹粧을 곱게 한 구름 속의 月中仙女, 바둑 두며 노니는 商山四皓, 꽃가지로 八仙女를 희롱하는 〈구운몽〉의 주인공인 性眞, 如意珠를 희롱하는 靑龍·黃龍, 불사약 방아 찧는 月宮의 옥토끼, 소상 동정 달 밝은 밤의 떼기러기 등의 소재를 통해 선적인 분위기를 극대화하고 있다.

그러다가 귀로 직전에 이르러서는

> 옛길로 나려와셔/온쳔의 목욕ᄒ고/지로승 이별훈 후/총셕결(정) 물러가자/금강산 됴흔 곳의/신션을 짝을 지여/평싱동낙 ᄒ지던니/연분인 비 할 일 읍다/구룡 만폭 조흔 경긔/어느 날 다시 놀가/잘 잇거라 잘 잇거라/금강산아 잘 잇거라/이 몸이 늘기 젼의/다시 훈번 쏘 오리라 (〈온쳔~총석정〉 단락의 제1089구~제1102구)

라 하여 속인이기에 선경에 머무를 수 없는 자신의 한계를 안타까워하면서, 다시 오겠다는 다짐을 戀戀不忘의 심정에 담아 전하고 있다.

3.4. 風水說의 受容

요즘 우리는 환경 파괴가 심각하여 언제 인류의 멸망이 있을지 모를 그러한 위기의 시대를 살아가고 있다. 그런데 작자는 천지인을 하나의 커다란 유기체로 이해하는 풍수설을 수용하고 있다. 풍수설은 조화적 사고, 종합적인 세계관, 자연과 인간의 운명공동체적인 관계, 유기체적 통합이라는 환경인식을 인간에게 가르쳐 주는 스승의 기능을 오늘날에도 변함없이 다하는 신환경론이라 할 만하다.10) 본 작품을 볼 때에, 비록 미미하지만 풍수설이 수용되어 있다. 앞서 인용한 바 있는 '정양사 풍경과 헐성루상 조망' 단락의 작자가 헐성루에 올라 금강산의 경개를 조망하는 대목 등은 산천 형세를 사람, 물체, 동물 등의 형상에 유추하여 판단, 지세를 개관하는 形局論的 觀點에서 기술되어 있는 것으로 파악할 수 있다.

보다 분명하게는 '유점사' 단락의 제715구~제724구에서 확인할 수 있다.

유졈ᄉ 다다른니/슈승 나와 영졉ᄒ다/만월누의 ᄉ쳐ᄒ고/졈심 요긔 다 ᄒ 후의/도량을 구경ᄒ니/동뉴수 가로 놋코/자좌오향 판이 되어/디지 명당 분명ᄒ다/니룡도 죠컨이와/쳥용 빅호 웅장ᄒ다

子坐午向, 來龍, 靑龍, 白虎 등의 풍수 용어를 사용하여 유점사의 도량이 천하 명당임을 전하고 있다.

4. 〈關東新曲〉의 歌辭文學史上의 意義

금강산 기행가사는 총 30어 편으로 집계된다. 그중 창작 연대가 밝혀진 유명씨 작품만을 지적하더라도 '〈關東別曲〉(鄭澈, 1580)→〈關東續別曲〉(曹友仁, 1623)→〈蓬萊曲〉(金盛達, 1695, 未發掘)→〈蓬萊歌〉(南道振, 1697, 未發掘)→〈明村金剛別曲〉(朴淳愚, 1739)→〈봉내곡〉(金在華, 1824)→〈止軒金剛山遊山錄〉(朴熺炫, 1855)→〈峿堂金剛別曲〉(李象秀, 1856)→〈동유금강녹〉(權灝, 1868)→〈關東

---

10) 崔昌祚(1994 : 86)

新曲〉(趙胤熙, 1894)→〈金剛山紀行歌〉(趙愛泳, 1930)·〈금강소유람가〉(張一相, 1930)→〈금강산유산가〉(鄭延玉, 1937?)'의 계보를 형성하여, 공시적으로나 통시적으로 많은 다양한 계층의 독자를 확보하고, 이들은 대부분이 심금을 울리면서 전승되어 왔다고 본다.〈관동장유가〉(?, 1859),〈병자금강산가〉(?, 1816),〈봉니쳥긔〉(?, 1801~1863) 등 조선 후기의 무명씨 작품과 아직도 어디엔가 묻혀 있을 가사를 전제한다면, 금강산 기행가사가 얼마나 활발하게 창작되어 왔는지 가히 짐작할 수 있다. 이 가운데〈관동신곡〉은 1894년에 창작된 작품으로서 금강산 기행가사의 계보상 이른바 근대문학기 이전으로서는 마지막을 장식하는 작품이라는 점에 사적인 의미를 부여할 수 있다고 본다.

또한 1238구의 장편 기행가사로서[11] 여타의 금강산 기행가사에 비하여 보다 많은 지면을 할애하여 개개 명승과 각종 설화 등 전언하고자 하는 대상을 상세하게 서영한 점이 주목된다. 그중에서도 특히 단발령, 구룡연·구룡폭포, 만물초에 대한 묘사는 본 가사가 장편 가사임을 감안하더라도 여타의 조선조 금강산 기행가사에서는 찾아볼 수 없을 만큼 묘사가 상세하여 주목할 만하다. 단발령은 제169~제218구, 구룡연·구룡폭포는 제963구~제1008구, 만물초는 제1013~제1088구에 걸쳐 서영되고 있다. 그리고〈관동신곡〉에는 고래가 묘사되어 있는데, 이는〈관동별곡〉이나〈동유가〉에서 보이는 묘사[12]를 제외하고는 여타의 금강산 기행가사에서는 찾을 수 없는 것이다.

---

11)〈관동신곡〉은 금강산 기행가사 중 2186구의〈동유가〉, 1602구의〈관동장유가〉, 1485구의〈동유금강녹〉다음으로 긴 가사 작품이다.
12)〈관동별곡〉에서는 "乄득 怒(노)ᄒᆞᆫ 고래/뉘라셔 놀내관대/불거니 쎔거니/어즈러이 구ᄂᆞᆫ디고/銀山(은산)을 ᄭᅥᆺ거 내여/六合(뉵합)의 ᄂᆞ리ᄂᆞᆫ 돗/五月(오월) 長天(댱텬)의/白雪(빅셜)은 므스 일고"라 하였고,〈동유가〉에서는 "만경 벽파 즁의/무슈흔 고리들이/물 쎔고 희롱ᄒᆞ여/셜낭이 접쳔홀 졔/거머흔 등셩 마루/키 갓흔 갈기 쏠이/물구뷔의 올우나려/보기의 장ᄒᆞ도다"라 하였다.

비를 돌여 돌아올 졔/쳔ᄒ장관 쏘 보겄다/바다 물결 두눕넌 듯/우
리갓튼 소리 나며/짐싱 ᄒ나 들러(어)온니/굼실굼실 노니는 양/고리
모양 져러ᄒᆞᆫ가/영악ᄒ고 흉칙ᄒ다/기리난 ᄉ오십쳑/등셩이는 딘(터)
마루만/쏘리로 물결치면/벽역치난 소리 나고/물 먹으며 니쑤무면/소
낙이 소더지난 듯/초(쳐)음으로 당ᄒᆡ본니/우틔ᄒ고 두렵도다/무러보
자 져 고리야/치셕강 명월야의/니틔빅이 티워다가/어느 곳의 두언넌
야/강남 풍월 조흔 경기/지우금 져(젹)막ᄒ다

 '해금강' 단락의 제897~제918구 내용이다. 금강산 기행가사 중
에서 이 작품보다 치밀하게 고래를 묘사하고 있는 작품은 없는 것
으로 알고 있다. 약동하는 고래의 모습을 묘사하더니, 상상의 나래
를 이태백 고사를 매개로 하여 신화적 세계로까지 확장시키고 있
다.
 아울러 〈관동신곡〉의 '만물초' 단락, 제1057구~제1064구를 보
면, 〈춘향전〉과 〈구운몽〉이 수용되어 있음을 알 수 있다. 이는 영천
군 임고면 대환동 후동댁본 〈금강유산가〉에 "우리난 셩진갓다/팔션
여 아일넌가"라 하여 〈구운몽〉을 수용한 것으로 더불어 가사의 작자
가 곧 고전소설의 독자였음을 실증하고 있다. 따라서 우리는 가사
나 소설의 창작에 이들 두 장르가 상호 영향을 주고 받았을 가능성
을 점쳐볼 수 있다.

5. 結 論

 본고는 〈관동신곡〉이 문학성이 뛰어나며, 나름대로의 사적인 가
치를 담보하고 있음에노 불구하고, 그 동안 한 편의 단독 논고도
없었음에 고무되어 이 가사의 창작 배경과 문예적 실상, 그리고 이
에 투영되어 있는 작자의식 및 가사문학사상의 의의에 대하여 상론
하여 보았다. 본고에서 고찰한 내용을 요약·정리하면 대략 다음과
같다.

작자는 한미한 시골 유생으로서, 그의 나이 41세시에 〈관동신곡〉을 창작하였다. 이 작품이 창작된 계기는 작자가 사대부로서의 정체성을 확인하고 더욱 확고히 하는 문화적 의미로써 그들 사이에서 유행하던 당대의 유산 풍속에 동참함으로써 자신의 신분적 열세를 대리 만족함과 동시에 아울러 신분적 상승을 열망하는 차원에서 찾을 수 있다. 그리고 제명에서 알 수 있듯이 보다 새로운 금강산 기행가사를 창작해 보겠다는 의욕에서 본 작품이 산출되었음을 알 수 있다.

〈관동신곡〉은 5대단 27소단으로 구성되어 있다. 내용면에서는 완전형 기행가사로서 '출발(천안)→노정→목적지→회정(천안)'의 4단계 구조를 취하고 있다. 서술 양상을 보면, 여정 나열 부분과 승경 묘사 부분, 그리고 설화 삽입 부분이 시간적 순서에 따라 이어지는 전개 방식을 취하고 있다.

이 가사에는 각종 수사적 표현과 언어유희가 동원되어 작품의 문예미를 제고하고 있다. 이중 두드러지게 사용된 수사법은 용사법, 대구법, 열거법, 직유법으로 보여지며, 언어유희적 표현과 '~(하)다 ~는(은)…' 식의 도치적 표현이 여러 군데에서 보이는 점은 여타의 금강산 기행가사에서는 찾아보기 힘든 시적 표현기교라고 하겠다. 율조면에서는 일부 귀글체 율조가 파괴되기는 하였지만, 대체적으로 안정되고 유장한 율격을 유지하고 있다. 한편 작자는 가사 내에 시를 외거나 읊는 장면을 서술하여, 독자로 하여금 가사의 율동감과 한시의 리듬감을 동시에 맛보게 하면서, 본 가사가 지닌 유장한 율격에 변화를 꾀하고 있다.

이 작품에는 유자의식과 도선적 낙토의식이 노정되어 있고, 불교에 호의적이며 풍수설 또한 수용하고 있다. 물론 이렇듯 작품 내에 여러 의식이 반영되는 것은 19세기 금강산 기행가사가 갖는 하나의 보편적 현상이기도 하다. 유자의식은 조상을 기리고 선현을 추모하는 대목, 금강산 유람 동기를 밝힌 대목, 효열을 권장하는 대목, 우국충정을 표백하는 서술 등에서 찾아진다. 불교에 호의적인 측면은 승려를 대하는 태도, 각종 사찰과 그 안의 부속건물, 그리고 조각, 그림, 공예품, 집기 및 사찰 음식 등을 유심히 관찰한 점, 사찰·불상·지명·경물에 얽힌 전설을 소개하고, 아울러 불가에서 유래한 峰名에까지 관심을 표명한 점에서 알 수 있다. 도선적 낙토의식은 작자가 현세를 진세 또는 진토로 인식하고, 이를 벗어나 금강산으로 출발한 이래 여로상의 곳곳에서 표백되고 있다. 이중 단발령 정상에 올라 금강산을 바라보고 그 소회를 피력하는 대목과 해금강 및 만물초를 서영하는 대목은 특히 두드러진다고 말할 수 있다. 작품에서 풍수설은 작자가 정양사 헐성루에 올라 금강산의 경개를 조망하는 대목 등과 내룡, 청룡, 백호 등 몇몇 풍수용어를 사용하여 유점사 도량이 천하 명당임을 전하는 대목에서 수용되어 있음을 확인할 수 있다.

〈관동신곡〉은 1894년에 창작된 작품으로서, 금강산 기행가사의 계보상 이른바 고전문학기의 작품으로서는 마지막을 장식한다는 점에 사적인 의미를 부여할 수 있다. 또한 전 금강산 기행가사 중에서 〈동유가〉 및 〈관동장유가〉, 그리고 〈동유금강녹〉 다음으로 긴 작품으로서, 여타의 금강산 기행가사에 비하여 보다 많은 지면을 할애하여 개개 명승과 각종 설화 등 전언하고자 하는 대상을 상세하게 서영한 점이 주목된다. 그중에서도 특히 단발령, 구룡연·구룡폭포, 만물초에 대한 묘사는 본 가사가 장편 가사임을 감안하더라도 여타의 금강산 기행가사에서는 찾아볼 수 없을 만큼 묘사가 상세하여 주목할 만하며, 고래를 상세하게 묘사한 점도 눈여겨볼 만하다. 아울러 '만물초' 단락에 〈춘향전〉과 〈구운몽〉이 수용되어 있음을 보아, 가사의 작자가 곧 고전소설의 독자였음을 알 수 있고, 이에 우리는 가사나 소설의 창자에 이들 두 장르가 상호 영향을 주고받았을 가능성을 유추해 낼 수 있다.

〈參考文獻〉

崔康賢(1982), 韓國紀行文學硏究, 서울: 一志社.
李相澤(1992), "금강산 기행가사 東游歌",한국고전시가작품론2, 서울:집문당.
秦東赫(1993), "새 자료 관동신곡 연구", 論文集 第27輯, 檀國大學校.
崔昌祚(1994), "한국 풍수사상의 이해를 위하여", 한국의 전통지리사상, 서울:
          民音社.
金起瑩(1995), "唔堂 李象秀의 金剛別曲 硏究", 語文硏究 第26輯, 語文硏究會.
───(1997), "健庵 權灜의 동유금강녹 硏究", 語文硏究 第29輯, 語文硏究會.
───(1998), "樊泉 金在華의 봉내곡 硏究", 韓國言語文學 第41輯. 韓國言語
          文學會.
───(1999.2), "金剛山 紀行歌辭 硏究", 忠南大 博士學位 論文.
───(1999.8), 금강산 기행가사 연구, 아세아문화사.
염은열(1998), "19세기 금강산 가사의 특징과 문화적 의미-금강산유산록과 관
          동신곡을 중심으로", 古典文學硏究 第14輯. 韓國古典文學會.
김동주 편역(1999), 금강산 유람기, 전통문화연구회.
柳貞先(1999), 18・19세기 기행가사의 작품세계와 시대적 변모양상, 梨花女
          大 博士學位論文.
최상익・허남욱・김풍기 공역(1999), 한시로 떠나는 금강산 기행, 서울: 동인
          서원.
최완수(1999), 겸재를 따라가는 금강산 여행, 서울: 대원사.
차종환(2000), 금강산 식물생태 현지 답사 여행, 서울: 예문당.
노르베르트 베버(1998), 수도사와 금강산, 김영자 옮김,서울:푸른 숲.

玉所 權燮의 九曲歌系 詩歌 연구

金 文 基

목 차

Ⅰ. 서 론

옥소 권섭(1671-1759)은 그의 문학작품이 1974년에 발굴, 소개됨으로써 학계에 큰 관심을 불러 일으켰다.[1] 특히 그는 시조 75수, 가사 2편 및 시조 漢譯歌와 한역소설 '飜薛卿傳' 등의 작품을 남겼으니 작품량으로 볼 때, 대가의 위치에 속할 뿐만 아니라 질적인 면에서도 작품 하나 하나가 소재·주제·시어·기법의 독자적 개성을 보유하고 있으며 송강, 노계, 고산의 시맥을 이어주고 있기 때문에 한국 詩歌史에서 주요한 위치를 차지하고 있다고 평가되었다.[2] 조동일은 권섭을, 시조 창자에 전념하다시피하여 조선조 사대부시조의 새로운 경향을 다채롭게 구현한 작가들의 선구자라 평가

---

1) 朴堯順, 歌辭 〈寧三別曲〉와 時調, 文學思想 16, 1974.
2) 朴堯順, 玉所研究, 한국언어문학 14집, 한국언어문학회, 1976.
   ──────, 玉所 權燮의 詩歌研究, 동국대학교대학원 박사학위논문, 1986.

하고, 권섭 시조의 절실한 표현은 사대부시조의 규범을 무너뜨리는
충격을 주었으며 시조를 자기 확인의 방법으로 삼는데 그치지 않고
관심을 밖으로 돌려 풍속을 묘사하기도 해서 더욱 주목할 만한 혁
신을 이룩했다고 지적하였다.[3] 한편, 권성민은 옥소가 단형시조의
형식적 제약을 인식하고 철저히 연시조를 창작하여 이를 극복하려
하였는데 이 점은 중서민 시조가 단형시조의 형식적 제약성을 사설
시조를 통해 극복하려 한 점과 좋은 대조를 이룬다고 하였다.[4]

옥소는 이러한 특징 외에도 九曲園林을 직접 경영하면서 華陽九
曲歌, 黃江九曲歌, 花枝九曲歌 등 많은 구곡가계 시가를 창작하였
고[5] 高山九曲歌를 비롯한 당시의 기호사림파가 지었던 구곡가계
시가와 이와 관련된 九曲圖記 및 九曲圖說을 모아 '玉所藏첩'를 엮
음으로써 당시까지의 기호사림파 구곡가계 시가를 정리, 집대성했
음을 주목하지 않을 수 없다. 이에 본고에서는 옥소의 삶과 문학활
동을 살펴 본 후, 그가 창작한 구곡가계 시가의 특징을 고구해 보
려고 한다. 특히 그가 직접 경영했던 花枝九曲 園林과 花枝九曲歌
에 대해 중점적으로 살펴 보고자 한다.

Ⅱ. 권섭의 삶과 문학활동

1. 가정환경, 교육, 교유관계

玉所는 중시조인 三韓功臣 太師 權幸의 후손이다. 조부 權格
(1620-1671)은 세자 시강원에 봉직하고 동지사 서장관으로 입청

---

3) 조동일, 한국문학통사 3, 지식산업사, 1984, p.279.

4) 權性旼, 玉所權燮의 國文詩歌 硏究, 서울대학교 대학원 국어국문학과 석사
   학위논문, 1992.

5) 金文基, 九曲歌系 詩歌의 系譜와 展開樣相, 국어교육연구, 제 23집, 국어교
   육연구회, 1991.

하기도 하였으며 부친 權尙明(1652-1684)은 옥소가 14살 때에 별세했는데 이조참판을 贈職받았었다. 伯父인 遂菴 權尙夏(1641-1721)는 송시열의 수제자로서 우의정, 좌의정 등의 관직을 제수받았으나 모두 사양하고 학문과 교육에만 전념한 巨儒였고 季父 權尙遊(1656-1724)는 한성판윤과 이조판서를 역임하였다. 母親 龍仁 李氏는 좌의정을 역임한 李世白(1635-1691)의 따님이고 외숙 李宜顯(1669-1745)은 좌의정과 영의정을 역임하였다. 옥소는 이런 유복한 명문 사대부 집안에서 영조 35년(1671)에 2남 1녀 중, 장남으로6) 漢城에서 출생하였다. 그는 유아시절 寅平宮에서 숙식을 하였으며 효종의 따님 淑徽公主의 귀염을 받아 대궐에 자주 출입하였고 현종과 숙종, 慈懿大妃, 明聖王后, 仁敬王后의 사랑을 받고 자랐다.7)

옥소는 부친을 일찍 여의었기 때문에 백부인 수암의 보호와 교육을 받으며 자랐다. 5세에서 10세까지 5년간, 14세에서 25세까지 11년간, 43세부터 47세까지 4년간 등 도합 23년간 백부의 슬하에서 보냈기 때문에 친아들이나 다름이 없었고, 마음속으로 백부를 깊이 존경했었다.8) 벼슬을 마다하고 학문에만 정진하는 백부 권상하의 학문적 자세와 선비정신에 옥소는 크게 감화되었고 그의 인생관과 세계관 형성에 많은 영향을 받았다. 그의 모친은 어린 시절부터 침착하고 성실했을 뿐만 아니라 才藝가 뛰어나서 어른들의 칭찬을 받았으며9) 출가해서는 부덕과 학식을 겸비한 현모양처가 되었

---

6) 아우 權燮(1678-1745)은 大司諫, 承旨, 平海郡守, 慶州府尹 등을 역임하였고 후사가 없어서 권섭의 차남인 德性을 입양하였다. 여동생은 黃爲埴의 처가 되었다가 24세에 사별하였다.

7) "余自幼至長 不離於淑徽公主膝 上下見愛如子 從出入於大內 至被顯廟肅廟 及 慈懿明星仁敬王后 撫頂之恩"(玉所集, 卷5, 散錄)

8) 박요순, 옥소권섭의 시가 연구, p.9.

9) "十歲始學女工 終日俯首不輟所業…或執女紅及習字 若不卒業 不執他事 雖極 熟 不出所處之室 祖妣金夫人 常稱歎不已…年十四歲時 嘗謄諺冊子 如貫珠無 一錯 仁宣大妃 取覽而極稱賞 曰十餘歲兒執心才藝 乃如是耶"(옥소집, 卷13, 先妣贈貞夫人龍仁李氏遺狀)

다. 그녀는 사리가 밝고 뜻이 깊어서 32세에 남편과 사별한 후에도 엄격한 법도를 세워 가정의 대소사를 원만히 잘 처리하였는데 옥소는 이러한 모친으로부터 큰 영향을 받아 후에 부친이 없는 가정을 잘 꾸려 나갔던 것이다.

옥소는 5세 때에 외조부댁에서 천자문을 배우기 시작했고 6세 때에는 역사를 배웠으며 7세에는 문장을 읽을 수 있었다. 이 해에 尹以健, 禹弘成, 蔡邈의 문하에서 공부하였다. 10세에 문리가 통하여 외숙인 이의현과 함께 경서를 읽었는데 동배들보다 항상 뛰어났으므로 외백증조도 슬하에 두고 애지중지하였다. 그리고 南學에 입학하여 공부했는데 그의 글에만 貫珠가 가득했다고 한다. 11세에는 西學에 입학하여 소학을 읽었고 12세 때에는 崔精大와 함께 공부했는데 이 때 호조판서 霞谷公이 옥소의 시문을 보고 稱歎하며 상을 내렸다.10)

그런데 14세에 뜻밖에 부친이 별세하게 되어 淸風의 백부 슬하에서 훈도를 받았다. 16세에 관례를 올리고 곧 振威郡守 李世弼(1642-1718)의 딸인 慶州李氏와 혼인하였다. 그리고 이 해에 詩友 鄭載文과 친교를 맺게 되었다. 17세 때에는 처남 李台佐, 衡佐 형제와 萬紀寺에서 사마천의 史記를 수없이 많이 읽어 큰 진전을 보았고 다음해에는 장인에게 맹자와 제자백가를 배우고 貨埴傳을 읽어 大效를 거두었다고 한다.11)

19세 때인 숙종 15년, 세자책봉 문제로 인하여 宋時烈이 유배되어 사사되고 인현왕후 패출사건이 일어나게 되었으므로 옥소는 상소를 올리고 궐문 밖에서 통곡하다가 형조에 끌려가 疏頭의 죄로 昌城으로 유배당하기도 하였다.12) 24세에 과거 공부를 다시 시작했으나 그의 조부가 淸名直節로 일시에 크게 드러났는데 만일 과거

---

10) 옥소집, 권13, 제46-47張, 年譜, 自述年紀.
11) 옥소집, 권13, 제48장, 年譜, 自述年紀.
12) "聞尤菴先生罷職之報…國有內殿出宮之變 衆成揆憲之疏 又與朴公世輝 疏訟尤老之冤 願贖其死而不得 相率痛哭於闕外 與疏頭同入刑曹待刑 仍留布廛樓上 月餘出入典獄 問疏頭之囚 仍治送其謫行於昌城"(옥소집, 同上)

를 보아 조정에 들어갔다가 볼 만한 절의를 세우지 못한다면 선조
에 크게 누가 된다고 생각하여 과거를 단념하고 영원히 관계에 진
출하지 않기로 마음먹었다.13)

　이와 같이 옥소는 명문 사대부 집안에서 태어나 궁중출입도 마음
대로 하면서 귀하게 유아기를 보내고 평양감사, 좌의정을 역임한
외조부 李世白, 한성부윤과 이조참판을 역임한 장인 李世弼, 백부
權尙夏, 尹以健, 禹弘成, 蔡邀 등 고관, 대학자들로부터 체계적으로
글을 배우고 수준높은 학문을 전수받아 방대하면서도 빼어난 문학
창작의 기반을 닦은 것 같다. 그리고 節義를 중시하여 약관의 나이
에 疏頭가 되어 곤욕을 치르기도 하고 일시 과거에 뜻을 둔 바도
있으나 회의를 느껴 출사 의지를 단념함으로써 오로지 탐승과 창작
활동에 나서게 된 것으로 보인다.

　옥소의 交遊關係는 매우 폭넓고 다양하였다. 우선 동문수학하거
나 풍류를 함께 즐긴 동류들과의 교유를 들 수 있다. 외숙 이의현
은 옥소보다 2살 아래지만 동문수학하였고 정분도 남달리 돈독하였
으며14) 이조, 호조, 병조 판서와 우,좌의정을 두루 거친 처남 이태
좌와는 나이 차이가 다소 있었으나 만기사에서 함께 사기를 읽는
등 동문수학하며 정분을 이어 나갔다.15) 외숙 이의현과 처남 이태
좌는 외조부 이세백, 장인 이세필과 함께 옥소가 일생동안 마음껏
탐승과 문학활동을 할 수 있는 여건을 마련해 주었던 것이다. 죽마
고우인 정재문과는 16년 간이나 절차탁마하며 함께 지내며 변함없
는 우정을 나누었다.16)

　한편 시문을 지으며 풍류를 함께 즐긴 이늘은 沈鳳儀, 金相履, 李
秉淵, 李秉成, 朴鳳齡, 金聖重, 趙尙健, 權熄, 洪禹翰, 成晚徵 등인

---

13) "日吾祖父 淸名直節 顯於一時 吾若出身 而立朝無可觀之節 則忝先大矣 遂決
　　意輟工 永絶進取之意"(옥소집, 同上)
14) 옥소집, 권11, 祭內舅陶谷李相公文
15) 옥소집, 권11, 祭外舅龜川李公文.
16) "交於鄭載文龍河 則琢磨偲切 蓋十六年 而疎頑之性 不能猝化 只如此伎倆而
　　止"(玉所稿, 墓山二, 述懷詩敍)

데 이들은 관직에 오르거나 처사로 지내면서 밤새워 시를 짓거나 글씨를 쓰는 모임을 가지는 등 옥소와 각별한 친교를 맺고 있었다.[17]

두 번째 교유집단으로는 기호사림파 선배들이다. 尤菴 宋時烈은 존숭의 대상이었고 谷雲 金壽增, 文谷 金壽恒을 위시하여 農巖 金昌協, 三淵 金昌翕, 老稼齋 金昌業, 圃陰 金昌緝 형제들, 竹泉 金鎭圭, 芝村 李喜朝, 聾溪 李粹彦, 直齋 李箕洪, 睡村 李畬, 丈巖 鄭澔 등과 교유하면서 이들의 사상과 문학관에 영향을 입게 되었다.

세 번째 교유집단으로는 閭巷人들을 들 수 있다. 옥소는 일찍이 12세 때인 정월 대보름날 中人들과 掖隷, 傔人들의 모임에 참석하여 그 회의 운을 次韻하여 시를 지은 바가 있다.[18] 그리고 詩吏 任璜 등과 함께 北營에 올라 어울려 시를 짓기도 했고[19] 金富賢, 鄭來僑, 鄭世僑, 洪世泰, 鄭后僑, 李泰海 등의 여항인들과 교유했음을 그의 시를 통하여 알 수 있다.[20]

한편 옥소는 시뿐만 아니라 회화, 음악에도 큰 관심을 나타내었고 조예가 깊었던 것 같다. 옥소가 당대 예술인 중에서 사대부 8인과 여항인 8인을 뽑아 贊을 쓴 바 있는데[21] 화가의 경우, 사대부 화가로는 鄭歚, 洪受疇, 李夏英을, 여항 화가로는 趙世傑, 金振女, 金翊冑를 뽑았다. 그는 회화에 대한 관심이 컸을 뿐만 아니라 記夢

---

17) "與沈鳳儀聖詔 金相履薪老 李秉淵一源 李秉成子平 四人交久矣 而自癸未 至壬辰 爲日夜文墨之集 起居飮食之與同 十年如一 跌宕風流 非復俗中人矣…而獨朴鳳齡公瑞 金聖重子敬 趙尙健子以 權烒明中 洪禹翰士駿 成晩徵達卿 不變其初心"(옥소집, 권13, 年譜, 自述年紀)

18) "壬戌上元 吾年十二 崔精大之年十四 與群兒數十 踏月而出廣通橋 參壯洞金戚祖兄弟 崔錫鼎吳道一林泳 諸公之筵 第二橋 參中輩之會 水標橋 參掖隷髫之會 各次其會之韻"(옥소집, 詩一)

19) "閏三月初吉日…上北營 童子李秉大金演昌金福錫 老人李涵 詩吏任璜 從余乘夕往攀 次諸公韻"(옥소집, 권1, 詩一)

20) 옥소가 이들에게 준 시와 그들의 唱酬詩 참조.(권성민, 앞의 논문.)

21) "余求國中人才於當世 士夫得八人 閭巷得八人 心甚奇之 各書爲小贊"(옥소집, 권12, 雜著, 十六贊)

詩와 함께 46장의 꿈꾼 세계를 그린 그림을 남겼는데22) 그림의 수준 또한 상당히 높다. 그리고 金碩傔에게 거문고를 배우는 등 음악에도 관심이 많았고 소질도 뛰어났다.

옥소는 이와 같이 다양한 계층의 예술인들과 교유함으로써 개방된 안목을 가지게 되었던 것이고 중, 서민의 생활상과 의식을 이해함으로써 사대부들의 보수적인 의식에서 벗어날 수 있었던 것이다.

2. 탐승과 문학활동

옥소는 '8번 유배가고 3번 바다를 건널 운명인데 세상에 나아가지 않으면 彭祖의 수명을 누릴 것'23)이라는 예언과 己巳士禍, 송시열 및 김수항, 金壽興 등 內外家 원근 인척들의 유배나 賜死 등을 목격하고 24세에 과거를 단념하게 되었다. 천성적으로 예술가적 기질을 타고난 그는 그 후, 자연을 탐승하며 오로지 문학활동에 전념하였다.

16세에 외조부 任所인 花石亭, 滿月臺 등 대동강 일대를 둘러보고 18세 때에 외조부의 임소인 南漢과 장인의 임소인 朔寧을 다녀온 바 있으나 이 때는 공부가 더 큰 목적이었고 본격적인 탐승은 30세 때부터 시작되었다. 30세 되던 해에 장인 龜川公의 임소인 상주를 내왕하며 영남 右道의 산천을 돌아보고 화양동에 들러 송시열의 유촉을 밟아보고 속리산을 탐승하였다. 33세 때에는 삼각산, 도봉산, 수락산 등을 유람하고 수표교로 이사하여 濟洞으로 돌아왔다. 여름에는 외조부 이세백이 별세하였고 가을에는 계부의 임소인 水原의 산수를 완상하였다. 그리고 34세 때에는 장인 구천공의 삼척 임소를 찾아가 동해의 죽서루, 태백산 黃池, 穿川을 돌아보고 영

---

22) 筆寫本 玉所稿, 推命紙(聞慶새재博物館藏)
23) '王考議政公　出我襁褓之中　問命於霞谷尹公堮　尹公推之云　八度竄謫　三渡大海　而不行世　則不然　壽命齊彭祖矣"(옥소집, 권13, 제46장, 年譜, 自述年紀)

남 左道를 유람하였다. 특히, 청량산에 올라 도산의 선경과 영호루, 서악 등을 탐승하고 소백산으로 들어가 부석사, 백운동 일대를 유람하였다. 35세에는 계부의 임소인 완영과 호남좌도와 서해 일대를 구경한 후, 영월 일대를 탐승하였다. 39세에는 영동팔경과 두타산, 천립산, 금강산, 청평산을 탐승하고 40세에는 외숙의 임소인 송도와 화장산, 천마산, 성거산, 송악산 등을 완상하였다. 42세 시에는 낙동강과 팔공산 일대를 구경하고 통영으로 가서 한산도, 촉성루, 영남루 등을 탐승하였다.24)

43세(甲午) 여름에 한성을 떠나 충북 청풍으로 이사를 갔으나 그 후, 가산이 탕진되어 충남 강경, 여산 무영평, 무주 산곡, 고산 옥포역촌 등으로 옮겨 살다가 54세에 황강리로 이사하였다. 말년에는 청풍, 황강, 제천 일대와 副室 이씨부인이 살고 있는 문경 花枝洞에서 생활하였다.25)

54세 이후로는 〈自述年紀〉에 기록이 없어 탐승 내용을 알 수 없으나 자필본 "雜著"에 의하면 옥소는 87세에도 함흥과 원산지역을 탐승했는데 이때 可憐이란 기생에게 墓地銘을 지어주고 그 보답으로 그 老妓가 시조 16수를 불러주자 이를 한역하기도 했다. 이로 볼 때 옥소는 청풍으로 이거한 후로도 탐승생활을 계속 영위했음을 알 수 있다.

옥소는 전문작가라 할 만큼 평생 자연과 명승고적의 탐승과 함께 시문 창작에 몰두하였다. 그는 8세 때부터 시작을 시작하여 유년시절에 奇童으로 소문나 세인의 칭찬을 독차지할 정도로 시적 재능을 타고났었다. 그는 유람생활에서 얻은 견문을 낱낱이 시로 남겼을 뿐 아니라 일상생활의 작은 所懷까지도 詩文化 하였다.

수천 수에 이르는 그의 한시는 대부분 탐승체험을 읊은 것인데 국문시가 중에서는 〈過善山砥柱碑〉〈槃山獨步〉〈發遠遊〉〈丹丘途中〉〈映湖樓〉〈浮石寺〉〈漫興〉〈黃江九曲歌〉등의 시조와 가사 〈寧三別

---

24) 옥소집, 권13, 제47-50장, 年譜, 自述年紀 및 권8, 遊行錄.
25) 옥소집, 권13, 제51-54장, 年譜, 自述年紀.

曲〉이 탐승체험을 읊은 것이다.

　다음으로 생활체험을 시작화 한 것이 많은데 이 유형은 다시 주거지에서 체험한 소회를 읊은 시와 경물 및 그림, 음악 등 예술과 관계되는 생활체험을 읊은 시로 나누어 볼 수 있다. 전자의 경우는 한성과 향촌에서 기거하며 겪었던 體驗과 唱酬의 詩들이 이에 속하고 후자의 경우, 畫題詩와 景物詩들이 이에 속한다. 시조의 경우,〈患瘟疫〉〈記夢〉〈壽詞五章〉〈謂客〉〈客答〉〈騎牛歌〉〈食多鯁魚〉〈笑矣乎四章〉〈悲來乎四章〉〈五詠〉 등이 전자에 속하고 〈十六詠〉〈六詠〉 등이 후자에 속한다.

　한시를 포함한 그의 시가는 체험을 바탕으로 창작되었기 때문에 가사 道統歌 등 몇 작품을 제외하고는 표현이 매우 사실적이고 구체적이다. 이러한 시적 경향은 무엇보다도 그가 유학자라기보다는 천성적으로 시인이요 예술가적인 기질을 가졌기 때문이라 할 수 있다. 그리고 당시 기호사림파들의 天氣論的 文學觀에 크게 영향을 받고 한편으로는 그가 교유했던 謙齋 鄭歚과 같은 眞景山水畫 作家들의 사실주의적인 기법과 여항시인들의 현실주의적인 시적 경향에도 영향을 받았다고도 볼 수 있다.

Ⅲ. 권섭의 구곡가계 시가와 작품세계

　구곡가계 시가는 16세기부터 20세기 초엽까지 조선조 사림파 유학자들의 중심적인 문학 쟝르의 하나였다. 주자의 武夷九曲歌가 인제 우리나라에 전래되었는지는 확실히 알 수 없으나 고려말 元天錫의 耘谷詩史에 "依然九曲武夷中"26)이라는 詩句가 있고 고려시대의 것으로 추정되는 吉州窯의 天目盞에 그려진 산수화 둘레에 주자의 武夷櫂歌 第九曲詩가 씌어져 있는 점27) 등으로 볼 때 여말에 전래

---

26) 耘谷詩史, 題李穡七峰書院.
27) 久志卓眞, 畵金靑磁·畵金烏盞, 朝鮮の陶磁, 雄山閣, 1974, pp.211-216.

된 것 같다. 그러나 武夷九曲歌의 次韻詩와 園林 九曲詩가 본격적으로 창작된 것은 조선 중기부터라 할 수 있다.

귀족과 권신들이 향리에 別墅와 卜居園林을 마련하는 풍속은 삼국시대부터 있었으나 명승지에 구곡을 지정하고 정사를 세워 九曲園林을 경영하게 된 것은 조선조 성리학이 꽃을 피운 16세기 이후이다.

九曲의 경영과 구곡시의 창작에 대한 記錄이 확실한 것으로는 朴河淡(1479-1560)의 雲門九曲과 雲門九曲歌가 最初이다. 박하담은 1536년(중종 31)에 청도의 운문산과 東創川 일대의 승경에 구곡을 경영하면서 운문구곡가를 지었다.[28] 그리고 비슷한 시기에 退溪 李滉(1501-1570)은 陶山九曲을 경영하면서 武夷櫂歌 次韻詩를 짓고 栗谷 李珥(1536-1584)는 石潭九曲을 경영하면서 高山九曲歌를 지었다. 그 밖에 寒岡 鄭逑(1543-1620)는 武屹九曲을 경영하면서 무흘구곡가를, 壽軒 李重慶(1599-1678)은 梧臺九曲을 경영하면서 오대구곡가를 지었다. 尤菴 宋時烈(1607-1689)은 華陽九曲을 경영하고 무이도가를 차운하여 고산구곡가를 한역하였으며 谷雲 金壽增(1624-1701)은 谷雲九曲을 경영하면서 곡운구곡가를 지었다.[29] 遂菴 權尙夏(1641-1721)는 黃江九曲을 경영하였으나 구곡시는 짓지 않았는데 대신 玉所가 황강구곡가를 창작하였다. 甁窩 李衡祥(1653-1733)은 城皐九曲을 경영하면서 성고구곡가를 남겼고 壎叟 鄭萬陽(1664-1730)은 橫溪九曲을 경영하면서 횡계구곡가를 지었다. 玉所 權燮(1671-1759)은 花枝九曲을 경영하면서 화지

俞俊英, 九曲圖의 發生과 機能에 대하여, 考古美術 151, 韓國美術史學會, 1981.

28) "先生旣卜築立巖 以雲門山有九曲之勝 遂次武夷櫂歌 以寓逍遙嘯詠之趣"(逍遙堂集, 권2, 附錄, 年譜)

29) 谷雲九曲歌는 序詩와 제1곡은 金壽增 자신이 지었으나 제2곡은 子 昌國이 지은 것이며 제3곡은 從子 昌集이, 제4곡은 從子 昌協이, 제5곡은 從子 昌翕이, 제6곡은 子 昌直이, 제7곡은 從子 昌業이, 제8곡은 從子 昌緝이, 제9곡은 外孫 洪有人이 지은 것이다.

구곡가를 지었고 近品齋 蔡憲(1715-1795)은 石門亭九曲을 경영하면서 석문구곡가를 남겼다. 耳谿 洪良浩(1724-1802)는 牛耳洞九曲을 경영하면서 우이구곡가를, 敬菴 李漢膺(1778-1864)은 春陽九曲을 경영하면서 춘양구곡가를, 凝窩 李源祚(1792-1871)는 布川九曲을 경영하면서 포천구곡가를, 省齋 柳重教(1832-1893)는 玉溪九曲을 경영하면서 玉溪操(옥계구곡가)를, 厚山 李道復(1862-1938)은 駟山九曲을 경영하면서 이산구곡가를 지었던 것이다.30)

이와 같이, 많은 조선조 사림파 유학자들이 朱子의 武夷九曲歌를 연상하면서 자신들이 경영하던 九曲에 대해 漢詩로, 또는 時調, 歌辭 등 國文詩歌 形態로 읊었었다. 그런데 조선조 구곡가계 시가는 退溪를 중심으로 한 嶺南學派의 九曲歌系 詩歌와 栗谷을 중심으로 한 畿湖學派의 九曲歌系 詩歌로 나뉘어 계승, 발전되었다. 두 학파 간에는 무이구곡가의 성격과 武夷山志에 관한 비평적 논쟁은 다소 있었으나 작품활동의 상호교섭은 별로 찾아 볼 수 없고 주로 학파 내에서 학맥을 중심으로 구곡원림의 경영과 상호 방문이 이루어지고 代作, 次韻, 和韻, 飜譯 등을 통하여 많은 영향을 주고 받았다. 특히 기호학파 문인들 간의 교섭과 영향이 컸는데 그 결과 기호학파의 구곡가계 시가 창작이 영남학파에 비해 더 활발하고 다양하게 펼쳐졌다.31)

그런데 기호학파의 구곡가계 시가를 정리, 집대성하고 자신이 구곡가계 시가를 많이 창작한 이가 바로 玉所 權燮이었다. 옥소가 쓴 구곡가계 시가와 산문을 정리해 보면 다음과 같다.

1) 石潭窮尋九曲用武夷櫂歌韻 十首
2) 翻栗翁高山九曲歌用武夷櫂歌韻 十首
3) 華陽九曲 十首

---

30) 金文基, 九曲歌系 詩歌의 系譜와 展開樣相, 국어교육연구 23집, 국어교육학회, 1991.
31) 金文基, 위의 논문.

　　4）黃江九曲歌
　　5）黃江九曲用武夷櫂歌韻翻所詠歌曲
　　6）花枝九曲
　　7）題高山九曲圖(高山九曲圖說)
　　8）華陽九曲圖說
　　9）華陽九曲圖說又書
　10）黃江九曲圖記
　11）書黃江九曲圖後(黃江九曲圖後記)
　12）花枝九曲記

　　위와 같이 옥소는 12편의 구곡가 관계 작품을 남겼다. 이 중, 1)~6)은 시가 작품이고 7)~12)는 산문이다. 시가 작품 중에서는 4)黃江九曲歌만이 시조이고 여타 작품은 모두 한시이다. 옥소는 또한 자기가 쓴 작품뿐 아니라 무이구곡가와 고산구곡가 이하 기호학파들이 지은 당대까지의 구곡가 관계 시문들을 모두 취합, 집대성하여 玉所藏깔란 필사본을 남겼다.32) 그런데 이 옥소장계에는 자신이 직접 경영하였던 花枝九曲에 대해 쓴 花枝九曲歌와 花枝九曲記는 싣지 않았다. 이는 〈武夷九曲→高山九曲→華陽九曲→黃江九曲〉이라는 체계를 세움으로써 朱子學의 嫡統을 〈朱子→栗谷→尤菴→遂菴〉으로 삼고자 하는 의도가 깔려 있다고 본다. 그리고 수암 權尙夏보다 17년 연장인 谷雲 金壽增의 谷雲九曲歌를 싣지 않은 점을 볼 때도 그 의도가 명백하다고 할 수 있다.
　　그러면 옥소가 창작한 구곡가계 시가의 작품세계를 華陽九曲詩와

---

32) 玉所藏깔에 실려 있는 작품은 다음과 같다.
　　武夷櫂歌詩(朱子), 高山九曲記(崔岦), 高山九曲歌(栗谷), 高山九曲歌詩(尤菴), 高山九曲武夷櫂歌韻(尤菴 外 九人), 高山九曲武夷櫂歌韻 20수(權燮), 高山九曲圖說(權燮), 高山九曲圖說(權燮), 華陽九曲圖說(權燮), 華陽九曲圖說後記(權燮), 華陽九曲圖說又書(權燮), 華陽九曲詩(權燮), 尤菴先生畫像贊(權尙夏), 尤菴先生畫像贊(金昌協), 黃江九曲歌(權燮), 黃江九曲用武夷櫂歌韻翻所詠歌曲(權燮), 黃江九曲圖記(權燮), 書黃江九曲後(權燮), 寒守先生遺像贊(權燮), 又一本(南塘), (鳳巖 撰), (屛溪 撰), 黃江書院廟庭碑(權燮)

黃江九曲歌, 花枝九曲歌 중심으로 고찰하기로 한다. 옥소가 지은 한
문 구곡가인 石潭窮尋九曲用武夷櫂歌韻과 한역 구곡가인 翻栗翁高
山九曲歌用武夷櫂歌韻, 黃江九曲用武夷櫂歌韻翻所詠歌曲에 대한 검
토는 지면 관계상 생략하기로 한다.

1. 華陽九曲歌

화양구곡가는 尤菴이 경영하였던 화양구곡 원림을 옥소가 탐승하
고 읊은 五言古詩로 된 구곡가이다. 우암은 慈懿大妃 服喪問題로
덕원에 유배되었다가 庚申大黜陟으로 영중추부사에 올랐으나 남인
에 대한 처벌문제로 노론과 대립되어 은퇴, 華陽洞에 은거하면서
華陽川 계곡 4km에 펼쳐진 화양구곡 원림을 경영하게 되었다. 화
양구곡의 제1곡은 擎川壁, 제2곡은 雲影潭, 제3곡은 泣弓巖, 제4곡
은 金沙潭, 제5곡은 瞻星臺, 제6곡은 凌雲臺, 제7곡은 臥龍巖, 제8
곡은 鶴巢臺, 제9곡은 巴串이다.33) 그런데 華陽九曲圖說에서는 參
議 金伯溫이 그렸던 華陽九曲圖에 의하면 萬東廟와 尤菴書室이 제3
곡, 岩書齋가 제4곡, 雲溪閣과 煥章庵이 제5곡, 船巖이 제6곡, 巴
串이 제7곡, 七松亭이 제8곡, 仙遊洞이 제9곡이 된다고 하였다.34)
우암은 고산구곡가를 한역하고 고산구곡가의 和詩를 짓기도 하였으
나 자신이 경영하던 구곡원림에 대한 구곡가는 짓지 아니하였다.
그런데 옥소가 화양구곡가를 창작했으나 우암을 대신하여 의도적
으로 이 구곡가를 지은 것은 아닌 것 같다. 옥소가 지은 화양구곡
가는 제1곡부터 제9구곡까지를 차례대로 읊은 것이 아니라 화양구
곡의 승경을 아우 燮과 함께 찾아보고 그 감회를 위주로 읊은 변형
구곡가이기 때문이다. 화양구곡가는 10수의 5언고시로 읊은 깃인데

---

33) 宋子大全 下, 華陽誌, 권1, 地名沿革, 洞天九曲.
34) "槩嘗論其畫圖形勢 入山之口 謀水謀岩爲一曲二曲 皇廟書院書室當爲三曲 岩
　　書齋爲四曲 雲溪閣煥章庵爲五曲 船岩爲六曲 巴串爲七曲 七松亭爲八曲 仙遊
　　洞爲九曲而終耶"(玉所藏杏, 華陽九曲圖說)

각수가 주로 6구로 이루어져 있으나 제4수는 4구, 제10구는 16구로 되어 있는 점이 특이하다.

屹然擎天壁　　우뚝 솟은 擎天壁
一氣千丈立　　그 한 기운 千丈이나 솟아 있고
千秋米元章　　그 옛날 米元章이[35]
必然來拜揖　　반드시 찾아와서 공손히 절하리라
其下雙騎馬　　그 아래 두 마리 騎馬
知我兄弟入　　우리 형제 오는 것을 알아보네

一壁同擎天　　한 壁 하늘에 닿고
一泓其下開　　한 沼 그 아래 열렸네
下坐一却顧　　아래에 앉아 휘돌아보니
數峰何嵬嵬　　봉우리들 어찌 그리 높은가
携節且進步　　지팡이 짚고서 나아가니
步步皆徘徊　　걸음걸음 모두 배회함일세

明宮接皇廟　　사당이 皇廟에 인접하니
一體誦甫也　　군신일체 큰 뜻 기리노라
煌煌數字扁　　빛나는 몇 글자 扁額으로
二老知罪我　　두 노인 나를 허물할 줄 안다네
嗟哉此一洞　　아! 이　洞天
日月昭昏夜　　해와 달은 어둔 밤을 밝히네

唯此洌泉齋　　오직 이 洌泉齋에서
扁額瞻齋角　　齋閣의 편액을 바라보노라
我父日讀書　　내 아버지 날마다 책 읽으시니
先生所說樂　　선생이 기뻐하신 일이었네

---

35) 米元章은 송나라 襄陽 사람인 米芾을 말한다. 元章은 미불의 字이다. 미불
　　은 산수화와 인물화에 일가를 이루었다고 한다. 여기서는 이 화양구곡의
　　아름다운 산수를 찬양하기 위해서 이러한 표현을 한 것 같다.

孤危此巖亭　　가파른 이 巖亭에서
隙地誠不意　　진실로 隙地라 생각하지 않으시고
平生誦遺經　　평생 동안 경전을 읽으시니
此亭非造次　　이 정자 짧은 역사 아니로세
亭前老盤桃　　정자 앞 늙은 盤桃는
不隨先生死　　선생을 따라 죽지 않았다오

四字鑱壁深　　네 글자 벽면 깊이 새기고서
一閣藏斷墨　　한 정각에 유묵을 보관하니
昭回若雲漢　　휘도는 밝은 빛은 은하수 같고
神鬼護巖谷　　신들이 이 바위 계곡 지켜준다네
僧菴在其傍　　僧菴이 그 곁에 자리하여
守此三四曲　　이 三四曲 지키고 있네

其上五曲奇　　그 위 五曲은 기이한 경치에
一壑連六七　　한 골짝 六七曲과 이어있고
奇臺與盤石　　奇臺와 盤石은
映發爭羅列　　밝게 다투어 벌려 있도다
昭明與巉岩　　넓은 반석 가파른 바위는
先生所怡悅　　선생이 기뻐하신 것이었네

窮深頓開豁　　深谷이 다함에 갑자기 환히 열리니
心目忽明爽　　마음과 눈이 홀연히 밝고 상쾌하네
盤陀白白岩　　盤陀의 바위는 희디희고
淸飇吹瀣沆　　밝은 바람은 잔이슬을 몰아오네
於焉悵我懷　　어느새 이 내 마음 슬퍼져서
欲起還低仰　　일어나려다 도리어 주저하네

仙遊 ·洞天　　선유동 이 한 洞天
別地成玲瓏　　영롱히 별천지를 이루었도다
巴谷勝於此　　巴串의 골짜기 이보다 낫다 하나
此評恐未公　　이 평가 공정하지 않으리라 하신
先生此一題　　선생의 이 한 마디 말씀

眼目誰異同　　눈으로 본다면 누가 다르다 하리

唏哉華陽洞　　아! 華陽洞
國中無此土　　나라에 이러한 땅은 없다네
哀哉老夫子　　아! 늙으신 선생
苦心終千古　　고심타가 마침내 돌아가셨네
不瞻萬東廟　　萬東廟를 보지 않았는데
先已拜傴僂　　이미 먼저 몸을 굽혀 절했다네
咏此九曲詩　　이 九曲詩 읊노니
不涕何心肚　　눈물 나지 않는다면 어찌 참된 마음이리오
唏哉華陽洞　　아! 華陽洞
不涕非心肚　　눈물 나지 않는다면 참된 마음 아니라네
況玆九曲奇　　더욱이 이 九曲 기이하여
武夷同朝暮　　武夷와 아침 저녁 풍광 함께 한다네
兒孫作此畵　　兒孫이 이 그림 그리고
乃翁吟此句　　내가 이 시를 읊으니
千秋幾人人　　오랜 세월 몇 사람이나
與我同瞻慕　　나와 함께 우러러 사모할까

　　제1수는 序詩로서 화양구곡에 들어서니 경천벽은 우뚝 솟고 산수
는 아름다울 뿐만 아니라 옥소 형제를 알아보는 듯하다고 하여 화
양구곡에 대한 경외심과 친근감을 드러내고 있다. 이 때 화양구곡
은 바로 우암과 동일시 되고 있다. 제2수는 제1곡 경천벽의 威容과
우암의 옛 발자취를 회상하고 있다. 옥소 형제 자신들이 경천벽 근
처에서 노닐면서 마치 우암이 배회함을 연상하고 있다. 제3수는 수
암이 우암의 유훈을 받고 임란때 조선을 도와 준 명나라 神宗의 사
당인 萬東廟를 세워 제사를 지냄으로써 군신 일체로 분향하게 되었
음을 자랑스럽게 여기고 우암과 수암의 충절이 일월과 같이 빛난다
고 기리고 있다.
　　제4수는 열천재에서 책을 읽던 선친과 이를 기뻐하신 우암에 대
한 회억을, 제5수는 우암이 치사한 후에 암서재 운계각에서 경전을

읽으셨음을 되새기고 돌틈에 손수 심으셨던 蟠桃樹가 연년이 꽃을 피우니 그 자취 영원함을 기리고 있다. 제6수는 명나라 毅宗의 御筆인 "非禮不動" 四大字를 절벽에 새겨놓고 그 遺墨이 亭閣에 보관되어 있으니 의종의 精靈이 3,4곡을 지켜주는 듯하다고 하였다. 제7수에서는 5-7곡 간의 승경, 특히 奇臺와 大盤石의 아름다움을 노래하였다.

제8수는 極處인 巴串에 이르니 眼前이 광활히 트여 마음이 상쾌하였으나 이 곳을 떠나려 하니 마음이 슬퍼져 발길이 떨어지지 아니하는 심정을, 제9수는 선유동의 선경이 파관의 勝概보다 못지 않음을 노래하였다. 마지막 수는 만동묘를 손수 세우지 못하고 애석하게 사사된 우암의 우국충정에 대한 연모의 정을 토로하고 화양구곡을 무이구곡에 比擬하고서 손자 信應으로 하여금 華陽九曲圖를 그리게 하고 그 아래 자신이 이 구곡시를 써서36) 우암이 오래오래 세상 사람들로부터 崇仰되기를 희구하였다.

이와 같이 화양구곡가는 入道次第나 因物起興의 시도 아니고 옥소가 화양구곡을 탐승하면서 우암에 대한 회고의 정을 읊은 '因物回憶'의 시라 할 수 있다. 그리고 이 화양구곡가는 한시 형식면에서도 여타 한문 구곡시와 다르다. 한문 구곡시들이 대체 七言絶句로 되어 있는데 비해 화양구곡가는 五言 古詩體로 되어 있으며 武夷九曲歌의 운을 次韻하지도 않았다는 특징을 지니고 있다.

2. 黃江九曲歌

黃江九曲歌는 수암 권상하가 경영하던 黃江九曲 園林에 대해 옥소가 읊은 시조이다. 횡깅구곡은 제1곡 對巖, 제2곡 花巖, 제3곡 黃江, 제4곡 皇恐灘, 제5곡 權湖, 제6곡 錦屏, 제7곡 芙蓉壁, 제8곡 凌江, 제9곡 龜潭 등으로 이루어져 있는데 수암은 자신이 경영

---

36) "我小孫信應 千寫而爲圖 自記其事于下方 以示余之心喜之 又書小記于畵之
　　下"(玉所藏呇, 華陽九曲圖說 後記)

하던 황강구곡 원림에 대한 구곡가를 남기지 않았다. 그리하여 옥
소는 옛 성현들이 구곡을 경영하면서 구곡가를 남겼던 전례를 따
라37) 백부를 대신하여 時調 황강구곡가를 지었고 漢譯 황강구곡가
인 黃江九曲用武夷櫂歌韻翻所詠歌曲38)도 지었던 것이다

  그런데 구곡가계 시가는 入道次第를 읊은 載道詩의 성격을 가진
구곡가계 시가가 있는가 하면 因物起興을 읊은 敍景詩의 성격을 가
진 구곡가계 시가가 있고 재도시와 서경시로 확연히 구분할 수 없
는 절충적 성격을 가진 구곡가계 시가도 있다.39) 대체로 영남학파
와 기호학파의 구곡가계 시가에 나타난 자연관과 세계에 대한 인식
태도에서 볼 때, 영남학파의 구곡가계 시가들은 사물의 관조를 통
하여 진리를 추구하고자 하는 '觀物求道'의 시라 할 수 있고 기호학
파의 구곡가계 시가들은 사물에의 감흥을 통하여 存心養性하고자
하는 '感興存養'의 시라 할 수 있다.

  황강구곡가는 율곡의 고산구곡가의 和詩라 할 만큼 표현 형식이
유사하다. 다시말하면 옥소는 고산구곡가를 전범으로 삼아서 황강
구곡가를 창작했다고 볼 수 있다. 고산구곡가를 因物起興의 시로40)

---

37) "從古聖賢之居 必皆以九曲名 與栗翁之高山九曲 雲翁之谷雲九曲 窮其源而止
    與朱子武夷九曲"(玉所藏岾, 黃江九曲記)
38) 黃江九曲用武夷櫂歌韻翻所詠歌曲
    天開是峽地明靈 水月千秋分外淸 昔日齋居今廟貌 石潭巴谷繼名聲〈首詩〉
    終歲欹危溯峽船 東南蒼翠好山川 平巖伏在澄澄畔 十里長湖淡淡烟〈一曲對巖〉
    靑山合香列千峯 風物烟花未自容 水外長川連野色 數村鷄狗小林重〈二曲花巖〉
    泛泛烟波上下船 寒齋風物已何年 明宮嚴處衿紳咏 月色秋江優可憐〈三曲黃江〉
    噴壑驚濤亂拍岩 藤蘿楓栝又㲯㲯 長年○有如神手 知是潛龍臥下潭〈四曲皇恐灘〉
    一江流到是湖深 南北村籬處處林 地設斯區天似待 是翁長有小廬心〈五曲權湖〉
    短短屛山幾曲灣 玉京遙指白雲關 三分太守神仙似 寒壁樓臺早暮閑〈六曲錦屛〉
    雙橈遡上下三灘 夕照明時仰首看 幾日如聞黃鶴唳 一梯高聳碧穹寒〈七曲芙蓉壁〉
    小壑深閑與我開 幾年茅棟每沿洄 琴書不是山中客 一室雙亭所去來〈八曲凌江〉
    亭亭一閣望依然 丹筆蒼臺坐逝川 大壁張來千丈水 別藏其外洞中天〈九曲龜潭〉
39) 姜正瑞, 九曲歌系 詩歌에 나타난 空間이미지와 志向意識, 경북대 대학원
    국어국문학과, 1993, pp.5-6.
40) 李敏弘, 士林派文學의 研究, 형설출판사, 1985, pp.186-201.

혹은 山水詩로[41] 파악하기도 하지만 序詩, 제2곡시, 제5곡시, 제8
곡시, 제9곡시에는 求道意識이 드러나므로 因物存性의 詩라 할 수
있는데 비해 황강구곡가는 황강구곡의 勝景을 대하면서 遂菴을 追
崇하고 回憶하는 情을 주로 드러낸 因物回憶의 詩라 할 수 있다.

    하늘이 뫼흘 여러 地界도 붉을시고
    千秋 水月이 分 밧긔 묽아셰라
    아마도 石潭 巴谷을 다시 볼 듯ㅎ여라   〈序詩〉

    이 서시에는 옥소의 作詩 의도와 作家意識이 분명히 드러나 있
다. 옥소는 황강에서 石潭과 巴谷 즉 巴串谷을 다시 볼 듯하다고
하여 고산구곡과 화양구곡과 황강구곡을 동일시 하고 있다. 이는
곧 수암이 율곡과 우암의 학통을 잇고 있음을 노래함으로써 道脈의
흐름을 〈朱子→栗谷→尤菴→遂菴〉으로 보려는 자신의 의식과 의도
를 드러내고 있다. 이 서시로 볼 때도 황강구곡가는 代作했다[42]고
보기보다는 자신의 목소리와 의도를 분명히 한 작품으로 봐야 한
다. 서시에는 수암을 추숭코자하는 옥소의 至情이 투영되어 있다고
하겠다.
    그리고 제3, 5, 8곡에서는 백부 수암에 대한 존숭과 회고의 정을
읊고 있다.

    三曲은 어드메오 黃江이 여긔로다
    洋洋 絃誦이 舊齋를 너어시니
    至今의 秋月 亭江이 어제론 듯 ㅎ여라   〈黃江〉

    五曲은 어드메오 이 어인 權소ㅣ 런고
    일홈이 偶然혼가 化翁이 기두린가

---

41) 김병국, 고전시가의 미학탐구, 月印, 2000, pp.284-285.

42) 박요순, 앞의 논문, p.131.

이 中의 左右村落의 살아 볼가 ᄒ노라　〈權湖〉

八曲은 어드메오 陵江洞이 묽고 깁희
琴書 四十年의 네 어인 손이러니
아마도 一室 雙亭의 못내 즐겨 하노라　〈凌江〉

　제3곡의 황강은 수암이 한수재를 짓고 학문을 닦으며 후학을 가르치던 곳이다. '洋洋 絃誦'은 당시의 '왕성한 학문과 유학의 풍토'를, '舊齋'는 수암을 은유함으로써 수암을 존숭하는 정을 밝혔고 종장에서는 '어제론 듯 ᄒ여라'고 하여 회고의 뜻을 드러내었다. 제5곡에서도 '어인 權소ㅣ런고'라 하여 沼의 명칭이 權尙夏를 뜻하는 '權'과 일치함에 대해 의문을 설정하고 '偶然한가' '化翁이 기드린가'라고 하여 조물주에 의한 예비된 명칭임을 암시함으로써 이 또한 존숭의 의도를 드러내고 있다. 종장도 같은 의미로 쓰였다고 봐야 한다. 제8곡에서도 '琴書 四十年에 네 어인 손이러니'하고 '못내 즐겨 하노라'하여 회고지정을 읊고 있다.
　그러나 제1, 2, 4, 6, 7, 9곡에서는 승경 탐승에서 유발된 자신의 서정을 토로하고 있다.

一曲은 어드메오 花巖이 奇異ᄒ샤
仙源의 깊은 믈이 十里의 長湖로다
엇더타 一陣 帆風이 갈 디 아라 가ᄂ니　〈對巖〉

二曲은 어드메오 花巖도 됴ᄒ시고
千峰이 合沓ᄒ디 恨업슨 烟花로다
어디셔 犬吠 鷄鳴이 골골이 들니ᄂ다　〈花巖〉

四曲은 어드메오 일홈도 홀난ᄒ샤
灘聲과 岳危이 一壑을 흔드ᄂ디
그 아래 깁히 자ᄂ 龍이 櫂歌聲의 ᄭᅵ거다　〈皇恐灘〉

　　　六曲은 어드메오 屛山이 錦繡로다
　　　白雲 明月이 玉京이 여긔로다
　　　뎌 우희 太守 神仙이 네 뉘신 줄 몰내라　　〈錦屛〉

　　　七曲은 어드메오 芙蓉壁이 奇絶홀샤
　　　百尺 天梯의 鶴唳를 듯즈올 듯
　　　夕陽의 泛泛孤舟로 오락 가락 ᄒᆞᆫ다　　〈芙蓉壁〉

　　　九曲은 어드메오 一閣이 그 뉘러니
　　　釣臺 丹筆이 古今의 風致로다
　　　져기 져 別有洞天이 千萬世가 ᄒᆞ노라　　　　〈龜潭〉

　　제1곡은 10리나 뻗친 황강의 첫구비인 대암에서 바람따라 떠도
는 돛배의 모습을, 제2곡에서는 화암에 수많은 봉우리들이 솟아있
고 안개 자욱히 끼인 골골에 민가들이 드문드문 잠겨있는 평화로운
모습을 읊고 있다. 제2곡은 마치 "漁村 두어집이 냇속에 나락들락"
이라고 읊은 윤고산의 어부사시사 春詞를 연상시키고 있다. 제4곡
은 황공탄의 울부짖고 놀라 날뛰는 듯한 위세와 그 곳에서 뱃놀이
하는 광경을 "깁히 자는 龍이 棹歌聲에 씨거다"라고 은유적으로 읊
었다. 제6곡은 금병산 斷崖 千尺에 펼쳐진 야경의 아름다운 풍치
를, 제7곡은 부용벽의 기이한 절승을 노래하였다. 제9곡에서는 옥
소가 세운 新亭과 그 옛날 수많은 인사들의 이름이 새겨진 丹丘의
풍치를 통해 본, 別有洞天이라 여겨지는 龜潭이 유구함을 노래히였
다. 위의 5수는 인물기흥적 성격의 시라 할 수 있다.
　　따라서 황강구곡가는 황강구곡의 절승을 완상하면서 일어나는 興
趣와 遂菴에 대한 回顧와 尊崇의 情을 읊은 시조라고 볼 수 있다.

3. 花枝九曲歌

　　이 화지구곡가(일명 身北九曲歌)는 옥소가 聞慶郡 身北面 花枝洞

(현 문경시 문경읍 당포리)에서 화지구곡을 경영하면서 직접 지은 구곡가이다. 원래는 시조 형태의 구곡가가 창작되었을 것 같으나 지금은 전하지 않고 무이구곡가를 차운한 10수로 된 한문 구곡가만 전할 뿐이다.

옥소는 25세에 初娶 이씨부인이 별세하자 중종의 4대손인 중의대부 대원군 광윤의 따님을 재취로 맞으려고 했으나 親命을 얻지 못하여 副室로 60년을 함께 생활하였다. 이씨부인은 주로 문경 화지동에 살았으므로 옥소는 만년에 청풍과 70여리 떨어진 화지동을 내왕하면서 花枝九曲 園林43)을 경영하게 되었고 또한 화지구곡가를 지었던 것이다. 화지구곡은 신북천과 草谷川이 합류하여 潁江으로 흘러드는 馬院으로부터 신북천 상류쪽으로 하늘재라 불리는 大院까지 올라가는 좌우의 절승 9곳으로 이루어져 있다.

이 화지구곡가는 옥소가 花枝九曲記에서 "옛사람들이 그 곡수를 9로써 한 것은 取象의 뜻이 있으나 대개 후인들은 다만 흉내내어 예를 따를 뿐이다"44)라고 써 놓은 바와 같이 구곡의 공간을 통하여 주자학의 깨달은 眞理나 求道의 次第를 읊은 것이 아니라 탐승의 흥취를 주로 읊은 것이다.

序詩에서는, 구곡은 맑고 깨끗하며 골마다 빼어난 경치가 펼쳐진다고 하여 서경적 시상 전개를 암시하고 있다.

知是斯區有地靈　이 곳에 신령스런 땅 있음을 알겠으니
溪流九曲此澄淸　계곡물 아홉 구비 맑고 깨끗하구나
幽深洞裏昭明界　그윽하고 깊은 골엔 뛰어난 경치 펼쳐지고
到處名村自舊聲　이르는 마을마다 옛 명성 그대롤세

---

43) 화지구곡 제6곡과 제8곡 사이에 대형 저수지 건설 계획이 확정되어 화지구곡 일부가 매몰될 가능성이 있기 때문에 지난 3월초에 필자가 직접 현지를 조사한 바 있다. 저수지 물이 만수가 되면 제6-8곡 일부가 훼손될 가능성이 있는 것으로 판명되었다.

44) "古人以九數其曲 皆有取象之義 而後人則只依倣 而爲例耳"(옥소집, 권9, 花枝九曲記)

여기서의 '신령스런 땅(地靈)'은 '道의 本源'도 아니고 '신선들의 전설과 설화가 깃든 곳'을 의미하지도 않으며 단지 '奇絶한 地境'을 뜻한다고 봐야 한다. '舊聲'도 아름답기로 유명한 地名 정도로 이해함이 온당하다고 본다. '地靈'과 '舊聲'은 武夷櫂歌의 次韻으로 인한 불가피한 표현이라 볼 수 있다. 무이도가의 차운시들은 무이도가에 쓰인 운과 同一韻을 취하기 때문에 자칫 유사한 詩想으로 誤認될 가능성이 적지 않기 때문이다. 그리고 이 서시는 고산구곡가의 "어즙어 武夷를 想像ᄒ고 學朱子를 ᄒ리라"와 황강구곡가의 "아마도 石潭 巴谷을 다시 볼 듯ᄒ여라"라는 서시 표현에 비해 훨씬 서경적이다.

제1곡은 馬浦(말개)의 광활한 시내와 馬院 野村의 정경을 노래하였다. 花枝九曲記에는 "마포의 물이 평활하여 배를 띄워도 배가 없는 것 같다" 하고 "官樓에서 내려다 보면 栗林과 隱村은 푸른 빛이 광야를 에워싸서 맑고 밝아 江湖의 景色과 같다"45)고 하였다.

> 一曲何無泛釣船　일곡에는 어찌 고깃배 띄움이 없는가
> 中間澄闊似江川　중간은 맑고 넓어 강물과 같네
> 官居坐倚晨昏閣　官樓에 의지하니 새벽 다리 어둑한데
> 野色村光靄靄烟　들색과 마을 빛은 내처럼 아롱지네

마포는 신북천과 초곡천이 합류하여 강과 같은 광활한 시내를 형성한 곳으로 마원을 가로지르고 있는데 그 남쪽의 마원 들이 넓고 아득하며 더문더문 엎드린 듯한 촌가의 새벽빛이 맑고 밝게 빛나는 광경을 마치 한폭의 산수화처럼 묘사하고 있다.

제2곡은 主屹山 기슭에 자리잡은 聲校〔鄕校〕의 文風 敎化의 덕을 읊고 있고 제3곡은 廣水院 밭이랑에서 호미질하며 기음노래부르는 농부들의 한가로운 모습을 읊고 있다.

---

45) "其一曲爲馬浦院者 其水平闊 似泛舟而無舟 雙橋橫架大道如砥 倚官樓而俯視
　　之 栗林隱村 翠炯籠野澄曠 如江湖景色"(同上)

二曲高臨主屹峯　이곡은 높고 높은 주흘봉에 임했는데
明宮揖遜好儀容　향교에선 공손히 읍하니 좋은 법도라네
元來七事瞻先後　원래 일곱 가지 일 그 선후를 보니
左海文風仰九重　우리나라 문풍이 하늘 높이 우러러 뵈네
三曲如浮萬斛船　삼곡은 만곡실은 배 떠 있는 것 같은데
村名廣水幾何年　마을 이름 광수는 몇 년이나 됐던고
然疑自古滄桑事　옛날의 창해사가 의심나지만
葛畝鉏歌又可憐　칡 이랑 기음노래 그 또한 어여쁘네

1106m나 되는 높은 주흘봉을 진산으로 하여 자리잡은 향교에서는 先聖을 받들고 법도를 엄격히 지켜 明倫을 밝히는 곳임을 찬양하고46) 우리나라 文風이 높고 높음을 자랑하고 있다. 예법과 학문의 중심지인 향교를 제2곡으로 설정한 것이 특이하다. 花枝九曲 園林이 풍치만 화려한 것이 아니라 예법도 높은 고장임을 드러내려는 의도가 엿보인다. 그리고 제3곡에서는 廣水院이란 지명이 身北川과 山利川이 합수하는 곳이기 때문에 붙여진 것 같은데 옥소는 실제로는 광수원의 시내가 넓지 못해 현실과 다르므로 잠시 滄海之事를 의심하기도 하지만47) 이내 과거사는 잊고 눈앞에 전개되는 밭 매는 농부들에게 관심을 쏟고 있다. 이 제3곡은 무이구곡가 제3곡의 시상과 매우 흡사하지만 무이구곡가에는 도가적인 전설과 감상성이 짙은데 비해 화지구곡가에는 현실성이 짙다.

　제4곡은 광수원 건너편 古安城(현 고요리)의 평화스런 농촌 풍경을 묘사하고 있다.

四曲川橫臥立巖　사곡에는 시냇물 입암을 둘러있고
亂松覃葛影毿毿　어지러운 소나무 칡넝쿨 그림자 길고 기네
幽村軋軋鳴前碓　고요한 마을에는 쿵덕쿵덕 방아소리요

───────────────

46) “鄕校村主屹山鎭後　橫天晧白如金剛雪岳　其下廣貌屹然　奉先聖於其中　爲明倫
　　首善之所”(同上)
47) “三曲爲光水院　小村倚隴千畝　在前始名光水　是然疑於滄桑變故”(同上)

斷麓蒼蒼照下潭   가파른 푸른 산록 연못 속에 잠기네

古安城(일명 古婁城)은 시냇물이 선바위를 빗겨 흐르고 소나무에 휘감긴 칡넝쿨의 그림자가 길게 드리웠는데 고요한 마을에는 푸른 산이 연못에 비치고 靜寂을 깨는 것은 쿵더쿵 방아소리 뿐임을 그리고 있다. 靜中動의 평화로운 정경이다.

제5곡은 옥소가 草廬를 짓고 거처하던 곳이다. 朱子가 무이구곡 중, 제5곡에 자신의 武夷精舍를 건립하고 退溪가 도산구곡 제5곡에 陶山書堂을 지었던 것 같이 옥소도 자신의 거처지를 제5곡으로 설정하였다. 이는 易의 九五 즉, 飛龍在天格인 陽五를 택한 것이니 깊은 뜻이 담겼다고 볼 수 있다. 이 花枝谷은 높은 산위의 큰 바위들이 하늘높이 울부짖듯 솟아 있으며 마을은 수많은 감나무로 둘러싸여서 가을이 되면 절승을 이루는 무릉도원과 같고 원근의 절에서 들려오는 종소리를 들으면 온갖 旨趣가 솟아나 말로 이루 형언할 수 없었다고 한다.48) 花枝莊圖에 의하면 동쪽에는 雲達山 上峰, 북쪽에는 觀音峰, 서쪽에는 鶯峰, 남쪽에는 長在峰이 솟아 있고 四山 안에 6洞이 있으니 제1동은 水洞, 제2동은 險洞, 제3동은 雙溪洞, 제4동은 九王洞, 제5동은 法山洞, 제6동은 聖主洞인데 성주동 아래가 바로 화지동이다.49) 당시에는 성주봉 골짜기 쌍계동에 雙溪寺가 있었는데 빈대가 많아서 절을 태우고 스님들은 산너머 金龍寺로 떠났다고 한다. 지금 남아 있는 주춧돌을 볼 때 당시 쌍계사의 규모는 엄청나게 컸던 것으로 짐작되고 그 곳은 지금도 아주 절경을 이루고 있다고 한다.

---

48) "百餘居民 櫛比成村 千柿繞之 及秋爛縵勝 似武陵桃源---僧寺近遠 若鐘聲之 相聞 百種之 趣 未可勝言"(同上)

49) "東接雲達山上峰 北接觀音峰 西接鶯峰 南接長在峰 四山之內 第一洞水洞 第 二洞險洞 第三洞雙溪洞 第四洞九王洞 第五洞法山洞 第六洞聖主洞 而聖主 洞下 卽花枝洞二十餘戶也"(花枝莊圖, 聞慶民俗博物館 所藏)

五曲花枝洞壑深　오곡 화지동 골짜기 깊고 깊으니
百籬千柿翳如林　울타리 감나무들은 가리어 수풀 같고
村耕雨露僧鍾月　마을에선 우로에 밭갈고 중들은 달빛에 종치니
不盡斯翁咏讀心　늙은이의 솟는 詩心 다할 길 없네

　이러한 절승 속에서 옥소는 도롱이와 삿갓을 쓰고 쟁기질하는 그림같은 정경과 산사의 종소리를 들으면서 솟아나는 시심을 이길 수 없다고 토로하고 있다. 한 폭의 眞景山水畫를 연상케 하고 있다.

六曲孤亭出小灣　육곡엔 외로운 정자 여울가에 솟아 있고
千峯回複作重關　수많은 산봉우리 겹쳐 두 산문 이루었네
何時施設朝家議　어느 때 나라에서 시설할 의논 베풀어
自在幽人早夕閑　유인이 조석으로 한가롭게 지내리

　제6곡 山門溪는 교묘한 절벽과 층대, 흰 바위가 시내물과 못으로 더불어 장관을 이루었기 때문에 옥소는 누각을 짓고 석실내에 厂廬를 만들어 요조한 취미를 맛보았다.50) 옥소는 溪邊의 亭閣과 石室에서 한가로이 지내는 자신의 삶의 모습을 읊었다.

七曲松風

吼似灘　칠곡엔 송풍이 여울물소리 울부짖듯하는데
誰人來入是中看　어느 누가 찾아와서 이곳을 볼거나
鷄鳴犬吠皆仙境　닭울음 개짖는 소리 이 모두 선경인데
白屋簫疎分外寒　억새풀 초가집들 소슬하고 차겁기 그지없네

　제7곡은 葛坪里 松林의 풍경과 주위 민가의 소슬한 정경을 읊은 것이다. 갈평은 넓고 평평하여 그 가운데 한줄기의 시내가 흘러가는데 중간쯤 黃腸木이 울창하게 숲을 이루고 두 세 집이 산속에 의지하여 있는 곳이다. 찾아 오는 이 없는 산촌은 닭울음 소리와 개

---

50) "外有山門溪 絶壁層臺之巧 平巖之白 與激湍淳淵 以爲勢極 有窈窕趣味 作一
　　架輝暎之閣 又作山門厂於石室之內 以寓一宗興寄"(花枝九曲記)

짓는 소리만 들릴 뿐, 세상의 시비와 혼탁함은 찾아볼 수 없는 仙
境이라 하였다.

八曲山門一閉開　팔곡은 산문이 한번 닫혔다 열리니
倒碕殘咽水縈洄　낭떠러지 쇠잔한 물 휘돌아 흐르네
依崖小占悽生計　벼랑 위의 작은 상점은 생계가 처량하고
盡日行人斷去來　하루종일 행인 끊겨 오가는 이 없구나

　제8곡 觀音院은 山門을 한번 더 지나야 나타나는데 낭떠러지의 쇠
잔한 물이 휘돌아 흐르는 곳이다. 이곳은 술을 파는 상점이 몇 집
있고 언덕과 산골짜기 사이에는 神女潭이 있어서 작은 정자 만들어
즐길 수 있는 곳이다.51) 멀고 깊은 산중이기 때문에 행인들이 별로
없어 상점들이 생계 잇기가 곤란하다고 하였다.

九曲登高始豁然　구곡 높은 곳에 오르니 눈앞이 확 트이고
不知斯處是窮川　이 곳에서 내가 다하는 줄 알지 못했네
千山在下千峯立　수많은 산 아래 산봉우리 즐비하니
日月雲烟是別天　해, 달, 구름, 안개 이곳이 바로 별천지라네

　마지막 제9곡은 소위 하늘재라고 불리는 大院인데 이 구곡의 꼭
대기이다. 이 재를 넘어가면 鳥嶺이 나오고 그 바깥에는 月岳山이
있다. 이 곳은 긴 뿔형 지세로서 여기에 오르면 다시 앞이 활연히
트이어 위로는 하늘의 해와 날과 섭하고 아래로는 온갖 산늘, 구름
과 안개가 자욱한 곳이다.52) 그래서 해, 달, 구름, 안개를 환히 접
할 수 있는 이곳이 바로 別天地라고 하였다. 옥소는 눈앞이 확 트
이고 수많은 산봉우리들을 내려다 볼 수 있는 밝고 초탈한 경지,

51) "觀音院 數店倚岸 沽酒資生 其下其上 碕流奧峽之間 神女潭洗耳洞 皆可作小
　　亭 而怡悅者爲第八曲"(同上)
52) "步步登登而去 爲大嶺之腰 其命大院 曲之第九而終焉 天所以限南北也 傳去
　　爲鳥嶺 外立有月岳 爲猗角之形地勢 登此復豁然而開 上可接天中日月 下濛
　　濛然世外雲烟"(同上)

해·달·구름·안개와 같이 人慾이 개재될 수 없는 순수한 자연의 맑고 깨끗한 淸淨한 경지를 이상향으로 보았던 것이다.

이상에서 살펴 본 바와 같이 옥소는 구곡을 승경 위주로 설정한 것이 아니라 성교촌, 광수원, 고안성, 화지동, 갈평, 관음원 등 서민들이 모여 살던 마을을 중심으로 설정을 하고 산촌의 고요하고 평화로운 모습을 주로 묘사하였다. 다만 제2곡에서 향교에 관해 읊다 보니 "우리나라 문풍이 하늘높이 우러러 뵈네"라고 하였는데 이는 도학에 뜻을 두거나 드러내려고 했다기 보다 향교의 풍속을 찬미한 것으로 봐야 한다. 그 외에는 각 구비마다의 주위 경관과 산촌의 정경을 그리고 있다. 옥소는 이 구곡가에서 道學의 次第를 읊거나 寓意하지도 않았으며 특이한 意趣도 드러내지 않았다. 빼어난 경관 속의 평화로운 산촌의 모습을 진경산수화를 그리듯 사실적으로 읊고 있을 뿐이다. 특히 '澄淸''昭明'(序詩), '澄澗''靄靄'(제1곡), '㶁㶁''軋軋''蒼蒼'(제4곡), '蕭疎'(제7곡), '豁然'(제9곡) 등과 같은 의태어와 의성어가 많이 쓰였다는 것은 화지구곡가의 사실적인 표현의 특성을 잘 대변해 준다고 할 수 있다. 이러한 사실적인 표현의 특성은 당시 기호 사림들의 천기론적 문학관과 옥소가 교유했던 진경산수화 작가들의 사실적인 표현기법, 여항시인들의 현실주의적 시적 경향에 영향을 받은 결과라 하겠다.

IV. 결　론

옥소는 문경 화지동을 중심으로 화지구곡 원림을 경영하면서 화지구곡가를 창작했을 뿐만 아니라 화양구곡가, 황강구곡가 등 12편의 구곡가계 시가와 산문을 남김으로써 기호학파 구곡가계 시가를 집대성한 인물이 되었다. 그리하여 본고에서는 옥소가 구곡가계 시가를 집대성하게 된 배경으로 그의 가정환경, 교육 및 교유관계, 문학활동에 관해 살펴 본 후, 화양구곡가, 황강구곡가, 화지구곡가 등

옥소가 지은 대표적인 구곡가의 작품세계를 분석해 보았다.

옥소는 유복한 명문 사대부 집안에서 태어나 궁중을 자유로이 출입하기도 하고 어릴 때부터 외조부댁에서 체계적으로 수학했으며 사기, 제자백가 등 많은 독서를 하였다. 처형, 외숙, 정재문 등 동유 사대부 들과의 시문을 통한 교유는 물론이고 中人, 掖隷, 傔人들의 모임에도 참석하는 등 폭넓은 교유를 함으로써 보수적인 안목에서 벗어나 개방된 안목을 가질 수 있었다. 특히 鄭歡, 金翊冑 등 진경산수화가들과의 교유는 옥소의 문학활동에 많은 영향을 미쳤다. 옥소는 20대 중반까지 학문에 몰두하다가 己巳士禍, 송시열의 유배 및 사사를 목격하고 과거를 단념하면서부터 본격적으로 탐승에 나서게 되었다. 그는 가는 곳마다 시문을 창작하여 수천 수의 한시, 시조 75수, 가사 2편, 번역소설, 기몽설 등 수많은 작품을 남긴 전문 시인이었다.

황해도 석담을 탐승하고 石潭窮尋九曲用武夷櫂歌韻 10수와 翻栗翁高山九曲歌用武夷櫂歌韻 10수를 지었고 동생과 함께 우암이 경영하던 華陽九曲 園林을 심방하고 華陽九曲歌를 창작하였다. 그리고 만년에는 존경하던 백부 수암 권상하를 대신하여 黃江九曲歌를 지었고 자기가 직접 경영하던 花枝九曲 園林에서 생활하면서 花枝九曲歌를 창작하였다.

華陽九曲歌는 우암을 대신하여 의도적으로 제1곡부터 9곡까지 차례대로 지은 것이 아니라 화양구곡의 승경을 답사한 후, 그 감회를 읊은 변형 구곡가이다. 5언 고시체로 되어 있고 무이구곡가의 운도 차운하지 않은 이 구곡가는 우암에 대한 회고의 정을 읊은 因物回憶의 시라 할 수 있다.

黃江九曲歌는 고산구곡가의 和詩라 할 만큼 그 표현 형식이 매우 유사하다. 옥소가 황강구곡의 승경을 대하면서 수암을 숭앙하고 회억하는 정을 주로 읊은 것인데 제1, 2, 4, 6, 7, 9곡에서는 승경 탐승에서 유발된 자신의 정서를 토로하였다.

花枝九曲歌는 옥소가 마포로부터 상류로 거슬러 올라가 하늘재라 불리는 대원까지를 화지구곡 원림으로 설정하여 경영하면서 武夷櫂歌의 운을 次韻하여 지은 시이다. 이 화지구곡은 승경 위주로 설정된 것이 아니라 서민들이 모여 살던 마을을 중심으로 설정된 것이 특징인데 옥소는 이 구곡가에서 산촌의 고요하고 평화로운 모습을 주로 읊었다. 제2곡에서 향교의 풍속을 찬미하고 있으나 그 외에는 각 구비마다의 주위 경관과 산촌의 情景을 그리고 있다. 옥소는 이 구곡가에서 道學의 次第를 읊거나 寓意함도 없이, 특이한 意趣도 드러내지 않고 빼어난 경관 속의 평화로운 산촌의 모습을 眞景山水畵를 그리듯 사실적으로 묘사하였다.

무이구곡가를 비롯한 구곡가계 시가의 성격이 入道次第의 載道詩냐 因物起興의 敍景詩냐 하는 논란이 많은데 옥소가 지은 구곡가는 感興存養의 詩라 할 수 있다. 화양구곡가와 황강구곡가는 회고의 정이 두드러지게 나타나고 화지구곡가에는 현실적인 사실성이 두드러지게 나타났다. 특히 화지구곡가에 나타난 사실적인 표현의 특성은 기호 사림들의 천기론적 문학관과 진경산수화가들의 사실적인 표현기법, 여항시인들의 현실주의적 시적 경향에 영향을 받은 결과라 볼 수 있다.

따라서 영남학파의 구곡가는 대체로 載道詩的인 성격을 지니거나 道學志向 의식을 드러내고 있는데 비해 율곡의 고산구곡가에는 因物起興的인 성격이 두드러지게 나타나게 되었고 옥소의 구곡가에 이르러서는 寫實的인 敍景詩 내지 抒情詩로 변모하게 되었다는 사적인 의의를 부여할 수 있다.

翰林別曲 第8장의 解釋的 考察

金 善 祺

목 차

1. 서 론

「한림별곡」은 고려 고종 때 금의의 문생들이 座主門生宴에서 가창하기 위해 당시에 유행하던 八景詩의 속성을 받아들여 공동으로 제작한 작품이라고 생각된다.[1) 「한림별곡」이 경기체가 최초의 작품으로서 가장 완벽한 형식을 갖추고 있다는 영예를 안고 있으면서도 실상 해독한 자료를 구해보면 마땅한 것이 없는 실정이다. 필자는 논문을 통해 「한림별곡」의 출현 배경을 살피고 이어 작품 해석을 시도하던 가운데, 제8장이 다른 장에 비해 유독 거론할 점이 많다는 사실을 깨닫고 논술의 균형상 민저 제8장을 독립시켜 고찰할 필요를 느껴 본고를 집필하게 되었다.

「한림별곡」은 모두 여덟 장으로 이루어져 있다. 首尾를 이루는 제1장과 제8장에만 화자가 일인칭 대명사 '나'로 등장할 뿐, 다른 장에는 화자의 존재가 전혀 드러나 있지 않다. 화자가 제1장에서

---

1) 졸고, 「翰林別曲의 出現에 대한 綜合的 考察」, 『語文硏究』 33, 어문연구학회, 2000, pp.153~202.

스스로를 금의의 문생이라고 밝혔고, 끝장에서도 그같은 사실을 명시했으므로, 다른 장에서 거듭 화자의 정체를 밝힐 필요가 없어 문면에 화자를 생략하는 방식을 취했던 것이라 생각된다. 따라서 화자의 존재를 살피는데 있어 제8장의 존재 가치가 어느 장보다 크다 하겠다.

제8장의 노랫말은 다른 장들에 비해 특이한 모습을 보이고 있다. 다른 장들이 명사로 된 한자어의 열거형이 주류를 이루고 있음에 비해 제8장은 순수 우리말 문장 형태로 쓰여 있기 때문이다. 개별 어휘를 보더라도 순수 우리말이 많아 이해에 어려운 점이 거의 없다. 그러나 자세히 들여다 보면 어휘 풀이와 문장 해석면에 석연치 못한 점이 드러난다. 예컨대 제8장의 중심 제재라 할 그네만 보더라도, 가래나무의 열매인 '가래'에 그네를 어떻게 맬 수 있다는 것인지 우리를 당황케 한다. 그네를 밀어주는 인물을 왜 하필 '鄭少年'이라 명명하였는가 등도 의문으로 떠오른다.

이같은 점에 의문을 품고 숙고한 결과, 제8장이 겉으로는 그네놀이를 내세우고 있지만 속으로는 남녀의 성적 유희를 담고 있다는 심증을 갖게 되었다.[2] 이를 밝히기 위해 선학들의 업적을 토대로 어휘 주석상의 문제점을 검토한 다음, 제8장이 성적 유희를 담고 있다는 논거를 다음 세 가지 측면에서 중점적으로 살피려 한다.

① 그네가 당추자와 쥐엄나무에 매어 있다는 것은 실제 그네로 이해하기 어려우므로 男女 交媾의 性的 遊戲를 나타내는 상징적 표현으로 보아야 한다는 점.

② 「한림별곡」의 내용 전개상으로 보아 제8장은 남녀의 성적 유희가 제격이라는 점.

---

2) 지헌영 선생이 일찍이 「井邑詞의 硏究」(『亞細亞硏究』 제3권 제1호, 1961)에서 「한림별곡」 제8장을 남녀 성유희의 측면에서 자세히 언급한 바 있다. 그러나 그렇게 볼 수 있는 논거의 핵심이라 할 제1·2행의 어석과 내용 파악에 미진한 점이 있어 이를 보완하고자 한다. 본고에서는 논술의 편의를 위해 『鄕歌麗謠의 諸問題』(태학사, 1991)에 재수록된 글을 인용하기로 한다.

③ 제8장에서 성적 유희를 조장하기 위한 상징적 제재와 성적 묘사가 검출된다는 점.

본고를 통해 「한림별곡」 제8장의 주제가 남녀의 성적 유희라는 사실이 밝혀진다면, 작품의 성격이나 구조 파악에 도움이 될 뿐만 아니라, 그네를 통한 성적 유희의 표현기법을 수준 높게 구사한 점에서 「한림별곡」의 문학적 성과를 다시 평가하는 작업이 따라야 할 것으로 기대한다.

2. 語　釋

2.1. 臺本　選定

「한림별곡」의 가사를 싣고 있는 대표적인 자료는 『樂章歌詞』와 『高麗史』이다. 『고려사』는 한문을 전용한 역사서이므로 가사를 적는데 제약을 받았다. 반면 『악장가사』는 한자어를 한자와 국문으로 병기하고, 토박이말을 국문으로 표기했으므로 전체를 기록할 수 있었다. 그러므로 「한림별곡」 제8장의 어석을 위해 『악장가사』본을 취하는 것은 당연한 일이다. 특히 제8장은 우리말 가사가 중심을 이루고 있으므로 『고려사』본의 기록 내용은 빈약하기 짝이 없다. 『고려사』본과 『악장가사』본의 가사를 나란히 인용해 보면 그러한 사실을 실감하게 된다.

A. 『고려사』본
唐唐唐　唐楸子　早莢木
云云俚語
削玉纖纖　云云俚語
偉携手同遊景何如

B. 『악장가사』본
唐唐唐　唐楸子　뒤엿남긔
紅실로　紅글위　미요이다
혀고시라　밀오시라　鄭少年하
위　내가논뒤　눔갈셰라
[削]削玉纖纖　雙手ㅅ길헤　削玉纖纖　雙手ㅅ길헤
위　携手同遊ㅅ景　긔엇더ᄒ니잇고

'남긔'나 '긔엇더ᄒ니잇고', '위'처럼 간단히 한자로 번역 혹은 借音
해도 가사 전달에 오해가 없을 경우에는 각각 '木', '何如', 또는 '偉'
자를 썼다. 그리고 우리말 가사를 번역하기 어려울 경우에는 '云云'
이라 쓰고 그것이 우리말 가사임을 알게 하기 위해 작은 글씨로 '俚
語'라 표시했던 것이다. 한자어로 된 부분을 비교할 때 『고려사』와
『악장가사』 두 본의 가사 사이에 차이가 없음을 확인할 수 있다.[3]
따라서 여기서는 『악장가사』본의 가사를 고찰의 대본으로 삼겠다.

2.2. 단어, 문장 풀이

「한림별곡」 전체 8장을 대상으로 어석 작업을 수행한 분은 예상
보다 많지 않다. 양주동 박사[4]를 위시하여, 지헌영,[5] 김형규,[6] 박
병채,[7] 임기중[8] 님의 작업이 이어졌다. 여기서는 비교적 최근 연
구라 할 박병채의 『고려가요의 어석연구』(1994)와 임기중의 『경기
체가 연구』를 중심으로 소개하고, 필요에 따라 다른 분들의 의견을

---

3) 「한림별곡」의 가사에 대한 『악장가사』와 『고려사』 두 본의 차이에 대한 논
　의는 졸고, 「高麗史의　解說文-此曲高宗時翰林諸儒所作-은　僞作인가」(『語文
　研究』 32, 어문연구학회, 1999, pp.147~156) 참조.
4) 梁柱東, 『麗謠箋注』, 을유문화사, 1947(1955, 訂補版).
5) 池憲英, 『鄕歌麗謠新釋』, 정음사, 1947.
6) 金亨奎, 『古歌謠註釋』, 일조각, 1965(1982, 重版).
7) 朴炳采, 『高麗歌謠의　語釋研究』, 선명문화사, 1973.
　────, 『고려가요의　어석연구』, 국학자료원, 1994.
8) 임기중, 『경기체가연구』, 태학사, 1997.

참고하여 단어와 문장 풀이를 살펴보겠다.

(1) 唐唐唐 唐楸子 皁莢남긔
'唐'자의 반복이 눈길을 끈다. 그것이 반복하면서 '楸子'를 수식하고 있다. 핵심어는 '楸子'와 '皁莢남긔'가 된다. 이어 붉은 그네를 맸다는 말이 나오는데 그것을 '皁莢나무'에 맸다는 것인지, '楸子'에도 맸다는 것인지, 아니면 '楸子'와 '皁莢나무'에 연결해서 맸다는 것인지가 궁금해진다. 핵심어부터 알아보는 것이 좋을 듯하다.

a. 唐楸子
① 〈박〉 「당추자」 : 호두나무
② 〈임〉 「당추자」 : 개오동나무, 노나무

'당추자'는 '唐+楸子'형 조어로 보인다. '楸'는 산유자나무로 나와 있으나, 열매를 고려할 때 가래나무로 보는 것이 타당하다.9) 가래나무에 대해『韓國樹木圖鑑』에는 한자어로 楸木, 山核桃, 核桃楸라 쓴다 했고,10)『한국민족문화대백과사전』에는 楸木, 核桃楸, 山核桃, 胡桃楸, 楸子, 楸皮라고 쓴다 하여 표기가 다양하지만 대체로 '楸'자가 '가래나무'를 일컫고 있음을 추단할 수 있다.

『한국수목도감』에 따르면 가래나무는 소백산, 속리산 이북의 표고 100~1,500m 사이의 산록과 계곡에서 자라며 만주, 우수리, 시베리아 등지에서 자라는데 높이는 20m에 달하며 가지가 굵다고 한다. 그런데『한국민족문화대백과사전』에서 가래나무를 '楸子'라 한다고 소개하고 있어 혼동을 일으키게 하나 이는 오류가 아닌가 생각된다. 나무에 열리는 열매의 한자어는 나무 이름 뒤에 '子'자나 '實'자를 써서 표시하는 것이 관례이기 때문이다. 松子, 梅子, 桃子,

---

9)『한국민족문화대백과사전』에는 "楸자가 개오동나무 또는 예덕나무를 뜻하기도 하므로 주의를 요한다. 강원도에서는 산추자라고도 한다"고 하여 '楸'자가 여러 종류의 나무 명칭으로 쓰였음을 알게 한다.
10) 산림청임업연구원,『韓國樹木圖鑑』4판, 삼정인쇄공사, 1992,「주엽나무」조 참조.

柏子, 桑子, 栗子, 柰子, 柚子 등에서 이를 확인할 수 있다. 그렇다고 볼 때 '楸子'는 가래나무를 일컫는 것이 아니라 가래나무에 열리는 열매로 보아야 한다. 이는 이희승의 『국어대사전』과 한글학회의 『우리말큰사전』에도 가래나무의 열매를 '가래'라 하고 한자어로 '楸子'로 적고 있음에서도 확인된다.

가래(楸子)는 9월에 성숙하며 호두 비슷하나 길이 4~8㎝ 크기의 알 모양인데 內果皮는 흑갈색이며, 딱딱하고 稜角이 있고 그 사이가 우둘투둘하여 두 개를 손바닥에 굴려 지압용 기구로 사용하기도 한다. 박병채 교수는 唐楸子를 '호두나무'라 했다. 『한국민족문화대백과사전』에도 호두나무의 한자어 표시로 唐楸子라 한다고 적혀있어 이를 검토할 필요가 있다. 그 책에 보면 호두나무의 원산지는 이란이라 한다. 이것이 중국을 거쳐 우리나라에는 고려말 몽고어를 잘하여 여러 차례 원나라에 사신으로 내왕했던 柳淸臣(?~1329, 충숙왕 16년)이 들여와 천안군 광덕면 광덕사에 파종한 것이 처음이라고 전해지고 있다. 생육은 온도의 영향을 크게 받으며, 재배의 적지로는 대체로 평택, 원주, 강릉을 연결하는 이남의 땅이다. 조선조 『동국여지승람』과 『세종실록』 지리지에 호두의 산지로 옥천, 공주, 전의, 경산, 대구, 현풍, 화양, 예천, 선산, 거창, 광산, 남원, 담양, 구례 등 주로 중남부 이남이 소개된 것은 이를 뒷받침하는 것이다. 호두나무가 고려말에 수입되었다는 시기의 문제와 『한림별곡』의 창작 배경이라 할 개성이 북쪽에 있어 그 생장지로 적합치 않다는 사실을 고려할 때 '唐楸子'를 호두나무로 보기는 어렵다고 본다.

楸子를 가래라 할 때 '唐'자는 무엇을 뜻하는 것일까. 중국에서 들어온 것에 대해 우리의 것 '鄕'과 구별키 위해 '唐詩', '唐樂'처럼 唐자를 쓰는 것을 고려하여 중국에서 들여온 '가래'로 본 것일까. 가래는 우리나라 소백산, 속리산 이북에 널리 분포해 있으므로 굳이 중국에서 수입할 필요가 없다. 그래서 중국산 가래를 가리키는 용어를 '唐楸子'라 하지는 않았을 것이다. 혹 '중국산 호두'를 생각할 수도 있겠으나 중국에서 이미 '胡桃'라는 명칭을 널리 쓰고 있는 터에 굳이 가래를 뜻하는 '楸子'라는 말을 빌어 '唐楸子'라는 용어를 지어 낼 필요는 없었을 것이니 그 가능성도 희박하다 하겠다.11)

　字典에서는 '唐'자의 뜻을 蕩, 廣, 大, 㕪으로 설명하고 있다. '크다'는 의미를 갖고 있는 글자인 것이다. 또 '唐唐'을 '空大之貌'라 하여 '큰 모양'을 나타내는 형용사로 설명하고 있다.12) 그렇다고 볼 때, '唐楸子'란 '큰 가래', 즉 가래가 크다는 사실을 나타낸 말로 이해하는 것이 온당하다 하겠다.

　b. 唐唐唐

①〈양〉下語「唐楸子」의 頭音을 音數律의 멋으로 意味없이 되풀이한 것.

②〈박〉조율음. 다음에 나오는 '唐楸子'의 첫소리 '唐'을 음률에 맞추어 강조의 뜻으로 되풀이된 것.

③〈임〉唐楸子의 첫 음을 이용하여 음수율에 맞게 쓴 것으로 특별한 의미 없이 되풀이한 것임.

「한림별곡」제1행 첫음보가 예외없이 3음절어로 이루어진다는 점에서 3자어가 오는 것은 당연하다고 본다. 그것이 공교롭게도 제2음보의 '唐楸子'의 첫음절을 반복하여 만들어진 것이다. 그런데 그것이 의미없이 쓰인 것은 아니고 '唐'자를 반복함으로써 가래가 크다는 사실을 강조한 것으로 이해하는 편이 낫다고 본다. '唐唐'이라는 단어가 『중문대사전』에 보일 뿐만 아니라 또 그것이 문맥면에서도 가래의 형상어로 적합하기 때문이다.

　c. 皁莢남ㄱ
『우리말큰사전』에는 '쥐엄나무'를 표준어로 삼고 '쥐엽나무', '주엽

---

11) 가래나무가 중국에서 들어온 것이 아니라는 입론과는 별도로 '당추자'를 '중국의 남성'으로 볼 수 있는 개연성은 충분히 있다고 본다. 「한림별곡」에 과시풍이 짙게 나타나고 화자들이 작품에서 중국의 인물들을 선호한 사실을 고려할 때, 자신을 중국의 호걸이나 신선으로 비유하기 위해 '唐'자를 쓸 수도 있을 것으로 생각되기 때문이다.

12) 『中文大辭典』, 中華學術院印行.

나무'로도 불리고 있음을 소개하고 있어 그것이 皁莢木에서 나온 것임을 알게 한다. '皁莢남긔'에 대해서는 다음과 같이 풀이했다.

① 〈박〉 쥐엄나무에

② 〈임〉 쥐엄나무

박병채 교수의 '쥐엄나무에'가 적절하다고 본다. 그러면 쥐엄나무란 어떠한 나무인가. 『한국수목도감』에 따르면, "쥐엄나무는 우리나라 전역에 고루 분포하며 나무의 높이가 20m, 직경이 70cm에 이른다. 줄기와 가지에 날카로운 가시가 있으며, 10월에 길이 23cm, 넓이 3cm의 비틀어진 큰 꼬투리의 열매를 맺는다. 열매와 가시를 약용으로 쓰며 열매의 껍질은 사포닌을 함유하고 있어 비누 대용으로 쓰이며, 원줄기에 가시가 없는 것을 민주엽나무라 한다"고 설명하고 있다.

이상 논의를 종합할 때 제1행의 '唐唐唐　唐楸子 皁莢남긔'는 '크고 큰 가래와 쥐엄나무에'로 풀이할 수 있을 것이다.

(2) 紅실로 紅글위 미요이다

a. 紅실로

① 〈박〉 붉은 실로

b. 글위

① 〈양〉 鞦韆. 어원은 「발을 구르다」의 「구르」(그우루).

② 〈박〉 그네. '글위'는 동사어간 '그울(轉)'의 축약음 '글'에 명사 형성접미사 '위'의 접미로 명사화한 형.

③ 〈임〉 그네. 추천(鞦韆).

c. 미요이다

① 〈박〉 맵니다. 동사어간 '미(繫, 結)'에 어간 첨입모음 '오'와 존칭서술형어미 '이다'의 연결형.

② 〈임〉 매옵니다.

학자들 사이에 별 이견을 보이고 있지 않다. 종합하면 "붉은 실로 붉은 그네를 맵니다(매었습니다)"가 될 것이다. 그런데 '紅 그네'란 무엇인지 궁금하다. 실제로는 짚이나 삼 등을 재료로 한 밧줄을 이용하여 그네를 매게 되므로 붉은 실을 이용한 붉은 그네라는 말이 납득되지 않는다. 물론 붉게 물들인 천을 꼬아 만든 밧줄로 그네를 맸다고 생각할 수도 있을 것이다. 또 牧隱 李穡의 「鞦韆」이라는 시에 '綵絲飛颺自生風', '紅線鞦韆欲蹴空'이라는 싯구가 있어13) 당시의 그네 줄이 '채색 실', '붉은 실'이었다고 주장할 수도 있다. 그러나 한시에서는 현상을 재현하는데 그치지 않고 고사 등을 활용하여 격을 높이고 뜻을 심원하게 담기 위해 비유나 과장적 표현 방식을 즐겨 썼던 것이다. 특히 「한림별곡」은 중국의 서적, 서예 등 유명한 제재와 登望五湖의 고사를 수용하여 작품의 격을 한층 고양하고 있는 터이다. 그렇다고 볼 때 '紅실', '紅 글위'를 중국측의 시각에서 새롭게 조명할 필요가 있다고 본다.

'紅실'은 한자어로 '紅絲' 또는 '紅線'으로 표기된다. 물론 '붉은 실'을 뜻하는 同質의 용어이다. 紅絲(紅線)의 풀이를 보면 "세속에 전하기를 남녀의 혼인은 일찍부터 운명적으로 정해진 것인데, 이는 붉은 실 한 올이 일찍이 前世의 인연을 맺어주고 있기 때문에 연유되었다"는14) 것이다. 〔紅絲待選〕 조를 보면 붉은 실이 인연의 상징물로 등장하게 된 내력을 『開元天寶遺事』의 기록을 근거로 설명하고 있다.

　　郭元振이 젊어서 풍모가 잘 나고 재예가 있었다. 재상 張嘉貞이 그를 사위삼고 싶어서 다섯 딸에게 각각 실 한 올을 잡게 하고 원진을 장막 앞에 세워 끈을 당기게 해서 선택된 딸을 아내 삼도록 했다. 원진이 붉은 실 끈을 잡아당겨 셋째 딸을 얻었는데 매우 아름다왔다.15)

---

13) 李穡, 『牧隱集』 권8, 14장. 「鞦韆」시는 3수로 되어 있는데, 특히 제3수는 '堂堂楸樹逈臨風　紅線鞦韆欲蹴空　挽去推來少年在　鐵腸搖蕩眼波中'은 「한림별곡」 제8장과 흡사한 분위기를 담고 있어 주목된다.
14) 『中文人辭典』, 〔紅絲〕: 俗傳男女婚姻 夙由命定 紅絲一縷 早繫前緣也. 〔紅線〕: 俗謂男女婚姻關係之發生 乃有前定 若冥冥中有紅線牽繫者.

이같은 유래를 담아 남녀 사이에 혼인하는 인연이 미리 정해져 있음을 비유하여 紅繩繫定16)이라는 용어도 나타나게 되었던 것이니, 「한림별곡」의 '붉은 그네'도 이와 관련된 것이라 할 수 있다. 남성인 화자가 옥처럼 곱고 부드러운 여인과 손을 잡고 쌍그네 타는 장면을 제8장이 담고 있기 때문이다. 이렇게 볼 때 앞서 인용한 이색의 「추천」시에 등장하는 '紅線鞦韆'도 단순한 붉은 그네가 아니라, 젊은 시절의 아련한 사랑의 추억을 환기하는 제재로 그것을 원용했을 것으로 보는 것이 옳을 것이다.

그네(鞦韆) 놀이는 어떠한가? 그네는 본래 北方 山戎의 놀이인데 중국에 들어와 楚에서는 施鉤라 불렀고, 당나라 때에는 半仙之戲라 했으며,17) 『訓蒙字會』에서는 '글위'의 한자어로서 앞서 말한 半仙戲 이외에 遊仙戲라고 불린다고 설명해 놓았다.18) 중국에서 쓰이지 않던 遊仙戲라는 새로운 말이 우리나라에서 쓰였음을 보여주고 있다. 遊仙이란 마음을 仙境에 두고 세속을 초탈함을 나타내는 말이다.19) 그렇다고 볼 때 「한림별곡」 제8장의 놀이도 신선 취향의 놀이와 관련시켜 생각할 필요가 있다. 제7장에서 이미 三神山과 仙子가 등장하여 그것과 자연스럽게 연결되고 있기 때문이다.

위의 사실을 종합하여 볼 때 제2행은 '붉은 실로 붉은 그네를 맵니다'로 풀이되는데, 이는 화자와 여인이 신선과 선녀처럼 아름다운 사랑을 맺게 되었음을 나타낸 것이라 하겠다.

---

15) 『中文大辭典』, 〔紅絲待選〕: 唐宰相張嘉貞三女 與郭元振 以紅絲 定姻緣之 故事.〔開元天寶遺事〕郭元振 少時美風姿 有才藝 宰相張嘉貞 欲納爲壻 令 五女各持一絲 幔前取便牽之 得者爲壻 元振牽一紅絲線 得第三女 大有姿色.

16) 『中文大辭典』, 〔紅繩繫定〕俗謂男女婚姻關係之發生 乃有前定 若冥冥中有紅 線牽繫者.

17) 『中文大辭典』, 〔鞦韆〕조는 『荊楚歲時記』와 『開元天寶遺事』를 인용하여 그 네에 대해 자세히 설명하고 있다. 당나라에 들어 성행했는데, 임금이 그네 놀이를 半仙之戲라 명명하여 神仙놀이에 비유한 점이 특히 주목된다.

18) 『訓蒙字會』中 : 10, 俗呼鞦韆 又呼半仙戲·遊仙戲.

19) 『漢語大詞典』, 〔遊仙〕: 古人謂 游心仙境 脫離塵俗.

(3) 혀고시라 밀오시라 鄭少年하

그네를 처음 올라타면 그네 줄이 잘 움직이지 않아 구르기에 힘
들다. 이 때 助力者가 뒤에서 그네줄을 잡아 뒤로 힘껏 끌어 당겼
다가 앞으로 미는 일을 몇 차례 반복하면 그네를 높게 날릴 수가
있다. 이렇게 당기고 밀어주는 동작은 그네 놀이에서 흔히 볼 수
있는 장면이다. 제3행은 일단 이를 묘사한 것으로 생각된다.

a. 혀고시라
① 〈박〉 당기고 있으라.
② 〈임〉 당기십시오.
b. 밀오시라
① 〈박〉 밀고 있으라.
② 〈임〉 미십시오.
c. 鄭少年하
① 〈박〉 정소년아.
② 〈임〉 정소년이시여.

그네 놀이는 앞뒤로 높이 나르는 연속 운동이다. 그렇다고 볼 때
당기고 밀어주는 사람은 그네의 움직임을 가속하는 입장에 있으므
로 동작을 끊기게 해서는 안된다. 그 점에서 박병채 교수의 '당기고
있으라, 밀고 있으라'라는 풀이는 상황 문맥에 어울리지 않는다. 鄭
少年에게 존칭호격조사 '하'를 쓴 것으로 보아 格의 쓰임을 고려하
여 '당겨주시오, 밀어주시오'가 합당하다고 본다.

옆에서 그네를 밀어주는 사람을 鄭少年이라 하고 그에게 존칭호
격조사인 '하'자를 쓴 것에 대한 의문이 남는다. 먼저 '하'자에 대해
생각해 본다. 「정읍사」에서도 '달하'가 보인다. 여기서 달은 남편의
안녕을 돕는 존재로 등장한다. 학자에게 있어서 더없이 고마운 존
재이다. 「한림별곡」의 정소년도 화자가 그네를 높이 뛸 수 있도록
도와주는 사람으로 등장한다. 화자는 제4행에서 보듯이 남보다 높
게 날아야만 할 입장이다. 그래서 정소년의 도움이 절대로 필요한
것이다. 그러므로 「정읍사」에서 '달하'라고 썼던 것처럼 鄭少年에게

존칭호격조사를 썼던 것이라 생각한다.

왜 하필이면 鄭少年인가? 제6장에 등장하는 樂師인 金善, 宗智, 薛原 등을 실제 인물이라고 보는 것처럼 鄭少年도 鄭씨 성을 가진 어떤 소년으로 볼 수 없는 바가 아니다. 그러나 그네를 밀어주는 행위는 고맙지만, 그가 유명한 인물이 아닌 한갓 그네 미는 소년인 바에는 유명한 악사들처럼 굳이 성을 밝혀 적어야 할 필요는 없다. 그럼에도 불구하고 鄭자를 썼기 때문에 더욱 눈길을 끈다. 그래서 제8장의 내용을 남녀의 성유희로 보고 鄭을 중국 춘추시대 衛나라 와 더불어 풍기가 문란했던 鄭나라와 관련지은 주장이 제기되기에 이르렀던 것이다.[20] 주지하는 바와 같이 鄭나라는 '鄭衛之音'이니 '鄭衛桑'이라는 용어로 굳어진 것처럼 음설한 나라의 대표격이요, 그 나라의 노래는 음탕한 노래로 유명했다. 그래서 鄭이라는 글자는 외설스런 뜻을 갖게 되어 鄭少年이라 할 때, 외설스런 분위기를 조장하는 인물로 떠오르게 되는 것이다. 이처럼 보조 역할을 담당하는 인물로는 「雙花店」의 삿기광대 등이 있다. 이들은 주역인 화자와 그의 상대자 사이에 개입하여 그들의 관계를 돕거나 혹은 감시하며 사건을 묘미있게 이끌어가는 역할을 맡고 있는 것이다.

(4) 위 내가논디 남갈셰라

제4행은 「井邑詞」의 '어긔야 내가논디 졈그롤셰라'를 연상케 할 만큼 비슷한 모양을 하고 있다. '감탄사 + 내가논디 + 의구형어미'를 함께 취하고 있기 때문이다.

그네를 뛸 때는 보다 높게 날기를 원한다. 경쟁자가 있을 경우에는 이러한 심리가 보다 크게 발동된다. 제4행에는 화자인 '나'와 대응되는 '늠'이 등장한다. 그가 있기 때문에 화자는 그보다 더 높이 날기를 원한다. 그가 자기보다 높게 날까 크게 조바심하고 있는 것이다. 그네 놀이에서 남보다 높게 날려는 일반적 성향이 여기서는

---

20) 지헌영, 전게논문, p.361.

보다 강하게 나타난 점이 주목된다. 제8장의 화자가 남보다 높이 날아야만이 仙的 취향을 한껏 살려 仙境을 독점할 수 있다는 인식의 발로이다. 「한림별곡」 각 장의 화자들이 다른 문생들을 압도하려는 과시적 속성을 강하게 띠고 있다는 사실을 고려할 때21) 위의 조바심이 공감될 수 있다.

  a. 위
  ① 〈양〉 감탄사
  b. 내가논뒤
  ① 〈양〉 내가 가는 골(곳)에
  ② 〈박〉 나의 가는 곳에
  ③ 〈임〉 내가 가는 곳에
  c. 놈갈셰라
  ① 〈박〉 남이 갈세라. 남이 갈까 두렵구나.
  ② 〈임〉 남이 갈까 두려워라.

  제4행의 해석에 별로 이견이 보이지 않는다. 종합해 볼 때, '아, 내가 가는 곳에 남이 갈까 두렵구나'로 풀이하는 것이 좋겠다. 그 속에는 놀이에 참여한 어느 누구보다도 더 높이 날아 올라가 신선의 홍취를 독점 향유하겠다는 욕망이 들끓고 있다고 생각된다. 그러한 절실한 필요가 있었기에 정소년에게 그네를 힘껏 당기고 밀어 달라며 간곡하게 부탁했던 것이다.

  (5) 削玉纖纖 雙手ㅅ길혜 (반복)
  (6) 위 携手同遊ㅅ景 긔엇더ᄒ니잇고

  纖纖玉手란 말이 있다. 가냘프고 고운 여인의 손을 가리키는 말이다. 여인의 손이 옥처럼 부드럽다는 점을 강조하여 쓴 표현이다. 제5행은 고운 여인의 두 손에 초점이 맞추어져 있다. 그네를 타는 장면이기 때문에 그네 줄을 잡고 있는 여인의 고운 두 손을 부각시

---

21) 졸고, 「翰林別曲의 誇示性 考察」, 『韓國言語文學』 41집, 한국언어문학회, 1998, pp.39~54.

컸던 것으로 보인다. 그러나 여인이 그네를 뛴다고 해서 유독 손이 눈길을 끌었다고 보기는 어렵다. 오히려 그네 줄에 몸을 싣고 출렁이며 나는 여인의 동적 자태에 넋을 잃었을 법하다. 왜 하필 두 손이 화자의 눈길을 끈 것일까? 의문은 제6행의 携手同遊라는 용어를 통해 해명된다. '휴수동유'란 다른 사람과 손을 잡고 함께 노니는 것을 말한다. 그렇다면 화자는 섬섬옥수의 여인과 손을 잡고 노는 것이 된다. 손을 잡고 여기 저기 돌아다니며 구경한다고 볼 수도 있겠으나, 제8장이 그네 놀이를 주요 제재로 삼고 있음을 고려한다면 휴수동유는 마땅히 '쌍그네 놀이'로 보아야 한다. 이처럼 제 5·6행을 쌍그네 놀이로 본다면, 화자가 무엇보다 먼저 그리고 실감으로 상대방 여인의 옥같이 고운 손길에 눈길을 보내는 것은 자연스런 이치이다. 눈빛은 거리를 둔 정감의 교환이지만 남녀가 손을 잡고 쌍그네를 타는 것은 직접 살이 맞닿는 감각적 교감이기 때문이다. 그래서 화자는 여인의 두 손을 제5행의 핵심어로 내세워 '삭옥섬섬 쌍수ㅅ길헤'라는 감각적인 싯구를 발견할 수 있었던 것으로 추측된다.

제 5·6행은 어휘 해석면에서 이론의 여지가 없어 다음과 같이 풀이해 본다. '옥처럼 고운 여인의 두 손을 잡고 함께 쌍그네 타며 노는 광경 그것이 어떠합니까'

3. 제8장의 겉모양과 속 뜻

앞에서 제8장이 쌍그네 놀이의 광경을 담고 있음을 알게 되었다. 고려 고종 때에는 최충헌을 중심으로 사치스런 연회가 자주 열렸으며 그네 놀이도 성행하였다.[22] 그러므로 화자가 당시에 유행하던 그네 놀이를 통해 풍류의 극치를 과시하려 한 것은 자연스런 현상

---

22) 『高麗史』의 「崔忠獻傳」과 「崔怡傳」 등의 자료를 통해 당시에 그네 놀이가 성행했음을 알 수 있다.

이라 할 수 있다. 특히 그네 놀이는 속세를 잊고 신선의 경지로 나
아가게 하는 매력이 있어 半仙戱 또는 遊仙戱라 불리는 터이다. 그
래서 화자는 여인과의 환락을 극대화하기 위해 그네 놀이를 취택했
던 것이라 생각된다. 그네 놀이라는 입장에서 제8장 전문을 통석해
본다.

> 크고 큰 가래(가래나무 열매)와 쥐엄나무에
> 붉은 실로 묶어 붉은 그네를 매었습니다.
> (이는 나와 여인의 끈끈한 인연입니다.)
> 정소년이여, 힘껏 잡아 당기시라 힘껏 밀어 올리시라.
> 아, 내가 드높이 올라가야 할 곳에 남이 더 높이 오를까 두려워라.
> 옥을 깎은 듯 고운 여인의 두 손을 (반복)
> 아, 마주 잡고 함께 그네를 뛰며 노는(쌍그네 놀이의) 광경, 그것이
> 어떠합니까?

참고로 박병채, 임기중 두 분의 통석 내용을 인용해 둔다.

> 당당당 호두나무 쥐엄나무에
> 붉은 실로 붉은 그네를 맵니다
> 당기고 있으라 밀고 있으라 정소년아
> 아, 내가 가는 곳에 남이 갈까 두렵구나
> 옥을 깎은 듯 고운 두 손길에 (반복)
> 아, 손을 잡고 같이 노는 모습 그것이 어떠합니까?[23]

> 당당당 당추자 쥐엄나무에
> 붉은 실로 붉은 그네를 맵니다
> 당기거라 밀거라 정소년아!
> 아, 내가 가는 곳에 남이 갈까 두려워!
> 옥을 깎은 듯 부드러운 두 손길에 (반복)
> 아, 손잡고 노니는 모습 그 어떠합니까![24]

---

23) 박병채, 전게서, p.354.

'호두나무/당추자, 당기고 있으라/당기어라, 고운/부드러운' 정도의 차이를 보일 뿐, 두 분의 풀이는 대동소이한 모습을 나타내고 있다. 필자는 唐자를 '크다', 추자를 '가래'로 달리 풀었고, 휴수동유를 '쌍그네 놀이'로 구체화한 점이 다르다. 뿐만 아니라 그네를 맨 나무를 쥐엄나무에 국한하지 않고, 그네 줄 한 가닥을 '가래'에도 맺다고 보는 견해가 크게 다른 점이다. 그러나 세 견해를 종합할 때 제8장이 그네놀이를 장면화한 작품이라는 점에는 별로 이의가 없을 듯하다.

그런데 글을 자세히 들여다 볼 때 그네놀이를 겉에 내세우면서 속으로 또 다른 의미를 감추고 있다는 느낌이 짙게 풍긴다. 제8장의 어휘나 문맥을 볼 때 일반 그네놀이 이상의 해석을 요구하는 징표가 보이기 때문이다. 무엇보다 제8장의 중심 제재라 할 그네부터 심상치 않다. 홍실이라 한 것은 남녀의 사랑을 비유적으로 표현했다 치더라도, 가래와 쥐엄나무에 연결해서 그네를 맺다는 사실이 납득되지 않는다. 앞의 말 '唐楸子'가 가래나무가 아닌 거기서 열리는 '가래'라는 열매임을 고려할 때 그것이 그네와 어떻게 연관될 수 있는지 당황스럽기조차 하다. 당추자에 그네를 맨다는 것이 현실적으로 불가능하기 때문이다. 그렇다고 쥐엄나무에 그네를 맨 주체를 당추자로 보기도 어렵다. 또 달리 생각해서 당추자에도 그네를 매고, 쥐엄나무에도 그네를 매어 여기 저기에 여러 개의 그네가 있다고 보기는 더욱 어렵다. 화자와 여인이 그네놀이를 벌이는 주인공으로 등장하므로 그들이 타고 즐기는 그네 이외의 것으로 초점을 분산시킬 이유가 전혀 없기 때문이다. 그렇다고 한다면 현실적으로는 공감하기 어렵겠지만 문맥상으로 볼 때, 그들이 타고 있는 그네는 추자 곧 가래와 쥐엄나무에 한 가닥씩 줄을 매어 만든 것으로 볼 수밖에 없다. 그런데 그네에서 이처럼 불합리한 점이 드러나므로 그 이면의 상징성을 생각케 되는 것이다. 앞서 언급한 바와 같

---

24) 임기중, 전게서, p.55.

이 일찍이 池憲英 선생이 제8장을 남녀의 정욕적 상징으로 파악한
바 있어, 본 연구에 교시하는 바가 크다. 필자는 「한림별곡」 제8장
이 겉으로는 그네놀이를 표방하면서 그 이면에 남녀의 性遊戱를 담
고 있다고 보고, 그 근거를 그네의 비현실성, 작품의 내용 전개면,
그리고 노랫말에 쓰인 어휘의 상징성 등 세 가지 부면으로 나누어
살펴보겠다.

  붉은 실의 그네가 가래와 쥐엄나무를 연결하여 매어 있다고 했
다. 붉은 실이란 남녀의 운명적인 인연이요 사랑의 상징이다. 사랑
을 이어주는 끈은 한 편에 남자, 다른 편에 여자가 있어야 제격이
다. 그렇다면 '가래'는 모양이 호두와 비슷하여 사내 아이의 고환을
호두라 부르고 있는 사실로[25] 미루어 가래를 남성의 상징으로 보
는 데는 전혀 무리가 없다고 생각한다. 한편 쥐엄나무에서 여성의
징표를 찾을 수는 없을까? 『韓國樹木圖鑑』에 보면 "완전히 익은 열
매의 內皮 속에는 끈끈한 쨈같은 것이 있어서 먹으면 달콤한 맛이
난다. 이것을 주엽(쥐엄:필자)이라고 하기 때문에 나무 이름이 주
엽나무이다. 열매의 껍질에는 사포닌이 含有되어 있어 비누 대용으
로 쓰이고 漢方에서는 열매를 가래 除去, 치질, 吐痰의 특효약으로
쓰며 가시는 治風, 살충제 등 귀중한 약재로 쓰고 있다"고[26] 했다.
쥐엄나무가 널리 한약재로 쓰였으므로 사람들에게 유익하고 친숙한
나무였음을 알 수 있다. 그 정도라면 그 나무의 속성에 따라 어떠
한 상징적 별명을 얻었을 법하다. 특히 열매 이름으로 인해 수목의
이름이 생겼다 하니 열매의 중요성은 더욱 크다 하겠다. 위에서 보
면 쥐엄나무의 열매인 쥐엄의 껍질은 비누처럼 거품을 내는 洗劑로
쓰고, 속은 쨈 모양으로 달콤한 맛이 난다. 열매의 씨를 중심으로
한 형상이 여성의 음부와 비슷한 점이 있어 예산 지역에서는 쥐엄
나무를 '조갑지나무'라 부른다고 한다.[27] 조갑지는 조개를 가리키는

---

25) 지헌영, 전게논문, p.362.
26) 『韓國樹木圖鑑』, p.266.
27) 쥐엄나무를 '조갑지나무'라 부른다는 사실을 김성호씨(대전 중앙고 재직)에

지방말이다. 여성을 조개로 비유함은 널리 알려진 사실이다. 그렇다
면 쥐엄나무에서 '여성'을 유추하는 것은 무리가 아니라고 본다. 따
라서 본문에서 호두와 대응되는 여성의 상징으로 쥐엄나무를 설정
했다는·사실을 추단할 수 있을 것이다. 여기서 제1행과 제2행의 섬
세한 표현법을 새삼스럽게 생각하게 된다.

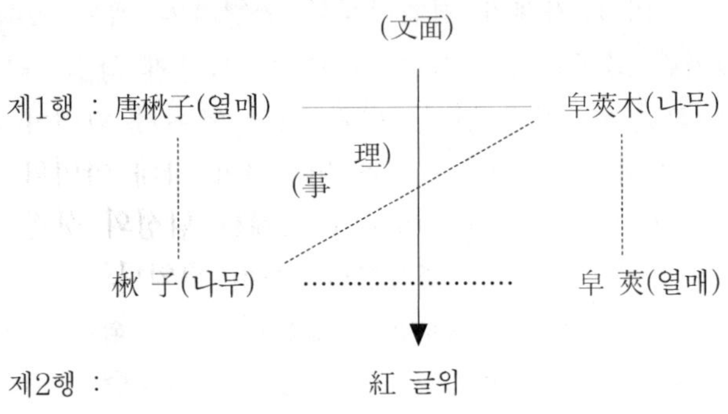

　작자가 단순히 그네놀이를 나타내려 했다면 楸木과 皁莢木을 써
서 나무로 대응시키면 그만이다. 한편 唐楸子와 皁莢을 써서 두 열
매를 엮는다면 성적 유희의 속내가 너무나 쉽게 간파되어 싱겁게
된다. 그래서 작자는 겉으로 그네 놀이를 제시하고, 속으로 성유희
를 은근히 담아내는 방식을 고안했던 것 같다. 그 결과 열매인 가
래와 나무인 쥐엄나무를 엮어 그네를 매는 표현을 구사하였을 것으
로 생각된다. 당대 최고의 문인으로 인정되는 작자들이었기에 겉으
로 그네놀이를 내세우고, 내면에 성유희를 담는 고급한 표현법을

게 전해듣고, 그의 고향인 충남 예산군 응봉면 건지화리에 거주하는 林鳳
圭씨(56세)에게 문의하여 그것이 사실임을 확인하였다. 林씨의 집 앞에
직경이 45cm, 높이가 20m 가량 되는 큰 쥐엄나무가 있어 쥐엄 열매를
따먹기도 하고 그네를 맨 적이 있었는데 1960년대에 나무를 베었다고 했
다. 林씨는 열매의 속성이 조개(음부)와 비슷하여 조갑지나무라는 명칭이
붙여졌을 것으로 추정하였다.

구사할 수 있었다고 생각한다.

　작품의 내용 전개면에서 보더라도 제8장에 남녀의 성유희 장면이 나오는 것이 자연스럽다고 생각한다. 필자는 금의의 문생들이 「한림별곡」을 지었다고 생각한다. 제1장의 화자의 입을 통해 스스로 그렇게 밝힌 바가 있고, 전체 8장의 내용을 통해 보더라도 금의의 문생을 화자로 인정하는데 아무런 문제점이 야기되지 않기 때문이다. 금의의 문생들은 자신을 급제자로 뽑아 주고, 정계 진출에 힘이 되어 준 금의에게 감사를 표하기 위해 이른바 座主門生宴을 열었던 것이다.28) 좌주문생연에는 한시를 읊조리기도 하였겠지만, 거기서 머물지 않고 흥을 돋구기 위해 우리말 노래도 불렀을 것이다. 그래서 자신들이 벌이는 좌주문생연의 호화로운 광경(제4·5·6장)을 중심에 두고, 금의와 문생들이 인연을 맺게 된 배경(제1장)과 文士로서의 고아한 취향(제2·3장)을 앞에 두고, 뒤에는 여흥으로 이어지는 남녀 쌍쌍의 유희 장면을 적절히 배치시켜 「한림별곡」을 지었을 것으로 추단한다. 「한림별곡」 전체 8장의 내용은 다음과 같이 4개의 문단으로 구성된다.

제1장 : 科擧試場 : 제1문단
제2장 : 誦讀名著 ┐
　　　　　　　　 │ 제2문단
제3장 : 揮筆書藝 ┘
제4장 : 勸上名酒 ┐
제5장 : 花卉間發 │ 제3문단
제6장 : 聽賞演奏 ┘
제7장 : 登望五湖 ┐
　　　　　　　　 │ 제4문단
제8장 : 携手鞦韆 ┘

　제1문단에서는 화자가 자신을 포함한 금의의 문생들이 과거시험을 통해 등제한 빼어난 인물임을 자랑하였고, 제2문단인 제2·3장

---

28) 주1) 참조.

에서는 고전적인 명저와 서예에 조예가 있음을 통해 화자가 고상한 文士임을 과시하였다. 제3문단인 제4·5·6장에서는 좌주문생연의 화려한 잔치 모습을 유감없이 보여주었다. 술이 있고, 아름다운 기녀가 있고, 유명한 악사의 연주가 펼쳐지고 있다. 제2문단의 우아한 분위기가 여기에 이르러 질탕한 양상으로 완전히 바뀌었다. 시간은 밤이다. 여기까지가 좌주문생연의 공동 행사이다. 제4문단인 제7장은 공식 일정이 파하고 화자가 선녀처럼 아름다운 여인과 누대에 오르는 장면이 펼쳐진다. 화자는 자신의 상대 여인을 婥妁仙子라 하여 선녀로 미화하였다. 배경도 그에 걸맞도록 三神山으로 설정하였다. 그같은 仙境에서 꾀꼬리의 축하 노래를 들으며 남녀의 사랑이 시작된다. 이같은 장면에 이어지는 것이 바로 제8장이다. 화자는 꿈처럼 아름다운 仙男仙女의 사랑을 깨고 싶지 않았을 것이다. 그것을 유지·발전시킬 수 있는 방도로 半仙戲, 遊仙戲라 불리는 그네놀이가 취택되었다고 생각된다. 그 결과 그네놀이로 표상되는 남녀의 성애 유희를 제8장에 담은 것이라 생각한다. 여기서 「한림별곡」의 章別 내용이 좌주문생연을 중심으로 흐트러짐 없이 긴밀하게 짜여져 있다는 사실을 확인할 수 있다.29) 이로써 「한림별곡」이 문생들의 合作品임을 추측케 한다. 각자 지은 것을 아무런 수정 절차도 없이 무작위로 모은 것이라면 그토록 긴밀한 구성이 불가능하겠기 때문이다. 따라서 「한림별곡」은 문생들이 각각 지은 것을 모아 좌주문생연을 여실히 드러내고 가창하기에 적합하도록 문생들이 함께 조정 과정을 거쳐 만든 합작품으로 보는 것이 합리적이라

---

29) 「한림별곡」의 각 장들이 긴밀하게 구성되어 있지 못하고 개별적으로 독립된 것이라는 주장이 현재 학계에 우세한 입장이다. 尹榮玉 교수의 글을 참고로 인용해 본다. "〈한림별곡〉은 모두 8연으로 구성되어 있다. 그러나 8연 전체가 유기적으로 통합되어 하나의 작품을 구성한 것이 아니고, 각 연이 하나의 완결된 작품을 이루고 있는 것 같다. 바꾸어 말하면 8개의 작품이 '한림별곡'이란 題下에 결집된 것 같다.……각 연은 완결된 작품이 되어 〈한림별곡〉을 "翰林諸儒所作"이라 하였다."(윤영옥, 『韓國의 古詩歌』, 文昌社, 1995, pp.330~340)

고 생각한다.

이제 끝으로 제8장을 남녀의 성애 유희의 관점에서 볼 때 이를 상징하는 詩語들이 어떻게 사용되었는지 살펴보겠다. 그네를 '唐楸子'와 '부아남긔'에 매었다는 것은 남녀의 交媾를 가리킨다. 그것이 우연히 이루어진 것이 아니라 깊은 인연에 의한 것임을 '紅실'로 인해 추측할 수 있다. 그러나 남녀의 성적 교구는 노골적으로 표현하면 속되다. 그래서 신선 놀이로 상징되는 그네에 의탁하여 은밀히 비유하는 길을 택했으리라 추측한다. 그네 놀이에는 밀어주고 당겨주는 사람이 있기 마련이다. 그러한 사람으로 鄭少年을 등장시켰다. 즉 鄭나라는 衛나라와 더불어 淫猥, 淫靡한 음악이 판을 친 대표적인 나라이다. 그래서 정소년에게서는 음탕한 분위기가 감돈다. 작자는 그를 불러 그네를 당기고 밀게 함으로써 남녀가 교구하는 반복적인 동작을 비유한 것이라 할 수 있다. 이 정도로도 제8장을 남녀의 성애 유희로 파악하는데 모자람이 없을 것이다. 여기서 제4행의 '위 내 가논 디 놈 갈셰라'를 지헌영 선생의 주장처럼 '내 가논 디'를 女根의 상징어[30]로까지 볼 수 있다면 그 근거는 더욱 풍부해질 것이다. 제4행을 남보다 높이 뛰어 仙趣를 만끽하려는 그네 놀이 자체로 이해한다 하더라도 제8장을 남녀의 성애 유희로 보는 데는 전혀 장애가 되지 않는다. 왜냐하면 작자가 제5, 6행과 더불어 제4행까지를 그네 놀이로 꾸밈으로써 그만큼 남녀 성애유희의 노골성과 비속함을 차단할 수 있도록 은근한 수사 기법을 구사했다고 이해할 수 있겠기 때문이다. 이는 「만전춘별사」 제5장에서 성애의 노골성을 교묘하게 감추기 위해, 남산, 옥산, 금수산 등의 '山'을 소재로 끌어들인 표현 기법과 동궤의 것이라 할 수 있다.

---

30) 지헌영, 전게서, p.363.

4. 결 론

「한림별곡」 제8장은 작품의 성격 파악에 있어 중요한 위치에 놓여 있다. 그런데 그보다 앞서 이루어져야 할 작품의 해독 성과를 볼 때 미진한 점이 적지 않다. 필자는 특히 붉은 실 그네를 가래나무 열매와 쥐엄나무에 엮어 맸다는 표현이 현실적으로는 실현 가능성이 없다고 보고 그 이면에 담긴 내용이 무엇일까를 고찰하게 되었다. 그 결과 제8장이 겉으로는 남녀의 그네 놀이를 내세우고 있지만 속내는 남녀 交媾의 성적 유희를 담고 있음을 알게 되었다.

제8장을 남녀의 성유희로 파악한 분도 있었지만, 방법면에서 몇몇 어휘를 통한 추측의 수준이었음에 비해, 본고에서는 그네를 맨 방식의 비현실성, 작품 내용의 전개면, 그리고 노랫말에 쓰인 어휘의 상징성 등 세 가지 부면의 논거로써 위의 가설을 보다 확실한 단계로 끌어 올렸다고 생각한다.

「한림별곡」 제8장을 남녀의 성유희라는 관점에서 이해할 때, 전체 8장은 4개의 문단이 긴밀하게 구성되어 있다고 보아지므로 「한림별곡」이 일관성 없는 별개의 장들로 엮여 있을 뿐이라는 주장은 재고할 필요가 있다고 본다. 아울러 「한림별곡」이 금의의 문생들이 각각 지은 장들을 묶은 것이라 하더라도 수정없이 수용하여 엮은 것이 아니라 좌주문생연을 여실히 드러내고 가창하기에 적합하도록 공동의 조정 과정을 거쳐 완성된 작품일 것으로 생각한다.

安民歌 그 國家意識의 形象化

김 종 규

목 차

1. 서 언

향가는 個人間 相生指向의 정신을 바탕으로 하여 인간적 정서를 표현한 서정시가에 해당하는 것이 그 본령이지만, 그러나 개중에는 고대국가의 國家意識을 정서화한 작품으로 나타난 것도 있다. 특히 〈혜성가〉와 그리고 〈안민가〉라 불리워진 본가가 그 대표적 향가인 것이다. 그러나 국가의식이 神話的 세계의 집단의식에 종속된 상태를 탈피하지 못한 〈혜성가〉와는 달리, 본가의 국가의식은 그 정서화가 인간적 성서에 바탕한 寫實的 形象化를 통하여 구현된 서정시가라는 점에서 차이가 있나.

따라서 본고는 향가 발생의 배경에 대한 고찰을 통하여 상생지향의 정신이 국가의식의 정서화로 발전하는 경위를 알아보았다. 그리고 국가의식의 정서화를 주도한 초창기 花郎團의 성격을 구명함으로써, 이들이 향가문학 창출의 담당층으로서 구실하였던 실상을 밝히고자 한다. 아울러 그 사상적 배경이라 할 風月道에 대한 고찰을 통하여, 본가의 정체성을 밝힘으로써, 향가문학의 역사에서 본가가 지니는 特有의 詩歌史的 의의를 알아보고자 한다.

2. 향가 發生의 배경

원시적 혈연 공동체의 생활 즉 族村的 同生은 원초적 혈연관계라는 수평적 유대가 神을 구심점으로 하는 신화적 세계를 이상으로 하여 수직적 승화를 지향하였다. 따라서 수평적 유대와 수직적 승화, 이 양자는 인간의 삶이 생동하는 활기를 지니기 위해서 필요로 하는 情緖的 氣勢의 고양에 있어 필수적으로 요구되는 기본조건의 유기적 기능이라 할 수 있다.

혈연이라는 수평적 유대가 없는 개인적 상태의 수직적 승화는 족촌적 同生이 지닌 절대적 집단의식 때문에 성립될 수 없었던 것이 당대의 실상이며, 아울러 수직적 승화를 통한 통합지향이 존재하지 않는 수평적 유대만으로는 족촌적 동생이 지녀야 할 집단적 단결이 견고하게 다져질 수 없었기 때문이다. 따라서 족촌에 있어서 정서적 기세의 고양은 곧 어려운 여건의 환경에 놓였던 원시적 삶에서 야기되는 문제와 한계를 혈연 및 신앙의 힘에 의해서 극복하려는 集團無意識의 발로였던 것으로 파악된다. 그래서 이 족촌적 동생은 집단의 정서적 기세를 구현하기 위한 구체적 수단으로서, 주술과 제의가 대종을 이루는 바, 巫俗이라는 인류 최초의 집단적 문화현상을 지니게 된 것이다.

그런데 이 무속가는 역사 발전의 추세에 따라서, 사회 및 개인의 관계에서 필연적으로 발생하는 모순에 봉착함으로써 변화하게 된다. 물론 무속가 이전에 노동요로부터 비롯된 民謠가 있었던 것으로 알려져 있다. 그런데 이 민요와 무속가의 가사가 후대로 올수록 문맥적 의미와 원시적 美感을 지니게 되는 과정에는 이를 선도한 個人이 있었던 것으로 볼 수 있다. 그리고 이 선도자의 존재 가능성은 집단가요의 형성에 작용한 개인의 원시적 문학성이 실재하였음을 추론할 수 있게 한다. 다만 그 선도자가 누구인지 알 수 없으며, 그의 원시적 문학성은 집단가요의 형성에 부분적으로 이바지하고 끝나는 미약한 것이라 할 수 있다.

개인의 원시적 문학성이 소멸적 단발성으로 끝나게 된 것은 개인의 삶이 족촌적 同生에 융즉되지 않고는 생존할 수 없는 당대의 현실적 상황에서 기인하는 것이었다. 그리고 이는 결국 개인이 지녔을 것으로 추론되는 원시적 문학성이 지닌 개성과 이와는 상대적인 개념으로서 신화적 집단의식이 지향하는 統合性 사이에 원초적인 격차가 존재하였음을 의미하는 것이다. 이러한 맥락에서 볼 때, 집단내 다수의 이해와 공감을 존재의 근거로 삼는 신화가 개인적 성향을 하나로 수렴하여 통합하는 속성을 지녔다는 것은 가요에만 국한된 것이 아닌 것으로 유추된다.

인류 최초의 언어문화적 結晶으로 등장한 신화는 그 체계적 질서화라는 속성상의 필요에 따라 개인의 자유로운 의식 및 정서를 통합하면서 점차 총체적인 집단성을 지향하는 측면이 존재하였다. 그래서 인간의 원초적 행복을 보장하는 것으로 믿어졌던 신화적 세계는 그 발전과정에서 본래적 존재 의의와는 괴리되어 가는 양상을 보이면서, 족촌의 고인돌 건축에서 대변되는 바와 같이, 점차 계층적 질서와 因襲의 모태로 변질되어 가는 부정적 측면이 존재하였다. 이것이 신화의 발전 자체가 지닌 矛盾인 것이다. 그리고 이 신화발전의 모순은 공동체의 규모가 발전함에 따라 표면화되는 사회적 모순에 의해서 결정적으로 노출될 수밖에 없는 것이었다.

즉 족촌은 더 강한 부족 및 부족연맹으로 통합되면서 해체되고 결국 古代國家가 형성되었다. 이에 따라 족촌신화 또한 고대국가의 建國神話에 통합되어 갔다. 따라서 사회적 배경을 달리하는 건국신화는 이미 족촌신화와는 성격상의 차이를 지닌 것이다. 즉 고구려와 신라의 경우에서 드러난 바와 같이 건국신화는 그 주체가 신격으로부터 天孫으로 알려진 건국시조로 바뀜으로써, 건국 주체세력에 의해서 독점되면서 신화적 주체의 인간화라는 변화가 일어난 것이다. 이에 따라 영원한 본향으로서의 신화적 정서를 상실함으로써 관념화된 건국신화는 결국 사회적 제도 및 인습의 모태가 된 고대 국가적 理念을 형성시켰다.

그 결과 自然神 위주의 족촌신화가 지닌 혈연적 유대와 토착적 신앙성을 상실한 건국신화는 이미 의식적으로 수용해야 할 관념적 체계로 변모함으로써, 더 이상 족촌적 동생지향의 의식 및 정서가 자연스럽게 공감하고 수용할 수 있는 대상은 아니었다. 따라서 족촌에서 고대국가로의 변화는 삶의 의식 및 정서의 양상에도 큰 변화를 유발하였다. 우선 존촌에서의 삶은 시간과 공간 양면에 걸쳐서 구성원 모두가 하나의 생활권에 참여할 수 있는 소규모에 지나지 않았기 때문에, 동생지향의 의식 및 정서 또한 하나의 유기체적 현상으로 동일화되어 있었다. 즉 족촌은 '情緖化된 集團意識'을 지닐 수 있었다.

그러나 고대국가는 모든 구성원이 하나의 생활권을 이루기가 불가능하였을 뿐만 아니라 계층분화가 제도화되었기 때문에, 필연적으로 집단적 의식 및 정서가 서로 유리되는 상황이 초래됨으로써 '정서화된 집단의식'은 해체된 것이다. 즉 自然信仰을 위주로 한 족촌적 동생의식은 관념화된 고대국가의 이념에 상응하는 국가의식으로 승계되었지만, 고대국가의 형성시기에 있어 국가의식이란 그 주체가 건국세력에 한정되기 때문에, 일반 국민들에게 있어서는 아직 정서화되기 이전의 관념적 의식에 지나지 않았던 것이다.

물론 후대로 올수록 고대국가 체재가 안착되면서 국가의식은 점차 보편화되었지만, 이것 또한 족촌적 동생의식처럼 혈연적 유대에 바탕하여 先驗的으로 정서화되어 있는 절대적 집단의식은 아니었다. 즉 관념적인 집단의식에 지나지 않는 것이기 때문에, 시간과 장소 그리고 사람에 따라서 즉 경우에 따라서 '정서화된 국가의식'이 될 수도 있는 상대적 집단의식이었다. 이는 결국 고대국가 형성기에 있어서 보편적 상태의 일반 국민들에게 '정서화된 집단의식'은 이미 해체되었음을 말해 주는 것이다.

이는 이미 족촌적 동생지향의 '정서화된 집단의식'을 상실한 채, 관념적 성향의 국가의식을 지님으로써 정서적 공백상태에 놓여 있던 일반적 국민들에게, 보편적인 정서화의 가능성을 지닌 의식으로 남은 것은 결국 個人意識밖에 없음을 의미한다. 이 개인의식이란 세계 창조의 주체를 개인으로 인식하는 近代的 의미의 개인의식이나 끊임없이 새로이 창조됨을 이상으로 하는 현대적 의미의 개인의식이 아니라, 신화적 집단의식의 선험적 종속에서 풀려나서 비로소 원천적인 개체로서의 자기를 의식하게 된 것을 의미한다.

그런데 족촌적 동생지향의 집단의식을 대체하여 비로소 대두된 개인의식은 고대국가적 삶의 양상에 적응하는 변화를 요구하였다. 즉 고대국가적 삶에서는 주체적 성향의 개인끼리 만나서 和解 및 和合을 이상으로 하여 새로운 유대관계의 승화를 지향하기 위한 相生의 정신이 필요하였기 때문이다. 그리고 이 상생의 정신은 個人意識에 바탕한 삶의 情緖化를 통하여 구현되어야 하는 것이었고, 그 정서화가 문학적 수단을 통하여 이루어지게 되었을 때, 시가사는 또 하나 커다란 변혁의 명제를 안게 된 것이다. 따라서 족촌신화를 근거로 한 무속가는 그 의의를 상실하여 화석화하게 되고, 이를 대체할 수 있는 바 상생지향에 합당한 고시가의 새로운 창출이 요구된 것이다.

이에 따라 개인의식의 정서화라는 필요성은 족촌적 동생지향의 기본조건이라 할 수평적 유대 및 수직적 승화를 고대국가적 삶의 상생지향에 합당한 양상으로 새롭게 변모시킨다. 그래서 萬人 상생의 새로운 수평적 유대는, 혈연적 유대에 근거한 무속가석 어법을 대체할 수 있는 요소, 즉 개인의식에 바탕하여 삶의 정서화를 구현할 美的 表現의 매력을 필요로 하였다. 그리고 만인 상생의 새로운 수직적 승화는, 이미 효험이 상실된 신화적 집단상상을 대체할 수 있는 요소, 즉 개인의식에 바탕하여 삶의 정서화를 구현할 創造的 想像의 흡인력을 필요로 하였다.

그리고 이리한 필요조건을 충족시키며 등상한 것이 바로 고시가인 것이다. 그런데 이와 관련하여 주목할 것은 임동권이 논급한 바무속가와 향가의 관련성이다. 그는 상고의 민요가 노동적 기능, 신앙적 기능, 정치적 기능, 성적 기능 등 여러 가지의 기능을 지닌 것으로 파악한 바, 그 중에서도 신앙적 기능의 맥락을 이은 무속가의 呪術的 성향이 향가에 계승된 것으로 파악한 바 있다.[1] 이런 맥락에서 보면 전술한 바 무속가의 맥락을 이어 등장한 고시가란 곧 신라향가를 의미하는 것이 아닐 수 없게 된다.

3. 향가와 花郎의 관계

상생지향의 새로운 서정시가로 등장한 향가의 실상을 바르게 파악하기 위해서는 그 담당층에 대한 이해가 필요하기 때문에 이를 살피고자 한다. 서정시가의 출현은 집단적 模倣을 탈피하고 개성적 創造가 시도됨으로써 나타난 필연적 결과로 정리할 수 있다. 따라서 무속가와 시가에 존재하는 이러한 시가사적 맥락의 연계성은 곧 무속가형이 후대 시가형의 모태로 발전하고, 아울러 집단적 성향의 무속가적 어법 및 신화적 상상도 곧 시가의 개성적 표현 및 상상으로 발전하였음을 의미하는 것이다. 이를 대국적으로 보면 신화시대의 획일화된 집단의식이 해체되면서 개성화되어 가는 현상 즉 〈神話的 集團意識의 解體的 個性化〉에 따른 결과로 볼수 있는 것이다. 따라서 새로이 대두된 서정시가는 상생지향의 個性的 정신이 구현하는 미적 표현 및 상상을 본령으로 하는 것이다.

물론 원시종합예술로서의 무속은 근원적으로, 위주를 이룬 속성이라 할 신앙성과 부차적인 속성이라 할 美的 情緒, 이 양자가 혼재하는 이중적 측면을 지녔던 것이 사실이다. 그에 따라 본태적 무속가 또한 신앙성이라는 주된 속성 외에도 부차적으로 기능하는 미

---

1) 임동권, 《한국민요연구》, 선명문화사, 1974, 220~232쪽.

적 정서가 이왕에 혼재하였던 것이다. 그런데 이러한 양자의 속성적 비중이 바뀌어 미적 정서의 형상화가 주된 요소로서 부상하면서 점차 무속성이 퇴조함으로써, 본격적인 서정시가가 이루어진 것이 그 변화의 실상이라 할 수 있다.

이는 집단적 성향의 무속가와 개성적인 서정시가의 분화가 결코 단번에 이루어진 것이 아님을 말하는 것이다. 그 이유는 족촌이 곧장 고대국가로 발전한 것이 아니라, 그 중간의 과도적 과정이 상당한 세월에 걸쳐서 진행되었기 때문이다. 氏族村이나 部族村은 그 규모에 차이는 있으나 아직 족촌의 단계로 볼 수 있다. 혈연이 다른 인근의 씨족이 통합되어 부족을 이루었더라도 세월이 흐르면 결국 부족이라는 하나의 생활권 안에서 혈연의 통합이 이루어질 수밖에 없을 정도의 규모에 해당하는 것이 부족사회이기 때문이다. 그러나 部族聯盟의 단계는 계층의 분화와 아울러 하나의 생활권을 이루기 어려운 시간과 공간의 문제를 지녔기 때문에, 이는 족촌적 동생지향이 고대국가적 상생지향의 단계로 넘어가는 어간의 과도적 과정이 될 수밖에 없는 것이다.

따라서 이러한 사회발전의 과도적 과정에 상응하는 성격의 고시가가 존재하는 것은 필연적 사실이라 할 수 있다. 그래서 고시가 중에는 개인의 소산이지만 아직 무속과 같은 신앙의식에 바탕하여 지어졌거나, 또는 신앙의식을 탈피하였으면서도 집단적 성향을 지닌 고시가들이 존재하는 것이다. 이는 동생지향의 무속가가 상생지향의 순정한 서정시가로 발전하는 과정에 존재한 過渡的 성격의 고시가로 이해된다. 물론 이는 시대를 막론하고 심지어 오늘날까지도 이 과도적 성격의 고시가와 유사한 中間的 성격의 詩作들이 나올 가능성은 얼마든지 있다. 그래서 김열규가 한국문학사를 "부분적으로는 民俗文學的인 민중적 창작성과 藝術文學的인 개인적 창작성이라는 두 境域의 교차점을 흐른 복합적이고 多元的인 강줄기"2)로 추

---

2) 김열규, 《한국민속과 문학연구》, 일조각, 1991, 17쪽.

론한 것도, 이러한 맥락에서 이해될 수 있는 것이다. 그러나 과도적 성격의 고시가만을 구분하여 보면 이는 역시 태생적으로 부족연맹의 단계라는 과도적 과정의 본령적 소산이라 할 수 있다.

이 과도적 고시가 중에는 그 전반에 걸쳐서 또는 부분적으로 그 나름의 美的 表現을 지닌 것들이 존재하고, 이 미적 표현은 그 만큼의 表現意識에서 소산된 것으로 인정되어야 하는 것이다. 그러나 표현의식은 文學意識의 전단계에 속한다. 문학의식이란 다른 의식이 배제되거나, 신앙의식과 같은 다른 의식과 더불어 병존하더라도, 문학의식이 보다 優位를 차지하는 개성적 정신에 의해서 전반적인 미적 표현을 지닌 서정시가로 창조되는 작업을 거칠 때 비로소 인정될 수 있는 것이다. 따라서 이는 표현의식을 지닌 주체들의 詩歌史的 의식이 자연스러운 발전을 통해서 문학의식으로 접근해 갈수 있다는 명제가 도출되는 것을 의미한다.

그러면 문학의식으로 발전할 가능성의 여지를 지닌 표현의식을 지니고 향가문학을 창출한 담당층은 누구인가? 그들이 누구인지를 논단하기 전에 그 주체들이 필연적으로 지녀야 할 몇 가지의 전제 조건을 상정할 수 있다.

1) 族村祭儀에 참여함으로써 수동적이 아니라 능동적으로 무속가를 취급할 수 있는 족촌의 상류층 출신에 속한다.

2) 족촌의 상류층 출신으로서 고대국가 성립 후 족촌제의를 통합한 國家祭儀에 참여하여 가요를 취급하는 위치에 있는 인물, 즉 사회통합의 과정 중에 살았던 과도기적 인물이다.

3) 과도기적 인물로서, 족촌에서 유래한 지방의 본거지를 유지해야 하는 이유로 국가의 중앙정부에 참여하지 못한 족촌장 및 부족장 출신의 豪族을 대신하여, 수도에 집결하여 국가제의에 참여할 수 있었던 인물들은 호족의 子弟들이었다.

여기서 上京한 호족 자제들의 신분은 고대국가 형성기의 국가화

사업이 그 선결문제로 삼았을 신화 및 제의의 통합과 관련된다. 즉 중앙정부에 참여한 호족의 자제들은 적극적 의미에서 국가화의 주도층으로 교육될 수밖에 없었고, 한편으로는 중앙정부가 호족을 통제하는 수단 즉 인질로서의 구실에도 해당하였을 것이다. 그런데 이 청소년의 모임이 공식적인 단체를 이룰 때, 그것은 신라사회에서 오랜 전통을 이어온 花郞團의 초창기적 모습으로 볼 수밖에 없는 것이다.

여기서 주목할 것은 김학성이 향가와 직간접의 관계를 가지면서 향가 인맥의 주류를 이루었던 花郞은 국가보위라는 구실 이외에도, 天地神明과 명산대천에 제사하는 제의적 구실 또한 중요하였던 것으로 파악함으로써, 風月道와 향가문학의 연계성을 밝힌 점이다.[3] 이는 곧 초창기의 화랑단이 역시 향가문학 창출의 담당층이었음을 뜻하는 것으로 볼 수 있다. 따라서 초창기 화랑단이 국가제의에 참여하여 가요를 취급하였던 연유로 향가 창출의 담당층으로 구실하였을 뿐만 아니라, 국가화의 주도층으로 교육되었다는 것은 향가의 실상을 구명함에 매우 중요한 근거를 제공한다.

전장에서 논급된 바와 같이 개인간 상생지향의 정신을 구현하기 위해서 비로소 형성된 향가는 개인적 의식 및 정서를 표현하는 서정시가가 그 주류를 이루었을 것으로 본다. 그러나 향가는 집단의식으로서의 國家意識을 정서화해야 하는 새로운 국면을 맞이하게 된다. 즉 신라의 국가체제가 안착하여 지속되고 국가의식이 점차 보편화되면서, 이 관념적 집단의식으로서의 국가의식을 상생지향의 바탕 위에서 새로이 정서화할 필요성에 직면하는 것이다. 그리고 이 국가의식의 정서화를 구현한 향가는 역시 시가 창출의 담당층이면서 국가의식의 주도층이었던 초창기 화랑단에 의해서 이루어질 수밖에 없었던 것이다. 이는 국가의식을 주제로 한 〈혜성가〉가 현전하는 장형의 향가 중에서도 그 最初에 해당하는 한다는 점과 그

---

3) 김학성, 〈향가 장르의 본질〉, 《한국시가연구》 창간호, 태학사, 1997, 19~22쪽.

에 관련된 인물들이 화랑이라는 점들에서도 근거를 찾을 수 있다.

4. 國家意識의 情緒化

시가 창출 및 국가의식 정서화의 담당층이었던 초기 화랑단이 국가제의에 참여하였다는 것은 향가가 무속가를 모태로 하여 창출되었음을 다시 재확인시켜 주는 것으로 이해되기 때문에, 무속가의 양식을 살피기로 한다. 呪術과 祭儀는 그 주체관계가 대상과 소망자가 만나서 合一을 지향하는 彼我合의 3단구조를 이루는 것이 그 기본 양식이다. 그리고 주술과 제의에는 그 기능을 고양시키는 수단의 하나로서 무속가가 부대되는 것이 일반적 현상이었다. 그런데 우리 나라의 呪歌 양식 또한 그 골간이 주술 대상으로서의 주체와 소망자로서의 주체가 합일을 이루어 소망의 성취로써 마무리되는 피아합의 3장구조를 지닌 것으로 고찰된 바 있다.4)

그리고 주가는 物格을 주술 대상으로 하여 상위주체인 소망자가 强迫語法을 발동함으로써 합일을 이루는 바, 物人合(下上合) 3장구조 양식을 지닌 物呪歌가 있고, 상위주체인 神格을 주술 대상으로 하여 하위주체인 소망자가 신화적 세계를 재현하는 본풀이 어법을 통해서 합일을 이루는 바, 神人合(上下合) 3장구조 양식을 지닌 神呪歌가 있었다.5) 다음 주술 단계를 넘어서 보다 승화된 신앙적 의식으로서의 제의가 필요하였던 결과, 祝願語法의 상하합 3장구조를 지닌 祭儀歌가 이루어진 것이다.6)

그러나 이들 무속가 사이에는 주체간의 수직적 관계와 그리고 어법상의 차이가 있음에도 불구하고 역시 그 양식의 골간이 彼我合의

---

4) 김종규, 〈한국 고시가 형식의 근원〉, 《한국시가연구》 창간호, 태학사, 1997, 193쪽.
5) 김종규, 〈혜성가의 표현〉, 《한국시가연구》 제4집, 태학사, 1999, 164쪽.
6) 김종규, 앞의 논문, 190~193쪽.

3장구조라는 공통성을 지녔기 때문에, 이 또한 피아합의 3단구조를 지닌 주술양식과 제의양식의 언어적 再現인 것이다. 즉 본태적 신화는 삶의 행복을 담보하는 족촌적 동생지향이 희구하는 바 근원적이고 무의식적인 소망이 언어적 수단으로써 형상화된 것이며, 그래서 신화적 세계는 인간이 언제나 돌아가고 싶어하는 원형적 本鄉일 수밖에 없는 것이다. 때문에 주술과 제의의 기본양식은 신화적 주체관계의 원형을 모방하고 재현하는 데서 비롯되었고, 이런 맥락에 따라 무속가형은 주술 및 제의 양식의 언어적 재현이었던 것이다.

  그런데 장형의 향가에 속하는 8구체 및 10구체의 신라향가 형태는 그 대다수가 상하합(피아합) 3장구조를 지닌 것으로 파악되었기 때문에, 우리나라 고시가는 무속가형을 모태로 하여 발생한 것으로 고찰된 바 있다.7) 본가 또한 〈巫俗歌形의 鄉歌形態化〉라는 맥락에서 그 형태가 이루어진 것으로 고찰되기 때문에 이를 살핀다. 신라 경덕왕(742~765) 때 忠談師가 왕의 요청으로 백성을 다스리는 도리를 밝혀 부른 노래로 기록되어 있다.8)

君은 어비여 臣은 ᄃᆞᅀᆞ샬 어ᅀᅵ여	위정자의 입장(上位人)
民ᄋᆞᆫ 얼혼아히고 ᄒᆞ샬디 民이 ᄃᆞ술 알고다	백성의 입장(下位人)
구믈ㅅ다히 살손 物生 이흘 머기 다ᄉᆞ라	위성자의 애민(上位人)
이 ᄯᅡ훌 ᄇᆞ리곡 어듸갈뎌 홀디 나라악 디니디 알고다	백성의 애국(下位人)

---

7) 김종규, 《향가의 형식》, 도서출판 대한, 1994, 47~83쪽 참조.
8) 《三國遺事》卷2, 景德王 忠談師 表訓大德.

아으 君다이 臣다이 民다이 ᄒᆞᄂᆞᆯ돈 ┐
나라악 太平ᄒᆞ니잇다   ┘   나라의 평화(合)

(양주동 해독)

　제1장은 상하주체 즉 위정자와 백성의 상호적 입장을 제시하였다. 제2장 역시 상하주체의 바른 도리를 밝혔다. 제3장은 상하 각각이 그 本分을 지킴으로써 평화가 도래한다는 의미의 합장이다. 따라서 본가는 그 형태가 무속가 양식에서 연원한 상하합의 수직적 3장구조를 이루었다. 따라서 이는 〈巫俗歌形의 鄕歌形態化〉라는 맥락에서 이해할 수 있다. 향가형태란 무속가 자체에서 무속가적 어법이 소거되고 남은 바, 아직 서정시가 형식으로 개성화되기 이전 상태의 상하합 3장구조 그 골간 자체만을 가리키는 것이다. 그런데 이 향가의 形態는 본가에서 다음과 같이 새로운 서정시가의 形式으로 구현됨으로써 서정시가의 면모를 지니게 된다.

　제1장 선행 2개구는 위정자 즉 상위주체가 어버이의 입장으로 제시된 것이며, 후행 2개구는 위정자에게 다스려지는 하위주체 즉 백성 자신들이 자식의 입장으로 제시되었다. 그래서 상하관계는 무속가에서 보는 바와 같이 신화적인 상하관계가 아니라, 人世의 부자지간에 비유됨으로써 〈상호작용적 심상창출〉이 이루어진 결과 보다 곡진하게 공감할 수 있는 정서적 표현으로 형상화된 것이다.

　제2장 역시 구체적으로 세분하면 선행 2개구가 위정자의 愛民하는 도리이며, 후행 2개구는 백성의 愛國하는 도리를 제시하였다. "구믈ㅅ다히 살손 물생 이흘 머기 다스라"는 구차스럽게 살아가는 백성들의 모습과 그를 먹여 살리는 위정자의 자비로운 입장이, 제1장에서 형상화된 부자지간의 애정을 바탕으로 하여, 매우 허물 없고 구수한 수사와 어조로써 정서화되었다.

　"이 ᄯᅡ홀 ᄇᆞ리곡 어듸갈뎌 홀디"에서 그래도 나라에 매달려 살아야 하는 백성들의 나라사랑을 환기하는 마음 또한 매우 사실적이고 곡진한 어조로써 정서화되었다. 그래서 제2장의 전반적인 정서는

백성과 위정자의 사이에 매우 도타운 친애의 情이 교류하는 양상을
효과적으로 표현한 그 수사와 어조가 자비로운 施惠와 그 受惠의
정을 느끼게 함으로써 불교적 성향의 분위기가 감지된다.
　　제3장은 상하간 각기의 본분을 지키는 일이 화합의 근원임을 밝
혔다. 《논어》의 〈顏淵篇〉에 나온 어투와 유사한 점에서 어법상에
미친 유교의 영향을 상정할 수 있다.

　　본가에 나타난 수사를 전반적으로 이해함에 있어 이재선은 人稱
的 은유에 의한 類喩法으로 파악한 바 있다.9) 이 인칭적 은유에 의
한 유유법의 근원은 항간에 항용있는 관용적 어법에서 비롯된 것이
나, 그 철저한 조직적 대응성이 나타난 것은 문학적 수사에 대한
의식이 작용한 결과라 할 수 있다. 이는 우리의 시가사에서 寓喩法
의 단초가 마련된 모습을 대변하는 것으로 볼 수 있다. 따라서 본
가는 향가의 작자가 주술사적 입장을 탈피하여 서정시가의 詩的 自
我로 발전된 모습과 아울러 수사적 비유가 일반화된 모습을 보여
주는 서정시가에 해당하는 것이다.

5. 風月道的 국가의식

　　화랑에 의해서 주도된 바 상생지향적 국가의식의 정서화를 구현
한 본가의 표현에 비추어 그에 담긴 사상적 배경을 알아볼 필요가
있다. 알려진 바와 같이 국가의식이 형성되는 과정에 작용한 매체
적 사상으로는 巫俗을 모태로 하여 우리 고유의 신앙형태로 발전한
것으로 이해되는 風月道와 그리고 외래의 佛敎 및 儒敎를 들 수 있
다.
　　그 중에서 유교는 그 자체에서 각별하게 강조되는 충효정신의 고

---

9) 이재선, 〈신라향가의 어법과 수사〉, 《향가의 어문학적 연구》, 서강대학
　　교 인문과학연구소, 1988, 175쪽.

양을 통하여 국가의식의 진작에 이바지하였을 것이다. 특히 양주동의 논급과 같이 제3장의 어법이 유교적 어투와 유사한 점을 근거로 하여 유교적 충효관의 반영으로 보기 쉬운 것은 사실이다.10) 그러나 본가의 제2장에는 전술한 바와 같이 유교적 성향과는 상대적 의미의 불교적 정조가 존재하는 점도 간과할 수는 없다. 그리고 가부장을 중심으로 하는 가족간의 친애는 인류의 삶에 있어서 가장 보편화된 기본적 양태이기 때문에, 유교의 영향에만 국한시킬 일은 아닌 듯하다.

불교는 族村 및 부족연맹의 해체 이후 공백상태에 놓인 국민들의 분산된 의식 및 정서를 국가적 단위에서 재통합하는 사상적 매체의 하나로 작용하였을 것이다. 게다가 그 無所有의 가르침을 통하여 과도한 권력지향을 방지함으로써, 건실하고 대승적인 국가의식에 바탕한 바 진정한 의미의 호국정신을 진작하였을 것으로 본다. 본가는 특히 작자인 충담사가 榮服僧으로 등장하며, 경덕왕을 비롯한 당시의 위정자들이 彌勒信仰에 경도된 점11)에서 불교와의 관련성이 없지 않으리라 볼 수 있다. 그러나 본가에는 실로 기미에 지나지 않는 불교적 정조가 제2장에서 엿보일 뿐, 가사 자체의 의미에서는 불교사상의 영향을 직접적으로 드러내는 구체적 표출이 존재하지 않는 것이 사실이다.

본가와 무속의 관련이란 측면에서 볼 때, 작자인 충담사가 상하주체의 어느 쪽 당사자가 아닌 第三者라는 점에서 주술사적 입장의 전통적 맥락을 엿볼 수 있다. 또한 본가를 짓게 된 경위가 五岳三山神의 출현으로 대변되는 당대의 여러 국가적 흉변을 불양하려는 주술적 동기와 관련된 것도 사실이다.12) 그러나 본가는 이미 무속가적 형태를 지양하고 서정시적 형식으로 발전한 단계에 있는 것이다. 따라서 본가가 지닌 서정시적 형식의 창출에 작용한 바, 무속보

---

10) 양주동, 〈논어와 국문학〉, 《논어》, 현암사, 1966, 393~394쪽.
11) 윤영옥, 《신라가요의 연구》, 형설출판사, 1981, 216~242쪽.
12) 임기중, 《신라가요와 기술물의 연구》, 이우출판사, 1981, 296쪽.

다 한 단계 더 진전된 信仰이 존재하였음을 상정할 수 있다. 그렇다면 신라 당대에 있어서 무속을 모태로 하여 비롯되었으되 그 모태를 지양하고 보다 더 진전된 모습으로 발전한 신앙은 무엇일까.

이는 상생지향의 국가의식을 정서화하는 향가의 창출이 화랑단에 의해서 이루어진 점과 불가분의 관계를 지닌다. 특히 국가의식을 주제의 바탕으로 하는 본가의 작자 충담사는 박노준에 의해서 郎僧 출신으로 논증된 바 있다.13) 〈찬기파랑가〉를 통해서도 충담사의 신분이 지닌 화랑적 면모는 간과할 수 없는 사실로 드러나기 때문이다. 그렇다면 화랑단이 무속신앙의 바탕 위에 유교 및 불교의 영향을 능동적으로 수용함으로써 우리나라 고유의 주체적 신앙으로 발전시킨 風月道를 들어 본가의 형식 창출에 작용하였을 사상적 배경의 하나로 상정할 수 있는 것이다.

이상 논급한 바와 같이 본가는 매우 다양한 측면과 양상을 지닌 것이 사실이다. 즉 본가의 작자 및 관련자들이 불교에 경도된 인물들이라는 점과 일부 가사에 나타난 불교적 정조는 떨칠 수 없으며, 표현 자체는 유교적 어법을 빌림에 비중이 있고, 형태는 무속적 양식을 모태로 하였으며, 형식은 풍월도 정신의 서정적 형상화에서 비롯된 것이다. 그렇다면 이는 본가가 어느 하나의 사상에 기우는 內容指向性의 시가라기 보다는, 이 다양한 사상적 요소들을 용해하여 하나의 시적 형식으로 수렴하였던 形式指向性의 시가임을 말해주는 것으로 볼 수 있다. 즉 본가의 고찰에서 역시 비중을 두어 다루어야 할 것은 서정시의 본질적 요소라 할 형식의 창출에 있는 것이다. 그렇다면 본가에 나타난 여러 사상적 배경 중에서도 형식 창출의 바탕을 이룬 風月道야말로 가장 비중이 큰 사상적 배경이 아닐 수 없는 것이다.

그러나 풍월도적 국가의식의 표출이란 점에서 본가와 〈혜성가〉는 그 맥락을 같이 하면서도, 그 시가사적 성격은 상호간에 차원을 달

---

13) 박노준, 〈안민가 연구〉, 《신라가요연구》(국어국문학회 편), 정음사, 1979, 395~402쪽.

리하는 것이다. 본가 전반은 제1장의 전제가 제2장의 정서화된 표현에 의해서 완성된 양상을 보인다. 그러면서 上下上下合의 세분화된 복합적 장구조를 이룬 것은 작자인 忠談師가 상하주체의 어느 쪽 당사자가 아닌 제3자라는 점에서, 〈혜성가〉의 작자와 같은 주술사적 입장의 전통적 맥락에 따라, 중재적 입장에 있기 때문이라 할 수 있다.

그럼에도 불구하고 〈혜성가〉가 아직 同生指向의 신화적 원형을 추구함에서 탈피하지 못하였음에 비하여, 본가는 相生指向的 국가의식의 정서화를 위한 시적 자아의 서정적 표현이 이루어진 점에 차이가 있다. 즉 〈혜성가〉는 나라의 현실적 위기를 주술을 통하여 해소하고자 하는 관점에서 벗어나지 못하였다. 그러나 본가는 시대적 혼란의 극복이라는 주어진 명제를 詩的 形象化라는 문학적 표현수단을 통하여 상생지향적으로 해소하였던 것이다.

즉 〈혜성가〉의 작자와 같은 주술사적 입장을 탈피한 본가의 작자는 스승의 입장에서 시적 감동을 통한 가르침을 통하여 나라 일반의 상하주체들에게 忠諫과 敎訓을 구현함으로써 겨레의식을 일깨운 것이다. 따라서 본가는 현실참여적 정서의 시적 형상화를 통하여 시적 감동을 불러 일으킨 서정시가라는 점에 국한시켜 볼 때, 향가 初有의 새로운 시가 유형 창출에 해당하는 것이다. 요컨대 본가는 위정자와 백성이 하나의 겨레의식으로서 화합해야 할 도리를 인칭적 은유로써 형상화한 결과, 제의적 3장구조에서 연원한 10구체 향가의 형태를 교훈적인 서정시가의 형식으로 개성화한 것이라 정리할 수 있다.

6. 결 어

族村的 同生指向의 集團意識을 대체하여 대두된 古代國家的 삶의 個人意識은 개인간의 和解 및 和合을 이상으로 하여 새로운 인간적

유대관계의 승화를 지향하는 相生精神을 필요로 하였다. 그리고 이
상생정신의 정서화에 합당한 고시가의 새로운 창출이 요구된 결과
나타난 것이 향가문학이다.

〈혜성가〉와 본가는 족촌제의와 국가제의에 참여하여 가요를 취
급하였던 연유로 향가문학 창출의 담당층으로 구실하였던 초창기
花郎團이, 國家化의 주도층으로서, 점차 보편화되는 국가의식을 상
생지향의 바탕 위에서 새로이 정서화할 필요성에 직면함으로써 나
타난 향가라 할 수 있다.

국가의식의 정서화를 위해서 구사된 본가의 人稱隱喩에 의한 類
喩法은 작품 전반에 걸친 체계적 대응성으로 보아서 문학적 수사에
대한 意識이 작용한 결과라 할 수 있다. 그리고 본가는 위정자와
백성이 하나의 겨레의식으로서 화합해야 할 도리를 인칭은유로써
形象化한 결과, 제의적 3장구조에서 연원한 10구체 향가의 형태를
인간적인 정서의 교훈적인 서정시가 形式으로 個性化한 것으로 볼
수 있다.

본가에는 무속, 유교, 불교 등 다양한 사상적 배경이 엿보이기도
하지만, 역시 하나의 사상에 경도되기 보다는, 국가의식의 정서화를
위한 형식지향성이 강하게 드러나는 향가라 할 수 있다. 따라서 향
가문학의 本質的 요소인 형식 창출의 담당층이 花郎이라는 점에서,
본가의 사상적 배경 또한 風月道에서 비롯된 것으로 볼 수 있다.
그래서 본가는 현실참여적 정서의 詩的 形象化를 통하여 시적 감동
을 불러 일으킨 서정시가라는 점에서, 향가 初有의 새로운 詩歌 類
型 창출에 해당하는 향가라 할 수 있다.

〈참고 문헌〉

一 然(1285), 三國遺事.

김열규(1991), 한국민속과 문학연구, 서울; 일조각.

김종규(1994), 향가의 형식, 서울; 도서출판 대한.

───(1997), "한국 고시가 형식의 근원", 한국시가연구 창간호.

───(1999), "혜성가의 표현", 한국시가연구 제4집.

김학성(1997), 한국시가연구, 서울; 태학사.

박노준(1979), 신라가요연구, 서울; 정음사.

양주동(1966), 논어, 서울; 현암사.

윤영옥(1981), 신라가요의 연구, 서울; 형설출판사.

이재선(1988), 향가의 어문학적 연구, 서울; 서강대 인문과학연구소.

임기중(1981), 신라가요와 기술물 연구, 서울; 이우출판사.

임동권(1974), 한국민요연구, 서울; 선명문화사.

연정가사의 형성 배경에 대하여

김 팔 남

목 차

---

1. 서 론

戀情歌辭란 조선조 가사 중에서 異性을 간절히 그리워하거나 사모하는 내용으로 2律刻(dimeter)이 1句(최강현,1986)를 이루고 있는 일련의 작품군을 말한다.[1]

인간이 존재하는 한, 남녀 사이의 사랑은 예나 지금이나 시·공을 초월한 영원한 관심거리로서 여러 장르에서 두루 문학적 형상화를 보이고 있다. 이런 점에서 볼 때, 조선조의 꽃이라 할 수 있는 '가사'라는 문학적 양식에 연정을 담은 작품이 다수 창작되었음은 당연한 일일 것이다. 현전 가집과 자료집에 연정가사가 71편이나 수록되어 있다는 점은 이를 확증하는 근거가 된다.[2]

---

1) 연정가사에 대한 개념 규정으로는 김팔남(1999:1~2) 참조.
2) 참고 자료집은 임기중 편, 《역대가사문학전집》, 이용기 편, 고대본 《악부》, 권영철 편, 《규방가사》, 신명균 편 《가사집》, 김성배 외 3인 편, 《주해가사문학전집》, 단국대율곡기념도서관소장본, 《한국가사자료집성》, 발표된

연정가사의 작품 수가 적지 않음에도 불구하고 학계에서는 연정가사에 대하여 크게 주목하지 않았으며, 연구 성과 또한 만족스럽지 못하다. 旣往의 고전 시가서나 가사 문학사에서 이를 내용 분류할 때, 戀情類에 해당하는 몇 작품을 예로 들어 설명하는 정도에서 그쳤다. 그러나 조동일(1983:387)이 이러한 유의 가사를 애정가사라고 명명함으로써 가사 문학 연구자들에게 하나의 독립된 유형으로 인식되기에 이르렀다. 이것을 계기로 연정가사에 대한 관심이 한층 고조되기는 하였으나, 아직도 새로운 자료의 제시 및 해제, 개별 작품의 이본 대교와 교감을 거쳐 善本을 제시하는 등의 연구를 넘지 못하였다.

그러나 최근에 이르러 박연호(1993)는 가집에서 68개의 작품을 선정하여, 전개 방식과 작품의 성격을 규명하였다. 그의 연구는 처음으로 연정가사의 다수 작품을 대상으로 구성과 전개 방식 등에 걸친 본격적인 연구를 진행시켰다는 점에서는 의의가 있으나, 연정가사 연구의 기초가 되며 학계에서 계속 논란이 되고 있는 '출현과 형성 배경', '작자 및 향유층'에 대한 해명이 전혀 없이 언술의 특성만을 다루고 있어 아쉽게 생각된다.

이에 본 연구는 조선 전기부터 창작되고 후기에 이르러 집중적으로 창작됨으로써 너른 향유층을 형성(김팔남,1998)하였던 연정가사에 대한 총체적인 연구의 일환이다. 즉 조선조 연정가사의 심층적 이해를 위한 배경적 고찰에 해당한다.

이를 위하여 먼저 조선조에 연정가사가 창작될 수 있었던 문화적인 환경으로서 문학과 예술을 통한 제반 여건을 알아볼 것이다. 특히 후기의 여건으로서 辭說時調의 성애적 표현, 민중들의 삶의 모습을 생생하게 표현하였던 俗畵의 출현과 변모 양상, 그리고 애정소설의 대두와 관련지어 고찰할 것이다.

또한 '가사'라는 양식에 남녀의 사랑을 형상화하고 있는 작품은

신자료 등이다. 앞으로 새로운 자료가 발굴되어 공개된다면 작품의 수는 더욱 늘어날 것이다. 자료에 대한 자세한 내용은 김팔남(1999) 참조.

조선 전기에도 그 모습을 볼 수 있다. 楊士彦(1517~1584)의 〈美人別曲〉과 巫玉의 〈怨婦辭〉는 대표적인 예이다. 이 작품들을 통하여 필자는 남성과 여성이 각각 사랑하는 '임'을 형상화하는 방식과, 작품 속에 내재한 성의식의 양상을 고찰함으로써 후기에 연정가사가 창작될 수 있었던 與件을 살펴보려 한다.

그리고 鄭澈(1536~1593)의 〈思美人曲〉과 〈續美人曲〉은 작품의 외연의 특성으로 인하여서 연정요로 변모·유통되었으며, 이는 연정가사가 후기에 왕성하게 창작될 수 있는 밑바탕이 되었다. 한편 두 작품에서 보여준 서술 방식은 후기 연정가사에 많은 영향을 주었으며 다양한 話法으로 수용되기도 하였다. 따라서 이의 영향 관계를 고찰할 것이다.

2. 연정가사 제작의 문화적 여건

조선이 건국되면서 새로운 국가의 통치 이념으로 선택된 유교는 정치뿐만 아니라 사회, 문화, 예술 등의 전 영역에 걸쳐 영향력을 발휘하였다. 인간의 이성적 판단과 규범을 실천 윤리로 삼던 朱子主義 체제는 내밀한 감성에 호소하는 사랑 이야기를 곱게 보아주지는 않았을 것이다.

새로운 유교 통치권 아래에서도 남녀의 사랑 俱現은 문학을 통하여 실현되었다. 그 시대의 사회 분위기가 표면적으로는 이것을 용납하지 않았다 하더라도 이면으로는 창작 활동과 향유는 지속되었을 것이다. 이러한 추정을 확인할 수 있는 단적인 예로 조선 전기에 창작된 양사언의 〈미인별곡〉을 들 수 있다. 이 작품이 이 시기에 지어질 수 있었던 배경으로는 15·16세기에 걸쳐 제작된 풍성한 笑話集의 남녀 교합의 육담적 내용의 수록과 《樂章歌詞(중종대)》·《樂學軌範(1493, 성종24)》의 고려 속요의 수용을 들 수 있다. 이 두 가지는 양식을 달리하나 남녀 사랑의 문제를 公開的으로 다루고 있다는 점에서 시사하는 바가 크다. 이러한 분위기는 조선 전기에 〈미인별곡〉이라는 연정가사가 창작될 수 있었던 중요한 여건을 마련하였던 요인으로 볼 수 있다.

그러면 먼저 笑話史의 발달을 통해본 남녀 사랑의 표현 양상을 통하여 이를 살펴보자. 15세기는 소화사에서 가장 풍성한 창작을 보인 시기이다. 소화 창작이 촉발하게 된 계기를 마련한 이는 徐居正(1420~1488)이다. 그의 소화집인 《太平閑話·滑稽傳》은 민담 위주의 소화에 머무르는 초기 단계였으나, 이후 姜希孟(1424~1483)의 《村談解頤》, 李陸(1438~1498)의 《靑坡劇談》, 成俔(1439~1505)의 《慵齋叢話》에서는 음담 패설을 비롯한 다양한 내용을 담아내고 있다. 그러나 이것은 시험 삼아 관심을 가진 단계에 불과했다. 宋世琳(1479~ ?)의 《禦眠楯》에 이르러서는 노골적이며 난잡한 내용으로 흥미를 끌고 있다. 《어면순》이야말로 최초의 본격적인 淫談集으로서 후대 成汝學(생몰연대 미상)의 《續禦眠楯》을 비롯한 대부분의 음담집이 이것을 모본으로 삼았다(조동일,1996:488~493).

이렇게 15세기에는 음담을 비롯한 다양한 내용을 담은 소화집이 다량 출현하였으나, 16세기에 들어와서는 오히려 소화집이 위축되는 현상을 보인다. 그 이유는 주자 성리학적 정치 이념화의 변이에서 찾을 수 있다.

道文一致의 문학관이 한층 중시되는 분위기 속에서, 소위 이단 사상이 부정되고 서사물의 허구적 표현이 완강히 부정되었던 16세기 이후의 도학파들에게 이러한 소화의 기록·감상 행위는 道의 실천과는 거리가 먼 것으로 이해될 수밖에 없었고, 이로써 소화의 자유로운 기록화가 실현되기 어려웠으므로 당연히 소화 창작이 위축될 수밖에 없었다. 이와 같은 분위기에서도 송세림의 《어면순》은 15세기의 활발한 소화 창작의 문화적인 기반과 개인적인 역량, 그리고 극복할 수 없었던 불우한 삶을 다소나마 해소하기 위하여 제작된 것이라는 사실을 확인할 수 있다(황인덕,1995:255~270).

　조선 전기에 〈미인별곡〉이 창작될 수 있었던 또 다른 여건으로는, 성종대와 중종대에 제작된 《악장가》와 《악학궤범》의 고려 속요의 수용을 들 수 있다. 특히 〈서경별곡〉, 〈만전춘별사〉와 〈쌍화점〉, 〈이상곡〉, 〈처용가〉 등의 노래는 소위 조선의 도학자들에 의하여 '男女相悅之詞'로 폄하되었던 것이다. 이러한 노래가 이 때에 이르러 두 가집에 수록된 이유는, 禮樂을 통하여 민중을 자연스럽게 교화하려는 정치적인 목적에 있었다. 詩經의 風·雅·頌이라는 三才의 원리 하에 규범과 현실(본능)을 아우르는 입장(김영수,1989:197～204)에서 풍에 속하는 고려 속요를 취하였을 것이다. 따라서 위에서 거론한 두 가지는 조선 전기, 양사언이 〈미인별곡〉을 지을 수 있었던 좋은 基盤이 되었을 것으로 생각된다.

　그 뒤, 임·병 양란을 거치면서 철저한 주자주의는 점점 그 기반을 상실하였는데, 이것은 새로운 세계로의 진입을 예고한다. 그리고 민중들의 세계관이 확대되고 봉건주의가 해체되면서 민중들은 구속에서 벗어나려는 노력과 함께 인간성 해방을 노래한다. 따라서 신분 제도에 변화가 생기는가 하면 억압된 정서를 방출하려는 욕구가 거세진다. 즉 개인의 관심이 자아와 인간의 삶으로 옮겨지면서 억눌려 있던 인간성의 해방으로까지 확대된다. 특히 여성의 경우에는 부당한 사회적 질곡과 관습에서 벗어나려는 의식이 팽배하여지면서 이를 창작으로 해소하고 있는 면모를 보인다. 이러한 환경은 문학 담당층이 확대되는 주 요인이 되었으며, 남녀의 사랑이 자연스럽게 문학과 예술의 주제로 등장할 수 있었던 기반이 되었다.

　문화에는 緊張된 표면과 弛緩된 이면이 있게 마련인데, 조선 전기에서 조선 후기로 넘어오자 표면에서의 긴장을 다시 다그치자는 노력이 계속되었어도 이면에서의 이완이 더욱 확대되는 것이 전반적인 추세였다(엄만수,1993:119). 조선 후기에 사랑을 주제로 하는 작품들이 다량 창작되었던 원인은 기존 사회 질서에 대한 도전에서 나온 결과라고 해석할 수 있다. 따라서 의식의 변이는 세계관의 확대로 이어저 장르와 주제의 다양성을 촉진시켰으며, 소위 '극대화'의 추세를 낳았다. 서정성의 극대화는 남녀의 사랑을 표현함에 노골적인 性愛를 묘사하는 것으로까지 확대되었는데, 이 시기는 18세기로서 문학과 예술의 전반적인 추세이다. 18세기의 서정적 사조를 사랑 지상주의와 에로티시즘이라고 요약할 수 있을 것이다. 사설시조의 노골적인 성애의 표현과 속화(民畵) 등에 나타난 육체적인 남녀 결합의 사실적 묘사, 그리고 애정 소설의 대두와 너른 향유층은 연정가사가 창작되고 향유될 수 있는 토대를 마련하였다.

먼저 사설시조에 나타난 사랑의 양상을 살펴보자. 이 시기에 사설시조에서 그리고 있는 사랑은 감정의 미묘한 변이와 연정의 호소에는 전혀 관심이 없다. 단지 남녀의 육체적 교감과 쾌락만이 노래의 전부이다. 즉흥으로 치러지는 성교와 노골적인 성애의 표현들은 독자에게 웃음을 자아내도록 유도한다. 이러한 웃음의 성애적 표현들은 섬세한 시어의 선택과 소재 및 주인공의 특이성에서 야기된다. 승려와 여인, 女僧과 俗人 등에서 볼 수 있는 것처럼 '중(僧)'이 많이 등장한다. 이러한 원인은 무엇일까? 박노준(1998:348∼349)은 앞의 질문에 대한 답을 심도 있게 논의한다. 고려말의 문란해진 승려의 행태가 조선이 건국되고 유교를 국가 이념으로 내세운 이후에도 민간에서는 그대로 자행되었다. 그러므로 실제 사회법으로 이러한 행위를 규제하려 한 것이 성종때(1469. 11∼1494. 12)의 일이라는 역사적 사실을 논거로 내세운다. 또한 朴文郁(숙종대)의 사설시조가 '男僧女僧交脚之歌'의 성격이며 그가 18세기의 인물이라는 점, 그리고 이어서 李鼎輔(1693∼1766)의 에로 시조를 예로 들면서 사설시조의 작자층을 추정하였다. 그는 학계에서 사설시조의 음란성과 노골적인 성교의 장면 등이 양반의 미의식과는 相値된다는 점을 예로 들면서 작자층을 평·서민이라는 추세에 반대하고 초기의 작자층은 양반 사대부이며 후기에 이르러서야 평민들이 창작에 참여하여 주도하였을 것이라고 주장한다.

이에 대하여 조규익(1996:41)도 "許筠(1569∼1618)과 같은 반항아는 본능적 욕구의 표출을 적극적으로 인정한 사대부였다. 이런 관점에서 본다면 조선조 후기에 기록으로 나타난, 자유분방한 내용의 노래들을 평민 계층의 소산으로만 보는 기존 견해들도 재고의 여지는 있다고 본다."라고 하여 남녀의 사랑과 과감한 애정 지향의 작품을 평·서민층이 작자라는 일부의 학설을 부정하고 있다.

그러면 왜 사설시조에는 여성 화자가 등장하여 노골적인 음담을 스스럼없이 토하여 내고 있는 것일까? 문학이 사회상을 반영한 점을 상기할 때, 이것은 더욱 의미심장하다.

여성 화자의 목소리를 통해 具現되는 성에 대한 극도의 개방성은 조선조의 여성이 안고 있는 실제적인 생활 양식과 깊은 관련이 있다. 그들은 조선 후기의 변화에 부응하여 자연스럽게 세계관이 밖을 향하여 확장됨에 따라 새로운 시각에서 자신을 조명하는 계기를 마련하였다. 이것은 '안'이라는 폐쇄된 공간과 규제 속에서 벗어나고자 하는 몸부림으로서 性에 대한 자유로운 표현은 그 인식의 대표적인 예이다. 사랑과 성은 인간의 영원한 관심거리이며 흥미로서 남자와 여자가 공히 즐길 수 있다는 점에서 예술사의 다방면에서 거론되기도 하였다. 따라서 여성 화자의 노골적인 성표출은 기존의 사회 관습에 대한 저항이기도 하며, 눌려 있던 인간 본성을 찾는다는 점으로 이해하여야 할 것이다.

또한 18세기에 이르러 활발하게 창작되었던 연정가사의 경우에도 戀主의 표현이 '戀情', '肉情'의 주제로 변이되어 나타나고 있음에 주목하여야 할 것이다. 이렇게 삶의 존재 의의를 임과의 사랑에 둠으로써 주정주의를 표방하는 데서도 확인된다. "죽어 잊기도 어렵고 살아 생이별도 서러운" 진퇴양난의 상황에서 "내가 죽을 테니"라는 불가피한 해결책을 보이고 있기 때문이다. '연정'이라는 개인적 가치를 위하여 죽음도 불사한다는 의식이 반영된 것이다. 그리고 여성 작자의 목소리가 한층 높아져 자의식을 표명하는가 하면 사랑을 노래함에도 적극적이며 상대적인 사랑을 추구하고 있다. 사랑에 대한 이와 같은 시각은 남녀가 즐기는 사랑의 행위를 대등하게 인식하고 있다는 결과에서 나온 것이다.

18세기에는 문학계의 육담적 내용이 성행하는가 하면 여타의 예술계에도 성에 대한 관심이 극치를 이룬다. 특히 민중들의 삶의 변화 속에서 사실을 소재로 삼고 있는 속화의 경우에는 시각으로 표현된다는 점에서 더욱 흥미롭다. 조선조의 繪畫에 남녀의 성애적 표현이 증가하기 시작한 시기는 1750년부터이다. 金弘道(1745~?)와 申潤福(1758~?)의 풍속화에 보이는 女俗은 우선 작품의 양에서도 매우 증가되었을 뿐만 아니라 남녀의 色態的 정감까지 담겨 있는 것으로 나타나고 있다. 남녀의 사랑 표현은 대담하게 노출되어 있는데, 이것은 春畫의 성격으로까지 발전된 모습을 띤다.

김홍도는 그저 평범한 자기 생활을 영위하는 가운데 자연스럽게 남녀 遭遇의 장면이 설정되었고 은근하고 조심스러운 모습이었다. 즉 농촌 생활을 중심으로 서민층의 일상적 삶을 중심으로 삼았던 것과는 달리 신윤복 단계에 가면 중세 말기의 변모하는 都會狀을 드러내는데 주력하고 있다. 이제 여인들이 과시라도 하는 듯이 노골적으로 속살을 드러내고 있을 뿐만 아니라 남녀 포옹과 그 이상의 농도 짙은 애정사를 적극적으로 표현하는 등 후대로 갈수록 점점 노골화되어 마침내는 춘화적인 성격을 띤 그림까지 나타나고 있다. 대담하게 색정을 표출한 신윤복의 그림은 우리 나라에서 유래를 찾기 어려운 에로티시즘을 발산하고 있다.

신윤복의《蕙園風俗圖帖》에는 기방 풍속에 두세 쌍의 행락과 남녀의 밀회가 중심이며, 승려가 끼거나 색정을 돋우는 여속 장면, 무속, 주막 등이 포함되어 있다. 봄가을이 많고 야밤 풍경이 설정된 점은 유흥과 남녀의 정념을 불태우기 좋은 때를 선택한 것이다(이태호,1998:115~128). 그의 작품 세계는 봉건 사회가 몰락하고 근대적 기운이 감도는 가운데, 성문화가 개방화하는 추세에서 당대의 도회 분위기를 예시한 것으로, 여성이 에로스 문화의 주요 대상으로 등장되어 있음을 보여준다. 성이 금기시되고 엄격한 유교 사회의 틀에서 벗어나 남녀의 풍류를 담은 신윤복의 풍속화는 당대의 허위 의식에 대한 풍자로서 가히 혁신적인 것이라고 할 만하다. 바로 이 시기에 주자학적 세계관이 점차 이완되어 가며 나타났던 변화된 생활 감각과 정서가 반영된 것이라 하겠다.

또 "천지 만물을 살피는 데는 사람을 보는 것보다 큰 것이 없고, 사람을 보는 데는 정보다 오묘한 것이 없으며 정을 살피는 데는 남녀의 정을 살피는 것보다 진실한 것이 없다."3)는 李鈺(1760~1812)의 기록이야말로 매우 인간적인 발언이며 이 무렵 풍속화에 나타난 색태도 바로 그 시각적 반영이라 할 수 있을 것이다.

예컨대 18세기에 시가와 회화에 만연되어 있었던 남녀의 사랑과 성애적 표현들은 장르를 초월하여 한문 단편과 한글 소설에 많이 나타나며, 조선조의 각종 稗談이나 隨錄類는 이런 환경의 소산이었다. 특히 다양한 화제와 주인공들에 의하여 짜여지는 소설의 경우, 이들 애정소설은 역사성과 사회성을 강하게 드러낸다. 특히 사회적 갈등이 객관적인 형태로 형상화되기 힘들었던 중세 사회에서 이들 소설에 나타난 애정 문제는 대사회적인 問題制止的 성격을 갖는 것이다. 그렇기 때문에 조선 시대 소설사의 흐름에서 애정 문제는 가장 핵심적인 위치를 차지하여 왔으며, 이에 상응하여 애정 소설을 여타 유형의 소설들에 비하여 탁월한 소설적 형상성을 얻어낼 수 있었을 뿐 아니라, 당대 사회의 문제를 가장 현실적으로 반영할 수 있었던 것으로 파악한 박일용(1993:14)의 견해는 애정의 문제가 얼마나 중요한가를 가늠하게 한다.

이렇게 문학과 예술에서 남녀의 사랑, 대담한 성욕적 표현들이 자연스럽게 그려지고 있었던 분위기는 양반 사대부의 전유물이라고 생각하였던 가사 문학에까지 그 영역을 넓혀 연성가사가 드러내 놓고 창작될 수 있었던 발판이 되었다. 현전하는 유명씨의 작품이 18세기 이후로 몰려있다는 사실은 그간의 실정을 확인하는 데에 귀중한 자료가 된다.4)

---

3) 夫天地萬物之觀 莫大於觀乎人 人之觀 莫妙於情 情之觀 莫眞乎觀於男女之情.
   (李鈺,《藝林雜佩》,〈俚諺引〉)
4) 김팔남(1998) 참조.

　위와 같이 인간의 감성에 호소하는 에로물의 범람을 우려한 나머지 다른 한편에서는 이의 안티테제로서 敎本性 가사가 활발하게 창작되었다(노규호,1997)는 사실은 남녀의 대담한 사랑 표현이 당대에 얼마나 심각하게 사회적으로 만연되어 있었던 가를 짐작하게 한다.

3. 전기 가사의 영향

3.1 〈미인별곡〉의 찬미 방식

　현존하는 연정가사 중에서 처음의 작품으로는 楊士彦(1517~1584)의 〈美人別曲〉이 있다. 후기 연정가사의 창작에 많은 영향을 끼쳤던 정철의 〈전·후미인곡〉이 '미인'이라는 표제를 군주를 가리키는 은유적 의미의 층으로 사용된 반면, 이 작품은 '미인'이라는 용어를 寓意가 아닌 直敍的인 의미로 쓰고 있다(김팔남,1996). 즉 미인은 아름다운 여인을 가리키며, 여인의 미모는 남성 작자의 시각으로 비추어 본 '미'의 기준이다. 이 작품의 작자는 여성의 신체에 나타난 특성을 일일이 거론하면서 상세히 묘사하는 방법을 택하고 있다. 이러한 기법은 후기 연정가사에 그대로 이어져 여인의 아름다운 외모를 묘사할 때, 관습적으로 사용되고 있다.

　그러면 〈미인별곡〉이 어떠한 방식으로 여성의 아름다움을 묘사하고 있는가를 살펴보자.

　양사언의 〈미인별곡〉은 길이가 비교적 단형인 33句로서 국한문혼용이며, 음수율과 음보율이 일정하지 않다. 이 작품은 애초에는 제명이 붙어 있지 않았는데, 김동욱(1990:283)이 학계에 처음 소개하면서 〈미인별곡〉이라 명명하였다.5) 현재 이 명칭이 학계에 굳

---

5) 김동욱(1990: 283). 이 논문에서 김동욱은 " … (중략) … 애초에는 巫山別曲, 神女別曲 등도 생각해 보았으나 《봉래집》에 長短句 〈美人曲〉이

어진 상태이다. 또한 〈미인별곡〉의 창작 동기에 대해 "산수를 좋아
하고 산수와 더불어 살았다고 하는 봉래가 일개 미인에게 바친 이
별곡은 직유 형식으로 그려져 있지만 그의 미의식에 비쳐진 구체적
인 어느 歌妓에 대한 희작이라고도 보여진다."6)라고 진술하고 있
다. 실제로 그의 시문집에는 가기에게 보내는 시 〈贈送臨瀛歌妓〉
와7) 長短句 〈美人曲〉이 수록되어 있다. 이 두 기록에서도 양사언의
미인을 향한 미의식은 퇴폐적인 육욕의 것이 아닌 승화된 여인의
외모 묘사와 直觀的인 아름다움을 읊고 있다. 또한 필사본 《蓬萊
集》 소재의 〈미인별곡〉에는 樂調 표시가 있는 것으로 볼 때, 여타
의 연정가사가 노래불려졌다는 사실과 같은 맥락으로 이해하여야
할 것이다.

〈미인별곡〉은 여인의 외형에서 나타나는 아름다움을 직관으로 그
린 작품인데, '美人＝歌妓＝神女'로 비유함으로써 속화된 분위기가
아니라 신비스러운 분위기를 연출한다. 구성은 서사, 본사, 결사로
되어 있다.

서사(1~4)는 "그디를 내 모르랴~눌 위히여 ᄂ려온다"이다.

일인칭 서술자인 '나'가 바라본 한 여인의 아름다움을 묘사하기
위한 緒章이다. 시적 화자는 여인(歌妓를 말함)을 무산의 神女로
신성시하였으며, 선계를 버리고 속계로 하강한 이유를 '나'를 위하여
서라고 단언하고 있다.

본사(5~65)는 "양ᄌᄂ 梨花 一枝예~織女星 이론 듯"의 60구이
다.

서사에서는 신녀의 하강을 본사에서는 신녀의 아름다움을 각각
구체적으로 묘사하고 있다. 묘사의 순서와 비유는 다음과 같다.

있기에 이를 〈美人別曲〉이라 하는 것이 좋을까 하여 이렇게 명명해 둔다"라
고 〈미인별곡〉이라 제명한 동기에 대하여 설명하고 있다. 이 제명은 학계에
서 별반 문제없이 사용되어져 왔으므로 필자도 이에 따른다.
6) 김동욱(1990), 같은 쪽.
7) 數腔珠唱起樑塵 爭道瀛洲第一人 我豈雪堂參佛客 只緣多病負靑春
　　〈贈送臨瀛歌妓〉,《봉래집》.

① 얼굴 : 梨花 一枝예 둚 비치 절로 흘러드는 듯
　　　　白沙 長汀의 海棠 春栢이 흐터 디여 피연는 듯
② 눈썹 : 靑溪鶴톤 道士이 靑鶴洞으로 ᄂ라 드는 듯
　　　　싁싁훈 海東靑이 碧海로 디나는 듯
③ 머리 : 潮陽 太守 南遷홀 제 衡山 구름 헤듌는 듯
④ 웃는 모습 : 仙宮 三色 桃花 ᄒᄅ 밤 빗기운에 절로 피여
　　　　가는 듯
⑤ 앉아 있는 모습 : 月宮 姮娥 桂樹롤 지현는 듯
　　　　漢家 趙飛燕이 避風臺 속개 녀믜최고 안잔는 듯
　　　　쑴씌여 宿痕을 계워 花冠이 旦正ᄒ니 明妃 胡塞예 漢宮
　　　　이요
⑥ 맑은 노래 소리 : 가난 길흘 니전는 듯
⑦ 수심찬 용모 : 林卬 道士를 太眞이 만나 이셔 離宮 긔별 묻는 듯
⑧ 의복 : 陶淵明 栗里 三逕의 松菊이 헤드런는 듯
⑨ 거문고 켜는 소리 : 杜拾遺 曲江暮春에 暖日平蕪에 緩緩行 ᄒ
　　　　ᄂ 듯
⑩ 춤추는 모습 : 未央宮 늘의딘 버드리 자다가 굽니는 듯
　　　　西施의 姑蘇臺上의 興계워 노니는 듯
⑪ 마른 몸체(弱質) : 林處士 西湖雪夜의 梅花 가지 이어는 듯
⑫ 교태 부리는 모습 : 瑤臺예 宴罷ᄒ고 양왕 궁녀 ᄂ리는 듯
　　　　七月 七日 烏鵲橋의 躊躇更躊躇 織女星이론 듯

등 미녀의 아름다움을 18개의 비유를 들어 묘사하고 있다. ①부터
⑫까지의 묘사로 보아서 양사언이 어느 饗宴의 자리에서 예쁜 얼굴
에 곱게 치장하고 가악과 가무를 즐기며, 온갖 교태를 뽐내면서 남
정네들을 유혹하고 있는 어느 가기를 대상으로 노래한 것이라는 사
실을 알 수 있다. 그러므로 곧이어 결사(66)로 이어지는 "謝安石
携妓東山을 블랴 말랴 ᄒ노라"에서는 화자의 역설적 自足이 나타나
있다. 사안석이 동산에서 기녀를 벗삼아 스스로 餘技로 삼았던 세

월이 자신의 삶에는 미치지 못할 것이라는 자족적 삶의 태도를 표
명하고 있는 것이다. 그러므로 〈미인별곡〉이 단순히 미인의 외모만
을 묘사한 것이 아니라 가기를 연모하였던 마음의 형상화라는 측면
으로 볼 때, 연정가사의 효시 작품으로서도 손색이 없음을 알 수
있다.

  이렇듯 연정가사의 최초의 작품인 〈미인별곡〉은 한 여인의 외모
에서 풍기는 아름다움을 상세히 묘사하고 있다는 특성을 지닌다.
이러한 讚美 기법은 후대 연정가사의 다수의 작품에서 그대로 援用
되어 慣習的으로 쓰이고 있다. 〈미인가〉를 비롯하여 〈화용월태곡〉,
〈승가타령〉 등의 여러 작품에서 여인의 아름다운 외모를 묘사하는
부분이 삽입되어 있다. 삽입된 묘사는 열거와 반복의 수사법을 사
용함으로써 작품의 양이 길어지게 되었고, 이는 散文性으로 발전하
는 계기가 되었다.

3.2 〈전·후미인곡〉의 서술 방식

  鄭澈(1536~1593)의 〈思美人曲〉과 〈續美人曲〉은 그의 나이 50
세 때인 1585년, 昌平 寓居時의 작품이다. 제명으로 쓰이고 있는
'미인'의 의미는 〈미인별곡〉의 것과는 전혀 다르다. 즉 '미인'의 표상
이 실제로 아름다운 여인을 의미하는 것이 아니라 君主(구체적으로
는 선조를 말함)를 지시하는 은유로 이루어져 있다. 그러므로 이
노래의 성격을 평자들은 '충신연주지사'라고 밝히고 있다.8) 정철의
가사 창작 복적을 內包라고 한다면, 여성 화자를 표면에 내세워 사
랑하는 임을 그리워하거나 원망하는 비애의 정조를 드러내고 있는

---

8) 이 계열의 작품으로는 최근에 최강현(1996)이 발굴·소개하고 작자와 창작
   연대를 밝힌 〈思美人歌〉가 있다. 이 작품은 64구의 비교적 짧은 노래인데,
   그는 작자가 張顯慶(1730~1796)이며 1796년에 지었다고 고증하였다. 그
   리고 내용은 正祖를 미인으로 은유하여 충군을 노래한 것으로, 연군계 사미
   인가에 속하는 기존의 계보 중에서 현재로서는 마지막을 장식하는 작품이라
   는 점에서 그 의의를 인정하여야 한다고 결론지었다.

것은 外延이라고 할 수 있다. 이러한 특성은 〈사미인곡〉과 〈속미인곡〉이 연정의 노래로 치환되기에 좋은 여건을 갖추고 있다.

조선 전기에는 새로운 통치 이념으로 유교가 강조되면서 인간의 이성이 강조되었다. 이것은 감성과 본능에 호소하는 연정가사가 창작되기에 불리한 조건이라는 것을 뜻한다. 공공연히 남녀의 사랑 체험을 드러내 놓지 못하였던 상황이기에 '충신연주지사'의 노래로 당대를 풍미하였던 〈사미인곡〉과 〈속미인곡〉에 자신의 심회를 우의하여 표현하는 것은 당연한 일이었을 것이다. 따라서 당대뿐만 아니라 얼마가 지난 이후에는 본래의 뜻이 망실되어 버리고 남녀의 사랑 노래로 불려졌던 것이다. 〈규중가(閨中歌)〉라는 제명으로 변모되어 후기의 가집에 수록되어 있는 것이 단적인 예이다.

그러면 정철의 〈사미인곡〉이 연주충군의 내용에서 후대 연정요로 전환한 사실의 기록을 살펴보자.

a) 許筠(1585~1618)

자민(광해조의 이안눌)의 '강가에서 노래를 듣다'라는 시에서 "강가에서 누가 미인가를 부르는가. / 바로 외로운 배가 떠 있고 달이 떨어질 때이다. / 슬프도다, 임금을 사랑함이 한이 없음이여. / 세상에서는 오직 여랑만이 알 뿐이다."[9]

b) 金錫冑(1634~1684)

송옹의 〈사미인〉·〈속미인〉은 곧 가곡이 구장 구변이다. 속세의 기녀가 이것을 이해하지 못한 지가 오래되었으니 동악(이안눌)이 이른바 "세상에서 오직 여랑만이 알 뿐이다."라는 것도 또한 잘못된 말이다. 이상서 집의 어린 기녀가 홀로 이 노래를 부르니 듣고 느낌이 있어 드디어 동리공에게 바쳐 화답을 구한다.[10]

---

9) 子敏(光海朝人 李安訥)江上聞歌詩曰 江頭誰唱美人詞 正是孤舟月落時 怊悵戀君無限意 世間唯有女娘知. (許筠, 《惺叟詩話》).
10) 松翁之思美人續美人 卽歌曲之九章九辭也 而俗妓之不解此已久 東岳(李安訥)

위의 a)와 b)의 원문은 정철의 〈사미인곡〉·〈속미인곡〉이 작자의 본래 창작 의도와는 달리 이미 속세에서는 기녀를 위주로 하여 남녀의 사랑 노래로 불려지고 있다는 것을 시사하고 있다.

그러면 이렇게 정철의 〈사미인곡〉이 조선 후기에 와서 연정요로 변용된 까닭은 무엇일까?

의미 변용의 요인은 첫째, 작품 자체 내의 이중적 의미 표상과 둘째, 향유층의 확대로 볼 수 있다. 즉 정철의 〈사미인곡〉에 대한 선인들의 평에서도 보이지만 작품의 이중적 의미층(표층적 의미로는 남·여 연정을 읊은 사랑 노래요, 이면적 의미로는 연주충군을 나타낸 노래)으로 구성된 데에 기인한다. 이에 대하여 김학성(1987: 221)은 다음과 같이 진술하고 있다.

〈사미인곡〉이 당시에는 수용자가 사대부층에 한정되었기에 충신 연주지사로서 향유되었지만 후기에는 서민층이 수용자로 주요한 역할을 하게 됨에 따라 연주지사로서의 애초의 우의가 망실되고 대신 텍스트 자체대로 의미가 수용되었기에 순수한 戀歌로서 향유되었을 것이다.

즉 연정과 연군을 아우르는 의미 층위로 인하여 당시에는 송강의 의도대로 연주지사로 향유되었으나, 후대로 내려오면서 평·서민, 기녀에 이르기까지 향유층이 다양하게 확산됨에 따라 〈사미인곡〉 본래의 성격은 소멸되고 연정요로서 자리잡게 되었던 것이다. 특히 향유 계층 중 기녀의 역할은 이러한 변모를 촉진시키는 媒介體가 되었을 것이다. 왜냐하면 향연과 풍류를 담당하였던 기녀에게는 이러한 분위기가 쉽게 남녀 사랑을 노래하는 연정요로 변모될 수 있는 계기를 마련하여 주었기 때문이다. 그러므로 김석주의 언급처럼 이미 정철로부터 한 세기 후인 기녀들에게는 연군보다 연정의 뜻으

所謂世間惟有女娘知者도 亦虛語耳 李尙書家小妓 獨能爲此曲 聞而有感 遂和前韻 更呈東里公求和. (金錫胄, 《息庵遺稿》 권4).

로 널리 불려졌던 것으로 보인다(신경숙,1995:130~131).

다음으로 정철의 〈전·후미인곡〉은 언술의 방식과 표현면에서 후기 연정가사에 많은 영향을 끼쳤다. 〈사미인곡〉은 드러난 여성 화자 1인의 목소리로 진술되는데, 자신의 이별 사건을 독백의 언술로 처리하고 있다. 화자가 형상화하는 '임'은 나를 버리고 떠난 임으로 원망의 임이다. 즉 자신이 현재 겪고 있는 고통의 원인을 제공하여 준 임이기에 더욱 원망이 크게 나타난다. 그러나 〈속미인곡〉은 정철의 새로운 창작 시각에서 지어진 것이다. 이 작품은 2인의 화자가 문면에 등장하여 서로 이야기를 주고 받는 서술 방식을 택하고 있으나 임을 향한 원망이 존재하지 않는다. 독백체로 진술하는 〈사미인곡〉보다는 두 사람이 대화하는 방식을 선택한 〈속미인곡〉이 사연을 더욱 곡진히 서술하고 있다는 사실에서 작자의 새로운 창작 시도라는 것을 알 수 있다. 전체적인 대화의 방식은 '갑녀→을녀→갑녀'라고 보는 견해(김사엽,1959)와 '갑녀→을녀→갑녀→을녀→갑녀'라는 입장(정재호,1990)으로 나누어지는데, 필자는 후자의 설에 동의한다. 왜냐하면 전자의 대화 방식은 〈사미인곡〉의 독백적 진술과 별 차이가 없으며, 구성상 사건을 분석적으로 진술하기 어렵다는 점이다. 그러나 후자는 두 사람이 주고 받는 몇 번의 대화에서 서로의 심리를 더욱 섬세하게 전달할 수 있고, 이러한 대화 방식은 작품을 더욱 입체적이게 하기 때문이다(조세형,1990).

결국 홍만종이나 김만중 등이 〈사미인곡〉에 비하여 〈속미인곡〉을 더욱 높게 평가한 것은 전자가 四時歌의 틀을 이용하여 사대부 여성의 목소리로 표현되어 있다면, 후자는 서민 여성의 목소리를 빌어옴으로써 直情的이고 소박한 여인의 목소리가 보다 솔직하고 절실한 쪽으로 발현된 것이라는 김진영(1992:651~652)의 견해와 일맥 상통한다. 〈속미인곡〉이 높이 평가되는 것은 우리말의 표현과 서술 방식, 그리고 사랑의 솔직하고 직선적인 발현이라는 의식의 차이에서 기인한다.

이렇게 정철의 〈전·후미인곡〉은 조선 후기의 연정가사가 독백체와 대화체라는 다양한 언술 방식으로 구성될 수 있도록 하는 데에 많은 영향을 주었다. 게다가 대화체의 사용은 연정가사가 서정시의 범주임에도 불구하고, 기법면에서 눈으로 보는 듯한 생생한 '장면화'의 경향을 보여주는 데에 기여하였다.

3.3 〈원부사〉의 여성 의식

〈怨婦辭〉는 달리 〈규원가(閨怨歌)〉라고도 부르는데, 작자를 許蘭雪軒(1563~1589) 또는 허균의 첩인 巫玉이라는 설로 양분되어 있다. 그러나 필자는 洪萬宗(1646~1725)이 지은 《旬五志(1678)》의 長歌評에 대한 기록을 신빙하는 입장이다.[11]

〈원부사〉는 여성의 내면 갈등으로부터 우러나오는 목소리를 진솔하게 잘 드러내고 있기 때문에 '여성 의식'을 살펴볼 수 있는 좋은 자료이다. 문면에 드러나는 여성 화자는 어느 정도 나이가 들은 뒤에 자신의 삶을 뒤돌아보면서 독백체의 언술로 회고하고 있다. 과거에는 행복하였던 날들도 있었다는 것을 잠시 회상하기도 하나, 화자를 버리고 떠나 버린 임 때문에 괴로운 날들이 지속되고 있다는 것을 고백하기도 한다. 독자들은 화자가 신세 한탄이라고 하는 지극히 사적이고 주관적인 내용을 객관적으로 진술하고 있다는 점에 주목하여야 할 것이다(신은경,1989:228~229).

따라서 〈원부사〉의 화자는 갈등과 비애의 원인을 제공한 임을 원망하고 공격함이 두드러진다고 볼 수 있다. 임의 존재를 절대화하지 않고, 여성 화자인 자신도 존재의 가치가 있다는 사유를 엿볼 수 있는 작품이다. 본고에서는 강전섭(1982)의 교합본 〈원부사(怨婦辭)〉를 대본으로 삼는다.

〈원부사〉는 歌意로 볼 때, 조선 전기의 사상과 통치 이념으로 내세워진 유교의 이데올로기에 저항하고 있는 일면을 보인다. 여성

---

11) 지금까지 학계에서 논의된 〈원부사〉의 작자 문제에 대하여는 김팔남(1989) 참조.

화자이면서 작자인 무옥은 그 시대의 삶을 살았던 여타의 여인들과
는 사뭇 다른 의식을 소유한 여성이다. 무옥은 허균의 첩으로 아마
도 자유분방한 성의식을 지닌 허균의 성품에 의해 선택된 여인이었
을 것이다. 그녀는 사회의 이념에 구속받지 않는 의식을 소유한 여
성으로 남성들과 쉽게 접할 수 있었던 직종인 기녀였을 것이다. 기
녀라는 신분은 사회의 신분체계로는 천민에 속하나 그들이 상대하
는 남성들은 양반 사대부들로서 지식과 지위를 소유한 계층이었다.
그러므로 그들에 상응하는 지성을 교양으로 습득하여야 했을 것이
다. 이러한 특수한 처지의 기녀들은 사대부가의 여성들과는 의식면
에서도 전혀 다른 양상을 보유하고 있었다. 즉 사대부 여성이 철저
한 유교의 생활 규범과 성역할에 순종하는 삶을 살았다면, 〈원부사〉
의 여성 화자는 가의로 볼 때, 이러한 굴레에서 벗어나고자 몸부림
치고 있다. 허균의 역동적인 삶과 남녀 性情論을 표방하였던 그의
자유 분방한 성의식을 보더라도 한 때는 사랑하였던 여인이었으나
한 여성에게 매이지 않는 성격때문에 그녀를 떠나야만 했던 사실로
확인된다. 따라서 〈원부사〉의 여성 화자는 자신을 떠난 대상을 원
망의 情調로 그리고 있으나, 잊지 못하는 갈등을 표출하고 있다.

  〈원부사〉의 화자는 그 시대의 여성들이 감히 표명하지 못했던 개
인적인 사건을 노골적으로 작품화하여 남성들을 향해 공개적으로
밝히고 있다는 사실에서 충격을 준다. 위와 같은 여성 의식의 노출
은 자아론적 존재 가치를 인식하고 있다는 점에서 새로운 갈등을
예비한다. 즉 이 작품의 화자는 여인의 내적인 한탄에서 그친 것이
아니라 이를 작품으로 형상화하였다는 사실 자체가 문제 의식을 안
고 있는 것이다.

  한편 〈원부사〉는 창작 공간과 의식의 공간이 '안'이라는 점에서
여성 화자에게 갈등을 야기시킨다. '안'은 여성의 의식과 창작의 공
간이나 폐쇄와 구속을 낳는 원인이 된다. 제한된 공간으로의 '안'은
여성 화자로 하여금 임과의 이별을 더욱 극대화시키는 요소이다.
따라서 화자는 임이 부재한다는 인식이 심화될수록 갈등 해소를 위

하여 여러 각도에서 방법을 찾아낸다. '안'이라는 공간에서 해결할 수 있는 방법으로 쉽게 선택되는 것은 이 작품의 경우, '거문고 타며 노래 부르기'이다. 그러나 이것은 소극적인 시도에서 그칠 뿐 갈등이 해결되지는 않는다. 결국 이를 해소하기 위하여는 임의 재회라는 만남밖에는 존재하지 않는다. 재회가 불가능하다고 여긴 화자는 '꿈'이라는 간접 재회를 통하여 욕망을 해소하려는 노력을 하는데, 이것은 연정가사에 거의 관습화되어 있다. 따라서 '안'이라는 여성의 의식은 '밖'으로 향하고자 하는 심리로 전이되어 창작 행위라는 방법을 선택하여 해소하려 한다.

다음으로 〈원부사〉에 나타난 여성 의식을 詩語와 意味語의 형상화를 통하여 살펴보면 다음과 같다. 이 노래는 나이 들어 젊은 날을 회상하면서 그 누구에게 또는 독백처럼 자신의 신세를 한탄하는 것으로 詩意가 전개된다. 과거의 즐거웠던 이야기는 하여도 소용없다면서도 그래도 사설을 이어 가는 데는 그의 임에 대한 정열이 원망과 함께 아직도 함축되어 있는 것으로 보인다(이혜순,1992).

서사에서부터 여성 화자는 "엇그제 져멋더니 ᄒ마 거의 다 늘것다 / 쇼년힝낙(少年行樂)을 일러 속졀 업건마ᄂᆞᆫ / 늙게야 셜운 일이 싱각ᄒ니 목이 멘다"라고 하며 짧은 세월조차 무미하게 지내온 화자가 절실하게 자아를 성찰하는 모습이 두드러진다. 단순히 임과 생이별하고 외로이 살고 있다는 사실에 슬퍼하기보다는 한 인간으로서 결코 길지 않은 인생을 아무 것도 이루지 못한 채 헛되이 살고 있다는 사실에서 더 서글퍼 하는 것이다. '하마', '어이'라는 부사어가 나타내는 안타까움의 정도가 예사롭지 않으며, '속졀 업다', '목이 멘다'라는 어휘가 갖는 한스러움의 의미도 간과할 수 없기 때문이다(이화형,1996). 즉 〈원부사〉의 여성 화자는 처음부터 회고를 통하여 자아를 성찰하는 자세로 작품의 창작에 임하고 있다.

부싱모육(父生母育)ᄒ야 이 내 몸 길너낼 제 / 공후비필(公侯配匹)은 ᄇᆞ라지 못ᄒ여도 / 평싱(平生)의 원(願)ᄒ기ᄅᆞᆯ 군ᄌ호구(君

子好逑) 되려더니. (7~12구/120구)[12]

또한 화자는 상대 남성의 출생 못지 않게 자신도 귀한 존재라는 남녀 동등권을 주장한다. 화자는 남성에게만 출세의 희망이 주어진 것이 아니라 여성에게도 장래 바라는 바, 즉 公侯配匹과 君子好逑를 소원한다는 사실을 밝힌다. 그러므로 자신을 버리고 떠나 버린 임, 이로 인하여 갈등을 겪고 있는 불행한 현실을 초래한 임을 원망하고 있다.

화자는 갈등과 불행한 삶을 살게 한 임과의 만남을 원수로 인식하기조차 한다. 그리고 그 시대의 여성으로서는 감히 표명할 수 없었던 노골적인 심정을 표현한다. 화자는 자신이 사랑한 남성을 장안 화류중의 輕薄子라고 일컫는가 하면 이하에서는 이별한 원인이 상대방에게 있음을 기실화한다.

바람기 많은 임이기에 화자를 떠날 만한 이유가 없음에도 불구하고 靑樓酒肆에 새로운 여인을 사귀어 두고 방랑한다. 이로 볼 때, 여성 편력이 심한 허균의 호방한 성격을 견디지 못하는 화자는 원망의 화살을 그에게 돌리고 있다. 자신의 처지를 철저히 분석하여 그 원인을 찾아 상대방에게 책임을 묻는 등의 기존의 사고에서 일탈된 여성 의식을 엿볼 수 있다.

그리하여 결사에 이르러서는 화자의 자존심과 도도함을 잃지 않으려는 어법과 원망이 극에 달한 심정을 "홍안박명(紅顔薄命)이야 녯부터 잇건마는 / 날 갓치 셜운 인싱(人生) 텬지간(天地間)의 쏘 잇는가!"라고 읊고 있다. 따라서 화자의 사랑이 실패로 끝난 원인을 상대방 남성 때문이라는 것을 "슈요부귀(壽夭富貴)는 내 아니 혜거니와 / 아마도 이 님 지위로 슬든 애를 그츠리라."라고 철저히 그 원인을 돌리고 있다.

이는 〈사미인곡〉의 여성 화자가 남성 작자의 의도에 따라 순종하

─────────────────────

12) 괄호안은 인용 작품의 총 구수(句數) 중에서 해당 인용 구수를 적은 것이다.

는 여인상을 보이고 있는 반면, 〈원부사〉의 여성 화자는 자신의 의식을 적극적으로 담대하게 표출하고 있다. 이렇게 작품들이 각기 다른 양상을 보이는 것은 창작 목적과 의도가 서로 다른 데에 기인한다. 〈사미인곡〉이 忠信戀主之詞의 성격이라면 〈원부사〉는 남녀 사이의 연정을 토로하고 있다는 점이 근본적으로 다른 입장이다.

〈원부사〉에 나타난 여성 의식과 표현 방법은 후대의 연정가사에 큰 영향을 끼쳤다. 여타의 작품에 비하여 많은 이본이 현존한다는 사실이 이것을 증명한다. 〈원부사〉의 내용에 절실하게 공감하였던 여성 수용층은 다수였을 것이다. 그들은 자신들의 의식을 화자의 목소리가 대변하여 준다는 점에서 가치를 인정하였고, 그러한 이유로 〈원부사〉가 여성들에게 널리 유포되고 향유될 수 있었다. 이러한 추세에 힘입어 현실에서 작품의 창작에 기여하였던 여성 작자들은 구속과 억압에 신음하고 있는 여성들의 처지를 솔직한 문체로 고백하거나 호소하는 내용을 그리고 있다. 예를 들면, 〈과부가1〉, 〈망부가〉, 〈상사회답가〉, 〈상장가〉, 〈원별가〉 등이 있다.

4. 결 론

지금까지 조선조에 연정가사가 창작될 수 있었던 형성 배경을 크게 두 가지 측면으로 나누어 살펴 보았다. 첫째는 작품 제작의 외적 요인인 문화적 여건이며, 둘째는 작품 형성의 내적 형성 배경인 전기 가사의 영향을 들 수 있었다. 전기에 비하여 특히 조선 후기에 들어와서 연정가사가 왕성하게 제작될 수 있었던 배경은 우선 가사 문학사적 관점에서 볼 때, 연정가사의 형성을 촉발할 수 있는 자체의 여건이 성숙되어 있었다는 점과 다른 한편, 그 시대의 사상적인 변화를 지적할 수 있다. 먼저 후자의 입장에서 볼 때, 임진왜란 이후 남녀 차별이 심하였던 朱子主義의 사고 체계가 흔들려짐에 따라, 지금까지 노골적으로 드러낼 수 없었던 남녀의 사랑의 문제가 자연스럽게 표면화될 수 있었던 여건이 마련되었다.

이러한 현상은 문학과 미술 등에 나타났는데, 사설시조의 노골적인 성애 표현, 김홍도·신윤복 등의 俗畵에 나타나는 남녀의 遭遇 장면과 색정적인 묘사를 위시하여, 한문 단편과 각종 稗談類와 隨錄類, 소설에 이르기까지 남녀의 사랑 문제는 당대의 문화 예술계의 중심 제재로 자리잡게 되었다. 이같은 여건이 조성됨에 따라 강호 자연, 충군 애국 등의 주제가 주도하던 가사 문학계에도 남녀 애정을 다루는 작품이 나타나게 되었던 것이다.

그러나 이와 같은 작품은 새로운 시도라 할 수 없다. 전기의 작품 가운데 연정가사로 전혀 손색이 없는 것이 이미 자리잡고 있었으므로 촉발의 원동력이 될 수 있었기 때문이다. 즉 楊士彦(1517~1584)의 〈美人別曲〉과 鄭澈(1536~1593)의 〈思美人曲〉·〈續美人曲〉 등은 사랑을 표현하는 방식과 진술 기법면에서, 〈怨婦辭〉는 여성 의식의 발전된 모습이라는 면에서 각각 후기 연정가사의 전범을 보이기에 충분하였던 것이다.

〈참고문헌〉

權寧徹 編(1979), 《閨房歌辭 I 》, 한국정신문화연구원 고전 자료 편집실.
金東旭·林基中 共編(1982), 《校合 樂府》·《校合 歌集》·《校合 雅樂府歌
　　　　集》, 태학사.
단국대율곡기념도서관 소장본(1998), 《韓國歌詞資料集成》, 태학사.
申明均 編(1948), 《歌詞集》 第 2卷(俗歌編), 三文社.
李相寶 외 3인 編(1981), 《註解 歌辭文學全集》, 집문당.
林基中 編(1987), 영인본 《歷代歌辭文學全集》 1~20권, 동서문화원.
　　　　(1988), 영인본 《歷代歌辭文學全集》 21~30권, 려강출판사.
　　　　(1998), 영인본 《歷代歌辭文學全集》 31~51권, 아세아문화사.
鄭在晧·金興圭·全耕旭 註解(1992), 《樂府》, 고려대민족문화연구소.
金錫胄, 《息庵遺稿》
楊士彦, 《逢萊集》
李鈺, 《藝林雜佩》
許筠, 《惺叟詩話》
강전섭(1982), 〈원부사에 대하여〉, 《한국고전문학연구》, 대왕사.
김동욱(1990), 〈허강의 〈서호별곡〉과 양사언의 〈미인별곡〉〉, 《가사문학연구》,
　　　　정음문화사.
金思燁(1959), 《松江歌辭》, 문호사.
金榮洙(1989), 《朝鮮初期詩歌論研究》, 일지사.
김진영(1992), 〈사미인곡의 작품 세계〉, 《한국고전시가작품론》 2, 집문당.
김팔남(1998), 〈연정가사의 형성시기와 작자층〉, 《어문연구》 제30집, 어문
　　　　연구회.
김팔남(1999), 《조선조 연정가사 연구》, 충남대 박사학위 논문.
金學成(1987), 〈朝鮮後期 詩歌에 니타난 庶民的 美意識〉, 《국문학의 탐구》,
　　　　성균관대학교 출판부.
盧圭嬅(1997), 《朝鮮 後期 敎本性 歌辭 研究》, 홍익대박사학위논문.
朴魯埻(1998), 〈辭說時調와 에로티시즘〉, 《韓國詩歌研究》 제3집, 한국시가
　　　　학회.
朴然鎬(1993), 〈愛情歌辭의 構成과 展開方式〉, 고려대석사학위논문.
박일용(1993), 《조선시대 애정소설》, 집문당.
신경숙(1995), 《19세기 여창가곡의 세계》, 집문당.

辛恩卿(1989), 〈辭說時調의 詩學 研究〉, 서강대 박사학위 논문.

엄만수(1993), 《文學과 사랑》, 한국문화사.

이태호(1998), 《미술로 본 한국의 에로티시즘》, 여성신문사.

이혜순(1992), 〈규원가 독해〉, 《한국고전시가작품론》 2, 집문당.

李和炯(1996), 〈閨怨歌 화자의 존재 의식〉, 《고전문학 연구의 새로움》, 태학사.

鄭在鎬(1990), 〈續美人曲의 內容分析〉, 《韓國歌辭文學論》, 집문당.

조규익(1996), 《蔓橫淸類》, 박이정.

조동일(1983), 《한국문학통사》 3, 지식산업사.

조동일(1996재3), 《한국문학통사》 2, 지식산업사.

조세형(1990), 〈송강가사의 대화전개방식연구〉, 서울대석사학위논문.

최강현(1986), 《歌辭文學論》, 새문사.

최강현(1996), 〈思美人歌의 지은이〉, 《韓國文學의 考證的 研究》, 고려대 민족문화연구소.

황인덕(1995), 〈16세기 소화사론〉, 《어문연구》 제27집, 어문연구회.

19世紀 和答型 閨房歌辭 研究

柳 海 春

목 차

---

1. 서 론

조선후기의 규방가사는 양반 부녀자들의 규방에서 '두루말이' 혹은 '가ㅅ' 등으로 명명되었다. 본고의 연구 대상이 되는 9편의 합천 지역 규방가사는 출가 부인과 며느리가 서로 자신의 입장과 견해를 가사로 화답하면서 그 명칭을 '가ㅅ'[1]라고 하고 있다. 여기서는 1867년을 전후하여 경상남도 합천군 묘산면 화양동에서 시누이와 올케가 서로 화답하면서 연속으로 지은 9편의 규방가사를 화답형 규방가사라고 부르고자 한다. 화양동의 규방가사는 19세기의 작품으로 9편이 연속되어 있고 그 연행 현장인 영사재가 현존하고 있다는 점에서 앞으로 계속해서 연구대상이 될 수가 있고, 그 존재가치가 크다고 할 수 있다.

다른 지방의 많은 규방가사가 19세기에 지어졌다고 추측되지만,

---

1) 이 ㄱ사 내여보면 좌중면목 역역ㅎ리 / 아모키나 제종들아 다시못기 기약하새 〈기유가〉

21세기를 앞둔 최근에 와서는 원전의 확인만으로는 19세기의 작품을 확인하는 작업도 쉽지 않는 경우가 자주 있다. 그래서 19세기의 규방가사만을 분류하여 연구하기 어려운 경우가 종종 있다. 그런데 경상남도 합천 화양동에서 창작된 규방가사는 그 창작연대가 정확하게 1867년을 전후한 작품으로 밝혀져 그 가치가 크다고 할 수 있다.

9편의 화답형 규방가사는 〈淇水歌〉, 〈答淇水歌〉, 〈諧嘲歌〉, 〈慰喩歌〉, 〈反淇水歌〉, 〈自笑歌〉, 〈譏笑歌〉, 〈戒省于歸女(警戒詞)〉, 〈勸孝歌〉 등이다. 이들 작품은 작가가 모두 여성이지만 합천의 화양동 파평윤씨 가문에서 출가한 부인의 작품과 다른 가문에서 화양동의 파평윤씨 가문으로 시집온 며느리의 작품, 그리고 며느리와 출가한 부인들 보다 한 항렬이 높은 모친의 입장에서 지은 작품 등으로 나누어질 수 있다. 출가한 부인들의 작품으로는 〈기슈가〉, 〈희됴가〉, 〈위유가〉, 〈긔소가〉 등이 있고, 며느리의 작품으로는 〈답기슈가〉, 〈반기슈가〉, 〈즈소가〉 등이 있으며, 모친의 입장에서 지은 작품으로는 〈게승우귀여(경계사)〉, 〈권호가〉 등이 있다. 그리고 전해오는 필사본의 형태는 52장본과 12장본으로 나누어질 수 있다. 52장본에는 윤석민(1857-1939)이 필사한 〈기슈가〉, 〈답기슈가〉, 〈희됴가〉, 〈위유가〉, 〈반기슈가〉, 〈즈소가〉, 〈긔소가〉, 〈게승우귀여〉 등의 8작품이 있고, 12장본에는 윤석주(1883-1853)가 필사한 〈경계사〉, 〈권호가〉 등 2작품이 있다. 이 10편의 규방가사 중에 〈게승우귀여〉와 〈경계사〉는 서로 異本의 관계에 있는 가사이므로 창작된 규방가사는 9편이라 할 수 있다.

이들 9편의 규방가사는 학계에 소개될 당시에 경남지역의 규방가사로 경남과 부산 지역에서 주목을 받은 것 같다. 이 작품이 학계에 소개된 1989년 이후[2]. 필자는 이 작품의 원전을 입수하려고 노력했으나 할 수 없었고, 그 대신 이 작품들의 원전을 싣고 해제하

---

2) 이신성, 〈합천 화양동 파평윤씨가 규방가사 해제〉, 《기수가》, 육화회, 1989.

여 책으로 만든 《기수가》란 책3)을 화양동 파평 윤씨의 종가댁인 默窩古家에 가서 입수하였다. 그래서 이 《기수가》란 책을 바탕으로 1993년 학위논문에 연작형 가사로 이 《기수가》를 명명하며 그 존재를 확인한 바 있다.4) 그러나 그 이후 이 가사에 대한 연구가 거의 없어서, 필자는 이 9편의 화답형 규방가사를 바탕으로 19세기 가사문학의 한 특징을 살펴보고자 한다.

2. 창작배경과 향유양상

1867년을 전후하여 지어진 9편의 화답형 규방가사는 여인들의 세밀한 정감과 생활상을 주고 받는 가사놀이를 통해 사실적으로 표현하고 있다. 이 작품들의 창작동기는 출가한 부인들의 친정 나들이에서 찾을 수 있다. 오랜만에 친정에 돌아온 시집간 딸들이 주체가 되어 친정식구들과 함께 잔치를 베풀게 되었다. 만남의 주된 장소는 다름 아닌 경상남도 합천군 화양동에 현존하는 영사재라고 할 수 있다. 이 장에서는 영사재를 중심으로 창작된 이 규방가사의 창작과정과 향유양상을 구체적으로 살펴보고자 한다.

2.1. 작품의 소개와 창작배경

화양동의 화답형 규방가사가 창작된 주된 장소는 경상남도 합천군 묘산면 화양동의 永思齋리고 할 수 있다. 永思齋는 金宗瑞(1390-1453)의 처삼촌인 尹將(?-?)이 후학을 양성하기 위해 지은 고택이다. 계유정란(1452)으로 김종서(1390-1453)가 수양대군에게 피살되자 윤장은 이에 충격을 받아 낙향했다고 한다. 낙향한 윤

____

3) 六華會, 《淇水歌》, 海印印刷社, 1989. 참조.
4) 류해춘, 《장편서사가사의 서술방식과 작가의식 연구》, 경북대대학원(박사), 1993.

장은 영사재를 건립하여 후학을 양성하고자 하였다.

永思齋5)는 永言思孝의 齋室이라는 의미를 지니고 있으며, 화양동 파평윤씨의 종택인 黙窩古家는 중요 민속자료 제206호로 지정되어 있다. 화답형규방가사가 창작된 영사재는 남성 중심의 공간이라 할 수 있는데 여성들이 여기에 모여서 연회를 가진 다음 화답형 규방가사를 창작하였다는 점이 이색적이라 할 수 있다. 그러므로 우리는 19세기말에는 남성의 전용 공간인 樓亭과 齋室이 여성들의 모임의 장소로도 개방되어 있었음을 추측할 수 있다.

화양동의 규방가사인 〈기슈가〉의 제목이 한글로 쓰여 있기 때문에 그 정확한 의미를 알아보기 위해서는 한자어로 그 제목을 어떻게 표현할 것인가를 살펴보아야 한다. 기존의 연구와 저서에서는 〈歸首歌〉6), 혹은 〈淇水歌〉7)로 표기하고 있다.

그러면 화양동 규방가사의 첫 작품인 〈기슈가〉를 한자어로 표기했을 때 〈歸首歌〉로 표기할 것인가, 혹은 〈淇水歌〉로 표기할 것인가를 살펴보기로 한다.

《기슈가》를 《歸首歌》로 표기해도 별문제가 없는 제목이지만 작품의 내용을 정확하게 분석하여 보면 《淇水歌》가 정확한 한자어라고 할 수 있다. 《詩經》의 〈衛風〉편에 보면 〈竹竿〉이라는 시에 "淇水"가 시집가서 고향을 생각하는 마음을 나타낸 것이라고 되어 있다.

<pre>
천원은 왼쪽에 있고   泉源在左
기수는 오른쪽에 있으니   淇水在右
여자가 시집감이여   女子有行
부모형제를 멀리 하누나   遠父母兄弟   《詩經(衛風)》8)
</pre>

---

5) 永思齋重修記에는 "詩云永言思孝"라는 文句가 있다.
6) 이신성, 앞의 글, 1989. 참조.
7) 六華會, 《淇水歌》, 1989. 참조.
8) 《詩經(衛風)》, 竹竿 二章.

위의 시는 위나라의 여인이 다른 나라로 출가하였으나 답례를 받지 못하여 친정으로 돌아갈 것을 생각하며 예의에 맞게 지은 것이라고 하고 있다.9) 이와 같이 여자가 시집간 다음에 고향을 생각하는 간절한 마음을 '기수'라고 하였다. 그러므로 이 규방가사의 작품 이름을 한자어로 〈淇水歌〉라고 부르는 것이 타당하다고 할 수 있다.

다음으로는 화양동 규방가사의 서지적인 측면을 살펴보기로 한다. 화양동 규방가사의 필사본 1책은 52장본과 12장본으로 나누어진다. 52장본과 12장본을 합친 1책에는 〈기슈가〉가 148행, 〈답기슈가〉가 103행, 〈희됴가〉가 75행, 〈위유가〉가 43행, 〈반기슈가〉가 173행, 〈즈소가〉가 103행, 〈긔소가〉가 69행, 〈게승우귀여〉가 89행, 〈경게사〉가 77행, 〈권호가〉가 115행으로 1000여행에 가까운 10편의 규방가사가 연작되어 있다. 실제로는 52장본에 《게승우귀여》라는 작품이 있고, 또 12장본에 〈경게사〉란 이름으로 52장본의 〈게승우귀여〉와는 내용이 같은 이본의 가사가 있다. 그래서 이 가사책에는 10편의 규방가사가 필사되어 있으나 9편의 내용이 다른 규방가사가 담겨져 있다고 할 수 있다.

본고에서는 이본의 작품을 〈경게사〉라는 작품명보다는 〈게승우귀여〉라는 이름을 사용하고자 한다. 육화회에서 출판한 《기수가》란 책에는 〈게승우귀여〉의 작품을 게재는 해놓고 그 이름을 구체적으로 밝혀 놓지 않고 있다.10) 아마도 12장본의 〈경게사〉와 그 내용이 중복됨으로써 작품 전체의 가치가 떨어지지 않겠나 하는 막연한 생각 때문에 〈게승우귀여〉라는 이본을 가볍게 처리하고 있는 듯하다. 또 〈게승우귀여〉는 4음보 한 행을 기준으로 89행으로 이루어져 있으나, 〈경게사〉는 4음보 한 행을 기준으로 77행으로 이루어져 있다. 그러므로 〈경게사〉는 〈게승우귀여〉보다 그 길이가 약 10여행 짧다고 할 수 있다. 그래서 여기서는 〈경게사〉는 〈게승우귀여〉의 이본이라는 점을 강조하면서 〈게승우귀여〉라는 작품명을 사용하고

---

9) 《詩經(衛風)》, 竹竿, 衛女思歸也, 適異國而不見答, 思而能以禮者也.
10) 육화회, 앞의책, 42쪽 참조.

자 한다.

이러한 작품명을 사용하는 이유는 〈게승우귀여〉라는 제목이 화답형 규방가사의 주제를 좀더 잘 드러내기 때문이고, 또 〈게승우귀여〉라는 제목이 화답형 규방가사의 많은 작품들과 함께 52장본에 실려 있는 제목이기 때문이다. 또 다른 하나의 이유는 52장본이 12장본보다는 먼저 필사되었기 때문이라고 할 수 있다. 52장본의 맨 뒤에는 "게유 칠월십구일 시죽ㅎ여 이십이일 필셔 황실아 조상슈젹 두고본다고 간쳥ㅎ기로 소일슘아 시죽하엿더니"라는 문구가 나온다. 52장본의 필사연대는 尹錫玫(1857-1939)이 8편의 가사를 1933년(癸酉年) 7월19일에서 7월 22일 사이에 필사하였음을 알 수 있다. 12장본은 그후 尹錫伷(1883-1953)가 필사한 것이라고 한다. 〈게승우귀여〉와 〈권호가〉의 작가는 尹炳斅(1816-1886)의 배위인 선산 김씨이고 필사자는 윤석주라고 문중에서 모두 믿고 있는 입장이다.11)

기존의 연구에서는 하당댁의 〈기슈가〉를 문제삼아 창작된 작품이 7편12)이라고 연구를 하였으나, 필자가 연구한 결과 〈게승우귀여〉와 〈권호가〉라는 작품도 화답형 규방가사의 작품군에 포함시켜야한다고 본다. 〈게승우귀여〉라는 작품은 〈기슈가〉의 창작이 문제가 되어 7편의 며느리와 출가한 딸의 가사가 불리어지자, 친정 어머니의 입장에서 선산 김씨가 "다시 시댁으로 돌아가는 딸들에게 경계하는 가사"를 지은 것이므로 같은 창작동기에 포함시켜야 한다. 선산 김씨는 출가한 부인들에게는 친정 어머니와 같은 항렬이 되며, 파평 윤씨의 며느리들에게는 시어머니와 같은 항렬이 되므로 출가한 딸과 며느리 모두에게 어른이 되는 것이다. 그리고 또 선산 김씨는 며느리들에게 영사재가 永言思孝의 齋室이라는 의미를 되살리어 〈권호가〉라는 가사를 지어 부모에게 효도하는 미풍양속을 강조하기에 이르렀다. 그러므로 본고에서는 〈권호가〉와 〈게승우귀여〉를 화

---

11) 이신성, 앞의 글, 1989. 12쪽.
12) 이신성, 앞의 글, 1989, 13쪽, 참조.

답형 규방가사의 작품에 포함시켜 9편의 작품 모두를 다루고자 한다.

지금까지 이 장에서는 〈기슈가〉의 제목을 한문으로 표기할 때 〈歸首歌〉보다 〈淇水歌〉로 표기하는 것이 적당하다고 했으며, 아울러 화양동의 규방가사 필사본에는 10편의 가사가 필사되어 있는데 〈경게사〉가 〈게승우귀여〉의 異本이라는 사실을 규명하여 창작된 가사는 9편이 된다는 점과, 화양동의 화답형 규방가사는 7편이 아니라 〈게승우귀여〉와 〈권호가〉를 포함하여 9편이 된다는 점을 밝혔다.

2.2. 가사놀이의 진행과정

본고에서 연구의 대상으로 삼고 있는 화답형 규방가사의 창작동기는 1867년 봄에 시집간 부인들이 고향으로 돌아와 영사재에서 모임을 가진 것이라 할 수 있다. 오랜만에 친정으로 돌아온 시집간 부인들은 친정에서 뜻있게 보내자는 생각에 친정의 식구들과 함께 연회를 베풀게 되었다. 연회를 베푼 주된 장소는 화양동에 현존하는 영사재였다. 이에 하당댁이 모임의 취지를 살리고 다음에 또 연회를 기약하기 위해 처음으로 〈기슈가〉를 지었다.

이말져말 더져두고　놀기만 흐여보시
불상흐다 여즈몸이　친당을 흐딕흐고
동셔남북 갈닌후의　사생존망 아단말기
빅년숨만 육천일에　오늘이 몃놀인고
굿븐싱각 먹지물고　우음으로 소일흐시
움벙덤벙 슌식산의　석양이 빗겨시니
여홍이 미진흐여　파좌를 흐든말가
그듕의 하당딕이　흔말삼 흐여시니
이모임이 쉽존흐니　긔록이나 흐여두시
구람갓치 흣터지면　다시못기 어려워나

이가스 니여보면   좌중면목 역역ᄒ리
아모려나 졔죵들아   다시못기 기약ᄒ시

위의 인용부분은 〈기슈가〉에서 연회를 마무리하는 장면과 창작동기가 담겨진 내용이다. 하당댁은 이 연회가 마침을 아쉬워하며 가사의 창작동기로 ① 영사재의 대규모 모임이 쉽지 않다는 점, ② 대규모인 이 모임의 면목을 〈기슈가〉가 기록하고 있다는 점, ③ 차기의 모임을 소망하는 뜻에서 이 가사를 지었다.

그런데 문중 내에서 대규모의 여자들 모임을 갖는 것은 출가한 부인들과 며느리들의 생각이 다를 수밖에 없다. 〈답기슈가〉는 필사본에 "들어오신부여소죡"이라고 하여 윤씨 문중의 며느리가 지은 것이다. 〈답기슈가〉는 〈기슈가〉의 내용을 문제삼아 윤씨가의 며느리가 화답하는 가사로 지어 시누이와 올케 사이의 잘잘못을 따지게 되었다.

우리들 분망즁의   이가스 기록기눈
미거호 쇠민들을   힝스를 가라치니
시시ᄅ 펴어보면   유익홈이 업슬소냐
이후에 바라기눈   괄목상디 원이로시   〈답기슈가〉중에서

이와 같이 〈답기슈가〉에서는 시매들이 친정에 돌아와 무절제하게 노는 모습을 경계하면서 그것을 고치고자 하였다. 또 며느리들도 자기네들의 친정 생각이 간절하였음은 말할 나위도 없었을 것이다. 그래서 며느리는 이 가사를 기록하여 철이 나지 않아 둔한 시누이들을 가르치고자 하였다. 이와 같은 현상은 시누이들이 며느리를 가르치고자 한 것과 상반되는 현상이라 할 수 있다. 며느리와 출가 부인들의 가사를 통한 경쟁은 여기서 그치지 않았다. 드디어 출가한 부인들은 〈답기슈가〉의 내용이 못마땅하여 〈희됴가〉와 〈위유가〉를 짓게 되었다.

놀고나셔 기젹츠로   가스호쟝 지엿더니
얄모라 ㅎ여편너   답가를 ㅎ여시디
면면이 조롱이요   말말이 히담이라
지주야 잇건마는   버라시 괘심ㅎ다
동뉴되는 종시미도   조롱듯기 분ㅎ거든
ㅎ물며 연중시미   ㅎ감생심 긔소ㅎ니
니솜솜 싱각ㅎ니   그져잇기 통분ㅎ다
싹근부실 다시ᄢᅵ여   축됴변파 ㅎ즈ㅎ니
니도로혀 뇌뢰ㅎ여   디강이나 이라리라   〈해조가〉 중에서

공공짓는 ㅎ르긔지   범뮤션둘 모라도다
그디들 열가스를   니호가스 당홀지요
그디들 빅말ㅎ면   니호말노 우길지라
춤으시오 춤으시오   조흘젹의 춤으시오
말지어다 말지어다   그만홀졔 말지어다
그디들 분닌모양   춤아보기 민망ㅎ여
면면이 위로조로   두어ᄌ 그려니니
졔졔이 보온후에   디롱갓치 조분속을
ㅎ희갓치 널리먹고   부운유슈 지닌일을
ㅎ우음의 부쳐셔라   이마치 ㅎ온후의
그뉘라도 즙담ㅎ면   니아모리 졈존ㅎ디
별반조쳐 ㅎ오니라   지각업는 그디들은
빈말노 듯지말고   기피기피 싱각ㅎ소   〈위유가〉 중에서

　　위의 인용문은 〈답기슈가〉를 읽은 출가부인들이 〈해조가〉와 〈위
유가〉를 지은 동기를 말하고 있는 부분이다. 출가 부인인 희댱댁이
연회를 마친 후에 그를 기념하기 위해 〈기슈가〉를 지었는데, 이를
비판하는 〈답기슈가〉를 얄미운 며느리들이 지어서 출가한 부인들을
희롱하였다. 이에 출가한 부인들이 다시 〈희됴가〉라는 가사를 짓게
되었고, 또 〈위유가〉란 가사를 지어 며느리들을 하룻강아지에 비유
하고 자신들을 범에 비유하여 며느리들의 지각없는 행동을 나무라
고 있다. 가사를 통한 시누이와 올케들의 논쟁이 이와 같이 발전해

가니, 며느리들이라고 여기서 이 가사놀이를 통한 논쟁을 멈출 수가 없게 되었다. 출가한 부인들의 의견을 대표하는 〈위유가〉의 마지막 부분에 나오는 "그뉘라도 줍담ᄒ면 니아모리 졈존ᄒ디 별반조쳐 ᄒ오니라"라는 협박의 말에 고분고분하게 참고 지낼 며느리들이 아니었다. 그래서 청주한씨 사촌댁이 며느리의 입장을 대변하여 다시 〈반기슈가〉와 〈ᄌ소가〉란 가사를 지어 출가한 부인들에게 화답을 하였다.

우읍을ᄉ 너일보소　　놀리랄 혼ᄌ만나
심ᄉ궁곡 젹막듕의　　두희가 먼졋갓너
친졍의 부모형졔　　여ᄌ유힝 샹ᄉ로디
싀딕조ᄎ 그리기ᄂ　　나ᄒ나 뿐이로시
남쳔을 우러보니　　싀딕이 져곌넌가
구고님 슉부모님　　뵈온지 언졔오며
친동셔 종동셔들　　면면이 그리워라　　〈반기슈가〉중에서

어와우리 싀민분니　　기슈가도 반가올ᄉ
혼번보고 다시보니　　화안을 디ᄒᄂ듯
혼번일고 ᄯ오이라니　　우음이 낭낭ᄒ다
심ᄉ궁곡 젹막듕의　　이것도 쟝컨마ᄂ
숌숌싱각 졀통소회　　향우지한 그지업니
드러보소 드러보소　　ᄌ소가를 드러보소　　〈ᄌ소가〉중에서

〈반기슈가〉와 〈ᄌ소가〉는 합천군 가야면 사촌리에서 시집온 청주한씨가 지은 가사이다. 〈반기슈가〉의 제목 밑에 보면 "들오신 부인 ᄉ촌딕이 불춤ᄒ여 지은 거시라"라는 문구가 있고, 또 〈ᄌ소가〉의 제목 밑에도 "이 가ᄉ도 ᄉ촌딕이 혼ᄌ 안ᄌ 지은거시라"라는 문구가 있다. 이러한 점에서 살펴볼 때 사촌댁인 청주 한씨는 합천군 묘산면 영사재에서 윤씨 문중의 부녀자들이 모여서 잔치를 베풀 때 연회석에 참여를 하지 못하였음이 분명하다. 사촌댁은 1867년 영사재 회합에 참석하지 못한 이유가 '서양국놈'들 때문이라고 하고

있다. 1866년에는 병인사옥과 병인양요가 있었는데 사촌댁의 친정이나 시댁에 누군가가 이 사건과 관련이 있었던 것이 아닌가 여겨진다.13) 그래서 사촌댁은 혼자 만난 난리 때문에 시댁에도 가지 못하고 친정에도 가지 못하고 피난처인 가야산의 만수동에 거처를 하였다.14) 그래서 시누이들과 다시 연회를 하고 싶은 마음도 있고 이전에 지어진 〈기슈가〉를 보니 웃음이 나와 〈ㅈ소가〉를 지었다고 한다. 다시 〈반기슈가〉와 〈ㅈ소가〉 등이 며느리인 사촌댁에 의하여 지어지자 출가부인들은 며느리들을 희롱하는 〈긔소가〉를 지어 가사놀이의 논쟁에 다시 불을 붙이게 된다.

<pre>
지아ㅈ 조흘시고   잇더다시 노라보시
유식훈 이니말슴   무식훈 군지니가
훈말이나 아올넌가   문필조흔 남편니게
ㅈㅈ이 희득ㅎ여   기과쳔션 할지이다
허물이 잇다희도   곤침이 귀타더라   〈긔소가〉 중에서
</pre>

출가한 부인들은 가사놀이의 논쟁이 이제는 끝났나 하였는데 다시 며느리인 사촌댁에 의하여 〈반기슈가〉와 〈ㅈ소가〉란 가사가 지어지자 〈譏笑歌〉를 지어 화답을 하게 된다. 이 〈긔소가〉에서는 자신의 친정인 파평 윤씨의 양반이 경상도에서 제일이라고 하면서 국내의 명족이라고 치켜 세우고 있다.15) 며느리들은 이런 명문가문에 시집을 왔으니 만족함을 알고, 남편들에게 허물을 물어서 그 허물을 고치고 착하게 살아가라고 말한다.

며느리와 출가부인의 가사놀이 논쟁이 갈수록 심해지자 이제는

---

13) 이신성, 앞의 글, 14쪽. 참조.
14) 가야산남 만슈동이 더밧고리 여게로쇠 / 눌니가 설혹나도 여게오면 산다 ᄒ니 / 여럿분니 구경슴아 한번거람 ᄒ오시면 / 그리던 소희푸리 그아니 조흘손가 / 손즁별미 약초어과 양반시미 대접함시. 〈자소가〉 중에서
15) 파평이라 우리윤씨 교남사부 이아니며 / 국닉딕반 그아닌가 이런시딕 만나시니 / 군지씨니 복이로쇠 〈긔소가〉 중에서

며느리의 입장에서는 시어머니와 같은 항렬이 되고 출가부인들의
입장에서는 친정어머니와 같은 항렬이 되는 선산 김씨가 나서서 며
느리와 출가부인들에게 각각 한 편의 가사를 지어주게 된다. 선산
김씨가 출가부인들의 행동을 경계하면서 지어준 가사가 〈게승우귀
여〉이고, 며느리들에게 효도를 강조하며 지은 가사가 바로 〈권호가〉
라고 할 수 있다.

익미훈 친부모는	쌀나흔 죄쑌일쇠
우리집안 쌀임니야	이련힝실 업건마는
조심업시 흐다가는	그랏되기 쉬우리라
허무리 잇다가도	곤치면 굿쑌이라
셩졍이 나걸들랑	참고참고 참아셔라
참기랄 힘을싀면	어진부인 되오리라
이말이 지번흐나	유조할가 바라노라

〈게승우귀여〉 중에서

어와셰상 사람들아	무지훈 까마구도
반포를 흐엿거든	흐물며 사람이야
까마구만 못할손야	효힝을 힘을쎠서
결초보은 할지어다	

〈권호가〉 중에서

이와 같이 출가 부인의 어머니 항렬이 되며 며느리의 시어머니
항렬이 되는 선산 김씨는 〈게승우귀여〉를 지어 다시 시댁으로 돌아
가는 출가 부인들에게 부지런히 치산을 할 것을 강조하며 아무리
화가 나도 참으면서 살라고 강조한다. 그리고 며느리들에게는 부모
에게 효도하는 방법이 제일 중요하다고 하면서 〈권호가〉를 지어서
돌려 읽게 하였다.

지금까지 살펴본 9편의 화양동 규방가사는 이와 같은 가사놀이의
논쟁을 거쳐서 완성되었다. 이들 화양동 규방가사는 친정에 방문한
출가녀와 시집살이를 하는 며느리들이 서로 가사를 가지고 자신들
의 입장을 대변하며 서로의 가문과 문벌을 자랑하면서 대결을 하였

다는 점에서 그 의의를 찾을 수 있다. 며느리와 시누이의 논쟁의 시발점은 1867년 봄날에 영사재에서 문중의 부인들이 모여서 연회를 마련한 것이다. 이 연회를 마치면서 하당댁은 〈기슈가〉를 지어 또다른 연회를 기약하면서 며느리들의 태도를 은근히 비꼬았다. 이에 며느리가 출가부인들의 행동에 문제를 삼으며 비꼬는 〈답기슈가〉를 지었다. 이 작품에 뒤질세라 출가부인들이 〈희됴가〉와 〈위유가〉를 지어 자신들의 행동에 정당성을 부여하며 며느리들을 비꼬고 있다. 이렇게 비꼼을 당한 며느리들은 청주 한씨를 내세워 〈반기슈가〉와 〈주소가〉를 지어 출가부인들의 잘잘못을 은근히 비꼬고 있다. 그러자 출가한 부인들은 다시 〈괴소가〉를 지어 자신들의 입장을 변명하면서 며느리들의 태도를 나무라고 있다. 그러자 지금까지 가사를 지은 며느리와 출가부인들보다 항렬이 높은 선산 김씨가 나서서 출가한 부인들에게 경계하는 〈게승우귀여〉와 며느리들에게 경계하고자 하는 〈권호가〉를 지어 기나긴 가사놀이의 논쟁은 끝이 나게 되었다.

이 화답형 규방가사의 화자와 청자는 서로 대등한 입장으로 가사를 주고 받으며 며느리와 출가 부인의 입장에서 자신들의 의견을 주장하고 있다. 즉, 앞 작품의 화자는 답가가 불려질 때 다시 청자가 되어서 9편이나 되는 일련의 화답형 규방가사를 완성하고 있다. 이러한 창작의 과정을 그 순서대로 도표화하면 다음과 같다.

① 〈기슈가〉(출가 부인이 지음, 하당댁) → ② 〈답기슈가〉(며느리가 지음) → ③ 〈희됴가〉(출가 부인이 지음), ④ 〈위유가〉(출가 부인이 지음) → ⑤ 〈반기슈가〉(며느리가 지음, 사촌댁), ⑥ 〈주소가〉(며느리가 지음, 사촌댁) → ⑦ 〈괴소가〉(출가부인이 지음) → ⑧ 〈게승우귀여〉(어머니 항렬, 신산 김씨), ⑨ 〈권호가〉(어머니 항렬, 선산김씨)

이들 화답형 규방가사가 창작된 장소인 영사재에서는 1867년 이전에도 부녀자들이 모여서 연회를 개최하며 가사놀이를 하였을 기능성이 크다고 할 수 있다. 19세기말까지 지어진 화답형 규방가사의 창작장소가 대부분 봄날에 마을 부녀자들이 산으로 화전놀이를 가서 지은 것인데 비해, 이 화양동 규방가사에서는 일가친척의 부녀들이 齋室에 모여서 가사놀이를 한 것으로 그 의의를 찾을 수 있다. 이 작품들은 영사재가 남성들의 전유물로 그들이 모임을 즐기고 후학을 양성하는 곳일 뿐만 아니라, 여성들도 간혹 모임을 개최하는 장소로 사용하였음을 방증하는 자료가 된다.

3. 화답형 규방가사의 전승

우리의 시조문학과 가사문학에서 화답의 전통은 아주 오래 되었다. 화답형 시조가 그 행위의 주체가 주로 양반과 기녀에 의해서 많이 이루어졌다면, 화답형 가사는 그 행위의 주체가 주로 선남선녀이거나 부녀자가 많다는 특징을 지니고 있다. 그 중에서 본고의 연구 대상이 되는 9편의 화양동의 화답형 규방가사는 문중의 모임을 매개체로 부녀자들이 서로 돌아가며 가사를 창작한 특징을 지니고 있다.

3.1. 화답형 가사의 전통

시조문학에서 화답의 전통은 고려말 이방원과 정몽주에 의해 지어진 〈하여가〉와 〈단심가〉에서 그 단서를 찾을 수 있다. 이방원은 〈하여가〉를 지어 정몽주의 마음을 돌려 조선의 건국에 동참하자고 권유하였고, 이에 정몽주는 변함없는 자신의 마음을 〈단심가〉를 통해 이방원의 시조에 화답을 하였다. 이러한 시조의 화답 전통은 이황의 〈도산12곡〉의 전6곡과 후6곡 등에서도 찾을 수 있지만, 주로 사대부와 기생의 수작시조로 변해서 조선후기까지 계속 이어져 왔다고 할 수 있다. 대표적인 수작시조로는 황진이와 서경덕의 시조,

정철과 진옥의 시조 등을 들 수 있다.16) 이와 같이 시조문학에서
화답시조는 조선후기로 올수록 남녀간의 수작시조로 변해서 더욱
활발하게 창작되었다.

가사문학에서의 화답 전통은 이원익의 〈고공가〉와 허전의 〈고공
답주인가〉가 문헌상 최초의 작품이라고 할 수 있다. 이원익은 〈고
공가〉를 지어 머슴의 입장에서 나라 일을 걱정하고 근심하는 내용
을 가사로 지었으며, 허전은 임금의 입장에서 〈고공답주인가〉를 지
어 머슴들의 철없는 행동에 대하여 비판하고 있다.17) 다음에는 정
철의 〈사미인곡〉과 〈속미인곡〉의 작품을 본받아서 후대에 지은 김
춘택의 〈별사미인곡〉과 이진유의 〈속사미인곡〉이 있다. 그리고 안
조원의 〈만언사〉, 〈만언사답〉, 또 〈목동가〉, 〈답가〉, 그리고 〈송녀
승가〉, 〈승답사〉, 〈재송녀승가〉, 〈재송녀승답가〉, 〈초당문답가〉18)
등의 작품이 있다. 지금까지 살펴본 가사문학에서 화답의 전통을
이어오는 작품의 대부분은 화자가 청자에게 발화를 하면 청자는 그
발화를 듣고 자신의 견해를 표출하여 가사문학으로 형상화하고 있
다는 특징을 지닌다.

다음은 화답형 규방가사의 전통을 살펴보기로 한다. 화답형 규방
가사의 전통은 18세기로 거슬러 올라갈 수 있다. 현존하는 화답형
규방가사로 비교적 이른 시기인 1746년에 지어진 〈조화전가〉와
〈반됴화전가〉가 있다. 이 화답형 규방가사는 한 마을 내에서 부녀
자들끼리의 화답이 아니라 한 마을 내에서 남자와 여자가 서로 주
고받은 화답형 규방가사로 그 의의가 크다.19) 넌서 〈조화전가〉와
〈반조화전가〉의 작품의 한 부분을 인용하여 보기로 한다.

---

16) 박을수, 《詩話, 사랑 그 그리움의 샘》, 아세아문화사, 1994. 참조.
17) 류해춘, 〈〈고공가〉·〈고공답주인가〉의 작품구조와 현실인식〉, 《문학과
    언어》제9집, 1988.
18) 김유경, 연작형 가사의 형성과 변이 연구, 연세대대학원(박사), 1996.
19) 이원주, 〈〈잡록〉과 〈반조화전가〉에 대하여〉, 《한국학논집》제7집,
    1980. 참조.

삼연묵은 남져구리   다시내야 떨쳐닙고
허튼머리 다흔겻히   양각혹각 무스일고
아희단장 그만ᄒ소   듕텬의 날느졋늬
동녁집 져리오소   셧녁사룸 이리가늬
청농굿 좁은길히   녹의홍상 구경일다
어와 고이ᄒ다   녀인국 여긔런가
세강쇽말 ᄀ이업셔   곤도셩남 ᄒ야세라
분벽 사창은   부녀의 딕힐배오
강산 완경은   남ᄌ일노 드럿더니
오늘일 보와ᄒ니   녯말이 각이ᄒ다

〈됴화젼가〉 중에서20)

어와 남ᄌ들아   녀ᄌ롤 긔롱마오
남ᄌ일 가쇠로다   우리보매 우읍스외
몃둘을 경영ᄒ며   허송광음 ᄀ이업늬
젹으나 쾌남ᄌ면   긔아니 쉬울손가
헛ᄆᄋᆷ 다달히며   일번용의 못ᄒ여셔
부녀 일힝의   암암히 불워ᄒ니
잔폐코 셥산키야   이밧긔 쏘이시랴
모다안자 디져괴며   두문불츌 ᄒ얏고야
ᄌ갸니 못ᄒᆫ일을   용심내여 무엇ᄒ리

〈반됴화젼가〉 중에서21)

　위의 〈됴화젼가〉는 남성이 여자들의 화려한 화전놀이를 조롱하기 위하여 써보낸 것이고, 〈반됴화젼가〉는 이에 화답하는 형식으로 반론을 펴면서 여성이 남자들을 조롱하는 노래이다. 이와 같이 18세기초에 이루어진 규방가사의 화답 전통은 남자가 여자들의 화전놀이를 비판하면서 시작되었다고 할 수 있다. 비교적 초창기의 규방가사가 되는 〈됴화젼가〉와 〈반됴화젼가〉는 1746년 (영조22년)에 경상북도 봉화군 법전면 소라리에서 불리어진 것으로 한 마을을 중

---

20) 이원주, 앞의 논문, 7쪽에서 재인용.
21) 이원주, 앞의 논문, 8쪽에서 재인용.

심으로 남녀가 서로 화답가사의 창작에 참여하였다. 즉 남자가 〈됴화전가〉를 지어 여자들의 화전놀이를 조롱하자, 여자들이 그 답으로 〈반됴화전가〉와 〈샹심화전가〉를 지어 남자들을 비꼬고 있다. 그래서 이들 〈화전가〉는 마을 내에서 부녀자들이 화전놀이를 하면서 문중보다는 성씨가 다른 마을 전체 사람들을 대상으로 하고 있다는 특성을 지니고 있다.

3.2. 19세기 화답형 규방가사

19세기에는 남성 중심의 문중 모임에 여성들도 소정의 목적을 가지고 참석하면서 그 구성원이 많아지자 여성 자신들만의 모임을 구성할 수 있게 된 것 같다. 여성들이 모임을 구성하는 계기가 되는 문중의 행사에는 친목을 도모하는 친가와 시부모의 생일과 회갑, 회혼과 혼인 등의 행사와 관련된 것이 많다. 19세기말에 지어진 9편의 화양동 규방가사는 영사재에 모인 한 가문내의 여성들의 모임을 소재로 한 작품들이다. 18세기에 창작된 〈됴화전가〉와 〈반됴화전가〉는 한 촌락내에서 남자와 여자가 화답한 규방가사라면, 여기서 논의하는 19세기말의 〈기슈가〉와 〈답기슈가〉 등의 작품은 같은 문중 안에서 며느리와 출가 부인이 화답한 규방가사라 할 수 있다. 9편의 화양동 규방가사는 18세기에 지어진 〈됴화전가〉, 〈반됴화전가〉보다는 약 120 여년 늦게 창작된 19세기 화답형 규방가사이지만, 문중의 여인들이 며느리와 출가부인으로 서로 나누어져 화답한 규방가사라는 특징을 지니고 있다. 그러년 19세기 화답형 규방가사의 전통을 지켜오는 화양동 규방가사의 화답방식을 살펴보기로 한다.

건곤이 죠판후의   음양이 갈엿는데
스람이 싱겻나니   일남일녀 뿐일로다
우리는 엇지타가   여ᄌ몸이 되어나셔

부모동긔 멀니ᄒ고   남의가문 ᄎᄌᄃ러
규즁골몰 지니ᄂ이   너른쳔지 옹식ᄒ다
분분ᄒ다 잇셰상이   예도이스 졔도이스
우리도 졔종슉질   기슈싱각 간졀ᄒ여
싱면ᄎ로 도라드니   아시의 보던순쳔
다시보니 밧가오나   〈기슈가〉22) 중에서

어와계종 싀미들아   이닉말슘 드러보소
쳔지긔벽 ᄒ온후의   ᄉ람이 습겼도다
그듕의 여ᄌ일신   츌가외인 된단말가
우리도 각각친졍   번화코 흥셩ᄒ기
남만이나 ᄒ건마ᄂ   가소롭다 여ᄌ몸이
남의게 마인고로   셩댱ᄒ 졔종슉질
몃몃희를 그녀ᄂ고   유시로 싱각ᄒ면
굿분심회 둘더업니   발근달 힌구람은
부모형졔 싱각이오   쳔원기슈 흐른물은
고향손쳔 의히ᄒ다   〈답기슈가〉23) 중에서

　앞의 〈기슈가〉는 출가한 부인이 지은 것이고, 〈답기슈가〉는 윤씨 문중으로 시집온 부인이 지은 것이다. 〈기슈가〉는 출가한 부인들이 친정으로 돌아와 연회석을 마련하고 지은 것이고, 〈답기슈가〉는 남의 문중에서 윤씨 문중으로 들어온 며느리가 자기네들의 친정을 생각하여 지은 것이다. 이와 같이 경상남도 합천군 화양동에서는 같은 문중 내의 영사재 모임을 매개로 해서 며느리와 시누이가 서로 나누어져서 자신들의 입장을 서술하는 9편의 규방가사를 연달아 창작하게 되었다. 영사재 모임을 매개로 한 화양동 규방가사를 며느리의 작품과 출가부인의 작품, 그리고 모친의 항렬이 되는 선산 김씨의 작품으로 나누어 도표화하면 다음과 같다.

---

22) 육화회, 앞의 책, 21쪽.
23) 육화회, 앞의 책, 24쪽.

① 출가한 부인의 작품 --- 〈기슈가〉, 〈희됴가〉, 〈위유가〉, 〈긔소가〉
② 며느리의 작품 --- 〈답기슈가〉, 〈반기슈가〉, 〈즈소가〉
③ 선산 김씨의 작품 --- 〈게승우귀여〉, 〈권호가〉

보통 문중의 모임이란 남성들이 주축이 되는 모임이라 할 수 있다. 남성이 주축이 된 문중의 모임으로는 시조묘와 조상묘 등에 제사를 올리는 봉제사가 주된 목적이라 할 수 있다. 또 가문의 질서 유지와 자녀교육을 위한 종회, 친목도모를 위한 종약, 종중계, 혼인이나 회갑 등의 행사가 있다. 18세기와 19세기에는 향촌 사족들도 정치, 경제적 기반을 상실하면서 해체되어 가는 향촌사회의 가문의 결속을 위해서 가사를 짓기도 하였다. 이러한 가사에는 황립의 〈오륜가〉[24], 위백규(1727-1798)의 〈자회가〉, 이상계(1758-1822)의 〈초당가〉, 〈인일가〉 등의 작품[25]이 있다.

20세기초의 작품으로 보이는 화답형 규방가사에는 〈화전가〉를 들 수 있다. 경북대 도서관에 소장하고 있는 〈화전가〉는 장편으로 마을 전체의 부녀자들이 모여서 화답하는 형식으로 작품이 구성되어 있다. 경북대본 〈화전가〉는 덴동어미 〈화전가〉라고 불리기도 하는데 한 작품 속에 몇 개의 노래를 이어서 서사성과 서정성을 풍부하게 드러내고 있다. 즉 경북대본 〈화전가〉에는 〈청춘과녀의 노래①〉, 〈덴동어미의 노래〉, 〈청춘과녀의 노래②〉, 〈봄춘자 노래〉 등이 서로 화답되어 연결되고 있다.[26] 그리고 화답형 규방가사 중에는 창작 년대가 20세기초로 추정되는 〈화수가〉, 〈답화수가〉, 〈화전가〉, 〈화전답가〉 등의 작품이 존재하고 있다.[27] 이러한 작품들의 창작환경

---

24) 박연호, 〈19세기 오륜가사 연구〉, 《19세기 시가문학의 탐구》, 집문당, 1995. 참조.
25) 김창원, 〈18-19세기 향촌사족의 가문결속과 가사의 소통〉, 《19세기 시가문학의 탐구》, 집문당, 1995.
26) 류해춘, 《장편서사가사의 연구》, 국학자료원, 1995.
27) 백순철, 〈문답형 규방가사 창작환경의 두 층위〉, 《한국가사문학연구》, 태학사, 1996.

은 촌락 내에서의 모임이나 문중 내의 모임으로 나누어진다. 그러므로 20세기의 화답형 규방가사는 18세기 〈됴화전가〉, 〈반됴화전가〉의 촌락내의 모임과 19세기에 창작된 〈기슈가〉, 〈답기슈가〉 등의 문중 내의 모임으로 화답형 규방가사가 창작된 환경을 그대로 계승하고 있다고 할 수 있다.

다음의 작품은 본고에서 다루고자하는 작품과 창작된 환경이 비슷한 작품으로 화양동에서 출가한 부인이 부모님의 회갑이 되어 화양동으로 돌아와 연회에 참석한 내용을 바탕으로 창작한 규방가사이다.

<blockquote>

병진스월 삼십일은　　우리슈모 싱즈로다
만실이행 삼쟝은　　　우비스겹 젼히잇고
요경지화 쳘슈츈는　　육십일회 도라왓니
급고가졀 스월달이　　우연함이 안이로다
징징한　치빅일은　　셔기가 영농ᄒ고
악악ᄒ　져남산은　　슈셕이 츠아로다
화양동　조헌광경　　슈연셜비 굉즁하다
부모님　복녹이요　　자손들 경효로다
　　　　　　　　　〈수신가〉(선산) 중에서28)

</blockquote>

이 〈수신가〉는 합천의 화양동에서 지어진 9편의 화양동 규방가사와 지어진 곳과 창작배경이 같다. 이 〈수신가〉는 경상북도 선산군에서 유통되었지만 병진년 4월 13일 모친의 회갑연을 모티브로 하여 합천의 화양동에서 창작한 것으로 보인다. 이러한 점으로 미루어 합천의 화양동과 합천지역은 또 다른 규방가사의 전승지역으로 활발히 연구될 필요가 있다.

지금까지 이 장에서는 연대가 밝혀진 화답형 규방가사의 역사와 그 전통을 살펴보았다. 화답형 규방가사 중에서 비교적 18세기 초의 작품인 〈됴화젼가〉, 〈반됴화젼가〉 등의 작품은 동네의 부녀자들

---

28) 권영철, 《규방가사연구》, 이우출판사, 1980. 141쪽. 재인용.

이 화전놀이를 문제삼아 남녀가 서로 주고 받는 화답형 규방가사 작품이라고 할 수 있다. 그러나 19세기 말에 지어진 〈기슈가〉, 〈반기슈가〉 등 9편의 화양동 규방가사는 문중 부인들의 연회모임을 매개로 하여 지은 화답형 규방가사라고 할 수 있다.

　그러므로 20세기에 창작된 화답형 규방가사의 배경이 된 부녀자들의 모임은 동네의 부녀자들의 화전놀이 모임과 문중 부인들의 연회모임으로 나누어질 수 있으며, 창작자의 성별에는 남자와 여자, 혹은 여자와 여자로 나누어진다. 이러한 점은 20세기에 지어진 많은 화답형 규방가사는 18세기와 19세기에 지어진 화답형 규방가사의 창작 환경을 그대로 이어오고 있음을 확인하게 해준다.

4. 결 론

　지금까지 1867년을 전후하여 경상남도 합천군 묘산면 화양동에서 지어진 규방가사 9편의 서지적 측면과 연행적 기반, 그리고 그 문학사적 의의를 살펴보았다.

　서지적 측면에서는 〈기슈가〉의 제목을 한문으로 표기할 때 〈歸首歌〉보다 〈淇水歌〉로 표기하는 것이 적당하다는 것을 밝혔으며, 아울러 화양동의 규방가사 필사본에는 10편의 가사가 필사되어 있는데 〈계승우귀여〉와 〈경계사〉가 異本이라서 창작된 가사는 9편이 된다는 점과, 화양동의 화답형 규방가사는 7편이 아니라 〈계승우귀여〉와 〈권호가〉를 포함하여 9편이 된다는 점을 밝혔다.

　화양동 규방가사의 창작과정은 영사재을 중심으로 파평윤치 문중의 출가한 부인과 며느리들이 연회석을 마련한 것이 작품 창작의 시발점이 된다. 이에 1867년 봄날 연회를 마치면서 하당댁은 또다른 연회를 기약하면서 며느리들의 태도를 은근히 비꼬았다. 이에 며느리가 출가부인들의 행동에 문제를 삼으며 비꼬는 〈답기슈가〉를 지었다. 이 작품에 뒤질세라 출가부인들이 〈회도가〉와 〈위유가〉를 지어 자신들의 행동에 정당성을 부여하며 며느리들을 비꼬고 있다. 이렇게 비꼼을 당한 며느리들은 청주 한씨가 〈반기슈가〉와 〈즈소가〉라는 가사를 지어 출가 부인들의 잘잘못을 은근히 비꼬고 있다. 그러자 출가한 부인들은 다시 〈긔소가〉를 지어 자신들의 입장을 변명하면서 며느리들의 태도를 나무라고 있다. 그러자 지금까지 가사를 지은 며느리와 출가부인들보다 항렬이 높은 선산 김씨가 나서서 출가한 부인들에게 경계하는 〈게승우긔여〉와 며느리들에게 경계하고자 하는 〈권호가〉를 지어 기나긴 가사놀이의 논쟁은 끝이 나게 되었다. 시조놀이가 사대부에 의해서 개척되어 남자들의 놀이문학으로 정착된 형태를 많이 보여준다면, 화양동의 규방가사는 양반집 부녀자들이 연회석을 중심으로 가사놀이를 하였음을 방증하는 자료가 된다.

19세기말까지 지어진 화답형 규방가사의 창작장소가 대부분 봄날에 마을 부녀자들이 산으로 화전놀이를 가서 지은 것인데 비해, 이 화양동 규방가사에서는 일가친척의 부녀들이 齋室에 모여서 가사놀이를 한 것으로 그 의의를 찾을 수 있다. 이는 영사재가 남성들의 전유물로 그들의 모임을 즐기고 후학을 양성하는 곳일 뿐만 아니라, 여성들도 간혹 모임을 개최하는 장소로 사용하였음을 방증하는 자료가 된다.

연대가 밝혀진 화답형 규방가사의 초기작품은 18세기초의 〈됴화전가〉와 〈반됴화전가〉라고 할 수 있다. 화답형 규방가사 중에서 18세기초의 작품인 〈됴화전가〉, 〈반됴화전가〉 등은 동네의 부녀자들이 화전놀이를 문제삼아 남녀가 서로 주고 받는 화답형 규방가사 작품이라고 할 수 있다. 그러나 19세기말에 지어진 〈기슈가〉, 〈반기슈가〉 등 9편의 화양동 규방가사는 문중의 부인들이 연회모임을 가진 후 출가 부인과 며느리가 서로 나누어져 경쟁적으로 가사를 창작했다고 할 수 있다. 18세기의 화답형 규방가사가 남자와 여자가 서로 대립하여 가사를 창작하였다면 19세기 화답형 규방가사는 며느리와 시누이가 서로 대립하여 가사를 화답하였다고 할 수 있다. 이와 같은 현상은 화답형 규방가사의 창작 계층이 다양화되고 있음을 나타낸다고 볼 수 있다. 또, 20세기에 창작된 화답형 규방가사의 창작배경이 된 부녀자들의 모임은 동네의 부녀자들의 화전놀이 모임과 문중 부인들의 연회모임으로 나누어질 수 있으며, 창작자의 성별에는 남자와 여자, 혹은 여자와 여자로 나누어진다. 이러한 점은 20세기의 화답형 규방가사가 18~19세기 화답형 규방가사의 전통을 그대로 계승하여 발전시키고 있다고 할 수 있다. 그리고 경남 합천의 화양동에서 지어진 규방가사는 앞에서 살펴본 화답형 규방가사와 〈수신가〉 외에도 많이 존재하고 있을 것으로 본다. 그러므로 합천의 화양동과 합천지역은 또다른 규방가사의 전승지역으로 앞으로 활발히 연구될 필요가 있다.

조선 후기 도시(都市)의 발달과 시조의 변화

박 애 경

1. 들어가는 말

　사대부의 미의식을 표현하는 통로였던 시조가 18세기를 고비로 뚜렷한 변별 양상을 드러낸다는 것은 잘 알려진 사실이다. 시조의 변모는 담당층의 성격 변모, 새로운 담당층의 등장과 중심 이동, 인접 장르와의 관계 변화 등 문화사 전반의 움직임을 전제하는 것인 만큼 조선 후기의 활력을 반영하는 유력한 징후로 이해되어 왔다.

　시조의 변화에서 우선 눈에 띄는 것은 사설시조로 대표되는 형식의 파격과 인정. 세태의 다양한 반영이라 할 수 있다. 시조의 변모는 '음악의 제약이 심한 단형의 형식'이라는 장르적 한계를 안고 이루어진 것인 만큼 변화의 그 의의는 각별하다 할 수 있다.

　이 글에서는 시조의 변모를 이끈 동인으로 '도시의 발달'을 주목하고 있다. 도시는 변화의 활력을 내면화한 대표적 공간이라 할 수 있다. 도시의 역동성과 활력은 '토지와 같은 고정자산보다는 재화와 용역이 움직이는 곳'이라는 특수성에 일차적으로 기인한다 하겠다.

시조의 변화가 가시적으로 드러난 18세기는 도시가 발달하고 도시 유흥의 수요가 대두하는 시점과 거의 일치하고 있다. 따라서 파격의 에너지와 분방함, 다양함으로 대표되는 시조의 변화에는 '도시'라는 변수가 전제되어 있다고 할 수 있다. 이것은 도시의 경험을 반영하는 것에서부터 도시 특유의 활력, 도시인의 욕망과 감성을 담아내는 것에 이르는 다양한 층위로 나타나고 있다. 이 글에서는 도시의 발달이 시조에 어떠한 방식으로 내재화되었는지를 살필 것이다. 이러한 모색은 '도시인구의 증가와 상공업의 발달'이라는 역사성과 시조 변화를 이끌었던 내적 에너지를 밝히는 것으로 향하고 있다.

2. 도시의 발달과 도시 유흥

2.1. 도시인구의 증가와 도시발달

18세기부터 광범위하게 진행된 중세 해체의 기운이 가장 집중적으로 드러나는 곳은 도시라는 공간일 것이다. 도시의 발달은 먼저 도시 인구의 증가와 성격 변화에서 찾을 수 있다. 농민층의 분화과정에서 이탈한 농민들이 도시로 유입되면서 도시인구가 급격히 증가하고 도시공간이 확대되었다. 봉건적 토대인 토지를 잃은 농민들은 도시로 흘러들어 임노동자로 자리잡았다.[1]

도시의 발달을 주도한 서울에서는 상권이 관의 보호를 받는 육의전으로부터 시정인의 소비생활에 직결되는 '3대시'의 자유매매와 같은 분산적 소상업으로 폭이 넓어지면서 시장이 활기를 띠게되었다.[2] 시장의 발달은 필연적으로 상공인의 지위상승을 불러왔다. 농

---

1) 강만길, 《한국근대사》, 창작과 비평사, 1984, 139쪽.
2) 이우성, 〈18세기 서울의 도시적 양상〉, 《한국의 역사상》, 창작과 비평사, 1982 중.

촌 전입인구가 도시의 하층민으로 정착하고, 상공인이 새로운 부의
담당자로 부상하면서 전통적인 신분구성에도 변화를 일으키게 되었
다. 이제 신분의 사회적 의미는 상실되고 직업을 매개로 한 계급구
조의 중요성이 부각되었다.3) 이는 대표적 도시인 서울의 성격변화
에서 대표적으로 확인된다. 서울은 《주례(周禮본)》에 바탕한 유
가의 도시관에 입각해 만들어진 계획도시로 왕실과 사대부의 주거
공간으로 설계되었다.4) 따라서 정치와 행정이 중심이 되는 도시였
다. 그러나 상공업 종사자의 인구가 증가하면서 서울은 전형적인
정치 도시에서 정치적 기능과 상공업적 기반을 갖춘 복합도시의 성
격을 띠게 된다.5)

　도시 번성의 원인은 일차적으로 생산력이 증가하면서, 물적 기반
이 두터워진 데에서 찾을 수 있을 것이다. 많은 재화가 모여들고
유통되는 도시의 분위기는 당연히 정태적인 농촌에 비해 유동적이
고 활력에 차있었다. 한양의 궁궐과 성곽의 위엄, 도로 곳곳에 늘어
선 관청과 가옥을 파노라마처럼 그린 박제가의 〈성시전도시(城市
全圖詩)〉는 18세기 급격하게 대도시로 성장하는 서울의 활력을 담
고 있다. 또한 19세기 전반기 한양의 문물과 세태를 그린 장편가사
〈한양가〉에는 외국과의 교역이 이루어지는　시장의 활기찬 분위
기를 만화경처럼 그려내고 있다.

　　　八路를 通하였고 燕京 日本 다았구나
　　　우리나라 所産들로 부끄럽지 않건마는
　　　他國 物貨 交合하니 百各廛 壯할시고
　　　七牌의 生鮮廛에 各色 生鮮이 다 있구나
　　　　民魚 石魚 石首魚며 도미 준치 高刀魚며
　　　낙지 소라 烏賊魚며 조개 새우 鱣魚로다
　　　南門안 큰 毛廛에 各色 實果 다 있구나

---

3) 조성윤, 〈조선후기 서울 주민의 신분구조와 그 변화〉, 《근대 시민형성의
　역사적 기원》, 연세대학교 박사학위 논문, 1992.
4) 강명관, 〈조선후기 서울과 한시의 변화〉, 《민족문학사연구 6집》, 1994.
5) 서울의 인구 구성 변화에 대한 자세한 논의는 조성윤, 위의 글 참조.

청실뇌 황실뇌 乾柿 紅柿 뭇紅柿며
밤 대추 잣 胡桃며 葡桃 瓊桃 오얏이며
石榴 柚子 복숭아며 龍眼 荔枝 唐大棗로다6)

서울의 번성과 활력은 상업과 교역에 기인한다 할 수 있다. 다양한 계층과 직업의 사람들이 서울로 속속 모여들면서 서울은 그 당시에 이미 대도시다운 면모를 지니고 있었다고 한다. 이는 문화・예술의 향유 방식에도 영향을 미치게 된다.

2.2. 도시유흥의 발달

도시의 발전으로 인한 부가 예술 분야로 흘러 들어가면서 도시유흥이 전에 없이 발전하게 되었다. 물론 유흥은 사대부의 풍류라는 형태로 이전 시기부터 제한적으로 존재하고 있었다. 그런데 18세기에 접어들어 여항인 등 경제력을 바탕으로 부상한 신흥 계급으로 유흥이 급속도로 확산되면서 도시유흥이 본격적으로 개화할 여건을 마련하였다. 이 시기 유흥에서 유의할 대목은 관에 구속되었던 예술의 각 영역이 민간 부분으로 중심 이동되었다는 부분이라 하겠다. 이처럼 민간예능인이 자율적으로 성장할 수 있었던 바탕은 말할 것도 없이 상품경제의 논리라 할 수 있다. 요컨대 조선 전기까지 신분의 논리에 따라 관의 주도로 이루어졌던 예술이 상품경제의 논리와 소통 환경에 편입되었다고 할 수 있다. 그러나 이 시기에도 향유층은 어디까지나 사대부와 경제력을 지닌 여항인에 국한되었다.7) 따라서 도시유흥의 저변화는 19세기에 본격적으로 이루어진다.

華麗가 이러할제 놀인들 없을소냐
長安 少年 遊俠客과 公子 王孫 宰相 子弟

---

6) 〈한양가〉, 민창문화사, 1994.
7) 여항인의 유흥은 다음 장에서 본격적으로 거론된다.

富商 大賈 廛市井과 다방골 諸葛同知
別監 武監 捕盜軍官 政院使令 羅將이라
南北村 閑良들이 各色 놀음 壯할시고
선비의 詩軸 놀음 閑良의 成廳 놀음
貢物房 船遊 놀음 捕校의 歲饌 놀음
各司 書吏 受遊 놀음 각집 傔從 花柳 놀음
長安의 便射 놀음 長安의 豪傑 놀음
宰相의 吩咐 놀음 百姓의 中脯 놀음

역시 〈한양가〉의 한 대목이다. 위로는 공자 왕손에서부터 아래로는 일반 백성에 이르기까지 나름의 방식대로 유흥을 즐기고 있는 광경을 묘사한 것이다. 유흥의 저변 확대는 유흥의 다양화라는 결과를 불러 왔다. 창곡의 전성시대는 유흥 수요의 급증과 분리하여 생각할 수 없을 것이다.

或有彈琴依新聲 새로운 소리로 거문고를 타는 사람
或有吹簫誇絶技 퉁소로 묘기를 뽐내는 사람
誰云畵樂不畵音 누가 악기만 그리고 소리는 그리지 못했는가
指法亦足審宮徵 손가락 놓는 것만 보아도 오음을 알겠구나 8)

이 시는 시장 풍경을 묘사한 그림을 보고 발상을 한 작품인데, 위 대목은 저자 거리의 악사를 묘사한 대목이다. 유흥이 삶의 일부로 자리잡으면서, 일상화되어 가는 모습을 확인할 수 있다. 시장 뿐 아니라 사람이 많이 모이는 곳에는 의례히 이러한 놀음판이 벌어지곤 했던 모양이다. 연행을 담당했던 이들은 대부분 기예를 파는 것을 업으로 삼았던 유랑연예인들이었다. 조선 후기에는 이러한 유랑 연예인들이 대거 등장하여, 정약용은 이들의 폐단을 염려할 정도였다.9) 농민의 분해가 진행되면서, 농촌에서 이탈한 자들 일부는 사당패와 같은 집단을 형성하며 유랑 예능 집단에 대거 가담하였다.

---

8) 박제가, '城市全圖詩' 윤광봉, (1996)에서 재인용
9) 김홍규, 〈조선 후기의 유랑 예능인들〉, 《고대문화 20집》, 1985.

이들의 레퍼토리에는 줄타기, 땅놀음 등 전통적인 민중 연희 양식 외에도 어깨 너머로 배운 가악도 포함되어 있었다.

전대와 비교가 되지 않을 정도로 도시 유흥이 저변화되어, 변두리까지 침투했지만, 이 시기에도 도시 유흥을 주도한 이들은 역시 경제력을 갖춘 여항인들이었다. 18세기 유흥문화를 주도했던 여항인들은 이 시기에 들어서도 변함 없이 도시 유흥의 주요 수요자가 되었다. 왈자 무리들이 새로이 유흥의 주요 소비자로 떠오른 것도 특기할 만한 사실이라 할 수 있다.

청누도당 노푼 집의 어식비식 올ᄂ간니 좌반의 안진 왈즈
승좌의 당하천총 니금위중 소연 츌신 션젼관 비별낭의 도총경역 안즈 익고
그 자츠 바라본니 각 영문 교젼관의 셰도ᄒ는 중방니며, 각스 셔리 북경 역관
좌유포쳥 니힉군관 디젼별감 불긋불긋 당당홍의 식식니라
쏘 한편 바라본니 ᄂ장니 중원스령 무여별감 셕겨 잇고 각젼시졍 남츈활양
노리명충 황스진니 가스명충 빅운학니 니야기 일슈 즁게랑니 퉁소 일슈 셔게슈
장고 일슈 김츙옥니 졋디 일슈 박보안니 피레일 오랑니 힝금 일슈 홍일등니
션소리의 송홍녹니 모홍갑니 … 10)
治粧이 놀랍거든 하물며 承傳놀음 別監의 놀음인데 汎然히 治粧하랴
　　　　　　중략
次例로 늘어 앉아 놀음을 재촉한다 華麗한 거문고는 雁足을 옮겨 놓고
文武鉉 다스리니 弄鉉 소리 더욱 좋다 汗漫한 저 다스림 길고 길고 구슬프다
피리는 침을 뱉고 奚琴은 松津 그을고 장구는 굴레 죄어 더덕을 크게 치니
管絃의 좋은 소리 心身이 恍惚하다
擧床調 내린 후에 소리하는 어린 기생
한 손으로 머리 받고 蛾眉를 반쯤 숙여 羽調라 界面이며 搔聳이 編樂이며
春眠曲 處士歌며 漁夫詞 相思別曲 黃鷄打令 梅花打令 雜歌 時調 듣기 좋다.11)

첫번째 인용 작품은 판소리 〈무숙이타령(왈자타령)〉의 한 부분이다. 주색, 놀음에 빠진 무숙이를 주인공으로 한 이 판소리는 서울의 시정 세태 특히 유흥의 풍속을 잘 반영하고 있다. 이 부분은 유

---

10) 김종철, 〈무숙이 타령(왈자타령) 연구〉, 《한국학보 68집》, 일지사, 1992.
11) 〈한양가〉

흥을 주도한 왈자들을 일일이 소개하고, 이 자리에 모인 예인들을 거명하고 있다. 특히 왈자라 통칭되는 이들의 면면을 살펴 보면 도시 유흥을 주도한 이들의 윤곽을 그려볼 수 있을 것이다. 여기에는 당하 천총 이하의 무장층과 역관·별감 등 하급 기술직 중인과 하급 무반, 그리고 시전의 상인과 한량같은 평민 부호들까지 망라되어 있다. 이들을 묶을 수 있는 공통점은 경제력과 유흥에 대한 욕구일 것이다. 즉 신분보다는 경제력이 유흥의 규모와 방식을 결정짓는 변수가 되는 양상을 반영하고 있다고 할 수 있다.

당대의 일급 예인들이 실명으로 등장하고 있는 점도 흥미롭다 할 수 있다. 송흥록과 모흥갑은 판소리로 일가를 이루었던 명창들이다. 여기에 노래 명창, 가사 명창, 거문고과 퉁소 장고, 젓대의 고수, 이야기꾼 등 모든 분야의 일급 예인들이 망라되어 있다.

두번째 인용 작품은 〈한양가〉 중 별감들의 놀이를 묘사한 부분이다. 각처의 명기들이 화려하게 치장하고 모인 놀이판에서 역시 유흥의 중추를 이루는 것은 가악이다. 어린 기생이 시조와 가곡,[12] 잡가[13]를 부르는 장면은 19세기 시가의 동향을 소개하는 근거로 자주 인용되어 왔다.

이처럼 주최자의 경제력에 의해 도시 유흥의 규모와 정도가 결정되다 보니, 아무래도 정치·경제적 중심지인 서울을 중심으로 발전하게 되었다.[14] 서울이 유흥의 중심지이며, 이를 주도한 것은 왈자 부류라는 것은 〈춘향전〉의 이본 대비에서 단적으로 드러난다. 투옥된 춘향을 위로하기 위해 모여는 남원 한량들의 왁자한 놀이 묘사는 유독 경판본에만 실려 있다.[15] 이들의 놀이 행각은 가사와 시

---

12) 소용이 편락은 가곡의 곡조 중 18세기 말 이후 분화된 희락적인 변주곡으로, 사설시조를 얹어부르는 곡소이다.

13) 잡가라고 하였지만, 춘면곡에서 매화타령에 이르는 곡은 12가사의 레퍼토리이다.

14) 18세기를 고비로 서울은 전형적인 권력형 도시에서, 경제적 중심지의 성격이 가미된 정·경 복합형 도시로 변모하게 되었다. 이 부분은 조성윤, (1992)을 참조할 것.

조 가창에서 소설 읽기에 이르기까지 다채롭게 펼쳐져 있다.16)

　도시 유흥이 그러나 이처럼 공개된 장소에서만 이루어진 것은 아니었다. 기방과 풍류방을 중심으로 한 소규모의 놀이도 꾸준히 열리고 있었다. 특히 가곡과 시조는 기방과 풍류방을 중심으로 수용층을 넓혀갔다. 풍류방은 창작자와 가객, 금객, 기생 등 연주자, 예술의 수요자가 함께 어울리는 곳이었다. 풍류방의 고객들은 앞서의 도시 유흥과는 달리 기층 영역에까지 침투하지는 않았다. 그러나 풍류객과 예능인이 일종의 집단을 이루어 가악의 질적 수준을 높이고, 다양한 장르의 음악이 공존할 수 있는 기반을 닦았다는 점에서 존재 의의가 있다고 할 수 있다.

3. 시조에 반영된 도시(都市)의 면모

3.1. 도시적 삶의 수용

　　各道各船이 다 올나올제 商賈沙工이 다 올나왔니
　　助江석골 幕娼드리 빅마다 츠즐제 싱니놈의 먼정이와 龍山三浦 당도
　　라며 平安道 獨大船에 康津 海南 竹船들과 靈山三嘉ㅣ　地土船과 메
　　울 실은 濟州배와 소곰 실은 甕津 비드리 스르를 올나들 갈졔
　　어듸셔 각津놈의 나로비야 쯰야나 볼 줄 이스랴

　위 작품은 각 도의 상선이 모여드는 포구의 광경을 묘사한 작품으로 상거래가 활발한 조선 후기 도시의 역동적인 모습을 그려내고 있다. 이 작품은 시의 관심이 내면에서 외적 세계로 향하고 있음을 확연하게 보여주고 있다. 큰 배들이 속속 밀려오는 생기넘치는 교

---

15) 김동욱, 《춘향전 연구》, 연세대 출판부, 1965, 277쪽.
16) 이 밖에 서울을 중심으로 한 도시 유흥에 관한 논의는 강명관, 〈조선 후기 서울의 중간 계층과 유흥의 발달〉, 《민족문학사 연구 2집》, (창작과 비평사, 1992) 와 김종철, 〈19세기 말 20세기 초 서울의 도시화와 시정세태〉, (한국 고전문학 연구회 주최 하계 발표회 발표 초록) 을 참조할 것.

역의 장 뒤에 나룻배를 슬쩍 병치시킴으로써 도시의 양적 확대, 규모의 증가 이에 밀려나는 과거의 잔영을 인상적으로 포착하고 있다.

교역은 도시의 발달과 인구 증가를 가져온 대표적 경제활동이라 할 수 있다. 재화와 용역이 움직이는 생활 현장 포착은 사설시조의 대표적 작품군인 '딕드레…'류의 작품에서 선명하게 드런난다.

> 宅들에 臙脂粉들 사오 저 쟝사야 네 臙脂粉 곱거든 사자
> 곱든 비록 아니ᄒ나 ᄇ르기 곳 ᄇ르면 온갓 嬌態 나나셔
> 님괴얌즉ᄒ오니 사볼나나보오
> 眞實로 그러곳 홀작시면 닷말엇치만 스리라

장사치와 여인의 대화로 이루어진 '딕드레…'류의 작품은 대부분 상거래 현장의 단면을 그려내면서 이 안에 성적인 욕망을 은근히 버무려내고 있다.17) 이러한 작품이 하나의 유형을 이룰 정도로 나타난다는 것은 상거래가 하나의 익숙한 도시민의 일상으로 자리잡고 있다는 의미일 것이다.

시조의 관심이 '현장'에 있음을 보여주는 하나의 사례라고 할 수 있다.

> 書房님 병들여 두고 쓸 것 업셔
> 종류겨지 달리 파라 비사고 감ᄉ고 榴子ᄉ고 石榴샷다.
> 아차아차 이져고 五化糖을 니저빌 어고즈
> 水朴에 술 ᄭᆞ자 노코 한숨 계워 ᄒ노라

병든 남편을 위해 종로 저자에서 가발을 팔아 먹거리를 장만하는 가난한 시정의 여인의 사연을 눈앞에 펼쳐진 듯 그려낸 작품이다. '아차아차'하는 대목에서는 절박함과 안타까움이 절로 묻어나온다.

---

17) '딕드레…'류의 작품이 도시의 상행위를 사실적으로 그린 작품이라기보다는 〈음성상사와 비유를 이용한 말놀음〉이라는 해석이 제출되기도 하였다. 조규익, 《만횡청류》, 박이정, 1996.

풍요의 그늘에 숨죽이고 있던 도시 기층여인의 애환을 꾸밈없이 보여준 이 작품은 부요의 전통과 감성을 계승하면서도 시정이 세태를 짤막하게나마 반영하고 있다는 점에서 이를 넘어서는 감각을 보여주고 있다.

다음은 도시생활의 일부로 자리잡은 유흥의 실상을 보여주는 대표적 작품이라 할 수 있다.

> 노리 ᄀᄎ치 조코 조흔 거슬 벗님네야 아돗던가
> 春花柳 夏淸風과 秋明月 冬雪景에 强雲昭格 蕩春臺와 南北漢江絶勝
> 處에 酒肴爛熳ᄒ디 조은 벗 가즌 해적 알릿싸온 아모가이 第一名唱
> 드리 추례로 안자 억서러 불러 너니 中大葉數大葉은 堯舜禹湯文武ᄀ
> 고 後庭花 樂戲調는 漢唐宋이 되어잇고 騷聳이 編樂은 戰國이 되어
> 가셔 刀創劍術이 各自騰揚ᄒ야 管絃聲에 어리엿다 功名과 富貴도 니
> 몰니라 男兒의 豪氣를 나는 됴하ᄂ노라

대표적 여항가객인 김수장의 이 작품은 18세기 예술 향유의 실상을 이야기할 때 빼놓지 않고 언급되는 작품이다. 여기에서는 가악이 발달하고 이것이 도시 유흥의 중심으로 자리잡아가는 양상을 확인할 수 있다. 유흥은 당연히 풍요를 배경으로 한다. 특히 봉건적 수취제도의 마지막 기항지였던 서울은 특히 성격상 소비문화가 일찍이 발달했다. 물론 소비의 주체는 어디까지나 왕실과 사대부였다. 그러나 도시의 발달과 함께 기술직 중인과 하급관료를 중심으로 한 여항인이 경제력을 배경으로 소비의 주체로 급격하게 부상하게 되었다. 또한 경제활동의 중심이 농업에서 상공업으로 중심 이동되면서 적지 않은 시간적 여유를 만들어내었다. 경제력과 시간의 증가는 필연적으로 여가를 소비하는 다양한 방식의 모색으로 이어진다. 도시라는 곳은 그 속성상 농촌에 비해 중세적 질서로부터 이탈하는 속도가 현저히 빠를 수밖에 없다. 도시유흥은 이 지점에서 발생하여 다양한 변종을 파생시켰다. 앞장에서 살핀 서울의 왁자한 놀음의 기원을 이 작품은 여실히 보여주고 있는 셈이다.

물론 도시유흥의 번성을 '여가의 소비'라는 일면으로만 해석할 수

는 없다. 여기에는 당대인의 문화적 욕구와 감성이 어느 부분 반영
되었다고 할 수 있다. 이처럼 경제적 부가 유흥을 위한 예술 부분
에 투입되고 예술 향유의 저변이 넓어지면서 예술의 신분 귀속성은
현격히 탈각되었다. 신분에 따른 장르의 분화라는 중세적인 예술
향유의 구도는 도시 유흥의 장에 섞임으로써, 그 차이가 무화되었
다. 변혁기의 갈등과 모색을 외면한 몰역사적인 행태라는 당연한
비판에도 불구하고, 도시 유흥의 의의를 인정할 수 있는 이유는 분
명히 있다고 할 수 있다. 그것은 근대 예술의 발전 방향인 대중화
경향을 도시유흥에서 초보적으로나마 살필 수 있다는 점일 것이다.

3.2. 도시인의 감성과 의식 그리고 시조

도시와 시조의 관계에서 보다 주목할 부분은 도시인의 감성과 욕
망이 시조 변화의 내적 동인으로 작동했다는 부분일 것이다. 다음
두 작품을 살펴보자.

불 아니 쩌일지라도 졀노 익는 솟과
녀무죽 아니 먹어도 크고 술져 흐건는 몰과
질솜흐는 女妓妾과 술 심는 酒煎子와 양부로
낫는 감은 암쇼 두고 平生에 이 다섯 가져시면 부룰거시 이시랴

위의 작품은 시조에서 찾아보기 힘들었던 물욕의 토로가 아주 노
골적으로 나타나고 있다. 물론 작중 화자가 바라는 "여무죽 아니 넉
어도 저절로 그는 말"은 현실적으로 존재힐 수 없는 가상의 사물이
다. 따라서 이 작품에서 이것이 실현가능한 욕망인가를 따져 묻는
것이 무의미하다고 할 수 있다. 솟, 말, 생활력이 있으면서 (길쌈)
풍류의 상대(여기)도 되어주는 첩, 주전자, 암소는 풍요와 위무를
보장해줄 수 있는 그리고 누군가에게는 생활의 일부가 되어버린 생
활 주변의 소재들이다. 풍요의 대열에서 소외된 이의 넋두리같은
이 작품은 역설적으로 물욕에 대한 강렬하고 집요한 욕구를 반영한

다 할 수 있다. 이 작품의 리얼리티는 바로 이러한 생활이 보편적으로 가능한 삶의 수준이었냐의 여부가 아니라 규범과 명분에 의해 은폐되었던 세속적 욕망의 실체를 드러내었다는 데에서 찾아볼 수 있다.

애욕과 물욕에 대한 공공연한 토로는 이미 조선 후기 시조 나아가 조선 후기 문학의 변모상을 거론할 때 한번씩은 조명되었던 부분이라 할 수 있다. 비속한 삶의 사연, 여과되지 않은 거친 표현 등은 엄격한 통제를 이상으로 하는 시조의 미적 관습에 변화가 일어난 명백한 징후라 할 수 있다.

다음 작품에서는 세속적 욕망의 실체가 좀더 적나라하게 드러내고 있다.

都련任 날보려홀제 百番남아 달니기를 高臺廣室 奴婢田畓 世間什物을 쥬마 판쳐 盟誓ᄒ며 大丈夫 혈마 헷말ᄒ랴 이리져리 조춧더니 지금에 三年이 다 盡토록 百無一ᄒ고 밤마다 불너니야 단잠만 ᄭ이오니 自今爲始 ᄒ야 가기난커니와 눈 거러달희고 닙울 빗죽ᄒ리라

이 작품은 정서적 영역에 속하는 애정까지 물질로 거래되는 세태를 여지없이 드러내고 있다. 여기에서 낭만적 사랑에 대한 여운은 찾아보기 힘들다. 사랑이라는 것은 고대광실, 노비전답, 세간십물과 같은 물질적 보상, 도련님으로 표상되는 신분 상승에 의해 간단하게 대치되는 등가물에 불과한 것이다. '사랑에 속고 돈에 우는' 여성 화자의 투정에 가까운 소극적 저항은 계산된 영악함과 속물스러움에 가리워 쉽사리 포착되지 않는다.

물적 세계에 대한 집요한 관심, 애정마저 일종의 거래로 생각하는 속물스러움은 도시인의 감성과 욕망의 일단을 밝힌 것이라 할 수 있다. 주시하다시피 금전적 거래 주로 도시를 배경으로 활발히 이루어졌다. 중세 말기에 이르러 도시를 중심으로 한 화폐·교역 경제가 주도권을 잡으면서 상거래는 더욱 활발해졌다. 화폐·교역 경제를 중심으로 하는 도시와 시민의 성장은 근대적 생산양식이 토

지에 결박된 봉건적인 생산양식을 압도해 가는 것으로 이해할 수 있다.

도시의 성장으로 인한 변화, 이로 인한 영향은 고스란히 그 구성원이라 할 수 있는 도시인의 의식과 감성에 미치게 된다. 도시라는 공간은 속성상 중세적 질서가 여전히 완고하게 존속되었던 농촌과 여러 면에서 대비를 보인다. 상거래가 활발히 이루어지고 있던 도시는 농촌과 비교할 수 없을 정도로 동적이고 변화무쌍한 모습을 보여주고 있다. 농촌 사람들이 자연적·물리적 계기에 의해 움직인다면 도시 주민들은 인위적 계기에 의해 삶의 양태가 결정된다 할 수 있다. 또한 눈 앞에 펼쳐진 즐비한 상품들은 자연스럽게 스펙트럼의 확장을 불러일으킬 수밖에 없다. 이에 따라 정서의 편폭 역시 전례 없이 확장되었다. 인위적 부산물이 인간의 의식과 감성의 구조마저 바꾼 것이다.

도시인으로서의 경험은 시간적 단위의 지배를 받는 전통적 사고에서 초보적이나마 공간적 계기성이 가미되는 사고로의 전환을 가속화했다고 볼 수 있다. 공간적 사고의 도입은 시조에서 장황한 나열과 세태 묘사로 가시화 되고 있다. 이러한 변화는 특히 장형의 사설시조에 집중적으로 구현되었다. 이러한 형상 기법은 절제와 질서를 이상으로 하는 시조의 시적 문법을 근본부터 바꾸는 계기가 되었다. "비시(非詩)적 사물의 무사려한 시화"라는 평가18)는 시조의 변화를 바라보는 당혹감의 표현이라 할 수 있다. 공간적 감각을 문학성의 질적인 하락으로 해석한 것이라 할 수 있다. 맹꽁이를 통하여 혼란스러운 세태를 만화경처럼 그려낸 장형의 시조는 도시라는 공간이 가져다준 변화의 산물로 보아야 한다.

'도시적' 혹은 '도시적 성격'이라 범주화 할 수 있는 도시인의 감성에는 이렇듯 도시 주민의 삶의 방식과 정신적 지향까지 담겨있다고 할 수 있다. 그리고 이것은 조선 후기 시조의 미적 자질로 자리잡게 된다. 이들의 정신적 지향은 몇 가지로 요약해 볼 수 있다.

---

18) 고정옥, 《고장시조전주》, 정음사, 1949.

첫째, 이들이 물적 세계에 관심이 많다는 것을 지적할 수 있다. 그 의미는 양면으로 접근해볼 수 있다. 우선 명분보다는 물적 가치에 입각한 행동을 보여준다는 것을 주목할 수 있다. 또 하나는 외부세계에 대한 적극적 관심이라는 면도 생각해 볼 수 있다. 외부세계란 재화와 용역이 생산되고 거래되는 구체적 생활공간이다.

둘째, 도시 주민들은 봉건적 규범과 명분에서 비교적 자유로왔다고 할 수 있다. 그들은 완고한 규범 아래 은폐되어 있던 욕구를 적극적으로 표출하여 토지와 이념에 결박되어, 폐쇄적 취락공동체를 유지하고 살았던 농민들과 뚜렷한 대비를 이룬다. 이질적인 신분과 직업으로 이루어진 도시의 인구 구조는 그곳에 거주하는 주민들에게 다양한 체험의 기회를 제공하는 요인이 되었다. 또한 도시라는 곳이 각지의 사람과 산물이 모여드는 곳인 만큼 주민들은 새로운 가치의 유입에도 유연하게 대처하였다. 도시 주민의 분방함과 개방적 태도는 도시가 상품·화폐 경제의 본산이라는 데에서 찾을 수 있다. 상품과 화폐는 끊임없이 유통되는 속성을 보인다. 따라서 도시 주민들 사이에 고정된 것을 거부하는 동적인 사고가 당연히 자리잡게 되었다.

마지막으로 도시 주민들은 집단의 일원이 아니라 개인으로 존재하려는 속성을 보인다. 그 이유는 이들이 공동체를 유지하는 관념의 제약으로부터 어느 정도 벗어났기 때문일 것이다. 물론 개인적 자각이 새로운 시대로 이끄는 변화·발전의 추인이 되었는지는 이 논의와는 다른 차원의 문제이다. 그러나 분명한 것은 집단의 이념과 시선에서 벗어난 개인의 시선이 작품의 전면에 나타나는 것은 도시의 발달과 분리하여 생각할 수 없다는 사실이다.

물질에 대한 관심, 분방하고 개방적인 태도, 개인에 대한 자각은 근대의 정신적 지향점과 상통한다 할 수 있다. 따라서 '시조에 나타난 도시, 도시적 성격'이라는 문제의식은 필연적으로 '근대성'이라는 문제 영역을 거치게 된다.19) 시조의 변화가 중세 말기 근대화를 향

---

19) 근대성이란 화두는 현재 가장 쟁점이 되고 있는 사안일 것이다. 이에 대한 자세한 해명은 계속 진행되고 있는 연구의 성과를 기다려보기로 하고, 이

한 지난한 여정이었다면 '도시'는 이것이 현실적으로 이루어지고 있던 시·공간이라 할 수 있다. 요컨대 조선 후기의 시조는 중세 해체기의 세태를 압축한 '도시'라는 공간을 그 안에 내재화하고 있었던 것이다.

4. 나오는 말

조선 후기 시조는 '부르는 문학'으로서 도시의 유흥 공간에 존재했었다. 시조가 놓이는 자리는 결과적으로 시조의 미적 자질과 감성 구조를 근본적으로 바꾼 내적인 동인으로 자리하게 되었다. 정형의 틀에서 벗어나려는 움직임, 분방함, 다양함, 역동적인 삶의 현장, 세속적인 욕망과 갈등 등 조선 후기 시조가 포착해낸 숱한 정서와 세태는 도시와 도시에 사는 사람들의 생활과 풍류의 일부로 성장했던 것이다. 시조는 이처럼 사대부라는 협소한 향유층, 강호라는 고정된 공간에서 벗어나면서 평균인의 통속적 욕망과 감성을 담아내는 대중적 문예물로 순조롭게 성장할 수 있었다. 이것은 시조뿐 아니라 '여가를 소비하기 위한' 연행예술로 편입되었던 조선 후기 시가의 공통적인 진로였다.

글에서는 초보적인 개념만은 적용했음을 알려둔다.
황패강, 〈한국문학사와 근대〉
김명호, 〈근대문학론의 기본 쟁점〉
이혜순, 〈비교문학적 관점에서 본 한국 근대문학의 기점〉
고전문학 연구회 편 《근대문학의 형성과정》, 문학과 지성사, 1983 중

〈성산별곡〉의 서술방식과 의미

서 영 숙

목 차

1. 머리말

　〈성산별곡〉은 송강 정철의 가사 작품 중 유독 그 작자 뿐만 아니라 창작 연대, 작품내 인물 등에 대해서 논란이 많이 일고 있는 작품이다.[1] 그래서인지 작품의 형식적, 내용적 특성에 관한 논의는 다른 작품에 비해 매우 한산한 편이다. 그러나 〈성산별곡〉은 주·객의 문답을 통해 성산에서 즐기는 자연인의 풍류를 드러낸 작품으로서, 〈상춘곡〉, 〈면앙정가〉를 잇는 자연문학의 봉우리로 상찬할 만하다. 특히 이 작품이 대화(문답)체 서술로 되어 있다는 섬은 난순한 교시적 문학으로 여겨지던 가사의 문학적 가치를 높이는데 크게 기여하였다.

　대화체 서술은 둘 이상의 인물을 내세워 그들의 의견을 독자들에

---

1) 〈성산별곡〉에 대해서는 김사엽(1959), 강전섭(1971·1993), 서수생(1971), 박준규(1985),정익섭(1990), 김선기(1998) 등에 의해 그 작자 및 창작연대에 관한 논란이 거듭돼 왔고 조세형(1990), 최상은(1991) 등에 의해 그 문학적 우수성이 확인되었다.

게 제시함으로써 독자로 하여금 그 중 어느 하나에 동조하도록 하는 판단의 여지를 주고 있다. 그러나 대화를 나누는 인물에 주·종 관계를 설정함으로써 독자를 은연중에 주인물의 생각에 동조하도록 유도하고 있음을 볼 수 있다. 이는 가사가 작자의 주장을 독자에게 알리는 문학이라는 점에서 보다 고도화된 설득의 방법으로 택해진 것이라 생각된다.2)

〈성산별곡〉은 이와 같은 대화체 수법을 통해 우회적인 주제 전달 방법을 사용한다는 점에서 논자들의 의견이 일치하나, 구체적인 대화의 양상에 대해서는 상당한 견해차를 보이고 있다. 뿐만아니라 작품의 대화의 주체나 대상이 구체적으로 지시하는 것과 대화가 전개되는 양상에 대해서도 여러 이견이 대두되어 있는 상태여서 이에 대한 자세한 재검토가 필요하다. 이에 이 논문에서는 〈성산별곡〉의 서술방식을 분석하며 나아가 이러한 서술방식이 어떠한 의미를 차지하고 있는지 밝혀 보고자 한다. 자료는 《주해 가사문학전집》3) 에 실려 있는 작품을 대상으로 한다.

2. 작품내적 화자와 인물

〈성산별곡〉은 대화 자체의 전개 방식보다는 대화의 두 주체 내지 찬미 대상이 실제 인물 중 누구를 지칭하느냐에 논의가 집중되어 왔다. 대체로 주인을 서하당 내지 석천으로, 손님을 송강으로 보고 손님이 주인과 그의 삶에 대해 말하는 것으로 보는 견해가 지배적이다.4) 이에 비해 주인 자신이 자문자답하는 것으로 보는 견해도

---

2) 가사는 '있었던 일을 확장적 문체로, 일회적으로, 평면적으로 서술해 알려 주어서 주장'하는 교술장르에 속하나(조동일(1969)), 작품에 따라 서정적, 서사적, 극적 성향을 강하게 드러내는 복합적 성격을 띠고 있음을 볼 수 있다. 송강의 작품 중 〈속미인곡〉,〈성산별곡〉은 특히 주제의 효과적 전달을 위해 극적, 서사적 서술방식을 사용한 것으로 생각된다.
3) 김성배 외 편저(1961초, 1981재)

있다.5) 이 두 견해는 〈성산별곡〉의 작자가 송강 정철이냐, 아니면 석천 임억령이냐 하는 논쟁과 맞물려 있다.6) 그러나 이들 견해는 모두 작품 내에 손님과 주인의 문답을 서술하는 화자의 존재를 인지하지 않고 있다. 작자는 손님도 주인도 아닌 작품내 화자의 역할을 하고 있으며, 두 인물의 대화를 직접화법 또는 간접화법으로 청자에게 전달하고 있다.7) 작품의 첫 부분을 인용해 살펴 보기로 하자.

  엇던 디날손이 성산의 머물며서
  棲霞堂 息影亭 主人아 내말듯소
  人生 世間의 됴흔 일 하건마난
  엇디 한 江山을 가디록 나이 녀겨
  寂寞 山中의 들고 아니 나시난고

---

4) 박준규(1985: 18~19)는 송강이 서하당 김성원을 찬미한 것으로, 정익섭 (1990: 9~22)은 송강이 석천 임억령을 찬미한 것으로 보고 있다.
5) 강전섭(1993: 25) 참조.
6) 강전섭(1971·1993) 참조. 강전섭은 〈성산별곡〉을 송강 정철이 아닌 석천 임억령의 작으로 보면서 그 근거를 〈송강가사〉 간행 이전의 문헌에 송강의 작품이란 언급이 전혀 없는 점과 작품의 내용이 송강의 한시 시상,생활보다는 석천의 한시 시상,생활에 부합되는 점이 많은 사실 등을 들고 있다. 그러나 이 작품이 석천의 작품이란 언급도 전혀 찾을 수 없을 뿐만 아니라, 작품 내용도 석천의 영향을 받은 사람에 의해 지어졌다면 얼마든지 석천의 한시나 생활과 부합될 수 있으므로 석천 작의 근거로 보기에는 미흡하다.
7) 최근에 와서 화자의 존재를 따로 설정하고 있는 논문들이 나오고 있으나, 조세형(1990: 51~67)은 화자를 손님이 극화된 것으로 보고 일부 손님과 주인의 논쟁이 벌어지는 것으로 본다는 점에서, 김광조(1987: 77~78), 최상은(1991: 110~113)은 구체적인 대화 전개양상에서 필자의 견해와 차이가 있다. 한편 〈성산별곡〉의 어법을 김신중(1994: 52)역시 '작중의 서정적 자아와 주인공을 별도의 인물로 설정하여 작자는 棲霞堂 息影亭 주인으로 표현된 주인공의 모습을 통해 자신의 소망을 피력하는 간접 화법을 구사'하고 있다고 보고 있어 필자의 생각과 유사하다. 그러나 〈성산별곡〉의 어법 모두가 간접화법으로 되어 있는 것이 아니라, 손님의 말은 직접화법으로 주인의 말은 간접화법으로 구별하여 서술돼 있는 것으로 보아야 할 것이다.

松根을 다시 쓸고 竹床의 자리 보와
져근덧 올라안자 엇던고 다시보니
天邊의 떤난구름 瑞石을 집을사마
나난닷 드난양이 主人과 엇더한고

이 부분에서 청자는 세가지 다른 목소리를 듣게 된다. 첫째는 화자가 두 인물중 발화자를 지시하는 말인 '엇던 디날손이 성산의 머물며서'이고, 둘째는 화자가 직접화법으로 제시하고 있는 손님의 말인 '서하당 식영정 -- 들고아니 나시난고'이며, 셋째는 화자가 장면 설명과 함께 간접화법으로 제시하는 주인의 말 '송근을 다시 쓸고 -- 주인과 엇더한고'이다. 어기에서 가장 논란이 되고 있는 것은 셋째 목소리이다. 이를 지금까지 대부분의 논자들은 손님의 계속된 발화로 보고 있으나8) '송근을 다시 쓸고 -- 엇던고 다시보니'는 인물에 의해 직접 발화된 것이라기 보다는 화자의 설명어이다. 이때 화자가 장면 설명을 붙이면서 발화자의 지시 없이 제시하고 있는 '천변의 떤난구름'이하의 말들은 화자에 의해 간접화법으로 전달된 말이라고 볼 수 있다.9) 그렇다면 이 화자가 간접화법으로 전달하는 말은 바로 앞에서 직접화법으로 전달한 손님의 말과는 엄밀히 구별되는 것으로서 손님의 물음에 대한 주인의 응답으로 보는 것이 타당할 것이다.

이렇게 볼 때 이 작품은 화자가 손님과 주인의 문답을 통해 주인의 삶과 생각을 청자에게 전달하는 것으로 생각된다. 그러나 두 인

---

8) 조세형(1990: 56), 최상은(1991: 111) 참조.
9) 간접 화법은 직접 화법이 작중 인물의 말을 조금도 바꿈이 없이 전달하는 것이 아니라 화자의 입장에서 채색하고 가감하여 전달하는 어법으로서, 대명사와 시제를 화자의 입장으로 바꾸고 내용을 첨삭하거나 발언의 배경에 대한 해설을 덧붙이기도 한다.그러므로 간접 화법은 작중 인물의 말을 화자가 적절하게 요약하여 청자에게 알려 줄 수 있는 장점이 있다. 김천혜(1990: 149) 참조. 〈성산별곡〉에서의 주인의 말도 실제 주인의 말을 그대로 옮긴 것이라기 보다는 화자에 의해 첨삭된 것으로서 사계절로 잘 정리되어 있는 것이 그 좋은 증거이다.

물 중 손님의 말은 주인의 생각을 이끌어내기 위해 질문을 하고 그를 들어주고 호응하는 보조적 역할만 하고 있고 주인의 말이 대부분을 차지하면서 주인의 생각과 삶의 방식을 드러내는 주된 역할을 맡고 있다.

여기에서 화자는 손님보다는 주인에게 더 심정적 일치를 하고 있으며 손님의 입장보다는 주인의 입장에 서고자 함을 알 수 있다. 손님의 말에는 일일이 '어떤 디날 손이 성산의 머물며서'나 '손이셔 주인다려 닐오대'와 같은 발화 주체를 설명하고 있는데 비해 주인의 말에는 이를 생략함으로써 화자의 진술과 주인의 진술이 섞여 있기 때문이다.10) 이는 판소리계 소설에서 화자의 시점이 주인물의 시점과 섞여서 서술되는 방식과 비슷한 양상이라고 할 수 있다.11)

이러한 양상은 이 작품이 작자가 어느 인물의 삶과 생각을 독자에게 효과적으로 알리기 위해, 화자가 주인과 손님의 문답을 청자에게 전달하는 방식으로 서술했기 때문에 나타난 것이라고 할 수 있다. 곧 이 작품의 작자 내지 작품내 화자는 주인물과 분리되어 있다. 화자가 주인물과 동일인이라면 구태어 화자를 따로 설정할 필요도, 주인물을 객관화시켜 지칭할 이유도 없었을 것이다. 이 작품에서 화자가 주인물과 동일인이라면 '손이셔 주인다려 닐오대'가 아니라, '손이셔 이내다려 닐오대'와 같이 표현했을 것이다. 물론

---

10) 이러한 어법은 작중인물의 의식을 그대로 옮기는 것이 아니라 화자 나름대로 요약하고 채색하여 간접으로 표현하는 '산섭석 내적 독백(사유 간접화법)'으로 볼 수 있지 않을까 한다. 자유간접화법에서는 '그는 생각했다'나 '그녀는 다음과 같이 느꼈다'와 같은 화자 설명어를 붙이지 않으며, 1인칭 대명사 '나'는 3인칭의 '그'나 '그녀'로 바꾸어 말한다. 〈성산별곡〉에서 주인의 말중 '나'를 '주인', '산옹' 등으로 표현하는 것이 그 좋은 예이다. 김천혜(1990: 151~161), 제랄드 프랭스(1988: 76~79) 참조.

11) 김병국(1983초, 1991칠: 109)은 판소리계 소설의 서술 특성을 '서술자의 존재가 드러 나기도 하고 약화되기도 숨기도 해서, 서술자의 목소리와 시점, 인물의 목소리와 시점이 다양하게 조합됨으로써 상호침투 내지 공존'한다고 보고 있는데, 이러한 현상은 서사적 가사에서도 나타난다.

주인의 말은 주인이 손님에게 직접 대답한 말이 아니라 화자가 손님과 주인의 행위를 서술한 뒤, 곧이어 주인의 생각을 자신의 말로 바꾸어 서술한 것이다.

실제로 〈성산별곡〉의 주인의 대답을 보면 주인 스스로가 그렇게 말했다고 보기에는 지나치리만큼 자신의 은일 행위에 대한 칭송이 드러나 있다. 그러므로 이를 종래의 평자들은 손님이 묻고 '다시 보고', 스스로 대답한 자문자답으로 본 것이다.12) 그러나 이 작품이 손님과 주인 두 인물을 설정해 놓고 서두를 손님의 물음으로 시작하고 있는 이상, 그에 이어 주인의 대답이 나오는 것이 당연한 이치이다.13) 이를 손님 또는 주인의 자문자답으로 보는 것은 작품 내용에 의한 이차적 해석일 수는 있어도, 작품 형식상으로는 엄연히 손님과 주인의 문·답으로 이루어져 있고 이들의 문답을 별개의 화자가 청자에게 전달하고 있는 것이다. 이때 화자는 주인의 삶과 생각을 보다 미화하여 청자에게 전달할 목적으로 주인의 대답을 재정리하고 가감·윤색해 낸 것이다.

이러한 서술 방식을 통해 우리는 자연스레 이 작품의 작자와 대상인물을 추정해 볼 수 있다. 우선 이 작품의 화자이면서 작자는 서하당, 식영정 주인이 아니라 그를 잘 알고 있으면서 그의 삶과 생각을 경외하는 사람임이 분명하다. 그러므로 이 작품의 작자를 송강 정철이 아닌 석천 임억령으로 보는 데에는 무리가 있다. 송강이 성산에서 석천, 서하당 등과 교유하면서 그들의 삶과 생각에 대

---

12) 조세형(1990: 56~67) 참조. 조세형은 〈성산별곡〉이 극화된 화자인 손님의 시점으로 주인의 삶이 사계절로 나뉘어 서술되다가 후반부에 가서 손님과 주인의 논쟁이 벌어지며 술로써 푸는 것으로 분석하고 있으나, 주인의 삶을 경외하며 서술하던 손님이 주인과 논쟁을 벌인다는 것은 납득하기 어렵다.

13) 김동욱(1975초, 1978삼: 143)이 소개한 《雜歌》에 의하면 〈성산별곡〉을 '此鄭松江之所製 盖說江山行樂之趣 伸言幽雅閒逸之(情) 四時之鋪 賓主之對 句語之妙 辭音轉委 吾東方歌曲之律呂矣'라고 평가하고 있는데, 이 작품이 '賓主之對'로 구성되어 있다고 본 편자의 견해를 무시할 수 없으리라고 본다.

해 잘 알고 있었을 뿐만 아니라 선망과 존경을 품고 있었을 터이므로 송강이 그들 중의 한 사람을 위해 이 작품을 짓기는 그리 어려운 일이 아니다. 단 주인물인 서하당, 식영정 주인을 서하당 김성원으로 보아야 할 것인지 석천 임억령으로 보아야 할 것인지는 여전히 가늠하기 어렵다.14)

손님은 주인의 말을 이끌어내기 위한 보조적 인물 내지 가상적 장치에 불과하므로 구체적으로 누구를 지시하는지를 판가름하는 것은 별 의미가 없다. 지금까지는 손님을 송강으로 봄으로써 송강이 자신보다 연배 또는 스승인 서하당, 석천에게 반말을 쓸수 있는지가 문제시 되었는데 이렇게 본다면 전혀 논란의 여지가 없다. 송강은 작자이면서 작품내 화자로 서하당, 식영정 주인의 생각과 삶을 독자와 청자에게 전하고 있을 뿐이다. 단 화자의 말로 일방적으로 서술하는 것이 아니라 손님과 주인의 문답을 직·간접적으로 청자, 독자가 듣도록 전개함으로써 우회적인 주제 전달 방법을 쓰고 있다.

3. 발화의 주체와 성격

이제 화자가 두 인물인 손님과 주인의 발화를 어떻게 전개하고 있는지, 화자를 통해 드러난 주인의 생각과 삶은 어떠한지를 자세

---

14) 〈石川集〉에서는 '嘗愛昌平星山洞 水石之勝 卜築就居 扁其堂曰棲霞亭以息
影 有記文 及題詠諸詩 及還海南猶往來棲息. 松江鄭相公作星山別曲以美之
至今播諸歌詠'(정익섭 (1993: 10) 재인용), 〈棲霞堂遺稿〉에서는 '松江尤
加敬 每呼以霞丈 爲有星山別曲行于世'(정익섭(1993:15)재인용)라고 하
여 〈성산별곡〉을 각기 석천 임억령과 서하당 김성원을 위해 지은 것이라
고 서술하고 있어, 어느 하나를 논증자료로 삼기 어렵다. 그러므로 이에
대한 논의는 미루어 두기로 한다. 단 이 작품이 강전섭(1971, 1982: 5
6~58, 1993: 13~24)의 주장대로 석천의 시상과 유사한 점이 많음을
볼 때 석천의 시를 패로디한 것이 아닐까 한다. 특히 석천의 '偶題'란 시
에 '星山'이란 부제가 붙어 있는데, 이를 패로디하면서 '성산별곡'이란
제목을 달았을 수도 있다.

히 검토해 보기로 하자. 발화의 주체에 따라 단락을 나누어 보면
다음과 같다.

1) 화자 + 손님:손님이 주인에게 산중 생활을 하는 이유를 물음.
   '엇던 디날 손이 성산의 머물며서 - 들고 아니 나시난고'
2) 화자 + 주인:주인이 성산의 경치와 삶을 사계절로 나누어 대
   답하고 손님에게 이 골의 진선인 학을 만났는지 물음.
   '송근을 다시 쓸고 - 행혀 아니 만나산가'
3) 화자 + 손님:손님이 주인에게 그대가 진선이라고 대답함.
   '손이셔 주인다려 닐오대 - 그대 권가 하노라'

   여기에서 볼 때 손님과 주인의 생각은 처음에는 상반되나 나중에
가서 동화되는 것으로 나타나 있다. 즉 손님은 세간 사람으로서 산
중 생활을 이해하지 못하던 사람이었으나 주인의 산중 생활에 대해
이야기듣고 난 뒤 이를 이해하게 된다. 손님의 생각은 자세히 언급
돼 있지 않으므로 확실히 단언하기는 어렵지만 1)에서 '인생 세간
의 됴흔 일 하건마난 엇디 한 강산을 가디록 나이 녀겨 적막 산중
의 들고 아니 나시난고'하고 물음으로써 세간의 일도 좋은 일이 많
은데 구태어 산중 생활을 하는데 대해 의아해하는 것으로 되어 있
다.
   이에 대해 주인은 산중 생활을 사계절로 나누어 설명하면서 자신
의 모습을 청문고사의 소평, 염계, 태을진인, 소식, 이태백에 비견
하고 있다. 또한 2)의 마지막 부분에서 이런 산중 생활과 상반되는
세간 생활에 대한 자신의 생각을 단적으로 드러내고 있다. 즉 손님
의 생각과는 달리 '엇디한 시운이 일락배락 하얏난고 모랄일도 하
거니와 애달음도 그지업다', '인심이 낫가타야 보도록 새롭거날 세
사는 구름이라 머흐도 머흘시고'하며 세간 생활을 부정적으로 보고
있다. 이에 3)에서 손님은 '그대 권가 하노라'면서 주인이 바로 이
골의 眞仙임을 이해하게 되는 것이다.

화자는 손님과 주인의 문답을 청자에게 전달해주는 매개자의 구실을 하고 있다. 즉 화자는 세간 사람과 산중 사람의 중간에 있으면서 그들을 연결시켜 주는 고리의 구실을 하는 것이다. 그런데 화자가 손님의 말과 주인의 말을 전달하는데 있어 뚜렷한 차이가 있다. 손님의 말은 발화의 주체를 분명히 지시하고 그의 말 그대로 서술하는데 비해, 주인의 말은 그런 지시 없이 화자의 말로 바꾸어 서술하고 있다.

산중 생활을 하는 이유에 대한 손님의 질문에 주인이 그 자리에서 즉시 자신의 생활을 사계절로 나누어 대답했다고 보기 어렵다. 이는 화자가 주인의 의식 또는 말을 자신의 입장에서 정리하여 서술한 것이다. 2)에서 나오는 '송근을 다시 쓸고 죽상의 자리 보와 져근덧 올라안자 엇던고 다시 보니 주인과 엇더한고'라든가 '잡거니 밀거니 슬카장 거후로니 마암의 매친 시람 져그나 하리나다 거믄고 시름언저 풍입송 이야고야 손인동 주인인동 다 니저바려셰라'와 같은 상황 설명은 바로 주인 자신의 말이라기 보다는 화자에 의해 덧붙여진 것이라고 할 수 있다. 또한 '청문고사랄 이제도 잇다 할다'와 같은 주인의 생활에 대한 평가는 주인 스스로가 자신에게 내린 것이라 하기 보다는 다른 사람이 화자의 주인에 대한 평가로 보는 것이 자연스럽다.

화자가 이렇게 손님의 말은 직접화법으로, 주인의 말은 간접화법으로 서술하면서 주인의 말에 자신의 생각을 투영하고 있는 것으로 볼 때, 화자는 손님과 주인의 중산에 있으면서도 주인의 입징에 훨씬 기울어져 있음을 알 수 있다. 어쩌면 화자는 손님이면서 주인처럼 행세하는 사람처럼 여겨진다. 즉 원래는 세간 사람이었으나 이 작품을 읊을 당시에는 산중 사람 행세를 하는, 그러면서도 세간에 대한 미련을 완전히 떨치지 못하는 사람이 아닐까 한다.

2)의 마지막에 나오는 '잡거니 밀거니 슬카장 거후로니 마암의 매친 시람 져그나 하리나다 거믄고 시름언저 풍입송 이야고야 손인동 주인인동 다 니지바려셰라'에서 '마암의 매친 시람'과 '손인동

주인인동 다 니저바려셰라'의 주체는 손이나 주인이라기 보다는 화자 자신이라 생각된다. 손님은 세간 사람으로서 '인생 세간에 좋은 일이 많다'고 생각하는 사람이고, 주인은 산중 사람으로서 '산옹의 부귀'를 누리고 있는 사람이다. 그러므로 이 시름은 세간 사람이었으나 산중 생활을 하고 있는 화자의 시름으로서 주인의 말을 전하는데에 저절로 배어든 것이라 할 수 있다. 그러나 화자 역시 술에 취함으로써 맺힌 시름, 특히 세간과 산중 사이에서의 고민을 잠시나마 잊게 되었던 것이다.

  이렇게 볼 때 작자인 송강 정철은 작품 내 화자의 처지와 성격에 가장 가깝게 여겨진다. 실제로 정철은 다른 작품에서도 이런 갈등과 고민을 송종 드러내 보이는 것을 볼 수 있다. 이는 星山 四仙이라고 불리는 石川 林億齡, 棲霞堂 金成遠, 齊峯 高敬命, 松江 鄭澈이 함께 읊은 '息影亭 題詠' 중 '水檻觀魚' 4수를 비교해 보면 뚜렷이 드러난다.15)

吾方憑水檻	나는 강가 정자에 있고
鷺亦立沙灘	백로는 모래밭에 있네
白髮雖相似	흰 머리는 서로 비슷하나
吾閑鷺不閑	나는 한가해도 백로야 그러리. (석천 임억령)

潛伏於幽穴	그윽한 구멍에 잠복해 있다가
遊揚于淺灘	얕은 여울에서 노니는구나
已知魚自樂	이미 물고기가 스스로 즐거워함을 아니
重覺我之閑	거듭 나의 한가함을 깨닫겠네 (서하당 김성원)

在藻相忘水	마름 밑에 있을 때는 물을 잊은듯하더니
跳波逆上灘	물결 위에 뛰어 올라 여울을 거슬러 올라가네
俯看風定處	바람이 잔잔해진 곳을 굽어 보니
濠上意俱閑	호상의 장주처럼 마음이 한가하구나

(제봉 고경명)

---

15) 시 원문과 번역은 이재석(1988: 52~53)에서 재인용한다.

欲識魚之樂   물고기 노니는 그 낙을 알고 싶어
終朝俯石灘   아침 내내 돌여울을 내려다 보네
吾聞人盡羨   남들이야 이 몸의 한가함 부럽다지만
猶不及魚閒   물고기만큼 한가하지는 못하다네 (송강 정철)

　여기에서 보면 송강을 제외한 석천, 서하당, 제봉은 모두 정자의 난간에서 물고기를 내려다보며 자신의 마음이 지극히 한가해졌음을 표현하고 있다. 그야말로 자연과 시적 화자가 하나가 되는 경지에 이르렀음을 나타내는 것이다. 그러나 송강만은 '猶不及魚閒'이라고 함으로써 남들은 자신의 한가함을 부러워하지만 실제로 자신은 그리 한가하지 못하다고 토로하고 있다. 이는 성산 사선 중 송강은 다른 세 사람과 완전히 동화되지도 못할 뿐만 아니라, 지극한 한가로움을 즐기는 신선의 경지에 자신을 몰입하지 못한 채 여전히 갈등하고 있음을 보여 주는 것이라 할 수 있다. 이러한 갈등이 〈성산별곡〉에서는 '마암의 매친 시람'으로 표현되고 있는 것이다.

　결국 〈성산별곡〉은 산중 생활을 이해하지 못하는 세간 사람들에게 산중 생활의 참된 맛을 이해시키기 위해 쓰여진 작품임을 알 수 있다. 그러나 〈상춘곡〉이나 〈면앙정가〉와 같이 산중 사람이 화자가 되어 직접 자신의 심회를 펼치는 것이 아니라, 세간 사람과 산중 사람의 문·답을 제3자가 전하는 간접적 표출 방식을 쓰고 있다. 화자의 이야기 속에 세간 사람이 산중 사람의 생활을 이해하게 되는 과정을 서술함으로써, 청자 내지 독자인 세간 사람들은 은연중에 작품내의 세간 사람(손님)처럼 산중 사람(수인)의 생활과 생각을 이해하고 존경하게 되는 것이다.

　이는 〈상춘곡〉이나 〈면앙징가〉에서 청자(독자)들이 갖게 될지도 모를 거리감, 이질감을 청자(독자)와 같은 입장에 있는 손님을 작품 내에 설정하고 그와 대화를 나눔으로써 없애고자 하는 보다 고도화된 설득의 방식이라고 할 수 있다. 〈상춘곡〉에서도 '홍진에 뭇친분네 이 내 생애 엇더한고'라고 세간 사람들에게 묻고 있기는 하지만 이 물음은 청자의 대답을 전혀 기대하지 않는 일종의 자기 과시와 다름없는 언술이다.

이런 점에서 〈성산별곡〉은 〈상춘곡〉이나 〈면앙정가〉의 은일가사로서의 면모를 이어받으면서도 세간과 단절되어 있는 것이 아니라 세간과 대화를 나누며 세간의 이해와 동의를 구하고 있는 전환을 이루고 있다. 이는 산중 사람으로서의 고압적 자세를 낮추고 세간 사람을 받아들이는 자세로서, 보다 많은 세간 사람(청자,독자)들의 호응을 얻을 수 있지 않았을까 한다.

4. 서술방식에 내포된 의미

〈성산별곡〉은 화자에 의한 상이한 두 인물의 문답체 서술로 이루어져 있다. 이처럼 작자가 작품내 화자가 되어 직접적으로 자신의 생각을 제시하지 않고 별개의 인물을 통해 간접적으로 전달하는 방법은 작품의 의미 완성에 청자(독자)의 몫을 남겨 둠으로써 자연스레 청자(독자)의 활발한 호응을 이끌어내고 있다.

〈성산별곡〉은 송강의 작품 중 대화체 서술로 되어 있는 또 하나의 작품 〈속미인곡〉과는 달리 두 인물의 대화를 매개하고 있는 화자가 따로 존재하고 있다. 〈속미인곡〉에서 이질적 두 인물의 대화가 뚜렷한 대립을 보인 채 해결을 보이지 못하는 것은 이들의 대화를 조절하는 화자가 없기 때문이라고도 할 수 있다.16) 〈성산별곡〉에서의 인물 역시 손님은 세간 사람이고 주인은 산중 사람으로서 이질적이나, 세간 사람으로서 산중 생활을 하고 있는 화자에 의해 그 대립이 완화·해결되고 있는 것이다. 또한 인물중 손님은 질문을 던지고 주인의 대답을 듣기만 하는 태도를 취하고 있기 때문에 대화가 주인에 의해 주도되고 있어 주인의 생각이 자연히 해결로

---

16) 〈속미인곡〉과 〈성산별곡〉에 나타나는 대화양상의 차이점에 대해서는 졸고 (1995)에서 자세히 분석한 바 있다.

제시되고 있다. 결국 화자에 의해 손님이 주인의 생각과 삶을 이해하게 되는 해결을 취함으로써 청자는 자신도 모르게 손님의 입장에 놓여 그 해결을 수긍하게 되는 것이다.

그러면 〈성산별곡〉이 〈속미인곡〉과 달리 화자를 따로 설정하는 대화방식을 취한 이유는 무엇일까? 이는 〈속미인곡〉에서는 인물중 어느 하나가 작자의 분신일 수 있지만, 〈성산별곡〉에서는 인물 중 어느 하나도 작자 자신일 수 없기 때문이다. 그러므로 작자는 내포작자로서 작품내 화자의 역할을 맡게 된 것이라 할 수 있다. 그러나 작자의 분신이기도 한 화자는 중립적 입장에 있지 못하고 인물 중 주인의 생각에 많이 기울어져 있다. 이는 화자가 주인의 생각과 삶을 이해하고 이를 청자에게 전달하려는 입장에 있기 때문이라고 할 수 있다. 화자가 손님의 말은 직접 화법으로 전달하여 자신과 거리감을 두는 반면 주인의 말은 간접 화법으로 바꾸어 전달하여 자신과의 거리를 좁히는 것은 바로 화자의 이런 입장 때문이라고 할 수 있다.

그런데 화자는 주인의 생각을 주인의 말 그대로 전달하는 것이 아니라 자신의 말로 바꾸어 전달하고 있기 때문에 주인의 말 속에는 화자의 생각이 은연중에 배어들게 된다. 이때 화자는 세간 사람들에게 산중 사람의 삶과 생각을 전달하는 입장에 있음에도 불구하고 두 세계에서 시름하는 자신의 모습을 완전히 감추지 못하고 있다. 그 시름은 술에 취함으로써 '조금' 풀렸을 뿐 완전히 해소된 것은 아니며, 신선은 '그대'일 뿐 손님이나 화자와는 여전히 별개의 존재이다. 즉 손님이나 화자는 주인의 세계를 이해는 하지만 완전히 동화되지는 못한다. 화자는 산중 생활을 경외하기는 하지만 세간에 대한 미련을 떨치지 못하고 있다. 결국 이 작품은 세간 사람에게 산중 사람의 삶과 생각을 이해시키는 목적은 달성하고 있으나 두 세계 사이에서 빚어지는 화자의 시름까지 해소시키지는 못하고 있는 것이다.

〈성산별곡〉이 이러한 대화 방식을 통해 산중 사람의 생각과 생활

을 알리는 것은 같은 주제를 형상화하고 있는 〈상춘곡〉이나 〈면앙
정가〉에 비해 일면 진전된 것이라 할 수 있다. 〈상춘곡〉이나 〈면앙
정가〉가 세간 사람의 생각을 전혀 고려하지 않고 자신들의 생각을
알리는 데에만 치중하고 있는데 비해 〈성산별곡〉은 일단 청자(독
자)의 대부분인 세간 사람을 작품내 인물로 설정함으로써 청자(독
자)들의 관심을 집중시키고 있다. 청자(독자)들은 화자의 일방적인
말을 듣기만 하는 것이 아니라, 작품내 인물을 통해 묻고 듣게 되
는 것이다. 결국 〈성산별곡〉은 앞 시대의 은일가사에 비해 한걸음
더 세간 사람에게 다가감으로써 세간과 산중의 거리를 좁히고 있는
것이다. 이는 작자가 완전한 산중 사람이 아닌 세간 사람이면서 산
중 사람을 잘 이해하는 이였기에 가능했으리라 본다.

　이와 같이 〈성산별곡〉은 세간과 산중 생활 사이에서 시름하는 작
자의 내면세계를 형상화한 작품으로서, 작품의 대화체 서술은 이질
적 정서와 세계로 분열되어 있는 개인과 사회의 모습을 효과적으로
드러내 주고 있다. 또한 이 작품은 조선 전기와 후기의 전환기에
놓여 있으면서,화자 중심의 일방적 말하기 방식으로 되어 있던 가
사가 청자를 중시하는 말하기 방식으로 옮겨가는데 중추적 구실을
한 것으로 생각된다.

　이제 〈성산별곡〉의 서술방식이 가사의 다양한 서술 방식 속에서
어떠한 위치를 차지하고 있는지 살펴 보기로 하자. 작품 내에 청자
를 불러 들임으로써 청자의 호응을 이끌어내는 대화체 서술은 〈성
산별곡〉에서 갑자기 시도된 것이라기 보다는 그 이전부터 이미 누
적되어 온 가사의 관습으로 생각된다. 가사의 효시로 논의되고 있
는 〈서왕가〉나 〈상춘곡〉 모두 작품 내에서 화자가 청자를 향해 말
을 건네고 있을 뿐만 아니라 이후 대부분의 가사들이 서두에서 대
화의 상대자인 청자를 부르는 것은 이러한 관습의 일단이라고 할
수 있다. 그러나 화자가 청자를 어느 정도 인식하며 어떤 방법으로
사상을 전달하느냐에 따라 다음과 같이 몇가지 갈래로 구분된다.

  1) 화자의 일방적 발언 – 독백,방백
  2) 화자를 통한 인물간의 대화
  3) 화자의 개입없는 인물간의 대화
  4) 화자와 청자의 호응적 발언

  1)은 청자를 거의 인식하지 않는 화자의 일방적 발언으로서 독백 내지 방백으로 이루어진다. 서두에서 청자를 부르는 것은 관습적 어구일 뿐 청자를 대화의 상대자로 끌어들이는 것은 아니다. 독백은 화자 자신에게 하는 발언으로서 청자가 엿듣는 방법이고 방백은 청자를 향한 발언이나 청자는 듣기만 하는 방법이다. 〈사미인곡〉이 전자에, 〈상춘곡〉, 〈노처녀가〉가 후자에 속한다고 할 수 있다.

  2)는 화자의 발언을 직접적으로 하지 않고 인물간의 대화를 통해 간접적으로 하는 방법이다. 1)보다는 화자의 독점적 역할을 어느 정도 줄임으로써 청자와의 거리를 좁히고 있다. 청자는 화자가 설정해 놓은 한 인물에 자신을 투사하여 화자의 말을 들음으로써 은연중에 화자의 생각을 받아들이게 된다. 〈성산별곡〉이 여기에 속하며 〈누항사〉 등 조선 후기 많은 가사들이 작품 내에 대화를 삽입함으로써 일부 이러한 방식을 꾀하고 있다.

  3)은 화자가 전혀 개입하지 않고 인물간의 대화를 통해 청자(독자) 스스로 주제를 판단하게 하는 방법이다. 1), 2)에 비해 화자의 역할이 최소화되어 있어 청자의 작품에 대한 적극적 참여에 의해 의미가 완성된다. 〈속미인곡〉이 대표적 작품이라 할 수 있고 이후 〈거사가〉, 〈갑민가〉 등이 이러한 수법을 잇고 있다.

  4)는 매우 독특한 형태로서 작품내에 청자가 제2화자가 되어 나타나는 경우이다. 이는 마치 일인 연극에서 관객을 향한 화자의 말에 관객이 대꾸하는 형태와 같다. 청자(독사)는 작품내 끼어든 칭자에 자신을 동일시함으로써 자신도 모르는 사이 작자가 의도한 주제를 받아들이게 된다. 〈서왕가〉가 이러한 기법을 쓰고 있고 조선 후기 많은 〈화전가〉류 가사에서 그 면모를 찾을 수 있다.

여기에서 가사의 말하기 방식은 초기에는 1)의 화자의 일방적 발언 방식이 대부분이었으나 송강에 의해 2)와 3)의 대화를 통한 간접적 제시 방식이 계발되었고, 후기에 와서 점차 2), 3), 4)의 방식이 확대·보편화되었던 것이 아닌가 한다. 이는 가사가 본래 화자와 청자 사이에서 연행된 문학으로서, 주제를 보다 효과적으로 전달하기 위해 다양한 서술 방식을 사용했으며 화자에게 놓여있던 비중이 점차 청자에게로 옮아가는 변화가 일어났음을 짐작하게 한다. 송강의 〈성산별곡〉은 이러한 변화의 가운데 지점에서 그 비중을 화자에서 청자로 전환케 하는데 중추적 구실을 한 작품으로 다시금 높이 평가하지 않을 수 없다.

5. 맺음말

〈성산별곡〉은 작가가 독자에게 전달하고자 하는 주제를 화자의 일방적 언술이 아닌 인물간의 대화를 통해 우회적으로 제시하는 대화체 서술로 되어 있다. 이러한 대화체 서술은 의미의 완성에 청자(독자)가 적극적으로 참여할 수 있는 여지를 줌으로써 보다 많은 청자(독자)의 관심과 호응을 이끌어내고 있다. 이 논문에서는 〈성산별곡〉의 서술방식을 면밀히 분석해 보고 이러한 서술방식이 내포하고 있는 의미를 살펴 보았다.

〈성산별곡〉은 화자를 통해 주·객의 문답을 전달함으로써 세간 사람들에게 산중 사람들의 삶과 생각을 이해케 하며, 화자의 두 세계사이에서의 시름을 드러내고 있다. 이때 청자(독자)는 화자가 설정해 놓은 작중 인물 중 하나에 자신을 투사하면서도 은연중에 화자의 생각을 받아들이게 된다. 작자 송강은 이 중 작품 내 화자에 자신을 일치시켜 자연과 하나가 되는 신선의 경지를 동경하면서도, 여전히 현실에 대한 시름으로 갈등하고 있음을 보여 준다. 이 작품의 이러한 서술방식은 두가지 이상의 이질적 관념 내지 삶의 모습을 그대로 드러내는데 적합한 방식으로서, 당대 사회의 변동으로 인한 이질화·다양화 양상을 반영하고 있다.

〈성산별곡〉의 서술방식은 청중을 상대로 낭송하던 가사의 연행적 특성에서 형성된 것으로서, 이후의 가사가 화자 중심의 말하기 방식에서 청자를 중시하는 말하기 방식으로 전환케 하는데 중추적 구실을 한 것으로 생각된다. 단 이 논문에서 이루어진 성과는 〈성산별곡〉만을 대상으로 한 미시적인 것이어서 앞으로 전체 가사의 말하기 방식과 의미에 대한 논의로 확대함으로써 재차 검증되어야 하리라고 본다.

〈참고문헌〉

강전섭(1971), "〈성산별곡〉의 작자에 대한 존의", 장암지헌영선생화갑기념
        논총, 한국고전문학연구(대왕사, 1982) 재수록.
──── (1993), "〈성산별곡〉의 작자고증", 모산학보4·5합집, 모산학술연구소.
권녕철(1980), 규방가사연구, 이우출판사.
권녕철·주정원(1981), 화전가연구, 형설출판사.
김광조(1987), "조선전기가사의 장르적 성격연구-시적 담화의 유형분석을
        중심으로", 서울대 석사학위 논문.
김동욱(1975초, 1978삼), "임란전후 가사연구", 한국가요의 연구속, 이우
        출판사.
김병국(1983초, 1991칠), "고대소설 서사체와 서술시점", 한국고전소설연
        구, 이상택·성현경 편, 새문사.
김선기(1998), "〈성산별곡〉의 세가지 쟁점에 대하여", 고시가연구 5. 한국
        고시가문학회.
김사엽(1959), 교주 송강가사, 문호사.
김성배 외 편저(1961초, 1981재), 주해 가사문학전집, 집문당.
김신중(1994), "송강가사의 두 측면", 제 9회 전남 고문화 심포지엄 발표
        요지 송강 정철의 생애와 문학, 한국고시가 문학회.

김신중(1995), "송강 가사의 시공상 대비적 양상", 고시가연구 2·3합집, 한국고시가문학회.

김천혜(1990), 소설구조의 이론, 문학과 지성사.

박성의(1968), 송강·노계·고산의 시가문학, 현암사.

박일용(1992), "〈만분가〉의 형상화 형태", 한국고전시가작품론 2, 집문당.

박준규(1985), "성산의 식영정과 성산별곡", 국어국문학 94.

――― (1995), "송강 정철의 누정제영고 - 성산동의 식영정제영을 중심으로", 고시가연구 2·3합집.

서수생(1970), 한국시가연구, 형설출판사.

――― (1971), "송강의 성산별곡 창작연대", 어문학 24.

서영숙(1995), "〈속미인곡〉과 〈성산별곡〉의 대화양상 분석", 고시가연구 2·3합집.

이재석(1988), "성산정각을 매개호 한 문학적 교환과 그 역사적 의미 - 식영정과 서하당을 중심으로", 고려대 교육대학원 석사논문.

임기중(1979초, 1989중), 역주 해설 조선조의 가사, 성문각.

정대림(1992), "〈성산별곡〉과 사대부의 삶",한국고전시가작품론 2, 집문당.

정익섭(1990), "〈성산별곡〉의 재고", 학산조종업박사 화갑기념논총.

조동일(1969), "가사의 장르 규정", 어문학 21.

조세형(1990), "송강가사의 대화전개방식 연구", 서울대 석사학위논문.

최규수(1996), "송강 정철 시가의 미적 특질 연구 - 작품 수용양상을 중심으로", 이화여대 대학원 박사논문.

최상은(1991), "조선전기 사대부가사의 미의식: 자연을 대상으로 한 작품을 중심으로", 성균관대 박사학위 논문.

최성호(1981), "성산별곡연구", 국어국문학연구 7, 원광대.

최한선(1999), "성산별곡과 송강 정철", 조선조 시가의 존재양상과 미의식, 반교어문학회 편, 도서출판 보고사.

제랄드 프랭스(1988), 서사학: 서사물의 형식과 기능, 최상규 역, 문학과 지성사.

象村 申欽의 自主的 詩歌論

李 圭 椿

목 차

1. 緒 論

　조선조 중기는 崔致遠 이후의 한문학적 전통이 일정한 문학적 성과를 거둔 시기로 알려져 있다. 소위 穆陵盛世라고 하는 이 시기는 외형적으로 전형적인 한문학적 사고와 표현방식이 지배하고 있었으나, 내면적으로는 문단의 한문학 일변도에 대한 반성과 民族文學에 대한 자각이 시작되었던 때라는 점에서 문학사적으로 소홀히 취급될 수가 없다. 민족문학에 대한 자각은 다른 말로 민족문학에 대한 자주적 인식 및 존중으로 표현될 수 있다. 모든 면에서 尊中華가 우선이었던 당시의 문단에서 國文文學의 존재의의와, 삭가 각사의 문학적 성취를 존중하는 경향이 나타나기 시작했다는 것은 중국문학 모방 일변도의 상황을 극복하고 중국문학과 한국문학의 균형을 잡아가기 시작한다는 점에서 가치가 더욱 크다.

　본고는 이렇게 새로운 문학적 기풍이 발생하는 시기의 冒頭에서 象村 申欽(1566-1623)이 선구적으로 자리하고 있다는 사실을 증명하는 데 그 목적이 있다. 상촌은 조선 중기의 館閣文學을 대표하는 상징적 존재이다. 그는 한문학의 거의 모든 장르를 망라하는 방대한 작품을 남기고 있으며 동시에 뛰어난 국문시조도 30수를 전하고 있는 작가이다. 그리고 더욱 중요한 것은 상촌이 한국어로 창작되는 시가의 독자적 영역과 문학성을 인정했던 탁월한 文學理論家였다는 점이다.

먼저 국문시가에 대한 상촌의 자주적 견해를 세심히 살피고, 이에 덧붙여 상촌의 영향을 받은 것이 분명하거나 혹은 상촌의 자주적 문학관과 일맥 상통하는 문학론을 지니고 있던 조선 후기의 주요 비평가들의 이론을 검토하는 과정에서 상촌의 선구적 위상이 자연스럽게 정립될 수 있을 것으로 기대한다.

2. 聲音과 言語에 대한 상촌의 인식

聲音과 言語는 음악과 문학의 기본적 요소이다. 따라서 문학론을 검토하기 이전에 이에 대한 상촌의 견해가 어느 정도인지를 살피는 것이 필요하다. 상촌은 聲과 音의 차이를 이해하고 있었으며 성음으로 만들어진 것 중에서 최고의 精華인 樂에 대하여서도 언급하였다.

> 소리를 알지만 音을 알지 못하는 것은 禽獸이고, 音을 알지만 樂을 알지 못하는 자들은 보통 사람들이다. 樂을 알게 된다면 天地의 道에 가까워 질것이다.
> (知聲而不知音者 禽獸也, 知音而不知樂者 衆庶也, 知樂則其庶於天地之道乎.)

—《象村集》卷52,〈春城錄〉—

이와 같은 상촌의 견해는 동양의 전통적인 사상과 일치한다. 《禮記》를 살펴보면 상촌이 위에서 말한 것과 같은 내용이 실려 있다.

　　무릇 音이라는 것은 사람의 마음에서 생겨나는 것이고, 樂이라는
것은 윤리에 통달하는 것이다. 이런 까닭에 聲을 알지만 音을 알지
못하는 것들은 금수이고, 音은 알지만 樂을 알지 못하는 자들은 보
통사람들인 것이다. 오직 군자라야만 능히 樂을 알 수 있다. 그러므
로 聲을 살펴서 音을 알고 音을 살펴서 樂을 알며, 樂을 살펴서 政
治를 알 수 있는 것이니, 다스림의 道가 여기에 갖추어져 있다. 그래
서 聲을 알지 못하는 자들은 더불어 音을 말하지 못하며 音을 알지
못하는 자들은 더불어 樂을 말할 수 없으니 樂을 안다면 거의 禮에
가까울 것이다. 禮와 樂을 함께 얻는 것을 德이 있다고 하니, 德이라
고 하는 것은 得(얻는 것)이다.

　　(凡音者 生於人心者也 樂者 通倫理者也. 是故知聲而不知音者 禽獸
是也, 知音而不知樂者 衆庶是也, 唯君子爲能知樂. 是故審聲以知音 審
音以知樂, 審樂以知政 而治道備矣. 是故不知聲者 不可與言音, 不知音
者 不可與言樂, 知樂則幾於禮矣. 禮樂皆得 謂之有德 德者得也.)

—《禮記》 卷19, 〈樂記〉—

　　大樂은 천지와 더불어 같이 화합하고, 大禮는 천지와 더불어 같이
절도가 있는 것이니, 화합하므로 온갖 물건을 잃지 않게 되며, 절도
가 있으므로 천지에 제사지낼 수 있게 되는 것이다.

　　(大樂與天地同和 大禮與天地同節, 和故百物不失 節故祀天祭地)

— 同上 —

위의 인용에서 설명한 바와 같이 聲·音·樂의 차이는 명백한 것이
다. 자연적으로 발생하는 소리만을 아는 것은 금수이다. 그런데 그
소리가 일정한 법도를 거쳐 체계화된다면, 예를 들어 사람의 복구
멍과 혀의 작용을 통하는 목소리가 되는 것이나 악기에 의하여 하
나의 소리가 되는 것처럼, 그것이 音이 되는 것이다. 그리고 성음으
로 구성된 소리가 모여 완벽하게 조화를 이루고 아름다움의 극치를
얻어 樂에 이르게 되는데, 이 樂은 대자연의 존재론적 질서가 성음
으로 표출된 것으로 해석할 수 있으며, 禮는 자연의 이치가 인간의
실생활에서 절도있는 행위규범으로 제시된 것이라는 점에서 악과
예는 본질적으로 상통하는 개념이다. 이것이 유학의 至治인 禮樂政

治의 이론적 배경이기도 한 것이다.

그리고 상촌은 邵康節의 象數易의 대가[1]답게, 성음과 八卦를 연관하여 설명하기도 하였다.

> 八音은 八方의 風이다. 乾의 音은 돌로 만든 악기의 소리와 같으니 그 風을 不周風이라 하고, 坎의 音은 가죽으로 만든 악기의 소리와 같으니 그 風을 廣莫風이라 하며, 艮의 音은 바가지로 만든 악기의 소리와 같으니 그 風을 融風이라 하고, 震의 音은 대나무로 만든 악기의 소리와 같으니 그 風을 明庶風이라 한다. 巽의 音은 나무로 만든 악기의 소리와 같으니 그 風을 淸明風이라 하고, 離의 音은 줄로 만든 악기의 소리와 같으니 그 風을 景風이라 한다. 坤의 音은 흙으로 만든 악기의 소리와 같으니 그 風을 凉風이라 하고, 兌의 音은 쇠로 만든 악기의 소리와 같으니 그 風을 閶闔風이라 한다.
>
> (八音 八方之風也. 乾之音石 其風不周, 坎之音革 其風廣莫, 艮之音匏 其風融, 震之音竹 其風明庶. 巽之音木 其風淸明, 離之音綵 其風景. 坤之音土 其風凉, 兌之音金 其風閶闔.)
>
> ―《象村集》卷51,〈求正錄 上〉―

상촌은 이렇게 각 음의 특징까지도 세밀히 알고 있었다. 八音은 金・石・絲・竹・匏・土・革・木으로 만든 악기의 소리를 말하는 것으로 동양에서 음의 근간으로 인식하고 있었던 것이다. 그러나 이것도 상촌이 처음으로 말한 것은 아니다. 《淮南子》에 다음과 같은 말이 있다.

> 무엇을 일러 八風이라 하는가. 동짓날을 지나 45일 동안 條風이 불어온다. 條風이 지나고 난 뒤 45일 간 明庶風이 불어오며, 明庶風이 지나고 45일 간은 淸明風이 불어온다. 淸明風이 지나고 45일 간

---

1) 상촌은 그의 雜著 여러 곳에서 자신이 邵康節의 象數易을 계승하였음을 밝혀 놓았다. 그리고 朴熙秉은 최근의 논문 (申欽의 學問과 그 思想史的 位置, 民族文化, 第 20輯, 1997, 民族文化推進會)에서 이에 대하여 상세히 논의했다. 그리고 李圭椿도 논문 (申欽의 文學 硏究, 忠南大學校 大學院 博士學位 論文, 1994.)에서 이와 같은 사실을 언급한 바 있다.

은 景風이 불어오며, 景風이 지나고 45일 간은 凉風이 불어온다. 凉風이 지나고 45일 간은 閶闔風이 불어오고, 閶闔風이 지나고 45일 간은 不周風이 불어온다. 不周風이 지나고 45일 간은 廣莫風이 불어온다.

〈 〔 〕 안은 註釋임 〉

(何謂八風. 距日冬至四十五日條風至.〔艮卦之風 一名融 爲笙也〕條風至四十五日 明庶風至,〔震卦之風也 爲管也〕明庶風至四十五日 清明風至.〔巽卦之風也 爲枳也〕清明風至四十五日 景風至,〔離卦之風也 爲絃也〕景風至四十五日 凉風至.〔坤卦之風也 爲塤也〕凉風至四十五日閶闔風至,〔兌卦之風也 爲鐘也〕閶闔風至 四十五日 不周風至.〔乾卦之風也 爲磬也〕不周風之四十五日 廣莫風至.〔坎卦之風也 爲鼓也〕

— 《淮南子》 卷3, 〈天文訓〉 —

본래 《淮南子》에서는 사방팔방에서 부는 바람을 설명한 것이었는데 이 내용을 주해하는 과정에서 팔괘의 개념을 원용하였고 상촌은 이것을 새로이 표현한 것이다. 《淮南子》의 註疏에서 구체적으로 笙·管·枳·絃·塤·鐘·磬·鼓 등의 악기명까지 제시한 것이 주목된다.

그러나 위에서 확인한 바와 같이 상촌이 《樂記》나 《淮南子》의 내용을 그대로 전재했다고 해서 그의 견해가 폄하될 것은 없다. 다만 상촌이 이러한 사실을 깊이 있게 인식하고 있었다는 사실 그것이 중요한 것이다. 이에 덧붙여 언어에 대한 상촌의 견해를 몇 개 더 살펴보기로 한다.

聖人은 부득이하여 말씀하셨고 賢者는 말을 해야 할 때 말을 했으나, 후대에 선비로 이름 있는 자들은 모름지기 말을 하지 않아야 하는네도 말을 했디. 부득이해서 말씀하셨으므로 그 말이 사물을 열고 힘씀을 이루어 후세에 법이 되었고, 말을 해야 할 때 말했으므로 그 말이 사람을 움직이고 당세에 쓰임이 될 수 있었으며, 말을 하지 말아야 함에도 말했으므로 집 위에 집을 짓는 것처럼 실용에 도움이 안되고 지리하여 쉽게 싫증나게 되었다.

(聖人不得已而言　賢者當言而言，後世之儒名者　不須言而言. 不得已
而言　故言足以開物成務而爲後世法，　當言而言　故言足以動人而爲當世
用，不須言而言　故屋上加屋　無裨實用而支離易厭.)
　　　　　　　　　　—《象村集》卷52，〈春城錄〉—

뜻이 다하면 말을 그치는 자는 천하의 至言이다. 그러나 말은 그
쳤으나 뜻이 다하지 않았다면 더욱 至言이다.
(意盡而言止者　天下之至言也. 然言止而意不盡　尤爲至言.)
　　　　　　　　　　—《象村集》　卷47，〈野言1〉—

상촌은 반드시 필요할 때에만 말을 해야 한다고 주장한다. 그리
고 더 나아가 말로써 어떠한 사실을 완벽히 설명하는 것이 아니라
중요한 핵심만을 지적하여 제시하고 나머지는 은연중의 암시로 남
겨놓는 것이 최고의 언어 행위임을 말하고 있다.
　성음과 언어에 대한 상촌의 이러한 생각은 근본적으로 그의 문학
특히 詩歌에 대한 인식과 연계될 수밖에 없으므로 상촌의 문학론을
살피는 과정에서 매우 중요한 사안이 된다.

시라는 것은 천하의 지극한 소리이다
(詩者　天下之至聲.)
　—　《象村集》　卷22，〈林塘詩集序〉—

詩는 말은 다했으나 뜻이 다하지 않은 것을 더욱 귀하게 여긴다.
(詩貴言盡而意不盡.),
　—《象村集》　卷58，〈晴窓軟談 上〉—

위의 인용에서 보듯이 성음과 언어에 대한 생각은 곧 문학이론으
로 발전하게 된다. 상촌이 성음 중에서 가장 지극한 것이 詩라고
말한 것은 그가 앞에서 樂에 대하여 언급한 것과 비교해 볼 때 주
목된다. 그리고 언어의 정수인 詩에서도 표현은 끝이 났으나 내면
에 무한정한 의미가 한없이 함축되어 있는 작품을 최고의 작품으로

여기고 있는데 이는 그의 언어에 대한 인식과 정확히 일치한다. 여기서 우리는 상촌의 성음과 언어에 대한 생각이나 그의 문학관이 일관된 의미선상에 존재하고 있다는 것을 확인할 수 있으며 이로 말미암아 상촌의 문학관이 사려 깊은 사유체계를 바탕으로 하여 성숙되었다는 사실도 알 수 있게 되는 것이다.

3. 상촌의 詩歌觀

상촌의 시가관 중에서 먼저 살펴봐야 할 것은 그가 각 개인의 독자적인 문학성을 인정하고 있었다는 점이다. 이것은 매우 중요한 인식으로 당시 문단의 경향이 한결같이 尊唐論에 경도되어 있을 때 시인 각자의 독자적인 문학적 성취를 높이 여기는 주장이 제시되었다는 것은 매우 의미있는 일이 되기 때문이다.

詩는 천하의 至聲인데 聲이 사람마다 다른 것은 어찌된 까닭인가. 천 백년의 오랜 세월 동안 천 백명의 많은 사람이 거쳐가면서 눈과 달, 바람과 꽃, 사람의 정, 물건의 형상에 대하여 선배들 중에 시를 쓰는 자들이 이미 다 말하여 버렸고, 게다가 또한 풍토와 기후에 국한되어 있으며 세대가 달라졌으니 唐이 漢에 미치지 못하고 宋이 唐에 미치지 못하며 聲이 사람마다 다른 것이 괴이할 것이 없다. 뒤늦게 태어나서 옛날의 작자를 따르고자 하여 높이 달리고 멀리 달려가는 자들이 위로는 건한과 성당의 시대를 추구하고 아래로는 또한 전기와 유장경, 위응물, 유종원의 사이에도 나오지 못한다. 분체가 뛰어난 자도 진실로 많으나 그것을 잃어버리면 수릉보의 고사와 같이 될 뿐이다. 공교로운 자들은 껍데기만 서있고 졸렬한 자들은 쓰러지게 마련이니 어찌 그 어조를 평탄하게 하며 그 말씀을 쉽게 해서 남의 것을 모방하고 의탁하는데 집착하지 말고 자신의 성정을 잃지 않아서 스스로 일가의 말을 이름내지 않는가.
（詩者　天下之至聲　而聲人人殊何也.　綿千百載之久　歷千百人之多,　雪月風花　人情物狀　前輩操觚者　道之已盡,　而加又風氣局之　世代移之

則無怪於唐不及漢　宋不及唐　聲人人殊也. 晚出而欲追古作者　卽高馳遠
駕, 上者建安盛李　下者亦不出錢劉韋柳間, 彬彬者固顆而失之　則或隨於
壽陵之匍匐. 巧者膚立　拙者茅靡, 曷若平其調　易其辭　無罣於摸擬　無失
於性情　自名一家言也.)

— 《象村集》 卷22,〈林塘詩集序〉 —

상촌의 말대로 聲이라는 것은 사람마다 다른 것이므로 그 성음에
서 유래하는 시 또한 사람마다 다를 수밖에 없는 것이다. 그리고
성음이 사람마다 다른 것과 마찬가지로 사람의 마음 또한 사람마다
다르다. 그러므로 그 마음에서 유래하는 시가 다르게 표현되는 것
은 어쩔 수 없는 일인데 이것이 시의 본령이라고 상촌은 인식하고
있었던 것이다.

　　人心이 같지 않은 것은 마치 얼굴이 같지 않은 것과 같다. 詩文도
人心에서 나와 펼쳐지는 것이니 어찌 같겠는가. 그런데 지금 사람들
은 唐을 책망하며 말하기를 '어찌 漢이 되지 않느냐'하고, 宋을 책망
하며 말하기를 '어찌 唐이 되지 않느냐'고 하면서 간혹 한마디라도
옛 것에 거의 가까워진 것이 있으면 반드시 표시하면서 말하기를 '내
글은 漢의 것이고 내 詩는 唐의 것이다' 라고 하는데 가히 迂遠하다
고 하겠다. …… 王世貞·李攀龍의 詩文 같은 것들도 스스로는 漢과
唐에 이르렀다고 하지만 이는 明詩·明文일 뿐이다.
　　(人心不同如面. 詩文由乎人心以發　又惡同哉. 而今世之人　責唐曰　胡
不漢也, 責宋曰　胡不唐也, 一言之幾於古　則必自標置曰　吾文漢也　吾詩
唐也　可謂迂矣. …… 如王世貞李攀龍之詩文　自以爲跨漢越唐, 而以余
觀之　亦自是明詩明文爾.)

—《象村集》 卷51,〈求正錄上〉 —

이러한 생각을 바탕으로 하여 상촌은 드디어 우리 나라의 성음으
로 된 문학이 본질적 차원에서 전혀 손색이 없는 훌륭한 가치를 갖
는다고 역설하게 되었다. 상촌의 이와 같은 인식은 한국시가 문학
의 새로운 이념적 배경을 구축하는 것이며 중국 문학의 오랜 지배

와 장악에서 벗어나 우리의 전통적 시가 문학의 존재의의를 확인하
는 것이다. 그리고 이것은 상촌 이후의 비평가와 작가들에게 있어
서 하나의 지향점으로 상촌의 문학 이론 중에서 가장 주목해야 될
부분인 것이다.

우리 나라 사람들 중에 詞를 짓지 못하는 자들이 '聲音이 중국과
다르기 때문에 비록 억지로 하더라도 반드시 비슷해 질 수 없다'고
말하는데 나는 그렇지 않다고 생각한다. 聲音은 自然에서 나오는 것
이므로 중국과 외국의 한계가 있을 수 없다. 言詞가 비록 다르지만
押韻은 같으므로 하나를 미루어 나머지에 미칠 수 있는 것이다. 다
만 우리 나라의 시를 짓는 자들이 華藻가 부족하여 詞를 지을 수 없
는 것이지, 聲音이 다른 것은 근심할 바가 아니다.
(我朝人 不得爲詞言者 以爲聲音與中國異 雖强爲之必不似 余則以爲
不然. 聲音出於自然 非有中國外國之限 言詞殊而押韻則同 推一而可反
其隅 特我國之爲詩者 華藻不足 無以爲詞 聲音之異 非所患也)
—《象村集》 卷60,〈晴窓軟談下〉—

사실 우리 나라 사람들과 중국 사람들을 비교해 볼 때 인간의 신
체 기능적 관점에서의 차이는 없다. 저들이 말을 하는 것과 마찬가
지로 우리도 말을 하고 있는 것이다. 왜냐하면, 말이라고 하는 것은
지역이나 인종의 구분없이 사람이면 누구나 할 수 있는 것이기 때
문이다. 이것을 상촌은 '성음은 자연에서 나온다 (聲音出於自然) '라
고 믿었다. 그리고 말로 표현할 수 있는 것을 글자로 옮겨 놓는 것
이 문학행위이므로 언어와 문자를 갖고 있는 민족은 누구나 독자적
인 문학을 창출할 수 있게 된 것이다. 다만 내면의 생각을 문학적
으로 표현할 수 있는 수사적 능력, 즉 華藻가 중요한 것이다. 따라
서 시를 지음에 있어서 객관적 대상불에 대한 내면 정서의 징리와
그것의 수사적 표현 능력이 중요한 것이지 성음의 차이는 아무런
문제가 될 수 없는 것이다. 이러한 상촌의 생각은 비록 성음이 다
르더라도 하나의 문학으로서 완성된 작품들의 동등한 문학적 효과

를 가져 올 수 있음을 증명하는 것으로 발전했다.

   금년에 공(지봉)이 연경에서 돌아와 나에게 조천사를 보여 주었는
데 그 소리가 맑고 깨끗하였다. 요염하면서도 올바름을 잃지 않았으
며 고우면서도 아정함을 잃지 않았으며, 맑으면서도 시들음에 병되
지 아니하고 예쁘면서도 사치함에 떨어지지 않았다. …… 중국에서
歌詞라고 하는 것은 곧 古樂府와 新聲이니 음악으로 연주하는 것이
모두 이것이다. 우리 나라는 俗音으로 내어서 文語에 맞추니, 이것이
비록 중국과 다르지만 情境이 모두 실려 있고 음조가 어울려서, 사
람으로 하여금 읊고 감탄하며 흠뻑 젖어 춤추게 함은 한가지라 하겠
다.
   (今歲公自燕回 示欽朝天詞 其響瀏瀏. 艷而不失於正 麗而不爽於雅,
清而不病於萎 婉而不落於靡. …… 中國之所謂歌詞 卽古樂府曁新聲
被之管絃者 俱是也. 我國則發之蕃音 恊以文語 此雖與中國異, 而若其
情境咸載 宮商諧和 使人詠嘆洴佚 手舞足蹈 則其歸一也.)
                  ― 《象村集》 卷37 〈書芝峯朝天錄歌詞〉 ―

   위의 진술은 상촌의 자주적 문학론이 완벽하게 제시된 유명한 문
장이다. 이 글은 상촌과 절친한 교유관계를 유지했던 芝峯 李睟光
이 燕京에 使行을 다녀오면서 지은 국문시가인 〈朝天錄歌詞〉를
보고 난 뒤 이에 대한 감상을 술회한 것이다. 상촌은 먼저 〈朝天錄
歌詞〉에 대한 비평을 시도하였다. 상촌이 전문시화서인 《晴窓軟
談》을 지은 비평가라는 사실을 감안할 때 이 비평은 국문시가에
대한 본격적인 비평의 하나로 인정할 수 있다. 상촌은 여기에서 동
양의 전통적인 문학비평개념인 '樂而不淫 哀而不傷[2]'의 방식을 사용하
고 있다. 그리하여 상촌은 '요염하면서도 올바름을 잃지 않았고(艷而
不失於正) 고우면서도 아정함을 잃지 않았으며(麗而不爽於雅), 맑으면
서도 시들음에 병되지 아니하고(淸而不病於萎), 예쁘면서도 사치함에
떨어지지 않았다(婉而不落於靡)'라고 비평하였던 것이다. 지금 〈朝天

---

2) 《論語》, 〈八佾篇〉, '子曰 關雎 樂而不淫 哀而不傷'.

錄歌詞〉가 전하지 않아 작품의 실상을 확인할 수는 없지만 상촌의 이러한 비평으로 볼 때 이수광이 지은 가사의 문학적 수준이 상당한 경지에 이르렀음을 짐작할 수 있겠다.

이어서 상촌은 중국과 우리의 歌詞의 같고 다름을 설명하였다. 두 나라의 가사는 단지 성음만 다를 뿐이요, 나머지는 모두 같을 수밖에 없는 것이라고 상촌은 명쾌히 갈파하였다. 중국의 가사는 일상적으로 사용하는 언어를 음악에 맞추어 놓는 것만으로도 충분하나 우리 나라는 일상어를 文語로 바꾸어 음악에 맞춘다는 사실이 다르지만, 그것들의 문학적 기능과 의의는 본질적으로 동일하다는 것이 상촌의 판단이다. 상촌은 자신의 주장을 증명하기 위하여 '정경이 다 실려 있으며(情境咸載), 음조가 서로 잘 어울려 조화를 이루며(宮商諧和), 다른 사람들로 하여금 읊고 탄식하며 흠뻑 젖게 하고(使人詠嘆洴佚), 춤추게 하는 것(手舞足蹈)'이라는 비평용어를 사용했다. 여기서 '情境咸載'와 '宮商諧和'는 가사의 문학성을 말하는 것이요, '使人詠嘆洴佚 手舞足蹈'는 문학의 기능을 설명한 것이다. 이렇게 문학의 본질적 면모를 통찰하여 증거로 제시하는 상촌의 문학론은 자주적 시가관으로 발전하여 상촌의 문학이론의 정수를 이룩하게 된다.

그런데 여기에서 더욱 주목해야 할 것은 상촌이 이론의 차원에서만 머물지 않고 실제로 이러한 인식을 바탕으로 시조를 지었다는 점이다. 상촌은 당시의 한문학자들 중에서 정철을 제외하고는 유례가 없을 정도로 30수의 유려한 시조를 창작했던 인물이다. 그의 시조는 그가 반대당파에 몰려 田里로 放逐된 후에 집중적으로 지어졌는데 상촌은 자신이 時調를 짓게 된 연유와 시조에 대한 애호를 다음의 서문에서 곡진하게 드러내었다.

중국에서 노래가 갖추어진 것은 風雅인데 전적에까지 실려있으나, 우리 나라에서 노래라고 하는 것은 다만 잔치의 즐거움으로 여기는 것으로만 만족해서 풍아에 사용되거나 전적에 실리지 못했다. 이것은 대개 어음이 다르기 때문이다. 중국의 음은 말로써 글이 되나 우리 나라의 음은 번역을 기다려서야 글이 된다. 그러므로 우리 동방에 재주있는 선비가 부족한 것도 아닌데 樂府나 新聲같은 것들이 전하지 아니하니 개탄스러우며 또한 野하다고 할 수 있겠다. 내가 田里에 돌아온 뒤 세상이 진실로 나를 버렸고 나 또한 세상이 싫어졌다. 지난 날의 영화를 돌아보니 이미 쭉정이와 술찌꺼기일 뿐이다. 오직 事物을 만나 읊조리게 되면 馮昭儀가 수레에서 내리는 것과 같은 병이 있어서, 마음에 맞는 바가 있으면 곧 詩를 지었으며 남은 것이 있으면 방언에 곡조를 붙여 이었고 諺文으로 기록해 놓았으니, 이것들은 겨우 下里曲이나 折楊柳曲같은 것일 뿐이므로 文壇에 보탬이 될 것은 없으나 遊戲에서 나왔으므로 볼 만한 것이 없지는 않다.

(中國之備 歌風雅而登載籍, 我國所謂歌者 只足以爲賓筵之娛 用風雅載籍則否焉. 蓋語音殊也. 中華之音 以言爲文 我國之音 待譯乃文. 故我東非才彦之乏 而如樂府新聲無傳焉, 可慨而亦可謂野矣. 余旣歸田里間 世固棄我, 而我且倦於世故矣. 顧平昔榮顯 已糠粃土苴. 惟遇物諷詠 則有馮婦下車之病, 有所會心 輒形詩章 而有餘 繼以方言而腔之 而記之以諺, 此僅下里折楊 無得於騷壇一班, 而其出於遊戲 或不無可觀.)
— 《靑丘永言》 〈放翁詩餘序〉 —

여기에서 먼저 관심을 끄는 것은 '우리 동방의 재주 있는 선비가 없지 않으나 악부나 신성이 전하지 않는다'라는 기록이다. 중국에서의 악부는 민중들의 평범하고 일상적인 술회가 노래로 표현된 것이 채집되어 지금까지 전하는 것이다. 그런데 우리 나라에서도 이러한 민요가 있던 것이 분명한데, 대대로 능력있는 문사가 속출했으나 이것이 기록되어 전하지 않는 것을 상촌은 크게 개탄하고 있다. 그러나 상촌은 스스로가 '방언에 곡조를 붙이고 언문으로 기록해 놓은' 국문시가를 창작하고 기록해 놓음으로써 이를 발전적으로 극복한다. 그러므로 이 시가들은 '문단에 보탤 것은 없으나' 자신이 시를 짓고 나서도 남는 정서를 표출한 것으로써 이것이 비록 '유희에서 나온 것이지만' 그것이 갖는 문학으로서의 가치나 기능은 분명히 존재하므로 '볼 만한 것이 없지는 않게' 된다는 자부심을 나타낼 수

있는 것이다. 이러한 상촌의 생각이 여실히 드러나 있는 작품을 제
시해 본다.

> 노래 삼긴 사룸 시름도 하도 할샤
> 닐러 다 못 닐러 불러나 푸돗든가
> 眞實로 풀릴 거시면은 나도 불러 보리라.
> 金天澤,《靑丘永言》

이 작품은 상촌의 시조 30수 중에서도 절창으로 알려져 있다. 이
시조를 지을 때 상촌은 반대 당파에 의해 숙청 당하여 김포 선영에
머물면서 고통스러운 시간을 보내고 있었다. 고독과 갈등의 시간을
추스리기 위하여 상촌은 이 시기에 많은 한시를 지었다. 그러나 정
형의 한시만으로는 표현할 수 없는 만단정회가 앙금처럼 남아있게
되고 이것은 다시 번뇌로 바뀌게 된다. 마지막으로 상촌은 이러한
상황을 타개하기 위한 수단으로 노래를 선택하게 되는데 이 노래가
곧 중국에서는 樂府이며 新聲이고, 우리 나라에서는 시조·가사가
되는 것이다. 노래를 해서 시름이 풀릴 수 있다는 생각은 문학의
기능에 대한 전통적인 이론인 카타르시스의 기능과 정확하게 합치
하는 것이다. 이처럼 이 시조에는 상촌의 歌論이 적실하게 드러나
있다. 그리고 이 가론의 이면에는 그의 자주적 문학관이 엄연하게
자리잡고 있는 것이다.

상촌은 이처럼 성음과 언어를 구별하여 인식하고 있었으며, 단지
언어의 차이가 문학의 성립에 아무런 영향을 줄 수 없다는 사실을
천명했다. 그리고 이러한 관점은 우리 나라의 언어로 된 작품들도
그 자체로 훌륭한 문학이며, 따라서 그것은 확실하게 문학적 기능
을 수행한다는 사실을 강조했다. 여기서 나아가 상촌은 스스로가
국문시가를 창작·기록함으로써 공허한 이론 전개에 머물지 않고
자신이 발견한 부족함을 극복하려는 노력을 보였다는 점에서 그의
自主的 詩歌觀이 더 한층 두드러지게 여겨지는 것이다.

4. 후대 비평가들과의 관계

지금까지 확인한 상촌의 자주적 시가관은 그의 견해로만 그치는 것이 아니라 후대 비평가들에게 적지 않은 영향을 끼쳐서 조선 후기의 다양하게 등장하는 자주적 문학관에 결정적인 영향을 주게 되었다. 여기에서 상촌의 문학관에 직접적으로 영향받은 것이 분명해 보이는 西浦 金萬重(1637-1692)과 玄默子 洪萬宗(1643-1725), 그리고 農巖 金昌協(1652-1708) 등과, 시대적으로 약간 차이가 있는 燕巖 朴趾源(1737-1805), 茶山 丁若鏞(1762-1836) 등의 문학론에서 상촌의 생각과 일치하거나 일맥 상통하는 것들을 잠시 점검하여 살펴보기로 한다.

이들보다 앞서 상촌과 같은 시대의 인물인 蛟山 許筠(1569-1618), 芝峯 李睟光(1563-1628)의 견해 중에서도 상촌과 유사한 문학론을 발견할 수 있다3). 이 중에서 이수광은 상촌과 친밀하게 교유했던 인물로 상촌과 비슷한 관점을 갖고 있다는 사실에 수긍이 가지만, 허균은 상촌과 적대적인 관계를 갖고 있던 인물이었다4). 그럼에도 불구하고 이 둘이 같은 생각을 갖고 있었다는 사실은 예사롭지 않은 일로 관심을 갖지 않을 수 없다. 앞으로 자세한 고찰이 필요하지만 상촌과 허균은 후대 비평가들에게 새로운 사고의 틀을 제시한 문학이론가로서 새롭게 평가되어야 할 것이다.

4.1. 金昌協의 견해

김창협은 조선 후기의 문단을 주도한 대문장가이다. 그는 그의 시화서 《農巖雜識》에서 상촌에 대하여 몇 차례 언급하였다. 사실 김창협은 홍만종이나 김만중과 마찬가지로 상촌의 영향을 받지 않

---

3) 전형대 외, 《한국고전시학사》, 홍성사, 1981, 227~319쪽 참조.
　許庚震, 《許筠詩硏究》, 평민사, 1984, 269~276쪽.
4) 李淑姬, 《許蘭雪軒詩論》, 새문사, 1987, 59~61쪽.

을 수 없는 형편이었다. 일세의 문단을 주도했던 상촌이었으니 만큼 바로 다음 세대인 이들이 어떠한 형태로든지 영향을 받게 되었음은 분명한 사실이다.

　　대개 상촌은 옛 것을 보면서 말을 다듬고 꾸미는 공이 많고, 월사는 뜻에 따라 풀어냄이 여유있는 흥취가 있으니 수사를 숭상하는 자들은 상촌을 높이고 이치를 주로 하는 자들은 월사를 취하니 각각의 견해가 있다.
　　(蓋象村視古修辭藻飾之工多,　月沙隨意抒寫紆餘之致勝,　尙辭者右象村　主理者取月沙　固各有所見也.)
— 金昌協,《農巖雜識》 —

　　상촌은 재주가 민첩하고 묘하지만 깊고 두터움이 부족하다. 또 제자백가와 전국책을 배웠고 명의 대가들을 좋아하였으므로, 그 문장의 태도가 뛰어나게 아름답고 광채가 현란하지만, 단지 질박하고 진실한 뜻과 높고 먼 맛이 적다.
　　(象村天才敏妙　而深厚不足.　又學諸子及國策　且喜皇明諸大家, 故其文態度俊麗　光彩絢爛, 但少質實之意　儁永之味.)
— 同上 —

　상촌의 문학세계에 대한 김창협의 비평은 絶世의 斷案이라고 할 수 있을 정도로 공정하고 깊이 있다. 위의 글을 세밀히 살펴보면 김창협은 상촌과 月沙 李廷龜의 문학을 완벽하게 이해하고 있었음을 알 수 있다. 그런데 상촌과 월사를 이해한다는 것은 김창협이 직전 세대의 문학을 대부분 통찰할 수 있을 정도의 뛰어난 안목을 지니고 있었다는 것을 의미한다. 이러한 김창협이 지니고 있었던 성음에 대한 자주적 인식이 다음 문장에 보인다.

　　무릇 시를 지음에 있어서 성정을 풀어내어 묘사하고, 사물을 묶어놓는 것이 귀하니 느끼고 접촉하는 것마다 하지 못할 것이 없다. 일의 정밀하고 조잡함이나 말의 雅俗이 오히려 마땅히 가려져서는 안된다. 하물며 옛날과 지금의 구별을 어찌하겠는가.

　(夫詩之作　貴在抒寫性情, 牢籠事物　隨所感觸　無乎不可. 事之精粗
言之雅俗　猶不當揀擇. 況於古今之別乎.)

— 同上. —

김창협의 진술에서 가장 주목되는 것은 '일의 정밀하고 조잡함이
나 말의 雅俗이 오히려 마땅히 가려져서는 안된다 (事之精粗　言之
雅俗　猶不當揀擇)'이다. 여기서 말의 아속이란 곧 중국어와 한국어
의 구별로 이해된다. 앞에서 김창협은 작시의 과정에서 작가의 내
면적 정서가 표출되고 객관적 대상물인 사물을 집약적으로 묘사하
는 것이 문학의 본질임을 말하였다. 따라서 정서가 어떻게 표출되
고 사물이 어떻게 표현되느냐가 중요한 것이지 그러한 과정의 수단
이 되는 언어의 차이에는 아무런 제약이 있을 수 없다는 것이 김창
협의 생각이었다. 그리고 이것은 더 이상 언급이 필요 없을 정도로
상촌의 자주적 시가관과 접맥되는 것임을 알 수 있다.

4.2. 洪萬宗의 견해

홍만종은 지금까지의 연구결과5)가 증명하듯이 조선 최고의 비평
가였으며, 조선 후기의 시학의 집대성자였다. 그의 문학론 중에서
핵심적인 이론은 자주적 문학관이었다6). 그런데 홍만종이 이러한
문학관을 갖추게 된 데에는 상촌의 영향이 결정적이었던 것으로 보
인다.

　우리 나라 사람들이 지은 歌曲은 오로지 方言만을 사용하고 간혹
문자를 섞었으나 대개 언문으로 된 것이 세상에 전한다. 대개 방언
을 사용하는 것은 그 나라 풍속에 있어서 그렇지 않을 수 없기 때문

---

5) 姜銓燮 篇, 《洪萬宗 硏究》, 民俗苑, 1998.
6) 金善祺, 《小華詩評 硏究》, 全北大學校 大學院 博士學位 論文, 1993,
　　226～248쪽.

이다. 그 歌曲이 비록 中國의 樂譜와 비등하지는 못할지라도 또한 가히 보고 들을 만한 것이 있다. 《象村集》에 보면 〈書芝峯朝天錄歌詞〉에서 말하기를 "中國의 이른바 歌詞라는 것은 古樂府와 新聲을 管絃에 올려 놓은 것이다. 우리 나라의 것은 지방의 소리 그대로를 문자에 맞추어 놓은 것이다. 이런 점이 비록 중국과 다르긴 하지만 그 감정과 意境이 다 담기어 있고 五音이 조화되어 있어 사람으로 하여금 詠歎淫佚하게 하여 손발을 덩실거리며 춤추게 만드는 점은 결국 마찬가지다." 하니 참으로 믿을 만한 말이다. 나는 그 長歌 중 表表히 세상에 성행하는 것을 취하여 다음과 같이 간단히 評語를 가해 보기로 한다.

(我東人所作歌曲 專用方言 間雜文字 率以諺書 傳行於世. 蓋方言之用 在其國俗 不得不然也. 其歌曲 雖不能與中國樂譜比竝 亦有可觀而可聽者. 按象村集 其書芝峯朝天錄歌詞曰 中國之所謂歌詞 卽古樂府曁新聲 被之管絃者 俱是也. 我國則發之藩音 恊以文語 此雖與中國異, 若其情境咸載 宮商諧和, 使人詠歎淫佚 手舞足蹈 則其歸一也云, 信哉言乎. 余取其長歌中 表表盛行於世者 略加評語如左.)

— 洪萬宗, 《旬五志》 下 —

　홍만종의 이 말은 그의 자주적 문학론을 말할 때나 우리 나라에서 처음으로 본격 시도된 歌辭의 비평에 대하여 언급할 때마다 금과옥조처럼 인용되는 구절이다. 그런데 여기서 홍만종이 상촌의 말을 그대로 언급했다는 것은 의미심장하다 하겠다. 홍만종은 자신의 비평적 안목에 대하여 대단한 자부심을 갖고 있었으며 수많은 전적을 편력하여 자신의 저술에 사용했던 인물이다. 그런데 그가 상촌의 이 말에 관해서는 더 이상의 贊言이 없이 그대로 전재하였다는 사실을 볼 때 그가 상촌의 견해에 완전히 동조하였음을 알 수 있는 것이다. 이로 보아 상촌이 홍만종 자신이 구축했던 자주적 문학관의 형성에 지대한 영향을 주었다는 사실은 의심할 여지가 없다고 수긍할 수가 있겠다.

　홍만종은 전문 비평가답게 그의 시화서인 《小華詩評》에서 상촌의 시와 문장에 대하여서도 정당하게 비평하였다.

내가 東溟에게 상촌과 지봉 두 사람의 우열을 여쭈었더니 동명이
말하기를 '상촌은 문장이 비록 우수하나 시는 본색이 아니다. 그러므
로 지봉이나 녹문에는 미치지 못한다'고 하였다.

　(余問東溟 以玄翁芝峯兩子優劣, 溟老曰 玄翁行文雖優 詩非本色. 故
不及芝峯鹿門云.) 洪萬宗,　 — 洪萬宗, 《小華詩評》 下 —

　상촌은 어려서부터 문장을 지어 곧 일가를 이루었다. 평자들 중에
간혹 하찮게 여기는 자가 있으나 또한 지나치다. 그 '龍灣詩'에 말하
기를 ……(詩略)…… 농후하며 노숙하게 이루어졌으니 가벼이 할 수
없다.

　(申玄翁欽　自少爲文章　便自成家. 評家或卑之　亦過矣. 其龍灣詩曰
… (詩略)..... 濃厚老成　不可輕也.)　　　　　— 同上 —

　東溟 鄭斗卿은 홍만종의 스승으로 많은 영향을 준 인물이다. 그
런데도 홍만종이 스승의 견해를 수정하면서까지 자신의 비평을 강
조한 것은 주의 깊게 살펴 보아야 할 대상이다. 여기애서 알 수 있
듯이 홍만종은 상촌에 대하여 우호적이었다. 그리고 그가 저술한
《詩話叢林》에서도 상촌의 시화서인 《山中獨言》과 《晴窓軟談》
을 수록해 놓았다. 사실 상촌과 홍만종은 동시대의 인물은 아니지
만 서로 비슷한 점이 없지 않다. 이들의 생애 중에서 가장 유사한
부분은 이 둘이 젊었을 때 광범위하게 독서하면서 특히 《周易參同
契》를 애호하였다는 점이다.

　내 나이 15세에 兪玉吾가 주석을 달은 《參同契》를 얻어 그 법을
시도해 보았는데 오래지 않아 세상의 그물에 떨어졌다. 또 전쟁을
만나 홀연히 반 백년이 지나가서 어금니가 이미 빠지고 머리가 짧아
져 대머리가 되었으니 매번 정선고의 '솥과 그릇도 이미 다 깨져 버
렸다.'라는 말을 외우면서 탄식함을 깨닫지 못하였다.

　(余年十五　得兪玉吾所註參同契　試其法, 未久墮世網中. 又値干戈之
變　倐忽半百, 牙齒已缺　短髮皆禿　每誦鄭仙姑　鼎器已敗之說　不覺咨
歎.)

　　　　　　　— 《象村集》, 卷51, 〈求正錄〉 上. —

　내가 소시부터 도가를 좋아해서 《참동계》, 《황정경》 등의 서
적에 구미가 당겨 맛을 본지 여러 해 되었으나, 지금에 이르러 이가
빠지고 머리가 벗겨지고 말았으니 정선고의 '솥도 그릇도 이미 깨져
버렸다'는 말을 외우면서 탄식함을 깨닫지 못하였다.
　（余少好道家　其於參同黃庭等書，朶頤染指　蓋有年所　而到今齒缺髮
禿，每誦鄭仙姑　鼎器已敗之說　不覺咨歎.）
— 洪萬宗,　《旬五志》　下 —

　홍만종이　《象村集》을 읽었다는 사실은 분명하다. 그러나 위의
예에서도 또 다시 확인할 수 있듯이 홍만종은 상촌의 문장을 많이
인용·전재하였음을 알 수 있다. 그것은 그만큼 홍만종이 상촌의
생각과 주장을 인정하였었다는 증거라고 해석하여도 무방할 것이
다. 그리고 이 둘이 어린 시절 兪玉吾가 주해한 《周易參同契》를
입수하여 潛心讀書하였다는 사실은 이들의 사상적 親緣性을 확인할
수 있는 자료가 된다.　《周易參同契》는　《周易》을 도가의 煉丹術
과 결합시킨 책으로서 도가의　《周易》에 대한 해석 전통을 수립한
의의가 있다고 평가되는 책이다.7) 따라서 홍만종은 여러 각도에서
상촌의 학문과 사상, 그리고 민족 문학에 대한 자주적 견해 등에
많은 영향을 받았으며 이것을 자신의 문학이론 전개과정에서 유달
리 많이 반영하고 있음을 알 수 있는 것이다.

4.3. 金萬重의 견해

　김만중은 상촌 이후의 비평가 중에서 상촌에 대하여 가장 높이
평가한 비평가이다. 먼저 그의 전문시화서인　《西浦漫筆》에 실려
있는 상촌에 대한 기록을 검토해 본다.

　동파의　〈和陶詩〉……(詩略)……는 기이한 시어이면서도 하나의
지름길인데, 상촌의 의사를 표출해 냄이 스스로 구별되니 만약 孔子

---

7) 朴熙秉, 앞의 논문, 8쪽에서 재인용.

를 만났더라면 반드시 공자께서 더불어 詩를 말할 만하다고 하셨을
것이다.
　(東坡和陶詩 …… (詩略) …… 自是奇語而一徑, 申文貞拈出意思自別
使遇聖人, 必許以可與言詩也.)
— 金萬重, 《西浦漫筆》 —

　明을 배운 明詩派는 월정과 상촌에게서 시작하였다.
　(若學明一派 濫觴於月汀玄軒諸公.)
— 同上. —

　동방의 시인 중 옛 것에 뜻이 있어 배운 자는 성허백과 신상촌과
정동명 셋이다. 상촌은 명대의 여러 작기를 배웠는데 뜻을 씀이 넓
고 크며 섬세하고 정밀하지 않음이 없으나 다만 본래의 재능과 성조
가 심히 서로 맞지 않았다.
　(東方詩人有意於古學者 成盧白申象村鄭東溟三家. 象村學步於嘉隆
諸公用意非不廣大纖密, 而只是本來才貝聲調 不甚相合.)
— 同上 —

　상촌시화에는 薩天錫과 瞿佑의 곱고 아름다운 말들을 많이 취했는
데 공의 시를 생각해 보면 여기에서 얻음이 있었을 것이다.
　(象村詩話 多取薩天錫瞿宗吉纖麗, 於想公詩 從此路有得.)
— 同上. —

　김만중의 비평 중에서 첫번째의 것은 상촌의 문학 전반에 대한
비평 중 최고의 찬사이다. 만일 孔子가 상촌의 〈和陶詩〉를 보았
다면 상촌과 더불어 시를 말하고자 했을 것이라는 비평은 더 이상
의 찬사가 필요 없는 것이다. 이처럼 김만중은 상촌의 문학에 대하
여 많은 애호가 있던 인물임을 알 수가 있다. 그리고 김만중은 정
철의 가사 작품에 대한 유명한 비평을 하게 되는데 여기에 상촌의
자주적 견해와 일맥상통하는 면모가 여실히 드러나 있다.

　　사람 마음이 입으로 펼쳐 나오는 것이 말이고, 말에 節奏가 있는
것이 歌·詩·文·賦이다. 천하 사방의 말이 비록 같지 않다 하더라
도 진실로 능히 말을 할 수 있는 자가 각각 그 말로 인하여 節奏하
게 된다면 모두 족히 천지를 움직이고 귀신에 통할 수 있는 것이니
다만 중국만이 그렇게 할 수 있는 것이 아니다. 이제 우리 나라의
시문은 그 말을 버리고 다른 나라의 말을 배웠으니 설령 완전히 비
슷하다 하더라도 다만 이것은 앵무새 같은 사람의 말인 것뿐이다.
그러나 여항간에서 나무하는 아이와 물긷는 아낙네들이 중얼거리면
서 서로 화답하는 것들은 비록 비천하고 속되다고 말하나 만약에 그
참과 거짓을 논한다면 진실로 학사대부들의 이른바 시부라는 것과
같은 해 아래에서 논할 수 없는 것이다.

　　(人心之發於口者爲言,　言之有節奏者爲歌詩文賦.　四方之言　雖不同
苟有能言者,　各因其言而節奏之　則皆足以動天地　通鬼神, 不獨中華也.
今我國詩文　捨其言　而學他國之言,　設令十分相似　只是鸚鵡之人言.　而
閭巷間　樵童汲婦　咿啞而相和者　雖曰鄙俚,　若論眞贋　則固不可與　學士
大夫所謂詩賦者　同日而論.)

— 同上. —

　　이 글은 자주적 시가관에 대하여 언급할 때마다 인용되는 유명한
문장이다. 김만중은 정철의 가사 작품을 비평하는 과정에서 이 말
을 사용했다. 우리와 중국의 성음상의 차이를 인정하고 각각의 성
음이 있어 그것으로 이루어 낸 문학행위는 스스로가 완벽한 하나의
문학세계를 구축한다는 것으로 위의 글을 해석하면 상촌과 김만중
의 생각은 동일하다. 표현상으로 보아서는 김만중이 좀더 분명하고
강력한 어조를 사용했지만 이러한 주장은 그 근원이 상촌에게서 이
루어졌다는 사상을 문맥의 흐름과 저변에 깔려 있는 속뜻으로 보아
쉽게 확인할 수 있다.

4.4. 朴趾源과 丁若鏞의 견해

위에서 언급한 3명의 비평가들이 상촌 직후에 활동한 세대였다.

박지원과 정약용은 이들의 다음 세대였다. 따라서 이들이 상촌의
영향을 직접적으로 받았다고는 볼 수 없지만 이들의 저술이나 작품
속에서 민족문학에 대한 자긍심을 살펴 볼 수 있으므로 그들과 상
촌을 서로 비교해 보기로 한다. 먼저 박지원의 생각을 검토해 본다.

    지금 懋官은 조선 사람이다. 산천과 풍토 기후와 지리가 중국과
다르고, 언어와 노래하는 습속이 漢唐의 시대가 아니다. 만일 중국을
본받고 漢唐을 무조건 따른다면 나는 다만 그 수법이 높으면 높을수
록 意趣는 낮아지고 그 문체가 비슷하면 할수록 그 언어는 더욱 거
짓됨을 볼 뿐이다. 우리 나라가 비록 구석진 나라이긴 하지만 역시
천승의 나라이고 신라와 고려가 비록 검소하지만 아름다운 풍속이
많았다. 그러니 그 방언을 문자로 옮기고 그 민요를 운율에 맞춘다
면 저절로 글이 이루어져 眞機가 발현될 것이다. 옛 것을 도습하지
않고 남의 것을 빌어오지 않더라도 지금 우리의 눈앞에 많은 일들이
펼쳐져 있는 것이다. 바로 이 시가 그렇다. …… 영처의 여러 시고를
살펴보니 삼한의 조수초목의 이름이 많이 기록되어 있고, 일반 백성
들의 성정을 볼 수 있으니 조선지풍이라 말할 수 있을 것이다.
(今懋官朝鮮人也. 山川風氣 地異中華, 言語謠俗 世非漢唐. 若乃效法
於中華 襲體於漢唐 則吾徒見其法益高而意實卑, 體益似而言益僞耳. 左
海雖僻 國亦千乘, 羅麗雖儉 民多美俗 則字其方言 韻其民謠, 自然成章
眞機發現. 不事沿襲 無相假貸 從容現在 卽事森羅. 惟此詩爲然. ……
攷諸嬰處之稿 而三韓之鳥獸艸木 多識其名矣, 貊男濟婦之性情 可以觀
矣 雖謂朝鮮之風可也.)
— 朴趾源, 《燕巖集》, 卷7. 〈嬰處稿序〉 —

    박지원은 그의 제자 李德懋의 시집에 서문을 쓰면서 민족문학을
옹호하는 체계적이고 강력한 주장을 펼치고 있다[8]. 중국의 문학을
모방하는 것에만 머무른다면 그것은 결코 진정한 문학이 될 수 없

---

8) 宋載邵 外, 《李朝後期 漢文學의 再照明》, 〈燕巖의 詩에 대하여〉, 창작
   과 비평사, 1983, 9~ 31쪽.
   李圭虎, 《韓國古典詩學論》, 〈朝鮮詩의 形成과 展開〉, 새문사, 1985.

다고 주장하면서 우리의 역사와 문화에 대한 자부심을 작품 전체에 표현한 이덕무의 시야말로 일반 백성들의 진솔한 정서가 그대로 드러나 있으니 참다운 시가 될 수 있다고 박지원은 비평했다. 그리고 박지원은 '朝鮮之風'이라는 말을 사용하여 새로운 비평 및 창작의 경지를 열게 된 것이다. 이러한 문학적 전통을 이어 받아 정약용은 漢詩史에 길이 남을 명구를 표출하게 된다.

    나는 곧 조선사람이니   (我是朝鮮人)
    즐겨 조선시를 지으리라.   (甘作朝鮮詩)9)

    조선사람이기 때문에 조선시를 쓰겠다는 이 선언은 다산의 개인적 심경토로를 뛰어 넘어 조선 후기에 팽배해 있었던 민족 문학에 대한 주체적 의식의 표출이라고 할 수가 있겠다. 조선 사람이 조선 사람의 정서를 조선식으로 표현하면 그 자체가 훌륭한 문학인 것이다. 표현 수단이 한자로 되어 있다고 해서 그것을 중국 문학으로 볼 수는 없는 것이다. 그러나 한시를 지으면서 중국의 고사를 따르고 중국 시인들의 문체를 답습하는 것은 한국시가 아닌 것이다. 그리고 그것은 중국시도 아닌 것이므로 국적 없는 문학이라고 할 수 있는 것이다.10)

    이처럼 상촌의 자주적 문학관은 그의 개인적 생각에서 그치지 않고 후대의 굴지의 비평가들에게까지 많은 영향을 주었으며 조선 후기 문단의 새로운 기풍이었던 朝鮮詩風의 형성에도 기본적으로 도움이 되었다고 할 수 있겠다.

---

9) 《與猶堂全書》, 卷6, 〈老人一快事六首效香山體〉 其5의 제 7句와 8句 임.
10) 李圭虎, 앞의 책.
    宋載邵, 《茶山詩選》, 〈茶山詩의 理解〉, 창작과 비평사, 1983.
    정대림, 《한국 고전문학 비평의 이해》, 〈다산의 조선시 선언의 시학사적 의의〉, 태학사, 1991.

5. 結 論

지금까지 象村 申欽(1566 - 1628)이 지니고 있었던 자주적 문학관과 그가 영향을 준 후대 비평가들의 이론들을 살펴보았다. 앞에서 논의한 바를 다시 요약하여 결론을 맺어보기로 한다.

1) 상촌은 기본적으로 성음과 언어에 대하여 전통적인 동양적 사고 방식을 바탕으로 한 깊은 이해가 있었으며 이것이 그의 문학관을 형성하는데 기초가 되었다고 할 수 있다. 상촌은 성음을 가지고 있는 사람들은 모두 그것을 바탕으로 문학행위를 할 수가 있고 그 문학행위의 결과인 노래와 시는 독자적이고 정당한 문학적 가치를 인정받아야 한다고 주장했다. 따라서 중국의 시와 노래는 그들 나름대로의 가치가 있고, 우리의 시와 노래는 그 나름대로의 가치와 의의가 엄존하고 있다고 생각했던 것이 상촌의 기본 입장이었다.

2) 그러므로 우리 나라의 노래와 시도 그 안에 작자의 내면 정서와 객관적 사물에 대한 표현이 모두 담겨 있으며, 스스로 곡조에도 어울리므로 그것을 향유하는 사람들에게 충분한 문학적 감동을 줄 수 있다고 상촌은 생각했다. 이것은 한국 문학의 본질에 대한 주목할 만한 선언이며, 조선 후기의 시단에 큰 영향을 준 문학론이라고 확실히 주장하지 않을 수가 없는 것이다.

3) 상촌은 이러한 이론을 체계적으로 전개한 이론가이기도 했지만 실제로 30수의 유려한 국문시조 작품을 창작함으로써 자신의 이론을 스스로 증명하였다. 이러한 사실은 당시에 활약하였던 인물로는 鄭澈 외에는 그 유례를 찾아 볼 수 없는 드문 일로서 상촌의 문학 세계가 지니고 있는 차원 높은 경지를 뚜렷이 증명하고 있다고 볼 수 있는 것이다.

4) 상촌의 이러한 독자적이고도 자주적 문학론은 구체적으로 金昌協, 洪萬宗, 金萬重 등으로 이어졌으며 좀더 내려와서는 朴趾源, 丁若鏞으로 계승되었음을 확인할 수 있게 된다. 특히 홍만종이 전개한 자주적 민족 문학론의 이론적 배경에 상촌의 문학론이 그대로

반영되고 있다는 사실은 주목하지 않을 수 없다. 그리고 박지원과
정약용의 경우는 시대적으로 차이가 있고, 직접적으로 영향받은 바
를 찾아내기는 어려우나, 문학적 전통이 어느 한 때도 전하여 지지
않음이 없고 어떠한 문학적 사조도 돌출되는 것이 없다는 사실을
감안할 때, 이들이 주장했던 朝鮮詩風과 朝鮮詩도 상촌의 자주적
문학론과 내면적으로 분명히 연계되어 있다는 사실을 확인할 수 있
음은 매우 고무적인 일이 아닐 수 없다고 본다.

《參考文獻》

《禮記》

《淮南子》

申欽, 《象村集》

金昌協, 《農巖雜識》

洪萬宗, 《旬五志》·《小華詩評》

金萬重, 《西浦漫筆》

金天澤, 《靑丘永言》

朴趾源, 《燕巖集》

丁若鏞, 《與猶堂全書》

姜銓燮編, 《洪萬宗 研究》, 民俗苑, 1998.

金相洪, 《韓國漢詩論과 實學派文學》, 啓明文化社, 1989.

金善祺, 《小華詩評 研究》, 全北大學校 大學院, 博士學位 論文, 1993.

宋載邵譯註, 《茶山詩選》, 創作과 批評社, 1983.

宋載邵外, 《李朝後期 漢文學의 再照明》, 創作과 批評社, 1983.

李圭虎, 《韓國古典詩學論》, 새문사, 1985.

李淑姬, 《許蘭雪軒詩論』》, 새문사, 1987.

전형대외, 《한국고전 시학사》, 홍성사, 1981.

정대림, 《한국 고전문학 비평의 이해》, 태학사, 1991.

《韓國文學作家論》, 羅孫先生 追慕論叢, 現代文學, 1991.

허경진, 《許筠詩 研究》, 평민사, 1984.

朴熙秉, 〈申欽의 學問과 그 思想史的 位置〉, 《民族文化》, 第20輯, 民族
　　　文化推進會, 1997.

李圭椿, 《申欽의 文學 研究》, 忠南大學校 大學院, 博士學位 論文, 1994.

〈將進酒辭〉 장르론 재고

이 완 형

1. 서 론

　松江 鄭澈(1536~1593)은 국문시가와 한시를 공유하고 있는 작가로 널리 알려져 있다. 이는 그와 동시대의 문인들이 한문 작품에만 심취해 있던 것과는 대조적으로 그가 국문시가에도 남다른 관심을 보였음을 시사하는 것이나. 특히 송강이 활약하던 시대는 유교적 지배체제를 더욱 굳건히 다지고 그러한 체제 아래에서 글에도 도가 실려야 한다는 문학관이 지배하던 시기였으므로 그의 국문시가 창작은 한국문학사에서 더없이 가치 있는 일임에 틀림없다.

　그것은 그가 남긴 국문시가 작품이 많은 사람들에 의해 가창 되었으며, 그에 대한 평 또한 다양하게 기록으로 남겨졌다는 점에서도 입증된다. 비유와 문답의 활용, 적절한 인용과 절묘한 문체 등의 구사는 이러한 관심을 불러일으키기에 충분하였다고 본다. 그와 같

은 관심의 정도는 오늘날도 마찬가지여서 이에 대한 연구성과가 상
당한 양에 이르고 있다.

그런데 그의 작품 중에 유독 〈將進酒辭〉만이 장르설정 문제로
이견이 대두되고 있어 주목된다. 〈장진주사〉는 《松江歌辭》는 물
론 20여 종의 각종 가곡집과 20C 초에 간행된 雜歌集에 까지 수록
될 정도로 여러 사람들에 의해 가창·음영 되어 왔다. 이것은 송강
의 다른 작품에 못지 않게 〈장진주사〉가 애송되었으며 그 유통기
간 또한 장구하였음을 의미한다. 그럼에도 불구하고 〈장진주사〉
에 대한 지금까지의 연구는 단평에 그치거나 장르 문제에만 치중된
점이 없지 않았다. 그러면서도 장르 문제는 아직도 해결되지 못한
상태에 있다. 그리하여 〈장진주사〉 장르에 대한 그간 학계의 견해
는 사설시조로 보는 측면, 가사로 보는 측면, 이들과는 다른 별도의
형태로 보는 측면에서 논의되어 온 것이 사실이다. 〈장진주사〉가 星
州本 《松江歌辭》에는 〈關東別曲〉, 〈思美人曲〉 등과 상권에 수록
되어 있어 歌辭 작품으로, 《旬五志》, 《芝峰類說》에는 長歌 작품으
로, 《國朝詩刪》, 《石洲集》에는 短歌 작품으로, 《靑丘永言》, 《海
東歌謠》, 《歌曲源流》에는 별도의 곡명으로 편제되어 있음으로
해서 그 장르 문제는 더욱 복잡한 양상을 보이고 있다.

이에 본고에서는 〈장진주사〉의 실체를 구명하기 위한 일차 작
업으로 그 장르적 속성에 대해 다음 몇 가지 전제를 두고 논의를
풀어 나가기로 한다.

　1) 정철이 생존하던 당시에는 사설시조가 보편적인 시가 형태로
　　 자리잡지 못했음에도 불구하고 〈장진주사〉를 사설시조로 다루
　　 는 이유는 무엇인가.
　2) 〈장진주사〉가 사설시조라면 오늘날 사설시조로 취급되고 있
　　 는 만횡청류에 포함되었어야 하는데 3대 가집 등에서 보면 만
　　 횡청류와 별도로 편제되어 있는 점은 어떻게 설명할 수 있는가.
　3) 아울러 가사로 보기에는 그 노래말이 너무 짧은데 가사로 취

급될 수 있는 근거는 무엇인가.
4) 성주본《송강가사》상에 송강의 다른 가사 작품과 같이 수록되어 있다고 해서 가사로 취급할 수 있는 변별력은 무엇인가. 또 단지 '辭'자가 붙었다고 해서 가사로 볼 수 있는가.
5) 19세기 초까지 단가, 장가 등의 곡조에 대한 선명한 개념규정이 어려웠음에도 불구하고 위와 같이 장르를 단정지을 수 있는가.

이와 같은 문제의 근본적인 원인은 외형에만 착안하여 기존의 갈래틀에 〈장진주사〉를 짜 맞추려는 데에 있다고 본다. 장르는 공통된 특질들을 묶는 방편이지 작품의 성격을 규정하는 규칙은 아니다.

이 문제를 보다 분명히 풀이함으로써 〈장진주사〉에 대한 실체를 재구명할 수 있으리라 믿으며, 나아가 기존의 장르형태로는 설명할 수 없는 시조와 가사 사이의 작품들의 갈래도 구명할 수 있는 계기가 되리라 믿는다.

2. 가곡 개념의 혼효 양상과 장·단가 범주의 가변성

2.1. 가곡 개념의 혼효 양상

〈장진주사〉가 가곡창으로 가창 되었음은 주지의 사실이다. 그러므로 〈장진주사〉 장르 규정에 앞서 먼저 가곡의 성격과 그 범주에 대해 알아보도록 하겠다.

가곡은 그 역사만큼이나 다양하게 사용된 용어이다. 단순한 노래에서부터 복잡한 절주에 이르기까지 지칭하는 종류와 성격은 많은 차이를 드러낸다. 향가, 잡가, 가사, 시조와는 다른 창법이라든지 (이병기, 1965:119) 관현악 반주에 의해 시조 시를 노래하는 浩瀚

한 성악곡이라든지(장사훈, 1984:63) 하는 성격상의 차이를 확연히 규정할 수 없다는 점에서도 이를 알 수 있다. 그렇기 때문에 그 성격을 파악하는 일은 쉽지 않다.

문헌에서 볼 수 있는 가곡의 의미는 대략 노래와 노랫말로 나뉘어져 있다. 이 점을 좀더 구체적으로 살펴보기 위하여 문헌에 나타난 가곡의 쓰임을 제시하면 다음과 같다.

A. 노랫말을 지칭
 ① 吾東方歌曲 大抵語多淫 如不足言   〈李滉, 陶山十二曲跋〉
 ② 我東人所作歌曲 專用方言 間雜文字 率以諺書 傳行於世
                                〈洪萬宗,《旬五志》〉
 ③ 右松江相國鄭文淸公之所著也 公詩詞淸新警拔 固膾炙人口而歌曲 (㉠)
    尤妙絶 今古長編短什無不盛傳……北關舊有公歌曲(㉡)之刊行者而
    顧年代已久   〈李選,《松江歌辭》跋〉
 ④ 領議政府事河崙 製進歌曲 念農夫之曲四章 念蠶婦之曲四章 進嘉言之
    曲八章
                      〈《太宗實錄》卷二十三, 十二年 壬辰六月〉
 ⑤ 其歌曲 雖不能與中國樂譜比並 亦有可觀而可聽者
                      〈《靑丘永言》〈蔓橫淸類〉序〉
 ⑥ 誦讀之暇 時戲爲歌曲 欽於歌固所不能 而芝峯公亦泥而未暢 歌罷 未嘗
    不以此相嘲謔也
                          〈申欽,《象村集》〉
 ⑦ 余用是於東國名賢所作 歌曲中選各調若干 名之曰 東歌選
                          〈《東歌選》〉
 ⑧ 客有遺以海東歌曲一部 乃金天澤 而裒集諸君子 而製者也
                〈《海東歌謠》附永言選,〈永言選〉序〉

B. 노래를 지칭
 ① 信又啓中國父老 皆誦名稱歌曲 宮中之人亦誦此曲 上王曰 知申事掌此
    事 令工妓習之 奏於使臣 孟判書知音律 其選曲調之合於眞勺者眞勺俗
    樂調名

　　　　　　　　　〈《世宗實錄》 卷二, 卽位年戊戌十二月〉
② 傳曰 昨日進宴時 妓及管絃盲 皆不用意奏樂 且歌曲不調
　　　　　　　　　〈《成宗實錄》卷二百十九, 十九年戊申八月〉
③ 楊經理覽之稱曰 觀此農人 非徒勤於本業 其歌曲甚有理 可賞也 遂給靑
　　布一疋 　〈洪萬宗,《旬五志》〉
④ 昔年歌曲卽今朝 　　〈權韠의 〈過松江墓有感〉 마지막행〉
⑤ 此其所以自適其適 而善鳴於歌曲者歟
　　　　　　　　　　〈《海東歌謠》金天澤, 金聖器歌曲跋〉
⑥ 吾平生 性好歌曲 故敢搆數行 而躍焉
　　　　　　　　　　　〈金壽長, 〈孤山漁父歌跋文〉〉
⑦ 治歌曲者 不可不知琴 故以琴譜所載 及平日聞知者 錄之首卷
　　　　　　　　　　〈李衡祥,《甁窩歌曲集》〈音節圖〉〉
⑧ 則古人 動歌曲之義 如彼其至矣 　〈《花源樂譜》序〉

　이러한 양상은 가곡이 일정한 곡조에 의해 불리던 노랫말(A)이라는 측면과 가창되던 모든 노래(B)를 총칭한다는 측면에서 고구해야 함을 암시한다. 노랫말에 관계없이 곡조가 일정한 형태로 유통되고 있었으므로 가사만 주어지면 이를 곧 노래 부를 수 있었다는 점과 3대 가집이 편찬되기 이전에는 곡조가 세분화되지 못한 상태였으므로 모든 노래를 범칭할 수밖에 없는 조건적 상황에 있었다는 점에서 이 둘은 입증된다. 〈한림별곡〉이나 〈육가〉(A-①), 농가(B-③), 궁중의 창곡(B-②) 내지 중국에서 들어온 불교 계통의 곡조를 지칭한 것(B-①)까지도 기곡의 일종으로 보고 있다는 점우 가곡의 성격이 그만큼 다양함을 잘 지적하는 예라 하겠다. 또한 가집(A-③의 ㉡, ⑤, ⑧) 내지 악보(A-⑦)의 성격을 띤 것 뿐 아니라 가객을 의미하는 것(B-⑦) 조차도 가곡의 범주에 넣은 것을 보면 그러한 점은 더욱 확연히 드러난다.

2.2. 장·단가 범주의 가변성

　송강 생존 당시에도 곡조를 선명히 구분하기에는 음악적 기반이

미흡했던 것으로 추정된다. 그리하여 곡조와 가사의 길이를 공히 장·단으로 표현함으로써 용어의 혼효상을 보이고 있다. 그러한 점은 가곡의 하위 범주에 드는 장·단가에 대한 이견에서도 드러난다.

① 前正言丁克仁　詣闕上書曰……謹作長歌六章　短歌二章　或與朋友歌詠　或夜歌且舞　頌禱之勤　殆無虛日……長歌一章　短歌二章　皆雜以俚語……都承旨金季昌等對曰　克仁　在文宗廟上疏闢佛　具載實錄亦曰　擧逸民丁克仁　今觀此書　皆國家所已講話　無一可取　且所著長短歌　皆自賢誇大之辭……

〈《成宗實錄》卷　百二十二，十一年　庚子十月〉

② 己亥　諫院啓曰　李璋非無識之人　以文官作爲長歌　歷詆卿相……李璋或以俚語無律之詞　發爲長歌　仰天獨唱

〈《中宗實錄》卷七十三，二十八年　癸巳二月〉

③ 高王考文淸公　長短歌曲　行於世者　摠若干篇　而屢經兵亂　眞本不傳

〈星州本　《松江歌辭》　跋〉

④ 松江寓哀時憂國之誠於諺歌　有離騷之忠憤　故長歌短謠　至今藉甚

〈李德懋，《靑莊館全書》卷三十二，〈靑脾錄〉一，‘松江墓’〉

⑤ 公嘗有短歌　道死後誰勸一盃酒之意

〈權韠，《石洲集》過松江墓有感　註〉

⑥ 長歌　則感君恩　翰林別曲　漁父詞　最久

〈李晬光，《芝峯類說》卷下，〈文章部〉卷七〉

⑦ 余取其長歌中　表表盛行於世者　略加評語如左

〈洪萬宗，《旬五志》卷下〉

⑧ 一篇十二章　去三爲九　作長歌而詠焉　一篇十章　約作短歌　五闋爲葉

〈李賢輔，《聾岩集》漁父詞跋〉

⑨ 又得短歌之爲漁父作者十闋

〈李滉，《退溪先生文集》卷四十三，〈漁父詞後〉〉

⑩ 短歌十六章　卽宣祖朝相臣鄭澈　爲江原監司時所作者也

〈《松江集別集》卷七，〈記述雜錄〉〉

⑪ 並與陋巷及短歌四章　而付諸剞劂氏　以圖廣傳焉

〈朴仁老，《蘆溪先生文集》卷三，〈歌〉〉

⑫ 翁之年　今八十七歲　致仕投閑　亦過一紀　其晩年去就　逸樂行跡　蓋于

此三短歌 聊書以自誇　〈《聾岩集》,〈生日歌〉序〉

⑬ 凡長歌之觀 深得其傳 節有法而聲有健

〈가람본 《靑丘永言》〉

⑭ 自製長短歌 一百四十九章 一一蒐輯 正訛繕寫 釐爲一卷

〈《海東歌謠》 金壽長 自序〉

⑮ 善歌能筆 作長短歌六章 音調節腔極其豪爽 吾以此愛敬焉

〈《靑邱歌謠》 金壽長, 金默壽 短評〉

⑯ 余歌譜改修正時 得見士淳之所製短歌三章

〈《靑邱歌謠》 金壽長, 金重說 短評〉

⑰ 不輟其長歌短唱 其聲裊裊 足可以透金石飛樑塵

〈一石本《海東歌謠》 金時模, 老歌齋記〉

⑱ 〈聚遠堂十景短歌〉　〈郭期壽,《寒碧堂文集》〉

⑲ 판소리, 잡가 중의 短歌

⑳ 〈送別高山督郵金晦而長歌〉　〈張維,《谿谷集》〉

위의 예들은 그 지칭하는 부류가 불명한 것(①, ②), 가창 된 모든 노래를 의미하는 것(③～⑦), 현재 시조(사설시조 포함)로 보고 있는 것(⑧～⑰), 별도의 작품을 지칭한 것(⑱, ⑲, ⑳)으로 나누어 살펴볼 수 있다. ①과 ②는 모두 俚語로 작사하였음을 밝히고 있는 점으로 미루어 가사 내지 시조로 볼 수도 있으나 작품이 전하고 있지 않으므로 속단하는 것은 옳지 않다. ③～⑦은 경기체가(한림별곡), 시조(어부사), 가사(관동별곡 등)로 분류되는 것뿐만 아니라 「장진주사」까지 포함하고 있으므로 가요 전반을 지칭하는 것으로 볼 수 있다. 그리고 ⑧～⑰은 현재 시조 작품으로 보고 있는 예들이다. ⑱은 한시를 단가로 지칭한 경우이고 ⑲는 판소리 앞에서 서창 되는 허두소리로서의 단가와 남도잡가에 대한 이칭으로서의 단가를 가리킨다. 이에 비해 ⑳은 ⑱과 같은 7언 한시임에도 장가라 하고 있다. 이러한 점들은 가곡에서와 마찬가지로 양식상의 혼효가 여기에서도 그대로 드러나고 있음을 보여 주는 것이 된다. 노래에 있어서 장·단의 구분이 노랫말의 길이에만 국한되지 않음을 입증하고 있는 것이다. 이는 결국 '긴 노래', '짧은 노래'를 변별하는 요소가 노랫말과 곡조 양측 면에 있다는 점을 지적한 셈이다. 이에 대한 것은 ⑥(감군은, 한림별곡, 어부사 등)과 ⑧(농암어부가), 그리고 ⑩(訓民歌)의 관계에서 보다 구체적으로 드러난다.

우선 ⑥(지봉유설)에 언급한 내용을 좀더 소개해 보면 다음과 같다.

> ……긴 노래로는 感君恩, 翰林別曲, 漁父詞가 가장 오래되었고 근세에는 退溪歌, 南冥歌, 宋純의 俛仰亭歌, 白光弘의 關西別曲, 鄭澈의 關東別曲, 思美人曲, 續思美人曲, 將進酒辭 등이 널리 세상에 전한다. 그밖에는 水月亭歌, 歷代歌, 關山別曲, 古別離曲, 南征歌 등 종류가 매우 많다. 나에게도 또한 朝天曲 前後의 두 곡이 있으나 또한 유희일 뿐이다.

〈감군은〉, 〈한림별곡〉, 〈어부사〉는 세 마디 혹은 네 마디로 구성된 연장체로서 윤창되던 노래이다. 이에 비해 〈면앙정가〉, 〈관서별곡〉, 〈관동별곡〉, 〈사미인곡〉 등과 〈남정가〉 등은 가사임 〈장진주사〉는 가사와 사설시조 사이에서 장르의 구분이 선명하지 못한 것으로 알려진 노래이다. 이밖에 〈퇴계가〉, 〈남명가〉, 〈수월정가〉, 〈역대가〉, 〈관산별곡〉, 〈고별리곡〉, 〈조천곡〉 등은 현재 작품이 전하지 않고 있으므로 그 실체를 규명하기 어렵다. 어쨌든 위의 글은 세 부류의 시가형태를 다같이 장가에 포함시키고 있다. 즉, 연장체 고려가요, 가사, 〈장진주사〉 등이 그것이다. 그렇다면 우리는 여기에서 두 가지 공통점을 기대할 수 있다. 하나는 형태상으로 노랫말이 길다는 것이고, 다른 하나는 곡조 상 장가에 해당한다는 점이다. 이렇게 볼 경우 문제는 〈장진주사〉이다. 〈장진주사〉는 노랫말이 현존 가사보다 현저히 짧아서 오히려 사설시조로 보는 경향이 우세하기 때문이다. 그렇다면 여기에서 노랫말의 길이는 장가를 변별하는 요소로 작용하지 못함을 알 수 있다.1) 이에 비해 곡조상의

---

1) 漢詩에서 자수의 다과가 장단을 구별하는 변별적 요소로 작용하고 있는 것

문제는 보다 쉽게 풀린다. 비록 음률의 장·단에 차이는 있을지언정 곡조의 길이는 문제가 되지 않기 때문이다. 즉, 〈한림별곡〉은 座主門生宴에서 門生들이 당시에 향유하고 있던 고급한 문화의식과 자아실현의 飽滿感을 誇示風으로 가창한 노래이므로(김선기, 1983: 305) 호방한 분위기를 연출하였을 것이고 〈장진주사〉는 '말이 처절하여 만일 맹상군으로 하여금 듣게 한다면 눈물을 흘릴' 정도로 애원처창한 곡조로 가창 된 노래여서 처연한 분위기를 연출하였을 것이므로 이들간에 박자와 분위기의 차이는 인정되나 장가인 점에 있어서는 전 8장을 경쾌하게 가창 하는 〈한림별곡〉과 19구를 처원하게 가창 하는 〈장진주사〉가 다를 바 없다는 것이다. 홍만종의 장가평(⑦)은 이에 대한 구체적인 증좌라고 할 수 있다. 홍만종은 《순오지》에서 14편의 장가에 대해 각각 평하고 있는데, 이들 속에 〈장진주사〉 평도 들어 있음으로 해서이다. 이는 이수광과 홍만종이 노래의 장·단 구별을 노랫말의 길이에서 구하지 않고 곡조의 장단에서 찾았음을 단적으로 보여주는 것이 된다.

이러한 점에 있어서 ⑧(농암어부가)의 경우도 마찬가지이다. 농암은 원어부가가 冗長하므로2) 장가 12장을 9장으로, 단가 10장을 5장으로 삭개했다고 밝히고 있다. 그렇다면 농암의 〈어부가〉에서 장·단의 변별적 요소는 무엇인가. 또 〈어부사시사〉를 장가로 구분 짓는 규준은 무엇인가. 먼저 《악장가사》의 원어부가와 농암의 어부장단가, 고산의 어부사시사 각 1장씩을 들어보면 다음과 같다.

⑴ 雪鬢漁翁이 住浦間 ᄒ야셔 自言居水ㅣ 勝居山이라 ᄒᄂ다
　　비뻐라 비뻐라
　　早潮ㅣ 纔落거를 晩潮ㅣ 來 ᄒᄂ다
　　지곡총 지곡총 어ᄉ와

과는 달리 우리말로 된 노래에서 자수는 장단을 구별하는 요소로 작용하지 못하고 있다는 말이다. 이는 권필이 〈過鄭松江墓有感〉 시를 지은 후 〈장진주사〉를 단가라고 지칭하고 있는 점에서도 드러난다.
2) 退溪漁父歌跋 참조

一竿明月이 亦君恩이샷다　　〈《樂章歌詞》〈漁父歌〉 1章〉

㉡ 雪鬢漁翁이 住浦間
自言居水ㅣ 勝居山이라ㅎ놋다
빈떠라비떠라
早潮纔落晚潮來ㅎㄴ다
至國忩至國忩於思臥
倚船漁父이一肩이高로다　　〈〈漁父長歌〉 1章〉

㉡′ 이듕에 시름업스니 漁父의 生涯이로다
一葉 扁舟를 萬頃波에 띄워두고
人世를 다니졧거니 날가ᄂ줄롤 안가　　〈〈漁父短歌〉 1章〉

㉢ 압개예 안개것고 묏뫼희 ㅎ비췬다
빈떠라 빈떠라
밤믈은 거의디고 낟믈이 이러온다
至匊忽 至匊忽 於思臥
江村 온갖고지 먼빗치 더옥됴타　　〈〈漁父四時詞〉 春詞 1〉

　　어부장가로 가창된 ㉠㉡㉢의 경우 자구의 변동만 다소 있을 뿐 형식에 있어서는 뚜렷한 차이가 없다. 또 어부단가 ㉡′ 의 경우도 '빈떠라 빈떠라', '지국총 지국총 어사와'만을 제외하면 형식에 있어서 3장으로 동일하다. 이 점은 무엇을 의미하는가. 여기에서도 두 가지 주목해야 할 공통점이 제기된다. 첫째는 어부장가(㉠㉡㉢)와 어부단가(㉡′)의 성격을 변별하는 요소는 위의 두 후렴구가 된다는 것이다. 둘째는 어부단가가 〈한림별곡〉과 같은 연장체 형식을 유지하고 있으면서도 단가로 취급되고 있다는 점이다. 첫 번째의 경우 후렴구의 유무가 장·단을 변별하는 중요한 요소가 된다면 ⑥ (지봉유설)에서 예시한 바 있는 가사류와도 혼동되는 점이 없지 않다. 그러므로 어부장가와 어부단가를 변별하는 직접적인 요소는 이 후렴구와 관련된 창법3) 즉, 곡조에서 찾아야 한다. 노랫말의 길이로만 장·단을 구별하면 어부장가와 어부단가의 변별력은 상실되기 때문이다. 이 점은《瓶窩歌曲集》이나《海東歌謠》에서 이 작품의 間音 "닫드러라 닫드러라", "至匊悤 至匊悤"를 떼고 종장의 첫구에 "아희야", "두어라" 등을 붙여 단가(박규홍, 1986:37) 곧 현행 시조로 수록하고 있는 데에서도 확인되는 바이다. 두 번째의 경우는 ⑨ (훈민가)와도 관련된다. 〈한림별곡〉은 전 8장의 연장체 장가이다. 1장은 3구 내지 4구로 구성되어 있다. 이를 보면 어부단가도 이와 유사하다.

　〈훈민가〉 또한 전 16장의 연장체임에 틀림없는데 어부단가와 마찬가지로 단가로 취급되고 있다. 이 역시 후렴구와 무관하지 않겠으나 시조형식의 정착과 더불어 3장으로 짜여져 있는 형식을 노래 전체의 장은 무시한 채 단가의 범위에 포함시키지 않았나 한다.4) 이러한 면은 후대로 내려올수록 더욱 보편화되어 〈어부사시사〉를 단형시조로 다루기까지 하였던 것이다. 가창면에서도 현행 시조창과는 다른 가곡창이었음에도 불구하고 시조의 범주에 넣은 것은 그것이 가사 상으로 시조와 유사한 시형을 유지하고 있었기 때문으로 본다.

　이상에서 살펴보았듯이 가곡과 장·단가에 대한 개념 설정은 상당히 넓은 범위에서 다양하게 이루어져 왔음을 알 수 있다. 그 쓰임에 있어서도 가곡은 단순히 가창 하는 것만을 가리키지 않으며, 장가도 현존 가사만을 지칭하는 것이 아니고 단가 역시 현행 시조만을 가리키지는 않았다는 것이다. 그렇지만 한 가지 분명한 사실은 가창적인 측면에서 보면 가곡의 범주 안에 장·단가가 포함된다는 것이다. 그리하여 '有譜可唱者 總稱歌曲 或依譜塡詞 或先製詞 後配譜'5)로 정의됨과 동시에 장·단가를 문학적인 면이나 음악적인

---

3) 조규익,《가곡창사의 국문학적 본질》, 집문당, 1994, 154~157쪽.
4) 동일한 주제로 이루어진 연장체 시가의 경우 장별 형식보다는 전장을 통하여 그 형식과 의미를 조명해 보는 것도 바람직한 작업이라고 생각한다.
5) 《中文大辭典》五, 대만, 中國文化大學出版部, 569쪽.

면에서 공유하는 포괄적인 개념으로 통칭된 것이 가곡임을 알 수 있다. 그러면서도 가곡은 후대로 내려오면서 시조창의 유행과 창보다는 읊조리는 문학이 대두됨으로 인하여 장단의 구분이 곡조 위주에서 노랫말 위주로 옮겨가게 됨으로써 점차 소멸 위기를 맞게 되었던 것이다. 이러한 개념과 그 활용의 정리는 후술할 〈장진주사〉의 장르 설정에 상당한 의미를 부여하므로 장황한 감이 없지 않으나 가곡의 성격에 대해 다루어 보았다.

3. 장진주사 곡조의 독립성과 그 변천 양상

3.1. 가집 체제 상의 독립성

성주본 《송강가사》 상권에 〈장진주사〉가 송강의 다른 가사들과 함께 수록되어 있는 관계로 초기에는 가사로 보는 견해가 우세하였으나, 최근에는 그 형태의 유사성으로 말미암아 사설시조로 보는 경향이 지배적이다. 그런데 이에 앞서 우리가 분명히 알 수 있는 것은 〈장진주사〉가 가곡이라는 점과 그 중에서도 長歌라는 사실이다.

ⓐ ……〈전략〉……
내가 세상에 성행하는 장가 중에서 뛰어난 것만 몇 편 가려내어 여기에서 평해 보기로 하겠다.
……〈중략〉……
장진주도 역시 송강이 지은 것이다.6)
ⓑ ……〈전략〉……
슬프다 술 한 잔 다시 드리기 어렵건만

---

6) ……余取其長歌中表表盛行於世者 略加評語如左 ……將進酒亦松江所
作製……(《旬五志》卷下)

옛날의 노래 한 곡조는 지금도 전하네

라고 하였는데 가곡이란 곧 송강이 지은 장진주사를 말한다.7)

ⓐ는 《순오지》에서 행한 홍만종의 장가평이다. 위의 문맥대로라면 〈장진주사〉는 널리 성행하던 가곡이었음에 틀림없다. '술에 취하자 병을 치면서 자기 선조 송강공의 장진주사를 노래했다.'는8) 사실은 〈장진주사〉가 널리 가창 된 것에 대한 구체적인 예라 하겠다. ⓑ 역시 〈장진주사〉가 가곡임을 알려준다. 이것이 비록 권필의 시를 재록한 것에 불과하더라도 李德懋(1741~1793) 생존 당시까지 〈장진주사〉가 가곡으로 널리 가창 되었음을 알게 해주는 자료가 된다. 또 작자와 창작연대는 미상이나 〈백발가〉 속에도 〈장진주사〉가 노래로 불렸음을 밝히고 있어 주목된다.

…… 〈전략〉 ……

잡기도 흐런이와	기악인들 읍슬손가
양금퉁소 셰흼젹이	오음뉵률 가곡할제
오동츄야 계명월과	낙양츈식 벽도화을
좌우로 느려안쳐	각기소쟝 불너니니
듯기조흔 권주ㄱ는	쟝진쥬로 화답ᄒ고
홍치조흔 양양가는	빅구ᄉ로 화답ᄒ며
다졍한 츈면곡은	샹ᄉ별곡 화답이요9)

…… 〈후략〉 ……

그럼에도 불구하고 이것을 굳이 가사나 사설시조류에 포함시키려는 이유는 무엇인가. 이 점을 보다 구체적으로 살펴보기 위하여 현존하는 가집 중 몇 권의 편찬배열을 확인하고 이에 수록되어 있는

---

7) ……惆悵一盃難更進 昔年歌曲卽今朝 歌曲乃松江所作將進酒辭也(《靑莊館全書》卷三十二, 〈靑脾錄〉, 〈松江墓〉)

8) 酒酣擊壺 而唱其先祖松江公 將進酒辭(金春澤, 將進酒辭跋)

9) 林基中 編, 《歷代歌辭文學全集》11, 驪江出版社, 1988, 80쪽(여기에는 〈白髮篇〉이란 제목으로 수록되어 있음).

〈장진주사〉의 실태를 검토해 보기로 하겠다. 그러는 과정에서 〈장진주사〉가 가사나 사설시조와는 다른 양상으로 유통·전승되어 왔다는 점이 밝혀질 것이다.

〈장진주사〉는 詩의 측면보다 歌의 측면이 고려되어야 한다. 음영시로서가 아니라 가창가곡으로서 〈장진주사〉는 인구에 회자되었기 때문이다. 그러므로 중요 가집의 배열에 대한 검토는 이러한 맥락에서 매우 의미 있는 작업이 아닐 수 없다.

① 珍本 靑丘永言의 경우
初中大葉, 二中大葉, 三中大葉, 北殿, 二北殿, 初數大葉, 麗末, 木朝, 三數大葉, 樂時調, 將進酒辭, 孟嘗君歌, 蔓橫淸類

② 朴氏本 海東歌謠의 경우
初中大葉, 二中大葉, 三中大葉, 北殿後庭花, 二北殿, 初數大葉, 列聖御製 순으로 작품이 수록되어 있고 麗末, 本朝의 작가와 작품이 나온 뒤에 永言選序跋이 나온다. 그리고 다시 無名氏 작품이 나오는데 이 無名氏 작품 중에 長進酒라는 가명으로 將進酒辭가 실려 있다.

③ 古今歌曲의 경우
卷頭에는 中國의 辭賦歌曲을 수록하고 이어서 漁父詞, 相杵歌, 感君恩, 關東別曲, 思美人曲, 續美人曲, 星山別曲, 將進酒, 江村別曲, 閨怨歌, 春眠曲 등 歌辭가 있고 이어서 時調가 수록되어 있다. 시조는 短歌十二目이란 제목 아래 20개 항목으로 분류 수록하였는데 20번째 항목에 만횡청류를 배치하고 있다.(심재완, 1972:28)

④ 六堂本 靑丘永言의 경우
羽調初中·二中·三中大葉, 晉化葉, 界面初中·二中·三中大葉, 北殿, 羽調初數·二數·三數大葉, 騷聳耳, 栗唐數葉, 界面調初數·二數·三數大葉, 蔓橫, 言弄, 弄, 界面樂時調, 羽樂時調, 言樂, 編樂, 編樂大葉, 羽調二數大葉, 栗唐數葉, 界面二數大葉, 弄,

界樂時調, 編數大葉로 나누어 작가와 작품을 배열하고 이어서 將進酒, 相思曲, 勸酒歌, 白鷗詞, 軍樂, 觀燈歌, 襄陽歌, 歸去來, 漁父詞, 還山別曲, 處士歌, 樂貧歌, 江村別曲, 關東別曲, 黃鷄歌, 梅花詞 등을 수록하고 있다.

⑤ 東歌選의 경우

冊頭에 平調, 羽調, 界面調의 三曲調와 中大葉, 北殿, 數大葉의 해설이 있고 初中大葉, 二中大葉, 北殿, 初數大葉의 순으로 曲調, 작가, 작품, 주제를 들었으며 二數大葉부터는 왕실작가를 먼저 들고 이어서 시대순으로 작가와 작품을 배열하고 있다. 다음에 三數大葉이 있고 이어서 蔓興, 雜歌, 將進酒 등으로 끝난다.(심재완, 1972:41)

⑥ 國樂院本 歌曲源流의 경우

羽調初中·長·三中大葉,   界面調初中·二中·三中大葉,   後庭花, 臺, 羽調初數·二數大葉, 中·平·頭擧, 三數大葉, 搔聳, 界面調初數·二數大葉, 中·平·頭擧, 三數大葉, 蔓橫, 弄歌, 界·羽·㖇·編樂, 編數大葉, 㖇編, 女唱羽調中大葉, 界面調二中大葉, 後庭花, 臺, 將進酒, 羽調二數大葉, 中·平·頭擧, 栗唐數大葉, 界面調二數大葉, 中·平·頭擧, 弄歌, 羽·界樂, 編數大葉, 歌畢奏臺, 跋, 漁父詞

⑦ 詩歌謠曲의 경우

여창우됴쳐치, 듕허리, 막니, 돈자지난엽, 밤얏자지난엽, 계면처지, 듕허리, 막니, 손자지난엽, 농, 우리, 환게락, 개락, 편, 티평가, 징진쥬, 티비침 편의 곡목이 있고 그 중간에 상사별곡, 츈면곡, 길군악, 황계스, 청우원별곡, 단가 별죠라가 삽입되어 있다. (심재완, 1972:64)

⑧ 大東風雅의 경우

『대동풍아』는 上下 2권 1책의 가집인데 그 2권에,
羽平調長數大葉, 中數大葉, 促數大葉, 衰數大葉, 半葉, 界平調長數大葉, 中數大葉, 促數大葉, 衰數大葉, 羽弄, 界弄, 얼弄, 羽弄,

界樂, 얼樂, 編數葉, 編臺, 臺歌, 將進酒, 勸酒歌, 罷讌曲, 相思別
曲, 春眠曲, 處士歌, 編樂, 竹枝詞, 黃鷄詞 등을 수록하고 있다.
(심재완, 1972:65)

⑨ 增補新舊雜歌의 경우
　우됴, 게면, 우평됴, 우롱, 게평됴, 게롱, 얼롱, 얼락, 편락, 편슈
엽, 편뒤, 장진쥬, 권주가, 파연곡, 평지음, 사셜지름, 상사별곡,
츈면곡, 고상사별곡, 고상사곡, 슈양산가, 죽지사, 빅구사, 황계
사, 회심곡, 로쳐녀가, 졔비가, 유산가, 격벽가, 비다랏기, 선유
가, 십쟝가, 소츈향가, 집장가, 형장가, 슈심가, 가진방물가, 길군
악, 화류가, 원부사, 곰보타령, 밍꽁이타령, 스미인곡, 시타령, 토
기화상, 사친가, 셩쥬푸리, 초한가, 밍인덕담경, 바위타령, 소상팔경,
안빈락도가, 악양루가, 강호별곡, 사시풍경가, 단가별조……10)

　위의 예에서 우선 드러나는 것은 후대로 내려오면서 곡조가 분
화·발전되었다는 점이다. 《청구영언》①이 편찬되던 당시만 해도
작가 중심이었기 때문에 곡조는 불과 9항목만 보인다. 그러나 《청
구영언》④에 이르면 작가보다 곡목 위주의 편찬이 우세하였음을
알 수 있다.11) 이러한 면은 《가곡원류》⑥에서 보다 확연히 드러
난다. 《가곡원류》⑥은 곡조분류가 다양할 뿐만 아니라 남여창의
구분은 물론 본문에 音符까지 기입하고 있어 앞의 《청구영언》①,
④에 비해 현저히 발전된 양상을 보이고 있기 때문이다. 또 《대동
풍아》⑧에 이르면 《가곡원류》에서조차 보이지 않던 界平調가 등
장한다. 이와 같은 곡조의 분화·발전은 그만큼 음악의 발전을 촉
진함과 동시에 창의 세분화를 가져오는 계기가 되었음은 주지의 사
실이다. 그런데 여기에서 주목해야 할 것은 바로 〈장진주사〉의
유통·전승과정이다.

---

10) 鄭在鎬 編, 《韓國雜歌全集》1, 啓明文化社, 1984, 179쪽.(목차와 본문의
　　배열 순서가 다르므로 여기서는 본문의 배열 순서에 따랐음을 밝혀 둔다.)
11) 沈載完, 앞의 책, 36쪽.

3.2. 변천 양상

〈장진주사〉는 위에서 보는 바와 같이 창의 분화·발전에도 불구하고 변함 없이 독특한 창법으로 유통·전승되어 왔던 것이다. 그리하여 〈장진주사〉가 가창 되는 것을 듣고 지은 시조까지 나오게 된다.

> 人生이 行樂이라 富貴가 能幾時오
> 옹문금 흔曲調에 將進酒를 섯거튼이
> 座上에 孟嘗君잇돗씀연 눈믈질짜 흐노라
>
> (심재완, 1972:36)

여기에서 우리는 〈장진주사〉가 사설시조와는 다른 창법으로 불렸음을 다시 한번 확인할 수 있다. 만약 〈장진주사〉가 사설시조 창으로 불렸다면 위 시조의 노랫말에서처럼 인용 가창 되지는 않았을 것이기 때문이다. 마찬가지로 〈장진주사〉가 사설시조라면 자연 만횡청류에 편제되어 있어야 한다. 그러나 실은 이와 다르다. 잘 아는 바와 같이 만횡은 곡명으로 搖弄, 旕弄, 言弄의 옛 이름을 가리키는데 國樂院本과 六堂本 《가곡원류》에서는 弄 또는 搖弄으로 표기되어 있다. 만횡청류 또한 《청구영언》에서 곡조분류에 사용한 것으로 《가곡원류》에는 搖弄 또는 半只其로 표기되어 있다.(장사훈, 1984:266) 그리고 이 둘은 여기에다 詩詞가 길고 내용에 있어서도 약간 정상에서 벗어난 사설적 특성까지도 포함하고 있는 것으로 밝혀졌다.(정재호, 1994:206~207) 이로써 볼 때 만횡청류가 사설시조를 의미하는 것임은 틀림없다. 사실 만횡과 만횡청류에는 사설시조만 포함되어 있다. 그러하므로 만약에 〈장진주사〉가 사설시조라면 현재 사설시조로 취급하고 있는 만횡청류에 포함 수록되었을 것이다. 그러나 위에 예시한 가집 어느 곳에도 만횡청류에 〈장진주사〉가 포함된 경우는 없다. 이는 〈장진주사〉가 형태상 사설시조와 유사할 뿐 결코 사설시조도 아니며 사설시조창으로 불리지도 않았음을 보여준다. 金天澤이 만횡청류에 대해 '其流來也 已久'라고 한 것을 보면 이미 사설시조의 유래가 오래되었음을 알 수 있는데 그럼에도 불구하고 곡조를 달리하여 〈장진주사〉를 가창 하였다는 사실은 〈장진주사〉가 사설시조와는 엄연히 달랐음을 암시하는 것이다. 가집 뿐만 아니라 악보에서조차 〈장진주사〉를 별도의 항목으로 분류하고 있음을 볼 때 이는 더욱 분명해진다.12) 다만 19세기 말엽에 들어오면서 창곡의 분화・발달과 시조창의 확대로 말미암아 그 곡조가 변모되기에 이르렀다고 본다. 그리하여 《청구영언》(①, ④)과 《해동가요》(②)에서는 곡조 없이 편재되었던 〈장진주사〉가 《가곡원류》(⑥)에 이르러서는 여창 계면조에 편곡되었고 다시 《대동풍아》(⑧)에 이르면 계평조에 편곡되었으며, 가곡 여창의 창법을 가진 〈장진주사〉까지(장사훈, 1983: 245) 등장하게 되었던 것이다.13) 이와 같은 변모는 가곡 〈장진주사〉의 곡조 특성상 당연한 것이었을지도 모른다. 왜냐하면 초기에는 남창 위주였던 〈장진주사〉가 그 애원처창한14) 곡조로 인하여 여창으로 변모되었을 가능성을 배제할 수 없기 때문이다. 이러한 점들은 〈장진주사〉가 20세기에 들어서기까지 꾸준히 가창 되었음을 시사한다. 오히려 사설시조의 쇠퇴시기까지도 〈장진주사〉는 가창 되었다고 보여진다. 앞에 예시한 《增補新舊雜歌》(1915) 뿐만 아니라 이와 비슷한 시기에 편찬된 《古今雜歌編》(1915), 《無雙新舊雜歌》(1915), 《新舊流行雜歌》(1915), 《特別大增補新舊雜歌》(1916), 《現行日鮮雜歌》(1916), 《新舊現行雜歌》(1918) 등에도

---

12) 고종 때 편찬된 것으로 알려진 《三竹琴譜》에 〈장진주사〉는 별도의 연주 항목으로 분류 수록되어 있다.
13) 國樂院本 《가곡원류》의 편찬배열을 보면 〈장진주사〉와 만횡이 다같이 계면조에 포함되어 있다. 그러나 여기에서도 연주기법은 서로 달랐음을 알아야 한다.
14) 界面調는 哀怨激烈(청구영언), 哀怨悽悵(해동가요), 嗚咽悽悵(가곡원류) 등으로 연주되었다.

〈장진주사〉가 수록되어 있다는 점에서 이를 알 수 있다. 따라서 〈장진주사〉는 사설시조격인 만횡청과는 곡조, 가창형태, 전승방법 등에서 차이점이 드러나는 가곡임을 알아야 한다.

이와 같은 사실은 〈장진주사〉가 가사의 범주에 들지 않는다는 점도 아울러 알게 해준다. 일찍이 선학들에 의해서 논박되었던 노랫말의 단형, 율격의 일탈문제를 논외로 하더라도 歌辭는 오랫동안 독자적인 형태로 전승되어 왔다는 점과 송강이 歌辭에 남달리 뛰어났다는 점을 감안하면 이점은 확연해진다. 송강이 〈장진주사〉를 짓다 말았다면 몰라도 가사를 염두에 두고서라면 이러한 파격은 창작하지 않았을 것이다. 그의 다른 가사작품에서 볼 수 있는 창작기법을 십분 발휘했을 것이기 때문이다. 그렇다면 위에 예시한 장가에 대한 기록 중, '長歌則感君恩……'과 '長歌中表表盛行於世者'라고 언급한 부분에서 오해의 소지가 발견된다. 〈장진주사〉가 장가이고 〈관동별곡〉, 〈사미인곡〉, 〈속미인곡〉 등이 또한 장가이므로 이들이 곡조상 서로 동일하게 가창 되었을지도 모른다는 의문이 생길 수 있음으로 해서이다. 그러나 전언한 바와 같이 이들 장가평은 논지의 초점을 노랫말의 장단에 두고 있는 것이 아니라 가창에 두고 있었으므로 별 문제가 되지 않는다. 오히려 이러한 문제는 가집의 변천과정과 가집 자체 내의 가사범주에서 밝혀진다. 전자는 작가 중심이었던 편제에서 곡목 위주의 편제로 변화된 진본 《청구영언》과 《가곡원류》의 관계에서 이해할 수 있다. 즉 진본 《청구영언》은 작가중심으로 편찬되었기 때문에 〈장진주사〉를 같은 상가류 속에 포함시켜 배열하고 있는데 반해 《가곡원류》는 이들 장가류와 구분하여 여창가곡 속에 〈장진주사〉를 포함시키고 있다는 것이나. 후자는 현전하는 12歌詞와의 구별문제이다. "〈장진주사〉는 가사도 아니며 단가도 또한 아니고, 더더욱 12가사계통의 권주가계도 또한 아니다."(권영철, 1985:221)라는 지적은 이 문제에 대한 대안으로 생각된다. 가사의 전형으로 가창 되었던 12가사 안에 〈장진주사〉가 포함되지 않았나는 것은 〈장진주사〉를 가사의 하위 범주에 넣기 곤란하다는 점을 인정하는 것이 된다.

4. 장진주사의 실체

이상의 검토에서 드러나듯이 〈장진주사〉는 사설시조나 가사와
는 다른 양상으로 전승되어 온 작품임을 알 수 있다. 그렇다면 〈장
진주사〉는 어떤 계통의 작품인가.

　　훈 盞 먹새그려 쏘 훈 盞 먹새그려
　　곳것거 算노코 無盡無盡 먹새그려
　　이 몸 주근 後면 지게 우히 거적 더퍼 주리혀 미여가나
　　流蘇寶帳의 萬人이 우러녜나
　　어욱새 속새 덥가나무 白楊 수페 가기곳 가면
　　누른 히 흰 둘 ㄱ는 비 굴근 눈 쇼쇼리 ㅂ람 불 제
　　뉘 훈 盞 먹쟈 홀고
　　호물며 무덤 우히 진납이 ㅍ람 불 제
　　뉘우춘 둘 엇디리

위에서 보는 바와 같이 〈장진주사〉는 형태상 가사보다는 짧고
사설시조와는 유사하다. 그러나 곡조 상으로는 전언한 바와 같이
가곡창의 장가임에 틀림없다. 권영철 교수는 〈장진주사〉가 眞勺
樂調 系統의 가곡임을 언급하면서 그와 유사 형태의 노래로 〈鄭瓜
亭〉, 〈北殿〉, 〈內堂〉, 〈儒林歌〉, 〈新都歌〉, 〈不憂軒歌〉 등을
들었다.(권영철, 1969:58-64) 보다 치밀한 고증이 요구되지만 이
점이 확인된다면 〈장진주사〉 장르 문제는 분명해지리라 믿는다.
왜냐하면 이는 〈장진주사〉가 가곡으로 불렸음을 입증하는 동시에
그와 유사형태의 가곡이 오래 전부터 존재하였음을 확인하는 계기
가 될 수 있기 때문이며, 나아가 〈장진주사〉의 창작 동기 또한
밝힐 수 있는 기회를 제공하기 때문이다. 이들 노래 중에서 〈장진

주사〉를 제외한 나머지 것들은 노랫말이 漢文縣吐式 문장으로 되어 있어 조선초기 가곡의 형태를 유지하고 있음을 보여 준다. 이점은 동일 곡조 아래에서 노랫말의 형태 변모 과정을 보여 준다는 점에서 주목된다. 〈장진주사〉는 이들 작품들과 형태상으로는 유사하면서도 노랫말의 구성 방식이나 의미에 있어 상당한 차이를 보임으로 해서이다. 이렇게 볼 때, 〈장진주사〉는 당시에 유행하고 있던 이와 같은 한문현토식 문장이나 번역투의 노랫말 창작 방식에서 벗어나 중국문학의 이미지를 수용하면서도 우리말의 멋을 최대한 살려 지어졌을 것이라는 추정을 가능케 한다. 다시 말해서 〈장진주사〉는 용사에 남달리 뛰어났을 뿐 아니라, 우리말에도 남다른 관심을 가지고 있던 송강의 문학적 역량이 한껏 발휘된 작품이라는 것이다.

어쨌든 시 형태로서가 아니라 곡조 상으로 볼 경우 조선후기까지 유통되던 장가형태는 다음과 같은 유형으로 가창·전승되었음을 알 수 있다.

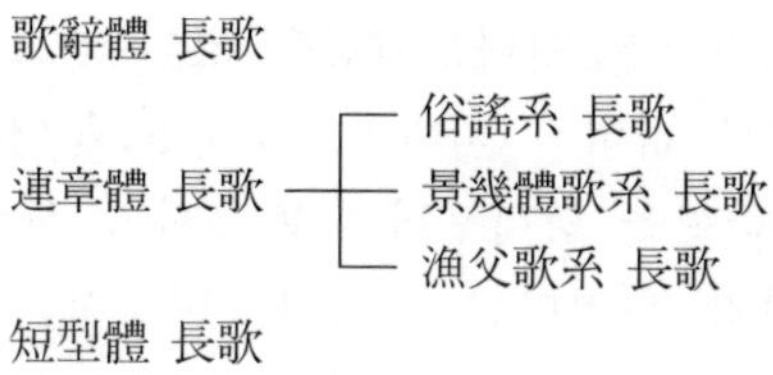

歌辭體 長歌의 경우 고려 말부터 꾸준한 계종을 형성하며 창작·가창 되어왔음은 이미 잘 알려진 바다. 連章體 長歌의 경우도 경기체가계 장가는 한림별곡에서부터 독락팔곡에 이르기까지 20여 편이 넘게 창작·가창 되었으며, 俗謠系 長歌 역시 조선조 궁중에서 주악될 정도로 유통·전승되었고, 漁父歌系 長歌 또한 그것이 비록 후대에 와서 평시조로 개편·가창 된 점은 없지 않으나 윤선도와 이한진에 이르도록 독창적인 유통경로로 전승되었음을 알 수 있다.

이와 같은 형태의 장가들이 유통되던 시기에 〈장진주사〉 역시

하나의 장가형태로 가창 되어왔음은 주지의 사실이다. 따라서 본고에서는 〈장진주사〉에 短型體 長歌의 일종 즉, 장진주가계 장가라는 잠정적인 장르 명칭을 부여하고자 한다.15)

〈장진주사〉를 포함한 이러한 단형체 장가들은 다른 장가와 뚜렷한 장르 구분 없이 가곡이란 명칭으로 가창·전승되었다. 그러던 것이 3대 가집이 출현하면서부터는 보다 다양한 양태의 곡조로 불리게 되었으며 20C초에 간행된 잡가집에 이르러서는 노래를 갈래별로 명시하는 경향으로까지 나타나게 되었다. 즉 3대 가집을 비롯한 기타의 가곡집에서는 가곡의 곡태와 곡명에 의거 노래를 분리 수록하고 있는 점에 비해 후대에 이루어진 잡가집에서는 가곡, 가사, 시조, 사설시조, 잡가 등으로 노래를 분리 수록하고 있다는 것이다. 〈장진주사〉도 이와 마찬가지의 유통경로를 거친 것으로 사료된다. 〈장진주사〉는 창작된 이후 주로 가창에 의해 유통되다가 가객들에 의해 가곡집이 편찬되면서부터는 이들 가집에 수록된 것으로 보인다. 물론 하나의 노래가 반드시 한 곡조로만 불린 것은 아니었다. 노래의 향유 계층과 인기 정도에 따라 다양한 곡조로도 불릴 수 있는 소지는 있기 때문이다. 이점은 앞의 중요 가집 편찬 배열을 살펴보는 과정에서 밝혀진 바다. 그렇지만 분명한 것은 송강이 〈장진주사〉를 창작했을 당시부터 20C초까지 사설시조 내지 사설시조창과는 달리 가창 되었다는 점이다. 비교적 장르 구분을 선명하게 밝히고 있는 잡가집에서조차 사설시조와 〈장진주사〉를 별도 항목으로 배열하고 있는 점에서 이를 확인할 수 있다.

〈장진주사〉는 주지하는 바와 같이 송강의 탁월한 창작 능력이 돋보인 작품이다. 그는 중국 문학가들의 시구에서 이미지를 취하고

---

15) 그런데 이렇게 볼 경우 이와 유사한 작품이 부재한다는 사실과 장가 역시 하나의 장르명이기 보다는 긴 노래에 대한 가창상의 명칭이라는 사실로 말미암아 그 대체 장르명을 제시할 수 없다는 점에서 문제가 제기될 수 있다. 그러한 문제에도 불구하고 이와 같은 장르명을 제시할 수밖에 없는 상황은 유사형태의 노래가 부전한다는 한국시가연구의 공동 한계에서 기인한다.

여기에 한국어의 장점을 최대한 살리면서 동시에 문학적으로 최고
의 수준을 갖는 작품을 지어낼 수 있던 작가였다. 〈장진주사〉 역시
이러한 배경에서 창작된 작품임에 틀림없다. 굴원의 〈漁父辭〉에
서 비롯된 '辭'類의 창작은 송강에게도 영향을 미쳐 〈장진주사〉를
짓기에 이르렀던 것이다. 이러한 영향을 바탕으로 하고 이백·이
하·두보의 작품에서 이미지를 본받아 기본적 情調를 구성한 뒤에,
평소 술을 좋아하고 인생의 영욕을 겪은 송강의 내면심사가 막힘
없이 유로·표출된 것이 〈장진주사〉인 것으로 보인다. 따라서 이
작품을 가사로 보거나 사설시조로 단정하는 것은 작품의 본질과는
거리가 있는 평가가 아닐 수 없다.

5. 결 론

송강의 〈장진주사〉는 분위기의 독창성이나 뛰어난 비유의 활
용, 절묘한 문체의 구사 등으로 말미암아 그의 탁월한 시적 자질이
돋보인 작품이다. 그런데 지금까지 〈장진주사〉의 실체를 밝히려
는 작업은 그것이 갖는 장르상의 특성을 유추하는 것에 국한된 감
이 없지 않았다. 그것도 장르상으로 사설시조임을 입증하고 이를
토대로 문학적 실상을 파악하려 한 것이 대부분이었다. 이에 본고
에서는 〈장진주사〉가 지속적으로 가창된 노래임에 착안하여 그것
이 하나의 독자적인 시가형태로 전승·유통되었음을 현전 가집을
통하여 밝혀 보았다. 이제까지의 논의를 요약·정리하면 다음과 같
다.

송강 생존 당시까지만 해도 가곡에 대한 개념 설정은 노래와 노
랫말을 범칭하는 혼효된 상태를 보여 왔다. 아울러 그 하위 장르로
서 장·단가를 포용하였음도 알 수 있다. 이로 인하여 그 쓰임에
있어서도 가곡은 단순히 가창하는 것만을 가리키지 않았으며, 장기

도 현존 가사만을 지칭하는 것이 아니었고 단가 역시 현행 시조만을 가리키지는 않았다. 〈장진주사〉 또한 가곡으로 불렸음은 주지의 사실이다. 그것이 20여종의 각종 가집에 수록되었을 뿐만 아니라 여러 사람들에 의해 음영, 가창되었던 점에서 이를 알 수 있다. 그런데 〈장진주사〉를 수록하고 있는 현전 가집 중에서 오늘날 사설시조로 이해되고 있는 만횡청류 속에 〈장진주사〉를 포함하고 있는 것은 거의 없다. 이는 〈장진주사〉가 사설시조와 장르를 달리하는 것일 뿐 아니라 그 창법에 있어서도 서로 달랐음을 입증하는 것이다. 악보에서조차 〈장진주사〉를 별도의 항목으로 분리 수록하였다는 것은 이점을 보다 확실하게 뒷받침해 준다. 아울러 〈장진주사〉는 가사와도 다른 양상을 보여 왔다. 노랫말의 단형, 율격의 일탈 문제를 논외로 하더라도 송강이 가사 창작에 탁월한 작가였다는 점, 12가사 속에 〈장진주사〉가 포함되지 않았다는 점 등은 〈장진주사〉를 가사의 하위 범주에 넣기 곤란하다는 점을 인정하는 것이 된다.

이에 본고에서는 〈장진주사〉를 송강 당시까지 유행하던 가사체, 연장체 장가들과 같은 장가계통의 가곡으로 보고 이들과는 달리 형태상 단형인 점을 감안하여 단형체 장가 즉, 〈장진주사〉계 장가로 보고자 하였다. 보다 치밀한 고증이 요구되지만 이와 유사 형태의 노래로 〈鄭瓜亭〉, 〈北殿〉, 〈內堂〉, 〈新都歌〉, 〈不憂軒歌〉 등을 들었으며, 〈장진주사〉는 이들이 취하고 있는 한문현토식 문장에서 탈피하려는 송강의 의도가 돋보인 작품으로 보았다.

〈장진주사〉는 결국 중국문학가들의 시구에서 이미지를 취하고 여기에 우리말의 장점을 최대한 살리면서 송강의 애주호음하는 기주풍과 인생 영욕을 겪은 그의 내면심사가 막힘 없이 유로·표출된 단형체 장가라 하겠다.

〈參考文獻〉

權寧徹, 〈鄭澈論〉, 《韓國文學作家論》, 螢雪出版社, 1985.

金東旭, 《改訂 國文學槪說》, 民衆書館, 1974.

金東俊, 《時調文學論》, 進明文化社, 1974.

金思燁, 《校註・解讀 松江歌辭》, 文豪社, 1959.

金善祺, 〈翰林別曲의 作者와 創作年代에 關한 考察〉, 《語文研究》第十二輯, 語文研究會, 忠南大學校 國語國文學科, 1983.

金俊榮, 《國文學槪論》, 螢雪出版社, 1979.

金學成, 〈朝鮮後期 時調集의 編纂과 國文詩歌의 動向〉, 《東洋學》第二十三輯, 檀國大學校附設 東洋學研究所, 1993.

朴奎洪, 〈辭說時調의 問題點 考察〉, 《嶺南語文學》第12輯, 嶺南語文學會, 1985.

______, 〈短歌・長歌・時調 小攷〉, 《語文學》 47, 韓國語文學會, 1986.

______, 〈'時調'란 名稱에 대한 再考察〉, 《울산어문논집》 제4집, 울산대학교 국어국문학과, 1988.

朴晟義, 《松江 蘆溪 孤山의 詩歌文學》, 玄岩社, 1966.

朴堯順, 《韓國詩歌의 新照明》, 探求堂, 1984.

朴泰男, 松江의 〈將進酒辭〉 研究, 《順天鄉語文論集》第2輯, 順天鄉語文學研究會, 1993.

徐元燮, 《歌辭文學研究》, 螢雪出版社, 1978.

沈載完, 《時調의 文獻的 研究》, 世宗文化社, 1972.

李秉岐, 〈時調의 發生과 歌曲과의 區分〉, 《震檀學報》1號, 震檀學會, 1934.

______, 《國文學槪論》, 一志社, 1965.

李相寶 外 共編, 《註解 歌辭文學全集》, 集文堂, 1961.

李壬壽, 松江 〈將進酒辭〉의 構造美學, 《松江文學研究》國學資料院, 1993.

李泰極, 《時調의 史的 研究》, 二友出版社, 1981.

張德順, 《韓國文學史》, 同和文化社, 1975.

張師勛, 《國樂史論》, 大光文化社, 1983.

______, 《國樂大事典》, 世光音樂出版社, 1984.

鄭尚均, 〈鄭澈詩歌研究〉, 《국어교육》 57・58, 한국 국어교육 연구회, 1986.

정병욱, 《한국고전시가론》, 新丘文化社, 1980.

鄭在晧, 〈蔓横清類의 의미와 형식〉, 《국어국문학》 111, 국어국문학회, 1994.

정형기, 〈조선시대의 시가 요소론 고찰〉, 《국어국문학》 111, 국어국문학회,

　　　　1994.

조규익, 《가곡창사의 국문학적 본질》, 집문당, 1994.

趙潤濟, 《韓國文學史》, 探求堂, 1987.

秦東赫, 《古時調文學論》, 螢雪出版社, 1982.

崔東元, 《古時調論》, 三英社, 1980.

崔台鎬, 〈鄭松江文學硏究〉, 博士學位論文, 仁荷大學校 大學院, 1987.

洪元基, 〈鄭松江의 將進酒辭 硏究--文學·音樂 兩面에서 본 장르設定--〉, 《文
　　　　湖》 4, 건국대학교 국어국문학과, 1966.

洪在烋, 鄭松江의 〈將進酒辭〉 硏究--大谷森繁氏의 〈어옥새〉 와 〈露葵〉, 〈속새〉
　　　　와 〈木賊〉의 誤錯에 對한 辨說을 中心하여--, 《論文集》 第4輯, 大邱敎
　　　　大, 1969.

홍정자, 〈장진주사〉 쟝르론, 《태능어문》 제3집, 서울여자대학 국어국문학회, 1986.

〈關東別曲〉의 본질과 연행양상

조 규 익

목 차

1. 서 론

　지금까지 〈關東別曲〉은 단독으로 혹은 〈思美人曲〉, 〈續美人曲〉 등 송강의 다른 가사들과 함께 가장 많이 연구되어온 작품들 가운데 하나다.[1] 그만큼 문학적으로 뛰어날 뿐 아니라 眞面이든 假面이든 송강의 면모가 분명하게 반영되어 있기 때문일 것이다.

　〈관동별곡〉은 《松江歌辭》[2]와 《協律大成》[3]에 실려 전해지는데, 이 노래가 《협률대성》에 실려 있다는 사실은 이 작품이 수용된 양상을 암시한다는 점에서 아주 중요하다. 뒤쪽에서 거론하겠지만, 《협률대성》은 調律之法·洋琴圖와 함께 〈與民樂〉·〈本還入〉·

---

1) 송강의 가사문학에 대한 연구는 이 자리에서 일일이 들 수 없을 만큼 많다. 송강문학의 전체적인 양상이나 송강가사에 대한 중점적 논의는 崔台鎬의 〈鄭松江 文學 硏究〉(인하대 박사논문, 1987)와 신경림 등의 《松江文學 硏究論叢》(국학자료원, 1993)을 참조.
2) 《松江全集》(성대 대동문화연구원 영인, 1964), 192~447쪽.
3) 《韓國音樂學資料叢書 十四》(국립국악원 전통예술진흥회, 1989), 71쪽.

〈細還入〉·〈平調靈山會上〉 등과 平·羽調, 界面調의 남녀창가곡 사설 828수가 연음표와 함께 실려 있는 樂書인데, 그 끝 부분에 〈관동별곡〉이 〈漁父詞〉·〈處士歌〉·〈相思別曲〉·〈春眠曲〉·〈名妓歌〉·〈白鷗詞〉·〈勸酒歌〉 등과 함께 실려 있다. 《협률대성》 자체가 악서일 뿐 아니라, 비록 악보가 실려 있지 아니한 작품들이라 할지라도 이 책에 실린 작품들 모두가 노래로 불려지던 것들임을 감안한다면 그 가운데 끼어있는 〈관동별곡〉 역시 가창되고 있었음에 틀림없다. 말하자면 가사로서의 〈관동별곡〉이 '가창되고 있었다'면, 가사장르 일반의 수용적 양태 또한 미루어 짐작할 수 있는 것이다.

선학들은 대부분 〈관동별곡〉이 기행가사라는 점을 중심으로, 그 여정이나 표현의 아름다움만을 주목해왔다. 물론 〈관동별곡〉이 기행가사임은 분명하다. 그러나 〈관동별곡〉은 평범한 기행가사의 범주에서만 다루어지고 말 성질의 작품은 아니다. 기행가사라는 점은 〈관동별곡〉의 표층적인 양상일 뿐이고, 그 이면은 그 보다 더욱 복잡하다. 무엇보다도 창작의도나 내용상 모종의 복선 혹은 계산이 깔려 있다고 보는데, 이 점이 〈관동별곡〉으로 하여금 가사문학의 장르적 평면성을 벗어나게 하는 요인이기도 하다. 말하자면 기행가사이긴 하나 내면적으로 정치적 계산이나 의도가 교묘하면서도 짙게 전제되어 있다는 것이다. 뿐만 아니라 이 작품은 가사문학의 통시적 수용사를 입증할만한 단서 또한 지니고 있다. 가사장르 자체에 국한한다면, 이 작품은 白光弘의 〈關西別曲〉을 이었고, 曹友仁의 〈關東續別曲〉을 출현시켰다. 뿐만 아니라 몇몇 기록들에 의하면 당시는 물론 후대까지 민간에서 왕성하게 가창되던 작품이기도 했다.

이런 점들을 염두에 둔다면, 이 작품의 내용적 성격이나 갈래, 또한 그로부터 유추되는 표현의 문제 등은 재론되어야 할 첫 문제다. 그와 함께 수용의 현장에서 추정되는, 당대인들의 관점이나 가사와 음악의 관계 등은 밝혀져야 할 두 번째 문제다. 이 두 가지가 해결되어야 〈관동별곡〉의 가사문학적 본질은 밝혀질 수 있다. 본고를 초하게 된 필자의 의도는 바로 이 점들을 밝혀보려는 데 있다.

2. 내용층위의 이중적 양상

2.1. 작품 자체의 내용

이 작품은 전체적으로 '序詞-本詞-結詞' 등 3 부분으로 이루어져 있다고 보는 것이 일반적이다. 작자가 45세 되던 해 정월, 강원도 관찰사에 제수되어 원주에 부임했고, 이어 3월 내금강·외금강·해금강과 관동팔경을 두루 유람하는 가운데 금강산의 절경과 그에 대한 자신의 감흥을 읊은 작품이라는 것이 〈관동별곡〉의 내용에 대한 지금까지의 통설이다. 구성 또한 시상의 전개에 따라 3단 혹은 4단으로 나뉜다고 보았는데, 전자는 '서사-본사-결사'로 본 경우이며, 후자는 路程에 따라 4부분으로 나누어본 경우다. 즉 향리의 은거지로부터 강원도 관찰사에 제수되어 원주로 부임하는 과정을 노래한 것이 1단, 萬瀑洞·金剛臺·眞歇臺·開心臺·火龍淵·十二瀑布 등 내금강의 절경을 노래한 것이 2단, 총석정·삼일포·의상대의 일출·경포대와 죽서루 및 망양정에서 바라보는 동해의 경치 등 외금강의 경치·해금강과 동해안에서의 유람을 노래한 것이 3단, 꿈을 끌어들여 이상의 내용들을 마무리한 4단 등으로 나눌 수 있다는 것이다.

여기서는 '서사-본사-결사'로 나누어 그 내용을 살피기로 한다. 우선 서사의 경우 1행 "江강湖호에病병이깁퍼竹듁林님의누엇더니"4)에서 7행 "蟾셤江강은 어듸메오 雉티岳악이 여긔로다"까지를 전단, 8행 "昭쇼陽양江강ᄂ린믈이어드러로든단말고"에서 15행 "汲급長댱儒유風풍彩치를고텨아니볼게이고"까지를 후단으로 나눌 수 있다. 전단의 핵심부분은 2행 "어와聖셩恩은이야가디록罔망極극ᄒ다"과 5행 "下하直딕고믈너나니玉옥節졀이알픠셧다"이다. 즉 임금의 은혜에 대한 감읍이 전자의 내용이요, 새롭게 제수받은 벼슬의 당당함이 후

---

4) 본고에서 인용하는 〈관동별곡〉 원문은 關西本의 것임. 이하 같음.

자의 내용이다. 후단의 핵심부분은 11행 "三삼角각山산第뎨一일峯봉이흐마면뵈리로다"과 15행이다. 전자는 연군의 정을, 후자는 善政에의 포부를 그 내용으로 한다. 즉 강원도의 회양이라는 지명이 汲長孺가 선정을 펼친 옛날 중국의 淮陽과 같다는 점을 지적함으로써 자신이 선정을 베풀겠다는 의지와 자신감을 강하게 표하고 있다. 뿐만 아니라 급장유는 漢 武帝 때 直諫하던 충신이다. 송강이 그를 서사에 이끌어 온 것도 자신과 그의 이미지가 흡사하다고 생각했기 때문이며, 동시에 이 작품에서 드러내고자 한 의도가 단순히 관동팔경의 경물에 대한 찬탄만은 아님을 암시하고자 했기 때문이다. 따라서 서사의 핵심적 주제는 선정에의 포부와 자신감, 혹은 그 과시에 있다.

좀더 구체적으로 살펴보자. 이 부분에 크게 대조되는 두 내용들이 제시되어 있는데, 강호에 칩거하고 있는, '가라앉아 있는' 상태와 강원도 관찰사로 임명된 후의 '들떠있는' 상태가 그것들이다. 전자의 상태를 그는 "강호에 病이 깊다/竹林에 누워 있었다"고 표현했다. 이 때의 '病'이란 자연과 결부될 때 비로소 긍정적 의미를 획득하긴 하나 어쨌든 부정적인 상태를 드러내는 말임에는 이론의 여지가 없다. 죽림 또한 실제 대나무가 많은 담양의 은거지를 말하고 있긴 하나 오히려 竹林七賢 故事의 이미지를 차용했을 가능성이 크다. 죽림칠현이 자신들에 대한 자부심으로 충만해 있던 사람들이긴 하나, 그 '죽림'이 세상으로부터 동떨어진 비현실의 세계인 것만큼은 부정할 수 없다. 이런 점에서 현실을 지향한 에너지로 충만해 있던 송강에게 그 생활이란 퇴영적이고 소극적이며, 부정적인 것으로 인식될 수밖에 없었음이 이 부분에서 암시된다. 이 점은 강원도 관찰사를 제수받은 사실을 '聖恩'이라 하며 감읍하고 있는 사실에서도 분명해진다. 서사에서 드러낸 내용의 골자는 권력의 有無에 따른 현실 상황의 차이 및 권세의 당당함, 연군과 우국지정, 과거왕조에 대한 멸시를 통한 今朝의 당당함, 선정에 대한 자신감과 희망 등이다. 이것을 당시 송강이 처해 있던 상황과 결부시켜 해석해본다면,

정적 東人들에게 밀려나 재야에 숨어 살아야 했던 암울함을 임금의
은혜에 힘입어 다시 권력의 중심으로 복귀함으로써 회복했고, 그러
한 복귀의 당위성을 백성들에 대한 선정을 통하여 보여주겠노라는
결심을 피력한 것으로 볼 수 있다. 부임지로 가는 도중 만난 옛 왕
조의 폐허들로부터 송강은 선정을 베풀어 이 왕조를 올바르게 유지
시키고 영속시키지 않으면 안된다는 교훈을 이끌어내고 있으며, 그
러한 점을 임금에게 직간하다가 정적들의 모함을 받아 실각하게 된
자신에 대한 정당화의 자료로 적절히 이용하고 있다. 말하자면 급
장유와 같이 진정으로 나라와 임금을 걱정하지 않는다면, 망해 널
부러진 옛 왕조와 같은 처지로 전락할 수도 있으리라는 점을 강하
게 암시하고 있는 것이다. 송강의 본심은 바로 이 점에 들어있다.

　본사는 여정에 따라 금강산과 동해 등 크게 두 부분으로 나뉜다.
각 부분에서 작자는 실제 경물들의 묘사와 함께 그로부터 자신의
정치적 이념이나 신념으로 연결될 수도 있는 정신적 가치를 이끌어
내고 있다. 본사도 서사와 마찬가지로 자신의 선정에 대한 자부심
이나 당당함으로 시작된다. "營中이 無事하다"는 말은 자신의 정치
적 수완과 선정을 암시한 표현이다. 즉 자신의 정치적 수완과 선정
으로 당당해진 나들이길을 이 부분에서는 강조한 것이다.

　또 "行힝裝장을다덜티고石셕逕경의막대디퍼"에서도 번잡한 행장을
마다한 채 단출하게 차리고 나섬으로써 선정이나 애민의 자세를 암
시힌 표현이다. 그러니 본사 전편의 서두 부분 역시 여정에 대한
설명이나 설레임보다는 관찰사인 자신의 정치적 자부심을 드러내기
위해 할애되었다는 점에서 이 작품이 단순한 기행문이 아님은 분명
하다. 그 점은 "눈 아래 굽어보이는" 小香爐, 大香爐 등을 언급하는
부분과 正陽寺와 眞歇臺에 "고처 올라 앉아" 여산의 진면목이 여기
서야 다 보인다고 소리치는 모습에서 더욱 두드러진다. 더욱이 "놉
흘시고望망高고臺디외로올샤穴혈望망峯봉이하늘의추미러므스일을스
로리라千천萬만劫겁디나득록구필줄모르는다어와너여이고너ㄱ트니쏘
잇는가"는 작자 자신을 극명하게 묘사힌 내용이라는 점에서 앞 부분

들에 관한 필자의 해석에 타당한 근거로 작용한다. 이 부분에서는 "눈 아래 굽어보는" 행위와 "하늘에 치밀어 사뢰는" 행위가 대조적으로 제시되어 있다. 전자의 대상은 자신의 정적들이고, 후자의 대상은 자신의 정당성을 믿어주고 후원하는 임금이다. "하날"은 임금이요, 그 "하날"에 대해서 굽힐 줄 모르고 사뢰는 것처럼 보이는 "망고대, 혈망봉"은 直諫을 통하여 임금을 올바로 보필하는 송강자신을 의미한다. 따라서 "어와너여이고너ㄱ투니쏘잇ㄴ가"는 결국 자신의 당당한 모습에 대한 자찬인 셈이다.

다음 단락은 시작부터 그런 의도를 노골적으로 드러낸다. 즉 "開心臺 고텨 올나 衆香城 바라보며, 萬二千峯을 歷歷히 혀여하니"에서 '開心'은 백성과 임금을 향해 자신의 마음을 연다는 의미도 지닌다고 보기 때문에 중의적 명칭이라 할 수 있다. 이와 함께 '衆' 또한 뭇 백성을 암시하기 때문에 이 부분 역시 선정에 대한 자신감과 자부심을 내용의 핵심으로 한다고 볼 수 있다. 이러한 내용이 좀더 구체적이고 점층적으로 진행되다가 "峯봉마다맷쳐잇고긋마다서린긔운뫼거든조티마나조커든뫼디마나뎌긔운흐터내야人인傑걸을몬둘고쟈"에 이르러 작자의 의도를 노골적으로 드러낸다. 이 말 속에는 나라를 위해 인재를 기르거나 발탁해 쓰고 싶다는 적극적인 의미 뿐 아니라 중요한 벼슬을 제수받은 자신에 대한 자부심 또한 들어있다고 할만하다. '만이천봉'은 뭇 백성들을 암유한다. '녁녁히 혀여혼다'는 것은 백성들의 사정을 잘 살핀다는 것을 의미한다. 그러니 이 부분에서도 선정의 자부심과 우국지정은 변함없이 노래된 셈이다. 그러한 자부심과 함께 "形형容용도그지업고體톄勢셰도하도할샤"라고 하여 백성들의 마음이나 욕망이 다양하니 治者로서 선정하기가 쉽지 아니함을 아울러 드러내기도 하였다. 그러한 문맥의 의미는 "毗비盧로峯봉上샹上샹頭두의올라보니긔뉘신고東동山산泰태山산이어ㄴ야놉돗던고魯노國국조븐줄도우리ᄂ모ᄅ거든넙거나넙은天텬下하엇디ᄒ야젹닷말고"라고 영탄한 대목에 이르면 작자의 자부심과 호연지기가 함께 어우러진 모습을 발견하게 된다. 즉 '毗盧峰 上上頭'는 최고의

지위를 말하며, 선정에 의해 최고의 벼슬에 오른(혹은 오를) 사람
은 자신밖에 없다는 점을 암시한 말이기도 하다. 그 다음 부분은
공자의 말5)을 들고 그 경계의 高遠함을 영탄한 내용이다. 즉 공자
의 정신적 깊이에 대한 흠모이며, 간접적으로 이 땅에서만은 자신
이 당당한 존재임을 자부한 말이기도 하다. 그러면서 "오라디 못하
거니 나려가미 고이할가"라 하여 장면을 다음 장소로 자연스럽게 연
결시키고 있다. 또한 그는 원통골 가는 길에 사자봉을 들렀고, 그곳
에서 화룡소를 만나면서 더욱 노골적인 정치적 야망을 드러낸다.
다음과 같은 부분이다.

> 千천年년老노龍룡이구비구비서려이셔晝듀夜야의흘녀내여滄창海희
> 예니어시니風풍雲운을언제어더三삼日일雨우롤디련는다陰음崖애예이
> 온플을다살와내여스라

화룡소에 구비구비 서려있는 '천년 노룡'은 승천을 앞둔 용으로서
송강 자신을 은유한 말이다. 그 용이 화룡소의 물을 주야로 흐르게
하여 결국 창해에 이르도록 한다고 하면서 풍운 즉 좋은 시절을 언
제 만나 삼일우를 내려주겠느냐고 자문한다. 그 비를 내려줌으로써
그늘진 언덕의 시든 풀을 다 살려내라는, 자신에 대한 주문이기도
하다. 풍운은 용이 비바람을 얻어 하늘에 올라가는 것 같이 영웅이
때를 만나 세상에 나오는 일의 비유로 볼 수도 있고, "風從虎雲從
龍" 즉 용호가 풍운을 만나 득세하는 것처럼 영웅이 명군을 만나 쓰
이거나 또는 좋은 기회를 더서 재능을 발휘, 공명을 이루는 일의
비유로 볼 수도 있다. 어떤 쪽으로 보든 송강이 임금의 知遇를 얻
어 좋은 정치를 펼치고 싶다는 포부를 피력한 표현들임에 분명하
다. 따라서 송강은 이 부분에서 자신에 대한 자부심과 함께 선정에
의 강한 의지까지 아울러 표명했다고 보아야 한다. 이어 마하연, 묘
길상, 안문재, 불정대 등에서 만나는 절경을 들고 이것들이 이태백

---

5) 《孟子》 盡心章 :孔子曰 登東山而小魯 登泰山而小天下.

이 영탄한 여산보다 오히려 낫다는 요지의 노래를 하고 있다. 이 부분에서는 風光에 대한 찬탄을 들었거나 자신의 任地를 거론했다는 점에서 그것들 모두 이면적으로는 자신의 治政과 연결된다고 볼 수도 있다.

본사의 두 번째 부분은 동해로 나온 이후의 여정을 노래하는 내용이다. "藍남輿여緩완步보ᄒ야 山산映영樓누의올나ᄒ니~白빅鷗구야ᄂ디마라네버딘줄엇디아ᄂ"은 생동감 넘치는 행차를 묘사한 부분으로서 작자 자신의 위세에 대한 자부심을 내용으로 하고 있다. 특히 고성과 삼일포를 중심으로 四仙의 행적을 회고함으로써 옛날의 사적을 현실 정치에 연결시키고자 하는 의도를 노출시켰다. 그 바로 뒷 부분에 언급된 "아마도널구롬근쳐의머믈셰라"는 간신들의 발호를 염려한 비유적 표현인데, 이 경우 간신들은 당연히 자신의 정적들을 지칭한다. 이와 같이 금강산과 동해의 풍광을 묘사하는 듯하면서도 이면적으로는 자신의 정치적 야망을 드러내는 데 중점을 두고 있다. 특히 "아마도~"와 같은 부분은 정치에 대한 자부심과 자신의 야망을 정적들에게 과시하고자 하는 의도를 구체적으로 보여주는 내용이기도 하다. 이런 표현들을 통하여 송강은 험난한 정치 현실을 역으로 은유하려는 자신의 의도를 분명히 드러냈다고 볼 수 있다. 이 점은 그 다음 단락의 내용에서 직접적으로 뒷받침된다.

<blockquote>
江강陵능大대都도護호風풍俗쇽이됴ᄒ시고節졀孝효旌졍門문이골골
이버러시니比비屋옥可가封봉이이제도잇다ᄒ다
</blockquote>

이 부분의 내용은 자신의 관할구역 가운데 핵심인 강릉의 풍속이 순미함을 칭송하는 내용이다. 그와 함께 간접적으로는 자신이 다스리는 모든 지역을 그와 같이 만들겠다는, 치자로서의 포부와 자신감을 나타낸 표현이기도 하다. 그가 강원도 관찰사로 재직하는 동안 〈訓民歌〉를 지은 사실은 이런 점을 뒷받침한다.6) 그와 함께 "眞

---

6) 《松江全集》, 428~429쪽:迂齋 李忠貞厚源 曰 短歌十六章 卽宣祖朝相臣

진珠쥬館관竹듁西셔樓루五오十십川쳔ᄂᆞ린믈이太태白빅山산그림재롤
東동海ᄒᆡ로다마가니출하리漢한江강의木목覓멱의다히고져"라고
하여 戀君의 정을 강하게 노출시킴으로써 앞 부분에서 말한 선정에
대한 자부심이나 희망과 함께 정적들에 대한 경고의 의미까지 다시
한 번 드러내고 있다.

　본사 마지막 단락의 핵심은 "일이됴흔世세界계눔대되다뵈고져"에
들어 있다. 이 문장은 일견 달 밝은 밤 동해안의 풍광을 남들에게
보여주고 싶다는 내용인 듯 하나, 이면적인 의미는 그렇지 않다. 즉
'일이됴흔世세界계'는 '잘 다스려진 곳'을 말하고, '남'은 작자를 시기
하고 괴롭히는 정적들을 의미한다. 따라서 이 문장에 들어있는 의
미가 단순한 애민정신이나 선정에의 자부심으로 끝나지 않는다. 오
히려 그런 차원을 넘어선다고 보는데, 자신의 정치적 수완을 정적
들에게 과시함으로써 상대방을 압도해보려는 작자의 욕망이 잠재되
어 있다고 보는 점이 바로 그 까닭이다.

　결사에서는 앞의 내용들을 포괄하되 앞 부분에서는 암시하는 데
그쳤던 자신의 의도를 보다 분명하게 노출시키고 있다. 그 의도를
효과적으로 표현하기 위해 꿈을 등장시킨 것이다. 꿈 속의 화자는
작자를 '上界의 眞仙'이라 하였다. 이 경우 '상계'는 임금이 계신 서
울을 의미하고, '진선'은 유능한 인재를 의미한다. "黃황庭뎡經경―
일字ᄌ롤엇디그릇닐거두고人인間간의내려와셔우리롤쏠오는다"는 '直
諫으로 정적들의 모험을 사고 이곳(강원도)에 쫓겨 내려와 자신들
과 함께 하느냐'는 실제적 의미의 우회적 표현이면서, 또 다른 측면
에서는 작자 자신을 '(이런 곳에)내려오지 않고도 얼마든지 중앙정
계에서 정치적 포부를 펼 수 있는 사람'으로 묘사했다는 점에서 일
종의 선민의식 내지는 자부심이나 자신감을 노출시킨 내용으로 볼
수도 있을 것이다. 그러나 그런 수준의 내용만으로 끝을 내려하지

鄭某爲江原監司時所作者也　蓋因陳古靈諭文中諸條　添以君臣長幼朋友三者　使
民尋常誦習　諷詠在口　則其於感發人之性情　不無所助　故附刻於警民篇　而名曰
訓民歌云.

않는 점이 바로 작자의 뛰어남이다. 즉 "져근덧가지마오 이술훈잔먹어보오北북斗두星셩기우려滄창海히水슈부어내여저먹고날머겨눌서너잔거후로니和화風풍이習습習습ᄒ여兩냥腋익을추혀드니九구萬만里니長댱空공애겨기면눌리로다이술가져다가四ᄉ海히예고로ᄂ화億억萬만蒼창生셩을다醉취케밍근후의그제야고텨맛나쏘훈잔ᄒ쟛고야"에서 보듯이 愛民과 선정이라는 정치적 포부까지 밝히고 있는 것이다. 더구나 마지막 부분에서 "明명月월이千쳔山산萬만落낙의아니비췬듸업다"고 했는데, 이 내용을 '임금의 은총이 온 세상을 비춘다'고 풀이할 수 있다면, 작자는 자신의 정치적 포부를 밝힌 동시에 그 포부가 임금의 절대적 보호 아래 이루어지고 있음을 분명히 함으로써 정적들에 대한 경고나 과시의 의도까지 드러내고 있는 것으로 보아야 할 것이다.

2.2. 현실적 행보와 내용의 상관성

송강은 복잡하던 당대 정치상황의 희생자로 그의 파란만장한 삶을 시작했다. 10살 나던 해 을사사화를 만나 長兄인 滋가 귀양가던 도중 죽었고, 부친인 判官公 惟沈도 겨우 죽음을 면한 채 관북의 정평으로 유배되었다가 이듬해 延日로 이배되었다. 말하자면 이 시기에 송강은 집안 전체가 크게 망가지는 처지에 빠졌던 것이다. 이배된 지 5년후(명종 6년) 유배에서 풀려난 부친을 따라 전남 창평에 거처하게 되었고, 문과에 급제한 27살(명종 17년)까지 이곳에 살았다.

26세 되던 1561년(명종 16)에 진사시에 수석을 하고 이듬해 별시문과에 급제하여 사헌부 지평, 좌랑·현감·전적·도사·정랑·헌납·지평·함경도 암행어사·수찬·좌랑·종사관·교리·전라도 암행어사 등을 역임하고 40세 되던 1575년(선조 8년) 관인들이 동인과 서인으로 분파되고 서인이 득세한 가운데 송강은 벼슬을 버리고 낙향했다. 43세 때인 선조 11년 장악원정의 벼슬을 받고 조정에 복귀하여 사간·집의·직제학 등을 역임했으나 동인의 거두 李潑과 불화하여 재차 낙향했다. 그러다가 선조 13년(1580년) 정월에 강원도 관찰사를 제수받고 외직으로 나갔다. 그 후로도 붕당정치의 와중에서 복잡다단한 공직생활을 계속했는데, 그와 같이 복잡한 상황은 주로 동인과의 생사를 건 대결상태 때문이었다. 송강이 겪을 수밖에 없었던 정치적 부침의 주된 요인은 정적들과의 갈등이었으나, 여기에 또 하나의 결정적 변수로 작용한 것이 바로 임금인 선조였다. 붕당정치의 현실이 늘 그러했듯이 선조의 마음이 어디로 향하느냐에 따라 송강의 정치적 부침 또한 결정되기 마련이었다. 송강으로서는 정적들을 압도하는 한편, 선조의 마음이 자신에게 머물 수 있도록 관리할 필요가 있었다. 戀君歌로 이해될 수 있는7) 〈사미인곡〉, 〈속미인곡〉을 지은 것도 임금의 마음을 관리해야 하는 현실적 필요성 때문이었다. 그러면서도 그는 항상 정적들에 대한 우월의식 속에 살았다. 작품 속에 등장하는 자기과시적 언사들은 사실상 정적들을 염두에 둔 발언이었다. 자신을 신선으로 생각하고, 이백에게 견주고 있는 이면에는 정적들, 특히 동인세력을 인간세계의 속물들로 비하하려는 의도가 내재되어 있다. 그가 동인들과의 투쟁으로 점철된 일생을 살아온 점을 감안한다면 이런 점은 분명해진다고 할 수 있다.

그는 강원도 관찰사를 지낸 이후 전라도 관찰사·도승지·예조참판·함경도 관찰사·예조판서 등을 거쳐 대사헌에까지 승차하였으니 동인의 탄핵으로 낙향하여 4년간 은거하였다. 鄭汝立의 모반사건이 일어난 54세 때 우의정으로 제수되어 사건을 처리하면서 최영경을 치죄하고 동인들을 철저히 추방한 다음 좌의정에 올랐다. 56

---

7) 필자는 본질적으로 이 작품들을 이성에 대한 연정의 노래로 보아야 한다는 입장이다. 그러나 한편으로는 기존의 견해들과 같이 연군의 정을 노래했다는 견해 역시 틀렸다고 보지 않는다. 다만, 작자인 송강의 현실적 위치나 상황을 먼저 염두에 둘 경우에만 그런 해석은 의미를 가질 뿐, 작품 자체로는 결코 애정의 노래를 벗어나지 않는다.

세 때에는 동인의 거물 이산해의 계략으로 建儲문제를 들고 나섰다가 선조의 미움을 사 파직되었고, 유배를 당하게 되었다. 임진왜란이 일어나자 귀양에서 풀렸고, 경기·충청·전라도의 체찰사를 지냈으며, 전후에는 명나라에 사은사로 다녀오기도 했다. 그러나 결국 동인의 모함으로 사직하게 되었고, 얼마 후 강화에서 숨을 거두었다. 이렇게 보면 그는 죽을 때까지도 동인세력에 의해 핍박을 받은 셈이다. 따라서 동인세력에 대한 증오는 그의 마음 속에 깊이 각인되어 있었을 것이다. 그 본심이 바로 정여립 모반사건의 수습과정에서 표출되었다. 그 뿐 아니라 몇번의 부침 끝에 강원도 관찰사에 제수됨으로써 동인을 복수할만한 현실적 힘의 단서를 확보했다는 암시가 〈관동별곡〉에 나타나 있는 것이다. 따라서 이 작품은 단순한 기행문이 아니고, 정적들을 의식하면서 자신의 정치적 포부와 야망을 표출시킨 정치가사의 대표작이라 할 수 있다.

3. 연행 및 수용양상

이 작품은 송강 당대에 노래로써 인구에 회자되었을 뿐 아니라, 후대의 문예에도 큰 영향을 미쳤다. 후대에 수용된 양상을, 몇몇 기록들을 통하여 살펴보기로 한다.

1) 〈관동별곡〉이 〈漁父詞〉·〈處士歌〉·〈相思別曲〉·〈春眠曲〉·〈名妓歌〉·〈白鷗詞〉·〈勸酒歌〉 등 歌唱가사들 사이에 들어 있는 《協律大成》의 예8)

2) 〈관동별곡〉은 노래의 내용이나 표현의 측면에서 樂譜들 가운데 絶調라고 본 《東國樂譜》의 평가9)

---

8) 《韓國音樂學資料叢書 十四》, 69~72쪽.

9) 〈松江別集〉 卷之七 記述雜錄, 《松江全集》(성대 대동문화연구원, 1964), 289쪽:關東別曲 松江鄭澈所製 而歷擧關東山水之美 說盡幽邃詭怪之觀 狀物之妙 造語之奇 信樂譜之絶調也.(東國樂譜)

3) 宋同春이 〈관동별곡〉을 〈어부사〉와 마찬가지로 絶調라고 평하고,
   善歌者 홍주석으로 하여금 노래하도록 한 일10)

4) 〈관동별곡〉이 가곡으로서 가장 뛰어나며 악부로 흘러 전해진지
   50년이 되었다는 김상헌의 시11)

5) 楊理12)의 〈관동별곡〉 노래를 듣고 금강산을 꿰뚫게 되었다는 權
   韠의 시13)

6) 〈관동별곡〉을 부르니 금강산 일만이천봉이 눈 앞에 늘어서는 듯
   하다고 읊은 송강의 5세손 敏河의 시14)

7) 우리나라의 노래들 가운데 유행되는 것들을 들고, 그 가운데 宋
   純의 〈俛仰亭歌〉, 송강의 〈관동별곡〉을 비롯한 세 작품이 가장
   뛰어나다고 평한 李睟光의 논평15)

---

10) 《松江全集》, 402쪽:同春以退溪漁父詞謄置冊中 使善歌者洪柱石唱之曰 如
    鄭松江關東別曲亦是絶調 汝知此意否 仍使更唱關東別曲 俄而漁人來獻江魚
    數尾 同春使之作膾 謂柱石曰 未知退溪松江時 亦有此風味否.(同春別集)
11) 《松江全集》, 298쪽.
    〈贈關東按使尹仲素履之〉
     關東歌曲最淸新
     樂府流傳五十春
     文采風流今寂寞
     世間誰見謫仙人
         〈金尙憲〉
12) 양리는 〈관동별곡〉을 잘 불렀다고 한다. 〈《송강전집》, 402쪽.〉
13) 《松江全集》, 298~299쪽.
    〈贈楊理〉
     我逐浮名落世間
     仙壇有約幾時還
     逢君聽唱關東曲
     領略金剛萬疊山
         〈權韠〉
14) 《松江全集》, 402쪽.
    〈歌先祖關東別曲〉
     高臥雲林送百年
     不知人世有眞仙
     閒來咏罷關東曲
     萬二千峰列眼前
         〈鄭敏河〉

8) 〈관동별곡〉을 비롯한 송강의 가사 세 작품이 뛰어나다는 李選의
논평16)

9) 〈관동별곡〉이나 〈전후미인가〉는 뛰어난 노래들이나 한자로 기록
되지 못했기 때문에 음악인들의 입으로 수수되거나 국문으로 전
해질 뿐이었다는 점. 사방의 말이 비록 같지 않으나 말에 능한
자가 있어 그 고유한 말을 바탕으로 절주를 맞추면 족히 천지를
움직이고 귀신과 통할 수 있다는 점. 여항에 사는 초동 급부의
노래들이 비리하다 하나 사대부들의 시부에 비하여 오히려 진실
한데 〈관동별곡〉 등에는 천기가 자연적으로 발로되어 있고 이속
의 비리함도 없어 참된 문장이라는 점17)

---

15) 《松江全集》, 368쪽 : 李芝峯晬光嘗論東方歌曲 曰 退溪歌南冥歌宋判樞純
俔仰亭歌白評事光弘關西別曲鄭松江澈關東別曲思美人曲續美人曲將進酒詞盛
行於世 而我國歌詞雜以方言 故 不能與中國樂府比並 如近世宋公鄭公所作最
善 而不過膾炙口頭而止 惜哉.

16) 《松江全集》, 382~383쪽 : 右關東別曲思美人曲續美人曲三篇卽松江相國
鄭文淸公之所著也 公詩詞淸新警拔固膾炙人口 而歌曲尤妙絶 今古長篇短什
無不盛傳 雖屈平之楚騷 子瞻之詞賦 殆無以過之 每聽其引喉高詠 聲韻淸楚
意旨超忽 不覺其飄飄乎如憑虛而御風 羽化而登仙 至其愛君憂國之誠 則亦且
藹然於辭語之表 至使人感愴而興歎焉 苟非出天忠義間世風流 其孰能與於此
噫 以公耿介之性 正直之行 而適會黨議大興讒搆肆行上 而得罪於君父 下而
見嫉於同朝流離竄謫 幾死幸全 而其所詬罵至身後彌甚 昔子瞻之遭罹世禍亦
可謂極矣 然其愛君篇什猶能見賞於九重 而公則並與此 而終不能上徹 抑何其
不幸之甚歟 淸陰金文正公嘗論公始末而比之 於左徒之忠 此誠知言哉 北關舊
有公歌曲之刊行者 而顧年代已久且經兵燹 遂失其傳 誠可惜也 余以無狀得罪
明時受玦天涯遠隔 君親實無以寓懷 乃於澤畔行吟之暇 聊取此三篇正訛繕寫
置諸案頭時一諷誦 其於排遣 不爲無助 蓋亦僭擬於朱夫子楚辭集註之遺意云
爾 時庚午元月上澣 完山後人 李選書于車城之幽蘭軒

17) 《松江全集》, 416쪽 : 松江先生鄭文淸公關東別曲前後美人歌 乃我東之離
騷 而惟其不可以文字寫之 故唯樂人輩 口相授受 或傳以國書而已 人有以七
言詩飜關東曲而不能佳 或謂澤堂少時作非也 鳩摩羅什有言曰 天竺俗最尙文
其讚佛之詞極其華美 今譯以秦語 只得其意 不得其辭 理固然矣 人心之發於
口者爲言 言之有節奏者爲歌詩文賦 四方之言雖不同 苟有能言者 各因其言而
節奏之 則皆足以動天地通鬼神 不獨中華也 今我國詩文舍其言而學他國之言
設令十分相似 只是鸚鵡之人言 而閭巷間樵童汲婦咿啞而相和者 雖曰鄙俚 若
論眞贋則 固不可與學士大夫所謂詩賦者 同日而論 況此三別曲甚有天機之自
發而無夷俗之鄙俚 自古左海眞文章只此三篇 然又就三篇而論之則 後美人尤

1)에서 《협률대성》은 編者와 年代 미상의 歌譜로서, 남창가곡 642수와 여창가곡 186수 등 총 828수의 노랫말을 싣고 있으며 器樂曲과 함께 12가사 가운데 8편의 가사를 싣고 있다. 李東福의 설명에 의하면 가곡의 내용이나 배열순서가 《歌曲源流》와 거의 같으며, 朴孝寬·安玟英의 작품이 나오는 점으로 미루어 《가곡원류》를 藍本으로 삼은 듯 하다고 한다. 따라서 이 책은 《가곡원류》의 편찬연대인 고종 13년(1876) 이후에 만들어졌으리라 보았다.18) 말하자면 이 책은 歌曲譜이며, 《靑丘永言》·《歌曲源流》·《校註歌曲集》·《古今歌曲》·《南薰太平歌》 등 기존의 가집들이 일부 중요한 歌詞들을 실어놓은 것처럼 끝부분에 당시 많이 가창되던 여덟편의 가사들을 실어 놓은 것으로 짐작된다. 그렇다면 〈관동별곡〉 역시 〈어부사〉·〈처사가〉·〈상사별곡〉·〈춘면곡〉·〈백구사〉·〈권주가〉 등 12가사와 같이 이 책이 편찬되던 당시에도 많이 불리고 있었음을 알 수 있다.

2)~8)은 1)과 같거나 1)을 뒷받침하는 내용들로서 실제 가창의 현장을 구체적으로 보여준다. 2)에서 인용된 《東國樂譜》는 현재 알 수 없는 책이긴 하나 아마도 1의 《협률대성》과 같은 성격의 문헌이었음이 분명한 듯 하다. 3)의 홍주석은 누군지 알 수 없다. 그러나 송강보다 70여년 늦게 태어나 70년 가까이 생존한 宋浚吉 (1606, 선조 39~1672, 현종 13)과 같은 시대의 인물임을 감안한다면, 송강 사후 1세기 가까운 시기에도 〈관동별곡〉은 사람들의 입에 회자되고 있었음을 알 수 있다. 3)에서 金尙憲(1570, 선조 3~1562, 효종 3)은 〈관동별곡〉이 가곡으로서 가장 뛰어나며 악부로 흘러 전해진지 50년이 되었다고 하였다. 송강이 〈관동별곡〉을 지은 해가 1580년이므로, 김상헌의 이 시는 대략 1630년 이후에 지어졌을 것이다. 말하자면 청음의 시는 이 노래가 송강 당대부터 가창되기 시작했다는 점을 암시하고 있다.19) 〈관동별곡〉의 가창 현

高 關東前後美人猶借文字語以飾其色耳 金萬重書.
18) 〈協律大成 解題〉, 《韓國音樂學叢書》14, 3쪽.

장에 대한 결정적 사실은 5)에 나타난다. 송강보다 33년 늦게 태어
나 19년 늦게 하세한 權韠(1569, 선조 2~1612, 광해군 4)이
〈관동별곡〉을 특히 잘 부르던 양리를 만나 그 노래를 듣고난 감동
을 시로 읊은 것이 바로 5)다. 앞에서 언급한 홍주석이나 이 부분
의 양리라는 인물들은 당대에 〈관동별곡〉이 얼마나 널리 가창되고
있었는지를 알려주는 결정적인 단서로 꼽을 수 있는 것이다.

  6)은 송강의 5세손 민하가 〈관동별곡〉을 스스로 부른 후 그 감동
을 표현한 시로서 권필이 쓴 5)와 그 모티프 및 내용을 같이 한다
고 할 수 있다. 동방의 가곡을 논한 이수광의 평문인 7)에서는 당
대에 유행하던 가사들을 모두 가곡의 범주에서 거론하고 있다. 특
히 이 작품들을 중국의 악부와 견주고 있는데, 그것들이 당시에 가
창되고 있었다는 사실을 분명히 밝혀주는 점이기도 하다. 芝湖 李
選(1632, 인조 10~1692, 숙종 18)은 현종 12년(1677)경에
《松江續集》을 편찬했는데, 그 글에서 그는 송강의 가곡이 시보다
더욱 妙絶하여 장·단가 모두 왕성하게 전해지고 있다고 하였다.
특히 그의 가사들을 소리 높여 가창하는 것을 듣노라면 소리가 맑
고 뜻이 뛰어나 바람을 타고 하늘을 날며 우화등선하는 것 같다고
하였다. 아울러 북관에서 간행된 송강의 가곡들이 병란으로 失傳되
었음을 아쉬워하기도 했다. 송강보다 한 세기 뒤의 이선이 송강의
가곡이나 시문에 대하여 관심을 갖게 된 직접적 이유를 알 수는 없
지만, 〈관동별곡〉을 비롯한 송강의 가곡이 이 시기에도 음악으로
왕성하게 수용되고 있었음을 알게 하는 중요한 기록이다.

  9)에서 西浦는 〈관동별곡〉을 비롯한 송강의 세 가사작품이 "한자
로 기록될 수 없었기 때문에 오직 음악인들의 입으로 수수되거나
국문으로 전해질 뿐"이었다고 했다. 이러한 설명은 〈관동별곡〉이 당
대에 음악으로 수용되었음을 단적으로 드러내 준다. 즉 '부르고 듣

---

19) 송강이 평소에 가곡을 잘 했다는 사실은 《松江全集》의 기록(388쪽 : 李
    承旨爾臣曰 松江公素善歌曲 關東星山等曲 是其所作 其歌也有思皆離騷意
    也.)에도 나타나 있다.

는 문학'20)의 원래 모습과 그것이 정착된 양상을 분명히 보여준다
는 것이다. 수용의 과정에서 불가피하게 한자를 차용해 쓰긴 했으
나 그것으로 우리말 노래 자체를 기록할 수 없었기 때문에 口碑상
태를 벗어날 수 없었으며 그 구비상태의 구체적인 양상은 음악인들
에 의해 영위된 노래일 수밖에 없었다. 이런 상황에서 고유의 노래
를 쉽사리 한자로 번역할 수도 없었다. 인용된 鳩摩羅什의 말 가운
데 "只得其意 不得其辭"는 우리말 노래를 중국말로 번역했을 때의
문제점을 지적한 내용이다. 노래 즉 '부르고 듣는 문학'을 한자어로
번역할 경우 그 뜻은 겨우 전달되겠지만 예술적 아름다움까지 충분
히 전달될 수는 없다고 본 것이다. 노래 자체가 단순히 의미만을
전달하려는 것이 아니고 語調나 음률의 아름다움까지 전달할 것을
목표로 삼는 만큼 한자로 표현하는 경우 하나의 작품은 구어문학
자체에 비해 극히 일부의 효과밖에 거두지 못할 것은 당연하다. 노
래란 자국의 말로 부르는 것이며, 자연발생적인 것일 뿐 다른 나라
의 음운을 아무리 익혀도 그것을 체질화시켜 노래로 부를 수는 없
는 노릇이다. 노래로 불러야 할 경우라면 자신의 모국어로 바꾸어
부를 수밖에 없는 것이다. 인용된 서포의 말 가운데 '사방의 말'이란
한자를 사용하는 중국 이외의 개별 민족 단위의 구어를 의미한다.
그는 비록 漢語(혹은 漢字) 아닌 개별 민족 단위의 고유한 언어라
할지라도 충분히 훌륭한 노래를 만들 수 있다고 보았다. '천지를 움
직이고 귀신과 통할 수 있다'는 말은 노래의 지극한 경지를 나타낸
다. 학사대부의 詩賦는 정통 한문학이다. 그러나 그들이 중국인이
아닌 이상 한문학은 단순한 '보는 문학'으로서, 내용 진달에만 급급
할 뿐이었을 것이다. 이에 반해 여항에 사는 초동이나 급부들의 노
래는 비록 세련되진 않았으나 자신들의 말로 만든 노래, 즉 구어문
학이기 때문에 자연스럽고 제 것다우며 흥을 돋울 수 있었다. 더구
나 〈관동별곡〉 같은 송강의 노래들에는 여항노래들이 지닐 수 있는

───────────────

20) '부르고 듣는 문학'의 본질에 대해서는 조규익의 《가곡창사의 국문학적 본
    질》(집문당, 1994) 참조.

비리함이 전혀 보이지 않고, 천기 또한 발로되어 있어 절창이라 할 만하다고 하였다.21)

〈관동별곡〉이 물론 노래 뿐 아니라 吟詠 등의 방법으로도 널리 수용되었겠지만, 노래로 불렀다는 사실은 이 작품을 포함하여 가사 장르 전체의 본질에 시사하는 바가 매우 크다. 가사는 단가인 大葉(혹은 歌曲)과 함께 초창기부터 가창되던 長歌의 대표적 장르였다. 이러한 단가나 장가 모두 조선조까지 많이 불리던 眞勺으로부터 파생되었음은 물론이다. 가사가 가창 장르였던 만큼 지난 시대로부터 이어져 내려오던 歌脈의 한 갈래를 장가로서의 가사가 담당했었음은 자명한 사실이다. 이러한 점은 〈賞春曲〉이나 〈西湖別曲〉, 또는 〈관동별곡〉을 포함한 송강가사 등 통시적 맥락에서 확인되기도 한다.22)

그렇다면 〈관동별곡〉은 어떤 곡으로 가창되었을까? 앞에서 언급한 《협률대성》에는 〈관동별곡〉이 몇몇 가창가사들과 함께 실려 있다. 따라서 그 규모나 구성 방식으로 볼 때, 12가사(〈首陽山歌〉·〈處士歌〉·〈白鷗詞〉·〈竹枝詞〉·〈春眠曲〉·〈相思別曲〉·〈漁父詞〉·〈行軍樂〉·〈黃鷄詞〉·〈勸酒歌〉·〈襄陽歌〉·〈梅花打令〉)를 부르는 방식으로 불렀으리라 본다. 12가사 창조의 특징은 男唱 가곡과 달리 細淸을 사용하고, 음계는 대개 界面調의 향토적인 가락을 사용하는 데 있다. 또한 단조로운 가락의 반복이 많으며 〈상사별곡〉, 〈처사가〉, 〈양양가〉만이 5박자 리듬이고 나머지는 모두 굿거리 장단의 변형인 도드리장단에 속한다. 물론 12가사의 대부분이 오늘날 가사로 통칭하는 작품들보다 길이가 짧은 것은 사실이지만, 그것은 가창되던 가사장르 가운데 가창 장르로 살아남을 수 있었던 조건일 뿐이다. 그것 때문에 12가사를 일반 가사와 전혀 다른 작품들로 보아

---

21) 조규익, 《앞의 책》, 34~35쪽.
22) 조규익, 朝鮮朝 長歌 歌脈의 一端—〈賞春曲〉·〈西湖別曲〉·〈關東別曲〉의 通時的 關聯樣相을 中心으로—, 《韓國歌辭文學硏究》(태학사, 1995), 233쪽.

서는 안될 것이다. 말하자면 처음에 가사는 가창장르로 출발되었고,
상당기간 그런 기조는 이어질 수 있었다. 그러나 시대가 흐를수록
가사가 점점 장편화·산문화 되고, 가사와 경쟁관계에 있던 장르들
이 음악적으로 대중의 지지를 받게 되자 가사는 더 이상 가창 장르
로 지속될 수 없게 된 것이다. 가사 가운데 12작품 만이 그 가창장
르로서의 명맥을 유지할 수 있게 된 것도 바로 그 때문이다. 〈관동
별곡〉을 포함한 송강가사는 12가사 확립 이후에도 가창되던, 몇 안
되는 작품들 가운데 들어 있었던 듯 하다. 율조나 표현, 내용 등이
탁월했기 때문에 당대의 교양인들은 물론 대중들에게 노래로 선호
될 수 있었다고 본다. 송강의 玄孫인 沽은 송강이 남긴 가사와 가
곡을 '長短歌曲'으로 통칭하였다.23) 물론 이 때의 '歌曲'은 특정 장
르명으로서의 그것이 아니고 보통명사로서의 '노래'를 의미하는 말
이다. 어떤 의미로 쓰였건, 당대인이 송강가사를 노래의 범주에서
다루고 있는 점은 범상히 보아넘길 일이 아니다. 짧은 작품이든 긴
작품이든, 가사는 노래라는 연행의 형태로 '탄생-성장-변이(혹은 소
멸)'되어 온 역사적 성격을 지니고 있다. 〈관동별곡〉을 비롯한 송강
의 가사는 그토록 엄연한 사실을 아예 모르거나 도외시하려는 국문
학계의 고질적 편견을 시정하기 위한 발판이 될 수 있다. '존재로서
의 문학작품이나 그 기반'에 대한 충분한 이해가 국문학 연구의 출
발점이기 때문이다.

---

23) 《松江全集》, 442쪽 : 髙王考文淸公長短歌曲 行於世者 摠若干篇 而累經
    兵亂 眞本不傳 諸子孫家各有所藏而傳寫之際 間多亥豕之誤 世之傳誦者又往
    往以己意添補 我再從兄澔氏之宰義城也 爲是之慮刊以行之 而惜其不能廣取
    諸本質其同異有不足以徵信於來後 余卽就家中舊藏 而校正之則 舛誤之多 反
    有甚於傳誦之失其眞且其短歌多有見逸者 又取畸翁側室子沚所自謄者 而參互
    考證焉 則一與吾家舊藏相類 盖吾家所藏出於我王考抱翁公所命寫者而沚之所
    寫 親承畸翁公所傳則 可信此本之爲眞也 姊兄李徵夏季祥氏以淸江先生後孫
    平日景慕我文淸先祖者 有倍他人而又能備詳玆事 本末適通判黃州 取以刊布
    其意 非偶然也 抑後之覽者 或雜卜於兩本之眞贋而 眩於取舍 余旣改寫一通
    付之剞劂 又書此以遺之云 戊寅三月 日 玄孫 沚謹書.

4. 결 론

　이상에서 필자는 송강의 〈관동별곡〉을 두 가지 관점에서 살펴 보았다. 첫째는 創作意圖, 둘째는 수용양태(특히 음악)를 통해서 본 작품의 성격이 그것들이다.

　지금까지 〈관동별곡〉은 주로 기행가사의 측면에만 초점을 맞추어 왔다. 송강의 천부적인 文才가 관동팔경이라는 절경을 맞아 피워낸 꽃이 바로 이 작품이므로, 〈관동별곡〉이야말로 대표적인 기행가사라는 것이다. 물론 필자가 이 작품이 기행가사임을 부정하려는 것은 아니다. 그러나 기행가사적 특질은 이 노래의 표층적 성격일 뿐이다. 그 이면에 들어있는 본질적 부분은 송강의 정치적 견해 혹은 임금이나 정적들에게 보내는 정치적 성격의 메시지다. 송강은 일생 동안 정적 東人집단과 생사를 건 쟁투를 벌여왔다. 벼슬길에 올라 무언가 일을 해보려 하면 의례껏 발목을 잡고 늘어지는 집단이 바로 동인들이었다.24) 동인들의 탄핵으로 낙향해 있다가 다시 강원도 관찰사로 제수된 송강이 관할지역인 관동팔경을 돌아보며 지은 노래가 바로 〈관동별곡〉이다. 송강에게 강원도 관찰사의 직책은 정치적 재기의 발판일 수 있었고, 정적들에 대한 복수의 기회를 포착할 수 있는 출발점일 수 있었다. 뿐만 아니라 강력한 힘의 원천인 임금의 신임을 자신에게 묶어둘 수 있는 수단이기도 했다. 겉으로는 관동팔경에 대한 賞嘆을 내세우고 있으나, 이면으로는 자신의 정치적 이상과 그 역량에 대한 자부심을 과시함으로써 자신을 질시하는 정적들에게 분명한 경고의 메시지를 담고자 하였다. 뿐만 아니라 작품의 곳곳에서 戀君之情을 토로함으로써 임금의 마음까지 붙잡아 놓으려 하였다. 작품을 정독할 경우, 표층보다는 이면의 비중이 더욱 큼을 부정할 수 없는 까닭도 바로 여기에 있다. 따라서 〈관동별곡〉은 복합적 성격을 지닌 작품이되, 내용의 비중을 고려할 경우

---

24) 물론 송강 자신도 동인들에게는 그런 존재로 인식되고 있었다.

기행가사라기보다는 정치가사로 분류하는 것이 타당하리라 본다.

　가사가 '노래부르기 위해' 창설된 장르라는 점을 가장 강력하면서
도 직접적으로 보여주는 작품이 〈관동별곡〉이다. 가사가 장편화·
산문화로 치달아 가창장르로서의 성격을 상실해간 후기에까지 꾸준
히 가창된 노래가 바로 〈관동별곡〉을 포함한 송강가사들이기 때문
이다. 현재 12가사를 통해서만 가사의 가창장르적 성격을 짐작할
수 있다. 그 12가사가 성립된 이후에도 〈관동별곡〉은 이것들과 함
께 가창되고 있었다는 점을 몇몇 기록들이나 문헌에서 발견할 수
있다. 이 점은 〈관동별곡〉이 단순히 문필적 성격의 창작물로서가
아니라 구어체 노래로서 후대에 왕성하게 가창되었음을 입증하는
사실이다. 이런 점을 고려할 때, 〈관동별곡〉을 포함한 가사 일반의
장르적 성격을 당대적·통시적 수용의 차원에서 재검토해야 할 필
요성은 절실해진다. 〈관동별곡〉에 대한 논의라 하여 그 작품 하나
로 끝나는 것이 아니고, 그 작품이 가사장르 일반을 대표할 수도
있기 때문이다.

제3부

散文論

金現感虎의 敍述意識과 文學史的 意味

김 광 순

목 차

---

1. 序 論

〈金現感虎〉[1]의 이본으로는 〈虎願〉[2]과 〈虎語〉[3]가 있으나, 지금까지의 연구는 〈金現感虎〉에 치중되어 왔고, 〈호원〉은 그것의 축약된 이본으로 간단히 처리되었으며,[4] 〈호어〉는 몇몇 논자에 의해 그 줄거리만 소개되었을 뿐,[5] 이를 〈김현감호〉의 이본으로 보아 상호간의 구조적 대비를 통해 총체적으로 다룬 論究[6]는 거의 없다. 다

---

1) 〈三國遺事〉 卷第五 感通 第七.
2) 〈大東韻府群玉〉 (아세아문화사, 1976) 456쪽.
3) 〈破閑集・補閑集〉 (아세아문화사) 卷下 43쪽.
4) 金榮晩, 〈金現感虎說話에 나타난 佛敎思想考〉, 《국어국문학》18, 부산대 국어국문학과, 1982.
   林熒澤, 〈羅末麗初의 傳奇文學〉, 《한국한문학》 제5집, 한국한문학회, 1981.
   車溶柱, 〈金現感虎說話硏究〉, 《청주사대 논문집》 제7집, 1978.
   池浚模, 〈新羅殊異傳硏究〉, 《어문학》 35집, 한국어문학회, 1976.
5) 許永美, 〈補閑集의 文學的 性格〉,경북대학교 교육대학원 석사학위논문, 1982, 48~49쪽.
   李家源, 《韓國漢文學史》, 보성문화사, 1979.
6) 車溶柱, 앞의 논문.

만 필자가 최근에 이에 대한 논의를 한 바 있다.7)

그리고 종래 대부분의 논자들은 〈김현감호〉를 설화로 인식8)해 왔으나 최근 학계에서는 〈김현감호〉를 개인의 창의성이 부각된 허구적인 이야기로 보아 소설로 수용하고 있다.9) 특히 池浚模가 일찍이 傳奇소설의 효시를 신라시대의 작품으로 보는 견해를 제시했으며,10) 그 뒤 林榮澤이 전기의 특징과 나말여초에 소설이 성립될 수 있는 역량을 열거하면서 〈김현감호〉를 소설로 인정하고 있고 필자도 의견을 같이 하고 있다.11)

그래서 본고에서는 〈김현감호〉의 이본에 대한 간단한 논의를 한

---

7) 金光淳, 〈金現感虎에 대하여〉, 《韓國의 哲學》16호, 경북대 퇴계연구소, 1988.
　金光淳, 〈金現感虎의 異本과 文學史的 意義〉, 《韓國古小說史와論》, 새문사, 1990, 171~189쪽.
8) 趙潤濟, 《國文學史槪說》, 을유문화사, 1982, 39쪽.
　張德順, 《國文學通論》, 신구문화사, 1977, 442쪽.
　金東旭, 《國文學史》, 일신사, 1983, 79쪽.
　白　鐵·李秉岐, 《國文學全史》, 신구문화사, 1975, 76쪽.
　黃浿江, 〈한국민족설화와 호랑이〉, 《국어국문학》 제55~57집, 국어국문학회,1979.
9) 金光淳, 〈韓國古小說史序說〉, 《어문논총》19호, 경북대 인문대국문학과, 1985,62쪽.
　金光淳, 〈金現感虎의 異本과 文學史的 意義〉, 《韓國古小說史와論》, 새문사, 1990, 184~189쪽.
　李家源, 앞의 책.
　李丙疇, 《古典의 散策》, 민족문화문고 간행회, 1985, 235쪽.
　池浚摸, 〈新羅漢文學史〉, 《신라가야문화연구》 4집, 영남대 신라가야문화연구소, 1972.
　林榮澤, 앞의 책.
10) 池浚模, 〈傳奇小說의 嚆矢는 新羅에 있다〉, 어문학 32집, 한국어문학회, 1975.
　池浚模, 〈新羅漢文學史〉, 신라가야문화연구 4집, 영남대 신라가야문화연구소, 1972, 127쪽.
11) 林榮澤, 앞의 논문
　金光淳, 〈金現感虎에 대하여〉, 《韓國의 哲學》16호, 경북대 퇴계연구소, 1988

뒤에 작가의 서술의식과 〈김현감호〉의 문학사적 의미를 천착하고자 한다. 본 연구의 자료로는 《三國遺事》에 수록되어 있는 〈金現感虎〉12)와 《補閑集》의 〈虎語〉13), 《大東韻府群玉》의 〈虎願〉14)을 대본으로 한다.

2. 異　本

한 작품에 여러 종의 이본이 존재한다는 것은 그만큼 많은 독자와 청자에15) 의해 향유되었음을 방증하는 단적인 예가 된다. 이는 講談師가 한문을 해독하지 못하는 일반 대중에게 구송하는 과정에서 기인되는 현상이다. 즉 전기수와 강담사의 출현은 문학의 적층성을 자극하여 작품에 개인작의 요소보다는 공동작의 요소를 강하게 부각시킴으로써 여러 종의 이본을 양산하게 만들었다. 따라서 노벨novel이라는 현대적 의미의 소설이 정립되기 이전의 고소설은 '읽혀졌다'기보다는 '듣고 말하여졌다'고 하는 것이 더욱 타당하리라 본다.

구비전승되는 과정에서 문자로 정착된 한 작품에서 파생된 이본의 개념 규정은 개별 작품과 이본간의 차이를 구명하는 작업과 상통한다. 이본의 사전적 의미는 진기한 책, 珍本, 내용이나 글자가 다소 나른 깃16)으로 정의된다. 이와 같은 이본은 우리 문학에 있어 인쇄술과 지묵의 희귀성 때문에 문학 작품이 구비전승되어 온 데서

---

12) 《三國遺事》　卷第五 感通 第七.
13) 《破閑集・補閑集》, 아세아문화사, 卷下 43쪽.
14) 《大東韻府群玉》, 아세아문화사, 1976, 456쪽.
15) 한문작품일 경우, 일반 대중은 거의 독자가 될 수 없었고, 한문을 해독할 수 있는 傳奇叟나 講談師를 통해 이야기의 청자만 될 수 있었다. 그리고 상위계층으로서의 한문식자들은 괴이한 이야기를 괄시하면서도 은밀하게 읽었다는 사실에서 '많은 독자'라는 말을 썼다.
16) 李熙昇, 〈國語大辭典〉, 민중서관, 1982, 2900쪽.

그 원인을 찾을 수 있다.

〈김현감호〉와 〈호원〉에는 몇몇 자구의 교체나 단어의 가감17)이
있다. 물론 〈호원〉에는 老嫗가 호랑이 형제에게 해를 당하지 않도
록 김현을 숨겨주는 부분과 호랑이들의 대화 장면, 하늘의 징계에
대한 처녀의 속죄 결심, 이물과의 交媾에 대한 김현 자신의 견해,
처녀가 말한 五利와 당부의 말, 호환의 치료 방법 등이 생략되어
있지만 〈김현감호〉에 없는 이야기가 〈호원〉에 삽입되어 있다든가
주제가 변용되어 있다든가 하는 차이는 없다. 〈호원〉이 〈김현감호〉
의 축약이라는 점에서 표제의 상이는 논쟁거리가 되지 못한다.

그러면 자구가 교체되거나 단어가 가감되는 양상을 살펴보기 위
해 〈김현감호〉의 첫부분과 끝부분을 〈호원〉과 대비해 보기로 하자.

〈金現感虎〉

新羅俗每當仲春初八至十五日都人士女競遶興輪寺

之殿塔爲福會元聖王代有郎君金現者夜深獨遶不息

有一處女念佛隨繞…(中略)…熙怡而笑曰昨夜共君繾

綣之事惟君無忽…乃取現所佩刀自頸而仆乃虎也…

現旣登庸創寺於西川邊號虎願寺….

〈虎願〉

新羅俗每當仲春初八至十五日都人士女競遶興輪寺▼塔

爲福會元聖王時有郎君金現者夜深獨遶不息有

---

17) 車溶柱, 앞의 책.

一▼女▼隨繞…(中略)…▼笑曰昨日▼繾綣之事惟君無忽
…乃取現所佩刀自頸而仆乃虎也現旣登庸創
寺於西川邊號曰虎願….
(·표시는 字의 加 또는 교체를, ▼표시는 字의 減을 뜻함)

〈호원〉에 있는 것은 〈김현감호〉에도 거의 그대로 나타나고 있는
데 비해, 〈김현감호〉에 있는 것이 〈호원〉에는 빠져 있는 점으로 볼
때 〈호원〉은 〈김현감호〉를 적출한 이본임이 확실하다. 여기에 비해
〈김현감호〉와 〈호어〉는 주인공의 차이는 물론 주제의 변용까지 나
타나는 작품으로 개별적인 성격이 강해 이본으로 보기엔 그 기준이
다소 모호하다. 그러나 〈호원(?)〉18)의 구성 원리를 답습하여 작가
가 시대적 배경에 의해 의식적으로 다른 주인공을 내세워 그 주제
를 변용시켰다는 관점에서 〈호어〉를 개별 작품이 아닌 〈김현감호〉
의 이본으로 보고자 한다. 따라서 본고에서 말하는 이본은 같은 표
제를 가진, 내용이나 글자에 다소 차이가 나는 작품(협의의 뜻)은
물론, 원본에 가까운 작품을 보고 의식적으로 주제를 변용시킨 작
품(광의의 뜻)도 포함되는 것으로 간주한다.

　위에서도 작품 내용에 따른 이본의 선후 관계가 조금 언급이 되
었지만 창작 연대가 명시되어 있지 않은 각 이본의 선후를 밝힌다
는 것은 어디까지나 추정에 그칠 가능성이 있다. 각 이본이 실려
있는 문헌의 저작 연대를 참고하는 것이 최선의 방법일 수 있으나
실상 이들 이본이 구비전승되는 과정에서 문사로 정착되었다는 사
정을 감안해야 한다. 따라서 문헌의 저작 연대는 각 이본의 최후선

---

18) 金現感虎에 대한 新羅殊異傳의 표제는 虎願이었을 가능성이 높다. 이는 權
　　文海가 金現感虎에 대한 성어 풀이는 하지 않고, 虎願에 대해 언급하고 있
　　는 점, 그리고 一然이 新羅殊異傳에 虎願으로 되어 있는 표제를 三國遺事
　　의 체제, 즉 感通條에 맞게 金現感虎로 개칭했을 것이라는 데에 그 근거를
　　두고 있다. 그래서 본고에서는 大東韻府群玉의 虎願과 구분하여 新羅殊異
　　傳의 것을 '虎願(?)'이라 가칭 하기로 한다.

을 한계지울 수는 있어도 그것의 출발점을 파악하는 데는 별 도움을 주지 못한다. 이러한 방법론적 한계성을 극복하기 위해서 작품의 구성 원리를 통해 그것의 선후 관계를 해명하려는 논자19)도 있다. Brunetiere의 장르genre 진화론을 전제로 하여 보편타당하게 적용될 수 있는 원리를 도출할 수 있다면, 이것 역시 문헌학적 방법을 보충할 수 있는 한 논거가 될 수도 있다. 하지만 시간의 진행과 장르의 진화가 상호 비례 관계를 유지할 수 있느냐는 문제와 구성 원리의 설정 기준의 모호함이 의문점으로 제기될 수 있다. 그래서, 여기서는 일단 장르의 진화에 대한 역사적 시간과의 문제는 보류해 두고 문헌의 저작 연대를 추정하고자 한다. 문헌의 저작 연대조차 미상이라면 다소의 위험이 있더라도 간행 연대까지 동원해야 할 것이다. 그래서 각 이본의 선후관계를 추정한 후 시대적 배경과 작품 내용을 연관시켜 선후를 판별하는 보충적 방법을 취하기로 한다.

崔滋(1188~1260)의 《보한집》은 李仁老의 《파한집》을 증보하였지만, 그것(1260년 刊) 보다는 일찍 간행(1256년)되었고 일연(1206~1289)이 撰한 《삼국유사》는 《보한집》보다는 조금 뒤인 1281~1287년 사이에 저작되었다. 그리고 권문해(1534~1591)의 《대동운부군옥》은 이들보다 훨씬 뒤인 조선 선조 때에 저작되었다. 이러한 문헌의 저작 연대 내지 간행 연대를 통해 피상적으로 보면 이본의 선후관계가 〈호어〉→〈김현감호〉→〈호원〉순으로 배열될 수 있지만 이는 문헌의 저작 연대와 거기에 전재된 작품의 창작 연대가 거의 동일하리라는 막연한 추측에서 나온 것이다.

그런데, 더욱 중요한 사실은 《대동운부군옥》의 〈호원〉이 《수이전》에서 인출되었다20)는 기록이다. 《新羅殊異傳》21)은 《海東

---

19) 趙東一, 《韓國小說의 理論》, 지식산업사, 1977.
20) 權文海는 《大東韻府群玉》에서 〈虎願〉의 출전을 최치원의 《新羅殊異傳》만 제시해 두고 《殊異傳》이라고 밝혔으나 一然은 〈金現感虎〉의 출전을 명시하지 않았다. 〈金現感虎〉가 《殊異傳》 (古本殊異傳)의 逸文

高僧傳》, 《三國遺事》, 《太平通載》, 《筆苑雜記》, 《三國史節要》, 《大東韻府群玉》에 그 逸文이 전하는데, 그 표제도 문헌에 따라 《해동고승전》, 《삼국사절요》에서는 《殊異傳》으로, 《태평통재》, 《필원잡기》에서는 《新羅殊異傳》으로, 《삼국유사》에서는 《古本殊異傳》과 《新羅異傳》으로 달리 불리어졌다. 《대동운부군옥》의 찬집서적 목록에는 최치원의 《신라수이전》만 제시해 두고, 〈仙女紅袋〉조는 출전을 《신라수이전》으로, 〈호원〉조는 《수이전》으로 출전을 밝히고 있는 것으로 보아, 권문해의 《대동운부군옥》에는 《수이전》과 《신라수이전》을 같은 책으로 공용하고 있는 것 같다. 그리고 《신라수이전》의 편저자에 대해서도 覺訓은 朴仁亮(?~1096)으로, 권문해는 최치원(857~?)으로 달리 명기하고 있다. 여기서 특히 주목되는 것은 박인량이 편저자로 되어 있는 《신라수이전》은 《수이전》으로, 최치원이 편저자로 되어 있는 《신라수이전》은 그대로 《신라수이전》으로 기록해 놓고 있다는 사실이다. 그리고 徐居正은 《필원잡기》에서는 《신라수이전》으로, 《삼국사절요》에서는 《수이전》으로 달리 표기해 놓고 있다. 문헌에 따라 표제와 편저자가 다른 것으로 보아 물론 《신라이전》은 《신라수이전》의 약칭으로, 《고본수이전》은 《신라수이전》의 별칭으로 볼 수 있고22) 《수이전》은 《신라수이전》의 약칭으로 보이기도 하지만, 최치원의 《신라수이전》을 참고로 하여 고려시대의 이야기를 첨가한 박인량의 《신라수이전》과는 그 체제에 있어 다소의 이동이 있는 문헌일 가능성도 있다. 따라서 《삼국유사》에서 일연이 언급한 《고본수이전》23)은 최치원의 《신라수이전》이고 후인이 개작했을 것으로 유추되는 《신라수이전》은 박

임은 뒤에서 밝혀질 것이다.

21) 崔致遠의 新羅殊異傳을 殊異傳, 新羅異傳의 원본으로 보고, 이들 여러 종의 통칭으로 쓰기로 한다.

22) 一然은 海東高僧傳을 海東僧傳이라 했다. (《삼국유사》 卷四 義解 第五 寶壤梨木條)

23) 《三國遺事》 卷四 義解 第五 圓光西學條.

인량의 《수이전》일 가능성도 있다.

《삼국유사》에 전하는 〈김현감호〉는 비록 그 출전이 명시되어 있지 않지만 〈호원〉과의 대비를 통해 보면 그 구성이나 주제가 동일하기 때문에 이것 역시 《신라수이전》에서 인출되었을 것이다. 그리고 〈호원〉은 임진왜란 전까지 전해오던24) 《신라수이전》의 〈호원(?)〉을 보고 권문해가 《대동운부군옥》의 사전적 성격에 맞도록 축약·적출한 것으로 보인다. 〈호원〉의 전반부와 후반부는 〈김현감호〉의 그것을 그대로 기록하고 있지만 중반부는 생략되어 처녀가 호랑이의 변신임이 언급되지도 않았는데 갑자기 '……乃取現所佩刀自頸而仆乃虎也'라 하여 비로소 그 처녀가 호랑이였음을 밝히고 있다. 〈호원(?)〉의 내용을 알면서도 그 중반부를 의식적으로 삭제해 버린 것은 〈호원〉의 어원을 밝히려는 편저자의 의도가 짙게 깔린 것이다.

그러면 《삼국유사》의 〈김현감호〉는 《신라수이전》에 있는 〈호원(?)〉을 그대로 옮긴 것일까?

《太平通載》에 실려 있는 〈최치원〉(2414字)은 《신라수이전》의 완문으로 《대동운부군옥》에 실려 있는 그것(397字)과는 달리 장문으로 되어 있음을 볼 때, 《신라수이전》에 실려 있을 〈김현감호〉와 유사한 이야기, 곧 편의상 〈호원(?)〉이라 명명하고자 하는 《大東韻府群玉》의 이야기는 《삼국유사》의 그것보다는 내용이 풍부한 장문으로 되어 있을 것으로 짐작된다. 《삼국유사》의 〈김현감호〉는 출전을 명시하지 않은 것으로 봐서 《신라수이전》을 그대로 옮긴 것이 아니라 어느 정도 일연 자신의 作意를 가미했다고 보는 것이 타당하다.25) 여기에 비해 《대동운부군옥》의 〈호원〉은 《신라수이전》의 것을 《대동운부군옥》의 사전적인 성격에 맞도록 대폭 축약·적출시켜 놓은 것이므로 상대적으로 〈김현감호〉보다는 편저자의 작의가 약화되어 있다. 〈호어〉가 《신라수이전》의

___

24) 池浚模, 〈新羅殊異傳硏究〉, 《어문학》 35집, 한국어문학회, 1976, 209쪽.
25) 《三國遺事》 소재 신도징 이야기도 太平廣記의 그것과는 차이가 있다.

〈호원(?)〉을 참고하여 의식적으로 남녀간의 사랑 이야기를 삭제하고 처녀를 소년으로, 김현을 법사로 바꾸어 불교의 윤회사상—죽음과 재생의 motif—과 인과응보를 강조한 것은 당시의 시대적 상황, 즉 수차에 걸친 몽고의 침입에 대한 민중의 항쟁의식에서 싹튼 호국불교적 염원을 표현한 것이라 생각된다. 따라서 《신라수이전》에 수록되어 있었던 〈호원(?)〉과 《삼국유사》의 〈김현감호〉, 《대동운부군옥》에 수록되어 있는 〈호원〉, 《보한집》에 수록되어 있는 〈호어〉와의 상호 관계를 도식화해 보면 다음과 같다.

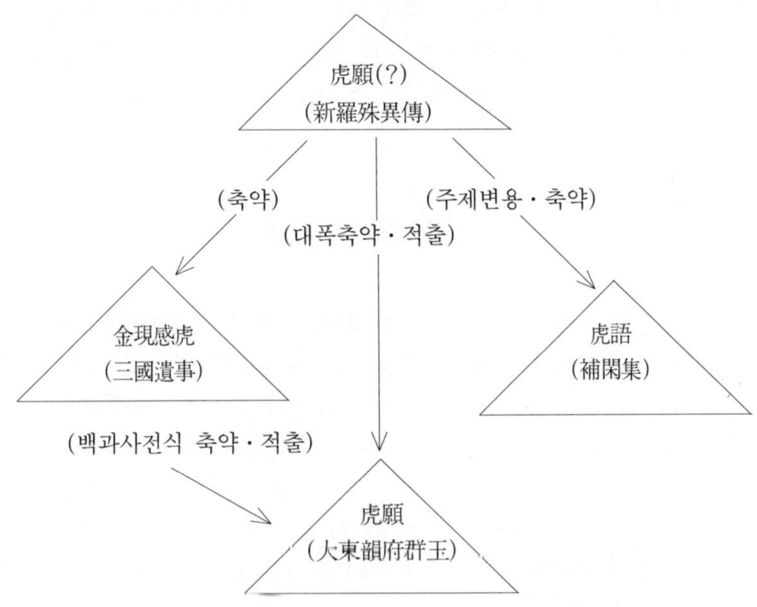

　앞의 도표에서 보여지는 바와 같이 《대동운부군옥》의 〈호원〉은 저자가 《수이전》에서 인출하였다고 기록하고 있고, 〈호원〉은 〈김현감호〉와의 비교에서 백과사전의 취지에 맞도록 적출하였음이 증명되었으니, 따라서 〈김현감호〉도 《수이전》에서 일연의 창의성이 다소 작용하여 축약된 것임이 증명된다. 《대동운부군옥》의 〈호원〉

은 백과사전식의 어원 설명을 위해 《신라수이전》의 〈호원(?)〉에
서 대폭 축약·적출한 것으로 볼 수 있고, 《삼국유사》의 〈김현감
호〉도 《신라수이전》의 것에서 축약된 것으로 보인다. 따라서 현
존하는 《대동운부군옥》의 〈호원〉은 권문해의 기록과 같이 《신라
수이전》의 〈호원(?)〉에서 대폭 축약·적출의 과정을 거치고,《삼
국유사》의 〈김현감호〉에서 축약·적출된 형태로 남아 전하게 된
것으로 추측된다. 그리고 《보한집》에 전하는 〈호어〉는 당시의 시
대상과 사회상에 따라 《신라수이전》의 〈호원(?)〉이 주제 변용과
축약이라는 과정을 거쳐 작자의 의도가 반영되면서 변모된 것임을
추측할 수 있다. 그렇다면 원본에 가장 가까운 현존 최고본은 《삼
국유사》 소재 〈김현감호〉라 할 수 있다.

3. 敍述意識

《金現感虎》의 서술의식을 파악하기 위해 〈金現感虎〉를 몇 개의
의미 기능 단락으로 나누어 보면 다음과 같다.

① 김현이 보름날 탑돌이를 하다가 한 처녀를 만나 정을 나눔.
② 김현은 처녀의 거절에도 불구하고 그녀를 따라 오두막집으로 감.
③ 老嫗가 호랑이들의 행패를 염려하여 김현을 숨어 있게 함.
④ 잠시 후 세 마리 호랑이가 들어와 사람 냄새를 맡고 요기하려 하
　 자, 노구와 처녀가 꾸짖음.
⑤ 이때 하늘에서 세 호랑이의 작폐를 징계하리라는 호령 소리가 들
　 림.
⑥ 처녀가 오빠 호랑이를 대신해 속죄할 것을 다짐함.
⑦ 처녀가 김현에게 자신이 죽는 이유를 설명한 뒤 그의 손에 죽고
　 싶다고 하면서 그 방법을 알려 줌.
⑧ 김현은 배필의 죽음을 팔아 자신의 영화를 구할 수는 없다고 거
　 절함.

⑨ 처녀는 자신이 죽음으로써 다섯 가지 이득이 있다고 설득하면서 자신이 죽은 뒤에 절을 세워 명복을 빌어 주기를 부탁하고 울며 헤어짐.

⑩ 다음날 성 안에 맹호가 나타나자 김현이 보호자로 나섬.

⑪ 처녀는 숲 속에서 김현에게 虎爪에 상처를 입은 사람에 대한 치유방법을 알려 주고는 김현의 칼로 스스로 목을 찔러 죽자 다시 호랑이로 환형됨.

⑫ 호랑이를 잡은 공으로 등용된 김현은 그 후 西川 가에 절을 세워 그녀의 명복을 빎.

이상에서 작품 내용을 그 의미 기능 단락에 따라 나누어 보았는데, 이를 바탕으로 하여 작품에 투영된 사회적 배경, 사상, 주제 등을 중심으로 작가의 서술의식을 찾아보기로 한다.

김현과 처녀가 福會라는 탑돌이에서 처음 만나는 장면은 고소설에 거의 공통적으로 등장하는 奇緣, 奇逢의 흥미로운 발단의 하나이다. 그리고 기봉의 시간적 배경을 생명이 원초적 계절인 봄으로 설정함은 사랑의 이야기를 전개시키기 위한 원형적인 상징이다. 김현(人)과 처녀(虎), 즉 異物間의 결합은 人과 人의 交媾보다 더 흥미롭고 신비스러운 느낌을 준다는 단순한 감정상의 문제에서 그치는 것이 아니라 왕위 쟁탈전에 혈안이 된 신라 下代의 진골계급에 대한 풍자를 함의하고 있다. 즉 이물인 호랑이의 숭고한 희생 정신과 거기에 보답하는 한 평민의 은혜를 통해 짐승보다 못한 당시 왕족의 비인간적 골육상잔을 힐난하고 있는 것이다. 따라서 이 작품의 애정갈등은 인간생활의 현실적 모순을 반영한 것이다.26)

이제 각도를 달리하여 호랑이를 당시 귀족으로 보아 이 작품을 시대적 배경에 따라 상징적으로 해석해 보자.

신라 하대에는 골품제가 점차 붕괴되어 가고 있었지만 하대 조기인 元聖王代에만 하더라도 신라인의 의식 속에는 아직도 계급적 관념이 잔존해 있었다. 처녀의 죽음은 표면상으로는 세 오빠의 작폐

---

26) 林熒澤, 앞의 책, 92쪽.

즉 백성들을 수탈한 죄에 대한 대속의 명분이지만, 실상은 신분적 차이 때문에 현실적으로는 불가능한 사랑을 이루기 위한 최후의 수단이었다. 이 작품에 등장하는 호랑이는 백수의 왕이라는 통상적 관념과 그 성격이 포악·맹렬하다는 이미지를 이용하여 작가가 가렴주구를 일삼던 귀족을 비유하기 위해 설정한 동물이다. 따라서 여기에 등장하는 호녀는 어느 귀족 가문의 고귀한 처녀임이 분명하고 낭군27)이라는 김현은 귀족계급은 아니고 한미한 평민이었을 것이다. 이러한 신분적 차이로 인해 비록 '相感而目送之 遶畢 引入屏處通焉'했지만 그들의 사랑은 떳떳하게 용인될 수 없었다. 노구는 이미 엎질러진 처녀의 행동을 위로해 주지만 처녀의 오빠들이 알까봐 김현을 숨도록 한다는가, 김현 자신도 같은 계층끼리의 결합이 온당한 것이지 다른 계층끼리의 결합은 떳떳한 행위가 아님을 시인하는 것28) 등에서 뿌리 깊이 박힌 신라 골품제의 일단을 엿볼 수 있다.

  이런 현실적 상황 속에서 처녀가 취할 수 있는 행동은 김현을 자기와 비슷한 계층으로 상승시키는 길밖에 없었다. 폐쇄된 사회일수록 신분 상승은 어렵게 마련이다. 따라서 김현으로 하여금 국가에 대공을 세우도록 하는 수밖에 없었다. 그래서, 처녀는 갖은 수단과 방법으로 백성을 수탈하는 맹호로 변한다. 아무리 부패한 왕실이라 하지만 백성들의 원성을 사는 탐관오리, 더구나 자신의 자리를 빼앗을지도 모르는 무리들을 그냥 둘 수는 없어 2급의 관작을 내려 잡아오게 한다. 처녀는 이런 결과를 미리 짐작하고서는 자신의 죽음이 五利(天命·吾願·郎君之慶·予族之福·國人之喜)를 가져온다고 하면서 김현의 손에 죽기를 원한다. 즉, 처녀는 사랑하는 이의 계급을 상승시켜야 했고, 또한 김현이 그것으로 인하여 사랑하는

---

27) 郎君은 처녀가 김현을 높여 부른 말이지 그가 귀족이라서 그렇게 부른 것은 아니다.

28) 人交人 彝倫之道 異類而交 蓋非常也(《三國遺事》 卷第五 感通七 金現感虎條).

여인과 헤어져야 하는 비극이 다시는 일어나지 않기를 바라는 마음
에서, 그리고 기존 사회의 관념에 대한 항거를 행동으로 보여주기
위해 죽음이라는 최후의 수단을 택했던 것이다. 이에 대해 김현이
西川(西方淨土)가에 虎願寺를 짓고 法網經을 강하며 그녀의 극락왕
생을 기원한 것은 자기를 위해 희생된 그 여인에 대한 지극한 애정
에서 비롯된 작자의 서술의식이라 할 수 있다.

　그런데 이 작품에서는 죽음에 따른 재생의 motif가 나타나지 않
는다. 그러나, 그것은 그리 이상한 구성이라 할 수는 없다. 죽음과
재생의 motif가 나타나게 되면 처녀의 죽음은 처음부터 계산된 행
동임이 노출되어 작품은 그만큼 문제 의식이 결여되어 버리고 독자
는 이때까지 지녀오던 극적 긴박감을 상실하게 되기 때문이다. 여
기에서 우리는 〈김현감호〉가 뚜렷한 창작의식과 문학적 소양을 갖
춘 어느 개인에 의해 지어졌음을 유추할 수 있다.

　종래 논자들은 〈김현감호〉를 불교사상으로 일관된 작품으로 해석
해 왔다. 특히 불교경전에 나타난 知恩報恩思想·靈驗思想·輪廻思
想에 따라 〈김현감호〉를 분석하는 경향이 있다.29) 물론 興輪寺라는
공간적 배경, 복회의 성격, 虎願寺의 緣起, 그리고 작품 자체의 성
격 등으로 미루어 보아 〈김현감호〉가 불교를 떠나서는 온당하게 이
해될 수 없다. 그러나 이들은 작품을 형성하는 배경이고 소재이지
작자의 서술의식은 아니다. 또한 《삼국유사》에 실려 있는 글이라
면 무조건 불교와 연관 지우려는 선입견은 배제되어야 한다. 다시
말하면, 《삼국유사》가 僧 一然에 의해 편찬되었다는 피상적인 사
실만으로 거기에 실려 있는 작품들을 획일적으로 불교와 연관시켜
처리할 수는 없다는 것이다. 일연이 〈김현감호〉를 《삼국유사》에
진재한 의도는 虎願寺의 緣起를 밝히려는 데서 시작되었을 것이다.
그래서 《신라수이전》의 원문에서 불교와 무관한 것은 되도록 삭
제하고 虎願寺의 緣起에 초점을 맞추어 작품을 轉載했을 가능성이

---

29) 金榮晩, 앞의 책.

높다. 따라서 이 작품의 핵심을 이루는 남녀의 애정 이야기도 원래
는 불교적 성격과는 거리가 먼 오히려 민간 신앙적 내지는 무속적
도교적 성격이 짙었는데, 일연이 의도적으로 자신의 작의를 가미하
여 기록했을 가능성이 있다. 그러나 일연은 이 작품을 轉載하면서
완벽한 불교적 입장에 서지는 못했다. 즉 〈호어〉의 경우처럼 인물
변전에 따른 주제의 변용도 나타나지 않았고 궁극적 목표인 空사상
도 투영되어 있지 않음을 보아서도 〈김현감호〉는 단지 작품 轉載의
동기나 형식만을 갖추어 억지로 《삼국유사》의 틀에 끼워 맞춘 느
낌이 든다. 그러므로 작품의 핵심인 애정 갈등은 원문에서 그대로
옮겨졌을 가능성이 높기 때문에 일연이 의도적으로 가미한 불교적
성격을 배제시킨 뒤 거기에 나타난 무속사상, 도가사상30) 등에 대
해서도 주목할 필요가 있다.

4. 文學史的 意味

우리 나라에서 소설이란 명칭이 나타나기 시작한 것은 고려 고종
때 李奎報의 《白雲小說》과 공민왕 때의 고승 景閑의 法語 篇名인
《興聖寺入院小說》 등에서 찾아볼 수 있다. 소설의 개념에 대한 문
헌상의 기록은 흔하게 발견되지 않는다. 그래서 문헌에 나타난 소
설의 명칭과 그 범위를 통해 소설의 개념을 유추할 수밖에 없다.
魚叔權의 《稗官雜記》와 李晔光의 《芝峯類說》을 통해 보면, 음
담, 시화, 일기, 지리서, 한담, 해학, 잡기, 수필 등이 소설의 범주
에 들 수 있게 된다. 이와 같은 문헌을 통해 유추한 결과, 고소설은
novel이 아닌 roman에 가까운 속된 말이나 글로 된 심심풀이 이
야기이며 사실을 왜곡한 君子修道에 반하는 음란한 이야기로 유추
된다. 그러나 이러한 포괄적인 개념으로는 설화와의 구분을 명확히

---

30) 邊太燮, 《韓國史通論》, 삼영사, 1986.

할 수 없으므로 이미 소설로 인정된 작품과의 비교를 통해 소설적 요소를 적출하는 보충적 방법을 쓸 수밖에 없다. 그래서 〈김현감호〉는 극적 구성, 뚜렷한 창작 태도, 사회 의식의 반영 등으로 보아 당나라 전기소설인 〈枕中記〉에 비해서 우수한 작품임이 입증된 것이므로 소설이란 갈래를 붙여도 별 무리가 없다고 할 수 있다. 소위 고소설의 효시라고도 하는 《금오신화》, 특히 〈용궁부연록〉, 〈남염부주지〉, 〈취유부벽정기〉와 대비해 보아도 별 손색이 없는 작품이다.

  소설의 효시에 대해 여러 가지 이설이 있다는 것은 소설과 설화의 기준이 모호한 데서 비롯된 것이다. 설화는 일정한 구조를 가진 꾸며낸 이야기로 구전되며 규칙적인 율격은 발견되지 않는다. 그리고 구연되는 과정에선 화자가 청자를 대면해서 청자의 반응을 의식하면서 행해진다. 이러한 설화의 전반적인 특징에다 기록문학적인 복합성을 가미하면 소설이 된다. 특히 우리의 고소설은 설화의 특징과 중첩되는 부분이 많아서 이들을 명확히 구분하기란 쉬운 일이 아니다. 더구나 정착된 문헌설화는 기록 문학적인 성격을 가지게 되므로 이를 고소설과 구분한다는 것은 더욱 어려운 작업이다. 우리 나라의 초기소설들은 대부분이 傳奇小說에 속한다. 이와 같은 전기소설의 시작은 당대 裵鉶의 단편소설에서 비롯한 것이다. 전기는 비현실적, 비인간적, 비과학적인 황당무계한 세계와 남녀간의 애정문제를 주로 취급하고 있으며 비교적 사건의 나열보다 인물의 심리적 활동에 더 비중을 두고 있다. 그리고 무엇보다도 전기소설에는 작자의 의식적인 창작태도가 엿보인다.31) 이러한 전기소설의 개념과 특징을 胡雲翼은 "당대 사람들이 지은 소설은 거의 다 애달프고 눈물겨운 염정이나 또는 깜짝 놀라고 탄복할 仙俠의 이야기들을 그린 것으로 온동 새롭고 기이한 것을 취재했으며 처량하고 애처로운 인정, 의리를 다룬 것"32)으로 요약하고 있다. 그러면 〈김현감호〉

---

31) 정해주, 〈韓·中 傳奇小說 特徵比較〉, 《향란문학》10집, 성신여대국어국문학과, 1981, 30~34쪽.
32) 胡雲翼, 《中國文學史》, 번역판, 27쪽.

를 가지고 환몽구조를 이루고 있는 당의 전기소설인 沈旣濟의 〈枕中記〉와 비교해 봄으로써 〈김현감호〉의 문학사적 의의가 드러나게 될 것이다.

〈枕中記〉는 '현실—꿈—현실'의 간단한 환몽구조로 이루어져 있다. 즉 여옹이 邯鄲으로 가는 도중에 邸舍에서 만난 소년 노생이 삶의 無適함을 한탄하자 여옹이 그를 부귀와 공명으로 가득찬 꿈의 세계로 이끌어 주는 데서 이야기는 시작된다. 꿈의 내용은 예쁜 최씨녀를 아내로 맞아 장가들고 과거에 급제하여 여러 고관대작을 두루 지내지만 결국은 나이 많아 병들자 부귀공명의 허망함을 깨닫고 관직에서 물러난다는 마치 개인의 행장과 같은 순차적 구성에 따른 서술적 나열을 보여주고 있다. 각몽 후의 이야기도 자연히 부귀공명의 허망함에 초점을 맞추고 있다. 즉, 〈枕中記〉에서 꿈은 노생으로 하여금 '夫寵辱之道, 窮達之運, 得喪之理, 死生之情' 등을 절실하게 깨닫게 해주는 매개적인 역할을 하고 있다. 그래서 〈枕中記〉는 너무 교시적 기능을 강조한 나머지 소설 구성에 있어 극적 긴박감은 거의 배제되어 있다. 단지 노생을 환몽의 세계로 이끌기 위해 여옹이 그에게 베개를 주었다든가, 몽롱한 분위기의 연출을 위해 蒸黍하는 장면을 의도적으로 삽입했다든가 하는 기교가 부분적으로 보일 뿐이다.

여기에 비해, 〈김현감호〉는 앞에서 논의한 바와 같이 사랑의 완성을 위해 죽음을 택한 한 여인의 숭고한 희생미가 극적 구성 속에 용해되어 있다. 그리고 처녀의 죽음에 필연적 동기를 부여하고 계산된 목적으로서의 재생 모티브motif를 배제시킴으로써 독자들에게 숭고한 비장미와 여운을 남겨주고 있다. 이런 간단한 비교를 통해서도 〈김현감호〉는 唐 전기소설인 〈枕中記〉보다 우수한 작품임이 증명된다.

중국에 있어서는 6, 7세기에 당 전기소설이 대량으로 창작되어 8, 9세기에는 그 전성기를 이루었다. 우리의 경우 나말여초에는 유학생들에 의해 당과의 문물교류가 빈번히 이루어졌으며,33) 그 시대

적 상황이 충분히 소설 양산의 기반을 갖추었음에도 불구하고 우리
의 소설사를 15세기로부터 전개시키려는 시각은 문화적 후퇴를 자
초하는 것이다. 물론, 고려후기의 가전을 우리 소설의 효시로 잡는
논자도 있다.34) 기실 〈김현감호〉는 애정갈등의 양상 하나만으로도
고려후기에 창작된 가전보다 구성면에서 뛰어난 작품이다. 더구나
우리의 문화를 수입한 일본에서도 10세기에 〈落窪物語〉 같은 소설
이 등장했는데, 당시 일본문화에 영향을 끼친 우리가 일본보다도
훨씬 뒤에야 소설이 등장했다는 것은 수긍이 되지 않는다.35) 물론
편협된 국수주의적 입장에서 작품을 평가하자는 것은 아니다.

　나말여초에 창작되어 《삼국유사》에 수록된 〈김현감호〉는 혼탁
한 현실에 반발하여 자유연애 사상을 부르짖음으로써 후대 염정소
설에 결정적인 영향을 끼쳤다. 그리고 그 비극적 결말은 好終性
happy ending으로 끝나는 고소설의 공식을 파괴했으며, 극적인
애정갈등은 설화와의 차이를 규정하는 한 논거로서 작용하여 우리
소설사를 적어도 9~10세기로 올려 주는데 중요한 역할을 할 수
있는 작품이다. 아무튼 종래까지 설화의 범주를 벗어나지 못했다고
하던 〈김현감호〉를 소설로 인정하는 것은 나말여초에서 무신란 사
이, 곧 중세 초기에 이미 소설이 존재했다는 사실을 입증할 수 있

---

33) 新羅 眞平王 43년(621), 唐 高祖 武德 4년에 신라가 당에 遣使한 이후
　　그 총계가 130여 회에 미치고 당에서 신라에 온 사절도 30 여 회에 이르
　　고 있다.(唐書 唐太宗 貞觀 5年條 참조) 당 태종 때 고구려, 백제, 신라의
　　유학생 합계수는 2, 3천명이다. (唐會 要卷 36참조).
34) 蘇仕英, 〈朝鮮朝漢文小說의 系譜硏究〉, 《숭전대논문》 11집, 1981, 78쪽.
　　鄭鈺東, 《古代小說論》, 형설출판사, 1966, 73쪽.
　　朴晟義, 《韓國古代小說史》, 일신사, 1958, 130쪽.
　　文璇奎, 《韓國漢文學史》, 이우출판사, 1977, 149쪽.
　　金鉉龍, 〈麴醇傳과 麴先生傳硏究〉, 《국어국문학》 65·66호, 1974, 157쪽.
　　金東旭, 《國文學史》, 일신사, 1976, 149쪽.
　　閔丙秀, 〈國文小說發達史(上)〉, 《한국문화사대계》 Ⅴ, 고대민족문화연구
　　소, 1967, 993쪽.
　　張德順, 《韓國文學史》, 同和文化社, 1975. 111쪽.
35) 金光淳, 앞의 책, 참조.

는 좋은 증거가 된다. 따라서, 우리의 소설사 시작을 9~10세기로 소급시켰다는 점은 〈김현감호〉가 우리 소설사에 있어서 차지하고 있는 중요한 위상이라 할 수 있다.

5. 結 論

이상 본론에서 고구한 바를 결론적으로 요약해 보면 다음과 같다.

첫째, 작품 내용을 통해 이본의 개념을 글자나 내용에 다소 차이가 나는 작품은 물론, 주제가 변용된 작품까지도 포함하여 〈호원〉은 물론 〈호어〉도 〈김현감호〉의 이본임을 밝혔다.

둘째, 문헌을 통해 《신라수이전》의 편저자는 최치원(857~?)으로, 《수이전》의 편저자는 박인량(?~1096)으로 추정하고, 《대동운부군옥》의 〈仙女紅袋〉가 《태평통재》에는 완문으로 실려 있듯이 《삼국유사》의 〈김현감호〉는 《신라수이전》의 〈호원(?)〉을 일연이 어느 정도 작의를 가미하여 轉載 축약한 것임을 밝혔다. 아울러 《보한집》의 〈虎語〉는 《신라수이전》의 〈호원(?)〉을 시대적 상황에 따라 주제 변용시킨 작품임이 밝혀졌다.

셋째, 〈김현감호〉는 애정 갈등을 핵심으로 하는 남녀간의 사랑을 다룬 것으로 한 여인의 숭고한 죽음을 통해 기존 사회에 대한 반발을 보여주고 있다. 아울러 그녀의 죽음은 사랑하는 김현을 출세시키기 위한 희생으로 나타난 것으로 보았다.

넷째, 〈김현감호〉를 당 전기소설 〈枕中記〉와 비교해 본 결과 〈김현감호〉는 〈침중기〉보다 극적 구성, 애정 갈등, 창작 태도 등에서 뛰어난 작품임이 드러났다.

다섯째, 따라서 다른 고소설의 개념과 연관지어 볼 때 〈김현감호〉는 우리의 소설사 시작을 적어도 9~10세기로 끌어올리는 데에 중요한 역할을 담당했음이 밝혀졌다.

〈참고 문헌〉

權文海(1976), "大東韻府群玉", 아세아문화사.

金光淳(1988), "金現感虎에 대하여" 韓國의 哲學16호, 경북대 퇴계연구소.

金光淳(1990), "金現感虎의 異本과 文學史的 意義", "韓國古小說史와論", 새문사.

金光淳(1985), "韓國古小說史序說" 어문논총19호, 경북대 인문대 국문학과.

金東旭(1983), "國文學史", 일신사.

金榮晩(1982), "金現感虎說話에 나타난 佛敎思想考", 국어국문학 18, 부산대, 국어국문학과.

金鉉龍(1974), "麴醇傳과 麴先生傳研究", 국어국문학 65·66호.

文璇奎(1977), "韓國漢文學史", 이우출판사.

閔丙秀(1967), "國文小說發達史(上)", 한국문화사대계 Ⅴ, 고대민족문화연구소.

朴晟義(1985), "韓國古代小說史", 일신사.

白　鐵·李秉岐(1975), "國文學全史", 신구문화사.

邊太燮(1986), "韓國史通論", 삼영사.

蘇在英(1981), "朝鮮朝漢文小說의 系譜研究", 숭전대논문 11집.

李家源(1979), "韓國漢文學史", 보성문화사.

李丙疇(1985), "古典의 散策", 민족문화문고 간행회.

李仁老(1980), "破閑集", 아세아문화사.

李熙昇(1982), "國語大辭典", 민중서관.

一　然(1983), "三國遺事", 을유문화사.

林熒澤(1981), "羅末麗初의 傳奇文學", 한국한문학 제5집, 한국한문학회.

張德順(1977), "國文學通論", 신구문화사.

張德順(1975), "韓國文學史", 同和文化史.

鄭鉒東(1966), "古代小說論", 형설출판사.

정해주(1981), "韓·中 傳奇小說 特徵比較", 향란문학 10집, 성신여대 국어국문학과.

趙東一(1977), "韓國小說의 理論", 지식산업사.

趙潤濟(1982), "國文學史概說", 을유문화사.

池浚模(1976), "新羅殊異傳研究", 어문학 35집, 한국어문학회.

池俊摸(1972), "新羅漢文學史", 신라가야문화연구 4집, 영남대 신라 가야문화 연구소.

池浚模(1975), "傳奇小說의 嚆矢는 新羅에 있다", 어문학 32집, 한국어문학회.

車溶柱(1978), "金現感虎說話硏究", 청주사대 논문집 제7집.

崔　慈(1980), "補閑集", 아세아문화사.

許永美(1982), "補閑集의 文學的 性格", 경북대학교 교육대학원 석사학위논문.
　　　　胡雲翼, "中國文學史"(번역판).

黃浿江(1979), "한국민족설화와 호랑이", 국어국문학 제55~57집, 국어국문학회.

난제풀이형 나·당대결담의 생성과
그 의의

김 일 렬

1. 머리말

　중세가 지속되는 동안 우리 나라는 정치·문화적인 면에서 중국의 막강한 영향력으로부터 자유로울 수 없었고, 대체로 보아 그런 처지가 후대로 올수록 더욱 견고해졌다. 한편으로는 중국을 이상적인 선진국으로 설정해 두고 자진하여 모화를 하면서도 다른 한편으로는 약소민족으로서의 감내하기 어려운 굴욕과 분노와 고통을 인으로 삭이지 않으면 안 되는 역사적 경험을 거듭해야 했다. 숭모와 증오라는 상반된 감정이 표리와 상하 또는 왕조와 시대에 따라 복잡하고도 미묘하게 얽히고 또 바뀌면서 그런 것이 문학에도 다양하게 반영되었을 뿐 아니라 오히려 거기서 더욱 진솔하고 생생하게 나타나는 경우가 참으로 많았다.

　본고의 관심도 그런 것의 한 작은 부분에 있다. 중국에서 어려운 문제를 내어 조선으로 보내면 조선에서는 그것 때문에 한바탕 소동을 벌이다가 의외의 인물이 나타나 문제를 풀어준 덕택에 가까스로 곤욕을 면한다는 내용의 설화가 조선 임진왜란 이래 아주 활발하게 전승되었던 것으로 짐작된다. 그런데 왕조의 범위를 넓혀 잡을 경우 그런 유형의 이야기는 조선조에 처음 나타났던 것은 아니고 그 전에도 있었다. 문헌에 등장하는 최초의 것은 신라시대의 것이다. 신라 시대의 그것을 편의상 '難題풀이型 羅·唐對決談'이라 부르면서 그것이 생성된 시기와 배경을 살피고 그것이 지닌 문학사적 의의를 밝히고자 한다.

　애초의 계획은 신라시대의 작품으로부터 현재에도 구전되는 조선조의 작품까지를 대상으로 하여 전체를 통시적으로 고찰하는 데 있었으나 원고의 분량이 예상외로 늘어나 난제풀이형 한·중대결담의 시원을 이루는 《삼국유사》 소재 신라시대의 설화를 다루는 데서 일단 끝내고, 나머지는 다른 글에서 다루기로 한다. 《삼국유사》에 실린 설화를 주된 자료로 삼는다.

2. 난제풀이담의 내력과 전승

　難題풀이型 羅·唐對決談은 난제의 풀이와 나·당의 대결이라는 두 가지 행위가 겹쳐져 이루어지는 사건을 다룬 이야기이다. 발생론적 견지에서 볼 때 이 이야기의 생성 경위는 다음 두 가지 중의 어느 하나라고 일단 생각할 수 있다.

　첫째, 이 이야기가 처음부터 난제의 풀이와 나·당의 대결이라는 두 가지 행위를 동시에 다룬 하나의 이야기로 출발했을 것이다. 둘째, 난제풀이담이라 할 수 있는 이야기가 먼저 나타나 전승되어 오던 중 역사상의 어느 시기에 실제의 나·당관계가 악화되어 당나라에 대한 적대감이 고조되는 분위기 속에서 나·당대결담이 출현해 전승되는 한편으로는 그것이 난제풀이담과도 결합되어 난제풀이형 한·중대결담이 생성되었을 것이다.

이 둘 중에서 어느 것이 진실인지를 가려내는 것이 먼저 해결해야 할 과제인데, 둘째일 가능성이 크다는 것이 본고의 관점이다. 따라서 둘째의 것을 과제 해결의 가설로 설정하고 이를 입증하는 방향으로 논의를 진행하고자 한다. 입증의 자료로는 《삼국유사》 및 《삼국사기》에 실려 있는 다양한 성격의 설화를 활용할 만하다. 《수이전》과 《삼국사절요》에도 그 일부가 수록되어 있지만 그것은 《삼국유사》에도 있는 것이므로 필요에 따라 참고하는 데서 그쳐도 좋다.

먼저, 깊은 고찰 없이도 판별이 가능한 것은 난제풀이담과 나·당대결담(또는 나·당대결이라는 역사적 사건) 중에서 전자의 역사가 더욱 오래 되었을 것이라는 점이다. 한 쪽이 어려운 문제를 제시하고 다른 쪽이 그것을 풀이하는 유형의 이야기인 난제풀이담은 이른바 수수께끼로 구연되던 바를 서사적인 형태로 재조직한 것이니 그 유래는 아주 오래되었다고 볼 수 있다. 수수께끼 주고받기식 이야기는 현실의 수수께끼 주고받기 활동에서 왔을 것이며, 그런 활동의 유래는 현실에서 난제를 풀어내는 정신활동으로부터 다시 찾을 수 있을 터이기 때문이다. 난제의 풀이라는 정신적 활동은 따지고 보면 인간 생활 자체의 일부였고 오늘날도 이 점은 마찬가지이다.

신라와 당나라 사이에 뚜렷한 대결이 시작된 것은 신라의 통일전쟁 말기 무렵이며, 두 나라의 대립은 아무리 빨라도 7세기 초인 신라의 진평왕대 이전으로는 소급되지 않는다.[1] 같은 논리로 나·당대결담이라는 설화도 진평왕대 이전에는 존재하지 않았나. 그러나 난제풀이담의 역사는 그 정도밖에 소급될 리가 없다. 그것은 앞으로 《삼국유사》에 실려 있는 다양한 설화의 성격을 통해 추리해 보면 의심할 여지가 없다.

난제를 풀이하는 활동은 인간의 정신생활 자체에서 아주 큰 비중

---

1) 신라 진평왕 40년(618)에 당나라가 건국했기 때문이다.

을 차지하고 있었을 터이나, 생각의 범위를 그렇게까지 확장해서는
논의가 오히려 미궁에 빠지기 쉬우니 난제 풀이 활동의 범위를 보
다 좁혀 생각할 필요가 있다. 곧 난제를 풀이하는 활동 가운데서도
난제와 관련된 사건이 매우 심각하고 중대하거나 널리 관심을 모을
만한 경우를 특히 주목하는 것이 좋다. 그런 경우이어야 설화의 생
성기반이 되었을 것이기 때문이다. 《삼국유사》에 그런 자료가 아
주 많이 실려 있는 것은 큰 다행이다. 시대를 소급할수록 현실에
실제로 존재했던 그런 종류의 난제 풀이 활동은 활발하였으리라 짐
작된다. 자연의 이변은 왜 일어나고, 그런 것은 인간사회와 어떤 관
계를 이루고 있으며, 일상적인 경험을 넘어선 곳에는 어떤 존재나
이치가 숨어 있는가 하는 따위의 의문이야말로 현실에서 난제의 풀
이라는 정신활동을 촉진하고 성장시켰다고 볼 수 있다. 그런 것의
연장선 위에서 특정 부류의 인물들이 중대한 난제 풀이의 권위자로
부상했을 것임은 물론이다. 제정일치시대의 임금을 비롯하여 무당
(점쟁이)·점성가(일관)·관상가·고승 등이 그런 인물이었을 것이
다.

　《삼국유사》에는 중대한 일에 관련된 난제를 풀이한 인물과 그
사례가 적지 않게 실려 있다. 그 중에서 가장 이른 시대의 사고방
식을 반영하는 일군의 이야기가 있어 이를 편의상 제1단계의 난제
풀이담이라고 부르기로 하고 먼저 그 줄거리를 요약한다.

　　(1) 경덕왕 때 두 개의 해가 나타나 열흘 동안이나 없어지지 않자
　　일관이 인연 있는 중을 청해다가 불공을 들이면 하나는 없어질 것이
　　라 하기에 그렇게 했더니 말대로 되었다.[2]

　　(2) 고구려의 국경에 역류수가 있어 추남이라는 이름을 가진 점쟁이

---

2)　《校勘三國遺事》 권5, 〈月明師兜率歌〉. 民族文化推進會, 1982. 399~
　　400쪽. 앞으로는 이 책을 《三國遺事》라고만 하고 쪽 수도 이 책에 따른
　　다. 인용된 (1)과 비슷한 것으로 권1의 〈延烏郎細烏女〉·〈善德王知幾三
　　事〉, 권3의 〈阿道基羅〉 등등 수많은 작품을 찾을 수 있다.

에게 점을 치게 하니 추남은 대왕의 부인이 음양을 역행했기 때문이
라고 했다. 문제를 바로 풀었으나 왕과 그 신하들의 실수로 추남을
죽였다. (그 결과 나라도 망하고 말았다.)3)

(3) 헌강왕이 포석정에 행차하였을 때 남산 신이 내려와 춤을 추는
것을 목격하고 그 뜻을 나름대로 풀이해 거기에 응대했으나 그 풀이
가 빗나간 나머지 나라가 망했다.4)

이들 세 이야기에서 다 자연이 나라의 운명을 좌우하는 중대한
인간사에 관여해 어려운 문제를 내고 일관·점쟁이·임금 등이 그
것을 나름대로 풀이하여 해결을 도모했다는 것이다. 자연이 문제를
내었다는 것은 본질적으로 초경험적인 존재가 인간에게 모종의 신
호 같은 것을 보냈다는 의미이다. 그리고 받은 문제를 푸는 사람은
예사 사람이 아니고 초경험적인 현상 속에 숨어 있는 의미를 인식
할 수 있는 특수한 권능을 가진 일종의 전문인들이다. 문제를 내는
주체와 그것을 풀이하는 주체가 각각 그처럼 특별한 성격을 지니고
있기 때문에 문제의 성격 역시 특이하다. 그것은 자연의 이변으로
나타나는 것이 보통이며, 예사 사람이 경험적이고 합리적인 차원에
서 일상적인 지혜로 추리해서는 풀 수 없을 만큼 기이하다. 예사
사람이 예사 사람에게 문제를 내는 경우와는 달리 문제 제시로서의
적극성도 적고 내용도 명확하지 않다. 두 해의 출현, 물의 역류, 산
신의 춤 등이 예시 사람들에게는 불가사의하고 괴이한 현상일 뿐
풀어야 할 구체적인 문제로는 잘 전달되지 않는 것은 그 때문이다.
문제에 대한 해답을 보면 그것이 답이어야 할 필연성이나 객관성이
뚜렷하지 않다. 따라서 문제와 해답 사이에 긴밀한 상관성 또는 호
응관계가 존재하지 않는다. 그럼에도 불구하고 풀이의 성공 여부가
인간의 길흉화복을 결정한다는 의미가 거기 내포되어 있다. 위의
(1)과 (2)는 풀이에 성공한 사례인데, 다만 (2)의 경우 풀이에는

---

3) 《三國遺事》 권1, 〈金庾信〉, 84~86쪽.
4) 《三國遺事》 권2, 〈處容郎望海寺〉, 138쪽.

성공했는데도 불구하고 풀이를 지시한 예사 사람들의 실수로 인해 나라가 망하기까지 했다. (3)은 문제 자체를 잘못 푼 결과 나라가 망해 버렸다는 것이다.

이러한 등속의 난제 풀이 활동은, 그 안에 은유되어 있는 사회적 의미를 경시하지 않는다 하더라도[5], 인간의 삶에 자연 또는 초경험적인 것이 미치는 영향이 지대했던 시대의 유풍을 전해 준다 하겠다. 이러한 이야기들에 내포된 자연과 인간의 문답은 원시시대 이래 자연 또는 초경험적인 것에 대한 인간의 끊임없는 경외심이 만들어 낸 자연과의 진지하고 엄숙한 의사소통 방식이었다. 따라서 이 제1관계의 난제풀이담은 《삼국유사》에 수록된 다양한 난제풀이담 가운데서도 가장 오랜 역사를 지닌 것들로 생각된다. 설사 이들 작품의 하나하나가 실제로 이루어진 시기는 오래되지 않았다 하더라도 그러한 이야기들의 역사는 아득히 먼 시대로까지 소급될 것이라는 뜻이다.

다음은 이들보다 부분적으로 약간씩 다른 성격을 지닌 이야기들의 예인데, 제1단계의 경우보다는 후대의 의식을 반영하고 있기에 제2단계의 난제풀이담이라 부르기로 한다.

> (4) 고구려의 군신들이 쥐 한 마리를 함 속에 넣고서 점쟁이 추남에게 함 속에 무엇이 들어 있는지 맞추라고 하자, 추남은 함 속에 든 것은 쥐이며 그 수는 여덟 마리라고 했다. 군신들은 마리 수가 틀렸다면서 처형을 했고, 추남은 죽으면서 신라에 가서 장수로 태어나 반드시 고구려를 멸망시키겠다고 하더니 말대로 신라에 태어나 장수가 되었다. (그 후 나라도 망했다.)[6]

> (5) 신라의 비처왕이 천천정이라는 정자에 거동하였을 때 까마귀가

---

5) 이를테면 남산신의 춤을 나라의 명운에 관한 무당의 예언적인 행위로 해석한다든지, 두 개의 해를 두 명의 왕으로 해석한다든지 하는 등속이 그것이다.

6) 《三國遺事》 권1 〈金庾信〉, 84~86쪽.

와서 울더니 쥐가 사람의 말로 까마귀 가는 곳을 찾아보라고 했다.
왕명을 받은 기사가 남산 동쪽 마을에 이르러 돼지 두 마리가 싸우
는 모습을 구경하다가 까마귀 가는 곳을 놓쳐버린 채 헤매고 있던
중 못 속에서 어떤 노인이 나타나 글을 올렸다. 그 겉봉에는 '떼어
보면 두 사람이 죽을 것이고 떼어 보지 않으면 한 사람이 죽을 것'이
라고 쓰여 있어서 왕이 그럴 바에는 안 떼어 보는 것이낫겠다고 하
자 일관이 두 사람은 보통 사람이고 한 사람은 왕이라고 했다. 그래
서 떼어 보니 거문고 상자를 활로 쏘라고 쓰여 있어서 쏘았더니 궁
중의 분수승과 궁주가 사통하고 있어서 둘을 처형했다.7)

먼저 (4)의 경우, 결과를 보아 알 수 있듯이 문제가 나라의 운명
이 걸린 중대한 것이고, 문제를 풀이한 인물이 전문인인 점쟁이이
며, 문제의 성격은 예사 사람의 일상적인 지혜를 가지고는 도저히
풀 수 없는 난문제이다. 이런 점들은 제1단계의 경우와 동일한 점
이다.

그런데, 문제를 낸 주체가 자연이 아니고 사람이다. 그것도 초경
험적인 현상의 내면적 의미를 읽어 낼 수 있는 전문지식이나 영적
능력 같은 것을 소유한 특이한 인물도 아니고 예사 사람으로서의
군신들이다. 또 문제가 자연의 이변이 아닌 인위적인 것이고, 구체
성을 지니고 있으며, 문제를 낸 자가 문제를 푸라고 요구했으므로
문제를 제시하는 행위도 적극성을 띠고 있다. 해답도 개방적이거나
막연한 것이 아니고 객관적이고 구체적인 것이어서 맞든 틀리든 분
명한 결판이 날 수 있는 성질의 것이다. 이런 몇 가지 짐은 제1단
계의 이야기에서는 볼 수 없던 점들이다. 이는 경험적·현실적인
면이 강화된 모습이며, 따라서 그것은 보다 후대적인 의식이 반영
된 결과이다. 그러나 인간이 낸 문제임에도 불구하고 경험적·합리
적인 차원에서는 답을 이끌어 낼 수 없다는 점에서 수수께끼로서는
상당한 한계를 드러내고 있기도 하다. 이런 점을 기준으로 설정할
경우에는 (4)는 제1단계에 넣거나 제1단계와 제2단계 사이에 넣어

─────────
7) 《三國遺事》 권1, 〈射琴匣〉, 73~74쪽.

도 좋을 것이다.

(5)의 경우, 초경험적인 것의 표상으로 작용하는 까마귀·돼지·못 속의 노인 등의 자연이 문제를 낸 주체이고, 문제의 내용이 임금의 목숨을 좌우하는 심각하고 중요한 것이며, 풀이하는 사람이 전문인인 일관이라는 점에서는 제1단계의 경우와 다를 바 없다.

그러나 다른 점이 또한 적지 않아 주목을 요한다. 문제가 매우 구체적인 성격을 띠고 있다는 점도 그렇지만, 더욱 중요한 것은 '떼어 보면 두 사람이 죽을 것이고 떼어 보지 않으면 한 사람만 죽을 것'이라는 말은 무당이나 일관과 같은 특이한 능력을 가진 사람이 아니라도 어느 정도 접근이 가능한 문제라는 점이다. 초경험적인 현상의 숨은 의미를 읽어 낼 능력이 없는 예사 사람이 경험적·합리적 차원에서 일상적인 지혜를 동원해도 어느 정도 추리해 낼 수 있는 문제이기 때문이다. 두 사람은 보통 사람이고 한 사람은 왕이라고까지 정확하게 맞추지는 못한다 하더라도 한 사람이 더욱 중요한 위치에 있는 사람이라는 정도의 추리는 어느 정도 가능할 수 있기 때문이다. 그런 점에서 (4)보다도 더욱 진전되었다고 하겠다. 그러나 그렇게 맞추는 데도 한계는 여전히 남아 있어 문제와 해답의 호응관계가 아주 명쾌하다고까지는 말하기 어렵다.

(4)와 (5)는 구체적으로 서로 다른 점도 적지 않지만 그런 점보다는 동질성이 더욱 크고, 그 동질성은 제1단계의 이야기나 앞으로 살필 제3단계 이야기와는 거리가 더욱 멀기 때문에 함께 묶을 수 있다.

다음은 제3단계라고 부를 수 있는 이야기들의 예이다.

(6) 백제 의자왕 때 귀신 하나가 궁중으로 들어와 백제 망한다고 거듭 외친 뒤 땅 속으로 들어갔다. 땅을 파니 거북의 등에 "백제는 둥근 달이요 신라는 초승달 같네."라고 쓰여 있었다. 무당에게 물으니 신라는 강성해지고 백제는 쇠멸할 징조라 하자 왕은 밉다고 죽여 버렸다. 혹자가 거꾸로 해석하자 왕은 기뻐하였다.8)

(7) 주몽이 장차 아들의 지혜를 시험하고자 일곱 모가 난 돌 위의

소나무 아래에 물건을 감추어 둔다는 말을 남겼는데, 뒤에 태어난 아들 유리가 일곱 모가 난 주춧돌과 기둥 사이에서 부러진 칼을 찾아내어 부왕의 왕자로 인정받았다.9)

(8) 원효가 어느 날 거리에서 외치기를, "누가 내게 자루 빠진 도끼를 빌려 주면, 하늘 떠받칠 기둥을 베리라."고 했다. 태종이 듣고 "대사가 귀부인을 얻어 귀한 아들을 낳고자 하는구나." 하고 요석공주를 보내어 아들 설총을 낳게 하였다.10)

(9) 문무왕의 아우 차득공이 지방을 암행하다가 안길이라는 사람의 후대를 받고 돌아갈 때 경주에 오거든 들르라면서 자기의 집은 황룡사와 황성사라는 두 절 사이에 있으며 이름은 단오라고 했다. 후에 안길이 경주에 가 그 집을 찾을 수 없어 방황하다가 길가는 노인에게 물으니 한참 생각하다가 두 절 사이의 집은 대궐이고 단오는 차득공인 것 같다고 하여 찾아가니 사실이었다.11)

(6)에는 나라의 흥망이 걸려 있는 중대한 문제를 자연이 내고 무당이 풀었다는 점에서 제1단계의 경우와 같다. 그러나 백제를 둥근 달에, 신라를 초승달에 각각 비유한 문제는 무당같이 특이한 능력을 지닌 인물이 아닌 예사 사람이라도 풀 수 있는 것이다. 더욱이 그 바로 앞 대목에서는 궁중에 들어온 귀신이 백제가 망할 것이라고 두 번이나 외쳤다는 말까지 소개해 놓았으니 상식적인 차원에서도 풀이하기가 용이하다. 다른 정보 없이 보통의 지혜만 가지고 있어도 누구나 풀 수 있으니 그 난이도가 매우 낮은 편이다. 따라서 중대한 사건에 관련된 문제를 자연이 제시하고 무당이 풀었다는 것은 난제풀이담이라는 면에서는 특별한 기능을 상실한 형식적인 것에 지나지 않는다.12) 그러니 형식적인 것도 경시해서는 안 된다는

---

8) 《三國遺事》 권1, 〈太宗春秋公〉, 92쪽.
9) 《校勘三國史記》 권13, 民族文化推進會, 1973, 113쪽.
10) 《三國遺事》 권4, 〈元曉不羈〉, 347~348쪽.
11) 《三國遺事》 권2, 〈文虎王法敏〉, 111~112쪽.
12) 물론 다른 면에서는 나름의 의의를 인정할 수 있을 것이다.

관점을 택한다면 이 이야기를 앞의 단계에 넣거나 별도의 단계를 설정해 거기에 소속시켜도 안 될 바는 아니다.

(7)과 (8)의 경우 문제를 낸 주체는 자연이 아닌 인간이다. 주몽이 천제의 자손이고 원효가 불도를 닦아 세상 이치에 통달한 고승이기는 하지만 그렇다고 자연과 같은 초경험적인 존재는 아니며, 문제 제시자로서는 일상적인 인간과 뚜렷이 구별되지 않는다. 유리와 태종도 전문지식이나 영적 능력 같은 것으로 문제를 푼 것은 아니고 일상인의 지혜로 풀었다. 문제의 내용도 합리적이 차원에서 그 자체로 이해될 수 있는 것이다. 다만 (7)의 경우 난이도가 높다고 생각했음인지 '소리'로 암시를 주어 풀이를 도왔다. 문제에 관련된 사건도 나라의 흥망과 같은 중대사는 아니다. 둘다 문제의 난이도가 (6)의 경우보다 높다.

(8)은 참여 인물, 문제의 성격과 내용, 관련된 사건의 성격 등 거의 모든 면에 있어서 가장 후대적인 의식을 담고 있다. 답이 더욱 객관적이고 설득력이 크며 문제와 해답이 절묘한 호응관계를 이루고 있어서 수수께끼로서의 성격을 아주 잘 확보한 이야기이다.

이들 세 부류의 경계가 상대적인 것임은 이미 논의한 내용 속에 포함되어 있다. 중요한 것은 경계가 아니고 대체적인 선후관계이다. 그래서 제1단계는 상대적으로 보아 가장 이른 시대의 의식을 반영하는 이야기(가장 오랜 역사를가진 부류), 제3단계는 가장 뒷 시대의 의식을 지닌 이야기(가장 짧은 역사를 지닌 부류), 그리고 제2단계는 그 중간이라는 정도의 구분이다. 이들은 대체로 제1단계, 제2단계, 제3단계의 순으로 이루어졌을 가능성이 크다. 모든 작품이 하나같이 그런 순서에 따라 이루어졌을 리야 없겠지만 각 부류의 성격으로 보아 그들이 등장하고 성행한 대체적인 순서는 그랬으리라 짐작된다. 이런 전제 아래 지금까지 살핀 난제풀이담의 시대적 변모를 다소 거시적인 관점에서 정리하면서 앞에서 미처 거론하지 못했던 바를 보완하기로 한다.

이들 난제풀이담은 시대의 흐름에 따라 초경험적인 것의 표상인 자연의 비중이 점차 축소되어 갔을 것이다. 처음에는 아주 큰 비중을 차지했으나 점차 줄어들다가 나중에는 아예 없어지는 순서로 변모되었을 것이다. 제1단계가 자연이 큰 비중을 차지하는 것, 제3단계가 그런 것이 사라지고 없는 것13), 제2단계가 그 중간이다. 이러한 변모는 인간생활에 있어서 자연환경에서 사회환경으로, 초경험적인 것에서 경험적인 것으로, 종교적·주술적인 것에서 현실적·합리적인 것으로 각각 관심이 이동하는 과정에서 이루어졌을 것으로 생각된다.

또 난제풀이담은 시대의 흐름에 따라 실생활과의 거리가 점차 멀어지는 방향으로 변모되었을 것이다. 처음에는 난제를 풀이하는 활동이 생활의 일부이고 그것을 이야기로 표현한 것이 난제풀이담이었을 것이다. 그리고 생활의 여러 측면 가운데서도 씨족·부족·나라 등의 공동체의 운명을 좌우하는 심각하고 중대한 사건에 관련된 문제가 커다란 비중을 차지했을 것으로 보인다. 제1단계와 제2단계의 이야기들이 거기 해당한다. 그러다가 생활에서 이야기가 점차 분리되고 관련된 사건의 현실적 심각성과 중대성도 줄어드는 방향으로 변모했던 것 같다. 제3단계의 이야기가 그런 사정을 보여 준다. 시대를 더 내려오면 이야기는 아예 실생활을 떠난 한담으로 바뀌었을 것이다. 이는 문학 또는 예술의 일반적인 변모과정과 추이를 같이하는 것이라고 할 수 있다.

난제풀이담의 시대적 변모는 수수께끼의 발생과 성장의 과정을 반영하기도 한다. 제1단계의 이야기는 수수께끼의 모태라고 할 수 있는 것을 담고 있다. 수수께끼가 될 수 있는 요건을 미처 온전히 갖추지는 못했지만 수수께끼로 발전할 수 있는 바탕은 거친 대로나마 갖추고 있어서 그렇게 볼 수 있다. 모든 수수께끼가 그런 데서 나온 것이야 아니지만 수수께끼라는 정신적·문화적 활동의 시원은

---

13) 자연의 비중을 기준으로 한다면 (6)은 제2부류에 넣는 것이 더 적합할 것이다.

그런 것에 있었다고 해도 좋을 것이다. 제1단계의 이야기에 나타나 있는 바는 모태 정도에 지나지 않지만 제2단계의 이야기에 나타나 있는 바를 보면 수수께끼적 성격이 보다 뚜렷하며, 제3단계의 것은 전혀 나무랄 데 없는 분명한 수수께끼이다. 제1단계에서 제3단계쪽으로 오면서 분위기가 종교적·주술적인 것에서 예술적·오락적인 것으로, 내용이 심각하고 중대한 것에서 가볍고 일상적인 것으로 점차 바뀌게 되고, 해답이 객관성과 설득력을 확보하면서 문항과 답항이 명쾌하고도 절묘한 호응관계를 가지게 되어 세련된 수수께끼로 성장하게 되었을 것이다. 이리하여 수수께끼는 수수께끼대로 성행하는 한편 수수께끼의 구연을 서사형태로 포괄한 난제풀이딤이 또한 나름대로 성행하였다고 볼 수 있다.

지금까지 난제풀이담의 세 부류를 통시적인 관점에서 살펴보았는데, 각각 다른 시기에 나타난 이 세 가지 부류, 즉 생겨난 역사를 달리하는 세 가지 부류가 《삼국유사》의 편찬 당시에는 공존했기 때문에 같은 책에 수록될 수 있었을 것이다. 물론 《삼국유사》 편찬자가 문헌자료를 많이 활용했기 때문에 거기 실린 이야기들이 당시에 모두가 온전하게 구전되던 것이라고만 보기는 어렵다. 이런 점까지 고려해서 말한다면 세 부류는 《삼국유사》 편찬 당시에 구전으로든 문헌으로든 공존했기 때문에 같은 책에 수록되었다고 말하는 편이 보다 안전하다[14].

여기까지의 논의는 사실상 수수께끼의 발생과 발전에 관한 것이면서 동시에 수수께끼를 이야기 형식으로 바꾼 난제풀이담에 관한 논의이다. 이 논의를 장황하게 전개한 이유는 이를 통해 난제풀이담이 나·당대결담보다는 월등히 앞서 발생하였다는 사실과 그 대체적인 성장과정 등을 미리 확인함으로써 그것이 문제풀이형 나·당대결담 생성의 배경이 되었음을 증명하려는 데 있다. 이제까지의 논의로써 증명의 토대는 마련되었다고 보아도 좋을 것이다.

---

14) 《三國史記》의 자료도 이들에 포함시켜 생각할 수 있다.

3. 나·당대결담의 출현과 그 역사적 배경

《삼국유사》에는 한·중대결담이 또한 풍부하게 실려 있다. 그 중에서 대결이 뚜렷한 것만 몇 가지 제시하면 다음과 같다.

(10) 삼국 통일 후 당나라 고종이 신라를 치려 하자 문무왕은, 용궁에 가서 문두루라는 비법을 배워 온 명랑법사에게 대책을 물었다. 법사는 사천왕사를 세우는 한편 바다를 건너오는 당군에게 도술로 풍랑을 일으켜 모조리 수몰시켰다. 2년 뒤에도 똑같은 사건이 일어났다고 했다.15)

(11) 신라의 사신 박문준이 김인문과 함께 당나라에서 옥살이를 하고 있을 때 당 고종이 너희 나라에는 무슨 비법이 있어 두 번이나 대병을 출전시켰는데도 몰살했느냐고 물었다. 문준 등은 고국을 떠난 지 오래여서 다른 일은 모르고 다만 사천왕사를 지어 황제의 수명을 빌고 있다는 말만 들었다고 했다. 고종이 사신을 파견하자 신라에서는 미리 알고 비단으로 사천왕사를 가설하여 사신을 속이려 했으나 듣지 않으매 돈을 주어 모면했다.16)

(12) 소정방이 신라 군과 연합하여 구려와 백제를 멸한 뒤 신라마저 치려고 머물러 있었는데, 김유신이 그것을 눈치채고 당 군을 초대, 독약을 먹여 죽이고는 모두 쓸어 묻었다.17)
　(13) 당나라 사신이 경주에 있다가 돌아가면서 동지·청지 및 분황사 우물에 있는 호국룡 세 마리를 작은 물고기로 만들이 기지고 돌아가고 있었다. 동지·청지 龍의 아내가 여자로 변해 왕 앞에 나

---

15) 《三國遺事》 권2, 〈文虎王法敏〉, 107면. 그리고 같은 책 권4 〈義湘傳敎〉, 권5 〈惠通降龍〉, 〈明朗神印〉 조에도 같은 이야기가 축약되어 실려 있다. 일연이 이 사건을 크게 중시했다는 점이 이런 데서 잘 드러난다.

16) 《三國遺事》 권2, 〈文虎王法敏〉, 108~109쪽.

17) 《三國遺事》 권1, 〈太宗春秋公〉, 100~101쪽. 일연은 주를 통해 이 사건을 사실이 아닐 것이라고 했고, 실제로도 사실로 인정하기 어려워 일단 꾸며낸 이야기로 보고 다룬다.

타나 이 사실을 아뢰면서 구해 주기를 애원하므로 원성대왕이 쫓아
가 위협하여 빼앗아 왔다. 그래서 당나라 사람들은 왕의 명철함에
놀랐다.18)

　　(14) 신문왕 때 당 고종이 신라에 사신을 보내어 태종이라는 왕호
를 함부로 쓴다면서 꾸짖고 쓰지 말라고 했다. 신문왕은 표를 올려
신라는 비록 작은 나라이나 성스러운 인물 김유신을 얻어 삼국을 통
일했으므로 쓴다고 했다. 고종은 자신이 태자로 있을 때 하늘에서
무엇인가가 외치기를 "삼십삼천의 한 사람이 신라에 태어나서 김유신
이 되었느니라."고 한 일이 있어서 책에 기록해 둔 일이 있었는데,
그것을 꺼내 보고는 놀라고 두려운 나머지 신라에 다시 사신을 보내
어 태종이라는 칭호를 고치지 않아도 좋다고 했다.19)

　이들 중에서 (10)～(13)은 신라와 당나라의 대결이 특히 뚜렷할
뿐 아니라 나라의 흥망과 관계되는 심각한 군사적 격돌을 다룬 것
이다. (13)은 왕호 문제를 둘러싼 당나라의 내정간섭과 그 횡포를
보여주면서 당시 나·당관계가 아주 좋지 못했음을 전해 준다.
　이러한 나·당대결담의 대부분은 일정한 역사적 상황 아래서 이
루어진 것임이 분명하다. 위의 자료에 보면 나·당간의 심각한 대
결을 다룬 작품일수록 신라의 통일전쟁 말기 및 그 직후의 시대를
배경으로 하고 있다. 그 이유는 당시에 당나라가 신라와 연합해 고
구려와 백제를 멸한 후 신라마저 쳐서 한반도를 지배하려는 야욕을
드러내자 신라가 이에 적극 대처해 당군을 몰아내게 된 험악한 상
황과, 거기서 조성된 신라인들의 대당 적대감의 고조에서 찾아야
할 것이다. 당시 당나라의 한반도 지배 야욕은 신라인들에게 엄청
난 배신행위20)로 받아들여졌을 것이기 때문에 거기서 받은 정신적
충격과 불쾌감은 신라인들의 적대감을 극도로 고조시켰을 터이

---

18) 《三國遺事》 권2, 〈元聖大王〉, 130쪽.
19) 《三國遺事》 권1, 〈太宗春秋公〉, 102～103쪽.
20) 당시의 나·당 관계를 신라의 입장에서만 평가할 수는 없다고 하더라도
　　당시 신라인의 감정은 그럴 수밖에 없었으리라 추측된다.

고,21) 그러한 적대감이 앞에서 본 바와 같은 나·당대결담을 자연스럽게 만들어 내었을 것이다. 한·중간의 대립은 신라와 당나라 사이에서 처음 나타났던 것은 물론 아니다. 비교적 가까운 시대의 것만 해도 고구려와 수나라 사이에 치열한 싸움이 있었다. 그러나 그런 종류의 싸움은 단순한 군사적 대결이었을 뿐 삼국통일 직후의 나·당관계에서처럼 중국이 한반도 인에게 배신감과 적대감을 그렇게까지는 자극하지 않았을 것이다. 시대가 오래되어 자료가 인멸되었을 가능성도 없지는 않겠지만 신라의 삼국통일 직후에 이루어진 나·당의 적대관계 같은 역사적 상황이 그 전에는 그다지 뚜렷하게 이루어진 바 없었을 듯하며, 아주 오랜 전의 사정은 알 도리도 없다. 따라서 중국에 대한 한반도인의 뚜렷한 적대감은 아무래도 신라의 삼국통일 직후에 있었던 대치상황이었다고 볼 수 있으며, 그 이후부터 한·중의 대결을 다룬 설화가 뚜렷하게 나타나 크게 성행하였을 것으로 추정된다. 일연의 시대까지만 해도 그런 설화가 문헌 또는 구전에 의해 많이 전승되었을 것임을 앞에서 든 바와 같은 자료를 통해서 쉽사리 엿볼 수 있다. 그러나 일연이 아무리 열심히 수집했다 하더라도 그 때는 이미 신라의 삼국통일 후 수 세기가 지났을 때이니 유실된 자료가 적지 않았을 것이다. 이 점을 감안할 때 통일 후 얼마간은 지금 확인되는 것보다는 훨씬 더 많은 자료가 있었으리라 추측된다.

4. 난제풀이형 나·당대결담의 생성과 그 의의

오랜 유래를 지닌 난제풀이담의 지속적인 성장과 활발한 전승, 신라의 삼국통일 직후 당나라의 한반도 지배 야욕에서 비롯된 나·

---

21) 그 앞서 있었던 고구려와 수나라의 격돌 같은 사건도 매우 심각한 것이긴 했겠지만 그것은 비교적 단순한 군사적 대결이기도 했거니와 그런 대결을 다룬 설화도 뚜렷한 것이 남아 전하지 않는다.

당관계의 악화, 그런 역사적 상황과 사회적 분위기 속에서 대거 나타난 나·당대결담의 성행, 이런 것들이 복합되어 결국 난제풀이형 나·당대결담이라고 할 수 있는 설화가 생성되는 배경으로 작용하기에 이르렀던 것으로 추정된다.

그런 배경 아래서, 지금까지 살펴본 두 가지 설화의 성격을 다소 불완전하게나마 함께 지니고 있는 설화가 두 편이 남아 주목할 만하다. 그 하나는 선덕여왕의 지혜를 부각시킨 널리 알려진 이야기이다. 《삼국사절요》에 《수이전》을 출전으로 내세우면서 그 내용을 다음과 같이 소개해 놓았다.

(15)-1 당 태종이 모란씨와 꽃 그림을 보내 왔다. 왕이 꽃을 보고 웃으며 좌우 신하들에게 말했다. "이 꽃은 요염하고 귀티가 있어 비록 꽃의 왕이라고 불리우나, 그림에 벌과 나비가 없으니 반드시 향기가 없을 것이다. 황제가 이것을 보낸 것은 짐이 여자로서 왕이 된 것을 빗댄 것이 아니겠는가? 미묘한 뜻이 있도다."
씨를 심어 꽃이 피기를 기다리니, 과연 향기가 없었다.22)

《삼국유사》에도 〈선덕왕지기삼사〉라는 제목 아래 선덕여왕이 지혜로워 세 가지 사실을 미리 알아내었다고 하면서 다른 두 가지 사실과 함께 같은 내용을 다음과 같이 실어 놓았다.

(15)-2 나라를 다스린 지 16년 동안에 미리 알아 맞춘 일이 세가지가 있었다. 첫째는 당 태종이 홍·자·백 삼색으로 그린 모란과 그 씨 3되를 보내 왔다. 왕이 그 그려진 꽃을 보고 이르되, "이 꽃은 필시 향기가 없을 것이다."고 하고, 이어 씨를 뜰에 심었더니 그 꽃이 피어 떨어질 때 과연 그 말과 같이 향기가 없었다.
(중략)
당시에 신하들이 왕에게,
"어찌하여 꽃과 개구리의 두 가지 일을 아셨습니까?"
하니, 왕이 말하기를,

---

22) 《三國史節要》 권8.

"꽃을 그리고 나비는 그리지 않았으니 그 향기가 없음을 알 수 있었
다. 이것은 당주가 내게 배우자가 없음을 희롱한 것이지."
 (중략)
세 가지 색깔의 꽃을 보낸 것은 대개 신라에 세 여왕이 있음을 알고
그리 한 것인가? 선덕·진덕·진성이 곧 그것이니 당주도 선견지명
이 있는 까닭이었다.23)

 이 이야기가 《삼국유사》에서는 다른 두 이야기와 한데 얽혀 있
으나, 《수이전》에는 그것만 따로 실려 있으니 원래 독립적으로
전승되던 것임을 알 수 있다. 이 이야기에는 문제를 푸는 행위가
나타나 있을 뿐 아니라 나·당의 대결 행위도 존재한다. 곧 난제풀
이담으로서의 성격과 나·당대결담으로서의 성격을 함께 지니고 있
다.

 선덕여왕은 꽃 그림을 보고 그 꽃에 향기가 없을 줄 알아 내었을
뿐 아니라 당 태종이 그런 그림을 보낸 이유까지도 알아 내었으니
난제풀이담으로서의 성격이 뚜렷하다. 난제풀이담의 여러 단계 중
에서 제3단계의 것과 상통한다. 이를테면 초경험적인 것을 표상하
는 자연이 관련되어 있지 않다는 점, 심각하고 중대한 사건에 관련
된 이야기도 아니라는 점, 문제를 낸 사람이나 푼 사람이 예사 사
람의 수준을 크게 벗어나지 않는 점24), 문제의 난이도가 그다지 높
지 않다는 점, 해답의 내용이 객관적이고 설득력이 커서 설문과 해
답의 호응관계가 분명해 수수께끼적 성격도 비교적 뚜렷하다는 점
등이 그 증거로서 충분하다. 제3단계의 난제풀이담과 상통하니 이
작품이 그런 설화의 전통을 배경으로 생성되었다는 것은 의심할 여
지가 없다.

 나·중대결담으로서의 성격은 당 태종이 선덕여왕이 여자로서 왕이

---

23) 《三國遺事》 권1, 〈善德王知幾三事〉, 81~82쪽.
24) 다만 《삼국유사》의 자료에는 선덕여왕이 일관이나 무당과 같은 특수한
  능력을 가진 자로 설정되어 있다. 그러나 독립 전승된 《수이전》의 것은
  그렇지 않다.

된 것을 그림으로 빗대거나 희롱하고, 선덕여왕이 당 태종의 그런 저의를 간파했다는 데서 찾을 수 있다. 그러나 당 태종이 문제를 풀라고 요구하지는 않았고 선덕여왕도 당태종의 불순한 저의를 간 파하는 데서 더 나아가지 않았으니 대결이 기껏해야 지혜 겨루기에 서 그쳤다. 대결담으로서의 성격은 매우 빈약한 셈이다. 작중 배경 대로 실제로 이루어진 시기도 나·당관계가 크게 악화되기 이전일 지도 모를 일이다.

원효법사의 지혜를 강조한 다음 작품도 《삼국유사》에 실려 있 다.

  (16) 군사를 일으켜 당군과 연합하고자 김유신이 먼저 연기와 병천 등 두 사람을 보내어 그 합세할 시기를 물으니 당나라 장수 소정방 이 종이에 난새와 송아지의 그림을 그려서 보내었다. 나랏 사람이 그 뜻을 알지 못하여 원효법사에게 물으니 법사가 해석해 말하기를 군사를 돌이키라는 것이라고 하였다. 송아지와 난새를 그린 것은 둘 이 끊어짐을 이른 것이라 하였다. 이에 유신이 군사를 돌이켜 패강 을 건너려 할 때 명령을 내려 뒤에 건너는 자는 목을 베겠다고 했 다. 군사가 서로 앞을 다투어 반쯤 건넜을 때 고구려 병사가 쫓아와 서 미처 건너지 못한 자를 죽였다. 이튿날 유신은 고구려 병사를 반 격하여 수만 명을 잡아 죽였다.25)

이것을 실제로 일어났던 일이라고 생각할 수는 없으니 꾸며낸 이 야기인 문학작품으로 보고자 한다. 여기에도 난제풀이담으로서의 성격이 뚜렷하게 나타나 있다. 앞의 경우보다 문답으로서의 성격은 오히려 더 잘 갖추고 있다. 앞 작품의 경우와는 달리 소정방이 보 내준 그림은 신라에서 반드시 그 뜻을 풀어 밝히지 않으면 안 되는 상황과 결부되어 있기 때문에 그림이 문제로서의 의미를 분명하게 지니고 있고 풀이도 해답으로서의 성격을 명백히 갖추고 있다. 이 런 점에서 수수께끼적 성격도 뚜렷하고 그런 성격이 뚜렷하다는 것

---

25) 《三國遺事》 권1, 〈太宗春秋公〉, 99~100쪽.

은 난제풀이담으로서의 성격이 세련되어 있다는 뜻이기도 하다. 역시 앞에서 살핀 난제풀이담의 제3단계와 상통한다.

나·당대결담으로서의 성격도 (14)의 경우보다 다소 강하다. 소정방이 보내 준 그림은 전쟁에서 아군끼리 주고받는 암호 같은 것이 아니다. 양쪽이 사전에 만나서 어떤 약속을 했다는 내용이 제시되어 있지 않은 이상 암호일 수는 없다. 신라 군이 풀 수 있는 문제라면 고구려 군도 풀 수 있으니 그 그림은 군대에서 일반적으로 사용하는 암호가 아니다. 그러니 그 그림은 암호가 아니다. 후대의 구전 설화에서 일반화되어 있는 바와 같이 소정방이 괴이한 그림을 그려 보낸 것은 신라인을 얕보고 그 지혜를 시험하려는 불순한 저의를 내포한 행위이다. 후대의 이여송 설화에 보이는 바와 같은 중국인의 오만과 심술이 이미 이 이야기에 나와 있다. 전쟁이라는 심각하고 중대한 상황 속에서 김유신은 합세할 날짜를 물었는데 소정방은 수수께끼식 해답을 보냈다고 했으니, 이것은 이 이야기의 창작·전승자들이 당나라에 대해 못마땅한 심기를 드러낸 결과이다. 이처럼 그림을 주고받는 행위는 대결로서의 성격을 분명히 지니고 있으며, 이런 성격이 앞의 작품에서보다 한층 더 뚜렷하다. 신라 쪽에서 문제를 바로 풀지 못하면 엄청난 사태가 벌어지게 되어 있어[26]문제를 낸 자와 그것을 푸는 자 사이에 긴장된 대결관계가 형성되어 있는 데다 문제의 난이도마저 아주 높아서 향수자를 긴장시킨다. 이런 점은 수수께끼적 성격, 오락적 성격을 약화시키는 대신 당나라에 대한 적대감을 강화시킨다.

어쨌든 (1)·(16) 두 작품은 먼저 살핀 난세풀이담과 나·당대결담을 합친 복합적 성격을 분명히 지니고 있어 난제풀이형 나·당대결담이라 할 수 있고, 그것이 오랜 유래를 지닌 난제풀이담, 나·당대결의 역사적 상황과 거기에 기반해 이루어진 나·당대결담 등을 기반으로 이루어졌을 가능성이 크다. 이런 작품이 통일신라 당

---

26) 바로 풀었는데도 얼마간의 인명이 희생되었다고 했으니 그렇지 않았으면 그 결과가 엄청났을 것이다.

대에는 더 많이 있었을 가능성도 적지 않다.

그런데 비록 그 수가 적다 하더라도 그 의의가 경시될 수는 없다. 난제풀이형 나·당대결담과 비슷한 것에 난제풀이라는 방법을 매개로 조선과 명나라의 대결을 다룬 작품인 난제풀이형 鮮·明對決談이라 부를 수 있는 것이 무수히 많이 남아 있다. 거의 대부분이 구전설화인데, 《韓國口碑文學大系》에 수십 종이 채록되어 있고, 기타 여러 자료집이나 실제 구전에서도 아주 흔하게 발견된다. 그 밖에는 널리 조사해 보지 못했으나 우리의 다른 왕조와 중국의 대결을 다룬 설화도 있을 수 있을 것이다. 문제의 나·당대결담과 선·명대결담 같은 것을 포괄해서 말하면 난제풀이형 韓·中對決談이라고 할 수 있다. 수적으로는 물론 문학적 가치에 있어서도 난제풀이형 한·중 대결담의 최고 수준은 주로 임진왜란 이후에 이루어진 것으로 추정되는 작품들인 난제풀이형 선·명대결담에서 찾을 수 있다. 난제풀이형 선·명대결담이 우리 서사문학사에서 차지하는 비중과 의의는 대단히 크다고 생각된다. 중세에서의 한·중관계는 표면과 내면의 차이, 상층과 하층의 차이, 또는 시기나 상황의 차이에 따라 참으로 복잡하고 미묘한 성격을 띠고 있었기에 그것이 문학을 통해 어떻게 나타났는가 하는 문제는 대단히 중요하고도 흥미로운 것이 아닐 수 없다. 그러한 한·중관계의 아주 중요한 이면의 하나를 보여주는 것이 난제풀이형 한·중대결담인데, 그것의 시발점이 바로 난제풀이형 나·당대결담이다. 이런 점에서 이들 작품이 지닌 문학사적 의의는 과소평가될 수 없다고 생각된다.

5. 맺음말

이 글에서는 당나라 사람이 어려운 문제를 내고 신라 사람이 수세적인 입장에서 그것을 푼다는 내용의 설화를 편의상 難題풀이型 羅·唐對決談이라 부르면서 이들 설화가 어떠한 문학적 또는 역사적인 배경 아래 어떤 과정을 거쳐 이루어졌으며, 그것이 문학사에서는 어떠한 의의를 지니는지에 대해 논의해 보았다. 이제까지 논의한 바를 요약하여 결론을 삼기로 한다.

난제풀이형 나·당대결담의 생성 배경의 하나로 작용하였던 것이 難題풀이談이라고 부를 수 있는 설화이다. 이것은 아주 오랜 역사를 가지고 지속적으로 성장하고 활발하게 전승되었던 것으로 보인다. 그 증거는 《삼국유사》에 실린 당양한 성격을 지닌 난제풀이담에서 찾을 수 있는데, 이들은 대체로 세 단계에 걸쳐 발전했던 것으로 보인다.

첫째 단계의 것으로 보이는 설화는 사회보다 자연이 인간의 삶에 지대한 영향을 미치던 시대의 사고를 반영하는데, 초경험적인 것의 표상인 자연이 인간의 중대사에 개입하면서 놀라운 이변을 보여 주면 그것이 설문의 구실을 하고, 왕이나 무당·일관 등 특별한 권능이나 전문지식을 가진 인물이 문제를 풀이하며, 풀이의 성공 여부에 따라 인간의 길흉화복이 결정된다는 논리를 지니고 있다. 그런 설화 속에 들어 있는 문제의 제시 및 풀이 행위는 수수께끼의 모태 구실도 했던 것으로 짐작된다.

셋째 단계의 것으로 보이는 설화는 자연보다 사회가 인간에게 더욱 큰 영향력을 행사하던 시대의 산물로 보인다. 문제를 예사 사람이 내고 예사 사람이 풀이하며 관련된 일도 심각하고 중대한 일보다는 대개 평범한 것이다. 설문 내용도 예사 사람이 현실적·합리적 차원에서 일상적인 지혜를 동원해 추리해 낼 수 있는 성질을 가지고 있다. 첫째 단계에서 보이던 종교적·주술적 분위기는 현저히 약화되거나 사라지고 현실적·오락적인 분위기로 전환되었다. 야기 속의 문제와 해답의 관계는 잘 다듬어진 수수께끼로서의 성격을 풍부하게 보여 준다.

둘째 단계를 반영하는 것으로 보이는 설화는 그 중간의 성격을 지니고 있다. 이들 세 가지 부류의 설화는 그 역사가 각각 다르겠지만 《삼국유사》가 이루어지던 시대까지도 구전을 통해서든 문헌을 통해서든 공존하였기 때문에 같은 책에 수록될 수 있었을 것이다. 이러한 난제풀이담이 난제풀이형 나·당대결담 생성 배경의 하나가 되었던 것 같다.

한편, 신라의 통일전쟁 말기부터는 당나라의 한반도 지배 야욕으로 인해 나·당관계가 극도로 악화되는 역사적 상황이 벌어졌고, 그러한 역사적 상황을 기반으로 하여 신라와 당나라의 대결을 다룬 설화인 나·당대결담이 풍부하게 이루어져 《삼국유사》에 수록되어 있다. 당시 통일전쟁 직후의 나·당관계는 그 전에 있었던 한·중간의 격돌, 이를테면 고구려와 수나라의 전쟁과 같은 단순한 군사적 대결 때와는 달리 당나라의 배신행위에 대해 신라인들의 분노와 적대감이 극도로 고조되었을 것이기 때문에 다양하고 풍부한 나·당대결담이 나오게 되었던 것으로 생각된다. 이러한 역사적 상황과 거기 기반을 두고 이루어진 이들 설화가 또한 난제풀이형 나·당대결담을 생성시키는 데 상당한 구실을 하지 않았나 생각된다.

이러한 배경 아래서 난제풀이담과 나·중대결담의 복합적 형태인 난제풀이형 나·중대결담이 《삼국유사》에 두 편이 실려 전한다. 그 하나는 당 태종과 신라 선덕여왕의 지혜 대결을 다룬 이야기이고, 다른 하나는 당나라 장수 소정방이 보낸 난해한 그림을 원효가 바르게 풀어 화를 면하고 국면을 유리하게 전환시켰다는 이야기이다. 앞의 것은 《수이전》을 출전으로 내세운 《삼국사절요》에도 실려 있다. 이 두 편의 작품은 난제풀이담으로서의 성격과 나·중대결담으로서의 성격을 함께 지니고 있어 앞에서 추정해 본 배경과 상응한다.

요컨대, 난제풀이형 나·당대결담은 오랜 유래를 가지고 활발하게 전승되어 온 난제풀이담과, 신라의 통일전쟁 말기부터 조성된 나·당간의 적대관계, 그러한 관계를 기반으로 출현한 나·당대결담이 복합되어 이루어졌던 것으로 보인다. 곧 신라의 통일전쟁 말기 이래 크게 악화된 나·당관계를 역사적 배경으로 하고, 그 전부

터 전승되어 오던 난제풀이담과 나·당간의 적대관계를 기반으로
생겨난 나·당대결담을 문학사적 배경으로 하여 생성되었던 것으로
추정된다.

　이런 배경 아래서 생성된 난제풀이형 나·당대결담이 두 편만 남
아 있어 수적으로 빈약하기는 하나 이들은 이 방면에서 경시할 수
없는 의의를 지니고 있다. 난제풀이형 나·당대결담은 난제풀이형
韓·中對決談의 일종인데, 난제풀이형 한·중대결담의 최고 수준은
주로 임진왜란 이후에 생성되어 크게 성행한 난제풀이형 鮮·明對
決談에서 볼 수 있다. 그런데, 이런 전통의 始發點이 바로 난제풀이
형 나·중대결담이니 그 문학사적 의의는 과소평가될 수 없다.

　그런데, 난제풀이형 선·명대결담을 비롯한 난제풀이형 한·중대
결담 전체의 성격과 가치까지 충분히 살펴야 문제의 나·당대결담
생성의 문학사적 의의도 제대로 드러날 터이나, 지면 관계상 그것
은 별고로 미룬다.

廣寒樓記에 나타난 小說論 研究

김 지 연

목 차

1. 서 론

최근 국문학계에는 현대문학의 뿌리를 고전문학에서 찾으려는 노력이 다각도에서 이루어지고 있다. 이러한 노력은 문화전반에 걸쳐 나타났던 전통단절론의 한계를 극복하고자 하는 시도의 일환으로 해석된다. 그러나 고전문학 표기문자 해독의 어려움, 비평 이론의 추상성으로 등으로 인해 고전문학과 현대문학의 관련성을 논의한 연구들이 아직까지도 원론적인 측면을 뛰어넘지 못하고 있다. 또한 현대문학이 서양문학의 영향 아래에서 형성되었다는 점은 줄거리를 지닌 서사[1]를 중심으로 전개되었던 서양의 문학 이론과 서정[2]을 중심으로 전개되었던 동양의 문학 이론의 차이로 인해 고전문학과

---

1) 서사는 일반적으로 사건이 존재하는 이야기를 일컫는다.(박철희, 문학개론, 73쪽) 사건은 시작과 끝이 존재하므로 필연적으로 시간과의 상관관계를 지니고 있다. 여기에서의 서사는 반드시 장르류를 지칭하는 용어가 아니며, 장르 내적 속성을 지칭하는('的'으로 바꿀 수 있는) 용어로 사용된다.
2) 서정은 주관적인 감동을 전달하는 특징을 지닌다.(박철희, 위의 책, 73쪽)

현대문학을 연결할 수 있는 이론적 고리를 찾기가 쉽지 않을 것임을 암시한다. 동양의 문학론은 대체로 한시를 대상으로 이루어졌다. 이러한 배경으로 인하여 동양에서의 소설론은 조선후기에 이르기까지 여전히 한시를 비평하며 사용하던 용어를 그대로 이용하는 경우가 많았으며, 조선사회를 지탱하던 성리학의 영향으로 소설자체에 대한 이론이기보다는 소설의 효용성 등을 다룬 이차적 논의가 많다.3)

이 가운데에서 《춘향전》의 한문이본인 《광한루기》는 중국의 評批書를 모방한 형태를 보이면서, 그 緖와 評批에서 소설에 대한 탁월한 인식을 보여주고 있다.4)

조선전기와는 달라진 조선후기의 소설인식은 '허구적 요소에 대한 가치 부여'와 '人情物態의 강조'로 정리할 수 있다. 문학작품에 나타난 환상적 요소[幻]가 삶의 진실[眞]과 관련됨을 인식한 결과로 나타난 것임을 인식하고 그것을 經典이나 史書가 지니지 못한 재미나 흥미와 관련지어 이해함으로써 그 의의를 인정한 것이다. 경전보다 쉽게 독자에게 다가갈 수 있다는 소설의 장점은 소설을 유교적 이데올로기를 실현하는 도구로 이용할 수 있는 여지를 마련하였다. 소설의 환상적 요소를 인정하면서 그것이 현실과 관련되어야 한다는 인식을 마련한 것이 '인정물태의 강조'이다. 이는 사물의 다양성을 인정하는 인식에서 출발하였으나, 꾸며진 것들도 현실과 관련지어야 한다는 이러한 인식은 '있을 수 있는 꾸며진 것'을 허구로 규정하는 현대소설론에서 전혀 뒤떨어지지 않는 소설 인식을 보여주는 것이다.

---

3) 소설 장르 자체의 성격을 고찰하는 것이 일차적인 것이라면, 소설과 외부적 요소의 상관관계를 논의한 것은 이차적이라 할 수 있다.
소설에 대한 조선후기의 논의는 졸저, 〈조선후기의 소설인식〉(지역학논집 3, 1999)을 참조.
4) 《춘향전》의 이본으로서의 《광한루기》 논의는 김동욱의 《증보 춘향전 연구》(연세대출판부, 1976)와 성현경의 〈광한루기의 비교문학적 연구〉 (고전문학연구 11, 한국고전문학회, 1997)를 참조.

아! 달은 오랜 세월이 지나도록 한 가지 색만을 띠는데, 어찌하여 그것을 보는 사람은 천만인이고, 또 천만인이 제각기 천만 가지의 회포를 지니게 되는 것일까? 저 둥글둥글하고 밝은 달로 어떻게 천만인이 품고 있는 마음 속을 알 수 있겠는가? 천만인이 품고 있는 것이 다르기 때문이다. 독서의 방법도 그와 같다. 달을 마주하여 맑고 밝은 밝은 책을 읽으면, 책은 더욱 맑아지고 달은 더욱 밝아질 것이오, 달을 마주하여 슬프고 처량한 책을 읽으면 책은 더욱 구슬퍼지고 달은 더욱 청승맞아질 것이다. 지금 〈광한루기〉는 이러한 몇 가지를 두루 갖추고, 그러한 것들을 충분히 발휘하여, 맑으면서 밝기도 하고, 구슬프면서 처량하기도 한 것이다. 원컨대, 온 천하의 훌륭한 재자들은 〈광한루기〉 가운데에서 하나의 둥근 달이 자연스레 무한한 색태를 지니고 있다는 것을 이해한 뒤에 돌아가서 이 책을 읽었으면 좋겠다.(嗚呼一輪月 千古一色也 奈之何 見之者千萬人 而千萬人 各有千萬懷抱也 彼團團明月 豈能知千萬人之懷抱間哉 惟千萬人之懷抱 不同故也 讀書之法亦然 對月而讀淸曠之書 則書益淸而月益曠 對月而讀悲涼之書 則書益悲而月益涼 今廣寒樓記兼此數者而盡之矣 或淸而曠 或悲而涼 願普天下錦繡才子者 得廣寒樓記中一輪明月 自有無限色態然後 歸而讀之 可也)5)

위의 인용은 인정물태의 다양성을 인정하고 책을 읽을 것을 당부하고 있는 있는 《광한루기》의 독법(對月以助神)이다. 광한루기의 작자는 이러한 소설 인식을 작품에 반영하여 '속본 춘향전'6)을 개작하기에 이른다. 다음은 어사가 남원부사의 생일잔치에 참여하는 장면이다. 본래의 《춘향전》에서는 이시가 직접 잔치에 참여하여 그 학정을 비판하는 '金樽美酒' 시를 자리에 남기는 것으로 되어 있지만, 그러한 설정이 현실에 맞지 않음을 들어 《광한루기》에서는 잔치를 먼발치에서 보고 나오는 것으로 개작되고 있다.

---

5) 성현경 외 역주, 광한루기역주 연구(박이정, 1997), 19쪽.
   이하 작품 인용은 위 책의 면수만을 밝힌다.
6) 《광한루기》의 평비에서는 그 시기 세간에 유행하던 춘향의 이야기를 '속본 춘향전'이라 통칭하고 있다.

어사가 관아의 정문 앞을 찾아가 보니, 비단 장막이 구름처럼 늘어서 있었고 땅을 삥 둘러서 비단이 깔려 있었다. 어사가 사람들 사이에 끼어 번개처럼 관아의 문을 들어서서(근래에는 혹리들이 풍류를 즐길 때 반드시 잡인들을 금했기 때문에 이처럼 사람들 틈에 끼여 들어가는 방법을 생각했다.) … 부사가 영을 내려 잡인들을 일체 금하도록 하였다. 어사도 쫓겨나는 이들 가운데 끼여 순식간에 관아 문 밖으로 나가니, 목순 등이 벌써 버드나무 그늘 깊숙한 곳에 와 있다가 각자 약속 내용을 듣고 갔다.(속본에는 어사가 잔치 자리에 끼는 것으로 되어 있으나, 어찌 이치에 닿는 말인가?)(御史尋到府衙門前 繡幕連雲錦茵西地 御史雜在人叢閃入衙門{近日酷使作樂 必禁雜人 盖慮如此人在人叢) … 府使出令一禁雜人 御史亦在逐中閃出衙門則睦淳諸人已在柳陰深處各聽約束而去(俗本御史參於宴席 是豈理耶))[7]

실현가능성을 고려해 작품의 진행을 조정하는 이러한 태도는 옥중 춘향이 이도령을 재회하고 혼자남아 생각하는 다음의 부분에서도 살펴볼 수 있다.

춘향이 가만히 생각했다. "우리 낭군이 그렇게도 훌륭한 풍채였는데, 더구나 그 부친께서 새로 관찰사로 부임해 가셨는데, 3년 사이에 어찌 떠도는 신세가 되었겠는가?"(벌써 3-4할은 알아차렸군.) 어사가 출도하여 부사가 파직되었을 때에도 혼자서 생각했다. "우리 낭군이 분명히 아무런 이유 없이 이 곳에 왔을 리가 없지. 여기에 오묘한 까닭이 있지 않을까?"(벌써 5-6할은 알아차렸군.)(春香暗思曰 我的郎君這般風彩況他 父親新經方伯三年之間 豈至流落{早已精着三四分) 及聞御使出道府使罷職 又自思曰 我的郎君必無無端到此之理 是不是有個妙理麽(早已猜着五六分)[8]

춘향이 3년만에 거지가 되어 돌아온 이화경을 보고 그의 물색이 사리에 맞지 않은 점을 헤아려 의심을 하고 있는 장면은 다른 《춘향전》에서 찾아보기 힘든 모습이다. 춘향의 解怨을 극대화하기 위

---

7) 106~107쪽.
8) 109~110쪽.

해 옥중상봉 장면을 최대한 비극적으로 전개하는 여타의 이본들과
는 달리 《광한루기》는 인물의 행위가 얼마나 현실성을 지니는가를
고려하고 있는 것이다.

　이와같이 《광한루기》는 현실적 논리에 맞는 사건의 전개를 중시
하여 인정물태를 강조한 조선후기의 소설 인식을 그대로 표출하고
있다. 뿐만 아니라 그 평비과정에서 소설장르 자체에 대한 소설론
을 펼치고 있다. 이 시기의 소설논의가 작품에 대한 도덕적·심미
적 효용성을 논의하는데 그치고 있는데 반해 《광한루기》에서는 소
설의 인물이나 사건, 배경 혹은 그것이 전개되는 방식에 이르는 다
방면에서 소설이 갖추어야 할 조건들을 이야기하고 있는 것이다.

　《광한루기》의 이러한 특징은 이 작품을 통해 조선후기의 소설
이론을 정리할 수 있을 것임을 암시한다. 이러한 점에 착안하여, 본
논문에서는 《광한루기》에서 찾아볼 수 있는 소설이론을 정리함으
로써 미약하나마 우리 나라 소설이론의 단서를 마련해 보고자 한
다.

2. 《광한루기》에 나타난 소설이론

2.1. 인물의 개성화

　대부분의 소설은 작품 속의 여러 사건과 관련되는 인물을 등장시
키고 있다. 이때 인물은 단순히 등장하는 개인들 다시 말하여 등장
인물을 지칭하기도 하고, 등장하는 개인의 관심, 감정 등의 내적 속
성을 이야기하기도 한다.9) 여기에서 인물은 소설에 등장하는 개인
이 지닌 속성을 지칭하는 것으로 한정하여 사용한다.

　일반적으로 현대소설의 등장인물은 개인이 가지고 있는 고유한

---

9) 한국현대소설연구회, 현대소설론(평민사, 1997), 117쪽.

특성, 즉 개성을 지닌다. 이에 반해 고소설에서는 등장인물이 개성
을 지니기보다는 전형성10)을 지니는 것으로 평가되어 왔다. 그래서
인물이 개성을 지니는가 그렇지 못한가는 고소설과 현대소설을 나
누는 기준이 되기도 하였다. 그러나 《광한루기》에서는 등장인물
개개인이 개성을 지닐 것이 강조된다.

> 이 회와 다음 회는 모두 속본에는 없는 것들로서, 문리가 통하고
> 인정도 극진하게 나타나 있다. 부용은 자연스럽게 부용의 심사를 가
> 지고 있고, 모란은 자연스럽게 모란의 심사를 가지고 있으며, 월매는
> 자연스럽게 월매의 심사를 가지고 있고, 김한은 자연스럽게 김한의
> 심사를 가지고 있으면서 제각기 글을 이루고 서로 모방하지 않으니,
> 정말 서사의 묘품이다.(此回及下回具非俗本所有　而文理旣通人情亦盡
> 芙蓉自有芙蓉心事　牧丹自有牧丹心事　月梅自有月梅心事　金漢自有金漢
> 心事　各各成文不相踏襲　眞是叙事玅品也)11)

등장인물 개개인이 특성을 지닌 인물인 것을 지적하고, 그것을
서사의 묘품이라 칭찬하고 있는 6회 후미에 붙은 평비이다. 대부분
의 고소설이 주인공을 중심으로 이야기가 전개되면서 그 외의 인물
에게는 이름조차 제대로 붙여주지 않았던 것과 달리 《광한루기》에
서는 사건과 관계하여 등장하는 사람들에게 고유한 이름을 붙이는
수고를 마다 하지 않는다. 이화경의 명령을 듣기 위해 남원부 문앞
에서 기다린 사령은 '睦淳', 수절하는 춘향을 위로하는 행수기생은
'芙蓉', 춘향을 수청들게 할 묘안을 제시하는 간신배는 '張喆' 등으로
보조적 인물들도 實名을 사용할 수 있도록 배려하고 있는 것이다.
　한편 《광한루기》에서는 등장인물이 개성과 함께 사회적인 보편
성을 지니도록 성격화 한다. 기생출신인 춘향이 이화경을 만나면서

---

10) 개성이 개인이 지닌 특성을 나타내는데 반해, 전형성은 개인 속에 존재하
　　는 사회적인 특성, 특수한 것에 존재하는 보편성을 지칭한다.(현대소설론,
　　121쪽)
11) 89~90쪽.

부터 합방에 이르는 과정은 그가 이미 남성의 심리를 충분히 이용할 수 있는 면모를 지니고 있음을 보여준다. 광한루를 거니는 이화경이 마음에 든 춘향이 김한의 부름에 따라 이화경을 만나, 자신의 집을 가르쳐 주며, 그를 기다리는 적극적이고 계산적인 모습은 기생 춘향의 면모를 보여준다. 김한이 처음에 화경에게 춘향을 소개할 때 그가 월매의 딸자식으로 노래도 잘하고 춤도 잘춘다는 점을 지적한 것과 춘향이 자신의 집에서 화경이 따라주는 술잔을 곧잘 받아마시는 것도 춘향의 출신성분과 관련하여 이해할 수 있는 것이다.

또한 월매가 보여주는 노련함은 그가 행수기생을 지낸 데에서 비롯된 것으로 설명할 수 있다. 춘향의 방에 다녀가는 이화경을 본 월매가 전후사정을 추리하고, 딸에게 입조심을 당부하는 것은 그가 권력가에게 선택받은 기생의 만남이 어떠한 결말을 맞게 되는가를 익히 잘 알고 있었던 것에서 비롯되는 것이다.

> 이 때 월매가 우연히 새벽 잠을 설친 채로 있다가 앞문 쪽에서 나는 발자국 소리를 듣고는 창틈으로 엿보니, 한 젊은이가 춘향을 데리고 서서 멈칫거리며 헤어지질 못하고 있었다. 뒤따르는 동자가 방자 김한이라는 것을 알 수 있었다. 관아의 공자가 와서는 자기 집의 춘향이를 탐내는 것이라고 혼자서 생각하고, … 내가 벌써 다 알고 있다. 절대로 새 나가지 않도록 해라.(추악한 늙은이 천하에 현모라고 할 만하군)12)

이밖에도 남원부에 신임부사가 된 '元崇'과 그에게 아첨하는 간신배 장철에게서는 탐관오리와 아첨꾼의 전형적인 모습이 나타난다. 원숭은 임금에게 총애를 빛는 신하 洪倫에게 아부하여 벼슬을 제수받고, 좋은 토지와 재물만을 좇았으나 시대가 어지러운 탓에 권문세족에게 아부하여 벼슬을 계속 유지하고 있는 인물로 형상화되고

---

12) 54~55쪽.

있다. 이러한 원숭에게 아첨하는 장철도 떠돌이로 술과 색을 좋아
하여 원숭의 색탐을 부추기는 역할을 하고 있는 인물로 그려진다.
두 사람의 이와같은 모습은 그들이 남원부에 내려와 선정을 멀리하
고 주색에 빠져 지낼 것을 암시하며, 결국은 춘향의 수절이 평탄치
못하게 되는 이유가 된다. 원숭과 장철에게서 찾아볼 수 있는 이러
한 성격은 부패한 정치가와 그에게 아첨하는 소인배의 전형성을 기
반으로 한다.

《광한루기》에서는 등장인물의 개성적 면모 속에서도 악인과 선
인, 계층에 따른 전형성을 유지하도록 설정하고 있다. 이것은 현실
세계의 다양성을 인정하면서도 그 다양성을 관통하고 있는 지배원
리를 고려한 결과라 할 수 있다. 개성적 인물을 창조하지만 그것이
현실에 존재하기 위해 지녀야 할 보편성을 갖도록 하기위해서 전형
성을 고려하고 있는 것이다. 이러한 인물 설정은 등장인물의 행위
가 합리성을 지니도록 개작되는 모습으로 나타나기도 한다.

> 도련님께서는 넘어가시는 것이 좋을 것입니다. … 그리고서 도련
> 을 잡아 끌어 담장 머리 기와 위에 올려 놓고는 하직하며 말했다.
> … 김한이 떠난 뒤에 도련은 꽃과 나무를 더위잡고 올라가 정원 안
> 으로 내려섰다.13)

이도령이 춘향의 집에 처음 찾아간 날의 광경이다. 대개의 이본
에서 춘향이의 집을 찾아간 이도령이 향단의 안내를 받아 춘향의
집에 들어서는 것과 달리 담을 넘어 몰래 찾아들어가는 것으로 그
려지고 있다. 낮에 만난 춘향을 만나고자 하나 차마 대문에서 부르
지 못하고 스스로 담을 넘어 찾아들어가는 것이 춘향과 이도령의
은밀한 만남을 더욱 부각시킨다. 집안 어른들의 눈을 피해 이루어
진 이팔청춘 남녀의 자발적인 만남은 비밀스럽게 이루어지는 것이
더욱 현실성이 있는 것이다. 《광한루기》의 등장인물들의 행동은

---

13) 45쪽.

하나하나가 이와같이 현실에서 실현 가능한 것인가를 고려한 결과
로 나타난다.

2.2. 시간의 가속화

소설의 시간은 '이야기하는 시간'과 '이야기되는 시간'으로 구분된
다. '이야기하는 시간'은 작가의 예술적 의도에 의해 재배치된, 작품
속에 배열되어 있는 대로의 시간을 이야기하며, '이야기되는 시간'은
실제로 일어난 사건의 시간, 사건들의 역사적 순서를 의미한다. 이
두 시간은 항상 일치하는 것이 아니다. 이야기되는 시간이 일차원
적인 데 반하여, 이야기하는 시간은 다차원적인 허구의 시간이기
때문이다.14)

《광한루기》는 전체적으로는 역사적 시간에 순행하는 시간의 순
서를 보여주지만, 사건의 빠른 전개를 위해 앞에서 진술했던 부분
을 과감히 생략하여 이야기하는 시간을 단축시키고 있다.

다음은 춘향의 편지를 전하기 위해 한양으로 가던 김한이 중도에
서 이화경을 만나 그간의 사정을 전하는 모습이다.

> 춘향의 일은 한 입으로는 말하기 힘듭니다. 부사가 포악한 짓을
> 하는 것이 어느 정도인지……. (좋은 구법이다.) 그리고 춘향이 절의
> 를 지키는 것은 이러이러하구요. (좋은 구법이다. 제5회와 제6회의
> 허나한 글들은 모두 이 두 구 속에 들어 있는 것이다.)15)

독자들이 이미 알고 있는 춘향의 내력을 다시 되풀이하지 않고
생략하는 김한의 진술을 평비자는 협주를 통해 좋은 구법이라 칭찬
하고 있다. 여기에서 특히 주목되는 것은 서술자에 의해 앞신 진술
이 요약되는 것이 아니라 등장인물의 입을 통해 요약되고 있다는

---

14) 현대소설연구회, 앞의 책, 167쪽.
15) 98쪽.

점이다. 이러한 진술법은 독자에게 마치 눈앞에서 김한의 행동을 목격하고 있는 것과 같은 착각이 들게 한다. 제3자의 개입에 의해 '그간의 사정을 김한이 말했다'고 전달하는 것보다 등장인물인 김한이 이화경에게 조곤조곤 이야기하는 것을 독자가 직접 목격하도록 하는 것이 독자에게 작품의 사건 속으로 몰입하게 하는 효과를 거두고 있는 것이다.

이밖에도 꼬박꼬박 말하지 않아도 독자들이 알 수 있는 부분에서는 사건 진행 과정을 생략하여 전달하고 있다.

> 춘향도 웃으면서 곡을 멈추었다.(더욱 사랑스럽고 얄밉기도 하구나.) 다시 여러 차례 술잔이 돌아 술 기운이 한창 무르익자 도린은 연거푸 걸찍한 애기를 늘어 놓았는데, 춘향은 웃기도 하고 묵묵부답인 채 있기도 했다.(省) 잠시 후 달빛이 창을 비추고, 꽃그림자가 섬돌로 옮겨 갈 때쯤, 도린의 취흥은 절정에 다다르고, 춘향의 얼굴에는 부끄러운 빛이 감돌았다.16)

> 이런 뒤로 온봄 내내 조석으로 꽃 사이로 향기를 찾아 다녔는데, 번거로운 애기를 굳이 다 말하지는 않겠다.(省)17)

춘향과 이화경이 만나 첫날 밤을 지내는 과정을 진술한 것과 그 이후 만남이 봄 내내 계속되었음을 이야기한 것이다. 춘향과 이화경이 어떻게 초야를 지냈는가가 많은 춘향전 이본에서 자세히 다루어져 있고, 거기에서 불리던 '사랑가'가 토막소리로 인기를 끌었던 것과는 달리 《광한루기》에서는 초야 광경의 자세한 언급을 피하고 있다. 이는 《광한루기》의 평비자가 춘화도의 예를 들어 장황하게 설명하고 있는 것18)과 같이 간접적인 진술을 꾀한 결과이기도 하지만 독자가 미루어 짐작할 수 있는 부분은 자세히 설명하지

---

16) 53쪽.
17) 55쪽.
18) 48쪽.

않고 진술 시간을 단축하여 사건의 빠른 전개를 시도하고 있기 때
문으로 해석할 수도 있다.

2.3. 공간의 상징성

소설의 공간은 등장인물에 의해 행위가 이루어지는 장소로서의
의미를 지닌다. 이러한 공간은 반드시 작가의 의도에 의해 계획된
다. 어떠한 장소를 선택하는가에 따라 사건의 성격과 등장인물의
행위의 의미, 나아가서는 작가의 세계인식을 해석할 수 있기 때문
이다.19)
《광한루기》의 평비자는 춘향과 이화경의 만남이 이루어지는 광
한루와 남원에 세심하게 의미를 부여하고 있다. 먼저 1회 첫머리에
제시된 평비를 살펴보자.

> 광한루는 작품 전체의 제목이다. 광한루가 없었더라면 화경이 놀
> 지 않았을 것이요, 화경이 놀러 가지 않았더라면 춘향을 볼 수 없었
> 을 것이요, 춘향을 보지 못했으면 8회로 한 편을 구성한 이 작품이
> 어떻게 탄생할 수 있었겠는가? 광한루 하나가 공중에 솟구쳐 있기에
> 화경이 놀지 않을 수 없었고, 춘향을 보지 않을 수 없었으며, 8회로
> 한 편이 되는 글이 이루어지지 않을 수 없었던 것이다.(廣寒樓卽 一
> 編大題目也 無廣寒樓則花卿不遊 花卿不遊則春香不可見 春香不可見則
> 一編八回之文 何從而成也 一廣寒樓起於空中 李花卿不得不遊 春香不
> 得不見 一編八回之文不得不成也)20)

작품의 공간적 배경인 광한루가 작품이 존재하는 데 결정적인 역
할을 하고 있으며, 그래서 제목이 될 수 있었음을 이야기하고 있는
부분이다. 이것은 《광한루기》의 평비자가 하나의 공간이 설정되고,
그 공간이 지닌 특수성이 사건을 유발하는 역할을 하고 있음을 인

---

19) 한국현대소설연구회, 앞의 책, 187쪽.
20) 28쪽.

식하고 있었음을 보여주고 있다. 이러한 평비자의 인식은 남원의
지세를 설명하는 대목에서도 잘 나타난다.

> 완산은 옛 도읍이다. 산수가 아름답고 훌륭한 인물이 많아 호남에
> 서 제일이다. 그리고 넘쳐 흐르는 기운이 남쪽으로 대방에 흘러드는
> 데, 대방도 삼국시대에는 국도였으며, 고려가 통일한 뒤에는 남원부
> 로 개칭되었다. … 부절을 차고 부임해 오는 사람은 반드시 조정의
> 명관이었고, 사방의 풍류있는 선비들이 빈객이 되었다. 그러므로 버
> 드나무 누대와 꽃 동산에 시와 술이 항상 있었으며, 화려한 교방에
> 서 노래와 춤이 끊이지 않았다. 이에 남원의 명성이 수도에까지 떨
> 쳐, 서울의 훌륭한 문인들이라면 모두 한 번쯤 보기를 원했다.(옛 말
> 에 "안을 알고 싶으면 먼저 그 바깥을 살펴 보고, 사람을 알려면 먼
> 저 그가 사는 곳을 살펴 보라."고 했는데, 남원의 풍수가 이와 같으
> 니 어찌 아름다운 사람을 탄생시키지 않을 수 있겠는가? 이것이 바
> 로 수산이 말하는 '동해를 그린다'는 것이다)21)

　남원이 기운이 넘치는 곳으로 풍류있는 선비와 문인들이 한번쯤
와보고 싶어하는 아름다운 곳이라는 설명은 춘향의 탄생과 이화경
과의 만남, 원숭에 의한 탄압 등을 모두 가능하게 하고 있다. 남원
은 아름다운 춘향이 태어날 만한 아름다운 고장이며, 명관이 부임
해 오기 때문에 그 자제와의 만남이 가능하며, 또한 화려한 교방이
있기에 서울의 풍류객인 원숭과 장철에게 춘향이 알려질 만한 가능
성을 열어 놓고 있는 것이다. 이러한 공간 설명은 《광한루기》의
평비자가 공간과 인물, 사건의 관계를 간파하고 있었음을 보여준다.
　소설 내에서 공간이 차지하는 역할은 다음의 진술에서 더욱 극명
하게 나타난다.

> 〈광한루기〉를 읽는 사람은 먼저 형체와 그림자를 구분할 줄 알
> 아야 한다. 남원은 그림자다. 광한루도 그림자다. 형체는 춘향 한 사

---

21) 29쪽.

람 뿐이다. 관직을 옮기는 것도 그림자이며, 행장을 꾸리는 것도 그
림자다. 난간에 기대어 슬퍼하는 것도 그림자이며, 술을 가져가 축하
하는 것도 그림자다. 형체는 '이별' 두 글자뿐이다. 천만 가지의 한과
시름 가운데에는 정치하고 기묘한 문장력을 가지고도 형용하지 못하
는 것이 있으니, 독자들은 수산 선생의 능력으로도 그림자 같은 주
변적 이야기를 하지 않을 수 없다는 것을 알아 두어야 한다.22)

남원과 광한루가 춘향을 이야기하기 위해 설정된 그림자이며, 관
직을 옮기고 술을 가져가 축하하는 등의 행위도 모두 이별을 이야
기하기 위해 설정된 그림자라는 설명이다. 이와 같은 지적은 공간
적 배경이 등장인물의 성격을 결정짓는 데 기여하며, 여러 인물들
의 행위는 결국 주제를 구현하는 데 기여하고 있음을 이야기하고
있는 것이다.
　소설의 공간에 대한 탁월한 인식은 雲林樵客의 '叙一'에서도 나타
난다.

　　어느 봄날 낮, 술기운이 무르익었을 때 그 책을 감상하면서 살펴
　보았는데, 그 책에서 남원의 빼어난 경치를 서술한 것은 동해를 그
　린 것이요, 이도린의 풍류와 문채를 서술한 것은 바다 위의 여러 봉
　우리를 그린 것이요, 정을 서술하고 이별을 서술한 것은 물을 그리
　고 돌을 그린 것이요, 원숭 등 여러 인물을 서술한 것은 숲 속의 절
　을 그린 것이요, 부용 등의 여러 기생을 서술한 것은 구름 속의 암
　자를 그린 것이었다 (春書酣玩而索之　其叙南原形勝　畵東海也　其叙李
　桃鄰　風流文彩　畵海上諸峯也　其叙情叙別　畵水畵石也　其叙元崇諸人
　畵林間寺也　其叙芙蓉諸妓　畵雲中庵也)23)

　운림초객이 친구인 수산 선생에게서 문장법에 관해 들은 후 《광
한루기》를 읽어보니 그것이 문장법의 진수를 보여주고 있었다는
설명이다. 수산 선생은 문장을 작성하는 법을 금강산을 그리는 것

---

22) 60쪽.
23) 12~13쪽.

에 비유하며, 먼저 동해를 그리고 맨나중에 온갖 바위와 골짜기 사이로 우뚝 솟은 비로봉을 그려넣어야 한다고 주장한다. 이는 실제의 동양화법을 설명한 것이라고 보기는 어렵고, 다만 소설을 지을 때에는 먼 곳에서 가까운 곳으로, 보조적인 것에서 중심되는 것으로, 주변적인 것에서 주제와 관련한 것으로 나아가야 한다는 입장을 비유한 것으로 해석할 수 있다. 운림초객은 《광한루기》의 부분부분이 모두 제각기의 빼어난 점을 지니고 있으면서도, 비로봉과 같이 우뚝한 춘향의 아름다운 자태와 곧은 절개를 서술하는 부분을 설명하는 데 기여하고 있음을 지적한다. 운림초객과 평비자인 小厂主人, 작가인 수산 선생이 공통적으로 보여주는 소설 공간에 대한 이리한 지직은 소설에 대한 발전된 인식이 이루어지고 있음을 보여주고 있다.

2.4. 구조의 필연성

소설을 형성하고 있는 모든 요소들은 질서있는 체계나 관계를 가지고 결합되어야 구조로서의 생명적 존재가 될 수 있다. '질서'의 의미는 소설의 필연성이라는 말로 대체된다. 소설을 형성하는 모든 요소들의 관계를 소설의 구조라고 본다면 소설 속에서의 시간과 공간, 등장인물의 특성 등 모든 것들이 소설구조의 요소들이 된다.24) 소설의 요소들이 얼마나 필연적으로 관계지어 있는가는 소설의 완성도를 결정하는 중요한 잣대가 된다.

《광한루기》에는 등장인물의 창조된 성격이 앞으로의 사건 진행과 필연성을 지니도록 배려한다.

　　화경이 바로 광한루로 가서 바로 춘향을 보고, 김한이 바로 부르러 가자 춘향이 바로 온다면, 화경은 현명하지 못한 사람이요, 김한은 흐리멍텅한 사람이며, 춘향은 경솔한 사람일 것이다. 지금과 같은

---

24) 한국현대소설연구회, 앞의 책, 69쪽.

경우는 그렇지 않고, 종문을 막 나서면서 홀연히 동쪽을 바라보고
서쪽을 바라보는 가운데, 문득 광한루를 이끌어내고, 광한루를 이끌
어내었으니 자연히 그네뛰는 사람을 볼 수 있는 것이다. 춘향을 보
고 선녀가 아닐까, 귀신이 아닐까 의아해 하는 사이에 월매에 관한
것이 이끌려 나오게 된다. 월매가 이끌려 나오니, 자연히 춘향은 불
러서 만나볼 만한 사람이 되어, 곧 김한이 춘향을 부르러 가며, 춘향
이 김한을 꾸짖으면서 웃기도 하고 화내기도 하는 가운데 홀연히 사
또에 관한 이야기를 이끌어내고, 사또에 관한 이야기가 이끌려 나오
니, 자연스럽게 화경은 가서 만나볼 만한 사람이 된다. 이에 화경은
진정한 의미의 풍류인이 되며, 김한은 정말 영리한 사람이 되고, 춘
향은 정말 기묘한 사람이 된다.(花卿直到廣寒樓 直見春香 金漢直召
而春香直來 則花卿是骨突人 金漢是胡塗人 春香是輕率人 今也不然 纔
出鍾門 忽然東瞻 忽然西顧 忽然引出廣寒樓 廣寒樓卽引出 則秋千之人
自然可見 纔見春香 忽然疑仙 忽然疑鬼 忽然引出月梅 月梅卽引出 則
春香自然爲可召見之人 忽然金漢召春香 忽然春香罵金漢 忽然笑 忽然
怒 忽然引出使道 使道卽引出 則花卿自然爲可往見之人 於是 花卿眞個
風流人 金漢眞個伶俐人 春香眞個奇妙人)25)

　춘향과 이화경이 인연을 맺게 되는 과정이 필연성을 지님을 설명
하고 있는 1회 서두의 평비이다. 춘향과 이화경이 서로 대면하기
이전에 이루어진 상황들이 그들이 만날 만한 사람이었음을 암시하
고 있음을 지적하고, 또 이러한 과정을 통해 춘향과 이화경, 김한의
성격이 결정되고 있다는 것이다. 사건 전개에 있어서 필연성을 추
구하는 태도는 나아가 시건 사이의 관계를 전체적으로 조망하는 태
도를 넣는다.
　다음은 소설 속에서 사건들이 서로 긴밀하게 관련됨을 지적하고
있는 8회의 回首 평비이다.
　　그리고 풍수에 관한 책을 보면, 태조봉으로부터 행룡하여, 여러 번
　과협을 거쳐 중조봉이 되고, 중조봉으로부터 맥이 뻗어 박환하여 현
　무봉이 되며, 현무봉 아래에 일단 그 혈이 만들어져 좌우로 둘러 싸

---

25) 28쪽.

이면 자연히 기운이 생기고, 가깝고 먼 곳에 마주하는 봉우리가 있으면 자연이 정이 생겨, 한 걸음도 더 나아갈 수 없고 한 걸음도 더 물러날 수 없게 된다. 〈광한루기〉를 읽어 보면, 날이 밝아 어사가 춘향을 불러 오게 하는 대목에서는 입 벌리고 감탄하며, "정말로 하나의 혈이 결국 여기에 있구나."하고 말하게 된다. 이렇게 하여 여덟 회의 글에 행룡 부분이 있고, 과협 부분이 있으며, 맥이 뻗어나가는 부분이 있고, 박환 부분이 있으며, 둘러 싸지 않는 곳이 없고, 마주하지 않는 곳이 없다. 아! 수산 선생은 혈을 헤아리는 방법을 깊이 터득하고 있었던 것이다.(又見堪輿之書　自太祖峯行龍幾番過峽而爲中祖峯　自中祖峯落脉幾番剝換而爲玄武峯　玄武之下一作其穴則　左抱右環自然有氣　近對遠照自然有情　進一步不可退一步不可　今讀廣寒樓記　至明日御使命召春香則喟然歎曰　眞正一穴果在此矣　於是八會之文有行龍處有過峽　處有落脉　處有剝換　處無不環抱　無不照對　噫水山先生深悟哉穴之法矣)26)

위의 인용에서 평비자는 풍수서의 예를 들면서 태조봉으로부터 행룡하여 현무봉이 되고, 그 아래 혈이 만들어져 정이 생기게 되는 것과 마찬가지로 소설의 각 부분이 다음의 진행과 주제를 구현하는 데 필연성을 지니고 질서화되어 있음을 이야기하고 있는 것이다. 광한루기의 구조가 서로 필연적으로 연결되어 있음은 이미 5회의 회수 비평에서도 지적된 바 있다.

　나는 전에 작은 배를 타고 노량에서부터 20 여리를 거슬러 올라가 저도까지 갔다가 돌아온 적이 있다. … 동작 나루를 지날 때에는 푸른 노송이 물가에 가지런한 채로 높아졌다 낮아졌다 했으며, 한강을 지날 때에는 친근한 갈매기들이 일찌감치 잠든 채로 보일락말락했다. 술마시고 시를 지으며 흥겹게 사방을 둘러 보다가, 학여울에 이르러서 갑자기 바람이 일고 물이 치솟더니만 돛대가 기울고 노가 꺾이었다. … 글을 쓰는 방법도 이와 같다. 《광한루기》를 예로 든다면 제1회와 제2회는 노량이요, 제3회와 제4회는 동작 나루와 한강

---

26) 103~104쪽.

이며, 제5회가 되면 학여울을 지나는 시기이다.(余嘗乘一葉舟　自露
梁逆流二十餘里　至楮島而歸 … 過銅津而蒼檜濟川乍高乍低　過漢江而
狎鷗夙夢半隱半現　酌酒賦詩四顧欣然　及幾過鶴灘也　則忽然風起而水湧
檣傾而楫摧 … 文章之法亦然　請以廣寒樓記證之　一回二回露梁也　三回
四回銅津也　漢江也　至五回則過鶴灘時也)27)

　위의 인용에서 평비자는 한강을 거슬러 본 경험에 빗대어 글의
전개 방식을 소개하고 있다. 삶에 평탄하기도 하고 험난하기도 한
기복이 있는 것과 같이 글에도 이러한 긴장의 이완이 존재해야 함
을 지적하며, 작품의 구체적인 분석을 제시하고 있는 것이다. 이것
은 8회 회수의 평비와 함께 소설의 구조가 지닌 특징을 적실하게
보여준다. 사건이 발생하여 전개되며, 위기를 맞고, 그것이 해소되
는 과정이 소설을 이룬다는 점을 간파하고 있는 것이다.

3. 결 론

　수산 《광한루기》는 《춘향전》의 한문 이본이다. 이전에 유행
하던 《춘향전》을 개작한 이 작품은 작품 자체의 변개와 평비를
통해 조선후기 소설인식의 발전된 양상을 보여주고 있다는 점에서
주목된다. 수산 《광한루기》의 작자와 평비자는 한문학의 이론들
을 원용하고, 중국소설의 평비를 모방하거나, 스스로 창안하는 다각
도의 방법을 통해 소설에 대한 이론을 전개하고 있는 것이다. 소설
이 지니는 효용성에 대한 논의가 주를 이루었던 시기에 소설 자체
의 특성에 대해 이처럼 진지하게 이론을 전개한 것은 매우 주목할
만한 일이며, 또한 그것이 조선후기 소설인식의 변화 양상과 맥을
같이하고 있다는 점에서 의의를 지닐 수 있을 것이다.
　인정물태를 강조하는 태도가 환상적인 요소들까지도 현실적 논리

---

27) 70쪽.

에 부합될 것을 요구하는 것으로 나타난 조선후기의 소설인식은 《광한루기》에 이르러 소설의 등장인물이 개성을 지니면서도 전형성 유지를 통한 사회적 보편성을 확보해야 한다는 균형감각을 보이게 된다. 이는 '허구'의 의미를 '현실에 있을 법한 일'로 규정하게 하는 발전된 소설인식의 반영이라 할 수 있을 것이다. 또한 《광한루기》에서는 소설의 공간 하나하나가 모두 의미를 지니고 등장인물의 성격 창조와 주제 구현에 기여해야 한다는 점을 지적하였다. 이는 소설의 공간이 지니는 역할을 적설하게 파악한 것으로 현대소설론에서 소설의 모든 요소가 인물 창조와 사건 진행에 기여해야 한다는 것에 비견되는 발전된 소설 이론이다. 이밖에도 등장인물의 진술을 통해 진술 시간을 단축시키는 시간 진행 방법은 고소설의 새로운 면모를 보여준다. 대체로 고소설에서는 서술자의 개입이 심하게 두드러지며 특히 이들이 작품에 직접 간여하여 사건을 요약하고 등장인물의 상황을 소개하였던 것을 고려할 때, 《광한루기》에 나타나는 이러한 시도는 이전의 소설과는 구별되는 것으로, 독자가 더욱 작품 내적 상황에 몰입할 수 있도록 도와주고 있다. 마지막으로 《광한루기》에서는 모든 소설의 요소들이 필연성을 가지고 진행될 것을 주장한다. 인물이나 사건 등 소설을 구성하고 있는 요소들이 소설에서 차지하는 중요도가 다를 수는 있으나 어느 하나도 없어서는 안되는 것이며, 모두가 주제를 구현하는 데 기여하도록 구조화될 것을 이야기하고 있는 것이다.

이렇듯 《광한루기》는 소설을 통해 독자간 혹은 작가와 독자 간의 시대를 초월한 만남이 가능하다고 하여 소설의 역할을 강조하는 동시에 적극적인 독서를 통해 독자가 소설의 발전에 기여할 수 있다는 점을 지적하는 등 소설과 사회 혹은 독자의 영향관계를 상호보완적이고 긍정적인 것으로 평가하고 있다. 그러나 이 작품에서는 효용성이라는 소설의 이차적인 의미를 지적하는 것에서 한 걸음 더 나아가 소설의 인물이 지녀야 할 개성의 창출과 공간의 상징성 부여, 시간의 가속화를 통한 빠른 전개, 소설 요소들의 필연성 확보

등 소설이 내적으로 지녀야 할 조건들을 제시하는 데에까지 논의를
발전시키며 조선후기 소설론의 진전된 모습을 보이고 있는 것이다.

〈참고 문헌〉

성현경·조융희·허용호, 광한루기 역주 연구, 박이정, 1997.
간호윤, 광한루기의 소설 비평론 연구, 고소설연구, 8, 1999.
김동욱, 증보 춘향전 연구, 연세대출판부, 1976.
김지연, 조선후기의 소설인식, 지역학논집, 3, 숙명여대 지역학연구소, 1999.
김풍기, 수산 광한루기의 평비에 나타난 비평의식, 어문논집 31, 고려대 국문
　　　과, 1993.
박철희, 문학개론, 형설출판사, 1987.
성현경, 광한루기의 비교문학적 연구, 고전문학연구 11, 1997.
성현경, 춘향신설과 광한루기 비교 연구, 고소설연구 8, 1999.
소재영, 수산 광한루기(자료해제), 숭실어문 4, 숭실대 국어국문학회, 1987.
이상구, 광한루기의 개작 방향과 작가의식, 어학연구 9, 순천대 어학연구소,
　　　1998.
정하영, 광한루기 연구, 이화어문논집, 12, 이화여대 국문과, 1992.
＿＿＿, 광한루기 평비 연구, 한국고전연구1, 한국고전연구회, 1995.
한국현대소설연구회, 현대소설론, 평민사, 1997.
롤랑 부르뇌프·레알 윌레, 김화영 편역, 현대소설론, 현대문학, 1996.

西浦의 孝行思想과 〈尹氏行狀〉

노 태 조

1. 서 론

서포 김만중(1637~1692)은 불후의 명작 〈九雲夢〉·〈謝氏南征記〉와 ≪西浦漫筆≫·〈尹氏行狀〉 등이 세상에 알려지면서, 학자·문학가로서의 명성과 권위는 세월이 갈수록 높아지고 있다. 더욱이 이 〈尹氏行狀〉은 서포의 인간적인 면모와 어머니 윤씨에 대한 효성과 지성이 응결되어 있어 주목된다. 이 작품은 그 모자간의 더할 수 없는 애틋한 정과 그들의 인생 역정을 통하여 어머니의 자애정신 내지 서포의 효행정신을 잘 보여 주고 있기 때문이다. 더욱이 학문·효행정신이 변화·퇴색하여 가는 이 마당에, 〈尹氏行狀〉의 높은 정신과 그 문학적 가치는 가히 우리 시대 윤리·문학의 귀감이 되리라 믿는다.

사실 조선조 유학사상으로 볼 때, 제반 행실과 업적에서는 효행사상이 핵심을 이루고 있어, 모든 선비들의 지상 목표가 되었다고 하여도 과언이 아닐 것이다. 이러한 행실의 사표가 되었던 서포 가문에 바탕을 두고, 그 어머니의 훈육정신에 따른 서포의 효행사상이 〈尹氏行狀〉에 응결되어 있다. 그리고 〈尹氏行狀〉은 서포 자신이 말년의 외로운 적소에서 모자간의 애틋한 사연과 눈물겨운 사실을 효행으로 용해·집성한 것이니, 결국 목숨을 걸어 효행사상을 문학으로 승화시킨 최후 절정의 작품이라 하겠다.

따라서 이 작품은 그 이전에 서포가 지었던 효행사상과 몸소 실천하였던 효성·언행을 모두 응축시킨 효행문학의 최고 정화라 하여 마땅할 것이다. 그러기에 이 작품은 역사적 학자·문학가인 서포의 효행사상과 문학능력을 남김없이 표출한 점에서 매우 중시된다. 그래서 이 작품은 현대의 윤리적 위기나 문학사적 요청에 따라, 서포의 효행사상과 함께 적극적으로 연구·검토할 단계에 이르렀다.

그런데 지금까지 대부분의 학자들은 지나치게 서포의 소설연구를 중심으로 문예적인 측면에 집중하여 온 것이 사실이다. 이에 반하여 〈尹氏行狀〉에 대한 전문적 연구는 드물며,[1] 더욱이 효행적 입장에서 본격적으로 연구한 업적은 거의 없는 것 같다.

이에 서포의 행적과 직결시켜 그의 효행사상을 여러 각도에서 밝히고, 서포 최후의 작품 〈尹氏行狀〉의 효행문학적 실상을 파악하되, 제작 동기·주제 의식과 함께 서사문학론에 입각하여 고찰하여 보겠다. 나아가 이 작품의 국문학사·문학사 상의 위상을 논의 정립하여 보겠다.

---

1) 李明九, 〈서포와「貞敬夫人 尹氏行狀」〉, 《金萬重 研究》 새문社, 1983.
   宋百憲, 《西浦家門行狀》, 螢雪出版社, 語文叢書(007), 1977.

2. 서포의 행적과 효행사상

2.1. 서포의 행적

1) 문신으로서의 처신

서포 김만중은 어머니로부터 엄격한 훈도를 받고 일찍 진사에 합격했
고, 정시 문과에 급제하여 관직에 나아가고, 지평·수찬·교리·승지·
예조참의 등을 거쳐 예조판서·판의금부사·지경연사·홍문관대제학·예
문관대제학·지춘추관·성균관사·오위도총부도총관 등에 이르기까지
올곧은 문신으로서 정도와 정의에 따라 실행하였다. 그는 충의·청결하
여 벼슬길에 연연하지 않고 진퇴를 분명히 하여, 불의·부정을 공척하
고 생명을 건 상소와 충간을 주저하지 않다가, 몇 차례의 귀양살이를 겪
으면서도 그 충의를 꺾지 않았다.2)

2) 학자로서의 업적

그는 일찍이 경서와 사기를 익히고 어느새 유가·불가·도가·백가
등에 의사가 통달하고, 그의 문장이 성숙하니, 향시·진사시·정시 등
에서 장원하니, 오히려 시험관들의 찬사를 받았다. 그는 학문에 투철
하여 유학·불학·노장·제자까지 통섭·체계화하였고, 사상에도 삼
교를 융합·심화하여 고차원의 철학세계를 정립하였다. 그는 성리학
에도 관통하지 않음이 없으니, 그의 깊은 학식이며 천품이 자연적으로
도에 가깝다고 하였다. 그리하여 그는 일찍이 사헌부지평으로 옮겼다
가 문학으로 전지되었고 우당에 들어가 수찬이 되었다.3)
그는 박학다식하여 정치·예절·제도·문화·사상 등에서 과거의
전통적 맥락과 현실의 합리적인 상황에 따라 대국적인 태도를 취하고

---

2) 金鎭圭, 〈文孝公 萬重行狀 光山金氏 文獻錄〉, 譜典出版社, 1983.
3) 丁奎福, 西浦集 解題, 通文館.

널리 수용하여 유가의 정도를 찾아 통달·총섭하는 학문적 체계를 확립하였다.

3) 문학가로서의 공적

서포는 태어나면서 총혜·충직하고 지효·영민하여 문재가 뛰어나니, 문장으로 명성이 세상에 드높았다. 그의 이러한 학문과 사상은, 뛰어난 문장·문학에 의하여 표현되었다. 그는 수많은 한시와 산문을 남기었으니, 그의 문집에는 고시·율시·절귀 등 230여편과 함께 疏·劄·啓·祭文·樂章·批答·敎書·玉冊文·表箋·序·跋·記·識·行狀 등 다양한 작품이 수록되어 있다. 그리고 유일한 전기 〈尹氏行狀〉과 국·한문 소설 〈九雲夢〉·〈謝氏南征記〉 등을 창작하여 세계적으로 높이 평가되고 있다. 그의 학문적 활동을 총관하는 문집 ≪西浦漫筆≫은 한·중 역사·경서·시문론은 물론 천문설·지리설·불가설·음양설·지동설·천주설까지 망라되었다.

2.2. 서포의 효행사상

1) 행적을 통한 효행사상

그는 성품이 효하여 아버지의 안면을 알지 못함을 평생의 아픔으로 삼았고, 어머니를 섬김에 곁을 떠나지 않고 순한 낯빛으로 즐겁게 해드리며, 책을 좋아하는 어머니께 〈史記〉와 〈稗官小說〉까지 읽어주어 기쁘게 하였다. 그의 효성은 그 조카가 지은 행장에 절실하게 표현되었다4). 윤씨부인이 돌아가니 서포는 남해 적소에 위패를 모시고 삼년동안을 피눈물로 호곡하여 조석으로 상식에 임하니, 섬사람들이 感傷과 한탄을 하였다. 서포는 어린이 같이 어머니를 생각하여 지나치

---

4) 健菴 金陽澤 撰 , 셔원부부인 힝녹.
　 竹泉 金鎭圭 撰 , 태부인 향쟝 습유록.

게 슬픔으로 뉘우쳐 병이 되어 외지에서 상복을 채 못 벗고 세상을 버
리었다. 이는 서포 자신이 천성으로 타고난 효행사상을 실현·체현한
지극한 효행이었다.5)

　그의 효성은 하늘이 낸 바로써 선친께 못 다한 효행을 모친께 아울
러 쏟으니 이는 시와 행장·소설 등의 문장에 표현되어 천지에 가득하
였다. 모친의 부음을 듣고 천만리 먼 곳에서 죄인의 몸으로 분상조차
못하는 통한을 품어 몸부림쳤고, 겨우 정신을 수습하여 사모의 혈정을
그 저명한 행장으로 지어 바치고 삼년동안 피눈물로 호곡하다가 통
고·발병하여 세상을 떠났으니, 가위 효행에 목숨을 다한 출천대효라
하지 않을 수 없겠다.6)

　2) 작품을 통한 효행사상

　(1) 서포의 한시에 나타난 효행은 어머니 윤씨의 자식에 대한 자애
도 지극하였지만, 서포의 모친에 대한 효행은 지극히 감동적이다. 이
제 서포가 남긴 한시를 통하여 효행의 사실을 살펴보면 먼저 〈己巳
9月 25日作〉에는

　　　人間倚伏莽難推　　　歌哭悲歡只一朞
　　　遙想北堂思子淚　　　半緣死別半生離
　　　　　　　　　　(九月二十五日　謫中作 其二)

　　인간의 화복은 헤아리기 어려우며
　　가곡과 비탄은 다만 한 때의 일이네.
　　멀리 자식 생각에 눈물 흘리실 어머니 생각하니
　　생전의 반은 죽어 이별이고 반은 살아 이별일세.7)

---

5) 金鎭奎, 文孝公 萬重行狀, 光山金氏 文獻錄. 參照.
6) 金鎭奎 , 위 行狀 參照.
7) 朴性奎, 〈金萬重 詩에 나타난 내면성의 통일과 확산〉, Ⅱ-46~8.《金萬
　　重 研究》, 새문社, 1983.

라고 하여 그 절실함을 노래하였다. 이 작품은 모친의 생신 날을 맞았지만 모실 수 없는 자신의 불우함과 모친을 생각하는 간절한 마음을 그려냈다. 그리고 자신의 처지가 떠도는 부운 같은 허망한 인생과 함께 모친을 그리는 정을 "생전의 반은 죽어 이별이고 반은 살아 이별"이라고 절실하게 노래했다.

그리고 그가 유배지에서 지은 〈奉使嶺南 9月 25日作〉에서는

每歲慈親初渡日　　　弟兄相對舞衣斑
弟今奉使違親膝　　　多恐親心未盡歡
　　　　　　　（奉使嶺南 九月二十五日作）

해마다 어머님 생신 날이면
형제 서로 마주하여 춤추며 즐겨 했네.
내가 지금 사명 받들어 어머님의 곁을 떠나니
생신 날 어머님 마음 즐겁지 못하실가 두렵네.[8]

라고 하였다. 그는 잠시나마 모친을 기쁘게 해 드린 지난날의 일들을 회상하여, 모친의 생신 날에 형제가 비단옷을 입고 기쁘게 해 드렸건만 형은 먼저 돌아가고, 자신 역시 갈 수 없는 처지와 모친에 대한 애절한 효심을 그려냈다.

한편 서포 자신이 외로운 남해 적소에서 지은 〈思親歌〉에서는

龍門山上同根樹　　　枝柯摧頹半死生
生者風霜不相貸　　　死猶斧斤日丁丁
憶我弟兄無故日　　　綵服塡箎慈顏悅
每年八十無人將　　　幽明飮恨何時歇
　　　　　　　（南海謫所舍有古木竹林有感于心作詩）

<hr>

8) 朴性奎 , 앞의 책, 참조.

용문산 위에 뿌리가 같은 나무 있으니
나뭇가지는 꺾이고 떨어져 반나마 죽었네.
산 가지도 풍상에 시달리기만 하고
죽은 것은 나날이 도끼날에 잘리우네
우리 형제가 일없던 날에
비단옷에 노래 불러 어머님 기뻐하시던 모습 추억하노니
여든 세의 어머니 돌봐드릴 사람 없으니
이승과 저승에서 품으신 한이 언제나 다할는지.9)

라고 절규하고 있다. 서포 자신이 외로운 남해 적소에서 두 나뭇가지
를 형제의 혈연으로 입장에 비유하면서, 아직 살아 있는 가지는 풍상
에 시달리어 죽어 가고 있으며, 죽은 가지는 도끼날에 잘리어 사라지
는 모습이 되어 70여세의 모친에게 효도하지 못함을 한스럽게 여기
니, 여기에 숨은 효행사상이 그만큼 돋보인다.

 (2) 다음 소설에 나타난 효행사상은 그 동안 논의되어 온 바와 같이
서포가 모부인을 위로하기 위하여 〈九雲夢〉을 제작하였다는 전언을
통해서도 일단 실증되는 터다. 실제로 그 소설의 세계에는 유·불가의
효행이 제대로 용해·부각되어 있다. 사실 이 〈九雲夢〉에서는 서포
를 대신한 주인공이 모친과 처부모까지 효양하고 사후에도 효행한 사
실을 밝히니,

  이째 텬해 승평(昇平)ᄒ니 승샹이 나가면 텬즈롤 뫼셔 샹님원(上林
  苑)의 유렵(遊獵)ᄒ고 집외 든저 대부인을 밧들어 북당의 즐기는지
  라 이째 뉴부인(柳夫人) 나히 구십구셰의 기세(棄世)ᄒ니 승샹이 이
  통ᄒ는지라. 샹이 중사(中使)롤 보니여 왕녜(王禮)로 쟝ᄒ시고 뎡ᄉ
  노 부쳬 쏘흔 뎐년(千年)으로 도라가니 승샹이 비감(悲感)ᄒ 졍니
  뎡부인긔 나리지 안너터라. 승샹이 뉵남이녀룰 두어시니 다 부모의
  게 효되 극진ᄒ더라.10)

---

9) 朴性奎 , 앞의 책, 참조.
10) 金萬重 , 《九雲夢(京板本·한글 木版本)》, 金萬重 硏究의 資料.

라고 하여 부모에 대한 효행이 극진하였음을 드러낸다. 이는 서포 자신 효행의 꿈이 작품 속에 투영되어 부귀공명과 함께 지극한 효행을 승화시킨 것이라 하겠다. 실로 부귀 현달하여 부모를 드날리고 행복하게 만드는 것이 효행의 최고라는 점을 실증하고 있기 때문이다.

그리고 〈謝氏南征記〉에서 반영된 효행사상도 은근하고 절실한 바가 있다. 유연수가 보인 효행도 그렇거니와, 사씨가 친정부모와 시부모의 생전 사후에 바친 효도는 실로 만인의 귀감이 되도록 묘사되어 있다. 이들의 효행은 바로 서포의 효행사상을 그대로 나타내고 있는 것이라 하겠다. 이 작품의 작중인물이 취한 언행·사상은 그대로 작자의 언행·사상이라고 보아지기 때문이다.

> 사씨 이로부터 효도를 다하야 존구를 받들고 공순함으로써 군자를 섬기고 정성으로써 제사를 받들고 은혜로써 비복을 부리니, 규문이 옹옹하고 화기가 애애 하더라. ……, (중략) 공이 엄연 별세하니 한림부부 호천애통함이 비할 데 없고 두부인도 또한 못내 애통하더라 어느덧 장일을 당하매 영구를 뫼셔 선영하에 안장하고 세월이 흐르는 것 같아여 삼상을 마치고11)

라고 하여 그 현숙함과 효행을 다 하고 있다.

(3) 그리고 〈윤시힝쟝〉에서 실제적으로 나타난 효행사상은 먼저 홀로된 모친 윤씨가 그 형제를 데리고 늙은 양 부모를 효양하며 가정을 이끌어 집안을 태평하게 만드는 데서

> 외로운 아희롤 잇끌고 부모 슬하의 의지ᄒ여 안흐로 홍부인을 도아 가스롤 다스리고 밧그로 참판공 봉양ᄒ기롤 녜 효ᄌ ᄀ치 ᄒ며 한가ᄒ면 문득 셔격을 펴보아 날노 더욱 넓니ᄒ니, 참판공이 아돌 업는 근심을 닛고 희슝공은 탄ᄒ여 ᄀᆯ오디 미일 내 손ᄌ와 더부러 말ᄒ면 흉둥이 훤츌ᄒ니 만일 남지런돌 우리집 대뎨혹이 되디 아니리오.12)

---

11) 朴晟義 , 註解 《九雲夢·謝氏南征記》 정음사, 1988. 103-104쪽.

라고 하여 자식을 앞세운 참판공마저 손자와 더불어 시름을 잊고 며느리의 효양과 학문적 능통함을 찬탄하고 있다. 이렇게 모친의 효행을 강조한 것은 사실로 서포 자신의 효행의 바탕을 암시하는 것으로 본다.

　서포 자신이 태어나기 전부터 죄가 많아 부친의 면목을 알지 못함과, 난리 가운데 태어날 때 어머니를 다른 사람보다 백배나 어렵게 하였다고 불효임을 자책하는 데서 그의 효행이 실토된다. 이는 삼세 인과의 배경과 부모에 중한 은혜를 갚아야 한다는 불교적 효행사상을 근저에 깔고 있어, 그 효행의 뿌리가 깊었음을 알려 준다.

　　아믜 인싱이 잇기 젼의 사오나온 일을 만히 ᄒ여 나며 엄친 면목을 아디 못ᄒ고 ᄯ히 ᄲ러디기를 난니 가은대 ᄒ여 구노ᄒᄂ 은혜 녜ᄉ 사롬과 빅비나 더ᄒ디 어려 아ᄂ 거시 업고 ᄉ랑의 조으리라 눗비출 슌히 ᄒᄂ 바의 거슮즈미 만코 분 밧긔 벼슬이 임의 깃거ᄒᄂ 배 아니오. 미치고 어려 스스로 함졍의 ᄲᅢ뎌 ᄲᅥ 태부인의 죵신토록 셜워ᄒ몰 기티니 불효의 죄 하눌의 통ᄒᄂ디라. 오히려 멱을 디ᄅ고 비를 ᄯᅡᄲᅥ 귀신의게 샤계ᄒ디 못ᄒ고 췌췌히 당히 우리 가운대 인싱을 도적ᄒ여시니 오호 통지라.13)

라고 하였다. 서포 자신은 어머니를 위하여 기쁘게 해 드리지 못하고 분수 밖의 높은 벼슬을 하는 것이 어머니를 위한 효도하는 것이 아님을 뉘우치고 있으며, 외로운 남해 적소에서 남은 여생을 무상한 가운데 구차하게 사는 인생살이를 회힌히면서, 불효함을 참회하고 있다. 이러한 참회가 임중하고 절실할 수록 그의 효행이 역설적으로 강조되고 있는 실정이다. 이러한 입장에서 그 자신과 돌아가신 모친을 위하여 할 수 있는 것은 다만 그 행장을 지어 명복을 빌 수밖에 없는 처지니, 그 안에 효행이 가득할 수밖에 없었다.

　이 〈尹氏行狀〉은 서포 김만중 자신이 모친을 향한 일생 동안의 효

---

12) 金萬重 , 〈뎡경부인 윤시힝장〉 金春澤 筆寫 異本.
13) 金萬重 , 앞의 책, 金春澤, 筆寫 異本.

행사상을 실현하여 집대성한 작품이다. 그러기에 이 작품은 그 자신이 남해 유배지에서 죄인의 몸으로 최후까지 지극한 효행사상을 승화·표출하여 모친의 영전에 받침으로써, 효행문학의 최고의 걸작품으로 완성된 것이라 하겠다.

3. 〈尹氏行狀〉의 문학적 실상

3.1. 제작 동기와 주제의식

1) 제작 동기

이 〈尹氏行狀〉은 서포 자신이 타고난 효행을 다하지 못하고 유배지에서나마 모친께 향한 지극한 효행을 문장으로 남긴 것이었다. 그의 부친이 정축호란을 당하매 절사하여 유복자로 태어나, 두 형제는 모친의 가르침에 힘입어 가문을 일으켰다. 그러나 그의 형은 일찍 죽고 서포 자신마저 왕의 노여움을 받아 외로운 남해 적소로 유배되었다. 거기서 그는 모친의 부음을 듣고 죄인의 몸으로 분상조차 못하는 더할 수 없는 자신의 불효에 몸부림쳤다. 그것은 실로 효성 이상의 그 무엇이 담겨 있다. 그는 모친 영전에 피눈물로써 복받치는 슬픔을 잠시 억제하고 지극한 효성을 행장에 담아 승화시키니, 모든 이들이 감동하여 세상에 널리 알려지게 되었다.

> 오호 통지라. 텬죄 복디 아니 ᄒ고 남은 목숨이 진키룰 기드리니 진실노 우리 태부인의 아름다운 말ᄉᆞᆷ과 착ᄒᆞᆫ 힝실이 점점 어두워 뼈 훗사룸의 드리오디 못ᄒᆞᆯ가 두려 이에 감히 셥기룰 억제ᄒ여 힝녹 두어벌을 지어 눈화주어 조회예 뼈 모든 족하룰 주디 졍신이 혼암암ᄒ여 덕힝을 잘 아라 보디 못ᄒᆞ고 더욱 졍신이 쇼망ᄒ여 ᄒ나흘 긔록ᄒᆞ고 열흘 ᄲᅡ디오니 블효의죄 더욱 크도다.14)

라고 한 데서 이 행장의 제작동기가 잘 드러나고 있다. 이 작품은 모친의 '아름다운 말씀과 착한 힝실'을 나타낸 행장이면서 서포 자신의 지극한 효행의 총결이며, 못 다한 효심을 응축시킨 것이다. 이 작품은 효행의 호소가 절정으로 승화되어, 모친의 장하고 빛나는 행적을 적어 길이 후세의 귀감을 삼으려 지은 것이라 하겠다. 자손들이 서포의 행장을 짓고 영정을 그려 앙모·감읍하고 나라에서는 효자정려를 내리어 현창하니 만고에 빛나게 되었다.

  2) 주제 의식

  그리하여 이렇게 지어진 〈尹氏行狀〉 은 서포의 뜻대로 국문화되어 널리 읽히고 유통되었던 것이다. 아울러 서포의 그 효행사상·실천과 그 〈尹氏行狀〉 등의 효행 작품으로 하여 이 〈尹氏行狀〉 그 작품 자체가 드러내는 주제의식은 매우 강렬하다. 여기서는 작자의 효행사상이 확연히 나타난다. 작자의 평생 효행도 대단하게 부각되지만, 그 효행의 마지막으로 이 작품을 지었다는 점에서, 그 작가가 목숨을 받쳐 효성함으로써 출천대효의 한 귀감·전범을 보이고 있다. 이러한 효행사상의 육화와 보편화가 이 작품의 주제의식으로 자리하고 있는 게 분명하다.
  그래서 여기서는 윤씨의 찬연한 행적을 사실적으로 묘사해 냄으로써, '여자의 일생', '불멸의 여인상', 내지 '구원의 자모상'을 형상화하려는 작자의 주제의식이 드러나고 있다. 그러기에 그 윤씨의 행적은 동방 여성사에서 빛나는 위치를 차지하게 되고, 나아가 길이 후세의 귀감·전범이 되는 역사적 존재로 승화될 수 있었다.

---

14) 《光山金氏 文獻錄》, 譜典出版社, 參照.

3.2. 〈尹氏行狀〉의 경개와 구조

1) 경개

이 〈윤시힝쟝〉의 경개를 개조식으로 소개하면 다음과 같다.

① 태부인의 훌륭한 윤씨 가문과 혈연을 소개한다.
② 태부인은 태어나 자라면서 교육과 예의범절이 뛰어 난다.
③ 14세에 결혼하여 5세의 아들과 유복자를 남겨 두고 先夫君이 순
   절한다.
④ 두 아들과 시부모를 효성으로 모시며 가사를 현명하게 이끈다.
⑤ 청렴하게 생활하면서 두 자식을 희생적으로 학문·예의범절있게
   가르치고 법도있게 생활한다.
⑥ 큰아들 만기는 과거에 급제하고 벼슬하여 녹을 받게 되고, 작은
   아들까지 벼슬길에 오른다.
⑦ 인경왕후는 정위에 올라, 윤씨부인은 정부인에서 경경부인이 된
   다.
⑧ 인경왕후는 바로 돌아가고, 태부인의 예의범절과 사대부행실이
   궁중 왕후와 상에까지 알려진다.
⑨ 형이 단명하여 어머니 윤씨 슬하를 떠나니 예로써 치르고, 아우
   만기는 높은 벼슬길에 오른다.
⑩ 막내아들(만기)은 나라에 상소하여 왕의 노염을 얻어 귀양길에
   오른다.
⑪ 이듬해 나라의 경사로 은혜를 입어 돌아온다.
⑫ 기사년 사화에 남해의 적소로 다시 돌아간다.
⑬ 태부인이 73세로 돌아가니 염송함에도 참여치 못한다.
⑭ 태부인에 대한 스승 같은 언행과 공덕을 회고한다.
⑮ 형 만기에 대한 가계와 아우 만중의 자녀들까지 기록하였다.
⑯ 그 자신이 못 다한 효도와 회한의 피눈물을 작품에 응결시킨다.

2) 구조

이 작품은 전기·행장의 전형적 구조를 갖추고 있다. 그래서 이 작품은 주인공의 선대 가계로부터 생장과정과 그의 인품 언행을 중심으로 그 저명한 행적을 기술하고, 임종과 그 자손의 일까지 거론함으로써, 완벽한 일대기를 보여 준다. 따라서 이 작품은 저명한 여인의 일대기로서 '여자의 일생'의 한 전형을 정립하고 있다. 그러기에 이 작품의 구조는 서사문학·소설형태에서 보이는 '전기적 유형'을 그대로 반영하고 있는 것이다.

이 작품의 주인공은 그 파란만장하고 혁혁한 행적으로 하여금 탁이한 면모를 보임으로써, '여성 영웅'의 일면을 보이는 게 사실이다. 그렇다면 이 작품은 '영웅의 일생'이라는 보편적 서사구조를 그대로 보유하고 있는 게 분명하다. 여기서 이 작품은 그 구조면에서 다른 행장보다 앞서 서사문학·소설형태를 지향하고 있는 것이라 하겠다.

3.3. 〈尹氏行狀〉의 구성

1) 무대

이 작품의 무대는 다양하고 입체적으로 구성되어 있다. 우선 국가·민족 차원의 정축호란이 그 무대의 기반을 이룬다. 윤씨가 태어난 가문과 가정, 그리고 직결·왕래한 궁중이 무대로 펼쳐지고, 윤씨가 출가하여 맞게 되는 서포 가문과 가정이 무대로 설정된다. 병자·정축년 호란을 만나 조정이 강화도로 옮겨지면서 서포의 부친은 그 조정을 따라 현지에서 절사하고, 윤씨는 만삭의 몸으로 피난길의 배위에서 서포를 낳으니, 그로부터 모자간의 공동무대가 전개된다. 윤씨가 서포 형제를 데리고 친정과 시댁을 왕래하면서, 그 부친의 산소가 있는 회덕 정민동을 무대로 연결된다. 그리고 서포 형제가 성장하여 이룩한 가정이 설정되고, 서포가 장원하여 벼슬길에 나아가면서, 윤씨의 가정적 생활무대와 서포의 공직상 활동무대로 나누어진다. 그러던 것이 서포가 공척·상소를 하여 귀양살이로 접어들 때, 그 무대는 저 북쪽의 선친과 남쪽의 남해까지 확대된다. 그것은 윤씨와 서포의 무대가 멀리 떨어져 사건 전개에 극적 효과를 더하고 있는 터라 하겠다.

2) 인물

이 작품의 인물들은 작자의 기술을 통해 직접·간접으로 출몰한다. 먼저 윤씨의 조부모가 등장한다. 특히 조모 정혜옹주가 나오고, 그 조부 해숭위가 나와서 그 가계 혈통을 고양시킨다. 그리고 윤씨의 시가 쪽으로 시부모가 등장하는데 시부 참판공이 구체화된다. 이어 윤씨의 남편 충정공 익겸이 등장하여 절사함으로써, 윤씨의 행동 방향을 결정한다. 윤씨의 큰아들 만기가 나오고, 그 손녀 인경왕후가 간접적으로 등장하여 큰 배경을 이룬다. 나아가 많은 인물들이 숨겨진 채로 윤씨의 주위 인물로 작용하고 있다. 결국 모든 인물들은 윤씨가 작품 중의 주인공임을 확인시켜 준다. 그리고 서포 자신이 이 작품을 지은 주인공이요, 나아가 작품 중에도 적절히 등장하는 바 '윤씨의 상대역'임을 보여 주고 있는 것이다. 이러한 인물들이 이 작품의 사건을 밀고 나가는 기능을 조화롭게 수행하고 있는 것이다.

3) 사건

이 작품의 사건은 복합적으로 진행되고 있다. 먼저 정축호란이 일어나 조정이 강화도로 옮겨지는 비극적 사건이 전개된다. 그리고 강화도로 따라간 서포의 부친 익겸이 강화도의 함락을 지켜보고 절사하여 충의를 보이고 충정공이란 시호를 받는 역사적 사건이 벌어진다. 그리고 이를 본 익겸의 모친 서씨부인이 따라 절사하여 열녀 정문을 받는 사건이 합세한다. 이 때 윤씨가 만삭의 몸으로 피난을 다니다가 배위에서 서포를 낳는 사건이 벌어진다. 그로부터 윤씨가 서포 형제를 기르고 가르치는 극적인 사건들이 이어지는데, 그것은 윤씨와 그 형제가 엮어가는 중요한 행적으로 전개된다.

서포가 등관하여 관직생활에서 벌리는 파란만장한 사건은 항상 그 모친 윤씨에게도 충격적 사건으로 연결된다. 그 자모에 그 효자가 밀고 나가는 사건이기 때문이다. 서포가 공직에서 불의·부정을 공척하고 목숨을 걸어 충간함으로써, 도리어 공격을 받고 귀양을 가는 사건은 실로 그 모자간의 비극으로 실현된다. 마침내 큰아들의 상사와 작은아들의 유배로 충격을 받은 노모가 골수에 병이 들어 서거하는 사건이 벌어진다. 그리하여 서포가 남해 유배지에서 모친상을 만나 분상조차 못하고 애통하며, 위패를 모시어 삼년간 호곡하다가 사세한 비극적 사건을 유발시키었다.

마지막 서포의 관점을 액자로 하여 윤씨의 탁이한 행적이 다양한 사건 속에서 유기적 관계를 유지하면서 심각하게 전개되었다. 그것은 다른 서사문학·소설형태의 사건·구성과 같이, 발단·여견의 설명·상승적 동작·절정·하강적 동작·종결 등으로 이어져 거의 완벽한 모습을 갖추고 있는 것이다.

3.4. 〈尹氏行狀〉의 표현·문체

1) 한문체와 국문체

이 〈尹氏行狀〉은 서포가 원래 한문으로 지어, 그 문집에 실었다. 그 한문체는 전형적인 한문 전장체라 하겠다. 이 작품은 한문 산문의 독자성과 보편성을 공유하고 있어 당대나 후대의 자손 내지 선비들이 매우 즐기는 중후하고 감명 깊은 문장으로 승화되었다.

한편 이 작품은 후손·아이들에게 널리 알리기 위하여, 바로 어떤 후손·후학이 어느새 번역하여 국문 〈윤시힝쟝〉으로 성립되었던 것이다. 위에 든 인용문에서 보듯이, 이 국문체는 그 나름의 특성과 '쉽고 간명 깊은 글'의 기능을 십분 발휘하고 있다. 저어도 여성의 행장은

국문체로 되어야 알맞다는 사실을 확인시켜 주고 있는 것이다. 이
〈윤시힝쟝〉의 그 간절하고 성실한 사연은 이 국문체를 통하여 제격
으로 묘사되고 있기 때문이다.

2) 국문체의 실제

이 국문체는 행장·전기문의 체제를 따르는 전형적 산문이다. 이 국
문체는 사건의 전개를 효과적으로 극화하기 위하여 서포 자신의 입장
에서 솔직하고도 절실하게 설명·표현한 수필문체이다. 나아가 이 국
문체는 서사적 단계에 따라 사건을 묘사·서술하여 비교적 객관적으
로 표현하여 서사문체로 승화되엇다. 그리고 이 국문체는 사실적인 무
대, 생동하는 인물의 묘사, 객관적인 사건의 표현 등을 통하여 소설문
체에 가까워졌다고 하겠다. 이 국문체를 좀더 구체적으로 살펴보면,
서사적 담화와 추상·상상적 표현과 독백·간접 대화까지 사용하여
미화된 문학적 표현은 실로 소설적 수준이라 하겠다.
여하튼 이 국문체는 국문수필·전기의 문체이요, 서사·소설의 문
체 수준으로서 국문 산문의 전형적 수작이라 하겠다. 사실 이 〈윤시
힝쟝〉은 문학적 가치가 실로 높아 전기문체의 최고 전형이오, 서사체
의 절정이며, 효행 산문체의 완성이라 하여 무방하겠다.

3.5. 〈尹氏行狀〉의 장르적 성향

1) 한문 전장

이 작품은 한문 전장으로 그 원형을 유지하고 있다. 이 작품은 한문
전장·전기의 전통적 유형을 이은 획기적인 전장계 한문수필이라 하
겠다. 이런 작품은 사실을 바탕삼아 여성 영웅의 일대기를 기록한 효
행전장이라 하여 마땅할 것이다.

2) 국문 전기

이 〈윤시힝쟝〉은 국역·전개됨으로써 국문 전장·전기문으로, 국문수필이라고 규정할 수 있겠다. 이 작품은 국역됨으로써 활발히 유통되어 그 내용이 이해하기 쉽고 현실에 맞도록 재미있게 발전된 작품으로 여러 이본이 형성·유통되었던 것이다. 이러한 것은 구비전승될 뿐만 아니라, 여러 이본으로 〈뎡경부인 희평윤시힝쟝〉 15)·〈졍경부인 희평윤씨힝쟝〉 16)·〈졍경부인 해평윤씨행장〉 17) 등과 고전 교과서에 실린 〈윤씨행장〉 18)을 들 수 있겠다.

3) 국문 서사문학

이 작품은 후대로 전승·유통되어 오면서 쉽고 재미있게 부연·미화되어 서사문학 소설형태를 지향하고 있는 게 사실이다. 이 작품의 배경이 적절히 설정되고 나아가 그 인물들의 성격과 행동이 시간적 순차에 따라 무리 없이 사건을 전개시키고 있기 때문이다.

4) 소설적 효행문학

이 〈윤시힝쟝〉은 서사문학·소설형태를 지향하고 있는 데다가 후대로 유통·전승되는 과정에서, 부연·윤색되어 소설적 방향으로 나간다면, 소설형태로 행세·역할할 수도 있었을 것이다. 그러나 이 작품은 허구가 아니므로 소설 자제는 아니며, 따라서 이 작품은 소설 직전의 상황에서 허구화될 가능성은 크며, 따라서 소설로서 행세를 할 수 있었으리라 본다.

---

15) 史在東 所藏, 北軒 金春澤 筆寫本.
16) 宋百憲, 〈西浦家門行狀〉, 앞의 책 參照.
17) 〈光山金氏 文獻錄〉, 앞의 책 參照.
18) 정병욱 외 (2인), 《고전 국문학 독본》, 정음사, 1955.

4. 〈尹氏行狀〉의 문학사적 위상

4.1. 효행문학의 전범

1) 선행 행장문학의 계승.

이 효행전기·행장문학은 삼국이전부터 연원이 되어 고려를 거쳐 조선조에 이르기까지 〈三國史記〉·〈高麗史〉 열전은 물론 〈三綱行實圖〉 등의 계통적 문헌으로 널리 오래 유통되어 귀감으로 삼아 왔다. 이 〈윤시힝쟝〉은 이러한 전통을 잇는 효행 전기문학 작품으로 사실적 바탕을 기반으로 하여 서사적인 구조를 지닌 소설적 효행 문학 작품이라 하겠다.

2) 행장문학의 당대적 완성·전범

이 〈윤시힝쟝〉은 서포 자신이 직접적으로 자세히 회고하여 당대에 완성함으로써 그 행장의 시대적 전범이 되어 왔다. 이 작품은 서포 자신이 말년에 효심의 발로에서 잊혀져 가는 어머니 윤씨에 대한 언행을 길이 후손에게 유전하여 귀감이 되도록 하는 의도에서 창작되어

> 우리 태부인의 아롬다운 말숨과 착훈 힝실이 점점 어두워 뼈 훗사룸의 드리오디 못홀가 두려 이에 감히 섭기룰 억제ㅎ여 힝녹 두어벌을 지어 눈 화 주어 조회예 뼈 모든 족하룰 주디 정신이 훈암암ㅎ여 덕힝을 잘 아라 보디 못ㅎ고 더욱 정신이 쇼망ㅎ여 ㅎ나흘 긔록ㅎ고 열흘 빠디오니 불쵸의 죄 더욱 크도다.[19]

라고 하여 제작·유통되어 후대문학에 많은 영향을 주었다.

---

[19] 金春澤 , 필사 이본.

4.2. 후대 행장에의 영향

1) 서포 가문의 후대 작품

이 〈윤시힝쟝〉 20)이 창작·유전됨으로 서포 가문을 중심으로 널리 전승·유전되어 후대 전기·행장문학에 많은 영향을 주어 〈서포행장〉 21)·〈외조비 한산니부인힝쟝〉·〈졔쇼술문〉 등은 북헌이 짓고22) 〈인경왕후 익능지문〉 은23) 우암이 지었다. 그리고 〈태부인 행쟝습유록〉 24)·〈셔원부부인힝녹〉 25)·〈졍경부인 한산니시힝녹〉 26) 등은 서포의 혈연·학연 중심으로 지었다.

2) 다른 가문의 후대 작품

이 〈윤시힝쟝〉 이 후대 행장·전기·비문 등의 영향을 주었을 뿐만 아니라 여타의 효행수필 등에 영향을 주어 효행문학사상에 중요한 위치를 차지한다고 하겠다. 이러한 전기의 영향으로 다른 가문에서도 그 인물에 따라 행장·전기문 류를 지어 유전하고 있으니 몇 편을 들자면 ≪恩津宋氏世蹟錄≫에27) 〈柳祖妣行狀〉·〈雙淸堂行狀〉·〈茂朱公行狀〉 과 ≪松崖集≫28)의 〈松崖公 行狀〉·〈증조고 가장초〉 등이 있다. 이러한 작품은 여러 문집·족보 등의 문헌편에 흔히 발견되어 매거할 수 없을 정도로 산재해 있다.

---

20) 金萬重 ; 호 만듕 ᄌ 듕슉 이본 參照.
21) 禮曹判書 大提學文孝公萬重行狀, 光山金氏文獻錄, 19983.
22) 金春澤 ; 號 北軒 金萬重의 장종손.
23) 宋時烈 ; 號 尤庵 撰.
24) 金鎭圭 ; 號 듁쳔 챤. 서포의 둘째 조카.
25) 金陽澤 ; 號 健菴, 西浦의 막내 종손.
26) 金春澤 ; 號 北軒 西浦의 장종손.
27) 恩津宋氏 《世蹟錄》, 譜典出版社, 1979.
28) 松崖集, 《松崖先生文集》 五光印刷社, 1979.

4.3. 당대 서사문학의 수작

1) 서사문학의 완결 작품

이 〈윤시힝쟝〉은 당대에 완결된 서사전기 효행문학 작품이다. 이 작품은 가족은 물론 그 혈연·가문을 중심으로 교육의 목적으로 면밀히 전승·유통되면서 소설처럼 읽히어 왔다. 이 〈윤시힝쟝〉은 처음부터 국역하여 여러 사람들에게 나누어주어 읽히기 위한 의도가 있었다. 이 작품은 가문을 중심으로 전통과 효행정신을 일깨우기 위하여 몇몇의 양반과 어른 중심으로 읽히다가 국역되어 차차 부녀자들과 어린이들까지 깨우쳐 주기 위하여 쉽고 재미있게 부연·미화하여 유통되었다.

2) 당대 서사문학에의 영향

이러한 작품의 영향은 후대 서사문학의 전기 유형으로 후대 효행전기 문학에 영향을 주었음은 물론 후대의 유사한 서사전기 작품들이 산재해 있음을 말해 주고 있다. 이러한 효행 전기의 영향을 받아 서포의 가문은 물론 인접 문들 간에도 직·간접의 영향을 받아 문집과 족보에는 많은 효행인물들의 행장·전기들이 나열되어 있다.

4.4. 후대 서사문학에의 영향

1) 후대 여성 전기에의 영향

이 〈윤시힝쟝〉은 행장·전기문으로서 여성·윤씨부인의 일생을 서사적으로 기록한 "여성 영웅의 일생"으로 전기적 형태를 지닌 행장이다. 이 작품은 어머니 윤씨의 자질과 덕행이 뛰어나고 절행과 성품이 고결·원만하여, 그의 언행을 자세히 기록하니 후세에 귀감이 되었다.

이러한 모범적인 여성의 상은 모든 이들의 이상적 염원으로 교육의 지표가 되어 끊임없이 읽히고 구전되어 후대 효행전기 문학작품에 많은 영향을 주었다.

2) 후대 여성 서사문학에의 영향

이러한 전기문학은 후대 여성들의 사표가 되어 실행함으로써 서사문학의 주인공이 되도록 노력하였을 뿐만 아니라 가문에 따라 실제적으로 나타나기도 하였다. 이러한 작품으로 서포의 가문만도 여러 작품이 유전하고 있으며, 후대의 다른 문중의 훌륭한 어머니의 상이 되어 귀감이 되었다고 본다.

4.5. 이 작품의 소설 지향적 변모·발전

1) 이 작품의 소설 지향성

한국소설사가 전기형태의 출현·정립으로부터 출발되었다면, 이 작품은 소설적 제반 요건을 갖추고 있었다. 이 작품은 오래 전부터 서사형태의 전기적 유형을 이어 왔을 뿐만 아니라, 후대적인 구비·기록의 유통과정을 거쳐 많은 이본들을 남겨 놓았다. 이 작품이 후대로 내려오면서 여러 이본들이 형성·유통되어 서사문학적 소설형태로 발전되어 왔음은 물론, 구비·전승되었음이 분명하다. 그리고 이러한 전기적 소설형태를 취한 후대의 작품들에 많은 영향을 주었을 것이다.

2) 이 작품의 소설화 가능성

이 〈윤시힝쟝〉은 서포 가정·가문의 혈연을 중심으로 전통적 효행교육·훈교하기 위하여 많이 읽히었다. 이 작품은 부녀자와 어린이들에게 읽히기 위하여 쉽고 재미있게 부연·미화하는 과정에서 서사

문학적 유통·흐름이 분명하여 소설적 행세를 한 것이 사실이라 하겠
다.

3) 이 작품의 여성 소설에의 영향

이 작품은 전기적 서사형태로 후대에 이르러 구비전승과 문헌전승
으로 많은 이본들이 유통과정을 거치면서 후대 소설에 깊은 영향을 끼
치었음은 자명한 사실이다. 그렇다면 이런 작품은 소설로서 행세·역
할하는 것을 계기에 국문소설에 많은 영향을 주어 여성 영웅소설의 형
성·유통에서 촉매 역할을 하였으리라고 미루어 본다.

5. 결 론

이상과 같이 서포의 행적과 효행사상을 통하여 〈윤시힝쟝〉의 문
학적 실상을 검토하고, 나아가 문학사적 위상을 살펴보았다. 이를 요
약해 보면 다음과 같다.

1) 서포 김만중은 광산김씨 명문가로 예학의 대가인 사계 선생의 증
손이며, 순절한 충정공 김익겸의 유복자로 태어났다. 그는 어머니 윤
씨의 헌신적인 교육으로 훌륭하게 자라나 문과에 급제하여 대제학에
이르렀으며, 학문은 박학다식하여 경학·사학은 물론 심지어 불서·
도가서·제자백가서와 그리고 패설잡서까지 두루 섭렵하였다. 그는
문신으로서 학자이며 문학가로서 세상에 명성이 드높았다.

2) 서포의 효행사상은 몸소 실천하고 나아가 전기 〈윤시힝쟝〉과
소설 〈九雲夢〉·〈謝氏南征記〉 등에서 서포 자신이 그려냄으로써
감동적으로 전개되었다. 서포는 한마디로 파란 많은 '영웅의 일생'으로
살면서도, 그 자신이 펼치는 서사적 이야기야말로 효행문학으로 일관
되어 그 진수를 보여 주고 있다.

3) 이 〈윤시힝쟝〉은 윤씨의 교육정신과 효·열정신이 잘 나타나

있을 뿐만 아니라, 서포의 지극한 효행정신이 나타나 있다. 서포 자신은 평생 아버지를 알지 못함을 한스럽게 생각하고, 어머니에게 지극한 효성을 다하고 남해의 적소에서까지 못 다한 효성을 작품에 승화시키고 길이 그 탁이한 행적을 남겨 귀감·전범을 삼으려 이 행장을 지었다.

4) 이 〈윤시힝쟝〉은 윤씨의 행적을 전기적 유형, 여자의 일생, 영웅의 일생 등 서사적 구조를 보이고 무대·배경, 인물·사건, 표현·문체 등에서 서사문학·소설수준을 보이는 전기문이다. 이 작품은 주인공의 활동무대가 서포 가문을 중심으로 정축호란 시·공간적 배경과 정치·사회의 당쟁의 시대적 상황에서 등장인물 역시 서포 가정과 가문의 출중한 인물들이 활동하여 계기적으로 일어나는 사건은 희비의 교체와 갈등까지 고조되어 있다.

5) 이 작품의 표현 문체는 한문 전장체로 수필체이다. 그리고 번역된 국문체는 전기체로 수필문체이며, 서사문학적 소설문체에 가깝다. 이 작품은 바로 국역되어 가문의 전통과 효행교육을 위하여 널리 읽히며 구비전승되면서 여러 이본들이 부연·미화되어 형성·유통되면서 소설적으로 행세·역할을 하였을 것이다.

6) 이 〈윤시힝장〉은 서사적 전기 형태로 서포의 '영웅의 일생'의 전기구조와 윤씨부인의 '여성영웅의 일생'으로 일대기를 그린 서사적 이중구조를 지니고 있다. 이 작품은 국·한문의 여러 이본들이 유통되면서 행장·전기·비문 등과 효행 수필·소설 등의 후대 효행문학 작품에 영향을 주었으며, 국문학사상의 중요한 위치를 차지한다고 하겠다.

〈참고문헌〉

光山金氏, 《文獻錄》, 譜典出版社, 1983.

金萬中, 〈西浦集·西浦漫筆〉, 通文館, 編.

金春澤, 〈뎡경부인 윤시힝장〉 필사 이본.

金烈圭·申東旭 編 《金萬重 研究》, 새문社, 1983.

盧泰朝, 《國文傳記研究》, 中央文化社, 1991.

史在東, 《佛敎系 國文小說의 研究》 中央文化社, 1994.

宋百憲, 《西浦家門行狀》, 螢雪出版社, 文庫(007), 1977.

沈東福, 〈九雲夢의 佛敎文學的 研究〉資料, 西浦漫筆, 九雲夢, 1986.

丁奎福 外 金萬重, 《文學硏究》, 國學資料院, 1993.

───── 外 金萬重, 《文學硏九》, 새문社, 1983.

周生傳과 崔陟傳에서 볼 수 있는 作者의 著述態度

関 泳 大

1. 머리말

　작자의 삶과 體驗, 그리고 思想은 의도적이든 그렇지 않든 알게 모르게 그들의 작품에 스며들기 마련이다. 그렇기 때문에 지금까지의 많은 연구에서 이런 관계를 밝히려는 노력들이 끊임없이 나타났다. 작품 자체만의 연구보도 가치 있는 일이시만 보다 작품을 바르세 이해하기 위하여 직자의 생애나 사상에 관심을 기울였디. 그런 의미에서 周生傳이나 崔陟傳도 작자의 체험과 사상은 작품과 무관하지 않다고 본다.

　필자는 이미 조위한과 거의 같은 시대에 작품활동을 한 권필, 허균의 작품인 周生傳, 洪吉童傳과 崔陟傳을 비교하면서 이들 작품에 작자들의 애정관이 어떻게 나타나는가를 간략하게나마 살펴보았다.[1]

---

1) 拙　著. 1993. 趙緯韓과　崔陟傳(서울, 亞細亞文化社), Ⅲ장　作者考究　中

본고는 권필과 조위한의 작품에서 登場人物과 背景設定, 이야기 組織能力, 著作意圖와 結尾處理 방법 등을 통하여 이들의 著述態度를 비교하여 살피고자 한다.

특별히 이 두 작자의 작품으로 한정한 것은 이들은 다같이 우리 고소설 발달사에서 김시습, 신광한, 임제의 뒤를 이어 전 시대에 비해서 비교적 사실성이 강한 작품을 창작하였고, 사대부 출신으로서 당시에 문명을 널리 날렸던 인물들이며, 이 둘 사이는 평소에 각별한 우애를 가지고 교류하였기 때문이다.2) 또 임진왜란을 실제 체험한 후3) 임진왜란을 작품 배경으로 하였으며, 전쟁을 통하여 주인공들이 아픈 상처를 입었기 때문이기도 하다.

권필은 임진왜란이 일어났던 다음해인 宣祖 26년 癸巳年(1593년)에 周生傳을 지었고,4) 조위한은 임진왜란이 끝나고 20여 년이 지난 후 光海君 13년 辛酉年(1621년)에 崔陟傳을 지었는데,5) 두

69-113쪽 參照.

2) 이들의 교우관계가 유별하였음은 권필의 문집인 石洲集에 현전하는 師友錄(卷之二, 조위한의 인물됨과 어린 시절 불려졌던 조위한의 字(持世)에 대한 기록임), 仲夏訪趙君兄弟于龍山之江樓 留數日文酒之樂 殆七八年間所未有也 將散趙君兄弟各賦詩識別 余忽忽未及和旣歸用韻却寄(卷之三) 등을 비롯한 여러 글들, 조위한의 문집인 玄谷集과 그의 行狀, 墓表 등의 기록으로 확인할 수 있다.

3) 권필이 1592년 임진왜란이 일어나자 직접 서생의 몸으로 전선에 나가 자신이 경험한 전시생활을 바탕으로 애국주의 시편을 창작하였다는 견해(朴忠祿 編, 朝鮮傳奇文學選集 제8권, 1987, 林悌·權韠作品集, 中國 民族出版社, 9쪽, 解說 參照), 조위한이 남원에 피난하고 있던 중 잠시 김덕령 수하에서 의병활동을 하였던 점(송시열이 지은 조위한의 神道碑銘에 '生時十餘年間倭寇猶未平 嘗從金將軍德齡試軍旅事'라는 기록과 行狀의 '嘗流寓湖南屬倭寇未靖邊搖甲兵 公遂從義兵將金德齡陣中' 參照)으로 보아 이들은 다같이 임진왜란 때 종군하여 실제 전쟁을 체험하였다.

4) 周生傳末尾, 癸巳仲夏 無言子 權汝章記(박충록, 앞의 책, 原文 98쪽). 이 책은 북한에서 출간한 림제·권필작품선(리철화 역, 1963, 북한 조선문학예술동맹)을 중국의 연길에서 다시 박충록의 해설을 붙여 그대로 출간한 것이다. 그리고 周生傳은 단편소설을 모아놓은 화몽집이라는 작품집에도 실려 있는 것(김춘택, 1993, 우리나라 고전소설사, 한길사)으로 알려져 있다.

5) 筆寫本 (崔陟傳)의 末尾, 天啓元年辛酉 閏二月日 素翁題 素翁趙緯韓號 又號

작품이 다 같은 남녀사이의 愛情問題를 다루고 있음도 이유 가운데 하나이다. 그러나 이들의 애정에 대한 인식은 시각이 현저하다.

2. 作者의 삶과 作品과의 關係

　권필과 조위한은 나이는 조위한이 두 살 위이지만 젊은 시절부터 交友關係가 매우 돈독하였다. 이들의 만남은 젊은 시절 비롯되었지만 본격적인 교류는 임진왜란이 끝난 후 1599년 조위한이 남원에서 피난하다가 돌아와 용산에 거주할 때부터였다. 이때 서로의 문명을 익히 알던 이들은 이안눌, 임천과 어울려 10여일 동안 文酒之會를 즐기면서 교분을 다졌다. 이듬해 여름 권필과 조위한은 함께 마니산에서 독서하였으며, 겨울에는 조찬한(조위한의 동생)이 머물고 있던 장성의 토천에서 土泉同宿聯句 등의 글을 지으며 지냈다.6) 어느 누구보다도 각별한 우정을 나누었던 사이였다.

　玄谷.
6) 石洲集에 전하는 작품 仲夏訪趙君兄弟于龍山之江樓留數日文酒之樂殆七八年間所未有也(卷之三)에서 권필이 용산에 살던 조위한과 조찬한을 찾아와 여러 날 머물면서 그 동안 7·8년이나 가져보지 못했던 詩會와 술을 즐겼음을 알 수 있고, 玄谷集에 전하는 余寓居龍山與善述汝章子敏寬甫留居十餘日有文酒之會라는 작품에서도 조위한이 용산에 머물 때 동생, 권필, 이안눌 등괴 십어 일 동안 어울리며 文酒之會를 가졌음을 보아서(이 시는 권필의 시와 같은 때의 작품임), 또 玄洲集에도 이들이 주고받았던 시들이 여러 수 있는 것으로 보아 이들의 관계가 각별하였음은 의심의 여지가 없다. 玄洲集에 李植이 쓴 서문 가운데 조찬한이 가장 친하게 지냈던 벗으로 권필과 이안눌, 임숙영을 들고 있음으로 보아('公之所師友盡一世宗匠最與深者 吾東岳叔父及石洲權公而疎庵任君' 卷一, 序) 이들의 우애는 짐작하고도 남는다. 허균도 前五子詩에서 이들 - 권필·이안눌·조위한·허체·이재영 - 과 밤낮으로 상종하여 唱酬로 혹은 談論으로 서로를 切磋하면서 해를 마치곤 했다는 기록으로 보아 이들의 교우관계가 각별하였음을 알 수 있다(民族文化推進會 編, 1989, 國譯 惺所覆瓿藁,　160쪽).

2.1. 權鞸과 周生傳

권필은 宣祖 2년(1569) 서울의 서쪽 玄石村에서 태어나 光海君 4년(1612)까지 파란만장한 그리 길지 않은 인생을 살았다. 문명이 높은 가문에서 태어나 엄한 가정교육을 받고 자랐으며, 아버지로부터 받은 정신적인 영향으로 기질이 곧아 당대의 정치적 부조리나 모순을 묵과하지 못하고 풍자와 저항으로 살다가 비극적인 삶을 마감하였다.7)

임진왜란을 만나 강화로 피난하였다가 다음해 서울의 현석촌으로 돌아왔으나 집이 다 불타버려 덕수현으로 갔다가 이해 가을 다시 서울로 돌아왔다. 임진왜란 다음해인 23세 이후 실망과 좌절에 빠져 詩酒를 일삼으며 방황과 방랑의 나날을 보냈다. 1594년, 1596-97, 1600, 1610년 여러 차례 호남을 방문하였는데, 이때 조위한 형제를 만나 시를 酬唱하면서 지냈다. 31세 때 강화에 머물면서 양택이라는 사람이 아버지를 살해한 사건을 목도하였는데 강화부에서 사건해결에 적극성을 보이지 않자 이를 상소하였으며8) 36세 이후 강화도 오천리에 초막을 짓고 제자를 가르치며 벗들과 풍류를 즐기면서 은둔의 삶을 영위하였다.9)

과연 권필이 周生傳의 작자일까라는 논의는 오래 전부터 있었다. 왜냐하면 그 동안 그가 작자라고 할만한 결정적인 단서가 없었기 때문이다. 그렇지만 많은 논자들은 작자가 권필이 아니라고 할만한 근거가 없기 때문에 이를 긍정적으로 수용하였다. 그러나 북한의

---

7) 그의 친구였던 임숙영이 광해군 3년 봄의 과거시험 때 對策을 올려 당시 정사의 득실을 논하고 權門의 專橫을 비난했다. 그 이유로 그가 낙방되었다는 소식을 듣고 권필은 통분함을 금하지 못하여 유희분(광해군의 처남)의 專恣를 풍자하여 '宮柳靑靑鶯亂飛 滿城桃李媚春暉 朝家共賀昇平樂 誰遣危言出布衣'(宮柳詩)라는 시를 지어 풍자하였다. 이 때문에 그는 광해군에게 미움을 받고 유배지로 가다가 객사하였다(安種和, 國朝人物誌 參照).

8) 文範斗, 1996, 石洲權鞸文學의 硏究, 國學資料院, 35쪽 參照.

9) 박태상, 1997, 조선조 애정소설 연구, 태학사, 255쪽 參照.

周生傳 사본 마지막 부분에 ′癸巳仲夏無言子權汝章記′라 하여 권필이 癸巳年(1593) 여름에 지었음을 명기하고 있음을 확인할 수 있다. 이로 본다면 권필이 작자임은 의심의 여지가 없다.

　권필의 생애나 周生傳에 대해서는 이미 많은 연구가 있기에 본고에서는 구체적인 언급을 생략한다.10) 소재영의 업적에서도 이미 작자와 작품과의 긴밀성에 대한 언급이 있었다. 그는 ʻ작자는 아마도 現實에 適應하지 못하고 짧은 人生을 不遇하게 살다간 自身의 運命을 딱딱한 醇正文學을 피하여 浪漫的 주생전의 불우한 主人公으로 재생시킨 것ʼ,11) 이어 ʻ石洲 자신의 생애를 한편 낭만으로 몰아간 所重한 文學史의 遺産으로 그 價値性이 더욱 높게 평가되어야 한다ʼ면서12) 권필이 자신의 뜻을 주생을 통하여 형상화한 작품이라 밝혔다. 소재영의 견해는 권필이 아니라면 周生傳을 창작할 수 없다는 의미이기도 하다.

　저작동기를 살펴보자. 북한의 사본에는 권필이 계사년에 마침 송도에 갔다가 객사에서 주인공인 주생을 만났는데, 서로 말이 통하지 않자 筆談으로 정을 토로하던 중 주생의 이야기 전말을 들었음을 전하고 있다. 주생이 권필에게 자신의 이야기를 다 전하여준 다음 이어 ′生再三稱謝曰 可笑之事不必傳之也′13)라 하여, 한낱 웃음거리에 지나지 않는 이야기를 세상에 전하지 말 것을 부탁하였다. 그러나 권필은 주인공의 부탁에도 불구하고 이처럼 기이한 만남과 아름다운 인연을 이루지 못했음을 안타까워하면서 이야기를 만들어 세상에 남겼다.14)

---

10) 소재영, 1976, 石洲權韠小論, 論文集 제6집, 崇田大學校 東西文化研究所.
　　———— , 1983, 權韠과 그의 文學, 古小說通論, 二友出版社.
　　김일렬, 1984, 朝鮮朝 小說의 構造와 意味, 형설출판사.
　　文範斗, 앞의 책.
　　박태상, 앞의 책.
　　이외에도 여러 편의 석사학위논문을 참조할 수 있다.
11) 소재영, 위의 논문, 石洲權韠小論, 454쪽.
12) 소재영, 위의 논문, 權韠과 그의 文學, 165쪽.
13) 위와 같은 곳.

주생이 실제의 인물이냐 아니냐는 중요하지 않다. 이 말은 주생의 삶의 모습이 어느 정도는 권필의 생각과 일치하기 때문에 작품화하였을 것이라는 점이 필자의 생각이기 때문이다.

2.2 趙緯韓과 崔陟傳

조위한은 明宗 22년(1567)에 태어나 仁祖 27년(1649)까지 비교적 긴 생애를 영위하였다. 조위한의 자세한 삶과 그의 작품 崔陟傳에 대해서는 이미 필자가 여러 논문을 통하여 상세히 고찰하였다.15)

조위한이 작자임은 필사본 마지막의 기록으로 이미 확인되지만, 이덕무와 조카 사이에 오고간 편지 가운데 이덕무가 이미 조위한이 지은 작품을 보았다고 한 술회에서,16) 이수봉 소장의 《於于野談》 사본17)에서도 확인할 수 있다.

작품내용을 분석하여 살펴본 결과 작자의 삶이 작품의 곳곳에 투영되어 있음을, 다시 말해 그의 체험이 상당부분 반영되어 있음을 확인하였다. 이에 따라 조위한이 아니라면 崔陟傳을 지을 수 없었을 것임도 밝혔다.18) 따라서 본고에서는 구체적인 작자의 삶이나 작품의 연관성에 대해서는 생략한다.

---

14) 문선규 역, 1961, 花史·周生傳·鼠大州傳, 통문관, 160쪽.
15) 拙 著, 앞의 책, 23~69쪽 參照.
16) 李德懋, 青莊館全書 第十五卷, 雅亭遺稿 七, 書一, 族姪復初光錫條.
17) 간행연대가 미상인 이수봉 소장본 於于野談에는 홍도이야기를 다 기술한 다음 작은 글씨로 '此乃趙玄谷緯韓所著 時玄谷寓居于南原之周浦 陟時往來 道其事 玄谷述其言'이라 하여 崔陟傳의 작자가 조위한임을 부기하였다.
18) 필자는 앞의 책 Ⅵ장 作者와 作品과의 關係(273~308쪽), 實記類小說로서 崔陟傳(1995, 韓國敍事文學研究, 中央文化社), 崔陟傳에서 볼 수 있는 作者의 關心事(1997, 韓南語文學 제21집, 한남대학교 국어국문학회), 崔陟傳考 - 作者의 體驗反映과 用意周到한 作品構成(1998, 古小說研究 제6집, 韓國古小說學會) 등의 논문을 통하여 작자의 삶과 작품과의 긴밀한 관계를 살폈다.

두 작자의 저작동기에서 공통점을 찾을 수 있다. 권필이 우연하게 송도에 갔다가 주생을 만났고, 그에게서 기구한 자신의 삶에 대한 이야기를 들었으며, 주생이 한낱 웃음거리에 지나지 않는 이야기이니 전하지 말아달라는 부탁[19]에도 불구하고 권필은 周生傳으로 작품화하였다. 남원에 살던 최척이 주포에 살던 조위한을 찾아와 자신의 파란만장한 삶을 이야기한 후 후세에 전하여 없어지지 않게 해달라고 부탁하여[20] 조위한이 崔陟傳으로 작품화하였다.

권필은 주생을 만나서 이야기를 들었고, 주생이 부끄러운 일이니 세상에 알려지지 않기를 바랬다는 점, 조위한에게 최척이 찾아와 이야기를 전하여 주었고 최척이 자신의 이야기를 세상에 전하여 달라고 부탁한 점이 다르기는 하지만, 다같이 작품에서 주인공으로 등장하는 인물의 이야기를 직접 듣고 작품화한 점에서 같다.

3. 作品構成과 著述態度

3.1. 作品의 敍事段落

周生傳의 이야기는 崔陟傳에 비하여 간단하다. 이야기의 줄거리를 정리하면 다음과 같다.

고향이 錢塘이었던 주생은 아버지가 蜀州의 別駕로 부임하자 전당을 떠난다. 18세에 太學에 들어가 공부하는데, 동료들의 우러름을 받고 자신도 미래에 대한 긍지를 가지고 학문에 전념한다. 그러

---

19) 明年癸巳春 天兵大破倭賊 追至慶尙道 生置念仙花 遂成沉痼 不能從軍南下 留在松都 余適以事往 遇生於館驛之中 而語言不同以書通情 生以餘解文 侍之頗厚 余詢其致病之由 愀然不答 是日爲雨所拘 因與生張燈夜話 … (중략) … 生再三稱謝曰 可笑之事不必傳之也 時生年二十七 眉宇洞然望之如畫 癸巳仲夏無言子權汝章記(박충록, 앞의 책, 98쪽).

20) 余流寓南原之周浦 陟時來訪余 道其事如此 請乃記其顚末 無使湮沒 不獲已略擧其槪 天啓元年 辛酉閏二月日 素翁題 素翁趙緯韓號 又號玄谷.

나 20세가 넘도록 여러 차례 과거에 응시하지만 그때마다 실패하자 가산을 정리하여 천하를 주유하며 장사를 다닌다.

우연히 고향인 전당에 이르러 어릴 때 친구였던, 기생이 된 배도를 만나 시를 주고받으면서 자연스럽게 아름다운 인연을 이룬다. 어느 날 배도가 늘 다니던 湧金門 왼쪽 垂虹橋 옆에 사는 노승상 댁 부인의 초청을 받고 갈 때, 우연히 뒤따라갔다가 노승상의 어린 딸, 선화를 한 번 보고는 끓어오르는 연정을 억제하지 못한다. 마침 선화의 동생인 국영에게 학문을 가르칠 기회가 오자 주생은 거처를 선화의 집으로 옮긴다.

선화의 집으로 거처를 옮겼지만 10여 일이 지나도록 선화를 만나지 못하자 주생은 야음을 틈타 선화의 방을 찾아 들어가 서로 詞를 주고받으며 雲雨의 樂을 이룬 후 信物을 나누어 갖는다. 이어 이들의 비밀스런 만남이 지속되는데, 주생이 여러 날이 되어도 집으로 돌아오지 않자 이를 수상히 여기던 배도가 이들의 관계를 알고 주생을 데리고 온다.

주생과 선화는 각기 여러 날이 지나도록 서로 보지 못함으로써 병들고, 배도는 이들의 不倫의 관계를 알고 병든다. 이즈음 마침 국영이 갑작스럽게 죽어 주생이 문상을 갔지만 선화는 만나지도 못하고 돌아온다. 배도는 자신이 회생되지 못할 것을 알고 주생에게 선화와 가약을 이루기를 부탁하고 죽는다. 주생은 배도를 위한 제문을 지어 제를 지내고, 시녀 홍랑에게 가사를 맡긴 후 전당을 떠나 湖州에 사는 외척인 장씨의 집에 의탁하면서 수심의 나날을 보낸다.

해를 넘기고 萬歷 20년(임진년) 봄에 주생의 몰골이 점차 파리하여짐을 걱정하던 장노인이 주생에게서 사연을 듣고 선화의 집에 서신을 보내 주생과 선화와의 혼사를 적극 주선한다. 혼사가 자연스럽게 진행되어 9월로 吉日을 정하고 기다리던 중, 또 몽매에도 잊지 못하던 선화의 편지를 받고 답신을 보내려던 차 임진왜란이 일어나자 종군하여 佳期를 이루지 못한다. 계사년 봄에 명나라 군사가 왜군을 경상도까지 퇴치하고 진격할 때 주생은 병들었기 때문에 남하하지 못하고 송도의 역관에 남는다.

이때 작자인 권필이 송도에 들렀다가 주생을 만났으며 위와 같은 이야기를 듣는다.

위 이야기를 요약하면 아래와 같다.

① 과거에 실패한 주생이 전당에 이르러 배도를 만나 佳緣을 이룬다.

② 주생은 우연한 기회에 배도가 출입하던 노승상댁에 갔다가 한번 선화를 보고는 연정을 억제하지 못한다.

③ 주생이 국영에게 공부를 가르치기 위해 선화의 집으로 가며 이를 기회로 주생이 선화와 불륜의 관계를 맺는다.

④ 이들의 관계를 눈치 챈 배도가 주생을 집으로 데려온다.

⑤ 선화와 주생이 각기 상사의 정 때문에 병드는데, 이 둘의 관계를 아는 배도도 병들어 회생하지 못한다. 배도가 죽으면서 선화와 가연을 이루도록 유언한다.

⑥ 이때 마침 주생이 글을 가르치던 국영이 갑작스럽게 죽는다.

⑦ 주생이 전당을 떠나 호주의 장씨에게 의탁한다.

⑧ 장씨의 주선으로 주생과 선화와의 혼사를 결정, 길일을 정한다.

⑨ 주생이 임진왜란 때 구원병으로 파병되면서 佳期를 이루지 못한다.

⑩ 작사가 송도에 왔다가 주생을 만나 위의 이야기를 들었는네, 주생은 지난밤의 이야기는 한갓 웃음거리밖에 되지 않으니 부디 세상에 전하지 말도록 부탁한다.

등장인물이 배도, 주생, 선화, 국영, 노승상 부인, 장씨, 시녀 홍랑, 나생, 창두들인데 중심 인물은 주생과 배도, 선화이다. 지리적 배경 설정은 전당, 호주, 송도로 되어있다. 시대배경은 인진왜란이 일어나기 몇 년 전부터 임진왜란이 일어난 다음해 계사년까지이다.

崔陟傳의 줄거리는 이미 필자에 의하여 몇 차례 정리된 바 있기 때문에 본고에서는 사건의 근간만을 요약한다.

① 일찍 어머니를 잃고 아버지를 모시고 남원의 만복사 근처에 살던 최척이 아버지의 권유로 정상사에게 가서 공부할 때, 마침 그곳에 피난 와있던 옥영이 최척의 인물됨을 몰래 살펴 보고는 연정의 시를 보낸다. 이를 계기로 이들의 혼사가 논의된다.

② 옥영의 어머니 심씨가 최생이 가난하다는 이유를 들어 혼사를 반대하지만, 옥영은 사리에 합당하게 어머니를 설득하여 위기를 모면한다. 그러나 최척이 변사정이 이끄는 의병에 참여하여 길일이 되어도 돌아오지 않자 심씨는 이웃에 살던 부호 양생과 옥영의 혼사를 결정하고 준비한다. 이때도 옥영은 적극적인 행동으로 어머니의 뜻을 무산시키고 최척과의 혼사를 이룬다.

③ 결연 후 만복사의 부처에게 기원하여 아들을 몽석을 얻고 행복하게 살던 중, 정유재란 때 남원성이 함락되자 옥영은 왜병 돈우에게 이끌려 일본으로 최척은 명군 여유문을 따라 중국으로, 온 가족이 뿔뿔이 흩어진다. 이렇게 몇 년을 보내다가 안남에서 부부가 극적으로 해후하여 항주의 용금문에 거주한다.

④ 몽선의 아내를 구할 때 이웃에 살던 홍도가 자원하여 몽선과 결혼한다.

⑤ 호족이 명나라를 침입하자 최척이 북정하면서 다시 옥영과 이별한다.

⑥ 요양의 전장에서 포로가 되어 있던 중, 마침 조선의 구원병으로 왔다가 포로가 된 몽석을 만나 삭주 토병의 도움으로

함께 호지를 탈출하여 남원으로 돌아온다. 남원으로 오다가 은진에 이르러 진위경을 만나 병을 치료받으며 진위경이 홍도의 아버지임을 확인하고 함께 남원으로 와 산다.

⑦ 옥영이 가족을 거느리고 귀국한다. 해상에서 많은 위기를 겪는다.

⑧ 온 가족이 남원의 옛집에서 반갑게 해후한다.

⑨ 이런 기이한 만남을 이룰 수 있도록 도와주었던 만복사에 가서 設齋한다.

⑩ 최척이 작자를 찾아와 위와 같은 내용을 이야기하고는 세상에 전하도록 기술하여 달라고 부탁한다.

등장인물은 최척, 최숙, 옥영, 춘생, 심씨 부인, 몽석, 몽선, 정상사 부부, 변사정, 양생, 돈우, 여유문, 주우, 두홍, 홍도, 홍도 이모부, 강홍림, 이민환, 진위경, 중국의 장수들 등 다양하다. 이야기 중심은 최척과 옥영이지만 작자는 사이사이에 주변인물들을 등장시켜 그들의 삶에도 관심을 보여준다. 지리적 배경은 남원, 지리산 일대, 중국의 여러 지역, 만주지역, 일본 등 매우 넓게 확산되어있다. 시대배경은 임진왜란, 정유재란, 호족의 명나라 침입 전쟁에 이르기까지 30여 년으로 설정하였다.

위의 대비를 통하여 보았을 때 周生傳보다는 崔陟傳이 훨씬 복잡하게 이야기가 전개되며 등장인물도 다양함을, 이에 따라 지리적 배성도 확산되었음을 알 수 있다.

3.2. 人物과 背景設定

(1) 人物設定

두 작품에 등장하는 인물에 대하여 간략히 정리할 필요가 있다. 등장인물이 많고 저음에 따라 사건이 복잡하게도 간략하게 될 수도

있기 때문이다. 이야기 줄거리에서도 보아 알 수 있듯이 등장인물
의 수에 있어 周生傳은 崔陟傳에 비해 훨씬 적다. 많은 인물이 등
장한다는 것은 그만큼 사건이 복잡하게 전개됨을 이른다. 작품에
전개되는 사건의 양상도 崔陟傳이 훨씬 복잡하며 서사흥미와 긴장
감을 유발한다는 점에서, 그리고 교훈성에 있어서도 周生傳보다는
崔陟傳이 앞선다.

① 周生傳

周生은 본 작품의 주인공이다. 그는 여러 차례 과거에 실패한 후
사회현실의 부당함도 있었겠지만 스스로 과업을 포기한 의지가 박
약한 성격으로,21) 편안히 현실에 안주하겠다는 안이한 생활철학을
가진 인물로 상선을 타고 천하를 두루 돌아다니면서 장사로 생계를
유지한다. 뚜렷한 목적도 없는, 되는대로 살아가려는 자포자기의 삶
을 영위한다. 배도와의 사랑을 이루는 데에도 매우 수동적이며, 아
무런 미래에 대한 대책도 없이 결연을 이룬다.22) 이어 얼마 지나지
않아서는 신의를 망각한 채 배도를 버리고 자신의 이익만을 생각하
는 이기주의자로 변하여, 일찍이 태학에서 동료들의 기대를 모았던
인물이었음에도, 윤리에 어긋나는 행동으로써 선화와 사랑을 이룬
다. 오직 자신의 이익만을 생각하고 행동하는 모습이다. 윤리적으로
나 도덕적으로 사회의 통념과는 거리가 먼 행동이 아닐 수 없다.
선화와의 사랑을 이어나가기 어렵게 되자 아무런 대책도 강구하지
못하는, 자신의 일을 스스로 해결할 수 있는 능력이 없는 인물로
전당을 떠나 호주의 친척집에 의탁하면서 앞날에 대한 걱정만 한

---

21) 주생의 과거 실패를, 주생이 재능이 없어서가 아니고 집권세력의 횡포 때
   문이라는 사회사적 문맥으로 보기도 한다(정병호, 1998, 주생전과 위경천
   전의 비교고찰 - 인물의 행동양태 및 의식성향을 중심으로, 한국고소설학
   회 제42차 연구논문 발표회, 발표요지, 1쪽).
22) 이 점에 대해서 문범두는 중세사회의 통념에서 볼 때 배도가 기녀이기 때
   문에 주생이 어떤 장애도 느끼지 않고 배도와 만남을 이룰 수 있었던 것
   으로 보았다(앞의 책, 216쪽).

다. 임진왜란 때 조선으로 파병되는 원군으로 동정하여 병든 몸으로 동료들과 함께 남쪽으로 진군하지 못하고 송도의 여관에 머문다.

배도는 선화와 주생 사이에서 갈등하는 여인이다. 처음, 주생과 사랑을 이루는데 적극적이었지만 순수한 애정보다도 양반의 후예로 현재는 妓籍에 올라 있는 자신의 처지 때문에 주생과의 인연을 원하여 스스로 그를 남편으로 맞이한 여인이다. 자신의 신분을 회복하기 위하여 주생과의 인연을 자원한다. 그렇기 때문에 뒷날 주생이 선화와 사랑에 빠졌을 때 질투하면서도 사랑을 쟁취하려는 강한 의지를 보이지는 않는다. 스스로 울화병에 시달리다가 비극적인 최후를 맞는다. 자신에게 돌아올 이익을 계산한 철저한 現世利益的 인물이다.

仙花는 노승상의 딸로 주생과 사랑을 이루는 과정에서는 꽤 적극성을 띠는 것 같지만 마침내는 사랑하는 사람을 보내면서도 어떻게 하지 못하고, 주생이 떠났음을 알고는 속수무책 상사병에 시달리는 여인이다. 처음 주생과의 인연이 이루어질 즈음만 하여도 매우 적극성을 보인 대담한, 또 주생이 배도의 글을 가진 것을 알고 강한 질투심을 느끼고 배도의 글을 지워버리고 자신의 글을 대신 적어둘 정도로 투기도 대단한 여인이다.

이외에 선화의 동생인 國英, 그의 어머니인 승상 부인, 배도의 시비 의환, 홍랑, 주생의 친구 나생, 주생의 외척인 장씨, 行人 벼슬을 가진 실번, 임진왜란 때 조선으로 파병되었던 이여송 제독, 장씨와 노승상 댁에서 부렸던 종들이 등장한다.

국영은 나이가 12살이 될 때까지 수학하지 못하였는데, 그의 어머니가 마침 배도의 집에 주생이 머물고 있다는 소문을 듣고 그에게 배도의 집에 가서 공부하도록 명한다. 국영이 공부하러 다니던 중 주생이 선화의 집으로 와서 가르치겠다고 제안하자 이를 어머니께 알리고 주생을 집안으로 불러들인다. 국영이 병사함으로써 주생이 더 이상 전당에 머물 이유가 없어지자 호주로 떠난다. 丞相 夫

人(선화의 어머니)은 일찍이 승상이었던 남편을 잃고 딸과 아들을 의지하면서 살아가는 과부이다.

주생의 외척이었던 張氏는 본래 노승상 댁(선화의 집)과는 여러 대에 걸쳐 世誼를 유지하던 사람이다. 주생이 선화와 헤어진 후 의탁하자, 이들의 관계를 알고 혼사를 주선한다. 주인공들의 결혼을 위한 중매의 역할을 하지만 성사되지는 않는다. 나생은 주생의 어릴 때 친구로 주생이 전당을 가던 중 잠시 만났던 인물이다. 작품에서 아무런 역할도 없다. 의환이나 홍랑은 배도의 시비로 등장만 할뿐 특별한 역할은 없다. 李如松은 明나라의 제독으로 임진왜란이 일어나자 명의 구원병을 이끌고 조선으로 오는 인물인데, 이때 주생이 함께 구원병의 일원으로 조선으로 온다. 薛藩은 밍나라 행인사의 행인 벼슬을 맡았던 인물이다. 조선에서의 전쟁상황을 살핀후, 남방의 군사를 뽑아 구원병으로 보내야 할 것임을 주장하여 주생이 군사로 뽑힌다.

蒼頭는 노승상 댁과 장씨 집에서 부렸던 종들로, 노승상 부인이 배도를 부를 때 배도의 집에 다녀간 적이 있고, 장씨가 주생과 선화의 혼사를 주선하면서 편지를 보낼 때 이를 가지고 선화의 집에 가고, 선화의 편지를 주생에게 전달하는 역할을 담당한다.

위에서 보듯이 여러 인물들이 등장하지만 주생, 배도, 선화를 제외하면 이야기의 중심을 이루는 사건의 전개에서 그다지 뚜렷한 활약을 보이는 인물은 없다. 특히 나생이나 의환, 홍랑, 설번, 이여송 등의 활약은 거의 보이지 않는다. 따라서 이들이 등장하고 안 하고는 사실 이야기의 진행과는 무관하다.

② 崔陟傳

崔陟傳에서 중요한 역할을 수행하는 인물은 물론 옥영과 최척이다. 이들을 중심으로 이야기를 엮어나가지만 때에 따라서는 주변인물들을 적절히 등장시켜 그들의 삶에까지 작자의 관심이 미친다.

崔陟은 본래 말 타고 활쏘기를 즐겼던 인물이다. 아버지의 권유로 정상사에게 찾아가 학업에 종사하며 과거에 도전하고자한 심지가 강한 인물이다. 옥영과의 결연을 이루는 과정에서도 매우 적극적이다. 변사정이 의병을 일으키자 그는 결혼을 앞두고 잠시이지만 의병에 가담하여 애국심을 발휘한다. 이로 인하여 옥영과의 결연에 위기가 닥치기도 한다. 정유재란 때 아내와 헤어지자 아내를 찾기 위하여 고국을 버리고 중국으로 향하며 중국에 머무는 동안에도 여유문이 자신의 동생과 결연할 것을 권하지만 끝까지 허락하지 않았을 정도로 아내에 대한 신의를 중요하게 생각한 인물이다. 중국 전역을 돌아다니면서 살지만 끝까지 아내를 찾겠다는 일념을 포기하지 않는다. 요양으로 출정하여 명나라 군사가 전멸 당하였는데 그 와중에서도 살아 고국으로 탈출할 정도로 기지를 발휘한다.

玉英은 홀어머니를 모시고 전쟁을 피하여 남원의 정상사 집에 의탁하여 사는 매사에 적극성을 가진 진취적인 여성이다. 자신의 의지에 따라 최척을 남편으로 결정하고 혼사를 추진하며 이 과정에서 여러 번 난관에 봉착하지만 좌절하지 않고 자신의 소신대로 행동한 인물이다. 옥영은 결혼 후 어른을 잘 받들고 남편을 지성으로 섬기며 아래 사람들을 仁愛로 대하면서 손수 베틀에 오르고 물길으며 가사에 전념, 가업을 일으킨다. 일생을 통하여 두 번이나 남편과 이별하면서 숱한 우여곡절을 겪지만 지혜와 슬기로, 때로는 의지에 가득 찬 행동으로 이를 극복하고 마지막 순간 행복한 결과를 맞이한다. 남편을 향한 숭고한 사랑을 지녔던, 한편으로는 불심이 돈독하였던 여인이다.

春生은 옥영의 시비이다. 옥영과 최척이 결연하는 과정에서 이들의 편지를 전하는 역할을 담당하며, 최척에게 옥영의 근황에 대하여 상세히 이야기하여 최척이 옥영과 결혼할 뜻을 가지도록 도와준다. 뒷날 피난길에서 자신은 죽지만 몽석을 끝까지 업고 다니다가 연곡사의 중 혜정으로 하여금 거두어 가게 한다. 최척의 아버지로 崔淑이 등장한다. 최척에게 공부하도록 강권하여 최척이 옥영을 만날 수 있는 동기를 부여하며, 최척과 옥영의 결연과정에서는 직접

매파 역할도 담당한다. 정유재란 때, 아들과 며느리를 잃고 고국에 남아있었기 때문에 뒷날 최척과 옥영이 남원으로 돌아오지 않으면 안 되는 동기를 제공한다.

鄭上舍 夫婦가 등장한다. 정상사는 최숙의 친구이고 최척을 가르쳤던 스승이기도 하다. 옥영의 가족이 정상사의 집에 의탁하고 있었기에 옥영과 최척이 만나고, 최숙이 옥영과의 혼사를 논의할 때 심씨에게 이들의 혼사를 주선한다. 한편 최척이 의병에 가담하였다가 길일이 지나도 돌아오지 않자 이웃에 사는 양생에게 뇌물을 받고 양생과 옥영의 혼사에 적극 나서기도 하여 옥영과 최척의 결연에 중대한 위기를 초래한다. 옥영의 어머니 심씨는 처음부터 최척과 옥영의 혼사에는 부정적이다. 딸 하나만 의지하고 살아야 하기 때문에 반드시 부자에게 시집보내겠다는 생각을 가진 때문이다. 옥영의 설득으로 어머니와의 갈등은 해소된다. 심씨는 피난 중 연곡사에서 몽석을 찾아 데려오며, 뒷날 옥영이 귀국을 결심하는 데에도 중요한 요인을 제공한다.

梁生은 옥영의 이웃에 살던 부잣집 아들로, 최척이 의병에 가담하였다가 결혼 날짜가 지나도 돌아오지 않자 정상사 부부에게 뇌물을 주면서 옥영과의 혼사를 주선해달라 하여 잠시동안 옥영과 최척의 결연에 위기를 불러일으키는 인물이다. 夢釋은 최척의 아들로 부처의 점지로 태어난다. 피난 중 길가에서 죽어갈 때 연곡사의 중이었던 혜정이 구출하여 양육한다. 얼마 후 최숙과 심씨가 발견하고 데려간다. 그리고 뒷날 조선의 구원병으로 출정하였다가 요양의 포로수용소에서 최척을 만나 함께 고향으로 돌아온다. 頓于는 지리산에서 피난하던 옥영을 포로로 잡아가는 일본인이다. 자비심이 많은 인물이었기 때문에 옥영을 잘 보살펴준다. 상선을 타고 옥영과 함께 중국을 오가며 장사하다가 안남의 포구에서 옥영과 최척이 만나자 이들의 해후를 축하하며 옥영을 최척에게 돌려보낸다. 옥영이 포로로 있을 동안 그를 잘 보살펴주던 인물이다.

陳偉慶은 홍도의 아버지로 정유재란 때 조선으로 파병되었던 명나라 사람으로 군법을 어긴 죄로 장수에게 문책 당할 것을 두려워하여 진영을 도망, 조선에 남는다. 그는 호구지책으로 침술을 배웠으며 최척 부자가 포로수용소에서 탈출, 남원으로 향하던 중 최척이 위기를 만나자 그의 병을 치유하여준다. 이것이 인연이 되어 남원으로 함께 이주하여 살다가 홍도를 만난다. 紅桃는 진위경의 딸이다. 태어나자마자 아버지가 조선으로 파병되었기 때문에 늘 아버지의 면목을 보지 못했음을 恨으로 여긴다. 채 장성하기도 전에 어머니마저 죽자 이모인 오봉림에게 의탁한다. 그러다가 이웃의 조선인인 몽선이 아내를 구한다는 소문을 듣고, 자원하여 그의 아내가 되어 함께 조선으로 와 아버지를 만난다. 夢仙은 최척의 둘째 아들이다. 최척이 옥영과 극적으로 해후하여 중국에 살 때 태어났으며 중국 여인인 홍도와 결연을 이룬다. 어머니가 귀국을 결심하였을 때 해로의 위험함을 말하면서 어머니의 결심을 바꾸도록 종용하여 잠시 갈등을 야기한다.

　劉綎, 吳世英은 임진왜란과 정유재란 때 명나라의 구원병 장수로 파병되었던 인물이고, 余有文은 구원병으로 온 인물인데 최척이 의지할 곳이 없었을 때 그를 데리고 요흥으로 와 살도록 도와준 인물이다. 고니시(小西行長)는 임진왜란 때 조선을 공략한 일본의 선봉장 중의 하나로 돈우가 배를 잘 부린다 하여 데려온 인물이다.

　누르하찌(奴酋)는 명나라를 침입한 後金의 장수이다. 그가 일으킨 전쟁 때문에 옥영과 최척이 다시 헤어지지만, 최척이 요양에서 싸우넌 중 포로가 되었다가 수용소에서 몽석을 만나 함께 고국으로 날출하는 동기를 부여한다. 朔州의 土兵 부자가 등상한다. 그들은 최척 부자가 포로수용소에 있을 때 그곳을 감독하던 군사로 본래는 조선의 삭주 사람이었는데, 이들은 최척 부자의 기이한 만남을 알고 고국으로 돌아갈 수 있도록 도와준다. 한편 이들을 등장시켜 당시 광해군의 학정을 비판하고 있다.

　朱佑는 최척이 정처 없이 방랑하다가 신선술을 배우러 청성산으로 항히던 중 만나는 시람이디. 주우의 회유로 중국에 남이 함께 장사를 다니다가 그리던 아내를 해후한다. 神仙思想을 부정하고 현실을 중시하던 인물이다. 杜洪은 주우와 함께 배를 타고 다니면서 장사하던 인물이다. 의기가 넘치는 젊은이로 최척이 옥영과 만나기 전 날밤, 왜선으로 달려가 옥영을 찾아오겠다 하여 위기를 조장할 뻔한 인물이다.

姜弘立은 조선에서 명나라로 구원병을 보낼 때 이들을 인솔한 장수이며 李民寏은 그를 수행하던 종사관이다. 명나라 군사들이 강홍립의 막하로 도망오자 강홍립이 이들에게 조선옷을 주어 보호하였는데 이민환이 이들을 모두 적장에게 보낸다.

위에서처럼, 崔陟傳에는 상당히 많은 인물이 등장하는데 이들은 대부분 한결같이 각자의 임무를 수행한다. 특히 작자는 이름은 밝히지 않았지만 지리산 연곡과 섬진강 주변에서의 피난민들을 등장시켜 당시 전쟁의 참상을 보여주며, 옥영이 귀로에서 만나는 왜선의 선원, 중국 배의 선원, 해적선의 해적들, 조선통제사의 배에 타고 있던 선원을 등장시켜 당시 조선과 중국, 일본 사이의 해상 상황을 보여준다.23)

두 작품에서 인물설정의 공통점을 보면 가정환경에서 주생과 배도, 선화의 경우와 최척과 옥영의 경우가 유사하다. 남주인공 주생의 경우, 어머니에 대한 설명이 없기 때문에 확실치는 않으나 일찍 어머니를 잃었던 것이 아닌가 짐작된다. 최척의 경우, 일찍 어머니를 잃고 홀로 된 아버지를 모시고 산다는 점이 유사하다. 여주인공인 옥영의 경우도 아버지를 잃은 채 홀로 된 어머니와 함께 사는데, 선화의 경우도 흡사하다. 다만 周生傳에는 부모를 일찍 잃었던 배도라고 하는 여인이 더 등장하는데 이들 모두 부모 가운데 하나를 또는 부모를 일찍 잃었다는 점이 비슷하다. 주인공들은 모두가 가정적으로 원만하지 못한 환경을 태어나면서부터 가지고 있었음을 알 수 있다.

---

23) 拙　稿, 1999, 登場人物의 類型과 이들의 役割 - 崔陟傳의 境遇 -, 論文集(人文科學篇) 제29집, 韓南大學校 人文科學研究所.

임진왜란이라는 전쟁상황을 사실적으로 전하기 위하여 이여송(周生傳), 변사정이라든가 강홍림, 고니시, 유정(崔陟傳)과 같은 실존 인물을 등장시키고 있다는 점이 유사하다. 그리고 이런 전쟁 때문에 주인공들에게 커다란 시련이 닥친다는 사건전개도 흡사하다.

(2) 背景設定

작품의 시대적·지리적 배경설정은 작품의 분위기를 새롭게 한다. 우리 소설에서 곧잘 이용하고 있는 상투적인 지명, 또는 가상의 지명, 특히 우리에게 익숙하지 못한 중국의 지명을 이용함으로써 독자들을 현혹시켜 작품의 사실성에 많은 손상을 주었던 점에 비한다면 위의 두 작품은 지리적 배경설정에 있어서는 대단히 사실성을 가지고 있다. 또한 시대적인 배경설정은 현실성과 무관하게 되어있음이 보편적인데 이들 작품에는 시대적인 배경도 역사적인 사건과 관련시켜 설정함으로써 작품의 사실성을 더하여 준다.

周生傳의 시대배경은 壬辰倭亂이 일어나기 몇 해전 주생의 나이가 18세(1584) 때부터 27세가 되던 임진왜란이 일어난 다음 해인 癸巳年(1593)까지 9년여이다. 그러나 주생이 태학에 입학한 후 여러 해 과거에 실패하였다는 묘사는 간단히 처리한다. 주생과 선화와의 결혼이 본격적으로 논의되면서 이들의 결혼이 성사되는가 싶었는데, 임진왜란이 일어나 주생이 참전함으로써 이들의 혼사가 무산된다. 임신왜란이라는 전쟁이 행복하게 작품을 끝낼 순간에 일어나 주생이 조선으로 파병됨으로써 이들의 슬픈 이야기로 작품을 끝맺는다. 실제의 전쟁을 이용하여 작품을 전개한다.

지리적 배경은 중국이 주무대로 설정된다. 특히 전당 지방을 중심으로 이야기가 펼쳐지다가 마지막 부분에 와서 주생이 조선으로 파병되면서 조선의 송도로 배경이 옮겨진다. 주인공 주생의 지리적 배경은 처음 中國의 蜀州(18세 태학에 입학하던 때부터 몇 년간)→岳陽樓→錢塘(젊은 시절)→湖州(임진년, 26세)→朝鮮의 松都(계사년, 27세)로 옮겨진다.

崔陟傳의 시대배경은 壬辰倭亂이 발발했던 때(1592)부터 丁酉再亂, 胡族의 명나라 침입 전쟁을 거쳐 光海君 13년(1621)까지 30여 년이나 된다.

지리적 배경은 우리 나라의 南原一帶가 주 배경이지만 주인공들이 이산하면서 日本, 中國, 滿洲 등지로 확대된다. 그러다가 다시 마지막 부분에 와서 南原으로 옮겨진다. 특히 중국의 배경으로는 周生傳의 중요한 배경이었던 전당의 湧金門으로 되어있음이 눈길을 끈다.

시대배경에서 周生傳은 9년여 사이의 사건을 처리하고 있는데 비해 崔陟傳은 30여 년이라는 오랜 시간 동안의 사건을 그리고 있다. 그러다 보니 周生傳에서는 주생과 배도, 선화를 중심으로 한 이야기가 될 수밖에 없지만 이야기 시간이 크게 확대된 崔陟傳에서는 최척과 옥영의 이야기뿐만이 아니고 이야기의 폭이 주변인물들에게까지 미친다. 임진왜란 때의 시대상황이 구체적으로 그려지기도 하고(나라안에서 군사를 모집하던 형편, 옥영의 피난상황, 최척의 의병참여 등), 정유재란 때 남원성 함락과 함께 당시의 참상을 묘사하면서 당시 백성들이 감내하였던 처절한 고통을 보여주며, 아울러 명나라 군사들의 파병에 대한 사실도 기술하여 홍도와 진위경의 경우와 같은 중국인들의 이별도 은연중 상상할 수 있도록 작품을 이끌고 있다. 왜병에 대한 기술, 특히 옥영을 포로로 데려간 돈우라는 인물에 대한 묘사, 최척이 명나라에서 겪는 일련의 사건들, 현실적인 삶을 중시한 명나라 사람 주우라는 인물과의 교우관계, 누르하찌의 명나라 침공으로 인한 대대적인 북정과 우리 나라에서의 援軍파병, 삭주 토병이 오랑캐 땅으로 귀화할 수밖에 없었던 조선의 현실, 옥영이 귀로에서 겪는 해상의 상황 등 주인공들뿐만 아니라 주변인물들의 삶에도 상당부분 지면을 할애하고 있다. 이야기 시간이 길어지면서 이야기의 대상도 그만큼 확대된다. 그리고 이런 이야기는 하나하나 독립된 것이 아니고 모두가 주인공을 중심으로 유기적으로 짜여져 있음이 특이하다.

周生傳에서 이야기 시간이 길지는 않지만 대부분의 시간은 '錢塘'이라는 곳에서 주생과 배도, 그리고 선화와 결연을 이루는 과정을 묘사하면서 흐른다. 전당에 이르기 전 악양루라는 배경이 묘사되지만 樓에 올라 잠시 시를 짓고 지나간다는 묘사가 있을 뿐이다. 주생이 전당을 떠난 후 잠시 湖州에 머무는데 곧 조선으로 파병되면서 이야기는 갑작스럽게 마지막을 장식한다.

이에 비해 崔陟傳은 시간의 안배가 사건의 진행과 함께 적절히 이루어지며 또한 지리적 배경도 그때마다 바뀐다. 南原에서 임진왜란을 당하고, 정유재란 때는 智異山 燕谷으로, 전쟁이 끝난 후는 南原(최척의 남은 가족들), 日本(옥영), 中國(최척)으로 그 지리적 배경이 확대된다. 그리고 작중인물들은 각자가 머무는 곳에서 많은 시간을 보낸다. 호족의 명나라 침입과 함께 또 한번 지리적 배경은 어지러워질 수밖에 없는데 최척과 고향에 있던 몽석은 滿洲로, 중국에 살던 옥영과 몽선, 홍도는 조선의 南原으로, 그리하여 30여 년이 지난 후 다시 모든 중요인물들이 남원으로 모여 일가가 화목하게 사는 것으로 작품을 끝맺는다. 崔陟傳에서 특이한 점은 최척 일가가 겪는 30여 년의 사적을 기술하면서 연대기적으로 기술하지 않고 중요한 사건이 있을 때는 지면을 많이 할애하였고 중요한 사건이 아닌 경우는 십 수년도 과감히 생략하면서 기술하였다는 점이다.24) 시대적·지리적 배경설정에 있어, 특히 시간설정에서 조위한의 작품은 권필의 작품보다는 훨씬 사실적이며 확대되었다.

3.3. 이야기 組織能力

아무나 기이한 체험을 하였거나 이야기를 들었다 하여 작품을 만들 수 있는 것은 아니다. 적어도 어느 정도는 작자로서의 능력을

---

24) 拙 著, 앞의 책, 제Ⅳ장 作品硏究 參照.

가지고 있어야만 가능하다.25) 이점에서 권필이나 조위한은 당대에 문명을 날렸던 문장가들로서 우선 작자로서의 기본적인 능력은 타고났다 하여도 과언은 아니다.

周生傳은 작자가 주생을 만나 들은 이야기를 토대로 작품화한다는 기록을 작품의 마지막에 기술하였는데, 이런 점에서는 崔陟傳의 작자도 마찬가지이다. 다같이 누군가에게서 들은 이야기를 근거로 작품화한다고 기록하였는데, 그러나 이야기를 조직하는 과정에서 작자들이 보여준 저술태도는 현저하다.

권필은 이야기를 만들어가면서 사건전개에서의 인과관계를 중요시하지 않았다. 주생이 과거에 실패한 후 가산을 정리하여 장사를 나섰는데 어떻게 해서 고향인 전당에 이르는지 아무런 이유가 제시되지 않는다. 이어 배도와 다만 어릴 때 친구였다는 점만으로 자연스럽게 결연을 이루는데, 사회윤리나 도덕적 관념으로 볼 때 매우 부정적이다. 배도는 자신의 신분회복 내지는 상승을 위하여 주생을 남편으로 받들겠다고 하는 현실적인 이유가 있지만 주생은 아무런 미래에 대한 대책도 없이 배도의 뜻을 받아들인다. 태학에서 공부할 때 많은 동료들로부터 추앙을 받았던 주인공으로서는 타당하지 않은 無事安逸한 삶의 자세를 보여준다. 어떻게 이루어졌던 한번 인연을 맺었던 이들의 관계는 오래 지속되지 못하고 또 다른 여성이 나타남으로써 위기에 봉착한다. 주생과 선화 사이의 불의의 관계가 지속되자 배도는 병들어 죽으면서 선화와 혼인할 것을 유언한다. 주생과 선화의 관계를 이룰 수 있게끔 도와주던 국영이 갑작스럽게 죽자 이들의 관계도 끝난다.

위에서, 주생이 선화를 본 후 그리움을 참을 수 없어 밤중에 선화의 침실로 침입했음은 어느 정도 당위성을 가질 수 있지만 처음 본 남자를 기다렸다는 듯이 주생을 받아들이는 선화의 태도는 오늘날의 시각으로 보아도 이해하기 어렵다. 또 배도나 국영이 왜 갑자

---

25) 拙 著, 앞의 책, 제Ⅵ장 作者와 作品과의 關係 參照.

기 죽어야하는지, 죽어야 할 어떤 이유도 제시되지 않았다. 작품의 서두에서 설명으로라도 '본래 병약한 인물이었음'을 묘사하였더라면 이런 의문이 제기되지는 않는다.

주생이 임진왜란 때 구원병으로 東征하는 데에도 어떤 당위성도 설정되어있지 않다. 왜적이 쳐들어왔기 때문에 남방의 군사를 뽑아야 한다는 이유만으로 주생이 뽑혀 출정한다. 주생은 어려서부터 재주가 남달랐기 때문에 太學에 들어가 儒業을 닦았던 인물로, 과거에 실패한 양반의 후예로 군사의 일과는 아무 상관도 없는 그런 인물이다.

이에 비해 崔陟傳의 작자는 이야기를 매우 치밀하게, 조직적으로 전개한다. 또 때에 따라서는 자신의 체험도 적절히 반영하면서 이야기를 진행한다. 작품 안에서 그런 예들을 일일이 다 열거할 수는 없고 몇 가지 사례를 제시하면 다음과 같다.

작품 안에 그려진 옥영의 피난행로는 작자가 체험하였던 것과 유사하다. 최척이 의병에 참여하기 때문에 주인공들의 결혼에 위기가 닥치는데, 작자도 임진왜란 때 잠시 의병에 참여한 적이 있다. 주인공들이 계사년에 결혼하는데, 작자의 동생이 같은 해에 남원에서 결혼한 것과 무관하지 않다. 주인공들이 결혼한 후 부처에게 자식을 기원하는데, 작자도 아들을 얻지 못하자 사찰과 사당을 지나면서 자식을 비는 기도를 드렸던 점도 흡사하다. 최척이 가족들과 뿔뿔이 헤어지자 명나라로 떠나는데, 작자도 전쟁을 치르는 동안 온 가족을 다 잃고 전쟁이 끝나자 명나라로 가기 위하여 반반의 준비를 하였다가 형의 만류로 실행히지는 못힌다. 위와 같은 점들이 직자의 체험이, 작자의 생각이 작품에 반영되었던 실례이다.

주인공 최척은 어릴 때 친구들과 말타기, 활쏘기를 하면서 놀기를 좋아하던 인물이었기 때문에 전쟁이 일어나자 의병에 참여한다. 최척이 중국에 살다가 북정할 때에도 오세영이 데려간다. 이미 오세영은 임진왜란 때, 여유문으로부터 최척의 재주와 용기를 들어 알았기 때문에 그를 데리고 출정한다는 당위성이 있다.

주인공들의 간절한 기자정성의 결과, 부처의 점지로 이상한 징표 (등에 손바닥만한 붉은 점)를 가지고 몽석이 태어난다. 그러나 몽석의 활약은 작품에서 거의 없다. 다만 마지막 부분에 와서 몽석이 청년이 되어 구원병으로 명나라에 파병되었다가 호족에게 포로가 되며, 이때 마침 최척은 명나라 군사의 일원으로 참전하였다가 호족에게 사로잡혀 같은 수용소에서 만난다. 여러 날이 지나면서 이들은 서로 정을 통한다. 그런 사이에 어쩌면 父子일지도 모른다는 생각을 하는데 이때 결정적인 단서가 몽석이 태어날 때의 징표이다. 이처럼 작자는 작품의 서두에서 이상한 징표를 가진 아들을 태어나게 하여 뒷날 그 이상한 징표가 어떤 결과를 가져올 것인가를 치밀하게 구상한 후 이야기를 주도면밀하게 전개한다.

옥영이 포로로 잡혀 일본에 살면서 늘 고국과 가족을 그리워한다. 생각다 못한 옥영은 여자의 몸으로 힘든 일이지만 자원하여 상선을 타고 장사를 다니겠다고 한다. 목숨을 걸었던 몇 년 동안의 힘든 항해 끝에 그리워하던 남편도 만나고, 작품의 후반부에 이르러 최척이 북정한 후 명나라 군사가 전멸하였다는 소문을 듣고 귀국을 결심한다. 이때 몽선이 해상의 어려움 때문에 불가능하다고 극구 만류하지만 옥영은 항해에는 자신이 있다 하면서 강행한다.

위에서 보았던 예들은 작자의 치밀한 구상에 의한 작품구성을 단적으로 보여주었던 몇 사례이다.

3.4. 著作意圖와 結尾處理

작자는 반드시 어떤 의도를 가지고 작품을 짓는다. 권필이나 조위한은 다같이 주생과 최척이라는 주인공들을 만나 그들로부터 지난날의 이야기를 듣고 작품을 지었다.

〈周生傳〉의 저작동기에 관해서는 여러 견해가 있는데 송재용의 견해에 필자도 동감한다.26) 필자도 권필이 우연히 송도에 갔다가 주생을 만나 그로부터 작품의 내용과 유사한 이야기를 듣고, 기이한 이들의 만남과 아름다운 인연을 이루지 못한 안타까움을 애석하게 생각하던 작자가 주생의 간곡한 만류에도 불구하고 자신의 창의성을 보태어 작품화하였을 것으로 본다.

  지금까지 周生傳의 주제에 대해서, 문선규의 '周生과 俳桃, 그리고 仙花 三人間의 三角戀愛를 描寫한 것'27)이라는 견해에 이어 김기동의 '主人公 周生과 女主人公 俳桃와 仙花와의 三角戀愛를 主題로 한 愛情小說'28), 소재영의 '悲劇的 構造를 갖춘 艶情小說'29), 김일렬의 '人間의 힘으로 어찌할 수 없는 運命의 驚異와 삶의 悲劇的 過程'30) 이라는 주장 등에서 주로 三角戀愛를 주제로 보았다. 근래에 이르러도 정종대는 대표적인 주인공들의 애정문제를 다룬 艶情小說,31) 박태상은 애정소설이라 하여 사랑을 주제로 한 작품으로 보았다. 송재용은 남녀간의 사랑을 그리면서 주생에게 '樂而不淫 哀而不傷'의 정신을 깨닫게 하여 성정의 바른 인도를 보여준 勸善懲惡을 나타낸 작품으로 보았다.32)

  애정을 소재로 하고 있음은 확실하지만 주제를 애정과 연관짓는 것이라든지 권선징악을 나타낸 것이라는 데에 대해 필자는 동의하지 않는다. 삼각연애는 작품의 소재이지 주제가 아니기 때문이며, 勸善을 나타냈다지만 작품이 끝날 때까지 주생에게서 그런 모습은 보이질 않기 때문이다. 주생과 선화의 관계가 미완으로 작품이 끝나 과연 권필이 무엇을 이야기하고자 한 것인지 궁금하다.33) 어쩌

---

26) 리칠화(1963, 림제·권필작품선집, 조선고선문학선집 제13권, 소선문학예술동맹출판사, 24쪽), 김일렬(앞의 책, 84쪽), 긴광순(1990, 韓國古小說史와 論, 새문사, 101쪽), 송재용(1993, 周生傳, 古典小說硏究, 황패강교수 정년퇴임기념논총Ⅱ, 일지사, 874쪽) 등의 견해가 있는데, 송재용의 견해가 타당성 있다.

27) 문선규 譯, 1961, 花史·周生傳·鼠大州傳, 통문관, 22쪽.

28) 김기동, 1981, 韓國古典小說硏究, 敎學社, 185쪽.

29) 소재영, 1983, 古小說通論, 二友出版社.

30) 김일렬, 앞의 책, 102쪽.

31) 정종대, 1990, 艶情小說構造硏究, 啓明文化社.

32) 송재용, 앞의 논문, 878쪽.

면 정말 주생에게서 들었던 내용을 기술한 것인지도 모른다.34) 그들의 사랑이 결실을 보지 못한 것에 대하여 안타까워하면서 이를 세상에 전하려는 것이 작자의 뜻이었는지 모른다. 권필은 뚜렷한 작자의식을 가지고 이야기를 만든 것이 아니고, 다만 들은 이야기를 토대로 작품을 지었을 뿐이다.

조위한은 이에 비한다면 한 차원 높은 작자의식을 가지고 작품화하였음이 확연하게 드러난다. 자신의 삶을 작품에 직접 투영하였으며 그리고 그런 이야기를 통하여 뚜렷한 저작의도를 드러냈다. 작자는 이야기를 행복한 결과로 끝내면서 주제의식을 뚜렷하게 보여주었다.

작품의 마지막 부분을 처리하는 데에 권필은 주인공들이 헤어진 채의 미완으로 끝맺고, 조위한은 산지사방으로 흩어졌던 등장인물들이 만남을 이룬 후 행복한 삶을 영위하는 것으로 이야기를 끝냈다. 周生傳은 비극적 결구를 崔陟傳은 행복한 결구를 가지고 있다. 두 작품은 우리 소설사에서 본격적으로 나타난 비극적 구조이며, 행복한 결구이다.35) 작자들의 삶을 통해서도 살폈듯이 권필은 젊은

---

33) 박태상은 위의 책에서 미완의 종결처리를 통해 비극성과 낭만성의 극대화를 도모한 작품이라고 주장하였다(290~291쪽).

34) 작품의 마지막 부분에서 ‘丈夫所憂者功名未就耳 天下豈無美婦人乎 況今三韓已定六師將還 東風已與周郎便矣 莫慮喬氏之鎖於他人之院也’(박충록, 앞의 책, 98쪽)라 하여 작자가 이제 전쟁도 끝났으니 명나라로 돌아가면 가연을 이룰 수 있지 않겠느냐고 주생의 신세를 위로하자 주생은 ‘可笑之事 不必傳之也’(같은 곳, 98쪽)라 하면서 웃음거리에 지나지 않는 이야기를 세상에 전하지 말 것을 간절히 당부하였다. 주생이 지난밤에 들려주었던 자신의 기구한 이야기가 세상 사람에게는 한갓 웃음거리가 될지도 모르니 부디 세상에 전하지 말라는 것을 작자의 입장에서는 안타깝고 기이한 이야기라 생각하고 그의 뜻과는 상관없이 기술한 것인지 모른다. 다른 사본에는 ‘余已艶其詩詞 歎奇遇而愴佳期 退而援筆述之云爾’(문선규 역, 앞의 책, 160쪽)라 하여 작자가 그들의 기이한 만남과 가기를 이루지 못함을 한탄하여 헤어져 나와 기록하였음을 알 수 있다.

35) 소설사에서 雲英傳을 처음 나타난 비극소설이라 한다. 선학들은 이를 유일한 비극적 작품으로 보았다. 이미 金鰲神話에서 이런 비극적 구성은 볼 수 있지만 현실성이 결여되어있는 점 때문에 본격적 비극소설로 보기 어렵다

시절 비극적으로 최후를 마쳤으며, 조위한은 80여 세의 장수를 누리며 살았다. 장수를 누렸다는 것이 꼭 행복한 것은 아니다. 조위한이 장수를 누리기는 하지만 그도 젊은 시절에는 수많은 역경과 슬픔을 겪으며 살았던 인물이다. 그렇지만 두 작자의 삶을 통해서 권필보다는 조위한이 그래도 다복한 삶을 오래도록 누린 것이 아닐까 생각한다. 이런 점에서 볼 때, 어쩌면 작품의 끝도 이들이 자신의 삶을 예상한 결과는 아닐지 모르겠다.

우연인지는 몰라도 주인공이나 작자의 삶과는 무관하게도 작품의 구성상에서 결미처리 방법은 유사하다. 권필은 주생을 만나 그에게서 이야기를 듣고 작품을 기술하였으며, 조위한은 최척이 찾아와 이야기한 것을 듣고 작품화하였다는 점이다. 다른 점이 있다면 주생은 권필에게 '可笑之事'이니 반드시 다른 사람들에게 전할 필요가 없음을 부탁하였음에도 이야기를 만들었고, 최척은 조위한에게 자신의 이야기를 전하면서 세상에서 사라지지 않았으면 좋겠다 하여 이야기를 지었음이다. 특히 周生傳의 불행한 최후와 崔陟傳의 행복한 결구처리는 두 작품이 이야기 내용이나 사건처리, 주제의식은 상이하지만 결미처리 형식은 매우 유사하다. 즉 흔히 말하는 가탁의 방법을 이용하였다는 점이다. 두 작자가 만났던 주생과 최척, 그리고 이들에게서 이야기를 듣고 작품화였다는 위의 기록은 사실일

는 생각이다. 이런 점에서 周生傳은 처음 나타난 본격 비극소설로 보아도 무방하나. 우리 소설의 특성 가운데 하나로 '행복한 결구'를 꼽는다. 인간 본연의 희구이기도 한 행복한 마무리는 주인공들이 숱한 역경을 이겨내고 얻는다는 점에서 더욱 가치가 있다. 崔陟傳의 경우, 본격적인 '행복한 결구'를 시도하였던 작품으로 본다. 앞선 시대에 河生奇遇傳, 洪吉童傳이 있지만 모두 현실성을 무시한 채 이야기가 전개된다. 河生奇遇傳은 현세의 인간과 숙었던 여인이 환생하여 결혼한 후 행복한 삶을 누린다는 비현실적인 이야기이고, 洪吉童傳은 길동이 두 여인을 아내로 맞고 율도국을 쳐 왕이 된 후 대대로 태평성대를 누린다고 작품을 끝내지만 이야기 전개가 전혀 현실성이 없다. 또 두 작품이 사랑을 이루는 과정이나 가족들이 어려움을 극복하고 행복을 쟁취하는 결구가 아니기 때문에 崔陟傳과는 양상이 다르다.

수도 있고 아니면 작자가 의도적으로 자신들이 만든 이야기에 좀더
사실성을 부여하기 위하여 사용한 상투적인 방법일 수도 있다. 이
를 들어 지금까지의 논자들은 가탁의 수법36)이라고 하지만 이는
실제의 일일 수도 있다. 그리고 이와 같은 수법은 이미 중국에서는
오래 전부터 널리 이용되어 왔던 것이기도 하다.37)

4. 마무리

지금까지 권필과 조위한의 작품을 통해서 작자로서의 기량을 살
펴보았다. 물론 두 작자는 다같이 당대를 풍미한 대문장가로서 이
름을 날렸던 인물로 작자로서의 기량은 어느 정도 가지고 있었음이
사실이지만 작품을 통하여 상세히 살펴본 바 권필보다는 조위한이
훨씬 작품화 기량에 있어서 앞선다고 하겠다. 이들은 다같이 우리
소설사에서 보았을 때 비교적 초기에 활약하였던 작자들로서 이후
에 나타나는 많은 소설에 영향을 준 작자들임에 틀림없다.38)

---

36) 소재영(1983, 古小說通論, 서울, 이우출판사, 165쪽), 김기동(1981, 韓
    國古典小說硏究, 서울, 교학사, 183~184쪽, 254쪽)은 가탁의 방법을 이
    용한 소설, 박태상(앞의 조선조 애정소설 연구, 290쪽)은 액자구조로 된
    소설이라는 특성을 가지고 있다고 밝혔다.
37) 唐代의 傳奇小說인 백행간의 李娃傳(곽하신 역, 1983, 唐代小說選, 乙酉
    文化社, 109쪽)에 '貞元 年間에 나는 隴西의 李公佐와 여인의 정절에 대
    한 이야기를 나누던 중에 연국공 부인의 이야기를 했더니 그는 내게 그
    이야기를 기록하라고 부탁했다. 그리하여 나는 붓을 들고 일의 내력을 적
    어 후세에 전하는 것이다'는 말미의 기록이 있고, 원진의 鶯鶯傳(위와 같
    은 책, 167쪽)에도 '貞元 某年 9월, 집사 이공수가 나의 집에 와서 얼마
    동안 묵은 일이 있었다. 이공수는 이 이야기를 듣고, 앵앵 낭자는 정녕 신
    비스러운 성격을 지닌 여인이라고 하고는 앵앵가를 지어 세상에 전했다'라
    는 기록이 있다. 이외에도 任氏傳과 非煙傳 등에서도 이와 유사한 말미의
    기록을 볼 수 있다.
38) 拙 稿, 1999, 崔陟傳과 그 前後代에 나타난 小說과의 影響關係(1), 韓國
    言語文學 제42집, 韓國言語文學會.
    ----, 2000, 崔陟傳과 그 前後代에 나타난 小說과의 影響關係(2), 韓南

周生傳은 주생과 배도, 선화의 삶에 이야기가 집중되었다. 그 중에서도 작자의 관심은 주생에게 경도되었다. 저작동기에서 알 수 있는 것도 주생과의 사랑을 애타게 갈망하다가 비운에 사라져간 배도의 죽음이라든가 주생과 헤어져 죽을 지경에 이르는 선화의 삶에 대해서는 크게 관심을 기울이지 않았다. 권필은 주인공 주생이 조선에 파병되었다가 병들어 송도의 역관에 남게 된 사연을 듣고는 이를 동정하면서 작품화하였다. 작품 전편을 통해서 주생의 삶을 집중적으로 그렸던 작자의 태도를 확인할 수 있다. 국영이라든가 배도의 시비 의환, 창두들 등과 같은 이들은 단지 작품구성상 단역을 수행하도록 잠시 등장시켰을 뿐 이들의 구체적인 행위나 삶의 모습을 형상화하지는 못하였다. 여러 인물들이 등장하지만 개성이 뚜렷한, 전형이 될 만한 새로운 인물을 창조하지는 못하였다.

시대적, 지리적인 배경설정에 있어서도, 주생의 삶을 중시하였던 작자의 저작태도에서 보았던 것처럼 한정되었다. 壬辰倭亂을 전후하여 주생이 경험한 몇 년 동안을 시대배경으로 설정하였기 때문에 주생의 어린 시절이라든가 구원병으로 파병된 이후 삶의 결과에 대해서는 알 수 없다. 지리적인 배경도 이동이 없이 거의 錢塘으로 고정되었다. 주생이 전당을 떠나 호주로 이동하여 지리적 배경이 바뀌지만 호주에서는 단지 장씨가 옥영의 집에 청혼하는 편지를 보낸 후 답신을 받고 주생이 구원병으로 뽑힌다는 사건만 전개되었을 뿐이고 곧 이어 송도로 배경이 옮겨진다.

사건진개에서 因果關係가 결여되었나. 주생이 선낭에 이르는 이유가 우연적이다. 장시를 디니디가 술에 취하여 배에서 잠들있을 때, 바람결에 전당에 이르는 것으로 묘사하였다. 배도와 주생의 결연에서, 물론 배도가 기생이라는 신분이기 때문에 그럴 수 있지만 사회의 윤리와는 무관하게 다만 어렸을 때의 친구라 하여 이루어지며 미래에 대한 아무런 대책도 없이 배도의 뜻을 수용하는 주생의

無事安逸한 태도를 보았다.39) 이어 배도와의 약속을 무시한 채 규중 처녀인 선화와 불의의 관계를 자행한다. 이를 안 배도는 죽으면서 주생과 선화가 결연할 것을 유언한다. 강한 질투심을 보였던 배도의 태도가 무엇 때문에 갑자기 돌변하였는지, 그리고 왜 뜻하지 않게 죽어야 하는지 당위성이 전혀 없다. 주생과 선화의 관계를 이어주는데 긍정적으로 작용하였던 국영이 돌연 병사함으로써 이들의 사랑도 끝난다. 왜 뚜렷한 이유도 없이 국영이 죽어야만 하는지도 분명하지 않다. 주생은 임진왜란이 발발하자 동정한다. 남방의 군사를 뽑아야 한다는 이유만으로 주생이 참전한다. 어린 시절부터 공부만 하던, 지금은 군사도 아닌 장사꾼이었던 주생이 왜 군사로 뽑혀야만 되는지 아무런 타당싱이 없다.

이에 비해 崔陟傳에는 최척과 옥영의 일생에 비중을 두고 있기는 하지만 정상사 부부, 최척을 명나라로 데리고 갔던 여유문, 옥영을 포로로 잡아갔던 왜병 돈우, 최척을 데리고 장사를 다녔던 주우, 최척 부자를 포로수용소에서 탈출시켜 주었던 삭주의 토병, 진위경 일가 등 작품 전편에 등장하는 주변적인 인물들의 삶에도 자신의 관심을 표명하였다. 잠시 등장하고 사라지는 춘생과 두홍, 홍도의 이모 같은 인물들에게까지 작자는 뚜렷한 개성을 부여하였으며 작중에서 중요한 역할을 수행하도록 하여 그들의 삶의 모습도 보여주었다. 한편 역사상 실존하였던 인물들을 등장시켜 이야기의 사실성을 확보하고 있음도 권필의 작품에 비하여 발전적인 모습이라 하겠다.

어쩌면 근본적인 작자의 능력이나 저술태도의 차이보다는, 28년이라는 저작시기의 거리가 권필보다는 조위한의 작품이 발전적일 수 있도록 작용하였는지도 모른다.

---

39) 위와 같은 이야기의 줄거리에서 주생의 인물을 정병호는 '입신출세의 수단으로 애정을 활용하다 세계의 힘에 의해 번번이 좌절당했지만 자신의 욕망을 버리지 않는 인물형상으로 그려졌다'고 보았다(정병호, 앞의 발표 요지, 6쪽).

  지리적 배경설정이나 시간설정에서도 실질적이고 구체적으로 되었다. 사건이 일어날 때마다 이에 따른 적절한 장소가 제시되며, 또 시간도 상세하게 설정되었다. 사건이 벌어질 때마다 적절한 시간설정, 이에 따른 공간의 이동이 실제적으로 되어있음도 권필의 작품보다는 발전한 양상이다.

  가공의 이야기 - 어쩌면 실존인물이었던 최척의 실제 이야기일 수도 있지만 - 를 만들면서, 이런 과정에서 상당부분 작자의 체험이 반영되었음을 확인하였으며, 사건의 조직에 있어서도 매우 周到綿密하게, 因果關係를 중시하면서 작품을 전개시켜 나가고 있음이 같은 시대를 살면서 작품활동을 하였던 권필보다는 한 차원 높은 작자의 기량임을 확인하였다.

  그렇지만 두 작자 모두 16세기말과 17세기초, 이야기를 만드는 기교야 어떠하든, 소설 발달과정에서 비교적 이른 시기에 事實性이 강한 작품을 창작하였다는 점만으로도 權韠과 趙緯韓, 이들의 작품인 周生傳과 崔陟傳은 훌륭한 작자로 또 가치 있는 작품으로 남을 만하다.

〈강능추월전〉의 '맺음'과 '풀이'

朴 光 洙

목 차

1. 序 論

　小說은 敍事文學의 공통적 특질인 이야기로 되어 있다. 일반적으로 있었던 사실을 그 순서로 짜 맞추어 나가면 이야기(story)라 하고, 순서를 무시하고 因果關係로 배치할 때 構成(plot)이라 한다. 따라서 인과관계에 의한 구성은 이야기보다 일관성 있는 논리적 사건 배열이 된다.

　古小說의 경우 시간의 繼起性에 의한 이야기 진행방식임을 들어 단순구성으로 취급해 왔다. 그러나 사건 진행이 단순한 시간의 繼起的 나열이 아닌 인과관계로 짜여진 작품도 있어 고소설을 일괄적으로 단순구성이라 매도할 수는 없다. 일반적으로 이야기의 짜임을 이야기와 구성으로 다루나 사실상 이야기의 틀, 즉 짜임은 얼마든지 다른 요인에 의하여 그 유형이 달라 질 수 있다.[1]

---

[1] 신동욱, 文學槪說, 正音文化社, 1988, 99쪽에서 "이야기의 짜임이 오직 因果論的인 연결이나 필연성에만 의존한다고 생각하고 미적 타당성이 거기에만 전적으로 주어진다는 견해는 재고할 여지가 있다고 보인다. 즉, 이야기

이야기의 틀에 原因과 結果라는 인과논리를 적용하다보면 불가피하게 葛藤이 설정된다. 고소설은 현대 소설이 다루는 갈등관계보다는 단순하고 다양하지 못하다. 따라서 고소설의 갈등관계는 심각하게 고려되지 않았다. 갈등은 이야기의 진행상에 있어 중요한 요소이다. 그러나 갈등의 설정은 원인에서 결과에 이르는 과정에 있어 필요조건이라 할 수 있으나 충분조건은 되지 못한다. 갈등의 양상에 따라 반드시 결과가 어떠한 방향으로 나타나야 된다는 논리는 성립되지 않기 때문이다. 설사 문제해결에 이르는 전개상에서 갈등해소가 마련되더라도 이 경우 갈등의 해소가 결과를 좌우하지는 못한다. 본고에서 다루려는 '맺음'과 '풀이'2)는 단순한 인과에 의한 문제야기와 해소가 아니다. 또한 갈등과도 다르다. 본고는 갈등에 의한 사건의 발단 및 갈등해소를 통한 결말에 이르는 과정보다는 서사 전개상에 있어서 '맺음'과 '풀이'가 어떻게 구성 및 내용에 관여하는가를 다루었다.

2. 〈강능추월전〉의 '맺음'과 '풀이'

2.1. 軍談構成의 '맺음'과 '풀이'

(1) 작품의 경개

〈강능추월전〉은 영웅·군담소설로 이춘백의 英雄譚과 이운학의 영웅담 그리고 최부인의 武勇談과 어소저의 孝烈談 등으로 구성되

가 발전하면서 주제의 요청이나 사상의 특성이나, 또는 운명적인 어떤 일에 의하여 그 배치〈구성-필자〉가 달라질 수가 있는 것이다."라고 하여 인과론적 구성 이외의 다양한 구성을 설명하고 있다.

2) 본고의 '맺음'은 結論의 의미가 아니라 '原因', '動因'에 가깝다. '풀이'는 解決보다도 해결의 과정의 원리라 하겠다. 따라서 본고의 '맺음과 풀이'는 원인과 결과라기보다는 이야기 짜임에 있어서의 상관관계를 의미한다.

었다. 일반적으로 영웅의 일대기적 내용은 '맺음'과 '풀이'의 연속구조라 하여도 무방하다. 다음의 경개는 결말부가 부연된 12종의 이본을 통하여 살펴본 공통적인 화소이다.

1-① [이춘백의 誕生과 爲人] 강릉 사옥봉 아래 사는 이춘백이 나이 십사세에 이르러 가을밤에 피리소리를 따라 사옥봉에 올라 청의소년에게서 천상 백옥루 선관의 강능추월을 얻은 후 海上 風景을 구경하다가 광풍에 이끌려 옥문동에 이른다.

1-② [이춘백·조낭자의 玉門洞 結緣] 이춘백은 옥문동에서 採藥할미의 중매로 시비 설낭과 조낭자와 혼례를 치른 후 강릉으로 돌아온다. 금강산 천불암 여승이 액운을 알려준다.

1-③ [이춘백·조부인의 禍厄離散] 이춘백은 장원급제하여 황해 감사 갔다가 귀향하는 길에 해도 중에서 水賊을 만나 어느 노옹의 인도로 살아나며, 여남땅 조상서 댁을 찾아가나 옹서지간임을 밝히지 못하고 지낸다.

1-④ [이춘백의 兵法鍊磨] 이춘백은 조상서 집에서 유하다가 여남 자개봉으로 들어가 백운선생을 모시고 육도삼략, 천문지리 등 병법을 익힌다.

1-⑤ [조부인·설낭 爲僧度厄] 조부인과 설낭은 수적 장수백과 어천추에게 잡히어 곤욕을 당하나 여승의 도움으로 구출된 후 백학산 백운암에 이르러 삭발출가 한다.

2-① [이운학의 出生과 成長] 서영국의 수양자로 보내진 이운학은 삼세 때에 울남도 水賊 장수백에게 이끌려가 장해룡이라 이름이 바뀐 채로 성장하며, 수적 어천추의 사위가 되고 과거 길에 표류하여 강릉 본가에 들러 祖父 이대감을 만난다. 급제하여 황해도 어사가 되어 가던 차에 울남도 도적의 이야기를 듣게되어 이춘백이 수적에게 화를 당했음을 확신하고 울남도로 잠행한다.

2-② [이운학과 조부인의 母子 相逢과 歸鄕] 이운하이 모친 난혜

당을 찾아 나섰다가 혼절한 난혜당을 백수 노인이 준 홍옥병과 백옥병의 약으로 살려 내고 모자 상봉하며 울남도 수적 장수백과 어천추를 잡아 치죄한 후 강릉 본가로 모친과 돌아온다.

2-③ 〔이춘백·운학 父子 相逢〕 중원의 사신으로 발탁된 이운학이 서번의 반함을 막으라는 중임을 맡은 후 자개산 백운선생에게서 병법을 배운 춘백과 강능추월 옥소로 부자간임을 확인하고 부자가 상봉한다.

2-④ 〔춘백·운학 부자의 出將入相과 여남 조상서댁 訪問〕 이춘백은 대원수, 운학은 좌익장이 되어 출장하여 번왕을 생금하여 돌아온다. 이춘백은 이부상서, 이운학은 용두각 태학사, 최장은 병부상서, 황만적은 예부상서로 승직된 후 이춘백과 이운학이 조상서를 찾아가 옹서의 예와 외손의 예를 올리고 모친의 편지를 전한다.

2-⑤ 〔歸國 및 立身〕 귀국하여 이운학은 우승상의 여식과 공주와 혼인하여 좌우부인으로 삼고 춘백은 보국숭록대부 영의정, 이운학은 이조판서를 제수 받는다. 경성으로 이사하며 조부인, 최부인, 이부인, 정부인이 생남생녀 한다.

2-⑥ 〔再出征〕 추팔월 망간에 선관이 학을 타고 내려와 人間定限이 다하였으니 함께 가자 하나 10년을 退限해 주길 원한다. 그 때에 북적이 지경을 범함에 이춘백 부자는 諸臣들의 추천으로 出征하게 되며, 최부인도 함께 출정한다.

3-① 〔困厄 및 어소저의 孝烈〕 최부인이 적장 용천두와 접전하여 제압한 후 회군하여 돌아올 때 어천추, 용천두 혼령에게 포위되어 곤경에 처하나 어소저가 구원한다.

3-② 〔歸還 後 立身과 昇天〕 어소저의 정열비를 세우고 어천추, 용천두, 어소저의 혼령을 불러 大宴을 배설한 후 경성에 돌아와 좌우부인과 최부인이 생남생녀하고 사옥봉 근처에 운선각을 짓고 한가로이 강능추월로 세월을 보내다가 同日 昇天한다.

상기 경개로 보면 〈강능추월전〉은 남녀 주인공의 활약을 단위로 하여 대략 이춘백, 이운학, 최부인과 어소저의 이야기로 나뉜다.

(2) 군담에 의한 '맺음'과 '풀이'

① 남성 영웅·군담

〈강능추월전〉의 전반부는 이춘백의 영웅담이다. 이춘백과 조낭자와의 天定結緣, 이춘백과 조낭자의 폭력적 離散, 이운학과 이춘백의 부자상봉 및 서번의 난을 평정하고 귀국 후에 재 출정하여 공을 세우는 내용은 '出生 - 結緣 - 苦難 - 試鍊 克復 - 幸福한 結末'로 설명되는 영웅·군담소설의 서사 구성이다. 상기 경개로 살펴보면 이춘백의 일생은 1-①은 出生談이고 1-②는 結緣談, 1-③은 苦難談, 그리고 1-④, 2-③, 2-④, 2-⑤는 試鍊 克復談이다. 〈강능추월전〉의 幸福한 結末談은 3-②의 再出征 이후 出將入相 부분이다. 그러나 1차적으로 병란을 평정한 2-⑥에서 행복한 결말이 마련되었다.3)

군담은 주인공의 비범성을 내포하고 있다. 따라서 주인공의 비범성은 문제해결 능력을 갖추었음을 말하는 것으로 '풀이'의 자연스런 진행이 예견된다. 〈강능추월전〉은 출생부터 '맺음'이 설정된다. 즉 고려대 도서관본 〈江陵秋月〉은 주인공의 출생담인 1-①에서 주인공이 謫降者임을 밝히고 있다.

나는 옥황상셰의 시임ᄒᆞ든 티빅금셩 일너이 상셰게 득죄ᄒᆞ야 인간의 니치시디 부인게 의탁고ᄌᆞ 왓ᄉᆞ오니 복원 부인은 어엽비 보옵소셔ᄒᆞ고 품속을노 들거늘 ᄭᅢ달은니 침상일몽니라 부인니 신기이 역겨 상셔을 졍ᄒᆞ여 봉ᄉᆞ를 젼ᄒᆞ니 상셰 ᄯᅩ혼 신기이 역이드니 과연 그날

───────────────

3) 〈강능추월전〉의 이본의 경우 서사내용의 결말부에 의하여 두가지로 구분된다. 2차 북적을 막아 내어 공을 세우는 내용까지 있는 이본은 34종의 이본 중 12종에 해당한다. 나머지 이본은 1차 출정 후 공을 세우고 입상하는 내용에서 종결된다.

부텀 틱기 잇셔 십삭이 초미 〈중략〉 왈 이 ᄋ기는 범인과 달나 틱빅
금성니 옵드니 상졔계 득죄ᄒ야 귀딕의 졈지ᄒ 야쓰니
〈고려대도서관 소장본, 江陵秋月, 2쪽〉

일반적으로 영웅·군담류의 주인공들은 초월적 능력을 지닌 적강
자로 설정된다. 적강자는 天上得罪로 인한 운명적 '맺음'을 보인다.
그 '맺음'은 지상에서 풀어야하는 '풀이' 단계를 필연적으로 갖추어야
하기 때문에 사건이 더욱 흥미롭다. 再出征을 갖추지 않은 異本群
은 諭降話素 없이 천상의 보배인 옥통소를 불 수 있는 능력으로 비
범성을 보이나 주인공의 탁월한 능력을 드러내기에는 역부족이다.
따라서 보조적 인물인 陰助者의 음조와 옥통소를 통하여 주인공의
능력을 보완함으로써 '풀이'의 단계를 마련한다.

　1-②는 결연담으로 남녀 주인공이 風波에 의해 玉門洞이라는 仙
境에 이르러 結緣한 것으로 묘사되었지만 그것은 謫降한 남녀 주인
공의 필연적인 결연임을 쉽게 감지할 수 있다. 媒婆를 자청했던 採
藥할미는 두 주인공을 시종일관 보조하는 음조자이며 또한 주인공
의 결연이 天定임을 직접 알려준다.

　1-③에서 2-③까지의 내용은 波瀾萬丈한 주인공의 苦難과 試鍊
克復談으로 박진감 있게 전개된다. 水賊에게 재물을 탈취 당하고
가족과 이산하는 사건은 개인적인 문제이기에 앞서 국가나 사회적
인 문제로 부각된다. 결국은 개인적인 원한 관계뿐만 아니라 黃海
御使라는 公人의 입장에서 문제를 해결한다. 주인공의 탁월한 능력
과 음조자의 도움이 빈번하게 나타나 '맺음'과 '풀이'가 극대화되는
부분이다.

　2-④에서 2-⑤까지의 내용은 행복한 결말담이다. 부자상봉 후에
함께 출정하여 승전하고 귀국하여 입상하는 내용과 至高의 福樂을
누리다 천상으로 復歸한다는 내용은 전형적인 군담소설의 결말부임
을 알 수 있다. 영웅적 주인공의 탁월한 능력에 의한 '풀이'는 행복
한 결말이 필연적이다. 게다가 원만한 '풀이'를 설정함에 있어서 결

정적인 계기를 마련하는 것은 옥통소이다. 옥통소를 매개로 하여 부자간을 확인하고, 옥통소를 불어 병란을 쉽게 해결하며, 옥통소를 불며 생을 즐기다가 승천하는 내용은 神物에 의한 '풀이'라 할 수 있겠다.

그러나 12종의 결말부가 부연된 異本의 경우 2-⑤에서 사건이 마무리되지 않고 재차 출정하여 공을 세우는 내용이 첨가되었다. 재차 출정은 주인공들이 인간 기한이 다 하였으나 인간의 福樂은 거의 없었으므로 10년을 退限해 달라는 자신들의 요구로 설정된 '맺음'이다. 적강-영웅적 활약-천상복귀로 서사내용이 완결되었음에도 불구하고 2차 출정의 '맺음'을 설정하였기에 '풀이'인 결말부 부연은 필연적이었다.4)

〈강능추월전〉은 이춘백의 영웅·군담뿐만 아니라 아들 이운학의 내용까지 다룬 二代記的 구성으로 되어 있다. 이운학의 일생도 '출생-결연-고난-시련 극복-행복한 결말'로 설명된다. 이운학은 白鶴山 白雲巖 山堂에서 태어난 후 산당에서 기를 수 없다하여 양자로 보내지며, 水賊 장수백에게 이끌려가 양육되는데 이러한 과정은 주인공의 '범상치 않은 출생'과 初年의 액운으로 설정된 '棄兒主旨'로 이는 '맺음'의 한 유형이다. 더욱이 주인공에게 고난의 '맺음'을 야기한 인물에게서 양육되는 경우는 흔치 않은 모티브로5) 운학이 자신의 신분과 가족에 관련된 사건의 首末을 탐지하고 수적인 수양부 장수백과 부친에게 직접적인 해를 입힌 丈人 어천추를 잡아 처결함으로써 '풀이'의 단계인 시련극복이 설정된다.

이 '풀이'의 단계에서 이운학은 丈人 어천추가 발취한 親父 이춘백의 옥통소를 얻게 된다. 어천추가 불 수 없는 천상의 보물인 옥

---

4) 박광수, 〈강능추월전〉의 結末部 敷衍과 그 意味, 語文學 第70輯, 韓國語文學會, 2000, pp. 175~188.

5) 〈월봉산기〉에서는 소운의 처 정부인이 수적 서능에게 화를 당하고 달아나다가 한 암자에 들어가 사내아이를 낳으나 절에서는 아이를 키울 수 없어 비단옷에다 금비녀를 함께 넣어 버린다. 뒤쫓아온 서능이 이 아이를 주워 徐繼祖라 이름을 짓고 기른다. 이후 서계조가 養父인 서능을 처형한다.

통소를 자연스럽게 희롱함으로써 숨은 자질이 드러난다. 또한 '풀이'의 매개물인 옥통소를 통하여 조부와의 상봉, 모친과의 상봉, 부친과의 상봉이 이루어진다.

이운학은 친부 이춘백과 마찬가지로 장원급제하고 황해도 어사를 제수 받음으로써 명실공히 비범한 재능을 인정받게 된다. 울남도 수적인 장수백, 어천추를 치죄하며, 강능의 옥사를 원만히 해결한다. 무엇보다도 어린 나이에도 불구하고 重任을 맡아 임무를 수행할 능력이 있어 중국사신으로 발탁했다는 왕의 신임뿐만 아니라 중국왕의 인물평을 통하여 이운학의 영웅적인 기질이 드러난다. 인물의 비범성이야말로 '풀이'의 중요한 자질이다.

② 여성 영웅·군담

주지하다시피 1차 출장입상 이후 다시 이춘백 부자의 출정을 설정한 이본을 보면 이춘백과 이운학 부자의 비범한 능력에 의한 화려하고 웅장한 勝戰의 '풀이'보다는 어천추의 딸이며 운학의 부인이었던 어소저와 이춘백이 중국에서 결연한 최부인의 孝와 烈이 강조되고 있다. 최부인의 비범성을 엿볼 수 있는 대목은 다음과 같다.

> 엇더헌 일원 쇼장이 황금투구의 오운갑을 닙고 칠척 검을 빗기들고 즈류마을 놉피 타고 나는다시 오더라. 〈중략〉 초남수는 최장은 과연 남즈 아니라. 니젼 병부상서 여식으로 용모는 졀디가인으로 장녁은 니젼 항우갓고 검술병법이 진실노 장군의 짝이라. 장군과 젼싱의 조고마헌 연분니 잇셔 오날밤 낙화젼 연분니 아름답다. 만일 오날밤을 그져 지니면 장군의 연분니 어긜거시오. 장군의 젼졍이 만분 틀닐거시오. 부디 오날밤을 허수이 보너지 말고 슘싱각약을 미진후의 엄젹ᄒ고 젼장의 갓치가 성공ᄒ여 고국을 한가지로 도라가라 허여거늘 니공이 그 편지을 다 본후의 최장다려 문왈 이 편지 스연니 여추ᄒ여소니 그디가 과연 여즈신가 최장 왈 쳡이 임이 ᄉ지경이 되엿스니 무슴말슘을 은위ᄒ오리가 쳡의 긔품이 과연 남과 달나 외람이 장부의 공명을 일우고져ᄒ여 약간 공부허여 습고 쏘 쳡의 연분은

장군의게 잇수오나 첩의 부모 아지못ᄒ고 ᄃ른 ᄃ성혼허여다가 연분
니 안니기로 쳣날밤의 상부 허옵고 독슉공방의 혼ᄌ 잇습다가 〈중략〉
그러허나 갑주을 벗고 여ᄌ의 모양을 보려ᄒ노라 ᄒ거늘 최장이 즉
시 이러서 갑주을 벗고 여복ᄒ고 안즈니 용모는 옥을 싹근 듯 ᄒ고
연ᄉ헌 ᄐ도는 ᄉ롬의 정신을 일케ᄒ더라.
〈국립중앙도서관소장본, 강능추월옥소전, 77~79쪽〉

　우선 최부인의 비범성은 男裝으로 드러난다. 여타의 여성 영웅계
소설과 마찬가지로 최부인은 남장으로 氣魄과 威容을 드러낸다. 또
한 이춘백과 연분이 있었기에 다른 사람과의 결연은 이루어질 수
없었다는 天定이 강조되었으며, 게다가 타고난 氣稟이 남과 달라
丈夫의 功名을 이루고자 하여 병법을 연마하였다는 내용은 여성영
웅으로의 자질을 여실히 보여준다. 이러한 최부인의 비범한 자질은
춘백과의 결연과 전장에서의 활약상 등의 '풀이'를 마련하기 위한
서술이라 하겠다.
　필사본의 어소저는 평범한 인물로 다루어지며 비범성이 드러나지
않는다. 그러나 활자본의 경우 다음과 같이 어소저의 인물됨을 설
명하고 있어 대조적이다.

　어장군이 일즉 소저 낳을 때 한 꿈을 얻으니 직녀성이 떨어저 구
슬이 되여 품에 들어오더니 어청수 그 구슬을 받아 가지고 부인을
주니 부인이 받다가 잘못하여 나려저 깨여저 서기충천하더니 오랜
후 그 구술이 도로 화하여 사람이 되어 부인 품속에 드는시라 이사
이 여겨 이름을 파주라하니 소저의 용모재덕이 사람의 안목을 놀래
고 국법내측에 한가지도 구차함이 없으니 이른바 경국지색이요 요조
숙녀더라
〈활자본 〈강능추월〉, 31~32쪽〉6)

어소저의 이름까지도 필사본의 月梅에서 破珠로 바뀌었다. 이처

---

6) 활자본 〈강능추월〉, 향민사, 1972.

럼 활자본에서는 어소저 마저도 비범성을 지닌 천상의 인물로 다루
고 있다. 또한 終局에 가서 왕명으로 어소저와 이운학이 부부의 因
緣을 회복하는 것으로 되어 있다. 이와 같이 어소저가 죽지 않고
살아서 아비의 원을 풀고 다시 화합하는 활자본의 내용은 비록 필
사본과는 거리가 멀어진 내용이지만 활자본만의 '맺음'과 '풀이'의 한
양상임을 알 수 있다. 어소저의 행위는 군담으로 보기에는 무리가
있다. 그러나 생시에 못 다한 효, 열을 魂靈이 되어서까지 해결한다
는 모티브는 冤抑의 '풀이'에 효, 열이 결정적으로 작용하고 있음을
보여준다. 따라서 결말부에 부연된 어소저의 행위는 이러한 '풀이'를
마련하기 위한 필연적인 부연임이 확실하다.
　〈강능추월전〉은 이처럼 이춘백, 이운학 부자의 영웅·군담뿐만
아니라 최부인과 어소저의 영웅·군담을 다루고 있다. 군담이야말
로 사건의 '맺음'과 '풀이'가 유기적으로 설정되며 아울러 '맺음'과
'풀이'의 역동성은 주인공의 비범성에 있음을 알 수 있다.

2.2. 忠·孝·烈의 '맺음'과 '풀이'

　국립중앙도서관본 〈강능츄월옥쇼젼〉의 표지에 주제나 다름없는
'니씨 됴씨 최씨 어씨 츙열 효힝녹이라' 한 副題는 〈강능추월전〉의
서사내용과 구성을 이해하기에 좋은 단서가 된다. 작품의 구성과
내용은 작품이 지향하는 주제와 밀접한 관계가 있음을 고려할 때
〈강능추월전〉의 忠, 孝, 烈의 주제는 서사진행상의 '맺음'-'풀이'와
직결된다.

(1) 남성 주인공의 忠과 孝에 의한 '맺음'과 '풀이'

　유교적 관념으로 볼 때 科擧를 통한 立身은 충과 효를 겸하는 일
이다. 이춘백은 알성과에 급제하여 내직과 외직을 두루 역임하고
황해감사를 제수 받고 도임 하여 선정을 베푼다. 선정에도 불구하

고 울남도 수적을 다스리지 못하고 결국 移任時에 수적에게 화를
당하게 되어 가족이 離散한다. 주인공의 고난의 '맺음'은 수적의 도
적행위로 야기된 문제이지만 개인적인 문제이기에 앞서 사회·국가
적 문제이다.

　가족의 이산과 그로 인한 주인공의 고난은 '맺음'의 한 유형으로
대개 주인공 자신이 문제를 해결하고 고난을 극복하는 '풀이'를 마
련한다. 그러나 이춘백의 수적과의 '맺음'은 아들 이운학에 의해 '풀
이'로 이어진다. 이운학은 직접 황해어사를 제수 받고 소임을 다한
다. 운학은 자신이 성장한 울남도는 수적의 소굴이고, 자신의 수양
부와 장인은 수적임을 확인하게 된다. 우여곡절 끝에 모친과 상봉
하고 울남도를 소탕하여 부친의 배를 노략했던 장본인인 丈人 어천
추를 처단하고 수양부 장수백은 십년 양육함을 생각하여 放免한다.

　　　어스호령 디질왈 니게 관겨업스면 이갓치 헐가 그 니감스는 나의
　　부친니어니와 너는 나의 불공디쳔지쉬라 ᄒ고 군스을 호령ᄒ여 즉각
　　타살허라ᄒ니 쳔추 그제야 어스 니감스의 아들인 줄 알고
　　　　　　〈국립중앙도서관 소장본, 강능추월옥소전, 58쪽〉

　　　싱각다가 푸러 일너왈 너도 갓치 쥭일 듯 ᄒ되 니니 깁피 싱각ᄒ
　　니 어쳔수와 갓튼 원수는 아니오 ᄯᅩ 수양지은니 잇스니 춤아 쥭이지
　　못ᄒ고 특별리 살녀노으니 일후는 다시 범남헌 일 말나ᄒ고 노와 보
　　니니 수빅부처 빅비츅수ᄒ더라
　　　　　　〈국립중잉도시관 소졍본, 깅능추월옥소진, 61쪽〉

어천추는 비록 장인이라는 인간관계로 설정되었지만 아버지의 원수
이기 때문에 자신과는 불공대천의 관계를 맺은 상태이다. '풀이'의
단계에서 어천추의 처단은 일단 수적 행위에 대한 명분을 내세워
忠을 표방하였고, 더불어 부친의 원수를 갚는다는 孝를 겸하고 있
다. 장수백의 放免은 수양부라는 인간관계를 통하여 '풀이'가 나타나
는데 이것은 孝의 확대이다.

또한 운학은 중국사신으로 발탁되어 중임을 맡는다.

> 성승이 지품을 스랑ᄒ사 품직을 도도시고 가라스디 즁원의 이리 잇셔 스신을 보너고져ᄒ나 제신즁의 보닐 스람이 업셔 근심되더니 경의 츙셩이 족히 즁국스신을 감둥홀지라 특별이 경을 보너니 ᄯᅳᆺ시 엇더허요 운혹이 쥬왈 신지어젼ᄒ의 의위군신니오 은유부지라 하오니 ᄒ교 지츄의 슈화즁이온들 엇지 피ᄒ오릿가 승이 칭춘ᄒ사 왈 효즈요 츙신이로ᄃ 이갓튼 고공지신니 어디 잇시리오 ᄒ시디
>
> 〈박순호 소장본, 江陵秋月玉簫傳 上, 120쪽〉

이운학의 행위는 한마디로 '효자요 충신'으로 요약된다. 이운학은 나라의 중임을 맡아 중국에 사신으로 가서 부친과 상봉하고 서번의 난을 평정하여 공을 세운다. 난을 평정하고 소임을 다하는 행위가 중국에 대한 事大崇慕에 머물지 않는 것은 오로지 불의에 대한 大義名分이며, 그것은 국가와 국왕에 대한 충의 연장선상에 있었기 때문이다.

결말부의 부연 내용은 귀국 후 재차 출정하여 공을 이룸으로써 이춘백 부자의 竭忠報國을 공고히 하고 있다. 북적의 침범이라는 公的인 '맺음'이었으나 그 '풀이'에 있어서는 최부인의 軍談을 통한 烈이 부각되었음을 알 수 있다.

(2) 여성 주인공의 孝, 烈에 의한 '맺음'과 '풀이'

어소저는 수적 어천추의 딸로 울남도에서 장수백의 아들로 성장한 운학과 결연한 여자이다. 운학이 울남도를 토벌하고 장인인 어천추를 문초하여 처벌하는 장면에서 어소저는 情理로 부모의 선처를 호소한다.

> 천츄의 ᄯᅩᆯ은 어스의 안희라 울며 나와 복지왈 나리임은 이 무슴 이리잇고 왕스는 모로고 허온 닐리라 빅변 뉘웃친들 엇지ᄒ오며 ᄯᅩ

너게도 시부모라 너 ᄆᆞ음 엇지 슬푸지 아니 ᄒᆞ리오 임의 왕ᄉᆞ는 중
의푸이라 첩의 아비을 그역 죽이신들 무어시 시원 ᄒᆞ리잇가 〈중략〉
각골ᄒᆞ오신 분한을 줌시 춤으ᄉ 첩의 아비을 젹션의 술여 쥬옵쇼셔
첩의 아비을 술여 쥬시면 첩이 머리을 싹거 은혜을 고ᄼ히 미져가며
갑푸리이ᄃ 제발 젹션의 술여쥬오 황숑흔 몰숨이오나 첩의 졍셩으로
천지일월게 비려 귀ᄌᆞ귀숀을 ᄆᆞ니 나아 조션향화을 이어 천빅디을
젼ᄒᆞ오며 아비죄을 쇽ᄒᆞ오리ᄃ 젹션의 술여쥬오 〈중략〉 어쇼져 그
부모 죽음을 보고 처량헌 눈물노 무슈이 통곡왈 나리님은 드르쇼셔
첩의 아비 비록 죽일 죄 잇드랴도 슈분위은니라 ᄒᆞ난 몰숨이 잇스오
니 엇지 이ᄃᆞ지 모지시허오 국ᄉᆞ의도 ᄉᆞ졍이라 ᄒᆞ오니 원슈는 왕ᄉᆞ
오 인졍은 목젼니라 너모 이리 복졀리 ᄒᆞ난잇가 ᄉᆞ외도 ᄎᆞ하니 몰숨
ᄒᆞ여 슬디 업스오나 나리님이 첩의 부모을 죽이고 첩을 ᄃᆞ시 갓가이
ᄒᆞ기ᄆᆞ 물ᄒᆞ고 첩도 ᄯᅩᄒᆞᆫ 나리님을 뫼시기 ᄉᆞ처의 ᄆᆞᆺ둥치 못ᄒᆞ오니
부모 죽고 가즁을 이별ᄒᆞ고 혼ᄌᆞ사라 무엇ᄒᆞ리오 슬푸ᄃ 첩의 신명
을 일을진디 동붕화촉을 그 전날의 부졀업시 연분을 미ᄌ 셩젼 ᄉᆞ후
의 평셩 한니 되나이ᄃ 첩은 일노조ᄎᆞ ᄌᆞ처지도 잇스오나 나리님은
평생 줄되여 ᄆᆞᆫ세장슈ᄒᆞ옵소셔 원슈의 ᄌᆞ식이나 부모 인졍을 셩각ᄒᆞ
여 불숭이 여기쇼셔 ᄒᆞ고 인ᄒᆞ여 쿨노 멱을 쩔너 죽으니 본ᄉᆞ롬드리
모ᄃ 춤혹이 여기고 원귀 무심치 아닐가 ᄒᆞ며
〈박순호 소장본, 江陵秋月玉簫傳 上, 103~107쪽〉

이렇게 冤抑을 가지고 自刎한 어소저는 결말부에서는 顚倒되여 孝
와 烈의 化身이 된다. '어ᄉᆞ님이나 잘 되와 만셰장슈ᄒᆞ쇼셔 원슈의
ᄌᆞ식이나 부부을 셩각ᄒᆞ여 불상이나 여기소셔 ᄒᆞ고 인ᄒᆞ여 ᄌᆞ문ᄒᆞ
니 검광으로 조ᄎᆞ 빅긔 일어ᄂᆞ며 빅긔 변ᄒᆞ야 청죠되야 슬피 울고
날라 가거늘'7)이라 하여 '맺음'을 靑鳥로 象徵하고 있다. 이 청조가
운학에게 나타나 자신의 원억을 토로한다.

　　홀연 난디업난 청조시 나라와 미화가지의 ᄋᆞᆫ져 슬피우ᄃ 운흑의
　　억긔의 올나ᄋᆞᆫ져〈중략〉 슬푸ᄃ 줌군니 날을 디ᄒᆞ여 무슴 낫스로 디

---

7) 고려대 도서관 소장본, 江陵秋月; 國文寫本 1冊, 77쪽.

둡이 잇스오릿가 나는 옛졍을 싱각ᄒ여 옛셩음을 ᄃ시 듯고져 왓나
니ᄃ 슬푸ᄃ 즁군은 쳡으로 ᄒ여곰 강능츈를 ᄎᄌ 이려틋 부모를 ᄃ
시 ᄆ나시니 쳡이 도로혀 은인이라 슬푸ᄃ 쳡은 즁군으로 ᄒ여곰 이
풀쳥츈의 무쥬고혼니 되어 병희공쳔 구진비의 쇽졀업시 슬피울며 ᄃ
니ᄃᄀ 쳔만 ᄯᆺ밧기 붕군을 ᄃ시 ᄆ나니 일번은 본ᄀ고 일번은 슬푸
고 일번은 쳘쳔지원통ᄒ지라 〈즁략〉 이니 팔ᄌ 엇지ᄒ여 져갓튼 즁
군임을 오리도록 못모시고 부모 좃ᄎ 못슬니고 무쥬고혼 되든몰가
즁군아 나를 보고 이 니목의 ᄭ친 쿨을 그뉘가 ᄲᅢ여 쥬며 이니 눈의
피눈물을 그 뉘라셔 식쳐주며 이니 혼과 넉슬 그 뉘라셔 불너 ᄃᄀ
스명일 츈츄졀의 위ᄒ여 졔 지니고
〈박순호 소장본, 江陵秋月玉簫傳 下, 163~165쪽〉

어소저의 주장대로라면 이운학은 자신의 恩人을 無主孤魂이 되게
하였음이 분명하며 따라서 어소저의 원망은 커질 수밖에 없다. 그
러나 이러한 사정은 이춘백, 이운학, 최부인이 어천추와 용천두의
魂靈에게 포위되어 死生이 모호한 상황에 놓여 있었을 때 장수백
혼령을 請하여 三人을 구하려는 장면에 가서는 冤抑의 '맺음'이 '풀
이'로 전환된다.

슈빅이 쳥필의 츄원톤왈 나의 졍이로는 구ᄒ려니와 어쇼져로 불진
디 가히 원슈라 엇지 구코져 ᄒ여 니게 와 쳥ᄒ나요 어쇼져왈 즁군
은 이 무슴 몰슴인닛가 등초 스기로 보면 원슈라ᄒ면 원슈려니와 슬
푸다 슴싱연분의 여필종부 여든 시부모를 원슈로라 ᄒ릿가 쳔지슴경
의 효열이 웃듬이라 쳡이 비록 인간을 ᄒ직ᄒ고 황쳔의 잇스와도 효
열을 직히고져ᄒ며 등초 스기는 뉘완가 그르던지 이제와셔는 부운
왕스ᄅ 시ᄼ비ᄼ를 엇지 ᄃ 이논ᄒ리요 ᄯᅩ 허물며 츌가이후는 쇼즁
이 시가의 잇습고 ᄯᅩ 옛글의 ᄒ여시되 영인부아연졍 무ᅌ부인니라
ᄒ여시니 쳡이 오날날 구코져ᄒ미 엇지 허물되오릿가 즁슈빅이 츄연
톤왈 효부열여로ᄃ
〈박순호 소장본, 江陵秋月玉簫傳 上, 188~198쪽〉

어소저에게 있어서 운학은 원수이기 이전에 삼생연분으로 맺어진

관계이다. 더군다나 女必從夫와 孝烈을 으뜸으로 삼아야 한다는 말은 전통적인 윤리사상으로 시사하는 바가 크다. 또한 '寧人즘我 毋我즘人'이라는 발언은 어소저의 孝烈과 信義를 명확히 밝히고 있다. 이처럼 어소저의 冤抑 '맺음'을 孝와 烈의 '풀이'로 해결함으로써 〈강능추월전〉이 드러내고자 하는 주제의식이 선명하게 되었다.

　최부인이 다시 戰場에 나오게 된 '맺음'은 대외적인 명분론을 앞세운다. 그러나 忠보다는 烈이 강조되고 있다.

　　첩이 몰니 튝국의셔 승공을 쏘ᄅ올제 변복구치ᄒ여시니 이번 병난의 엇지 슈々방관니 되리요 ᄒ가지로 젼즁의 나가 일비지역을 돕ᄉ오리ᄃ ᄒ고 간슈ᄒ여든 곱쥬를 니여입고 청총ᄆ을 튼고 즉시 궐니의 드려가 승제 쥬왈 신첩이 외국지인으로 동국의 드러와 셩승의 덕틱을 믄々입 ᄉ오니 잇써를 등ᄒ와 셩승의 근심을 더옵고 신첩의 가부와 가치 젼즁의 츌쳔ᄒ옵기를 ᄇ루옵나니ᄃ
　　　　　　〈박순호 소장본, 江陵秋月玉簫傳 下, 162~163쪽〉

　상기 남성 주인공들의 영웅성이 충과 효의 표방이라면 여자 주인공의 비범성과 영웅성은 효와 열의 강조이다. 또한 최부인을 통한 군담의 설정은 이운학이 중국에서 세운 남성영웅군담에 비견되는 내용으로 '풀이'의 의미를 강화하고 있다.

3. 結　論

　〈강능추월전〉은 이춘백, 이운학 부자의 영웅·군담뿐만 아니라 최부인과 이소저의 효열담을 근간으로 히고 있디. 따리서 영웅·군담의 서사내용인 출생시의 적강화소, 옥문동에서의 天定結緣, 주인공의 초월적 능력에 의한 고난과 시련극복, 국외라는 공간에도 불구하고 출정하여 난을 평정하고 출장입상을 실현함으로써 행복한 결말에 이르는 정연한 구성을 보인다. 특히 군담소설 특유의 비범한 인물들에 의한 '맺음'과 '풀이'가 명확하다.

고난으로 설정된 수적과의 '맺음'은 공인으로서의 '풀이' 이외에 부친에게 해를 가한 원수의 관계로 설정하여 개인적인 '풀이'가 가미되었다. 남성 주인공의 활약을 강조한 중국에서의 출장입상은 전형적인 군담 구성을 유지하면서 내용상으로는 不義에 대한 '맺음'에서 忠이라는 대의명분에 의한 '풀이'가 나타난다. 무엇보다도 군담소설의 구성에 있어 필수적인 요소인 주인공들의 비범성은 전체 서사구성과 내용의 '맺음'과 '풀이'의 중요한 요소로 작용하고 있다. 1차 출정으로 완결된 텍스트에도 불구하고 재차 출정을 첨가한 결말 부연본의 경우 여성 주인공의 비범성을 들어 '풀이'를 마련하였다. 최부인의 접전묘사나 승전 후 鬼卒들에게 포위되어 사면을 분간치 못할 때 事勢를 판단하고 대처하는 남성 못지 않은 비범성은 여성영웅의 전형적인 '풀이'이다. 게다가 부모를 죽인 원수이지만 곤경에 처해 있음을 보고 돕지 않을 수 없다는 어소저의 孝와 烈은 결정적으로 사건의 '풀이'를 마련함에 있어서 중요한 기재이다.

특히 결말부 부연의 설정은 〈강능추월전〉의 구성 및 주제구현의 필요에 의한 것임이 확연하다. 결말부 부연이 없이도 하나의 텍스트로 인식되었던 내용에 결말부의 부연은 어소저의 冤抑을 伸冤하기 위한 '풀이'이면서 동시에 최부인의 烈과 어소저의 孝와 烈을 강조하기 위함이었다. 따라서 전반부 남성위주의 충·효에 만족하지 않고 후반부 여성위주의 효·열을 안배하게 되었던 바 결과적으로 남녀 주인공들의 활약상의 균형뿐만 아니라 충·효·열의 주제를 兼全하게 되었던 것이다.

李鈺의 傳 서술 방식과 설화 수용양상

임 유 경

목 차

---

1. 머리말

李鈺은 조선후기문학사에서 개성 있는 문학 작품으로 주목받는 작가이다. 김균태(1977)의 〈이옥 연구〉[1]에서 그를 학계에 소개한 이후 이동환(1979)의 〈조선후기한시에 있어서의 민요취향의 대두〉[2]에서 그의 시와 시론집 《俚諺》에 대해 주목하였고, 그 뒤로 그에 대한 관심이 꾸준히 이어져 왔다. 최근에는 그의 시에 나타난 여성 정감이 실제 여성 작가에 의해 쓰여진 한시에서 볼 수 있는 정감과는 다른 방향의 것임을 수복한 연구가 있었다.[3]

이옥의 가계나 생애는 정확하게 알려져 있지 않다. 다만 그의 친우인 김려가 교열하여 남겨놓은 《담정총서》에 그의 저술이 남아

---

1) 김균태(1977), 〈李鈺研究〉, 서울대학교 대학원 석사학위논문.
2) 이동환(1979), 〈조선후기한시에서의 민요취향의 대두〉, 한국한문학연구 3·4집, 한국한문학연구회.
3) 박무영(1999), 〈여성 화자 한시를 통해 본 역설적 남성성 -〈이언〉의 경우를 중심으로〉, 이화어문논집 17, 이화어문학회.

있고, 김려가 쓴 그 글의 서문에서 이옥의 일생을 짐작해볼 수 있다. 그의 저작을 통해 추정한 김균태(1986)에 따르면 그는 1760년에 나서 1812년에 세상을 떠났다고 한다.4) 1790년(정조 14)에 생원에 급제하였고, 이후 1796년까지 성균관의 유생으로 있었는데, 그 사이 소설 문체를 썼다 하여 정조에게 질책 당한 사실이 실록에 나온다.5) 그의 문체는 그 후에도 계속 정조의 문체반정과 맞물려 문제가 되는데, 정조는 문체가 괴이하다 하여 정산현에 충군토록 하였으며, 다시 삼가현으로 옮겨 충군하도록 했다.6) 문체 때문에 그 후에도 과거시험에서 여러 차례 문제를 일으키고 결국은 입신양명의 현실적 욕망을 포기한 채 글을 쓰며 말년을 보내다가 53세에 고향 남양에서 생을 마쳤다. 이처럼 문체 문제는 이옥의 생애에서 성공을 가로막는 걸림돌로 작용하였는데, 지금은 그의 문학 작품을 조선후기 문학의 중대한 변화로 자리매기는 구실을 하고 있다.

그의 전은 설화를 수용하고 당시의 민간 생활상을 사실적으로 보여준다는 특징을 지니고 있다. 이옥의 전은 모두 23편으로, 당대의 시정의 풍습을 반영하는 작품과 민담, 전설 등의 설화를 전의 양식으로 기록한 것 등 다양한 작품세계를 지니고 있다.7) 대부분의 작품이 전의 양식적 특징을 지니고 있으면서도 설화적 성격과 소설적 흥미를 담고 있다는 점에서 주목된다.

작품명을 들어보면, 《文無子文鈔》에 실린 〈申啞傳〉〈장봉사전〉〈성진사전〉〈歌者宋蟋蟀傳〉〈상랑전〉〈정운창전〉〈열녀이씨전〉과 《梅花外史》에 실린 〈捕虎妻傳〉〈부목한전〉〈유광억전〉〈심생전〉〈신병사전〉〈남령전〉〈守則傳〉〈車崔二義士傳〉〈文廟二義僕傳〉〈所騎馬傳〉과

---

4) 김균태(1986), 〈李鈺의 문학이론과 작품세계의 연구〉, 창학사.
5) 정조실록 16년 壬子 10월조.
　　"上謂大司成金方行曰…日昨儒生李鈺之應製句語 純用小說 士習極爲駭然.."
6) 充軍이란 죄지은 벼슬아치를 軍役에 편입시키는 형벌의 일종이다. 이때 三嘉縣에서 지내는 동안의 견문을 기록한 것이 《鳳城文餘》이다. 여기에는 영남의 민속과 방언, 지리, 역사 등을 기록하고 있다.
7) 임유경(1981), 〈李鈺의 傳 연구〉,이화여자대학교 대학원 석사논문.

《花石子文鈔》에 있는 〈却老先生傳〉, 그리고 《桃花流水館小稿》에 실려 있는 〈장복선전〉〈이홍전〉〈峽孝婦傳〉〈최생원전〉 등이다. 이옥의 전 23 편 중, 가전인 〈남령전〉과 자서전격인 〈각로선생전〉 및 말을 추도한 〈소기마전〉을 제외하고는 모두 전해들은 이야기를 옮겨 적은 것이다.

그의 전에 벙어리, 劍工, 거지, 숯장수, 사기꾼, 아전 등 주로 하층민이 등장하는 것도 민간의 이야기를 채록한 결과로 생겨난 것이다. 설화의 내용을 그대로 옮겨놓은 뒤 자신의 평을 쓰기도 하고 때로는 서설을 집어넣어 작품의 흥미를 돋구기도 하며 그 설화를 얻게 된 경로를 밝히기도 한다.

구체적으로 설화를 어떻게 전으로 수용하고 있는지, 그리고 그 전을 기술하면서 어떤 방식으로 작품화하는지 살펴보겠다.

2. 이옥의 전에서의 설화 수용 양상

설화의 구연상황이 그대로 드러난 것이 〈최생원전〉이다. 〈최생원전〉의 처음 부분은 客과의 대화로 시작된다. 주로 사랑방에서 과객에 의해 이야기가 전파되던 그러한 구연장면을 보여주는 것이다. 귀신이 있는가 없는가 하는 이야기로 시작하여 먼저 작가 자신이 귀신에 관한 두 가지 일을 이야기한다. 하나는 귀신이 없던 집에 옆집에서 밤마다 돌을 던져 귀신인 줄 알고 굿을 하다가 결국은 흉가가 되고 만 이야기이고, 다른 하나는 귀신이 나온다는 소문이 난 집에 헐값에 들어가 살게 된 가족이 귀신이 휘파람을 불며 춤을 추고 날뛰어도 들은 척 않고 버티니 열흘만에 집안이 고요해지고 아무 걱정 없이 오래 살았다는 이야기이다. 이러한 귀신담도 민간에 많이 떠돌던 이야기일텐데, 작가가 귀신에 관한 자기 생각을 전개하기 위해 앞머리에 실어서 흥미를 유발한다. 그 이야기가 끝나자 또 한 객이 이어서 최생원의 이야기를 하고, 그것을 옮기고 나서 자신의 贊을 써서 이야기에 대한 적절한 평을 내리고 있다. 제보자에 대한 명시가 없을 뿐, 구비문학의 구연상황을 구체적으로 보여주고 있다.

호랑이를 잡은 여자가 주인공인 〈포호처전〉의 구조는 완전한 민담의 구조이다.

① 숯장수의 아내가 해산을 앞두고 있다.
② 숯장수가 장터로 숯 팔러 갔으나 비가 쏟아져 숯도 팔지 못하고 늦어지기만 했다.
③ 그의 아내가 혼자 아기를 낳았다. 그 때 개도 새끼를 낳았다.
④ 범이 나타났다.
⑤ 개의 새끼를 던져 주니 받아 먹었다.
⑥ 물러가지 않고 배불리 먹기를 바라는 듯했다.
⑦ 화로 속의 돌을 솜에 싸 던졌더니 범이 개의 새끼로 알고 먹었다.
⑧ 범은 죽고, 관가에서 쌀 한 섬과 미역 간장을 많이 보내 주었다.

이처럼 위기와 모면의 반복구조로 이루어져 있으며, 결말에 가서는 주인공에게 뜻밖의 행운이 겹치는 것으로 되어있다. 이것은 민담의 세계에서 볼 수 있는 인간과 비인간의 대결을 다룬 것이다. 민담을 이같이 전으로 옮겨놓은 뒤 논평을 덧붙이고 있는데, 약자와 강자의 논리로 이야기를 전개시킨다. 즉, 범이 죽음의 함정으로 빠지면서도 깨닫지 못한 것은 강자로서의 힘만 믿고 소홀했기 때문이며, 연약한 산모가 밤중에 범을 물리칠 수 있었던 것은 당황하지 않고 침착하게 머리를 썼기 때문이니, 사태가 급박해지면 약자도 강자를 이길 수 있다는 것이다.

이 이야기가 민간에서 유포될 때에는 힘의 강자인 범을 이겨낸 '약자의 승리'라는 측면이 강하게 부각되었을 것이다. 이옥의 작품에서는 그러한 측면이 그대로 있는 동시에 '강자의 근신'이라는 측면도 중요하게 다루어, 강자는 절대로 자만하여서는 안된다는 것을 말하였다. 이 점이 설화를 수용하는 과정에서 설화에 주관적 의미를 부여하는 작자의 관점이다. 인간의 지혜로 범을 물리친 이야기인 이 작품은 인간의 가능성을 보여주는 실천적 활동을 그린 것이다. 이옥은 양반이면서도 서민층의 움직임에 민감했던 인물이었다. 그래서 약자인 인간이 강자인 범을 꾀로써 잡아낸 이야기를 자기의 작품으로 수용하고, 약자와 강자의 위치가 때에 따라서는 이처럼 바뀔 수도 있다는 것을 암시하고 있다.

또 다른 범 이야기를 다룬 것으로 〈협효부전〉이 있다. 이것은 효열전설의 성격을 지닌 것으로, 〈포호처전〉과는 달리 호랑이가 영물로 나타난다. 주인공은 눈먼 시어머니를 모시고 사는 과부인데, 친정의 재가 권유를 뿌리치고 돌아오던 중, 범을 만났다. 시어머니께 하직인사라도 올린 후에 잡혀 먹겠다고 호랑이에게 사정하여 집으로 왔다. 시어머니께 하직 인사를 하고 범에게 나갔으나 범은 잡아먹지 않고 돌아갔다. 며칠 후 꿈에 범이 나타나 함정에 걸렸으니 구해 달라고 하여 쫓아가서 구해 주었다.

이 〈협효부전〉의 경우 같은 이야기가 다른 문헌에도 전하고 있다. 《청구야담》에 〈守貞節崔孝婦感虎〉란 제목으로 실려 있으며, 서경창의 〈영남효열부전〉도 같은 이야기를 작품화한 것이다.8) 또한 《동야휘집》 권8에 〈放虎點穴相受惠〉라는 제목으로 실려 있는데9) 약간씩 화소의 차이가 나타나고 있다. 《동야휘집》은 1869년에 이원명(1807-1887)에 의해 편찬된 것으로, 이옥의 전보다 뒤에 이루어진 것이다.

이옥의 작품에서는 장소 및 인물에 대한 명시가 없고, 다만 "산골에 한 여자가 있었는데, 남편이 일찍 죽었다."10)로 시작되어 민담과 같은 제시를 하고 있는데, 《동야휘집》에는 충주의 양반인 安孝婦가 17세에 단양의 최씨에게 시집갔으나 과부가 되어 눈먼 시아

---

8) 박희병(1993), 조선후기 전의 소설적 성향 연구, 성균관대학교 대동문화연구원, 173쪽.
9) 〈東野彙集〉, 慶北大學校 師大 國語學會 研究資料 第2輯. 50~52쪽.
10) "峽有婦 夫早死"

버지만을 봉양하게 되었다는 첫머리 설정이 비교적 자세하다.

《동야휘집》에서는 과부가 "내 죽으려 하였으나 기회를 얻지 못하였으니, 빨리 먹으려므나"하면서 범 앞으로 내달아드니, 범이 물러나면서 땅에 엎드린다. 여자가 "나를 태워 주려는 것이냐?"고 묻자 범이 고개를 끄떡여 범의 등에 타고 나는 듯이 집으로 돌아와, 굶주린 범을 위해 개 한 마리를 던져 주어 보낸다. 여기에서는 여자가 먼저 범에게 뛰어들어 죽으려 하였으나 범이 처음부터 전혀 사람을 잡아먹을 생각이 없는 것으로 나타나, 효부로서의 이미지를 살리지 못했고 구성상 긴장이 없어지고 말았다.

〈협효부전〉에서는 병든 시어머니와 영결하지 않으면 죽어도 눈을 감을 수가 없으니 집으로 가서 하직인사를 올린 후에 잡혀 먹겠다고 하고 같이 집으로 온다. 그리고는 시어머니께 절한 후 다시 호랑이에게로 나아가는 과정이 구성상의 묘미와 함께 비장미를 느끼게 한다. 범을 구하는 과정에서 《동야휘집》에서는 이웃 사람이 범이 잡혀 있다는 이야기를 전해 주는 것으로 되어 있는데, 〈협효부전〉에서는 꿈에 범이 나타나서 함정에 빠져 있으니 구해 달라고 한다. 여기에서의 '꿈'이라는 매체는 곧 범과 인간의 감응이 통한 것으로, 둘 사이에 영적인 교류가 가능함을 말해주는 것이다.

《동야휘집》의 찬에서는 안씨의 효와 열행에 대해 극찬하고 범을 타고 돌아온 것이 신명이 도운 일이니 지성이 하늘에 통한 것이라 하였는데, 이옥의 찬은 호랑이의 영물성에 치중하고 있어 좋은 대조를 이루고 있다. 이옥은 호랑이가 과부를 해치지 않았던 또 다른 경우를 들고, 범이 사람마다 잡아먹지는 않는 영물이라고 하였다.

또 다른 민담 계열의 작품으로 〈이홍전〉을 들 수 있다. 이것은 소화로 볼 수 있는 사기담이다.[11] 서두에서는 시정의 타락된 면을

---

11) 張德順·趙東一·徐大錫·曹喜雄(1971), 〈口碑文學槪說〉(서울:一潮閣),
　　57쪽. "詐欺譚은 거짓말이나 知慧로 상대방을 속이고 意圖했던 바를 成就
　　하는 이야기인데, 김선달이나 정수동, 정만서의 일화는 그 대표적인 것이

보여주고 사기와 협잡이 만연되고 있음을 개탄하고 있으나, 삽화 형식으로 된 이홍의 이야기는 그런 사기 협잡과는 다른, 정수동이나 봉이 김선달 이야기와 같은 부담 없는 소화이다. 그가 개성 상인으로 위장하여 안주의 기생을 가까이한 이야기나 어리석은 중을 속여서 술을 먹은 것 등은 사회의 부패상이라고 볼 수 없는 위트 있는 사기 행각이었다.

이홍은 권력을 가진 자를 상대로 사기를 벌인 것은 아니다. 다만 미모로써 권력과 부를 가진 사람들만 상대하는 기생을 상인 행세를 하여 속인 일이라든가, 군포를 바치러 온 시골 아전에게 돈을 늘려 주겠다고 속여 돈을 떼먹고는 자살 소동을 벌여 책임을 묻지 못하게 만든 것, 시주하겠다고 속여 중에게 술값을 물게 하고 달아난 일 등 모두 물질적인 욕심을 가진 사람들을 상대로 벌인 사기였다. 사기를 당한 사람들은 모두 더 큰 부를 얻으려고 하다가 이홍에게 속고 만다.

기생은 큰 상인의 모습을 한 이홍을 가까이 하면 큰 재물을 얻으리라 바랬다가 속은 것이고, 시골 아전은 방술로써 식비와 화대를 벌 수 있다는 말에 속아 자신이 책임져야 될 공금을 쉽게 이홍에게 맡김으로써 사기를 당한다. 중의 경우도 부자처럼 꾸미고 나선 이홍의 말에 속아서 술값으로 사흘동안 시주 받은 이백 푼만 날려 버리고 말았으니, 시주를 주고 받는 본래의 뜻을 망각하고 쉽게 재물을 얻으려 했던 어리석은 중이었다.

이처럼 사기의 대상이 모두 물질적인 탐욕에 한해 있고 권력층에 대한 풍자가 없는 것은, 당시의 세데기 이미 권력보다는 부의 추구에 기울어져 있었던 것과 관계가 있다. 또한 이옥의 의식은 물질 중심의 사고에 대해 매우 비판적이었고 상업행위도 긍정적으로 보지 않았기 때문에 이러한 설화를 선택 수용한 것으로 보여진다. 이홍은 상업이 발달한 시대의 특징적인 인간형으로, 진지한 저항의

라 할 수 있나."

자세는 찾아 볼 수 없지만 그 당시의 생활 여건 속에서 형성된 재기가 넘치는 인물이다.

물질 위주의 가치관을 가진 인물들의 모순을 공격하는 작가의 의도가 엿보이는 이 작품은 시종 익살과 위트로 넘쳐 있다. 사기꾼인 이홍에 대한 작가의 필치도 매우 우호적이어서 "낡은 권위나 경화된 관념을 파괴하고 삶의 진실된 모습을 보여주는"12) 소화로서의 의의를 가진다. 삽화식 구성과 점층적인 반복구조로 흥미 있게 진행되며, 설화가 가지고 있는 語戱的인 요소와 흥미성을 그대로 지니고 있는 작품이다.

이옥의 작품에서 설화가 하고 있는 구실은 대체로 두 방향으로 구별된다. 하나는 소설창작이 널리 인정되지 않은 당시 상황에서 작가의 소설적 성향을 간접적으로 표현하는 것이고, 또 다른 하나는 설화 그 자체의 기록으로서 설화가 갖고 있는 원초적인 공감을 불러 일으킨다는 것이다.

전자는 세속적 삶에서 발생된 설화로 〈이홍전〉〈성진사전〉〈유광억전〉등이 그러하다. 후자는 보편적이고 통시대적인 설화로서 〈협효부전〉〈포호처전〉과 〈부목한전〉등이 이에 해당한다.

〈부목한전〉은 신이한 경험을 전해주는 이야기다. 진주의 한 절에 수좌가 있었는데 가끔 상좌에게 술담기를 명하여, 술이 익을 때쯤이면 부목한 하나가 찾아와 더불어 술을 마시며 이야기를 나누다 가곤 했다. 언제나 기약 없이 떠나는데도 술이 익으면 반드시 찾아왔다. 어느 날 헤어지면서 앞으로 있을 재난에 대해 서로 이야기하고, 금세의 놀이는 오늘로 그치는 것이라 하며 헤어졌다. 그날이 되어 수좌는 범에게 화를 당해 죽고, 부목이 와서 화장시켰다. 상좌가 부목을 따라가서 섬기고자 하였으나, 부목은 상좌의 수명이 3년밖에 남지 않아 도를 이루지 못할 것이라 하고 떠났다. 그 상좌는 환속하여 자기가 겪은 일을 이야기하면서 자기의 죽을 날을 말하고

____

12) 張德順 · 趙東一 · 徐大錫 · 曺喜雄(1971), 73쪽.

다녔는데, 바로 그날에 세상을 떠났다.

여기에 나타나는 수좌 및 부목한은 '逸士'에 해당한다. 조동일(1977)의 일사소설의 구조13)에 따라서 보면,

    (가) 중이라는 미천한 신분이다.
    (나) 겉으로는 평범했으나, 비범한 능력을 소유하고 있다.
    (다) 세상에서 쓰이지 못했다.
    (라) 행방을 알 수 없게 되었다.

이같이 전형적인 일사소설의 성격을 갖고 있다. 그들이 지닌 비범한 능력이란 평범한 인간으로서는 알 수 없는 하늘이 정한 운명을 미리 알고 있다는 것이다. 겉으로 보기에는 초야에 묻혀서 비범함을 알아차릴 수 없지만 그들의 비범한 내면은 인간계보다는 천상계에 더 가깝다.

천상의 조화에 의해서 인간의 운명이 결정되어 있다는 사실은 인간으로 하여금 경외를 가지고 삶을 돌아보게 하며, 천상계와 인간계의 중간 위치에 있는 부목한과 같은 존재는 초월적 세계에 대한 믿음을 갖게 한다. 그것이 우리들에게 주는 의미는 인간현실의 유한함을 인식하고 현실에서의 고난과 갈등을 해소시킴으로써 세속적 삶에 초연해질 수 있게 만든다. 이러한 설화는 흥미로운 이야기의 전달에만 목적이 있는 것이 아니고 이와 비슷한 다른 상황에서의 행동방법을 제시해주는 교훈적인 역할도 겸하고 있다.

이옥이 남기고 있는 열녀전의 경우 본문 내용보다 몇 배나 긴 작자의 논설이 앞뒤에서 전개되고 있어서, 원래의 열녀설화에서 느낀 작자의 주관적 의미를 강하게 전달해주고 있다. 그 중에서 가장 구비설화의 유사한 것이 〈생열녀전〉이다.

〈생열녀전〉은 삽화적 구성을 하고 있는 작품으로 직접 서사단락으로 들어간다. 주인공 신씨는 본관이 平山이고 용인 사람인데, 남

---

13) 조동일(1977), 한국소설의 이론, 지식산업사, 239쪽.

편 鄭氏가 악창에 걸려 거의 죽게 되었다. 人肉이 좋다는 사람들의 말을 듣고 몰래 칼로 자기 넓적다리를 베어 구워 먹게 하였더니 악창이 나았다. 또한 그녀의 상처도 심하게 덧나지는 않았다는 이야기를 짧게 소개하고는 작가의 논평을 붙였다. 논평에 이어 이 생열녀의 성품을 잘 드러내주는 또 다른 서사단락으로 이어진다. 이 鄭씨 집안은 매우 가난한데도 열녀의 시아버지는 매번 술을 먹고 술단지를 깨고 솥을 부수는 등 주사를 부리어 이웃조차도 얼굴을 찡그리건만 열녀는 기쁜 안색과 부드러운 목소리로 시아버지를 섬기고, 매일 고기 한 점과 해마다 옷 한 벌은 돌아가실 때까지 손수 지어드렸다는 것이다. 이 효행담은 앞 서사에서 보여준 열녀의 강인한 성격이 불러일으킬지도 모르는 오해를 불식시키고 부드럽고 인내심 많은 성격을 강조함으로써 앞 단락과 함께 주인공의 면모를 알 수 있는 보완단락이 된다. 결론적으로 이옥은 살아서 하는 열녀 행위가 죽는 것보다 어렵고 시아버지에게 효도하는 것이 살을 도려내는 것보다 더 어려운 일이라고 하였다.

이같이 남편을 따라 죽거나 수절을 위해 목숨을 버리는 이야기가 아닌 남편을 병에서 구하여 함께 사는 행복한 결말의 이야기는 구비열녀설화에서는 상당히 많이 나타나는 유형이다. 〈구비문학대계〉 가운데 '413-10 자기 살로 남편 살린 열녀 이야기'는 열녀담 총 185편 중에 32편이나 된다.14) 반면 문헌으로 남아있는 열녀전은 거의가 다 남편을 따라 자결하거나 아이를 키워놓고 죽는다.15) 傳과 문헌설화에서 가장 이상적인 열녀로 삼은 것은 남편의 상을 마친 뒤 시부모를 정성껏 모시다가 자식이 없으면 양자를 얻어 대를 이어놓고 시부모 사후 삼년상을 치르고 사당에 나가 자결하는 열녀이다.

---

14) 김대숙(1994), "구비열녀설화의 양상과 의미", 〈고전문학연구〉 9집, 한국고전문학 연구회, 49쪽.
15) 이혜순(1998), "열녀상의 전통과 변모-삼강행실도에서 조선후기 열녀전까지", 《진단학보》 85집, 진단학회.

이 〈생열녀전〉의 서술에서 이옥이 지니는 태도는 구비설화 향유층이 지니는 세계관과 일치한다. 그것을 작품으로 옮겨놓고 작가의 논설을 통해 자신이 생각하는 긍정적인 열녀란 어떤 것인지 말하는 것이다.

3. 전 서술방식의 특징적 면모

3-1. 액자구성의 강화

이옥의 전 서술에 있어 두드러진 특징은 앞머리에 논설을 실은 작품이 많다는 것이다. 보통 도입부에는 주인공의 家系를 서술하게 되어 있는데, 이옥의 전에는 가계를 자세히 서술하고 있는 작품이 가전인 〈남령전〉외에는 하나도 없다. 단지 어느 곳 사람이라거나 무슨 일을 하는 사람이라는 정도의 간단한 소개만 하고 있을 뿐이다.

도입부와 서사부, 결말부로 되어 있는 전의 구조 속에서 도입부와 결말부에서는 자신의 생각을 전달하는 것에 많은 비중을 두고 있다. 〈수칙전〉처럼 서사의 내용은 짧고 앞뒤의 논설이 대부분인 작품도 있다. 그러한 경우에도 그 논설은 서사단락과 긴밀한 유기적 관련을 맺고 있다. 논설과 서사가 어우러져 주제의식을 표현하는 방향으로 진행되는 구성의식을 지니고 있는 것이다.16)

이옥의 〈軍崔二義士傳〉은 그의 다른 전에 비해 도입부가 매우 길다. 이는 병자호란으로부터 많은 시간이 지난 시점에서, 특히 청에게 사대를 하고 있는 당시 상황에서 청에 대항해 싸우려고 한 사람들을 주인공으로 하고 있는 글에 대한 작가의 의도를 밝히고 있는 것이다. 더욱이 승리한 영웅이 아니라 거사를 꾸미다가 제대로 실

---

16) 〈수칙선〉의 구성의식에 대해서는 다음 절에서 상세히 논하고 있다.

행에 옮기지도 못하고 죽은 실패한 영웅을 그리는 것이기 때문에 매우 조심스러운 필치로 서술되어 있다.

먼저 이옥은 우리 나라가 힘이 약해 사대를 할 수밖에 없는 형편을 이야기하고, 우리 나라가 명을 섬기다가 어쩔 수 없이 힘이 강한 청나라에 굴복하여 살 수밖에 없게 된 과정과 그 현실적인 굴복을 인정하지 않으려는 척화파를 비롯한 몇몇 장수들을 열거하였다. 三學士와 金淸陰, 金應河, 南以興, 李廓, 鄭雷卿 등의 죽음을 말하고, 그들의 행위의 결과는 실패로 끝났으나 그들의 마음만은 높이 기려야 한다는 주장을 편다. 여기에 이름이 열거된 인물들은 17세기 초반의 역사적 격변기에 나라를 위해 헌신한 사람들이다. 그 연장선에 주인공 차예량과 최효일 등의 항거가 자리한다.

이 도입부의 논설은 최효일과 차예량에 대해 잘 알지 못하는 독자들에게 흥미를 유발시키고 그 시대적 배경을 알려주는 구실을 한다. 보통 전의 경우 말미의 贊 부분이 있어서 작가의 생각을 충분히 전달할 수 있기 때문에 이렇게 서두에 논설을 배치하는 首尾兩括式의 액자구성은 조선전기에는 거의 없었다. 조선 후기에 이르러 이러한 액자구성이 많이 나타났는데 이옥의 전 가운데 많은 작품이 이러한 액자구성을 하고 있다. 이옥의 전에 설화를 수용한 작품이 많다는 것과 결부시켜서 보면, 이 도입부는 이야기를 전달하는 과정에서 자신의 의도대로 독자를 이끌기 위한 방향제시의 기능도 하고 있다.

조선후기에 와서 이러한 형식이 다수 등장하는 현상에 대해 박희병(1993)은 이전보다 독자를 의식하게 되었고 그에 따라 그 문예성을 한층 높여가는 과정에서 액자형식이 특별히 주목받게 되었다고 보았다.17) 이밖에도 〈차최이의사전〉에서는 사건의 배경을 보여줌으로써 역사의 한 부분으로서의 이들의 행적의 의미도 찾아볼 수 있겠다. 본문의 인물들이 갖고 있는 저항정신을 공유하는 당시 역

---

17) 박희병(1993), 조선후기 전의 소설적 성향연구, 성균관대학교 대동문화연
　　구원, 119쪽.

사 속의 인물들을 열거하여 보여줌으로써 이 도입부는 본문과 유기적 관계를 맺으면서 본 서사를 유도하고 있는 것이다.

〈이홍전〉의 앞부분에는 이홍과 관계없는 서문 밖의 시장 광경이 묘사되어 있다. 그곳은 위조품을 속여 파는 가짜 상인들의 소굴로 여러 가지 수법으로 순진한 사람들을 속여서 몇십 배의 이윤을 남겨 먹는다. 게다가 소매치기까지 들끓어 남의 주머니나 전대를 칼로 끊어 가는 등, 사기와 협잡이 만연하고 있었다.

작가는 贊에서 이홍과 같은 인물은 결국 제 스스로를 속였을 뿐이었다고 말하고, 커다란 사기꾼은 온 천하를 속이고 그 다음은 임금이나 정승을 속이고 그 다음은 백성을 속이는 자라고 하였다.

흉년에 죽은 아이를 지고 와서 난폭하게 행동하여 시비를 건 후에 그 죽은 시체로써 협박하여 돈을 울궈 내는 일이 묘사되어, 먹고 살기 위해서는 비정상적인 방법도 가리지 않는 비참한 현실을 보여주고 있는 〈성진사전〉의 贊에서는 "애초부터 서문모와 같은 밝은 사람이 법을 맡았더라면, 거지가 감히 이렇게 하지 못했을 것이다"18) 라고 말함으로써 이 같은 사건이 생기게 된 원인이 사회 전반의 정치가 제대로 운영되지 않는 탓이라고 보고 있다.

〈유광억전〉에서는 과시체에 능한 유광억이라는 자가 자신은 과거에 뜻을 두지 않고 돈을 받고 남의 글을 대신 지어주는 것으로 업을 삼다가 그런 사실이 탄로 나자 스스로 강물에 몸을 던져 죽었다는 이야기를 싣고, 그 後評에서 작자는 유광억의 행위가 자기마음을 판 것이나 같다고 비난을 하면서 붓질이 정신까지도 오염시키는 세태를 한탄하였다. 돈에 팔려 글을 써주는 유광억이나 돈을 주고 벼슬을 사려고 하는 자들이 다같이 자기만의 이익을 추구하기에 혈안이 되어 있는 세속적인 인간군이다.

도입부의 논설을 통해 보면 이옥은 타락해가는 현실을 개탄하면서 현실 이전의 상태를 이상화하고 있는 것을 볼 수 있다. "이 세상

---

18) "苟有明察如西門豹, 涖乎法, 丐必不敢是矣."

에 사람이 생긴지 오래되어 간교가 날로 치열해지고 거짓이 날로 들끓는다."19)거나, "천하를 속이는 자는 임금노릇을 하고 그 다음은 자기 몸을 영화롭게 하고, 집안을 윤택하게 한다"20)는 작가의 말에서 사회의 모든 움직임이 커다란 사기 속에서 진행되고 있다고 보는 현실비판의 표현을 읽을 수 있다.

이와 같이 역사를 점차 타락해 가는 것으로 파악하고 있으며, 고대사회에 대한 동경을 보이고 있다. 사회를 점점 혼란스럽게 만드는 세속적 인간들에 대한 혐오가 순진하고 소박했던 옛날로 돌아가고자 하는 소망으로 나타난다. 이러한 본질에의 향수가 그로 하여금 민중의 전승체계로 이어져 내려오는 민족문화와 민요·민담·민간신앙 등에 깊은 관심을 갖도록 만들었을 것이다.

액자구성은 전을 통해 작가가 보여주고자 하는 것, 말하고자 하는 것을 직접적으로 전달하기에 좋은 방법이다. 전 양식이 논설문보다 더 효과적인 방법으로 자기 주장을 담을 수 있는 그릇이 되는 것이다. 그 대표적인 예가 열녀전인데, 이옥은 열녀전을 통해 열녀론을 썼다. 〈생열녀전〉의 논평에서 열녀를 정의하기를, "다시 시집 갈 수 있는데도 가지 않는 것, 이것이 열부다."21)고 하였다. 우리나라의 풍속이 정숙하고 음란하지 않아 혼례만 치르고 과부가 되더라도 改嫁하지 않는 것이 관습이 되었다고 하면서, 소복 입은 홍안의 여인들은 모두 옛날 개념으로는 열녀인데, 남편을 따라 죽은 자에게만 나라에서 정문을 세워주니 조선의 열녀는 모두 죽은 자뿐이라고 탄식한다. 살아서 정문을 빛낸 자는 오직 이 신씨뿐이라고 하면서 스스로 칼을 들어 자기 살을 베기가 한번 죽는 것보다 훨씬 어려운 것이라고 하였다.

이 〈생열녀전〉은 이옥의 열녀관을 웅변적으로 나타내고 있는 작품이다. 일상생활에서의 지속적인 실천을 중요시하고 있다는 점에

---

19) 〈성진사전〉"世之有斯民 久矣. 奸狡日熾, 機詐日沸."
20) 〈이홍전〉"編天下者 君天下 其次榮其身 又其次潤屋."
21) 〈생열녀전〉"女可更而不更, 是爲烈女."

서 열보다 효를 우위에 두고있으며, 은연 중 남편의 죽음 뒤에 따라 죽는 관습을 비판하고 있다. 즉, 맹목적인 烈에 대한 회의와 함께 삶에 대한 긍정, 현실의 중요함을 강조하고 있는 것이다.

이옥의 전 23편 가운데 10편이 앞뒤로 논설이 있고, 결말부에만 있는 것이 11편이다. 전 작품 중 앞이나 뒤에 논설이 전혀 없는 작품이 두 편인데, 그 중 〈장봉사전〉은 주인공의 입을 빌어 작가가 하고자 하는 말이 다 표현되었기 때문에, 다시 말하면 전의 서사 가운데 교술성이 다 들어 있으므로 작가가 다시 등장할 필요가 없는 것이었다. 그리고 〈가자송실솔전〉은 주인공과 주변인물 간의 음악애호취미와 유흥적 분위기에 대해 보여주는 성격이 강한 작품이므로 작가의 개입이 필요하지 않았다. 이처럼 내용과 제목에 따라 글의 구성을 다르게 하여 가장 효과적인 표현과 전달을 하고자 한 것이다.

3-2. 소설 기법의 활용

이옥의 전은 배경을 중시하고 인물의 심리 묘사에 치중한다는 점에서 소설적 글쓰기에 가깝다. 소설을 쓰려는 의도를 가지고 쓴 〈심생전〉과 같은 작품도 있다. 〈심생전〉은 서당 선생님의 친구 이야기라는 뒷부분의 작가의 말에도 불구하고 인물의 심리 묘사와 인과적 구성 등으로 보아 소설로 보아야 할 것이다.[22] 첫 부분의 인물 소개에서도 "심생은 서울 양반 자제이며, 나이 스물에 준수하고 풍류가 있다."[23]는 언급만으로 시작하는데, 이는 앞으로 전개될 사건에 꼭 필요한 최소한의 요건만 기록한 것으로 조상과 가계를 언급하는 전통적 전 양식과는 차이가 있다. 심생과 여자의 만남에서

---

22) 전수연(1987), 〈〈심생전〉의 양식적 특성〉 (《이화어문논집》 9집, 이화여자대학교 한국어문학연구소)에서 근대적 단편소설에 접근하는 면모를 분석했다.
23) "沈生者 京華士族也. 弱冠容貌甚俊韶, 風情駘蕩"

도 두 사람의 시각에서 각자의 심리 묘사를 적절히 구사하며 서사를 진행시킨다. 이 작품은 설화가 소설화하는 과정을 보여주는 좋은 예가 된다.

이옥의 전은 몇 개의 삽화를 연결하여 처리하는 전통적인 전 서술방식과는 달리 사건의 진행과정을 세밀하게 보여주며, 순차적 진행과 함께 서사의 긴밀성을 갖게 한다. 또한 사실의 나열만이 아니라, 극적인 전개를 위해서는 허구적 사실을 집어넣어 더욱 박진감 있는 서술을 꾀하고 생동감 있는 인물을 만들어낸다. 예를 들어 〈차최이의사전〉에서 차예량이 심양에서 죽기 전에 열 손가락을 찌르는 고문을 당하면서도 굴하지 않고 오히려 정명수를 돌아보며, "이런 놈을 일찍 죽이지 못하고 이에 이르니, 하늘이여."24) 라고 했다던가 하는 표현은 상당히 허구적인 내용인 것으로 보이는데 아주 박진감 있게 그려져 인물들의 비장한 죽음을 더욱 생동감 있게 만들어준다. 서술방식에 있어서도 설명에만 의존하지 않고 대화체를 활용하여 인물들이 살아 움직이는 것처럼 생생하게 묘사하고 있는 것이 특징이다.

가장 전통적인 전의 형식에 속하는 〈열녀이씨전〉의 경우에도 대화체가 작품에 큰 비중을 차지하고 있다. 이씨는 남편이 죽고 나서 임신한 것을 알고 따라죽지 못하다가 아이를 낳아 남편의 대상까지 마치고난 후에 죽는다. 그 과정에서 처음 남편을 관에 묻고 울면서 "장사 지내고 따라가겠다."고 한다.25) 卒哭 때는 "홀몸이 아닙니다. 당신의 말을 어기는 건 아니니, 일년 뒤 가겠어요."라고 남편에게 대화하듯 말한다.26) 이렇듯 죽음이 지연되는 과정을 한 단계씩 이씨가 남편에게 대화하는 것으로 보여준 후에 죽음을 결심한 날의 여자의 행동을 세밀하게 묘사하고 있다. 며느리의 결심을 안 시부모가 "어미는 따르는 자식이 있는데 왜 이러느냐? 죽지 마라."27)고

---

24) "臨死, 顧命壽, 罵曰: 不早殺此奴, 至於此, 天乎!"
25) "旣棺, 凭而哭曰: 襄而從."
26) "卒哭, 哭曰: 身不虛, 不敢棄夫子命, 請朞而從."

말리자, "제가 복이 없어 남편이 일찍 세상을 떠났는데 당연히 따라가야지요. 지금 저 어린아이들로 하여 그만둔다면 낭군이 제게 왜 약속을 지키지 않느냐 하지 않겠습니까?"28) 하고는 어린아이를 불러 정수리를 세 번 쓰다듬어준 뒤 방으로 들어가 자리에 누워 눈을 감고 죽는다. 열녀전 서술에서 이처럼 여자의 행동을 하나하나 묘사하여 죽음의 과정을 보여주며, 말리는 시부모에게 자기 이야기를 하고 나서 죽는 경우는 흔치 않을 것이다. 죽음을 앞둔 주인공의 행동을 묘사하는 문체는 비장미의 극치를 보여주며, 이옥의 패사소품체가 진가를 발휘하는 장면이다.

또한 생략할 것은 과감하게 생략하고 사건 전개에 필요한 부분만을 상세히 묘사하고 있는 점도 돋보인다. 특히 주목되는 것은 설명적인 부분은 최대한 축약하고 묘사에만 치중하고 있는 점이다. 이옥이 즐겨 쓰는 간결체는 불필요한 어조사를 쓰지 않음으로써 사건의 진행을 더욱 긴박감 있게 결과를 만든다.

이옥의 구성의식이 가장 잘 드러난 것은 〈수칙전〉이다. 〈수칙전〉의 구성은 매우 정교하게 짜여져 있다. 이야기 자체는 30년간 방안에만 있어 아무런 변화가 없는 밋밋한 이야기에 불과한데, 그것을 효과적으로 표현하기 위해 전의 기본양식까지도 과감히 깨뜨리면서 전개해 나가고 있다. 도입액자가 끝나고 서사가 시작하는 단락에서 인물에 대한 묘사로 시작하는 것은 조선후기의 전의 양식이 다양화되는 과정에서도 그대로 지켜지던 방식이었다. 그러나 〈수칙전〉은 공간적 배경을 먼저 서술하고 있다. "王城의 서쪽 월암에 있는 큰 바위, 높이는 백 척이나 되고 색은 성백이나."29)로 시작되는 이 부분은 궁중과 관련을 맺고 있는 이야기이므로 왕성에서부터 방향을 잡아 그 여자가 살고 있는 공간을 설명하면서, 월암이라고 하는 지

---

27) "母有子女有從, 胡乃爾? 毋死."
28) "李氏曰: 新婦不福, 夫子早違, 職當下從. 今若以藐諸孤爲辭, 夫子其謂新婦何敢不敬遵約?"
29) 〈守則傳〉"直 王城西有月巖, 巨石立, 可百尺, 色正白."

명과 흰 색의 바위 등이 작품의 주제와 연결되는 상징적 배경이 되도록 구성하고 있다. 공간적 배경이 작품 주제와 연결되는 상징적 배경이 된다는 것은 현대소설의 기법에서도 논의되고 있는 것이다. 소설이 아닌 전 양식에 이런 상징 기법을 쓰고 있는 점에 주목을 요한다.

첫 부분 논설에서 "천지의 지극한 정열의 기가 物에도 심어지고 사람에게도 심어지는데, 物에 있어서는 해와 달, 서리가 되고, 흐르는 물이 되고, 서있는 돌이 된다."30) 고 하여 달과 돌에도 정열의 기가 심어져 있다고 설파하였다. 이처럼 액자의 앞부분에서 언급된 氣 이야기는 액자 뒷부분에서 다시 연결된다. 즉, 이 사실이 알려진 것은 그녀가 일부러 구하여서 그렇게 된 것이 아니니, 아마도 월암 사이에 밤이면 반드시 흰 氣가 열렬하여 별과 달에 닿아 있은 지 오래되었을 것이라면서 기를 바라보는 자가 그것을 살피지 못한 것이 안타깝다고 하였다.31)

인물 묘사를 시간적인 순차에 따라 전개해 나가는 일반적 전 서술과는 달리 이렇게 공간묘사를 통해 시간으로 들어가는 이러한 구성법은 이옥에게 고도의 플롯의식이 있었음을 말해주는 것이다. 하나의 작품으로서의 완결미를 갖추도록 어느 것도 허술하지 않게 짜임새를 지니도록 배치하고 있다. 〈수칙전〉의 배경은 주제와 연결된 상징의 역할로 서술의 중요한 관건이 되며, 이는 기본적으로 인물 중심의 서술을 하게 되어 있는 전 양식으로 보면 파격적인 구조이다.

이 작품은 시간에 따른 변화가 없이 30년이 정지된 시간처럼 똑같은 삶을 살았다는 데서 공간과 마찬가지로 시간도 변함이 없다는 상징이 되고 있다. 배경 속의 바위가 그대로인 것처럼 방안의 어둠

---

30) "天地至貞至烈之氣 或鍾於物, 鍾於人. 在物爲日月霜, 爲鳴瀨, 爲陡立之石…"
31) 앞 글
   "意者 月巖之間, 夜必有白氣烈烈, 亘星月者 久矣. 惜無望氣者候之也. 嗚呼!"

속에 사는 여자도 그대로 변함없는 생활을 한 것이 대비되는 이러한 문학적 상징을 전의 양식에 쓸 수 있었던 이옥은 뛰어난 문학적 감각을 가진 작가였음이 이 작품을 통해서도 거듭 확인된다.

4. 맺음말

　이옥의 전에서 설화를 수용한 의의는 이옥의 의식이 설화의 전승 집단인 민중의 의식과 만나는 지점이 있다는 것이다. 18세기 말에 생존했던 한 지식인으로서 역사적인 변화의 순간에 대하여 날카롭게 사회현실의 비리를 지적하였으며, 자신의 이익 추구에만 전념하는 세속적 인간들에 대한 혐오를 보여주었다. 또한 전의 양식을 활용하여 긍정적으로 생각하는 인물군을 제시함으로써 이상적인 세계관 및 존재론을 간접적으로 나타내었다. 민요나 민담에 깊은 관심을 가졌던 이옥은 그러한 민중문화의 기저를 이루고 있는 민간신앙의 심층의식과 맥이 닿을 수 있는 근거를 그의 작품에서 보여주고 있다.

　이옥의 전에서 긍정적으로 서술되고 있는 인물상에서 작가가 지니고 있는 이상적 가치관을 발견 할 수 있다. 이옥은 주로 세속과 영합하지 않고 자기의 윤리를 실천해 나간 인물에 대해 찬사를 보내고 있다. 그 인물들은 대개가 하층 생활인이라는 특징을 가지고 있다.

　긍정적인 인물을 서민층에서 찾고 있다는 점에서는 연암 박지원과 공통된다. 그러나 연암의 전에는 새로운 계급인 상인을 긍정적으로 그려놓고 있는데, 이옥은 상행위나 물질에 탐하는 것에 대해 혐오를 나타내고 있다. 두 사람 모두 서민층의 인물을 주인공으로 세웠으나, 연암은 그들을 통해 지배층의 모순을 날카롭게 지적하고 공격하는 데 비해, 이옥은 서민 중에서 상고시대의 유훈을 지키고 있는 인물, 충의와 열을 지닌 사람들에게 긍정적인 시선을 보내고 있다.

 몇 작품의 예를 들어 살펴 본 것과 같이 이옥의 전은 설화의 특징인 구조의 단순성을 그대로 지니고 있고, 작품의 성격도 민담이나 전설에 준하는 것이기 때문에 설화를 수용한 작품을 소설로 보는 것은 무리가 있다고 생각된다. 그 설화들은 작가가 사회에 또는 독자들에게 하고 싶은 말을 효과적으로 전달하기 위해 하나의 예증으로 제시되는 측면이 있다. 서사를 통해 교술을 효과적으로 표현하는 방식이 이옥의 전 서술 방식이라 할 수 있다. 문체와 함께 서술방식에 있어서 그가 전 장르 내에서 시도한 몇 가지 변화는 서사문학이 발달하는 데 크게 기여했다고 생각된다.

〈참고문헌〉

동야휘집, 경북대학교 사대 국어학회, 연구자료 제2집.

김균태, 1977, 이옥연구, 서울대학교 대학원 석사학위논문.

김균태, 1986, 이옥의 문학이론과 작품세계의 연구, 창학사.

김대숙, 1994, 구비 열녀설화의 양상과 의미, 고전문학연구9, 한국고전
　　　문학연구회.

박무영, 1999, 여성 화자 한시를 통해 본 역설적 '남성성' - 〈이언〉의
　　　경우를 중심으로-, 이화어문논집 17, 이화어문학회.

박희병, 1993, 조선후기 전의 소설적 성향 연구, 성균관대학교 대동문
　　　화연구원.

이동근, 1991, 이옥 〈전〉의 야담수용 양상에 대하여, 논문집 33집, 육
　　　군 제3사관학교.

이동환, 1979, 조선후기 한시에서의 민요취향의 대두, 한국한문학연구
　　　3-4집, 한국한문학회.

이혜순, 1998, 열녀상의 전통과 변모-삼강행실도에서 조선후기 열녀전
　　　까지, 진단학보 85집, 진단학회.

임유경, 1981, 이옥의 전 연구, 이화여자대학교 석사학위청구논문.

임유경, 1994, 이옥의 열녀전 서술방식과 열 관념, 어문학 56집, 한국
　　　어문학회.

임유경, 1997, 이옥의 〈차최이의사전〉의 구성과 문체상의 특징, 한국전
　　　통문화연구 12집, 대구효성가톨릭대학교 전통문화연구소.

장덕순·조동일·서대석·조희웅, 1971, 구비문학개설, 일조각
　　　전수연, 1987, 〈심생전〉의 양식적 특성, 이화어문논집 9집, 이화어문학회.

조동일, 1977, 한국소설의 이론, 지식산업사.

〈九雲夢〉과 〈장국진전〉의 比較硏究*

田 溶 文

목 차

一. 序　論

　〈九雲夢〉과 〈장국진전〉1)은 貴族的 英雄의 一生을 그린 작품이라는 점에서 공통성을 지니고 있다. 그러나 前者가 主人公의 理想的 생활을 순탄하게 이끌어 가는 理想小說에 가깝다면 後者는 主人公의 영웅적 행위를 주된 내용으로 엮어진 本格的인 英雄小說이라는 점에서 구별된다. 그리고 〈구운몽〉은 당대 文學作家로 巨頭인 金萬重의 직접적인 손에 의해 이루어졌다는 점에서 그 意義가 자못 크고, 그 形成 過程도 그동안 많은 論者들에 의해 드러난 바다. 그런데, 〈장국진전〉은 작자, 연대가 미상이지만 엄밀히 검토하여 보건대 여러 가지 측면에서 〈구운몽〉과 유사한 점이 발견됨으로써, 〈구운몽〉과 〈장국진전〉은 어떤 상관성이 있지 않을까 하는 의문을 갖게

---

*이 논문은 1999년도 목원대학교 교내 학술연구비의 지원으로 연구되었음.

1) 이 작품은 판본이나 필사본이 없고, 다만 활자본 4,5종이 있을 뿐이다.

한다. 말하자면, 이들 사이는 어떤 선행적 작품이 존재하고 그것이 이보다 후행되는 작품에 영향을 끼쳤거나, 아니면 후행적 작품이 선행적 작품으로부터 직·간접적인 영향을 받았으리는 推測을 낳은 것이다.

　주지하는 바와 같이 일찍이 〈구운몽〉은 大旨를 李緈의 三官記에서 '功名富貴之 於一場春夢'라고 한 이래 학계에서는 그 주제를 인생무상, 제법공허 등으로 파악하고, 그 구조를 幻夢構造로 고찰하여 전래의 幻夢類 소설과의 밀접한 관계를 다루어 온 반면에, 이 작품의 구조를 저 佛經의 敍事構造와 同系로 보고 15, 16世紀의 우리 소설사를 補塡했던 불교계 國文小說이 17세기에 이르러 그 구조와 형태, 표현 등에서 완벽한 典型的 작품의 출현을 고대하던 무렵에, 김만중의 의해 제작된 것으로 간주하고 있다.2) 한편, 〈장국진전〉은 일반영웅소설의 형태를 유지하면서도 여성영웅에 의한 사건이 첨가되어 그것의 양면적 구조를 갖춤으로써, 이 작품은 일반영웅소설에서 여성영웅소설로 변이되는 과정에 19세기초 무렵에 형성된 것으로 추측되어 왔다3).

　그러나,〈九雲夢〉과 〈장국진전〉을 比較, 分析하여 그 先後관계를 본격적으로 논의한 작업은 아직 없다. 다만 부분적인 언급이 있는데 그것도 相反되는 견해로 남아 있는 실정이다. 곧 〈九雲夢〉이 〈장국진전〉의 플롯 일부분을 模倣하였으리라4)는 점과 양작품에 등장하는 여성의 英雄的 活躍相을 문제삼아 오히려 〈장국진전〉이 〈九雲夢〉을 依倣했으리라는 견해가5) 그것이다. 두 작품간의 선후문제를 해결하려면 종합적이고 체계적인 작업이 있어야 하겠지만, 이 작업

---

2) 사재동, 구운몽연구서설, 〈어문연구〉 14집, 1985, p.58.
3) 졸고, 장국진전 소고, 〈한국여성영웅소설의 연구〉, 목원대학교출판부, 1996, pp.180~203, 참조바람.
4) 이에 대한 언급은
　 김기동, 〈이조시대소설론〉, 선명문화사, 1975, p.275와
　 박성의, 〈조선고대소설론과사〉, 일신사, 1973, p.211에 있음.
5) 졸고, 장국진전 小考, 〈한국언어문학〉 31집, 1993, pp. 295-312 참조바람.

을 효과적으로 진행시키기 위해서는 먼저 양 작품의 실상을 서로 비교 검토하는 일이 필요하리라 본다.

이에 筆者는 〈九雲夢〉과 〈장국진전〉 양 작품 사이에 비교적 유사하다고 보이는 면모를 상호 비교해 보기로 한다. 양 작품에는 주인공의 영웅적 행위에 의한 사건구조가 존재하고 있으며, 소재상에 있어서 주인공이 결연자를 만나기 위해 女裝하여 女官의 행세로 봉구황곡을 타는 점이 동일하다. 그리고, 등장인물 가운데 여성영웅적 행위를 보여 주는 일과 아울러 남장여성의 행세를 하는 모습이 나타나는 점도 비슷하다. 또한 양 작품에는 일부다처의 실현이 크게 부각되고 있으며, 동일한 인명으로 등장하는 인물이 그 위치와 역할이 같은 점도 발견되고 있다. 그렇다고 해서 위와 같은 동질성에도 불구하고 차이가 없는 것은 아니다. 그 차이점 내지 구별점이 두 작품 간에 어떤 影響 關係를 示唆하는 바라고 볼 수가 있는 것이다. 본 연구에서는 그 동질성에 바탕을 둔 차이점 내지 구별점을 밝히는 일이 주가 될 것이다. 위 문제에 대한 논의가 제대로 이루어진다면 이제까지 論難이 되었던 저 두 작품간의 先後問題까지도 자연스럽게 밝혀지리라 보기 때문이다.

二. 本　論

1. 英雄小說的 事件構造

〈구운몽〉이 꿈 이전과 꿈, 그리고 꿈 이후의 사건으로 구성된 환몽구조로 되어있다함은 주지된 사실이다. 其實, 꿈 이전의 세계, 즉 육관대사의 제자인 성진이 불도를 닦다가 스승의 심부름을 갔다 오는 도중에 만난 8선녀와 석교에서 수작을 한 죄로 함께 벌을 받는 곳을 천상의 세계라 한다면, 꿈의 세계, 곧 저들이 謫降 환생하여 온갖 시련과 번뇌, 그리고 쾌락과 부귀영화를 누린 곳은 바로 인간

세계라고 할 수 있다. 물론 꿈 이후의 세계, 즉 저들이 일장춘몽임을 깨닫고 돌아간 곳은 위 천상의 세계가 된다. 성진이 양소유로 환생하여 살았던 세계, 곧 인간계에서 그가 전개한 사건들이 이 작품의 대부분을 이루면서 실질적이 중심내용이라 할 수 있다.

그런데, 여기 인간계에서 양소유가 벌인 활약상이 一代記的 구조로 되어 있으면서 영웅소설의 주인공이 엮어낸 그것과 유사한 점이 많다는 점은 이미 논의된 바다6). 그가 어려서부터 범인과 다른 탁월한 능력은 지녔으며, 그가 도사로부터 수학하여 큰 능력을 갖추고, 아울러 과거에 장원급제하여 높은 벼슬에 오르며, 그리고 전장에 출전하여 적과 대전, 투쟁으로 이를 극복해서 승리자가 되는 면모, 즉 양소유의 문무를 통한 영웅적 활약상과 부귀공명의 실현을 중심으로 한 이야기라는 점에서7) 영웅소설의 그것과 유사한 점이 많다고 보겠다.

여기서 양소유가 인간계에서 전개한 사건 가운데 비교적 영웅소설의 주인공이 벌이는 사건과 유사한 부분, 즉 그가 영웅적 活躍相을 보여주는 부분을 구체적으로 살펴 보기로 한다.

우선 주인공이 修學하는 부분이 영웅소설의 주인공이 행하는 그것과 유사하다. 양소유가 과거에 응시하고자 상경하는 도중에 남전산에 있는 도사를 만나 거문고와 통소를 배우며, 헤어질 당시에 방서 한 권을 받는다. 물론 그가 도사로부터 무예나 병서를 익히는 장면이 구체적으로 나타나 있지는 않지만, 산중에서 도사를 만나 도사로부터 무엇인가를 배운다는 점을 주목할 때, 무술이나 병법같은 것을 배웠으리라는 추측이 가능하리라 본다. 더구나 도사로부터 받은 방서는 '병이 없고 늙는 것을 물리치는' 것이라 할진대, 양소유가 앞으로 영웅적인 활동을 하는데 어떠한 장애라도 능히 물리칠

---

6) 조동일, 〈한국소설의 이론〉, 지식산업사, 1977, p.272에서 구운몽을 이미 협의의 영웅소설에 포함시킨 바 있다.
7) 설성경, 구운몽의 주인공론, 〈한국고소설의 조명〉, 아세아문화사, 1990, p. 142.

효능이 있는 책이라 여겨 진다. 여기 양소유는 적어도 도사에게 인정받을 만한 영웅적 자질을 충분히 갖추었다고 보아질 때, 그는 이미 도사로부터 무예나 병법도 익혔으리라는 점이 입증된다.

다음으로 양소유가 과거에 장원으로 급제하여 출세하고는 國難時에 대원수가 되고, 이어 출전하여 軍談的 위용을 보여준다는 점이 저들과 비슷하다. 적 토번이 강성하여 십만 대병을 거느리고 변방을 치거늘 이에 황성이 소동하여 대책을 세우는데, 양소유로 하여금 대장군으로 삼아 적을 치도록 한다. 이에 양소유는 군사를 지휘하여 적의 선봉을 쳐 토번의 좌현왕을 사로잡아 적군을 물리친다. 이 공으로 양원수는 어사대부 겸 병부상서 및 대원수의 직책에 으른다. 그는 영웅으로서 최고의 위치를 확보한 셈이다. 양원수가 戰場에서 군사를 지휘하는 장면을 보면

> 그 병법은 육도의 신기한 꾀요 그 진세는 팔괘의 변하는 법이라 항오 정제하고 호령이 엄숙하니 병에 물 쏟듯 대를 깨치듯 공을 이루워 수월 사이에 잃었던 오십여 고을을 회복하고 대군을 몰아 적석산 아래에 이르니 홀연 회바람이 말 앞에 일고 가마귀울며 진중을 뚫고 지나가가늘 상서 점을 치니 적병이 필연 우리 진을 엄습하겠으나 나종에 길할 증조라 (이가원 교주, 구운몽, 1955, 덕기출판사. 이하 같음. p.172)

이러한 지략 및 用兵術은 저 영웅소설의 주인공이 행하는 그것과 근 차이가 없다. 다만 여기에 영웅소설의 주인공이 흔히 취하는 필마단기로 전장에 출전, 단 칼에 적군을 쓰이 비리는 무용담이 구체적으로 나타나 있지 않음이 차이가 있다. 그러나 양원수의 위와 같은 모습에서 우리는 그가 적군을 대파하는 일에 저들과 같은 武勇을 발휘했으리는 추측이 가능하다. 그것은 이후 그가 몽중 용궁에 들어가 군담적 행위와 신출귀몰한 용법을 사용하여 적을 섬멸하는 면모에서 확인할 수 있다.

> 원수 한 번 지휘하여 다 버히고 백옥채칙을 들어 한 번 두르니 백
> 만 군병이 일제히 짓밟히며 잠시 간에 부스러진 비눌과 깨진 껍질이
> 따에 질비하고(p.187)

이러한 모습은 일반영웅소설의 주인공이 벌인 武勇 및 勇猛性에 조
금도 뒤지지 않는다.

이상과 같은 양소유의 活躍相, 특히 도사로부터 수학하여 영웅의
능력을 갖추는 일, 그리고 그가 대원수의 직책을 가지고 전장에서
보여준 무용담과 용병술, 신술귀몰한 계책 등은 일반영웅소설의 주
인공이 보여준는 모습과 차별이 없다. 다만 그것이 구체적으로 나
타나 있지 않을 뿐만 아니라, 그에 의한 군담적 행위가 계속적이지
못하고 一回的이라는 점에서 영웅소설 주인공의 그것에 미치지 못
한다고 보겠다. 아울러 '영웅의 일생'의 구조에 미흡한 점도 발견된
다. 즉, 양소유가 명문귀족의 출신이 아니라는 점, 비정상적으로 잉
태하거나 출생하지도 않으며, 어려서 죽을 고비에 이르지 않는다는
점, 그리고 구출자나 양육자를 만나 죽을 고비를 벗어나는 일 등이
없다는 점에서 저것과 차이가 있다.

반면에 〈장국진전〉은 전형적인 영웅소설의 면모를 보이고 있다.
주인공 국진이 태어날 때부터 영웅상을 지녔고, 그가 도사로부터
수학하여 영웅의 능력을 갖추었으며, 과거에 응시, 장원으로 급제한
후에 높은 벼슬길에 오른다. 그리고 적의 침범이 있자 대원수로 출
전, 적을 일격에 대파하는 威容을 발휘하여 국난을 타개하는 英雄
相을 보여준다.

여기서 〈장국진전〉에서 국진이 벌이는 주요 사건을 '영웅의 일생'
사건구조에 의해 간략하게 단락지어 보면 다음과 같다.

(1) 국진은 명나라의 재상이었던 장경구의 아들로 태어난다.
(2) 그 부모가 명산대찰에 발원하고, 세존의 지시로 출생한다.
(3) 국진은 어려서부터 기상이 어른답고, 풍채가 영웅스럽다.
(4) 달마국의 침범으로 부모와 헤어져 방황하다가 적에게 잡혀 물속

에 던져지나 청의동자의 구원을 받는다.
(5) 여학도사에게 수학한 뒤 돌아와 헤어졌던 부모를 만난다.
(6) 과거에 장원급제하여 한림학사가 되며, 천자의 주선으로 계양과 결혼하며, 이어 유씨를 후처를 맞이한다.
(7) 몇 차례의 달마국의 침범이 있자 국진이 대원수로 출전하여 큰 공을 세운다.
(8) 적왕의 딸과 인연을 맺으며, 부귀영화를 누린다.

이상과 같다. 위와 같은 내용이라면 저 전형적인 영웅소설의 사건구조에 미진함이 전혀 발견되지 않는다고 하겠다. 말하자면 〈장국진전〉은 〈유충열전〉이나 〈조웅전〉과 같은 영웅소설의 유형과 동일한 작품으로서 위 〈구운몽〉에서 양소유가 벌이는 英雄相보다 크게 부각, 발전적인 모습을 지녔다고 아니할 수 없다.

여기서 위 양소유가 벌인 영웅상에 준해서 국진의 그 모습만을 살펴 보기로 한다. 달마국이 침범하자 국진이 대원수의 직책으로 출전하여 적과 대전하는데,

상셔 대로 왈 네 조고마한 요술로 엇지 이갓치 방자하뇨 하고 진언을 염하며 황건력사로 길을 열나하며 청학선을 들어 한 번 붓치니 운무 슬어지고 텬지 명낭한지라 상셔 좌우로 충돌하매 시석이 몸에 범치 못 하난지라 인하여 격진을 파하고 나오며〈중략〉원슈 따르며 외여 왈 달왕이 오날 화를 버셔나지 못하리리라 하고 결운도를 들어 치니 한줄기 무지개 이난 곳에 달왕의 머리 금광을 촛차 따에 떠러지니 원슈 달왕의 머리를 원분에 달아 호령하고 대군을 모라 격진을 엄살하니 쥭엄이 산삿너라 (장국진전, 활사본, pp.412-429. 띄어쓰기와 아래 아자는 필자가 임의로 함. 이하 같음)

라고 되어 있다. 여기서 국진이 적왕을 죽이고 적을 섬멸하는 장면에서 보여준 神出鬼沒한 술수와 전법, 그리고 적을 섬멸하는 武勇을 유감없이 발휘한다. 이러한 장면은 여러 번 반복되어 나타나고 있다. 위 양소유의 그것보다 구체적이고도 장황하며, 그 活躍相이

계속적으로 반복된다는 점에서 차이가 있다. 말하자면 국진의 영웅상은 양소유의 그것보다 크게 부각, 확대된 것으로 저 영웅소설의 주인공의 그것과 동일한 모습으로 볼 수 있는 것이다.

이상과 같이 〈구운몽〉이나 〈장국진전〉의 주인공이 벌인 사건 내용 중에서 국난시에 대원수의 직책으로 출전, 전장에서 발휘한 지략과 무용담은 영웅소설의 주인공이 벌인 그것과 동일하다고 하겠다.

그러나, 양소유가 보여 준 영웅상은 비교적 장국진이나 전형적인 영웅소설의 주인공의 그것보다 미약하게 나타날 뿐만 아니라, 일회적이며 구체적이지 못하다는 점이 구별된다. 이런 점은 바로 〈구운몽〉의 사건 진개에 애징문제가 가장 큰 비중을 차지하고, 고난이 미미한 대신 행복이 극단적으로 강조되어 있으므로써 전형적인 영웅소설과 거리가 있기8) 때문일 것이다. 또한 〈구운몽〉의 주인공이 꿈꾸기 전에 부딪쳤던 세계와의 분열이 꿈속에서만 극복되기에 아직까지 초기 몽유소설의 한계를 벗어나지 못한 점도 그 점을 말해 준다고 하겠다. 곧, 〈구운몽〉은 몽유소설과 영웅소설의 복합유형에 그치고 있는 것이다9). 반면, 〈장국진전〉의 주인공에 의해 전개되는 英雄的 活躍相은 양소유의 그것보다 적극적이면서 구체적이며, 그 하나하나가 흥미를 유발하는 모습으로 전형적인 영웅소설 주인공의 그것과 일치하는 면모를 지님으로써 영웅소설과 동일한 유형으로 볼 수밖에 없을 것이다. 이런 점에서 〈구운몽〉보다 〈장국진전〉이 전형적이 영웅소설의 성격에 가깝다고 추정해도 무리가 없을 것이다.

2. 素材上의 同一性

素材는 하나하나의 事件을 이루는 바탕이 될 뿐만 아니라 작품

---

8) 김일열, 〈고전소설신론〉, 새문사, 1991, p.200.
9) 조동일, 전게서, p.279, 참조.

전체의 구성을 이루는 바탕이 되기도 한다고 보겠다. 때문에 양 작품에 있어서 동일한 소재가 존재한다는 것은 그만큼 두 작품 중에 어느 한 작품이 그 형성에 있어서 저 작품과 긴밀한 관계를 맺고 있음을 말해 준다고 아니할 수 없다. 〈구운몽〉과 〈장국진전〉의 사건상에 동일한 소재를 지니고 있는 것 가운데 가장 주목되는 것은 주인공이 結緣者를 만나기 위해 女服으로 改着, 여성의 행세를 하여 相對者를 만나는 장면이다. 〈구운몽〉에 양소유가 叔母인 두련사의 말을 듣고는 鄭司徒의 딸인 瓊貝를 보기 위해 女官으로 變色하여 찾아가 거문고를 타다가 봉구황곡을 타면서 그녀를 몰래 보는 내용이 있다. 이러한 점은 〈장국진전〉에서 국진이 모친의 말을 듣고는 이상서의 딸인 계양을 만나기 위해 女服으로 改着,女官의 행세를 하여 봉구황곡을 타면서 그녀를 보게 되는 장면과 서로 일치하고 있다. 이 점을 몇 가지 측면에서 살펴 보면 다음과 같다.

　첫째로 주인공이 配匹인 여성을 만나 보려는 서로 욕구가 비슷하다. 〈구운몽〉의 양소유는

　　평생 병통의 소원이 있어 처녀를 보지 못하면 구혼코저 아니하오니 숙모는 자비지심을 내이사 소질로 하여금 그 용모를 한 번 보게 하소서 연사 이르되 재상가 여자를 용이히 볼 수 있으리오 양생이 혹 내 말을 믿지 않는가 양생이 대답하되 소질이 어찌 숙모의 말쌈을 의심하리오마는 사람의 소견이 같지 아니하니 숙모의 눈이 어찌 소질의 눈과 같사오리까(p.63)

로 되어 있다. 여기서 양소유는 結緣者가 될 여인을 자신이 직접 보지 않고서는 인연을 맺을 수 없다는 점을 분명히 밝히고 있다.

　앞으로 인연을 맺을 여인에 대해 그 모습을 보고자 하는 간절한 소망이 있음을 볼 수 있다. 이러한 내용과 유사한 장면이 〈장국진전〉에서도 발견되는데, 계양과의 혼사에 대한 모친의 말을 들은 국진은

　　오부인 왈 리샹셔 비록 왕법에 죽엇스나 불과 소인의 모해함이오
근본인 즉 강직하니 그 녀자 반다시 현숙할지라 엇지 그 일을 혐의
하리오 하니 국진이 겻해잇다가 왈 소재 친히 가셔 그 녀자를 본 연
후에 셩혼함이 가할가 하나이다(p.399)

라 하였으니, 여기서 국진이 성혼하기전에 배필감을 만나 봐야 한
다는 점을 주장하는 것은 양소유의 그것과 동일하다고 보겠다.
　　둘째는 위의 욕구를 실현하기 위한 계책, 즉 남자가 女服으로 改
着하여 여성의 모습으로 행세한다는 점이 비슷하다. 위 양소유는

　　……정 사도 집에서 연년이 비자를 보내어 향촉을 가지고 관중에
오나니 양 생이 이 때에 여복을 바꾸어 입고 거문고를 희롱하여 비
자로 하여금 듣게 하면 필연 돌아가 부인께 고할 것이요 부인이 정
령 청하여 갈 터이라 정부에 들어 간 후에 소저를 보고 못 보기는
다 연분에 달렸으니 나의 알 바 아니요 또 다른 계책은 없도다 또
그대의 용모 미인 갖고 수염이 나지 아니하였으니 변복하기 어렵지
아니하도다 생이 대희여 물러가 손을 곱고 그믐날을 기다리더라
(p.65)

라 하였다. 안방까지 출입을 자유자재로 할 수 있는 사람은 여성의
신분 뿐임은 말할 것도 없다. 집안에 묻혀 있는 여인의 얼굴을 보
기 위해서는 여성으로 변장하는 길밖에 없을 것이다. 이 점에 양소
유는 바로 여복으로 변장, 여성의 행세를 하게 된 것이다.
　　한편, 〈장국진전〉에서도

　　부인 왈 너는 남자라 엇지 규중쳐자를 보리오 국진 왈 소재 나히
젹고 슈염이 업시니 녀복을 개착하고 리소저를 보리이다 부인이 올
히 역여 녀복을 입히니 아릿다온 태도 진실로 텬향 국색이라(p.
399)

라고 되어 있다. 국진이 여장으로 변복하는 점은 위 양소유와 다를

바 없다. 주목되는 것은 변복이 쉽게 가능한 이유, 곧 나이가 어리고 수염이 없다는 점에서 양자가 동일하다는 것이다. 다만, 위 소유는 숙모의 권유에 의해 여복으로 개착하는 반면에 여기 국진은 자신의 지략으로 변복한다는 점이 다르다.

그리고, 소유나 국진이 모두 거문고를 타는 女官으로 행세한다는 점이 일치한다. 당시 규중 여자들이 음악을 듣기 좋아하기에 그 여자에게 접근하기 용이한 방법은 바로 거문고를 잘 타는 女官으로 행세하는 일이리라. 소유나 국진은 거문고 곡조를 타는데 아주 능한 사람으로 등장한다. 양소유가 거문고를 타는 장면을 보면

> 생이 맘에 탄복하고 먼저 예상곡을 타니 소저 이르되 아름답다 이 곡조여 완연히 천보 태평의 기상이라 사람마다 다알기는 하되 그 신묘하기는 도인 수단 같은 자 없으리 우고 다시 한 곡조를 타니 소저 가라사대 높고 아름답다 이 곡조여 천지 만물이 희희하여 모다 봄빛이라 ......(pp.72-74)

라 하였다. 소유가 소저의 곁에서 거문고를 가지고 '예상곡'을 시작으로 8곡조를 타니, 이에 소저가 크게 감동, 탄복하여 道人이라 칭할 정도다. 한편 국진이 계양의 앞에서 거문고를 타는 장면이 소유의 그것에 비해 비록 간략하게 서술되어 있으나 그 모습은 소유의 경우와 다를 바 없다.

> 이에 칠현금을 슬상에 노코 한곡조를 타니 소래 청아하야 옥반에 진주를 굴니니는 듯하니 쇼져 칭찬함이 마지 아니하나니 이에 여러 곡조를 타다가......(p.399)

라는 면에서 국진 역시 거문고 타는 솜씨가 능란함을 알 수 있다.

또한, 이들은 모두 마지막으로 '봉구황곡'을 타 하여금 자신의 마음을 전하면서 여인의 마음을 엿보게 되고, 그리하여 결국 여인이 눈치를 채 女裝男人이라는 사실이 드러나게 되는데, 그 내용이 서

로 유사하다.

　먼저 양소유가 〈봉구황곡〉을 타는 내용과 이에 소저가 놀래는 장면을 보면

　　　거문고 기둥을 바로 잡고 줄을 골라 타니 그 소래 유양하고 개열
　　하며 능히 사람으로 하여금 심신이 방탕케 하며 뜰 앞에 백가지 꽃
　　이 일시에 만발하고 제비 쌍쌍이 날고 꾀꼬리 서로 노래하니 소저
　　아미를 잠간 숙이고 눈을 바로 뜨고 잠잠이 앉었더니 봉혜봉혜귀고
　　향하야 오유사해구기황이란 곡조 구절에 이르러는 소저 이에 눈을
　　들어 다시 보고 굽어 의대를 보는데 붉은 빛이 두 뺨에 오르고 누른
　　기운이 아미에 사라져 취한 듯이 발연 변세하더니 이에 옹용히 몸을
　　일어 내당으로 들어가거늘……(p.74)

라고 되었는데, 양소유가 마지막 곡인 사마상여의 琴歌인 봉구황곡을 타니 정소저는 얼굴 빛이 붉어지고, 취한 듯이 몸이 변색한다. 짝을 찾아 구한다는 곡, 바로 남자가 여자를 구한다는 뜻일진대10), 어찌 이 뜻과 그 의도를 알지 못하리요. 그리하여 곧 바로 내당으로 들어 간다.

　이 장면이 장국진의 경우에 있어서는

　　　이에 여러 곡조를 타다가 나죵은 사마상여의 탁문군에 봉구황곡을
　　타니 소저 잠깐 츄파를 흘녀 녀관을 살피니 미위 빼여나고 샹이 호
　　호하니 의심업는 남자라 심하게 대경하야 연망이 금련을 움작여 내
　　당으로 들어가거날(pp.399-400)

라 하였다. 〈봉구황곡〉을 들은 계양은 크게 놀라 색이 변하고, 그 곡을 탄 사람이 바로 여자가 아닌 남자라는 사실을 깨닫게 되는 점에서 위 정소저와 동일하다. 자신이 속은 것을 알고는 수치심을 갖는다. 그러나, 이후 여인들은 각각 주인공의 배필이 됨은 주지의 사

───────────────

10) 鳳兮歸故鄕　遨遊四海求其凰

실이다.

 이상에서 같이 주인공이 배필을 구할 때에 상대자인 여인을 직접 보기를 갈망하고, 이를 실행하기 위해 女裝을 하고는 女官의 행세로 여인 앞에서 거문고를 타는 장면, 그리고 〈봉구황곡〉을 탄 끝에 결국 女裝男人이라는 사실이 드러나며, 이후 결연을 맺게 되는 일 등이 〈구운몽〉과 〈장국진전〉에 유사하게 나타나고 있음이 확인되고 있다. 다만 위와 같은 하나하나의 내용이 〈구운몽〉에서는 장황하고 풍성하게 묘사되고 있는 반면에 〈장국진전〉에서는 저것에 비해 매우 단순하고 간략하게 처리되고 있는 것이 구별된다.

 그렇다면 위 내용에 있어서 〈장국진전〉의 그것이 〈구운몽〉의 그 내용을 축약,간략하게 한 것이냐, 반대로 〈장국진전〉의 그것을 확대, 부연한 것이 〈구운몽〉이냐 하는 문제다. 동일한 내용에 있어서 후대적인 것일수록 선행적인 그것을 윤색, 부연하는 일이 자연적인 현상이라 할지라도, 작품의 성격 및 유형에 따라서는 그와 반대일 수도 있는 것이다. 전술한 바와 같이 〈구운몽〉이 인간계에 가장 관심인 애정 및 부귀공명에 대해 주인공이 일장춘몽임을 깨닫고 돌아가는 내용이 이 작품의 실질적이고도 핵심적인 것일진대, 그것이 화려하고 장황하게, 그리고 흥미있게 묘사되는 것은 당연한 일일 것이다.

 다시 말하자면 무엇보다도 애정성취 및 부귀공명의 문제가 가장 큰 비중을 차지하고, 고난이 미미한 대신 행복이 극단적으로 강조될 수밖에 없는 것이다11). 반면에 〈장국진전〉은 전술한 바와 같이 영웅소설로서 주인공의 영웅석 행위가 중심을 이루기 때문에 애성의 갈등 및 성취문제는 다소 미약하게 나타낼 수밖에 없었을 것으로 짐작된다. 이상과 같은 점에서 〈장국진전〉의 위 내용은 〈구운몽〉의 그것을 축약, 간략하게 묘사한 것으로 볼 수 있으니, 그만큼 이 작품은 〈구운몽〉보다 후대적인 모습을 지녔다고 할 수 있겠다.

---

11) 김일열, 〈고전소설신론〉, 새문사, 1991, p.200.

3. 女性英雄의 登場

전술한 바와 같이 〈구운몽〉이 인간계에서 벌인 양소유의 活躍相에 의해 영웅소설의 성격을 갖추고 있는데, 여기에 등장하는 여성들은 어쩌면 저 양소유의 그 活躍相을 보다 효과적으로 부각시키기 위해 존재하는 인물로서 평가될 수밖에 없을 것이다. 그렇다고 여기 여성들이 개성이 전혀 없는 인물이라는 것은 아니다. 여기 여성들은 각각 자신이 처한 위치에서 그 역할을 충분히 감수하고, 또한 주인공을 만나 결연을 맺을 시에도 자아실현적인 모습을 보여 주고 있는 것이다.

그런데 여기 8名의 여성 가운데 한 때 당시 여성의 위치와 행위에 벗어나 영웅의 모습을 보여주고 있음이 주목된다. 이는 바로 토번왕이 보낸 자객 심요연인데, 양원수가 토번군을 치기 위해 출전하여 장중에 머물 때에 손에 비수를 들고 찾아 온다. 심요연이 양원수에게 자신의 과거지사를 말하는 내용을 보면

> 첩은 본대 양주 고을 사람이라 여러 대 당나라 백성일러니 어려서 부모를 여의고 한 계집 스승을 쫓아 제자 되었더니 그 스승이 검술이 신묘하여 제자 삼인을 가르치니 삼인의 성명은 진해월 김채홍 심요연이니 첩이 즉 심요연이라 검술 배운지 삼년에 능히 변화하는 법을 해득하여 바람을 타고 번개를 좇아 순식간에 천 여 리를 다니며……(p.177)

라 한다. 그리하여 심요연은 토번국에 제일가는 검객이 되고, 양원수를 베기 위해 침입한 자객으로 뽑힌 것이다. 여기 심요연은 비록 여성이지만 남성들이 즐겨 배우는 무예를 스승으로부터 익힘으로써 영웅적인 능력을 지닌 가운데 세상을 유람하면서 그 능력을 마음껏 누리는 행세를 함으로써 종래 여성의 한계를 벗어나는 모습을 보여 주고 있다. 특히, 그녀가 전쟁으로 인한 國難時에는 남성들조차 힘든 참전까지 하며, 나아가 최고의 검객으로 꼽히어 難을 타개하는

큰 임무를 맡아 처리한다는 점은 바로 그가 영웅이라는 점을 시사
한다고 하겠다. 심요연은 양원수와 동침하고는 양원수에게 군사들
에게 물을 먹일 계책을 가르쳐 주고 떠난다. 이후 심요연은 백능파
를 만나 재기 시합을 하는 자리에서 검무를 추어 그 재주를 발휘한
다.

> 　요연이 소매를 걷고 띠를 풀고 몸을 날려 춤추며 상하로 섬홀하며
> 동서로 종횡하여 밝은 단장과 흰 칼날이 한 빛이 되어 삼월에 나는
> 눈이 도화 떨기 우에 뿌리난 듯하더니 이윽고 춤추는 소매 더욱 급
> 하여 칼이 빠르며 상설 빛이 홀연 장막 속에 가득하고 요연의 링신
> 이 다시 보이지 아니하더니 홀연 한 줄 푸른 무지개 하늘에 뻗히며
> 찬 바람이 배반 사이에 움작이니 좌중이 뼈가 다 저리고 머리 털이
> 으쓱하거날(pp.295-296)

　이렇게 요연은 신출귀몰한 재주와 둔갑지술을 마음대로 발휘하는
검무를 추어 좌중을 크게 놀래게 한다. 이러한 여성이라면 전통적
여인과 구별되면서, 전술한 바와 같이 일반 남성이 따를 수 없는
武勇의 능력을 갖춘 인물, 곧 여성영웅의 성격에 가깝다고 아니할
수 없다. 이 밖에도 몇 몇의 여성들은 문장에 뛰어나고, 재주와 지
략이 출중한 점이 많다.
　한편, 〈장국진전〉에서는 여성영웅적인 모습을 보여주는 인물로
두 사람이 등장하는데, 하나는 계양이요, 또 하나는 적 벽산왕의 딸
인 홍랑이다. 이늘 모두 장국진의 부인이 됨은 물론이다.
　먼저 계양을 보면, 그녀는 병부상서를 지냈던 이창옥의 딸로서
그 부친이 참소를 당하여 죽고, 모친마져 병들어 죽으니 시비 초운
과 함께 떠돌아 지낸다. 하늘로부터 보검과 병서를 받은 그녀는 여
성임에도 불구하고 병서를 읽고 무예를 익힌다.

> 　소저 그후로는 일쌍금년이 지게 밧글 나지 아니하고 효경과 렬녀
> 전과 손오병서를 잠신슈독하고 밤이면 팔광금을 들어 검술을 연습하

며 말달니기를 숙독하니 자연 심지영통하야 가라치지 아니하얏시나
신츌귀몰함이 일취월쟝하더라(p.398)

이와 같이 계양은 어려서부터 남성들에게만 허용된 병서와 무예
를 습득하므로써 전통적인 여성의 모습과 크게 구별되는 자질을 지
닌다. 이러한 수학은 위 심요연과 다를 바 없는 그것이라 하겠다.
이후 그녀는 장원급제하여 상서가 된 장국진의 부인이 되며, 국진
이 유씨부인을 맞이하도록 주선까지 한다. 나라에 국난이 발생하자
국진이 대원수의 직책을 가지고 출전하면서부터 그녀의 뛰어난 재
질이 발휘된다. 국진의 용맹에 적군이 크게 패하자 적은 국진을 죽
이려고 자객 횡신도사를 보내게 되는데, 이 때 이씨부인 계양은 천
기를 보아 이를 미리 예견하고 이에 스스로 대처한다.

> 내당에 들어가 초인 하나를 맨들고 승샹 성명 삼자를 써셔 붓치고
> 진언을 염하며 입으로 긔운을 부니 완연한 승샹이 되어 셔안에 의지
> 하야 안졋시매……황산도사 대희하야 가마니 비수를 빼어 승샹을
> 버히고 표연이 가거날 리류 양부인이 이 경상을 보고 일변 놀나고
> 일변 분히 여기더라(p.422)

이렇게 적의 자객을 속여 남편을 위기에서 모면케 하는 재주와
술법을 보여 주고 있다. 이러한 그녀의 예견과 대처 능력은 이후
국진이 적과 대전 중에 병들어 적으로부터 위경에 처했을 때에 크
게 발휘된다. 우선 그녀는 천기를 보고 국진의 생명이 위태한 지경
에 빠진 것을 예견한다. 이에 대한 대처로 그녀는 男服으로 개착하
고는 팔광검을 들고 출전한다.

> 충렬부인이 혜오대 존고의 명이 여차하시고 또 보검과 보갑이 스
> 사로 통하니 지체 못하리라 하고 행할새 녀복을 버셔 바리고 급갑투
> 구에 팔광검을 들엇시니 엄연한 영웅에 위풍이 잇더라(p.446)

라고 하였으니, 그녀는 여성임에도 불구하고 남복을 개착함은 물론 갑옷에 투구를 쓰고, 검을 들어 영웅의 위풍을 갖추고 있는 것이다. 나아가 그녀가 필마단기로 전장에 출전하여 적을 섬멸함은 물론 위경에 처한 남편을 구원하는 英雄相을 발휘하고 있다. 이상과 같은 점은 저 신요연의 처사보다 승화, 발전적인 모습으로 저 여성영웅소설의 주인공이 벌인 처사에 가깝다고 아니할 수 없다.

다음으로 적 벽산왕의 딸 일지홍 또한 영웅의 기상을 지니고 있음을 볼 수 있다. 일지홍은 부친 벽산왕의 권유에 따라 출전하게 되는데,

> 지금 나이 십칠세에 텬문디리와 문무지재 잇셔 경텬위디의 지략이 잇시나 내 항상 즁원의 문물을 구경코자 하엿더니 지금 부왕의 말삼이 여차하시니 이번 행군함이 반다시 유익지 못하나 내 잇때를 타 구경하리라(p.450)

라면서 참전한다. 이후 그녀는 당의 장군 이씨부인의 용맹함을 보고는 자웅을 다투기 위해 나가 접전하여 영웅상을 발휘한다. 그러나 접전하지만 일지홍은 이부인의 적수가 되지 못하고 잡히는 몸이 된다. 그 후 일지홍은 전쟁이 끝난 뒤에 이부인의 권유로 국진과 결연을 맺는다. 여기 일지홍은 전장에서 직접 무용을 발휘한다는 점 또한 위 심요연보다 더 발전적인 모습이라 보겠다.

이상에서 살펴 본 바와 같이 위 여성들은 비록 여성이지만 모두 전장에 참여할 정도로 무예가 뛰어나며, 아울러 신출귀몰한 재주를 부릴 줄 아는 능력을 갖추고 있다. 말하자면 이들은 전통적인 여성의 위치를 탈피하여 남성을 능가하는 모습, 곧 영웅적 성격을 지니고 있다는 점에서 동일한 것이다. 다만 〈구운몽〉의 여성 심요연은 전장에 참전은 하나 직접 적과 대전하는 모습이 없는 반면에, 〈장국진전〉의 여성들은 접전하여 무용담을 보여 준다는 점에서 심요연보다 향상, 발전된 여성영웅의 성격으로 여성영웅소설의 주인공이

벌인 그것에 가까운 모습을 지녔다고 할 수 있겠다. 곧, 여성영웅의 성격에서 볼 때 〈구운몽〉보다 〈장국진전〉이 여성영웅소설에 접근된 작품으로 간주된다.

4. 男裝女人의 登場

여성의 남장은 여성의 처지로서는 행세하기가 곤란하기 때문임은 말할 것도 없다. 여성의 신분으로 밖에 나가면 위태롭기에 남을 속이기 위해서는 남성의 모습으로 변장할 수밖에 없을 것이다. 반면에 여성이 남성처럼 행세하면서 그 능력을 발휘하기 위해 변복하는 경우도 있다. 이 때는 여성이 아니요 오히려 남성으로밖에 볼 수 없을 것이며, 남성처럼 마음대로 행세해도 보통 사람의 눈으로는 알아 보지 못할 것은 뻔하다. 남성적 능력을 발휘하기 위해 남장하는 경우의 여성이 〈구운몽〉과 〈장국진전〉에 등장한다.
　우선, 〈구운몽〉의 경우에 남장하는 여성은 적경홍이다. 양원수가 양나라에 들어가 한단 땅에 이르렀을 때에 한 소년을 만나게 되는데,이는 바로 적경홍이 소년으로 남장한 모습이다.

　　　한 묘한 소년이 말을 타고 앞 길에 있다가 벽제소래를 듣고 말게 나려 길가에 섰거늘 바라보고 이르되 저 서생이 탄 말이 팔준마로다 하더니 점점 가까이 보매 소년이 피어나는 꽃과 돗아 오는 달같고 미묘한 태도와 청수한 광채 사람의 눈을 쏘아 가히 바로보지 못할지라〈중략〉소년이 대답하되 소생은 북방 사람 적백란이오니 궁벽한 시골에 생장하여 큰 스승과 어진 벗을 만나지 못하여 학업에 심히 얄아 글이나 칼을 이루지 못하였으되 오히려 일편단심이 지기지우를 위하여 죽고자 하옵니더니〈중략〉옛말의 동성상응하고 동기상통이로소이다(pp.134-135)

라는 부분에서 우리는 적경홍이 비록 본래 여성이지만 남장하여 남성과 동일하게 큰 뜻을 품어 통하는 사람을 만나 서로 화합하고자 하는 모습을 엿볼 수 있다. 말하자면, 여기 적경홍의 남장 동기는 자신의 몸을 지키기 위한 일이 아니라 오직 남성적 행위, 그것도 어쩌면 영웅적 행세를 하기 위한 점으로 짐작된다. 이후 그녀는 본색을 드러내고 양원수를 만나 결연을 맺게 됨은 물론이다.

〈장국진전〉에서 여성이 남장하는 일은 전술에 나타난 바와 같이 이씨부인 계양이다. 계양의 男服으로의 개착하는 일을 보면, 부친이 참소의 의해 죽고 모친마저 죽게 되자, 그녀의 시비 춘운이

> 부인의 시체를 거두어 상셔와 한가지로 안쟝하고 소져를 일습남복을 입혀 다리고 당주고향에 나려와 묘하에 초옥을 짓고 소져를 보호하야 셰월을 보내더니......(p.397)

라 하였다. 그녀의 남장은 시비 춘운에 의해 이루어 지며, 그 동기는 남의 침해로부터 몸을 보호하고 지키기 위해서라고 간주할 수 있다. 그러나 이후 전술한 바와 같이 하늘로부터 팔광검을 받아 주야로 병서와 무예를 익힌다는 점과 관련하여 볼 때 그녀의 남복은 어쩌면 남성적 권능을 갖고자 한 점과 무관하지 않다고 추측된다.

이런 점은 뒷날에 남편이 전장에서 위경에 빠졌을 때에 전게에서 드러난 바와 같이 그녀는 '녀복을 버셔 바리고' 갑옷과 투구를 착용하며, 팔광검을 들고 필마단기로 전장에 출전하여 武勇을 발휘하는 장면에서 입증된다. 위 일지홍과 접전할 시에 이씨부인의 威容을 본 일지홍이 이르기를

> 명쟝의 김슐이 신츌귀몰함을 보고 심하에 반활 내 일삭 약산 셥슐이 잇셔 두려운 사람이 업더니 오날 명쟝의 검슐을 보니 과연 텬신이 하강함갓고 또 그 위인을 보니 남자갓지 아니함을 심하에 이상이 녀기고......(p.451)

라 했는데, 여기에서 일지홍이 이씨부인을 비록 의심할지라도 그것은 그만큼 이씨부인의 행세가 남장영웅의 모습을 지녔다는 점을 反

證해 주는 것이라 할 수 있다.

이러한 점은 그녀가 적을 대파하여 남편을 구원할 때에

> 원슈 눈을 들어 보니 새별갓튼 눈과 츄월갓튼 이마가 천고 긔남자
> 라 심하에 경복하고 좌우를 붓드러 이러 안지며 문왈 쟝군은 뉘시관
> 대 이갓치 와 구하시나잇가 소년 쟝왈 나는 원슈의 사촌처남이로소
> 이다(p.448)

라고 자신을 이씨부인은 숨긴다. 여기서 국진은 자기 부인임에도
불구하고 男裝한 이씨부인의 본체를 전혀 모르고 사촌 처남이라는
말을 그대로 믿는다. 이런 점은 이씨부인이 남장으로 변복하였기
때문임은 말할 것도 없다.

또한 전술 적 왕의 딸로 나온 일지홍의 경우도 전쟁 시에 전투복
을 입고 나왔으니, 男裝한 여성으로밖에 볼 수 없을 것이다.

이상에서 본 바와 같이 〈구운몽〉의 적경홍이나 〈장국진전〉에서의
이씨부인인 계양, 그리고 일지홍 등은 모두 비록 여인이지만 이들
이 남복으로 개착한 것이다. 이들이 男裝한 이유는 모두 남성적 행
세를 하기 위함이기에 전통적 여성의 그것과 크게 구별된다. 다만
〈구운몽〉의 적경홍은 남장으로서의 武勇이 발휘되지 않는다는 점에
서 〈장국진전〉의 여성에 미치지 못하는 모습을 지녔다고 보겠다.
그것은 계양이나 홍랑의 그것이 그만큼 적극적이고 발전적이기 때
문으로 간주된다. 여성이 남성적 행세, 특히 입신출세 및 군담적 행
위를 발휘하기 위한 남장은 전형적인 여성영웅소설의 주인공이 通
例的으로 취하는 일임은 주지의 사실이다. 전형적인 여성영웅과 비
교해 볼 때 위 적경홍은 입신출세 및 武勇譚이 없다는 점에서 크게
미흡하다고 볼 수밖에 없으며, 반면에 계양이나 일지홍의 경우 비
록 무용은 발휘되지만 입신출세의 과정이 없다는 점에서 다소 미약
하다고 하겠다. 이렇게 남장여인의 모습과 그 활약 면에서 〈구운몽〉
이 〈장국진전〉보다 여성영웅소설에 크게 미치지 못하는 위치에 있

는 작품으로 추측된다.

5. 一夫多妻

〈구운몽〉이 一夫多妻의 내용을 담고 있어 蓄妾制度 혹은 一夫多妻制는를 巧妙히 合理化한 것이다12) 점은 주지의 사실이다. 그런데 〈장국진전〉에서도 一夫多妻의 내용이 보인다. 곧, 〈구운몽〉에 천상의 세계에서 득죄한 성진과 8선녀가 인간 세계의 몸으로 태어나 결연을 맺어 일부다처가 이루어지며, 〈장국진전〉에서는 국진이 이씨 부인인 계양과 유씨, 그리고 적왕의 딸 일지홍(홍랑) 등과 결연을 맺어 일부다처의 모습을 보여주고 있다. 一夫多妻는 正室이 있는 가운데 후에 다른 여인과 결연을 맺음으로써 이루어진다. 이러한 一夫多妻的인 모습은 가정소설보다는 영웅소설에서 더 많이 나타나는데, 이는 영웅소설의 주인공이 그만큼 그 위치나 活躍相이 뛰어나 여러 여성을 거느릴 만한 능력을 지녔다고 인정되기 때문으로 추측된다.

우리 소설에서 보여 주는 一夫多妻的인 일은 대개 天生緣分에 의해 이루어진다는 점이 주목된다. 천생연분, 이 말은 하늘이 이미 맺어준 연분이라는 뜻이다. 그러기에 거역할 수 없는 일이다. 그런데 어찌 하늘이 정해준 짝이 둘, 아니 그 이상이 있을 수 있는가. 이런 점이 보통 우리가 말하는 천생연분과 차이가 난다고 아니할 수 없다. 그것은 바로 이들은 모두 인간세의 사람이 아니라 천상계에서 내려온 인물이기 때문일 것이다. 따라서 이들이 지상계에서 결연을 맺게 되는 것은 당연한 일이며, 그것도 짝이 하나가 아닌 여러 명일 경우일지라도 무관한 일이다. 하늘의 뜻이라면 남편이나 정실 모두 이를 거역할 수 없이 그대로 받아들이지 않을 수 없을 것이다.

한편, 천생연분으로는 天子의 지시나 권유도 이에 해당된다고 보

---

12) 전태산인, 〈조선소설사〉, p.116.

아진다. 天子는 천상계에 있는 하느님의 아들도 해당되지만, 인간계에서는 천하를 다스리는 사람, 즉 皇帝도 해당되는 것이다. 때문에 皇帝의 명이나 권유는 곧 하늘의 그것으로 여기고 그대로 따라야만 하는 것이 당시의 실정이다. 이런 점에서 천자의 지시나 권유도 天生緣分으로 생각하고 받아 들이는 것이 신하나 백성의 도리일 것이다.

먼저, 하늘의 뜻에 의한 천생연분으로 一夫多妻가 이루어지는 모습을 살펴보기로 한다. 〈구운몽〉이나 〈장국진전〉에서도 남주인공과 그의 결연자인 여성들은 인연이 이미 天界에서 이루어짐으로써 天生緣分의 사이가 된다. 〈구운몽〉의 경우를 보면, 성진은 천계의 사람으로서 연화봉에서 육관대사로부터 불도를 닦는 사람이요, 또한 8선녀도 천계의 남악에 있는 위부인의 시녀들이다. 주지하는 바와 같이 성진과 8선녀가 각각 심부름을 다녀오다가 석교에서 수작을 부리다가 그것이 화근이 되어 인간계로 귀양을 오게 되는데, 인간계에서 남자 성진과 8선녀는 모두 결연을 맺는다. 이런 일을 우리는 천상계에서 이미 점지된 천생연분이요, 인간계에서 그것의 실행이라고 보지 않을 수 없다. 이런 점은 이후 양소유가 8선녀를 각각 만나는 장면에서 확인할 수 있다.

양소유가 과거보러 가는 도중에 화음현에서 진채봉을 만나 인연을 맺은 후에 남전산에 있는 도사를 만나게 되는데, 진채봉과의 혼사를 도사에게 말하니

> 도사 대소하고 이르되 혼인은 밤같이 어두워 천기를 가히 경솔히
> 누설치 못할지라 그러나 그대의 아름다온 인연이 여러 곳에 있으니
> 진 녀를 편벽되히 생각할 것이 아니로다(p.38)

라고 말한다. 여기서 도사가 소유에게 한 말 가운데 '천기', '인연' 등에서 우리는 소유의 배필감이 이미 천생으로 정해졌다는 의미를 내포하고 있음을 알 수 있다.

 그리고, 양소유가 전장에서 만난 심요연의 경우도 마찬가지다. 양소유에게 심요연은

> 첩은 본래 양주 고을 사람이라 여러 대 당나라 백성일러니 어려서 부모를 여의고 한 계집 스승을 쫓아 제자가 되었더니 〈중략〉 스승이 또 이르되 네 전생 연분이 당나라에 있고 그는 귀인이라 너는 외국에 있는지라 서로 만날 도리가 없으니 내 너를 위하여 검술을 가르침은 너로 하여금 재조를 반연하여 귀인을 만나게 함이니 (p.177)

라는 장면에서도 심요연과 양소유의 전생 인연을 확인 할 수 있다.
 이러한 天生緣分의 관계는 〈장국진전〉에서도 찾아 볼 수 있다. 남주인공인 국진의 출생담을 보면, 그 모친이 태기가 있을 시에

> 일일은 집에 오운이 둘나며 긔이한 향긔 만실하더니 일쌍 선녀 하날로셔 하강하여 왈 오날은 부인의 슌산 하실 날이오니 보즁하소셔……이 아해는 텬상 선관으로 인간에 나려왓사오니 후일 무궁한 영화를 보실 거시오 배필은 삼위 선녀 인간에 탄생하엿스니 하나는 월궁 선녀오 하나는 관한뎐 시녀오 하나는 동정호 룡왕의 영양이니 후일 명심하여 차지소셔(pp.388-389)

라고 하강한 선녀가 말한다. 선녀의 말에서 국진은 천상계의 인물이요, 그의 배필감 또한 선녀들이며, 아울러 이들은 전술 양소유의 경우와 마찬가지로 이미 하늘이 정해준 연분관계임을 알 수 있다.
 이런 점은 벽산왕의 딸 일지홍이 등장하는 장면에서도 나타나는데, 이씨부인이 참전하여 일지홍과 대결하는데,

> 리부인이 한번 보고 감탄 왈 대산국 벽산왕의 딸로 엇지 이갓치 아름답고 신긔하리오 필연 텬신이 젹강함이니 내 검술로 사로잡아 본부에 도라가 진세고락을 갓치하리라(p.452)

라고 말하여, 이씨부인은 일지홍이 천상계로부터 하강한 여인이라
는 점을 알고, 또한 자신과 어떤 인연이 있음을 인지하여 그녀가
적왕의 딸임에도 불구하고 함께 고락할 것을 결심한 것이다. 이어
일지홍을 사로잡은 이씨부인은

> 홍랑의 손을 잡고 위로 왈 내 오날 낭을 생금함은 검술이 능함이
> 아니오 하날이 지긔상봉케 하심인가 하노니 만일 나를 멀니 아니할
> 진대 붕우로 평생을 한가지 할가 하노라(p.453)

라 한다. 그리고 후일을 기약하고는 이씨부인은 홍랑을 남편에게
인계한 후 집으로 향하다. 여기서 이씨부인은 일지홍과의 관계를
이미 하늘이 정해 준 인연이며, 아울러 그 만남으로 생각하고, 이제
상봉하였으니 평생을 같이 지내자고 말함으로써 天生緣分에 의한
一夫多妻를 그대로 수용하고 있는 것이다. 그리하여 이씨부인은 이
후 집에서 만난 홍랑(일지홍)에게 이르기를

> 풍진고락을 엇지 다 예탁하리오만은 내 전일 검술로 낭을 샹봉함
> 은 지긔를 구함이요 녀자의 본셩을 노출치 아니함은 오날을 긔약하
> 야 동긔일신으로 고락을 갓치하고자 함이니 낭은 전일지사를 생각지
> 말나(p.460)

라고 하면서 서로 함께 살기를 권한다. 이에 홍랑이 그 뜻을 흔쾌
히 받아 들여 국진과 결연을 맺는다.

다음으로는 天子의 지시 및 권유에 의한 결연담을 보기로 한다.
이는 대체로 주인공이 장원급제로 출세한 다음, 국난을 타개하는
큰 공을 이룬 후에 성사되는 경우가 많다. 〈구운몽〉에서 양소유는
이미 과거보러 가는 도중에 낙양의 명기인 계섬월과 佳緣의 맺고,
이어 황성에서 정사도의 딸인 정경패와 혼약을 하며, 급제한 후 酒
席에서 가춘운과도 交情하고, 전장에서 적경홍과 동침하고 후일을
기약한 바 있다. 천자가 양소유의 옥통소 소리를 듣고는 공주와의

인연이 있음을 감지하고 태후와 난양공주의 혼사문제를 상의한다.
천자는 이미 정소저와 정혼한 사실을 알고 있음에도 불구하고 양
소유에게 난양공주와 혼인할 것을 명한다.

> 짐이 한 누이 있으니 자태 비범하여 경이 아니면 배필 될 자가 없
> 기로 짐이 월왕으로 하여금 뜻을 일렀거늘 경이 납태함을 칭탁하더
> 라 하니 경의 생각지 아님이 심하도다……이제 경이 정씨의 혼인을
> 물릴지라도 정녀 자연히 갈 곳이 있고 경이 이미 성례한 일이 없거
> 늘 무삼 윤기를 해로움이 잇으리오(pp.162-163)

라고 한다. 천자는 양소유에게 공주와의 혼사를 강하게 권유하고
있다. 이에 양소유는 정소저의 사정을 들어 거절하며, 다시 상소로
극간하기도 한다. 그러나 천자는 震怒하여 양소유를 옥에 가두라고
하명까지 하는 일이 발생한다. 이후 양소유가 토번국을 물리치고
회군한 후, 천자는 난양공주와의 혼사를 주선하고, 이어 황태후의
양녀인 진채봉과의 혼례도 성사시킨다.
　〈장국진전〉에서 국진의 두 번 째 혼사도 천자의 지시로 이루어진
다. 병부상서 유홍이 국진의 풍채를 보고 탐하여 이복을 시켜 혼사
문제를 상소하니,

> 이 혼사도 또한 짐이 주장하리니 경은 사양치 말라 하시고 학사를
> 승탁하야 병부상서를 하이시고 유홍으로 간의대부를 하이시니 장상
> 셔 고누 쥬왈 신이 무삼 사람이라 감히 두 안해를 두오며 미거하온
> 아헤로 엇지 상서의 죤직을 감당하오릿가 폐하는 셩교를 거두사 사
> 소한 분의 나직히 하옵소셔 상이 소왈 경의 웅재대략으로 엇지 삼쳐
> 를 거나리지 못하리오(p.407)

라고 천자가 명하여 국진의 두 번 째 부인인 유씨와의 혼사를 성사
시킨다. 여기서 천자는 국진과 같은 英雄豪傑일진대 三妻를 거느리
는 것은 마땅하다는 점을 강조하여 一夫多妻를 수용하고 있다. 다

만, 위 소유는 이에 반대하여 몇 차례의 부당함을 밝히면서 거절하
는 상소문까지 올리고, 이에 화가 난 천자가 큰 벌을 내리는 모습
을 보여 주나, 여기 국진은 천자의 권유에 대해 반대나 거절의 뜻
을 크게 나타내지 못한다는 점에서 차이가 난다.

　이상과 같이 〈구운몽〉과 〈장국진전〉에서의 一夫多妻는 天生緣分
의 실현과 천자의 권유 및 지시로 이루어 지고 있다. 다만, 일부다
처가 〈구운몽〉에서는 8번이나 이루어지는 반면에 〈장국진전〉에서는
세 번 이루어진다는 점에서 차이가 난다.

　여기서 주목할 일은 일부다처가 지니는 의미가 양 작품에서 다르
다는 사실이다. 〈구운몽〉이 천상계의 성진이 현세의 부귀공명 즉
세속적 욕망을 일야의 得夢을 통해 체험함으로써 드디어 대오의 경
지에 이르는 과정으로 엮어진 내용으로13) 평가되고 있다. 그런데,
世俗的이고 現世的인 富貴榮華의 가장 중요한 상징이라면 多妻일진
대14), 8번 아니 그 이상 많으면 많을수록 어떠하랴. 오히려 저 佛
敎的 幻夢構造에서 亂舞하는 바의 屬性, 곧 覺夢에서 현세에 대한
虛無感과 一場春夢을 지닌 大悟의 경지에 이를 수 있지 않을까. 양
소유가 누린 부귀영화는 그의 覺夢으로 인해 일장춘몽이 되고 말았
으니, 양소유로서의 모든 행위는 바로 허무감 내지 일장춘몽의 前
提가 되는 것이다. 이런 점에서 〈구운몽〉의 일부다처는 現世的 세
계의 그것에 대한 否定이라는 의미로 해석될 수 있을 것이다. 반면
에 〈장국진전〉의 일부다처는 현세적 세계의 肯定이라는 의미로 볼
수 있을 것이다. 여기에서는 각몽도 없으며, 현실계의 부귀영화에
대한 허무감도 없다. 오히려 모든 사건내용이 입신출세와 부귀공명
을 강조하고 있다. 아울러 영웅으로서의 능력을 지녔다면 일부다처
의 실현을 當然視하고 肯定的으로 받아 들이고 있는 것이다. 이런

---

13) 김병국, 구운몽에 구현된 환생체험의 심리적고찰, 〈문리대학보〉24호, 서
　　울대문대, p.52.
14) 정규복, 구운몽의 환몽구조론, 〈한국고전소설연구논문선(1)〉, 계명대학출판
　　사, 1974, p.65.

점은 바로 〈구운몽〉이 저 전형적인 幻夢小說의 성격이 강한 반면, 〈장국진전〉은 영웅소설적 성격에 가까운 면모를 지닌 작품이기 때문이라 할 수밖에 없을 것이다.

6. 人物의 同質性

〈구운몽〉과 〈장국진전〉에 등장하는 인물 가운데 공교롭게도 인명이 동일하고, 그 사람의 위치와 役割도 유사한 점이 발견된다. 동일한 인명은 초운이다. 〈구운몽〉에서 정경패의 시녀로 등장는 인물이 초운이요, 〈장국진전〉에서 이씨부인인 계양의 시녀로 등장하는 여성이 초운이다. 초운의 位置와 役割도 양 작품에서 유사한 점으로 나타난다.

먼저, 〈구운몽〉에서 초운의 위치와 역할을 살펴보기로 한다. 여기서 초운은 상술한 바와 같이 정사도의 딸인 정경패의 시녀로 등장한다. 그녀가 정사도의 집에서는 춘랑으로 불리운다. 그런데 그녀의 이름이 본래 초운인데 여기서는 춘운 혹은 춘랑이라는 이름으로 불리우게 된 것이다. 그 사연을 밝히는 부분에

> 원래 춘랑의 성은 가씨니 서호 사람이라 그 부친 서울 올라와 승상 부 아전이 되어 정사도 집에 공로 많이 있더니 불행하여 병사하니 그 때 춘랑이 겨우 십세라 정사도의 부처 그 의지 없음을 불상히 녀겨 거두어 부중에 두어 소저로 더불어 한 가지 놀게 하나 〈중략〉 본 이름은 초운이러니 소저 그 태도를 사랑하여 한퇴지 글에 多態度 春空雲이라는 말을 취하여 그 일흠을 고쳐 춘운이라 하니 부중이 다 춘랑이라 부르더라(p.80)

라고 되어 있다. 곧, 그녀의 본명은 초운인데 정소저가 한퇴지의 글을 인용하여 춘운이라 이름을 지은 것이다. 그리고 부친이 병사하여 의지할 곳이 없게 되자 정소저의 시녀로 남게 된 것이다. 양소유가 전술한 바와 같이 정소저를 보기 위해 여복하고, 여관 행세로

정사도의 집에 찾아 간 사건내용 중에 그녀가 처음 등장한다. 양소유의 변장 사실을 안 정소저가 이를 춘랑에게 말하고, 이에 대해 서로 대화한다. 춘랑은 정소저의 말을 듣고는

> 춘랑이 이르되 그가 과시 남자라면 그 얼골이 청수함이 이 같고 그 기상의 호상함이 이 같고 음률의 정통함이 또한 이 같으니 그 재조의 높음을 알지로다 어찌 참 사마상여가 되지 아닐 줄 아리이까 (p.82)

라면서 양소유의 품성과 재질을 크게 칭찬하면서 은근히 정소저와의 인연이 있음을 말하고 있다. 말하자면 시녀로서 주인의 혼사를 돕는 역할을 담당하고 있는 것이다.

한편, 〈장국진전〉에서 초운 또한 이소저인 계양의 시녀로 등장한다. 그녀의 본색에 대한 내용은 나타나 있지 않는다. 계양의 부모가 간신의 참소로 모두 죽게 되자,

> 소져와 초운이 텬디를 부루지저 통곡하기를 마지 아니하다가 운이 소져를 위로하고 부인의 시체를 거두어 샹셔와 한가지로 안쟝하고 소져를 일습 남복을 입혀 다리고 당쥬 고향에 나려와 묘하에 쵸옥을 짓고 소져를 보호하야 세월을 보내더니(p.397)

라고 되어 있다. 여기서 초운은 위 〈구운몽〉의 초운처럼 시녀로서 주인 계양을 보호하는 역할을 다하고 있음을 볼 수 있다.

주목되는 것은 여기 초운의 등장과 그 역할이 전술한 〈구운몽〉의 경우와 같이 남주인공이 여관의 행세로 찾아 왔을 때에 나타난다는 점이다. 〈장국진전〉의 초운은 남주인공이 찾아왔을 시에 이를 주인에게 안내하여 소개하는 역할을 담당하고 있다.

> 쟝생이 거문고를 안고 쵸운의 집으로 가니 운이 그 녀자의 자태 절승함을 사랑하야 내당으로 청하고 소져를 청하야 거문고 소리를

들으라 하니 소저 불열 왈 내 마음이 요요하니 그런 변화한 것을 듯
기 원치 아니하나 운낭의 청하는 바에 엇지 불응하리오(p.399)

여기서 이소저가 여관으로 변장한 남주인공으로부터 거문고 소리를
듣게 되는 모든 과정이 순전히 시녀인 초운의 역할에 의해 아루어
짐을 알 수 있다. 이런 점은 위 〈구운몽〉에서 정소저가 거문고를
듣게 된 연유 및 과정과 차이가 난다. 하지만, 〈구운몽〉에서도 전
술한 바와 같은 초운의 역할에서 미루어 보건데, 그녀도 이 사건과
정에 적어도 一助를 했을 것으로 보인다. 그것은 전술 인용문에서
추측이 가능하리라 본다.
　국진이 봉구황곡을 타자, 이소저가 이를 눈치채고는 시녀인 초운
에게 그 사실을 말하는 장면을 보면.

　　심하에 대경하야 연망이 금련을 움작여 내당으로 들어가거날 초운
　이 또한 들어와 종용 문왈 쇼저 엇지 그리 급히 들어오시나잇고 소
　져 옥안에 홍광이 취지하고 긔운이 쳔촉하야 대책왈 내 그대의 말을
　듯고 쇼루이 아아갓다 의외에 욕을 당하니 후외막급이라 운낭은 그
　녀관을 빨니 내여 초치라 하거날 쵸운이 아모란 쥴도 모로고 소저의
　책언을 황공하야 녀관을 재촉하야 나아가라 하니(p.400)

라고 되어 있다. 여기서 초운은 전술 〈구운몽〉의 초운과 같이 사실
을 안 주인과의 대화 상대자로 등장하고 있다. 다만 〈구운몽〉에서
의 초운이 거문고의 소리나 사람을 보는 일에 남다른 지혜를 지니
고 있다는 점과 차이가 난다고 하겠다.
　이상에서 살펴 본 바와 같이 〈구운몽〉과 〈장국진전〉에 동일한 人
名으로 초운이라는 여자가 등장하고, 또한 그 위치나 역할도 시녀
로서 주인을 충실히 섬기는 면모를 보여주고 있다. 특히, 공교롭게
도 남주인공이 여관으로 변장하여 이들의 주인을 만나는 일과　관
련을 맺으면서 주인의 결연 성사에 일조를 한다는 점이 일치하고
있다. 다만, 〈구운몽〉의 초운은 뛰어난 재질과 지혜를 지니고 있으

면서 후에 주인의 결연자인 남주인공과 인연을 맺는 모습을 보여주고 있는 반면,〈장국진전〉의 초운은 이후 전혀 등장하는 일이 없다는 점에서 차이가 난다. 이런 점은 아마도 〈구운몽〉의 경우에 천상계와 인간계의 연분을 강조시키면서 아울러 一夫多妻의 실현을 적용시키는 가운데 야기된 현상으로 짐작된다.

三. 結　論

　이상에서 살펴 본 바를 요약하면 다음과 같다.

1. 〈구운몽〉과 〈장국진전〉은 모두 영웅소설적인 사건구조를 지니고 있으나, 전자보다 후자가 典型的이고 본격적인 영웅소설의 그 수준에 가깝다는 점이 확인할 수 있었다. 그것은 주인공이 벌인 영웅적인 사건, 곧 영웅의 일생 가운데 〈구운몽〉의 양소유는 수학, 입신출세, 그리고 전장에서의 위용 등은 영웅소설 주인공의 그것과 유사하나, 그밖의 활약상은 저들보다 구체적이지 못할 뿐만 아니라 미약하게 나타나기 때문이다. 반면에 〈장국진전〉의 국진이 발휘한 英雄相은 전형적인 영웅의 일생에 뒤지지 않는 참모습을 보여준다는 점에서 양소유의 그것보다 장황하고 발전적인 모습으로 저들의 유형에 가까다고 할 수 있는 것이다.

2. 소설의 바탕을 이루는 소재에서 〈구운몽〉과 〈장국진전〉에 동일한 장면이 존재하는 점이 확인 할 수 있었다. 그것은 바로 주인공이 결연자를 만나기 위해 女服으로 變裝하고는 女官의 행세로 여성 앞에서 거문고로 봉구황곡을 탄다는 점이다. 〈구우몽〉에서 양소유는 정소저 경패를 만나는 장면에서, 그리고 〈장국진전〉에서 장국진은 이소저 계양을 만나는 장면에서 그 모습을 보여 준다. 이런 모습은 전형적인 영웅소설에서도 찾아 볼 수 있는 일이다. 다만 이러한 장면이 〈구운몽〉에서는 장황하고 흥미있게 진행되는 반면에 〈장국진전〉에서는 비교적 간략하고 단순하게 처리되었다는 점에 차이

가 난다. 이런 점은 바로 〈구운몽〉이 인연 및 애정담을 중심으로
한 傳奇的 요소가 〈장국진전〉이나 전형적인 영웅소설의 그것보다
강하게 반영된 연유가 아닌가 한다.

3. 〈구운몽〉과 〈장국진전〉에 등장하는 여성들 가운데 영웅적인 모
습을 보여주는 일면을 발견할 수 있었다. 〈구운몽〉의 경우에서 남
주인공인 양소유가 적과 대전 중에 적왕이 양소유를 살해하기 위해
보낸 자객 심요연을 보면, 그녀는 신출귀몰한 재주와 둔갑지술, 그
리고 검술에 능한 모습을 지녔기에 英雄的인 인물이라 할 수 있다.

한편, 〈장국진전〉에 계양은 어려서부터 병서와 무예를 익혔으며,
남편을 살해하기 위해 적왕이 보낸 자객을 미리 알고는 요술로서
퇴치하고, 나아가 대원수인 남편이 병들어 나라가 위태할 때, 필마
단기로 전장에 달려가 남편을 구원함은 물론 군담적 위용을 발휘하
여 국난을 타개하는 모습까지 보여준다. 또한 여기 적왕의 딸인 홍
랑은 부친과 함께 잔장에 출전하여 군담적 행위를 유감없이 발휘하
고 있다. 다만 〈구운몽〉의 심요연은 직접 적과 對戰하는 군담의 면
모를 나타내지 않고 있다는 점에서 〈장국진전〉의 계양이나 홍랑의
英雄相보다 미약하다고 아니할 수 없다. 반면, 〈장국진전〉의 계양과
홍랑의 영웅상은 오히려 여성영웅소설에서 주인공이 벌이는 그것과
동일한 일면이 발견된다고 하겠다. 이는 그만큼 〈구운몽〉의 여성보
다 〈장국진전〉의 여성이 영웅상에서 여성영웅소설의 주인공에 가깝
다는 점을 시사한다고 보겠다.

4. 〈구운몽〉과 〈장국신선〉에 여성이 男裝하는 모습이 발견된다. 양
소유가 힌단 땅에서 민난 소년이 사실은 남장한 적경홍이다. 그가
남장한 이유는 남성과 동일한 처세로 남성적 행위를 하기 위함이었
다. 아울러 계양이나 홍랑 역시 남복한 것 또한 남성적 능력을 갖
추고 영웅적 행위를 하기 위함임은 물론이다. 계양이 병서와 무예
를 익히고, 전장에서 武勇을 발휘하는 점이나, 홍랑 또한 전장에
출전, 武勇을 발휘하는 점에서 확인할 수 있다. 다만, 男裝行勢로의
活躍相에서 볼 때 적경홍은 이후 군담적 무용의 모습을 보여주지

않는다는 점에서 계양이나 홍랑보다 소극적이요, 미약하다고 아니할 수 없다. 그만큼 적경홍의 남장 동기가 소극적이고 나약하다는 점을 말해 준다. 반면 계양이나 홍랑의 남장행세에 의한 군담적 행위는 적경홍보다 적극적이고 발전적으로 여성영웅소설의 주인공의 그것과 차이가 없으며, 남장 동기 또한 그들과 유사하다고 보겠다.

5. 〈구운몽〉이 一夫多妻의 주제 및 사상을 보여 주는 바는 주지의 사실인데, 〈장국진전〉에서도 국진이 3妻를 거느림으로써 일부다처의 모습을 보여준다. 〈구운몽〉의 경우나 〈장국진전〉의 경우나 모두 천생연분에 의하거나 천자의 지시 및 권유로 일부다처가 이루어진다.

다만, 〈구운몽〉에서는 그것이 8번이나 이루어질 뿐만 아니라 아주 흥미롭고도 장황하게 진행되는 반면에, 〈장국진전〉에서는 3번이 실행되는데, 그것도 간략하고도 미진하게 이루어진다고 보겠다. 그리고 〈구운몽〉의 일부다처는 환몽구조의 작품에서 흔히 보이는 현실계 否定의 의미를 지닌 반면, 〈장국진전〉은 영웅소설에서 보여 주는 현세의 일부다처를 긍적적으로 받아 들이는 점으로 해석된다. 그만큼 〈장국진전〉의 일부다처는 영웅소설의 수준에 가까운 면모를 보여 주는 것으로 볼 수 있을 것이다.

6. 동일한 人名과 그 사람의 위치 및 역할이 유사한 점이 〈구운몽〉과 〈장국진전〉에 나타난다. 바로 초운이라는 여성인데, 그녀는 시비의 신분으로 주인의 혼사문제를 성사시키는 역할을 한다. 특히, 위 남주인공이 여장하여 여관의 행세로 거문고를 타는 장면에 등장하여 그 역할을 담당하고 있다. 단지 차이라면 〈구운몽〉의 초운이 〈장국진전〉의 그녀보다 지혜롭고 재질이 뛰어나며, 후에 남주인공과도 결연을 맺는다는 점이다. 이것은 〈구운몽〉의 경우에 일부다처와 그 결연담을 보다 효과적으로 부연하기 위한 결과로 보아진다.

이상의 결과에 의할 때, 〈장국진전〉의 사건구조 및 내용이 일반 영웅소설 및 여성영웅소설의 그것에 가까운 반면에, 〈구운몽〉의 인연담과 일부다처의 내용은 오히려 幻夢構造 및 傳奇的 소설의 그것에 가까운 점이 확인되었다. 그것은 그만큼 이들이 저들 소설군과 밀접한 관계를 맺으면서 형성, 전개된 작품이라는 점을 말해 준다. 그렇다면 이들의 小說史的 위상이 자연히 들어나는데, 그것은 바로 〈구운몽〉-〈장국진전〉-영웅소설 순으로 가늠될 수 있을 것이다. 이 점에 대해서는 추후 구체적으로 논의하려고 한다.

판소리계 소설의 골계적 구조와 의미

-〈옹고집전〉과 〈무숙이타령〉을 중심으로-

최 혜 진

1. 판소리의 웃음과 소설적 의미

판소리는 골계미를 바탕으로 하고 있으며 웃음을 지향하는 장르이다. 이 때 판소리의 속성이라고 할 수 있는 민중성, 놀이성, 축제성은 골계미의 원천적 구실을 해주고 있다. 판소리가 입체적인 방식으로 골계성을 구현한다면 판소리계 소설[1]은 판소리 특유의 미감을 서사적인 방식으로 읽게 한다는 점에서 차이가 있다. 따라서 판소리계 소설은 골계 미학의 서사적 성과물이라는 점에서 특히 중요하다. 동시대에 유행했던 다른 유형의 소설들, 예컨대 영웅소설, 가문소설, 애정소설, 송사소설 등에서 볼 수 있는 세계와의 비장한 갈등에 견주어 볼 때, 판소리계 소설에서 보여주는 세계상은 웃음

---

[1] 여기서 '판소리계 소설'은 판소리가 정착되면서 독서물로 파생된 모든 서사물을 가리키는 용어로 사용한다.

을 전제로 하여 펼쳐지고 있다는 점에서 큰 차이를 보이고 있기 때문이다. 즉 판소리계 소설에서는 세계를 세계 그 자체로 인식하기보다는 골계적으로 변용시켜 나타내고 있는 것이다. 그것은 다시 말하면 객관적인 차원에서 세계를 해석하고, 자아를 현실의 고단함 속에 방기하지 않으려는 노력의 소산으로 이해되는 것이다. 따라서 판소리계 소설이 보여 주는 다양한 삶의 양상과 세계에 대한 인식은 골계미학적 차원으로 접근했을 때 보다 선명히 드러날 것이라는 점을 기대할 수 있다.

바흐친은, 고전주의 시대의 원초적인 민중적 웃음은 광범위하고 다양한 문학의 한 분야를 직접적으로 창출하였는데 그것은 '진지하면서도 희극직인'장르이며 바로 이것이 소설의 진정한 뿌리가 되었음을 지적하였다.2) 그리고 진지하고 희극적인 장르들 속에 담겨 있는 정신 또한 소설적 정신의 최초 단계로 이어진다고 주장한다. 웃음은 친숙하게 대상을 끌어 당기면서 모든 측면을 자유롭게 분해시키는 탁월한 힘을 가지고 있기 때문이다. 웃음이 가지고 있는 다양한 실험적 정신과 새로운 세계의 창출, 인간과 세계와의 거리감 단축이 결국 판소리계 소설 형상화의 중요한 양식이 되고 있음을 말해 주고 있다고 하겠다.3)

이로 볼 때 골계담이 지니고 있는 서사적 전통이 판소리를 거치면서 문학적 형식으로 계승된 것은 자연스러운 일이라고 하겠다. 특히 조선후기 다양한 문학적 장르의 틀을 빌어 표출되고 있는 골계적 정신의 양상이 기본적으로 진보적 성향과 관련되어 있다는 점에서, 보다 근대적인 정신으로의 모색을 골계와 결부시켜 드러내고 있음도 주목할 만한 일이다. 당대의 현실 속에 감춰지고 있던 여러 모순점들이 골계의 형식으로 폭로되고 재평가됨으로써 궁극적으로

---

2) 미하일 바흐친, 1988, 《장편소설과 민중언어》, 전승희 외 역, 창작과비평사, 38~61쪽.
3) 이로 볼 때 판소리계 소설이 가지는 골계적 형상화의 문제는 판소리의 독특한 장르 인식의 결과인 것으로 생각된다.

는 비판과 대안의 선두 역할을 해냈던 셈이다. 그리고 골계는 사대부의 파한이나 농담이라는 소극적 차원에서가 아니라 민중이라는 저층을 기반으로 하여 단단한 공감세력을 형성하면서 창조된 것이기에 더욱 적극적으로 사회 모순을 擔持하는 차원으로까지 발전하게 되었던 것이다. 따라서 설화적으로 향유되었던 골계담은 이제 소설의 시대로 전환되면서 과거로부터 탈피를 시도하고 당대의 현실을 거리낌없이 묘사하는 형태를 갖추게 되었다. 그 소설의 핵심에는 개연성 있는 현실의 문제 상황과 인간의 삶이 자리잡게 되고 이에 따라 인간과 세계에는 일정한 정도로 희극적 친숙성4)을 띠게 된다. 특히 판소리계 소설은 판소리적 세계관을 계승하고 그 문법을 잇고 있다는 점에서 다른 소설 양식과 구분된다.5)

골계담은 판소리계 소설의 구성 방식에 중요한 질료로 작용하고 있는데 이 골계적 자질은 민중정서와 깊은 연대감을 형성하고 있다. 물리적으로 세계를 굴복시킬 수 없는 민중의 처지에서 그들에게 우월한 쾌감과 승리에 대한 소망을 실현시키는 방법은 웃음 속에서만 가능하다. 판소리의 인물들은 세계에 대한 우월성을 기본적으로 확립하고 있는 존재이다. 그리고 어떠한 난관이 있더라도 이를 극복하고, 소망한 바를 이루는 인물이다. 현실적으로 용인되지 않을 때는 초월적 세계의 간여에 의해서라도 그것은 반드시 이루어져야 한다. 그것이 판소리의 인물을 바라보는 향유층의 인식인 것이다.6) 특히 모든 것에 있어서 비극적인 현실을 그 자체로 받아들이기보다 골계적으로 인식하려는 자세는 민중적 삶의 한 방편이기

---

4) 골계적 정신을 통해 바라보는 세계는 거대한 횡포나 물리칠 수 없는 운명이 아니라 재미있는 것, 일상의 것, 자아가 맞설 만한, 혹은 물리칠 만한 것으로 인식된다. 따라서 골계는 자아와 세계간의 간극을 좁혀 주는 구실을 한다고 할 수 있다.
5) 다른 소설 양식들이 비장한 세계에 대한 갈등을 표현하는데 중심을 두었다면 판소리계 소설은 비장한 세계 자체를 골계적 시각으로 바라보고, 골계적 방식으로 다루려고 노력하는 판소리의 문법을 잇고 있다.
6) 정병헌, 판소리의 발생과 전승 기반, 《18~19세기 예술사와 판소리》, 고려대 한국학연구소, 1995. 65쪽.

도 했던 것이라 보인다.7) 판소리는 바로 이러한 점을 이어받으면서 발달한 서사 형식이라 할 수 있고 이것이 문어체 소설과의 중요한 차별성으로 드러나는 것이다.8) 따라서 후대 판소리계 소설에서 보이는 골계적 방식의 축소, 왜곡은 민중적 정서의 후퇴나 감소를 보여 주는 징표로 해석되기도 하는 것이다.9)

　본고에서는 판소리계 소설이 가지는 골계적 성격을 중심으로 작품의 유형을 분류하고, 〈옹고집전〉과 〈무숙이 타령〉에 대한 구조와 의미 파악을 수행하고자 한다. 판소리계 소설의 골계성은 보편적인 미학 성과이나 각 작품의 유형에 따라 드러나는 개별적인 미학의 결은 다르다. 특히 이 두 작품의 경우는 가족애를 중심으로 하는 공동체 의식에 대한 문제제기를 하고 있어 공통된다고 할 수 있다. 이 두 작품에서 관심갖는 인간의 모습은 '가장'이라고 할 수 있다. 옹고집과 무숙이는 부의 측면에서는 정반대 되는 상황을 가진 인물이지만 가장의 무분별한 권위와 도덕적 불감증을 공통적으로 갖고 있다고 할 수 있다. 가족 공동체로서의 모습을 회복하기 위한 골계적 구조는 어떠한 방식으로 이루어져 있는지를 알아보고 그 의미를 해석하는 것이 이 글의 목표이다.

---

7) 이런 점에서 인물의 설정은 중요한 골계화 방식이라 할 수 있다. 바흐친은 악한, 광대, 바보의 인물설정을 은유적으로 해석해 내야 한다고 지적하고 그들의 존재 양식은 사람들이 모이는 광장의 특징을 담고 있다고 하였다. 이들 모두는 소설의 가장 기본적인 임무들 중 모든 종류의 인습을 폭로하는 것, 즉 인간관계들 속에서 잘못 인식되고 그릇되게 상투화된 모든 것을 폭로하는 기능을 수행한다고 한다.(바흐친, 앞의 책, 352~355쪽.)

8) 김병국 교수는 판소리계 소설은 판소리가 지닌 모방충동에 보다 충실하고자 함에 비해 문어체 소설은 기록문학이 지닌 서술충동에 충실하고 있다고 하고, 판소리의 문학적 정착은 우리나라 국문소설 발달사상 진정한 의미에서 구어체 문장을 실현시킨 주체자였다고 하였다.
　김병국, 판소리 서사체와 문어체 소설, 《한국고전문학의 비평적 이해》, 서울대 출판부, 1995.

9) 골계적 방식의 축소는 민중적 발랄성이나 축제성과 함께 폭로나 파괴의 성향을 약화시킨다고 볼 수 있다. 이는 구조적으로 일탈되는 다양한 삽화의 전개를 소거하면서 서사적 일관성을 도모하는 경우 생기는 현상이다.

2. 판소리계 소설의 골계적 유형

판소리계 소설의 작품군은 그 골계적 방식과 미학 양상에 따라 몇 개의 유형으로 나뉘어진다. 골계적 방식은 일차적으로 골계미를 바탕으로 한다는 점에서 '있는 것으로 있어야 할 것을 부정'하는 방식을 취하고 있다. 그리고 그러한 방식은 규범과 현실세계라는 커다란 틀 안에서 수행된다. 규범적 세계는 인간이 강제적으로 따를 수밖에 없는 것이므로 부정적이고 비현실적이며 억압적인 것으로 인식된다. 그러나 현실적 세계에서 따라야 할 당위적인 인간의 삶의 양식은 보호되어야 되고 때로는 복귀되어야 할 것들이다. 따라서 규범적 세계와 현실적 세계의 분리적 인식은 때로는 삶을 되돌아 보게 하고, 때로는 파괴되어야 할 대상을 드러내며, 때로는 회복해야 할 것이 무엇인지를 규정하게 해주는 방식으로 드러나는 것이다. 그러나 규범과 현실은 한 시대에 같이 존재하는 것이기에 이에 대한 분리와 평가는 하나의 관점에서 수행될 수밖에 없다. 이 때 기준이 되는 관점이 바로 민중적 세계관10)이라 할 수 있다. 판소리계 소설은 판소리가 가지는 민중적 세계관을 받아들여 형성된 것이므로 이러한 세계관의 기준에 따라 규범과 현실의 가치는 나뉘어진다.

이에 따라 골계적 방식을 크게 규범적 가치에서 일탈하는 방식과 현실적 가치에서 일탈하는 방식으로 설정할 수 있다. 여기서 규범적 가치란 기존사회에서 이념화한 모든 '강세화'된 가치관을 말한나. 즉 국가 우선의 논리, 상하 신분질서의 논리, 남성 여성의 논리 등이 그것이다. 이는 인간적 삶을 영위하기 위해 필요한 보편적 덕목

---

10) 판소리계 소설에서 지향하고 있는 세계는 인간권, 평등권, 해방성과 공동체 사회 속에서 인간이 지녀야 하는 이타주의나 가족애 등과 연관되어 있다. 그리고 이러한 가치는 현실적 부조리를 통해 발견되는 것이므로 그것은 늘 민중과 연대하게 된다. 따라서 판소리계 소설에서 보여 주는 골계미의 가치는 민중적 세계관을 중심으로 하고 있다고 본다.

과는 구별되는 것이고 체제의 유지와 기득권의 보호를 목적으로 이루어진 이념화된 제 양상이다. 이에 반해 현실적 가치란 당대 현실에서 사회구성원으로서 중요하게 여기던 가치관이다. 인간 사회의 보편적이고 윤리적인 가치인 선악관이나 도덕성의 문제, 경제력 등이 그것이다. 선악관이나 도덕성 등은 규범과 상통하는 면도 있으나 이념화되고 관습화된 차원과는 달리, 인간 정서의 보편적 발현을 중시할 때 현실적 가치로 떠오른다. 따라서 심청의 효의 문제나 형제간의 우애의 문제, 인간적이고 성실한 삶 등은 판소리 작품군에서는 규범화되는 것이라기보다 현실적 중요성을 띠는 삶의 문제로 포착되어 있다. 그러므로 작품의 주인공들은 규범적 가치에서 일탈될 때 그것은 긍정직인 인물 형성으로, 현실적 가치에서 일탈될 때는 부정적인 인물 형상으로 인식되면서 골계화를 이룩한다.

이러한 골계화의 양상을 한 축으로 하면서 다른 한 쪽으로 소설적으로 드러나는 미학적 지향의 문제가 고려될 필요가 있다. 골계적인 세계 인식을 통해 드러나고 있는 사회적 의미는 다양하다. 이 다양한 인식의 결과 드러나는 미학적 지향의 문제는 곧 어떠한 문제를 어떤 방식으로 표현하고 있는가 하는 주제 표현과 밀접한 연관을 맺는다. 그런데 골계화를 통해 드러나는 소설적 가치나 그 지향은 자아와 세계의 대결 양상으로 보아 두 가지로 구분된다. 하나는 기존세계의 전복을 지향하는 것이고 다른 하나는 기존 세계를 남김없이 있는 그대로 폭로하는 것이다. 전복과 폭로는 골계화의 방식이면서 주제적 지향을 드러낸다는 점에서 미학 양상의 결과라고 할 수 있다. 또한 기존세계의 전복은 새로운 세계를 창조적이고 발전적으로 드러낸다는 면에서 생산적인 것이라 할 수 있다. 기존세계를 부정하고 그 속에서 보이는 부조리하고 모순된 것들에 대항하면서 새로운 세계로의 이행을 그리고 있다는 점에서 곧 세계의 전복과 창조를 의도한다.

반면 기존 세계의 폭로는 규범 가치에서 배태된 모순과 허위를 고발하되 견고한 자기 세계의 방어가 드러난다는 점에서 새로운 세

계의 이행으로 나아가지 못하는 양상을 띠고 있다. 그러나 기존 세
계에서 감추어 오던, 혹은 강압하던 것들에 대한 폭로 그 자체는
비판과 반성을 독자에게 요구하고 있기에 또한 발전적인 면모를 그
속에 배태하고 있다. 이 때 그 골계 양식은 비극상을 감추고 진행
되거나 완강한 기존질서를 허물지 못한다.11) 그러므로 이러한 지향
을 드러내는 작품들은 불완전한 결말을 통해 관념사회에 편입되거
나 보수적 시각을 견지하는 것으로 드러나게 된다.

　위와 같은 구분에 따라 작품군을 (가) (나) (다) (라)의 네 가지
유형군으로 나누어 보면 다음과 같다.

　　(가) 규범가치의 일탈과 세계의 전복
　　(나) 규범가치의 일탈과 세계의 폭로
　　(다) 현실가치의 일탈과 세계의 전복
　　(라) 현실가치의 일탈과 세계의 폭로

　(가)에 해당하는 작품은 〈춘향전〉, 〈심청전〉, 〈토끼전〉, (나)에
해당하는 작품은 〈적벽가〉, 〈변강쇠가〉, 〈장끼전〉, (다)에 해당하는
작품은 〈흥부전〉, 〈옹고집전〉, 〈무숙이타령〉, (라)에 해당하는 작품
은 〈배비장전〉, 〈강릉매화타령〉, 〈이춘풍전〉 이다.
　〈옹고집전〉와 〈무숙이타령〉은 현실가치의 일탈과 세계의 전복을
의도한 골계적 구조를 지니고 있는 소설이다. 즉 이 소설 속에서는
가장의 권위 박탈을 이룸으로써 기존의 세계와는 다른 해결 방식을

---

11) 기존의 규범적 가치관을 완전히 뒤바꾸는 결말 양상을 세계의 전복이라
　　할 수 있는데 기생이 정렬부인이 되는 것, 몰락한 양반의 딸이 황후가 되
　　는 것, 국가의 논리에 정면 승부하고 개인적 삶을 중요시하는 것, 경제력
　　의 상실을 통해 부도덕한 인간에서 공동체적 인간으로 교정되는 것 등은
　　기존의 세계를 허물고 새로운 질서로 나아가는 것이다. 반면 세계의 폭로
　　는 현실적인 부조리의 양상을 묘사하고 풍자하지만 결국 지위의 추락이나
　　신분의 변동, 경제력의 획득은 이루어지지 않으며 기존의 세계를 그대로
　　유지하는 결말을 보이고 있다. 곧 근대적인 전망을 제시하지만 실상 작품
　　안에서 세계의 변화는 이루어지지 않는 것이다.

보여 주는 소설적 전복을 꾀한다. 여기서 현실적인 가치로 떠오르는 것은 가족공동체의 조화와 사랑이다. 이러한 가치에 대한 인식이 결여되어 있는 인물이 바로 옹고집과 무숙이라고 할 수 있는 것이다.

3. 진짜다운 가짜와 속고 속이기 - 〈옹고집전〉

〈옹고집전〉은 반사회적이고 반인륜적인 옹고집의 삶을 진짜와 가짜의 대립적 구도 속에 넣음으로써 기존의 상황을 일탈시키고 새로운 질서에 편입시키는 구조를 가지고 있는 소설이다. 이 때 옹고집의 성격은 공동체적 삶을 파괴하는 재물 중심의 편집광적 인물이라는 점에서 놀부의 그것과 대등한 성격을 지닌 것으로 파악할 수 있다. 향촌사회 속에서 부의 축적으로 말미암아 신분상승을 이루고 있는 점에서도 이들은 일정 정도 세태를 반영하고 있다. 놀부의 징치와 공동체로의 복귀가 제비를 통한 박의 출현을 통해 이루어졌다면 옹고집의 징치는 도승을 통한 가짜 옹고집의 출현으로 이루어진다는 점에서 차별화 된다.

진짜와 가짜의 대결에서 가짜가 승리한다는 구도는 진짜의 모습을 가진 가짜에게서 소망스러운 무엇을 기대하기 때문이다. 즉 진짜에게서 기대하는 모습을 가짜가 가지고 나타났을 때 공동체는 그 가짜를 진짜인 것으로 인정해 버린다. 이러한 점에서 진짜와 가짜의 대결은 인간의 양면적인 면과 부족한 부분을 제시하면서 바람직한 인간관은 어떠해야 하는 지를 잘 보여 주는 구조라고 하겠다.

〈옹고집전〉은 그동안 쥐설화나 진가쟁주설화를 중심으로 발달하여 온 것으로 이해되었다. 이들 중 眞假爭主모티프는 이 소설의 중심적 기능을 담당하고 있는데 골계적 구조의 연원을 확인할 수 있다. 다음은 〈파수록〉에 있는 골계담으로 그 서사단락을 요약하면 다음과 같다.

① 부자이지만 심성이 나쁜 허서방에게 노승이 밥을 빌러 온다.

② 허서방은 노승을 박대하며 똥을 발우에 가득 퍼준다.

③ 가난하지만 성품이 착한 이웃집 양서방은 이를 가엾게 여기고 노
  승의 발우를 깨끗이 씻고 공양을 담아 드린다.

④ 노승이 양서방에게 짚을 달라고 하여 방 안에 들어 간다.

⑤ 잠시 후, 양서방이 방안에 가보니 방 안에 돈이 가득하여 이로
  인해 부자가 되었다.

⑥ 허서방이 이를 알고 노승을 성찬으로 맞이한 후 신술을 시험해
  달라고 부탁한다.

⑦ 이레가 지난 후 방문을 열어 보니 노승은 간 데 없고 허서방과
  똑같이 생긴 허서방이 있었다.

⑧ 진짜와 가짜 사이에 주인 다툼이 벌어졌다.

⑨ 송사까지 했으나 아무도 이들을 가리지 못하고 싸우기를 일삼다
  가 가산이 탕진된다.

⑩ 노승이 허서방을 찾아와 훈계하고 지팡이로 치니 가짜 허서방이
  짚으로 변했다.12)

　위 이야기는 허서방의 성격이 패악하다는 점, 도승이 짚으로 가
짜를 만든다는 점에서 기본적으로 〈옹고집전〉과 가장 유사한 설화
라 할 수 있다. 그러나 허서방과 양서방이라는 선악의 이분적 구도,
모방의 실패를 다루고 있는 구조, 어느 누구도 승리하지 못하고 다
만 재산을 탕진하고 있다는 점에서 〈옹고집전〉과 일정한 차별성을
가지고 있다. 〈파수록〉은 연대를 확실하게 알 수는 없으나 비교적
조선 후기에 편찬된 것으로 추정되느니 만큼 이를 근원 설화로 볼
수는 없을 것이다.13) 그러나 골계담의 향유자가 인식했던 골계적
방식이 주인공의 성격과 가짜의 등장, 노승의 교훈으로 이어진다는
점에서 〈옹고집전〉의 골계적 방식은 진가쟁주를 주요 모티프로 하
는 속고 속이기 구조가 중심이 되고 있다. 〈옹고집전〉은 이러한 골

---

12) '勸善懲惡', 〈파수록〉, 조영암 역, 1974, 《고금소총》, 명문당, 393쪽.

13) 이에 대하여는 정인한, 1980, 옹고집전의 설화 연구, 《문학과 언어》 1,
　　문학과언어연구회. 참조.

계적 구조를 바탕으로 하여 성격의 패악성이 확대되고, 가짜와의 송사장면이 부연되며, 도승의 술법으로 인한 교훈적 의도가 부각되면서 이루어진 소설이라 할 수 있다.14) 따라서 이 소설의 설화와 결부된 주제적 측면은 '한 개인의 탐욕과 패덕을 경계하여 그의 각성을 통해 공동체의 연대를 회복하려는 민중의 願望의 실현'15)으로 드러난다.16)

이 소설은 옹고집의 성격적 결함을 문제삼고 그것을 속고 속이기를 통해 교정, 풍자하면서 사건을 진행한다는 점에서 골계적 구조를 바탕으로 하고 있다. 이러한 작품의 구조는 〈옹고집전〉을 '풍자소설'로 파악하게 하면서 사회성에 중심을 두어 해석하게 하기도 하는데17) 이는 어느 면에서 작품의 해석을 다면적으로 파악하는데

---

14) 설화에서는 옹고집에 대한 돌이킬 수 없는 파멸이 설정되는 대신 소설에서는 사회적 존재규정을 강화해 나가는 방향으로 변이를 나타낸다. 이는 개인적 응징 차원에서 얘기되던 골계담의 구조가 판소리, 소설에 이르러 현실적 가치를 바탕으로 새로운 세계에 적합한 인간형을 창조하고자 한 의도로 풀이된다.
정충권, 〈옹고집전〉 이본의 변이양상과 그 의미, 《판소리연》 4, 판소리학회, 1993. 참조.
15) 이석래, 1992, 옹고집전, 《조선후기소설연구》, 경인문화사, 214쪽.
16) 〈옹고집전〉은 10여 종의 이본을 가지고 있는데 이들 이본은 학승과 그에 대한 징치를 주된 내용으로 하여 그 다음에는 모친에 대한 불효삽화가 그 다음에는 장모구박과 조강지처 축출 삽화가 첨가되는 방향으로 변모했다. 그리고 옹고집의 신분도 불명료한 상태에서 양반인 안동좌수로 변모해갔다. 옹고집의 계층상 승과 패륜성의 확대로 서사가 변모해갔고 이에 따른 골계적 방식의 첨가도 이루어졌다. 본고에서 다룰 대상본은 〈김삼불본〉 (정병욱 교주, 《배비장전, 옹고집전》, 신구문화사, 1974)이며, 〈연세대본〉 (최래옥 교주, 《동양학》 19, 단국대 동양학연구소, 1989)을 부수적으로 언급하기로 한다.
17) '이 작품은 조선후기 요호부민이라는, 역사적으로 유의미한 집단의 문제를 다루었고, 요호부민 중 향촌사회의 수탈구조에 편입함으로서 자기이익을 도모하는 부류를 풍자했다고 볼 수 있다.(김종철, 1996, 〈옹고집전〉과 조선후기 요호부민, 《판소리의 정서와 미학》, 역사비평사, 227면)'고 하는 것이 대표적이다. 이러한 시각은 사회적 성격에 중심을 둔 해석 방식으로 연구자들이 대체로 수긍하는 바이다. 그러나 본고에서는 이러한 풍자의 방

장애가 되는 연구 시각이기도 할 것이다. 〈옹고집전〉은 여러 가지 측면에서 독특한 골계 방식을 사용하고 있기 때문이다.

> 옹정 옹연의 옹진골 옹당촌에 한 사람이 있으되, 성은 옹이요 명은 고집이라.(94쪽)

〈옹고집전〉의 서두에 보이는 거주 성명은 '옹'자 두운 말놀이를 연상케 한다. 그의 생년월일이 '옹진년 옹월 옹일 옹시(〈연세대본〉, 229쪽)'인 것도 마찬가지이다. 이것은 민간 속담에서 '고집불통'이거나 '외고집이라서 자기 주장을 절대로 굽히지 아니하는 강한 사람'이라는 뜻[18]으로 민간 설화의 인간 유형을 그대로 소설적 언어로 형상화한 것이다. '雍'이란 꽉막힌 사람을 뜻하는 일종의 비유어인 셈이다. 이러한 '옹'자 운의 반복 사용을 통해 옹고집의 인물 형상을 더욱 희화적으로 만들고 있는 것이다.

그는 '성벽이 고약하여 풍년을 좋아하지 아니하고, 심술이 맹랑하여 매사를 고집'으로 하는 사람이다. 이러한 옹고집의 성격은 놀부처럼 단순히 재물에 집착하는 것으로 그려지지 않고 학승이나 모친 박대, 조강지처 축출로까지 확대된다. 그리고 반사회적이고 반인륜적인 행위는 자신만 호의호식한다거나 첩을 데리고 노는 행위를 볼 때 단순히 재물욕에서 비롯된 것이 아님을 짐작케 한다. 이것은 놀부의 재물욕에서 비롯된 패륜과 일정하게 구별되는 점이기도 하다. 그의 호사스러운 세간살이는 나름대로 옹고집이 사치와 향락을 일삼고 있다는 반증이기 때문이다.

> 가사를 볼작시면, 석숭의 부자와 도주공의 성세를 불워 아니하더라. 앞뜰에 노적이요 뒤뜰에 장옥이라. 울 밑에 빌통놓고 오동 심어

식이 어떠한 수법을 통해 재미있게 형상화되는가 하는 데에 관심을 둔다고 할 수 있다.

18) 최래옥, 1989, 옹고집전의 제문제 연구, 《동양학》 19, 단국대 동양학연구소, 187쪽.

정자 삼고 송백 심어 차면하고, 사랑 앞에 연못 파고 연못 위에 석
가산을 무어 놓고 석가산 위에 일간 초동을 지었으되 네 귀에 풍경
이라.(94쪽)

놀부가 상대적으로 근면 검소한 데 비해 옹고집은 자신의 부를
마음껏 누리고 대신 주변의 모든 사람들은 알뜰히 부려 먹는다.

　며늘아기 명주 낳고 딸아기 수를 놓으며, 곰배팔이 삿 꾀이고, 앉
은방이 방아 찧고, 팔십당년 늙은 모친 병들어 누웠는데, 닭 한마리
약 한첩도 봉양은 아니하고 조반석죽 대접하니, 냉돌방에 홀로 누워,
(96쪽)

자신이 사치와 향락을 일삼는데 비하여 그 호사는 가족들에게조
차 분배되지 않는다. 며느리와 딸까지 노동으로 내몰며, 늙은 모친
에게는 조반석죽에 냉돌방 처지가 되게 하는 것이다. 이렇게 옹고
집의 성격적 결함은 불효의 차원으로 확대 기술된다. 모친의 신세
한탄에 옹고집은 가히 패륜적 언사를 서슴지 않는다.

　인간칠십 고래희라 하였으니, 팔십 당년 우리 모친 오래 살아 쓸
데 없네. 수즉다욕 우리 모친 뉘라서 단명하리. 도척이 같은 몹쓸 놈
도 천추에 유명ㅎ거든, 무슨 시비 말할손가. (97쪽)

이러한 옹고집의 악덕은 장모에게 쌀을 조금 보낸 조강지처를 소
박함으로서 더욱 극악하게 그려지기도 한다.19) 조강지처를 쫓아 내
고 옹고집은 금보료에 좋은 음식으로 갖은 호사를 하면서도 팔십노
모는 방 안에서 짐승같은 대우를 받는다. 이러한 극악한 옹고집의

---

19) '잇쩌 옹좌수 조강지쳐 소박ㅎ고 소쳡ㅎ야 즐길 젹의 우비ㅎ난 금보료, 조
　　흔 음식 장복할 졔 수육진미 모도 드려 유진포림 ㅎ여녹코, 주야장후 포식
　　ㅎ되 죽게된 팔십노모... 문밧추립 할 슈 업셔 이리저리 미셜 닥가 구셕구
　　셕 던져시니 굴닌너가 진동한다.' (〈연세대본〉, 최래옥, 앞의 책, 224
　　쪽)

형상이 불승 학대로 이어지는 것은 당연하다고 하겠다. 그는 '무죄한 중 곧 보면 결박하여 귀 뚫기와 어깨타고 뜸질하기로 유명'했던 것이다. 따라서 그의 불승 학대와 불효는 그의 재물욕과는 별개의 차원에서 비인간적인 모습으로 부각된다.

도승의 등장은 이러한 옹고집의 비뚤어진 성격을 재확인하면서, 징치의 근거를 마련하고 있다.

> 진속에 일렀으되 '인중말은 중이라' 너의 마음 고이하여 은혜 배반하고 삭발위승 부처의 제자되어 아미타불 거짓공부, 어른 보면 동냥 달라, 아이 보면 가자 하고, 불충불효 너의 행실 내 이미 알았으니, 동냥 주어 무엇하리. (100~101쪽)

동냥 온 도승에게 던지는 옹고집의 말은 자신의 상황을 전혀 인식하지 못하는 아이러니이다. 중에게 '불충불효'를 꾸짖고 있다는 점에서 옹고집의 발화는 이율배반적인 언동인 것이다. 자신의 처지는 생각지도 않고 오히려 '불충불효'를 동냥승 일반을 향해 매도함으로써 옹고집의 성격적 뒤틀림을 보여 준다. 옹고집에게 중은 일부러 악담을 퍼부음으로써 옹고집의 패악을 유도한다.

> 좌수님 상을 살피오니, 눈썹이 길고 미간이 넓었으니 성세는 요족하나, 누당이 곤하시니 자손이 부족하고, 면상이 좁았으니 남의 말은 아니 듣고, 수족이 작았으니 오사도 할 듯하고, 말년에 상한병을 얻어 고생하나 죽사리다. (101~102쪽)

도승은 옹고집의 성격을 알기에 그를 더욱 약올릴만한 근거를 대고 옹고집의 폭력성을 재확인한다. 도승은 '귀를 뚫고 태장 삼십도를 맹치'하는 옹고집에게 여지없이 당하고 돌아가는 것이다. 이는 옹고집의 입장에서 볼 때는 단순한 악행의 하나일 뿐이나, 도사의 입장에서 볼 때는 계속되는 서술의 중요한 단계[20]가 되는 것이다. 도사

---

20) 장석규, 1984, 옹고집전 연구, 경북대 석사학위논문, 59쪽.

의 주도로 옹고집의 골려주기와 징치를 통한 가족으로의 복귀가 실
현된다는 점에서 불승학대의 현장은 서술상 중요한 위치를 차지하
는 것이다.

이로써 도승은 제승들과 함께 옹고집의 징치 방법을 논의한다.
제승들은 각기 염라왕께 제수하여 지옥으로 보낼 것, 보라매되어
두 눈을 팔 것, 맹호되어 잡아먹을 것, 여우되어 유혹하고 촉풍상한
으로 죽게할 것 등을 논의한다. 그러나 이들은 모두 옹고집을 어떻
게 죽일 것이냐와 연관되어 있는 것이지 그를 어떻게 개선시키느냐
와는 무관한 것들이라 볼 수 있다. 이에 도승은 그러한 방법이 모
두 타당하지 않음을 말하고 짚으로 가짜옹고집(이하 가옹)을 만든
다. 여기서 도승의 행위는 제승들과 달리 옹고집의 죽음을 의도로
하지 않음을 알 수 있다. 도승은 가옹을 통해 옹고집이 자신의 부
도덕함을 깨닫고 건전한 공동체의 일원으로 교정되도록 하는 것을
염두에 두고 있다. 따라서 자신을 스스로 돌아보게 하는 최선의 방
법으로 옹고집의 형상을 만들기로 판단한 것이다.

가옹은 외형상 같은 인물이 다른 방식으로 사는 삶을 보여줌으로
써 결과적으로 자신을 반성하는 거울의 역할을 하고 있다. 이러한
방식의 징치는 주인공의 파멸이나 죽음을 유발하지 않는 골계적인
의도를 포함하고 있다. 진옹이 가옹과의 대비를 통해 자신의 삶이
불건강함을 깨우치도록 한다는 점에서 골계적 방식이다. 이는 선악
의 대비라는 차원과 달리 자신과의 싸움을 의도하는 것이다. 따라
서 이 때의 가옹은 진옹보다 한 수 우위에서 진옹이 개선되어야 할
많은 면모를 지니고 있는 것이다.

> (가) 아가 자세히 들어 보아라. 창원 마산포서 너의 신행하여 올 제
> … 나는 후배하여 따라올 제 상사마 한 필 뒤동걸어 실은 것이 모두
> 다 파삭파삭 절단나서, 놋동이 한복판이 뚫어져서 쓰지 못하고 벽장
> 에 넣었으니, 그도 또한 헛말이냐? 너의 아비는 내로다

> (나) 나리 나리 며나리 내 머리 자세히 보아라.

(다) 저 건너 최서방에게 작전 열냥 가져온가? 너더러 주라 하였더니, 그 돈에서 한 냥만 술 사오라 하여라. 분ᄒ고 분하다. 이 놈이 우리 세간을 앗으려고 이러한다. (이상 108~109쪽)

가옹은 진옹이 미처 이야기하지 못하는 세세하고 가정적인 부분을 골라내고 있는데 가옹의 성격이 또한 골계적이다. 가옹은 놋동이 한복판이 뚫어져 못쓰게 된 것, 며느리를 운율에 맞추어 골계적으로 부르는 행위, 아들에게 술을 사오라 하면서 도리어 분을 내고 있는 행위 등을 통해 진옹이 '애고 애고' 소리만 하게 한다. 특히 가옹은 은밀한 부부지간의 일을 내어 놓음으로써 결국 가족을 자신의 편으로 끌어들인다. 가정에서 가옹과 진옹과의 대결은 가옹이 가족에 대한 소상한 관심과 애정을 바탕으로 하고 있다는 점에서 진옹을 누르고 승리한다. 가옹의 가족에 대한 애정어린 말투는 이전 진옹이 보여주었던 가족간의 대화에서 일탈하고 있다. 가옹은 가족들이 소망하는 옹고집의 형상을 보여 주고 있는 것이다. 독자는 가옹을 통해 진옹에게서 발견하지 못했던 부분을 경험하는데 그것은 사소하고 일상적인 것들이다. 따라서 일상성의 발견은 웃음을 통한 희극적 친숙성을 이루게 한다. 가옹의 삶은 당연히 기대할 수 있는 일상적이고 상식적인 삶이고, 이런 모습은 바로 진옹이 지녀야 할 것들이다.

진옹은 가정 내의 패배를 만회하기 위해 송사를 하기로 결심한다. 그런데 그 송사의 전개 내용이 또한 의미심장하다.

"두 백성의 호적을 상고하여지이다" 허허, 그말을 옳다 하고 호적색을 불러 양옹의 호적을 강 받을 제, 실옹가 나앉으며 아뢰되, "민의 아비 이름은 옹송이옵고 조는 만송이로소이다." 사또 왈 "그 놈 호적은 옹송만송하다. 알 수 없으니 저 백성 아뢰라." 허옹가 아뢰며, "자아골 김등네 좌정시에 민의 아비가 좌수로 거행하올 때에, 백성을 애휼한 공으로 하여금 연호잡역을 삭감하였기로 경내 유명하오니, 옹돌면 제일호 유학의 옹고집이라. 고집의 연이 삼십 칠이요, 부

학생이 옹송이오니 절충장군이옵고, 조는 상이오나 오위장 하옵고,
고조는 맹송이요, 본은 해주오며, 처는 최씨요 본은 진주요, 솔자이
골이오니 연이 십구 무인생이요, 천비 소생이 돌쇠오니. 또 민의 세
간을 아뢰리다.…" (113~114쪽)

진가의 쟁투에서 그 판결의 요지로 지목된 것은 호적과 살림살이
를 얼마나 잘 아는가 하는 것이다. 가부장적 제도 하에서 자신의
출신 명분과 가세는 가장 기본적으로 알아야 하는 현실적 질서이기
때문이다. 그러나 진옹은 '횡설수설'하거나 '어찌 다 측량'하겠느냐며
자신의 무지를 드러낸다. 진옹은 마땅히 알아야 할 것을 모르고 있
는 사람으로 현실적 삶에서 일탈되고 있는 것이다. 이는 진옹이 자
신의 호사와 향락에만 관심이 있었을 뿐 현실적으로 돌보아야 할
가족에게서 멀어져 있었음을 분명히 알려주는 것이다. 이에 비해
가옹이 대는 호적과 살림살이는 너무도 구체적이고 자세하다. 그는
자신의 살림살이는 물론이고 아들의 생시와 방안 기물, 아내의 치
장물과 호미 괭이가 몇 개인지까지 소상히 말하고 이어 아들들에게
그 진위 여부를 확인받는 것이다. 호적에 있어서도 본가는 물론이
고 처가의 호적과 천비 소생의 아들 이름까지 빼먹지 않고 열거한
다. 진옹에 비해 지나치게 소상한 것을 말하는 가옹은 과장의 방식
으로 골계성을 이룩한다. 부의 축적에만 관심이 있었기에 당연히
알아야 할 것들을 진옹은 모르고 있었다. 진옹은 현실적 질서 하에
서 용인받지 못하는 인물인 것이다.

한편 가옹은 자신의 승리를 자축하며 사또에게 다음과 같이 말한
다.

하마터면 아간 세간을 저 놈에게 앗기고, 이런 일등 미색의 이렇
듯 맛난 술을 못먹을 뻔하였다. 그러나 성주 덕택에 흑백을 가려 주
옵시니, 은혜 백골난망이로소이다. 한 순 민의 집에 나오시오. 막걸
리 한 잔 대접하오리다.(116~117쪽)

가옹은 송사에서 이긴 후 사또에게 아부하는 것을 잊지 않는다. 그리고 기생과 권주가를 부르고 있다. 이로 보아 가옹은 현실적인 생활 감각을 가지고 있는 것으로 파악할 수 있다. 즉 가옹은 현실적으로 갖추어야 할 균형성을 가진 인물로 묘사되는 것이다. 따라서 가옹이 특별히 선인으로서 역할을 하지 않고 단순히 재산을 탕진하는 기능을 함에도 불구하고 현실적으로는 가옹이 승리한 사실에 향유층은 긍정적인 반응을 보이게 된다.21)

한편 진옹은 자신의 부는 물론이고 가족으로부터 유리됨으로써 유랑신세로 전락한다.

무지한 고집이놈 인제는 개과하여 애통하는 말이, 나는 죽어 마땅한 놈이거니와, 당상학발 우리 모친 다시 봉양하고지고. 어여쁜 우리 아내 월하로 맹세하여 백년종사 하렸더니 독숙공방 적막한데 임 없이 홀로 누워 전전반측 잠 못들어 수심으로 지내는가? 슬하의 어린 새끼 금옥같이 사랑하여 어를 제, 섭마둥둥 내 사랑, 후두둑 후두둑, 엄마 아빠 눈에 암암 나 죽겠네. 아마도 꿈인가 생신가? 꿈이거든 깨이거라 (118쪽)

진옹은 공동체 사회로부터 축출됨으로써 가족의 소중함을 깨닫는다. 학대하던 모친이 그리웁고, 박대하여 쫓아내기까지 한 아내가 보고 싶고, 일만 시키던 자식들이 새롭다. 결국 진옹의 유랑은 가족 사회의 중요성을 깨치는 데 중요한 계기가 된다.

한편 진옹이 없어진 후 가옹의 활약은 아내와 해로하는데 충실한 것이었다.

---

21) 장석규, 앞의 논문, 85쪽.
　　이는 진옹에 대한 징치가 민중의 대변자인 도승을 통해 이루어지고 있기 때문이다. 여기서 가옹이 활인구제의 명목으로 재산을 처분하는 것은 몇몇 이본에서 보이는 바이나 (〈박순호 33장본〉) 대체로 가옹의 역할은 다시 가족에 충실한 가장의 형태를 보이거나 재산을 탕진하는 것으로 그려진다.

허옹가 거동보소 득송하고 돌아올 제 의기양양 하는 거동, 진소위 제법일다. 얼씨구나 좋을씨고, 손춤 추며 노랫가락 좋을씨고. 이리저리 다니면서 조롱하여 하는 말이, 허허 흉악한 놈, 하마터면 우리 고운 마누라 앗길 뻔 하였다하고 집으로 들어오며 희색이 만안하니, … 그렁저렁 날이 저물매 허옹가 실옹가의 아내 데리고 종야 언어수작하다가 원앙금침 펼쳐 놓고 동침하여 누웠으니, 양인심사 깊은 정에 좋은 마음 측량없다.… 이러구러 십삭이 차매 실옹가 아내 몸이 곤하여 침석에 누워 해태하는데, 진양성중 가가조에 개구리 해산하듯, 도야지 새끼 낳듯 무수히 펴낳는데, 하나 둘 셋 넷 부지기수로다.(119~120쪽)

가옹이 집으로 돌아와서 진옹의 아내와 허수아비 자식들을 낳는 것은 이 본만의 특성인데 이는 가옹의 행위를 골계적으로 인식하려는 결과라 볼 수 있다. 옹고집이 현실적 상황을 일탈하는 데에 공격적 골계가 가해짐으로써 상황의 역전이 이루어지고, 이를 통해 결과적으로 공동체 사회로 편입된다는 점에서 가옹의 설정은 옹고집의 성격 교정을 위한 골계방식으로 사용되었다고 할 수 있다. 옹고집은 현실적인 가치로 믿고 있는 도덕성이나 윤리관, 가족애에서 일탈된 인물이다. 현실적 가치의 일탈을 골계의 대상으로 삼아 징치하고 소망스런 질서로 편입하게끔 한다는 면에서 기존 옹고집의 세계는 전복된 것이라 할 수 있다. 희극을 인간이 속하고 있는 사회의 일원으로 포용되고 동참하여 가는 과정을 보여 주는 이야기[22]라 할 때 〈옹고집전〉은 구체적으로는 가옹을 통한 속고 속이기를 통해 골려주기를 시도하고 공동체적 삶에의 복귀를 의도하는 구조를 가지고 있다.

---

22) 김병국, 1983, 한국 고전문학과 행복한 세계관, 《현상과 인식》 17, 한국 인문사회과학원, 155쪽.

4. 거짓 꾸미기와 방탕아 길들이기 - 〈무숙이타령〉

부정적 인물의 치유와 교정이라는 점에서 방탕아의 길들이기를 골계적 구조로 삼고 있는 작품으로 〈무숙이타령〉을 들 수 있다. 무숙이는 물려 받은 재산을 통해 시정 왈자의 사치 향락적 삶을 사는 불건강한 인물이다. 그리고 재력이 있는 한 그는 허영과 탐욕을 일삼는 도시의 건달에 불과하다. 그러나 많은 재물을 남김없이 탕진한 후 무숙이는 의양의 집 중노미로 전락한다. 이러한 배경에는 의양이가 무숙이를 건강한 인물로 길들이고자 하는 의도가 숨어 있다. 의양은 무숙이와 달리 노동과 재산을 긍정적인 면에서 가치있게 다루고 있다는 점에서 대조되는데, 따라서 의양은 무숙이의 성격 개조와 자기 반성의 주도적 역할을 하고 있다. 무숙이의 방탕아적 기질과 의양의 거짓 꾸미기가 이 작품의 골계적 방식으로 기능하면서 문제적 인간은 교정되어 간다고 할 수 있다.

〈무숙이타령〉은 현재 박순호본 〈게우사〉가 그 사설 정착본으로 확인되고 있다.23) 필사 연대를 1890년으로 보고 있고, 이 판소리를 불렀다는 명창도 19세기 중반 이후에 등장하는 것으로 보아 판소리 중 가장 늦게 형성된 것으로 보인다. 〈무숙이타령〉은 서울을 중심으로 한 기방 문화의 단층을 적확하게 구현한 작품이다. 따라서 여느 판소리처럼 근원설화를 중심으로 적층적 형성을 이룩한 작품이라기보다는 비교적 후대에 서울의 향락 문화나 소비 문화를 바탕으로 해서 이를 직접적으로 반영하여 형성된 것으로 추정된다.24)

---

23) 김종철, 1991, 〈게우사〉의 자료적 가치, 《한국학보》 65, 일지사.
　　김종철 주석본, 1994, 〈게우사〉, 《판소리연구》 5집, 판소리학회. 대상본의 인용은 이 책의 면수를 표시한다.
24) 김헌선, 1993, 〈무숙이타령〉과 〈강릉매화타령〉 형성 소고, 《경기교육논총》 3호, 경기대 교육대학원, 14쪽.
　　한편 최원오, 1994, 〈무숙이타령〉의 형성에 대한 고찰, 《판소리연구》 5, 판소리학회 에서 장편가사 〈계우사〉가 〈무숙이타령〉의 형성에 영향을 끼쳤으리라 추정한 바에 대하여 김헌선 교수는 오히려 판소리적 영향을 무

현재 〈무숙이타령〉의 서사는 의양을 중심으로 하는 무숙이 길들
이기 작전에 집중되어 있는 듯이 보이는데 가장 오랜 자료로 알려
진 송만재의 〈관우희〉에서는 다음과 같이 이 작품을 노래한다.

장안의 한량으로 왈자패들은
붉은 옷 초립 쓴 우림 패거리
동원에서 술마시며 놀이판이니
뉘라서 의랑 잡아 한몫을 뵈노.25)

이를 보면 왈자들의 모습과 그 이야기가 의랑이라는 기생 차지하
기에 모아지고 있음을 알 수 있다. 만일 〈게우사〉가 초기 〈무숙이
타령〉의 전면모를 보여 주고 있다면 서사의 핵심인 무숙이(왈자)의
개과 이야기가 빠졌을 리가 없는 것이다. 이러한 점을 보아 〈무숙
이타령〉은 왈자들의 기생 차지하기가 내용의 핵심이었던 것이 가사
와의 갈래 교섭을 이루면서 점차 탕아 길들이기라는 서사로 확대
진행되었을 것이라 생각된다.26) 따라서 형성기의 〈무숙이타령〉이
시정왈자들의 방탕한 모습과 그 놀이적 측면을 그린 것이라 할 때
현재의 작품은 의양을 중심으로 한 탕아 길들이기로 서사의 핵이

시할 수 없음을 밝히면서 동시대적 공유현상으로 설명한 바 있다. 이 작
품은 장편가사 〈계우사〉, 〈한양가〉, 〈외입장이격식〉 등의 문면을 공유하
면서 판소리적 골격을 세운 것으로 생각되는데 기방문화와 시정왈자들의
도시적이고 향락적인 세태를 반영하면서 발달해 온 것으로 보인다.
25) 윤광봉, 1997, 《한국연희시 연구》, 박이정, 158쪽.
26) 이러한 추정은 〈게우사〉가 그 가사적 제목과 함께 앞의 장편가사들에서
보여 준 교술적 술회나 반성들을 그 정서로 하는 면을 채택하면서 이루어
진 것이라는 연구와도 일맥 통하는 것이다. 따라서 전반부 기생차지의 내
용을 바탕으로 후반부가 부연되었으리라 보는 것인데, 실제 〈게우사〉의
후반부는 전반부에 비해 판소리체가 경감되고 가사화하는 경향을 보이고
있다. 특히 비장이 고조되는 무숙이 처의 자탄이나 빈궁한 생활상의 묘사
는 가사에서 보이는 신세자탄류와 상통하는 면이 많다고 하겠다. 이를 통
해 보면 〈게우사〉의 골계적 서사도 마찬가지로 기생차지에서 의양과 무숙
을 중심으로 한 탕아 길들이기로 이행하고 있다는 것을 알 수 있다.

이동하면서 골계적 방식도 문제 인간에 대한 질타와 개선을 중심으로 변화한 것이라 여겨진다.27)

〈무숙이타령〉은 무숙이의 철없고 허영심 많은 성격을 극단적으로 그림으로써 사회적 불균형성을 문제삼고 이를 교정하기 위한 인물로 의양이라는 기생을 등장시키는데, 〈배비장전〉이나 〈강릉매화타령〉과는 다른 여성상을 그려내고 있다. 여기서의 의양은 애랑이나 매화보다는 오히려 춘향형에 가깝다. 자본이 유통되고 소비 향락 사업이 번창하고 봉건국가는 이념적 현실적으로 붕괴의 길을 겪으면서 기생들의 형상은 향락성과 계층성을 동시에 지닌 인물상으로 떠오르게 되었다. 기생들은 때론 민중의 편에 서기도 하고, 양반의 노리개감이 되기도 하며, 향락의 최선봉이 되기도 하지만, 춘향이나 의양처럼 자신의 계층적 차별을 인간적인 신뢰와 사랑으로 극복하고자 하는 주체성도 보여주었던 것이다. 이러한 기생에 대한 다양한 형상화는 곧 분열되고 혼란스런 사회적 단면을 보여주기 가장 적합한 소재였으리라 생각된다. 따라서 후대로 올수록 기생을 주인공으로 하는 판소리계 소설이 일군을 이루고 있음을 주목할 필요가 있다. 이러한 추세에 〈무숙이타령〉도 예외는 아니었을 것으로 생각되는데 왈자 중심의 서사에서 의양 중심의 서사로 이동한 것은 단적인 예라로 본다. 이에 따라 왈자 무숙이의 불건전하고 향락적인 삶이 풍자의 대상이 되고 극단적인 형상화를 이룸으로써 이를 교정하는 의양의 역할이 증대된 것이다.

의양을 위시한 공모자의 거짓 꾸미기 방식〔假伴〕은 길들이기의 가장 대표적인 골계 수단으로 쓰이고 있다. 무숙이의 괴도한 향락성이 골계의 대상이 됨은 말할 것도 없고 거짓과 속임수를 통한 골려주기의 구조는 이 작품을 골계적인 것으로 파악하게 한다.

먼저 무숙이의 탕아적 기질은 인물 치례를 통해 골계적으로 서술된다.

---

27) 이는 한편으로 가사의 서사화, 소설화, 장편화 현상과 밀접히 연관되는 것이다.

오음육율 쇽을 알고, 션쇼리 쇽멋슬 알고, 게집의게 다졍홈과 살악
기고 돈 모로고, 노름판의 쇼담만코, 즙기쇽도 알만 ᄒ되 츤타ᄒ야
본 체 안코, 인기가 니러ᄒᄂ 부죡ᄒ게 지식니요, 허랑ᄒ게 마음니
라. 형셰가 이러ᄒ고 지죠가 졀등ᄒ니, 슘티육경 지승임네 사람을 만
들냐고 입신양명 일너가며 간~니 게결ᄒ되 마다ᄒ고 쏏노으며, 쥭
마교우 어진 친구 붕우칙션 슬틋ᄒ고, 오른 말의 쏭닉기와 그른 말
은 고지 듯고, 은군주 오입ᄒ 연 노구 노와 쳥ᄒ기와, 아리 우더 식
쥬가을 밤낫 읍시 일을 숨어 쳥누고각은 사랑니요 기싱의 집은 본딕
니라. 부형니 읍셔진니 가젼진학니 읍셔지고, 힝셰가 니러ᄒ니 가쇽
인들 도라볼가. 호~탕~ 밋친 마음 위아침 죠아 ᄒ고 쳐주식을 몰
ᄂ보며 화협으로 모도 쇽아 허숑셰월 지ᄂ간니(420쪽)

무숙이는 장안갑부의 아들로 부형도 없이 그 재산을 노름과 잡기
와 색으로 둘쓰듯이 쓰는 위인이다. 게다가 지식은 부족하고 마음
은 허랑하여 친구나 윗사람이 하는 말도 듣지 않으며 기생집을 본
댁 삼아 드나들며 가속은 돌아보지 않고 허송세월을 보낸다. 타고
난 재산의 부유함을 바탕으로 돈을 벌어야겠다는 생각은 전혀 없
고, 그렇다고 입신양명할 마음도 없이 그저 호화로운 생활을 즐기
며 산다. 이러한 무숙이의 왈자적 모습은 처자식의 형세를 돌아보
지 않는다는 점에서 엄격히 비판의 대상이 된다. 왈자의 모습과는
대조적으로 아내는 자식들을 거느리고 글생원의 집 방 한 칸을 얻
어 동냥으로 먹고 사는 것이다. 왈자의 소비적 생활은 이러한 면에
서 인격적이고 도덕적인 중대한 결함을 가지고 있다. 따라서 성격
적 결함을 지닌 인물에 대한 골계화는 조롱과 냉소의 시선으로 일
관된다. 시정 왈자들이 한 패로 놂에도 불구하고 무숙이의 절제 없
는 생활과 비도덕성은 왈자 사이에서도 교정의 대상이 되고 있기
때문이다. 무숙이의 무절제한 타락상은 서술자에게서도 '잡놈'으로
표현된다.

어느날 무숙이는 왈자패들이 모여 있는 곳에 와서 자신의 방탕한
삶을 인정한 후 '혼 번 노름 망죵ᄒ고 오입을 영평싱 쎄여 글고 집

손축미 호랴 호니 계교 쥬의 웃더호오(423쪽)'하고 묻는다. 이에
왈자들도 그 작정이 옳다고 거들면서 평양 기생 의양이와 놀아볼
것을 권한다. 그것은 '저런 게집스람 집손을 시겨시면 마음도 방탕
츤코 평시의 호던 니리 후회가 될거신니(429쪽)' 짝을 이루어 보라
고 한 것이다. 의양을 한 번 보고 반한 무숙은 의양의 정중한 거절
에 집으로 돌아오지만 자신을 압도할 사람은 의양이 뿐이라고 하면
서 구애의 편지를 보낸다. 의양의 허락으로 살림을 차린 무숙은 의
양의 속신과 살림살이 장만에 돈을 다시 물쓰듯 쓴다.

> 의식니 그립존코 근심 걱정 읍셔신니 셕슝의돈 부러할가. 호화로
> 니 지느간니 죠쇽을 오게 호야 본뒥 안이 집일넌지 첩의 집 살임일
> 넌지 피츳가 습지 안케 지나가면 호평싱니 넉~호련만은 무슉의 미
> 친 마음 니두스 경영 읍시 뒷긋슬 싱각존코 돈 쓰기만 위쥬하고 남
> 만 죠케 호즈 호니 손톱 밋틔 비졉만 알고 비쇽 니죵은 몰느신니 무
> 슉의 즙놈 지식 금흘 스람 뉘 잇스랴. 믜일~용 쓰넌 거시 습스빅
> 을 너머 쓰고 가진율쇽 풍유랑과 명기명충 션쇼리며 쇼충범빅 각기
> 쳐호 하로 좀간 놀고 느도 근쳔금식 탕~쓰고, … 돈은 쪄도 슈가 익
> 고 안니 쪄도 슈가 잇넌듸 열양 쓸 듸 쳔양 쓰고 쳔양 쓸 듸 호양
> 쓴니 젹실인심 무슉니요 불의 심스 무슉니라. (436쪽)

위는 서술자의 입을 빌어 표현된 무숙의 생활상이다. 기왕 그렇
게 재물을 쓸 바에야 본댁과 첩의 집 살림을 서럽지 않게 하면 평
생을 호의호식할 것을, 뒤끝을 생각하지도 않고 돈쓰기만 위주로
달려든다는 것이다. 그리고 돈을 쓰더라도 제대로 돈구실을 하지
못하게 써서 인심만 잃고 있음을 말하면서 무숙을 '잡놈'이라 욕하
고 있다. 실상 그 많은 돈을 그런대로 공평하게 처첩에게 쓴다거나
쓸 데에 맞추어 요긴하게만 썼다면 그리 문제가 되지 않을 상황이
다. 그러나 무숙은 그저 돈을 쓰는 데만 혈안이 되어 있어 인간적
구실을 전혀 하지 못하는 상황을 만들어 내고 있다. 서술자는 이러
한 무숙이를 조소의 시각으로 묘사한다.

결국 무숙이는 의양의 계교에 의해 있는 재산을 모두 탕진하고 있는 살림살이는 모두 빚을 갚아 나가면서 상투까지 베어버린 더벙머리 거지 몰골로 전락한다. 그리고 부의 탕진은 오갈 데 없는 신세가 된 무숙이에게 다시 처자를 되돌아보게 되는 계기가 된다. 부의 역전된 상황은 현실적 삶의 가치가 무엇인지를 깨닫게 한 것이다.

막덕이는 살림판 돈을 착실히 의양에게 맞기면서 무숙이의 재산 탕진을 돕는다.

> 무슈긔 거동 보소. 즌당 줍핏 촛디처름 아리목의 우둑컨이 안저 싱각ᄒ니 좀쎨 홰쎨의 한 일리 방지불수 너일리야. 입을 거시 읍서 논니 막덕기 큰저고리를 허리 나게 입고, 의양의 쩌러진 가리바디을 입고 안저 허리가 몹시 실린 즉, 긔가족을 두루고 화리쑬만 쬐고 안저신이 더벙머리 눈을 각금 가리운이 디강이를 너두르며 손까락으로 가리미를 타고 밀지름으로 지고 디자단임으로 존득 동여쏘ᄂ. 비가 곱파 안저신이 천ᄒ줍놈의 으른이라. 번화한 의양의 집 히단한 무숙 천고되야 들고 되야난이, 지각 읍난 무슈기 충졸간의 쏠중아비 되야 안저 답~ᄒ고 민망ᄒ다 (449~450쪽)

무숙이의 몰골은 쏠장아비로 비유되면서 비속화 된다. 무숙이는 의양의 질타에 집을 나와 거지신세로 처자의 집을 찾아간다. 굴뚝 밑에서 처자의 말을 듣던 무숙은 그동안 처자의 살림과 빈궁이 모두 자신의 탓이라고 깨닫고 크게 반성한다. 그리고는 처자의 동냥밥을 얻어 먹을 수가 없어 갖은 품팔이를 하기 시작한다. 가족의 중요성과 노동의 어려움을 겪는 것이다. 그러나 이러한 시련에도 의양은 무숙이가 완전히 교정되었다고 인정하지 않는다. 그에게 의양이가 가한 시련은 인간적 수치감을 극단적으로 경험하게 하는 것이었다. 설렁탕집 부엌에서 잠을 자다 막덕이에게 발견되어 의양의 집으로 간 무숙은 그 집의 중노미 신세가 된다.

기생에서 속신되어 어엿한 첩의 신분임에도 의양은 자신의 한계와 무숙의 무절제함에 대하여 직설적으로 야유함으로써 부부의 관계를 전도시킨다. 이러한 구성은 부부관계의 질서를 파괴적으로 전도시키는 골계적 수단이다. 남편과 아내의 가부장적 질서는 파괴되고 오히려 아내 상위의 남편 학대가 이루어지고 있음은 골계담에서도 확인되고 있는 방식이다. 곧 의양은 부부상을 파괴하고 전도시킴으로써 결과적으로는 가부장 질서를 부정하고 재력으로 상하를 역전시키고 있는 것이다. 재물이 떨어졌다고 해서 남편을 내쫓는 행위는 기생의 신분을 벗어난 의양으로서는 해서는 안 될 일이다. 그러나 여기서 의양은 자신의 과거 기생 신분을 철저히 이용하여 무숙이를 골탕먹이고 있다. 그리고 이에 대해 무숙이 또한 별 이의를 제기하지 않는다. 무숙이를 중노미로 부려 먹으면서 그가 인간적 모멸감을 느끼고 극단의 수치심을 경험하여 상대를 이해하도록 하는 방식, 이것은 의양이 기생으로서 겪었던 모멸과 다르지 않은 것이다. 자신의 세계에 갇혀 남부럽지 않게 살면서 인심을 잃은 무숙이에게 이러한 방법은 너그럽고 여유있게 대상을 배려할 줄 아는 마음을 심어주고자 하는 의도였던 것이다. 무숙이는 '돈 마르면 의복 줄고 의복 줄면 모양 읍고 모양 읍시면 마음까지 졸히지는 법'을 통감하고 세상사가 고되고 힘들다는 것을 각인한 셈이다.

의양이가 다른 남자와 통정하고 그 수발을 해야 하는 상황에서 무숙이는 죽을 결심을 한다. 의양의 행동은 곧 무숙이에게 죽음보다 더한 치욕을 맛보게 한 것이다. 이 때 무숙은 '예 아셔라 부지럽드 슈그라면 발셔 쥭지 풍지고락 다 셕거ᄂ 말쏭의 쓰여도 셰승니란니, 이 연이나 쇽어 보ᄌ(464쪽)'며 펄펄 끓인 물에 고춧기루, 죠피가루, 비상가루를 풀어 의양의 뒷물을 만들고 저주의 기도를 한다. 무숙이는 바로 여기서 자신의 체념에서 벗어난다. 다시 대결하며 살겠다는 의식, 적극적 도전, 이것이 엉뚱하게도 골계적인 수법으로 이루어진 것이다. 이 기도를 들은 의양이 무숙에게 전후의 사정을 말하고 사죄한 것은 당연하다. 곧 무숙의 허랑하고 제멋대로이며 남을 돌아볼 줄 모르는 편협한 사고와 쉽게 좌절하는 허약성 등 그가 가진 인간적 약점은 그대로 골계화되면서 점차 교정된다. 가족에 대한 중요성, 재물의 귀중함, 대상에 대한 배려 같은 것을 갖춘 인간으로 거듭 재생되는 것이다.

이처럼 의양의 인물형상은 주체적이고 당찬 여성 형상으로 무숙이를 개과시키는 데 주도적 역할을 하고 있다.

> 평싱 니십셰의 본지체는 죠싸오느 외가가 쵸라흐와 일싱 포한니 다름 안니오라 탁신교방 니 니 몸니 속망니면 점고맛기 힝슈의게 핀 즌 듯기 슈로 호령 달쵸 흐기 츈흐츄동 스시졀을 관문의 붓미니여 안니쏩고 다랍고 치스흔 일만 당코 허다흔 디신 관즁 문드러진 오입 즁니 츙셩니 고흘가 흐고 바단은치 죠흔 지물 금옥진보 가진 픠물 무슈니 션급흐되 니 지체을 싱각흐냐 희후지기 바든 니리 읍고 입쩌 까지 음양지낙니 웃던 쥴을 모로난듸 승원두부즁 오입즁니 셔방임네 니 쇽 아러 길 쓰리랴 호령 핀즌 니마질과 여츠흐면 가슴 트고 스즈 흐는 셔방임네 일시 충졍 죠틋 흐덜 빅연희로 살 낭군을 쇽을 즈셰 몰나 보고 흠부로 허신흐냐 신명을 맛치릿가. 만일 스불여의흐면 스싱니 가리온니 죵실을 져지른 후~회막급 되거드면 호쇼무쳐 스른 스졍 슉원슈구흐오릿가 (429~430쪽)

의양은 왈자들과 함께 온 무숙이에게 자신의 내력을 말하고 있는데 기생으로 겪어야 했던 수치심, 모멸감 등을 아니꼽고 더럽고 치사한 일이 있었다고 털어 놓는다. 아무리 기생이나, 재물로 자신을 호리려 오는 오입장이들은 백년해로할 낭군으로 보지 않았으므로 함부로 허신하지 않고 있었고, 자신의 배필을 가리는 일은 생사와 관련되는 중대사이므로 함부로 정할 수 없다고 단호히 말하고 있는 것이다. 의양의 성격으로 보건대 무숙이의 반성과 그의 풍채에 이끌려 인연을 맺은 만큼 의양은 무숙을 백년해로할 동반자로 인식했던 것임에 틀림없다. 이러한 인식은 무숙이에 대한 애정에서 비롯된 것이므로 의양은 무숙이의 교정에 적극 나섰던 것이다.

한편으로 의양은 자신의 경험에서 기생으로서 인간적인 대접을 받지 못한 것에 대한 적극적 자기 방어심도 가지고 있었다. 실제로 의양은 무숙과 살림을 차린 이후 성실 근면하게 집안 살림을 꾸려 나가는 한편 노속들을 다스리고 기생태를 벗기 위해 노력하였다. 따라서 의양은 무숙의 첩이 된 후 먼저 처첩간의 도리를 지키고자 애썼으며 무숙이의 방탕이 자신의 탓으로 돌아오지 않도록 하고자 하였던 것이다. 이에 따라 의양이 무숙이를 길들이기 위해 사용한 방식은 먼저 무숙이의 사행심을 자극하여 그의 재산을 탕진하도록 하는 것이었다.

> 주네가 니 슈단 돈 쓰고 노는 양을 구경ᄒ면 중관되리. 의양니 속으로 졈~ 겹도 ᄂ고 일변 괘심ᄒᄂ 연ᄒ냐 말을 ᄒ되, '호긔 익게 노는 것과 돈 쓰넌 귀경을 ᄒ 번 ᄒ면 죠컷쇼'… 의양니 노름판의 쓴 돈 슈를 논니 십만금을 넝겨 쎠신니 셕슝인덜 젼듸일숀냐. 의양니 긔싱니 콱 막켜 침식니 불안ᄒᄂ 연ᄒ냐 말을 ᄒ되, '이 번 노름의 십만양을 넝겨 쓰신니 호긔 잇넌 셔방임을 션쳔지 후쳔지의 본바드리 뉘 잇슬가'… '그 웃슈로 노름ᄒ고 돈을 쓰면 웃덕키 쓰오?' (437~438쪽)

의양은 은근히 무숙이를 부추기면서 그의 방탕벽이 고갈되도록 한다. 이것은 의양이 의도하는 바를 성취하기 위해 행해진 반어적 골계의 용법이라 할 수 있다. 그와 동시에 의양은 막덕이에게 재산을 처분하여 가져 오게 함으로써 한편으로 착실히 재물을 지켜낸다.

다음으로는 무숙이를 자신의 중노미로 부리면서 디른 남지를 끌어들이거나, 친구에게 심부름을 시키는 등 인간적 수치심을 안겨 주는 방법을 쓴다. 이는 앞서 말한 바와 같이 상대적 열등감과 모멸감을 통해 정신적 고통을 안겨 주는 방법이다. 이를 통해 무숙이는 정신적 육체적 고통을 함께 맛보게 된다. 그러면서 한편으로는 무숙이에게 직설적인 폭언을 서슴지 않는다.

의양니 졍신니 아쓱ᄒᆞ냐 면경 체경 화류문갑 작중~폰의 너부드지며 '여보 ~~, 김셔방임, 노름도 슈가 익고 돈 쓰기도 슈가 잇지. 갑부 셕숭 외죠부요, 의돈니가 즁인인가, 그뒤 집의셔 편지 왓네. 그뒤 아니 불숭ᄒᆞᆫ 졍승 글션싱네 웃방의 가 아직 아직 지체ᄒᆞᄂᆞ, 나무 양식 핍졀ᄒᆞ냐 긔ᄉ지경 되냐쓰고 가긍 ᄉ정 편지 왓네. … 불숭ᄒᆞᆫ 규즁여ᄌ 이통터져 쥬글진딘, 눈 쌔지리 셔 쌔지리 토혈즉ᄉ 두여지리. 죠강지쳐 불ᄒᆞᆼ당을 그뒤어니 모로난가. 날갓튼 츤쳡니냐 거시 달코 쇽니 달너 ᄒᆞ로도 열두 시의 무슨 마음 안 머글가. 셰숭 ᄉ람 즁 안 공논 날노 ᄒᆞ냐 방탕ᄒᆞ여 남용남비ᄒᆞ는 쥴노 드럽고~약지셜 안져 별악 닉 마질가. 그뒤는 쥴난년치 무슨 여망 바랄 망졍, 슈달피라 죳 홀트며, 미야미라 입 마글가. 읍다 ~~ 돈니 읍ᄃ, 쓰잘 것도 원 읍고나. 안아 옛다 만반진슈, 안아 옛다 의복 ᄒᆞᄉ, 쥐씹도 날 곳 읍ᄃ. 네 것 슬컷 먹고 쓴 놈 도라셔면 훼담ᄒᆞ고 너 쥬글 쩌 슬피되면 아모 놈도 읍셔지고 네 쳬ᄌ가 웃씁나라. 요 ᄌ식아, 즙ᄌ식아, 쓸기 읍넌 김무슉아, 알심 만코 멋 아는 일 너와 슴싱 원슈로ᄃ. 안고슈비 네 큰 슈단 네 집 쳐ᄌ 피가 난니 가셩고쳐원셩고을 널노 두고 이르미라.(441~442쪽)

의양은 무숙이의 처자가 겪고 있는 불쌍한 정황을 낱낱이 일러주며 죽을 때가 되면 결국 곁에 남는 것은 처자밖에 없다고 고함친다. 그리고 자신같은 천첩이야 겉이 다르고 속이 달라 무슨 마음을 먹을지 아느냐고 한다. '요 ᄌ식아, 즙ᄌ식아, 쓸기읍넌 김무슉아'라고 하는 욕설과 폭언을 통해 호칭은 이미 격하되어 있다. 그리고 '너와 슴싱 원슈'라고 한다. 무숙이에 대한 질타를 속시원히 욕설로 풀고 있는 셈이다. 무숙이의 처자를 돌보지 않는 비인간적 처사와 기생에 빠져 재물을 탕진하고 있는 처지를 객관적으로 보게 해 준다. 그러나 무숙이는 이러한 말에도 '처자식이 따라오면 부귀영화가 따라오냐'고 반문하며 설마 굶어 죽겠느냐고 속없는 소리만 한다. 의양은 더욱 격분하여 '그대같은 소인이 천성을 고칠소냐'고 한탄한다.

결국 의양은 이러한 무숙이의 천성을 고치기 위해 무숙이처와 김별감 막덕이를 공모의 관계로 만들어 길들이기 작전에 들어가는 것이다. 무숙이에 대한 애정을 바탕으로 하고 있으면서도 의양은 단호하고, 주도면밀하게 그 계획을 실행한다.

　　기젼갓치 말시도 흠부로 말고 서방임 티도 뵈지 말고 안방의 오지 말고 튀인니 올지라도 스불여의 ᄒ면 피츠 망신될 거신니 부디 충염 거힝하쇼 (459쪽)

　의양은 무숙이를 중노미로 부리기로 하고 위와 같은 약속을 단단히 받음으로써 주종의 관계를 만든다. 조금의 동정이라도 보였다가는 무숙의 성격에 금세 예전처럼 될 것이라는 판단이 있었기 때문이다. 결국 의양은 부부상을 역전시킴으로써 거꾸로 무숙이가 가부장적 태를 이용해 처자를 소홀히 다루는 일이 없도록 단속하는 역할까지 하는 셈이다.

　의양이 공모의 대상으로 선택한 김별감과 막덕이, 무숙이 처는 의양의 계교를 눈감아주거나, 의양의 부탁을 시행해 주는 원조자라 할 수 있다. 그런 면에서 이들은 적극적인 주동자로 나서지는 않는다. 특히 막덕이의 경우 〈배비장전〉의 방자와 달리 오히려 무숙이에 대한 동정심도 한편으로 갖고 있어서 그 역할이 상대적으로 축소되었다고 할 수 있다. 그리고 무숙이 처는 공모의 대상이라기 보다는 오히려 무숙이의 비인간성을 드러내주기 위해 선택된 인물인 듯이 보인다. 그 처는 공모에 가담하였다기보다 그저 불쌍하고 가긍한 정상을 드러내면서 남편의 방탕벽을 참고 견디는 순종형의 여성으로 그려진다. 김별감은 같은 왈자의 부류이면서도 그 방탕의 정도가 심하지 않다는 점에서 무숙이와 구별되고 한편으로 극단적인 행태를 보이고 있는 왈자를 부정적 시각으로 보고 있다.

　〈무숙이타령〉에서 골세의 대상으로 전락된 무숙이는 점차 자본화되어가고 있는 시정의 불건강한 인물로, 한편으로는 무노동과 이권, 청탁이라는 근대 이행기 자본 축적의 한 단면을 묘사해주고 있다.28) 따라서 무숙이의 불건강함은 현실을 살아가는 공동체적 삶에서 일탈된 것으로 묘사되고, 이에 대한 교정이 골려주기와 길들이기 방식을 통해 드러나면서 공동체적 삶을 회복하도록 하고 있다.

5. 이기주의적 삶의 극복과 공동체 의식의 회복

인간이 살아야 하는 삶은 결국 사회적 삶이다. 그리고 건전하고 정당한 사회적 인간은 보편적 윤리에 벗어나서는 안 된다고 여긴다. 이 때의 보편적 윤리란 인간이 공동체적 삶의 기반 위에서 최소한으로 지켜야 할 것을 의미한다고 볼 수 있다. 그리고 이 보편적 윤리는 현실적인 가치관 속에 포함되어 있다. 따라서 현실을 살아가는데 필요한 공동체적 의식에서 동떨어져 있다고 판단되는 인물은 부정적인 골계의 대상이 된다. 최소한의 공동체적 삶을 유지하기 위한 기반이 되는 것은 무엇보다도 가족이다. 따라서 기본적인 가족애에서 일탈되어 있는 인물들은 분명 부정의 대상이다. 가족애는 강요된 윤리규범이 아니라 인간이 인간으로서 지켜야 할 필연적인 의무인 동시에 본능적인 자기애로 인식되기 때문이다. 그러므로 현실적 가치인 가족애에서 멀어지고 있는 인물들에 대한 사회적 지탄은 지대한 것이고 이에 대한 징치 또한 당연한 결과이다. 이러한 문제의식에서 출발하여 현실적 가치에서 일탈된 인간을 골계적 시각으로 다룸으로써 교정을 의도하고 공동체적 삶에의 복귀를 그리고 있는 작품이 〈옹고집전〉과 〈무숙이타령〉이다.

현실에서 벌어지는 모순되고 부조리한 양상을 뒤집어 보려는 것은 골계담이 즐겨 지향하는 이야기 방식이다. 때로 그것은 환상적인 수법을 끌어들이게 되는데 바로 이러한 이야기 방식을 〈옹고집전〉이 수용하고 있다. 이 작품은 모방을 통해서 상황이나 역할을 전도시키고 그로 인해 탐욕을 징벌하고 있다는 점에서 〈흥부전〉과

---

28) 김종철, 〈무숙이타령〉과 19세기 서울 시정, 앞의 책, 참조.

공통된다. 그리고 이 때 중요한 소재가 되는 것은 부의 변동 상황이다. 선과 악의 대립구조 속에서 악의 징치를 부의 역전을 통해 이룩하고 있다. 상황적인 질서는 선과 악이 대결적 자세를 지니고 화해의 여지가 없는 것으로 그려진다. 이러한 상황의 대결성은 도승의 술법을 통해 악의 패배를 유도함으로써 해결된다. 그리고 악의 패배는 예전과는 다른 전도된 세계를 만들고 있는 것이다. 옹고집이 유랑민의 신세로 떠돌아 다니는 모습은 이전의 상황을 완전히 뒤바꿔 놓고자 하는 향유층의 소망이 반영된 결구다.

옹고집, 무숙이는 모두 재물에 탐닉함으로써 가족사회 구성원으로서의 인간적 도리를 저버리고 사는 사람들이다. 오로지 재물에만 편집적인 성격을 드러냄으로써 응당 돌아보아야 할 형제, 처자들에게 몹쓸 짓을 서슴지 않는다. 이들이 추구하는 세계는 물질중심의 세계이고 그들은 배금주의자들이다. 따라서 이들의 세계관을 파괴하고 공동체적 삶의 자세를 획득하게 하기 위해 선택된 방식이 부의 탕진이라고 할 수 있다.

옹고집은 眞假의 경쟁에서 패배함으로써 자신의 부를 축출당한다. 무숙이는 의양의 계교를 통해 재산을 탕진한다. 이러한 과정을 통해 현실적 삶에서 일탈된 문제적 인물들은 가족의 소중함, 가장으로서의 책무감을 느끼고 반성하면서 가족 구성원으로 복귀하고 자신의 성격적 결함을 교정하는 것이다.

판소리의 향유층들은 부에 집착하는 이기주의적 인간들을 역전된 상황을 만듦으로써 유쾌하게 징치한다. 상황의 역전이라는 골계적 방식을 통해 사회적인 교정을 시도하고 건전한 사회인으로 복귀시키고자 하는 의도를 가지고 있는 것이다. 이는 거꾸로 서민들의 비극상이 경제력의 결핍에 있었다는 것을 드러내 주고 있는 것이기도 하다.29) 또한 부의 문제로 차별을 겪고 계층성을 노정하는 사회에 대한 암묵적 비판이기도 하다. 그러면서 가진 자들의 부가 정당한

---

29) 정병헌, 1986, 《신재효 판소리사설의 연구》, 평민사, 120쪽.

사회적 인식과 공동체적 삶의 기반 위에서 쓰여지기를 소망한다. 부의 역전 상황을 만듦으로써 가진 자들의 세계를 전도시키고 공동체 사회의 조화로운 삶을 영위하도록 하는 것이다.

〈壬辰錄〉考

洪 在 然

목 차

1. 導言

이 標題의 〈壬辰錄〉은 古典 散文의 새로운 자료이다.

이 책은 修巖 柳袗(1582-1635)이 지은 〈임진녹〉과 〈임ᄌ록〉을 비롯하여 木齋 洪汝河(1620-1674)가 修撰한 修巖先生行狀을 번역한 〈슈암션싱힝쟝〉을 함께 엮어 놓은 쿕字(한글)표기 필사본이다. 이 책이 수암 종택에 줄곧 보배롭게 간직되어 오다가 비로소 드러나게 되어 널리 알려지게 되자 이에 대한 관심이 높아지게 되었다.

現傳하는 이 책은 앞서 전래되던 책(原本)이 너무 낡아졌으므로 헤어져 없어질까 두려워하여 규중에서 다시 옮겨 베껴서 이어오게 한 轉寫本이다. 이제는 이것마저 오래되어 낡은 책이 되었고 불똥진 곳이 있는 데다가 또한 草書로 필사되었으므로 그 모습을 바르게 전하기 위해서는 먼저 楷書로 옮겨 써야 하겠고, 그 내용을 바르게 이해하기 위해서는 現代語로 옮기어 다시 校注作業이 뒤따라야 할 실정이다.

여기서는 이러한 요구를 충족키 위하여 이를 해서로 옮겨 쓰고 교주를 붙여 내용의 이해를 돕고자 하며 이 책의 체재와 옮겨 쓰게 된 경위 등 書誌的 사항을 살펴 이 자료의 문헌적 의의를 밝히고 作品의 내용과 作者의 生涯 및 功業을 살펴 作品의 文學的 의의와 史的 實相을 밝혀보고자 한다.

2. 書 誌

2.1. 體裁

이 책은 〈壬辰錄〉이란 표제 안에 〈임진녹〉·〈임ᄌ록〉·〈슈암션싱힝쟝〉 등 세 개의 글이 합편되고, 책의 앞뒤에 베껴쓴 경위를 밝힌 轉寫者의 記文이 붙었다.

가로 18㎝ 세로 32.5㎝로 된 五針線 韓裝本으로 여기에는 〈임진녹〉 24장, 〈임ᄌ록〉 28장, 〈슈암션싱힝쟝」〉 11장과 함께 책의 앞뒤에 각 1장씩의 전사 경위를 밝힌 記文이 붙은 모두 65장 130쪽(面)의 책이다. 쪽마다 12내지 16줄(行) 씩으로 고르지 않게 排行된 데다가 줄마다 약 30여자 정도를 세로줄로 내리쓴 날림체(草書体)의 필사본이다.

2.2. 成册經緯

이 표제의 〈壬辰錄〉이 이루어져 現傳하기까지는 당시의 士類들에 의한 문필 생활의 慣行으로 보아 先行된 意字本(所謂 漢字本)이 있었고, 이것을 國譯한 音字本(한글본)이 이루어져 온 듯하다.

(1) 意字本의 形成과 傳來

표제의 〈壬辰錄〉에 실린 〈임진녹〉·〈임즈록〉·〈슈암션싱힝쟝〉
의 세 음자본은 당시의 사류에 의한 문필 생활의 관행으로 보아 이
에 대한 의자본이 먼저 이루어진 것으로 보인다. 특히 日錄類의 음
자본인 〈임진녹〉과 〈임즈록〉의 의자본이 먼저 이루어진 것이란
생각을 하게되는 것은 〈題日錄後〉에

> 日錄者何日之所爲 必書二冊所以備觀戒而資改耳 然則曷自庚戌始 前
> 乎此者 歲遠而不可詳 而舊篋有庚戌春日記因而錄之 而其後事亦多出於
> 追記 … 獨其禍變之慘 愈久而愈不忘 嘹然心目間 故今載其始終 日時
> 特詳焉 … 甲寅季夏上澣書 《修巖集 卷3, 跋》

라고 한 것으로 보아 짐작되는 일이다. 위의 〈日錄〉 〈二冊〉
은 곧 壬辰錄과 壬子錄을 말한 것이라 할 수 있다. 이 두 일록은
필시 의자본이었을 것으로 생각된다. 그러니 이 후기를 쓴 〈甲
寅〉이 光海 6년(1614)의 일임을 볼 때 지은이의 33세 되던 때였
음을 알 수 있다. 그러므로 〈庚戌〉에서 쓰기가 비롯된 일록은 壬
辰錄이라 할 수 있으니 이 해는 光海 2년(1610)으로 지은이의 29
세 되던 해이다. 그러나 〈後事〉를 〈追記〉한 것은 壬子錄이라 할
수 있으니 〈修巖先生年譜〉에

> 壬子 先生三十一歲 … 九月葬洗馬公 … 作壬子錄〈記被逮顚末〉
> 《修巖集, 年譜》

이라고 하였음을 보아 지은이의 31세 되던 光海 4년(1612)의
일임을 알 수 있게 한다.
　그러므로 二冊 中 壬辰錄은 光海 4년(1612) 壬子에 일어난 逆獄
事件에 被逮되기 이전에 지어졌던 것임을 알 수 있다. 이러한 사실
로 미루어 보아 意字本 壬辰錄과 壬子錄은 지은이의 30세를 전후한

시기에 각각 지어진 것을 알 수 있으며 이 兩日錄이 이루어진 2년 뒤에 後記가 쓰여졌음을 알 수 있다.

　이러한 兩日錄 가운데 壬辰錄의 意字本은 전해오는 것이 없고, 다만 피란의 전말을 追記한 音字本이 전해왔음을 알 수 있으니

　　　癸巳 先生十二歲 … 閏十二月(閏十一月의 誤. 筆者註) 自關西還侍
　　文忠公于京〈後先生以諺書追記避亂首末 示家間婦女 李公在寬飜傳焉〉
　　　　　　　　　　　　　　　　　　　　　　　　　　《年譜》

　이라 한 것으로 보아 意字本은 傳함이 없이 다만 音字本만이 전하여 오다가 여덟째 壻郞인 李在寬(1620-1689)이 이를 飜書(轉寫)하여 전해졌던 것으로 보인다.

　壬子錄은 지금 전하는 修巖先生文集의 意字本 〈壬子日錄〉 에 壬子年 3월 15일로써 原作의 끝을 맺고, 다음과 같은 편집자의 註가 삽입되면서 다시 이어 日錄이 계속되어 끝맺고 있다.

　　　按先生此錄有眞諺二本　而眞本止此　李公在寬有翻諺一通　詳悉可攷
　　今截取以附于下 以見先生素患行患之始終云爾 〈壬子日錄〉

　라 한 것으로 보아 〈眞諺二本〉 곧 〈眞書本〉(所謂 漢字本)인 意字本과 〈諺書本〉(한글本)인 音字本의 兩本이 있었으나 이미 李在寬(1620-1689)이 이에 관심을 가졌을 때는 意字本에 缺落이 생긴 상태였으므로 完本이던 〈諺書本〉에 의하여 意字本의 缺落을 塡補하였음을 알 수 있게 한다. 이것이 現傳하는 意字本 〈壬子日錄〉이요 당시의 〈諺書本〉이 곧 현전하는 〈임ᄌᆞ록〉의 原本이던 것이다.

　이러한 사실로 미루어 보아 壬辰·壬子 兩錄의 〈二冊〉은 처음에는 모두 意字本으로 지어졌고, 이것이 光海 6年(1614)에 兩日錄이 합편되면서 〈題日錄後〉가 쓰여졌음을 알 수 있다. 그러나 意字本 壬辰錄은 전함이 없고 다만 壬子錄 만이 缺落되어 전해오다가

李在寬이 晉字本에 의하여 補完된 것이 곧 現傳하는 〈壬子日錄〉이라 할 수 있다.

(2) 晉字本의 形成과 傳來

現傳하는 晉字本인 標題의 이 〈壬辰錄〉이 이루어지기까지는 〈임진녹〉과 〈임즈록〉의 肉筆原本이 形成되어 傳하다가 뒤에 다시 意字本 修巖先生行狀이 國譯된 〈슈암션싱힝쟝〉이 合編되어 새로운 附添本이 이루어지게 되었고 이것이 낡아지자 다시 옮겨베낀 轉寫本이 이루어져 傳하고 있는 듯하다.

첫째로 〈임진녹〉의 原本 형성은 앞에서 보인 〈年譜〉의 기록과 같이 壬辰亂의 피란 경위를 뒤에 와서 규중에서 읽도록 하기위하여 〈諺書〉로 追記한 것이라 할 수 있으니 이것은 〈題日錄後〉에서 보는 바와 같이 庚戌 곧 光海 2년(1610)에 쓰여지던 意字本 壬辰錄이 이루어진 뒤의 일이라 볼 수 있다. 그러므로 이것이 〈임즈록〉과 합편되어 原本의 형태를 이루게 된 것은 〈題日錄後〉가 쓰여진 甲寅 곧 光海 6년(1614) 뒤의 일이라 할 수 있다.

이러한 사실에 대해서는 〈임진녹〉의 末尾에

　　이제논 부모 업스시고 동성1)들 다 죽고 나 혼자 스라셔 병이 드러 아모 제 죽을 줄 모르니 나 곳 니르지 아니면 비록 즈식이라도 그리 신고하여 죽다가 사라논 줄 모를 거시라 일가 사롬이나 에아기 삼아 보게 하여 긔록하노라

---

1) 동싱 : 동생(同生)이란 현대말의 〈아우〉란 뜻과는 달리 同氣 곧 親兄弟를 말한 가운데도 兄을 일컬은 것임. 現在도 親庭 오라버니를 일컬어 〈오랍동생〉 오라버니의 아낙을 〈맏동생의 댁〉(慶北北部鄕俗語)이라 함.
　　△믿고 살지 믿고 살지 오랍동생 믿고 살지.(民謠. 安東地方)
　　△동싱형: 親兄, 동싱형: 哥哥(飜譯老乞大 下)

라고 한 것으로 살펴 알 수 있다. 그러니 이 〈임진녹〉을 지은 것은 부모님이 모두 돌아가신 뒤의 일이요 또한 同氣사이의 伯·仲氏인 親兄이 모두 세상을 뜬 뒤의 일임을 알 수 있다. 그리고 병이 든 때라 하였으니 이는 곧 壬子年의 옥고를 치루게 된 뒤의 불편한 心境을 말한 것이라 할 수 있다. 이러한 여러 가지 정황으로 미루어 보아 〈諺書〉인 晉字本 〈임진녹〉이 이루어진 것은 일찍어도 意字本일 〈日錄〉 〈二冊〉이 이루어져서 여기에 〈題日錄後〉를 쓰게 된 甲寅 곧 光海 6년(1614)뒤의 일이라 할 수 있다.

〈임ㅈ록〉은 이미 〈壬子日錄〉에 삽입된 編輯者의 補註에서 〈眞諺二本〉이 있었음을 말하고 있거니와 〈임ㅈ록〉 末尾에

　　　구월 금음날 션산 감익민히 영장ᄒ니 그젹 ᄉ셜이 대강이라. 임진
　　연 ᄉ셜 ᄒ 디 ᄡ ᄌ식들을 주어 제 아븨 평ᄉ 셜워ᄒ던 줄을 알게
　　ᄒ노라

라고 한 것으로 보아 〈임ㅈ록〉은 光海 4年 壬子 9月에 있었던 仲氏의 장례를 치룬 뒤에 이루어진 것임을 알 수 있으니 修巖先生年譜의 '壬子年 九月에 壬子錄을 지었다' 〈記被逮顚末〉고 한 것과 일치한다.

살펴본 바와 같이 〈임진녹〉과 〈임ㅈ록〉이 합편된 肉筆 原本의 形成은 意字本 〈日錄〉 〈二冊〉이 이루어져서 〈題日錄後〉를 쓰게 된 光海 6년(1614)인 甲寅年 이후의 일이라 할 수 있으니 이것은 肉筆本인 〈임진녹〉과 〈임ㅈ록〉이 合編된 첫 번째의 晉字 原本이라 할 수 있다.

두 번째는 이 肉筆原本에 木齋 洪汝河(1620~1674)가 修撰(顯宗 5年, 1664)한 修巖先生行狀을 누군가에 의하여 번역한 〈슈암션ᄉ힝쟝〉을 附載한 附添本의 形成이다.

이 〈行狀〉이 번역된 年代나 譯者가 분명치 않으며 또한 附添된 경위도 확실치 아니하다. 그러나 이 부첨본의 형성은 〈行狀〉이

수찬된 후의 일이므로 현종 5년 뒤에 이루어진 것이 분명하다. 이 것이 傳來되던 〈임진녹〉·〈임즈록〉과 합편되어 하나의 原典을 이루게 된 附添本이라 할 수 있으니 이것이 줄곧 전해오다가 헐어 져 없어질 듯하여 다시 베껴 옮긴 轉寫本의 臺本이 된 것이라 할 수 있다. 그러나 이 부첨본의 原典은 이제까지 드러나지 아니하였 다.

이 附添本의 成冊은 이에 대한 관심이 깊던 李在寬의 周旋일 듯 하다. 그러한 까닭은 곧 〈임진녹〉을 〈飜傳〉한 사실이라든가 〈壬子日錄〉을 〈임즈록〉에 의하여 缺落부분을 補完한 사실이다. 따라서 〈行狀〉 國譯도 이에 의하여 이루어졌을 것으로 생각할 수 있기 때문이다. 그러므로 附添本의 形成은 늦어도 그의 歿年인 肅 宗 15년 이전이라 할 수 있다.

세 번째로 이루어진 것은 지금껏 전해오는 標題의 〈壬辰錄〉이 다. 이것은 전해오던 부첨본의 原本을 臺本으로 하여 전사하면서 앞뒤에 轉寫經緯를 밝힌 轉寫者의 記가 붙은 轉寫本이다.

그 記를 옮겨보면

우턴 뉴평챵틱 셰셰 귀듕지물이니 댱구 댱구ᄒ여 유젼 쳔츄ᄒ라. 이 칙은 우리 션셰 유젹이시니 즈손이 극히 공경 듕딕하는 비러니 본젼이 만히 샹훈 거슬 내 희포 두엇다가 더 샹ᄒ여 ᄇ리니 불효 죄 듕ᄒ여 여러 히 경영ᄒ여 번셔ᄒ야시나 본디 단필의 풍파 환난의 졍 신이 모황ᄒ고 칠십지연의 안역이 희미ᄒ니 셩즈 아니되여 불셩 모 양이나 니 셩역이 극진ᄒ니 더ᄂ 죵부들은 스젹의 존듕홈과 필뮤의 가늑훈 졍셩을 싱각ᄒ여 앗기고 앗겨 션지 스손 만만셰시 무궁ᄒ라 시셰 긔유의 츈의 평챵의 듕고모 봉딕 강 딕은 슈회 심요듕 추필셔 ᄒ노라.

우리 모녀의 글시라 졸필 희괴ᄒ니 통분 참괴ᄒ나 고어의 왈 유즈 불소오 유문 불휘라 ᄒ니 비록 흉필이나 이 칙의 머무러 내 우리집 쭐노 셰샹의 잇던 줄 후인이 알게 ᄒ노라라고 하였다. 이것으로 보아 이 표제의 〈壬辰錄〉은 愚川(現 慶北 尙州 中東에 속한 洞名)의 柳平昌宅 (江原道 平昌郡守를 지내어 얻은 宅号)의 從姑母 되는 鳳岾(尙州市 新鳳里에 속한 洞名. 晋州 姜氏의 世居地) 姜宅 母女가 己酉年에 전해오던 附添本을 臺本으로 하여 옮겨 베낀 것임을 알 수 있다.

보다 자세한 전사 경위를 함께 필사한 〈봉덕 강 덕〉의 따님이 쓴 後記에서 살펴 보면

정미 납월의 필셔ᄒ다. 본 칙 다 쪄러져 의지 업손 거슬 두고 어마님 다시 벗기지 못ᄒ여 하 걱정ᄒ시니 쓰려 ᄒ니 갓득 필지 업는 거시 됴희 모즈룰가 쩍즈와려 잘게 쓰니 더옥 고이ᄒ고 이제는 아조 병셰지인이 되여 이런 칙당이나 쓰려ᄒ면 쳬증 고약ᄒ여 셩실이 쓰지 못ᄒ여 에〃로 하로 넉댱식 닷댱식 이러케 쓰니 즈즐이 필셔ᄒ다. 필경 죠희 남는 거슬 잘게 형용업시 그린 줄 졀통ᄒ나 이제는 어마님 뜻을 밧즈와시니 싀훤ᄒ오며 평챵형님 추필이라 칙지 마르시 옵 언제 다시 두로 다 상봉ᄒ올고 쉽지 아닐 듯 이돏습

이라 하여 轉寫 경위와 그 정황을 잘 알려주고 있다. 이러한 두 記文을 살펴보면 표제의 이 〈壬辰錄〉은 우천 柳氏 宗宅에 珍藏되어 오던 부첨본을 대본으로 한 轉寫本임을 알 수 있게 한다. 그리고 이 책은2) 憲宗 11年(1845) 乙巳에 平昌郡守로 도임한 洛坡 柳

---

2) 가) ① 〈乙巳六月移拜平昌郡守〉《洛坡先生文集》, 柳道奭識 墓誌.
　　② 〈乙巳移平昌郡守〉《洛坡先生文集》, 張炳逵撰 墓碣銘.
　　③ 〈憲宗 11년(1845) 乙巳 48세 6월 平昌郡守로 전근되다〉《洛坡先生文集》, 年譜.
　　④ 〈류후조(柳厚祚) … 1845년 강원도 평창(平昌)군수〉《愚川과 先賢》, 柳時中編著, 1999.
　　위와는 달리 豊山柳氏愚川派世系, 豊山柳氏文忠公西厓派愚川世譜, 豊山柳氏世譜 등에는 洛坡 柳厚祚가 平昌郡守를 歷仕한 記錄이 없으므로 修譜時의 漏記로 볼 수 있다.
　나) ① 〈尋春 … 長水 靑陽 平昌 義城郡守〉《豊山柳氏文忠公西厓派愚川世譜》. 豊山柳氏世譜. 위와 같이 兩世譜에는 江臯 柳尋春이 平昌 郡

厚祚(1798-1877)의 從姑母인 柳光淂3)의 따님으로 晋山 姜遇欽에게 출가한 姜氏夫人 母女가 憲宗 13년(1847)에 전해오던 附添本을 臺本으로 하여 이것을 옮겨 쓰기 비롯한 것이 憲宗 15년(1849)에 이르러 轉寫의 完成을 보게 된 것임을 알 수 있게 한다.

2.3. 活字化經緯

이 책은 愚川의 修巖先生宗宅에 줄곧 珍藏되어 오다가 지난 1973年에 비로소 밖으로 드러나게 되어 柳時浣4) 所藏本으로 소개되었다.

그 가운데 〈임진녹〉은 日刊紙5)에 18回 現譯 連載되었고, 이것

守를 歷仕한 것으로 되었으나 江皐先生 年譜와 그 家狀(柳疇睦 닦음)과 墓碣銘(柳永佑 撰), 豊山柳氏愚川派世系 등에는 그 사실이 실리지 아니하였으므로 위의 兩世譜는 修譜上의 誤錯인 듯 하다.

3) 豊山柳氏愚川派世系略圖

13世	14世…	18世	19世	20世		21世
成龍	褘(早卒)		子. 潑	女. 姜世暮(晋山人)	── 子. 姜書欽	
	袽			嗣子. 尋春(生父光洙)		女. 金在翼
	裿					子. 厚祚
	袗……子. 聖魯		子. 光洙─子. 尋春			
	初(初諱 襟)		(出爲德霖後) (出爲潑後)			
	襜		子. 光澏			
			子. 光淂	子. 抃春		
				女. 孫鍾瑗		嗣子. 姜義永
				女. 姜遇欽(晋山人)		女. 柳淮書
			子. 光漸			女. 金亨洛
			女. 姜明欽(晋山人)			女. 李龍九

〈豊山柳氏世譜〉

4) 〈壬辰・壬子錄이 慶北 尙州邑 西城洞 柳時浣씨 (58) 집에서 洪在烋 교수에 의해 발견됐다〉, 中央・東亞 兩日報, 1973. 1. 28.
5) 洪在烋: 現譯・校注, 〈西厓 柳成龍의 아들 柳袗의 亂中体驗記 壬辰錄〉〈中央日報 1973. 3. 6.~26 18回連載〉

이 또한 日語譯6)으로 〈アジア公論〉에 揭載되었으며 國外에서 지어진 壬辰倭亂을 줄거리로 한 日語板7) 小說의 素材로도 引用되었다. 그리고 學術誌8)에 解題와 아울러 原典의 景印과 함께 草書를 楷字化하고 現代語譯하여 全篇을 게재한 바 있다.

〈임ㅈ록〉은 月刊誌9)에 現譯 連載되었고, 또한 學術誌10)에 解題와 아울러 原典을 楷字化하여 이것을 現譯 게재한 바 있다.

이 標題의 〈壬辰錄〉 全卷이 原典의 景印과 함께 楷字化되어 揭載된 것은 지난 庚申年(1980)에 刊行된 修巖先生文集11)의 4刊 補遺本이다.

3. 作 者

3.1. 先系와 生平

지은 이의 諱는 袗이요 字는 季華니 號를 修巖이라 하였으니 姓은 柳氏로서 貫은 豊山이다. 朝鮮 仁祖朝의 文臣이니 宣祖朝 때 領議政으로 壬亂에 再造의 功을 이룬 文忠公 西厓 柳成龍(1542~1607)의 셋째 아들이다. 妣는 全州 李氏로 縣監 坰의 따님이니 貞敬夫人이 봉해졌다.

高祖 諱는 子溫이니 進士로 贈吏曹判書요 曾祖 諱는 公緯이니 杆

---

6) ─────, 〈注釋 壬辰錄〉《アジア公論》, 1974. 5. 8 兩月号連揭.

7) 金龍煥, 〈龜甲船海戰記-海の覇者 李舜臣將軍 一〉, 東京 成甲書房. 1979.

8) 洪在烋, 〈柳袗 作 《임진녹》 解題, 轉寫, 現文譯, 附日譯文. 原典影印〉, 國文學硏究 7, 曉星女大, 1982.

9) ─────, 〈現文譯 壬子錄〉, 月刊 中央, 1973. 11. 12. 兩月号.

10) ─────, 〈〈壬子錄〉 解題, 校注, 轉寫〉, 國文學硏究 8, 曉星女大, 1984.

11) 《修巖先生文集》, 甲寅本(英祖 10年) 4권 2책이 初刊되었고, 癸巳本(英祖 49年) 6권 3책이 重刊되었으며 辛巳本(1941) 6권 3책이 石版으로 補遺 刊行되었고 標題의 〈壬辰錄〉 全卷 原典이 景印되고, 楷字化되어 補遺된 것이 庚申本(1980)인 洋裝 單卷의 4刊本이다.

城郡守로 贈左贊成이요 祖 諱는 仲郢이니 觀察使로 贈領議政이다.

修巖은 宣祖 15년(1582)에 京第에서 태어나 仁祖 13년(1635)에 54歲로 한 생을 마쳤다.

幼年期(1-14)에는 벼슬하던 아버님을 따라 서울에서 자랐으나 일찍 8살에 어머님을 여의는 슬픔을 겪고 歸鄕하여서는 居喪을 어른 같이 하였다. 다시 上京하여서는 11살 되던 宣祖 25년(1592) 4月에 倭亂이 일어나자 文忠公은 扈駕하여 西行길에 오르고 妹兄인 韓山人 李文英을 따라 江原·平安·黃海道 등지의 山谷間을 두루 돌며 目不忍見의 참상과 人心의 厚薄을 골고루 보고 겪으면서 피란의 쓰라림을 직접 체험하였다. 때로는 도적을 만나 一行이 死生의 고비길에서도 從容히 常度를 잃지 않고, 機智로써 위기를 모면하는 데 도움이 되게 하였으므로 一行을 탄복케 하였다.

이듬해12) 閏11月에 關西에서 서울로 돌아와 서로 해후하는 기쁨을 나누었고 家學을 承襲하여 經史를 익혔다.

이렇듯 幼年期에는 어머님을 여의는 슬픔과 史上 未曾有의 戰亂이 빚은 쓰라리고 괴로운 피란을 겪어야 하는 受難과 試練의 時節이었다.

成年期(15-30歲)에 들자 16살에 忠定公 權橃(1478-1548)의 曾孫女인 縣監 采의 따님을 娶하였다. 이 무렵에는 敬庵 盧景任에게 師授하여 修學의 길을 열고 經書를 익히었다. 그러자 17살 되던 宣祖 31年(1598) 겨울에 文忠公이 李爾瞻 등의 所構로 인하여 파직되자, 이듬해에 河隈로 놀아오게 되었으므로 이 때에 文忠公에게 中庸을 受講하며 朝夕으로 經義를 講問하고 古人의 學問要諦를 得聞하였으므로 言外의 뜻을 自得함이 많았다. 그래서 文忠公은 "너와 같은 아름다운 資質을 얻기도 어려운데 退陶의 門에 미치지 못함이 안타까운 일이라"하며 칭찬을 마지않았다. 20살에는 伯父 謙庵 諱

---

12) 〈癸巳閏十二月自關西還侍文忠公于京〉〈年譜〉의 〈閏十二月〉은 〈閏十一月〉의 잘못임. 이 해(1593)에는 〈閏十二月〉이 들지 않았음.
《韓國年曆大典》, 韓甫植編著,. 嶺南大出版部, 1987.

雲龍의 喪을 당하였고 이어 祖母님의 喪을 당하였다. 24살에는 伯兄 掌令公 諱 枃의 喪을 당하였고, 26살 되던 宣祖 40年(1627) 5月에는 文忠公의 下世로 망극한 슬픔을 겪게 되었다. 그 동안에 밤낮으로 侍湯하며 嘗糞으로 病勢의 差度를 짐작하는 정성을 다하니 보는 이는 감동치 않은 이가 없었다.

文忠公이 臨終에 子孫들에게 남긴 訓戒의 遺詩와 遺語인 "勉爾兒曹須愼旃 忠孝之外無難事"와 "力念善事 力行善事"를 佩服終身하였다. 29살 되던 光海君 2年(1610)에는 增廣進士 初試에 壯元하고 이 해에 또한 省試에 나아가 壯元하였다. 이 해에는 五峯 李好閔에게 나아가 寒梅詩를 創作하여 〈南中佳士〉란 찬사를 받았으며 이 무렵에는 壬辰錄을 草하기도 하였다.

이처럼 成年期에 들어서는 成人의 禮를 갖추고 修學에 專念하여 學理를 터득하고 文才를 발휘하며 誠孝를 다하는 成人期를 이루었다.

壯年期(31-41歲)에 접어들자 비운의 試鍊이 닥쳤다. 光海君 2年 壬子(1612) 2月에 金直哉 등이 謀返한 海西逆獄이 일어나자 여기에 連累되었다는 혐의를 입게 되어 拿命이 내렸으므로 곧바로 被逮되어 京獄으로 압송되었다. 典獄에 들어 獄苦를 치루는 가운데 諸臣이 이어 啓를 올려 病이 중함을 아뢰었으므로 칼을 풀고 拘留하게 되었으며 더욱 李漢陰은 王의 자문에 公이 無罪하다 아뢰어 드디어는 保放의 특명이 내려 옥문 밖에서 留하게 되었다.

이 해 5月에는 孝友 극진한 仲兄 洗馬公 諱 𥚢 이 서울에 따라 올라 와 獄事를 근심 걱정하다가 병이 들어 마침내 卒하게 되자 庭推蒙放 되었으므로 喪車를 좇아 南下하게 되어 이 해 9月에 고향에서 장례를 치루었다.

31살 때는 玉淵精舍로 거처를 옮기고 〈靜坐終日易 操存一刻難〉이란 10字를 써 걸고 座右銘을 삼았으며 이 때에는 壬子年의 獄苦를 日錄으로 정리한 壬子錄을 草하였다.

이 뒤로 33살 되던 光海 6年(1614) 경에는 幼年期와 壯年期에

겪었던 참화와 옥고를 日錄으로 정리한 壬辰錄과 壬子錄을 合編하여 戒改의 자료로 삼고자 하였고, 이에 跋 〈題日錄後〉가 이루어졌다. 이 무렵에는 더욱 어진 이의 箴銘을 誦讀하고 諂類의 自警說을 써 自重하며 存養함을 게을리 하지 아니 하였다. 祖上에 대한 崇慕의 精誠을 다 하였고 어진이들과 더불어 天文과 心經을 論하고 理氣說을 講究하였다. 이 무렵에는 菊潭의 李蒼石과 泗水의 鄭寒岡에게 나아가 절하였고, 여러 어진이들과 더불어 自然을 消遙하였으니 淸涼山에 노닌 遊山日錄을 남기었고, 鄕賢과 더불어 洛江의 汎舟 놀이로 즐기며 詩를 唱酬하였다.

35살 되던 光海 8年(1616)에는 禦侮將軍 世子翊衛司 洗馬를 拜하였으나 나아가지 아니하였고, 36살 되던 7月에는 別試 東堂 初試에 合格하였으나 省試에는 나아가지 아니하였다. 37살에는 江山勝槪가 아름답고 形局이 좋은 곳을 고르고 또한 學問을 닦기 위한 環境과 立地 좋은 곳을 찾아 尙州의 中東縣 佳士里로 새터를 잡아 移居하게 되었다.

이 곳은 鄭愚伏 李月澗 蒼石 諸先生의 所居와도 가까운 곳이라 講學이 편하였고, 이 곳 어진이들과는 講磨에 힘쓰고 汎舟로 즐기며 作詩하고, 先賢의 社廟를 찾아 謁廟하였다. 한편으로는 營農을 권려하는 農書를 편술하고 鄕約을 마련하여 鄕敬堂을 짓고 冠婚喪祭에 대한 顧助를 하였다. 여기에는 勸善規過의 規範이 있었으므로 온 고을이 이를 오래도록 지켜내려 왔으니 이 고장의 鄕風을 일게 하였고 鄕俗을 아름답게 하는 데 기이한 바 되있으니 이 고장의 興學과 勸農으로 鄕民의 生活啓導에 힘 기울이던 時期였다고 할 수 있다.

晚年期(42~54歲)에 접어들자 賢路가 열리어 줄곧 出仕의 기회가 닥치었으나 이를 언제나 사양하려 하였다.

42살이 되던 해에 仁祖改玉이 되자 주위의 어진이들이 서로 推轂하여 宣務郎이 되고 奉化縣監이 特除되었다. 이 곳에 莅職할 때는 앞서 汚吏들이 백성의 재물을 긁어먹는 나쁜 政事 때문에 公私가

赤貧한 지경이었고 거칠고 메마른 땅에 課稅가 무거워서 鄕民들이 그 괴로움을 감내치 못하여 보금자리를 떠나는 이가 늘어나 고을 안이 비다시피 되었으나 土地를 增配하고 賦稅를 덜어 주어 調整하자 되돌아 들어오는 백성이 늘어나게 되었고, 모두가 풍족한 살림을 즐겨 누리게 되는 고을이 이루어졌다. 또한 五敎를 으뜸으로 삼아 돈독케 하고 敎訓이 될 만한 先賢의 말씀을 모아 엮어 이를 읽게 하여 正俗化民을 위한 敎條로 삼게 하여 아름다운 삶을 누리게 하는 고장을 이루게 하였다. 이러한 愛民治邑의 功勞가 朝廷에 알려져 表裏가 下賜되었다.

이 무렵에는 增廣 東堂 初試에 居甲하였으나 이 뒤에는 省試에 나아감이 없이 줄곧 刑曹正郎을 拜하였고 仁祖 5年(1627) 丁卯에 胡亂이 일어나자 號召使 鄭愚伏의 差定으로 尙州義兵將이 되어 義旅를 糾合하고 隊伍를 더욱 가다듬어 號令을 엄숙하게 하였으며 洪東洛과 軍糧事를 書論하기도 하였다. 이 무렵 淸道郡守로 부임하여서는 興學에 힘을 기울였고, 이어 翊衛司 翊衛 司僕寺 僉正을 拜하였다. 이어 醴泉郡守가 되었고 이어 陜川縣監으로 赴任하여 敦孝興禮로써 化民成俗의 으뜸을 삼았다. 晩年의 53살 때는 漢城府 庶尹을 拜하였고, 이어 司憲府 持平으로 移拜되었다. 이 무렵에는 掌令 姜鶴年이 올린 疏가 反正後의 나라 안 폐단을 條目 條目 들어 直諫한 것이었으므로 王의 노여움을 사게 되어 이를 크게 罪로 삼고자 하였으므로 주위의 만류를 뿌리치고 이를 가로막고자 啓로써 直諫不諱하여 극력 救하고자 하였다. 이로 인하여 王의 마음을 되돌려 너그럽게 하였으나 올린 啓辭의 '率意' 두 字를 꼬트리잡아 諸臣들이 다시 朝議를 일으키려 하였으므로 벼슬을 그만 두고 고향으로 되돌아 왔다.

언제나 벼슬이 내려도 陳疏하여 사양해 마지 않았으나 대개의 경우에는 允許치 아니 하였으므로 네 邑을 歷敭하게 되었고, 또한 內職에도 두루 들었다. 그러나 어디에서도 오래 머물지 아니 하였으니 이는 곧 節直한 性品에 林泉을 즐기는 雅意로써 宦路에 나아가는 것을 달갑게 여겨 즐기지 아니한 까닭이었음을 알 수 있다. 언제나 벼슬을 그만 두고 돌아오매 淸廉으로 安貧自樂하였으므로 골골마다 淸德을 기리는 竪碑가 이루어졌다.

晩年의 初期에는 1男 8女를 두게 된 令人 權氏가 卒하였고, 다시 令人 河氏를 맞아 1男을 얻었다. 때때로 벼슬을 그만 두고 돌아와서는 喪禮諸說을 編次하였고, 또한 旅軒 張先生을 모시고 江右의 諸士友와 더불어 洛江에서 노닐며 雅會를 열기도 하였다. 한편으로는 公暇를 틈 타 文忠公 文集을 刊行함에 힘을 기울이기도 하였다.

54살 되던 晩年에는 舊居인 河隈를 들러 先塋을 看山하고 陶山書院을 謁廟하여 돌아오는 길에 榮川의 龜鶴亭에서 感疾로 일지 못하고 仁祖 13年(1635) 正月13日에 不淑하였다.

終後(1635~)에는 쌓은 學德과 베푼 行誼가 높고 두터워서 그 죽음을 모두 슬퍼하고 안타까워하며 吾道의 의탁을 근심하였다. 善山의 朴谷에 賦襚로써 葬禮를 치루게 되었으며 뒤에 다시 軍威의 於義谷으로 移葬하였다.

喪內에 올려진 哀悼의 輓祭文은 旅軒 張顯光(1554-1637)을 비롯하여 月澗 李㙉(1558~1648), 蒼石 李埈(1560~1635), 沙西 全湜(1563~1642), 溪巖 金坽(1577~1641), 忘言 金榮祖(1577~1648), 石門 鄭榮邦(1577~1660), 澤堂 李植(1584~1647), 遲川 崔鳴吉(1586~1647), 龍洲 趙絅(1586~1669), 無住, 東洛 洪鎬(1586~1646), 鶴沙 金應祖(1587~1667) 諸賢과 醴泉·善山·陶山·廬江·道南·伊山·三溪·氷溪·屛山·南溪·涷水 等 諸書院의 儒生들이며 諸親姻戚이 올린 것이니 이 가운데는 哀慕와 悼惜이 哀艶하고 曲盡하니 그 人望을 미루어 짐작케 한다.

孝宗 7年(1656)에는 贈通政大夫承政院左承旨兼經筵參贊官이 되었고, 이어 贈嘉善大夫吏曹參判兼同知義禁府事五衛都摠府副摠管이 되었다. 顯宗 3年(1662)에는 士林이 받들어 屛山書院에 從享하였다. 英祖 10年(1734)에 修巖先生文集이 初刊되었고, 이어 增補版이 거듭되다가 지난 1980년 庚申에 標題의 〈壬辰錄〉 등 諸文獻

資料가 補遺된 印刊本이 刊行되었고, 1989년 己巳에는 愚川故地에 遺墟碑가 竪立되었다.

3.2. 爲人과 學問

美質을 타고나서 穎敏한 才智가 남달랐다. 자라나매 謙恭厚德하고 端正하여 正直하였고 淳朴하며 眞實하였으며 壯麗하고 鄭重하며 溫和하고 良順하여 어질고 德性스러운 기운이 面目에 드러나 君子의 風度를 풍기었다. 誠孝가 극진하였고 兄弟間의 友愛가 自別하였다.

일찍이 훌륭한 스승을 찾아 나아가 師事하고 師友를 迎會하여 從遊하며 學問을 講磨하였다. 때로는 山水를 逍遙하며 雅會를 열어 詩로써 唱酬하고 또한 議政을 論議하는 등 忘年의 交와 忘年의 友로써 폭넓게 사귀는 待人接物이 誠實하였다. 心氣는 항상 거리낌이 없이 고요하여 움직임이 없었으며 世間의 榮利를 멀리하였다. 政事에 임해서는 백성을 食口처럼, 고을을 내집처럼 사랑하고 생각하여 每事를 周密하고 條理있게 처리하여 精妙하고 細密하였으므로 租稅의 錢穀이나 軍事上의 賦稅나 獄事上의 訟事 등은 조금도 느스러지거나 풀어짐이 없이 엄격하고 명백하였다. 백성을 敎化함에 있어서도 五敎를 敎諭하여 그 根源을 두터이 하였으며 風敎를 떨쳐 일으켜 人才를 養育하였다.

志操가 높고 맑으며 心性이 빙옥같이 깨끗하였으니 언제나 벼슬을 두고 돌아올 때면 집안이 설렁하여 끼니를 잇지 못하였으나 安貧自樂하였다. 벼슬길에 오르거나 물러나 집에 居處할 때도 항상 말씀을 아끼어 고요한 가운데 옛 선비가 지닌 純正하고 깨끗한 마음씨의 본보기에 어긋남이 없었으며 生活에는 항상 法度가 엄하였다. 名望이 일고 높아져도 스스로를 숨기고 낮추려 하였으나 남들이 모두 드러내어 우러렀으니 君子의 盛德을 가히 짐작하게 한다.

學問은 放心을 거두어들이는 것으로 要諦를 삼고 格致를 究學의

道로 삼았으며, 謙恭篤實로써 本을 삼았으니 心統과 理氣說의 論議
를 비롯하여 歷史와 天文 등을 論辨하였고 鳥類의 生態的 辨說을
한 杜鵑說을 남기었다. 勸農을 爲한 農耕說을 수집하여 이를 담은
渭濱明農記와 古今喪禮의 諸說을 編次한 喪禮諸說 등이 있었다 하
나 傳하지 않지만 이는 모두 務實로써 으뜸을 삼은 實學的 精神을
보이는 것이라 할 수 있다.

  남긴 詩類는 主로 五・七言의 絶律이 60餘題로서 여기에는 別離
의 恨과 閑居의 感懷를 비롯하여 自然의 勝槪와 생의 無常 그리고
愛慕 등을 主題로 하여 抒懷한 것이다. 散文類는 日錄・疏・啓
辭・書・記・跋・祭文・誌銘・行狀・遺事 등 각종 文型이 망라되었
고 說文・諭文・陳情文・叢談・雜錄 등을 남기고 있다. 특히 直諫
不諱한 啓辭는 그의 直節을 보이고 있거니와 日錄類의 音字本 壬
辰・壬子 兩錄은 手記文學의 白眉篇으로 高評할 만 하다.

  그의 文章은 空言하지 아니하고 典實로써 爲主하여 넉넉하고 자
세하며 간곡한 가운데 文理가 조리 있고, 깨끗하여 조촐한 느낌을
준다고 한 行狀의 品評을 상기할 만하다.

4. 作 品

4.1. 〈임진녹〉

  標題의 〈壬辰錄〉에 실린 이 〈임진녹〉은 修巖 柳袗이 11살 되
던 宣祖 25년(1592)에 일어난 왜란의 피난 생활에서 겪은 쓰라린
체험과 느낀 바 생각들을 29살 되던 光海 2년(1610) 경에 돌이켜
생각하여 日錄体로 정리한 것이라 생각된다. 士類들의 文筆生活에
대한 관행으로 보아 意字本(소위 漢字本)의 形成과 아울러 이 音字
本(한글本)이 이루어진 듯 하나 意字本이 傳하는 것은 없고 다만

이 活字本인 〈임진녹〉 만이 전하고 있다.

이 〈임진녹〉은 임진년 4월에 왜란이 일어나자 아버지(西厓 柳成龍)는 扈從하여 서행길에 오르고 伯父(謙庵 柳雲龍)는 벼슬을 벗고 노모를 모시고 피란의 차비를 차렸다. 修嚴은 매부인 韓山人 李文英을 따라 서울을 떠나 當時의 경기도 풍양·양주·영평·포천·가평·양근 등지를 돌아 강원도 화천·금화·회양 등지와 평안도의 평양 근교에 이르기까지 올라갔다가 다시 은산·영유·안주·가산 등지를 거쳐 황해도의 수안을 지나 다시 이듬해 윤동짓달에 서울로 되돌아 와 이듬해 3월에 이르러서야 비로소 각처로 피란 갔던 일가가 한 자리에 모이게 되어 재회의 기쁨을 나누게 되었다.

이 사이에 겪었던 쓰라린 피란 생활의 갖가지 보고 듣고 느끼며 생각한 바의 체험한 이야기와 피란 뒤에 돌아와서 가족들과 해후하여 기쁘고 반갑던 마음을 하나 하나 기억을 더듬어 되세겨 본 自傳的이요 自照的인 手記文學이다.

이 작품은 임란이 가져다 준 나라와 민족의 쓰라린 시련과 자신이 겪은 辛苦를 후손으로 하여금 알고 되새기게 하고자 家門秘錄으로 유전케 한 것이다.

여기에서는 왜란으로 인하여 일어난 급박하던 朝野의 당시 상황을 알 수 있게 하고 또한 宰相家의 피란 행색이 잘 그려진 가운데서 憂國忠君의 至情과 孝友敦睦을 잘 볼 수 있게 하였다. 그리고 난민들의 처참한 행색과 왜군의 만행에 대한 目不忍見의 참상을 겪은 듯 실감케 하고 官吏의 횡포와 民心의 厚薄을 살필 수 있게 하였으며 死境을 몇번이고 모면케 한 그의 슬기로운 機智를 엿볼 수 있게 한다.

이처럼 어려웠던 당시의 세태와 난세가 빚은 인심의 所在를 소연히 그려 준 가운데 자신의 정회를 담아 후인을 깨우쳐 주게 하는 手記文學의 白眉篇이라 할 만하다.

여기에는 간결한 문체로 잘 다듬어진 가운데 향속적 언어로서의 고어휘가 풍부하게 간직되어 당시의 언어현상을 이해하는 데도 귀중한 자료적 가치를 지닌 것이라 하겠다.

4.2. 〈임주록〉

標題의 〈壬辰錄〉에 실린 이 〈임주록〉은 지은 이가 31살되던 光海 4년(1612)에 金直哉(1554-1612)의 逆獄事件에 연루되었다는 혐의를 입고 투옥되어 옥고를 치루고 保放된 전말을 日錄体로 소상히 적어 그 괴롭고 억울함을 후손들에게 알리고자 한 것이다.

이 日錄은 光海 4년 壬子 正月에 발단된 海西의 역옥사건이 일어나자 이 誣獄에 연루되었다는 혐의를 입고, 다음 달 27일에 뜻밖에 나타난 安東判官에 의하여 막바로 河隈(河回) 본가에서 피체되어 역적의 누명을 쓰고 경옥으로 압송, 투옥되는 과정에서 일어나는 갖가지 상황과 옥살이에서 겪은 괴롭고 슬픈 일 가운데서도 동정어린 따스한 인정과 자별한 우애가 빚은 일화를 거침없이 술회한 士類의 自照的인 獄中日記다.

서술한 차례로 보아 서두에는 本家인 河隈에서 뜻밖에 나타난 나졸에 의하여 포박되는 광경을 묘사하고 다음으로는 압송되는 과정에서 일어난 路邊의 이야기를 술회하였다. 다음으로는 투옥되어 옥살이 하는 과정에서 일어난 獄苦와 그러한 가운데서도 獄吏나 朝臣들의 동정에 대한 고마운 감회를 담고 있다. 그리고 형제간의 자별한 友誼와 仲兄(洗馬公 諱 禘崈)의 죽음에 대한 슬픔을 술회하였고, 해옥되어 고향으로 돌아와 형의 상례를 치르는 애달픈 사연을 남고 있다.

이것은 士類의 獄事를 소재로 한 색다른 내용의 日錄類인 獄事記이다. 옥사의 전말이 간결 절실한 가운데 곡진하게 표현 묘사되어 당시의 인심 세태를 엿보게 하고 또한 옥중 생활의 풍속도를 잘 드러내 보이고 있는 實記文學의 佳篇이라 할 수 있다.

구사된 어휘에는 향속적인 고어휘가 담기어 있어서 당시의 지방색 짙은 옛말씨를 살피는 데도 좋은 자료 가치가 있다고 할 수 있다.

4.3. 〈슈암션싱힝쟝〉

이 〈슈암션싱힝쟝〉(이하 '힝쟝'은 木齋 洪汝河(1620-1674)[13]가 수찬한 〈修巖先生行狀〉(이하 '行狀')을 누군가에 의하여 번역한 것이다.

이 行狀의 修撰이 顯宗 5년(1664)이므로 修巖의 歿後 29년의 일이다. 그러므로 이것이 번역된 '힝쟝'은 이 뒤의 일이라 할 수 있다. 常例로 보아 修撰者의 飜譯이라 할 수는 없으므로 이 번역은 필연코 이와 밀접한 관계를 가진 이로서 깊은 관심을 기울인 이라 생각할 수 있다. 그러한 推定을 하게 되는 것은 修巖의 여덟째 사위인 興陽人 李在寬(1620-1689)[14]이 意文本 壬子錄에 缺한 부분을 音字本 〈임ᄌ록〉에 의하여 意文으로 再譯하여 補添한 壬子日錄을 완성한 것이라든가 〈임진녹〉을 〈飜傳〉하게 한 사실 등으로 미루어 보아 이 행장의 번역도 그가 하게 된 것이 아닌가 생각된다. 이러한 추정을 더욱 가능하게 하는 것은 이 '行狀'의 譯文인 '힝쟝'의 내용으로 보아 서로 가감된 내용이 있어 일치하지 아니하는 부분이 있으니 이는 마치 〈임ᄌ록〉에 의한 〈壬子日錄〉의 補添加減한 手法과도 같기 때문이다. 그렇다면 이 '行狀'의 수찬자인 洪汝河와는 同年輩임을 감안할 때 이 '힝쟝'이 이루어진 것은 '行狀'을 修撰한 顯宗 5년(1664) 뒤로부터 그가 歿한 肅宗 15년(1689) 이전인 것임을 짐작할 수 있다.

---

13) 洪汝河 : 朝鮮 肅宗朝의 文臣으로 字 百源 諱 汝河 號 木齋 또는 大朴山人 또는 山澤齋, 姓은 洪이요 貫은 缶林이다. 光海 12년(1620) 安東府에서 大司諫 無住 또는 東洛 諱 鎬의 둘째 아들로 태어나 顯宗 15년(1674)에 聞慶 永順의 栗谷(밤실)에서 55세로 생을 마쳤다. 文匡公 虛白亭 諱 貴達의 來孫이다. 孝宗 5년(1654)에 文科에 급제하여 司諫院 正言, 兵曹 正郎이 되었고, 이어 司諫이 되었으나 나아가지 아니하였다. 文章으로 드러났으며 彙纂麗史, 東史提綱, 周易口訣, 儀禮考証, 庸學口義 四書發凡口訣, 海東姓苑, 木齋集이 있다. 近岩書院에 入享하였다.
14) 李在寬 : 光海 12년(1620)에 나 肅宗 15년(1689)에 70세로 歿하였다. 姓은 李요 貫은 興陽이니 通德郎으로 文簡公 蒼石 諱 埈의 孫이다.

　이러한 사실을 감안하면 또한 修巖의 肉筆本 〈임진·임주〉 兩錄의 原本에 譯本 〈힝장〉이 附添되어 第二의 原典을 이루게 된 것도 이와 때를 같이하는 것이라 생각할 수 있다. 그러므로 이 第二의 原典이 現傳하는 標題의 〈壬辰錄〉을 轉寫하게 된 臺本이었음을 알 수 있게 한다.

　이 '힝장'은 '行狀'의 內容인 撰次의 시기와 동기를 비롯하여 修巖의 先系와 生歿을 밝히고 資稟과 才質 및 成長過程, 宦歷, 事件 등을 서술하였고, 學統, 學問과 道德(哲學·思想), 文章, 經綸을 밝히고, 生涯, 行績, 行誼 등을 仔詳하고 款曲하게 서술하였으며 子孫錄을 닦았다. 맺는 말에 앞서 逝世의 징후를 알리는 現夢譚을 술회하여 범상치 아니한 撰文의 緣由를 밝혀 곁들이고 있다. 여기에는 번역하는 과정에서 互相間 그 내용이 다소 첨삭되고 있음을 발견할 수 있으나, 번역 행장의 본보기가 될 만하다.

5. 結 言

　이 標題의 〈壬辰錄〉은 仁祖朝의 文臣 修巖 柳袗이 지은 〈임진녹〉과 〈임주록〉에 木齋 洪汝河가 修撰한 修巖先生行狀을 번역한 〈슈암션싱힝쟝〉을 합편한 原典을 臺本으로 하여 새로 옮겨 베끼고 轉寫者가 책의 앞 뒤에 그 경위를 밝힌 轉寫本이다.

　이 책은 修巖의 肉筆本인 〈임진녹〉·〈임주록〉이 光海 6년경에 합편되어 原本이 이루어져 傳하다가 顯宗 5년에 修撰된 修巖先生行狀을 그 뒤에 번역한 〈슈암션싱힝쟝〉을 덧붙인 第二의 原典인 附添本으로 珍藏되어 오다가 이것이 너무 낡아 헐어지고 헤어질 지경에 이르렀으므로 憲宗 13년에 洛坡 柳厚祚의 從姑母인 鳳坮 姜宅 母女가 다시 옮겨 베낀 것이다.

　現傳하는 이 책은 비록 轉寫本이지만 구사된 어휘가 향속적인 옛스러운 말씨가 그대로 간직된 것으로 보아 轉寫의 臺本이 된 原典

인 附添本의 原綴을 충실하게 옮겨 베낀 것으로 생각되므로 原典의 形態와 內容을 그대로 잘 간직한 것이라 생각된다.

〈임진녹〉은 壬亂의 피란생활을 素材로 한 체험 實記로서 당시의 時代 社會의 상황이나 정황을 생생하게 묘사한 것이므로 倭의 만행과 民心의 所在를 잘 알려주고 있다.

한 집안의 읽을거리로만 갈무리 될 것이 아니라 壬亂의 민족적 수욕을 일깨워 되새기게 하는 겨레의 읽을거리로 드러내어 빛나게 할 自照的 手記文學의 백미편이라 할 만하다.

〈임즈록〉은 朝鮮朝 선비의 獄事記란 색다른 내용의 自傳的인 實記文學이다. 그 표현이 절실한 가운데 서술의 내용이 소상하고 곡진하여 당시의 人心 世態와 옥살이의 風俗圖를 잘 그려놓은 옥살이 文學의 佳篇이라 할 만하다.

〈슈암션싱힝쟝〉은 木齋 洪汝河의 수찬인 修巖先生行狀을 李在寬에 의하여 번역된 듯한 것으로 譯文行狀의 본보기가 될 만하다. 修巖의 家系와 生涯 및 歿後에 이르기까지의 서술을 통하여 그의 爲人과 學問, 行誼와 治績 등을 소연케 한다. 行狀의 原文에 충실한 역문이면서도 얼마간 첨삭된 글이다.

이 표제의 〈壬辰錄〉은 古典散文의 연구를 위한 語文學의 값진 資料라 할 수 있다.

제4부

漢文學論

정도전

金 慶 洙

1.

사대부란 교양을 쌓아 그 교양을 국가적으로 검증받고 등용되어 정치 일선에서 교양의 내용을 실현하는 것을 임무로 삼는 집단이다. 우리나라의 사대부들은 유학적 소양과 한문학적 교양을 그 교양의 내용으로 삼은 지식인 집단이다. 유학적 소양과 한문학적 교양을 마음껏 실현시킬 수 있는 사회라고 하면 사대부들은 가장 득의의 시대를 살았다 할만하다. 그런 면에서 보면 여말선초는 사대부들이 자신들의 교양을 마음껏 발휘할 수 있던 시기여서 사대부들의 득의의 시대이다.

사대부들의 교양이란 성리학과 한문학으로 이는 당시 중세 공동문화의 내용이기도 하다. 그러니까 중세의 교양층인 사대부들은 흔히 문사철(文史哲)이라고 일컬어지는 교양을 종합적으로 갖춘 종합교양인이다. 정도전은 이 종합교양인으로서 고려말~조선초의 격변기를 살아가면서, 사대부의 꿈과 이성을 역사 현실에서 실천하고 또 그것이 역사에서 육화(肉化)하는 감격을 맛보는 행운을 잡은 몇 안되는 인물 중의 하나이다.

그가 남긴 업적을 꼽아보면, 《학자지남도》(學者指南圖), 《심문천답》(心問天答), 《심기리삼편》(心氣理三篇), 《불씨잡변》(佛氏雜辨) 등 철학적 저술과, 《조선경국전》(朝鮮經國典), 《감사요약》(監司要約), 《경제문감》(經濟文鑑), 《경제문감별집》(經濟文鑑別集) 등 정치, 행정의 기틀을 놓은 저작물, 《고려국사》(高麗國

史)와 같은 역사서 등을 들 수 있다. 이 정도만으로도 그가 철학, 정치, 역사를 통괄한 종합교양인이라는 점은 충분히 알 수 있을 터인데, 여기에 그치지 않고 병법이론서(《팔진삼십육변도보》(八陣三十六變圖譜), 《오행진출기도》(五行陣出奇圖), 《강무도》(講武圖), 《진법》(陣法) 등)와 역법이론서(《태을칠십이국도》(太乙七十二局圖), 《상명태을제산법》(詳明太乙諸算法)), 의학서(《진맥도결》(診脈圖訣)) 등을 저술하기도 해서 그가 갖춘 교양이 매우 호한하다는 것을 알게 한다.

고려말에서 조선으로 이행하는 시기 역시 특기할 만하다. 여말 팔은(八隱)이나 두문동 72현과 같이 은거형 인물이 나타나는가 하면, 혁명의 주체세력으로서 국가 문물의 기틀을 놓아 조선왕조 초기의 지배층으로 성장하는 참여형 인물도 나타났다. 지금 이 두 집단은 전연 이질적인 집단처럼 보이나 이 두 가지 입장의 근저에 자리하고 있는 절의와 참여의 문제는 서로 배타적인 것이 아니라 사대부들이 갖추어야 할 종합적인 덕목이었다. 즉, 절의든 참여든 둘 중의 하나를 택할 수밖에 없었어도 이 두 가지 길이 모두 사대부들이 걸을 수밖에 없었던, 그리고 그 길 이외의 다른 길은 없었던 사대부의 길이라는 점에서는 다 같은 길이었다. 절의든 참여든 그것은 당대 사대부의 이상을 실현한 길이었으므로 고려말에서 조선의 건국과정까지 사대부들은 이 두 가지 길을 놓고 선택해 사대부의 이상을 실현했던 셈이다.

정도전은 사대부의 이상을 참여에서 찾고, 엄청난 교양을 동원해 그 이상을 실현했다. 그는 사상적으로 고려말 개신 유학과 경쟁관계에 있던 개신 불교인 선종을 철저하게 극복했고, 새로운 왕조의 법제적, 행정적, 문화적 기틀을 놓았으며, 전시대의 역사를 정리했다. 이런 그의 업적은 동시대의 어느 누구의 추종도 불허할 만큼 높다랗다.

그럼에도 그는 선종(善終)하지 못했다. 선초에는 한동안 기피해야 할 인물로 여겨졌고, 중기에는 사림파들에 의해 변절자로 낙인

이 찍혔다. 왕권강화를 모색하고 있던 왕조초기의 왕족들과 대립했기 때문이고, 자칭 절의파의 후예라 주장하는 사림파들의 이념과 맞지 않았기 때문이다. 특히 이들 반대 집단들이 집중적으로 여론조작을 통해 정도전에 대한 온갖 기이한 소문이 나돌기도 했다. 그의 이름과 관련된 설화가 만들어진 것도 그 때문이라고 여겨진다.

정도전을 반대하는 세력은 꼭 정도전의 가계를 들어 비판했다. 이 비판은 대단히 집요하게 이루어졌는데 현대의 연구자들조차 정도전이 고려말의 정치풍토를 바꾸고자 한 것도 그가 혈통의 약점으로 말미암아 국가로부터 불이익을 받았기 때문이라거나, 동료들로부터 따돌림을 받았다거나 하는 개인적 불이익 때문이었을 것이라고 생각하기도 한다.

다음은 조사된 그의 가계도인데 이를 보면 과연 그는 모계와 처계가 모두 혈통상 약점을 갖고 있는 것을 알 수 있다.

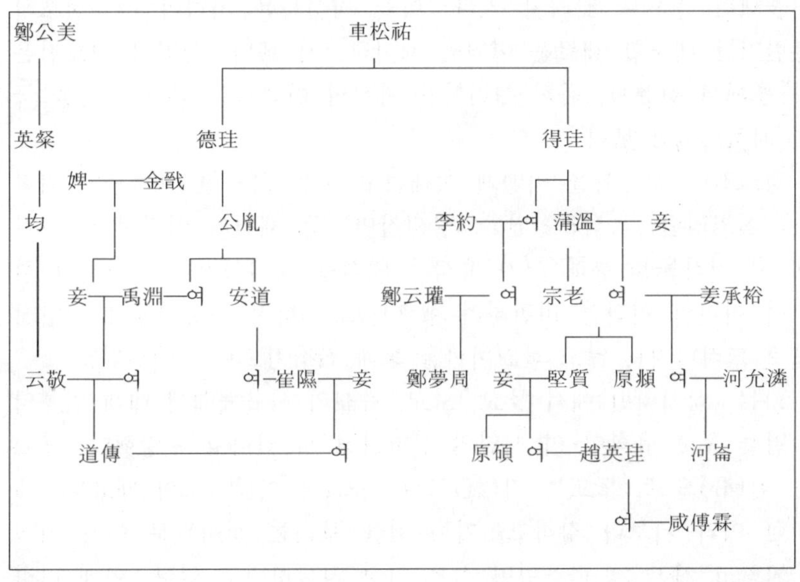

그런데 이 가계도에서 흥미로운 것은 정도전을 위시해 조영규, 하륜, 함부림 등 조선왕조의 개국에 적극적이었던 인물과 우연, 정

몽주 등 고려말 구신들의 이름들이 대거 등장한다는 사실이다. 즉, 정도전과 조선 개국에 동참했던 조영규, 하륜, 함부림 등이 모두 차씨의 외예얼족(外裔孼族)이었던 것이다. 그래서 조선왕조 개국에 이들이 적극적이었던 것도 모두 이런 신분상의 하자에 관련이 있을 것이란 추측(한영우;1992)도 무리한 것은 아니다.

2.

다방면에 걸친 정도전의 저작에서 알 수 있듯 그의 정신세계는 참으로 호한하다. 물론 이런 호한한 정신세계의 핵심은 성리학이다. 사실 여말선초의 지성계는 성리학만이 아니라 전래되어 온 불교계의 지성뿐만 아니라 육학(陸學)이니 여학(呂學)이니 하는 신유학도 진출했던 것으로 알려져 있다. 이들 지성들은 저마다 여말선초의 혼란기를 대처할 새로운 이념을 제시하고자 했다. 그러나 정도전은 이 중에서 신유학, 특히 성리학을 자신의 이념으로 삼아 이단을 극력 배척하고자 했다.

정도전이 신유학을 어떻게 이해하고 있는가를 잘 보여주는 저작은 〈심기리편〉, 〈심문천답〉, 〈불씨잡변〉 등 세편의 저작이다. 그런데 이 저작들을 통해 그가 유학적 인식을 정리하거나 주장하려 한 것이 아니라 이단을 비판하려 했으므로 유학적 사유체계가 직접적으로 드러나지는 않고 불교비판을 통해 간접적으로 드러난다.

그는 〈심기리편〉에서 불교, 도교, 유교의 사유체계에 대해 일종의 서열을 두고 유학이 이 서열의 최고위에 서 있다고 주장했다. 불교는 심(心)으로, 도교는 기(氣)로써, 유교는 이(理)로써 대표되는데 이런 이가 기보다 강하고, 기는 심을 부리는 것이므로 이가 가장 우월하고 기가 그 다음이며 심은 가장 저급하다고 했다. 이에 따라 각각의 개념을 핵심으로 발전한 유교, 도교, 불교도 서열을 이룬다고 주장한다.

그는 정몽주 보다도 훨씬 강렬하게 불교에 대해서 비판했으므로 오히려 정몽주의 불교비판이 온건하다고 느껴질 정도로(조동일;1978, 서현상;1996) 강렬하게 불교를 비판했다. 그의 저작 중에서 〈심문천답〉은 그 적대적 특성이 잘 드러나지 않지만, 〈불씨잡변〉은 불교철학의 핵심인 윤회설과 인과응보설을 비판했을 뿐만 아니라 윤리, 국가, 사회, 경제 등 거의 모든 방면에 걸쳐 불교를 비판했다. 그는 기의 생생무궁설(生生無窮說)과 혼백설(魂魄說)로써 불교의 윤회설을 비판했고, 기의 취산설(聚散說)과 음양오행설로써 인과응보설을 비판했다. 즉, 유학의 개념을 통해 불교를 비판했던 것이다.(윤사순; 1992)

이렇게 해서 그가 이기론과 심성수양론이라는 두가지의 이론적 바탕을 갖고 있다는 것, 좀더 정밀하게 말하자면, 이발설(理發說)및 이강기약설(理强氣弱說)을 바탕으로 하는 이기론과 심성론을 갖고 있다는 것을 알게 된다. (장성재;1991)

물론 그가 불교의 교리 전체를 비판했다고는 하지만, 당시의 선종계 한 분파인 홍주종과 임택종계열을 대상으로 해서 성리설과 비교한 것이어서 불교교리에 대한 전면적인 비판이라고 보기는 어렵다.(장성재;1993) 그리고 성리설과 비교해 불교를 비판했다지만 성리설은 옳다고 전제하고서 비판한 것이므로 신념에 의한 신념을 비판한 것이어서 올바른 비판이라고 보기 어렵다. 그런데도 그가 과격하게 배불론을 폈던 데에는 나름대로의 이유가 있었던 것 같다.

그 이유를 짐작하게 하는 것은 위의 저작들 중에서 배불론을 가장 표나게 드러내는 〈불씨잡변〉이 조선왕조 개국 이후에 저술되었던 데서 찾아볼 수 있다. 새로운 국가가 성립되어 새로운 이념과 가치관을 제시해야 할 필요가 있었던 정도전으로서는 기존의 복선화음과 윤회설에 매달리고 있는 종교적 태도를 통해서는 새로운 이념과 가치관을 만들어 낼 수 없었다고 판단했을 것이다.(한영우;1973, 조동일;1978, 하수호;1985, 조찬식;..., 장성재;1991 등) 또

한 이런 복선화음과 윤회설이 주로 고려 구신들의 종교적 성향을
대변했었으므로 구신들의 이데올로기를 극복하기 위해서도 반드시
비판해야 했던 대상이었을 것이다.

그런데 정도전이 하필이면 조선 개국 이후에 이런 저작을 지어
과격하게 불교를 비판했던 데에는 그가 이성계 등 왕족들의 숭불
경향을 견제하고자 하기 위한 의도였다고 하는 주장이 있어 흥미롭
다.(한영우;1992) 하긴 정작 그의 사적을 보면 그는 승려들과 슬
해 시문을 주고 받았으며, 유배기간 중에는 하층민 뿐만 아니라 승
려들과도 교우관계를 맺었던 것으로 보아 불교에 대해 본래부터 배
타적이었던 것은 아니고 어떤 특수한 사정에서 기인한 것이라고 보
인다. 그 사정이 새로운 국가의 건립과 관련된 일이었음은 분명하
다.

물론 당대의 유학은 조선중기의 유학에서처럼 정밀한 수준의 이
기론이나 심성론을 전개할 만한 능력을 갖지는 못했다. 그것은 정
도전만의 한계가 아니라, 이색, 정몽주, 권근 등 여말선초의 유학계
의 지성들 모두에 해당된다. 대체로 이 시기 유학자들은 성리학의
두가지 명제인 거경과 궁리 중에서 궁리의 측면 보다는 거경의 측
면, 즉 이론적 탐구 보다는 실천적 지향을 더 중시했다. 그리고 이
런 실천적 지향은 혁명과 신흥국가의 건설이라는 미증유의 역사를
이루어내는 원동력이 되었다.

정도전은 불교 비판을 통해 성리학적 이데올로기로서 새로운 이
념을 제시했을 뿐만 아니라 그것을 역사에서도 드러날 수 있게끔
제도적인 장치들을 마련했다. 그의 정치철학은 부국안민을 위한 이
상정치의 실현이라고 요약할 수 있다. 그런데 이 이상을 실현하기
위해 그는 많은 정치제도를 법제화했다. 이때 그 법제들의 이론적
근거는 주례(周禮)였다는 점은 잘 알려진 바와 같다. 주례에서 빈
흥제도, 총재제도, 병농일치제의 이념을 이끌어 와 이를 토대로 과거
제, 통치제, 군사제 등을 법제화했다.(한영우;1973, 한영우;1992)

한편 그는 새로운 국가에 대해서 강한 자부심을 갖고 있었다. 그

를 비운의 운명으로 이끌고 간 사건이 되기도 한 명과의 대결은 바로 이 점을 잘 보여주고 있다. 처음에 그는 원과 명의 교체기에서 단호히 명과 교린 관계를 유지할 것을 주장했다. 원 사신을 배척해야 한다는 그의 논의는 너무도 단호해서 결국 그로 하여금 오랜 유배생활을 맛보게 했으나, 결국 역사는 명의 편으로 흘러가 그의 판단이 옳았다는 것을 말해주고 있다.

그런 그가 정작 조선왕조가 건국된 다음에는 명(明)과 껄끄러운 외교분쟁을 일으키는 당사자가 되고 말았다. 문제의 핵심은 명이 철령위를 설치하는 등 과도한 요구를 해 옴에 따른 일인데 이때에도 그는 단호히 명과 일전을 불사할 것을 결심했다고 한다. 결국 그의 친명책이란 실리를 위한 사대외교술의 하나일 뿐이지 정신과 이념조차 명으로부터 빌리는 것은 아니었음을 말해주고 있다. 주(周)의 이상을 실현하는 데에는 조선이나 명이나 매일반이라는 확신이 섰던 듯싶다.

3.

바로 이런 성향은 조선 초기 관각 문인들의 정신세계로 이어진다. 조선이나 명은 모두 신흥국가이며 전통적으로 그래왔듯 중세의 이상을 명이 실현하고 있다는 점은 인정하지만, 그렇다고 중세의 이상이 바로 명이라고는 생각하지 않는다. 조선의 사대부들은 명을 통해서 중세의 이상국가를 건너다보는 것이다. 정도전이 명을 통해서 주나라를 들여다보았듯이 조선의 사대부들도 명을 통해서 저 상고시대의 이상국가를 들여다보았던 것이다. 이들은 명이나 조선은 바로 그 이상을 실현하고 있는 후대의 국가라는 점에서 그다지 다르지 않다고 생각했다. 그러므로 명이 과도한 간섭을 해올 때 단호히 거부하는 것은 당연한 일이고 명과의 외교에 있어서도 대등한 외교를 위해 노력하는 것도 당연한 일이라고 생각했다. 정도전 자신은 그렇게 말한 적이 없지만, 조선초기의 관각 문인들은 한동안 문학의 임무나 역할에서 가장 중요한 것을 문장화국(文章華國), 외교상의 필요 등을 꼽았던 적이 있었다. 이때에도 그 언저리에는 문학을 통한 대등한 외교라는 생각이 자리하고 있던 것이다.

그렇다면 문학이란 무엇인가 하는 것이 문제가 된다. 문학은 단순히 내면의 서정을 표현하는 것으로 그칠 수는 없었다. 이 또한 이상적인 아름다움을 가진 것이어야 한다. 정도전의 문학론은 문학이 갖추어야 할 이상적인 아름다움은 무엇인가 하는 데에 집중된다. 이때 그가 주목했던 것은 문학은 문채인 것, 그러니까 어떤 궁극적인 것이 발현되어 나타나는 아름다운 것이라는 점이었다.

후대의 연구자들에 의해서 이른바 '재도문학론(載道文學論)'이라 일컬어지는 그의 문학론은 우리 나라에서 처음으로 '도를 싣는 문'이라는 이론으로써 확립되었다.(조동일;1978, 김종진;1990) 물론 단편적으로는 이제현, 이색 등 선배 문인들도 문학과 도와의 관련을 문제 삼았던 것은 사실이다.(이정희;1986) 그러나 그는 본격적으로 문학의 가치를 도와의 관련 속에서 찾고 이를 자신의 참여론에서 해석했다.(조동일;1978)

정도전의 재도문학론은 몇 가지 의미의 폭을 가지고 있다. 첫째, 문학은 도를 전달하는 하나의 도구에 지나지 않는다는 '재도지기'(載道之器)로서의 문학론이다. 이는 문학을 짓는다는 것은 선비들이 심성 수양을 쌓은 소산이라고 생각되므로 교화, 도덕, 선비의 도덕적 수양의 소산으로서 문학이 나타난다는 의미와, 문학은 도를 전달해 읽는 이에게 도의 내용을 전달하는 것만이 올바른 문학이라는 의미의 두 가지 층위를 갖고 있다. 전자가 문학 발생의 조건과 관련된다면, 후자는 문학의 수용 조건과 관련된다. 말하자면 문학이 도를 싣는 그릇이라고 할 때에는 논리적으로 문학은 말하는 이의 도덕이 실려 있는 것이라는 의미와 도덕을 실어 전달해야 하는 것이라는 두 가지 층위를 갖는 셈이다. 이는 문학이 인간에게 어떤 의미가 있는가 하는 층위에서 보이는 두 가지 국면이다.

둘째, 문학은 한 개인의 소산이 아니라 근본적으로 우주만물의 하나라는 측면에서 살펴볼 수 있다. 이를 증명하기 위해 정도전은 매우 선명한 도식을 제시하고 있다. 그 내용은 다음과 같다.(김성룡: 2000)

문	본체	소이
日月星辰	---- 하늘	---- 氣
山川草木	---- 땅	---- 形
詩書禮樂	---- 인간	---- 道

여기서 문(文)이란 근원적인 것이 발현되어 나타나는 것, 즉 문채(文彩)라는 의미를 갖고 있다. 그러므로 하늘은 일월성신이라는 것으로 발현되어 나타나며, 땅은 산천초목으로 사람은 시서예악으로 발현되어 나타난다. 이때 하늘이니 땅이니 인간이니 하는 것은 사물 자체가 아니라 세계를 구성하는 삼대원소〔즉, 삼재(三才)〕라는 의미를 갖는다.

이 도식에서 관심을 갖게 되는 것은 오른쪽, 즉, 기, 형, 도의 의미이다. 정도전은 그렇게 말하지 않았으나 이 세 가지 개념의 층위로 보아서는 아무래도 도가 기보다, 기가 형보다 더 우월한 것 같다. 그리고 이런 서열이라면 인간이 하늘보다, 하늘이 땅보다 더 우월하며, 시서예악이 다른 어떤 문보다도 우월하게 된다.

이런 인문주의는 어느 시대에서도 찾기 어려우며 단지 정도전 시대에서만 찾아 볼 수 있다. 권근과 대비해보면 이 점을 잘 알 수 있다. 권근 역시 삼재지문의 이론을 전개했는데 그 이론의 도식은 다음과 같다.(김성룡;2000)

문	본체	소이
日月星辰	—— 하늘	
山川草木	—— 땅	—— 理
詩書禮樂	—— 인간	

위에서 보듯 모든 현상은 이치의 발현으로 나타난다. 그래서 삼자 사이에는 가치의 서열이나 등급이 매겨지지 않는다. 이는 권근이 보다 성리학적으로 투철했다는 데서, 또 삼자 사이의 가치의 서열이 매겨지는 데 따르는 논리적 결함을 발견했던 데서 온 것이기도 하지만, 강렬한 인문주의적 전통 그 인간에 대한 확신의 전통, 인간의 힘으로 세계를 바꾸어 놓는다는 전통은 상실되게 된 결과를 낳았다. 그리고 이는 정도전과 같은 강력한 인문주의의 구현자가 몰락하는 과정과 일치한다. 그러므로 정도전의 몰락은 어떤 면에서는 하늘의 이치를 도외시하고 인간의 이상을 세상에 실현할 수 있다고 믿는 인문주의의 몰락이라고도 생각된다.

4.

정도전은 혁명주의자였으므로 과거로부터의 결별을 너무도 선명히 해 적대자를 너무 많이 만들어냈다. 스승격인 이색을 탄핵해 물의를 일으킨 것, 이숭인을 장살케 했다고 의심을 받는 것(〈고려사〉에는 윤소종이 그랬다고 기록되어 있다.), 불교도와 친분을 갖고 있었음에도 배불론의 기수로 나선 것 등등. 정치, 철학에서 그의 업적이라고 생각되는 곳에서 그는 과거의 이념이나 가치로부터 완전한 결별을 보이고 있다. 과거에 집착하면 안된다는 듯이 결별은 과격하며 과거에 대한 비판은 가차가 없었다.

문학에서도 그러하다. 그의 문집에는 그의 성향이라고는 도저히 납득하기 어려운 문학론이 개진되어 있다. 스승과 제자 사이의 문답 형식으로 되어 있는 이 문학론은 학시(學詩)와 학선(學禪)은 같다는 엄우(嚴羽)의 '시선일여(詩禪一如)'의 문학이론을 연상케 한다. 그리고 그런 이론은 적어도 조선 중기 허균(許筠)에 의해서 본격적으로 제기되기 전까지 우리 문학계에서는 찾아보기 어려운 이론이었다.

시와 선의 관계를 논한 엄우는, (1) 시를 논하는 것은 선을 논하는 것과 같다.("論詩如論禪")고 하고, (2) 대체로 선의 도는 오묘한 언어에 있고, 시의 도 역시 오묘한 언어에 있다.(大抵禪道惟在妙語 詩道亦在妙語)라고 했다. (1)은 그가 시론가로서의 입장을 밝힌 것이며 (2)는 시와 선의 동질성을 말한 것이다. 그의 말대로 시와 선은, 직관을 중시하고, 상징어구를 사용하며, 평범한 언어를 사용해 그 의미를 넘어서 심층화되거나 매우 고도한 이치를 전달하며, 정해진 규칙과 방법이 없다는 점에서 같다. 즉,

(1) 시·선은 모두 언어/지시물의 이중성을 활용한다
    ---밖으로는 제1의미/언어가
(2) 시·선은 모두 대상/이치의 이중성을 활용한다---밖으로는 대상
(3) 이중성의 인식은 직관(妙語)이다.

이렇게 요약할 수 있을 것이다.
사실 천태종의 교리에서 보면 다음과 같은 개념의 쌍을 만들어 볼 수 있다.

(1) 空:없음 (있음의 부정)
(2) 假:있음 (없음의 부정)
(3) 中:초월 (공과 가의 自性을 부정)

김종진(1991)은 정도전의 中을 儒學의 中으로 해석하여 사심이 없음으로 해석했다. 그러나 이는 유학의 의미가 아니라 자성 부정의 논리를 끌어 다시 자성을 긍정하는 데 이르는 보편적 논리 형식으로서의 중이라고 생각한다. 그러니 정도전은 불교의 논리 형식을 빌어 자기의 논리를 전개하는 수법을 썼던 것으로 생각한다.
물론 철저한 배불론자인 정도전이 불교의 교리를 그대로 받아들여 시창작의 오묘한 비밀을 설명했다고 보기 어려운 면이 많다. 그래서 정도전은 혹 불교의 교리를 비유적으로 사용한 것이 아닌가

하는 생각을 들게도 한다. 예컨대 정도전이 사용하고 있는 '중'(中)이니 '본분풍광'(本分風光)이니 하는 개념들이 모두 유가의 개념을 뜻하거나 또는 비유적으로 사용된 것들이라고 볼 수도 있다. 더욱이 이 대화의 끝에 매화시가 첨부되어 있는데 이는 깨끗하고 고고한 처사의 삶을 형상화할 때 동원되는 소재들이므로 유자들의 이념을 형상화한 것이라고 보아야 할 것 같다.(김종진;1990)

그러나 그 보다는 성리학적 수양이 시의 창작과 무슨 관련이 있는지에 대해서 아직 선명한 이론을 마련하지 못했기 때문이 아닌가 한다. 주지하듯 정도전은 거의 모든 분야에 걸쳐 성리학적 질서를 부여하고자 했다. 그러나 시의 창작만큼은 어떤 성리학적 지침을 마련해야 하는지 잘 띠오르지 않았던 것 같다. (김종진;1990)의 지적처럼 이것은 선의 용어를 빌어 성리학적 개념을 설명하고자 했던 것인데 그 말은 시의 창작만큼은 완전한 성리학의 개념으로 번역되지 않는 바가 있다는 것을 뜻한다.

정도전은 송시학이 풍미했던 고려시대의 시학을 반성하면서, 형식을 공부하지 않고 내용을 공부하는 것이 필요하다고 생각했다. 그는 문학은 도를 전달하는 것이면서 또한 온축된 도학이 밖으로 나오는 것이라고 보았다. 그러나 그런 시학의 개념을 적절하게 담아낼 성리학적 용어는 아직 마련하지 못했던 듯하다. 학시가 학선이 아닌 의양(衣樣)으로 온유돈후(溫柔敦厚)를 실현하는 것이라고 해 방법과 미학의 목적을 성리학적 이론으로 완성했던 것은 이황(李滉)이었다.

그러나 정도전은 자신이 믿고 있는 내용을 문학으로 형상화했다. 자연에 대한 문인의 태도로부터 유학자의 태도로 이행했다는 지적도 있듯이(김종진;1990) 그는 문인이었다기 보다는 인문주의자였다. 그 단적인 모습은 악장제작에 있다. 그는 공민왕대부터 악장제작에 참여했고 조선이 건국되면서 더욱 악장 제작에 열을 올렸다. 악장이란 예악질서를 회복한다는 의미를 갖고 있는 터여서 왕권강화책의 일환이었다. 여기에 명이 신흥국가로서 예악을 정비하고 주

변국에 대국(大國)의 입장을 강요했으므로 고려, 조선 모두 예악정
비가 필요했을 것이다. 다만 그는 고려 일대를 풍미했던 4언8구의
고정된 시경체 악장을 벗어나 초사체, 변이형 등 다양한 악장을 시험
했고, 뒤에 그의 악장은 궁중음악으로 수용되기에 이르렀다.(조규익:
1989)

정도전 시기의 문학에서 주목할 점은 자연에 대한 입장이 문인으
로서의 입장을 넘어서서 자연에서 이치를 찾는 도학자로서의 태도
를 지향한다는 사실이다.(김종진:1991) 자연현상 속에서 인간의
도덕적 경계를 깨닫고, 사물을 관조하는 자세를 갖는 것은 이 시기
사대부들에게서 집중적으로 부각되는 듯한 감이 있다. 다만 정도전
은 백성들의 고난을 직접적으로 묘파해 형상화하는 작품은 거의 발
견되고 있지 않다. 개인적 포부와 정한을 담은 것이 많은데 그런
점에서 보아도 오밀조밀하거나 섬세한 문인의 기질을 가졌다기 보
다는 선이 굵은 정략가로서의 면모를 짐작할 수 있다.

〈참고문헌〉

1. 단행본

한영우, 〈정도전 사상의 연구〉, 서울대 출판부, 1973.

2. 하위논문

김세중(1974), 〈정도전 정치사상 연구〉, 연세대 석사학위논문.
배상현(1977), 〈정도전의 배불 사상에 대한 고찰〉, 동국대 석사학위논문.
김원동(1979), 〈정도전의 통치 이념과 제도에 관한 연구〉, 경희대 박사학위
　　　　　　　논문.
이원명(1979), 〈정도전의 위민 의식에 대하여〉, 고려대 교육대학원 석사학
　　　　　　　위논문.
김해영(1982), 〈정도전의 배불 사상〉, 한국정신문화연구원 석사학위논문.
조찬식(1984), 〈삼봉 정도전의 철학사상 연구 : 그의 학문체계와 벽불론을

중심으로〉, 한국정신문화연구원 석사학위논문.

김형민(1984), 〈정도전의 토지제도에 관한 법사상〉, 전남대 석사학위논문.

김학윤(1984), 〈삼봉 정도전의 윤리관 고찰〉, 한국외국어대 교육대학원 석사학위논문.

정태건(1986), 〈삼봉 정도전의 척불론에 대하여〉, 충북대 교육대학원 석사학위논문.

하수호(1986), 〈정도전의 도덕교육사상 연구〉, 동국대 교육대학원 석사학위논문.

이강열(1987), 〈삼봉 정도전의 한시 연구〉, 단국대 석사학위논문.

이정희(1987), 〈삼봉 정도전의 시문학 연구〉, 성신여대 석사학위논문.

김두만(1989), 〈고려말 정도전의 정치활동과 그 배경〉, 고려대 석사학위논문.

김영한(1989), 〈삼봉 정도전의 윤리사상연구〉, 충북대 교육대학원 석사학위논문.

김종진(1990), 〈정도전 문학의 연구 : 문학관과 시세계〉, 고려대 박사학위논문.

한재원(1992), 〈삼봉 벽이단론의 유교적 성격〉, 공주대 교육대학원 석사학위논문.

노향옥(1992), 〈삼봉 정도전 문학의 일고찰 : 유배기 작품을 중심으로〉, 성균관대 교육대학원 석사학위논문.

장성재(1992), 〈삼봉의 성리학 연구〉, 동국대 박사학위논문.

이현희(1993), 〈삼봉 정도전의 정치사상〉, 이화여대 석사학위논문.

정성엽(1993), 〈삼봉 정도전의 경세사상 연구〉, 연세대 석사학위논문.

김정식(1994), 〈정도전의 종교사상연구 : 유교중심의 삼교 회통 사상을 주로하여〉, 단국대 교육대학원 석사학위논문.

서현상(1996), 〈정몽주와 정도전의 배불론 비교〉, 홍익대 교육대학원 석사학위논문.

김상국(1996), 〈정도전의 교육사상〉, 영남대 교육대학원 석사학위논문.

3. 개별논문.

이상백(1935), 〈삼봉인물고〉, 진단학보, 제 2·3호, 진단학회.

이병도(1959), 〈정삼봉의 유불관〉, 백성욱박사 회갑기념논총.

한영우(1980), 〈정도전의 인간과 사회사상〉, 진단학보, 제50호, 진단학회.

정두희(1980), 〈삼봉집에 나타난 정도전의 병제개혁안 의성격〉, 진단학보, 제

50호, 진단학회.

윤사순(1980), 〈정도전 성리학의 특성과 그 평가문제〉, 진단학보, 제50호, 진단학회.

배상현(1978), 〈이태조의 불교정책과 정도전의 배불론〉, 심기리편을 중심으로, 대학원 연구논집, 동국대.

장성재(1993), 〈삼봉 벽불론의 재조명: 철학적 체계에 대한 해명을 중심으로〉, 철학사상, 동국대학교.

이재룡(1990), 〈삼봉 정도전의 법사상〉, 민족문화연구, 고려대.

김권집·박수경(1993), 〈삼봉 정도전의 행정개혁론〉, 사회과학연구소논문집, 충남대.

김종진(1988), 〈삼봉시의 한 국면: 자연과 유자의 삶〉, 선청어문, 서울대.

조규익(1989), 〈정도전 악장의 문학사적 의미〉, 숭실어문, 숭실대.

강명관(1992), 〈정도전의 "재도론"연구〉, 한문학론집, 한국한문학회.

백완기(1992), 〈정도전의 권력관 연구:재상중심적 권력구조를 중심으로〉, 사회과학논집, 고려대.

이석규(1990), 〈정도전의 정치사상에 대한 연구:유교적 민본사회의 추구방식과 관련하여〉, 한국학론집, 한양대.

김대용(1992), 〈정도전의 정치이념과 배불론:조선왕조 창건의 이데올로기적 정당화를 중심으로〉, 호서문화연구, 충북대.

김성룡(2000), 〈정도전을 통해 본 문학교육분가론〉, 고전산문 교육의 이론, 집문당.

《芝峯類說》〈文章部〉의 引用書目과 批評方式

文 姬 順

목 차

1. 序 論

　본 논문은 지봉 이수광(명종18-인조7, 1563-1628)이 《지봉유설》〈문장부〉라는 저술을 통하여 보여 준 시문에 대한 다양한 비평방식의 유형 가운데 引用批評에 관심을 기울인 논문이다. 《지봉유설》 卷1~20의 전체 문항 수는 약 3,400여 조목으로 되어 있는데, 이 중 卷8~14에 해당하는 〈문장부〉 1~7은 文章에 관한 기술로 약 1,474 문항으로 구성되어 있다. 〈문장부〉1은 文論으로 174 문항이고, 〈문장부〉2~7은 詩論으로 약 1,300여 문항으로 되어 있다. 이것은 〈문장부〉가 시학 방면에 많은 노력을 기울인 저술임을 쉽게 알 수 있게 한다.

　〈문장부〉에는 많은 인용 서적이 등장한다. 古書는 물론 聞見에 의한 것이라도 반드시 그 출처를 적어 놓았기 때문이다.1) 그리고 이수광은 《지봉유설》自序에서 우리 나라는 박학·아존한 선비가 많음에도 불구하고, 찾아 고증할 만한 문헌이 적음을 애석해 하였다. 이러한 문제의식은 바로 《보한집》·《역옹패설》·《필원잡기》·《용재총화》등 소설·패사류의 기록에 관심을 갖게 하였고, 그 효용성을 강조하게 된 것이다.2) 이수광의 小說家類 記錄物에 대한 애착은 조선 전기 이 백년 동안에 저술된 소설류가 후세에 혹 간행되지 못한 채 泯滅하여 없어질지도 모른다는 두려움을 갖게 하였다. 때문에 목록을 기록하여 대비하였던 것이다.3) 이렇듯 기록 문헌의 중요성에 대한 인식은 《지봉유설》이라는 방대한 저술을 탄생시키는 動因이 되었다고 할 수 있다.

《지봉유설》에는 총 348家의 서적과 2,265人이라는 인명이 거론되었는데,4) 〈문장부〉에서 인용된 책은 175 책이고 인용 인명은 74 명이다. 《지봉유설》 전체 인용 서적의 약 절반에 해당하는 분량이다. 이렇게 동원된 많은 서적과 인명은 지봉의 문학평론 작업에 방증자료로 동원되었다. 지봉은 평론작업 과정에서 즐겨 타인의 이론을 먼저 원용하고 거기에 자신의 문학 견해 내지 평론을 첨가하는 식의 방식을 많이 이용하고 있음을 볼 수 있기 때문이다.

본고에서는 인용비평 방식의 범주를 ① 同意論 ② 反意論 ③ 設疑論 ④ 是正論으로 유별하여 논의를 전개하고자 한다. 제가의 시

---

1) 《지봉유설》, 범례, 所記出自古書及聞見者, 必書其出處, 而頗以妄意斷之, 其不言出處者, 乃出妄意者也
2) 《지봉유설》, 자서, 我東方以禮義聞於中國, 博雅之士殆接迹焉, 而傳記多闕, 文獻鮮徵, 豈不惜哉. 夫歷代之有小說諸書, 所以資多聞證故實, 亦不可少也. 如前朝補閑集·櫟翁稗說, 我朝筆苑雜記·慵齋叢話等編, 不過十數家而止, 其間事蹟之可傳於世者, 率皆泯泯焉.
3) 《지봉유설》 권7, 경서부3, 저술, 我朝二百年間著書傳世者甚罕, 而小說之可觀者亦無幾, 如徐居正筆苑雜記·東人詩話, 李陸靑坡劇談, 金時習金鰲新話, 南孝溫秋江冷話, 曹伸諛聞瑣錄, 成俔慵齋叢話, 金正國思齋摭言, 申光漢企齋記異, 魚叔權稗官雜記, 李耔陰崖日錄, 沈守慶遣閑雜錄, 權應仁松溪漫錄, 李濟臣侯鯖瑣語, 許篈海東野言, 李廷馨東閣雜記·黃兎記事, 車天輅五山說林, 其未刊行者亦多, 恐久而泯沒也. 今錄于此以備考云.
4) 《지봉유설》, 범례, 所引書籍, 六經以下至近世小說諸集, 凡三百四十八家, 所錄人姓名, 自上古迄 本朝, 得二千二百六十五人, 具載別卷.

학이론에 대하여 이수광 개인이 자신의 비평 견해를 첨부한 방식을 유형 분류 한 것이다. 이 인용비평 방식은 문학비평가 이수광이 즐겨 모범으로 삼았던 문학이론서와 그 이론들에 대한 이수광의 견해를 살펴볼 수 있게 하는 효과를 갖고 있다. 아울러 이수광의 문학관에 영향력을 행사한 문학 이론가는 누구였는지도 가늠해 볼 수 있다.

본고 〈문장부〉의 인용서적과 인용비평방식의 고찰을 통하여, 이수광이 타인의 문학이론에 대한 수용과 비판, 그리고 자신만의 독창적 문학이론을 창출해내는 과정이 어느 정도 밝혀지리라 생각한다.

2. 引用書目

《지봉유설》 범례에서 유설에 인용된 서적은 六經이하 근세의 소설과 여러 문집 등에 이르기까지 348家에 이르고, 인명은 2,265人이라고 하였다. 그리고 古書나 聞見에서 온 것은 반드시 그 출처를 기록하였고, 간혹 성씨만 기록한 것은 그 이름을 바로 부르고 싶지 않거나 숨기고자 하는 뜻이 있기 때문이라고 하였다. 그러나 이와 같은 내용을 모두 기록해 두었다는 別卷은 애석하게도 현재 전해지지 않고 있다.

실제로 《지봉유설》의 진술을 보면, 출처를 명확하게 제시하고 있는 것 이외에도 '古人, 宋人, 明人, 後人, 前背, 或謂, 或者, 或言, 或云, 人言, 有人言, 雜記, 雜書, 雜說, 稗說, 古書, 故事, 說者, 註者, 方士, 天使(중국 사신)' 등의 예를 끌어 들여 인용 진술한 경우가 적지 않음을 볼 수 있다. 자신의 설이 아닐 경우에는 그 말의 출처를 분명히 제시하여, 의론의 정확성과 투명성을 동시에 확보하고 있음을 엿볼 수 있다. 이제 〈문장부〉에 인용된 서적과 인명을 도표로 그려보면 아래와 같다. 분류는 주로 《四庫全書總目》 分類에 의거하였다.5)

[표1. 인용서목]

분 류	인용 서명	저 자	시대	인 용 항 목	原題名
《經部》 書類	虞書			시-1	
	尙書			시-20	
	書經			당시-334, 문체-2	
詩類	詩經			당시-60 · 116 · 163	
禮類	大戴禮			시-1	
	禮運			고시-28	
	周禮			당시-4 · 49 · 57 · 202 · 283 · 311, 송시 -23, 창화-1	
	禮記			당시-176 · 187 · 267	
	曲禮			당시-266	
春秋類	左傳			시평-13, 애사-1, 고문-21	
	公羊傳			당시-28	
四書類	論語			당시-20	
	孟子			고시-10	
小學類	爾雅	郭璞 註	晉	당시-8	
	廣雅	張揖	魏	사부-12	
	千字文	周興嗣	梁	당시-20	
	說文	許愼	漢	고문-31, 당시-273	說文解字
	韻會	黃公紹		당시-184	古今韻會
	訓蒙字會	崔世珍	朝鮮	당시-244	
	韓書			명시-17	
《史部》 正事類	南事	李延壽	唐	시법-4 · 고악부-3, 고시-22	
	北史	李延壽	唐	당시-37	
	史記	司馬遷	漢	사부-13, 문체-3, 문평-3, 고문-8, 사부 -2, 시평-13, 당시-12 · 44 · 356 · 359	
	漢書			당시-29 · 57 · 76 · 251 · 325 · 359, 송시 -51 · 62, 문체-1, 고문-22 · 24	
	唐書			고문-14 · 15, 문예-5 · 14, 당시-66 · 18 2 · 285	
	晉書 (晉史)			당시-88 · 151 · 204 · 307 · 341	

---

5) 《四庫全書總目》上·下冊 (1986)에 없는 인용 서적은 《古書目錄》 (1993)을 참조하였다. 한 예로 《詩學大成》은 《사고전서목록》에는 미 등록되어 있다. 이수광은 唐本 《詩學大成》을 참고하였다고 하였는데 (〈문 장부〉, 동시-61. 世傳里坲詩曰……, 謂爲東人之作. 余見唐本詩學大成中有 此詩, 則乃知中朝人所作也), 충남대학교 발간 《고서목록》에는 元 林楨 編이라는 서지 사항으로 되어 있다.

	隋書	魏徵 等	唐	당시-101	
	三國志	陳壽	晉	당시-332	
	東國史		朝鮮	동시-156	東國史略
編年類	綱目	朱熹	宋	당시-1·143·153, 창화-9, 대구-15, 고문-6	通鑑綱目
雜事類	國語	左丘明	周	당시-288	
	輿服志			당시-329	
	武宗紀			대구-15	
傳記類	高士傳	皇甫謐	晉	고시-16	
	呂强傳			당시-159	
	陸賈傳			당시-192	
	尹喜傳			당시-195	
	南蠻傳			당시-205	
	楊妃外傳			당시-269, 창화-9	
	長恨傳	陳鴻	唐	당시-281	
	太眞外傳	樂史	宋	당시-281	
	梁冀傳			당시-302	
	鄒陽傳			당시-356	
	列女傳	劉向	漢	규수-1	
	宋史列傳	脫脫 等 修	元	애사-5	
史鈔類	馬史	司馬遷	漢	당시-62	
載記類	吳越春秋	趙曄	漢	당시-300	
時令類	月令			시평-83, 당시-53	
地理類	交州紀			고시-29	
	盧山記	陳舜兪	宋	당시-157	
	荊州記			당시-368	
	地理圖			당시-231	
職官類	通典	杜佑	唐	당시-76·182	
《子部》 儒家類	說苑	劉向	漢	당시-44	
道家類	南華經	장자		문-4	
兵家類	玉帳經			당시-144	
法家類	管子	管仲		고시-16	
農家類	齊民要術	賈思勰	後魏	당시-358	

醫家類	本草	李時珍	明	고악부-13, 고시-7, 당시-34·45·173·245·301·321·364, 송시-37, 명시-29	本草綱目
	本草蒙全			당시-160, 명시-3	
	醫鑑			당시-51	
	醫書			당시-119·246	
天文類	天文志			당시-10·167	
	混元聖紀			당시-68	
術數	太玄	揚雄	漢	시평-72	太玄經
	符應經			당시-371	
	葬書	郭璞	晉	당시-253	
藝術類	樂府雜錄	段安節	唐	당시-271	
	唐樂志			당시-257	
譜錄類	酒譜	寶苹	宋	당시-145	
	竹譜	戴凱	晉	사부-7, 당시-357	
雜家類	玉澗襍書	葉夢得	宋	시-9, 당시-146, 송시-28	
	鶴林玉露	羅大經	宋	시-22, 시법-20·21, 시평-8·50·90, 당시-145·323, 가사-12	
	呂覽	呂不韋	秦	시-31	呂氏春秋
	堯山堂外紀	蔣一葵	明	고문-32, 시-31, 시평-7·68·93, 어제시-19·21, 고악부-22, 고시-3·30, 당시-96·246, 송시-18·28·68, 명시-7, 동시-1·2·6, 방류-6, 규수-4, 기첩-6, 가사-2, 애사-3, 대구-9·10, 시화-3	
	冷齋夜話	惠洪(僧)	宋	시평-75, 당시-98·107·108	
	稗史	王圻	明	고문-9·14, 사부-16·17, 고악부-5, 당시-20·43·249·251·295·300·346·367·375·386, 송시-61·76, 명시-2·28, 동시-95, 대구-10·12	
	說郛	陶宗儀	明	사부-13, 고악부-6, 당시-24·97·109, 가사-1, 대구-3·5	
	東坡志林	蘇軾		고시-12, 당시-207·249·259	
	淮南子	劉安	漢	문평-19, 사부-2, 당시-2·95·157	
	顏氏家訓	顏之推	北齊	당시-43	
	古今註	崔豹	晉	당시-104, 동시-171, 대구-4	
	白虎通	班固	漢	당시-114	白虎通義
	墨莊漫錄	張邦基	宋	당시-120, 송시-36	
	吾學編	鄭曉	明	당시-174	

	容齋隨筆	洪邁	宋	당시-187	
	稗海	商濬 編	明	당시-218 · 321 · 353	
	緗素襍記	黃朝英	宋	당시-222	靖康緗素襍記
	避署錄	葉夢得	宋	당시-268 · 383	避署錄話
	筆談	沈括	宋	당시-109 · 284 · 347 · 365 · 372	夢溪筆談
	墨子	墨翟		당시-300	
	事始			송시-21, 애사-21	
	荀子			문예-12, 동시-44	
	慵齋叢話	成俔	朝鮮	규수-15, 시예-12	
	捫蝨新話	陳善	宋	문-22	
	陸務觀筆記			문-29	
類書類	事文玉屑	楊倧	明	사부-3, 고악부-11, 당시-49 · 62 · 167 · 278	
	韻府(群玉)	陰時夫	元	고악부-15 · 17, 고시-13, 당시-40 · 71 · 128 · 149 · 150 · 169 · 176 · 197 · 216 · 245 · 262 · 291 · 351, 송시-16 · 22	
	唐類函	兪安期 編	明	고악부-15, 당시-224	
	三才圖會	王圻	明	당시-76	
	初學記	徐堅 等	唐	당시-106, 대구-8	
	事文類聚	祝穆	宋	당시-157 · 166, 규수-3, 문-25, 고문-14	
小說家類	小說	殷芸	梁	고문-7 · 15 · 35 · 40, 사부-1, 시평-20 · 52 · 83, 어제시-15, 고악부-17, 고시-19, 당시-17 · 27 · 40 · 64 · 121 · 122 · 153 · 183 · 209 · 223 · 247 · 249 · 345 · 356 · 358 · 380, 송시-18 · 64 · 74, 방류-5, 규수-3 · 14, 가사-7, 여정-1, 창화-1, 대구-2, 시화-1, 시참-3, 시예-2	
	酉陽雜俎	殷成式	唐	고악부-9, 고시-7, 당시-284 · 309 · 339	
	侯鯖錄	趙令畤	宋	고시-8, 당시-106 · 375, 송시-28	
	山海經	郭璞 註	晉	사부-1, 고시-9, 당시-7 · 18 · 121	
	漢武故事	班固	漢	사부-4, 고시-11	
	漢武內傳			사부-11	
	復齋謾錄			당시-196	
	洞冥記	郭憲	後漢	당시-225 · 324	漢武洞冥記
	述異記	任昉	梁	사부-18, 당시-225 · 230	
	西京雜記	葛洪 編	晉	당시-238, 규수-1, 고문-12	

	敎坊記	崔令欽		당시-248	
	博物志			고문-8	
	續博物志	李石	唐	당시-264	
	穆天子傳	郭璞 注	晉	사부-10	
	拾遺記	王嘉	秦	당시-284	
	太平廣記	李昉 等	宋	당시-306	
	北夢瑣言	孫光憲	宋	문예-10, 당시-354	
	玉堂詩選	撰者未詳		당시-357・384, 송시-22	
	賈氏談錄	張洎	宋	송시-51	
	癸辛雜識	周密	宋	송시-72	
	墨客揮犀	彭乘	宋	시평-70, 당시-281, 가사-4	
	十洲記	東方朔	漢	당시-76・286・329	海內十洲記
	乔水燕談	王闢之	宋	동문-2・3	
釋迦類	傳燈錄	吳道源	宋	당시-165	
	金剛經			당시-221	
	楞嚴經			송시-23	
道家類	延壽書	愚谷老人	宋	고악부-13	延壽第一紳言
	莊子	莊周		고시-16, 당시-18・52・177・331, 애사-1, 고문-29・30	
	列仙傳	劉向	漢	고시-16, 당시-93	
	道書			당시-262	
	道經			당시-301	
	仙經			당시-82	
	續神仙傳	沈汾	唐	당시-306	
《集部》楚辭類	楚辭	屈原 等	楚	당시-117, 고문-20	
	楚辭九歌	屈原	楚	당시-338	
別集類	朱子語類	朱子	宋	시-21, 시평-85・88	
	朱子大全	朱子		고문-40	
	王弇州集	王世貞	明	시평-12	
	楊升菴集	楊愼	明	시법-22, 시평-16・20・37・67・91, 고시-14, 당시-43・51・55・105・147・174・189・224・259・336・350・388, 송시-67	
	錢起本集	錢起	唐	시평-12	錢仲文集
	樂天集	白居易	唐	시평-46, 당시-275, 시화-2, 시예-10・13	
	江淹集			당시-145	
	陶淵明集	陶潛	晉	명시-25	
	杜詩集	杜甫	唐	시예-3	
	李太白集	李白	唐	시평-12	

總集類	東文選	徐居正 編	朝鮮	사부-10	
	古詩類苑	張之象 編	明	시-4, 시법-4, 고시-3・30・32	
	玉臺新詠	徐陵	陳	시-4, 고시-16・26, 당시-16	
	文選	昭明太子	梁	시-4, 고문-8	
	唐詩解	唐汝詢	明	시법-16, 당시-6・57・69・77・78・79・84・271・361	
	唐詩品彙	高棅 編	明	시평-6, 어제시-20, 고시-30, 당시-31・170・288・318・379, 규수-7	
	古樂府	左克明 編	元	고악부-1・2・4・5・6・8・9・10・11・12・13・14・15, 고시-4, 당시-9・114・160・197・215・232・258・274・284・340・353・382, 규수-3	
	樂府		朝鮮	가사-14	
	選詩			고악부-5, 고시-6	
	文苑英華	李昉 等編	宋	당시-30	
	選文			당시-72	
	唐詩紀	吳琯 編	明	당시-182	
	宛委餘篇			당시-197	
	唐詩選	李攀龍 編	明	당시-228	
	三體詩			당시-324	
	詩學大成		唐	송시-15, 동시-61・144, 기첩-6	
	唐音	楊士宏 編	元	당시-22	
	古文大全			당시-98	
	漢文紀	梅鼎祚	明	당시-104	
	古逸書	潘基慶	明	당시-297, 문체-1	
詩文評類	詩法源流	撰者未詳		시-6	
	詩人玉屑	魏慶之		시-16	
	歲寒堂詩話	張戒	宋	시-17・시평-67	
	溫公詩話	司馬光	宋	시법-8	
	歐陽詩話	歐陽修	宋	시평-34・70・72, 송시-13	
	詩話			당시-337	
	東人詩話	徐居正	朝鮮	방류-10	
	藝苑巵言	王世貞		문예-1, 시평-18・36・92, 어제시-7, 문평-1	

〔표2. 인용인명〕

번호	인용인명	시대	인　용　항　목
1	魏文帝	魏	문-1
2	曹子建		문-9
3	李奎報		문-9·29
4	殷璠		문-11
5	朱熹		문-14
6	柳宗元		문-15
7	歐陽修		문-16·28
8	蘇軾		문-17·27
9	曾鞏		문-18
10	姜夔		문-19·23
11	高皇帝	明	문체-15
12	沈約		문-23
13	梁襄子		문-24
14	宋子京·梅堯臣		문-26
15	劉勰		문체-5
16	尹洙	宋	문평-15
17	謝枋得	宋	문평-16
18	楊愼	明	문평-16, 사부-4·5
19	溫革	宋	문평-20
20	成俔	朝鮮	문평-21
21	韓百謙	朝鮮	문평-25
22	崔岦	朝鮮	문평-27
23	郭璞		사부-2
24	昭明	梁	사부-9
25	范鎭	宋	문예-11
26	歐陽修	宋	문예-12
27	王世貞		문-2·3·21·30, 문평-2, 사부-1, 문예-13, 시-5·23, 시법-12·13·17·18·30·32, 시평-3·11·24·29·39·41·44·45·57·80·93, 어제시-19, 고악부-8·19·21, 당시-43·58·217, 명시-9, 가사-3·5·9,
28	嚴羽	宋	시-7·13·14, 시법-1·15, 시평-6·35·79, 고악부-18
29	王沂		시-8, 당시-30, 원시-2
30	劉攽		시-10

31	楊萬里		시-15, 당시-330
32	陳師道		시-21, 시평-76, 문-20, 문체-8, 문평-13·14
33	周後叔		시-27
34	權韠	朝鮮	시평-29
35	李攀龍		시평-29·38
36	胡宗愈		시평-33
37	杜牧		시평-43
38	王安石		시평-47, 당시-224, 문체-8
39	曹唐	唐	시평-61
40	楊億	宋	시평-69
41	王直方		시평-70
42	鞏豐		시평-76
43	黃庭堅	宋	시평-84, 당시-105·196, 문-22
44	朱之蕃	明	시평-95, 시예-14
45	李好閔	朝鮮	시평-95
46	車天輅	朝鮮	사부-12, 고악부-18, 당시-119·122·138
47	李夢陽	明	고악부-19
48	何元朗		고악부-21
49	陸放翁		고시-10, 당시-135·176·226·235·249·292·342, 문-5
50	李善		고시-14
51	崔瓊		고시-32
52	王洙		당시-49
53	洪志誠	朝鮮	당시-52
54	林岜	朝鮮	딩시-132
55	楊巖	宋	당시 136
56	張淏		당시-144
57	馬永卿		당시-163·319
58	王世懋		당시-165
59	張初		당시-272
60	岐伯		당시-355

61	陳震		송시-25
62	班彪		송시-25
63	王通	隋	송시-25, 문평-6
64	邢凱		송시-40
65	韓愈		송시-50
66	姜識		송시-53
67	張紫岩		송시-73
68	司馬彪		애사-1
69	金宗直	朝鮮	동시-39
70	洪裕孫	朝鮮	동시-63
71	申用漑	朝鮮	동시-64
72	洪慶臣·許체	朝鮮	규수-19
73	楊鎬	明	시예-14
74	李山海	朝鮮	시예-22

이상의 [표1. 인용서목] 은 經·史·子·集 분류에 의한 도표이
다. 저자 및 시대가 정확한 경우에는 저자명과 시대를 附記해 놓았
지만 그렇지 않은 경우에는 부득이 공란으로 비워 두었다. 그리고
간혹 생략된 서명으로 나타난 경우에는 原題名란에 본래의 서명을
기록해 놓았다. [표2. 인용인명] 은 [표1. 인용서목] 의 저자인
경우도 있어 중첩된 감이 없지 않으나, 〈문장부〉에서 서명과 인명
을 혼용하고 있으므로 이를 각각 나누어 작성한 것이다.

위의 도표를 보면 인용된 서적과 인명의 빈도 수를 쉽게 알 수
있다. 이러한 상황은 이수광이 詩學理論 創出과 作品考證에 있어
주된 자료로 활용했던 서적과 평론가가 누구이었나를 가늠케 하는
충분조건을 제시한다. 위의 인용 서목과 인명 도표를 통해 다음과
같은 몇 가지 특징을 도출해 낼 수 있다.

첫째, 인용된 책과 인명은 양적인 면에서 우리 나라의 책 보다

중국의 것이 압도적으로 많이 인용되었다. 經部 20책, 史部 33책, 子部 82책, 集部 40책 총 175책 중에서 우리 나라 서적은 불과 《훈몽자회》와 《동국사략》, 《동문선》, 《동인시화》, 《용재총화》뿐이다. 그리고, 인용 인명도 14 명에 불과한 것을 확인할 수 있다. 이러한 사정은 〈문장부〉의 내용이 대부분 중국 고문과 한시의 고증작업에 많이 할애되었기 때문으로 볼 수 있다. 양적인 면에서 우리 나라 보다 월등하게 많은 중국 문학작품의 정확한 이해를 위해 일차적으로 고증 및 원류 문제6)를 따져 내느라 상대적으로 중국서적이 많이 인용된 것으로 파악된다. 고증작업에서 많이 참고한 자료로는 의가류의 《本草綱目》, 잡가류의 《堯山堂外紀》·《稗史》·《說郛》, 유서류의 《事文玉屑》·《韻府群玉》, 소설가류의 《小說》·《酉陽雜俎》, 도가류의 《莊子》, 별집류의 《弇州集》·《楊升菴集》, 총집류로 《唐詩解》·《唐詩品彙》 등을 들 수 있다.

  둘째, 인용 서적은 子部의 雜家類와 小說家類가 가장 많은 양을 차지하고 있다. 잡가류 서적은 최다 인용된 《堯山堂外紀》를 포함해서 25종이, 소설가류는 《小說》을 포함 23종의 서적이 인용되었다. 잡가·소설가류에 대한 관심 집중은 《지봉유설》 전체의 인용 서적을 놓고 보아도 그 현상이 비슷하다.7) 이렇듯 잡가류와 소설가류가 가장 많이 인용된 데에는 이수광의 저술의식에서 비롯된 것으로 파악할 수 있다. 서론에서 잠시 언급되었듯이 이수광은 문헌이 부족한 우리 나라의 현실을 안타까워하였다. 때문에 후일을 대비하여 《보한집》·《역옹패설》·《필원잡기》·《용재총화》 등과 같은 수설·패사류의 목록을 기록하기도 하였는데, 이들 서적이 갖는 '資多聞證故實'의 효용성을 주목한 것이다.8) 이러한 의식의

---

6) 문희순 (1999)에서 이 문제를 연구한 바 있다.
7) 최은숙 (1991)은 《지봉유설》의 인용서적이 子部는 171種으로 전체의 49.1%, 史部는 92種 26.5%, 集部는 47種 13.5%, 經部는 38種으로 10.9%를 차지한다고 분석한 바 있다. 이 논문은 인용서적이 완벽하게 조사되지 못한 한계점이 있으므로 약간의 오차는 있을 수 있으나, 인용서적의 비율 면에 있어서의 대체적인 특성은 파악할 수 있다고 본다.

일단이 《지봉유설》이라는 방대한 저술을 탄생시키는 動因이 되었고, 자연스럽게 〈문장부〉의 주요 參考·閱讀 자료로 雜家·小說家類가 자리한 것으로 볼 수 있다.

셋째, 詩選集類는 唐詩에 관련된 것이 주류를 이루고 있다. 이러한 현상은 거론된 문항 수를 보아도 알 수 있는데, 〈문장부〉는 唐詩 388문항, 宋詩 78문항, 元詩 8문항, 明詩 30문항, 우리 나라의 시 188문항으로 편재되어 있다. 우리 나라의 경우에는 인용된 서적이 거의 없는 게 특징이다. 唐詩 選集類로는 《唐詩正音》·《唐詩品彙》·《正聲》·《唐詩鼓吹》·《三體詩》·《百家詩》·《唐詩類苑》·《十二家詩》·《唐詩紀》·《唐詩解》·《唐詩選》·《唐音》 등을 거론하였다. 그리고, 이수광은 唐詩選集에 비하여 宋詩選集이 상대적으로 턱없이 부족한 점을 唐宋詩의 詩格의 차이로 인식하였다.9) 때문에 〈문장부〉의 편재도 唐詩 위주의 구성을 보여 주고 있는 것이다.

넷째, 인용인명은 王世貞과 嚴羽가 최다 등장하고 있다. 이는 표 1의 인용 서목의 도표에서도 확인할 수 있다. 두 사람의 문학이론이 이수광에게 어떤 영향력을 행사하고 있는 것으로 추단하여 볼 수 있다. 王世貞은 문집 《弇州集》과 시문평류 《藝苑卮言》, 그리고 인명의 형식으로 거론되었다. 《滄浪詩話》의 저자 嚴羽는 인명으로만 거론되었는데 9회 언급되었다. 왕세정에 비하여 그 횟수는 적으나, 〈문장부〉 중에서도 문학 이론이 주를 이루는 〈詩〉와 〈詩法〉, 〈詩評〉 항목에서 집중적으로 언급되고 있으며, 그의 시학 이론을 긍정적으로 검토·수용하는 자세를 견지하고 있다. 그러나 이 두 사람의 이론을 무비판적으로 받아들이는 것만은 아니다. 특히 왕세정은 최다 인용되었음에도 불구하고 그의 이론에 대하여서는 부정적으로 언급하거나 의문을 제기한 경우가 적지 않게 발견된다. 그

---

8) 주 2)와 3) 인용문 참조.
9) 《지봉유설》 권7, 경서부3. 唐詩之選夥矣. 如唐詩正音·品彙·正聲·鼓吹· 三體詩·百家詩·唐詩類苑·十二家詩·唐詩紀之屬, 不可盡擧, 而至於宋詩, 人非不篤好, 而一無選彙之者, 何也. 豈誠以宋詩爲不及唐耶.

리고 인용인명 중 우리 나라 사람들은 문학 이론에 관련된 경우는 드물고 주로 가벼운 逸話類 형식에서 많이 언급되었다.

이수광은 자신의 문학 이론을 창출함에 있어서 여러 가지 비평방식을 동원하였다. 문학가들의 문학 이론을 일단 인용하고 거기에 대하여 동감하는 同意論, 부정적 입장을 진술한 反意論, 오류를 바로잡아 주는 是正論, 의심을 표명한 設疑論 등의 비평론 방식이 바로 그것이다. 이들 비평방식은 기존 비평론에 대한 재비평 형식을 취한 것으로 볼 수 있으며, 인용 서목과 인명을 통하여 그 일단을 살펴 볼 수 있다. 이수광의 문학 이론은 이와 같은 비평방식을 통해서 전개되고 있다.

3. 批評方式

〈문장부〉에는 문학평론가들의 다양한 견해나 이론에 대하여 이수광이 同意, 反意, 設疑, 是正 등의 형식으로 再批評한 것을 볼 수 있는데, 이는 적극 또는 소극적인 형태의 논평이 개입된 경우라 말할 수 있다. 이 장에서는 기존 문학론에 대한 再批評을 통하여 시학이론의 受容과 發展을 실현한 이수광 문학론의 일단을 〈문장부〉에 인용된 인용문을 진술하는 記述方式上의 특성을 통하여 살펴보고자 한다.

3.1. 同意論

동의에는 몇 가지 방식을 취하고 있음을 볼 수 있다. 먼저, 아무런 평론 없이 "○○가(에) ……라고 말하였다 (○○曰·○○云)" 또는 "이제 ○○을 보니……라 말하였다 (今見○○, 按○○)", 식의 單純引用을 들 수 있다. 다음으로, "○○가(에)……라고 말하였는데, 이 말이 옳다(진실로 그러하다)" 식의 短評을 첨부하여 적극적으로 긍정하는 자세를 취한 동의론을 들 수 있다. 마지막으로, "○○가(에)……라고 말하였는데 나의 생각으로는(이로써 본다면)……하다" 식의 견해를 첨부하여 旣存理論을 補完한 동의론을 들 수 있다.

첫째의 방식은 어떤 서적이나 타인의 평을 단순히 인용하여 소극적이나마 그 설에 동조하는 입장을 취하고, 그것은 곧 자신의 견해를 대변한 것으로 볼 수 있는 것이다. 여기에서 자신의 의견을 개입시키지는 않는다. 그리고 이수광 자신의 논증에 객관성을 유지하기 위한 방증 자료로 끌어들일 때 이와 같은 방식을 주로 이용하고 있다. 둘째의 방식은 첫째의 경우보다는 좀 더 적극적인 입장에 서 있는 동의론이라 할 수 있다. 마지막의 방식은 먼저 기존의 이론 또는 사례를 인용하고 자신의 견해를 적극적으로 개입시켜 기존이론을 보강한 동의론으로 설명할 수 있다. 본 논문에서는 첫 번째의 경우를 單純同意, 두 번째의 경우는 肯定同意, 세 번째의 경우는 補完同意라 명명하고 논지를 전개하고자 한다.

1) 單純同意

① ○○가(에) 말하였다 (○○曰·○○云 : 〈시〉-1·2·7·10, 〈고악부〉-6, 〈송시〉-67)
② ……하여서 평론이 이와 같다 (評論如此 : 〈시평〉-44)
③ 이 말은……을 말한 것이다 (此言……也 : 〈시평〉-85)

의 형식으로 표현된 비평방식이다. 이 가운데 하나의 예를 살펴보면 다음과 같다.

주자어류에 말하기를, "근세의 사람들은 산곡을 배운다. 또 산곡의 좋은 점을 배우지 않고 다만 산곡의 좋지 않은 곳만 배운다"고 하였다. 또 말하기를, "노직은 두자미의 기주시를 좋다고 하였는데, 이것은 이해할 수 없다. 기주시는 설명이 중첩되고 번거롭다. 지금 사람들은 다만 노직이 좋다고 말한 것만 보고 문득 덮어놓고 좋다고 말한다. 마치 키 작은 사람이 담 너머로 구경하는 것과 같다"고 하였다. 나는 말한다. 이 말은 바로 속학의 폐단을 말한 것이다.[10]

이 인용문은 송대 유학자 朱熹(1130-1200)의 저술 《주자어류》에 있는 내용을 인용하고, 주자의 말에 대하여 '속학의 폐단을 말한 것' 이라는 단순한 평만을 더한 사례이다. 인용자 이수광의 생각은 극도로 절제된 상황이다. 그러면서도 주자의 목소리를 통해서 나온 견해는 이수광 자신의 생각과 같은 것임을 읽어 낼 수는 있다.

山谷은 黃庭堅(1045-1105)의 호이고, 魯直은 그의 자이다. 주자는 당시대의 사람들이 황산곡을 배우되 그의 단점만을 취하는 점과, 황산곡이 杜甫의 夔州詩를 덮어놓고 좋다고 말하였으나 기주시는 설명이 중첩되고 번거로워서 좋은 시가 아니라는 점을 논평하였다. 그리고 이와 같은 세속의 풍조를 矮人看場 곧, 키 작은 사람이 키가 큰 사람의 뒤에 서서 연극을 보는 것과 같은 상황으로 비유하였다. 앞사람들이 비평하는 소리를 듣고 무조건적으로 자신의 견해도 없이 그대로 附和雷同하는 격인 것이다. 이수광은 이와 같은 주자의 평론을 끌어 들여 인용한 다음, 남이 하는 것을 무조건적으로 따라하는 속학자들의 폐단에 대하여 동의하는 입장을 표명한 것이다. 결국 이수광의 생각은 주자의 평론을 통하여 표현된 셈이다.

2) 肯定同意

① 옳다 (是矣 : 〈당시〉-134 · 284 · 361)
② 이 말이 옳다 (此言是 : 〈시〉-6 · 9, 〈시법〉-16, 〈시평〉-37, 〈당시〉-207)

---

10) 문장부2, 〈시평〉-85. 朱子語類曰, 近時人學山谷. 又不學山谷好底, 只學山谷不好處. 又曰, 魯直說杜子美夔州詩好, 此不可曉. 夔州却說得重疊煩絮, 今人只見魯直說好, 便都說好, 矮人看場耳. 余謂, 此言政是俗學之弊也

③ 이 말이 과연 옳다 (此言果是 : 〈시평〉-47)

④ 이 말이 또한 옳다 (此言亦是 : 〈고악부〉-18)

⑤ 이 말이 문득 옳다 (此言却是 : 〈시〉-17)

⑥ 이 말은 옳은 것 같다 (此言似得 : 〈당시〉-84)

⑦ 옳은 것 같다 (似是 : 〈당시〉-321・386)

⑧ 이것은 옳은 것 같다 (此則似是 : 〈고시〉-30)

⑨ 이 해설이 옳은 것 같다 (此解似是 : 〈당시〉-6)

⑩ 그러하다 (然矣 : 〈당시〉-323, 〈시법〉-11)

⑪ 그러할 것 같다 (似然矣 : 〈시법〉-18, 〈고시〉-3, 〈당시〉-345, 〈동시〉-39, 〈고악부〉-5)

⑫ 진실로 그러하다 (信矣 : 〈시〉-13, 〈시평〉-76)

⑬ 아, 진실로 그러하다. 이 말이여 (信哉, 斯言也 : 〈시법〉-12)

⑭ 이 말이 마땅한 것 같다. 깊이 살펴야겠다(此言似當, 深省 : 〈시〉-8)

⑮ 이 말이 지나친 것이 아니다 (斯言, 非過矣 : 〈시평〉-11)

⑯ 잘 형용하였다고 할 수 있다 (可謂善形容矣 : 〈시〉-14)

⑰ 잘 비유하였다고 말 할 수 있다 (可謂善論矣 : 〈시〉-15)

⑱ 이 말이 매우 좋다 (此言甚善 : 〈시평〉-84)

⑲ 이것은 족히 단안이 될 만하다 (此足爲斷案也 : 〈시〉-16)

⑳ 이것은 초학자의 법으로 할 만하다 (此可爲初學者之法也 : 〈시법〉-1)

㉑ 이 말은 법으로 삼을 만하다 (此可爲法 : 〈시법〉-13)

㉒ 이 말은 세상의 병을 바로 맞추었다 (此言, 正中時病 : 〈시〉-23)

㉓ 진실로 보는 바가 있다 (儘有所見矣 : 〈시〉-28)

㉔ 실로 보는 바가 있다 (實有所見矣 : 〈시평〉-41)

㉕ 통론은 아니나 또한 반드시 본 바가 있다 (雖非通論, 亦必有所見耳 : 〈시평〉-69)

㉖ 안식이 있는 것 같다 (似有具眼者 : 〈시평〉-35)

이상의 ①~㉖에 해당하는 논평어를 內容上으로 분류해 보면, 詩評
에 관한 것으로는 唐汝詢의 말을 인용한 〈당시〉-6·361과 〈시법〉-16,
楊愼의 〈시평〉-37, 蘇軾의 〈당시〉-207, 王安石의 〈시평〉-47, 王世貞
의 〈시법〉-18과 〈시평〉-11·41, 楊萬里의 〈시〉-15, 楊億의 〈시평〉-69,
《唐詩解》의 〈당시〉-84, 羅大經 《학림옥로》의 〈당시〉-323, 金宗直
의 〈동시〉-39, 嚴羽와 車天輅의 〈고악부〉-18, 說者의 말을 인용한
〈당시〉-134와 〈시법〉-11의 문단을 들 수 있다.

詩論에 관한 것으로, 嚴羽의 〈시〉-13·14·26과 〈시법〉-1, 葉夢
得의 〈시〉-9, 〈시평〉-35, 王世貞의 〈시법〉-12·13, 〈시〉-23, 王沂
의 〈시〉-8, 鞏豐의 〈시평〉-76, 黃庭堅의 〈시평〉-84, 《詩人玉屑》
의 〈시〉-16, 《詩法源流》의 〈시〉-6 문단에서 각각 인용되었다. 그
리고 牧隱 李穡의 경우에는 〈시〉-28에서 두 구의 시를 인용하고
'진실로 보는 바가 있다'라고 평가하였다. 詩評과 詩論을 겸한 것으
로는, 송나라 張戒가 柳子厚와 韓退之의 시 전반을 비교하면서 "의
미는 배울 수 있으나 才氣는 억지로 할 수가 없다"고 말한 것에 대
하여 지봉이 "이 말이 옳다"고 평론한 〈시〉-17[11]을 들 수 있다.

詩語意의 고증으로, 《韻書》와 《夢溪筆談》, 《拾遺記》, 《酉陽
雜俎》를 각각 참고한 〈당시〉-284, 《稗海》와 《本草》를 인용한
〈당시〉-321, 《稗史》를 인용한 〈당시〉-386과 〈고악부〉-5, 《小
說》의 〈당시〉-345 등의 문단을 들 수 있다. 그리고, 작가 고증의
문제로 《古詩類苑》과 《唐詩品彙》, 《堯山堂外紀》, 《杜詩集》을
참고하여 증명한 〈고시〉-3·30의 문항이 있다.

　　① 엄의가 말하기를, "성당 제공의 시는 오직 흥취만 있을 뿐 찾아
　　볼 수 있는 자취가 없음이 공중의 소리, 상중의 빛, 물 속의 달, 거
　　울 속의 형상 같다"고 하였다. 잘 형용하였다고 할 수 있다.[12]

---

11) 문장부2, 〈시〉-17. 宋張戒云, 柳州詩精矣, 不若退之變態百出也. 使退之收
　　敏, 而爲子厚則易, 使子厚開拓, 而爲退之則難. 意味可學, 而才氣不能强也.
　　此言却是.
12) 문장부2, 〈시〉-14. 嚴儀曰, "盛唐諸公, 惟在興趣, 無迹可求, 如空中之音,

② 王沂가 말하기를……. 또 말하기를 "宋나라 사람들은 理論을 주로 하였기 때문에 理語를 가지고 사람들에게 가르쳐서 사람들이 다시 시를 알지 못하게 되었다."고 하였다. 이 말을 마땅히 깊이 살펴야 할 것 같다.13)

③ 황산곡이 말하기를, "천착하기를 좋아하는 자들은 그 큰 뜻을 버리고 경물을 만나 의흥을 읊은 것을 가지고 모두 의탁한 것이 있다고 하여 세상에서 은어를 헤아려 생각하는 듯 한다. 그리하여 시는 땅에 떨어진다" 라고 하였다. 나는 말한다. 이 말이 매우 좋다. 후인들이 시를 평론할 때에 오직 천착에만 힘쓰고 그 본뜻을 잃는 자가 많다. 이와 같은 사람들과는 함께 시를 말할 수가 없다.14)

④ 詩法源流에 말하기를 "詩라는 것은 德性에 根源을 두고, 재주와 情에 드러나는 것이다. 사람마다 心聲이 같지 않은 것은 얼굴 모습이 같지 않음과 같은 것이다. 그런 까닭에 詩의 法度는 배울 수 있으나 神意는 배울 수 없다."고 하였다. 이 말이 옳다.15)

⑤ 李白의 시에…… 라고 한 것이 있다. 山谷이 이것을 인용하여 말하기를…… 라고 하였다. 王世貞이 말하기를 "이것은 다만 두 글자를 고쳤을 뿐인데 醜態가 모두 드러난다. 정말 金을 더럽혀서 鐵을 만드는 손이로다." 라고 하였다. 이 말이 지나친 것이 아니다.16)

위의 인용문 ①②⑤는 송대의 嚴羽(1200년 전후)와 원대의 王沂, 그리고 명대의 王世貞(1526-1590)의 말을 각각 인용하고 그

___

相中之色, 水中之月, 鏡中之象." 可謂善形容矣.
13) 문장부2, 〈시〉-8. 王沂曰,……. 又曰, 宋人主理, 作理語教人, 人不復知詩矣. 此言似當深省.
14) 문장부2, 〈시평〉-84. 黃山谷曰, "喜穿鑿者, 棄其大旨, 取其意興於所遇景物, 以爲皆有所托, 如世間商度隱語者, 則詩掃地矣." 余謂, 此言甚善. 後人論詩, 惟務穿鑿, 失其本旨者多矣. 如此之人, 不可與言詩者也.
15) 詩法源流曰, 詩者, 原於德性, 發於才情, 心聲不同, 有如其面. 故法度可學, 而神意不可學. 此言是.
16) 문장부2, 〈시평〉-11. 李白詩……. 山谷用之曰……. 王世貞謂, 此只改二字, 而醜態畢, 眞點金作鐵手也. 斯言非過矣.

들의 이론에 적극적으로 동의론을 피력한 것이다. ①과 ②는 唐宋詩의 본질적인 차이점을 논평한 글이고, ⑤는 송대 황정견의 시를 신랄하게 비평한 것으로, 크게는 宋詩의 한계점을 지적한 평론이다.

　한편, 인용문 ③은 송대 黃庭堅의 말을 인용하여 시를 평론할 때에 오직 천착에만 힘써서 그 본질적인 뜻을 잃는 자들에 대한 경계 곧 평론가의 자세에 대하여 말한 것이다. 이 인용문 ③을 보면 시에 대해서는 극히 부정적 입장을 표명하였던 황정견이지만 그의 이론에 대해서는 긍정적으로 검토하는 자세를 가진 것을 볼 수 있다. 嚴羽의 경우에도 詩評은 진실로 높고 뛰어나지만 詩는 그저 평이할 뿐이라는 평론을 하였다.17) 실제적으로 〈문장부〉에서 엄우의 시론은 많이 인용되었으나 시는 거의 언급대상에서 제외되었다.

　인용문 ④는 《시법원류》의 말을 재인용하여 시 창작 상에 있어서의 才情의 중요성을 언급하였다. 곧 시 창작 방법은 어느 정도 배워 읽힐 수 있으나, 시인 각자의 才操와 氣質로 표현될 수 있는 神意의 경지는 타고난 마음의 소리가 다 다르듯 배워서 되는 게 아니라는 것이다. 이 말은 결국 시인 각자의 개성이 표상화 된 시를 좋은 시로 인정하는 이수광의 創作觀을 엿볼 수 있는 논의라 할 수 있다. 《시법원류》의 말을 인용하고 "이 말이 옳다"고 논평한 것은 이와 같은 이수광의 창작관념을 간접 표현한 것이라 하겠다.

　3) 補完同意

　　① 그 것 뿐만 아니라……도 다 그렇다 (非獨……, 皆然 : 〈시〉-5)
　　② 본 바가 옳은 것 같다. 다만 (所見似是. 但 : 〈시평〉-16)
　　③ 이 설이 그럴 것 같다. 다만 (此說然矣. 但 : 〈시평〉-40)
　　④ 이 말이 옳다. 다만 (此言是. 但 : 〈고악부〉-19)
　　⑤ 그 설이 옳다. 다만……라고 하면 어떨까 (其說是. 但……則

---

17) 문장부2, 〈시〉-26. 人言, 知詩難於作詩, 此說近矣. 然嚴滄浪評詩, 其見儘高妙, 而所自爲詩, 乃平平耳. 是則作詩尤難.

　　如何 : 〈시평〉-92)
　⑥ 대저 ……도 다 그렇다 (大抵然矣 : 〈시법〉-15)
　⑦ 이것으로 본다면 (以此觀之 : 〈시평〉-36, 〈고악부〉-12)

　이상의 ①~⑦에 해당하는 논평어를 내용상으로 분류해보면, 詩評에 관한 것으로는 用脩 楊愼의 말을 인용한 〈시〉-16, 李東陽의 〈고악부〉-19, 或者의 설을 인용한 〈시평〉-40, 《예원치언》의 말을 인용한 〈시평〉-92를 들 수 있다.
　詩論에 관한 것으로는 왕세정의 말을 인용한 〈시〉-5의 기술을 주목해 볼 필요가 있다. 그리고 詩體에 대한 〈시법〉-15의 엄우의 말과, 逸話類로 세속의 술마시는 풍속을 증거 삼은 〈고악부〉-12의 古樂府詩가 있다.

　① 왕세정이 말하기를, "서경과 건안의 시문은, 쪼고 다듬는 것으로써 그 경지에 도달할 수는 없을 것 같다. 요는 온전히 익히고 생각을 모아 깊이 오래하면 神과 境이 합치하여 홀연히 생각이 오고 저절로 이루어져서 찾아야 할 갈림길이나 계제도 없고, 지칭할 만한 빛이나 소리도 없게 된다."고 하였다. 나는 말한다. 다만 서경·건안만이 그러한 것이 아니고 모든 시문은 다 그러한 것이다. 만약 이러한 것이 아니면 최선한 것이라고 말할 수 없다.18)

　② 藝苑卮言에 말하기를 "嚴滄浪의 시에는 다만 '갠 강에 나뭇잎이 떨어지니 때로는 비인가 의심하네. 어두운 개펄에 바람이 이니 潮水가 올라오려나 보다.(晴江木落時疑雨　暗浦風生欲上潮)'라고 한 한 聯句가 잘 되었을 뿐이다. 그러나 갤 청(晴) 자와 어두울 암(暗) 자를 사용한 것은 너무 기교를 부려서 유치하다. 갠 강(晴江) 대신에 빈 강(空江)이라 하고 어두운 개펄(暗浦) 대신에 다른 개펄(別浦)이라고 하면 온당할 것 같다."라고 하였다. 그 설이 옳다. 다만 다른

---

18) 문장부2, 〈시〉-5. 王世貞言, "西京·建安, 似非琢磨可到. 要在專習凝領之久, 神與境會, 忽然而來, 渾然而就, 無岐級可尋, 無色聲可指." 余謂, 非獨西京·建安, 凡詩文皆然, 若不如此, 則未可謂至者也.

개펄(別浦)을 늦은 개펄(晚浦)이라고 하면 어떨까.19)

①은 왕세정이 西京과 建安 곧 西漢과 東漢 獻帝 시대의 시문을 예로 들어 자신의 시론을 펼친 것이다. 시라는 것은 쪼고 다듬는 행위에 의하여 이루어지는 것이 아니고, 오랜 기간 동안 익히고 생각을 한데 모아 시인의 신령한 정신세계라 할 수 있는 神과 시적 대상인 境이 합치되는 ‘神與境會’의 단계에 이르러서야 비로소 最善한 시가 이루어진다는 것이다. 이와 같은 왕세정의 견해에 대하여 이수광은 서경·건안만이 그러한 것이 아니고 모든 시문은 다 그러하다고 말하였다. 결국 왕세정의 시학이론을 보완하여 동의한 셈이다.

②는 왕세정이 《예원치언》에서 엄우의 시를 평가한 예이다. 엄우는 시학이론가로서는 우뚝하지만 그에 비하여 시작품은 좋은 평가를 못 받았다. 왕세정은 그 중 낮다고 생각되는 한 연구를 뽑아내어 평가하면서 ‘갠 강(晴江)’은 ‘빈 강(空江)’으로, ‘어두운 개펄(暗浦)’은 ‘다른 개펄(別浦)’로 하는 것이 온당할 것 같다고 하였다.

여기에 대하여 이수광은 그 설이 옳다고 동의하면서도 왕세정이 제안한 ‘別浦’를 다시 ‘晚浦’로 조심스럽게 수정하여 제시한다. 결국 최초의 작시자 嚴羽에서 王世貞과 李睟光을 거치면서 詩語는 暗浦→別浦→晚浦로의 수정 단계를 거친 셈이다.

이상에서 타인의 설에 대하여 동의하면서 자신의 견해를 간략하게 보완한 시례를 살펴보았다. 위의 補完同意 방식 이외에도, 다인의 說을 이수광 자신의 詩學見解 진술을 위해 저극저으로 원용한 경우도 있다. 이러한 경우에는 “○○가……라고 말하였다. 나는 말한다(○○曰……. 余謂……)”의 방식을 취한다. 〈시〉-11·22 〈시평〉-2·18, 〈고악부〉-22, 〈당시〉-78 등의 문단에서 古人과 羅大經, 《詩

---

19) 문장부2, 〈시평〉-92. 藝苑巵言曰, “嚴滄浪詩, 只得 ‘晴江木落時疑雨, 暗浦風生欲上潮’一聯. 然晴·暗二字太巧穉, 不如作空江, 別浦差穩云.” 其說是. 但別浦作晚浦, 則如何.

話》,《藝苑巵言》,《堯山堂外紀》,《唐詩解》를 인용하고 作詩의 어려움과 그 사례, 古人과 今人의 詩를 하는 자세의 차이, 자연스럽게 지은 시와 인위적으로 지은 시의 흔적이 있고 없음, 두보·양신·이백의 시에 대한 각각의 평에서 이와 같은 방식을 확인 할 수 있다.

3.2. 反意論

① 그러나, 나의 생각으로는 (余謂(意) :〈시평〉-8·93,〈고악부〉-8,〈고시〉-32)

② 알지 못하는 것 같다 (似不知 :〈시평〉-29)

③ 어찌 자아도취에서 나온 말이 아니겠는가 (豈誠醉語耶 :〈시평〉-34)

④ 스스로 자랑하는 말이니, 또한 지나치게 풍을 치고 있다 (自許之言, 亦太夸矣 :〈가사〉-5)

⑤ 그러나, 쉽게 말할 수 없다 (恐未易言 :〈시평〉-39)

⑥ 반드시 그렇지는 않을 것이다 (未必然矣 :〈시평〉-50)

⑦ ……라 말하였다. 그러나 나의 생각으로는 (……. 然以余觀之則 :〈시평〉-63·73,〈송시〉-74,〈원시〉-2,〈동시〉-38)

⑧ 오직……만 그러한 것이 아니다 (不唯……而已 :〈가사〉-9))

⑨ 나의 생각으로는 ……하다. 반드시 변별해 줄 사람이 있을 것이다 (余意……. 必有能辨之者. :〈시평〉-95)

⑩ 아마 아닐 것이다(恐非·不是·非是·不然) :〈당시〉-101·166·324·328·357,〈고시〉-3)

⑪ 이 말은 옳지 않다 (此言非是 :〈당시〉-323)

⑫ 나는 믿지 않는다 (余未信也 :〈당시〉-235)

⑬ 나는 감히 믿지 않는다 (余不敢信 :〈당시〉-30)

⑭ 적당하지 않다 (未穩 :〈당시〉-135)

⑮ 두 설은 아마도 오히려 미진한 것 같다 (兩說, 恐猶未盡 :

〈당시〉-196)

⑯ 이것은 억견이니 웃을 만하다 (盖是臆見, 可笑 : 〈당시〉-52)

⑰ ……라고 말한 것은 망발이다 (……妄矣 : 〈대구〉-10

⑱ 아마도 고니를 새기려다 집오리가 되었다는 조롱을 받을 것
이다 (恐有刻鵠之譏 : 〈시법〉-20)

이상의 ①~⑱에 해당하는 논평어를 내용상으로 분류해보면 주로 詩評에 관한 것으로 되어있다. 羅大經 《학림옥로》는 〈시평〉-8·50과 〈시법〉-20, 〈당시〉-323에서 맹호연과 두보의 시, 이상은의 시, 시에서 어조사를 사용한 두보와 황산곡 그리고 한자창의 시를 각각 비교 비평하였는데, 이수광은 이러한 나대경의 의론에 대하여 부정적 견해를 제시하였다. 《요산당외기》의 이반룡·왕세정 시의 비교는 〈시평〉-93에서, 《소설》은 〈송시〉-74, 王世貞은 〈고악부〉-8, 〈가사〉-5·9, 〈시평〉-39, 王沂는 〈원시〉-2, 陸游는 〈당시〉-135·325, 權韠은 〈시평〉-29, 李齊賢은 〈동시〉-38, 李好閔은 〈시평〉-95에서 각각 인용되었다. 이외에도 宋人이나 世人, 註釋者의 형식으로 〈시평〉-63, 〈시평〉-73, 〈당시〉-328에서 인용 거론되었다. 대부분 시인간의 비교평이 많은데, 이들 인용자들의 의론에 대하여 반대 입장을 표명한 반의론이다.

다음으로 많은 것은 詩語句의 고증을 들 수 있다. 《事文類取》와 《三體詩》, 《玉堂詩選》은 〈당시〉-166·324·357에서 시어 胃索·青雀·竹祖를, 王沂와 洪志誠, 或者, 최정견·《復齋謾錄》은 〈당시〉-30·52·101·196에서 시어 扣·垂楊·楊枝·喚起와 催歸를 각각 풀이하였는데, 이들의 해석에 대하여 동의하지 않고 자신의 견해를 표명하였다. 이외에도 작가문제로 《고시류원》과 《패사》의 글을 〈고시〉-3과 〈대구〉-10에서 인용하고 두 책에서 잘못 말하였다고 지적하면서 자신의 견해를 제시하였다.

① 歐陽公이 말하기를, "지금 사람들 중에서 능히 나의 시 廬山高 만

큰 지을 사람은 없다. 오직 李白만이 할 수 있을 것이고, 明妃曲 후편은 태백도 할 수 없고, 오직 杜子美만은 할 수 있을 것이다. 그 前篇에 이르러서는 두자미도 또한 할 수 없다. 오직 나만이 할 수 있다."고 운운 하였다. 무릇 이백의 蜀道難은 盧山高에 비하여 월등하게 더 좋고, 악부 여러 편도 또한 다른 사람이 따라갈 수 없는 것이다. 그런데도 歐公이 스스로 허락함이 이와 같으니, 어찌 진실로 자아도취에서 나온 말이 아니겠는가.[20]

② 이상은의 시에 말하기를, "한밤중 연회에서 돌아오니 궁중의 누수소리 길구나. 설왕은 몹시 취했고 수왕은 깨었네."라고 하였다. 鶴林玉露에 말하기를, "그 말이 은미하면서도 드러나 시인의 체를 얻었다."고 하였다. 나는 말한다. 수왕의 심사가 반드시 그렇지는 않았을 것이다. 그런데 억지로 은미한 곳을 더듬어 찾아서 시에 이렇게 쓴다는 것은 군자의 충후한 뜻이 아니다. 시인의 체가 어찌 이와 같겠는가[21]

③ 나대경이 말하기를, "시에 어조사를 쓰는 경우가 있다. 노두는……(중략)……라고 하였다. 산곡은……(중략)……라고 하였고, 韓子蒼은……(중략)……라고 하였다. 그러나 다 자연스럽고 온당하다"고 운운 하였다. 나는 말한다. 이와 같은 구법을 후생들이 본받을 경우 아마도 고니를 새기려다 집오리가 되었다는 조롱이 있을 것은 이미 더 말할 나위가 없다.[22]

위의 인용문 ①은 歐陽修가 자신의 작품 〈盧山高〉와 〈明妃曲〉 후편 같은 작품은 이백과 두보만이 할 수 있고, 〈明妃曲〉 前篇에 이

---

20) 문장부2, 〈시평〉-34. 歐陽公言, "吾詩廬山高, 今人莫能爲, 惟李白能之. 明妃曲後篇, 太白不能爲, 惟杜子美能之, 至於前篇, 則子美亦不能爲, 惟吾能之"云云. 夫李白之蜀道難, 視廬山高懸絶, 而樂府諸篇, 亦非他人所能及, 而歐公自許如此, 豈誠醉語耶.

21) 문장부2, 〈시평〉-50. 李商隱詩曰, 夜半宴歸宮漏永, 薛王沈醉壽王醒. 鶴林玉露以爲, 其詞微而顯, 得風人之體. 余謂, 壽王心事未必然矣. 而强探隱微, 筆之於詩如此, 非君子忠厚之意也. 風人之體, 豈若是乎

22) 문장부2, 〈시법〉-20. 羅大經曰, 詩用助語, 如老杜云……(중략)……, 山谷云……(중략)……, 韓子蒼云……(중략)……. 皆渾然安帖云云. 余謂, 如此句法, 後生效之, 恐有刻鵠之譏, 夫已多乎道.

르러서는 두보도 할 수 없다고 지극히 자만하여 말한 것을 인용한
것이다. 이 말에 대하여 이수광은 '진실로 자아도취에서 나온 말'이
라고 한마디로 일축하였다. 인용문 ②는 《학림옥로》에서 이상은
의 시를 시인의 체를 얻은 작품으로 품평하였는데, 이수광은 군자
의 忠厚한 뜻이 없어서 시인의 체가 아니라고 《학림옥로》의 말을
反問하여 否定하였다.

　인용문 ③은 두보의 시에서는 '矣와 焉'字를, 황산곡의 시에서는
'然·耳·也·之' 字를, 한자창의 시에서는 '以와 其'의 語助辭를 각
각 사용한 것에 대하여 나대경은 자연스럽고 온당한 일로 인식을
하였다. 그러나 이수광은 매우 우려의 입장을 표명하였다. 때문에
후인들이 선배들의 이러한 措語法을 본받는 다면 아마도 '刻鵠之譏'
를 면하기 어려울 것이라고 지적하였다. 지극히 압축된 언어로 표
현되는 한시의 세계에서 허사격인 어조사를 쓴다면 시의 함축성과
간결미는 상실될 것이다.

　이상의 비평방식에서 이수광이 인명이나 서적을 통한 비평의 사
례를 먼저 이끌어 인용하고, 그 이론들을 다시 비판하고 극복하는
모습들을 살펴 볼 수 있었다.

3.3. 設疑論

① 무슨 까닭인가 (何耶 : 〈시평〉-43 · 46)
② 견해가 이와 같은 것은 왜인가 (所見如此, 何也 : 〈시평〉- 79 ·
　99, 〈동시〉-64)
③ 가히 알 수 없는 일이다 (不可知也 : 〈시법〉-21)
④ 아마도 가히 믿을 수 없는 일이다 (恐不可信 : 〈詩禍〉-1)
⑤ 직이 의심이 있다 (竊有疑焉 : 〈시법〉-34)
⑥ 어떤지 알 수 없다 (未知如何 : 〈당시〉-259)
⑦ 누가 옳은지 알 수 없다 (未知孰是 : 〈당시〉-105 · 107, 〈어
　제시〉-19)

⑧ 그 말이 옳고 그른지를 알 수 없다 (未知是否 : 〈당시〉-6
   9·120)
⑨ 무슨 근거로 말하였는지 알 수 없다 (未知何所據耶 : 〈송시〉-
   28)
⑩ 어찌 그럴 리가 있겠는가 (豈其然乎 : 〈창화〉-1)
⑪ 어찌……라 말할 수 있겠는가 (豈……耶 : 〈규수〉-4)

이상의 ①~⑪에 해당하는 논평어를 내용상으로 분류해보면 詩評, 作家問題, 語句解釋 등에 관한 것으로 되어있다. 먼저 詩評에 관한 것으로, 〈시평〉-43에서는 杜牧之가 白居易 시가 외설스럽다고 평한 것을 이수광은 두목지의 시에도 猥褻·艶體詩가 많다고 되받아 쳤다. 〈시평〉-46에서는 백거이가 劉夢得의 〈金陵懷古〉시를 호평하였는데 이점에 대하여 의문을 제시하였고, 〈시평〉-99에서 송나라 사람이 李奎報의 〈遊通濟院〉시를 칭찬한 점에 대하여, 〈동시〉-64에서 申用漑가 南袞의 시를 칭찬 한 것에 대하여 각각 의문을 제기하였다. 그리고 〈당시〉-69에서는 唐汝詢이 李白의 蛾眉山月歌에 대하여 평론한 것을 예로 들고 그의 설이 옳고 그름을 떠나서 詩語에서 地名語를 중첩 사용하는 것을 단점으로 지적하였다.

작가문제는 〈어제시〉-19와 〈송시〉-28에서 《요산당외기》와 《후청록》, 왕세정과 섭몽득의 말을 인용하여 명나라 嘉靖皇帝의 시와 왕안석의 石榴花詩의 작자문제를 각각 거론하였다. 그리고 〈당시〉-107에서 두보의 시중 시어 '稚子'의 해석상의 문제를 《冷齋夜話》, 송나라 韓駒, 或者의 말을 인용하고 어느 것이 옳은지 알 수 없다고 하였다.

이상의 제가의 말에 의심을 표명한 진술 設疑論 가운데 몇몇 사례를 보면 아래와 같다.

① 羅大經이 말하기를 "杜陵은 全篇에 俗語를 사용한 것이 있는데, 뛰어나고 묘함을 해치지 않는다. 가령 "……(중략)……"라고 한 것이

그것이다. 楊誠齋가 이 체를 많이 본받고 있다. 통쾌하게 즐거할 만하다."고 하였다. 나는 말한다. 이 詩格을 뛰어나게 묘하고 통쾌하다고 한 것은 알 수 없는 일이다.23)

② 모든 시를 짓는 사람은 스스로 깨달아 얻는 것이 소중하다. 格에는 높고 낮음이 있고, 재주에는 한계가 있는 것이니, 억지로 될 수는 없다. ……(중략)…… 윤해평·유서경이 일찍이 말하기를, "시에 대하여서 전연 격률을 깨닫지 못한다."고 하였다. 나는 말한다. 시에서 격률을 버리고 무엇으로써 시를 짓겠는가. 두 분의 말에 나는 적이 의심이 있다.24)

①과 ②의 문항은 羅大經과 우리 나라 尹海平·柳西坰 두 사람의 말에 대하여 근본적인 질문을 던진 것이다. 인용문 ①은 나대경이 두보가 시에서 俗語를 많이 사용하고 있고 또 송나라 誠齋 楊萬里가 이러한 체를 많이 본받았으나 통쾌하여 즐거할 만하다고 평론한 것에 대하여 이수광은 이러한 詩格을 '뛰어나게 묘하고 통쾌하다(超妙痛快)'고 말한 것에 대하여 가히 알 수 없는 일이라 말하였다. 나대경의 평론에 대하여 믿어지지 않는 疑心을 표명한 사례이다.

　인용문 ②는 海平 尹根壽(1537-1616)와 西坰 柳根(1549-1627)이 시에 있어서 전혀 格律을 알지 못하겠다고 고백한 것에 대하여 이수광은 그윽히 의심스럽다고 하였다. 이수광은 이 문항에서 唐宋詩學의 본질적인 차별성을 '氣格'의 차이로 인식하였고, 이 氣格의 차이로 말미암아 天稟自然의 훌륭한 시가 창출될 수도 있고 그렇지 않을 수도 있다는 것이다. 결국 唐詩는 전자에 해당하고 宋詩는 후

---

23) 문장부2, 〈시법〉-21. 羅大經曰, 杜陵有全篇用俗語者, 不解爲超妙. 如 "一夜水高三尺强, 數日不可更禁當. 南市津頭有船賣, 無錢卽買繫籬傍. 江上被花惱不徹, 無處告訴欲顚狂. 白頭老罷舞復歌, 杖藜不寐誰能那." 是也. 楊誠齋, 多効此體, 痛快可喜云. 余謂, 以此格爲超妙痛快, 則不可知也.

24) 문장부2, 〈시법〉-34. 凡爲詩者, 貴乎自得, 而格有高下, 才有分限, 不可强力至也..唐以上人, 意趣自高, 欲卑不得, 宋以下人, 氣格自卑, 欲高不得, 是知天稟自然, 不能易也. 尹海平·柳西坰嘗言, 於詩全不曉格律. 余謂, 詩舍格律何以哉. 於二公之言, 竊有疑焉.

자에 해당된다 하겠다. 이처럼 잘 되고 못 된 시의 근본적 차별성을 좌우하는 시의 格律에 대하여 전혀 알지 못하겠다고 말한 두 사람의 말에 의심을 표명하게 된 것이다.

3.4. 是正論

① 나는……라고 생각한다 (余謂…… : 〈시평〉-45)
② 이제보니 ……가 아니다 (今見……, 則非…… 〈시평〉-68)
③ 잘못이다 (誤矣 : 〈고시〉-18 · 30, 〈규수〉-7)
④ 아니다 (非矣 : 〈당시〉-31)
⑤ 아마 아닐 것이다 (恐非矣 : 〈당시〉-271)
⑥ 아마 그렇지 않을 것이다(恐不然耳 : 〈당시〉-280)
⑦ 그 견해는 잘못된 것이다 (其見曲矣 : 〈당시〉-132)

이상의 ①~⑦에 해당하는 논평어를 내용상으로 분류해보면 詩評, 語句解釋, 作家問題 등에 관한 것으로 되어있다. 먼저 詩評에 관한 것으로, 〈시평〉-45에서는 왕세정이 張籍의 節婦吟 시를 '원망에 능한(能怨)' 시로 평하였는데, 이수광은 '음탕한 것에 가까운(近蕩)' 시로 평가하였다.

〈시평〉-68에는 《요산당외기》에 실려있는 吳融과 李洞의 이야기가 실려 있다. 吳融이 시 백편을 지어서 李洞에게 보였는데, 오직 5언 2구 한 聯만이 잘 되었다는 평가를 한 것이다. 그래도 오융은 원망하지 않고 절창으로 추허함 만을 기뻐하였다는 내용이다. 그런데도 이수광은 이 시구조차도 '별로 뛰어나지 않은(別非佳絶)' 시로 재평가하면서 '시라는 것은 가히 어렵다(詩可謂難)'라고 정의 내렸다. 이수광 자신의 견해를 명확히 제시함으로써 일종의 타인의 평을 是正한 것으로 볼 수 있다.

시 어구 및 고사 사용상의 오류를 시정한 내용으로는 다음과 같다. 〈고시〉-18에서는 顔延之의 시구 중 麈字를 杜牧之가 잘못 이해

하여 시에 쓴 경우를 밝혔다. 그리고 〈당시〉-31에서는 韋承慶의 南
中詠鴈이란 시에서 鴈은 단지 기러기일 뿐인데, 《당시품휘》에서
이를 '아우를 이별하는' 시라고 한 것은 잘못 된 것이고, 〈당시〉-271
은 백거이 琵琶行 시 중 秋娘에 대한 고사를 《당시해》에서 잘못
인용한 사례를 지적하였고, 〈당시〉-280에서는 두목지 시 가운데,
'豆蔲花'에 대한 해석을 或者의 설명을 인용하면서 잘못되었음을 지
적하였다.

　작가문제는 〈고시〉-30에서 《요산당외기》와 《고시류원》에서 江
總의 작품으로 말한 시를 《당시품휘》에서 許敬宗의 시라고 한 것
은 잘못이라고 시정하였다.

　① 당명황의 시녀 강채빈이 글을 잘 지었다. 성질이 매화를 좋아하
기 때문에 이름을 梅妃라고 하였다. 뒤에 태진이 은총을 빼앗으니
상양궁으로 옮기었다. 임금이 그를 생각하여 진기한 구슬 일곱을 봉
해서 비밀리에 보내 주었더니, 받지 않고 시를 지어 사자에게 부치
기를,……(중략)……라고 하였다. 品彙에서 이 시를 양귀비의 작품이
라고 한 것은 잘못이다.25)

　② 두시에 "종에게는 흰 밥을 주고 말에게는 푸른 꼴을 준다" 라고
한 것이 있다. 요사이 學官 林芑라는 이가 있는데 매우 해박하다고
한다. 그는 "白飯은 곧 徒飯으로, 白丁이니 白身이니 하는 白과 같은
뜻이다." 라고 말하였다. 그 견해는 잘못된 것이다.26)

　위의 인용문 ①은 당명황의 시녀 江采蘋의 작품을 《당시품휘》에
서 楊貴妃의 작품이라고 밀한 것에 대한 是正이다. 앞에서 살펴 본
것처럼 《당시품휘》는 문장부 시학방면의 문항에서 총 9회 인용되

---

25) 문장부7, 〈규수〉-7. 唐明皇侍女江采蘋, 善屬文, 性喜梅, 故名梅妃. 後爲太
　　眞奪寵, 遷於上陽宮, 帝念之, 封珍珠一斛密賜妃, 妃不受, 以詩付使者
　　曰……(중략)……. 品彙, 以此爲楊貴妃所作, 誤矣.
26) 문장부4, 〈당시〉-132. 杜詩, "與奴白飯馬靑蒭". 頃有學官林芑, 號爲該博,
　　而乃爲白飯即徒飯, 如白丁・白身之白, 其見曲矣

있는데, 주로 작가문제나 고사사용상에 있어서의 문제점이 주로 거론되었음을 알 수 있다.②는 우리 나라 사람 林芑가 두보 시 가운데 白飯을 徒飯 곧 '아무 반찬도 없는 흰 밥'으로 해석한 것에 대하여 이수광은 그 견해가 잘못되었다고 지적하였다. 白飯은 '흰 쌀밥'으로 해석하는 것이 옳다는 생각을 내포하고 있는 것으로 파악할 수 있다.

지금까지 인용서목과 인명을 중심으로 한 비평방식을 살펴보았다. 비평방식의 유형은 同意論·反意論·設疑論·是正論 네 가지로 유별하여 볼 수 있었으며, 이 중에서도 동의론과 반의론이 설의론과 시정론에 비하여 상대적으로 많은 비중을 차지하고 있음을 알 수 있었다. 전적으로 동의하는 경우에는 '좋다·옳다·단안이 될 만하다·법으로 삼을 만하다' 등의 진술을 하였지만, 이 보다 덜 적극적인 동의에 대해서는 '옳은 것 같다·그런 것 같다' 는 식의 조심스런 논평자세도 볼 수 있었다. 이들 네 가지 범주의 비평방식은 기존 비평론에 대한 재비평 형식을 취한 것이라고 할 수 있다.

4. 結 論

小學類 곧 文字學 관련 서적인 《韻會》는 그 글자 수까지 헤아리는 치밀함을 보인27) 이수광의 저술 자세는 이상 〈문장부〉에 인용된 서적과 인명을 통해서 읽을 수 있었다. 〈문장부〉에 인용된 책은 모두 175책이다. 이는 총 348家의 글을 참고하였다고 밝힌 《지봉유설》 범례에 따른다면, 《지봉유설》 전체 인용 서적의 약 절반에 해당하는 분량이다. 이렇게 많은 서적이 〈문장부〉에 집중적으로 거론되었다는 것은 《지봉유설》이 문학방면에 많은 노력을 기울인 저술임을 쉽게 알게 한다. 그리고 많은 사람들의 저술을 인용한 것은,

---

27) 《지봉유설》 권7, 경서부3. 韻會, 凡一萬二千六百五十二字.

사례에 대한 다양한 검증과 고증을 통하여 자신의 문학 평론 행위
에 좀 더 객관성을 부여하고자 하였던 의식의 일단으로 볼 수 있다.

　고증작업에서 많이 참고한 자료로는 의가류의 《本草綱目》, 잡가
류의 《堯山堂外紀》·《稗史》·《說郛》, 유서류의 《事文玉屑》·
《韻府群玉》, 소설가류의 《小說》·《酉陽雜俎》, 도가류의 《莊子》,
별집류의 《弇州集》·《楊升菴集》, 총집류로 《唐詩解》·《唐詩品
彙》 등을 들 수 있다. 문학이론상에 있어서는 集部의 별집류와 총집
류, 시문평류에서 많이 원용되었는데 특히 왕세정의 《王弇州集》과
《藝苑巵言》이 빈도수가 높았다. 그리고 嚴羽는 인명으로만 거론되
었는데 그의 저술 《滄浪詩話》와 《滄浪集》을 참고한 것으로 보
여진다. 이수광의 문학이론 창출에 적극적으로 영향력을 행사한 평
론가로 이 두 사람 王世貞과 嚴羽를 손꼽을 수 있고, 그것은 그들
의 문학이론에 대한 인용·재비평의 횟수 면에서도 감지할 수 있
다.
　인용 인명 중 우리 나라 사람들은 주로 일화류의 시화에서 언급
되었다. 도표 1과 2를 통하여 볼 때, 인용된 서적과 인명이 우리
나라에 비하여 중국의 경우가 현저하게 많이 거론된 것은 〈문장부〉
의 편제에 있어서 중국 문학 작품이 월등히 많은 문항 수를 차지하
고 있고, 또 시구의 고증작업 등에 많은 비중을 할애한 저술상의
특성에 기인한 당연한 결과로 여겨진다.
　이수광은 자신의 문학 이론을 창출함에 있어서 여러 가지 비평방
식을 동원하였다. 문학평론가들의 문학 이론을 일단 인용하고 거기
에 대하여 동감하는 同意論, 부정적 입장을 진술한 反意論, 오류를
바로잡아 주는 是正論, 의심을 표명한 設疑論 등의 비평론 방식이
바로 그것이다. 이들 네 가지 범주의 비평방식은 기존 비평론에 대
한 재비평 형식을 취한 것으로 볼 수 있으며, 이수광이 전배의 비
평을 폭 넓게 참고하여 그것을 자신의 문학관에 다층적 태도로 수
용하였던 것으로 파악할 수 있다. 인용비평 방식은 이수광의 중국

문학이론의 수용 태도와 자신만의 독창적 문학이론 창출 과정을 어
느 정도 선명하게 살펴 볼 수 있는 비평방식의 하나이다.

〈참고문헌〉

＊ 자 료

《古書目錄》(충남대학교 도서관, 1993.)

《唐詩品彙》(高棅 편, 상해 고적출판사, 1982.)

《四庫全書總目》上·下冊(중화서국 편, 민족문화 발행, 1986.)

《說文解字注》(段玉裁, 漢京文化事業有限公司發行, 1983.)

《全唐詩典故辭典》 上·下(범지린외 편, 중국호북사서출판사, 1989.)

《中國文學家大辭典》(대만 하락도서출판사, 1978.)

《中文大辭典》 10권(대만 중국문화대학 인행, 1963.)

《芝峯類說》(충남대학교 도서관본)

　　　　　(남만성역, 을유문화사, 1978.)

《芝峯集》(한국문집총간 66, 민족문화추진위원회.)

《韓國人名字號辭典》(이두희외 편저, 계명문화사, 1988.)

＊ 논 문

문희순, 1999, 〈지봉 이수광의 고증비평 연구〉, 《한원논총》8집, 충남
　　　대학교 한문학회.

＿＿＿, 2000, 〈지봉 이수광의 시론 연구〉, 충남대학교 박사학위논문.

최은숙, 1991, 〈지봉유설의 서지학적 연구〉, 이화여대 석사학위논문.

鄭道傳의 中道論考

박 현 숙

1. 序 論

고려말 이전까지는 儒佛道 三敎의 자유로운 추구가 가능했으며, 당시의 유학은 漢·唐의 詞章學을 수용하고 있었기 때문에 사상이 문학의 표준으로 논의된 적이 없었다. 이에 비해 조선은 성리학을 정치이념으로 채택하여 성립되었는데 이 성리학은, 성리학 이외의 사상에 대하여 상당히 배타적인 성향을 띠고 있었다. 배타성이 강한 성리학은 신왕조의 정치 경제 사회 제도 문화의 제 영역을 통제하였다. 따라서 조선시대의 한문학은 성리학의 철학적 배경과 임격한 비평 아래서 전개되었다고 할 수 있다. 문학이 사상의 통제 아래 있었다는 점이 조선시대 한문학과 다른 시대의 한문학을 구별하는 변별점이 된다.

그러나 조선건국기는 아직 고려적인 습성을 완전히 청산하지 않은 사람들이 조선의 새로운 이념을 주창해야 하는데서 오는 매우 독특한 특성이 발휘되었던 시기이다. 이 시기는 단순히 고려적인 것과 조선적인 것이 혼효되어 있었던 시기라고는 할 수 없다. 조선 건국론자들은 자신의 신념에 따라서 새로운 나라를 건국하였고, 그 새로운 나라의 제도 사상 문화를 새로운 이념에 맞추어 정비하였다. 자신들의 이상을 실제로 그들의 역량 안에서 구현해 볼 수 있는 드문 기회를 가질 수 있었던 건국의 주체들은 때로는 자신들이 선택한 이념에 반하는 행동을 하기도 하였다. 그들은 闢佛論을 주창하면서도 불교계와의 깊은 유대를 청산하지 않았고 절의를 강조하면서도 현실적으로는 역성혁명을 택했으며, 반공리주의를 말하였으나 그들이 선택한 대부분은 공리주의에 입각한 것이었다. 이 시기는 어느 때보다 효율과 실용성이 절실하게 요구되었으며, 명분에 어긋나는 많은 행동 역시 실용적인 측면에서 용납되기도 하였다. 이러한 시대적 특성은 문학적 측면에서도 동일하게 나타난다. 그들은 성리학적인 토대 위에서 文以載道論을 말하였지만 순수한 문인적 입장에서는 妙悟論을 설파하였다. 조선 건국기의 문학론을 논의할 때는 이러한 시대적 특성이 충분히 고려되어야 하며 이는 조선 건국의 주역인 정도전의 문학론을 고찰할 때도 마찬가지이다.

정도전은 조선 건국의 주역으로 고려 恭愍王代에 과거에 급제하여 출사하였으나 정치적 역정이 순탄하지 않았다. 성리학을 사상적 기반으로 한 李穡의 문인들은 고려말기 사회적 문제점을 인식하고 이를 개혁하려는 의지를 갖고 있었으나, 개혁의 수위를 놓고 노선이 갈라지게 되었다. 정도전과 함께 이색의 문인이었던 정몽주로 대표되는 온건개혁파는 고려왕조를 유지하면서 사회적 모순을 시정하려 하였고 정도전으로 대표되는 혁명파는 고려왕조를 대체할 수 있는 새로운 왕조를 수립하려고 하였다. 결국 많은 희생을 발판으로 고려는 망하고 조선이 건국되었는데 이 때 발휘된 정도전의 수완은 그를 정치가 사상가 혁명가로 각인시켰고 그의 문인적 풍모는 정치가 혹은 혁명가의 모습에 가려져 그의 문학적 성취에 상응하는 온당한 평가를 얻지 못하였다. 이런 연유로 정도전의 문학론에 대한 연구는, 대체로 성리학을 바탕으로 시대를 변혁시킨 사회개혁사상가 정도전이라는1) 규정 안에서 이루어졌다. 연구자들은 정도전

문학론의 문학사적 의의를 그가 조선에 본격적으로 載道論을 도입
하였다는 점에 두었다.2) 이는 그의 문집에 사상과 관련된 글과 재
도론을 뒷받침할 수 있는 자료들이 많이 남아 있는데 비해 문인적
입장에서 기술된 문학론은 거의 남아 있지 않기 때문이다. 그러나
남아 있는 자료가 소략하다고 해서 정도전의 문인적 풍모와 건국기
로서는 드물게 당시풍의 시적 성취를 이룬 그의 시세계의 바탕이
되는 시론인 시선일여설을 검토하지 않을 수 없다고 생각한다. 이
글은 정도전의 시선일여설을 엄우의 《창랑시화》와 비교 검토하여
그의 문인적 풍모를 드러내고 그의 문학론에 대한 다각적 관심을
촉구하고자 하는 의도를 갖고 있다.

2. 연구사 검토 및 연구방향 설정

정도전 문학론에 대한 본격적인 연구는 조동일에 의해서 이루어
졌다. 조동일은 정도전을 理氣哲學을 기반으로 한 문학이론을 도입
함으로써 새로운 문학사상을 수립하고, 우리 문학의 방향을 바꾼
문학가라고 평가하였다. 그는 정도전이 자기 시대를 저버린 도연명
을 비난했다고 하면서 정도전의 혁명가적 측면을 강조하였다.3) 그
러나 정도전이 쓴 글 전체의 맥락은 도연명을 비난하는 것이 아니
라 존숭하는 것이었다. 《삼봉집》에서 확인할 수 있는 정도전의

---

1) 한영우, 《정도전 사상의 연구》, 서울대학교 출판부, 1989.
2) 민병수, 〈조선조 전기의 문학관〉, 《한문학연구》, 정음문화사, 1986.
   임형택, 〈이조전기의 사대부문학〉, 《한국문학사의 시각》, 창작과 비평사,
   1984.
   강명관, 〈정도전의 재도론 연구〉, 《한문학논집》 10, 단국한문학회, 1992. 11.
   조동일, 〈정도전〉, 《한국문학사상사시론》, 지식산업사, 1991.
   김종진, 〈정도전 문학의 연구〉, 《민족문화연구》 15, 고대민족문화연구소,
   1980.
3) 조동일, 상게서.

도연명에 대한 好尙은 각별하다. 그런데도 조동일이 이런 오류를 범한 것은 정도전의 혁명가적 면모에 너무 경도되어 있었기 때문이라고 할 수 있다.

강명관은 宋代 재도론의 논리를 정도전이 그대로 수용하되, '道'의 經世的 측면에 주목하여 道의 사회적 실천을 지향하였고, 文의 의미를 문화로 파악하였는데 이는 문장이 현실을 변혁할 수 있으면, 변혁해야 한다는 의미를 담고 있기 때문이라고 하였다4). 강명관이 정도전의 문학론에서 道의 경세적 측면과 문장을 통한 현실 변혁을 강조한 것은 혁명가 정도전이라는 측면을 생각할 때 부분적으로 타당하나 정도전이 불교를 교리차원에서 본격적으로 비판한 업적과 '道'의 내용에서 '聖人可學'을 강조하고 있는 것을 고려한다면 경세적 측면보다는 문이재도론을 통해 도의 교체 내지는 성리학적 도의 배타적 우위를 확보하려고 한 것은 아닌가 사료된다.

김종진은 정도전의 載道論은 본래 詩·書·禮·樂 중에서 예악, 예악 가운데서 雅頌을 염두에 둔 것으로 이때 정도전이 생각한 文은 선진 유학의 문이며 三代의 문이라 하였고, 詩論에서는 吟風詠月에 自私를 초극한 뒤 회복된 본연의 맑은 심성이라는 의미를 추가했다고 보았다.5) 김종진은 조동일이나 강명관과는 달리 정도전에게 성리학의 경세적인 측면보다는 내면적 수양을 중시하는 측면이 나타나기 시작한다고 본 것이다. 또한 임형택은 麗末鮮初 문학론의 특색은 문학을 載道之器로 인식하고 경세의 수단으로 삼은 점에 있으며, 이 문학론의 이론적인 핵심은 道와 文의 관계에 있다고 보았다.6) 그는 여말선초의 사대부들이 文은 道를 담은 것으로 인식해 문은 도를 위해 복무하는 것으로 양자의 관계를 설정하여 道文一致를 주장하였는데 이에 따라 '문학하는 일'과 '순수문학'을 구분하지 않고 궁극적으로 올바른 정치를 실현하는 일로 통합하였다고 보았

---

4) 강명관, 상게서.
5) 김종진, 전게서.
6) 임형택, 전게서.

고 문학에 대한 정도전의 이러한 의식이 사림파와 연결되는 것으로
보았다. 이처럼 정도전의 문학론을 재도론으로 파악하고 그 성격을
논의한 선연구는 여러 편에 이르나 정도전의 시선일여설을 논의한
것은 김종진과7) 조기영의 연구를8) 들 수 있을 뿐이다. 김종진은
정도전의 시선일여설이 정도전의 개인적 갈등 및 이의 내면적 극복
을 형상화한 것으로 선사가 자성을 깨닫고 일상의 언어와 문자로
전달할 수 없는 깨달음의 경지를 고도의 상징과 압축된 시 형식을
통하여 표현할 수 있듯이 유학의 도를 이와 같이 시를 통하여 표현
할 수 있다는 것을 의미한다고 보았다. 이에 비해서 조기영은 정도
전의 시선일여설이 정도전의 유선일치 사상을 표현한 것으로 그의
선시를 이해할 수 있는 단서를 제공한다고 보았다. 이는 정도전의
시가 당시적 풍취를 보인다는 후대의 평가와 그의 문인적 측면과
시선일여설이 남송시대 문인들에게 있어 한 풍조를 형성할 정도로
습관적으로 언급되었던 것임을 고려하지 않은 것이라 할 수 있다.
이 글은 시선일여설에 대한 송대 문인들의 언급을 살펴보고 엄우의
창랑시화와의 비교를 통하여 정도전 시론의 영역을 넓혀보고자 한
다.

3. 中道論

이 논문에서 사용하는 문학용어로서의 中道는 엄우의 《창랑시
화》에서 따온 것이다. 엄우의 시론은 기교중심의 시풍이 판을 지
던 현실에 대한 비판으로부터 출발하였다. 그 핵심은 典故와 修飾
이 무엇보다 중요한 요소로 자리하면서 기본적인 시의 정신이 팽개
쳐지는 현실을 바로 잡고, 확고한 시풍을 세우고자 하는 것이었다.
그의 이같은 요구에 적합한 것이 禪이라는 철학구조였고 엄우는 이

---

7) 김종진, 전게서.
8) 조기영, 〈정도전과 선시〉, 《연민학지》 7, 연민학회, 1991.

를 그의 시론에서 응용하였다. 불교의 논리에 의하면 사물의 참모습은 有도 아니고 無도 아니며, 有이기도 하고 無이기도 하다 한다. 만물은 조건에 의지해서 有가 되기 때문에 有를 眞有라 할 수 없고 無 역시 조건에 의존하여 無가 되므로 無를 眞無라 할 수 없다. 그렇기 때문에 사물을 有나 無로 지칭하면 兩極端 중 하나에 떨어지게 되므로 옳다고 할 수 없다. 따라서 유도 아니고 무도 아니라고 말해야 하니 이것이 有나 無의 양극단에 대한 中道이다.9) 禪에서 추구하는 경지는 空과 色, 有와 無, 聖과 俗의 어느 일방에 치우치지 않는 경계를 유지하는 것인데 이것이 곧 중도의 경지이다. 엄우는 이러한 선의 中道的 경지를 시론에 적용하여 興趣中心의 直觀的 시론을 중심에 두고, '讀書와 窮理의 기교석 시론'과의 변증법적인 통일을 통해 '中道的 批評觀'을 실현시키고자 하였다.10)

詩道와 禪道는 唐代에 함께 성행하였는데 北宋의 소식에 이르러 詩를 짓는 것과 참선이 서로 비견되기 시작하였고 南宋시대에는 詩를 참선에 비유하는 것이 당시 학자들의 한 풍조가 되었다.11) 이러한 풍조를 반영하듯 詩作을 참선에 비유한 시들이 많이 창작되었는데 몇 편을 살펴보면 아래와 같다.

學詩渾思學參禪	시 배우는 일은 선을 배우는 것과 흡사하여
竹榻滿團不計年	죽탑에 앉은 햇수로는 따질 수 없는 것
直得自家都了得	바로 훤하게 터득한다면
等閑鮎出更超然	어렵지 아니하게 초연한 경지에 들 수 있다네.

吳可, 〈吳思道學詩〉, 《詩人玉屑》 권1.

---

9) 풍우란, 《중국철학사》 하, 정인재 역, 형설출판사, 1996, 256~257쪽.
10) 배규범, 〈창랑시화의 불교한시비평 방법론 검토〉, 엄우, 《역주 창랑시화》, 배규범 역주, 다운샘, 1998, 28쪽.
11) 黃永武, 《中國詩學—思想篇》, 臺北: 巨流圖書公司, 民國 69년, 223쪽.
　詩道與禪道在唐代並比而盛行　到了北宋時的東坡　已將作詩與參禪相比　至南宋詩　學者比詩於禪　遂成爲常談.

學詩渾思學參禪　시 배우는 것은 참선을 배우는 것과 같으니
要保心傳如耳傳　마음과 눈썰미로 익힐 뿐이네
秋菊春蘭寧易地　가을 국화와 봄 난초를 어찌 바꿀 수 있으랴 마는
淸風明月本同天　청풍과 명월은 본디 같은 자연인 것을
　　　　　趙蕃,〈和吳可學詩〉1,《詩人玉屑》권1.[12]

　물론 詩作은 禪뿐 아니라 仙, 道 등에 다양하게 비유되기도 하였다.

　　無己(陳師道)의 시에, "시공부 하기를 신선공부하듯 하라 때가 오면 뼈가 절로 바뀌어진다."라고 하였다. 山谷(黃庭堅) 역시 "시 공부하기를 도 공부하듯 하라."하는 시구가 있다. 말과 뜻이 다 잘되기는 무기의 것이 낫다.[13]

　이는 詩를 禪에 비유하는 것이 일상화된 當時의 풍조에 영향을 받아 나타난 것이라 할 수 있다. 당시의 이러한 풍조를 종합 大成한 사람이 嚴羽(생몰년대 미상이나 대략 1187∼1269 사이로 추정, 字 儀卿)이다.[14]

　　시를 논하는 것은 선을 논하는 것과 같다. 漢·魏·晉과 盛唐의 시는 곧 第一義이다. 大歷 이후의 시는 곧 소승선이니 이미 제이의로 떨어진 것이다. 만당의 시는 곧 성문벽지과이다. 한위진과 성당의 시를 배우는 사람은 임제 문하이고, 대력 이후의 시를 배우는 사람은 조동의 문하이다.[15]

---

12) 김갑기,〈선과 시의 상관성〉,《한국한문학연구 특집호》, 한국한문학회, 1996, 269쪽에서 재인용.
13) 胡仔,《苕溪漁隱叢話》 前集 51,〈後山居士〉, 차주환,《중국시론》, 서울:서울대학교출판부, 1992, 136쪽에서 재인용.
　　苕溪漁隱曰 無己詩云 學詩如學仙 時至骨自換 山谷亦有 學詩如學道之句 若語意俱勝 當以無己爲優.
14) 황영무, 전게서, 223쪽.
　　嚴氏生於宋末 遂集詩禪互通說之大成

엄우는 詩를 논하는 것은 禪을 논하는 것과 같다고 하면서 漢魏 晉 이래 시의 특성을 禪의 유파에 소속시켜 설명하였다. 唐宋의 이 러한 풍조는 고려 및 조선에 유입되어 當代人의 詩論에 영향을 끼 쳤다.16) 정도전 역시 "시를 배우는 것은 선을 배우는 것과 같다는 옛사람의 공안이 스스로 있다."고17) 서술하여 단편적이나마 詩禪一 如에 대한 언급을 남기고 있는데 이는 唐宋의 이러한 풍조를 개괄 하고 있는 것으로 정도전의 시관을 엿볼 수 있는 중요한 단서라 할 수 있다.

3.1. 詩禪一如說

정도전은 민자복으로부터 정몽주가 詩書는 末藝이고 심신의 학이 있어 공부한다는 말을 듣고 공부의 방향을 바꾼 이후 성리학을 강 론하고 이단을 물리치는 것을 자기의 책임으로 삼았다.18) 그가 불 교를 배척하는데 얼마나 열심이었나 하는 것은 정몽주가 능엄경을 읽는다는 말을 듣고 이를 만류하는 글을 쓴 것에서 단적으로 드러 난다.

달가가 능엄경을 보는 것은 그 속의 병통을 알아서 치료하자는 것 이지 그 道를 좋아하여 정진하자는 것은 아니다라고 했습니다마는, 얼마 후 나는 혼자 말로써, 나는 달가가 부처에게 아첨하지 않는다

---

15) 엄우, 《창랑시화》, 상게서, 60쪽.
　　論詩如論禪 漢魏晉與盛唐之詩 則第一義也 大歷以還之詩 則小乘禪也 已落
　　第二義矣 晚唐之詩 則聲聞辟支果也 學漢魏晉與盛唐詩者 臨濟下也 學大 歷
　　以還之詩者 曹洞下也
16) 김시습의 學詩는 정도전의 詩禪一如說과 비슷한 논지를 시로 표현한 것이
　　라 할 수 있다. 客言詩可學 余對不能傳 但看其妙處 莫問有聲聯 - 허경진
　　엮음, 1994, 매월당 김시습 시선, 평민당, 62-63쪽.
17) 〈詠梅〉, 민족문화추진회 편, 《삼봉집》 1, 솔출판사, 1997, 100쪽.
18) 권근, 〈삼봉집서〉, 《삼봉집》 1, 40쪽.
　　三峯與圃隱陶隱 尤相親善 講論切磋 益有所得 常以訓後進闢異端

는 것을 보증할 수 있다. 그러나 옛날에 한창려가 태전과 더불어 한 번 이야기한 것이 뒷세상에 구실이 되고 있는 것을 보면, 달가는 사람들의 믿음과 존경을 받고 있는 처지여서 그 소위가 우리 도의 흥폐를 가늠하고 있으므로 자중하지 않을 수 없다고 하였습니다. 그리고 백성들은 어둡고 어리석어서 의혹되기는 쉽고 효유하기는 어렵사오니 달가는 한 번 생각해 주시기 바랍니다.19)

정도전은 정몽주가 능엄경을 읽는 것이 불교에 대한 호감에서 기인한 것이 아니라는 것을 자신은 보증할 수 있으나 한유가 태전과 한 번 이야기한 것이 두고 두고 뒷세상의 구실이 되고 있는 것을 볼 때 정몽주의 행위는 어리석은 자들에게 의혹을 살 수 있으니 삼가해 달라고 요구하였다. 그런데 자신은 시를 논하는 글에서 詩를 배우는 것은 禪을 배우는 것과 같다는 요지의 글을 禪問答처럼 전개하고 있다.

정백자는 옥결 선생에게 다음과 같이 물었다.
시는 배워서 될 수 있는 것입니까?
배워서 될 수 있는 것이 아니다.
시를 배우는 것은 선을 배우는 것과 같다는 옛사람의 공안이 스스로 있는데 선생은 무슨 점으로 인해 시를 배워서 되는 것이 아니라고 하십니까?
네가 선을 다 배우고 나면 그 때 가서 너에게 일러 주마.
배운다는 것은 묻지 못하겠거니와 청컨대 배워서 안되는 점을(學之不可) 묻고자 합니다.
말을 하면 부딪치는 것이요 말을 하지 않으면 등지는 것이니 부딪치면 이쪽에 떨어지는 것이요 등지면 나변에 떨어지는 것이라 부딪침도 아니요 등짐도 아니요 중을 중으로 삼아 들어 가야만 바야흐로 본분의 풍괭을 엿보았다고 할 수 있다.

---

19) 《삼봉집》1, 〈上達可書〉, 202쪽.
　　達可看愣嚴欲得其病而藥之　非好其道而欲精之也　旣而私自語曰　吾保達可必不侫佛　然昌黎一與太顚言　後世逐以爲口實　達可爲人所信服　其所爲繫於斯道之廢興　不可不自重也　且下民昏愚　易惑難曉　達可幸思之.

제자는 根과 機가 낮고 용렬하여 때와 緣도 오지 않았는데 지금 선생의 말씀을 들으니 마치 모기나 등에가 철우를 깨무는 것과 흡사합니다.

청컨대 선생은 방편을 아끼지 마시고 한 마디 전어를 내려 주시어 끝내 은혜를 베풀어 주십시오.

선생은 말없이 한참 있다가 위의 팔절을 가늘게 읊으니, 정백자는 듣고는 몸이 오싹하여 하나의 이회하는 데가 있었다.

그래서 곧 게를 다음과 같이 올리었다.

선생은 듣고 너는 내 피육을 얻었구나 하였다. ....

선생은 너는 나의 골수를 얻어갔구나 하였다. 정백자는 흔연히 즐거워하며 역시 잘한 것 아닙니까? 하나를 물어서 셋을 얻었습니다. 詩를 듣고 禪을 듣고 또 군자의 마음이 노파보다 자상함을 들었습니다. (중략) 선생은 넌지시 말했다. 정백은 족히 시를 이야기할 만하다. 그 敎한 것은 기왕이요 그 안 것은 장래이다. 선생은 이로부터 다시 시를 이야기 하지 않았으며 만약 청해 묻는 자가 있으면 정백자가 있느니라 하였다.[20]

내용 전개방식과 여기 사용된 용어들이 질문자로 하여금 끊임없이 의심하고 질문하면서 스스로 대답을 찾도록 하는 전형적인 선문답의 형식을 띠고 있다. 禪家에서는 누구나 득도할 수 있는 가능성을 인정하였지만 개인의 得道與否는 祖師의 검증을 거쳐 인가를 얻어야 인정되었다.[21] 옥결선생과 정백자는 이러한 조사와 문도의 관계를 염두에 두고 설정한 가상의 인물이다. 정도전의 위의 인용문

---

20) 《삼봉집》 1, 〈詠梅〉, 100쪽.
　　貞白子 問於玉潔先生曰 詩可學乎 曰不可 學詩如學禪 自有古人之公案 先生
　　因甚道詩不可學 曰待汝學禪了 方向與汝道 曰學則不問請問不可 曰言之則觸
　　不言則背 觸也落這邊 背也落那邊 不觸不背 中中而入 方許儞覰得本分風光
　　曰弟子根機下劣 時緣未到 今聞先生之言 如蚊蝱齩鐵牛相似 請先生不惜方便
　　下一轉語 以終惠焉 先生默然良久 微吟上八絶 貞白者聽之 竦然有箇省會處
　　卽呈偈… 先生曰汝得吾皮肉… 先生曰汝得吾骨髓 貞白子欣然而樂曰 不亦
　　善乎 問一得三 聞詩聞禪 又聞君子之心切於老婆也 先生曰白也可與言詩矣
　　其告也往也 其知也來也 先生自是不復言詩 如有請者 曰貞白子 在
21) 祖師들의 법계도는 인가를 거쳐 도를 전수한 계보를 작성한 것이다.

은 선가의 경전을 짜맞춘 것이라 할 수 있는데 아래의 인용문과 비교해 보면 윗 글이 禪家의 영향 아래 있다는 것을 좀더 분명히 알 수 있을 것이다.

　　방거사가 참방하여 (마조) 스님께 물었다. "만법과 상대하지 않는 자는 어떤 사람입니까?" "그대가 한 입에 서강의 물을 다 마시면 그 때 말해 주리라."22)

　　죽비라 하면 부딪치고, 죽비라 하지 않으면 등진다. 말을 하지도 말고, 말을 하지 않지도 말며, 헤아리거나 생각하지도 말아야 한다. 일체 모두를 하지 말아야 하니 지금 모름지기 죽비라고 하지 말아야 한다. 주먹이라 하면 부딪치고 주먹이라 하지 않으면 등진다.23)

　　(달마가) 9년이 지나 서쪽 천축으로 돌아가고자 문인들에게 명하였다. "때가 되었으니, 너희들이 각자 얻은 바를 말해 보지 않겠는가?" 그 때 문인 道副가 대답하였다. "제가 본 바로는 문자에 집착하지도 않고 문자를 떠나지도 않고서 도의 작용을 삼으렵니다." "너는 나의 가죽을 얻었다." 尼總持가 말하였다. "제가 이해한 바로는 慶喜菩薩이 아축불국을 본 것처럼 한 번 보고 다시는 보지 않았습니다". "너는 나의 살을 얻었다." 道育이 말하였다. "四大는 본래 빈 것이요, 五陰은 있지 않으므로 저의 見處는 하나의 법도 얻은 것이 없습니다." "너는 나의 뼈를 얻었다." 끝으로 慧可가 절을 올리고서 다시 제자리로 돌아가 서 있자, "그대는 나의 골수를 얻었다"고 하였다.24)

---

22) 백련선서간행회 역, 《五家正宗贊 上》, 장경각, 불기 2537, 34쪽.
　　龐居士參次問云 不與萬法爲侶者是什人　師云待汝一口吸盡西江水　卽向汝道

23) 《曹溪眞覺國師語錄》, 〈法語, 示魏挺珪居士〉, 조기영, 전게서, 19쪽에서 재인용.
　　大慧禪師　尋常示人曰　喚作竹篦子卽觸　不喚作竹篦子卽背　不得下語　不得無語　不得擬議思量　一切摠不得　如今不須竹篦　亦可喚作拳頭卽觸　不喚作拳頭卽背云云

24) 《景德傳燈錄》 권3.
　　迄九年已　欲西返天竺　乃命門人曰　時將至矣　汝等盍各言所得乎　時門人道副對曰　如我所見　不執文字　不離文字　而爲道用　師曰　汝得吾皮　尼總持曰　我今所解　如慶喜見　阿閦佛國　一見更不再見　師曰　汝得吾肉　道育曰　四大本空　五

시를 배울 수 없는 까닭을 질문하는 정백자에게 옥결선생은 선을 다 배우면 대답해 주겠다고 응답하였다. 이는 만법과 상대하지 않는 자는 어떤 사람인가라는 방거사의 질문에 대한 마조스님의 대답과 같은 맥락으로 결국 질문자가 스스로 깨우칠 수밖에 없다는 대답이다. 시의 본분 풍광은 中中而入을 통해서 얻을 수 있다는 말은 진각국사의 사물인식과 같은 경지로 불교에서 말하는 中道的 인식을 촉구한 것이다. 마지막으로 옥결선생이 정백자를 인준하는 과정은 달마대사가 제자들을 인준하는 것과 같은 단계를 거치고 있다. 정도전은 등장인물의 설정과 이야기 전개 과정 모두 선가의 어법을 따르고 있다고 할 수 있다.

정도전은 자신의 詩文을 남에게 받아 적도록 하고 그것이 마음에 들지 않으면 받아 놓지 않았다고 한다. 그래서 그의 문집을 엮을 때에는 남아 있는 글이 얼마 되지 않았다고 한다. 이처럼 기록에 남길 것과 남기지 않을 것을 철저하게 가리는 그가 왜 이 선문답을 연상케 하는 글을 남겨 놓았을까 하는 점과 그것이 전달하고자 하는 내용이 무엇인지 의문이 아닐 수 없다.

이는 정도전이 문학을 인식하는 방식과 관련이 있다고 할 수 있다. 정도전에게 '道'는 도학가들의 도와 그 함의가 같지만, '文'은 고문가들이 주장하는 문과 같은 성격을 갖는다. 그는 문의 독자적 가치를 인정하였고, 문의 수사를 부정하지도 않았다. 따라서 도에 관계된 문제일 때는 불서를 보는 것조차 비난하였지만 문에 있어서는 그처럼 완고한 태도를 취하지 않았다. 이는 그가 능엄경을 읽은 정몽주를 비난한 것과는 달리 정몽주가 詩句 때문에 고심하는 것에 대하여 아무런 언급을 하지 않았던 데에서도 알 수 있는 것이다. 평소 정몽주는 좋은 시를 짓기 위해서 매우 고심하였다.

陰非有 而我見處 無一法可得 師曰 汝得吾骨 最後慧可禮拜後依位而立 師曰 汝得吾髓

終朝高詠又微吟　아침에 읊고 또 가늘게 읊어 보니
苦似披沙欲鍊金　괴로움이 흡사 모래를 헤쳐 연금하듯
莫怪作詩成太瘦　시 짓기로 너무 말랐다 괴이히 여기지 마오
只緣佳句每難尋　다만 좋은 시구 찾기 어렵기 때문이라네25)

정몽주는 좋은 시를 짓기 위하여 얼마나 고심했으면 詩作 때문에 몸이 말랐다고 진술하고 있다. 이는 정몽주가 시 짓는 일에 골몰했음을 말해주는 것이다. 그러나 程子는 시 짓기에 이처럼 몰두하는 것이 도에 해가 된다고 하여 詩作을 금하였다.26)

　옛사람이 시에서 "다섯 글자를 읊조리는데 일생 동안의 마음을 다 썼네."라고 읊었다. 또 말하기를 "애석하구나 한평생 마음을 다섯 글자 위에 쓰다니."라고 하였는데 이 말이 매우 옳다.27)

程子는 시 짓는 것을 '玩物喪志'라 하여 금했다. 그런데 능엄경을 읽은 정몽주에게 경계의 뜻을 비췄던 정도전이 이 부분에 대해서는 아무런 언급도 하지 않았을 뿐만 아니라 오히려 詩道의 완성을 위해 노력할 것을 뜻하는 위와 같은 글을 남기고 있다. 이는 정도전이 문학과 도학을 분리해서 생각했거나 詩禪一如論者들이 추구하는 문학이 도학가와 배치되지 않는 측면이 있었다는 것을 시사하는 것이라 할 수 있다.

　우리나라는 땅덩이는 비록 좁으나 산수의 아름다움은 천하에 제일이어서 산악의 기운이 모여, 문무의 인재가 대대로 끊어지지 않았으

---

25) 정몽주, 《포은집》 권1, 〈吟詩〉, 박수천, 1996, 정몽주론, 한국한시작가연구 2, 태학사, 200쪽에서 재인용.
26) 《이정유서》 권18.
　凡爲文不專意則不工 若專意則志局於此 又安能與天地同其大也
27) 문사철 편집부, 《중국문학 비평사》, 대북: 문사철출판사, 중화민국 77, 426쪽.
　古人詩云 吟成五個字 用破一生心 又謂 可惜一生心 用在五字上 此言甚當

니, 아마 모르긴 하나 지금 하늘이 선생을 낸 것은 장차 문장으로 세상을 울리려는 것이냐? 도학을 사람에게 전하려는 것이냐? 아니면 장차 높은 풍도와 높은 절개로 퇴패하는 풍속을 바로잡으려는 것인가? 이 세 가지는 다 숭상할 만한 것이다.[28]

이유는 정도전의 면모를 도학가, 문장가, 정치가로 나누어 설명하였는데 어느 한 곳에 편중되지 않고 그 역할이 가진 의의를 모두 긍정하고 있다. 따라서 정도전의 詩禪一如說은 일단 도학과 분리된 문인 정도전의 의식이 투영된 것이라고 할 수 있다. 그러나 言語道斷을 통한 도의 전수를 강조하여 궁극적으로 언어를 부정하는 禪과 말에 집착하여 수사를 일삼은 당시의 풍조를 지양하고 언어를 통해 자득의 경지를 노래하고자 한 것은 정도전의 재도론과 크게 상치되지 않는다.

3.2. 情景交融

禪의 논리를 도입한 엄우의 시론은 기교중심의 詩風이 판을 치던 현실에 대한 비판으로부터 출발하였다. 엄우 시론의 핵심은 典故와 修飾이 무엇보다 중요한 요소로 자리하면서 기본적인 시의 정신이 팽개쳐지는 현실을 바로 잡고, 확고한 시풍을 세우고자 하는 것이었다. 그의 이같은 요구에 적합한 것이 禪이라는 철학구조였고 엄우는 이를 그의 시론에서 응용하였다. 이것은 興趣中心의 직관적 시론을 중심에 두고, '독서와 궁리의 기교적 시론'과의 변증법적인 통일을 통해 '中道的 批評觀'을 실현시키는 것으로 나타난다.[29] 엄우가 시를 선에다 비유한 이유는 시에서 제일 중요한 것은 妙悟라

---

28) 이유, 鄭三峯 錦南雜題序, 삼봉집 1, 454쪽.
　　吁吾東方壤地荒遠　而山水之美甲天下　氣鍾岳降　文武英材　代不乏人　抑不知
　　今天地　生先生也　將使文章鳴于時也　道學傳于人也　抑將以高風峻節　矯頹世
　　勵薄俗也耶　是三者　皆可尚已.
29) 배규범, 전게서, 28쪽.

고 보았기 때문인데 이 묘오는 배워서 얻을 수 있는 것이 아니다.

　　선도는 오직 묘오에 있고, 시도 역시 묘오에 있다. 또 맹양양(맹호
　연)의 학력이 한퇴지보다 훨씬 못하면서, 그 시는 유독 한퇴지보다
　나은 것은 단지 그 맛이 묘오하기 때문이다. 오직 깨달으면 마땅히
　행할 수 있고 또한 본색이 된다.30)

　정도전이 시를 배울 수 있느냐는 정백자의 질문에 배워서 되는
일이 아니라고 대답한 것은 그 역시 시에서 가장 중요한 것은 묘오
라고 보고 있기 때문이다. 그런데 묘오는 어느날 갑자기 찾아오는
것이 아니라 부단한 학습을 통해서 얻어지는 것이다.

　　시에는 別材가 있는데 책과는 관련이 없다. 시에는 별취가 있으니
　이치와는 관련이 없다. 그러나 많이 읽고, 많이 궁리하지 않으면 그
　지극함을 다할 수 없다.31)

　좋은 시를 지으려면 시인에게 別材가 있어야 하는 것은 확실하지
만 그렇다고 별재만으로 좋은 시가 완성되는 것은 아니다. 別材를
가진 시인의 부단한 학습 역시 좋은 시를 짓기 위해서는 꼭 필요한
것이라 할 수 있다. 정도전 역시 시에 대해서는 엄우와 비슷하게
인식하고 있었다고 여겨지는데 즉, 詩는 배워서 되는 일이 아니라
고 설파했던 옥결선생이 정백자를 물리쳐 버리지 않고 끊임없이 그
의 질문에 답함으로 가르침을 베풀고 있는 것은 좋은 시를 짓기 위
해서는 학습이 필요하다는 정도전의 생각을 드러낸 것이라 할 수
있다. 이는 시의 핵심인 묘오 자체는 배워서 얻을 수 없지만 묘오

---

30) 상게서, 61쪽.
　　大抵禪道惟在妙悟　詩道亦在妙悟　且孟襄陽學力下韓退之遠甚　而其詩獨出退
　　之之上者　一味妙悟而已　惟悟乃爲當行　乃爲本色.
31) 상게서, 67쪽.
　　夫詩有別材　非關書也　詩有別趣　非關理也　然非多讀書　多窮理　則不能極其
　　至.

에 도달하기 위해서는 평소에 부단한 학습이 필요하며, 그 학습의 정도에 따라 깨닫는 정도가 달라질 수 있음을 의미한다.

> 그러나 깨달음에는 深淺이 있고, 한계가 나누어짐이 있으며, 투철한 깨달음이 있고, 단지 一知半解의 깨달음이 있다. 漢·魏는 고상하여 깨달음에 의지하지 않았고, 謝靈運으로부터 盛唐의 여러 시인들에 이르기까지는 투철한 깨달음이 있었다. 그밖에는 깨달음이 있어도 모두 第一義가 아니다.32)

깨달음은 학습에 의존하지 않지만 학력처럼 측정할 수 있는데 누구나 깨달음의 영역에 들어갈 수 있지만 그들이 모두 동일한 경지에 도달하는 것은 아니다. 깨달음을 추구하는 자들이 이룩하는 경지의 高下는 그들의 노력과 학습에 따라 달라질 수 있다. 그래서 옥결선생이 정백자의 수준을 처음에는 "내 피육을 얻어갔다."라고 하였으며, 다음에는 "내 골수를 얻어갔구나."라고 평하였다. 여기서 옥결선생의 역할이 달마조사의 역할과 같음을 알 수 있는데 이들은 제자들의 수준을 평가하는 것으로 그들을 인도하고 있다. 학습에는 스승이 필요하나 깨달음은 자력으로 이룩하는 것이니 혹자는 스승이 필요치 않다고 생각할 수도 있다.

그러나 그들이 이룩한 경지의 객관적 평가를 위해서는 스승의 인준이 필요하다. 정도전은 깨달음에는 深淺이 있으며, 이는 자력으로 얻어야 하지만 그 과정에서 학습이 필요하며, 시를 짓는 것은 주관적 행위가 아닌 객관적 검증을 거쳐야 하는 것임을 주장한 것이다. 정도전에게 시는 自得의 소산이면서 객관적 검증을 거쳐 인준되어야하는 사회적 산물인 것이다. 정도전이 생각한 바람직한 시는 자득과 학습, 주관과 객관 그 어느 한 쪽으로 편중되지 않는 것이다.

정도전이 시의 '본분의 풍광'이라고 말한 '中中而入'이란 이 自得과

---

32) 상게서, 61쪽.
   然悟有深淺 有分限 有透徹之悟 有但得一知半解之悟 漢魏尙矣 不假悟也 謝
   靈運至盛唐諸公 透徹之悟也 他雖有悟者 皆非第一義也

학습, 주관과 객관의 변증법적 통합을 말하는 것이라 할 수 있다. 그는 "말을 하면 부딪치는 것이요, 말을 하지 않으면 등지는 것이 니, 부딪치면 이쪽에 떨어지는 것이요, 등지면 저쪽에 떨어지는 것 이다." 하였는데 이쪽에 떨어지는 것은 시를 학습을 통해서 이룩하 려는 폐단을 말한 것이고, 저쪽에 떨어진다는 것은 시를 학습하지 않고 깨달음만으로는 도달하려는 폐단을 말하고 있는 것이라 할 수 있다. 따라서 정도전이 말하는 '中中而入'이란 엄우가 말하는 중도적 비평관과 같은 의미라고 할 수 있다.

> 결국 엄우는 직관을 중심으로 적당한 독서와 궁리가 뒷받침될 때 묘처에 이른 시가 나온다는 중도적 비평관을 제시하고 있는 것이다. 여기서 中道하는 말은 二邊에 치우친 삿된 것을 여윈 中正한 도라는 말로서 道定立과 反定立의 두 극단, 즉 직관과 궁리를 종합한다는 뜻을 담고 있다.33)

엄우의 중도적 비평관이 직관과 궁리의 변증법적 종합을 의미한 다면 정도전이 지향하는 바람직한 시란 궁리에 바탕을 둔 自得을 통해서 산출되는 것이라 할 수 있다. 정도전의 이러한 생각은 김경 지의 시작을 평한 글에서도 찾아 볼 수 있다.

> 도전이 일찍이 김경지가 시 짓는 것을 보았는데, 그 생각하는 것 이 막연하여 사색하는 것이 없어 보이는데 써놓은 것을 보면 넘쳐서 自得한 듯하였다. 그 시를 쓰는 데는 구름이 흐르고 세기 나는 듯하 였으나, 그 시가 이뤄지면 청신하고도 아름다와서 자못 그의 인품과 유사하였으니, 김경지는 시도에 있어서 가위 완성되었다 할 만하 다.34)

---

33) 상게서, 31쪽.
34) 약재유고서, 삼봉집 1, 236~237쪽.
　　道傳嘗見敬之之作詩　其思之也漠然無所營　其得之也充然若自得　其下筆也翩
　　翩然如雲行鳥逝　其爲詩也　淸新流麗　殊類其爲人　敬之之於詩道　可謂成矣.

김경지의 시도가 완성되었다는 평을 들은 것은 그의 시가 자득에
서 나왔기 때문이다. 자득의 경지에서 쓰여진 시의 내용은 작자의
인품과 유사하고 시를 지을 때 크게 고심하지 않는다. "시를 쓰는데
구름이 흐르고 새가 나는 듯하다"는 것은 시가 자유자재로 창작되었
음을 말한다. 시가 매우 쉽게 지어진 것처럼 보이는데도 일정한 수
준을 유지할 수 있는 것은 시인이 스스로 일가를 이룬 경지가 있었
기 때문이다. 이러한 경지에서 나온 시는 시인의 인품과 유사할 수
밖에 없는 것이다. 자득과 묘오를 중시하는 시에 대한 이러한 관점
은 시가 시인의 인품에서 나온 것으로 고심할 필요가 없다는 점에
서 재도론과 유사하고 시적 아름다움을 추구한다는 면에서 재도론
과 상치된다. 재도론이 도학자의 입장에서 나왔다면, 자득과 묘오를
중시하는 것은 어느 정도 문인의 입장이 고려된 것이라 할 수 있다.

도학자들은 시를 볼 때 뜻의 高下는 보아도 시의 工拙은 보지 않
는다. 다시 말하면 그들이 중시하는 것은 무엇을 말하고 있는가에
있지 어떻게 말하고 있는가 하는 것은 관심사가 아니다35). 성리학
적 문학관의 요체는 주제론이지 표현론이 아니다. 따라서 정이는
대부분의 시인과 고문주의자들의 학습 규준이었던 두보의 시마저
閒語라하여 그 가치를 인정하지 않았다.

> 오늘날 시에 능한 사람으로 두보만한 이가 없다고 한다. 이를테면
> "꽃을 찾는 나비 꽃넝쿨 깊숙이 보이고 물 차는 잠자리 파닥파닥 날
> 으네."라는 구절이다. (그러나) 이같이 한가로운 말이 무슨 의미를
> 담고 있는가? 내 이래서 진작부터 시를 짓지 않았다.36)

---

35) 문사철 편집부 편, 전게서, 466쪽.
   但看高下 不論工拙
36) 《이정유서》 二上, 〈二先生語〉 2上, 김주한, 1989, 《인문연구》 제10집
   2호, 영남대학교 인문과학연구소, 62쪽에서 재인용.
   且如今言能詩無如杜甫 如云 穿花蛺蝶深深見 點水蜻蜓款款飛 如此閒言語道
   出做甚 某所以不嘗作詩

정이가 평생 시를 짓지 않은 것은 아니다. 그러나 그는 두보와 같
은 한어류는 단연코 하지 않으려 했고 부득이 해서 시를 지어야 할
때는 반드시 有德之言을 짓고자 하였다.[37]

정이는 閒語로서의 시를 지양하고 有德之言을 지닌 시를 추구하
였다. 有德之言이란 결국 시인의 인품에서 우러나온 것으로써 감화
력이 있는 글을 의미한다. 정이에게 시는 言辭의 아름다움이나 한
가한 정서의 토로가 아니었기 때문에 시를 어떻게 지을까요?라는
질문에 〈詩經大序〉에서 방법을 찾을 것을 권하고 있다.

    묻기를 시를 어떻게 배우면 될까요?라 했다. 다만 詩 大序 속에서
    그 방법을 찾으시오. 〈시경 대서〉는 성인이 지어서 학자들을 가르
    친 것이다. 뒷 사람들이 때때로 성인이 지은 것인 줄 몰랐다. 중니
    이후 더욱 《시경》을 이해하는 사람이 없어졌다.[38]

정이는 시공부의 요체는 성률, 대우, 수사에 있는 것이 아니라 성
인 공자의 마음을 체인하는 데 있다고 본 것이다. 시는 배울 수 없
는 것이라는 시선일여론자들의 말은 어느 정도 이러한 관점을 담고
있다. 시의 요체가 만약 성률이나 대우, 수사에 있다면 굳이 시를
배울 수 없다고 할 필요가 없기 때문이다. 정도전의 詩禪一如說과
비슷한 논지를 편 것으로 김시습의 學詩를 들 수 있다. 이는 시로
쓴 시론으로 시는 배울 수 없으니 성률과 대련은 묻지 말라는 의미
이다.

    客言詩미學 손님 말이 시를 배울 수 있느냐기에
    余對不能傳 내 대답이 시는 전할 수 없는 거라 했네

---

37) 김주한, 상세서, 7쪽.
38) 《이정유서》 18.
    問詩如何學 日 只在大序中求 詩之大序分明是聖人作此以教學者 後人往往
    不知是聖人作 自仲尼後(一作漢以來) 更無人理會得詩後(一作漢以來) 更無
    人理會得詩

但看其妙處 다만 묘한 곳만 볼 뿐이지
莫問有聲聯 성률과 대련은 묻지 말게나39)

시의 요체는 妙處에 있을 뿐 형식에 있지 않기 때문에 전수할 수 없다는 것이다. 정도전 역시 시는 배울 수 없다고 하였으니 시의 요체가 형식에 있지 않다는 의견에 동조하고 있다는 것을 알 수 있다. 그런데 정이가 두보를 폄시하고 시의 표준으로 시경을 제시하고 있는데 비해 정도전은 이태백과 두보를 탁월한 시인으로 평가하였다.

　시도는 말하기가 어렵다고 한 것이 오래이다. 雅·頌이 폐기된 뒤로 시인의 원망하고 비방하는 것이 성하였고, 소명태자의 문선이 행해지자 그 폐단이 섬약에 치우쳤는데, 당에 이르러 성률이 시작되면서 시체가 크게 변하였으니 이태백·두자미가 가장 탁월한 자이다. 송나라가 흥하여 진유가 쏟아져나와 경학과 도덕이 삼대를 따라갈 만하였다. 시에 있어서는 당률을 계승해 받았으니 근체시라하여 소홀이 여길 수 없는 것인데40)

정도전이 송나라는 경학과 도덕이 삼대를 따라갈만 하지만 시의 형식은 당률을 계승하였으니 근체시라 하여 소홀히 여길 수 없다고 한 것은 경전이 아니라 唐詩와 宋詩를 표준으로 삼아도 좋다는 의미이다. 그러나 문선의 폐단을 지적하고 있는 것은 형식에 치중하는 것은 여전히 부정적으로 인식하고 있음을 나타낸다. 물론 정도

---

39) 허경진 엮음, 《매월당 김시습 시선》, 평민당, 1994, 62~63쪽.
　　허경진은 "莫問有聲聯"을 "소리 있는 연은 묻지 말게나"라고 해석하였으나 聲, 聯은 소리 있는 연이라기 보다는 성률과 대련 등 시적 형식을 말하는 것으로 해석하는 것이 더 온당할 듯하다.
40) 〈약재유고서〉, 《삼봉집》1, 234쪽.
　　詩道之難言久矣　自雅頌廢　騷人之怨誹興　昭明之選行　而其弊失於纖弱　至唐聲律作　詩體遂大變　李太白杜子美　尤所謂卓然者也　宋興眞儒輩出　其經學道德追復三代　至於聲詩　唐律是襲則不可以近體而忽之也

전은 시를 지을 때 의미뿐 아니라 적절한 문사 역시 고려해야 한다는 입장을 표명하고 있다.

> 세상에서 시를 쓰는 자들이 혹은 그 소리만 얻고 그 맛은 잃기도 하며, 혹은 그 뜻은 있으나 그 문사가 없으니, 과연 성정에서 나와 물로써 홍하고 유로써 비하며, 시인의 지취에서 어긋나지 않는 것은 거의 드물다 하겠다. 중국에 있어서도 그러하거늘 하물며 변두리 먼 곳이야 말할 나위나 있겠는가?41)

소리만 얻고 맛을 잃은 시란 《문선》의 경향을 추구하는 시에서 나타날 수 있는 폐단이고, 뜻만 있고 문사가 없는 시는 정이의 주장에 동조하는 극단적 도학가들에게서 나타날 수 있는 폐단이다. 이에 비해 정도전은 내용과 형식 어느 한쪽에 편중된 시를 중도에서 벗어난 것으로 평가하고 있다. 정도전의 이러한 시의식은 도학가들보다는 엄우의 견해에 근접하는 것이라 할 수 있다. 엄우가 송시풍이 만연한 시대에 태어나 의론과 산문적인 시, 기교에 치우치는 경향이 있던 當時의 시풍을 묘오와 자득, 홍취를 중시하는 唐詩風으로 전환시키기 위해서 창랑시화를 지은 것처럼, 정도전 역시 고려말 이후 계속되던 當時의 宋風을 唐風으로 전환하려 하였기 때문에 詩禪一如說의 기록을 남기게 된 것으로 보이며 이는 그가 문학을 載道之器로 선언하고도 文의 독자성을 용인한 것과도 상통하는 것이다.

"조신 전기의 한시사를 소감해 볼 때 국초에는 소식을 위시한 송시풍이 주류를 형성했고, 싱쿵 연간부터는 송시풍 중에서도 특히 江西詩風이 일시를 풍미했으며, 선조 무렵부터는 국초에서 산혈적으로 있어 왔던 당시풍이 시단의 중심에 서 있게 됨을 알 수 있다."42)

---

41) 상게서, 236쪽.
   然世之言詩者 或得其聲 而遺其味 或有其意而無其辭 果能發於性情 興物比類 不戾詩人之旨者 幾希 在中國且然 況在邊遠乎?.
42) 이종묵, 〈조선전기 한시의 당풍에 대하여〉, 《한국한문학연구》 제18집,

는 연구자들의 공통된 진단처럼 조선 초기에는 송시풍이 만연해 있
었다. 이 때 정도전은 唐詩를 시 창작의 표준으로 삼을 것을 주장
하였다. 그의 이러한 주장이 반영되어 지어진 것이 《國朝詩刪》
批에서 당풍을 지닌 작품으로 평가받은 〈訪金居士野居〉이다.43)

秋陰漠漠四山空	가을 그늘 아득아득 사방 산은 고요하고
落葉無聲滿地紅	지는 잎은 소리 없이 땅에 가득 붉네
立馬溪橋問歸路	시냇가 다리에 말 세우고 갈 길을 묻노라니
不知身在畵圖中	아마도 이 몸이 그림 속에 있질 않나44)

김거사의 은거에 대한 부러움과 시인의 정감이 경물 속에 어우러
져 마치 그림을 보는 듯한 느낌을 주는데 전하고자 하는 정감이 시
속에 녹아 있는 情景交融의 경지를 보여준다. 정도전은 조선 초기
송시풍이 만연했던 풍토 속에서 훌륭한 당시풍의 성취를 이룩한 이
시로 두고두고 후인의 칭찬을 받았다. 정도전의 이러한 시적 성취
를 밑받침하고 있는 것이 짧지만 핵심을 온전하게 간직하고 있는
그의 詩禪一如說이라고 할 수 있다. 좋은 시는 내용과 형식의 완전
한 융합에서 나온다는 것을 정도전은 詩論으로 주장하고 詩作으로
증명하였다.

4. 結 論

이색의 문하였던 이숭인과 정도전은 모두 오호도시를 지은 적이
있다. 동인시화에는 정도전이 이숭인의 詩才를 시기하여 후에 이숭
인을 살해했다는 기록을 남기고 있다. 이는 정도전의 문학에 대한

한국한문학회, 1995, 207쪽.
43) 이종묵, 상게서, 228쪽에서 재인용. "《국조시산》 批에 玲瓏圓轉 優入唐
   域이라 하였다."
44) 《삼봉집》 1, 〈방김거사야거〉, 109쪽.

집착을 말해주는 것이다. 또한 앞에서 살펴본 바처럼 정도전의 시에 나타난 당풍은 후인들의 인정을 받을 정도로 일정 수준에 도달한 것이었다. 따라서 정도전의 시선일여설은 麗末부터 시단을 휩쓸고 있던 송풍을 당풍으로 전환하기 위하여 지어진 것이며, 정치가로서의 정도전이 재도론을 주창한 데 비해 문인으로서의 정도전은 당풍을 본받고자 하였고 唐詩를 시의 바람직한 전형으로 생각했었음을 추론할 수 있다. 그간 재도론에 치우쳤던 정도전의 시론은 정도전의 시세계와 시론을 온전히 이해하기 위해서도 그 지평을 넓힐 필요가 있겠다.

〈참고문헌〉

정도전, 〈국역 삼봉집〉 1,2. 민족문화추진회편, 솔출판사, 1997.

엄 우, 〈창랑시화〉, 배규범 역주, 다운샘, 1998.

김종진, 〈정도전 문학의 연구-문학관과 시세계〉, 고려대 박사논문, 1990.

조동일, 〈한국문학사상사시론〉, 지식산업사, 1978.

김주한, 〈정이의 문학관, 인문연구 10~2호〉, 영남대학교, 1989.

문사철 편집부, 〈중국문학비평사〉, 대북;문사철 편집부, 민국77년.

임형택, 〈한국문학사의 시각〉, 창작과 비평사, 1984.

조기영, 〈정도전과 선시〉, 연민학지 7, 연민학회, 1999.

강명관, 〈정도전의 재도론 연구〉, 한문학논집 10, 단국한문학회, 1992.

琴湖仙査船遊圖에 대하여

徐 首 生

1. 琴湖仙査船遊圖序

白頭金剛 精氣받아 여기 영글어, 白民의 생명 어린 震檀三千里. 半萬年 역사 등에 纛旗를 들고, 於千萬年 뻗어가는 永遠不死身, 遐福靑靑 그 이름 大韓의 聖姿, 언제나 젊음뿐 늙음 있으랴.

그 옛날 聖祖의 弘益人間의 慈悲光芒 푸른 聖訓 바탕 그 위에, 崑崙과 雪山의 슬기를 받아 남다른 배달문화를 창조하였다. 그 오랜 역사의 陵線 위에서 하고 많은 兵燹에도 南八男兒, 橋流나 水不流라. 돌뿌리를 떠받고라도 돋아나는 새싹, 부한한 생명의 凝集力, 그 속에 사랑과 正氣의 메아리가 울려 퍼지는 무궁화 꽃동산에 〈저 하늘아 더 높아라, 이 물아 더 깊어라〉 외치던 슬기로운 거레의 金剛不壞의 聖魂이 白民을 굳게 지탱하고 있었다. 그리하여 金鰲·鵠嶺·三角에 形形色色의 꽃이 피었다. 그 古花譜는 아카디아의 숲이 아니라, 오늘에 生動하는 長生不滅의 生命體 그것이다. 우리들은 그 속에 凝結된 거룩한 民族. 正氣를 불러 일으켜 그를 밑거름 삼고, 東道西器란 大命題 아래 민족의 새 문화를 창조함으로써 지상낙원 神市를 다시 일으켜야 할 것이다.

특히 韓國思想史上에 있어서 新儒學인 性理學이 麗末에 傳來되어 未久에 改玉됨으로써 朝鮮王朝가 열리자 崇儒關佛의 國是 아래 性理學이 발달되었다. 國初엔 權陽村과 鄭三峯이 兀出하여 崇儒關佛의 驍將으로서 性理學의 기초를 마련했다. 陽村의 入學圖說은 韓國圖說의 初祖로서 周濂溪의 太極圖說을 본떠서 大學과 中庸의 朱子章句說 등을 圖說化한 것이며, 그는 朱子의 理氣二元論을 철저화함으로써 理氣·心性·情意·四端七情을 二分하였는데, 이것이 韓國性理學에 있어서 四端理發 七情氣發의 시초로 된 것이며, 鄭三峯은 새 國家旗手로서 性理學的 見地에서 佛氏雜辨과 心氣理篇이란 논문을 통해 佛學과 老莊學을 反駁, 崇理學의 기틀이 다져졌다.

그 뒤 李晦齋는 太極 즉 理를 體로 봄으로써 理先氣後의 主理傾向을 보였으나, 이어 徐花潭은 一氣論을 주장하되, 理를 氣中의 一物, 곧 기의 속성(attribute)으로 취급하고 있다. 그런데, 晦齋花潭 兩賢이 理氣二元論에 입각하면서도 한 분은 理에 치중하고, 다른 한 분은 氣를 爲主함으로써 主理 主氣로 二大分 될 터전이 이룩되었다.

조선 중기에 退栗 兩賢이 卓然히 내쳐 우리의 유학사상에 그 理學學說이 절정에 이르렀다.

退溪는 朱子의 理氣二元論을 계승, 理氣互發說을 제창하고 〈四端은 理發氣隨요 七情은 氣發理乘(退溪集 卷36)〉이라 하면서 〈人心은 七情, 四端은 道心〉이라 주장하였으나, 栗谷은 理氣一元論的 二元觀을 세우고, 理通器局說을 제창하면서 〈退溪의 理發氣隨說을 否定하곤, 그의 氣發理乘說만을 認定함으로써 理氣互發說을 一蹴하고 (栗谷集 卷10)〉, 〈四端은 다만 善情의 別名이니 七情이라 말하면 四端은 그 안에 있다.〉 라고 하였으므로, 七情包四端의 구조로써 四端은 七情중의 善一邊만을 가리키는 것이 되며, 〈人心과 道心은 상대적이어서 或先或後하는 것으로 그것은 서로 兼攝할 수 없고, 다만 서로 始終할 뿐이라 (栗谷集 卷9)〉 주장함으로써 우리의 性理學界에 兩大山脈을 이룩하였다.

朝鮮王朝 300여 년간 대립되었던 主理主氣의 兩大學脈의 출발은 退高 兩賢의 四七論辨에서 시작되었으며, 뒤에 당쟁과 결부되어 南人은 退溪의 理發氣隨說을 따르고, 老論은 栗谷의 氣發理乘說을 따랐다. 다시 말하면, 嶺南學派는 主理說을 주장하는 학자가 많고, 畿湖學派는 主氣說을 주장하는 학자가 많았다.

朝鮮末에 와선 四七論과 人心道心說 밖에 중대한 과제가 있었는데, 이것이 '湖洛論爭'이다. 主理的 경향에 선 洛下(京畿)학자들은 理一分殊에 치중, 人物性俱同論을 주장하였으므로 洛論(洛學)이라 하고, 主氣的 경향에 선 湖西학자들은 氣一分殊에 치중, 人物性相異論을 역설하였으므로 湖論(湖學)이라 불렀다. 韓南塘元震의 人物性相異論을 權遂菴・尹屛溪가 지지하였고, 李陶庵과 朴黎湖가 李巍岩柬의 人物性俱同論을 지지함으로써 湖洛論爭에 불이 붙었었다. 이 湖洛論은 栗谷系로서 主氣的이면서도 견해차이가 생겨 湖論은 주기적이요, 洛論은 주리적이었다. 巍岩과 南塘이 모두 理一分殊와 氣一分殊를 효통치 못한 결과라고 여긴다.

要는 湖洛論爭이 栗谷系로서 心是氣 性是理 理通器局에 집착되어 栗谷의 理氣는 一而二 二而一로서 理氣元不相離之妙處를 會得하지 못한 결과라고 할 수 있다. 이 湖洛論爭은 숙종 35년부터 7년간의 論辨이 累萬言에 이르렀으나, 별다른 해결을 보지 못하고 토르소로 끝나고 말았다.

이와 같이 理氣哲學이 主理主氣로 二大分되어 오랫동안 論爭이 벌어져 曰可曰否가 尤甚했으나, 그 性理學은 朝鮮王朝의 체제확립과 안정 발전에 기여한 공이 至大하였다. 非合理的인 俗信의 打破와 合理的 理想主義는 현세를 패러다이스화하는 데 공헌함으로써 현실 부정적인 사상과 呪術的 敎理를 물리칠 수 있었고, 그 爲己之學에 힘씀으로써 인간의 존엄성을 고창하며, 反求諸己 克己復禮로써 하고, 많은 君子를 배출하여 그 인격체로서 향당과 국정을 바로 잡고 사회풍속 순화에 공헌함으로써 동방군자의 나라로 승화시켰다. 이에 인륜도덕이 확립되고, 愛親敬長 盡忠報國 淸廉節義 惇信和睦이 어린 舍魚取熊의 선비道가 형성되어 조선조를 꿰뚫었다.

그런데, 朝鮮中期에 退栗 兩賢이 彗星처럼 나타나 性理學이 空前絶後의 盛時를 이룩하고 있을 때, 突然 史上未曾有의 壬辰倭亂이 터져 순식간에 三千祖國이 屍山血河를 이루어 이 湖山이 風前燈火格이 되었다. 이 때를 當하여 三千里 坊坊曲曲에서 선비道로 무장한 儒賢·沙門들이 창칼을 높이 들고 奮然히 일어서서 倡義의 先鋒將이 되어 祖國을 救出하는 役軍이 되었다.

이 즈음에 樂齋는 天稟이 英睿하고 才器出衆함으로써 일찌기 鄕試에 居魁, 白鹿滄洲를 본받고 伊川精舍를 지어 程朱學에 沒頭하던 中 島夷侵略에 義憤을 禁치 못하고 蹴然히 奮起하여 義兵將이 됨으로써 盡忠報國한 秉義君子였다. 亂中 乙未 46歲 때, 淸安縣監을 除授, 軍糧米를 모아 공급하고, 鳥嶺을 修築하면서 聖廟를 修理하고, 義理學을 講하는 등 善治하였다. 戊戌 49歲 때, 11月頃에 倭寇가 敗退渡海하자, 仙査에다 玩樂齋를 짓고, 三月에 張旅軒과 呂鑑湖 等 儒林 23名과 함께 琴湖仙査船遊를 통해서 浩然之氣를 기루었다.

이 船遊는 一種의 玩樂齋落成祝賀 모임이기도 하다. 실로 〈國破山河在하고 城春草木深〉이란 大杜의 抒情인양 저 비참한 왜란 속에도 조국의 山河는 남아 있어 天地에 太古春은 다가왔다. 山도 옛 산이요, 물도 옛 이 물이라. 이 大亂 속에 살아남은 우리 儒林들이 한데 모여 困坷한 心身을 달래고, 民心을 收拾하여 아름다운 仙査의 大自然 속에 서로 위무열락하면서 승리의 술잔을 기울이고, 唱酬하면서 浩然之氣를 기르고, 새 각오로써 理學을 바탕으로 孝悌忠信의 선비道를 다져 求聖코자 했던 것이다. 亂後의 이 船遊는 不期而會하니 자연스런 天理의 모임이니 어찌 의례적 모임이겠는가. 嶺南儒林의 남달리 자연스러운 뱃놀이는 天命인가.

呂鑑湖序에 〈후세 사람이 오늘의 모임을 그리워함이 또한 오늘

사람들이 옛 사람의 모임을 그리워함과 같음을 어찌 알겠는가〉라
고 하였으니 그 모임의 뜻이 天成임을 새삼 느낀다.

　이 모임의 최고 연장자인 樂齋는 朱子 漁艇詩를 分韻分字하여 맨
먼저 〈出字〉를 얻어 시를 지었고, 戶曹正郎 등 전후 10여 차례
벼슬이 내려졌으나, 모두 고사하고 오직 性理學에 정열을 쏟은 倡
義巨儒로서 退溪의 理氣互發說을 숭봉하고 寒岡을 師友삼되, 知行
幷進의 眞知를 얻었다. 그러므로 당시 泗水의 鄭寒岡, 玉山의 張旅
軒과 鼎峙한 당대 유학계의 巨峰을 이룩하였다.

　旅軒은 朱子 漁艇詩를 分韻分字하되 〈長字〉를 얻어 시를 지었
으며, 吏曹參判·工曹判書 등 20여 차례의 벼슬을 모두 고사하고
性理學 研鑽에 몰두하였다. 丙子胡亂 때 각주군에 檄文을 돌려 勤
王軍을 일으켰으나, 三田渡降服 소식을 듣고 立嵒山에 들어가 終老
한 巨儒로서 理氣一本說(理氣經緯說)을 주장하였는데, 理氣一本說
은 理氣體用說이므로 整庵·一齋 등의 理氣一物說과는 약간 다르
다. 心性을 論함에 있어서는 退溪의 理氣互發說을 반대하고, 栗谷의
氣發理乘說을 지지하였다. 곧 人心道心을 二分하는 것을 반대하고
人心道心一本說을 주장하였다.

　여기 琴湖仙査船遊에 참가한 23名의 儒林中엔 樂齋門人이 主流를
이루고 있고, 樂齋·旅軒 兩賢의 性理學에 대한 태도는 각기 다르
다. 樂齋는 退溪學說을 崇尙하였으나, 旅軒은 理氣一本說을 주장하
면서 栗谷의 氣發理乘說을 따르고 있다.

　생각하건대, 四端七情 人心道心 人物性同異 및 主理主氣 등으로
韓國理學이 집약되는데, 결국 天人一貫을 목표로 한 것으로서 存天
理遏人欲에 귀착되므로 그것은 「心」한자로 定礎되었다 할 수 있다
이 정초 위에 東道西器란 大命題 아래 우리의 삶의 새 창조를 이룩
해야 할 것이다.

　실로 阿斯達의 꽃, 弘益人間, 金鰲의 꽃, 風流道 멋, 鵠嶺의 꽃,
無我統一道, 三角의 꽃, 선비道의 正氣性 理事性 그 속에서 민족의
순결한 꽃이 면면히 폈다.

그 민족의 蜜花뿌리를 다지고, 理學에서 얻어진 理氣之妙나 理涵萬殊·氣神理妙를 會得하고, 거기서 펴난 心花 속에서 存天理遏人欲하고 先賢들의 民族正氣를 높이 들곤 민족의 슬기로운 새 문화창조에 이바지해야 할 것이다. 一草一木에도 민족혼이 서렸다. 祖國湖山의, 우리 자연 우리 보호 南無國土大自然, 바위는 흐르건만 물은 흐르지 않는구나. 天地 氣化者임에 물이 어찌 흐르리까. 너라고 불러 보는 조국의 푸른 생명, 태양마냥 다시 솟는 영원한 不死身, 언제나 창공의 太白처럼 萬古長鮮 그 光彩.

2. 琴湖仙査船遊圖의 內容

2.1. 뱃놀이 時期와 場所

船遊圖 첫머리에 〈皇明萬曆二十九年辛丑暮春之念三日達城琴湖船遊錄〉이라 기록되어 있으니 〈皇明萬曆二十九年〉은 〈明의 神宗 29年〉이므로 우리 나라 宣祖 34년에 해당하며, 〈暮春之念三日〉은 晚春 23일이다. 그러므로, 宣祖 34年(A.D. 1601) 3월 23일이다. 이 날 달성 琴湖江 仙査에서 뱃놀이하였다.

2.2. 樂齋와 仙査

樂齋集 年譜 卷一에 보면, 〈樂齋가 宣祖 32年 己亥 (50歲 : A.D.1599)에 倭賊이 바다건너 무조건 철군하자, 식솔을 데리고 고향에 돌아와서 伊川에 살면서 自號를 〈彌樂齋〉라 하였다. 그 註에 말하되 朱晦庵이 同安에서 돌아와 더욱 그 道의 義를 즐거워했다는 것을 取하여 自號로 했으나, 뒤에 彌樂齋의 彌字를 없애고 〈樂齋〉라고 했다. 다시 그 註에 말하기를, 〈伊川 南녘에 仙査古庵이 있었는데, 世傳에 崔孤雲이 노니던 곳이다. 여기에 鄭林下가

書齋를 세워 경영타가 壬亂을 맞아 폐허가 되자, 樂齋가 誅茅하여 다시 講學所를 지었다〉고 하였으니 樂齋 52歲 때 仙查古庵 옛 터에다 講學所를 지어 後生들을 薰陶하였다. 實로 宣祖 34年 辛丑 (A.D. 1601) 正月에 玉果縣監에 除授되었으나, 부임하지 않고, 2월에 士友와 함께 仙查에 講堂을 짓고, 그 堂名曰 玩樂, 東曰敬齋, 西曰義齋라 하였다. 崔孤雲의 옛 古蹟을 그리면서 堂下에 洗硯池란 옛 못을 파고, 武陵稿를 쌓고서 爛柯臺 · 鳶魚臺도 만들었다. 齋가 이룩되자 都應兪 · 都汝兪가 여기 와서 心經을 읽었다. 樂齋가 敬義齋를 重營落成하고 詠詩曰

重營小屋劫灰餘　　자그마한 이 집을 폐허에서 다시 짓고
正是升堂入室初　　이 재당에 오르면 학문 또한 깊어지리.
古訓千方要切已　　옛 성훈의 많은 방편 끽긴하기 그지없고,
世岐多感貴回車　　세상 길에 느끼면서 수레바퀴 돌리누나.
明窓始見吾雙弟　　밝은 창가 쌍쌍제자 바라다 보면서
棐几新開第一書　　책상 멀에 새로이 맨 먼저 책장펴네.
老我亦今聞此事　　백발성성 이제사 저 성사를 듣고야.
敢將衰白歎窮廬　　비좁은 이 띠집을 늙은 몸이 한탄했네.

　당시 사방에서 많은 선비들이 負笈하여 모여들기에 옛 암자를 수축하였으나, 다 수용하지 못하였으므로 이제 다시 수축하여 강당과 東西齋를 만들고, 후생들의 講學所로 삼았다. 落成한 3月 달에 門生들에게 太極圖를 강의하고, 朱子의 〈夙興夜寐〉 四大字를 堂壁에 붙였다. 이 날 張旅軒 · 呂鑑湖와 더불어 琴湖船遊를 함으로써 浩然之氣를 길렀다. 8月 날에 漢陰 李德馨이 來訪하였으므로 詩로써 화답하였다.

　仙查란 요임금 때, 하늘을 一周한 뗏목이다. 查는 槎와 같고, 拾遺記엔 〈堯時에 巨査로써 西海上에 떠서 12년에 하늘을 一周하니 貫月查라 하였다.〉 하고, 博物志엔 〈仙查가 牛斗를 犯했다〉고 기록하였으니 위대한 뗏목이었던 것이다. 論語에 孔子가 〈道가 행하

지 않으니 뗏목을 타고(乘桴) 바다에 뜰까 한다. 나를 따를 사람은 子路일 것이다.〉라고 하니 子路가 기뻐했다. 그러나, 孔子께서 〈子路는 용맹은 나보다 더하지만 사리를 분간할 줄 모른다.〉고 하였다. 여기 〈桴〉도 전기 〈査·楂·槎·筏〉과 같다. 그러나, 여기 仙査는 達城郡 多斯 伊川 南쪽에 있는 地名인데, 仙査古庵이 있던 유서 깊은 明堂이다. 이 勝地에다 樂齋께서 敬義齋를 지어 講學所로 삼고, 性理學을 硏鑽하면서 文會도 하고 後生을 敎育하던 一種의 私設敎育機關 役割도 하였다.

　樂齋께서 〈仙槎憶崔學士孤雲詩〉에서 다음과 같이 읊었다.

數妙巫山知學北　　巫山群峯 같은 나이 공부하러 渡唐했다.
名通列宿錦還東　　銀河列宿 같은 나이 錦衣로 환국했네.
靑松黃葉憂違去　　푸른 솔 누른 잎을 근심하며 숨었거니,
赤鯉飛鳧長往從　　멧새들과 고기들을 벗하고 노니었네.
洗硯池存餘墨漬　　洗硯池엔 아직도 그 먹물이 어렸는 듯,
爛柯臺古想仙蹤　　爛柯臺의 신선놀음 옛 자취 그립구나.
秪今一畝宮墻奐　　이제 시골 한 모퉁에 師門이 빛날시고,
笙鶴如聞月夜中　　달빛 속에 笙鶴 소리 들리는 듯 하여라.

이 시는 仙査에서 敬義齋를 짓고 崔孤雲의 古蹟을 그리면서 隱居 학문하는 모습이 선하다.

　特히 이 시에 보이는 首聯 바깥 짝의 〈數妙巫山知學北〉은 孤雲이 12세에 入唐遊學한 사실을 읊었고, 巫山은 12봉이므로 12세요, 그 안짝 〈名通列宿錦還東〉은 28세에 賓貢及第하여 귀국한 사실을 노래하였고, 列宿는 28宿이므로 28세다.

　그런데, 孤雲 28歲 歸國說과 30歲의 歸國說이 있는데, 破閑集엔 〈巫峽重峯之歲絲入中國　銀河列宿之年錦還東國〉이라 하였으니 28세에 귀국했다고 보았으나, 實學者 李圭景은 五洲衍文長箋散稿에선 李唐에서 출발할 때는 29세, 고국에 돌아왔을 때는 30세였다고 주장하였으나, 아무 근거가 없다. 나는 29세 때(憲康 11년 A.D.

885) 고국에 도착하였다고 주장했다.

頷聯 바깥 짝 靑松黃葉句도 〈鷄林黃葉 鵠嶺靑松〉이라 읊은 글귀를 축략한 것이다. 이 말은 〈신라는 망하고 고려가 새로 일어난다.〉는 讖書라고 하나, 秉義志操 높은 君子라면, 이와 같은 讖書를 王建太祖에게 보내겠는가. 이 글귀는 僞作인 듯하다. 당시 신라 六頭品宿衛領導者이므로 新王朝 興起上 民心歸服을 꾀하기 위해 그의 명성을 빌어 假托한 것이라 여긴다. 그 眞僞는 曰可曰否하더라도 새로 일어날 鵠嶺王朝의 理念的 反映임을 느낄 수 있다.

2.3. 船遊 章甫와 抒情

1) 船遊儒林參加者와 詩 및 正誤

당시 船遊에 참가한 儒林은 樂齋 主導 아래 巨儒 張旅軒·呂鑑湖를 위시하여 23명이었다. 그 23명의 성명·연령과 得韻表는 아래와 같다.

參席 儒林의 年齡 得韻表(Ⅰ)

성 명	생 년	연 령	得韻字
徐思遠	庚戌 (1550)	52	出
呂大老	壬子 (1552)	50	載
張顯光	癸丑 (1553)	49	長
李天培	戊午 (1558)	44	烟
郭大德	戊午 (1558)	44	·
李奎文	壬戌 (1562)	40	重
宋後昌	癸亥 (1563)	39	歸
張乃範	癸亥 (1563)	39	裝
鄭四震	丁卯 (1567)	35	片

李宗文	丁卯 (1567)	35	月
鄭 鏞	丁卯 (1567)	35	輕
徐思進	戊辰 (1568)	34	千
都聖兪	辛未 (1571)	31	猿
鄭 鑰	壬申 (1572)	30	巖
鄭 錘	癸酉 (1573)	29	鶴
都汝兪	甲戌 (1574)	28	友
徐 恒	甲戌 (1574)	28	·
鄭 鋋	乙亥 (1575)	27	·
鄭 銑	己卯 (1579)	23	聲
徐思選	己卯 (1579)	23	愁
李興雨	己卯 (1579)	23	絶
朴曾孝	辛巳 (1581)	21	棹
金克銘	辛巳 (1581)	21	歌

　樂齋가 壬亂 뒤 3년만인 선조 34년(A.D.1601) 52세 때, 2월에 仙査에다 敬義齋를 짓고, 3월 23일에 旅軒・鑑湖 等 諸彦과 여러 門人들과 함께 琴湖仙査에서 뱃놀이하였는데, 이것은 一種의 敬義 齋落成船遊일 것이다. 그때 모인 儒士중에 가장 最年長者는 52세인 樂齋였고 最年少者는 21세인 朴曾孝와 金克銘이었다. 23명 중에 50代 2名, 40代 4名, 30代 8名, 20代 9名이었다.

　琴湖仙査船遊時의 詩會韻字는 朱子漁艇詩인 〈出載長烟重 歸粧片 月輕 千巖猿鶴友 愁絶棹歌聲〉이란 五絶 20자로 삼고, 이 20字를 나누어 각기 한 字씩을 취하여 시를 지었다. 前記 參加儒林의 年齡 得韻表(Ⅰ)에서 보인 것과 같이 樂齋를 위시한 20명이 前述 朱子의 五絶中 각기 한 자씩을 나누어 갖고, 韻字로 삼고 시를 지었는데, 樂齋 등 15명만이 시를 지었으나, 李宗文(月韻)・鄭鏞(輕韻) ・徐 思進(千韻)・鄭鑰(巖韻)・鄭銑(聲韻) 等 5명은 각기 韻字를 받고도 시를 짓지 못하였다. 다시 말하면, 뱃놀이에 참가한 총 23명 중에 20명만이 韻字를 받았으나 20명 중에서도 15명만이 시를 지었고, 5명은 시를 짓지도 못하였으나, 23명 중 郭大德・徐恒・鄭鋋 등 3

명은 韻字도 받지 않았던 모양이다.
　이 分韻言志 15수가 樂齋集에도 실려 있는데 詩形上으로 보면,

五言 古體	五言古詩　12句　10首 (徐思遠・呂大老・張顯光・李天培・張乃範・ 都聖兪・鄭鍾・都汝兪・李興雨・金克銘 作)	13首
	五言古詩　16句　1首　(徐思選 作)	
	五言古詩　10句　1首　(朴曾孝 作)	
	五言古詩　6句　1首　(宋後昌 作)	
五言 近體	五言絶句　　　　　1首　(李奎文 作)	2首
	五言律詩　　　　　1首　(鄭四震 作)	

　樂齋集에 수록된 시와 이 船遊圖詩를 대비해 보면 몇 군데 글자
가 다른 데가 있다.

船遊圖와 樂齋集의 表記 對比表(Ⅱ)

	船　遊　圖	樂　齋　集
旅軒詩　　第 11句	觸	囑
李天培詩 第 10句	如	知
宋後昌詩 第　3句	粉	彩
都聖兪詩 第　1句	橈	櫓
第　9句	閑	閒
李興雨詩 第　1句	湖	洲
第　2句	絶勝	勝絶

　위의 것 중에 〈曉起觸諸勝〉의 觸은 觸目이란 뜻이니 觸이 옳고,
囑은 不適. 그리고, 粉壁과 彩壁은 뜻이 다르긴 하나, 어느 쪽이라
도 통한다. 粉壁은 白壁 곧 하얗게 이룩된 자연적 벼랑이다. 〈粉壁
危松倒〉라 하니 〈흰 벼랑에 높고도 푸른 솔이 거꾸로 매어 달렸
다〉고 풀이되므로 白壁을 빽삼고 靑松이 우뚝하니 白 바탕에 靑이

한층 선명하다. 곧 色彩調和美를 나타내고 있다. 杜甫詩에 〈江碧鳥愈白〉, 杜牧之詩에 〈千里鶯啼綠映紅〉과 같이 〈碧과 白, 綠과 紅〉의 色彩調和美처럼 〈白과 靑〉이 調和美를 이루어 자연미를 그림같이 그렸으므로 粉壁이 彩壁보다 더 나은 것 같다. 만약 이 글에 彩壁이라 하면, 채색 바탕에 靑松이 서므로 彩色과 靑色의 조화미가 선명치 못하다. 또 〈絶勝〉이 恒用되긴 하나, 여긴 押韻上 〈勝絶〉로 표현하는 것이 좋다.

윗 대비표(Ⅱ)에 나타난 다른 글자는 어느 것을 취해도 운율상이나 의미상으로 무방하다고 여긴다.

李天培의 시 중 제 9귀에 〈撑蒿驗用力〉이라 되어 있는데, 이 글귀의 〈蒿〉는 〈藁〉로 하면, 뜻이 쉽게 풀린다. 〈撑藁〉는 시를 짓는다는 뜻이므로 〈시를 지어 그 실력을 겨누어 보니〉로 풀이된다. 〈撑蒿〉로 해도 뜻이 통하기는 통한다. 宋後昌의 생년을 船遊圖엔 〈癸丑〉생이라 기록하였으나 〈癸亥〉生의 착오인 듯하다. 琴湖序中에 〈僕曁士林〉의 〈士林〉은 〈士彬(李奎文)〉의 잘못인 듯하다.

2) 船遊分韻

고인들이 賡和할 때, 여러 가지 韻法이 있다.

㉠ 次韻은 原作韻 그대로 사용하는 것인데, 絶·律·古詩 등에 古來로 많이 쓰였다.

㉡ 依韻은 同韻으로 和하는 것인데, 原作이 東韻이면, 東韻中에 마음대로 택하여 쓰면 된다.

㉢ 用韻은 一詩中에 原作韻을 쓰면 된다. 絶句라면 原韻의 순서가 바꾸어져도 무방하다. 用某詩韻으로 표현하는 예가 많다. 그러나, 〈和韻〉은 〈依韻〉과 같이 하되, 原作의 詩意를 받아서 次韻하는 것이다. 여기에 말하는 〈分韻〉이란 것은 分字의 뜻으로 쓰고 있다. 分韻은 詩人 集會時에 韻을 抽籤하여

賦詩하는데, 詩體에 한정하지 않고, 絶·律 등 自由에 맡긴다. 分字란 古人의 詩句를 截斷하거나 五七言絶 一首를 서로 나누어 韻字로 삼기에 平字, 仄字 등 難易가 섞여도 할 수 없다.

이 分韻 分字를 구분하는 것을 原則으로 삼을 수 있으나 같은 것으로 취급해도 무방하다고 볼 수 있다.

이 分韻이 어느 때 누구의 시작인지 확실치 않으나, 秉穗錄에 〈梁나라의 庾肩吾의 暮遊山水 賦韻得磧應令이 分韻의 시초가 아닐까〉라 하였으니 中國 梁의 庾肩吾 때, 分韻이 시작되었다 한다. 中唐의 白香山 詩句에 〈素壁聯題分韻句 紅爐巡餘暖寒盃〉란 말을 상고하면, 中唐 白樂天 때, 분명히 分韻詩韻이 存在했던 모양이다. 〈得某韻·得某字〉가 그것이다.

여기 船遊時의 分韻詩는 朱子의 漁艇詩 五絶 〈出載長煙重, 歸粧片月輕, 千巖猿鶴友, 愁絶棹歌聲〉의 20자를 年齡順序대로 分字하여 그 글자로 韻字로 삼고 五言古詩·五言絶句·五言律을 지었다. 이런 分韻分字 方式은 우리의 漢文學史上에 있어서 最初의 韻事라 본다.

3) 朱子와 漁艇詩

作者 朱子(A.D.1130~1200). 이름은 熹, 字는 元晦, 仲晦, 號는 晦庵·紫陽·遯翁·晦翁·雲谷老人·滄洲病叟. 嘉泰初에 諡를 文이라 하고 贈太師, 追封信國公, 徽國公이라 고쳤다. 考亭에 講學所를 열었기에 考亭學派라 하였고, 紹興進士第에 올라 高·孝·光·寧 四朝를 거쳐 寶文閣 待制로 致仕하였다. 그는 程伊川의 理氣說과 周濂溪의 太極圖說을 종합 집대성하여 철학적으로 체계화함으로써 性理學을 이룩하였다. 原始孔孟儒學에 대하여 〈新儒學(Neo-Confucianism)〉이라 하며, 〈朱子學·程朱學〉이라고도 한다. 朱子는 理를 形而上의 道體 萬物의 本體, 氣를 形而下의 質料로서 萬物의 資具(材料)로 보았다. (朱子大全 卷58)

〈理與氣決是二物〉이란 정의는 理氣二元論을 나타내었고, 理氣는 不雜不離의 體用一源을 역설하였으며, 宇宙論으로 보아도 理氣不可分開를 나타내었다.

〈四端은 理之發이요, 七情은 氣之發(朱子語類 卷53)〉이라 하였으나, 四七의 關係에 대하여는 분명히 밝히지 않았기 때문에 한국 성리학에서 크게 문제되었다. 朱子의 性論은 伊川의 性卽理說과 張橫渠의 天地之性 氣質之性說을 이어 太極卽理와 陰陽卽氣의 사상을 결부시킨 것으로 그의 우주론에서 스스로 導出된 것이다. 朱子는 〈心者는 性情之主〉라 한 것은 邵康節의 〈心者는 性之郛郭〉과 張橫渠의 〈心統性情〉과 더불어 유명한 말이다. 朱子의 本然之性은 理一을 밀한 것으로서 純善이요, 氣質之性은 理分殊를 말한 것으로서 有善惡이다. 그런데 理一과 理分殊는 또한 不離의 관계에 있으니 실로 朱子性說의 妙味가 있으나, 후세에 논란의 표적이 되었다. 그의 修養論은 居敬窮理와 中和說이다. 居敬窮理는 存仁行仁의 實踐方法이며, 中庸의 이른 바 尊德性 道問學에 해당한다. 그는 心學과 理學을 같은 것으로 역설했으나, 陸象山·王陽明 등에 비해 道問學인 理學에 치중했다고 볼 수 있다. 中과 和, 性과 情을 體와 用으로 말함으로써 心이 性情을 統包하고 動靜을 꿰뚫어 中과 和를 이룸을 말한다. 敬으로서 成仁하니 中體和用을 敬體敬用으로 보아 未發之前엔 敬으로써 存養(中)하고 已發之後에는 敬으로써 省察(和)할 것을 주장하였다. 이 居敬中和思想은 王陽明의 心無動靜說과 徐花潭 門人 李蓮坊의 心無體用說의 先驅를 이룬 것이다.

要는 朱子야말로 그 學이 李侗·羅從彦에서 내쳐 濂溪의 太極圖說과 程氏之傳을 盡得하여 理氣二元論을 철학적 체계화하고 居敬窮理 致知踐實 中和함으로써 求仁得聖코자 한 大哲人이었다.

저서엔 易本義啓蒙·詩集傳·大學中庸章句或問·論語孟子集註·太極圖通書西銘解·晦庵集·孟子指要·通鑑綱目·宋朝名臣錄·家禮·近思錄·河南程氏遺書·伊洛淵源錄 등 많은 저작이 있고, 淳祐時에 孔廟에 從祀되고 康熙中엔 十哲之次에 올랐다. 文學과 道佛을

배척하고 社倉法을 건의 理學을 주창하였다.

특히 朱子 41歲(乾道 6年 ; 1170) 경에 寒泉精舍를 처음 짓고
여기에서 家禮와 近思錄을 저술하였으며, 46歲(淳熙 2年 ; 1175)
7월에 雲谷에다 晦庵을 세우고 雲谷記를 지었고, 50歲(淳熙 6年 ;
1179) 10月에 白鹿洞書院을 復建, 54歲(淳熙 10年 ; 1183) 4月
에 武夷九曲의 第五曲에다 武夷精舍를 짓고, 武夷精舍雜詠並序도
지었는데, 서문 다음에 武夷精舍雜詠五絶 12首를 실었다. 그 12首
는 아래와 같다.(朱子大全 卷九 39장~40장)

```
精　舍：琴書四十年　幾作山中客　一日茅棟成　居然我泉石
仁智堂：我慙人知心　偶自愛山水　蒼崖無古今　碧澗日千里
隱求齋：晨窓林影開　夜枕山泉響　隱去復何求　無言道心長
止宿寮：故人肯相尋　共寄一茅宇　山水爲留行　無勞具雞黍
石門塢：朝開雲氣擁　暮掩薜蘿深　自笑晨門者　那知孔氏心
觀善齋：負笈何方來　今朝此同席　日用無餘功　相看俱努力
寒棲舘：竹間彼何人　抱甕靡遺力　遙夜更不眠　焚香坐看壁
晚對亭：倚筇南山巓　卻立有晚對　蒼峭矗寒空　落日明影翠
鐵笛亭：何人轟鐵笛　噴薄兩崖開　千載留餘響　猶疑笙鶴來
釣　磯：削成倉石稜　倒影寒潭碧　永日靜垂竿　玆心竟誰識
茶　竈：仙翁遺石竈　宛在水中央　飮罷方舟去　茶烟裊細香
漁　艇：出載長烟重　歸裝片月輕　千巖猿鶴友　愁絶棹歌聲
```

琴湖仙查船遊圖에 나오는 漁艇詩는 위에 든 武夷精舍雜詠並序(朱
子 54세 때지음) 맨 끝에 나오는 五言絶句다.

우리 나라에선 朝鮮初 四佳 徐居正의 〈朱文公武夷精舍圖用文公
韻〉이 〈武夷精舍雜詠〉次韻詩의 시초라 추찰된다.

그리고 주자 55歲 때 (淳熙 11年 甲辰 ; 1184) 武夷九曲櫂歌를
지었으며, 63歲(紹熙 3年 ; 1192)에 考亭을 짓고, 65歲(紹熙 5年
; 1194)에 竹林精舍를 지었으나, 뒷날 滄洲精舍로 改名하였다. 朱
子가 武夷山에 武夷精舍를 짓고 武夷精舍雜詠을 읊었으며, 武夷九

曲을 경영하면서 武夷九曲櫂歌를 지었으므로, 麗末에 理學이 우리
나라에 전래되어 조선조에 와서 흥성되자 武夷精舍雜詠과 武夷九曲
櫂歌를 次韻하는 起源을 이루었다. 여기 武夷九曲歌는 九曲 絶景을
七絶로 노래하였다. 첫 首는 序詩, 一曲은 尋眞洞, 二曲은 玉女峯,
三曲은 仙機岩, 四曲은 金鷄岩, 五曲은 鐵笛亭, 六曲은 仙掌峯, 七
曲은 石唐寺, 八曲은 鼓樓岩, 九曲은 新村市인데, 후세에 우리의 理
學者들은 次韻・和韻하기도 하고, 時調體・歌辭體로 읊기도 하였다.
武夷九曲櫂歌는 아래와 같다.(朱子大全 卷九 41장~42장)

武夷山上有仙靈　山下寒流曲曲淸　欲識箇中奇絶處　櫂歌閒聽兩三聲
一曲溪邊上釣船　幔亭峯影蘸晴川　虹橋一斷無消息　萬壑千岩鎖翠烟
二曲亭亭玉女峯　揷花臨水爲誰容　道人不復荒臺夢　興入前山翠幾重
三曲君看架壑船　不知停櫂幾何年　桑田海水今如許　泡沫風燈敢自憐
四曲東西兩石岩　岩花垂露碧氈氈　金鷄叫罷無人見　月滿空山水滿潭
五曲山高雲氣深　長時煙雨暗平林　林間有客無人識　欸乃聲中萬古心
六曲蒼屛遶碧灣　茅茨終日掩柴關　客來倚櫂岩花落　猿鳥不驚春意閒
七曲移船上碧灘　隱屛仙掌更回看　却憐昨夜峯頭雨　添得飛泉幾道寒
八曲風煙勢欲開　鼓樓岩下水縈洄　莫言此處無佳景　自是遊人不上來
九曲將窮眼豁然　桑麻雨露見平川　漁郞更覓桃源路　除是人間別有天

嶺南學派로서 武夷九曲櫂歌를 次韻한 대표적 작품은 逍遙堂 朴河
淡의 雲門九曲歌를 爲始하여 退溪 李滉의 陶山九曲歌, 寒岡의 武屹
九曲歌 등이 있고, 壽軒 李重慶의 梧臺九曲歌는 時調體 國文詩歌요
近品齋 蔡憲의 石門九曲歌는 歌辭體 國文詩歌였다. 畿湖學派로서는
栗谷 李珥의 高山九曲歌(時調體)를 위시하여 尤庵 宋時烈의 華陽九
曲歌(次韻詩), 玉所 權燮의 黃江九曲歌(時調體), 省齋 柳重敎의 玉
溪九曲歌(歌辭體) 등이 있다.
　전술한 武夷精舍雜詠이나 武夷九曲櫂歌는 觀山水美하여 見淸淨心
하니 실로 因物入道의 意趣가 어렸다고 할 수 있다.
　그러므로, 朱子의 漁艇詩는 天眞한 漁父 生涯의 멋이 생동하고

있다. 漁父 生涯의 眞率性을 假托하여 大自然의 眞諦를 맛보면서 居敬窮理에 드는 悠悠自適하는 眞像이 흡사 風乎舞雩詠歸의 정이 어린 것 같다. 〈五絶仄起. 下平聲. 庚韻(輕·聲)〉

上記 漁艇詩 五絶 20字를 운자로 삼고, 20명이 각각 한자씩을 얻어 시를 지었다. 20명 중에서 15명만이 言志하였다.

4) 樂齋와 抒情

樂齋는 上記 五絶中 첫째 글자 〈出字〉를 운자로 삼고, 五言古詩 12句를 지었다.

徐樂齋는 明宗 5年 庚戌(A.D.1550) 6月 4日 午時에 태어나, 光海君 7年 乙卯(A.D.1615) 4月 9日 黎明에 易簀하니 享壽 66歲였다. 諱는 思遠, 자는 行甫, 號는 晚悟堂, 彌樂齋라 하다가 나중에 樂齋라 하였고, 貫은 達城, 遠祖 高麗版圖判書 達城君 爾來, 承奉郎 贈門下侍中 達川君 諱 奇俊, 重大匡 金紫光祿大夫 門下贊成事 達城君 典文衡 諱穎, 佐命功臣 世子師傅 商議門下贊成事 諡貞平 諱鈞衡 等 簪紳이 聯立하여 世居達城하였는데, 改玉後 英陵 때, 天塹可城인 名基를 朝家에 바치고, 府民을 위해 償還穀利息을 減하여 百代의 博施濟衆 聖訓을 實踐함으로써 龜岩書院에 奉享된 諱沈 龜溪先生의 血脈이은 望族後胤 樂齋는 天稟이 純粹하고 才器絶人하며 一聞輒記하였다. 일찍이 爲己之學을 익혀 宣祖 8年 26歲에 鄕試에 居魁하고, 이어 寒岡에게 問學하면서 心經 近思錄 등 諸書를 읽고, 而立에 伊川精舍를 지어 濂洛關閩學을 연구하며, 嘯風詠月하다가 35歲時 除童蒙敎官이나 不赴, 38歲時 繕工監 監役으로 부임했다. 未久에 돌아왔으나 40歲時 又 除童蒙敎官이나 不赴하고 공부에 열중하였더니 史上未曾有의 黑齒亂(宣祖 25年, 43歲)이 터지자 忠憤을 이기지 못하여 倡義하되 招集鄕兵文과 鄕兵立約(樂齋集 卷6)을 지어 八公山 悟道庵에서 檄文을 뿌리면서 凶賊을 擊滅하여 祖國救出을 呼訴함으로써 樹功, 宣祖 甲午年(45歲)에 安奇察訪을 除授했으나 不赴,

翌年 乙未年(46歲)에 淸安縣監을 除授, 文敎를 復興케 하여 善政하였고, 이듬해 激勸本縣及屬縣父老子弟召募鄕兵文(樂齋集 卷6)이란 檄을 지어 나라 위해 募兵에 의하여 滅私奉公하기를 强勸하였으며, 宣祖 30(A.D.1597 ; 48歲) 丁酉再亂 때, 乞粟文을 지어 軍糧米를 모아 五禮山城을 補修하고, 이어 鳥嶺山城을 修築하며, 鳥嶺把守時에 贊畫 李公을 代하여 檄을 지어 보국하고, 이듬해 承議郎으로서 盡瘁타가 倭賊이 敗退渡海하자 出城하여 淸州 落影山下 不屈洞에 돌아와서 築土爲室하고 朝暮韰鹽으로 지내면서 程朱學을 講誦하였으므로 淸安 學徒들이 많이 와서 수학하였다. 宣祖 32年(A.D. 1599 ; 50歲) 還鄕하여 伊川 南녘 仙査를 講學所로 삼고, 宋朝 六君子畵像을 摹奉하고서 講學하더니 이듬해 開寧縣監命이 내렸으나, 辭不赴하고, 理學硏鑽에 黽勉하였고, 이어 그 翌年(宣祖 34年 52歲) 玉果縣監에 除授되었으나, 또 不赴, 2月에 仙査에다 敬義齋를 짓고, 3月에 張旅軒·呂鑑湖 諸賢 等 23名이 모여 琴湖仙査에서 뱃놀이하였는데, 그때 朱子 漁艇詩 五絶을 分韻하되 맨 먼저 出字를 받고, 出字韻으로 古詩 12句를 지으면서 諸儒와 함께 大自然과 대화하곤 悠悠自適하였다. 宣祖 37年(A.D. 1604 55歲) 正月 燕岐縣監에 除授되었으나, 또 不赴, 6月에 法正畵師를 초빙하여 武夷圖를 그리게 하고, 武夷九曲櫂歌題寫圖에 和하되, 표구하지 않고, 寢室 위에 걸었으며, 宣祖 40年(58歲) 除刑曹佐郎이나 不赴하고, 이듬해 宣祖 昇遐하자 會哭成服하고 光海 元年(A.D. 1609 ; 60歲)에 除翊衛司司禦나 不赴하고, 제생과 함깨 鳶魚臺에 노니다가 七絶을 읊되, 〈魚躍鳶飛只自然, 勿忘勿助亦同然, 初非因此還明彼, 於物於人莫不然〉이라 하니 鳶魚飛躍의 自然天理를 說盡하면서 人物性도 俱同한 것 같음을 나타내었고, 이듬해 庚戌年(61세)에 求仁錄을 閱讀하고, 九圖를 지어 常目存性의 資로 삼았으니 〈爲·愛·強恕·誠幾德·誠敬·三勿·看文字·律呂·日新〉이 그것이다. 이듬해엔 易學校正廳郞廳으로 宣召되었으나 不赴, 痰症이 益苦하더니 光海君 乙卯에 長逝하니 碑銘은 兵曹參判 李敏求가 짓고, 慶尙監司

洪處厚가 썼다. 仁祖 17年(A.D. 1639)10월 24일에 位版을 伊江
書院에 봉안하였고, 顯宗 14年 (A.D. 1673)엔 淸安의 龜溪書院에
奉享되었다.

　그러나, 韓國人名大事典(新丘文化社刊) p.329에 보면, 《徐思遠
은 利川出身, 鄭逑의 門人, 朱子學 및 李滉의 文集을 깊이 연구하
고, 중년 이후에는 후진을 가르쳤다. 선조 때, 學行으로 監役·察訪
을 지내고, 1595년(선조 28) 淸安縣監에 부임하여 학문의 진흥과
후진양성에 힘쓰다가 宣祖 31年(1598) 사임했다. 후에 開寧·玉
果·燕岐의 현감, 刑曹正郎·戶曹正郎·易學校正 등에 임명되었으
나 모두 응하지 않았다. 대구의 伊江書院, 淸安의 龜溪書院에 祭
享》이라 하였으나, 이 글 속에 나타난 〈利川出身〉은 잘못이고,
〈鄭逑의 門人〉이란 것도 〈鄭逑를 士友로 삼다〉라고 하는 것이
옳고, 〈監役·察訪〉을 지냈다고 하였으나, 宣祖 丁亥 38歲時에
繕工監 監役엔 赴任했다. 未久에 돌아왔으나, 45歲時 安奇察訪에
除授되었으되, 不赴하였다. 또 〈刑曹正郎·戶曹正郎·易學校正에
임명되었으나, 모두 응하지 않았다.〉고 하였지만 刑曹佐郎(宣祖
40年 丁未 58歲)에 除授되었으나, 不赴하였지 〈刑曹正郎〉이 아
니었기에 上記 人名大事典에 잘못된 사실을 밝혀 둔다.

　要컨대, 樂齋는 天稟이 英慧하고 才器過人터니 二十代에 鄕試에
居魁하고 白鹿 滄洲를 본받곤 伊川精舍를 지어 程朱學을 鑽究중에
漆齒亂을 當하여 蹶然히 일어서서 倡義함으로써 盡忠報國한 救國君
子였다. 亂中에 淸安縣監의 命을 받고 善治, 刑曹佐郎·戶曹正郎·
翊衛司司禦 等 전후 10여 차례 관직에 임명되었으나 모두 사퇴히고
오직 理學 연구에만 전심한 巨儒였다. 晚年 仙査에 玩樂齋를 세워
더욱 학문을 연찬하고 후진들을 薰陶하니 명성이 藉藉하였다. 그의
성학은 退溪 淵源으로 寒岡을 師友로 삼고, 知行倂進의 眞知를 얻
었으므로 당시 泗水의 鄭寒岡·玉山의 張旅軒과 鼎峙하여 유학계에
高峰을 이루었다. 실로 理氣哲學觀을 攄得하고 敬과 義를 내세워
사람을 敎誨하니 文康君子라 할 수 있다. 諡號는 靖簡.

여기 五言古詩 12句 속엔 晚春의 煙霞 속에 伊洛 물 위 뱃놀이 眞景이 그림같이 묘사되었다. 이 江上 大自然 絶景 속에 서니, 伊洛 光風 내가 안고, 나는 伊洛光風에 안겨, 流霞酒에 갑신 취해 神仙 끼고 창공을 훨훨 나는 듯한 기분이 어린 시다. 後半部 四句에

　　한들한들 구름헤쳐 은하를 넘어,　　　　(搖搖入雲漢)
　　똑바로 월궁을 찾아드올제,　　　　　　(直抵探月窟)
　　청풍이 겨드랑을 스쳐난말이,　　　　　(清風生兩腋)
　　갑신 취해 신선 끼고 창공 나는 듯.　　(醉挾飛仙忽)

이라 묘사하였으니 그 옛날 坡仙의 赤壁賦에 〈挾飛仙而遨遊라가 抱明月而長終〉이란 멍귀를 연상케 한다.

5) 旅軒과 抒情

旅軒은 上記 漁艇詩 五絕中 셋째 字 〈長字〉를 운자로 삼고 五言古詩 12句를 지었다.

長幼 數十人이 伊洛江上에서 뱃놀이할 제, 大自然을 호흡하고 대화하면서 悅樂하는 그 멋을 엇다가 비하리까. 더욱이 강촌에서 밤을 지새니 배꽃향기 그윽히 풍겨오고 새벽녘에 명승을 구경해 보니 그 풍경은 筆舌難盡임을 묘사하였다. 伊洛風景美와 뱃놀이 멋이 시 속에 生動하고 있다.

張旅軒은 明宗 8年 (A.D. 1553) 癸丑에 태어나서 仁祖 15年 (A.D. 1637) 丁丑에 捐世하니 享壽, 耋加五, 名은 顯光, 字는 德晦, 號는 旅軒, 姓은 張氏, 貫은 仁同, 宣祖 28年(A.D. 1595 ; 43세)에 천거되어 報恩縣監이 되고, 20여 년간 宦海에 있은 뒤, 工曹參議·吏曹參判·工曹判書 등 전후 20여 차례 관직에 임명되었으나 모두 고사하고 오직 학문 연찬에만 몰두하였다. 仁祖 2年(A.D. 1624 ; 72세)에 李适亂 뒤에 上命을 받고 上京, 상감마마에게 정치에 대한 건의를 하였으며, 丙子胡亂이 터지자, 耋餘歲의 老軀를

이끌고 각 주군에 檄文을 보내어 勤王軍을 일으켰으나, 이듬해 三田渡 降服 소식을 듣고, 立嵒山에 들어가 終老한 巨儒였다. 領議政에 追贈, 諡는 文康, 당대 명유 泗水의 鄭寒岡・仙査의 徐樂齋와 鼎立하여 명성이 높았다. 川谷書院・同洛書院・旅軒影堂・松鶴書院・臨皐書院・氷溪書院에 祭享하였다.

旅軒은 獨學으로 理氣一本說을 주장하였다. 理氣哲學에서 折衷派는 主理와 主氣의 兩說을 折衷함으로써 자가 체계를 수립한 것인데, 退栗 兩系中에서도 自己 師說만을 지지하지 않고, 他師說도 도입하여 兩說을 절충한 것이다. 그 理와 氣에 대하여 어느 쪽에도 치우지지 않고, 理氣를 一物, 一本으로 보려는 경향이 있었는데, 明의 羅整庵이 理氣一物說을 제창한 대표적 철학자이며, 한국에서는 李一齋(名 恒, 諡 文敬)와 張旅軒(名 顯光, 諡 文康)이 있으니 이들을 굳이 말하면, 理氣折衷派에 속한다.

旅軒은 理氣를 二物로 보지 않고 그것을 體와 用으로 봄으로써, 經(날)과 緯(씨)에 비하여 말하길

> 理는 곧 道의 經, 氣는 곧 道의 緯다. 經이 되고 緯가 되었다 해도 한가지 실인데, 어찌 二本이라 할 수 있으며, 理와 氣가 비록 分이나 同이니 이는 道이므로 어찌 二源이라 할 수 있으랴? 그 常一한 것을 가리켜 理라 이르고 그 변화된 것을 가리켜 氣라 이르니, 理는 참으로 氣의 經이오 氣는 理의 緯다.
>
> 理와 氣를 반드시 經과 緯로 나누는 것은 모름지기 理氣가 元來 二本이 아님을 일아아 한다. 經緯로서 理氣를 말하는 것은 저 埋氣가 體用이 됨을 밝히는 까닭이다. (旅軒集 卷4)

라고 말하였으니 理氣經緯說을 理氣一本說이란 것인데, 整庵 一齋 등의 理氣一物說과는 약간 차이가 있는데 一齋의 理氣一物說은 理氣一體요, 旅軒의 理氣一本說은 理氣體用說이다. 그리고 心性을 논함에 있어서는 退溪의 理氣互發說을 반대하고 栗谷의 氣發理乘說을 支持하였다. 그러나 理氣體用을 經緯라 본 것은 理氣不相離를 강조

하려는 것 뿐, 그 개념정립에 있어서는 퍽 모호하다고 할 수 있다.
그의 理氣一本說은 人心道心을 二分하는 것을 반대하되 人心道心一
本說을 주장하였다. 그래서

　　一本으로서 말하면, 道心도 人心이요, 人心도 道心이다. 사람이 道
　　를 떠나지 않고, 道가 노상 사람에게 있으니 그것이 과연 둘이겠는
　　가. (旅軒集 卷5)

라 말하였으며, 理氣一本說 토대 위에서 氣發理本을 고창하기를,

　　四端은 純善으로서 理發이라 하고, 七情은 有雜으로서 氣發이라
　　하는 것은 이른 바 情의 근본하는 것은 四七 共히 理요, 情의 發하
　　는 것은 모두 四七 共히 氣라는 說이 不易之旨란 것만 같지 못하다.
　　　　　　　　　　　　　　　　　　　　　　　　　　　(旅軒集 卷4)

라고 하였으니 栗谷의 氣發理乘說을 찬동하는 태도며, 德은 道의
至善한 벗이라고 논하였다.

　6) 呂鑑湖와 抒情

　鑑湖는 上記 漁艇詩 五絶 中 둘째 글자 〈載字〉를 운자로 삼고,
五言古詩 12句를 지었다.
　晚春節에 뱃놀이 하니 나라는 兵火입어 거칠어졌건만, 山河만은
그대로 봄빛 어림에, 儒仙이 노니던 옛 풍경을 완상하며, 濁酒三杯
에 豪氣發하니 宇宙가 작자 품에 가득함을 노래하였다.
　呂鑑湖는 明宗 7年 (1552) 壬子에 태어나, 光海君 11年
(1619) 己未에 長逝하니 享壽 耆加八. 名은 大老, 字는 聖遇, 號는
鑑湖, 姓은 呂氏, 貫은 星山. 天性이 英特薑桂하고, 器宇魁傑하며,
風采磊磈하여 經子史에 博通함으로써 講說이 快然히 決河같았고,
32歲 때 (宣祖 16年)에 文科, 持平 歷任, 文章節行이 빼어난 巨儒

로서 龍蛇亂 때, 義兵將으로 副將 權應聖과 함께 茪功을 세웠다.

7) 其他 諸 章甫의 抒情

㉠ 李天培 ; 漁艇詩 五絶中 넷째 글자인 煙字를 韻을 삼고, 五言
古詩 12句를 지었다.
清遊속 아름다운 풍경이 그림 같은데, 天光雲影 江
上에서 大自然을 玩賞하며 飄飄히 배 떠가니 豪氣堂
堂 神仙 끼고 나는 듯한 서정이 서렸다.
〈如畵風景 船遊의 즐거움〉
㉡ 郭大德 ; 漁艇詩 五絶中 다섯째 글자인 重字를 韻을 삼고, 五
絶을 읊었다. 扁舟에 노을 가득 싣고 桃源에 노니는
듯함을 노래하였다. 〈桃源扁舟의 멋〉
㉢ 宋後昌 ; 漁艇詩 五絶中 여섯째 글자인 歸字를 운을 삼고, 六
言古詩 六句를 읊었다.
晚春節 풍경 속에 船遊하는 章甫들의 眞像이 그려져
있다. 〈晚春絶景속 船遊儒士들의 멋〉
㉣ 張乃範 ; 漁艇詩 五絶中 일곱째 글자인 粧字를 운을 삼고 五
言古詩 12句를 지었다.
晚春節 山高水洋한 江上에서 鳶魚理의 眞境을 領得
하고 뱃놀이 하면서 山보다 바다풍경이 나음을 구가
하였다. 〈晚春江上의 鳶魚理의 妙境〉
㉤ 鄭四震 ; 漁艇詩 五絶中 여덟째 글자인 片字를 운을 삼고, 五
言律을 읊었다.
落花펄펄 白鳥훨훨 大自然의 풍경 안고 悠悠히 뱃놀
이하는 모습이 詩 속에 흘러 넘친다.
〈晚春節 江上에서의 清風船遊의 멋〉
㉥ 都聖兪 ; 漁艇詩 五絶中 제13자인 猿字를 운자 삼고, 五言古
詩 12句를 읊었다.

壬亂 뒤 晚春日暮 풍경 속에 어른들을 뫼시고 高會
하여 뱃놀이 하며, 白鳥孤雲 심경된 伊洛의 멋이 그
려졌다. 〈白鳥孤雲 心境의 伊洛高會 뱃놀이의 風流〉

㉂ 鄭 錘 : 漁艇詩 五絶中 제14자인 鶴字를 운자로 삼고, 五言古
詩 12句를 지었다.

桃花紅 楊柳綠의 芳洲에서 諸賢들을 뫼시고 高會하면
서 그 德風을 欣慕하며 超俗自然美에 悅樂하는 모습
이 선하다.   〈芳洲의 超俗自然美 속의 高尙性〉

◎ 都汝兪 ; 漁艇詩 五絶中 제15자 友字를 운자 삼고, 五言古風
12句를 읊었다.

晚春의 光風 속에 諸賢을 뫼시고, 萬頃滄波 위에 뱃
놀이하니 屈原의 漁父辭의 漁父모습과 子陵高風이
어린 듯하다고 그렸다.

〈漁父의 悠然性과 子陵 釣臺高風이 엉긴 晚春의 뱃놀이의 風流像〉

㉄ 徐思選 ; 漁艇詩 五絶中 제16자인 愁字를 운자 삼고, 五言古
風 16句를 읊었다. 이 시는 제2句와 제4句만 七言
句로 이루었으나 나머지 14句는 五言句로 읊었으
며, 여기 船遊詩 15首中 가장 長篇이다.

晚春의 絶景 속 仙査에서 배줄 풀고 뱃놀이하며,
大自然에 안기고 뱃노래 들으면서 悠悠自適하니 桃
花 流水 아득히 물에 떠감에 예가 武陵桃源인가 묘
사하였다.〈晚春絶景속 仙査船遊風은 桃源眞景의 聯想〉

㉅ 李興雨 ; 漁艇詩 五絶中 제17자인 絶字를 운자 삼고, 五言古
詩 12句를 읊었다.

晚春의 絶勝 속 萬頃蒼波上에 扁舟타고 노니올 제,
清風香煙 속에서 뱃노래 들으면서 悅樂타가 이별의
恨을 슬퍼했다.   〈晚春絶景 속 船遊의 즐거움〉

㉆ 朴曾孝 ; 漁艇詩 五絶中 제18자인 棹字를 운자 삼고, 五言古
詩 12句를 읊었다.

晚春의 夕風속에 뱃놀이할 제, 물위에 꽃잎 펄펄
눈앞에 절경이 펼쳐지고 淸風타고 노니다가 歸帆하
는 흥겨운 멋이 엉겼다.
〈晚春絶景 속에 淸風타고 自適하는 船遊의 風流〉
㉣ 金克銘 ; 漁艇詩 五絶中 제19자인 歌字를 운자로 삼고, 五言
古詩 12句를 읊었다.
벗님네 船遊할 제, 芳洲에 楊柳桃李 펼쳐져 있고,
滄波에 갈매기 훨훨 날아드는데 고기잡아 膾치고
잔을 날려 갑신 취하니 하늘을 나는 神仙같음을 노
래하였다.
〈晚春의 絶勝 속 神仙 놀음 같은 뱃놀이의 風流〉

以上에 읊은 시를 감상해 보면,
첫째 ; 아름다운 仙査의 江邊 江上의 風景美가 그림처럼 묘사되
었고,
둘째 ; 大自然 속에 안겨 鳶魚理의 眞諦를 느꼈으며,
셋째 ; 一杯一杯復一杯 속 바커스(Bacchus)에 홀려 豪氣 發하고
神仙끼고서 虛空을 훨훨 나는 듯한 眞境을 그리고, 흡사
桃源에 거니는 듯 함을 묘사하였다. 실로 煙霞詩興裏에
天地酒杯中인데, 水流天自在요, 心遠桃源風인가.

3. 琴湖仙査船遊圖의 現狀

3.1. 所藏者

이 선유도는 조선조 고종 때, 영남의 거유 臨齋 徐贊圭의 고손
徐大敎의 소장품이다.

3.2. 船遊圖의 現狀

원본은 한저지 가로 127cm. 세로 85.3cm 맨 위에 가로 隷書體로 〈琴湖仙査船遊圖(方6cm)〉라고 墨書, 그 아래 첫머리에 세로로 楷書 〈皇明萬曆二十九年辛丑暮春之念三日達城琴湖船遊錄〉이라 묵서하고, 그 다음에 朱子의 五言絶句를 들곤 그것을 分韻하되, 徐樂齋를 필두로 23명의 章甫들의 성명을 나열하고 그 중 15명의 창작 한시가 각각 그 이름아래 細筆楷書로 쓰여져 있다. 그 밑에 가로 51.6cm, 세로 85.3cm의 뱃놀이 그림이 그려져 있으며, 맨 끝에 呂鑑湖의 서문이 기록되어 있다. 그러나 이 선유도에 쓴 書者는 未詳이다.

3.3. 船遊圖의 畵風

이 그림 끝에 〈癸巳仲春之日 後生 蘭坡 趙衡達 盥水謹畵〉이라 落款하고 있으므로 癸巳年 仲春에 趙衡達라는 사람이 그린 것만은 틀림없다.

重刊 樂齋集 年譜 卷1에 보면, 〈宣祖 34年 辛丑(A.D. 1601) 三月에 張旅軒·呂鑑湖 諸賢과 琴湖 船遊할 때 朱晦庵 漁艇詩를 分韻하여 出字를 얻어 시를 지었다〉고 기록하곤 끝에 〈作船遊圖 諸賢詩在集中 呂鑑湖序〉라 하였으니 여기 말하는 船遊圖는 오늘에 전하는 琴湖仙査船遊圖와 같은 것이라 본다. 그러나, 樂齋 生存 當時 船遊圖에 그림이 들어 있었는지 의심스럽다. 왜냐하면 今傳하는 船遊圖엔 그림이 있는데, 趙衡達가 癸巳年 仲春에 그렸다고 하니 그 연도가 전연 다르기에 문제가 있다. 그러므로, 今傳하는 船遊圖의 그림 제작시기는 樂齋 船遊 當時(宣祖 34年 A.D. 1601)의 그림이 아니라, 樂齋長逝後 癸巳年 仲春에 趙衡達가 그린 것이라 여긴다. 重刊 樂齋文集이 출간된 연대는 그 序文 끝에 〈崇禎紀元後四癸卯 季冬下澣〉이라 기록하였기에 朝鮮朝 憲宗 9年 癸卯

(A.D.1843)12월 下旬이었다. 그때 船遊圖 事實을 收載하였으므로, 趙衡逵가 그린 癸巳年은 樂齋 歿後 孝宗年 癸巳年(A.D. 1653)에서 重刊 樂齋集 上梓 直前 純祖 33年 癸巳(A.D. 1833)까지 사이에 이룩된 작품이라 추찰되며, 畫風과 紙質上으로 보아서도 朝鮮 中期 穆陵 때가 아니라, 後期 純祖 癸巳年 仲春이라 推斷한다.

우리의 繪畫史上에 三大 巨擘을 신라의 率居, 高麗의 李寧, 朝鮮의 安堅을 꼽기도 하나, 흔히 朝鮮의 謙齋 鄭歚, 玄齋 沈師正, 觀我齋 趙榮祏을 三齋라 칭송한다. 玄洞子 安堅이 朝鮮初에 卓出하여 靑山白雲圖와 夢遊桃源圖 등 山水畫를 그려 당시 畫壇에 金字塔을 이룩하여 후세 우리 나라뿐만 아니라, 日本 室町水墨畫에도 큰 영향을 끼쳤다. 오늘날 전하는 夢遊桃源圖(日本 天理大 所藏)의 眞蹟을 보면, 這間의 眞價를 엿볼 수 있다. 朝鮮 中期에 와서 梁彭孫·鄭世光·申師任堂·金禔·李興孝·李澄·金明國·李上佐 등 名畫伯이 모두 玄洞子派 畫風이었다. 그러나, 朝鮮 後期에 와선 이른 바 三齋의 首巨手인 謙齋가 兀出하여 山水畫의 독자적 특징을 살린 山水寫生의 眞景畫로 전환하였다. 곧 濃淡을 대조로 한 그 위에 靑色을 主調로 하여 岩壁面과 質感을 표현한 새로운 경지를 개척함으로써 후세에 그 영향이 컸다. 金剛山萬瀑洞圖·仁王霽色圖·內金剛圖 등에 그 특색이 나타나 있다.

여기에 보인 船遊圖는 謙齋 畫風을 會得한 작품이라 여긴다. 趙衡逵 畫伯이 濃淡의 대조 위에 靑色을 主調로 하되 岩壁面과 質感을 나타내고 扁舟를 그린 것이 謙齋風이 엉겨 있다. 그런데, 朝鮮 中期엔 玄洞子이 傳神法이 三昧에 든 것과 같은 그런 산수화풍이 풍미하였으나, 朝鮮 後期엔 謙齋가 彗星처럼 나타나 山水寫生의 眞景畫風으로 전환하여 그 영향이 자못 컸다. 그러므로, 英祖 때 謙齋 以後 山水畫風이 謙齋風으로 흘렀기에 船遊圖를 그린 趙衡逵도 謙齋畫風을 骨格삼고 이 船遊圖를 이룩했다고 본다. 그래서 이 畫風上으로 보아도 朝鮮 後期 正祖·純祖造 작품이라 여긴다. 더 좁혀 말하면 英祖 49年 癸巳(A.D. 1773)때거나, 純祖 33年 癸巳(A.D.

1833) 때라 볼 수 있으나, 오히려 純祖 癸巳年에 趙衡逵가 船遊圖를 그렸다고 推察한다.

4. 船遊圖의 價値

우리의 漢文學史上이나 繪畵史上에 이 船遊圖와 같은 것은 처음 나타난 작품이다. 壬亂 뒤 3년 만인 辛丑(1601) 晩春에 당대 영남 명유 徐樂齋·張旅軒·呂鑑湖 등이 중심이 되어 琴湖仙査에서 뱃놀이하였는데, 참가인원은 23명이었다. 이 모임은 壬亂을 겪은 고통을 서로 위무하고 이를 감계삼아 일치단결하고 대자연속에서 浩然之氣를 기루며 理學을 바탕으로 선비道를 한층 발전시켜 求聖함으로서 국가 민족을 수호하여 민족문화를 재흥코자 했던 것이다.

그 때에 朱子 漁艇詩 五絶 20字를 分韻分字하여 20명에 年齒順대로 나누고 시를 지었다. 그 20명 중에 15명만이 작시하였는데, 樂齋 등 10명은 五言古詩 12句를 짓고, 기타 五言古詩 16句 1名, 10句 1名, 6句 1名, 五絶 1名, 七絶 1名의 시가 이 船遊圖에 실려 있다. 이 圖 맨 위에 23명의 명단과 작품이 실려 있고, 중간에 뱃놀이도를 그려 붙이고, 맨 끝에 서문이 쓰여져 있다.

이 分韻分字 方式도 특이하고 15명의 儒林詩를 上段에 싣고, 중간에 그림을 그려 붙이곤 下段에 서문을 붙인 이런 船遊圖는 퍽 드물다.

우리의 漢文學史上에 詩會에서 五七言 名句를 截斷하여 分韻하는 예는 있어도 五絶 20字 전체를 分字하여 押韻삼은 예는 이것이 처음인 듯하다. 그 詩들도 비록 敍景詩이긴 하나, 逸品이므로 한국 한문학상에 특기할 만한 風流韻事라 할 수 있고, 한국회화사상에도 겸재풍으로서 한 번 짚고 넘어갈 만한 그림이다. 다만 이 船遊圖의 시는 거금 392년 전 선조 34년(A.D. 1601)때의 작품이긴 하나, 그림은 후세 正純 癸巳年間에 추가로 그려 넣었기에 옥의 티라고

여기지 않을 수 없다. 玩樂齋라는 私設 教育道場 設立祝賀 船遊란
점에서도 우리의 教育史上 높게 평가할 수 있다.

5. 맺는 말

이번에 上梓하는 琴湖仙査船遊圖는 臨齋 玄孫 徐大教 所藏本으로
그 內容이 特異한 點이 있기에 아래와 같이 요약한다.

1) 船遊圖의 크기
가로 127cm, 세로 85.3cm   그림 크기 ; 가로 51.6cm, 세로
85.3cm

2) 船遊開催年月日과 場所
宣祖 34年 辛丑(A.D. 1601) 3月 23日. 지금의 達城郡 多斯面
仙査에서 뱃놀이하였다.

3) 參加儒林과 唱酬詩
당시 船遊모임에 참가한 유림은 모두 23명, 最年長者 徐樂齋와
張旅軒·呂鑑湖 諸賢이 中心이며, 특히 靑壯年層은 樂齋 門人이 主
流를 이루었다. 史上未曾有의 壬亂 뒤 3년만인 宣祖 34年 (1601)
3月에 樂齋가 仙査에다 諸賢들과 性理學을 研鑽하고, 英材늘을 薰
陶하기 위해 玩樂齋를 重創하곤 晩春의 大自然 속에서 船遊를 하였
다. 이 講學所는 一種의 私設教育機關이다. 이 船遊모임은 壬亂危機
를 克服한 生存儒林이 以心傳心으로 不期而會하여 아름다운 祖國山
河의 大自然 속에서 一杯酒로 오랜 兵燹에 지친 心身을 서로 慰撫
하면서 品藻山水하고 平章風月하여 浩然養素함으로써 다시 새 각오
를 견지하고 性理學을 研鑽하곤, 存天理遏人欲하여 선비道로 道德
再武裝함으로써 국가 민족을 굳게 수호하여 海東君子之國으로 再興

시키고자 한 뜻이 엉켜 있었고, 아울러 天下英材를 교육코자 한 道場인 玩樂齋 落成祝賀의 뜻도 內包되어 있었다.

특히 朱子의 漁艇詩 五絶 20字를 分韻分字하여 23名中 20名이 得韻하였으나 그 중 樂齋·旅軒·鑑湖 諸賢 등 15名만 成詩하였다. 그 詩는 樂齋集과 砥柱軒逸稿(李奎文 著)에 收載되어 있다. 중국 梁의 庚肩吾 때, 分韻이 시작되었다 하나, 五絶 全體를 年齒順 대로 分韻分字方式으로 酬唱한 것은 우리 漢文學史上에 있어서 最初의 韻事다. 그 詩들은 모두 自然 風光속의 抒情風流로 一貫하고 있으나, 這裏 中엔 鳶魚理의 眞像을 묘사한 것이 특색이다.

詩形上으로는 五言古詩 12句 10首, 五言古詩 16句 1首, 五言古詩 10句 1首, 五言古詩 6句 1首, 五絶 1首, 五言律 1首로 표현되이 있는데, 총 15首中 五言古體 13首, 五言近體 2首다.

4) 船遊圖의 畫風

純祖 33年 癸巳年 頃에 趙衡逵畫伯이 그렸다고 볼 수 있고, 謙齋 畫風을 骨格삼은 畫風이라 본다.

5) 船遊圖의 評價

이 作品은 맨 上段에 15名의 시를 年齒順 대로 싣고, 中段에 趙衡逵의 뱃놀이 山水畫를 붙이고, 맨 下段에 序를 붙인 이런 형식의 船遊詩會圖가 4百餘年 前 朝鮮 中期에 이루어졌다는 것은 뜻깊은 일이다. 더욱이 壬亂 直後, 大亂의 고통을 서로 위무하고 大自然 속에서 浩然之氣를 기루면서 玩樂齋란 私設 敎育道場을 마련하여 그 落成祝賀를 兼하고 文敎再興을 꾀함으로써 국가 민족에 기여코자 한 뜻이 어린 船遊詩會이기에 남다른 船遊임을 높이 평가하며, 上記와 같은 船遊圖는 특기할 만한 작품이다. 그러나, 그 중에 船遊山水畫만은 穆陵 當時 작품이 아니라, 후세 純祖 때, 趙衡逵의 그림이라는 것이 未洽하다. 그림 자체야 좋은 작품이기는 하나 이왕이면, 穆陵 때 詩畫가 한목 이루어졌다면, 錦上添花格일 것이다.

以上으로 보아 이 船遊圖는 朝鮮朝 敎育史上이나 漢文學史上 繪畫史上에도 應分의 價値를 인정할 수 있는 작품이라 생각한다.

※ 〈琴湖仙査船遊圖 原文 飜譯〉

皇明萬曆二十九年辛丑暮春之念[1] 三日 達城 琴湖船遊錄

선조(宣祖) 34년 신축(辛丑 萬曆29年 A.D. 1601) 늦은 봄 23일에 달성 금호강에서 뱃놀이한 기록이다.

    朱晦庵先生詩
    出載長煙重　　　아침놀 가득 싣고 떠나갔다가,
    歸粧片月輕　　　조각달 싣고 가벼이 돌아오누나.
    千岩猿鶴友　　　절벽에서 잰나비와 학과 벗할 제,
    愁絶棹歌[2]聲　　　구슬픈 뱃노래가 들려오누나.
(위의 오언절구 20자를 운자로 정하고, 각각 운자를 나누어 가지고 시를 지었다.)

    徐思遠; 字行甫, 號樂齋. 庚戌生. 居達城. 得出字.
    春殘恨不堪　　　봄 저물자 하도야 안타까워서,
    滿載煙霞出　　　노을 가득 싣고야 뱃놀이 가네.
    心人自東西　　　사방에서 뜻있는 이 모여든말이,
    雲霧欣初豁　　　운무도 활짝 개니 내맘 기뻐라.
    伊洛始沿泝　　　이락(伊洛)물을 거슬러 올라 가니는
    源泉期濬潑　　　윗물이 깊고도 물살 빠르네.

---

1) 念(염) ; 스물(二十), 金石文字記에 《開業碑陰 多宋人題名 有曰 元祐辛未 陽月念五日題 以卄爲念 始見於此》. 金石文에 〈念〉자를 쓴 최초 기록이다.
2) 棹歌(도가) ; 뱃노래. 棹唱. 櫂歌. 劉長卿 詩에 《弄月詩棹唱》. 朱子의 武夷九曲櫂歌가 있다. 朱子의 漁艇詩(樂齋集 卷14張에 등재되어 있음).

麗日爲明媚	햇빛은 아름다이 고이 빛나고,
光風振林樾	광풍(光風)이 숲 그늘을 흔들어 대네.
搖搖入雲漢	한들한들 구름 헤쳐 은하를 넘어,
直抵探月窟	똑바로 월궁(月宮)을 찾아드을 제,
淸風生兩腋	청풍이 겨드랑을 스쳐난말이,
醉挾飛仙忽	갑신 취해 신선끼고 창공 나는 듯.

呂大老 ; 字聖遇, 號鑑湖. 壬子生. 居金山. 得載字.	
收拾春光盡	봄빛을 모두 다 예서 거두고,
滿却孤舟載	조각배에 그 빛을 가득 실었네.
乾坤百戰餘	이 누리는 난리 만나 부서졌건만,
山河無恙在	저 산하는 탈없이 남아 있구나.
沿洄擊空明3)	달빛 어린 맑은 물 쳐 서슬러 가니,
連天流浼浼4)	평평한 지 물결이 하늘 닿았네.
飄飄任所之	산들산들 봄 바람에 배를 맡기고,
萬頃凌滄海5)	아득한 푸른 바다 저어 가누나.
儒仙6)去不還	최고운은 아주 가고 오지 않건만,
景物如我待	저 풍경은 이 내 몸을 기다린 듯해.
三盃豪氣發7)	석잔 술에 호기가 당당하올 제,
宇宙皆度內	온 우주가 내 품안에 가득할시고.
張顯光 ; 字德晦, 號旅軒. 癸丑生. 居仁同. 得長字.	

---

3) 擊空明(격공명) ; 《공명》은 맑은 물에 달 그림자가 투명하게 비치는 것, 그러므로 물에 비친 달 그림자를 노로 치는 것을 말한다. 蘇東坡의 前赤壁賦에 《桂棹兮蘭槳, 擊空明兮泝流光》

4) 浼浼(매매) ; 물이 평평하게 흐르는 것. 詩經 邶風 新臺에 《新臺有西 河水 浼浼》

5) 飄飄任所之 萬頃凌滄海(표표임소지 만경릉창해) ; 《표표》는 가볍게 나부낌을 형용하고, 《임소지》는 나가는 곳에 맡김을 말하여, 《之》는 行·去의 뜻, 《만경릉창해》는 만경의 푸른 바다를 이겨내며 간다는 뜻, 蘇東坡의 前赤壁賦에 《縱一葦之所如 凌萬頃之茫然……飄飄乎如遺世獨立 羽化而登仙》

6) 儒仙(유선) ; 최치원(崔致遠)의 타 칭호.

7) 三盃豪氣發(삼배호기발) ; 남송(南宋) 주자의 싯귀에 있다. 朱子의 醉下祝融峯作에 《我來萬里駕長風, 絶壑層雲許蕩胸. 濁酒三盃豪氣發, 朗吟飛下祝融峯》

追思昨日遊	어제 놀던 그 일을 그려 보니는,
事過意何長	지난 일의 그 뜻이야 깊지 않으랴.
長幼數十人	어른들과 젊은이들 수십 사람이,
一船爲醉鄕	한 배 안에 갑신 취해 몽롱한 경지.
隨風縱所如[8]	바람 따라 배 멋대로 흘러간말이,
去去迷其方	가도 가도 그 방향이 희미하구나.
悠悠箇中樂	유연한 이 속의 즐거움이야,
豈但在詠觴	술 마시고 읊는 데만 있을 뿐이랴.
暮投江上村	해 저물자 강촌에서 이 밤 지새니,
梨花來遠香	배꽃 향내 저 멀리서 풍겨올시고.
曉起觸諸勝	새벽녘에 곳곳 명승 관광해보니,
兹遊永不忘	이 뱃놀이 길이길이 어찌 잊으랴.

李天培 ; 字景發, 號三益齋. 戊午生. 居星山. 得煙字.

淸遊涵麗景	청유(淸遊) 아름다운 풍경 엉기고,
遠岫生雲煙	먼 산밑엔 구름이 피어 오르네.
柔櫓擊空明	물에 비친 달 그림자 삿대로 치고,
滿船俱英賢	어진 선비 배 안에 가득할시고.
搖搖棹復棹	한들한들 노 젓고 다시 노 젓고,
點點山連山	이곳 저곳 점점이 산이 이었네.
雲影淨如掃	구름은 씻은 듯이 깨끗이 개고,
天光凝碧連	하늘 빛이 푸른 물에 엉겨 있구나.
撑蒿驗用力	호시(蒿矢)당겨 시 실력을 겨누어 보니,
俯仰如淵天	굽어봐도 우럴어도 천지차일레.
豪思若雲湧	호기당당 구름이 솟는 듯하고,
此身挾飛仙[9]	이 몸이야 신선 끼고 나는 듯하네.

郭大德 ; 字敦夫, 號竹塢. 戊午生. 居達城.

李奎文 ; 字士彬, 號砥柱軒. 壬戌生. 居星山. 得重字.

---

8) 縱所如(종소여) ; 가는 대로 맡긴다. 《여》는 《去·行》의 뜻. 蘇東坡의 前赤壁賦에 《縱一葦之所如》

9) 挾飛仙(협비선) ; 하늘 나는 신선을 낌을 말한다. 前赤壁賦에 《挾飛仙以遨遊 抱明月而長終》

長風輕帆遠　　　가벼운 듯단배가 장풍(長風)을 타고,
直到桃源洞　　　곧바로 도원동에 이르렀구나.
滿載煙霞趣　　　이 배에 가득 실은 노을의 멋을,
扁舟知幾重　　　조각배가 그 얼마나 무거워하랴.

宋後昌 ; 字仲裕. 號孤軒. 癸亥生, 居星山. 得歸字.
春江生夜雨　　　봄가람에 부슬부슬 밤비야 내리는데,
桂棹問何歸　　　묻노니 노저어 어디로 가는다?
粉壁危松倒　　　흰 벼랑에 높은 솔이 거꾸로 매달렸고,
古亭芳草菲　　　옛 정자엔 꽃다운 풀들이 우거졌네.
滿船仙客輩　　　이 배에 가득찬 신선스런 선비들란,
應懷德星輝　　　응당히 품었으리 빛나는 그 덕망을.

張乃範 ; 字正甫. 癸亥生. 居玉山. 得粧字.
我家在洛上　　　이내 집은 낙동강 상류에 있거니,
歸舟幾日粧　　　배타고 고향 갈 제 며칠이나 걸리누나.
波濤何杳茫　　　물결이 어이 그리 아득히도 멀기에,
津涯難可量　　　배로 댈 나루터도 분간하기 어려워라.
今來泛此湖　　　이제사 예 와서 이 금호에 배 띄우니,
山高水自洋　　　저 산 높고, 이 물이 넓고도 아득해라.
道內鳶魚理10)　　솔개 날고, 고기 뛰는 자연천리 깨치울 제,
無邊楊柳光　　　눈앞에 펼쳐졌네 한없는 버들풍경.
少者眞易解　　　젊은이도 이 천리를 능히 쉬이 알고야,
溪山勝滄浪　　　산 경치가 바다보다 낫다고들 하는구나.
無寧人不識　　　오히려 사람들은 이를 알지 못하고야,

---

10) 鳶魚理(연어리) ; 솔개가 하늘을 날고, 고기가 못 속에서 뛰는 그것이 모
　　두 자연스런 천리의 작용이기에 새나 물고기들이 그 천리를 자득한 것이
　　니 정호(程顥)가 읊은 시 중에 《萬物靜觀皆自得 四時佳興與人同》의 천
　　리가 그 속에 서리어 있다. 그 천리 곧 도(道)가 우주간에 존재하고 있다.
　　현상 곧, 사체(事體)가 이체(理體)요, 본체라고 화엄철학에서 운위하고 있
　　다. 그런데, 율곡(栗谷)은 천지조화를 《기화이승(氣化理乘)》이라 단정하
　　였다. 이 연어(鳶魚)의 이(理)는 시경(詩經) 한록(旱鹿)에 《鳶飛戾天 魚
　　躍于淵》이라 한데서 나왔다.

何不學海長	바다 큼을 어째서 배우지 않았더냐.

鄭四震 ; 字君燮, 號守庵. 丁卯生. 居永川. 得片字.

紅花落紛紛	붉은 꽃은 어지러히 펄펄 지는데,
白鳥飛片片	백구는 조각조각 훨훨 날아라.
東湖春欲暮	동호에 이 봄은 저물어 가고,
放舟因風便	배 띄어 바람 따라 편히 떠가네.
新酒樽中滿	새 술은 두루미에 가득 차 있고,
知心蓬底遍	지기(知己)들은 이내 곁에 두루 찼구려.
鼓枻11)浮江去	돛대를 치면서 노 저어 가니,
淸風來水面12)	청풍이 물위로 스쳐오누나.

李宗文 ; 字學可. 丁卯生. 居達城. 得月字.

鄭　鏞 ; 字振甫. 丁卯生. 居達城. 得輕字.

徐思進 ; 字進甫. 戊辰生. 居達城. 得千字.

都聖兪 ; 字廷彦. 辛未生. 居達城. 得猿字.

日暮輕橈疾	해 저물자 빨리들 노 저어 가는말이,
疑聞楚峽猿	무협(巫峽)의 잰나비소리 들리는 듯하여라.
巖花紅綺爛	붉은 꽃이 바위서리 아름다이 활짝 폈고,
汀柳綠袍翻	물가 버들 펄렁이네 파란도포 자락마냥,
追陪作高會	어른들을 뫼시옵고 연석을 베푸오니,
綢繆13)情更敦	얽히고 설킨 정이 더더욱 두터워라.
何幸干戈後	다행히도 임란(壬亂)이 평정된 뒤라서,
重傾酒一樽	거듭거듭 술잔을 마음놓고 기울이네.
閑分白鳥雙	한가론 백조들은 쌍쌍이 날아들 제,
心逐孤雲奔	내 마음도 서 하늘의 고운 따라 달리누나.

---

11) 鼓枻(고예) ; 뱃전을 친다. 《鼓》는 친다이 뜻이나, 《鼓·鼜》는 북이란
뜻이니 구별해야 한다. 屈原의 漁父辭에 《漁父莞爾而笑 鼓枻而去》

12) 淸風來水面(청풍래수면) ; 《맑은 바람이 물위를 스쳐온다.》는 뜻. 邵康
節의 淸夜吟에 《月到天心處 風來水面時 一般淸意味 料得少人知》

13) 綢繆(주규) ; 전면(纏綿)의 뜻으로 나무 다발을 얽어 묶는 모양. 詩經 國
風 綢繆에 《綢繆束薪 三星在天 今夕何夕 見此良人》

收將不盡意　　못다한 그 뜻을란 다 펴지 못해서,
更泝伊洛源　　이락(伊洛)의 근원까지 거슬러 올라가네.

鄭　鏞 ; 字公啓. 壬申生. 居達城. 得巖字.

鄭　錘 ; 字平甫. 癸酉生. 居達城. 得鶴字.
芳洲風景好　　풍경이 아름다운 꽃다운 물가에,
白鳥方鶴鶴[14)]　　백조는 바야흐로 더한층 하얗구나.
桃花逐水紅　　복숭아 꽃잎파리 강물 좇아 더욱 붉고,
楊柳緣江綠　　축 늘어진 능수버들 강변 따라 시퍼렇네.
道人樂鳶魚　　자연스런 천리를 군자들란 즐기지만,
小子懼茅塞[15)]　　마음이 흐릴까봐 아이들은 저어하네.
從容陪談話　　종용히 뫼신 어른 그 말씀을 듣자와,
醉酒又飽德　　술 마시고 취하면서 그 덕풍을 만끽하네.
高會是萍蓬　　고상한 모임에서 부평(浮萍)처럼 만났거늘,
後面何由績　　뒷날 다시 어디에서 모임 이뤄 상봉할고.
江風吹西日　　석양빛이 떨어질 때 강바람이 불어온대,
蕭灑[16)]興不俗　　조촐한 이 홍취야 그 어이 비속하랴.

都汝兪 ; 字諧仲. 甲戌生. 居達城. 得友字.
光風三月暮　　화사한 춘삼월도 저물어 갈 무렵에,
邂逅東南友　　사방에서 모여든 벗님네들 만났네라.
滿載一葉船　　일행들이 탔구나 조각배에 가득히,
繫馬巖邊柳　　바위가 버들 낡에 말들을 매어두고.
唱和百編詩　　하고많은 시정을 주고받고 읊으면서,
自酌一樽酒　　제각기 자작하며 동이술을 기울이네.
先生樂有餘　　우리 님의 즐거움사 한량이 없을시고,
小子分左右　　저희들란 좌우로 나누어 뫼셨네라.

---

14) 鶴鶴(학학) ; 깃털이 흰 모양, 孟子 梁惠王上에 《麀鹿濯濯 白鳥鶴鶴》
15) 茅塞(모색) ; 띠가 길에 깔려 있는 것과 같이 사람의 욕심 때문에 마음이
　　흐려 있음을 뜻한다. 孟子 盡心章에서 나온 말.
16) 蕭灑(소쇄) ; 깨끗하고도 맑음을 말한다. 孔德璋의 北山移文에 《夫以耿介
　　拔俗之標 蕭洒出塵之想 度白雲以方潔 干靑雲而直上》

濯足淸江上[17]　　　갓끈 씻고 발 씻으며 청강상에 노니오니,
何羨羊裘叟[18]　　　양피 옷의 엄광(嚴光)인들 어이 그리 부러우랴.
只恨分袂去　　　　다만당 한스럽네 소매 나눈 그 이별,
何處追先後　　　　어디에서 만날손가 뒷날에 또다시.

徐　恒 ; 字德固. 甲戌生. 居達城.
鄭　鋋 ; 字精甫. 乙亥生. 居達城.
鄭　銑 ; 字潤甫. 己卯生. 居達城. 得聲字.

徐思選 ; 字精甫, 號東皐. 己卯生. 居達城. 得愁字.
孤舟放夕風　　　　석양풍에 작은 배를 저어간말이,
却忘人間多少[19]愁　세상 시름 얼마쯤 잊게 되어라.
憑虛浩浩然[20]　　　아득한 물결 위에 허공을 타고,
任隨波邊閑白鷗　　파도 따라 한가로이 갈매기 훨훨.

---

17) 濯足淸江上(탁족청강상) ; 창랑물이 맑으면 갓끈을 씻고, 흐리면 발을 씻
　　으면서 깨끗한 마음으로 대자연 속에 노님을 말한다. 이는 아래 글귀를 원
　　용한 것이다. 屈原의 漁父辭에 《乃歌曰滄浪之水淸兮 可以濯吾纓 滄浪之水
　　濁兮 可以濯吾足》
18) 羊裘叟(양구수) ;
　　양피 옷을 입고 고기 낚는 늙은이, 곧 후한(後漢) 광무제(光武帝) 때의
　　고결한 은사(隱士) 엄자릉(嚴子陵)을 지칭한다. 엄광은 광무제의 친구인
　　데, 광무제가 제위에 오르고 난 뒤, 자릉을 불렀으나, 세상에 나오지 않
　　고, 부춘산(富春山)에 숨어서 동강(桐江)에서 낚시질하면서 절의를 지킨
　　은일사였다. 그러므로, 《조대고풍(釣臺高風)》을 지킨 이는 엄자릉을 말
　　하는데, 우리의 길야은(吉冶隱)은 흡사 엄자릉의 조대고풍이 어린 충신이
　　었다. 成齋堂詩에 《絶義功名總不輕, 南宮圖像煥丹靑. 如何只畵風雲將, 不
　　畵桐江一客星》, 後漢書 嚴光傳에 《嚴光字子陵 少與光武同 遊大學 及帝
　　卽位 光隱身不見 帝令物色訪之 後齊國言有一男子 被羊裘 釣澤中 帝疑光
　　備禮聘之》
19) 多少(다소) ; 〈많다〉의 뜻으로 풀이하기도 하나 〈얼마〉로 풀이하는
　　것이 좋다. 다소전(多少錢:얼마냐)과 같다. 성당(盛唐)의 孟浩然 春曉에
　　〈夜來風雨聲, 花落知多少〉 만당(晚唐) 杜牧之 江南春에 〈南朝四百八十寺,
　　多少樓臺烟雨中〉
20) 憑虛浩浩然(빙허호호연) ; 〈빙허〉는 허공을 탐을 말하며, 〈호호연〉은
　　광대하고 아득함을 형용하는 말. 광대하고 아득한 저 물결 위 허공을 탐을
　　말한 것. 蘇東坡의 前赤壁賦에 〈浩浩乎 如憑虛御風 而不知其所止〉

水綠欸乃聲[21]	푸른 물에 뱃노래가 들려오는데,
風輕楊柳洲	강변바람 물가 버들 스쳐가누나.
仙査初解纜	선사(仙査)에서 뱃줄을랑 처음 풀고서,
晚向浮江浮	늦게야 부강으로 둥실 떠가네.
中分二水間[22]	이락(伊洛)의 두 강물이 갈린 그곳에,
坐客皆仙流	좌객들이 모두들 선유 즐겨라.
何處見天心	어디에서 천심을 바이 보리까,
潑擲銀鱗游	물고기야 펄떡펄떡 뛰노는구려.
紅花杳然去[23]	붉은꽃이 아득히 물에 떠가니,
桃源此也不[24]	예가 바로 무릉의 도화원인가.
聚散水東流	모였다 헤어져도 물은 동녘에,
後會期於秋	다음 모임 가을로 약속합세다.

---

21) 水綠欸乃聲(수록애내성) ; 〈애내〉는 뱃노래, 또는 노젓는 소리, 노저을
　　때의 운력 소리 〈어이샤〉와 같은 것이라 한다. 欸乃는 〈靄迺〉라 쓰기도
　　하는데, 〈襖靄〉와 동일한 것이다. 이 글귀는 중당(中唐)의 柳宗元 漁翁
　　詩에 〈煙消日出不見 人欸乃一聲山水綠〉이란 싯귀를 축략하여 원용한 것
　　이다.
22) 中分二水間(중분이수간) ; 이 글귀는 李太白의 登金陵鳳凰臺詩의 〈三山
　　半落靑天外 二水中分白鷺洲〉에서 원용한 말이다.
23) 紅花杳然去(홍화묘연거) ; 李太白의 山中答俗人詩의 〈桃花流水杳然去 別
　　有天地非人間〉에서 원용한 것.
24) 桃源此也不(도원차야부) ; 〈도원〉은 진의 전원시인 도연명(陶淵明)의 가
　　설기사로서 무릉도원(武陵桃源)의 별천지를 일컬었다. 곧 선도(仙都)란 뜻
　　인데, 중국 호남성 상덕부(常德府)에 무릉도원이 있으며, 도원산(桃源山)
　　은 도원현 서남 3백리에 있고, 여기에 도화동이 있는데, 이 곳에서 도연명
　　이 도화원기(桃花源記)를 썼다고 한다. 도연명의 도화원기와 더불어 왕개
　　보(王介甫)의 도원행(桃源行)시가 유명하다. 부(不)는 미정사(未定辭). 陶
　　淵明의 詩에 〈未知從今去, 當復如此不〉 문장의 말미에 쓸 때는 〈뜻이 정
　　하지 않을 경우〉에 흔히 부(不)를 쓴다. 이와 비슷한 것에 王維의 詩中에
　　〈寒梅着花未〉가 있다. 〈그대가 알았는가 알지 못했는가〉를 한문으로
　　표현하면, 〈君知之不〉로 표기하면 된다. 부정(否定)인 경우는 〈불(不)〉
　　로 표음하고, 미정사일 경우는 〈부(不)〉로 표음하며, 우리말로 발음할
　　때 不자 밑에 〈ㄷ·ㅈ〉이 올 때는 〈부〉로 발음한다. 보기 ; 부동(不
　　動)·부족(不足)

李興雨 ; 字而沃. 己卯生. 居星山, 得絶字.

江湖春欲暮	강호에 저 봄이 저물어 간대,
江山皆絶勝25)	강산풍경 뛰어나게 아름다워라.
道義四五賓	도의선비 20여명 모임 가질 제,
佳辰二三月	마침내 춘삼월 좋은 절길레.
回舟下中流	배를 돌려 중류(中流)로 내려가면서,
欸乃歌數関	뱃노래 몇 가락을 불러보았네.
帆急千山遠	돛단배는 빠르구나 천산 저 멀리,
棹搖萬頃濶	노 저어 흔들흔들 만경창파 속.
淸風左右至	맑은 바람 좌우에서 불어오는데,
香煙起欲滅	일다가 사라지네 꽃다운 노을.
光風無限好	풍경이야 한없이 좋고 좋다만,
只恨明朝別	내일 아침 이별이사 한스러울 뿐.

朴曾孝 ; 字仲順, 號洗心堂. 辛巳生. 居益陽. 得棹字.

暮煙起春江	저녁놀이 봄강 위에 퍼오르는데,
空明擊孤棹	노를 치네 물에 비친 저 달 그림자.
舟中滿神仙	배 안엔 신선스런 선비 찼거니,
晩山春已老	늦은 산에 이 봄이사 이미 저물고.
水面花亂落	물위엔 어지러이 꽃잎이 펄펄,
眼前風景好	눈 앞에 저 풍경이 더욱 좋구려.
淸風左右至	청풍이 좌우에서 불어오거니,
孤帆歸晩浦	돛단배가 돌아오네 늦은 포구에.
借問今日會	오늘의 모임 뜻을 물어본다면,
興味知多少	얼마쯤 알겠구나 흥겨운 그 맛.

金克銘 ; 字汝謹. 辛巳生. 居京. 得歌字.

有朋自遠方	벗님네가 먼 곳에서 여기에 와서,
泛泛聞櫂歌	이 배에 가득타고 뱃노래 듣네.
靑靑楊柳色	파르라니 푸르렇다 버들의 빛깔,

---

25) 絶勝(절승) ; 〈절승〉이라고 많이 쓰고 있으나, 여기서는 〈勝絶〉로 바
꾸어 표현하는 것이 옳다. 〈금호선사선유도〉 원문에 〈絶勝〉이라 기록되
어 있으나 압운상 부득이 〈勝絶〉로 바로 잡아야 한다.

灼灼桃李花　　복숭아 오얏꽃이 활짝 폈구려,
杳然雙白鷗　　쌍쌍이 날아드네 백구 아득히.
滄茫千頃波　　넓고 넓은 만경창파 망망한 바다,
膾細翻霜鍔　　흰 칼날을 번쩍이며 잘게 회치니.
紅肥散綺羅　　붉은 살갖 비단처럼 널려지누나,
飛觴亂無巡　　술잔 날려 어지러이 순배도 없이.
不覺朱顏酡　　취한 얼굴 불거짐도 알지 못하네,
中流任所如　　중류에서 가는대로 배를 맡기니.
疑是飛仙耶　　저 하늘을 날으는 신선같아라.

琴湖仙查船遊圖序

伊川庄名　行甫居之　行甫志河南之學　而居伊川之庄　地雖有千萬里之遠
天之假是名於是庄　其理似不偶然也　伊川之水　活潑而不息　與洛江合　是
何伊洛皆會於一地　而爲行甫分內物耶　德晦於行甫　同志友也　適自玉山
來　而從之遊者衆　皆不期而會也　追武夷櫂歌之興　解纜于仙查古寺下　寺
則儒仙崔致遠舊遊處也　依俙然有爛柯之跡　是日也　微雨乍晴　天雲共影
岸花汀柳　紅綠蘸江　十里錦屏　物色盡爲一鏡中有天　四美二難　俱幷一時
人世間百年一幸之勝事　其層巖之奇　平沙之遠　非畫筆則莫能狀矣　薄暮
艤船于浮江亭　亭乃尹上舍大承之所搆　飛甍火於兵　而上舍之亡　未十年
矣　荒臺獨留於暮雨　松竹交影於空庭　令人護起山陽之感　江村欲暝投憩
只餘數間衆　其莫能容　僕曁士林　還宿學可家　遲明　諸賢連鑣追至　曉烟
釀雨　征衫濕霏　翩翩若羽衣飄空焉　舟中公韻　出載長煙重云云二十字　此
朱晦庵武夷絶句也　諸賢爭唱迭和　而獨李上舍學可　坐桃李園不成　罰酒
之以太白　此依金谷酒籌也　德晦得長字　亦無琢句　僕被諸人所迫　不得已
續其尾　遂相與大噱而罷　別恨還催　餘情無盡　人影欲分　山日已西矣　芳
躅成塵　勝會如夢　翻思昨日　轉覺黯然而已　噫干戈十載　能幾人在世　雖
或在世　而得與之同會者　亦能幾何也　有心於期會者　則例被造物兒所魔
了　是知留於世固難矣　而成其會　尤亦難矣　今也不謀而同者　二十有三人
則豈人力所能爲哉　有數存乎　其間而莫知其所以使之者矣　從前離合　合
必散　散亦會　一會一散　莫非天所處分　則他年他日　不知此身　又會何處
而其會亦不可必　雖會而又不得皆會矣　安知後人之慕今日之會　亦如今日

之慕古人之會乎　誠可悲矣　金秀士克銘　恐勝事淪沒　作他日之面目　而屬
余爲之序　余敢以不文辭
歲辛丑暮春日　則二十有三也　星山鑑湖呂大老序

금호선사(琴湖仙査)26)에서 뱃놀이 그림에 대한 서문

　이내(伊川)27) 별장엔 행보(行甫)28)가 거처하였다. 행보는 하남
학(河南學)29)에 뜻을 두고, 이내 별장에 거처하였는데, 그 땅이
비록 아주 먼 곳에 치우쳐 있다고 할지라도 하늘이 이 별장을 점
지(點指)해 주시니 그 이치가 우연한 일은 아닌 것 같다. 이내
강물이 그치잖고 치릉치릉 활기차게 흘러내려 낙동강 물과 합치
되는 곳, 이 어찌 이락(伊洛) 두 물이 한 곳에 모여 행보의 자기
분수에 맞는 자연물을 이루었는고. 덕회(德晦)30)는 행보에겐 뜻
이 같은 벗이다. 맞추어 덕회가 옥산(玉山)31)에서 여기에 옴에야
따라오는 사람이 많았는데 모두 기약하지 않고 모여들었다. 주자
(朱子)의 무이(武夷) 뱃노래32)의 흥을 그리면서 선주(仙舟)를

---

26)　仙査(선사) ; 요(堯)임금 때 하늘을 일주(一周)한 뗏목. 사(査)는 《槎·
　　桴·槎·筏》과 같다. 여기엔 달성군 다사(多斯)에 있는 지명으로 그 옛날
　　선사암(仙査庵)이 있던 곳으로 나말(羅末) 최고운(崔孤雲)의 고적(古蹟)
　　이 전해진 유서깊은 땅. 여기에 낙재(樂齋) 서사원(徐思遠)이 강학소로 삼
　　고, 경의재(敬義齋)를 짓고 성리학을 연구하면서 후생들을 교육하던 곳.
27)　伊川(이천) ; 강창 부근 금호강 하류에 있는 지명, 속칭 《이내》. 여기에
　　낙재의 이강서원(伊江書院)이 있다.
28)　行甫(행보) ; 낙재의 자(字)
29)　河南之學(하남지학) ; 정주학(程朱學) 곧 송(宋)나라 주자가 이정자(二程
　　子 ; 程明道, 程伊川)의 학을 계승, 집대성하였으므로 정주학이라 하며,
　　이것을 주자학·성리학이라고도 한다. 정명도의 아우 정이천이 뛰어났고,
　　만년에 하남성, 용문(龍門), 이수(伊水)가에 살았으므로 이천(伊川) 선생
　　이라 하였다. 낙재가 만년 이천별장에서 하남학(河南學)을 연찬한 것도 지
　　명상에도 뜻이 있다.
30)　德晦(덕회) ; 여헌(旅軒) 장현광(張顯光)의 자(字).
31)　玉山(옥산) ; 인동(仁同)의 옛 이름.
32)　武夷棹歌(무이도가) ;
　　남송의 주회암(朱晦庵)이 무이구곡(武夷九曲)을 부른 시. 흔히 〈무이구곡
　　도가(武夷九曲櫂歌)〉라 한다. 무이산은 중국 복건성(福建省) 숭안현(崇安

선사(仙査) 옛 절에서 뱃줄을 풀고 띄웠으니 그 한 절간은 유선
(儒仙) 최치원(崔致遠)33)이 옛날 놀던 곳이므로, 실로 방불하게
도 나뭇꾼이 신선놀음(바둑구경) 도끼자루 썩는 줄도 모른 난가
(爛柯)34)의 옛 자취가 어릴 법도 한 곳이다.
　이 날에사 가랑비 내리다 이내 활짝 개이니 하늘 빛과 구름 그

縣)에 있고, 이 산중에 구곡계(九曲溪)가 있는데, 풍경이 절가(絶佳). 이
율곡(李栗谷)은 〈武夷櫂歌〉를 본받아 황해도 고산구곡담에서 〈고산구곡
가(高山九曲歌)〉란 시조를 짓고, 성리학을 연구하였고, 정한강(鄭寒岡)의
〈무흘구곡(武屹九曲)〉도 유명하며, 이성길(李成吉)은 〈무이구곡도〉를
그렸다. 康熙字典에 〈武夷在今崇安, 有十二峯九曲之勝 籛鏗之子 長曰武
次曰夷 隱此得道 故名〉, 群書拾唾엔 〈武夷山有溪九曲, 一曲升眞洞, 二曲
玉女峯, 三曲仙槎岩, 四曲金鷄岩, 五曲鐵笛亭, 六曲仙掌峯, 七曲石唐寺, 八
曲鼓樓岩, 九曲新村市〉, 宋史 辛棄疾傳에 〈棄疾常同朱熹 遊武夷九曲山
賦武夷九曲櫂歌〉

33) 儒仙 崔致遠(유선 최치원) ; 유선은 최치원의 자호(自號)가 아니라 후인
이 부른 최치원 대명사다. 당서 불립최치원열전의(唐書不立崔致遠列傳議)
(東國李相國集 東文選 卷106)에서 이백운(李白雲)이 바야흐로 본국에 돌
아가려 할 때 〈同年顧雲 贈儒仙歌〉라 하니 일찍이 〈유선〉이란 말이 쓰
였고, 고려 홍간(洪侃)·정지상(鄭知常)이 유선이라 칭송하더니 조선조에
그대로 잉용(仍用)된 것이다.
　최치원(憲安王 1年 857년~?)은 경주 최씨의 중시조(中始祖), 호 또는
자 고운(孤雲). 동방한문학의 비조(鼻祖)·초조(初祖), 또는 동방한문학의
달마초조(達磨初祖) 토황소격문(討黃巢檄文)과 사산비명(四山碑銘)은 사육
변려체(四六駢儷體) 명문이다. 고려 현종(顯宗) 때 문묘(文廟)에 배향, 문
창후(文昌侯)에 추봉(追封)되었고, 경주 서악서원(西岳書院) 태인(泰仁)의
무성서원(武城書院) 등에 제향되었다. 특히 선가(仙家)에서는 한국선학의
조로 숭앙되고 있다.
34) 爛柯(난가) ; 바둑 두는 재미에 녹아버림을 나타내는 말인데, 〈신선놀음
의 도끼자루 썩는 줄도 모른다는 말〉이 적실하다. 난(爛)은 썩는다는 뜻
이요, 가(柯)는 도끼자루란 뜻이니 바둑두다가 도끼자루 썩는 줄도 모른다
는 뜻이 된다. 술이기(述異記)에 보면, 〈진(晉)나라 때 나뭇꾼 왕질(王
質)이 신안군(信安郡) 석실중(石室中)에서 바둑두는 두 동자를 만나서 그
바둑구경하다가 왕질이 동자로부터 대추씨같은 물건을 얻어 먹었더니 배
고프지 않기에 도끼를 자리옆에 두고 계속 구경하고 있으니 동자가 이르
기를 "그대의 도끼자루가 썩었구나"라고 하므로 문득 정신을 차리고 왕질
이 고향에 돌아와 보니 하마 수십 년이 흘러서 그때 사람은 다 가고 없었
다.〉는 옛고사에서 난가(爛柯)란 말이 나왔다.

림자가 함께 물 속에 거닐고(天雲共影)35), 낭떠러지의 꽃과 물가의 능수버들의 홍록(紅綠)들이 강물 속에 비추며, 십리(十里)까지 이어 있는 비단 병풍인양 아름다운 풍경미가 모두 한 거울속 별천지(別天地)를 이룩하고야. 사미(四美)와 이난(二難)36)이 한 때에 갖추었으니 인간세상 백년간에 한갖 다행스럽고도 훌륭한 일이로다. 저 층층히 쌓인 기이한 바위, 아득히 펼쳐진 모래벌이야말로 신묘한 화필이 아니고서야 그 스펙터클의 조화 진경(眞境)을 그려낼 수 있으랴. 날이 저물어지자 배를 부강정(浮江亭)에 대니, 이 정자는 윤진사(尹進士) 대승(大承)이 지은 것으로 대마루 기와는 병화(兵火) 입어 불타버렸고, 윤진사가 세연(世緣)을 다한 지 10년도 채 못되었건마는 거치른 집이 다만 저녁비에 젖어 있고, 송죽의 그림자가 텅 빈 뜰에 서로 얽혀 있으므로 사람으로 하여금 또한 산양(山陽)의 느낌37)을 자아내게 하는구나. 강촌에 어둠이 다가오자 여기에서 투숙코자 하였으나, 방이 몇 칸 안되어 일행들은 다 잘 수 없기에 나와 사빈(士彬)은 돌아와서 이진사(李進士) 학가(學可)의 집에서 잤다. 날이 밝아지자(遲明)38) 제현들이 추후로 연이어 모였다. 새벽 구름이 비를 빚어 적삼을 축축히 젖게 하였으나 펄펄 경쾌함이야 우의(羽衣)39)

---

35) 天雲共影(천운공영) ; 하늘 빛 구름 그림자가 같이 물속에 거닌다. 朱熹詩에 〈天光雲影共徘徊〉

36) 四美二難(사미이난) ; 〈사미〉는 좋은 날(良辰), 아름다운 경치(美景), 주식·시사·음악 등의 즐거운 일(樂事). 이 네 가지의 아름다운 일. 그리고, 〈이난〉은 현주(賢主)와 가빈(佳賓) 곧 주객(主客)을 말한다. 왕발(王勃)의 등왕각서(滕王閣序)에 〈雎園綠竹 氣凌彭澤之樽 鄴水朱花 光照臨川之筆 四美具二難幷〉

37) 山陽之感(산양지감) ; 서글픈 피리소리를 듣고 옛 집 생각을 한 고사에서 나온 말. 晋書向秀傳에 〈秀經山陽舊廬 隣人有吹笛者 發聲廖亮 秀乃作思舊賦〉

38) 遲明(지명) ; 하늘이 희미하게 밝아옴을 말한다. 여명(黎明), 지단(遲旦)

39) 羽衣(우의) ; 새 깃으로 만든 옷. 신선이 입고 공중으로 날아다니므로 천인 신선을 뜻하기도 한다. 蘇東坡의 後赤壁賦에 〈夢一道士 羽衣翩躚 過臨皐之下 揖子而言曰 赤壁之遊 樂乎〉

신선이 허공을 훨훨 나는 듯하구나. 배 안에서 주회암(朱晦庵)의 무이(武夷) 오절(五絶)40)인 출재장연중(出載長煙重) 등의 20자를 공운(公韻)으로 삼으니 제현이 다투어 시 짓고 읊었으나, 다만당 이진사(李進士) 학가(學可)만이 도리원에 앉아 시를 짓지 못하여 벌주(罰酒) 삼배를 마셨는데, 이것은 이태백(李太白)의 춘야연도리원서(春夜宴桃李園序)에서 시를 짓지 못하면, 그 벌은 금곡주수(金谷酒數)41)에 의한 고사에 따랐다. 덕회(德晦)는 장(長)자를 얻어 시를 짓되 시 귀를 다듬지 않았고, 나도 여러 사람의 욱박지름을 못이겨 부득이 훌륭한 글귀 뒤에 보잘 것 없는 시를 붙이고서(續其尾)42) 마침내 서로 크게 껄껄 웃으면서 마쳤다. 이별의 한(恨)을 최촉하나, 여정(餘情)은 그지없고, 사람의 그림자가 서로 나누어질 때 해도 이미 서산에 걸렸다. 꽃다운 그 자취도 티끌이 되고, 이 좋은 모임도 꿈만 같구려. 어제 일을 되

---

40) 絶句(절귀) ; 근체시의 하나로 이당(李唐) 초에 정형화된 시체. 기(起)·승(承)·전(轉)·결(結)로 짜여져 있고, 오전절귀(五言絶句)와 칠언절귀(七言絶句)가 있다. 여기 말하는 무이절귀(武夷絶句)란 무이정사잡영(武夷精舍雜詠)의 오절(五絶) 어정시(漁艇詩)를 가리킨다.

41) 金谷酒籌(금곡주주) ;
옛날 진(晉)나라의 갑부(甲富)인 석숭(石崇)의 별장이 하양(河陽) 금곡(金谷)에 있었기에 금곡원(金谷園) 또는 재택(梓澤)이라 하였다. 일찍이 을 모아 원중에서 연회를 베풀고, 시를 짓게 하였는데, 시를 짓지 못하면, 벌주 세 말(三斗)를 마시게 했다고 한다. 石崇金谷園詩序에 〈余以元康六年 從大僕卿……余與衆賢 共送往澗中 畫夜遊宴……遂各賦詩 以敍中懷 或不能者 罰酒三斗〉 그런데, 뒤에 성당의 시선(詩仙) 이태백(李太白)의 춘야연도리원서(春夜宴桃李園序)에 〈만약에 시를 짓지 못하면, 석숭이 금곡원 잔치 때 시를 못 이룬 사람에게 벌주 3배를 주던 그 규칙에 따르리라〉 하였다. 여기에도 이학가(李學可)가 시를 짓지 못하였으므로, 이태백이 금곡주수(金谷酒數)를 시행한 것처럼 이학가도 벌주 3배를 마셨다는 뜻이다.

42) 續其尾(속기미) ; 그 꼬리에 붙여 잇는다 하니 구미속초(狗尾續貂) 또는 속초(續貂)를 뜻한다. 〈구미속초〉란 돈피꼬리(貂尾)가 부족하여 개꼬리로 잇는다니, 훌륭한 것 뒤에 보잘 것 없는 것을 이음을 말한다. 돈피꼬리는 고관들의 장식용에 썼다. 晋書趙王倫傳에 〈倫僭卽帝位 孫秀爲侍中中書監 張林等諸黨皆登卿將 其與同謀者 咸超階越次 不可勝紀 至於奴卒廝役 亦加爵位 每朝會貂蟬盈座 時人爲之詩曰 貂不足狗尾續〉

돌아 생각해보니, 그 이별이 애석하여 문득 슬플 뿐(轉覺黯然).43)

아 ! 10년 난리 속에 몇 사람이나 살았는고. 비록 혹은 살았다 해도 같이 만난 사람이 또한 몇이나 되리. 진실로 마음에서 만나기를 기약한 이가 있으면, 대개는 조화옹(造化翁)이 마귀44)의 훼방(毁謗) 입어 그 사람을 세상에 살기 어렵게 만든다. 그러므로, 이 모임을 이룸이야 더욱 어렵거늘 이제 아무 꾀함도 없이 23인이 한데 모였다는 것은 어찌 인력(人力)으로써 능히 할 수 있으랴. 그 모인 숫자도 그 사이 누가 그렇게 시켰는지 알 수가 없다. 본래부터 이합(離合)이란 만나면 반드시 헤어지고, 헤어지면 또 만나니, 만나고 헤어짐이 하늘의 처분이 아님이 없은즉 다른 해 다른 날에 이 몸이 또 어디에서 모일지 모르겠구나. 그 모임이 꼭 가능하다고 볼 수도 없고, 비록 모임을 가진다해도 모두다 모일 수도 없을지니 후세 사람이 오늘의 모임을 그리워함이 또한 오늘 사람들이 옛 사람의 모임을 그리워함과 같음을 어찌 알겠는가. 진실로 슬플시고! 이에 김극명(金克銘) 수재(秀才)가 이 좋은 일이 인멸될까 저어하면서 그 면목을 후세에 길이 전하기 위해 나에게 서문을 청하므로 불문(不文)45)이나마 구태어 고사(固辭)하지 못하고 이 서문을 짓는다.

신축(辛丑)46) 늦은 봄 3월 23일 성산(星山) 감호(鑑湖) 여대로(呂大老)가 서(序)를 썼다.

---

43) 轉覺黯然(전각암연) ; 또한 문득 이별의 슬픔을 느낀다. 〈암연〉은 이별을 애석게 여겨 슬퍼하는 모양. 江淹의 別賦에 〈黯然鎖魂者 惟別而已矣〉

44) 魔了(마료) ; 악마. 료(了)는 어조사. 楞嚴經에 〈降服諸魔〉

45) 不文(불문) ; 서투른 문장. 글을 잘하지 못하다.

46) 辛丑(신축) ; 선조 34년 신축년 (A.D. 1601).

牖窩 金履翼의 〈啓蒙詩〉 研究

孫 燦 植

목 차

---

1. 緒 言

金履翼(1743-1830)은 文谷 金壽恒의 玄孫이자 老稼齋 金昌業의 曾孫으로, 부친 金由行과 모친 完山 李氏 사이에서 4남(履興, 履寅, 履翼, 履眞) 2녀(宋肅欽, 李惟秉) 가운데 3남으로 태어났다. 字는 保叔, 號는 牖窩 또는 蹇齋[1]이며 諡號는 簡獻(正直無私曰簡, 嚮忠 內德曰獻)이다. 金履翼은 楊州 趙榮燁의 女(1742-1764)를 부인으 로 맞이했으나 그녀는 1女(申在正)만을 남기고 23세에 요절했으 며[2] 後妻인 昌原 黃杞의 女(1746-1819)와의 사이에서 2남(徹淳,

---

1) 〈金剛牖警篇〉에서는 그의 호를 '牖窩'로, 〈金剛學孔編〉에서는 '蹇齋' 또는 '蹇 翁'으로 표기하고 있으며 그와 관련한 '蹇翁志夢詩' 및 '蹇齋說' 등의 작품을 남기고 있다.

2) 김이익은 유배지인 金甲島에서 지은 시조 작품 〈金剛永言錄〉 55, "百年偕

徽淳)3)을 두었다.

　35세에 進士에 급제하고 館學 儒生의 신분으로 疏頭가 되어 金龜
柱를 討罪하는 상소를 올렸다. 43세에 문과에 급제하여 正言을 시
작으로하여 규장각 直閣, 부교리, 龍津 萬戶, 부응교, 교리, 掌令,
동부승지, 사간원 대사간, 충청도 관찰사, 안동부사, 이조참의, 승
지, 江華府 留守, 강원도 관찰사, 예조참판, 금부당상, 형조참판,
호조참판, 비변사 提調, 공조판서, 예조판서, 병조판서, 수원부 유
수, 한성부 판윤, 사헌부 대사헌, 형조판서, 大護軍 등의 요직을 두
루 역임하였으며, 57세에는 陳慰兼進香副使로 燕京에 다녀 오기도
했다. 비교적 평탄한 宦路였지만, 두 차례의 부정적인 사건으로 遞
職된 일이 있었으며4), 세 차례의 유배 생활을 겪었다. 첫 번째 유
배는 46세에 校理의 신분으로 이백형, 조진택, 오태현, 김희채, 송
상렴 등과 연명해 吳翼煥의 죄를 논하여 멀리 귀양보낼 것을 箚(옥
당차자)했고 이 일은 領相 金致仁의 탄핵으로 발전했으며 時派·辟
派의 싸움으로 비화되어 이로 인하여 1789년 3월 12일 利城으로
유배되었다. 解配에 대한 기록이 없어 유배 기간이 얼마인지 정확
히는 알 수 없으나, 김이익이 1790년 1월 13일에 掌令의 신분으로
우의정 金鍾秀가 東小門의 護軍과 部將을 묶어 간 일을 상소한 것
으로 볼 때, 이 이전에 이미 放免되었음을 알 수 있다.

　老 그 언약이 死別 볼셔 몃히된고/一介兒女 잇건마는 그도 눔의 子息일다/
아마도 오늘날 心懷는 幽明이 궀혼가 호노라"에서 규지할 수 있듯이, 死別
한 본부인을 그리워하며 그의 소생인 一介女兒도 이미 出嫁했음을 통해 配
所에서의 적막한 심회를 토로하였다. 以下의 김이익의 생애적 사실은 《安
東金氏世譜》 권5, 《王朝實錄》(영조, 정조, 순조) 및 그가 남긴 詩歌의 序
跋 등을 참조하여 그 대략적인 것을 서술함.
3) 장남인 徽淳은 仲父인 履寅의 양자가 되고 그 대신 休庵公派인 金履憲의 子
　徽淳을 양자로 받아 들였으나 無子하여 결국은 2남인 徽淳이 김이익의 대를
　이었다(愚根→炳錫·炳魯)
4) 52세에는 사간원 대사간의 신분으로 筵席에서 체신없는 행동으로 인해 체
　직되었으며, 56세에는 강원도 관찰사로 재직하던 중 화재를 입은 田地를
　잘못 파악해 체직되었다.

두 번째 유배는 1793년 2월 21일 안동부사로 재직하던 51세 때의 일이다. 안동 선비 柳弘春이 5말(斗)의 환곡을 납부하지 않았다고 하여 곤장 15대를 치며 刑訊했는데 그로 인한 병으로 유홍춘이 죽고 그의 처 김씨도 보름만에 自盡한 사건이 발생했다. 이로 인하여 김이익은 鐵山府로 유배되었다5)가 약 4개월만인 그해 6월 16일에 방면되었다.

세 번째 유배는 예조참판으로 재직하던 58세 때이다. 순조가 즉위한 뒤 영조의 계비인 김대비(정순후)가 수렴청정을 했는데, 김대비로부터 '임금을 무시하고 黨與를 위하여 죽을 마음이 있었던 것'으로 지목되어 1800년 12월 25일, 진도군의 남쪽 30리쯤 떨어져 있는 絕島인 金甲島에 圍籬安置된다. 이는 곧 장헌세자의 죽음을 두고 이를 마땅치 않다고 여기는 일파(時派)와 마땅하다고 여기는 일파(辟派)와의 권력다툼에 기인한 것으로 時派에 속했던 김이익이 김대비를 중심으로 한 辟派에 의해 배척된 것이었다.

금갑도에서 김이익은 6년여(만 4년 5개월 14일)의 유배생활을 마치고 1805년 5월 8일에 방면되었는데, 이 유배 기간에 述製하거나 謄繹한 것이 40여 책이 되었다고 한다. 그 중에는 〈주역〉과 관련한 〈剛啓蒙〉 5권 5책, 〈금강계몽속편〉 1책, 〈金剛學孔編〉 1권 1책, 〈金剛鏡〉 1권 1책을 비롯하여 〈小學〉, 〈四書〉에 관련한 〈金剛恒茶編〉 1권 1책 및 〈四書〉와 〈고문진보〉에 관련한 〈荊濱常目〉 1권 1책, 〈동몽선습〉과 관련한 〈書註解童蒙先習〉 1권 1책 〈增補童蒙先習章句〉 1권 1책6)을 비롯하여 〈金剛中庸圖歌〉, 〈金剛永言

---

5) 이에 유홍춘의 아들 柳井祚가 上言하고 경상도 관찰사 鄭大容이 장계하여 '이는 흉년에 환곡 받아들이는 일을 가지고 사사로운 인정을 쓰거나 노여움을 푸는 도구로 삼아 상도에 어긋나는 행위를 한 것으로 해당 부사인 김이익을 먼 곳으로 유배하고, 유홍춘의 처 김씨에게 旌閭를 내리는 한편, 그 아들 柳井祚 및 영남 지방 士族들의 마음을 위로하도록 하라'는 전교가 내렸다. (《왕조실록》정조 17년 2월 21일)

6) 이상보, 〈유와 김이익의 시가 연구〉《어문학논총》(국민대 어문학연구소, 1987), 8쪽 참조

錄〉,〈金剛牖警篇〉 등의 작품을 창작하였다.

63세에 解配된 이후로 공조판서, 예조판서, 병조판서, 형조판서, 한성부 판윤 및 사헌부 대사헌 등 요직을 두루 역임하며 순탄한 관직생활을 하다가 70세가 되던 1812년 4월 16일 大護軍의 신분으로 禮經을 인용해 致仕하고 이후로는 奉朝賀로서 二線에서 국정에 참여하다가 88세를 일기로 1830년 9월 27일에 타계하였다. 이러한 김이익의 일생을 實錄에서는 다음과 같이 기록하고 있다.

> 김이익은 故 相臣 金壽恒의 후손이다. 젊어서는 氣節을 숭상하여 즐거운 일을 급히 한다는 것으로 일컬어졌으며, 특히 경신년에 맨 먼저 섬으로 귀양가게 되었고 그 때문에 병인년에 특별히 석방되었다. 뜻으로는 세상의 도의를 주장하고 싶었지만 時議가 그를 대단하게 推重하지 않았으므로 더욱 분격하고 불평하면서 言議가 常度에서 어긋남이 많았기에 마침내 쉬기를 빌고서 떠나는데 이르렀지만, 세상에서는 편안하게 물러났다는 것으로 칭찬하지 않았었다.7)

즉 김이익은 氣節을 숭상하고 도의를 주장하는 삶을 살았지만, 그의 성급하고 과격한 성격으로 인하여 크게 인정받지는 못했던 것으로 보인다.

전술한 바와 같이 김이익은 수많은 저술과 작품을 남기고 있지만 그에 대한 연구는 아직 미진한 실정이다. 그의 작품 가운데 〈金剛牖警篇〉8)과 〈金剛中庸圖歌〉9), 〈金剛永言錄〉10) 등이 《鄕土研究》에 소개된 이래, 이에 대한 연구는 강전섭, 최강현, 이상보 등에 의해 이루어졌다. 강전섭은 〈金剛永言錄 研究序說〉과 〈金剛中庸圖歌에 對하여〉라는 두 편의 논문을 발표했는데11), 이들 논문에

---

7) 《純祖實錄》 30년 9월 27일
8) 《향토연구》 제1집, (충남향토연구회, 1985), 36~50쪽.
9) 《향토연구》 제2집, (충남향토연구회, 1986), 41~72쪽.
10) 앞의 책, 26~31쪽.
11) 〈金剛永言錄 研究序說〉은 《東方學志》 제53집(1986)에 발표되었고, 〈金剛中庸圖歌에 對하여〉는 발표지면을 알 수 없지만, 두 논문은 모두 그의

서 그는 작품의 書誌, 김이익의 생애, 연보 및 世系, 문학사적인 가치, 발굴의 의의 및 작품내용을 유형별로 분류하고 두 작품을 친절하게 소개하고 있다. 최강현은 〈금강영언록〉에 대하여 작품의 서지, 작품소개, 작가의 생애, 창작연대, 국문학적 가치를 논하였다.12) 이상보는 김이익의 후손인 金泰鎭을 만나 현재 소장되어 있는 작품을 직접 열람하고 그 題名과 창작시기 등을 제시하면서 작가의 가계 및 생애, 귀양살이와 저술, 창작시기와 그 동기, 작품의 내용과 형식, 국문학사에서의 위치 등을 논하고 〈금강중용도가〉와 〈금강영언록〉을 소개하였다.13)

이처럼 이들 논의는 대부분 작가 및 작품의 개략적인 소개의 범주를 크게 벗어나지 않고 있으며 그것도 〈금강중용도가〉와 〈금강영언록〉의 두 작품에 치중되어 있다. 이에 본고에서는 이들 선행연구를 바탕으로 〈金剛牖警篇〉에 대해 논의하기로 한다.

이 작품은 겉표지에는 縱線으로 구분하여 오른쪽에 '我聖上卽祚之第四年 甲子冬', 가운데에 〈金剛牖警篇〉, 왼쪽에 '金島成'이라 쓰여 있으며, 內表紙에는 橫線과 縱線으로 구분하여 위에 '金中剛', 오른쪽에 '牖窩撰', 가운데에 '啓蒙詩', 왼쪽에 '警庵解'14), 아래쪽에 '石處家傳'이라 쓰여있는데, 이 중에 위쪽의 '金中剛'과 아래쪽의 '石處家傳'은 橫線으로 구분하고 가로쓰기로 되어 있다. 다음에는 4면

저서인 《韓國古典詩歌硏究》(경인문화사, 1995)에 재록되어 있다.
12) 최강현, 〈金剛永言錄을 살핌〉《홍익어문》제6집, (홍익대, 1987), 5~15쪽.
13) 이상보, 〈유와 김이익의 시가 연구〉《어문학논총》제6십, (국민대 어문학연구소, 1987), 5~43쪽.
14) 원작자인 김이익과 이를 한글로 번역한 '警庵'이 서로 어떠한 관련이 있는지는 자료의 부족으로 인하여 현재로서는 명확하게 알 수 없지만, 〈금강유경편〉의 序·跋에 별다른 언급이 없고, 또 〈安東金氏世譜〉 등에도 비슷한 시기의 '警庵'이란 호를 가진 사람을 발견하지 못하였으며 김이익의 여타의 다른 작품에도 원작품인 한문과 이를 한글로 번역한 내용을 함께 수록하고 있으며 書體 또한 동일한 것으로 미루어 본고에서는 잠정적으로 김이익과 '경암'을 동일인을 보기로 한다.

에 걸쳐 '序'를 쓰고 작품의 내용은 면을 달리하여 1면 '天地'로부터 44면 '家內文集'에 이르기까지 87수의 작품이 수록되어 있으며 맨 마지막 1면은 跋文에 해당하는 글이 수록되어 있다. 작품은 모두 五言絶句 87수로 이루어졌는데, 원문에 口訣로 토를 달고 한글로 번역하여 원편에 나란히 수록하고 있다.

본고에서는 먼저 작품의 창작 배경을 살펴본 다음, 작품내용을 분석하여 〈金剛牖警篇〉에 대한 총체적인 이해를 도모하기로 한다.

2. 作品의 創作 背景

2.1. 題名 및 創作時期

〈循稱錄〉15)을 제외한 김이익이 配所에서 창작하거나 편찬한 작품들은 〈金剛中庸圖歌〉, 〈金剛永言錄〉, 〈金剛牖警篇〉 등에서 볼 수 있듯이 대부분 그 題名에 '金剛'이라는 글자가 들어있다. 그런데 이렇게 題名에 '금강' 두 글자를 쓰게 된 것에 대해 그 연유를 다음과 같이 서술하고 있다.

원슈의 경신년을 업시코져 늄갑즁의 이 히 납월 새벽 쑴은 어이
그리 졍녕턴고 거동소의 입시ᄒ니 쳔신 ᄒ나 쓴이로쇠 룡안은 이열
ᄒ오시고 옥음은 츈온ᄒ오셔 젼셕죵용 샹시모양 가인부즈 더옥 굿히
룡포로 약을 내샤 어슈로 주오시니 봉피 우히 세 즈 쓴 것 금즁강이
분명ᄒ다 긔복ᄒ여 밧즈와 관복 속의 너흔 연후 샹하슈작 다쇼광경
그 어이 다 긔록홀이 환궁거동 지송ᄒ고 쑴을 문득 찌야나니 새벽

---

15) 〈循稱錄〉은 김이익이 유배생활 6년째가 되던 해인 1805년에 配所인 金
  甲島의 朴震琼의 부탁에 의해 '관혼상제'의 四禮에 관한 내용을 저술한 것
  인데, 1929년 珍島의 朴晉遠 등이 '家庭節儉'이란 題下에 목판으로 인쇄
  하여 출간하였는바, 이에 대한 논의는 後稿를 기약해 둔다.

둘빗 창냥흔디 니옷 둙이 자조 우니 흰 벼개의 업드리니 피눈물 졀
노나니 새는 날 기드려 희몽셔룰 샹고흐니 님금이 약을 주셔뵈면 일
신이 무양타 흐엿더니 이 쑴후 오류일의 이 내 몸이 되엿고나…졔목
을 쓰려다가 홀연 싱각 젼년 쑴을 내 스스로 희득흐니 금갑도 가온
디 혼자 안자 강유지니 귀졍흠을 션왕이 권념흐샤 미리 아니 니르신
가 이리져리 싱각흐니 춤아 엇지 니줄손가 금강 두 ㅈ 가져다가 칙
마다 졔목흐야 이 니 무옴 붓쳐 두고 씨나 자나 보려터니 동지둘 넘
오일의 쳔극을 더으시니 익원은 ㅂ려 두고 황숑흐기 그지업니16)

　　인하여 작품의 명칭을 생각하니 창자와 터럭과 살갖이라. 어제 꿈
에 聖考께서 귀중한 약을 주셨는데, 封皮에 특별히 '金中剛'자를 쓰셨
으니 대개 이는 '義經'이 진실로 이 뜻이 있다. 괘는 乾金을 으뜸으로
하고 도는 陽剛을 귀히 여기니, 아, 밝으신 영혼이 먼저 친절하게 고
하셔서 사랑하시는 마음이 옛과 같으셔서 그 깨우치고자 하셨으니
짐짓 이는 그를 뜻하니 신이 어찌 차마 잊으리오. 이에 아침 저녁으
로 매우 애통해하며 대한다.17)

　　첫번째 인용문에서는 경신년 납월(1800년 12월 25일)의 새벽
꿈에, 궁궐에 入侍하니 자신 혼자 뿐이었는데 先王인 정조께서 기
뻐하시며 常時처럼 從容한 모습으로 온화하게 맞이해 주시면서 龍
袍에서 藥을 꺼내 주시는데 封皮上에 '金中剛'이란 세 글자가 쓰여
있었다는 것이다. 이에 聖恩에 감격하며 解夢書를 詳考해 보니 人
君이 약을 주시면 一身이 無恙하다는 것이다. 하지만 그 꿈을 꾼
五六日만에 유배객이 되었다. 配所에서 數三朔을 지낸 후에 〈周易〉
한 秩을 얻어 세번 네번 翻謄하고 訓詁까지 刪節하여 다섯 권으로
分束하고 책의 제목을 쓰려다가 홀연 지난날의 꿈을 떠올리고 '金中
剛'의 의미를 스스로 터득하고 '金剛'이란 두 글자를 취하여 책마다

---

16) 김이익, 〈金剛中庸圖歌〉.
17) 김이익, 《金剛學孔編》〈紀韋遺編〉: "仍念篇名, 腸與毫腐, 昨夢聖考, 賚以珍
　　劑, 封皮特書, 金中剛字, 盖茲義經, 寔有斯義, 卦宗乾金, 道貴陽剛, 嗚呼明
　　靈, 先告丁寧, 眷念猶昔, 其欲牖蒙, 故此志之, 臣何忍忘, 昕夕於此, 抆血以
　　對"

제목으로 삼으려는 마음을 정했다는 것이다.

　두번째 인용문 역시 聖考인 정조로부터 꿈에 약을 받았는데 封皮에 '金中剛'이란 글자가 쓰여 있었으며 聖恩을 잊지 못하겠다는 것으로, 첫번째 인용문의 내용과 동일하다. 그런데 여기서는 '金剛'의 의미를 〈義經〉(주역)에서 취했음을 밝히고 있다. 즉 '卦는 乾金을 으뜸으로 여기고 道는 陽剛을 귀히 여긴다'는 것은 '乾'(☰)이 伏羲 64卦方位之圖에서는 北方에 위치하지만 文王8卦方位之圖에서는 坎(☵, 北)과 兌(☱, 西)의 중간에 위치하여 '金'에 해당되며, '乾'은 小成卦나 大成卦 모두 '陽爻'만으로 이루어져 있어 '乾'은 곧 '陽'이며 '陽'은 또한 '剛'을 뜻하고 '陰'은 '柔'를 뜻하므로, 64괘의 처음에 해당하는 '乾'을 취하여 〈주역〉의 의미를 함축·대유한 것이라 할 수 있다. 따라서 '金剛'이란 뜻은 '五行에서의 金의 氣運'이나 '金剛經'을 비롯한 불교에서 흔히 사용하는 그러한 의미와는 아무런 관련이 없음을 알 수 있다. 金履翼이 홀연 配所에서 터득한 '金剛'이란 의미는 '金甲島 가온디 혼자 안자 강유지니 귀경'하다가 〈주역〉 '乾卦'의 의미인 '卦宗乾金, 道貴陽剛'에서 취한 것이다. 그렇기에 '金剛'의 의미는 〈주역〉의 의미는 물론, 金甲島에서 '金'字를 취하고 剛柔之理에서 '剛'字를 취한 重義性도 포괄하고 있다. 이렇듯 '金剛'의 의미를 규정하고 책마다 제목을 정하여 마음을 부쳐 두고 자나깨나 보려고 했지만 金履翼은 그 해 동지달 25일에 栫棘(圍籬安置)이 가해진다. 이에 哀寃은 抛置하고 오히려 正祖에 대해 惶悚한 마음을 금치 못해 한다.

　이처럼 작품의 題名에 쓰인 '金剛'은 〈주역〉 및 金履翼의 配所 생활과 先王인 정조에 대한 戀君의 정[18]이 복합되어 합성된 글자임을 알 수 있다. 그리하여 작품의 內紙에도 위쪽에 '金中剛'의 세 글자를 써 넣고 있다.

---

18) 김이익의 정조에 대한 연군은 정은 도처에 표백되어 있는데, 그 일례로 〈金剛擘孔編〉의 표지 상단에 '前王不忘'이란 文句를 橫書하고 있는 것을 들 수 있다.

　　그러면 이 〈金剛牖警篇〉은 언제 창작한 것일까. 이는 〈金剛牖警篇〉의 겉표지에 "我聖上卽祚之第四年甲子冬"이라 하였으며, 작품의 序에도 "甲子陽復之日牖窩老夫題"라 명기하고 있어 쉽게 그 창작시기를 알 수 있다. 즉 '聖上'은 순조를 지칭하며 '陽復之日'은 冬至를 의미하니 따라서 '卽祚之第四年甲子冬'은 순조 즉위 제4년, 곧 김이익이 金甲島에 유배된 5년 째가 되는 1804년 겨울 冬至日에 해당한다.

2.2. 創作動機 및 目的

　　〈金剛牖警篇〉에서 '牖警'은 '깨우치고 경계한다'는 의미로, 이는 달리 '啓蒙詩'라 명명하기도 하였다. 그러면 누구를 깨우치고 경계한다는 것인가.

　　내가 들으니, 손자를 본 이래로 훈몽의 요체에 쉬지 않고 노력한다고 하니 그렇게 하는 이유의 하나는 어렸을 때 교만하고 어리석었던 것을 뉘우치고 늙어서는 슈聞이 없는 것에 대해 스스로 허물을 기록하고자 함이고, 또 하나는 老病이 날로 침범하니 하루 아침에 문득 죽어 한 두 마디 말도 남겨 주지 못할까 해서이다.…중략… 비록 그러나 知覺이 점차 생기는 때가 되어서 할아버지가 손수 쓴 것이 얼마나 귀한 것인가를 알게 한다면 저절로 이것에 마음과 눈을 붙이게 될 것이니, 만약에 과연 이것에 마음과 눈을 붙인다면 아마도 글 가운데의 말뜻에 재미를 얻게 되어서 자연스럽게 마침내는 훌륭한 인물이 될 것이다. 이러니 내가 급급해 하는 것이 그렇지 아니하겠는가.…중략… 아, 나로 하여금 얼마 안되어서 聖考의 도움을 받고 先靈의 餘庥(陰德)에 힘입어서, 비록 다행히 만에 하나 살아서 玉關(궁궐)에 들어 간다고 해도 나이가 이미 늙었으며 병도 또한 고실이니 어찌 능히 6,7년을 생존하여 친히 그를 가르쳐서 今日의 쓰기 어려운 至情을 이루겠는가. 절대로 이러한 이치는 없을 것이다. 다만 스스로 글에 임해 탄식하노니 혹시 그가 조금 人事를 안 뒤에 그 아비에게 듣고 내 마음을 알아서 이에 능히 용모를 바르게 고치고 惕然히 이르기를, '우리 할아버지께서 나를 위하는 마음을 내가 혹 본받지 아니하면 불효가 막대하니 어떻게 사람이라 할 수 있겠는 가'라 한다면 九泉 지하에서 내 스스로 춤추고 뛸 뿐만 아니라 장차 남은 경사가 다함이 없어 대대로 높고 큰 가문이 될 것이다.19)

위에 例示한 인용문은 김이익이 〈금강유경편〉을 저술하고 그 창작동기 및 목적에 대해 해명한 것으로, 별도의 명명은 없지만 〈금강유경편〉의 서문에 해당되는 글이다. 이 글에서 김이익은 손자의 탄생과 관련하여 손자의 訓蒙을 목적으로 이 글을 창작했음을 밝히고 있다. 즉, 손자를 본 뒤로 손자가 훌륭한 인물이 될 수 있도록 할아버지로서 손자의 훈몽에 대하여 부단히 노력해야 하는데, 그렇게 하는 이유는 곧 자신의 지나온 삶에 대한 반성 및 회한, 그리고 유배지에서의 老病과 그로 인한 죽음에 대한 불안감 때문이라는 것이다.

김이익은 손자가 이러한 자신의 생각을 이해하고 공부하게 될 나이를 知覺이 점차 생기는 때, 곧 조금 人事를 알만한 때인 6-7세로 보고 있다. 하지만 金甲島에서의 참담한 유배생활과 그에 따른 老病은 설령 解配되어 다시 환로에 나아간다고 하더라도 손자가 이를 학습할 시기인 6-7년을 생존하지 못할 것이라는 미래의 삶에 대한

---

19) 김이익, 〈金剛牖警篇〉序, : "予ㅣ 聞抱孫以來로 汲汲乎訓蒙之要하니 一則追悔童時嬌駿하고 白首無聞하야 欲自志過요 一則老病이 日侵하니 恐一朝溘然하야 未及以一二言으로 貽渠라…(중략)…雖然이나 能趂知覺漸生之時하야 俾知乃祖手書之可貴則自可寓心目於此이니 右果寓心目於此하면 庶得滋味於書中辭意하야 習與性成하야 終作好箇人物하리니 此余所以汲汲者ㅣ 不然歟아…(중략)…噫라 使我로 何聖考之冥佑하고 賴先靈之餘庥하야 雖幸萬一生入玉關이라도 年已耆矣며 病且痼矣니 何能六七年生存하야 得以親授渠學하야 以遂今日艱書之至情乎아 萬萬無此理라 只自臨書歔欷하노니 倘渠ㅣ 稍知人事之後에 聞渠父而知余心하야 乃能愀然惕然曰吾祖의 爲我之心을 我或不體하면 不孝ㅣ 莫大하니 何以人乎云爾則不但泉臺之下에 吾自舞蹈라 將見餘慶이 不窮하야 世世高大門閭하리라 甲子陽復之日에 牖窩老夫는 題하노라", 以上은 필자가 구결토를 한글토로 바꾸어 쓴 것으로, 이하의 인용문도 동일함.

부정적인 사고에 휩싸이게 된다. 그리하여 자신의 死後에 "아비에게 듣고 내 마음을 알아서" 공부해 주기를 기대해 보는 것이다. 이처럼 김이익은 配所에서 손자의 탄생 소식을 전해 듣고 언제 해배될 지 모르는 막연한 상황 속에서 손자의 훈몽을 위해 〈금강유경편〉을 창작했던 것이다. 그런데 김이익과 관련한 족보를 확인해 본 결과, 그 당시(김이익의 유배기간)에 태어난 손자는 찾을 수 없었다. 족보에 등재되지 않은 것으로 보아 생후 얼마되지 않아서 夭死한 것으로 보인다.

김이익이 유배상황과 관련하여 자신의 글에 대한 독자를 의식해서인지는 모르겠으나 일견 처절할 정도로 참담한 심경을 표출했던 것과는 달리 김이익은 〈금강유경편〉을 창작한 지 6개월 남짓해서 방면되었고 解配된 이후로 무려 25년을 더 살다가 88세를 일기로 타계하였다.

2.3. 體裁 및 表現上의 特徵

〈금강유경편〉은 총 87수의 五言絶句로 되어 있는데, 작품의 題名이 각 작품의 앞에 제시되어 있고, 그 다음에는 五言絶句의 작품이 口訣로 토가 달려 있으며 또 원문 다음에는 한글로 번역한 내용이 수록되어 있다. 漢詩에 대한 언해20)는 〈두시언해〉가 널리 통용되었으나 자신의 작품을 자신이 직접 언해하여 두 작품을 나란히 수록하고 있는 경우는 극히 드문 일로 주목을 요한다. 이처럼 지신이 한시를 창작하여 거기에 구결의 토를 달고 다시 이를 한글로 번역하여 수록한 것은 물론 그 독자를 6-7세의 어린 손자로 설정한 의도의 반영이라 할 수 있다. 하지만 그 내용을 살펴보면 단순히 어린 손자만을 염두에 두었다고 보기 어려운 점이 있으며 이는 곧

---

20) 浩然齋의 작품 또한 한시와 그에 대한 언해가 있으나 이는 작자 자신이 직접 언해한 것이 아니라는 점에서 〈금강유경편〉과는 또다른 경우로, 이에 대한 고찰 또한 관심이 요구된다.

김이익이 50여수 이상의 시조를 창작했고 한문을 倂記한 가사를 창
작했다는 점을 고려하면 그 이상의 의미를 함축하고 있다고 할 수
있다.

(前略) 근래에 여러 건의 책자를 만들어서 손수 쓰는 어려움을 꺼
리지 않았으니, 이른바 책자는 손수 쓴 것에 지나지 않을 뿐이요 처
음부터 한 마디 말도 古人들이 述作한 것 이외의 새롭고 기이한 것
이 없으니 굳이 이것을 전해 줄 필요가 있겠는가 할 것이다…(中略)
明道 선생이 이르기를, 군자가 사람을 가르치는데는 순서가 있으니,
먼저 작은 것, 가까운 것부터 가르쳐라 하였고, 양문공 가훈에 이르
기를, 그 良知良能을 기르는 것은 마땅히 먼저 들어가는 말로써 주
를 삼아야 한다고 했으며, 伊川 선생이 이르기를, 古詩三百이 그 말
이 간략하고 깊어서 오늘날 사람이 깨우치기 쉽지 않으니 따로 시를
지어서 아이들을 가르쳐 아침 저녁으로 그것을 노래하게 하니 마땅
히 도움되는 바가 있을 것이다라 하였다. 지금 내가 이 시를 짓는
것이 그 뜻은 대개 이에서 나왔으나 千字文의 글자를 따라서 그 뜻
을 풀이하고 句를 좇아 그 뜻을 해석하였으며 또 언문으로 풀이하였
다. 그리고 또 그 토를 단 것은 또한 그로 하여금 그것을 외우게 하
고자 한 것으로, 대개 가깝고 작은 것에서부터 하여 깨우치기 쉽게
하여 반드시 먼저 들어가는 것에 보탬이 되고 유익함이 있을 것이니
오직 이것이 그것에 가깝게 되는 것이고 또 아침 저녁으로 돌려 외
우는데 어려움을 견디지 못할 것이니 그 애비된 자가 내 말을 꼭 그
렇지 않다고 하지 말고 또한 이 시와 千字를 太近太小하다고 여겨
한결같이 내 말에 따라서 그것을 공부하게 한다면 어찌 이 先入을
힘입지 않고서 장차 평생의 효과를 얻게 될 것을 알겠는가.21)

---

21) 김이익, 〈금강유경편〉 서, :"…(前略) 故로 近成數件冊子하야 不憚手書之
艱하니 所謂冊子는 不過是手書而已오 初無一言新奇於古人述作之外하니 此
其可曰有所貽哉아…(중략)…明道先生이 曰君子ㅣ 敎人有序하니 先傳以小
者近者라하시고 楊文公家訓에 曰養其良知良能이 當以先入之言으로 爲主라
하고 伊川先生ㅣ 曰古詩三百이 其言이 簡奧하야 今人이 未易曉하니 別欲
作詩하야 敎童子하야 令朝夕歌之하노니 似當有助라하시니 今余此詩之作이
其意蓋出於此而千字文之逐字以訓其義, 隨句以釋其旨하고 又解以諺하며 又
懸其吐者는 亦欲使之誦之也이니 蓋近小而易於曉하야 必有助益於先入者ㅣ

오른쪽의 여러 조목은 단지 생각한 바를 좇아서 붓가는 대로 썼기 때문에 체재와 격식이 없으며 차례도 어긋나고 또 고요함을 취해서 대부분 등불 아래서 베꼈기 때문에 글자도 매우 거칠고 조잡하니 이 에저에 심히 후손을 가르칠 방책이 아니다. 그러나 만약 이를 헤아 리고 본받는다면 나의 지극한 정과 깊은 소망을 더욱 어찌 좋은 단 서가 되는데 많은 애연한 한 도움이 되지 않겠는가. 諸家의 書를 진 실로 마땅히 두루 섭렵하여 文氣의 장점을 참고하였으나 다만 이단 詭僻한 글과 稗書, 謊悖의 작품은 결코 눈에 붙혀 뜻을 잃어서는 안 되니 이것이 모두 나의 평소의 실수한 바이다. 너는 모름지기 이를 징계하여라.22)

위에 例示한 인용문에 의하면, 〈금강유경편〉은 一見 '체재와 격 식이 없으며, 단지 생각한 바를 좇아서 붓가는 대로 썼기 때문에 내용의 배열 순서도 어긋나고 또한 글자마저도 매우 거칠고 조잡한' 작품이라고 할 수 있다. 하지만 이것은 물론 작자 자신의 謙辭이다. 작자는 손자의 훈몽에 대해 '지극한 정성과 깊은 소망을 갖고 이를 창작했을 뿐 아니라, 글씨 또한 자신이 손수 썼을' 정도로 이 작품 에 대한 애착이 실로 대단했음을 규지할 수 있다. 그는 이 「금강유 경편」을 단순히 한번 읽고 넘어갈 성격의 글로 인식하고 있는 것이 아니라, 손자로 하여금 아침 저녁으로 꼭 외우게 하려는 의도를 갖 고 있었음을 알 수 있다. 먼저 내용을 확실히 알고 있어야 현실 생 활에서 직접 실천할 수 있다고 판단했기에 내용의 암기를 중요하게 생각했다고 보여진다. 그리하여 원문에는 구결로 토를 달고 다시

惟此ㅣ 爲近之하고 且不甚難於朝夕輪誦하니 爲渠父者ㅣ 不以吾言으로 爲 不必然하고 亦不以此詩與千字로 爲太近太小하야 一依吾說而程課之則安知 不賴此先入하야 將得平生之效乎이리오"
22) 김이익, 〈금강유경편〉 跋, :"右諸條난 只是隨所思하야 信筆而書故로 無體 格하며 錯次序하고 且取靜寂하야 多於燈下에 寫得故로 字書ㅣ 極荒雜하니 以此以彼에 甚非所以詔後之方也나 然若諒此而體余至情深望則尤豈不爲善端 藹然之一助耶아 諸家之書를 固宜汎覽涉獵하야 以資文氣之長得而但異端詭 僻之文과 稗書謊悖之作은 決不當寓目而喪志니 此ㅣ 皆余의 平日所失也라 爾須懲之라"

이를 한글로 번역하여 읽고 그 내용을 이해하기 쉽게 했을 뿐 아니라 내용적인 면에 있어서도 程明道, 程伊川, 楊文公 등 중국의 유명한 학자들의 견해를 인용하여 '작은 것, 가까운 것, 먼저 들어 가는 것' 등의 일상 생활에서 쉽게 접할 수 있는 현실 생활과 밀접한 내용을 중심으로 하였음을 알 수 있다.

漢文을 공부하는 첫단계는 漢字를 익히는 것이며 그것의 대표적인 방법은 곧 '千字文'을 학습하는 것이다. 간혹 '千字文' 대신 '二千字'나 '類合'(4言 1515字) 및 이를 柳希春이 보완한 '新增類合' 등을 읽히는 경우도 있었으나 이러한 경우는 어디까지나 예외적인 것이었다. 마찬가지로 김이익이 〈금강유경편〉을 저술한 것도 훈몽 교과서로써의 '천자문'에 대한 代替 교과서적인 의미를 지닌다. 하지만 이러한 변화적인 시도는 고착화된 통념하에서는 수용하기 쉽지 않은 일이었을 것이다. 이를 염두에 둔 김이익은 자신이 새롭게 시도한 훈몽서에 대한 기준을 '천자문'에 두고 있다. 즉, '千字文의 글자를 따라서 그 뜻을 풀이하고 句를 좇아 그 뜻을 해석했다'고 함으로써 자신의 저술의 태도와 언해의 성격에 대해 언급하고 있다. 이는 〈금강유경편〉이 기존의 '천자문'과 크게 다르지 않으면서도 실생활에 유익한 내용을 수록하고 있음을 강조하고 있는 것인 동시에 그에 대한 언해 또한 逐字譯에 충실했음을 自認한 것이라 할 수 있다. 그리하여 김이익은 자신의 아들에게 자신이 저술한 훈몽서와 '千字文'을 대등하게 여겨서 손자에게 학습시킬 것을 당부하고 있다.

내용적인 면에 있어서도 '諸家의 書를 두루 섭렵하여 文氣의 장점을 참고하였으며, 異端的인 것이나 詭僻한 글, 稗書 및 譀悖한 작품은 수록하지 않았다'고 밝히고 있다. 祖父로서 이러한 내용을 훈몽서에 수록한다는 것은 시대를 불문하고 당연한 것이라 할 수 있을 것이다. 그런데 김이익은 그러한 이유를 '자신의 평소 실수한 바'라 하여 자신의 지난 삶에 대한 성찰의 결과로 제시하고 있음은 자못 특이한 일이라 할 수 있다. "날ス혼 무식혼 것 천ス문 동몽션습 써힌 후의 셔산 펴고 닑은 글이 아마 열권 못다되니 표동인 부동인

칙문동인 이밧긔는 다시몰나 이렁져렁 청춘시졀 어름우희 박미듯 믿근동 지내치니 이도임의 애닯거든 쥬스쳥누 투젼쟝긔 그 쏘 무슴 즛시런가 빅슈쟌년 되년후의 위리속의 드러안져 지는 일 회탄혼들 긔 뉘 알고 긔특달가"23)라고 지난 날을 회한의 심경으로 탄식하고 있음을 볼 때, 이러한 言表는 단순한 의례적인 것이라기보다는 김이익의 독서성향 및 삶의 양태와 일정 정도 연관되는 眞情의 토로라 할 수 있다.

이 밖에도 87수의 韻字를 살펴 보면 평성과 측성 모두 사용했는데, 그 가운데서는 일반적인 한시의 경우와 마찬가지로 평성이 대부분을 차지한다. 즉 平聲韻이 61수, 仄聲韻은 26수인데 그 중에 상성이 10수, 거성이 6수, 입성이 6수이며 혼합된 것은 4수(承句-상성, 結句-거성의 경우가 3수이며, 承句-거성, 結句-상성인 경우 1수)이다. 그리고 평성운의 사용 빈도를 보면 30운 가운데 24운을 사용하고 있는데, 이를 적시하면 다음과 같다. '蕭(篠, 嘯), 靑(錫), 陽(藥, 養, 漾), 蒸(職), 侵(寢, 沁), 虞(麌), 庚(陌), 支(紙, 寘), 尤(有), 齊(霽, 薺), 魚(語), 元(月), 文(問), 灰(賄), 先(屑, 銑, 霰), 眞(質), 豪(號), 佳(泰), 麻(禡, 馬), 歌, 鹽, 刪, 東, 寒'( ) 안은 仄聲

3. 內容的 性格

김이익의 〈금강유경편〉은 전체가 87수의 五言絶句로 되어 있는 한 작품인 동시에 각각의 작품은 나름대로 하나의 독립된 작품이라 할 수 있다. 다시 말하면 〈금강유경편〉이란 題下에 87수의 작품이 한 작품의 내적 구성요소가 되어 존재하는 동시에 87수 각각은 또한 첫작품인 '天地'로부터 맨 끝작품인 '家內文集'에 이르기까지가

---

23) 김이익, 〈금강중용도가〉.

모두 하나의 題下에 한 편의 완결된 내용을 담고 있는 한 편의 독립된 작품으로 존재한다. 따라서 이들 작품을 몇 개의 항목으로 그 내용적 성격을 유형화하여 고찰하는 데는 난점이 따른다. 김이익이 〈금강유경편〉의 발문에서 "체재와 격식이 없으며 차례도 어긋난다"고 한 표현은 겸사인 동시에 이러한 작품의 내용적 성격을 어느 정도 염두에 둔 언표라 할 수 있다. 그럼에도 불구하고 몇몇 작품들은 내용적으로 보아 유사한 것끼리 인접하여 배열된 것들도 발견할 수 있다. 중간 제목하에 다시 소제목으로 분류하여 작품의 제명을 명명하지는 않았지만 예컨대 73번 째 작품부터 87번 째 작품은 모두 독서에 관련된 것으로, 이를 '독서'라 명명하여 포괄할 수 있다. 이에 본고에서는 논의의 편의를 위해 이러한 작자의 의도를 염두에 두면서 가능한한 온전하게 그 내용을 포괄할 수 있는 제명하에 몇 개의 유형으로 항목화하여 그 성격을 고찰해 보기로 한다.

3.1. 倫理意識

윤리의식이란 인간의 존재 근원에 대한 문제를 비롯하여 祖先, 부모, 형제 및 가족 구성원, 붕우에 이르기까지의 관계와 그와 관련한 조선조 儒者들의 보편적인 상호간의 덕목에 관한 내용을 포괄한다. 이와 관련한 詩題로는 "天地, 人, 四端, 七情, 祖先, 부모, 군신, 부부, 형제, 사생, 붕우, 효, 悌, 충, 信, 睦族, 遇戚屬, 待姻黨, 尊賢, 接賓, 視傔隷, 使奴婢, 施惠, 酬恩, 疾病"등을 들 수 있다.

만물 생성의 근원인 천지, 오륜과 四端 七情을 갖춘 인간, 이러한 인간은 祖先, 부모, 군신, 부부, 형제, 師生, 붕우 등과 불가분의 관계를 형성하며 살아 가는데, 孝悌忠信은 이들 관계를 유지하는 기본적인 덕목이다. 질병은 비록 면하기 어려운 것이지만 태반은 자신의 부주위로 인한 것이기에 부모님의 몸을 받들기를 방자하게 한 때문이라(雖云所難免, 太牛是自致, 奉玆父母體, 何爲而敢恣 〈질병〉)고 하는 것은 '身體髮膚는 受之父母라 不敢毁傷이 孝之始也라'

는 조선조 儒者들의 보편적인 의식의 반영이다. 김이익은 주로 규방가사중의 계녀가에서 흔히 볼 수 있는 친족들과의 화목한 관계의 유지를 비롯하여 접빈이나 使奴婢 등 가정내에서 필수적인 덕목을 詩化하여 조부로서의 손자에 대한 각별한 자상함과 함께 이러한 문제가 단순히 여인들만의 문제가 아니라는 것을 일깨워 준다. 그 구체적인 내용을 작품을 통해 살펴 보기로 한다.

以義方結姻	의로써 바야흐로 혼인을 미즈시니
宜作君子黨	맛당이 군즈의 당이 될지니라
況有兄弟情	흐믈며 형뎨의 졍이 잇ᄂ니
絶勝他人仰	엉쏭이 다른 사롬 우럴기의ᄂ 낫도다　〈待姻黨〉

혼인을 통해 맺은 관계로 서로 형제의 정이 있다면 이는 가정내에서는 형수 및 제수, 여인들간에는 동서간, 나아가 이들과 연관되는 사돈간의 관계 등이 이에 해당한다고 할 수 있다. 이들과의 상호 관계는 '의'로 맺어진 것이며 따라서 군자다운 자세로 타인들과는 구별되는 예의가 있어야 함을 깨우치고 있다. 이처럼 가족이나 친족 등 가정을 중심으로 하는 돈독한 관계를 중시하며 타인과 구별되는 각별한 정과 예의에 대한 문제는 〈遇戚屬〉에도 강조되어 있는데, 이는 가정내 또는 가족간의 질서 및 관계가 점차 느슨해져 가던 당대 현실에서 이들간의 결속을 강조하려는 일면도 내포되어 있다고 할 수 있다.

以義來事我	의로써 외서 날을 셤기니
勞多便時少	수고ᄂ 만코 편홀 ᄲᅢᄂ 젹도다
其意誠可愛	그 뜻이 진실노 가히 ᄉ랑호오니
待豈殊裏表	디졉ᄒ기롤 엇지 안과 밧기 다ᄅ게ᄒ랴　〈視傔隷〉

每事替我勞	미사의 내 슈고롤 디신ᄒ니
父子又君臣	아비게 ᄌ식이오 님군끽 신하ㅣ로다

誨責警迷過　　 ᄀᄅ치고 ᄭᅮ지져 미련홈과 허믈을 경계ᄒ고
終始施恩仁　　 ᄆᆞ춤과 처음에 은혜와 어질믈 베플지어다 〈使奴婢〉

현실적으로 '겸예'와 '노비'가 어떻게 구별되었는지 상고하지 않아
그 구체적 실상은 알 수 없지만 위에 예시한 작품에서는 별반 차이
가 드러나 있지 않은, 그저 집안에서 수고를 대신하는 부류의 사람
들을 지칭하는 것으로 보인다. 노비와 관련한 문제 역시 계녀가의
'御奴婢'와 상통하는 내용이다. 그런데 이 작품에서는 노비와의 관계
를 '의'로 맺어진 부자 및 군신 관계로 그 질서 의미를 부여하고 있
으며 시종여일하고 표리가 동일하게 대우하고 '迷過'함은 꾸짖고 가
르치며 경계하되 시종 '사랑'하고 '恩仁'을 베풀어야 할 존재로 인식
하고 있다. 일견 홀대하고 무시하며 인간적 대우를 외면했을 것같
은 노비와의 관계가 아니라, 한 가족내의 구성원으로서의 노비에
대한 인식은 김이익의 인간 존중의 한 측면을 읽을 수 있다. 이러
한 사고는 〈接賓〉에도 잘 드러나 있다.

勿論人貴賤　　 사ᄅᆞᆷ의 귀쳔은 의논치 말고
來訪出好意　　 와셔 춧ᄂᆞ거기 됴흔 뜻으로 낫도다
若不輸款敬　　 만일 관곡ᄒ며 공경ᄒ믈 극진히 아니ᄒ면
疇肯保交誼　　 뉘 즐겨 ᄉᆞ괸의를 보젼ᄒ랴　〈接賓〉

貴賤에 따라 인간 관계가 달라지는 것이 고금을 막론한 인정 세
태라 할 수 있다. 특히 신분과 계급 의식이 분명했고 그에 따라 모
든 가치 기준이 정립되고 질서가 유지되었던 조선조에는 더욱 그러
했을 것이다. 이러한 시대 의식 속에서 귀천을 가리지 않고 사람을
대하라는 가르침은 확대 해석하면 평등 의식 내지 인간 존중 의식
이 내면에 자리하고 있었기 때문에 가능한 것이었다고 할 수 있다.
그렇기에 〈尊賢〉에서는 賢人 섬기기를 부친 섬기듯이 하라고 강조
한다.
　이처럼 김이익은 인간 존재의 당위적 근원과 원천적 속성을 설명

하고 인간 관계에 있어 기존의 상하 질서 관계를 기본적으로 인정하고 그 틀에서 벗어나지 않는 삶을 강조하면서도 다른 일면에서는 인간 존중 의식과 평등적 관념을 내함하는 내용을 詩化하여 새로운 삶을 시작하려는 손자에게 전해 주고자 했던 것이다.

3.2. 心的 姿勢

불교에서 말하는 一切唯心을 거론하지 않더라도 인간의 삶을 지배하고 구속하는 중요한 요소가 심적 자세임은 물론이다. 인간의 다양한 삶의 양태는 결국 이 심적 자세의 여하에 따라 다르게 표출되는 모습이라 할 수 있다. 심적 자세가 인간의 내면이라 한다면 행동적 표현은 곧 인간의 외면인 것이다. 인간의 내면은 욕구와 이를 통제하려는 두 요소가 끊임없이 공존하며 갈등한다. 언제나 선망적인 삶은 욕구에 순응하지 않고 적절히 절제하는 데서 연유한다. 따라서 대부분의 현인들은 언제나 욕구를 절제하기를 강조한다. 이러한 삶이 우리가 상식적으로 인정하고 용납하는 모습이다. 김이익도 또한 이러한 테두리에서 벗어나 있지 않다. 그는 "事亡, 悔過, 知恥, 在獨, 득실, 取捨, 固執, 牢做, 艶羨, 惜福, 扶正, 斥邪, 恃才, 衒能, 瞞人, 傲物" 등에서 인간의 잠재적인 욕구를 단속하는 삶의 자세를 강조하고 있다. 작품을 통하여 구체적인 내용을 살펴 보기로 한다.

人之所爲人　　사룸의 사룸되온 바는
廉隅最關係　　렴우가 구장 관계ᄒ도다
此而全不顧　　이러고 젼혀 도라보지 아니ᄒ면
何以立於世　　엇지 뻐 세샹의 셔리오　〈知恥〉

성인이 아닌 이상 우리 인간은 어느 누구도 허물이 없을 수 없지만 이를 뉘우치고 고치면 선한 삶이 날마다 이를 수 있으며(悔過),

항상 愼獨을 중요시해야 하지만(在獨, 事亡), 그 중에서도 인간이 인간다운 바는 다름 아니라 '廉隅'에 있다고 강조한다. 이른바 품행이 방정하고 절조가 굳은 삶을 살지 않는다면 사람다운 사람으로서 세상에 존립할 수 없다는 인식이다.

小得豈動心	젹게 어든 거슨 엇지 ᄆ옴을 움ᄌ이랴
大失戒在身	크게 닐는 거슬 몸의 이실가 경계ᄒ라
心身以外物	ᄆ옴과 몸 뼈 밧긔 것슨
本自去來頻	본디 스스로 가며 오기를 ᄌ조ᄒᄂ니라　〈得失〉
當仁不讓師	어진 거술 당ᄒ야는 스싱ᄭ도 ᄉ양치 아니ᄒ고
非義莫受人	의 곳 아니면 사름의게 밧지 말지어다
從古好善士	녜로 조차 착훈 거술 됴화ᄒᄂ는 션비는
金寶視芥塵	금과 보비롤 플과 틧글노 보ᄂ는이라　〈取捨〉

〈득실〉에서 '小得'은 물질적인 소득을 의미하고 '大失'은 내면과 연관된 손실을 뜻함은 물론이다. 〈艶羨〉에서는 이를 다시 '부귀'와 '성현업'으로 달리 표현하여 부귀에 집착하지 말고 聖賢業에 힘쓸 것을 강조하고 있다. 그렇기에 외물로 인해 一喜一悲하지 말고 항상 마음 가짐을 바르게 하여 내면적 손실을 초래하지 않도록 해야 한다는 것이다. 모든 것은 마음으로부터 출발하는 것이니 항상 최선을 다해야 하며(牢做), 잡을 執字를 염두에 두면서 마음에 주장하는 바를 잃지 않도록 해야 하는(固執) 것이다. 이러한 의식은 〈取捨〉에서 보다 구체적으로 강조되어 있다. '仁', '義', '善'은 곧 〈득실〉에서의 '大'에, '金寶'는 '小'에 해당되는 것임은 물론이다. '인, 의, 선'은 지향해야 할 정신적 내면 가치인 반면 '金寶'는 풀이나 티끌처럼 가볍게 여겨야 하는 대상으로 인식된다. 그렇기에 '正은 덕의 기틀이며 吉하여 이롭지 아니한 바가 없으며(扶正), 사특한 것은 악의 으뜸이라 흉하지 아니함이 없으니 노력하여 그 싹을 꺾어 덩굴이 자라나지 않도록 해야 한다'(斥邪)고 거듭 강조한다.

人之損福事　　사름의 손복홀 일은
驕爲第一忌　　교만이 졔일 쩌림이 되느니
苟或不此念　　진실노 혹 이룰 넘녀ᄒ지 아니면
吉神還汝棄　　길ᄒᆞᆫ 귀신이 도로혀 너룰 불이리라　〈惜福〉

戒爾莫恃才　　너룰 지조룰 밋지 말나 경계ᄒ노니
才者多輕薄　　지조잇ᄂᆞᆫ 쟈ㅣ 경박ᄒᆞᆫ 이 만흐니라
輕薄而不悛　　경박ᄒ기룰 곳치지 아니ᄒ면
其終自廓落　　그 나죵은 스스로 뷔여 쩌러지ᄂᆞ니라　〈恃才〉

자신의 재주나 능력을 지나치게 과시하는 오만과 교만함은 그 해가 도적보다 심하며(衒能) 상대적으로 타인도 또한 자신에게 오만하게 대하게 되며 그 결과 언제나 삶은 평안하지 못하고 위태로운 기틀을 밟게 된다.(傲物) 위에 예시한 두 작품에서도 이와 같은 '교만'과 '경박'함을 경계하고 있다. 이 밖에도 김이익은 사람을 속이지 말 것을 강조한다. 자신이 남을 속이면 남도 또 자신을 속이게 되고 설령 그 속임수가 일시적으로는 통할 지 모르지만 언젠가는 결국 탄로나게 되고 또한 남을 속인 자신의 마음은 항상 탄로날 것을 고민하게 되기에 신세가 평안할 날이 없게 된다는 것이다.(瞞人)

이처럼 인, 의, 선을 주요한 덕목으로 제시하며 겸손한 자세, 정직한 마음, 뉘우치는 태도 등 우리가 일상에서 쉽게 실천하기 어려운 마음 가짐에 대해 다양한 작품을 통해 경계하고 있다.

3.3. 日常的 生活態度

넓게 포괄한다면 김이익의 〈계몽시〉는 모두가 한 편의 일상적 삶에 대한 권면과 경계에 대한 곡진힌 내용을 딤고 있다. 그렇기에 일상적 생활 태도와 심적 자세를 명확하게 구분하기는 쉬운 일이 아니다. 양자는 서로 표리가 되기도 하고 연속선상에 위치하게 되기 때문이다. 하지만 심적 자세가 행위 이전의 정신적 내면에 무게 비중이 두어졌다면 일상적 생활태도는 실천적 행위쪽에 비중을 둔 편의상의 구분이라 할 수 있다. "언어, 瞻視, 음식, 의복, 居家, 際擾, 처세, 坐臥, 행보, 夙興, 거처, 동작, 勤惰, 節用, 戒酒, 愼色, 說謊, 信誣, 好奇, 隨俗, 閒談, 잡기" 등의 작품에서 일상적 삶에서 지키고 실천해야 할 덕목을 강조하고 있다. '언어, 한담, 說謊, 際擾'에서는 일상 생활에 있어서의 언어 태도를 경계한 내용으로, 제 때에 꼭 필요한 말만 골라서 할 것이요 또 눈으로 직접 본 바가 아닌 것을 허황되게 말해서는 안되며 여럿이 무리지어 왁자지껄 떠들어서도 안되고 다른 사람에 관해서 의론하지 말 것을 경계한다. 이를 삼가지 않다가 왕왕히 禍網에 걸리게 됨을 깨우치고 있다. '거처, 동작'에서는 자신의 생활 공간을 청결하게 하고 반듯한 몸가짐으로 경거망동하지 말 것을 권고한다.

臟腑懸爲正　　오장 뉵부는 둘니이는 거시 바롬이 되고
氣血利於通　　긔운과 피는 통홈애 니ᄒᆞ니라
臥久皆偏滯　　누윗기롤 오래ᄒᆞ면 다 ᄒᆞᆫ 편으로 지고 막히이느니
只宜睡夜中　　다만 밤 가온대 잘 격의 맛당ᄒᆞ니라　〈坐臥〉

高則近於傲　　놉흔 즉 오만ᄒᆞ기의 갓갑고
低若有所憂　　ᄂᆞ즈면 근심ᄒᆞᄂᆞᆫ 배 잇는 듯ᄒᆞ니라
最忌睇與瞬　　ᄀᆞ장 횔긔고 심죽이믈 ᄭᅥ리ᄂᆞ니
觀人必先眸　　사롬 보기롤 반ᄃᆞ시 눈을 몬져 ᄒᆞᄂᆞᆫ이라　〈瞻視〉

올바른 일상 생활의 태도는 건강과도 직결되는 문제이다. 오랫동안 누워 있으면 오장육부와 기혈이 본래의 속성에서 이탈하여 건강을 잃게 되니 밤에 수면을 취할 때를 제외하고는 누워 있어서는 안된다는 것이다. 또한 고량진미를 너무 배불리 먹으면 腸胃를 병들게 하고 생명을 단축하게 하니 음식은 죽음을 면할 정도로만 먹으면 되며(음식) 의복은 사치해서는 안되고 헤지지 않도록 하여 깨끗하게 입어 모친의 바느질과 빨래하는 수고를 항상 생각해야 된다.

(의복) 부친이나 스승이 부를 때를 제외하고는 걸음 걸이는 항상
바른 자세로 천천히 걸어야 하며 빨리 달리다가 넘어져 다치는 일
이 없어야 한다.(行步) 사람의 내면은 모두 눈을 통하여 표출된다.
따라서 눈을 뜨고 바라보는 모습 또한 중요하지 않을 수 없다. 상
대방을 바라볼 때 너무 높게 치켜 뜨고 바라보면 오만하게 보이고
너무 눈을 내려 뜨면 근심이 있어 보이니, 높지도 낮지도 않게 정
면을 똑바로 바라보아야 하며 눈을 흘긴다거나 자주 깜박거리는 것
도 역시 지양해야 할 태도라는 것이다. 집안은 하나의 작은 朝廷과
마찬가지니 항상 和와 嚴을 겸비하여 婢妾輩의 口舌을 경계해야 하
며(居家), 節用하고 근면한 생활을 해야 한다.

<blockquote>

牛馬皆有役　　쇼와 몰이 다 구실이 잇고
鷄狗各修職　　둙과 개도 각가 직칙을 닥느니
奈何人生世　　엇지흐야 사롬이 세샹의 나셔
公然費着喫　　공연히 닙고 먹기를 허비흐리오　　〈勤惰〉

</blockquote>

　　소와 말, 닭과 개 등 금수마저도 다 각기 자신의 맡은 바의 직무
가 있는데 사람으로 태어나 하는 일 없이 무위도식하는 일은 없어
야 함을 경계하고 있다. 자신의 일신의 안일을 위해 우레처럼 코를
골고 늦게까지 잠을 자며 부모님께 晨省을 폐해서도 안되며(夜寐),
雜技에 빠져서도 안된다(잡기)고 경계하고 있다.

<blockquote>

一盃足行氣　　혼 잔은 힝긔흐기의 족흐느
二盃欲迷魂　　두 잔은 혼을 흐리오고져 흐느니
三盃以上飲　　세 잔 뻐 우흐로 마시는 거슨
必也涸眞元　　반드시 진원을 몰뇌오느니라　　〈戒酒〉

天生男女意　　하늘이 사나히와 겨집을 내오신 뜻은
只令嗣續之　　다만 흐여곰 즈식을 닛게 흐신 거시니
乃祖平生失　　네 한아비의 평싱에 과실은

</blockquote>

憝媤戒汝辭   너를 경계ㅎ는 말을 붓그려 ㅎ노라   〈愼色〉

戒酒와 愼色의 문제는 동서고금을 막론하고 불변의 관념이라 할 수 있다. 한 잔 술은 行氣를 위해 오히려 건강에 도움이 되지만 두 잔 술은 정신의 혼미에 영향을 끼치게 되며 석 잔은 眞元을 마르게 하여 실수하게 됨을 지적하고 있다. 남녀, 부부, 혼인에 대한 관념이 자녀의 출산을 통한 대 잇기라는 것은 물론 奉祭祀를 중시하던 조선조의 보편적인 현상이었다. 하지만 이 작품을 통해서 김이익은 평생의 자신의 호색으로 인한 실수를 자책하며 손자에게 부끄러운 경계의 말을 전하고 있다는 점이 특이하다고 할 수 있다.

戒爾罔信誣   너를 경계ㅎ노니 무소를 밋지 말나
信誣最惡事   무소를 밋으미 ㄱ장 사오나온 일이니
甚則至親間   심호즉 지친 스이에
終乖好情誼   ㅁ츰니 됴혼 졍의를 어그릇치ㄴ니라   〈信誣〉

奇異한 것을 좋아하는 것은 화의 싹이 되는 것이며 異端 또한 이러한 데서 연유한다(好奇). 時俗을 따라 이러한 기이한 것을 추구하다 보면 이는 곧 같은 집에서 서로 창을 잡고 다투는 격이 되어 그 해악은 홍수보다도 심한 것이 된다(隨俗). 무속도 이러한 기이한 것을 추구하는데서 연유하는 것으로, 끝내는 부모, 자식간의 좋은 정의마저도 어긋나게 하는 빌미가 되니 무속을 믿지 말 것을 경계하고 있다. 이러한 무속을 비롯한 이단에 대한 경계 및 시속을 따르지 말라는 경계는 조선 후기 시대, 종교적 흐름을 암묵적으로 반영한 것이라 할 수 있다.

이처럼 언어, 음식, 기거, 동작, 믿음, 근면, 戒酒, 愼色에 이르기까지 다양하게 일상 생활과 관련한 태도에 대해 자신의 생활 철학을 강조하고 있다.

3.4. 讀書와 學問

학문은 곧 부단한 독서의 과정과 그 결과라 할 수 있다. 하지만
아무런 책이나 마구 읽는 것을 학문한다고 하지는 않았다. 보편적
인 독서물과 함께 한 가문의 독특한 독서물 및 그 순서가 존재했음
은 주지의 사실이다. 김이익은 "夜寐, 嬉遊, 科工, 理學, 寫字, 독
서, 소학, 대학, 논어, 맹자, 중용, 詩傳, 書傳, 예기, 춘추, 주역,
綱目, 朱書, 東史, 家內文集" 등의 작품에서 학문과 독서에 관한 내
용을 피력하고 있다.

冀汝勤讀書	네의 글 닑기 브즈런이 흐믈 비노니
讀之有次第	닑옴이 츠례가 잇는지라
玆用列左方	이러홈으로뻐 왼편의 버리느니
毋或我言替	혹도 내 말을 폐치 말지어다　〈讀書〉

人定鍾打後	인정 븝을 친 후의
萬籟方纔息	일만 소래 바야흐로 又 긋쳐도다
此時政好讀	이 째예 졍히 글닑기 됴홧거놀
何故燈已熄	므슨 연고로 등잔블을 임의 썻는고　〈夜寐〉

김이익은 配所에서 아직 상면하지도 않은 손자의 학문과 독서를
위해 근면할 것을 권고함과 동시에 독서의 순서를 자상하게 제시하
여 손자의 장래에 대한 기대감을 표출하고 있다. 人定이 밤 11시
졍임을 김안할 때, 밤이 깊어 모든 물상이 정적에 감싸인 한 밤의
고요한 분위기 속에서 녹서에 전념할 것을 권하는 동시에 寸陰을
아껴 시간을 헛되이 소비하지 말라(嬉遊)고 권면하고 있는 것이다.
平常을 좇아 행하는 것이 곧 이학으로, 이는 결코 어려운 깃이 아
니며(理學), 과거 공부를 게을리 하고 배경(手)에 의지하여 出身하
려고 하는 것은 君上을 기만하는 행위임을 들어 과거 공부에 정진
할 것을 깨우치고 있다.(科工) 또한 글씨를 쓸 때 工拙이 문제가

되는 것이 아니라, 그 글 가운데 글 쓰는 사람의 정성이 담겨 있어
야 하며 특히 편지글에서는 이러한 점이 더욱 중요함을 강조한다.
(寫字)

독서의 순서는 '소학'을 시작으로하여 그 다음에 '대학→논어→맹
자→중용→시전→서전→예기→춘추→주역'의 순서로 읽되 그 사이
틈틈이 '綱目'을 읽고, 매일매일 性理學의 근본이 되는 '朱書'를 읽으
며 아침 저녁으로는 우리나라 역사서인 '東史'를 읽기 권하고 있다.

先取小學讀	몬져 쇼혹을 가져 닑으디	
敬信父母如	밋고 공경ㅎ기롤 부모와 ㅈ치ㅎ라	
做人樣子語	사룸의 모양을 민그단 말숨은	
晦翁豈欺余	회옹이 엇지 날을 속이시리오	〈小學〉

전통적으로 한문과 관련한 독서는 '천자문'이나 '類合' 등을 공부하
여 글자를 익힌 다음, '동몽선습', '명심보감' 등을 먼저 공부하고 '소
학'을 읽는 것이 상례이다. 따라서 먼저 '소학'을 읽으라고 한 것은
이미 글자 및 句讀 공부는 어느 정도 학습한 것을 전제하고 있다고
할 수 있다. 인간의 됨됨이가 어렸을 때의 교육과 환경에 지대한
영향을 받는 것임을 감안하여 '소학'을 공부하는 태도를 부모 공경
하듯이 하라고 권면하고 있는 것이다.

次取論語讀	버거는 논어롤 가져 닑으디	
期於深體之	깁히 몸 밧기롤 긔약ㅎ라	
涵養本源學	근본 근원을 함양ㅎ는 혹문이	
賴有萬世師	만세의 스싱 겨오심을 힘닙ㅈ와ᄂ느니라	〈論語〉

김이익은 독서해야 하는 책을 순서대로 例擧하면서 그 중심 내용
및 독서법, 삶과 연관된 태도 등을 요약적으로 함축하여 제시하고
있다. '대학'은 修身齊家治國平天下하는 근본이 모두 이 한 권에 수
록되어 있으니 이를 읽고는 실천하기를 기약할 것이며, '맹자'는 인

욕을 막고 天理를 보존하여 이단을 물리친 공이 있으니 이를 읽고
는 미루어 확충하기를 기약해야 한다. '중용'은 '推致位育'의 묘함을
家國에 베푼 책으로, 이를 통해서는 반드시 무엇인가 소득이 있기
를 기약해야 하며 '시전' 삼백 편 가운데 담긴 내용의 선악 모두가
나의 스승이니 이를 통해서는 현재의 처지에서 흥기해야 한다. '서
전'은 二帝 三王의 통치에 대한 기록으로 이를 읽고는 領會하기를
기약해야 하며 '예기'는 節文과 度數 사이에 天理가 아울러 찬연하
니 이를 통해서는 '立'하기를 기약해야 한다. '춘추'는 義를 일깨운
노나라 역사에 대한 기록으로 이를 읽고는 그 숨은 뜻을 간취해야
하며 '주역'은 天機와 人事를 바퀴가 돌 듯이 거울을 보듯이 명확히
알게 하는 것이니 이를 통해서는 自得의 묘를 터득하도록 해야 한
다. 위에 예시한 '논어'는 근본과 근원을 함양하는 만세의 스승으로
삼아야 할 책으로 이를 읽고는 몸에 깊이 체득하기를 힘써야 한다
는 것이다.

世人忽於近	세샹 사롬이 갓가온 더 홀냑ᄒ야
多昧海東史	히동ᄉ긔롤 모로ᄂ 이 만ᄒ니
須將本朝紀	모롬죽이 본됴의 긔록을 가져
淨盥昕夕視	죠촐ᄒ게 손을 씻고 아춤 져녁으로 보오라

〈東史〉

　漢字를 익히고 '소학'을 공부하면서 灑掃應對와 관련한 기본적 人
事를 익히고 한편으로는 '통감절요'를 읽으면서 중국의 역사적 지식
을 습득하고 한문의 文理를 터득했던 것이 조선조 유자들의 일반적
인 독서 경향이었다면, 김이익은 이와는 좀 다른 특징적인 독서를
권고하고 있음을 알 수 있다. 즉 중국의 역사는 해박하게 알고 있
으면서도 정작 우리나라의 역사에 대해서는 무지한 세태를 통탄하
면서 '東史' 읽기를 권고하고 있는 것이다. 특히 조촐하게 손을 씻고
경건한 마음과 자세로 우리나라 역사서를 아침 저녁으로 읽기를 권
하는 모습에서 김이익의 의식의 한 단면을 규지할 수 있다. 이러한

주체적 인식은 다음에 예시하는 '문집'의 독서 경향을 통해서도 감
지된다.

淸文兩集中	청음 문곡 두 문집 가온대
疏牘儘罕古	샹소와 편지논 진실노 녜도 드므니
何須遠求他	엇지 모롬죽이 멀니 다른 디롤 구ᄒ리오
莫如近法祖	갓가이 조션을 법밧줍기만 ᄀᆞ튼 이 업ᄂᆞ니라

〈家內文集〉

학문은 크게 人事와 天理로 구분된다고 할 때, 人事의 학문은 '소
학'을 통해서 습득되며 天理의 학문은 이른바 사서오경을 통해 터득
된다. 이러한 修身과 관련한 학문을 학습하는 사이에 틈틈이 '고문
진보'를 통해서는 문장 수업을 하고 杜詩의 학습을 비롯한 한시 공
부 및 詩作을 통해서는 한시의 오묘한 경지에 몰입하게 되는 것이
다. 이 밖에도 상소문을 비롯한 관각문이나 편지글, 묘지문 등 다양
한 실용적인 한문 문체에 대한 접근은 주로 先人들의 문집을 통해
습득하는 것이 상례라 할 수 있다. 그런데 김이익은 이러한 문집을
통한 실용문의 습득을 다른 조상의 문집을 통해 공부할 것이 아니
라 바로 자신의 선대 조상들의 문집을 통해 터득하라고 권하고 있
는 것이 주목된다. 청음 김상헌(1570-1652)과 그의 손자인 문곡
김수항(1629-1689)의 문집을 통해 상소문과 서간문을 익히라는
것이다. 물론 이들이 당대에 모두 뛰어난 文士였기에 일견 당연한
것이라 할 수도 있지만 한편으로는 자신의 조상에 대한 긍지 및 존
경심의 발로라는 측면에서 볼 때, 우리나라의 역사에 대한 지식의
중요성을 환기하고 그 방편으로 '東史'를 읽을 것을 권고한 것과 유
사한 시각으로 이해할 수도 있다.

이처럼 독서와 학문에 대한 중요성과 그 절차 및 서책에 대한 함
축적인 내용의 제시, 그를 통한 체득적인 자세와 방법에 대한 다양
한 내용을 토로하면서 이를 실천해 줄 것을 기대하고 있다.

4. 結 語

유와 김이익은 時派와 辟派의 권력 다툼의 와중에서 絶海孤島인 金甲島에서 6년여 기간 동안 위리안치 생활을 하면서 사서삼경과 관련한 다수의 학술서를 간행하는 한편, 가사 작품인 〈금강중용도가〉와 시조 〈금강영언록〉 50여 수를 비롯하여 본고에서 논의한 〈금강유경편〉 등의 문학 작품을 창작하였다. 하지만 김이익과 그의 문학 작품에 대한 논의는 아직 미흡한 실정이라는 점에 주목하여 본고에서는 그 첫 단계 작업으로 配所에서 자신의 손자를 위해 창작한 〈계몽시〉를 중심으로, 그 창작 배경과 내용을 고찰해 보았다. 이상에서 논의한 내용을 요약하여 결론을 삼기로 한다.

김이익이 배소에서 창작한 작품들은 대부분 그 題名에 '金剛'이라는 글자가 들어 있다. 이렇게 '金剛' 두 글자를 써서 작품의 題名으로 삼은 것은 〈주역〉 乾卦의 의미인 '卦宗乾金, 道貴陽剛'과 金甲島에서 '金'자를 취하고 '剛柔之理'에서 '剛'자를 취한 중의성을 띠고 있다. 뿐만 아니라, 꿈 속에서 先王인 정조로부터 약을 건네 받았는데 그 封皮에 '金中剛'이란 글자가 씌여 있었기에 그 의미를 터득하고 聖恩을 잊지 못하겠다는 의미로 작품의 제명에 '金剛'이란 글자를 쓰게 되었다.

〈금강유경편〉은 달리 〈계몽시〉라 명명하기도 하였다. '牖警'은 '깨우치고 경계한다'는 뜻으로 '계몽'과 동일한 의미이다. 김이익은 배소에서 손자의 탄생 소식을 접하고 손자의 훈몽을 목적으로 이 작품을 창작하였는데, 이는 곧 자신의 지나온 삶에 대한 반성 및 회한, 그리고 배소에서의 老病과 그로 인한 죽음에 대한 불안감 때문이었다.

〈금강유경편〉은 총 87수의 五言絶句로 되어 있는데, 작품의 題名이 각 작품의 앞에 제시되어 있고 그 다음에는 五言絶句의 작품이 구결로 토가 달려 있으며 또 원문 다음에는 한글로 번역한 내용이 수록되어 있다. '千字文'의 글자를 따라서 그 뜻을 풀이하고 句를 좇아 그 뜻을 해석했다고 하여 저술 태도와 언해의 성격을 밝히고 있는데 이는 곧 천자문과 크게 다르지 않으면서도 실생활에 유익한 내용을 수록했음을 뜻하는 것이라 할 수 있다.

87수의 작품은 '윤리의식, 심적 자세, 일상적 생활 태도, 독서와 학문' 등으로 그 내용을 종합할 수 있다. 윤리의식에서는 인간 존재의 당위적 근원과 원천적 속성을 설명하고 기존의 상하 질서 관계를 기본적으로 인정하며 그 틀에서 벗어나지 않는 삶을 강조하면서도 인간 존중 및 평등적 관념을 아울러 제시하였다. 심적 자세에서는 '인, 의, 선'을 큰 항목으로 설정하고 '겸손, 정직, 반성' 등 일상 생활과 밀접한 덕목을 아울러 강조하고 있다. 일상적 생활 태도는 '음식, 언어, 기거, 동작, 근타, 戒酒, 愼色' 등에 이르기까지 현실 생활과 밀접한 덕목을 제시하여 경계하고 있다. 독서와 학문에서는 '소학'을 필두로 해서 사서삼경 및 우리나라 역사, 선조의 문집에 이르기까지 다양한 서책을 열거하고 독서의 단계와 그 중심 내용, 독서법, 삶과 연관된 태도 등을 요약적으로 함축하여 제시하고 있다.

김이익과 그의 문학 작품은 상대적으로 문학 유산이 많지 않은 19세기 초반의 문학사에서 있어서 자료의 확충의 의미와 함께 보다 다양한 성격과 의미를 부여해 줄 수 있을 것이다. 이러한 의미에서 그의 가사 및 시조 작품에 대한 관심과 논의는 앞으로 계속되는 과제라 할 수 있다.

〈參考文獻〉

金履翼, 〈金剛牖警篇〉

김이익, 〈金剛中庸圖歌〉

김이익, 〈金剛永言錄〉

김이익, 〈金剛學孔編〉

김이익, 〈循稱錄〉

《安東金氏世譜》

《朝鮮王朝實錄》, 영조, 정조, 순조

강전섭, 〈金剛永言錄 研究序說〉, 《동방학지》53집, (연세대, 1986)

강전섭, 《한국고전시가연구》, (경인문화사, 1995)

최강현, 〈금강영언록을 살핌〉, 《홍익어문》6집, (홍익대, 1987)

이상보, 〈유와 김이익의 시가 연구〉, 《어문학논총》6집, (국민대, 1987)

《향토연구》1집, 2집, (충남 향토연구회, 1985, 1986)

一然의 生涯에 대한 再考察
-慶北 軍威 麟角寺 一然碑의 재해석을 통하여-

趙 春 鎬

목 차

1. 서 론

일연은 《삼국유사》의 찬술자로, 迦智山門의 禪風을 드높인 禪師로, 왕뿐만 아니라 온 나라 사람들에게 높은 道와 盛한 德을 베푼 國尊으로 칭송되었다. 그런데 스님에 대한 기록은 온전한 것이 默獻公 閔漬(1248-1326)가 지은 '高麗國華山曹溪宗麟角寺迦智山下普覺國尊碑銘幷序'와 '寶鏡寺住持通奧眞靜大禪師山立'이 지은 '高麗麟角寺普覺國師碑陰記'가 전부이고, 《고려사》 《동문선》 등의 단편적인 기록이 있을 뿐이다. 이들 기록을 통하여 스님의 생애와 저술, 사상에 대한 연구가 있어 왔지만 《삼국유사》와 관련된 논의가 주를 이루었고 보다 다양한 논의는 미흡한 실정이다.

금석문에 대한 관심과 이해는 자료가 빈곤한 上古史에서 뿐 아니라 삼국시대 고려시대 등 이른 시기에 있어서 매우 중요하다. 일찍부터 선학들에 의하여 금석문 자료의 수집과 현대활자로의 교감 등의 작업이 이루어져 왔고, 일부는 주석 및 번역 작업도 병행되어 후학의 연구에 크게 도움이 되고 나아가 지침이 되고 있다. 그런데 잘 알려진 금석문 가운데도 그 탁본의 眞僞여부와 탁본시의 용도 등에 따라 編綴이 혼잡하여 그 내용의 파악과 이해에 상당한 어려움이 제기되곤 한다. 특히 현존하는 비석이 인멸되어 그 탁본이나 사본에 의지하는 경우에는 그 논란의 정도가 매우 심하다. 이러한 경우뿐 아니라 그 내용이 잘 알려진 비문에도 선학의 해석을 검증 없이 그대로 수용하여 전체적 이해에 상당한 오류를 가져다주는 경우도 있음을 볼 수 있다.

본고에서 다루고자 하는 경북 군위군 고로면 화산리 인각사에 있는 일연비는 일찍이 부서져 동강난 두 덩이만 전하고 있어 현지에서는 그 전모를 파악할 수 없지만 몇몇 탁본과 사본이 전하고 있어 그 전모를 알 수 있다.

1981년 한국정신문화연구원에서 소장하게 된 〈보각국사비명〉이 前面(陽記)은 거의 完形에 가까운 것으로 판명되고[1], 채상식 교수에 의해 복원 제시된 〈碑陰記〉의 내용[2]을 통하여 일연의 삶에 대한 새로운 연구가 계속될 것이라는 소개가 있었으나 당시의 기대와는 달리 그간 일연의 생애에 대한 연구는 매우 소략한 듯하다.

본고에서는 그간 일연비의 해석상에 있어서 소홀하게 지나간 몇 문제에 대한 고증과 해석을 통하여 일연의 생애와 활동에 대한 새로운 견해를 제기하고자 한다.

---

1) 황수영(1981), 〈고려인각사보각국사비명해제〉, 《고려국화산조계종인각사가지산하보각국사비명》, 한국정신문화연구원, 5~7쪽.
2) 채상식(1979), 〈보각국존 일연에 대한 연구〉, 《한국사연구》 26집, 36~42쪽.

2. 알려진 일연비의 자료

인각사에 現傳하는 일연비는 언제 파손되었는지 알 수 없지만 작은 두 동강만이 전하고 있어 현전 실물로는 비의 전모와 그 내용을 알 수가 없다. 현전하는 비편에서는 전면 227자 음기 142자 정도를 파악할 수 있을 뿐이다. 불행 중 다행이랄까 비의 글씨가 王羲之 體의 集字라서 일찍부터 글씨에 대한 관심을 가진 이들에 의하여 탁본이 성행하여 탁본의 일부가 현전하여 비의 이해를 돕고 있고, 탁본에 의한 것인지 직접 비문에서 옮겨 적은 것인지 알 수 없지만 누군가에 의하여 기록된 비문 寫本이 전하여 그 전모를 짐작할 수 있다. 현재 알려진 일연비의 자료 가운데 필자가 확인한 것을 정리하면 다음과 같다.

2.1. 일연비 탁본첩

가. 한국정신문화연구원본

이는 탁본 중 현재 가장 쉽게 구해 볼 수 있는 것이다. 1981년 4월 한국정신문화연구원 도서관 개관에 즈음하여 서울의 金錫昌으로부터 매입하여 황수영의 해설을 첨부하여 고전자료총서 81-4로 발간한 것이다. 그 내용은 12折 23葉 2288字로 비의 前面을 완벽하게 수록하고 있지만 碑陰記는 전연 포함하지 않았다.3)

나. 서울대학교 규장각본

서울대학교 규장각에 소장되이 있는데 채상식 교수에 의하여 소개되었다. 그 내용은 11절 22엽 胡蝶裝으로 되어 있으며 확인할 수 있는 자가 총 983자인데 이 중 9, 10, 11, 12엽 및 13엽 1행은 비명으로 210자이고 나머지 773자가 비음기이다.4)

---

3) 황수영(1981), 위의 책.
4) 채상식(1979), 위의 논문, 같은 곳.

다. 영남대학교 동빈문고본

  영남대학교 도서관 동빈문고에 소장된 것이다. 이는 원래 龍門 尹光周가 소장했던 것을 東濱 金庠基가 소장하였다가 영남대학교에 기증한 것이다. 그 내용은 19엽 총 654자인데 비명과 음기가 뒤섞여 있고 문장의 앞뒤가 혼란스럽게 뒤바뀌어 있어 글씨를 배우기 위한 書帖用이었음을 알 수 있다. 이 비첩에는 舊藏者였던 용문거사가 1701년에 쓴 서문이 있는데, 임진왜란 때에 왜구에 의하여 비가 훼손된 사실을 전하고 있어 비의 보존상황을 알 수 있는 중요한 자료가 되고 있다.5) 김상현 교수는 이를 검토하여 음기에 해당하는 것이 442자임을 밝혔다.6)

라. 황수영소장본

  표지가 인각사비로 되어 있는데 10엽 973자로 비명이 233자 비음기 740자이다. 비명과 음기가 뒤섞여 있고, 비음기의 門徒名이 원래 가로로 되어 있던 것을 세로로 정리하여 僧階에 혼란을 보이고 있다.

마. 박영돈소장본

  이는 일연비에 관한 개인연구가인 朴永弴이 소장하고 있는 것인데 題額 6자 '普覺國師碑銘' 1엽을 포함하여 20엽 총 949자이다. 그 내용은 모두 비명에 관한 것으로 그 전반부가 처음부터 차례대로 수록되어 있다. 이 비첩은 《월간문화재》 93호에 영인 소개되었다.7)

바. 《大東金石書》 所載本

  이는 원래 李俁(1637~1693)의 《大同金石帖》에 수록된 것인데, 이 〈대동금석첩〉을 1932년 日人學者 今西龍이 《大東金石書》란 책명으로 다시 간행하였기에 현재 구해볼 수 있는 책명을 제시

---

5) 김상기(1961), 〈古搨麟角寺碑〉, 《考古美術》 15호.
6) 김상현(1991), 〈麟角寺 普覺國師碑 陰記再考〉, 《한국학보》 62집, 68쪽.
7) 박영돈(1979), 〈새로 발견된 보각국사비명고탑본〉, 《월간문화재》 93호, 1979.10.

하였다. 이에는 일연비 탁본으로 3엽이 실려 있는데 題額 '보각국사비명' 6자와 비명 138자 음기 55자 총 193자를 알 수 있다.[8]

일연비의 탁본으로 위의 자료 외에도 박영돈 소장의 다른 비첩이 있는 것으로 알려져 있고, 국사편찬위원회, 고려대학교 도서관 華山文庫本, 全寶三 소장본, 일본 천리대학 도서관 등의 소장본이 있음이 알려져 있다.

2.2. 일연비 寫本

일연비의 寫本은 여러 곳에 소개되었으나 그 기본자료는 월정사에 소장된 것이다. 이 월정사 소장본은 월정사 승려였던 金慧月이 1836년경에 인각사에서 이 비를 보고 등사하여 보관한 것으로 알려져 있다. 그 내용은 민지가 쓴 碑銘幷序 全文이었고 비음기는 없다. 이 사본이 1918년 이능화의 《조선불교통사》 하권에 소개되고 이어 1919년 《조선금석총람》에 수록되어 두루 유포되어 일연비의 전모를 아는데 기본자료로 널리 활용되었다. 또 최남선이 편찬한 《증보 삼국유사》의 부록에 이 사본을 토대로 한 비문이 실려 그 내용이 더욱 널리 알려졌다. 이 사본은 한국정신문화연구원 소장의 탁본이 간행되면서 몇 곳에 誤字가 있음이 밝혀지기는 했지만 거의 정확한 謄寫本임을 알 수 있다.

2.3. 일연비의 해석본

일연비의 해석은 필자의 과문한 탓인지는 모르지만 1986년 지준모 선생에 의하여 처음 이루어졌다. 이 해석은 치밀한 주석을 함께 하여 비문의 이해 및 일연의 삶에 대한 이해를 한층 높였으나 발표지의 배포 한계로 학계에 널리 알려지지 못하였다.[9] 그러한 까닭인

---

8) 今西龍(1976), 《大東金石書》, 아세아문화사. 95~98쪽.
9) 지준모(1986), 일연선사비문의 주석과 해독, 《경산문학》 2집, 176~

지 고운지는 중앙일보사에서 발행하는 월간지인 《WIN》21호에 이 비문을 서툴게 해석(그나마 銘은 새기지 않았음)하면서 자기가 처음 시도하는 것이라 밝히고,10) 이어 한길사에서 '위대한 한국인 시리즈3'으로 간행한 《일연》에 재수록하면서 그대로 처음 해석한다고 하였다.11)

지준모의 해석에 이어 1996년 8월 은해사 일연학연구원에서 유인물로 펴낸 《보각국사 일연성사와 은해사》라는 다례제 자료집에 번역문을 싣고 있다. 비문을 전체 17항목으로 나누어 해석하려는 의욕은 돋보이나, 유인물로 만든 것이어서인지 誤脫字가 곳곳에 보이고 번역이 성글어 아쉬운 부분이 있다.12) 아직 일연비의 해석은 지준모의 해석이 가장 정확하고 주석도 충실하나, 底本으로 삼은 것을 필자는 밝히지 않고 있으나 월정사 등사본의 流布本 중 하나일 것으로 짐작되는데 한국정신문화연구원본과 대비하면 몇 글자의 오자가 보인다.

3. 일연의 생애13)

일연(1206-1289)이 살았던 시기는 崔氏執政期에서 對蒙抗戰期를 거쳐 蒙古支配初期로 국내외적으로 매우 어려운 혼란기였다.

일연의 일생을 살펴 볼 때 일연의 삶은 ① 무량사 출가득도기(5

195쪽. 필자가 본 논문을 착상하고 집필하면서 지준모 선생의 논문에 크게 도움을 받았다.

10) 고운지(1997), 〈인각사 일연비문 전문번역〉, 《WIN》 21호, 중앙일보사, 1997년 2월호, 272~273쪽.

11) 고운지(1997), 《일연》, 한길사, 269~277쪽.

12) 일연학연구원(1996), 〈보각국사비명〉, 《보각국사 일연성사와 은해사》, 103~114쪽.

13) 조춘호(1997), 일연성사와 인연사찰, 《경산문화연구》 2집. 이 논문에서는 일연이 주석한 사찰을 중심으로 일연의 생애를 조명하였다. 이 항에서는 이 논문에서 논의한 것을 중심으로 정리한 것이다.

년)   ② 諸房 修學期(8년) ③ 1차 비슬산 수학기(22년) ④ 남해 주석기(12년) ⑤ 1차 상경 교화기(3년) ⑥ 2차 비슬산 수행기(14년) ⑦ 운문사 주석기(5년) ⑧ 2차 상경 주석기(2년) ⑨ 2차 운문사 주석(1년) ⑩ 인각사 주석기(4년)로 나누어 볼 수 있다.

보각국사 일연은 고려 희종 2년 1206년 경북 경산의 三聖山 기슭에서 태어나 아홉 살에 海陽 無量寺로 출가하여 열 네 살 때 陳田長老 大雄으로부터 具足戒를 받은 후 여러 禪房을 다니며 수행공부를 하였으며, 스물 두 살 때에 選佛場에서 上上科에 올랐다. 그후 包山(현 비슬산) 寶幢庵과 妙門庵·無主庵 등에서 수행 공부를 하였다.

고려 고종 36년 1249년 마흔 네 살 때 相國 鄭晏의 초청으로 南海 定林社[14]에 가서 주석하였다. 1256년 여름 輪山(현 남해)의 吉祥庵[15]으로 거처를 옮겼다. 원종 2년 1261년 쉰 여섯 살 때 왕이 불러 당시의 수도 개경에 있는 禪月社[16]에서 머물며 법회에서 설

---

14) 정림사는 당시 相國이던 정안이 남해에 있는 자기의 집을 희사하여 세운 절이다. 일연은 이 절의 주지가 되어 분사대장도감 등 주변의 일들을 맡아 처리하게 된다. 정안은 당대 최고의 권력층이었기에 이 곳에 주석하면서 일연스님은 중앙정계와도 밀접한 관련을 갖게 된다. 비문을 살펴보면, "己酉鄭相國晏捨南海私第爲社 曰定林社請師主之"라 하였다. 곧 기유년은 고종 36년 1249년이다. 일연을 초청한 정안은 2년 뒤 최항에게 죽임을 당하게 되지만, 일연은 이 곳에 주석한 계기로 1251년에 완성된 대장경조판 중 남해분사도감의 조판에 참여하게 되고 이러한 경험이 인흥사에 주석할 때 역대년표 법화경 등을 판각 간행하는 힘이 된 것으로 파악된다.
15) 길상암은 남해 정림사 인근에 있던 사찰이다. 일연이 남해에 간 지 2년만에 초청한 정안이 처음에는 당시 권력자 최항에게 우대되어 등용되는 듯하다가 죽임을 당하자 정림사에서 옮겨 주석한 사찰이다. 현재 일본에서 발견되어 소개된 《중편조동오위》의 기록을 보면 스님이 쉰 한 살이던 고종 43년 1256년에 길상암에 주석하면서 《조동오위》를 重編하기 시작하여 1260년 원종 1년 쉰 다섯 되던 해에 《중편조동오위》를 초간한 것을 알 수 있다.
16) 선월사는 스님이 쉰 여섯 살 되던 해인 원종 2년 1261년에 서울에 가서 머물던 절이다. 이를 비문에서 살펴보면, "中統辛酉承詔赴京住禪月社開堂遙嗣牧牛和尙"이라 하였다. 이 당시 서울은 왕과 정부가 강화도에 옮겨 가

법도 하고 牧牛和尙 普照國師 知訥의 법을 이으며 공부하였다.

원종 5년 1264년 쉰 아홉 살에 번잡한 수도 개경을 떠나 남쪽으

있던 시절이라 강화도였다. 따라서 선월사도 강화도에 있던 절로 파악된
다. 권상로 선생은 선월사의 위치를 보각국존비의 기록을 인용하여 설명하
면서 선월사의 위치를 경기도개성에 있다고 하였다. (“禪月寺 在京畿道開
城O閔漬撰普覺國尊(一然)碑云中統辛酉承詔赴京住禪月社開堂遙嗣牧牛和尙.
金石總覽上”) 일부 학자는 선월사를 강화도 정부 시절 가장 중심이 되던
사찰인 禪源社로 파악하기도 하지만 선월사는 그대로 선월사로 파악해야할
것 같다. 고종 때의 문신인 金之岱(1190-1266)가 쓴 〈禪月社四凉亭次
韻〉〈遊禪月社〉 등 두 편의 칠언율시가 《동문선》 권 14에 전하고 있어
절의 모습을 알 수 있다.

〈禪月社四凉亭次韻〉

襟袂殷勤片片凉	옷깃과 소매에 은근히 스며드는 서늘한 바람
老禪欄檻俯崇岡	절 다락의 난간이 메를 굽어보네
江山卽時解脫境	강산이 그대로 곧 해탈경이로구나
草木亦生知見香	초목 또한 지견의 향내를 풍기네
地迥易敎人倚久	땅이 유벽(幽僻)하니 사람들이 오래 쉬어 가고
天高剩與鳥飛長	하늘이 높으니 새도 마음 놓고 날아가네
功名二字眞無賴	공명 두 글자가 참으로 무뢰하여라
遮斷淸風六尺床	육척상 서늘한 바람을 마구 막아버리다니

〈遊禪月社〉

山寺春遊一伏輕	산사의 봄놀이에 가벼운 한 지팡이
道情詩思各雙淸	도의 정취와 시를 짓는 마음이 함께 맑아지네
桃花休道未徹在	복사꽃을 보고서도 도를 깨치지 못했다고 하지마소
飯顆從敎大瘦生	반과산에서는 너무나 야윈들 그 어쩌하리
今日鬢絲憐節物	오늘날 흰머리로는 철마다 변하는 풍경이 안타깝다마는
他年汗竹笑功名	일후 역사에 공명이 우습구나
悠悠世上無窮事	무궁한 세상의 일 생각하여 무엇하리
付與閑窓睡到明	한가로운 창가에 날이 밝도록 실컷 잠이나 자리라

이로 보건데 선월사가 선원사와 같은 절임을 알 수는 없지만 당시 문장가
요 정치가였던 김지대가 달리 불렀을 까닭이 없을 것이라 짐작된다. 일연
이 원종의 부름으로 강화도에 있는 선월사에 가서 머물면서 법회를 열고
설법도 하면서 멀리 목우화상의 법을 잇게 되었다는 것은 가지산문 소속인
일연이 사굴산문인 지눌의 법을 계승하여 출신 소속 僧籍을 바꾼 것이 아
니라 당대 불교계의 주도세력으로서 수선사를 대신할 계승자로 부각되었음
을 의미한다고 볼 수 있다.

로 돌아와 雲梯山 吾魚社17)에 잠시 머물었는데, 이 때 포산 仁弘
社18) 住持 萬恢가 일연에게 주지직을 양보하여 일연은 주지로 주
석하였다. 원종 9년 1268년 예순 세 살 때 조정의 명으로 雲海
寺19)에서 禪敎 양종의 이름난 승려 백 명을 두고 大藏經落成會를
주관하였다. 일연이 인홍사에 주석한 지 11년이 되는 원종 15년
1274년 예순 아홉 살 때 인홍사를 중수하고 仁興社로 이름을 바꾸
니 왕이 절이름을 써서 주었다. 이 때 인홍사와 같이 포산에 있는
湧泉寺20)를 중수하고 佛日結社의 도량으로 삼았다. 충렬왕 3년

---

17) 오어사는 영일군 운제산에 있는 절로 처음에는 恒沙寺였는데 혜공과 원효
의 故事로 오어사로 불리게 된 절이다. 현재도 자장 혜공 원효 의상 네 분
의 수행처가 남아 있다. 일연은 쉰 아홉 살이던 원종 5년 1264년 가을에
강화도 선월사에서 이곳에 내려와 머물렀다. 이러한 사실을 비문에서 살펴
보면, "至至元元年秋累請南還于吾魚社"라 기록되어 있다. 거듭 남쪽으로 돌
아가길 청하여 오어사에 돌아가 머물렀던 까닭은 무엇일까. 이는 일연의
후견인인 朴松庇가 당시 정권을 장악한 金俊과 대립관계에 있었고 김준에
의해 박송비가 일시 실각을 한 까닭에 기인한 것으로 파악된다. 이러한 견
해는 4년 뒤인 1268년 김준이 주살된 후 일연이 다시 왕명에 의하여 운
해사에서 대장경낙성회를 주관한 것으로 보아 설득력을 가진다. 즉 일연은
중앙정계에 나아가 그 한 세력과 긴밀한 관계를 가지게 되었고 지원세력
이 다소 위축될 때 물러나 기회를 보게된 것이다. 특히 무신란 이전에 원
응국사 학일이 운문사를 중심으로 세력을 키웠던 가지산문의 세력이 무신
정권에 맞서면서 세력이 와해되거나 위축되었는데 일연은 이의 재건을 위
해 노력한 것을 알 수 있다.

18) 현재 대구직할시 달성군 화원읍 본리 남평문씨세거지로 알려진 곳이 그
寺址로 확인된다. 이 곳에 있던 탑편이 1961년 경북대학교 박물관 앞 뜰
로 옮겨져 3층석탑으로 복원되어 전시되고 있다.

19) 이 운해사의 위치는 알려지지 않아 알 수 없으나, 당시 고려의 강화도 정
부가 개경으로 귀환하였던 시기라 왕명에 의하여 대장경낙성회가 개최된
절인 점을 고려하면 개경에 있던 절로 짐작된다. 권상로 선생도 《한국사
찰전서》에서 다음과 같은 일연비의 내용을 인용하고 운해사의 소재를 未
詳이라 하면서 "按疑在開城"이라 하였다. 비문의 내용은 다음과 같다. "戊
辰夏有 朝旨集禪敎名德一百員設大藏落成 會於雲海寺請師主盟晝讀金文夜談
宗趣諸家所疑師皆剖釋如流精義入神故無不敬服"

20) 현재 경북 청도군 각북면 오산리에 있는 절이다.
용천사는 《삼국유사》 권4 〈의상전교〉 조에 의하면 玉泉寺라 했는데,
의상스님이 중국에서 돌아와 세운 화엄십찰 가운데 하나이다. ("湘乃令十

1277년 일흔 두 살 때 왕명으로 雲門寺21)에 주석하였다. 충렬왕 7년 1281년 왕이 일본원정군을 위로하기 위해 경주에 왔을 때 일흔 여섯의 나이인 일연을 行在所로 모시어 일연의 佛日結社文에 제목을 써서 옥새를 찍고 결사하여 설법을 듣는 대중의 일원이 되었다. 이듬해인 충렬왕 8년 1282년 봄 일흔 일곱 살 때에 왕명으로 개경의 廣明寺에 주석하였다. 충렬왕 9년 1283년 봄 왕이 일연을 國尊으로 삼고 號를 圓徑冲照라·하였다. 老母 봉양을 위해 舊山으로 돌아와 노모를 모셨는데 노모께서는 이듬해(1284년)에 아흔 여섯의 나이로 돌아가셨다. 이 해에 조정에서 麟角寺22)를 일연의 下

刹傳敎太白山浮石寺原州毗摩羅伽耶之海印毗瑟之玉泉金井之梵魚南岳華嚴寺等是也") 의상스님이 전국에 화엄사찰을 세울 때 그 중 하나로 창건된 옥천사가 일연스님 당시는 퇴락하여 일연스님께서 인홍사를 중창하면서 그 餘力을 몰아 용천사를 중수하고 불일결사를 조직하였다. 이를 비문에서 살펴보면, "又於包山東麓重葺湧泉寺爲佛日社"라 했다. 이로 볼 때 비슬산 서쪽에 자리한 인홍사에서 학인들을 가르치고 동쪽에 위치한 용천사에서 부처님의 가르침을 더욱 빛나게 할 결사조직인 불일사를 결성하였음을 알 수 있다.

21) 현재 경북 청도군 운문면 신원리에 있는 절이다. 비구니승가대학으로 전국 최고의 규모이며, 조계종 산하의 비구니승가대학원이 개설되어 있다. 운문사와 일연의 관계에 대해서는 다음 항에서 자세히 논의한다.

22) 인각사는 경북 군위 고로면 화산에 있는 절이다. 인각사를 조정에서 국사인 일연의 하안소로 정해 대대적인 중창을 하고 일연이 옮겨가 주석하고 이 곳에서 입적하였다. 일연이 이 곳에 주석하면서 국사로서 구산문도회를 두 번 개최하여 당시의 중심사찰이 된 곳이다. 비문에 보면, "是年朝廷以麟角寺爲卜安之地勅近侍金龍劒　修葺之又納土田百餘頃以賣常住師入麟角再闢九山門徒會叢林之盛近古未曾有也"라 기록하였다.
인각사가 국사의 하안소로 지정되어 정비되던 해에 어머니가 돌아가시자 일연은 인각사가 있는 화산에 어머니의 묘를 쓴 것으로 짐작할 수 있다. 일연도 입적 후 자기의 부도를 어머니의 묘가 바라다 보이는 곳에 세우도록 했는데, 후대에 몰지각한 이가 이를 훼손하고 자기 문중의 묘를 써서 지금은 부도가 인각사 경내에 옮겨 전한다.
한편 일부에서 삼국유사를 찬술한 곳을 인각사라고 하나 일연이 인각사에 주석한 후 두 번의 구산문도회를 개최하는 등 禪風振作에 정성을 傾注하였던 까닭에 삼국유사를 찬술할 겨를이 없었을 것이다. 이로보아 삼국유사는 일연이 운문사에 주석하면서 정리한 것으로 파악된다.

安所로 삼아 절을 고치고 밭을 헌납하여 스님께서 상주하는데 충족하게 하였다. 이에 일연은 인각사에서 주석하면서 九山門徒會를 두 번 개최하였다. 여든 네 살이 되던 해인 충렬왕 15년 1289년 6월에 병이 나서 7월 8일에 입적하니 世壽 84세, 法臘 71세였다.

4. 일연비 해석상의 문제부분

일연비의 해석에 문제가 되는 부분으로 출가 수학처, 삭발득도처, 수계은사, 불일결사, 구산 등에 해당하는 부분을 검토하고자 한다. 이들은 漢文字句上으로는 몇 자 되지 않는 짧고 단순한 문장이지만 그 해석 여하에 따라 일연의 생애에 대한 이해가 완전히 달라지기 때문이다.

4.1. 本名과 易名

지금까지 대부분의 일연 연구에 관한 글에서 일연은 姓氏가 김씨로 그 본명은 見明이고 字가 晦然인데 후에 이름을 바꾸어 一然이라한 것으로 해석하고 있다. 이에 관한 기록을 비문에서 살펴보면 "國尊諱見明 字晦然 後易名一然 俗性金氏 慶州章山郡人也"라 하였다. 이 구절의 통상적인 해석으로 앞의 언급과 같이하여, 일연의 속명이 견명이고 나중에 이름을 바꾸어 일연이라 했다고 이해하기가 쉽다. 이 구절을 통해서는 일연의 본명 즉 속명이 무엇이었는지 알 수가 없다. 이는 일연에 대한 《고려사》의 단편적인 기록을 보면 일연의 이름을 견명이라고 하고 있음을 알 수 있다. 충렬왕 8년조의 기록을 보면 "十月壬寅迎僧見明于內殿 己酉設仁王道場于崇慶堂王與公主行香 十二月乙未王與公主幸廣明寺訪僧見明"이라 하였다. 곧 일연의 나이 일흔 일곱 되던 해인 1282년조의 고려사 기록에 일연의 이름이 견명으로 되어 있다. 이를 통해 알 수 있는 것은 일연이란 이름은 훨씬 후에 쓰여진 것임을 짐작할 수 있다.

4.2. 出家受學處

일연이 출가하여 수학한 곳은 비문에서 海陽 無量寺라고 밝히고 있다. 비문에서 이에 관한 기록을 살펴보면 "小有出塵志年甫九歲依海陽無量寺始就學"[23)라 되어 있다. 이는 "어려서부터 속세를 벗어나고자 하는 뜻이 있었는데 아홉 살에 이르러 해양 무량사에 의탁하였고 비로소 공부를 하였다"고 해석된다.

그러면 먼저 해양 무량사는 어느 곳에 있던 절일까. 이 곳에 대해 지금까지 구체적으로 알려진 바가 없다. 다만 해양이 광주를 가리키거나 전라남도를 가리키는 말로 쓰였던 것을 통해 현재 광주 무등산에 있던 절이라고 한다. 이는 권상로가 《한국사찰전서》에서 무량사를 광주에 있는 절로 비정한 이래,[24) 대부분 일연과 관련되는 글에서 이를 그대로 따르고 있다.

《신증동국여지승람》 光山縣條의 郡名에 "武珍 武州 光州 海陽 翼州 化平 茂珍 翼陽 瑞石" 등이 있는데 곧 '해양'이란 지명이 있고, 佛宇에 "無量寺 薦福寺 開龍寺 元曉寺 俱在無等山"라는 기록이 있어 무등산에 '무량사'가 있었음을 알 수 있다.[25) 그런데 권상로의 《한국지명연혁사전》에 '해양'을 전라남도 광주와 경상남도 남해의 옛 이름이라 하였다. 《신증동국여지승람》 남해현(南海縣)조의 군명에 "轉也山 海陽 轉山 花田 輪山 觀風案"라 한 것을 보면 남해도 해양이라 불린 것을 알 수 있다.[26) 여기서 '윤산'이란 지명은 일연이 남

---

23) 이하 비문의 인용은 한국정신문화연구원 소장본에 의한다.
24) 권상로(1978). 《한국사찰전서》, 동국대학교출판부, 380쪽
　　"無量寺　在全羅南道光山(今光州郡)無等山. 東國輿地勝覽三五〇今廢梵宇攷
　　〇閔漬撰高麗普覺國尊一然碑云'年甫九歲依海陽無量寺始就學'按高麗成宗十
　　四年乙未以羅州光州靜州(靈光)朗州(靈巖)等州縣海陽道且光州屬縣有海陽縣
　　海陽遂爲光州古號則海陽無量寺乃光州無量寺也"
　25) 《신증동국여지승람》 권 35, 광산현조.

해 주석 시에 정림사에서 길상암으로 옮겨 머문 적이 있는데 바로 그 지명과 같음을 알 수 있다.

해양이 광주나 남해를 가리키는 것으로 해석되지만 아홉 살의 나이로 출가한 일연스님이 경산 주변의 여러 사찰을 두고 무슨 연고로 수 백리길의 먼 길을 가서 수학했을까 하는 의문이 남는다. 일연이 후반에 주지로 주석한 인근의 운문사는 圓應國師 學一(1052~1144)이 가지산문의 선풍을 드높혀 가지산문의 중심이 경상도로 옮겨오도록 한 사찰이다. 일연이 가지산문의 소속사찰로 여겨지는 무량사에 출가하였던 것도 이러한 출신지역과 가까운 곳에 있는 사찰의 영향도 있지 않을까 추측한다면 무리일까. 그리고 그 무량사도 광주나 남해에 있는 절이 아니고 경산인근 즉 경상도 중동부지방에 있는 절이지 않을까. 이러한 추론이 수긍되려면 해양이란 지명에 대한 比定이 새로워져야 한다. 추측컨대 해양은 경상도 중부인 영천과 동부인 영일이나 영해 등의 접경을 일컬었던 지명이 아닐까. 그 까닭은 영천의 古名인 潁陽에서 '陽'자를 따고, 寧海에서 '海'자를 딴 이름으로 해석한다면 바로 두 지역이 만나는 접경지역을 일컫는 명칭으로 생각해 본다. 이에 대한 구체적인 고증은 다각도로 검증할 자료를 정리하고 있다.

또한 《大東地誌》에 밀양을 해양이라 부른 기록이 있음을 볼 때 밀양지역도 그 대상지역으로 하여 무량사의 소재 등을 살펴볼 필요가 있음을 제시한다.

한편 쉰 여섯 살의 일연이 원종의 부름으로 강화도에 있는 선원사에 가서 머물면서 법회를 열고 설법도 하면서 멀리 목우화상의 법을 잇게 되었다는 것은 가지산문 소속인 스님이 사굴산문인 지눌의 법을 계승하여 출신 소속 승적을 바꾼 것이 아니라 당대 불교계의 주도세력으로서 修禪社를 대신할 계승자로 부각되었음을 의미한다고 볼 수 있다. 이와 같은 배경은 스님이 쉰 네 살에 大禪師가

---

26) 《신증동국여지승람》 권 31, 남해현조.

된 것과 밀접한 관련이 있는 것으로 파악된다. 이는 일연비에 檀越로 기록된 朴松庇 등 王政復古派의 지원을 힘입었고 그 계기는 여러 가지를 상정해 볼 수 있겠지만 먼저 일연과 박송비가 출신지역이 가까웠던 까닭에서가 아닐까 여겨진다. 이는 일연의 출가 사찰로 일컫는 해양 무량사의 위치가 영해나 영일 지역 어느 곳이 아닐까 하는 추측과 더불어 시사하는 바가 크다 하겠다. 한편 서울에 머문지 불과 삼 년만에 남으로 내려가길 청하고 그 머문 곳이 吾魚寺인 것도 함께 고려해 봄직한 부분이다. 현재 포항시에 통합된 옛 영일군 오천면 지역에 있는 진전동이라는 지명도 이와의 관련이 있는 것이 아닌가 추측해 본다.

4.3. 得度處와 受戒恩師

일연이 승려로서 정식으로 머리를 깎고〔剃度〕具足戒를 받은 것이 열 네 살 때 설악산 陳田寺의 大雄長老에게서였다고 알려져 있다. 그런데 이는 비문의 기록을 잘못 해석한 것이라 여겨진다. 이 부분을 비문에서 살펴보면 "而聰警絶倫有時危坐盡夕人異之興定己卯就陳田長老大雄剃度受具於時遊歷禪肆聲價藉甚時輩推爲九山四選之首"라 되어 있다. 이 기록을 보면 일연스님에게 구족계를 준 스승이 진전사 대웅장로가 아니고 陳田長老 大雄스님임을 알 수 있다. 즉 진전은 절 이름이 아니고 스님의 이름이고, 쓰여진 순서로 보아 진전은 法號이고 대웅은 法名으로 짐작된다. 공교롭게도 일연 이후에 가지산문이 九山禪門 가운데 그 宗風을 드높이게 되자 가지산문을 開山한 道義禪師의 주석처였던 진전사를 염두에 두어 진전장로 대웅스님을 진전사 대웅장로라 해석하고 일연을 가지산문 중심인물로 생각한 것 같다. 현전하는 일연비에 '迦智山下 普覺國尊'이라고 일연의 가지산문 소속을 분명히 하고 있지만, 득도 및 수계은사의 바른 해석으로 일연의 사상적 경향을 면밀이 검토할 필요성이 있음을 느낀다. 곧 일연은 강원도 양양 진전사에는 주석한 적이 없으며 아무런 관련이 없는 것으로 생각된다.

또 아홉 살에 출가하여 공부에 전념하던 일연스님의 모습이 총명하고 민첩하여 그 짝이 없을 정도로 絶倫하다고 했으며, 때로는 저녁 내내 단정히 앉아 있어 사람들이 기이하게 여겼다고 하였다. 이러한 어린 일연의 자질과 면학자세를 보고 당시 무량사에 계시던 스님 가운데 장로로 칭송받던 진전장로가 일연을 제자로 받아들여 구족계를 준 것이 아닐까. 구족계를 受持한 후 일연은 여러 선방을 다니면서 參究하여 그 이름이 널리 알려져서 구산선문의 으뜸으로 칭송되기도 하였다. 이러한 결과 스물 두 살에 선불장에서 상상과에 올랐던 것이다.

4.4. 佛日結社文

일반적으로 비슬산 서쪽에 있던 仁弘寺를 중창하여 仁興寺란 賜額을 받은 일연이 그 비슬산의 동쪽에 있는 용천사를 중창하여 불일사라 개명하였다고 해석하고 있다. 그런데 불일사는 寺名이 아니라 결사조직임이다. 고려시대 절 이름에 社와 寺를 혼용하기도 했지만, 이 곳에서는 절 이름이 아니라 결사조직임을 알 수 있다.

《삼국유사》에 의하면 湧泉寺는 玉泉寺라 했는데, 義湘이 중국에서 돌아와 세운 화엄 십찰 가운데 하나이다.27) 의상이 전국에 화엄사찰을 세울 때 그 중 하나로 창건된 옥천사가 일연 당시는 퇴락하여 일연이 인휴사를 중창하면서 그 여력을 몰아 용천사를 중수하고 불일결사를 조직하였다. 이를 비문에서 살펴보면, "又於包山東麓重茸湧泉寺爲佛日社"라 했다. 이로 볼 때 비슬산 서쪽에 자리한 인흥사에서 학인들을 가르치고 동쪽에 위치한 용천사에서 부처님의 가르침을 더욱 빛나게 할 결사조직인 불일사를 결성하였던 것이다.

---

27) 《삼국유사》 권 4, 〈의상전교〉 조.
  "湘乃令十刹傳敎太白山浮石寺原州毘摩羅伽耶之海印毘瑟之玉泉金井之梵魚
   南岳華嚴寺等是也"

이러한 점은 충렬왕 7년 1281년 여름 운문사 주지로 있던 일연이
경주에 온 충렬왕의 부름으로 행재소에 나아갔을 때 왕이 일연의
불일결사문을 보고 그 결사문에다가 옥새를 찍고 설법을 듣는 결사
원의 일원이 되었다는 기록에서도 알 수 있다. 이를 비문에서 살펴
보면, "辛巳夏因東征駕幸東都詔師赴行在及至疏請陞座倍生崇敬因取師
佛日結社文題押入社"라 하였다. 곧 지금까지 불일사를 용천사의 다
른 이름으로 파악한 오류는 고쳐져야 할 것이다.

4.5. 舊山과 雲門寺

운문사는 신라 진흥왕 때 창건된 절로 대작압사라 했는데, 원광
법사가 신라 화랑들에게 그들의 수행지침이 된 세속오계를 설한 도
량이고 고려 건국을 도운 보양국사가 태조로부터 운문선사라 사액
을 받아 절이름이 바뀐 곳이다. 고려조에는 가지산문의 문풍이 전
라도에서 경상도로 옮겨 오는 데 중심역할을 했던 원응국사 학일이
주석한 곳이다. 일연은 이처럼 가지산문의 중흥도량인 운문사에 주
지로 주석하여 크게 종풍을 闡揚하였다. 이 때는 충렬왕 3년 1277
년 일흔 두 살 때였다. 비문에서는 "上卽祚四年丁丑詔雲門寺大闡玄
風"이라 하였다. 이 운문사와 일연의 인연은 각별한 듯하다.[28] 비
문에서 직접적인 인연은 주지로 주석한 일흔 두 살 때이지만 일연
이 속했던 가지산문의 중심사찰이고 가지산문의 종풍을 천태종의
흡수노력에도 불구하고 굳굳히 지켜간 원응국사 학일이 주석하시던
곳이라 그 의미가 깊다.

일연이 왕명으로 개경에 가서 광명사에 머무는 동안에도 운문사
주지직은 계속 갖고 있었던 것으로 보인다. 왜냐하면 왕이 일연을
국사로 책봉하기 위해 신하들에게 그 뜻을 말하며 일연을 일컬어
운문화상이라 한 것에서 그러함을 알 수 있다.

---

28) 전명성(1992), 〈일연선사와 운문사〉, 《불교학논문집》, 운문승가대학
    출판부.

　　일연이 국존이 되고 번잡한 서울 생활을 좋아하지 않고 또 노모 봉양을 위해 舊山으로 돌아감을 청하여 허락을 받아 돌아 온 그 이듬해 아흔 여섯의 나이로 어머니가 돌아 가신다. 개경에서 돌아온 구산 즉 고향이 어딜까. 지금까지 일반적으로 스님께서 노모봉양을 위해 인각사로 오셨다고 했지만 이는 다소 착오가 있은 듯하다. 그 구산은 스님의 고향인 장산 즉 경산이 아니면 서울로 가기전 머물렀고 소속 종단의 종풍을 드높이던 운문사라고 여겨진다. 고향인 경산은 스님이 출가 후에도 속가의 부모가 계속 살던 곳인지 사실을 알 수 없고 출가한 스님께서 속가의 부모를 계속 모시고 다니며 봉양할 수도 없을 것이라는 추론으로 구산은 개경에 오기전에 머물던 곳 즉 운문사라 해석된다. 비문에서 "下山寧親"이라 하여 '산을 내려가 어버이를 보살폈다'라고 했는데 이를 속가로 가서 봉양했다고 하는 것은 무리가 아닐까 한다.

　　어머니가 돌아가신 후 그 해에 조정에서 인각사를 일연의 '下安之寺'로 삼아 중창을 하게 된다. 즉 일연이 노모를 위해 국사의 자리를 버리고 돌아 온 곳은 지금까지 알려진 인각사가 아니고 고향인 경산이 아니면 경산 인근인 운문사가 아닐가 추론해 본다.

　　또 인각사에서 입적한 일연의 행장을 쓰고 인각사에 일연의 비를 세운 대선사 청분이 운문사 주지로 있었으며, 운문사에 일연의 행적비가 있었다는 口傳 등도 일연과 운문사와의 깊은 인연을 짐작케 한다.

5. 결 론

　　일반석으로 금석문의 해석은 精緻한 해독과 緻密한 註釋이 함께 하여야 그 온전함을 얻을 수 있다. 《삼국유사》의 편찬자로 널리 알려진 일연의 생애에 대해 알려주고 있는 유일한 기록인 일연비에 관한 관심과 주목은 일찍부터 있어 왔지만, 그 해석의 綿密함에 성근 부분이 있어 일연의 생애의 이해에 많은 오류를 보였다.

본고에서는 그 동안 잘못 해석되어 온 몇 부분을 考證과 註釋을 통하여 새롭게 해석하였다.

먼저 일연의 본명이 見明이고 후에 一然이라 고쳤다는 일반적인 인식은 견명을 俗名으로 일연을 法名으로 이해하고 있지만, 견명도 법명이며 일연의 속명 즉 출가 전의 이름은 알려진 바가 없음을 밝혔다. 또 일연의 出家 사찰과 得度 사찰이 동일하게 무량사임을 밝혔다. 종래 일연의 출가사찰은 무량사고 득도처는 진전사라 이해해 왔으나, 진전사와 일연은 아무런 직접적 인연이 없었음을 확인하였다. 또한 授戒恩師가 진전사 대웅장로가 아니라 무량사에 주석하고 있던 法號가 진전인 대웅장로였음을 밝혔다. 아울러 비슬산 용천사를 중수하고 용천사를 불일사로 개칭한 것이 아니라 중수한 용천사에서 불일결사 조직을 하였음을 밝혔다. 또 노모 봉양을 위하여 돌아간 舊山은 노모의 별세 후 조정에서 국사의 下安所로 정해 대대적으로 수리를 하고 옮겨가 주석한 인각사가 아니라 일연의 고향인 경산 또는 일연이 주지로 재직하던 운문사임을 밝혔다.

이상의 논의를 통하여 비록 작은 구절이라도 그 해석상의 무관심이나 소홀함이 전체적인 생애의 이해에 큰 오류를 야기시켰음을 알 수 있다. 앞으로 본고에서 논의한 바를 중심으로 陰記를 포함한 보다 정치한 일연비의 해석을 시도하여 일연의 생애에 대한 재조명을 하는 작업을 계속 진행하고자 한다.

韓國 道學者의 ‘金石文’ 및 ‘祭文’의 敍事文學性 研究
- 주로 趙光祖·李滉·李珥·宋時烈 等을 中心으로 -

최 준 하

一. 緒 論

문자가 우리의 사상과 감정을 전달하는 도구라면, 金石文은 時空을 초월하여 그 시대의 사상과 문화를 정확하게 전해주는데 그 意義가 있다고 할 수 있다. 그러므로 이를 통해 史實의 오류를 바로잡고, 기록의 결함을 보충하며, 문자와 문장의 변천을 고찰할 수 있음이 金石學 형성의 가장 큰 이유가 될 것이다.

그러나 지금까지의 금석문 연구는 대부분 歷史學·考古學·國語學·宗敎學·哲學 등의 분아에서만 연구되어 왔고, 상당한 연구입적이 이루어졌음이 사실이다. 그러나 정작 한자와 한문으로 표기된 금석문이 漢文學 분야에서는 상대적으로 연구업적이 적은 편이다. 금석문은 한문학의 장르중 散文 갈래에 속하며 하위 장르로는 碑誌類로 분류되는데, 지금까지 단순한 실용문으로 여겨 연구가 미흡하였던 것이다. 그러나 오늘날은 문학성이 강한 文藝文이라는 인식 아래 활발히 연구가 진행되고 있다.

금석문의 자료는 방대하다. 전국에 산재해 있는 석문을 비롯하여 문집에 수록되어 있는 비지류 등을 합하면 헤아릴 수 없을 만큼 많다. 그리고 제문 또한 어느 문집이든 반드시 수록되어 있어, 이 또한 자료가 많다. 그래서 이렇게 방대한 자료 때문에 본고에서는 韓國性理學을 대표하는 靜菴 趙光祖, 退溪 李滉, 栗谷 李珥, 尤庵 宋時烈 등의 도학자들의 碑誌類와 祭文으로 한정하고 이들 작품 중에 문학성이 뛰어나고 작자의 사상과 감정이 가장 잘 표현된 작품을 선정하여 문학적 검토를 하고자 한다.

먼저 비지류와 제문의 名義 및 由來, 類型, 體裁 및 特質 등을 살펴보고, 그 다음으로 道學者들의 中心思想과 文學觀을 일별하며, 그들의 문학사상이 작품에 어떻게 투영되어 형상화되었는지를 살펴보고, 이와 같은 작업을 바탕으로 그들이 찬술한 비지류와 제문의 文學史的 價値를 고찰하고자 한다.

二. 金石文 및 祭文의 一般的 考察

1. 金石文의 名義 및 由來

金石文이란 金石類에 조각한 글을 의미한다. 金石이라는 용어는 중국 《墨子》의 〈鏤於金石〉에 사용된 것이 最古[1]로 생각되며,

---

1) 朱劍心, 《金石學》, (臺灣: 臺灣商務印書館, 1962), 2쪽.

金文類로는 鍾·鼎·彜器 등이 주종을 이루고, 兵器·度量·衡器·符璽·錢弊·鏡鑑2) 등의 기물에 銘文이나 記錄文字가 있는 것은 모두 〈金文〉이라 할 수 있다.

〈石文〉은 돌에 文字로 조각한 모든 것을 말하는데 例를 들면 碑碣·墓誌가 대종을 이루고, 기타 磨崖·造象·柱礎·玉石器·石印3) 등에 이르기까지 종류가 다양하다.

金石이란 명칭은 고대 書契, 즉 甲骨·竹木·陶磁磚 등과 함께 사용되면서 얻어졌다. 金石의 사용은 인류가 지구상에 생존하면서부터 사용되었으므로 金石에 대한 연구가 일찍부터 진행되었고, 또한 보존자료도 가장 많아 귀중한 고대 역사자료로 인식되어 오고 있다. 例를 들면, 馬无咎는 그의 《中國金石學槪要》에서,

> 夏나라의 岣嶁碑와 盧氏磨崖는 禹임금의 遺跡이고, 殷나라의 紅崖刻石은 高宗때의 刻石이고, 錦山磨崖는 箕子가 쓴 것이고, 周나라의 壇山刻石은 穆王의 刻이고, 石鼓文은 史籍이 쓴 것이고, 廷陵季子의 무덤에 있는 文字와 比干의 묘에 있는 문자도 모두 孔子가 쓰신 것이라고 전해오고 있다.4)

이상과 같은 연유로 근대에 이르러서는 〈金石文〉의 중요성이 새롭게 인식되면서 국사학의 보조학문이기보다는 종합적인 하나의 독립된 《金石學》이라는 학문으로 성립되어 歷史學·考古學·哲學·文學 등 각 분야에서 많은 연구가 진행되고 있다.

이와 같은 〈금석문〉 가운데서 본고에서는 주로 〈石文〉에 속하는 碑碣·墓碑·墓誌 등에 한하여 이들의 名義 및 出來에 대하여

---

2) 上揭書, 4쪽.
3) 上揭書, 4쪽.
4) 馬无咎, 《中國金石學槪要》 (臺灣: 藝文印書館, 1978), 112쪽.
　“於夏, 則有岣嶁碑, 盧氏摩崖, 竝傳爲禹跡, 於殷, 則有紅崖刻石, 傳爲高宗日刻, 錦山摩厓, 傳爲箕子書. 於周, 則有壇山刻石, 傳爲穆王刻, 石鼓文, 傳爲史籍書, 廷陵季子墓字, 比干墓字, 竝傳爲孔子書.”

간략하게 서술하고자 한다.

(1) 墓 誌

일반적으로 碑誌는 碑文과 誌文을 함께 일컫는 말로, 亡者의 事蹟과 덕행을 칭송하기 위해 쓰여졌던 것으로 원래 『詩經』에서 비롯되었다고 하지만, 그것을 碑石에 새겨 묘의 부근에 설치한 것은 東漢 이후로 말하여진다.5) 이렇게 출현한 碑誌文은 그 기록을 새겨놓은 장소와 위치에 따라 명칭을 달리하는데 대략 세 가지로 나눌 수 있다. 첫째, 묘의 내부에 매장하는 것으로 墓誌·壙誌 등이 있고, 둘째, 묘의 외부에 설치하는 것으로 墓碑·墓表·墓碣 등이 있으며, 셋째, 관직이 특별히 높은 경우(정三품)에 묘도 입구에 세우는 神道碑가 있다. 또한 문장의 끝에 운문으로 쓰여진 銘文이 첨가될 수도 있는데 이럴 경우 墓誌銘이라 불렀던 것이다.
　묘지명의 기원에 대하여 徐師曾은 《文體明辨》에서

　　옛날 사람이 덕망과 선행, 그리고 공적이 있어 세상에 이름을 날릴만 하였으면, 그가 죽은 뒤 그를 위해 그릇을 주조하여 銘을 새겨 무궁토록 전해지게 하였다. 예컨대, 《蔡中郎集》에 실린 〈朱公叔鼎銘〉 같은 것이 이것이다. 漢나라에 이르러 杜子夏가 처음으로 글을 새겨 묘 옆에 묻었으니 드디어 墓誌가 생겼고, 후세 사람들이 그를 따랐다.6)

라고 墓誌銘의 기원에 대하여 설명하고 있다. 이렇게 묘지명은 漢代에 출현한 이래 시대를 불문하고 크게 성행하게 되는데 그 이유는 신분적 사회제도의 확립으로 인한 가문의식에서 출발한 자기 一

───────────────

5) 장영휘, 《중국문체통론》, 799쪽.
6) 徐師曾, 《文體明辯》 〈墓誌銘〉.
　"古之人有德善功烈可名於世, 沒則後人爲之鑄器以銘, 而俾傳於無窮, 若蔡中郎集所載朱公叔鼎銘是已. 至漢, 杜子夏始勒文埋墓側, 遂有墓誌, 後人因之."

族의 과시욕과, 경제의 발전, 문자의 발달, 그리고 유교사상의 확산 등에서 기인함을 알 수 있다.7) 유교사상의 확산은 孝弟의 강조와 가문의식의 고취를 가져오게 되는데 이와같은 연유로 묘비 및 묘지명이 후대로 내려오면서 가문 중심으로 크게 성행하게 되었던 것이다. 물론 우리나라에서는 고려 이전의 묘지명은 보이지 않고 다만 고려조의 묘지명이 《東文選》과 개인문집에서 많이 보이는 것으로 보아 크게 성행하였고 보편화 되었음을 알 수 있다.

(2) 墓 碑

墓碑는 死者의 공적을 기록하고 덕행을 칭송하기 위해 刻石하여 墓로 들어가는 길목, 혹은 묘의 앞이나 좌우에 세우는 것을 말하는데 刻石의 시작은 중국 秦나라 이후부터라고 〈通志〉에 기록되어 있다.8) 이같은 史實로 보아 金石에 글을 새기는 행위는 그 기원이 오래된 것임을 알 수 있다. 이후 唐代에 와서 이 제도가 정비되어 묘비는 龜趺螭首로 된 것으로 5品 이상의 관직을 역임하였던 사람에게만 사용하였고,9) 墓碣은 方趺圓首 형태의 것으로 5品 이하의 관직을 역임하였던 사람에게만 사용되었고,10) 墓表는 文體가 묘비나 묘갈과 동일하였으며, 가장 일반적인 것으로 관직 역임의 유무에 상관없이 모두 사용할 수 있었던 것이다.11)

이상에서 살펴본 것처럼 墓誌와 墓碑·墓表·墓碣 등은 유래와

---

7) 權瑚, 〈墓誌銘의 文學性考〉, 《建國語文學》 제 15·16합집, 1991, 157쪽.
8) 鄭樵, 《通志》 〈金石略序〉.
　“自秦迄今 惟用石刻”
9) 徐師曾, 前揭書, 卷55.
　“唐碑制龜趺螭首五品以上官用之”
10) 上揭書.
　“唐碣制方趺圓首五品以下官用之”
11) 上揭書.
　“其文體與碑碣同, 有官無官皆可用”

용도만 다소 다를 뿐 그 내용과 형식 등의 체제는 거의 유사하다. 다만 묘지는 땅 속에 묻고, 묘비·묘표·묘갈 등은 묘의 밖에 세운 점이 다르다 할 것이다. 묘지를 땅에 묻고도 묘 밖에 묘비 등을 세운 까닭은 첫째, 땅속에 묻는 묘지만으로는 자손의 효심과 가문의 위세를 드러낼 수가 없었기 때문이며, 둘째로는 孝子子孫들이 先德을 차마 덮어둘 수 없는 마음12)에서 비롯되었을 것이다.

2. 祭文의 名義 및 由來

제문은 亡者를 애도하거나, 天地山川에 제사를 지낼 때에 사용되는 글을 일컫는 말로서 哀祭文에 속한다. 애제문의 하위문체로는 제문을 비롯하여 많은 종류가 있다.13) 그리고 표기상으로는 漢文祭文과 한글祭文으로 구분하며, 성별로도 구분하여 女性祭文에 대한 연구가 최근에 발표되었다.14)

제사의 기원은 천지가 자리를 정하자 여러 神을 두루 祭祀로 모시게 되면서 시작되었는데 《禮記》에 보면 禘帝에서 黃帝를 제사 지내고, 郊禮에서 帝嚳를 제사 지내며, 顓頊과 帝堯를 祖宗으로 모셨다고 하며, 이러한 제사 풍습은 夏禹氏나 殷·周 이후까지도 지속되어 중국사회의 규범이 되었다고 기술하고 있다.15) 그러나 기록에 나타난 최초의 제문은 옛날 伊耆가 蜡祭16)를 창시하여 八神을

---

12) 上揭書.
    "蓋葬者, 旣爲誌以藏諸幽, 又爲碑喝表以揚於外, 皆孝子慈孫, 不忍蔽先德之心也"
13) 吳曾祺, 《文體芻言》.
    "哀祭文-告天文, 告地文, 告廟文, 玉牒文, 論祭文, 哀詞, 弔文, 誄, 騷, 祝, 祝香文, 上樑文, 釋奠文, 祈, 謝, 歎道文, 齋詞, 醮詞, 冠詞, 祝嘏辭, 贊文, 贊饗文, 告文, 盟文, 誓文, 請詞 等"
14) 柳敬淑, 〈朝鮮女性祭文研究〉, 충남대학교대학원 박사학위논문, 1996.
15) 《禮記》 第23, 祭法.
16) 劉勰, 『文心雕龍』 蜡祭
    "蜡者 歲12月合聚萬物而索饗之也"

제사지냈는데 그 祈禱文에 "堤防일랑 견고하고 물일랑 넘치지 말라. 벌레는 끓지 말고 초목은 우거져라"17)로 되어있는 이 짧은 형식의 제문을 최초의 제문으로 손꼽고 있다.

이어 춘추시대로 넘어오면서 제문은 새로운 면모를 갖추게 된다. 즉 실존인물로서의 작자가 밝혀지고, 작자의 목적의식이 강조되었다. 형식은 美的인 수식이 가미되었던 것이다.

漢代는 제문형식이 다양하게 활용되면서 미학적인 발전을 거듭하였다. 그리고 내용에 있어서도 인간을 대상으로 하는 哀祭文이 양적으로 확대되었음을 알 수 있다. 그러나 禮의 본질을 잃어버리는 부정적 측면도 나타났다.

이어 唐宋시대는 古文運動이 일어나 駢儷體 형식이 쇠미해지고 散文體 文章이 등장하는데 이러한 경향은 제문에도 반영되어 韓愈의 〈祭十二郎文〉같은 작품에 잘 나타나고 있다. 이 작품은 古來의 제문의 상투적 수법에서 벗어나 산문으로 지어진 것으로 情眞意摯한 記敍文이라 할 수 있다. 그리고 宋代의 歐陽修는 또한 韓愈의 문장을 배우고 존숭하여 제문을 짓는데도 그 법을 따랐다. 즉 그가 亡友를 위하여 지은 〈祭尹師魯文〉, 〈祭蘇子美文〉 등은 진중한 제문으로 유명하다.

그 후 元·明·淸代는 특별한 변화가 나타나기보다는 이전 제문의 전통이 지속되는 단계였다고 할 수 있다.

이상에서 보는 바와 같이 중국의 역대 제문들은 시대가 내려올수록 대상의 범위가 확대되고 표현방식이 다양화되면서 작가의식과 문예적 의도가 가미된 표현양식으로 발전되어감을 알 수 있다.

다음으로 우리나라의 제문의 기원과 변천에 대하여 略論하여 보면, 우리나라는 중국과는 달리 고대 문헌자료가 없어 변천과정을 살펴보기에는 무리가 있다. 나만 우리나라는 祭儀의 시작과 함께 원시적인 형태의 제문이 있어온 것으로 유추할 뿐이다. 우리나라

---

17) 劉勰, 《文心雕龍》 〈祝盟〉 第10.
   "土反其宅 水歸其壑 昆蟲無作 草木歸其澤"

고대사회에서의 祭儀形態는 祭天儀式과 葬禮儀式을 통해 이루어졌을 것으로 추정할 수 있다. 기록에 의거해 살펴보면,18) 夫餘의 迎鼓, 高句麗의 東盟, 濊의 舞天과 같은 제천의식 행사는 神聖·統合·政治·祝祭·藝術의 기능을 발휘하고, 다수확과 풍요, 생명의 안전·治病, 혈통의 보존, 死者의 遷度 등과 같은 인간의 행복을 추구하는데 그 목적이 있었다. 이러한 제의행사중 하늘과 조상을 숭배하는 마음과 장의행사에서 죽은이를 애도하는 슬픈 감정 등을 언어적 수단으로 표현하는 제문의 형태가 있었으리라 추정할 수 있고, 그것이 후대에 내려오면서 격식을 갖춘 제문의 모태가 되었으리라 유추할 수 있는 것이다.

고대문헌 중 문자로 기록된 제문으로 가장 오래된 것은 신라 경덕왕(742~765)때 지어졌다는 〈祭亡妹歌〉를 들 수 있다. 〈제망매가〉는 月明師가 죽은 누이동생의 齋를 올릴 때 노래를 지어 제사지냈다는 면에서 〈爲亡妹營齋歌〉, 〈悼亡妹歌〉, 〈悼亡妹詞〉19) 또는 輓詞20) 로도 보는데 결국 〈제망매가〉는 망인을 애도하는 감정이 문학의 형태로 나타난 최초의 祭歌임을 알 수 있다.

이 뒤를 이어 본격적인 제문으로는 崔致遠의 漢文祭文 5편을 들 수 있다. 〈祭五方文〉, 〈築羊馬城祭土地文〉, 〈祭巉山神文〉, 〈祭楚州陳亡壯士文〉, 〈寒食祭陳亡壯士文〉 등이 그것이다.

최치원 이후 300여년은 자료의 빈곤으로 제문은 찾아볼 수 없고 고려 후기에 이르러 《東文選》에 李奎報의 〈祭妻文〉, 崔瀣의 〈代權一齋祭母文〉, 李穀의 〈爲校勘天祚祭母文〉 등의 제문이 다수 수록되어 있는 것으로 보아 제문이 문학의 한 유형으로 자리잡은 것이 이 시기일 것으로 생각된다.

조선시대로 넘어오면서 儒敎가 國是로 됨에 따라 禮法을 강조하게 되고 禮가운데서 자연히 喪祭禮를 가장 중시하게 되었다. 따라

---

18) 金東圭, 〈祭文歌辭硏究〉, 《여성문제연구》 제 8집, 효성여대, 1979, 123쪽.
19) 池憲英, 〈次肹伊遣〉에 대하여, 최현배선생환갑기념논문집, 1954, 431쪽.
20) 趙鍾業, 〈殘論祭亡妹歌〉, 백강서수생박사환갑기념논총, 1981, 39쪽.

서 祭文도 널리 지어지게 되어 고려에 비해 제문이 많이 지어진 것을 알 수 있다. 조선시대 저작된 제문은 내용이 祝文과 같이 비교적 짧다. 예컨대 權近의 〈代伯兄祭夫人吳氏文〉이나 卞季良의 〈祭先妣贈貞淑夫人曺氏文〉 등은 54字, 96字에 불과하다.[21] 그러나 조선 중기에는 다량의 제문이 지어지는데 분량 또한 길어지고 내용도 다양해진다. 祈雨祭文, 祝文, 告文 등 儀式的 祭文이 많고, 개인 저작의 제문은 물론 임금의 命을 받고 쓰는 賜祭文, 또는 남을 대신해서 쓰는 代行祭文 등도 많이 나타나고 있다. 이와같은 조선시대 제문의 공통적 특징은 문장의 조탁과 수식이 강조되고 상투적 칭송의 비중이 커졌다는 것이다.

三. 金石文과 祭文의 類型 및 特質

1. 金石文의 類型 및 特質

금석문은 쇠붙이와 돌에 銘文을 새긴 金文과 石文을 총칭하는 말로서, 금문과 석문의 종류에 대해서는 앞 章의 ‘名義 및 由來’ 부분에서 자세히 서술하였기 때문에 本 章에서는 略하겠다.

다만, 금석문이 중국에서는 금문이 앞서고 석문이 그 다음인데 비해 우리나라에서는 석문이 주류를 이룬다. 그 가운데서도 石碑가 주종을 이루고 있는데 석비의 종류에 대하여 설명을 하면 다음과 같다.

石碑를 세우는 데는 세 가지 방법이 있었다. 첫째는 官에서 세우는 것으로 신도비가 이에 속하고, 둘째는 개인이 세우는 것으로 일반적으로 墓碑가 이에 해당한다. 셋째로 백성들이 세우는 것으로 善政碑와 功德碑 등이 있다.

神道碑는 중국 漢代부터 2품 이상의 관직에 있었던 사람의 무덤

---

21) 유경숙, 상게논문, 9쪽.

근처나 큰 길가에 세우던 비석을 일컫는다. 우리나라에서는 고려시대부터 신도비가 건립되었고, 조선시대에는 王陵이나 2품 이상의 관직에 한하여 건립하였다고 한다. 비문의 내용은 역사적으로 기록된 공적을 기록하였다. 이러한 신도비는 전국적으로 산재해 있다.

墓碑는 前述한 바와 같이 한 인물의 일생을 死後에 기록하여 무덤 밖에 세우는 것을 말한다.

塔碑는 승려가 죽은 뒤 그의 행적을 기록하여 浮圖 부근에 세운 것을 말한다.

善政碑는 일명 功德碑를 말하는 것으로 백성들이 벼슬아치의 공적과 덕을 칭송하여 후대에 모범을 보이고자 돌에 새겨 본보기가 되게 하는 것이 소위 선정비였다.

다음으로 遺墟碑는 후대의 사람들에게 敎鑑이 될만한 인물이 태어나고 성장한 곳에 그의 인격과 덕을 기리고 후대에 전하고자 세우는 비를 말한다.

이상에서 살펴본 것처럼 금석문의 종류로는 먼저 금문과 석문으로 구분되며 석문의 유형으로는 신도비, 묘비, 탑비, 유허비, 선정비 등이 있음을 알 수 있다.

다음으로 금석문의 특질에 대하여 살펴보면, 史料로서의 특질이다. 금석문의 기록의 형태와 금석문에 附屬된 文樣 및 彫刻·用度 등을 통하여 당시의 文化 및 社會相을 살펴볼 수 있고, 금석문의 기록이 단편적이지만 史書에 기록되지 않은 부분을 결정적으로 보완해 주는 사료적 가치를 제공해 주는 특징을 갖고 있다. 그리고 금석문의 내용적 특징으로는 碑文을 통한 당시의 정치·사회·경제·관제 등 역사학 뿐만 아니라 문학·어학·예술·생활습관에 이르기까지 다양하게 연구할 수 있는 종합적 특성을 갖고 있다.

2. 祭文의 特質

제문의 유형은 크게 神에 대한 것과 人間에 대한 것으로 나눌 수 있는데 우리나라의 제문 유형 역시 중국의 고대 형태와 마찬가지로

祭天儀式과 葬禮儀式을 통해서 이루어졌다고 말할 수 있다. 이와 같은 제의형태가 후대로 내려오면서 하늘에 대한 숭배와 亡人에 대한 애도의 뜻을 언어적 수단을 통해 문자로 표현하면서 제문의 형식을 갖추었던 것이다.

神을 대상으로 한 제문은 신의 범위가 天地山川으로로부터 시대가 내려오면서 구체적인 종교적 대상(佛·道)으로 변천하였고, 창작은 국가적 행사의 일환으로 지어졌기 때문에 공적인 지위에 있는 사람에 의해 의식문으로서 창작되었던 것이다. 그리고 작품의 수 또한 시대가 올라갈수록 신을 대상으로 한 제문의 수가 인간에 대한 작품 수보다 훨씬 많음을 알 수 있다.

사람을 대상으로 한 제문은 최치원 작품을 비롯해 고려조로 내려오면서 林椿·李奎報·李穀·李穡 등에 의해 창작되는데 이 작품들의 절반이 代行祭文22)이라는 특성을 갖고 있다. 왜냐하면 제문의 형식성 즉 상투어와 고사의 사용이 빈번하여 識者가 아니면 지을 수 없고 읽을 수도 없었기 때문에 자연 문장력 있는 문필가의 대작이 필요하였던 것이다.

다음으로 제문의 특성에 대해 약술해 보면,

먼저, 유교사상의 근본인 忠과 孝의 강조를 들 수 있다. 충과 효는 고려시대 한문학의 발달과 함께 강조된 유교사상의 핵심사상이며 도덕의 표준이었다. 그러기에 《禮記》와 《孝經》에서 보면 "임금 섬기는데 忠하지 못한 것은 孝가 아니다."와 "孝로서 섬기는 것이 곧 忠"이라는 말로 忠과 孝를 동일시하며 모든 윤리의 최우선적 가치로 여기고 있다. 그리고 葬禮와 祖廟의 제사는 숭대한 행사로 여기면서 장례시에는 슬픔으로 喪에 임했고 공경으로 제사함이 喪祭의 禮라 말하고 있다. 이처럼 유교사회에서 가장 중시 여기던 喪祭禮시에 행하여지던 제문의 내용은 당연히 조상에 대한 애절한 존숭과 불초한 자손의 불효함을 애석해 하는 내용이 대다수의 제문속에 강렬히 표현되어 있다. 물론 본고에서 논의하고자하는 대상인물

---

22) 李恩英, 〈16世紀 士林의 祭文研究〉, 이화여대대학원, 1990.

들이 朝鮮朝를 대표하는 유학자요, 도학자들이기에 그들이 창작한 제문 속에는 충효의 유교사상이 중심을 이루고 있다.

두 번째 특성으로는 道·佛사상이 제문 속에 특히 여성들이 창작한 제문 속에 반영되어 있음을 알 수 있다. 조선시대가 억불숭유정책으로 불교가 양성화될 수는 없었지만 불교의 사상과 문화는 일반인의 생활 속에 깊숙히 배어 있었다. 이를테면 輪廻轉生, 因果應報, 因緣思想 등이 그들의 삶 속에 용해되었으며 제문에서도 유족이 망자의 극락왕생 등을 기원하는 내용과 도교의 음양오행, 천문, 주술 등 道·佛 습합이 여러 제문에서 표현되고 있는 것이다.

세 번째 특성으로는 시대성과 역사성을 들 수 있다.

제문은 한 시대를 살다간 亡者의 행적을 시간적 순서에 따라 기술하기 때문에 망자가 살았던 시대적 특성이 제문 속에 있는 그대로 서술된다. 특히 임금의 명에 의해 지어지는 賜祭文 같은 경우는 망자와 임금과의 관계 등 역사적 사실도 개입되고, 본고에서 고찰하고자하는 道學者의 제문도 역시 그들이 각기 갖고있는 시대상황과 역사적 史實들이 내포되어 있는 것이다. 예를 들면, 우암 송시열의 제문에서는 당시의 당쟁과 연관된 내용들이 서술되어 있기 때문이다.

마지막 특성으로 문학성을 들 수 있다. 제문은 망자에 대한 칭송과 애도가 주조를 이루기 때문에 자연 서정적인 특성을 갖게 된다. 뿐만 아니라 제문은 일반적인 서사구조를 갖고 있는데 출생 - 성장 - 행적 - 사망 - 애도의 순으로 구성된다. 물론 작가에 따라 어느 부분이 강조되거나 생략되는가 하면 첨가되는 등 다양한 조화를 구사한다. 이처럼 한 인간(亡者)의 생애를 시간적 순서에 따라 서술하기 때문에 전기문학적 특성을 갖고 있다 할 수 있겠다.

이상에서 보듯이 제문은 신과 인간을 대상으로한 두 유형으로 생성 발전되어 왔고, 특성으로는 한 망자가 살아간 일생을 행적을 따라 서술하기 때문에 시대적 특성 즉 역사성과 망자에 대한 추념과 애상을 사상적 바탕위에서 애도하기 때문에 儒 ·佛·道 사상이 표현되기도 한다. 물론 망자에 대한 애도의 정이 곡진하게 표현될 수록 문학적 특성이 가미되는 것이다.

四. 道學者別 金石文(碑誌類)과 祭文의 敍事文學性 考察

14C말 조선왕조의 건국은 정치·사회적 변화는 물론 사상적으로도 큰 변화를 가져오게 하였다. 麗末에 도입된 성리학은 불교를 대신하여 신흥왕조의 지도이념으로 정착되고, 문학 역시 詞章 위주에서 載道의 필연성이 요청되는 과도기를 거치면서 보수 훈구세력에 의해 강조되는 詞章 중심의 문학과, 신진 士林에 의해 주창 강조되어온 道本文末의 도학중심의 문학이 서로 대립 발전하였던 것이다.

載道論을 내세우는 도학파는 吉再를 중심으로 형성된 영남학파들이 사림의 총본산 역할을 하면서 金叔滋, 金宏弼, 趙光祖 등으로 도맥이 이어진다. 이들의 文學觀은 文은 道를 싣는 그릇이며, 문이 도에 뜻을 둠으로써 곧 敎化의 구실을 한다는 載道卽敎化의 사상을 주장하고 있는 것이다. 栗谷은 "도가 나타난 것을 일러 문이라 하니, 문은 도를 꿰는 그릇이다. 이른바 문이라는 것은 기억하고 외우는 습속이나 사장의 학문에 있지 않으며, 교화를 밝혀서 민중을 흥작함에 있다." 라 말하고 있다. 이처럼 도학파들은 문학을 인간의 성정을 순화하는 道化요, 敎化라고 인식하였던 것이다.

그러므로 본고에서 논의하고자 하는 趙光祖, 李滉, 李珥, 宋時烈 등이 창작하고 서술한 금석문과 제문을 그들의 '載道卽敎化'라는 도학파들의 문학관을 바탕으로 분석하면서 작품의 서사문학성을 살펴보고자 한다.

먼저, 趙靜菴의 《靜菴集》을 살펴보면, 다른 도학자에 비해 문집이 단출하다. 본집 5권, 부록 6권, 속집 1권, 부록 5권 등으로 금석문과 제문을 창작한 양이 매우 적다. 그러나 정암을 기리는 神道碑를 비롯한 비문 및 묘지명 등은 盧守愼, 李珥, 崔岦鉉, 宋秉文 등 당대의 대표적 도학자들에 의해 창작되었음을 알 수 있다.

李退溪의 《退溪集》을 보면, 본집 49권, 별집 1권 외집 1권, 속집 8권 등 많은 양으로 편집되어 있다. 비지문으로는 묘갈문 및 묘지문이 44편이고, 축문 및 제문이 53편 그리고 퇴계를 기리는 다른 문인 학자의 제문이 9편 등이 문집에 수록되어 있다.

李栗谷의 《栗谷全書》는 본집 38권, 부록 7권으로 편집되어 있는데 묘지문과 제문의 수록은 신도비명 8편, 묘갈명 14편, 묘지명 15편 등은 율곡이 찬하고, 율곡의 신도비명은 당대의 문장가요 정치가였던 李恒福이 찬하고, 묘지명은 金集이 찬하였다. 제문은 총 16편이 있고, 應祭文으로 祈雨의 제문이 14편, 祈雪의 제문이 13편이 있다.

宋尤庵의 문집 《宋子大全》은 조선조 사대부들의 개인문집 가운데 가장 방대하다. 편제를 보면, 본집이 215권, 부록 19권, 拾遺 9권으로 편집되어 있다. 그리고 그는 다량의 묘지문과 제문을 창작하였는데 묘지문으로는 비문 122편, 묘갈 109편, 묘지 77편, 묘표 251편 등이 있다. 제문으로는 제문 100편 사제문 12편 등 다른 도학자와 전혀 비교가 안되는 많은 량의 묘지문과 제문을 창작하였던 것이다.

이상의 문집 내용을 도표화하면 다음과 같다.

저자명	문집명	문집내용	금석문	제문
趙光祖	靜菴集	본집 5권, 부록 6권,속집1권, 부록 5권	묘갈(1)묘지명(1)	치제문(16)
李滉	退溪集	본집 49권, 별집 1권 외집 1권, 속집 8권	비지문(44)	축제문(53)
李珥	栗谷全書	본집 38권, 부록 7권	신도비(8)묘갈명(14)묘지명(15)	제문(28)
宋時烈	宋子大全	본집 215권, 부록 19권, 拾遺 9권	비문(122)묘갈(109)묘지(77)묘표(251)	제문(100)사제문(12)

上記 문집에 수록된 도학자들의 묘지문과 제문 가운데 문학성이 뛰어난 작품을 선정하여 검토하여 보자.

1. 趙靜菴의 墓碣文 考察

조정암(1482 ～ 1519)의 위인됨과 그의 道學思想을 간략히 살펴보고 이어 그의 문학관을 바탕으로한 작품을 분석하여 보기로 한다.

정암은 한국 도학사상의 태두로서 圃隱 鄭夢周 이래 韓國 性理學의 중요한 위치를 차지하고 있다. 그는 中宗의 시대를 살아간 사람으로 천품이 특출하고 정의감이 강했으며, 金宏弼의 문하에서 수학하여 官界에 나갔다. 그는 중종의 총애를 받으며 국정에 참여하여 4년간 堯舜의 정치 또는 至治의 실현을 위해 그의 역량을 다하였다. 그리하여 士習과 民風의 변화를 가져오게 하면서 士林의 영수로 추앙을 받게 되었다.23) 그러나 그의 급진적 개혁주의는 기성관료의 저항과 중종의 총애마저 바뀌어 결국 己卯士禍에 38세의 젊은 나이로 賜死되었다. 그러면 그의 개혁정치의 근간인 도학사상은 무엇인가? 한마디로 義理, 大義의 실현에 의해 유학 전래의 도통을 계승 발전시키려는 '성리학적 실천유학'이 곧 道學이라고 할 수 있다.24) 따라서 도학은 강한 실천성과 도덕성을 강조하는 것이다. 이와같은 도학사상을 정암은 정치에 강력히 실현시켰던 것이다.

다음으로 조정암의 문학관에 대하여 약술하여 보면, 한마디로 道文一致라 할 수 있다. 문학은 단순한 美麗만을 추구하여 浮虛하고 實이 없는 그러한 문학이 아니고 道를 겸하고 實이 있는 문학이어야 한다는 道文의 일치를 추구하였던 것이다.

《靜菴集》은 본집 5권에 부록 6권, 속집 1권에 부록 5권으로

---

23) 黃義東, 《韓國의 儒學思想》, (서울:서광사, 1995), 91쪽.
24) 尹絲淳, 〈조선초기의 성리학의 전개〉, 《한국철학사》(동명사, 1987), 144쪽.

편집되어 있다. 《정암집》의 내용을 일별하여 보면, 임금에 올린 상소문과 經筵陳啓가 대부분을 차지하고 詩와 文은 거의 없다 할 수 있다. 그가 찬술한 비지문 및 제문으로는 '承政院右副承旨洪公墓碣'이 유일하며, 16편의 치제문이 있을 뿐이다.

그러면 정암의 유일한 비지문인 '右副承旨洪公墓碣'의 체재를 열거하고 분석하여 보자.

① 홍부승지의 諱와 字를 소개하다.

② 儒家에 뜻을 두고 賢人의 業을 궁구히 하여 사마시와 科試에 합격하여 벼슬길에 나가다.

③ 藝文檢閱·司憲監察·弘文館副提學承·政院副承旨 등의 仕宦을 역임하다.

④ 上記 벼슬을 역임하면서 홍공은 成宗으로부터 文武의 才를 겸비한 인물로 극찬을 받다.

⑤ 慶源府判官으로 있을 때 柔惠하게 情事를 펼쳐 백성들로부터 존경을 받다.

⑥ 국가의 기강과 법도가 연산군의 亂政으로 무너질 것을 예상하고 주위에 탄식과 걱정을 함께 하다.

⑦ 庚申 11월 20일에 卒하다.

⑧ 洪公의 人品이 端粹하고 貞白하며 온유하고 엄하고 은혜롭다고 칭송하다.

⑨ 매사에 사사롭지 않고 법규대로 행하고 청렴결백하게 생활하였으나 주위에서 알지 못하다. 이를 안타까워하다.

⑩ 홍공의 처는 조씨녀로 성품이 정격하고 화평하며 고랑하고 온후하여 家道를 빛내고 가내를 화목하게 함. 천수를 누림.

⑪ 홍공은 자손을 3남 두었는데 모두 명사가 되다.

⑫ 正德에 부인이 졸하매 공과 함께 선영에 합장을 하다.

이와 같이 열거된 내용을 일반적인 비지문의 서술형식에 맞추어 검토하여 보자. 먼저 검토 전에 비지류의 일반적인 서술형식을 소개하여 보면 다음과 같다.

비지류의 체재는 세 유형이 있다.25) 첫째, 序 - 姓名 및 世系 - 逸話 및 略歷 -總括 -처자손관계 및 葬日·葬地 其他 - 銘. 둘째, 序 -성명 및 세계 -일화 및 약력 - 처자손 관계 및 葬禮관계 -銘. 셋째, 성명 및 세계 - 대강의 약력 - 처자손 - 장례관계 및 기타 - 銘 등으로 구성되어 있다.

그러면 이와같은 비지류의 일반적인 구성형식과 정암의 묘갈은 어떤 同異點이 있는가를 검토해 보자.

먼저, 序부분에 대하여 살펴보면, 서는 비지문의 도입을 자연스럽게 하기 위한 것으로 작자와 墓主 혹은 묘갈명 청탁자와의 관계를 밝히는 단순한 도입적 성격이 일반적이며, 다른 서술방법으로는 묘주의 면모를 총체적으로 밝히거나 묘주의 생애와 관련하여 작자의 의견을 개진하는 議論的 성격을 띠는 경우가 있는데 정암의 묘갈문은 후자의 경우를 취하고 있다.

상기문 ①에서 ⑦까지는 序에 해당하는데 일반적 형식인 묘주와의 관계라든가 청탁의 내용이 전혀 기술되어 있지 않고, 묘주의 소개와 환로의 시작과 각각의 관직명을 거명하면서 묘주의 투철한 직업의식을 극찬하고 있다. 그리고 본문 중간에 일화의 삽입 또한 일반적인 비지문의 형식과 같은데 삽입의 내용이 작자의 도학적인 면모를 여실하게 부여주는 기술이라 할 수 있다.

상(임금)의 뜻이 밖으로 달리어 학문에 있지 않으니 장차 법도가
무너져 우리나라가 어지러울까 두렵도다.26)

---

25) 權瑚, 上揭論文, 159쪽.
26) 趙光祖, 《靜菴集》 卷二.
　　"退私嘆咤曰 上志馳外, 不在學問, 恐將敗度, 以亂我家邦"

여기 소개된 일화는 연산군의 난정을 예측한 홍부승지의 예지를 높이 평가하면서 한편으로는 작자인 정암의 도학을 바탕으로한 '忠' 사상을 여실하게 표현하였다고 할 수 있다. 보통 일화의 삽입은 서부분에서 직접 소개하는 것으로 序로 삼는 경우도 있는데 本 작품에서는 本文에 삽입을 시켜 표현한 것이다. 그리고 정암 역시 비지류 구성의 한 특징인 묘주에 대한 나쁜 점을 전혀 서술하지 않았다는 점이다. 이 점은 비지류 구성에 있어 대단히 중요한 부분이요 서술기법이다. 이에 대하여 吳訥은 그의 《文章辨體序說》에서,

> 碑는 學行과 履歷과 勳業을 서술하는 것이고, 誌銘은 世系와 벼슬과 生卒 시기를 서술하는 것이다. 그 뜻이 비록 좋은 점을 칭송하고 나쁜 점을 일컫지 않는 것이지만 前人의 말에 아름다운 점이 없으면서 칭송하는 것을 속이는 것이라 하고, 아름다움이 있는데 칭송하지 않는 것을 엄폐하는 것이라 하였으니 군자가 하지 않는 것이다.27)

이처럼 결점이나 흠이 될 일은 서술하지 않는 것이 비지류 구성의 특징이다. 왜냐하면 墓主의 자손이나 후손들이 추모의 마음에서 지어지는 것이고, 또한 그 가문이나 국가의 역사적 사실을 전달하여 후대인의 敎化에 보탬이 되는 기능을 갖고 있기 때문이다.

정암의 '右副承旨洪公墓碣'문에서도 묘주인 홍부승지의 결점 등이 전혀 서술되어 있지 않다. 다음으로 열거된 ⑨ ∼ ⑫까지의 서술 내용은 비지류의 일반적 서술양식인 묘주의 인품, 처자손관계, 장례 등을 그대로 답습하고 있다. 마지막의 ⑫단락은 묘주와 처의 사망일자 및 장례, 장지에 대한 설명으로 끝을 맺고 있다. 그리고 銘의 구조가 생략되어 있다. 銘의 유무는 행장과 묘지명의 중요한 차이점인데 본 묘갈문에서는 아예 생략되어 있다. 물론 파격은 아니다.

---

27) 吳訥, 《文體辨體序說》 (臺灣, 長安出版社, 1978), 52쪽.
　　"碑表敍學行履歷勳業, 誌銘述世系爵里生卒, 雖其義稱善不稱惡, 然前人有言, 無其美而稱之, 謂之誣, 有其義而不稱者, 謂之蔽, 君子不由也."

왜냐하면 간혹 생략된 묘지명의 작품도 있기 때문이다. 그러나 대체로 명의 기능은 묘주의 행적이나 작자의 의론을 요약하거나 작자의 감회를 서술하는 내용을 갖고 있다.

상기 묘갈의 주제는 홍부승지의 문무를 겸비한 투철한 공인의식과 청렴성, 그리고 端粹眞白한 높은 도덕성을 강조하고 있다. 이는 정암이 강조하는 도학의 강한 실천과 도덕성 강조라는 도학정신에 부합한다 할 수 있다.

다음으로 표현방법을 살펴보면, 윗글은 특별한 典故나 語句를 동원하지 않고, 평이하게 홍부승지의 높은 도덕성만을 서술하고 있다. 물론 홍부승지 妻의 인품과 삶의 과정 역시 정암이 강조했던 도학정신에 부합하고 있어, 그들에 대한 행적을 일반적인 묘갈문의 서술양식대로 평이하게 기술하고 있는 것이다.

이상에서 보듯이 정암은 그의 유일한 묘갈문에서 그가 주장해 온 의리와 대의의 강한 실천성과 도덕성을 홍부승지의 묘갈문을 통하여 서술하고 있는 것이다.

2. 李退溪의 祭文 考察

李滉(1501~1570)은 율곡과 함께 한국성리학을 대표하는 철학자이다. 그는 43세 이후 관직생활을 청산하고 학문에만 전념하려 하였으나 上護軍, 大提學, 吏曹判書 등등 많은 관직이 주어졌으나 사양하거나 出仕하더라도 곧 사퇴하였다. 퇴계야말로 오로지 학문과 교육에 전념했던 학자요 교육자였다.28)

퇴계는 성리학이 전래된 이후 이론성리학의 기초를 마련하는데 대표적 위치였고, 영남유학의 祖宗으로 理중시 성리학의 체계를 확립하였다. 주지하다시피 퇴계의 성리학은 理氣一元說을 근본으로 하는데 朱子처럼 이 세계의 모든 존재도, 사람이란 몸도, 四端七情

---

28) 황의동, 前揭書, 111쪽.

도 모두 理와 氣로 되어있다고 주장한다. 그리고 그는 어떻게 하면 인간의 醇正한 본심을 존양하며, 禽獸와는 구별되는 인간의 존엄을 유지하느냐 하는 것이 그의 윤리적 입장이었다.

퇴계도 다른 도학자와 마찬가지로 문학은 재도적이어야 한다고 말한다. 그러면서 그는 주자가 천여 수의 시를 남긴 데 반해 퇴계는 2천여 수의 시를 남기고 있다. 그는 그의 문하생들에게 문학을 하되 '유학자의 문학'을 권면하였던 것이다. 유학자의 문학이란 '修己'와 '治人'을 항상 염두에 두면서 몇 가지를 강조하였다. 첫째, 문학은 학문의사를 담아야 하고, 둘째는 문학은 본성의 善을 개발하는데 도움을 주어야 하며, 셋째는 體·格에 맞아야 하며 많은 단련을 해야 한다라고 강조하는데 결국 유학자 문학의 이상은 道를 얻어 그 즐거움을 읊고 서술하는 데 있다라는 것이다.

그러나 그는 비지문 찬술에 대해서는 부정적이었다. 왜냐하면 그는 생전에 남긴 遺戒에서 '비석을 쓰지 말라'29)라고 말했을 뿐만 아니라 남의 비문도 지어주지 않았던 것이다. 그러나 그의 문집 가운데 서간문에 보면 비지문자와 관계된 견해가 엿보인다. 그의 비지문은 첫째, 格例에 어긋나지 말아야 하며, 文從字順의 원칙을 존중하고, 기법 위주를 반대하고, 정법을 존중하여야 하며, 내용을 기술함에 허사를 버리고 실록을 취하되 진실해야 찬한다는 것이 그의 비지론이다. 그러므로 본고에서는 비지보다는 그가 지은 53편의 축제문 중 '祭姪將仕郎文'이라는 제문을 분석하여 그의 사상이나 문학성을 살펴보려 한다.

제문은 사람이 신을 향해 자신의 간곡 절실한 의사나 정감을 전달하는 告由文이다. 그리고 제문은 실용적 성격이 강한 비지문보다 문예문의 특성이 강하다 할 수 있다. 왜냐하면 작자와 작중 인물과의 情理 등이 작품상에 두드러지게 나타나는 문학양식이기 때문이다. 제문은 亡人의 죽음을 애도하며 망인의 명복을 비는 의도로 창

---

29) 李滉, 《陶山全書》〈遺戒〉, 315쪽.
　　"勿用碑石"

작됨을 목적으로 한다. 이와같은 제문의 특성을 참조하면서 퇴계의 '祭姪將仕郎文' 분석하여 보자.

 일반적으로 제문은 序頭, 本文, 終結 등의 3단구성으로 짜여져 있는데 본 제문을 일반적 형식에 맞추어 구분하여 보면,

 ① 서두 - 嘉靖 24년 11월 庚申. 叔父인 자신이 조카의 제 문을 씀.
 ② 본문 - 작자인 퇴계가 亡子인 조카 宓의 죽음에 애도의 뜻을 표하면서 망자가 중국에 사신으로 가 죽게 된 경위. 家學을 이을 수 있는 유일한 조카의 죽음에 대한 작자의 슬픔과 애석함. 그리고 망자와 숙질간의 생존시에 끈끈했 던 혈연의 정과 학문적 유대감, 망자의 後嗣를 잇지 못하 는 걱정 등이 곡진하고 애절하게 서술되었음.
 ③ 종결 - 제물도 먹지 못하고 떠나는 망자에 대한 슬픔과 애석함으로 영결함을 통탄하며 尚饗을 고하고 끝맺음.

 이상의 서술내용을 구체적으로 분석해 보면, 서두에서는 제문을 지어 제사 지내는 날짜를 명기하고 지은 사람과 망자와의 관계를 밝히는데, 본 제문에서도 어느 한 부분 생략없이 제문을 짓게된 창 작배경 즉 시간적 배경을 간략히 기술하고 있다. 이렇게 배경이 형 성된 뒤 작자는 자신의 감정을 실어 망자인 조카와의 정리와 조카 의 생전의 행적을 추모하는 본문으로 연결시키고 있다.
 본문에서 작자는 망자의 전기적 행적 즉 26세에 요절을 하기까지 의 삶을 간략하게 기술하고, 망자에 대한 작자의 회상과 감정을 표 현하는 것으로 이루어져 있다. 그리고 내용전개 과정에서 수시로 조카의 죽음이라는 사건을 환기시키어, 자신과의 관계에서 나타나 는 이별의 슬픔을 술회하면서 '嗚呼哀哉'·'嗚呼痛哉' 등과 같은 감탄 사를 사용하여 슬픔을 강하게 표현하면서 내용적 단락을 짓고 있 다. 본 제문은 망자의 행적을 서술하는 것보다는 망자의 죽음 앞에

서 망자와 관계를 맺고 있는 특별한 존재로서 느끼는 개별적이고 주관적인 슬픔을 서술하고 있다. 그리고 서술구조에 있어 망자의 행적 서술부분과 작자의 감정 표출 부분이 두 개의 단락으로 구분되어 서술된 것이 아니라 양자가 서로 섞바뀌어 서술되고 있는 점이 본 제문의 표현상의 특징이라 하겠다.

본문의 서술내용을 보다 구체적으로 단락지어 보면 4단락으로 구성되어 있음을 알 수 있다. 그러면 본문 4단락의 의미구조에 대해 각각 살펴보고 이들 각 단락이 어떻게 유기적으로 결합하여 작자의 심경을 곡진하게 드러낼 수 있는지 알아 보자.

첫째 단락에서는 망자의 요절(26세)을 가슴 아파하고 있다. 망자가 성절사로 중국에 사신으로 갔다가 불귀의 객이 되어 돌아옴을 통탄하면서 망자보다는 연로하고 병약한 작자가 먼저 죽었어야하는 아픔을 기술하고 있다.

두 번째 단락은 작자와 망자가 생전에 함께 기거하면서 수학하고 가르쳐주던 정회를 표현하고 있다. 한편으로는 망자의 허약함을 안타까워하여 補身을 권유하였는데 갑자기 시신을 접하매 가슴이 무너지는 슬픔을 느낀다는, 그러면서 더 더욱 가슴 아픈 것은 작자가 여러 명의 조카들 가운데 망자가 가학을 이을 수 있는 자질과 명석함을 갖고 있어 가장 총애하고 기대하여 왔는데 별안간에 요절을 하니 가학의 단절이 더욱 가슴을 아프게 한다는 내용을 기술하고 있다.

셋째 단락에서는 망자의 장례를 타향에서 치루게 됨을 안타까워하고 있다. 고향의 선영에 장사지내고 싶지만, 망자의 아내가 所生이 없는 자신이 친정에서 의지하며 살아가려면 남편을 꼭 자신의 고향에 장사지내야 한다고 애원하므로 조카로서는 타향이지만 하는 수 없이 姪婦의 고향에 장사지냄을 이해하라는 내용도 사실은 작자를 가슴 아프게 하는 요소중의 하나이다. 그리고 망자를 제사 지낼 後嗣가 없어 태어날 망자의 조카를 후사시켜 봉제사할 수 있게 하겠다는 약속을 하는 장면은 너무도 애절하다. 이 부분이 작자의 도학자로서의 도덕적 윤리의 강한 실천의지를 알 수 있는 구절이다.

이상의 본문에서 보듯이 작자 퇴계는 조카의 죽음에 대한 슬픈 정회를 자신의 감정기술과 조카와의 일화를 통한 회고로 구성하고 있음을 알 수 있다. 이처럼 작자는 자신의 감정을 곡진하게 표현하고 있는 것이다.

이어 마지막 종결부분은 망자의 관을 葬地로 떠나보내는 작자의 슬픔과 관을 이관하는 자에 대한 감사함을 갖으라는 당부의 말을 전하면서 아울러 보잘 것 없는 제물에 흠향하기를 바라는 작자의 소망으로 끝을 맺으며 終結辭 尙饗을 취하고 있다. 이는 모든 제문들의 공통적인 특성인 동시에 제문류에만 사용되는 독특한 양식이다. 이와 같은 형식적인 종결형식은 제사의식에서 망자를 추모하는 끝맺음을 슬픔으로 유도하고 있으며, 동시에 제례의식이 끝나더라도 한동안 애절함이 사라지지 않게 하는 보이지 않는 기능을 수행하는 것이다.

3. 李栗谷의 墓誌文 및 祭文 考察

栗谷 李珥(1536 ～ 1584)는 퇴계와 더불어 한국성리학을 대표하는 철학자요 정치가이다. 그는 어머니 신사임당의 교육을 받으며 자라 13세에 진사초시에 합격하고 23세 되던 해에 과거에 장원급제하면서 현실을 바탕으로 한 사상을 전개하였다. 그리하여 그는 철학자로서의 삶과 정치가로서의 삶을 병행하였던 것이다.

그의 중심사상은 '氣發理乘一途說'로 대표되는데, 이것은 理와 氣는 처음부터 동시에 존재하며 영원 무구하게 떨어질 수 없는 것이어서 理는 條理, 즉 당연의 법칙으로 우주의 體요, 氣는 그 조리를 구체화하는 활동이니 우주의 用이라 주장하였다. 그리고 도덕적 가치에 있어서도 인간심성의 근본이 理와 氣의 두가지 근원에 있지 않고 一元性이라 하여 퇴계의 '四端七情論'을 배격하였다.30)

그러면 그의 문학관은 어떠한가. 한마디로 말하면 '道文一致'의 문

학관이라 말할 수 있겠다. 그의 《文武策》에서 文에 대한 例를 보면,

> 그 이른바 '文'은 기록하고 외우는 습관과 글짓기하는 학문에 있는 것이 아니고, 교화를 밝혀서 일으키는 데 있다.[31]

라 하여 '文'의 의의가 敎化에 있다 하였고, 또

> 道가 나타난 것을 文이라 이르니 '文'이란 것은 道를 꿰는 그릇이다.[32]

라 하여 도가 실린 문학을 강조하고 있다.

이상에서 살펴본 것처럼 율곡의 문학관은 한마디로 儒家 文學觀을 바탕으로 문학은 교화와 성정에 도움이 되고, 뿐만 아니라 문학 중에 도의 내용을 포함하는 '貫道之器' 또는 '文以載道'의 뜻으로 道와 文이 서로 本과 末이 되는 道文一致의 문학관을 갖고 있었음을 알 수 있다.

이상과 같은 율곡의 문학관을 바탕으로 율곡의 '忠勳府都事李候墓誌銘'을 검토하여 보자. 일단 작품의 경개를 열거하여 보면,

① 墓主의 가계와 출생을 서술하다.
② 仕宦의 來歷으로 선전관에 부임하면서 시작하여 횡성현감을 거쳐 58세로 졸하다.
③ 人品으로는 술을 즐기며 사람 사귀기를 좋아하고 대범하여 따르는 사람이 많았다. 그래서 그의 죽음에 모두 애통

---

30) 黃義東, 前揭書, 212쪽.
31) 李珥, 《栗谷全書》〈文武策〉
　　"其所謂文, 不在於記誦之習, 詞章之學, 而在於明敎化而作興之"
32) 上揭書, 雜著 一.
　　"道之顯者謂之文, 文者貫道之器也"

하였다.
④ 가족사항으로는 첨사 조빈의 딸과 결혼하여 7남 2녀를
두다.
⑤ 銘

이상에서 보듯이, 본 묘지명은 비지류가 기본적으로 갖추고 있는
서술체계로 쓰여져 있는 평범한 비지문이다. 다만 특이점은 序부분
에서 묘지명을 쓰게된 찬술동기가 생략되어 있어 작자가 이 묘지명
을 쓰게된 동기와 묘주와의 관계를 알 수 없게 되어 있다. 다만 묘
주의 인품에 대하여 호인형의 성품을 가진 자로서 사귀는 친구가
많았고, 운명시에 많은 자들이 슬퍼하였다는 정도의 간략한 서술만
있다. 이런 점을 미루어 보아 작자와 묘주와의 관계는 지극히 평범
한 관계였을 것이다. 그렇다고 해서 묘지명 창작을 거절할 만큼의
소원한 관계는 아니었을 것이다. 왜냐하면 묘지명은 아무에게나 부
탁하고 마음내키는 대로 써주는 것이 아니었기 때문이다.
주제와 표현수법에 대하여 살펴보면, 묘주가 명문가의 후예로 태
어나 평탄한 仕宦의 길을 역임하면서 후덕한 성품으로 많은 이웃과
정을 나누며 다복하게 살다간 평범한 한 인물의 墓誌이다. 표현법
도 언어적 표현을 절제하고 사실 전달에 충실한 실용적 성격을 띠
고 있다. 명의 내용 역시 평범한 한 인물의 일대기를 축약 표현하
였을 뿐이다. 이 명부분이 기록되어 있기 때문에 행장과 구별되는
것이다. 그러니까 내용면에 있어서는 한 인물의 행적을 기록하는
행장과 다를 바가 없다. 도학자인 율곡으로서는 특이한 문학적 기
법보나는 비지류 문장이 갖는 일정한 형식에만 맞추어 행적의 가감
없이 평이하게 서술하였다. 율곡이 찬술한 다른 비지류 작품 역시
일반적인 비지 형식대로 서술되어 있는 것으로 보아 그는 사실 전
달에만 충실한 실용적 성격의 비지문을 찬술한 것으로 여겨진다.
우암처럼 비지문자론에 입각한 완벽하고 훌륭한 비지문을 찬술하려
하지 않았던 것으로 생각된다.

다음으로 율곡의 제문에 대하여 검토해 보자.

율곡은 28편의 제문을 찬술하였는데 그 가운데에는 여성을 상대로 한 제문이 있는데 제명은 '祭外祖母李氏文'이다. 이 작품은 율곡이 부모를 일찍 여의고 外家에서 성장하였기에 어려서부터 외조모의 깊은 은혜와 정을 받고 자랐다. 그런데 벼슬 때문에 떠나 있다가 돌아오는 길에 외조모의 訃音을 듣고 지었기에 제문 전체를 통하여 五臟이 찢어지는 듯한 슬픔이 표현되고 있으며, 외조모의 높은 덕행을 찬양하고 있다. 표현상의 특징으로는 먼저 서두부분이 생략되고 직접 본문으로 시작하고 있다. 본문의 내용은 외조모의 높은 덕행이 귀신에 감동하고 나라에까지 알려져서 후세에까지 이름을 전하게 되었다는 부덕을 문면에 나타내고 있다. 그리고 사별의 망극한 한이 끝이 없으나 선왕의 制體를 넘을 수가 없어 침통한 마음으로 간략히 제문을 갖추어 올린다는 사별의 정한이 곡진하게 표현되어 있다.

다음으로 본 제문의 문체를 살펴보면, 일반적으로 제문의 문체는 전체가 산문으로 쓰여지든가 아니면 서두는 산문으로, 본문은 4, 5, 6, 7언 등의 律文에 압운한 산문 등 다양하다. 그러나 본 제문은 전체가 4언의 律格에 韻을 사용한 4언 운문으로 지은 제문이다. 그러니까 산문으로 지어진 제문과 구별되는 것이며 압운을 사용한 제문이므로 음악성이 가미된 독특한 형식의 제문임을 알 수 있는 것이다. 그리고 본 제문의 또 다른 표현상의 특이점은 많은 典故를 사용하였다는 점이다. 예를 들면, '日監在玆'(詩經), '不辰'(詩經), '皇皇'(禮記), '汗靑'(後漢書), '倚閭'(戰國) 등의 전고를 사용하고 있는 것이다.

이상에서 보면 율곡이 남달리 각별한 정을 갖고 있는 외조모의 부음에 통한의 슬픔을 운문의 형식으로 애절하게 서술하였던 것이다.

4. 宋尤庵의 墓誌文 考察

宋尤庵(1607 ~ 1688)은 沙溪 金長生의 門人으로 율곡의 성리학을 계승 발전시키고, 春秋義理思想을 천명한 철학자요 정치가였다. 우암의 학문은 朱子와 율곡의 성리학과 송익필의 예학을 그의 스승인 사계를 통해 전수받아 畿湖儒學의 정통 학맥을 이었다.[33] 그러면 그의 중심사상은 무엇인가. 한마디로 말하면, 우암은 孔子・孟子・朱子의 철학적 핵심이 直에 있다고 이해하고, 直을 실현하기 위한 방법으로써 禮를 강조하는 한편, 直을 실현하기 위한 목표로써 義理를 강조하였던 것이다. 따라서 그의 사상은 直과 禮와 義理가 하나로 연결되어 일체를 이루고 있는 데에 그 특징이 있다 할 것이다.

이와 같은 사상적 바탕 위에 그의 문학관도 역시 율곡의 '道文一致' 문학관을 계승하고 있다. 그 뿐만이 아니라 조선시대 전반에 걸친 사대부들의 문학관은 성리학을 바탕으로한 文以載道觀이 주조를 이루었다. 우암도 도문일치를 강조하면서 한편으로는 문학이란 학문을 바탕으로 이루어져야 할 것을 강조하고 있다.

> 학문이 바른 후에 문사가 어긋남이 없고, 문사가 어긋남이 없은 뒤에 자신이 이에 패연해진다.[34]

라고 학문이 문장의 근본임을 강조하고 있는 것이다. 그리고 세 번째로, 그는 도문일치의 문장은 바로 義理가 명백하게 드러나야 한다고 강조하고 있는데 이 사상은 그의 문학관 전체를 관통하고 있다. 이처럼 우암은 율곡의 道文一致의 문학관을 수용하면서 실행방법으로 의리천명을 제시하고 있는 것이다.

---

33) 黃義東, 上揭書, 297쪽.
34) 宋時烈, 《宋子大全》 卷139 〈月沙集序〉
   "盖學得其正, 然後命辭無差, 然後吾乃沛然矣"

우암은 역대 어느 도학자와 문장가보다도 비지문을 많이 찬술하였다. 비지문의 다작은 우암이 당시 명망이 높은 도학자였고, 또한 뛰어난 찬술 능력이 있었기 때문이다. 이와 같은 많은 비지문을 찬술하는데, 그는 나름의 비지론이 있었던 것이다. 그의 비지문자론은 그의 〈言行錄〉에서 찾아볼 수 있는데, 한마디로 韓愈와 歐陽修의 비지원칙 즉 '簡而嚴法'과 朱子의 문체를 섞어 쓴다는 것이 그의 비지문자론의 핵심이다. 부연 설명하면, 찬술자의 의리적 측면을 강조하면서, '直'사상을 바탕으로 한 찬술의 공정성을 강조하고 있다. 이와같은 비지론에 입각하여 그는 비문 122편, 묘갈문 109편, 묘지문 77편, 묘표 251편,의 비지류 문장과 제문 100편, 사제문 12편 등의 방대한 비지문과 제문을 찬술하여 《宋子大全》에 수록하고 있는 것이다. 그러면 이와같은 방대한 분량의 묘지문 가운데 '신독재김선생묘지명'이라는 그의 스승의 묘지명을 분석하여 보자

본 작품은 215卷 102冊으로 되어 있는 방대한 분량의 《宋子大全》 182卷에 수록되어 있는 작품이다. 작품을 검토하기 전에 墓主와 작자와의 관계를 다시 살펴보면 우암은 주자와 율곡의 성리학의 학통을 전승하였는 바 이 성리학을 우암에게 전수한 자가 바로 묘주의 부친인 사계 김장생이다. 사계 기세후 우암은 묘주인 신독재 김집에게 성리학 및 예학을 수학하였던 것이다. 그러기에 작자는 묘주의 묘지명을 찬술하는데 자신의 비지론을 바탕으로 곡진하게 서술한 것이다. 본 작품의 서술체재를 나누어 보면,

① 序 - 묘지명을 쓰게된 동기로 묘주의 손자들의 간청과 작자가 묘주 문하의 유일한 생존자이기 때문에 사양할 수 없어 명을 쓰게 되었다고 밝힘.
② 묘주는 조선예학의 종조인 사계의 次子로 서울에서 태어나다.
③ 묘주는 출생시부터 자질과 천성이 뛰어나 5세에 글을 읽고 지을 줄 알아 簡易 崔岦의 칭찬을 듣다.

④ 진사에 합격하면서 仕宦에 나가다. 그러나 부모 봉양과
  질병 등을 이유로 出仕와 退仕를 반복하다.

⑤ 효종의 총애를 받다.

⑥ 대동법 실시 여부로 右相 金堉과 의견이 상충하다. 退仕
  를 간청하다. 군주와 성균관 유생의 간곡한 만류로 잔류
  하다.

⑦ 말년에는 儒宗으로 추앙받다.

⑧ 79세로 서거하자 인조는 유림의 영수요, 조정의 重望을
  받으니 禮葬을 명하고 '文敬'의 시호를 내리다.

⑨ 묘는 충남 연산의 천호산에 안장하다.

⑩ 성품이 端正, 審密, 溫雅, 和粹, 美玉, 淸介하다.

⑪ 평생 예학을 실천궁행하다.

⑫ 詩文 또한 단정하고 필체는 楷體에 능하다.

⑬ 가족사항을 소개하다.

⑭ 작자가 묘주의 은혜에 감사하며 묘지문을 서술함에 만분
  의 일도 표현치 못함을 안타까워 하다.

⑮ 銘을 쓰다.

  이상의 서술체제를 구체적으로 분석하여 보자. 먼저, 서부분은 도
입부로서 작자의 찬술경위와 명분이 제시되고 있다. 작자는 유일한
묘주의 문하생이요, 자손의 간곡한 청탁을 거절할 수 없어 찬술하
게 되었다는 찬술동기를 밝히고 있다. 이어 묘주의 가계와 출신지
가 간단하게 소개되고 이어 유년시절의 비범성과 천재성을 사실대
로 서술하고 있다. 이점은 바로 우암의 비지론의 핵심이다. 공정성
의 표현을 말한 것이다.

  다음으로 묘주의 행적부분의 기술인네 여기서 찬술자의 비지론인
直사상과 義理사상이 적용되고 있음을 알 수 있다. 예컨대,

  선생이 임금에 아뢰기를 '임금의 한마음은 온갖 교화의 근원이니,

진실로 존양하여 그 발하는 바를 살피면, 인욕은 물러나고 천리가
유행하게 될 것입니다.35)

천하의 大本은 바로 전하의 일심이며, 오늘의 급무는 바로 기강을
떨치고 宮闈를 엄숙히 하며 현량을 등용하고 백성의 고통을 구제하
며 實效을 책임지우는 것입니다.36)

상기 내용으로 보아도 작자가 비지문을 찬술할 때 자신의 비지
찬술원칙에 충실하였음을 알 수 있다. 그리고 작자가 도학자적 문
학관을 바탕으로 찬술하였음도 알 수 있는데, 행적부에서 보면,

오랜 선대의 미적을 계승하고 시례 연원의 교훈을 들어 효제충신
으로 입신의 근본을 삼고 궁리거경으로 진수하는 방법을 삼았으니,
그 규모와 절도가 하나같이 가학으로 기준을 삼았다.37)

더욱이 예학에 몸을 담아 일생을 마친 사실은 근세 제현의 따를
수 없는 바이다.38)

이상에서 보듯이 작자는 묘주의 도학적 행적과 의리의 천명을 중
시하고 있다. 묘주는 의리에 부합되지 않으면 평상시의 私情도, 어
떠한 관직에도 연연하지 않고 퇴사하였다. 대동법 시행 여부를 놓
고 개인적으로 친분이 있는 金堉과 끝까지 논쟁을 벌이고 받아들여

---

35)   宋時烈, 《宋子大全》 권183.
    "先生曰, 人主一心萬化之源, 誠能存養, 察其所發, 則人欲退聽天理流行矣"
36) 上揭書.
    "又曰, 天下之大本, 殿下之一心是也. 今日之急務, 振紀綱嚴宮闈, 用賢良恤
    民隱 責實效是也"
37) 上揭書
    "承累世積美之餘, 聞詩禮淵源之訓, 以孝悌忠信, 爲立身之本, 窮理居敬, 爲
    進修之方, 規模節度, 一以家學爲準"
38) 上揭書
    "最其役身於禮, 以終其世者, 此實近世諸賢之不可及者也"

지지 않자 그는 훌훌히 퇴사를 하였던 것이다. 이 부분도 작자의
의리 중시의 일면을 가장 극명하게 보여준 것이라 하겠다.

다음으로 ⑩단락에서 ⑭단락까지는 묘주의 인품에 대한 서술로서
言行一致와 愼獨의 몸가짐 등 유가의 몸가짐으로 평생을 실천궁행
하였으며, 이로 인해 모든 사람들이 그를 肅敬하고 宗師로 여겼다
는 이 부분이 이 글의 주제인 것이다.

이어, ⑯단락에서는 작자의 議論이 서술되었는데 한마디로 정통
도학을 계승 발전시킨 공적이 크다고 찬양하고 있다.

마지막으로 스승인 묘주의 은혜에 감사하는 마음으로 銘을 적는
다며 글을 맺고 있다.

표현상의 특징으로는 경서나 중국의 史書에서 典故를 많이 인용
하였다는 점과 묘주와 관계된 일화를 인용하여 묘주의 행적과 인품
을 사실대로 서술하고자 한 점이다. 그리고 작자의 비지론이 작품
전반에 표현되고 있음도 알 수 있다.

五. 韓國漢文學史에서의 金石文(碑誌類)
및 祭文의 文學史的 價値

근래에 와서 한문학의 연구가 확산되고, 그에 따라 연구의 범위
가 詩歌나 小說類 중심에서 傳이나 비지류, 제문 등의 산문으로 확
산되고 있다. 얼마전만 해도 비지류 제문 등은 실용적 성격을 띠고
있다하여 연구자들에게 외면 당해 왔다. 그러나 최근에 이르러 학
위논문이나 단행논문으로 비지류의 문학성에 대한 연구성과가 나타
나고 있는 것도 사실이다.

본고 또한 비지류 제문의 문학성 획득을 위한 작업의 일환으로
연구되었으며, 특히 조선조의 사상적 중추였던 도학자들의 문학관
을 바탕으로 그들이 창작한 비지문과 제문의 문학성 확보와 이들
작품의 한문학사적 가치를 고찰하여 본 것이 논의의 결과이다.

　문장을 공부하고, 문장을 짓는 일은 최소한의 인격을 갖추는 요건으로서도 중요하였지만, 立身揚名·經世致用에 절대적 기능을 하였다. 이러한 연유로 고려조부터 조선조에 이르기까지 문장의 학습 및 연마는 文士와 관료들의 필수과정이었다. 시가는 물론 산문은 그들의 중요한 학습과목이었다. 그리하여 그들의 문집 속에는 이와 같은 산문류의 작품이 다수 수록되어 있는 것이다. 이처럼 조선조의 산문은 效用主義의 문학관 위에서 발전하여 왔다. 문학을 흔히 효용론과 표현론으로 구분하여 설명하는데 효용론은 문학을 정치적·사회적·도덕적·교육적 목적 성취의 한 방법으로 해석한다면, 표현론은 문학을 자연적인 인간의 정서나 개인의 주관적 체험을 표현하는 것으로 보는 입장을 말한 것이다. 이러한 관점에서 조선조의 산문은 효용론적 입장에서 창작되었으나, 작품의 다양화와 작가의 확대로 점차 개인의 사상과 감정이 개입된 문학적 표현을 하기에 이른 것이다. 小說·記 ·書 등의 산문은 물론 비지류나 제문에서도 작가의 문학관 여하에 따라 수준 높은 문학작품이 창작되었던 것이다. 文以載道를 내세운 도학자들의 산문 또한 예외는 아니다. 본고에서 논의한 도학자들, 정암·퇴계·율곡·우암 등도 도문일치를 표방하면서 고도의 문학성을 획득한 작품이 다수 있는 것이다. 본장에서 논의한 작품들이 그러한 문학성을 갖고 있는 것으로 분석되므로 도학자의 산문이 한문산문사에 중요한 가치를 점하고 있음을 인정하여야 하겠다.

　조선사회는 유교 윤리에 의해 지배되어 왔다. 유교 윤리 중 가장 중시·실천되었던 것이 충효와 喪·祭禮의 엄숙한 집전이었다. 이 윤리적 덕목을 실천하는데 가장 집약·표출할 수 있는 것이 비지문과 제문의 창작이었다. 죽음을 통한 윤리적 실천이 결국 비지문과 제문을 창작케 하였고, 여기에 문학적 표현을 가미하게 되었던 것이다. 이렇게 비지문과 제문은 결국 교훈성을 지닌 역사적 전기물이라는 문학적 성격을 띠게 된 것이다.

　한국의 전통문학에서 죽음만을 소재로 한 장르로는 비지문과 제문뿐일 것이다. 한 인물의 죽음을 애도·추모하는 비극적 표현은 한국의 비극문학 중에서도 백미를 이룰 것으로 생각되며 문예사조적 측면에서 후대의 전기문학이나 한글제문 등에 지대한 영향을 미쳤을 것이다. 이 점 역시 비지문과 제문이 갖고 있는 문학사적 의의일 것이다.

六. 結 論

본고에서는 정암·퇴계·율곡·우암등 도학자들의 문학관을 바탕으로 창작된 비지문과 제문의 문학성에 대하여 살펴보았다. 지금까지의 논의를 요약하면 아래와 같다.

(1) 금석문은 금석류에 조각한 것을 의미하며, 용어의 유래는 《墨子》에서 사용된 것이 最古이다. 그리고 금문과 석문으로 분류되며 중국에서는 금문이, 한국에서는 석문이 발달하였다. 금석문은 보존자료가 많아 고대 역사 자료로 많이 이용되고 있다.

(2) 석문은 묘지·묘갈·묘표·묘비 등으로 구분되는데, 모두 망자의 사적과 덕행을 칭송하기 위해 쓰여진 글로 묘비와 묘갈·묘표 등은 묘 앞에 세우고, 묘지는 묘의 내부에 매장을 한다.

(3) 묘비에는 신도비·탑비·선정비·공적비 등이 있는데, 건립목적은 孝悌의 선양과 후대의 교화를 목적으로 하고, 또 다른 목적은 가문의식의 고취에서 건립하였던 것이다. 조선시대에 크게 성행하였다.

(4) 제문은 망자의 애도나 추도, 그리고 천지산천에 제사 지낼 때 사용하던 哀祭文을 말한다.

(5) 우리나라의 제문은 고대자료가 없다. 다만 신라시대의 〈제망매가〉가 있고, 최치원의 5편의 제문이 있을 뿐이다. 최치원 이후 300여년 간은 자료가 발견되지 않고 조선시대로 넘어오면서 크게 성행을 하게 된다.

(6) 조선시대의 문학관은 훈구파에 의한 詞章 중심의 문학과 사림파에 의한 도학중심의 문학관이 양존하였다. 도학파들의 문학관은 도문일치였다. 재도적 입장을 말한다.

(7) 조정암은 중종의 총애를 받으며 士習과 民風을 개혁하고 의리와 대의를 천명하면서 도학사상을 계승 발전시켰다. 그의 유일한 묘갈문에서도 그의 도문일치 문학관이 잘 나타나 있다. 특히 연산군의 난정을 예감하면서 나라를 걱정한 그의 도학적 '忠'사상이 잘 표현되어 있다.

(8) 퇴계 역시 도문일치의 문학관을 견지한 도학군자였다. 그의 많은 시와 비지문은 모두 이러한 문학관을 바탕으로 저술되었다. 물론 그는 碑誌不作論을 주장하지만 53편이라는 다량의 비지문을 찬술하였다. 그의 제문도 일반 제문이 갖고 있는 똑 같은 형식을 갖추어 찬술하였다. 물론 본고에서 분석한 제문도 작가의 정서와 독창성이 돋보이며 애도와 추모의 마음이 곡진하게 서술되어 있다.

(9) 율곡도 같은 문학관을 갖고 모든 문학 작품을 창작하였다. 그러나 '文'은 당연히 貫道해야 함을 전제하고 성정에 도움이 되어야 함은 물론 敎化에도 도움이 되어야 한다고 강조한다. 본고에서 분석한 외조모의 죽음에 임하여 찬술한 제문은 비극미를 느끼게 하는 수작이다. 표현 또한 유기적으로 잘 서술되어 있다.

(10) 우암의 문학관은 주자와 율곡의 문학관을 그대로 전수하여 도문일치를 수용하면서 실행방법으로 의리천명을 제시하고 있다. 그리고 그의 비지론은 한유와 구양수의 '簡而嚴法'의 원칙과 주자의 문체를 섞어 쓴다는 것이 핵심이다. 여기에 '直'사상을 바탕으로 찬술의 공정성을 강조하고 있다. 그는 방대한 양을 저술한 조선조 최대의 저술가이다. 물론 비지문과 제문도 타인과 비교가 안될 만큼 다량이다. 비문(122), 묘갈(109), 묘지(77), 묘표(251), 제문(100), 사제문(12) 등을 찬술하였다.

그는 스승인 신독재의 묘지명 찬술을 통해 그의 춘추대의와 의리정신을 유감없이 표현하고 있다. 표현상의 특징으로는 전고의 인용과 많은 일화를 인용하여 비지문의 공정성을 기하려 노력했다.

(11) 도학자들의 문학관인 도문일치 사상이 그들의 비지문과 제문으로 형상화되어 결국 교훈성을 지닌 역사적 전기문의 성격을 띤 작품이 찬술되었다.

(12) 죽음을 소재로 한 비지문과 제문은 비극문학의 백미로서 후대의 전기문학과 한글제문 창작에 커다란 영향을 미쳤을 것으로 생각된다.

〈參考文獻〉

1. 原典資料

《韓國文集叢刊》, 《靜菴集》, 《退溪集》, 《栗谷全書》, 《宋子大全》. 민족문화추진위원회편.

《禮記》, 성균관대학교 대동문화연구원간행.

《文心雕龍》, 劉勰, 四部叢刊, 법인문화사.

《金石錄》, 조명성, 四部叢刊, 법인문화사.

《文體明辯》, 徐師曾, 昕晟社.

2. 論著

권호, 〈묘지명의 문학성고〉, 《건국어문학》 15·16집, 건국대, 1991.

유영봉, 《四山碑銘 研究》, 성균관대 대학원, 1993.

이정임, 《고려시대 비지문학 연구》, 고려대 대학원, 1996.

이종호, 〈조선조 사대부의 비지문자론〉, 《교남어문학》 3집, 교남한문학회, 1991.

______, 〈퇴계의 비지문자론 연구서설〉, 《退溪學》 2집, 안동대 퇴계학연구소, 1990.

정경주, 《비문의 전기적 서사양식 연구》, 동아대 대학원, 1983.

황의열, 〈박연암의 비지류문에 대하여〉, 《태동고전연구》 7집, 태동고전연구소, 1991.

김동규, 《제문가사연구》, 효성여대 대학원, 1991.

유경숙, 《한국여성제문연구》, 충남대 대학원, 1996.

韋旭昇, 〈우암제문의 〈情中之理〉 考〉, 《송자학논총》 1집, 충남대학교
    송자학연구소, 1994.
이은영, 《16세기 사림파 제문연구》 이화여대 대학원, 1991.
조종업, 〈殘論 '제망매가'〉, 백강서수생박사환갑기념논총, 1981.
최광식, 《한국고대의 제의연구》, 고려대 대학원, 1989.
홍승직, 《유종원 산문의 문체별 연구》, 고려대 대학원, 1992.
홍우흠, 〈《퇴계전서》〉소재 축제문, 《영남어문학》 제 20집, 영남어문학
    회, 1991.
홍재휴, 〈전의이씨유문고〉, 《국어교육론지》 1집, 대구교대, 1973.
______, 〈제선비손부인문고〉, 《교대춘추》 5집, 대구교대, 1971.

금강의 오강(五江) 팔정(八亭)

허 경 진

1. 오강(五江) 팔정(八亭)의 유래

금강 가에는 경치 좋은 곳이 많았으므로, 옛부터 많은 정자가 지어졌다. 특히 사대부들이 많이 살았던 공주 지역에 많은 정자들이 지어졌는데, 18세기의 지리학자였던 이중환(李重煥)은 《택리지(擇里志)》〈팔도총론(八道總論)〉에서 금강 가의 이름난 정자들을 이렇게 소개하였다.

금강 북쪽 차령 남쪽은 땅이 비록 기름지지만, 산이 살기(殺氣)를 벗어나지 못하였다. 금강 가에 정자를 세운 것으로는 사송정(四松亭)·금벽정(錦碧亭)·독락정(獨樂亭)이 있다. 사송정은 우리 집 정자이고, 금벽정은 조판서의 별장이며, 독락정은 임씨네 옛집이다. (이 정자들의) 경치는 모두 강산에 올라가 볼 만하다.[1]

그로부터 100여 년이 더 지나면서, 금강 가에는 이름난 정자들이
더 들어섰다. 그래서 오강(五江) 팔정(八亭)이라는 말이 자연스럽
게 생겼다.2)

> 　(합강정은) 오강(五江) 팔정(八亭) 가운데 하나이다. 오강(五江)
> 이란 오강(吳江:東津 하류)·초강(楚江:芙江 하류)3)·금강(錦江)·
> 백강(白江:백마강)·청강(靑江:백마강 하류)이고, (줄임) 팔정(八亭)
> 이란 합강정(合江亭)·독락정(獨樂亭)·한림정(翰林亭)·탁금정(濯
> 錦亭)·금벽정(錦碧亭)·사송정(四松亭)·청풍정(淸風亭)·수북정
> (水北亭)이다. 옛부터 논산(論山)과 강경(江景) 두 포구의 상선들이
> 이 여덟 정자를 지나면서 반드시 나루세(津稅)를 바쳤다.4)

　한강이 지역에 따라 여러 가지 이름으로 불렀던 것처럼, 금강도
지역에 따라 여러 가지 이름으로 불렀다. 충남과 충북의 경계인 부
강(芙江)까지는 장삿배가 올라왔다. 금강 상류에서 배를 타고 내려
가다가 처음 만나는 정자가 합강정이고, 마지막으로 만나는 정자는
수북정인데, 모두 강가 나루터에 있었다. 사람들이 많이 지나 다니

---

1) 허경진 옮김. 한양출판, 1996. 126쪽
2) 윤여헌 교수는 〈웅진문화〉 제1집에 실린 〈공주금강팔정(公州錦江八亭)〉
　　이란 글에서 옛부터 전해지던 오강(五江) 팔정(八亭)과는 달리 공주 지역의
　　금강 가에 있던 여덟 정자를 소개하였다. 이 글과 직접 관계는 없지만, 참고
　　삼아 이 여덟 정자를 소개하면 독락정·한림정·금벽정·벽허정(碧虛亭)·사
　　송정·쌍수정(雙樹亭)·안무정(按舞亭)·원산정(圓山亭)이다. 오강(五江)
　　팔정(八亭) 가운데 연기의 합강정, 부여의 청풍정과 수북정이 빠지고, 공주
　　지역의 벽허정·쌍수정·안무정·원산정이 더 들어갔다. 특별히 출전을 소
　　개하지 않은 것을 보면, 공주의 금강 팔정은 윤교수가 임의로 선정한 듯하
　　다. 공주문화원에서 1992년에 간행한 《공주의 맥》에도 윤교수의 금강팔
　　정(錦江八亭)이 그대로 소개되었다.
3) 초강(楚江) : 위로는 동면(東面) 내탑리(內塔里) 앞에서부터 아래로는 북면
　　(北面) 신탄(新灘) 앞까지 이른다. 근원은 덕유산에서 시작하는데, 금강 상
　　류이다. ―《조선환여승람(朝鮮寰輿勝覽)》〈대전군〉 산천(山川)조. 대전을
　　흐르던 금강 상류도 초강이라고 불렀다.
4) 《연기지(燕歧誌)》 권3 누정(樓亭)조, 장5. 1933.

는 곳이었기에 자연스럽게 정자가 세워졌던 것이다.

2. 금강의 나루터

　예전에 나루가 있던 곳은 강과 길이 이어지는 곳이기도 했는데, 이제는 그 나루가 없어지면서 다리가 생겼다. 독락정 옆에는 금남대교(錦南大橋)가 생기고, 한림정 옆으로는 대전·당진간 고속국도가 지나가게 되었으며, 금벽정 옆에는 청벽대교가 생기고, 사송정 옆에는 공주대교가 생겼다. 청풍정과 수북정 옆에는 백제교가 생겨, 이들 팔정(八亭)이 다른 정자들과는 달리 교통의 중심지인 나루터에 세워졌음을 확인해 주고 있다. 예전에 수북정 아래에서 올라오던 상선들이 이 정자들을 지나갈 때마다 나루세를 바쳤다는 말은 청풍정이 부여현의 세창(稅倉)이어서 현감도 자주 나와 있었음을 보더라도 짐작할 수 있다. 이 나루세는 정자의 주인들이 받았던 것이 아니라, 이 정자에 머물면서 나루를 지키는 진졸(津卒)들이 받은 것이다.

　공주 금강에는 열일곱 개의 나루가 있었는데,5) 지금은 나룻배도 없어지고 나루터의 자취도 사라졌다. 이 가운데 정자가 서 있던 곳을 찾아보면 아래와 같다.

　(1) 나성나루(羅城津) : 예전에 공주군 장기면 나성리와 금남면 내평리를 이어주던 나루인데, 지금은 1번국도가 지나가고 금남대교가 가설되었다. 현재 행정구역은 연기군 남면 나성리인데, 이곳에 독락정이 있다. 건너편은 대평나루이다.

　(2) 한림나루(翰林津) : 예전에 공주군 반포면 영곡리와 장기면 당

---

5) 공주문화원 향토문화연구소 《공주의 맥》, 1992, 75쪽.
　공주 금강의 나루들은 이 책의 기록과 마을 주민들의 이야기를 참고해서 소개한다. 나루 이름에 붙은 번호는 《공주의 맥》에서 금강 상류부터 붙인 번호이다.

암리를 이어주던 나루인데, 부근으로 대전·당진간 고속국도가 건설
되고 있다. 지금은 연기군 금남면 영곡리인데, 이곳에 한림정이 있
다.

 (3) 불티나루(火峙津) : 금벽정 주위의 나루는 세 곳인데, 불티나
루는 현재 행정구역으로 공주시의 첫 번째 나루이기도 하다. 반포면
마암리 창벽(蒼壁) 바로 상류, 원봉리 강가에 있었는데, 장기면 금암
리의 정자마을과 이어주던 나루이다. 지금 이곳에 불티교를 공사하
고 있다. 건너편에는 금벽정이 있었으므로 정자마을이라고 하였다.6)
 예전에 금강 하류인 강경에서 소금장수들이 꺼먹배에다 소금을 싣
고 이 나루에 들어오면 반포면 산골사람들이 소금을 사려고 모여들
어 불티나게 팔렸으므로 불티나루라고 불렸다고 한다.

 (4) 말어구나루(馬於口津) : 창벽 바로 밑의 마암리 입구(말어구)
에 있는 나루인데, 이 마을을 창벽이라고도 부른다.

 (5) 장암나루(壯巖津) : 장기면 장암리에 있다고 했지만, 이장의
말에 의하면 금벽초등학교가 있는 곳으로 건너오기 때문에 금벽나루
라고 불린다고 한다. 건너편은 반포면 마암리이므로 마암나루라고
불린다. 이상 두 나루가 있던 지역에 청벽대교가 가로질러 놓였으므
로, 이제는 나루의 기능이 다 없어졌다.

 (7) 장깃대나루 : 옥룡동과 시목동을 이어주던 나루였는데, 이곳에
공주대교와 신공주대교가 들어섰다. 사송정이 있는 곳이다.

오강(五江) 팔정(八亭) 가운데 원래 공주에 속하지 않은 정자는
합강정과 청풍정·수북정인데, 이 정자들도 나루터에 있었고, 역시
지금은 다리가 들어섰다.

 (1) 용댕이나루(龍塘津) : 연기군 동면 합강리와 금남면 부용리를
이어주던 나루였는데, 합강정이 있던 곳이다. 합강리는 미호천의 꽃
벼루〔花津〕를 통해서 남면 월산리로도 건너 다녔는데, 이곳에는 공
주에서 청원으로 가는 40번 지방도와 월산교를 공사중에 있다.

 (2) 규암나루(窺巖津) : 부여군 규암면 규암리와 부여읍 동남리를

---

6) 금벽정 주위에 있던 불티나루·말어구나루·장암나루(금암나루)에 대해서는
   금암리 김광수 이장에게 자문을 구하였다.

이어주던 나루인데, 지금은 백제교가 놓여 있다. 규암나루 자온대(自溫臺)에 청풍정과 수북정이 있었는데, 청풍정은 부여현 해창(海倉)의 좌기청(坐起廳)이어서 현감을 비롯한 관리들이 자주 나와서 업무를 보기도 했다.

3. 합강정(合江亭)

오강(五江) 팔정(八亭) 가운데 첫 번째 정자가 바로 연기군 동면 합강리에 있었던 합강정이다.

　합강정은 (연기)현 동쪽 10리에 있었는데, 지금은 없어졌다.[7]

순조시대에 편찬된 《연기현읍지》에 이미 합강정은 없어졌다고 했다. 그러나 합강정을 누가 지었으며, 언제 없어졌는지에 대해서 더 이상 설명이 없다. 1933년에 편찬된 《연기지(燕岐誌)》에서는 오강(五江) 가운데 금강의 첫 번째 이름인 오강(吳江)을 동진(東津) 하류라고만 설명했는데,[8] 《충청도읍지》제32책 《연기현읍지》 산천(山川)조에서는 동진(東津)을 더 자세하게 설명하였다.

　동진(東津) : (연기)현 동쪽 5리에 있는데, 관선(官船) 1척이 있다. (이곳으로 모이는 강물의) 근원이 셋 있는데, 하나는 진천(鎭川) 두타산(頭陀山)에서 나오고, 하나는 청주(淸州) 적곡(赤谷)에서 나오고, 하나는 전의(全義) 갈기(葛岐)에서 나온다. 이 강줄기들이 동진(東津)에서 합해 흐르다가, 남쪽으로 공주에 들어가 금강(錦江) 물이 된다.

이 설명에서 볼 수 있는 것처럼, 강줄기들이 합해졌기에 합강리

---

7) 《충청도읍지》 제32책 《연기현읍지》 누정(樓亭)조.
8) 五江卽吳江(東津下流). -권3 누정(樓亭)조.

(合江里)라는 마을 이름이 생기고, 그곳에 세워진 정자 이름도 합
강정(合江亭)이라고 했던 것이다. 합강정이라는 이름의 유래는
《연기지》 권3 누정(樓亭)조 설명에 더 잘 나타나 있다.

　　　(이 다섯 강 가운데) 오강(吳江)과 초강(楚江)이 이곳에서 합해
　　흐르므로 합강정(合江亭)이라고 하였다.

　　합강정이라는 이름의 정자는 이 마을같이 강줄기가 합해지는 마
을에 많이 세워졌다. 이곳에 "관선(官船) 1척이 있다"고 했으니, 진
졸(津卒)들이 합강정에 머물면서 강경에서 올라오는 장삿배들에게
나룻세를 받았음을 짐작할 수 있다.9)
　　연기팔경(燕歧八景)에 동진어화(東津漁火)가 들어갈 정도로 동진
은 경치가 아름다운 곳이었으며, 《연기지(燕歧誌)》 제영(題詠)조
에도 〈동진어화(東津漁火)〉가 3수나 실려 있다. 그러나 합강정이
이미 무너진 뒤였으므로, 이 시는 동진(東津)의 밤경치에 대한 시
이지 합강정에 대한 제영은 아니다.
　　합강리에는 용댕이 나루와 골뱅이 나루가 있었는데, 용댕이 나루
에 정자가 있었다고 한다. 노인들의 기억에 의하면 30여 년 전에
정자가 하나 없어졌지만 이름은 기억하지 못한다고 한다. 합강정은
순조시대에 이미 없어졌다고 했으니, 아마도 그 뒤에 중건된 합강
정이거나, 아니면 다른 정자였던 듯하다.

---

9) 합강리 이웃마을인 월산리에 살았던 임영휴가 합강리 나루에 드나드는 장삿
　배를 보고 지은 시가 있는데,
　　강경의 장사꾼들은 미역을 싣고 떠나고
　　형강의 논다니들은 연꽃 따는 노래를 부르네.
　　鏡浦富商乘藿去, 荊江遊女採蓮情.- 〈合湖歸帆〉
　라고 하였다. 용댕이나루에 있었다는 합강정 이야기는 없다.

4. 독락정(獨樂亭)

조선왕조가 건국되자, 고려시대에 전서(典書)를 지낸 임난수(林蘭秀)가 충신불사이군(忠臣不事二君)의 절의를 지켜 벼슬에 나아가지 않고 이곳에 16년간 머물다가 세상을 떠났다. 1422년에 이 일대의 땅을 하사받자, 그의 아들 3형제가 1437년에 이 정자를 지었다. 송나라 사마광(司馬光)의 정자 이름을 따서 독락정(獨樂亭)이라고 이름 붙인 것이다.

獨樂亭

독락정은 연기군 금남면 나성리 101번지 금강 가에 있는데, 충청남도 문화재자료 제264호이다. 건너편 대평리에 대평진(大平津)이 있어 나성리와 오갔는데, 지금도 대전에서 조치원으로 가려면 이 길을 통하게 된다. 금남대교(錦南大橋)가 놓여져 있다.

임난수의 둘째 아들인 임목은 독락정이 다 지어진 뒤에 집현전 학사였던 남수문(南秀文 1408-1443)에게 기(記)를 지어달라고 부탁하였다. 남수문의 아버지가 함주목사로 있을 때에 임목이 통판으로 함께 일하여, 이때까지도 남수문이 그를 아버지처럼 따랐기 때문이다.

독락정에서 지은 시들이 여러 수 남아 있는데, 그 가운데 가장 오래 된 시는 사가(四佳) 서거정(徐居正 1420-1488)이 지은 7언 율시 〈공주 독락정(公州獨樂亭)〉 2수이다. 그의 문집인 《사가집(四佳集)》 보유 권3에는 이 시 뒤에 〈공주십경(公州十景)〉 10수도 실려 있다.

그 뒤에 1524년에 충청도 도사로 부임한 어촌(漁村) 심언광(沈彦光 1487-1540)이 서거정의 시에 차운하여 〈차공주독락정운(次公州獨樂亭韻)〉 3수를 지었다. 《어촌집》 권2에 실린 시를 서거정의 시와 비교해보면, 서거정이 원래 지었던 시 가운데 1수가 문집에 빠진 듯하다. 심언광은 서거정의 〈공주십경〉도 차운하여 〈차공주취원루십영(次公州聚遠樓十詠)〉 10수를 지었는데, 제목은 취원루 십영이지만 시의 내용은 공주십경이며, 〈금강춘유(錦江春遊)〉 이하의 작은 제목과 운도 그대로이다.

그 뒤에 독락정에서 지은 시 가운데 대표적인 시는 간이(簡易) 최립(崔岦 1539-1612)이 지은 〈독락팔영(獨樂八詠)〉이다. 그는 1592년에 공주목사로 부임하여 이 시를 지었는데, 그가 읊은 독락 팔경은 〈원포관창(圓浦觀漲)〉·〈층기조어(層磯釣魚)〉·〈문수춘사(文殊春事)〉·〈창암추기(蒼巖秋氣)〉·〈석담명월(石潭明月)〉·〈와탄전풍(瓦灘顚風)〉·〈창평우후(倉坪雨後)〉·〈계악춘청(鷄岳春晴)〉이다. 그가 공주에 있는 동안 지은 시들은 《간이집》 권7 〈공산록(公山錄)〉에 실려 있다.

5. 한림정(翰林亭)

한림정은 원래 공주군 행정구역에 있었다. 그래서 충청도관찰사

김응근이 1859년에 편찬한 《공주지》 권2 누정(樓亭)조에
　　한림정·금벽정·사송정이 지금은 모두 없다.

고 소개되었다. 그 뒤 이 읍지를 수정 증보하여 1923년에 《공산지(公山誌)》가 간행되었는데, 권2 누정(樓亭)조에서 한림정에 대해 자세히 소개하였다.

　　그 터가 본군 반포면 영곡리 북쪽에 있다. 신준미(申遵美)가 과거에 급제하여 한림(翰林)에 제수되었는데, 기묘사화(己卯士禍 1519)가 일어나자 고향으로 내려와서 숨어 살았다. 그가 하루는 정자를 지으려고 터를 닦고 구경하는데, 한 나무꾼이 말을 타고 지나갔다. (공의) 종이 그의 머리를 끄잡아 내리려고 하자, 공이
　　"늙은 나를 보고서도 말에서 내리지 않았으니, 반드시 항성(恒性)을 지닌 자일 것이다."
라고 하면서 (더 이상) 묻지 않게 하였다. 과연 그 사람이 곧 말에서 떨어져 죽었다. 그러자 공이 탄식하면서,
　　"길가에 정자를 지었다가는 뜻밖의 환난을 당할 것이다."
하고는, 곧 공사를 그만두게 하였다. 그래서 본래부터 (한림정이라는) 정자는 없었고, 다만 그 터만 있었다. 후세 사람들이 이러한 일로 인하여, 그 터를 한림정(翰林亭)이라고 하였다.

　　한림정이라는 이름은 물론 신준미가 한림(翰林) 벼슬을 했기 때문에 붙여진 이름이며, 그 뒤에도 마을 이름과 나루 이름으로 전해 왔다.
　　신준미는 현량과로 천거되어 벼슬길에 올랐다가 기묘사화에 얽히 물러났는데, 《학포집(學圃集)》 권9 〈기묘당금록(己卯黨禁錄)〉에 그의 이름이 실려 있다.

　　신준미(申遵美) : 사휴(士休). 현량과로 천거되어 한림(翰林)에 올랐다가, 쫓겨난 뒤에 공주 금강 가에 살았다. 한림정이 있으며, (함께 쫓겨난) 변(抃)의 종질이다.

　신준미가 과연 한림정을 짓다 말았는지, 아니면 다 지었는지, 확실치 않다. 전설에는 짓다 말았다고 하지만, 〈기묘당금록〉에는 "한림정이 있다"고 했기 때문이다. 그러나 몇 가지 정황을 살펴보면, 언젠가 건물이 지어졌다가 무너진 듯하다. 한림정은 그 뒤에 문인들 사이에서 이야기거리가 되었는데, 공주에 인접해 있는 회덕(懷德)에도 그 이야기가 전해졌다.

　1611년에 오봉(五峰) 이호민(李好閔 1553-1634)이 회덕에 들렀는데, 송담(松潭) 송남수(宋枏壽 1537-1626)가 그에게 회천십영(懷川十詠)의 경치를 써 주었다. 이호민은 8월에 오언고시 10수를 지어 보냈는데, 그 가운데 여덟 번째 시가 바로 〈한림정의 비긴 해〔翰林斜陽〕〉이다.

翰林亭

한림정 이야기를 들어보니
회천에 있다고 하네.
한림정은 누가 지었던가
사휴(士休)라는 늙은이가 지었다네.
북문에 비바람 몰아친 뒤에
물고기 잡고 나무하며 세상을 마쳤다네.
소나무 그늘은 아직도 해를 가리고
높은 언덕은 구름에 닿았는데,
그 옛날 풍류가 저녁 경치를 보전하여
비낀 해가 끝없는 시름을 비쳐주네.
聞說翰林亭, 乃在懷川中.
翰林誰辦此, 知爲士休翁.
北門風雨後, 寓居漁樵終.
松陰尙蔽日, 高岡倚雲空.
風流保晩景, 斜陽照無窮.

"북문에 비바람 몰아쳐〔北門風雨〕"라는 구절은 기묘사화를 기록한 문장에 흔히 쓰였던 표현이다. 이호민은 한림정을 직접 가보지 못하고 서울에 올라가서 이 시를 지었는데, 공주 금강 가에 있던 한림정을 회천에 있는 것으로 착각하고 시를 지었던 듯하다. 강가 높은 언덕의 솔숲이라는 장소 뿐만 아니라 사휴(士休)라는 자(字)까지도 신준미의 경우와 같으니, 여기서 말한 한림정은 바로 신준미의 한림정이었음을 알 수 있다.

한림정은 곧 금강 일대에서 이름난 정자가 되었다. 그랬기에 오강 팔정 가운데 하나로 손꼽히게 되었던 것이다. 그러나 연기군 월산리에 살던 제산(霽山) 임영휴(林永烋 1855-1917)가 1883년에 배를 타고 내려와서 한림정을 찾았을 때에는 이미 무너진 뒤였다고 기록하였다.

계미년(1883) 늦봄에 관자(冠者) 대여섯 명과 함께 앵청진(鶯聽津)에서 배를 타고, 물결 따라 흘러 내려가 한림정에 이르렀다. 정자

는 무너져 없어졌지만, 푸른 소나무가 빽빽히 늘어서고 흰 바위가
층층이 쌓여 있어 신공(申公)의 옛 자취를 상상해볼 수 있었다.10)

신준미의 후손들인 평산(平山) 신씨(申氏) 한양공(漢陽公) 종친
회에서 1964년에 그 자리에다 한림정을 세우고, 건너편에 신준미
의 신도비도 세웠다.

지금은 행정구역이 바뀌어 연기군 금남면 영곡리가 되었는데, 한
림나루 부근으로 대전·당진간 고속국도가 계획되어 있다.

신준미 신도비

---

10) 《제산유고》 권4 〈남유록(南遊錄)〉

6. 탁금정 (濯錦亭)과 금벽정 (錦碧亭)

1933년에 간행된 《연기지(燕歧誌)》 누정(樓亭)조에서는 한림정 하류에 탁금정(濯錦亭)과 금벽정(錦碧亭)이 있다고 하였다. 그러나 탁금정과 금벽정은 다른 정자가 아니라 하나의 정자이다. 처음에는 강가 언덕에 짓고 이름을 금벽정이라고 했는데, 후세에 마을 가운데로 옮겨 지으면서 탁금정이라고 했다가, 다시 옛자리로 옮기면서 금벽정이라고 하였다.

금벽정은 지와(止窩) 조대수(趙大壽 1655-1721)가 18세기초에 낙향하여 창벽(蒼壁)이 마주보이는 언덕 위에다 처음 지었는데, 호해루(湖海樓)라고도 불렸다고 한다.

금벽정이 문헌에 처음 소개된 것은 이중환(李重煥 1690-1752)이 1751년에 지은 《택리지(擇里志)》인데, 그는 이 책의 〈팔도총론(八道總論)〉에서 "금벽정은 조판서의 별장이다"라고 하였다.[11]

그 뒤에 논산에 살던 은진송씨(恩津宋氏 1803-1860)가 공주판관으로 부임한 시숙 권영규(權永圭 1790-1857)의 초청을 받고 1845년에 공주를 다녀와서 가사 형식의 〈금행일기(錦行日記)〉를 읊었는데,

녹수 쟝강의 어부션이 오락가락
치련곡 어부ᄉ롤 풍뉴소리 화답ᄒᆞ니
디동강 부벽누는 여기와 엇더ᄒᆞ고
쌍계ᄉ 지척이요 층벽앞 금벽졍니
심니안밧 된다ᄒᆞ나 여펀니 이 구졍도
쑴인가 의심ᄒᆞ니 이밧슬 더 ᄇᆞ랄가

---

11) 주1)을 참조할 것.

錦碧亭

라고 하였으니, 이 무렵에는 금벽정이 건너편 창벽(蒼壁)과 더불어
공주의 명승으로 이름날렸음을 알 수 있다.
　그 뒤 읍지에 금벽정이 소개된 것은 1859년에 충청도관찰사 김
응근(金應根)이　편찬한　《공주지(公州誌)》 권2의　누정(樓亭)조인
데,

　　한림정·금벽정·사송정이 (지금은) 모두 없다.

라고 소개하였다. 읍지에 처음 소개될 때부터 정자 건물은 이미 없
어졌으니, 은진송씨가 공주를 다녀간 지 20여년 뒤에 금벽정이 없
어졌음을 알 수 있다. 그러나 금벽정은 없어졌지만, 금벽정 정자 건
물이 없어진 것이 아니라 정자 이름이 탁금정으로 바뀌었을 뿐이
다.
　연기군 남면 월산리에 살던 임영휴는 마을 앞에 있던 앵청진에서

배를 타고 출발하여 오강 팔정을 두어 차례 유람하였는데, 병자년
(1876) 여름에 창벽(蒼壁)에 놀러왔다가 탁금정 앞에서 배를 대고
잠잔 즐거움을 시로 읊었다.

> 탁금정 앞에다 밤새 배를 대었더니
> 삼월에 남쪽 찾아와 신선같이 되었네.
> 강가 마을에는 아침 저녁으로 나그네들이 밥 지어 먹고
> 들판 나무에는 구름이 어두워 멀리 새들이 자네.
> 가파른 절벽이 층층이 바위들을 버텨주고
> 어지러운 산들이 점점이 강가에 서 있네.
> 오얏꽃여울에 주막 등불도 적은데
> 주머니 속에는 술 살 돈을 이미 마련해 왔네.
> 濯錦亭前夜泊船. 南來三月客如仙.
> 水村日夕行人飯, 野樹雲暝遠鳥眠.
> 危壁層層撑石氣, 亂山點點立江邊.
> 李花灘上墟燈小, 已辦囊中買酒錢.－〈丙子春南遊至蒼壁〉

그는 창벽을 찾아와 놀다가 탁금정 앞에 배를 대고 잠을 잤는데,
건너편에 보이는 오얏꽃여울〔李花灘〕의 주막집 등불을 실감나게 묘
사하였다. 이 시를 보면 탁금정으로 이름이 바뀐 뒤에도 많은 유람
객들이 찾아와 시를 짓고 놀았음을 알 수 있다.12)
　이병연(李秉延)이 1929년에 편찬한 《조선환여승람(朝鮮寰輿勝
覽)》 누정(樓亭)조에도 금벽정이 아니라 탁금정으로 소개되었는
데,

> 장기면 금곡리에 있다.

고 하였다. 이밖에 금벽정이 따로 소개되지 않았으니, 이 무렵에는

---

12) 그는 병자년 금강유람에서 창벽 탁금정과 반탄(盤灘)을 거쳐 고란사·수
　　북정·경호(鏡湖)·황산(篁山:임리정·팔괘정)·관촉사·계룡산·동학사
　　를 들러보며 각기 시를 지었는데, 계미년(1883)에 들렸던 곳과 비슷하다.

완전히 탁금정(濯錦亭)이라는 이름으로 불렸음을 알 수 있다. 이 정자는 1982년까지도 마을 가운데 있어서, 동네 사람들이 한여름에 모여 놀았다.

금벽정이 있는 금암리에서는 예전 어른들이 편지 겉봉에 "탁금정"이라고 주소를 썼다고 하며, 지금도 "탁금정"이라고 주소를 써도 편지가 들어온다고 한다.[13] 중건하면서 탁금정(濯錦亭)이라는 편액을 걸어, 한때 이 이름이 더 널리 알려진 것이다.

탁금정(濯錦亭)은 장기면 금암리 321번지에 있던 두 번째 정자인데, 원래 이름은 금벽정(錦碧亭)이었다. 나중에 마을에 있는 풍양 조씨 종가 옆으로 이전했는데, 풍양 조씨 후손들은 대부분 마을을 떠나고 건물이 낡아서 관리하기가 힘들게 되자 1982년에 철거하였다. 기와와 목재는 마곡사 보수공사에 사용했다고 한다.

그 뒤 1992년에 공주시에서 탁금정을 복원하려고 했지만 조씨 문중에서 마을 가운데 있는 옛자리를 내어놓지 않아, 국유지인 창벽 건너편 지금 자리에 복원하고 금벽정(錦碧亭)이라는 편액을 걸었다. 창벽부터 공주대교까지 새로 닦은 길은 금벽로(錦碧路)라고 이름지었다. 90세 노인들의 이야기에 의하면, 지금의 자리가 바로 처음에 금벽정 정자가 있었던 자리라고 한다. 그러나 정자 앞의 길을 확장 포장하려는 계획이 확정되어서, 정자는 다시 헐려져야 할 운명이다.

7. 사송정(四松亭)

사송정은 이중환(李重煥) 집안의 정자인데, 그가 1751년에 지은 자신의 저서 《택리지》에서 "사송정은 우리 집 정자이다"라고 밝혔다.[14] 이 책의 발문에 의하면 그는 논산군 강경읍 황산리 86에 있는 팔괘정(八卦亭)에서 《택리지》를 썼다고 했으니, 금강을 따라

---

13) 금암리 김광수 이장의 증언에 따른다.
14) 주1) 참조.

서 사송정에 자주 찾아왔을 것으로 생각된다.

사송정이 서 있던 자리는 이중환의 집안인 여주 이씨들이 살던 곳이 아니고, 명탄서원(鳴灘書院)을 세운 공산 이씨들이 살던 곳이다. 이중환의 집안이 이곳에 살았던 적이 없으니, 아마도 그의 아버지인 이진휴(李震休 1657-1710)가 충청도관찰사로 왔던 시절에 이 정자를 지었을 것이다. 그가 1701년에 공주에 부임했으니, 아마도 이 무렵에 사송정을 지었으리라고 생각한다.

四松亭

읍지 가운데는 관찰사 김응근(金應根)이 1859년에 편찬한 《공주지(公州誌)》 권2 누정(樓亭)조에서 가장 먼저 사송정을 소개했는데,

한림정·금벽정·사송정은 지금 모두 없다.

고 하여, 19세기 중반에 이미 건물이 없어졌음을 밝혔다.

사송정은 예전 행정구역으로 장기면 월송리에 있었는데, 이 부근에 장깃대나루가 있었다. 옥룡동에서 시목동으로 건너가는 나루였는데, 지금은 그 길로 공주대교가 놓여졌다. 최근 금강 가에 큰 길(금벽로)이 생겨 사송정 자리가 헐리게 되자, 공주시에서 1995년에 뒤로 물려서 다시 지었다. 현재 주소는 월송동 산30-1이며, 공주시향토문화유적 유형 제3호로 지정되었다.

8. 청풍정 (淸風亭)

청풍정은 부여현 해창(海倉)의 좌기청(坐起廳)인데, 자온대(自溫臺) 옆에 있었다.

> (청풍정은 부여현) 해창(海倉)의 공해(公廨)이다.15)

> 해창(海倉)은 좌기청(坐起廳) 6간, 북고(北庫) 8간, 서고(西庫) 20간인데, (부여)현 서쪽 5리 자온대 옆에 있다.16)

청풍정은 부여현감 윤경원(尹景元)이 규암나루(窺巖津)에 세운 정자인데, 부여현 해창의 좌기청으로 세웠다. 정하언(鄭夏彦 1702-1769)이 지은 〈청풍정기〉에 의하면 영조시대 후반에 6간으로 지은 듯하다. 정조 때에 편찬된 것으로 추정되는 《충청도읍지》 제30책 《부여현읍지》 지도에도 백마강 가에 자온대(自溫臺)가 그려져 있고, 그 옆의 규암나루에 해창과 청풍정이 그려져 있어, 영조시대에 세웠음을 확인할 수 있다. 윤경원의 기문에 의하면, "한여름에 아무리 더워도 (이 정자에 앉아 있으면) 바람이 불어와 가을처럼

---

15) 《충청도읍지》 제30책 《부여현읍지》 누정(樓亭)조.
16) 같은 책, 창고(倉庫)조.

서늘할테니, 정자 이름을 청풍정(淸風亭)이라 하였다"고 한다.

청풍정은 부여현 해창의 좌기청이었으므로 현감이 자주 나와 업무를 보았고, 규암나루의 진졸들이 상주하였다. 그래서 이곳을 지나는 장삿배들에게 나룻세를 받았던 것이다.

청풍정의 경치가 좋다고 이름나자, 고관들이 많이 찾아와 노닐었다. 그때마다 부여현감과 백성들이 접대하느라고 곤욕을 치렀으므로, 민간에서는 청풍정을 피풍정(避風亭)이라고 불렀다고도 한다.

경치가 좋은 청풍정에는 관원들만 찾아온 것이 아니라, 일반 백성들도 많이 찾아와 놀았다. 임영휴가 지은 〈남유록(南遊錄)〉을 보면, 그가 1883년에 찾아왔을 때에도 흥겨운 분위기가 넘쳐흘렀음을 알 수 있다.

> (규암에는) 또 청풍정(淸風亭)도 있는데, 각 고을에서 세미(稅米)를 바칠 때에 수령이 앉아서 일 보는 곳이다. 창고가 넓직하게 늘어서고 곡식이 흘러 넘쳤으며, 행로(杏壚)와 유점(柳店)이 좌우에 늘어섰다. 화전(花煎)을 부치고 농익은 술을 몇 잔씩 돌려 마셨다.

그는 옆에 있는 수북정부터 들른 뒤에 청풍정을 찾았는데, 수북정은 조용히 구경한 뒤에 청풍정에서는 술을 마시고 화전을 부쳐 먹으며 흥겹게 놀았다. 좌우에 늘어선 술집과 기생집들이 청풍정의 떠들썩한 분위기를 말해 주는데, 세미(稅米)를 출납하는 관원들이 많이 드나들어 경기가 좋았음을 보여준다. 그만큼 두 정자의 분위기가 달랐고, 청풍정에는 많은 유람객들이 찾아와 놀았음을 알 수 있다.

이조면(李祖冕)이 1886년에 석성현감 조구호(趙龜鎬)·군수 정필현(鄭泌鉉) 등과 함께 청풍정에서 지은 시가 《조선환여승람》에 실려 있어, 19세기 말까지는 현감과 문인들의 모임터로 사용되었음을 알 수 있다. 그러나 1929년에 간행된 《부여지》에

　　(청풍정은) 규암나루(窺巖津)에 있었는데, 현(縣) 해창의 좌기청
　이다. 지금은 없어졌다.

라고 하여, 당시에 이미 없어졌음을 밝혔다. 조선이 일본에 강제로
합병당하면서 부여현 해창의 기능도 없어져, 청풍정까지 함께 없어
진 듯하다.
　규암면 규암리 수북정 입구에 백마강가비(白馬江歌碑)가 있고,
그 밑에 음식점이 있는데, 이곳이 바로 예전에 청풍정이 있던 자리
라고 한다. 백마강 유람선 금암선착장 바로 위이다. 지금 청풍정 자
리 옆으로는 규암나루 대신에 백제교가 가설되어, 백마강을 지나
다니는 사람들과 차량을 건네주고 있다.

9. 수북정(水北亭)

　수북정은 글자 그대로 백마강 북쪽에 있는 정자인데, 김흥국(金
興國 1557-1623)이 광해군시대 폐비론(廢妃論)이 일어날 무렵에
고향 부여로 돌아와 세웠다. 황옥(黃鈺)이 1831년에 지은 김흥국
의 행장(行狀)에 의하면, 그가 양주목사로 제수된 1614년에 서인
(西人)들이 반정(反正)에 참여하라고 권유하자, 친지들의 권유를
거절하고 고향으로 돌아와 이 정자를 지었다고 한다. 수북정이 가
장 먼저 소개된 읍지는 1929년에 간행된 《부여읍지》인데,

　　(수북정은) 규암(窺巖) 청풍정(淸風亭) 터 위에 있는데, 김흥국이
　세웠다.

水北亭

라고 하였다. 《부여읍지》가 나올 무렵에는 청풍정이 이미 없어졌
으므로 청풍정 터라고 소개했는데, 청풍정보다 먼저 지어졌지만 예
전의 읍지들은 부여현감이 세운 청풍정만 소개하고 수북정은 소개
하지 않았다.

　수북정에는 율곡학파의 동학들인 추포(秋浦) 황신(黃愼1560-1617)·
상촌(象村) 신흠(申欽1566-1628)·약봉(藥峰) 서성(徐渻 1558-
1631) 등이 모여서 시를 주고 받았다. 이 가운데 외가가 회덕이어
서 수북정에 자주 찾아왔던 신흠이 지은 〈수북정(水北亭) 팔경(八
景)〉이 수북정에서 바라보이는 백마강 일대의 경치를 가장 잘 표
현하였다. 그가 선정한 수북정 팔경은 낙화암의 아침노을(落花朝
嵐)·고란사의 저녁 종소리(皐蘭暮磬)·뜬나리에 비낀 해(浮橋斜
日)·석탄에 개인 달(石灘霽月)·평평한 모래밭 갈대 속의 기러기
(平沙蘆雁)·고산의 소나무와 눈(孤山松雪)·백마강의 안개비(馬江
煙雨)·자온대의 노래소리(溫臺歌管)이다. 제목은 백마강 팔경이었

지만, 백마강 일대를 좌우로 바라볼 수 있는 자온대 위에다 수북정을 지었기에, 수북정 팔경이 곧 백마강 팔경이었다.

水北亭 八景 시판

부여의 명승지들은 시인들에 의해서 여러 차례 부여팔경으로 선정되었는데, 조선후기에 들어와 세워진 청풍정과 수북정은 후팔경에 선정되었다. 후팔경은 청풍정·대왕포(大王浦)·수북정·영월대(迎月臺)·부산(浮山)·의열사(義烈祠)·송월대(送月臺)·석탄야(石灘野)이니, 전팔경의 자온대(自溫臺)가 후팔경에 와서는 청풍정과 수북정으로 바뀐 것이다.

수북정은 세월이 흐르면서 후손들에 의하여 여러 차례 중수되었고, 후손들의 강학처(講學處)로 사용되었다. 부여에서 가장 많은 현판이 걸려 있는 정자이다.

규암면 규암리 147-2 자온대 위에 있는 수북정은 전면 3간, 측면 2간인데, 충청남도 문화재자료 제100호로 지정되었다. 1908년에 중건하였으며, 1969년에 해체 복원하였다. 지금은 규암나루 대신에 백제교를 통해 백마강을 건너 다닌다.

10. 오강 팔정의 여정

오강 팔정은 글자 그대로 금강 상류의 합강정부터 시작하여 하류의 수북정까지 대표적인 여덟 정자를 가리키는 말이다. 이 정자들은 그 지역의 시인 묵객들이 모여서 풍류를 즐기며 시문을 짓던 곳이기도 했지만, 서해안의 소금장사들이 강경에서부터 배를 타고 금강을 거슬러 올라오며 쉬어가던 곳이기도 했다.

교통이 나쁘던 조선시대에는 배를 타고 이 정자들을 찾아다녔는데, 연기군 남면 월산리에 살았던 제산(霽山) 임영휴(林永烋)가 오강 팔정을 두 차례 유람하며 글을 지었다.

첫 번째 유람은 1876년 3월에 시작되었는데, 창벽 탁금정을 거쳐 고란사·수북정·황산(임리정·팔괘정)·관촉사·계룡산·동학사를 들러보며 각기 칠언율시를 지었다. 〈병자년 봄에 남쪽으로 놀러 가다가 창벽에 이르다(丙子春南遊至蒼壁)〉·〈이튿날 반탄에 배를 대다(明日舟泊盤灘)〉·〈고란사에 오르다(登皐蘭寺)〉·〈수북정에 오르다(登水北亭)〉·〈경호에 배를 대다(舟泊鏡湖)〉·〈황산에 오르다(登簧山)〉·〈관촉사에 놀다(遊觀燭寺)〉·〈계룡산에 오르다(登鷄龍山)〉·〈동학사에서 자다(宿東鶴寺)〉 등이다.

두 번째 유람은 1883년 3월에 시작되었는데, 월산리 앵청진(鶯聽津)에서 배를 타고 출발하여 한림정·몽뢰정(夢賚亭)·낙화암·고란사·대재각(大哉閣)·수북정·청풍정·팔괘정·임리정·관촉사·신원사·신도안·동학사를 거치며 7일 동안 유람하였다. 이때에는 〈남유기(南遊記)〉라는 기행문을 지었다.

첫 번째 유람에는 기행문을 남기지 않았기 때문에, 그가 시를 지은 곳만 찾아갔다고 말할 수는 없다. 두 차례 유람에서 오강 팔정의 시작인 합강정과 독락정은 빠져 있는데, 그가 늘 다니던 정자였기 때문일 것이다. 합강정은 그가 살던 월산리에서 꽃벼루〔花津〕를 건너가면 있던 곳이고, 독락정은 그의 선조 정자였기 때문에 자주 가서 시를 짓고 노닐던 곳이다. 그래서 독락정 다음에 있던 한림정부터 시작하여 수북정까지 찾아다녔다. 그의 금강 유람은 늘 강경에 있는 임리정과 팔괘정에서 끝나곤 했는데, 간재(艮齋) 전우(田愚)와 연재(淵齋) 송병선(宋秉璿)을 통해 내려오는 학맥 때문에 찾아갔던 것이다. 돌아오는 길에는 육로를 택하여 관촉사와 신원사·동학사를 거치며 중악단(中嶽壇)과 숙모전(肅慕殿)을 찾아갔는데, 외세의 침입 앞에서 나라를 걱정하는 그의 마음이 이러한 글에 나타난다.

많은 자료가 남아 있지는 않지만, 임영휴가 금강 일대의 정자들을 찾아다녔던 것처럼 오강 팔정을 찾아다닌 시인들이 많았을 것이다. 더 많은 자료가 발굴되면 충남지역에서 오강 팔정이 지니던 의미를 다시 검토해 보고자 한다.

18세기 서사한시의 미학적 특질

-두기 최성대의 작품을 중심으로

황 수 연

1. 들어가는 말 : 서사한시 창작 배경

　본고는 조선 후기 한시의 중요한 특징으로 구비문학과의 교섭[1], 여성 형상[2], 조선 풍속의 재현[3] 등과 함께 거론되는 '서사적 지향'의 특성을 18세기의 대표적인 한시 작가인 杜機 崔成大(1691~1762)의 작품을 중심으로 살펴보고자 한다.

　시인이 시에 시사성을 지향하는 것은 궁극적으로 이야기를 구사하여 정서를 전달하는 데 목적이 있다. 그런데 이야기를 구사한다는 것은 어떤 사람의 사는 문제 즉 생활을 다루기 위해서이고 한

---

1) 진재교, 〈구비전통과 이조후기 한시의 변모〉,《고전문학연구》14, (한국
　　고전문학회, 1995)
2) 이혜순, 〈여성화자 시의 한시 전통〉,《한국한문학연구》창립이십주년특집
　　호, (한국한문학회, 1996)
3) 김명순, 〈조선후기 기속시 연구〉(경북대 박사학위논문, 1996)

개인의 생활이라는 것은 현실에 기반을 둔 것이다. 당연히 사회적이고 현실적 요소를 갖추지 않을 수 없다. 그래서 서사지향성의 문제는 시의 현실 대응과 연관이 되고 결과적으로 사실주의의 실현 문제와 관련이 된다.4)

그런데 최성대의 경우는 특히 민요에 대한 지대한 관심과 수용이 서사성 도입에 큰 원인을 제공한다. 민요는 그 생각과 말씀 (언어구사)에 있어 여실히 그들(민중-필자 주)의 생활과 한덩어리가 되어 있다5)는 말은 민요가 문학이라는 개념보다는 삶의 한 부분으로 영위되어 왔음을 뜻한다. 다시 말해 민요는 그것을 향유한 민중의 삶이었기 때문에 민요를 통해 사람들의 생활과 감정을 가장 잘 파악할 수 있다. 민요를 즐겨 듣고 향유하기도 한 최성대는 민요에서 느낀 감동을 여러 양식으로 적극 형상화하는데6) 서사한시 역시 민요의 이야기 요소를 민요의 구성원리, 시점, 주제, 표현을 살려 한시에 옮겨 놓은 것으로 보인다.

나아가 최성대는 민요의 '내용'을 단순하게 수용하는데 그치지 않고 민요에 담긴 '소리'를 살려 한시의 '소리'를 바꾸고자 했던 사실에 더 주목하여야 한다.7) 사실 한시에서 청각적 표현으로서의 소리의

---

4) 자료 수집과 함께 서사한시에 대한 개념 정의를 처음으로 밝힌 임형택은 현실주의의 발전으로 서사한시가 형성된 것이며, 동시에 서사한시는 현실주의를 풍부하게 한 것으로 간주하고 있다. 임형택, 〈현실주의의 발전과 서사한시〉, 《이조시대 서사시》 (창작과 비평사, 1992), 11쪽.

5) 고정옥, 《조선민요연구》 (수선사, 1947), 498쪽.

6) 졸고, 〈최성대 한시의 민요 수용 양상과 형상화 연구〉, 《동방고전문학연구》, (동방고전문학회, 제1집, 1999.8, 태학사) 참고.

7) 최성대는 산유화 민요에 대한 관심을 시로 자주 읊었다. 산유화는 부여 지방과 선산지방에서 주로 불리던 노래인데 지금까지도 그 감동이 이어지는 등 생명력이 긴 우리나라의 대표적인 민요이다. 최성대는 산유화에 대한 감동을 "남쪽 지역의 산화곡 원망하는 마음이 깊어 처음 듣는 북쪽 나그네 눈물이 소매를 적시네."(〈蘇忽音 雜絶(杜機詩集 拾 4-21)〉 "南曲山花怨思深 初聞北客淚点襟") "남쪽 사람들 하도 불러 끝까지 다 부르는데 북쪽에서 온 나그네 처음 듣자마자 눈물 훔칠 수 밖에 없네."(〈扶胥善謳調極哀怨(杜機詩集 選 3-20)〉 "南人慣唱傳聲遠 北客初聞掩淚多")라고 표현하였다. 이

조건은 철저하게 요구되어 왔다. 그러나 우리 선인들은 소리를 관례적으로 답습하여 기계적으로 적용해 왔으나, 일부의 우수한 작가들은 한자의 音意 일치에 따른 어감을 모국어적으로 체득하여 실제 작시에서 훌륭하게 활용하고 있음을 발견하게 된다.8) 최성대는 내적인 감정의 본질을 소리로 일치시킨 민요의 소리를 작가의 목소리로 자기화한 후 다시 한시에 옮겨 놓음으로써 자신의 목소리를 내고자 하였다. 그의 이러한 노력은 당시 우리의 소리를 제대로 내지 못한 채 중국 것을 답습하고 모의한 시단에 큰 관심과 주목을 받았다. 이를 신유한은 "그 소리와 곡조에 있어서 우리 것으로써 중국을 변화시켰다.9)"라고 하였고, 신경준은 "성당의 색으로 중국의 국풍과 같은 음을 이루었으니 우리 나라에서 이러한 곡조를 이룬 사람은 오직 공(최성대)뿐이다."10)라고 높이 평가하였다.

민요의 수용과 관련이 있는 서사한시에서도 그의 개성적인 목소리를 살필 수 있으니, 구체적인 작품을 분석하여 최성대 서사한시의 주제와 표현 등 미학적 특성을 밝혀보기로 한다.

2. 작품 분석

최성대의 서사성을 갖춘 작품은 그의 대표작 〈山有花女歌〉를 비롯하여 한 노승의 파란만장한 일생을 다룬 〈梨花庵老僧行〉, 의붓어미와 전실자식의 갈등을 서사적 구조로 엮은 〈晩孃篇〉, 방탕한 아

는 그의 산유화 민요의 '소리'에 대한 감동을 말한 것이다. 최성대의 민요 소리에 대한 인식은 그 민요의 소리를 한시에도 그래도 살리려고 하는 노력으로 이어진다.

8) 송준호, 〈우리 漢詩의 理解를 위한 省察과 하나의 試論〉, 《한국한문학 연구》(한국한문학회, 1996)

9) 신유한, 〈杜機詩集序〉 "卽其聲曲用夷變夏"

10) 申景濬, 〈杜機翁詩集叙〉, 《旅庵遺稿》, 권5 장 8-10 "以盛唐之色爲江沱汝漢之音 千載東士能得此調者 惟公一人."

버지에 의해 버림받은 모녀의 이야기가 담긴 〈阿女篇〉, 아전 부인의 생활을 이야기하고 있는 〈京城樂〉, 고려 유민의 한을 안고 살아가는 여인들의 삶을 노래한 〈女鬟笠詞〉, 단형체 악부형식에 여인들의 보편적인 삶을 이야기하고 있는 〈古艶雜曲〉등이 있다. 이 중에서 장편과 단형체, 중편을 각각 한 편씩 살펴봄으로써 최성대 서사한시가 성취한 다양한 수법과 주제 등 그 미적 특질을 살펴보기로 한다.

2.1. 중세 여성의 비극적 삶 : 〈山有花女歌〉[11]

총 110행으로 된 악부시 형식의 이 시는 향랑의 생애와 '산유화곡'을 남기고 자결하는 내용 즉 향랑고사[12]를 배경으로 이루어졌다. 한 '인물'(향랑)이 낙동강물에 빠져 자결하는 '사건'을 이야기하고 있는 대목은 서사적 구조를 갖추며 사실적으로 전개되고 있다.

---

11) 《杜機詩集》 選1-3
12) 1702년(숙종 28년) 개가를 거부하고 자살한 향랑의 이야기는 당시 善山 부사 趙龜祥에 의해 조정에 보고 되었고 이후 여러 작가들에 의해 傳, 小說, 詩 등으로 형상화되었다. 《慶尙道邑誌》 善山 人物條에 나오는 향랑의 이야기는 다음과 같다. "향랑은 양민의 딸로 태어나 어려서 계모의 구박을 받고 자라다가 17세에 林七峰에게 시집을 갔으나 또 남편으로부터 버림받은 몸이 되었다. 친정에 돌아갔으나 계모의 박대가 심하여 삼촌집으로 가자 삼촌이 개가를 시키려 하여 다시 시집에가 시아버지에게 거두어 줄 것을 부탁했다. 그러나 시아버지 역시 받아들여주지 않고 개가를 권하자 향랑은 끝내 따르지 않고 마침내 砥柱碑 아래서 다래와 치마를 풀어 초녀에게 주면서 '이것을 우리 부모에게 전해드려 나의 죽음을 증언해다오.'라고 하고, 전래의 산유화 곡조에 자신의 來歷과 신세를 恨歎하는 가사를 지어 불러 그 소녀에게 가르쳐 준 다음 물 속에 몸을 던져 죽었다." 이후 그녀의 이야기를 소재로 한 작품들도 부분적인 차이-거주지, 남편의 성 등 -를 제외하고 앞의 내용과 크게 다르지 않다. 그러나 최성대 〈산유화녀가〉의 향랑은 부모님 사랑을 받으며 행복한 유년시절을 보내며, 삼촌의 개가 권유를 거절한 뒤 다시 시집에 가서 남편과 시아버지에게 거두어 줄 것을 호소하다 거절되는 과정이 생략되는 등 내용에서 약간의 차이를 보이고 있다.

이 시는 작가가 향랑의 노래 즉 '산유화가'를 부르는 여자 아이들의
입을 빌어 작품을 전개하고 있으나 간혹 향랑과 소녀들의 시점이
혼합된 다중적 시점의 모습을 띄고 있다. 그러나 도입부에서 산유
화가가 불려지는 상황에 대한 간단한 언급과 결말 부분 작가의 심
회를 기록하고 있는 대목을 제외하고 작가는 이야기 전개 과정에서
모습을 드러내지 않고 있다. 이는 철저하게 객관적인 묘사에 접근
하려는 의도로 보인다. 작품의 단락을 나누어 살펴보면 다음과 같
다.

砥柱採薪女	지주비의 나무하는 저 처녀들
哀歌山有花	서럽게 산유화 노래 부르네.
不識女娘面	향랑의 얼굴은 알지도 못하지만
猶唱女娘歌	오히려 향랑의 노래 부르네.
儂是落同女	"우리들은 모두같이 낙동처년데
落同是娘家	낙동엔 향랑 색시 집이 있어요.
娘有羣姉妹	향랑에겐 여러 자매 있었지만
父母最娘憐	부모님은 향랑 제일 예뻐하셨죠.
少小養深屋	어려서는 깊은 방서 기르시고
不敎出門前	문 밖에 못나가게 가르치셨죠.
八歲照明鏡	여덟살에 거울에 비추어보니
雙眉柳葉綠	두 눈썹은 버들잎처럼 푸르렀고
十歲摘春桑	열 살에 푸른 뽕나무 따고
十五已能織	열 다섯에 이미 베를 짰죠.
父母每誇道	부모님 늘상 자랑하시길.
阿女顏色好	"우리 딸 예쁘기도 하지."
願嫁賢大婿	착한 사위에게 시집 보내
同閈見偕老	한 동네서 같이 살기 원했었죠.
常恐別親去	친정과 떨어지는 걱정만했지
不解婦人苦	아내되는 고통 알지 못했죠.
十七着繡裳	열일곱에 수놓은 치마 입고
蟬鬢加意掃	비단 머리 신경써서 빗어 넘기니
有媒來報喜	중매자 와서 기쁜 소식 알리길

善男顔花似	"꽃같이 잘생긴 신랑이
袴上繡裲襠	바지 위엔 수놓은 배자를 입고
足下絲文履	발엔 실로 수놓은 신발을 신고서
自言不惜財	재물 아끼지 않으며
但願女賢美	다만 어질고 예쁜 색시 원한데요.
牛羊滿谷口	소와 양 골짜기에 가득하고
綾錦光篋裏	비단은 상자에서 빛을낸데요.
阿父喚母語	아버지는 어머니께 말씀하시길
涓吉要嫁女	"택일해 우리딸 시집보냅시다."

　도입부는 나무하는 소녀들이 산유화를 부르는 상황에 대한 작가의 묘사로 시작한다. 그러나 구체적인 향랑의 이야기는 나무하는 소녀들의 진술에 의해 이루어지고 있다. 이야기는 향랑의 어린 시절부터 시작한다. 향랑은 여러 자매가 있었지만 부모님께 가장 많은 사랑을 받으며 예의범절과 가사를 병행한 가정교육을 받아 현숙한 여성으로 성장하였다. 작가는 향랑의 성장과정을 나이별로 서술하고 있는데 이는 민요의 표현 방법과 유사한 면을 보인다. 〈꼬댁각씨〉13)라는 민요를 살펴보면 " 한살먹어 어멈죽고 두살먹어 아범죽어 세살먹어 걸음배야 네살먹어 말을 배고 다섯살먹어 삼촌네 집이 찾어거니"라고 하여 나이별로 주인공의 삶을 서술하고 있는 모습이 보인다. 그러나 민요에서는 비유적 표현없이 간략하게 서술하고 있는 반면, 〈산유화녀가〉에서는 비유와 사실적 진술이 혼합하여 다채로운 표현을 보여주고 있어 차이가 있다.

　이처럼 부모의 사랑 아래서 행복한 유년 시절을 보낸 것으로 그려지는 것은 일반적으로 알려진 향랑의 어린 시절과는 다른 모습이다.14) 최성대에 의해 변화를 맞은 향랑의 행복한 어린 시절은 결혼 후 벌어지는 향랑의 신산한 삶과 대비되어 그녀의 삶이 상승과 하강의 굴곡을 겪게 되는 것으로 그려진다. 평탄하고 부족한 것이 없

---

13) 임동권, 《한국민요집》 (집문당, 1992), 33쪽.
14) 주 12 참고

는 삶을 영위한 사람이 예기치 않은 고난과 맞설 때 그에 대한 좌절과 불행감은 어려움과 고통을 겪으며 그 고난에 익숙한 사람보다 더욱 크고 극복하기 어려운 것으로 인식되기 마련이다. 향랑이 문 밖 출입도 삼가며 베 짜는 것을 배우고 아름다운 여성으로 자라나 무엇 하나 부족한 것 없이 자랐다는 사실은 그녀의 불행이 전혀 예기치 않던 바이며, 향랑의 부모를 비롯해 향랑 자신도 앞으로 펼쳐질 새로운 세계 즉 결혼 생활에 대해 역시 이전의 삶과 크게 다르지 않으리라고 기대하였음을 암시한다. 다시말해 향랑의 다복한 어린 시절과 결혼 생활에 부족함 없도록 이루어진 가정교육에 대한 언급은 후반에 향랑이 맞게 되는 고난과 그로 인한 좌절과 실망, 슬픔을 배가시키려는 의도적 변개로 해석할 수 있다. 그 결과 부모 밑에서 평탄하게 자란 여성의 삶과 인생이 한 남자(남편)에 의해 좌지우지되는 중세 여성의 처지가 잘 드러났으며, 일반적인 서사민요의 구성원리인 기대와 좌절의 반복구조15)로 인한 긴장적 서사화의 효과를 내고 있다.

향랑은 결혼할 나이-17세-가 되자 중매로 결혼을 한다. 중매자가 와서 보고하는 신랑은 "착하고 꽃같이 잘생겼으며, 바지 위엔 수놓은 배자를 입고 발엔 실로 수놓은 신발을 신고 있다오. 재물을 아끼지 않으며 다만 어질고 아름다운 여자 원한다고 합디다. 소와 양 골짜기에 가득하고 비단은 상자에 빛나고 있는" 비교적 부유한 집안의 평범한 남자다. 중매자의 정보가 주로 조건에 많은 중점을 두는 것처럼 경제적 측면에서 신랑에 대한 신상이 이야기되고 있으나 '어질고 예쁜 여자'를 원하는 것으로 보아서 특별히 인격에 문제가 있는 것으로 보이지는 않는다. 그러나 작가는 이어 "친정과 떨어져 사는 것만 걱정했지 남의 아내되는 고통 알지 못했네."라고 하여 향랑의 결혼생활이 순탄치 않을 것이라는 복선을 깔고 있다.

---

15) 조동일은 서사민요는 기대→좌절→기대→완전한 좌절→역설적 해결로 기대와 좌절의 반복구조로 이루어졌다고 보았다. 조동일, 《서사민요 연구》 (계명대학교출판부, 1970) 77~78쪽.

이 단락은 향랑의 노래를 부르는 처녀들을 묘사한 부분과 나무하는 처녀들에 의해 향랑의 어린시절이 이야기되는 부분으로 나뉜다. 산유화가를 부르는 처녀들을 묘사한 부분은 작가의 목소리가 담겨져 있으며, 향랑의 어린시절 이야기 부분은 처녀들의 목소리로 서술된다.

작가는 향랑의 노래를 부르는 처녀들을 객관적으로 묘사하고 있지만 이미 향랑의 불행한 삶을 알고 있는 작가는 그 노래를 '서러운 노래'로 수용하면서 슬픈 감정이 실린 소리로 읊고 있다. 반면에 향랑의 유복한 어린시절을 이야기하는 처녀들은 부모님, 중매자의 목소리를 빌어 대화체로 표현하며 현장감과 생동감을 살리는 등 시종 경쾌하고 빠른 소리로 읊고 있다. 대화체 수용은 행위가 일어나는 순간 인상적 단면을 포착하는 현장 중심적 태도가 명시적으로 드러난 것이다. 그리하여 상황의 구체성이 훼손되지 않은 채 수용자에게 생생하게 전달된다.

金鐙雙袂裙	금등에 한쌍 겹치마 얹고
裝送上駿馬	준마를 치장하여 보내오니
隣里賀爺孃	마을 사람 부모님께 축하하면서
阿女得好嫁	"딸이 시집을 잘가는군요."
山花揷鬢髻	산꽃은 쪽진 머리에 꽂고
野葉雜釵鐶	들꽃은 비녀에 섞어 꽂았죠.
升堂捧雙盃	시집 마루 올라 술 두잔 드리고
受拜翁姥歡	절하니 시부모님 기뻐하셨죠.
曉起花滿天	새벽에 일어나면 꽃들이 하늘 가득
夜宿花滿床	밤에 잘때는 침상에 가득.
茸茸手中線	손엔 항상 실을 들고
爲君裁衣裳	남편의 옷을 지었지요.
羞學蕩女兒	탕녀 흉내내 고운 자태 마을에
發豔照里閭	떨친달까 부끄러워서
人言冶遊樂	남들은 놀기 좋은 때라 말하나
儂織在家居	저는 집에서 베만 짰지요.

東門有旨鷊　　동문엔 고운 오색 풀
北壿有綠蕨　　북쪽 터엔 푸른 고사리 있었죠.
三年靜琴瑟　　3년동안 금슬좋았고
事主未曾失　　남편 섬기는일 일찍이 실수한 적 없었는데
豈意分明別　　어찌 분명히 헤어져
恩情中途絶　　은정이 중도에서 끊길 것 생각했나요.
織罷故嫌遲　　베짜고 나면 짐짓 느리다 꾸짖고
粧成不言好　　화장해도 예쁘단 말 한마디 없더니만
惡婦難久留　　"미운 아내 오래 머물러 있게 하기 어려우니
語妾歸去早　　빨리 나가라"하더군요.
含悲卷帷幔　　서러움 머금고 휘장거두며
痛哭出畿道　　통곡하며 큰 길에 나오니
春山異前色　　봄 찾아든 산 이전의 봄빛 아니고
淚葉蕪蘼草　　눈물 속에 보이는 잎은 무성한 향초뿐.

결혼식을 올리는 장면과 행복한 신혼 생활, 남편의 변심 등 이야기의 클라이막스에 해당하는 이 부분은 내용뿐 아니라 형식면에서도 중요한 특징이 발견된다.

신랑집에서 폐백을 보내오자 그것을 보고 시집 잘 간다고 덕담을 하는 마을사람들의 모습과 잔뜩 성장한 신부가 시집에 가서 시부모님께 절을 하는 결혼식 장면에 대한 사실적 묘사는 마치 한폭의 풍속화를 대하는 듯하다. 행복한 신혼 생활의 묘사는 은유적 수법을 활용하였다. "새벽에 일어나면 꽃들이 하늘에 가득하고 밤에 잘 때는 침상에 가득하였다"는 표현은 대담함과 아울러 반복어를 통한(花滿) 리듬감을 조성하여 생동감을 주고 있다. 그러나 향랑이 아녀자로서 행했던 규범에 대한 언급에서는 직접적 언술이 주를 이룬다. 이전까지의 이미지를 살린 은유적 묘사와 주관적 서술에 의한 서정적 진술이 객관적 서술에 의해 차단 당하며 이어 이야기의 빈진을 가져온다. "어찌 분명히 헤어져 은정이 중간에서 끊기리라 생각이나 했었겠나요" 라는 직접적 언술은 앞으로의 불행을 예견케 한다. 그러나 향랑의 남편이 변심을 하게 된 이유에 대한 구체적인 언급은

없고 다만 베짜고 나면 느리다고 꾸짖고 화장해도 예쁘단 말 한마디 없이 마침내 惡婦라고 하며 친정으로 쫓아내는 과정만 이야기된다. 하는 수 없이 통곡하며 집을 나서는 향랑의 모습은 또다시 "봄 찾아든 산 이전의 봄빛 아니고 눈물속에 보이는 잎은 무성한 향초뿐"이라고 하여 서정적 묘사로 처리되었다.

위에서 작품의 서정과 서사가 결합된 양상을 구체적으로 살펴본 것처럼 은유적·서정적 묘사가 주를 이루는 주관적 서술과 직접적 언술에 의한 객관적 서술을 적절하게 배합하여 작품의 긴장과 이완을 도모하고 있다. 즉 시간의 흐름에 따라 전개되는 서사적 기본 맥락을 유지하되, 세부묘사에 있어 내용에 따라 서정적 표현과 서사적 표현의 안배에 균형과 조화를 이루고 있다. 이는 아니리와 창의 반복으로 이루어진 판소리의 미학적 원리와 유사한 면을 보인다. 판소리의 아니리는 미묘하고 섬세한 감정의 묘사와 표출은 하지 않으며 요약적 '서술'을 주로 하는 반면, 창은 다양한 감정을 다채롭게 표현한다. 〈산유화녀가〉 역시 이러한 구성상의 특징을 갖고 있는데 이는 달리말해 이 작품이 '이야기하는' 부분과 '노래 부르는' 부분으로 번갈아가며 작품을 형성하고 있다고 말할 수 있다. 이러한 반복적 변화는 언술된 표현의 차이뿐 아니라 각 부분에서의 작가의 목소리 즉 어조의 차이를 통해서도 감지할 수 있는 바, 노래하는 부분에서는 각각의 정조를 살리는 목청을 내고 있으며, 이야기하는 부분에서는 다시 냉정한 자세로 읊조리는 목소리를 가지고 있다. 구체적으로 예를 들어 말하자면 신혼 생활을 묘사한 부분에서의 어조는 밝고 흥겨우며 빠른 어조로 진행되고, 남편의 변심으로 소박당하는 부분에서는 남편에 대한 강한 원망과 비판이 주조를 이루며 힘없고 느리며 구성진 목소리로 불리어지고 있는 것이다. 특히 "봄 찾아든 산 이전 봄빛 아니고 눈물 속 보이는 잎 무성한 향초뿐"이라고 표현된 구절은 예전과 달라진 삶을 맞게 된 향랑이 悲哀의 감정을 경물에 투영하여 한탄스런 목소리로 노래하고 있음을 감지할 수 있다.

이 단락은 나무하는 처녀들과 향랑의 시점이 혼합된 양상을 보인다. 이전까지 처녀들에 의해 전개된 이야기가 어디에서 부터인지 확실치는 않지만 "전 집에서 베만 짰지요."라는 부분에서는 확실하게 향랑의 시점에서 이야기되고 있음을 볼 수 있으며 전 단락에서와 마찬가지로 마을사람들의 덕담, 남편의 이야기 등을 대화체를 이용해 생생하게 전달하고 있다.

願將奉君意	장차 남편 뜻 받들어
爲君暫鞫于	친정 잠시 가 있으려 했는데
傳聞上荊村	전해 들으니 형촌엔
有婦已從夫	이미 남편 따르는 여인 있다니
驅車畏日暮	수레몰아 가자하니 해질까 두려워
反袂猶回顧	소매걷고 머리돌려 돌아다 볼 뿐
去歲阿母死	작년에 친정어머니 돌아가시고
高堂有晚孃	고당엔 의붓어미 계셔서
纂纂棗下實	대추나무 열매 많이 열렸으나
女飢不得嘗	향랑은 배고파도 맛도 못보니
阿叔語香娘	삼촌 향랑에게 말씀하시길,
阿女勿悲啼	"애야. 울지 말거라.
濛濛黃臺葛	몽몽한 황대의 칡은
亦蔓黃臺西	황대 서쪽으로 뻗어가기도 한단다."
香娘語阿叔	향랑이 삼촌에게 말했죠.
妾身不可辱	"제 몸을 욕되게 할 순 없어요.
靑靑水中蘭	푸르디 푸른 물 속 난초는
葉死心猶馥	잎은 져도 술기 여전히 향기롭지요.
天地高且廣	천지는 높고도 넓긴만
道儂那所適	나는 어디로 가야하나.
介彼藥娘正	저 단정한 약랑의
逝將依古側	옛 기르침을 따르리라."
潛行到陂口	몰래 둑입구에 가니
落同江水碧	낙동강의 물 푸르네.
祁祁衆女兒	여러 계집아이들

薄言同我卽   함께 가자고 하네.
高山有 　花   높은 산엔 냉이 자라니
採彼將安息   저것들 캐고 난들 어디에서 쉴 수 있을까
息遂傳哀怨   이윽고 서럽고 슬픈 노래 전해주니
云是山花曲   이것이 산화곡이네.
哀歌唱未終   슬픈 노래 끝나기도 전에
古淵波浪深   깊은 연못 출렁이는 물결에 몸을 던졌네.
靈隨白霓旗   영혼은 무지개같이 아름다운 흰 기를 따르고
魂掩靑芝襟   푸른 마름 옷깃으로 가렸네.
無使水見底   물이 바닥을 보이게 하지 말아야지.
恐畏懷沙沈   모래를 머금을까 걱정스럽게.
鄕里聞之泣   마을 사람들 이 소식 듣고 눈물흘리며
歌竟皆悽惻   노래 마치자 모두 슬퍼하네.
明月照遺珮   밝은 달만 두고간 옥패 비추고
翠鈿埋金餙   비취비녀에는 금물이 다 없어졌네.
年年女娘堤   해마다 향랑이 걷던 언덕에는
山花春自落   메꽃이 봄마다 진다네.
野棠學寶靨   찔레꽃은 아름다운 보조개를 흉내내며
堤草留裙色   방죽의 풀에는 향랑 입던 치마 빛만 남아있네.
千秋湖嶺間   천년두고 영호남의 사이를
江水自東流   강물은 동쪽으로 흐르는데
金烏山下路   금오산 아래 길에는
至今猶回頭   사람들 지금도 고개를 돌리네.

　다음은 이야기의 결말에 해당한다. 남편을 피해 잠시 친정에 가
있다가 오려고 했는데 그사이 남편은 다른 여자를 아내로 맞이했다
는 소식을 전해 듣는다. 할 수 없이 다시 친정으로 돌아가지만 친
정도 향랑이 안주할 만한 여건을 갖추고 있지 못하다. 이미 친정어
머니는 돌아가시고 계모가 있는데 눈치가 보여 비록 먹을 것이 많
아도 향랑은 허기를 면치 못한다. 친정어머니의 부재는 단지 물리
적 배고픔을 의미하는 것이 아니라 향랑의 처지를 공감하고 감싸
안아줄 모성의 부재로 인한 정신적 배고픔의 의미가 강하다. 나아

가 조선 시대에 출가외인이라는 미명아래 시집과 친정 양쪽에서 소외된 기혼 여성의 현실적 처지를 엿볼 수 있다. 이처럼 어느 곳에도 안주할 수 없는 향랑의 처지를 헤아린 삼촌은 그녀에게 개가를 권유한다.

삼촌의 개가 권유와 향랑이 거부하는 대화의 내용은 수사적 표현을 활용하여 비유적으로 묘사하였다. "몽몽한 황대의 칡은 황대 서쪽으로 뻗어가기도 한단다."라는 삼촌의 말에 향랑은 "제 몸을 욕되게 할 수 없어요. 푸르디 푸른 수중의 난초는 잎이 져도 줄기는 여전히 향기롭답니다."라고 대꾸한다. 개가를 권유하는 삼촌과 향랑이 거절하는 의사를 밝히는 이 부분은 작품의 갈등을 야기시키는 대목인데 우회적인 수법으로 그림으로써 대립의 양상은 미약하게 처리하였다. 그 대신 향랑의 속마음을 전달하는데 시인의 의도가 있는 듯 하다. 개가를 거부한 향랑은 마침내 자신의 삶을 마감하기로 결심하고 나무하는 소녀들에게 자신의 서럽고 원망스러운 삶에 대한 감정을 산유화곡조에 얹어 불러 남기고 낙동강 물에 몸을 던진다. 향랑이 부른 산유화 노래 "천지는 높고도 넓건만 나는 어디로 가야 하나"에는 이 넓은 세상에 어느 한 군데 자신을 받아 줄 곳 없는 향랑의 한스러운 처지가 잘 집약되어 있다. 여기서 落同의 표기가 흥미롭다. 향랑이 몸을 던진 곳의 의미를 살리기 위해 의도적으로 洛東을 落同으로 바꾸는 등 시어 선택에 그만의 세심함이 엿보인다.

여기까지가 향랑의 이야기이다. 여타 향랑고사를 소재로 한 다른 작가들의 작품16)들과 비교해볼 때 최성대는 다른 작가들처럼 유교적 교훈을 제시하여 향랑의 죽음을 烈의 성취로 이용하는 모슘을 보이고 있지 않다. 그대신 최성대는 향랑이 아무런 잘못도 없이 남편에게 버림받고 어느 한 곳 자신을 받아줄 곳 없는 상태에서 죽음 외에 선택의 여지가 없는 상황에 대한 사실직 묘사를 통해 그의 비극적 운명을 리얼하게 그려낼 뿐이다. 이는 향랑의 죽음을 슬퍼하

---

16) 박옥빈, 〈향랑고사의 문학적 연변〉(성대 석사학위논문, 1982)에서 상세히 다루고 있다.

는 당시 민중들의 감정과 같다. 향랑의 죽음을 전해들은 마을사람들이 눈물 흘리며 슬퍼한 것은 향랑의 불행과 비극에 대한 연민과 동정 이상도 이하도 아니었다. 그들에게 향랑의 죽음이 烈의 성취로 미화될 근거는 매우 희박했다. 최성대 역시 형식과 수사 등 표현 기법에 있어 사실적으로 접근하며 〈산유화녀가〉에서 다루고자 했던 문제는 바로 불행한 삶을 살다간 한 여자 향랑의 '비극적 일생'17)이었다. 이는 향랑이란 여인에 대한 깊은 애정과 연민에서 나온 것이라 여겨진다. 그러한 연민은 작가에게만 그치는 것이 아니라 향랑의 비극적 운명에 공감하는 모든 사람과 공유된 감정이었다. 그래서 작가는 "천년두고 영호남의 사이를 강물은 동쪽으로 흐르는데 금오산 아래 길에는 지금도 사람들 고개를 돌리네."라고 끝을 맺어 누구나 공감하는 보편적이고 영원히 기억할 감정으로 승화시켰다. 작가의 목청을 실은 이 구절 역시 최성대가 젊은 여성의 비극적 삶이 두고두고 사람들의 연민과 동정을 불러일으킬 것이라는 사실을 무거운 어조로 이야기하고 있다.

바로 전 단락에서 나무하는 처녀들과 향랑의 시점이 혼합된 양상을 보였는데 이 단락에서는 '女', '香娘'등으로 표기되어 전반적으로 처녀들의 시점에서 이야기되어 지고 있음을 볼 수 있다.

향랑은 중세적 이데올로기에 순종한다는 미명 아래 젊은 나이에 죽음을 택할 수 밖에 없었던 불행한 여자의 전형이다. 향랑은 삼촌의 말대로 개가가 가능한 양민의 여자였다. 그러나 그녀에게는 불경이부의 사고가 철저하였고 그것을 古則으로 여겨 죽음을 택한다.

---

17) 박혜숙은 이 작품을 이광정의 〈향랑요〉와 비교 고찰하며 최성대의 〈산유화녀가〉는 '버림받은 여성의 비극'이라는 각도에서 형상화하였다고 하였고, (〈남성의 시각과 여성의 현실〉 《민족문학사연구》 제9호, 1996년 상반기) 이혜순은 〈산유화녀가〉를 정약용의 〈도강고가부사〉와 비교하여 다루며 두 작품의 주인공은 적의에 찬 타자들에 의해 집을 떠나고 때로 생명까지 끊어야 했던 인물로, 소외된 인간이 당해야 하는 황폐된 삶과 세계의 비극성을 보다 강렬하게 보여준다고 하여 역시 '소외된 인간이 겪는 비극'으로 보았다. (〈여성화자 시의 한시 전통〉, 《한국한문학연구》, 한국한문학회 창립이십주년 특집호, 1996)

조선 후기 상층여성을 대상으로 시행된 여성 윤리관이 점차 전계층의 여성 모두에게 영향을 주는 일반적 규범으로 확산되었기 때문으로 보인다. 그러나 다음과 같은 해석 또한 가능하다. 그녀의 첫번째 결혼이 그녀의 의사와 상관없이 정해진 것과 마찬가지로 개가 역시 그녀 마음대로 선택할 수 있는 성질의 것이 아니었다. 삼촌의 개가 권유는 향랑의 처지를 헤아리고 개선책으로 제시된 것이라기 보다는 향랑을 대신 떠맡아야하는 책임을 회피하기 위한 처사로 보인다. 향랑에게 재혼은 아무런 도움도 받지 못할 뿐 더러 주체적으로 살아갈 수 있는 여건이 조성되지 않은 현실을 도피하기 위한 한 방법에 불과한 것이다. 주체적으로 살 수 없다는 것의 의미는 '인식'과 '행동'의 주체로 살 수 없음을 뜻한다. 다시말해 향랑은 자신이 처한 상황과 삶의 조건 속에서 인식과 행위의 주관자가 될 수 없었던 것이다. 따라서 또 다른 남자를 만나 그녀의 삶을 위탁하는 길을 포기한 그녀가 할 수 있는 일은 죽음 외에 아무 것도 없었다. 자신을 온전하게 지키면서 온당하게 자기표현을 할 수 있는 길이 있다면 그 누구라도 그렇게 극단적 방식을 구태여 선택하지 않을 것이다. 그런 면에서 향랑의 자살은 그녀에게 가해진 온갖 비인간적 측면에 대한 가장 강력한 반발이었던 것이며 시집과 친정에게 철저하게 소외된 한 나약한 여인의 반항 행위라고 할 수 있다.

향랑의 행위에서 유교적 이념을 내세워 그녀를 열녀로 부각시킨 다른 문인들과 달리, 최성대는 그 이면에 주체적인 인간으로서의 삶이 좌절될 수 밖에 없는 개인의 비극적 운명을 먼저 인식했다. 최성대는 남편에 대한 절대적 기대와 절대적 절망감의 급박한 반전으로 인한 상황에서 택할 수 밖에 없었던 대응의 태도는 오직 죽음밖에 없는 중세 조선 여성의 현실을 효과적으로 전달하고 있다.

〈산유화녀가〉는 향랑이 처한 상황과 삶의 조건 속에서 여성의 내면 심리와 행동의 당위성이 정직하게 밝혀지고 구현되었다는 점에서 진실된 가치를 구현한 작품으로 평가된다. 산유화녀가는 1702년 선산에서 실제 일어났던 사건을 배경으로 한 향랑의 고사와 이

전부터 전해져 내려온 산유화라는 곡조에 향랑이 얹어 불렀다는 산
유화가를 배경으로 최성대에 의해 재구성된 장편 서사시다. 따라서
최성대가 작품에 산유화가 민요를 수용한 측면에 대해 생각해 볼
수 있다. 산유화가는 조선 후기의 대표적 민요의 하나로 그에 대한
감동은 여러 문인들에 의해 전해진다.[18] 그러나 최성대 만큼 향랑
의 정체성을 인정하고 그것에 의거하여 작품을 형상화한 작가는 찾
아보기 힘들다. 리히덴슈타인에 따르면 "사회는 개개인의 안정된 정
체성에 기반을 둔다"고 한다. 그래서 "정체성의 상실은 인간의 위기
이고 그것의 보존은 인간의 필수 요건이다."[19]라고 하였다. 최성대
가 민요의 내용과 정서를 수용하는 이면에는 민요 향유 계층의 삶
과 그들이 생활에서 겪는 정서에 대해 인정하고 받아들이려는 따스
한 시선이 스며있다. 바로 작가의 연민과 애정이 향랑의 처지를 바
로 인식하고 사실적으로 재현하게 했으며 그 결과 사실적이고 진실
한 감동을 줄 수 있었던 것이다.

　향랑의 이야기는 작가가 생존했던 당시 선산에서 실제 발생한 사
건으로 그에 관한 이야기는 민요와 더불어 급속도로 조선 전 지역
에 전파되었던 것으로 보인다.[20] 누구보다 민요에 관심이 많았던
최성대 역시 향랑의 산유화가에 깊은 관심을 가졌음은 어렵지 않게
추측할 수 있다. 향랑의 이야기가 실린 경상도 읍지의 "향랑이 자신
의 내력과 신세 한탄을 담은 가사를 지어 불렀다"[21]라고 한 사실의
기록을 볼 때 도입부와 결말부의 작가의 시점으로 이야기되는 부분

---

18) 산유화 민요에 대한 감동을 읊은 시는 다음과 같다.
　　李友信〈山有花曲〉金谷樓前春草綠 九陵臺下夕烟斜 多少洛東江畔女 至今
　　猶唱山有花 《睡山遺稿》, 李師命〈山有花歌吟〉江南五月草如烟 遊女行歌
　　滿水田 終古遺 民悲舊主 至今哀歌似當年, 李學逵〈山有花歌〉初聲辭心緒
　　切切爲私語 中聲稍徘徊 掩抑自如許 중략 到今失其辭 有聲如嗚泣 女心有善
　　懷 懷之長悒悒《洛下生全書》341～342.
19) 김열규 외 공역, 〈여성의 정체성과 여성의 글〉, 223쪽,《페미니즘과 문
　　학》, (문예출판사, 1995)
20) 이에 대해서는 박옥빈의 앞의 논문을 참조 바람.
21) 주12 참고.

을 제외한 최성대의 〈산유화녀가〉 전편이 향랑이 부른 민요에 기반한다고 볼 수 있다.22) 다시말해 당시에 구비로 전승된 향랑의 서사민요 산유화가를 작가가 한시로 재생해 놓은 것이 바로 〈산유화녀가〉인 것이다. 따라서 구비된 민요 산유화를 한시로 바꾸는 과정에 구비물의 형상화 방식과 선율, 가락 등이 본모습 그대로는 아니라 하더라도 상당부분 한시에 구현되고 있음을 생각할 수 있다. 특히 작품의 전체적 구성 방식이 구비 문학의 구성원리를 대폭 수용하였음이 작품을 통해 드러나는 바 이러한 원리를 필자는 이야기하기와 노래부르기의 구성원리라 명명하였다.

〈산유화녀가〉는 최성대의 대표적 작품이다. 최성대의 지기 신유한은 작품에 대해 구체적인 평가를 담은 내용과 함께 자신도 〈산유화곡〉을 지었다. "옥이 갈라지듯 소리 소리마다 오묘하며, 금으로 새긴 듯 글자마다 공교롭다"23) 는 평은 〈산유화녀가〉가 마치 한 곡의 음악처럼 유연한 가락과 선율을 잘 살려내고 있음을 말한 것이고, "고상하고 유려하며 원망하되 성내지 않아 찬란하게 아름답다"24)라는 평은 서정적 시어와 언어 배열의 치밀함 등에서 형성된 미학적 특징에 대한 언급으로 해석할 수 있다. 그것은 구체적으로 최성대가 산유화녀가에서 구현해내는 소리의 아름다움과 다채로움에 대한 평가로 보인다. 그리고 "그 사건의 전개가 매우 자세하다."라는 평은 사실적이고 튼튼한 서사적 구조에 대한 언급으로 볼 수 있는데 특히 서정과 서사의 적절한 안배로 이야기하기와 노래부르기의 반복적 효과를 잘 살린 측면에 대한 비평적 견해로 보인다. 신유한의 평은 〈산유화녀가〉의 서정과 서사의 결합으로 인한 미학적 특질에 대한 정확한 평가라 여겨진다. 특히 〈산유화녀가〉의 음

---

22) 물론 여러 향유층을 거쳐 전승된 산유화가를 작가가 접한 것이지만 향랑의 산유화가에 그 근본을 두고 있는 것이다.

23) 신유한, 〈春夜海上,吟崔士集山有化歌 感別多懷 因得六十韻〉《청천집》 권1 장39. '玉裂聲聲妙 金雕字字工'

24) 〈산유화곡〉 서에 '其後漢京崔君士集記其事精甚 爲作山有花女歌 宛轉麗都 怨而不努 陽陽乎美矣 '

악적 특징 즉 소리의 구현을 통한 음악성에 대한 언급은 〈산유화녀가〉가 우리의 고유한 가락과 소리를 잘 살린 작품이라는 것을 의미하며, 〈산유화녀가〉가 구비문학의 가창성 즉 가창의 원리를 잘 살려내고 있다는 것을 지적한 발언이다. 그런 점에서 〈산유화녀가〉가 최성대의 대표적 작품으로 꼽히는 이유가 '소리'의 구현에 있다는 점을 시사해주어 매우 주목된다.

이러한 사실에 착안하여 산유화녀가의 형식적 측면에 대해 간단하게 살펴보기로 한다. 〈산유화녀가〉는 구비문학의 가창성과 구성원리를 수용한 면을 밝혀볼 수 있다. 먼저 시어의 구사와 배치 방식이 민요와 유사한 점을 들 수 있는데 평이하고 사실적이며 구어체식 전개는 곳곳에서 발견되는 중요한 표현적 특징이다. 리듬감을 살리기 위한 반복적 표현이나 나이별로 성장과정의 내용을 서술하는 대목, 현장감을 살리기 위한 대화체의 활용 등은 서사민요에서 흔히 접할 수 있는 표현 방법이다. 전체의 구성원리와 세부적 표현 방법에서 민요와 유사한 면, 그러나 무엇보다도 이처럼 민요의 구성원리와 표현 수법을 수용하여 한시로 재창작하면서 본래 민요가 가지고 있는 노래 가락의 멋을 십분 살려내고 있다는 점을 지적하지 않을 수 없다.

2.2. 조선여성의 삶과 사랑 : 〈古艶雜曲 十三篇〉25)

연작시 형태의 이 시는 각 편들이 표면적으로 독립한 듯 보이지만 하나의 주제를 이루고 있다. 연인과의 애정과 가정내의 갈등, 미래에 대한 불안, 결혼, 남성의 횡포에 대한 원망 등에 관련된 이야기가 각 시들의 주제이다. 그러나 각 편들이 시간적 흐름을 근간으로 배열되어 있으며 사건과 공간의 계기성도 갖고 있으며 "조선시대 여성의 삶과 사랑"이라는 단일한 주제로 결속되며 서사성을 갖는

---

25) 《두기시집》選 2~12

다.26) 즉 "조선 여성의 삶과 사랑"이라는 주제를 실현하는 방식에 있어 각 편들은 다양한 삶의 모습과 정서를 별개로 시화하고 이것들이 모여서 하나의 주제를 구성하고 있다. 연작시의 의도적 구사27)는 최성대 시세계의 중요한 특징 중의 하나인데 서사성을 지향하는 연작시라는 점이 〈고염잡곡〉의 특성으로 지적될 수 있다.

歡爲樸楸林	서방님은 박속숲이 되어 주세요.
儂作忍冬花	저는 인동꽃이 될테니까요.
花花自糾結	꽃과 꽃은 저절로 엉클어지고
葉葉自偎斜	잎과 잎은 절로 얼려 걸릴거예요.

銅釵與窄袖	구리비녀 그와 함께 좁은 소매 옷
儂是村婆娘	저는 바로 시골 구석 아가씨라서
江南買金鈿	강남서 사셨다는 금비녀지만
不用時世粧	유행위해 치장할 필요없어요.

少小被娘憐	어려서 어머니의 사랑 받았는데
嫁儂浿城客	패성손에 나를 시집 보낸댔어요.
不喜浿城遠	패성이 먼것은 안 좋지만
但愛江水綠	패강물 푸른 것은 사랑했어요.

---

26) 강혜선은 〈최성대의 고염잡곡 13편 연구〉, 《한국한시연구》 2, (한국한시학회, 1994), 85면에서 "이 작품은 서정시이면서 그 서사적 사연이 간히게 노출되어 있어, 독자가 놀래 시인의 독백을 엿듣는 식이 아니라 마치 시인이 독자에게 들려 주는 식이 되고 있다."라고 하여 이 시의 서사성에 대해 언급하고 있다. 그러나 이 작품이 동일인을 중심으로 순차적, 인과적 계기성을 갖고 서사적 전개를 이루고 있는 것으로 파악하지는 않았다.

27) 최성대의 연작시는 〈新聲豔曲十篇〉選2-13, 〈梧塘雜感〉選9-58, 〈村田雜詠〉選 9-58, 〈秋村雜詠〉選9-60, 〈田家春詞〉선9-62, 〈家圓雜詩十絶〉 속 3-15 〈儒州雜詞〉補下2-5, 〈追補儒州雜曲〉補下3-11, 〈鄕村雜絶〉補下 4-25, 〈浿樓譃詞三〉2-11, 儒州雜詞〉拾2-12, 〈梅花雜絶〉拾3-16, 〈蘇忽音雜絶〉拾4-21 등이 있다.

鴉鬟兩金釵　　새까만 쪽머리에 두 금비치개
桃袖雙綵履　　분홍 소매 옷에다 한쌍 비단신 신고
隨君拾草去　　서방님과 풀따러 가고 싶지만
暫恐娘母冒　　잠시나마 어머니 꾸중이 걱정되어요.

晚孃愛豆娘　　의붓엄마는 제 딸만 예뻐하고
大姉好孤恓　　큰 언니는 홀로 있기 좋아하지요.
爺聽晚孃言　　아버지는 의붓엄마 말만 들으니
女悲那敢題　　딸의 슬픔 어찌 감히 이야기나 하겠어요?

天上白花開　　하늘에서는 흰 꽃이 다 피었는데
狗耳尋幽虱　　구이초에서 숨은 이를 찾았지요.
歡性大聰明　　그대 천성 대단히 총명한 것은
是儂智慧術　　바로 저의 지혜때문이지요.

回頭語阿妹　　머리돌려 동생에게 말을 하네.
儂今定何許　　"나는 정말로 무엇이더냐?"
薯童寄信來　　맛퉁총각이 편지를 부쳐오기를
金輿那到汝　　"금수레가 어찌 네게 돌아가겠니?"

　고염잡곡은 총 13편으로 구성되어 있는데 제 8편의 결혼을 계기로 하여 크게 전반부와 후반부로 나누어 살펴보기로 한다. 1편부터 7편까지는 전반부에 해당하고 8편부터 13편까지는 후반부에 해당한다.

　제1편은 서민남녀가 사랑을 맹세하는 모습을 포커스에 담았다. 이 시는 여성이 주체가 되어 님과 나를 각각 '樸樕'과 '忍冬草'에 비유하면서 박속덤불과 인동초가 꽃과 잎을 서로 가까이 드리우듯 사이좋은 긴밀한 관계가 되기를 소망하는 마음을 담고 있다. '樸樕'은 《시경》의 "林有樸樕"28)에 보이는 작은 떨기 나무이면서 동시에 淺陋하고 평범한 사람을 비유하는 단어이다. "歡", "儂"이란 시어는

---

28) 「召南」, 〈野有死麕〉

우리나라 한시에서 거의 보이지 않는 남녀간에 사용되는 은어적 표현이다. 이를 통해 볼 때 이 작품의 주인공은 평범한 서민남녀들이고 그들의 진솔한 애정을 이야기하고 있음을 알 수 있다.

제2편은 1편에서 님에게 애정의 맹세를 구했던 여성이 자신에 대해 이야기하고 있는 작품이다. 주인공 여성은 구리비녀와 좁은 소매로 된 옷을 입은 시골 아가씨이다. 그래서 님이 강남에서 사온 금비녀를 유행이라고 해서 치장할 필요를 느끼지 못한다.

제3편은 주인공을 사랑하던 어머니가 여인을 패성 손에게 시집보내고 싶어했던 과거를 회상하는 내용이다. 어려서 어머니의 사랑을 받은 여성은 패성이 먼 것은 좋지 않지만 강물이 푸른 것은 좋아했었다고 하며 어머니의 마음을 받아들이고 싶어했던 것으로 보인다. 그러나 구체적으로 그 바램이 이루어졌는지는 알 수 없다. 패성객이란 평양에서 장사를 하는 사람을 말하는 것으로 보인다. 딸을 사랑한 어머니는 딸이 여유롭게 살기를 바래 패성손에게 시집가기를 원했던 것이다.

제4편은 주인공 여성이 연인관계에 있던 남성과 데이트하는 장면을 담고 있다. 조선시대 서민남녀의 연애는 나물이나 풀을 캐는 행위와 그러한 행위가 벌여지는 장소에서 주로 이루어졌던 것으로 보인다.29) 풀을 비유체로 하여 애정의 맹세를 이야기하고 있는 제 1편의 공간도 4편과 유사한 곳으로 볼 수 있다.

제1편부터 4편의 작품에서 우리는 주인공 여성에 대한 정보를 알 수 있다. 여성은 옷차림과 마음가짐이 소박한 시골 아가씨이며 딸이 편하게 살기를 바라는 평범한 어머니의 사랑을 받으며 살고 있다. 그녀는 어머니의 꾸중을 두려워하기도 하지만 사랑하는 사람과 자유롭게 연애하는 것을 포기하지 않는 다소 당돌한 모습을 보이기도 하는 서민층의 젊은 여성이다. 1편에서 4편까지는 주인공 여성

---

29) 이러한 사실은 〈나물 노래〉나 〈나물캐는 노래〉 등의 민요를 통해 살펴볼 수 있다. 김태성·조성일 편저,《민요집성》(한국문화사 영인, 1996) 162~164쪽 참고.

에 관한 이야기가 중심이 되어 형상화된 반면, 5편과 6편은 그녀의 언니에 대한 이야기가 중점적으로 형상화되고 있다.

제5편의 의붓엄마의 등장으로 우리는 주인공의 어머니가 더 이상 존재하지 않음을 알 수 있다. 이제까지 주인공 여성의 직접 발화로 진행되던 작품이 5편에서는 언니를 통해 진행되는데 5편의 내용은 단지 주인공의 언니에게만 국한된 상황을 이야기하는 것은 아니다. 의붓어미는 자신이 데리고 온 듯 보이는 딸만을 예뻐하며 주인공 자매는 제대로 돌보지 않는다. 그래서 언니는 늘상 혼자 있으며 그런 생활에 익숙해져 있다. 언니의 현재 상황만을 이야기하는데서 끝나는 것이 아니라 언니가 결혼하지 않고 혼자 살고 싶어하는 마음을 갖고 있음을 이야기하는 것이다. 언니는 이미 혼기가 차서 결혼을 해야하는데 의붓어미는 언니를 시집보낼 생각도 없기 때문이다. 아버지 역시 의붓어미의 말만 듣고 딸들의 고민에 대해서는 관심을 두지 않는다. "딸의 슬픔 감히 말이나 할 수 있나요?"라고 한 언급은 주인공과 그녀의 언니 즉 자매의 슬픔을 말한다.

제6편은 지금까지의 이야기와 연결이 불분명하다. 5편의 언니의 이야기에서 6편은 다시 주인공의 이야기로 바뀌었는데, 하늘에 흰 꽃이 핀 것도 모르고 구기초에서 숨은 이만 찾던 상대방 남자가 여인의 지혜로 하늘의 흰 꽃을 찾게 되었다는 것이 대략의 이야기이다. 비유법으로 쓰인 내용이 지시하는 바를 정확히 알 수는 없지만 여인의 지혜로 상대방 남자가 여인의 가치를 알게되었다는 것이 아닌가 한다.

제7편은 언니가 동생인 주인공에게 직접 이야기를 하는 것으로 되어있다. 언니는 동생에게 답답한 자신의 처지를 이야기한다. "나는 정말로 무엇이더냐?"라는 말은 자신의 존재 가치에 대한 회의를 느낀 언니가 동생에게 한 말이다. 그러면서 이어 맛퉁총각이 언니에게 편지를 보내왔는데 "금수레가 어찌 돌아가겠니?"라고 한 사연을 동생에게 이야기한다. 맛퉁총각은 보통 서민 총각을 뜻하는 것으로 보인다. 이들 자매가 시골 처녀이듯이 맛퉁총각 역시 시골 총

각일 것이다. 그 총각이 언니에게 보낸 편지의 내용은 어찌 훌륭한 사람이 언니의 차지가 될 수 있느냐는 조롱섞인 내용이다. 여기서 언니가 결혼하기 싫어하는 이유를 알 수 있다. 언니는 자신의 배필로 훌륭한 사람을 기대하고 있지만 현실적 여건이 그에 상응하지 못해 아예 결혼 자체를 단념하게 된 것이다. 그러나 언니가 기대한 결혼 조건이 분수에 안맞는 턱없이 높은 것이라기 보다 의붓어미의 무관심과 방해로 언니의 기대치에 전혀 미치지 못하는 자리가 될 수 있기 때문인 것으로 보인다.

지금까지 살펴본 전반부의 내용을 정리해보면, 이 작품의 등장인물은 주인공 여성과 그녀의 애인, 그녀의 언니, 돌아가신 어머니, 새엄마, 아버지 등이다. 이 작품의 전반적인 이야기는 주인공 여성을 중심으로 이루어지고 있으나 나머지 등장 인물들과의 관계 속에서 이루어지고 있기에 다른 인물들이 작품에서 차지하는 비중도 결코 적지 않다. 주인공 여성은 발랄한 성격에 때로는 당돌한 모습을 보이기도 하지만 어머니의 부재와 새엄마와 아버지의 무관심 때문에 마음 한 구석에 고민과 슬픔을 간직하고 살아가는 가엾은 여성이다. 주인공 여성은 언니에 비해 적극적인 태도를 보이기도 하지만 언니의 입장과 상이한 것은 결코 아니다. 주인공 여성의 처지를 언니로 대변해 암시하고 있는 이 작품은 그런 점에서 의붓어미 밑에서 소외된 삶을 살았던 장화와 홍련 자매의 이야기를 시화한 것이 아닌가 한다. 소설 《장화홍련전》은 철산지방에서 실재했던 실화를 바탕으로 구전되던 이야기가 소설 텍스트로 정착되었다고 한다.30) 〈고염잡곡〉에서 패성손이 등장하는 것으로 보아 이 작품의 공간적 배경도 철산과 같은 평안도였을 것이라는 가정을 할 수 있는데, 이는 작품의 주인공을 장화 홍련과 연결하는데 개연성을 제공한다. 그러나 장화와 홍련 이야기와 달리 최성대는 주인공이 결혼을 하는 이야기로 대체하여 작품을 전개한다.

---

30) 김태준, 《조선소설사》 (학예사, 1939), 180~183쪽.

제8편31)의 결혼식 장면을 계기로 이후 13편까지는 결혼한 여성의 이야기가 펼쳐지는데 전반부의 시들보다 시간적 계기성에 의한 서사성이 두드러진다.

郎定惡心性	낭군은 악심성을 가졌어요.
敎儂不出門	저를 문밖에도 나가지 못하게 하지요.
暫逢相識人	문득 아는 사람 만나도
低頭那敢言	고개를 숙일뿐 감히 무슨 말을 하나요.
昨日淺裙去	어제는 치마에 이슬 적시며 길 나섰다가
冒闇歸暫遲	저물녘 돌아 오느라 조금 늦었지요.
上堂執華燈	마루에 올라 초롱불 켜는데
郎遽已生疑	낭군은 벌써 의심을 하는군요.

결혼식 장면 다음에 이어지는 제9편과 제10편에서 바로 남성의 횡포와 의심으로 인한 가정의 갈등 양상이 이야기되고 있다. '시집 간지 사흘만에' 또는 '시집간지 삼년만에'32)로 시작하는 시집살이 민요에서 볼 수 있는 것처럼 얼마 되지 않아 고난과 갈등을 겪는 우리 옛 여인들의 삶의 모습이다. 작가는 구체적인 시간의 경과를 이야기하는 대신 단락을 바꿈으로써 단절을 통해 빠른 시간의 흐름을 효과적으로 나타내고 있다. 제9편과 제10편에서 우리는 여인들의 고통받는 이유를 알 수 있다. 가부장 사회에 만연했던 남편의 권위주의적인 사고와 행동, 그리고 의처증이 그 이유이다. 두 작품은 그러한 남성의 가부장적 태도에 대한 비판적 태도를 "낭군은 정말 악심성을 가졌다"고 하며 노골적으로 비치기도 하며, 종속적 위치에 있는 아내의 처지를 남편의 의심하는 행위를 통해 간접적으로 표명하기도 한다. 그러나 시적 주인공인 여성의 불만과 비판은 그

---

31) 儂食酢漿草   郎騎果下馬   行行到君家 受拜翁姥賀
32) 〈중노래〉, 〈진주낭군노래〉등의 시집살이 노래에 이런 표현이 보인다. 서영
　　숙, 《시집살이 노래 연구》(박이정, 1996)의 자료목록 참고.

정도에서 그치고 남편에게 항거하는 대신 "부용꽃을 보지 못했나요. 영원히 물속에 있는 것을! 이 몸은 낭군께 바친 몸 영원토록 다른 사람한테 옮길 수 없어요.33)"라고 하며 자신의 결백과 절개를 재삼 되새기는 소극적 자기해명에 급급할 뿐이다. 하지만 이러한 여인의 인내도 끝내 아무 성과가 없다. 남편은 마침내 집을 떠나고 여인은 남편을 기다리며 옷을 짓고 돌아오기만을 기다릴뿐이다.

江南草堪結　　강남에서도 풀을 맺을 수 있는데
夫婿作官去　　낭군은 벼슬하러 떠났답니다.
野棠若可剪　　산아가위꽃으로 마름질을 할 수 있다면
作官舞衣袪　　관가의 춤옷소매를 만들겠는데.

三日不辭勞　　사흘동안 애를 써서
窄窄製雙裌　　두벌의 옷을 꼭 끼게 만들었지요.
衣成着向君　　옷을 입고 그대 앞에 서면
化作雙蝴蝶　　두마리의 나비로 변할텐데요.

　　위의 시에서 벌어지는 이야기에서도 시집살이 노래가 연상된다. 시집 온 지 얼마 되지 않아 받는 고통 중에 남편의 외도와 이유 없는 변심에 의한 경우가 흔했다. 제9편과 10편에서 보인 부부간의 갈등이 깊어져 마침내 남편은 가정을 버리고 떠난다. 벼슬하러 간다고 하지만 그것은 핑계에 불구함을 시의 내용을 통해 짐작할 수 있다. 아내는 수동적인 태도로 바느질을 하면서 돌아오기만을 기다린다.34)그러나 마지막 시에서 아내는 사흘동안 쉬지 않고 지은 옷을 입고 남편의 마음을 되돌려보려고 애를 쓰는 모습을 보인다. 소극적으로 기다리는데 머물지 않고 다소 적극적인 모색을 꾀하나 이미 남편은 없기에 안타까움만 더할 뿐이다.

---

33) 不見芙蓉花 長在水中泥 儂是郞許物 百年那得移
34) 바느질을 하며 남편을 기다리는 이야기는 민요에도 다수 보인다.서영숙,앞
　　의 책 참고.

〈고염잡곡〉은 짧은 단형체 악부 형태에 주제를 선명하게 제시하고 있다. 각 작품에 등장하는 인물과 이야기는 한시에서 쉽게 찾아볼 수 없는 소재이나 민요 세계에서는 흔하게 발견된다. 시적화자의 심리와 상황, 공간 등도 민요의 세계와 유사한 면이 많다. 이처럼 〈고염잡곡〉은 내용과 표현 기법상 당시 여인들에 의해 불렸던 민요와 관련된 면이 적지 않게 발견된다. 특히 노래의 설화적 구성 즉 시간적, 인과론적 순차성에 의해 전개되는 과정에서 설화를 수용한 서사민요의 모습을 볼 수 있다.35)

작품의 형식적 측면에서 민요와의 상관성이 더욱 잘 드러난다. 이 작품 또한 앞의 장편 서사한시와 마찬가지로 민요의 구성 방식과 배열 방식, 표현 방법에서 민요와 유사한 면이 자주 발견된다. 〈고염잡곡〉 전편의 시적화자는 여성으로 그들의 시점에서 이야기가 전개되고 있다. 여성화자의 활용은 독자에게 강력한 정서적 합일을 꾀하기 위한 수단으로 보이는데 이러한 시점의 도입 또한 자신의 입으로 그들의 처지를 서술하여 독자들에게 공감을 얻는 여성 민요 시점의 활용으로 볼 수 있다. 〈고염잡곡〉은 거의 모든 작품이 병렬식 주술구조36)와 대립식 술목구조37)를 갖춘 구어체 위주로 이루어져 있으며, 薯童, 惡心性 등 우리말식 한자를 사용하고 있는 점등에서 민요와의 관련을 살펴볼 수 있다. 그러나 무엇보다도 〈고염잡곡〉은 악부시를 지향하며 음악성을 추구하고 있는데 서정과 서사의 무게중심을 각 편마다 달리하여 이야기하기와 읊조리기의 구성원리를 적극 활용하여 서사시의 미학원리로 삼으며 우리의 전통적 가락을 살려내고 있다.

---

35) 고정옥은 전설, 민담 내지 고대소설에서 유래한 민요를 설화요라고 하며, 이 역시 서사민요에 속한다고 보았다. 고정옥, 《조선민요연구》40쪽, 220쪽 참고. 설화요로 분류되는 것에는 〈배좌수딸요〉, 〈심청요〉, 〈토끼타령〉, 〈흥부요〉, 〈콩쥐 팥쥐요〉, 〈춘향요〉 등이 있다. 임동권, 《한국민요집》7 (집문당, 1992, 129~132쪽)
36) 歡爲樸楸林 儂作忍冬花,
37) 晩孃愛豆娘 大姉好孤恓

　　최성대가 조선 서민 여성들의 삶과 사랑, 곧 그들의 생활을 다양한 모습으로 구현한 이면에 최성대의 ‘情’을 중시하는 문학관이 자리잡고 있음을 규견할 수 있다. 그가 서민 여성들의 민요에 주로 나타난 사랑과 원망과 기대, 좌절의 감정을 그대로 살려 한시로 호환한 것이 바로 〈고염잡곡〉이다. 따라서 이 작품에는 조선 여성들이 처해있던 현실이 사실 그대로 반영되어 있으며 그 결과 진실한 문학적 경지를 획득하였다.

　　최성대는 〈고염잡곡〉에서 각각 완결된 형태로 존재하는 민요를 단락을 나누어 시간의 단절과 흐름을 꾀하고 단편적인 내용들을 파편화하여 하나로 종합하는 방식으로 서사성을 지향하여 전체적으로 ‘조선여성의　삶과 사랑’이라는 주제를 구현해 내며 장편 서사한시와 또다른 방법으로 서사화를 추구하고 있음을 볼 수 있다.

2.3. 계모에게 살해된 의붓아이의 절규 : 〈晩孃篇〉38)

　　앞에서 살펴본 두 편의 작품들과 달리 〈만양편〉은 세부적 묘사나 구체적인 사건의 진행보다는 단일 사건을 집중적으로 묘사함으로써 주제를 성취하는 수법으로 서사성을 성취하고 있다. 의붓어미와 전실자식의 갈등이 극에 달해 의붓어미가 전실자식을 때려 죽음에 이르게 하는 장면을 집중적으로 다루어 주제를 형성하고 있다.

晩孃晩孃莫打兒	의붓어미여 의붓어미여 아이를 때리지 마오
打兒尙可莫殺兒	아이를 때리더라도 죽이지는 마오.
兒實無罪過	아이는 정말로 잘못이 없다오.
園中有棗兒不食	울안의 대추 아이가 먹지 않았고
筍上有魚兒不逐	통발의 물고기 아이가 쫓지 않았소.
昨夜夢見我母	“어제저녁 꿈에서 우리 엄마를 보았지만

---

38) 두기시집 選 1-1

入廚滌灑   부엌에 들어가 쌀을 씻고는
出門汲清   문을 나서 맑은 물을 길어갔죠.
潛悲不敢聲   그러나 서러움 누르고 감히 말도 하지 못했어요.
倉中有千栗箱   창고엔 온갖 곡식 상자 있고
室裏有桂樹爲樑   집안에는 계수나무로 된 들보가 있지요.
鷹隼畫堂中有四角 매 그려진 화당 네개나 있고
香囊百寶衣裳   향주머니와 온갖 보배와 옷들
朝日照之爛輝光   아침 햇살 받아 밝게 빛나나
兒苦飢兒寒   저는 몹시 배고프고 추워도
不敢窺其傍   그 곁을 감히 넘보지도 못해요."
庭前黃爵巢飛來   뜰앞에 참새 둥우리를 틀고.
啾啾來兩鷇   재잘재잘대며 두마리 새끼를 데리고 날아왔네.
嗜彼黃爵   "예끼! 이 참새야.
寧啄我肺   차라리 내 폐를 쪼아먹을지언정
毋食我稻黍   저 벼와 기장은 쪼지 말아라.
令我朝春白粲   아침에 흰 볍씨를 찧게 하였으니
暮來計不足   저녁에 세어보고 모자라면
晚孃怒   의붓어머니 화를 낼거야."
黃爵飛去   참새는 날아갔지만.
奈何一雙粒翻   어쩌면 좋은가. 볍씨 한두알이
使兒命誤   아이의 운명을 잘못되게 하였네.
兒命誤   아이 운명 잘못돼 죽은 뒤
中原有草   들판에 풀 한포기 생겼네.
花葉微細   꽃과 잎사귀 작고 가느다랗네.
採之長歎   그 풀 캐고 길게 탄식하며
爰我衆邁   나는 사람 다라가리.
爰我衆邁兮   이에 나 사람 따라가니.
年年怨魂少顏色   해마다 해마다 원한의 넋은 파리한 얼굴이 되어
向人吒口人不識   사람향해 하소연하나 사람들 알지 못하네.

〈만양편〉의 사건은 주로 전실 자식의 입을 통해 진행되나 사이
사이 작가가 개입하는 혼합된 양상을 보인다. 이는 곧 〈만양편〉은
서정과 서사가 적절히 배합되어 이야기하기와 노래부르기의 반복

구조로 이루어졌음을 말하는 것이며 서정지향이 강함을 뜻한다. 이 작품은 장편에 속하지는 않으나 작품 내에 작가와 의붓아이의 시점이 혼용된 양상을 보인다. 도입부는 계모가 의붓아이를 때리는 장면을 보고 말리는 상황에 대한 작가의 묘사로 되어 있어 이 작품의 현장감과 객관성을 강화시키고 있다.

의붓아이가 계모 손에 맞아 죽게 되는 과정은 아이의 진술로 대체해 주인공이 직접 자신의 이야기를 함으로써 얻게되는 절실함과 사실성을 높이고 있다. 특히 전실자식이 친엄마를 꿈속에서 보고 서러움에 소리도 내지 못하는 모습39)은 생모와 계모를 대비시킴으로써 아이의 엄마없는 슬픔을 강화시켰다. 아이를 죽게 만든 결정적 사건- 참새가 벼를 쪼아 먹어 의붓어미의 오해를 사 죽게 됨-을 이야기하는 단락의 "예끼 이 참새야! 차라리 내 폐를 쪼아 먹을지언정 저 벼와 기장은 쪼지 말아라!"40)라는 부분은 동요 새쫓기 노래를 변형시켜 의붓아이와 계모와의 갈등의 심각성을 여실히 드러내고 있다.

결말 부분은 이야기에서 촉발되는 작가의 주관적 정조를 읊었다. 서러움을 풀어 버리지 못한 채 들판의 작고 가느다란 풀로 환생한 아이는 아직도 사람들 향해 하소연하나 사람들은 잘 알지 못한다고 끝맺음으로써 작가는 비극의 강도를 배가시키고 있다. 이 작품은 서사적 진행이 시인의 서정적 술회에 용해되어 있다. 〈산유화녀가〉에서 향랑의 모습이 방죽의 풀에 남아있는 것처럼 의붓어미의 학대로 죽은 전실 아이 역시 들판의 이름 모를 풀로 다시 태어나 시인의 마음에 살아 전한다. 이 시는 우리 민요에서 일정한 내용과 양을 차지하고 있는 의붓어미요와 유사한 정서와 내용을 담고 있는 악부시 노래이다. 〈고염잡곡〉과 마찬가지로 민요에 바탕을 두고 있는 작품이다. 작기가 의붓어미의 노래를 한시화한 삭품이 누편41)

---

39) 昨夜夢見我母 入廚滌濡　出門汲淸 潛悲不敢聲
40) 嗜彼黃雀 寧啄我肺 毋食我稻黍
41) 迢迢樹枝鳥 自言翁女魂　翁今渡此水 應憶兒前言〈古雜曲 二篇〉選 1-3

더 있는데 이 작품이 가장 큰 감동을 주는 것은 사실적인 묘사와 이야기에 있다고 보인다. 〈만양편〉이 어느 한 대목만을 중점적으로 서사성을 갖춘 것은 시인이 민요에서 느낀 정감을 집약적으로 표현하고자 한 데서 나온 것으로 볼 수 있다

3. 나오는 말 : '이야기하기-노래부르기'의 구성원리와 사실주의

조선 후기 한시의 중요한 특징의 하나로 서사적 지향이 주목되면서 서사한시의 개념과 범주, 용어의 정립 문제 등에 초점을 두고 연구가 이어져 오고 있다.42) 그러나 일련의 논의들은 서사한시의 등장 원인에 주목하여 정작 서사한시의 작품 내적인 미학적 특성에 대한 연구는 소홀히 다루었다. 이에 본고는 최성대 서사한시를 통해 18세기 서사한시의 구조와 표현적 특징 등 미학적 특질을 밝혀 보고자 하였다.

최성대는 민요를 수용하여 작품을 다채롭게 가꾼 시인으로 정평이 나 있는 시인이다. 이러한 경향은 그의 시작품 전체를 관통하는 공통된 기반을 이루고 있다. 서사한시 역시 이에서 제외되지 않으며 다른 작품보다 그 특징이 잘 구현되는 바 이러한 양상을 중심으로 그 특질을 살펴보았다.

한시의 본령은 '체험의 주관적 표현'인 서정시에 있다. 기본적으로 시를 포함한 모든 문학은 모두 서정이 본령이라는 주장43)도 궁극

晚孃愛豆娘 大妹好孤恓 爺聽晚孃言 女悲那敢題 〈古艶雜曲〉제5수
42) 이성호, 〈이조후기 한시의 서사적 지향과 형상화 방법〉, 성대 석사학위
　　　논문, 1993.
　　　박혜숙, 〈서사한시의 장르적 성격〉, 《한국한문학연구》제 17집, 한국
　　　한문학회, 1994
43) 주광잠, 정상희 옮김, 《詩論》, (동문선, 1991).

적으로 문학의 목적은 독자의 감동에 있다는 근원적인 사실을 부인하지 않는 이상 설득력이 있다. 그러나 작가의 내면 토로 방식을 벗어나 이야기 구조를 만들어 감정을 전달하는 방식 또한 우리 한시에서 한 자리를 차지하며 꾸준히 창작되어 왔다. 중국의 경우 〈시경〉에서 그러한 요소를 찾으나 본격적인 창작은 악부시에서 이루어진다. 최성대의 서사한시는 거의 모두가 악부시 형식으로 이루어졌다.

최성대는 현실을 인식하고 재현하는 것을 지향하였는데 그것은 두기의 일반 백성들의 말과 웃음·울음에 대한 관심의 결과였고 그 결과 사실주의적 시를 성취하게 되었다. 서사적 관심의 증대라는 것은 그 철학적 기반에서 볼 때는 객관화에 대한 지향이다. '格物'44)의 정신을 그의 시창작의 중요한 요인으로 인식한 그의 구체적 실천의 한 형태라 할 수 있다. 다시말해 작품에 서사성을 도입하는 이유는 일차적으로 작가가 실제 있었던 사람과 사건에 대한 관심이 우선되며 그것은 즉 객관적 현실에 대한 인식이 기본 바탕이 되는 것이다.

최성대의 경우는 특히 구비문학에 대한 관심이 서사성 도입에 큰 원인을 제공한다. 그의 서사한시들은 '목도이문'의 결과물이다. 조선시대 서사시의 특징은 바로 완전 허구가 아니라 실사에 의거한다는 점에서 현대 서사시와 다르며, 최성대의 서사한시는 모두 작가가 보고 들은 이야기를 바탕으로 형성된 것이어서 사실적이며 그만큼 문학적 진실성이 강하다.

장편서사한시 〈산유화녀가〉는 작가가 생존한 당시에 사회를 떠들썩하게 했던 사건을 접하고 그에 대한 감정을 작품으로 형상화하였고, 〈고염잡곡〉은 당시 서민여성들의 삶과 사랑에 대한 생활감정을 담은 여성민요와 그 의미가 상통하며, 〈만양편〉에서도 민요와 섭맥

---

44) 由漢已下 李唐以詩道鳴 大氐格物沿情葩分藥別 認得人間無限臭氣無限光景 便與自家意思一般 卽 吾師乎 吾師乎 〈筆園夜話有述五十韻〉, 《靑泉集》, 1권27.

되는 점이 있음을 작품 분석에서 살펴보았다. 민요를 통해 작가는 그와 처지가 다른 여러 사람들의 삶과 생활, 그들이 겪는 고통과 소외, 원망과 슬픔 등의 감정을 경험할 수 있었고 그것을 객관적이고 사실적인 필치로 그려내어 조선의 현실을 진실하게 반영한 사실주의적 시를 창작할 수 있었다.

최성대의 서사한시가 악부시 형식으로 제작되었다는 것과 민요와의 접맥을 보이고 있는 사실은 서사한시가 음악적 성격을 갖추고 있음을 의미한다. 본고에서 다룬 서사한시들은 모두 가창되었을 가능성이 있으며 작가가 한시로 옮기는 과정에서 그러한 가창의 원리를 십분 살려내려고 했을 것이라는 사실을 생각해 볼 수 있다. 서사한시에서는 그러한 가창의 원리가 이야기와 가창을 병행하는 판소리의 미학원리와 유사하게 구현되는데 이를 필자는 '이야기하기와 노래부르기'의 구성원리라고 명명하고 그러한 양상을 서사한시의 중요한 구성원리로 인식하였다. 이러한 사실은 작품의 전개에 있어 시점과 어조의 변화, 표현상의 특징 등을 통해 구체적으로 감지됨을 살펴보았다. 아울러 이야기하기와 노래부르기의 구성원리가 한시의 개성추구에 기여한 바가 무엇인지를 표명해보고자 하였다. 작품 분석을 통해 들어난 사실을 재정리해보기로 한다.

첫째, 최성대는 다양한 서사적 관심을 다양한 방법으로 형상화하였다.

먼저 서사적 구조에서의 특징을 들 수 있다. 세부묘사를 수반한 본격적인 서사적 구조를 이루기도 하고 (산유화녀가), 단형의 연작시에서 단편적인 내용을 파편화하였다가 다시 종합하는 방식으로 서사성을 지향하는가 하면 (고염잡곡13편), 주제적 측면에 대한 단일사건에 집중하여 성취하는 경우(만양편) 등 작품 구성 방식에 있어서의 다기한 방법을 시도하였다.

둘째, 시점과 시적자아, 서정과 서사의 적절한 배합에서 그의 개성을 발견할 수 있다.

최성대는 때로는 서사적 상황에 접근하는 작가의 모습을 잠깐 내

비치고 물러났다가 결말부분에 자신의 이야기에서 촉발된 심회를 토로하거나(산유화녀가, 만양편), 철저하게 시인의 시점을 제거하고 객관적 입장에서 작품을 서술(고염잡곡 13편)하는 등 다양한 시점의 활용 또한 꾀하고 있다. 한편 주체적으로 사고하고 행동하는 주동인물과 그의 행위에 보조적 역할을 하는 주변 인물을 적절하게 등장시켜 작품에 생동감을 불어넣고 있다.

최성대는 서사성을 도입하여 한시로 엮어내는 과정에서 정조가 우세한 부분은 서정적 표현을, 사건이 전개되는 부분은 서사적 표현을 구사하며 작품의 긴장과 이완을 도모하며 작품량이 늘어나면서 범하기 쉬운 산만함과 해이함을 극복하여 작품에 생동감과 현장감을 유지하고자 하였다. '이야기하기와 노래부르기'의 구성원리는 바로 우리의 성율과 가락을 살려 표현해내고자 한 작가의 음악적 감각의 결과이며 그 결과 내용뿐 아니라 형식적 측면에서 사실주의를 구현할 수 있었던 것이다.

일반적으로 서사한시의 등장은 한시 담당층의 현실에 대한 인식을 바탕으로 한 현실반영과 그로 인한 사실주의적 작품의 생산이라는 측면에서 그 중요성을 부여한다. 이러한 사실은 물론 한시의 중요한 변화임에 틀림없는 사실이다. 그러나 이와 더불어 서사한시가 이룬 미학적 성과를 밝힐 때 우리 한시사에서 서사한시의 등장과 그것의 가치에 대한 평가가 더 온당해질 것이다.

동서양을 막론하고 서사시는 목소리로 낸 것, 즉 구술적인 것에 뚜렷한 근거를 두고 있다.45) 최성대의 서사한시는 이러한 우리 고유의 구술원리와 가창원리를 한시에 그대로 살려내 고유의 음악성 즉 '소리의 자국성'을 성취하였으며 그 결과 우리의 정서에 맞는 민족적이고 사실적인 한시를 재현할 수 있었다.

본고는 서사성을 갖고 있는 작품들의 분석을 통해 두기 최성대 한시의 특징을 살펴보고자 하였다. 최성대의 경우 인물 자체가 매

---

45) 월터 J 옹 지음, 이기우·임명진 옮김, 《구술문자와 문자문화》 (문예 출판사, 1996), 26면.

우 정감적인 사람이다. 그것은 그의 문학 행위에서 일관된 모습으로 나타난다. 두기의 서사적 작품에 등장하는 인물들에 작가는 철저하게 정서적으로 공감하고 그 공감을 전달하는데 주된 의도가 있던 것으로 보인다. 따라서 그는 비록 작품에서 사실적이고 객관적으로 '현실을 재현'하고 있으나 거기에서 발생하는 '모순'을 들어내 비판하고 해결책을 제시하는 입장보다는 사건이 벌어지고 있는 객관적인 상황이나 그 정서적 측면에 관심이 더 컸던 것으로 보인다. 다시 말해 서사성의 도입은 그의 서정을 드러내는 수단으로 이용된 것이라 할 수 있다.

제5부

口碑·民俗·演劇論

대전 근교에 있는 '寶文山'의 민속학적 지명어원에 대하여

강 헌 규

목 차

1. 서 론

'寶文山'은 대전시 남쪽에 자리잡고 있는 해발 458m의 야트막한 산으로서 대전 시민의 좋은 휴식처다. 그런데도 이제까지 이 '보문산'의 지명어원을 찾아 보려고 애쓴 이는 필자의 생각으로는 변평섭 외에는 없는 듯하다[1].

1.1 변평섭의 '보문산(寶文山)' 어원 추적

변평섭은 그의 《한밭승람》 '아! 보문산'에서 '보문산'의 어원 추적

---

[1] 변평섭, 《한밭승람》, 호서문화사, 1972, 264쪽. '아! 부문산' 참조.

작업을 대략 다음과 같이 기술하고 있다.

송시열 선생은 명절 때면 성묘를 위해 그의 선조의 묘가 있는 板岩洞과 가양동 더퍼리의 본가 사이를 왕래해야 했었다. 또 연산의 사계 선생댁을 왕래해야 했었다. 이때 그는 언제나 보문산을 보기 싫어하여 부채로 산을 가리고 다녔다고 한다.[2] 이 이유가 무엇이었을까?

1. 소문
    1) 우암은 보문산이 왜놈 3천 명이 살게 될 운명이어서 미워하여 그랬다.
    2) 보문산의 생김새가 발가벗은 여자가 치부를 드러내고 누워 있는 것 같아서 그랬다.

2. 변평섭이 尤庵의 후손, 한학자, 지리학자 등을 만나 보고 얻은 대답

보문산의 모양이 여러 부처님, 즉 佛像의 모습을 하고 있기 때문이었다. 儒學·朱子學의 대가였던 우암으로서는 당연한 일이었을 것이다.[3] 변평섭은 그 증거로써 다음의 몇 가지 이유를 든다.

    1) 사람에 따라서는 보문산의 모양이 미륵불 같다고도 하고, 중이 머리에 쓰는 고깔 같다고도 한다.
    2) 보문산 기슭에 자리잡은 大寺洞(옛 이름은 한절골)이라는 마을에서 불교적인 이미지를 느끼게 한다.
        (1) 동리 이름이 표현하듯이 백제시대 이곳 보문산 계곡에는 큰

---

2) 변평섭, 《한밭승람》,호서문화사, 1972, 264쪽.
   대덕문화원, 대덕문화총서 1, 대덕의 재발견(글·사진 강성복), 20쪽.
3) 그러나 여기에 의심이 가는 것은 우암이 보문산 보기를 기피한 때가 어렸을 때뿐이었는가, 생애 내내였는가 하는 점이다. 이에 대하여 필자는 아는 바가 없다.

절이 있었다는 전설이 있다. 그 절이 신라의 백제 침공 때 불타 버렸는지는 기록에 없다.

(2) 큰 절 입구에는 반드시 큰 은행나무가 있었다. 옛날 대전시 은행동에는 늙은 은행나무가 있었음도 보문산 계곡 지금의 대사동에 큰 절이 있었다는 증거다.

(3) 현재 文化洞 근처에 있는 觀音골 역시 보문산이 불교적임을 말해 준다. 옛날 이곳에는 난초의 일종인 노란 '고초'꽃이 피었다고 한다. 사람들은 이 꽃을 부처님의 숨결이라고 성스럽게 여겼고, 이 꽃을 피우는 계곡을 '고초골'이라고 불렀다고 한다.

이상 요약한 바와 같이 변평섭은, 우암이 '보문산'을 보기도 싫어했던 이유에서, '보문산'이라는 이름의 어원을 찾으려고 하였다. 즉 큰 절이 있었고 절이 많았던 '寶文山'의 불교적 성격에서 찾으려고 하였다. 그러나 이에는 후술하는 바와 같이 여러 가지 납득할 수 없는 의문점들이 있다.

보문산을 미워한 우암과는 달리, 같은 유학자이면서도 李重煥(1690-?)은 '寶文山'을 '남쪽에 높이 솟아 그 맑고 깨끗한 기상이 거의 한양의 東郊보다 낫다'[4]고 하였다. 또 같은 유학자 鳳巢齋 南奮鳳 선생 같은 이는 보문산을 무척 사랑했다. 봉소재는 우암과 친분이 두터웠던 사람이었다. 남분봉은 보문산 동편 기슭의 鳳舞山에 집을 짓고 살았다. 또 이 곳에 鳳巢樓를 짓고 제자를 모아 학문을 가르치기에 전념하였다[5].

이상과 같이 남분봉은 (우리가 '보문산'이라고 부르는) 이 산을 '춤추는 새의 산'(鳳舞山)이라고 보았다. 그래서 그의 집이 있는 기슭을 '鳳舞山'이라고 했고, 호도 '鳳巢齋'라 했으며, 그의 제자들을 가르치던 서원도 '鳳巢樓'라 하였다. 따라서 오늘의 '보문산'이라는

---

4) 李重煥 저, 노도양 역, 擇里誌(자유교양사,1968) 114쪽.
5) 鳳巢齋는 이 곳의 냇물(대전천)을 건너 자기에게 글 배우러 오는 제자들을 위해 돌다리 〔石橋〕를 놓아 '石橋洞'이라는 洞名을 낳게 하기도 하였다

이름은 이곳 '鳳舞山'이 변하여 된 것이라고 말하는 사람도 있다.6)

이상의 좀 지루한 발췌·인용이, 변평섭이 추구한 '寶文山'이라는 지명 어원 설명의 개요다.

1.2 전설과 관련된 '보문산'의 어원설7)

송시열이 가뭄으로 고생하는 두꺼비를 구해 주었다. 두꺼비가 보은으로 접시를 주었다. 이 접시는 무엇이든지 넣기만 하면 그 몇 배로 불어났다. 이 접시의 비밀을 알면 자손들이 일을 하지 않을 것 같아, 늙은 하인을 시켜 보문산 깊은 골짜기에 버리도록 하였다. 하인은 그 접시가 귀중한 보물인 줄도 모르고 시키는 대로 버렸다. 하인은 보문산을 내려오다가 칡덩굴에 걸려 낭떠러지 아래로 떨어져 죽고 말았다.(우암과 관계없는 전설도 있다. 한 농부가 접시를 잘 쓰다가 죽게 되어 그 접시를 어느 아들에게 주어야 할지 몰라서, 보문산에 묻어 놓고는 아들들에게 찾아 쓰라고 했다.) 그리하여 이 보물 접시가 묻힌 산이라 하여 '寶物山'이라고 하다가 '寶文山'이 되었다.

이같은 전설에 연원한 어원설은 과학적 어원설이라고는 할 수 없다.

2. 본 론

'寶文山'은 한글학회 지은 ≪한국지명총람≫4(충남편)(1974. 12쪽)에 다음과 같이 쓰여 있다.

---

6) 이 같은 전설은 이 지방 호사가들에 의해 연면히 이어져 왔다. 강성복도 ≪대덕의 재발견≫에서 이 말을 인용하고 있다.
7) 한상수 편, 충남의 전설,(한일출판사,1979) 28~29쪽.

　대전시와 대덕군 산내면 경계에 있는 산. 높이 458m[8]. 대전시의 주봉(主峰)이 되며, 또는 산 줄기가 사방으로 뻗어서 대전시의 유일한 공원지가 되었음.

　대사동의 보문산 남쪽 중턱에는 오늘날 흔히 '寶文寺址'라고 부르는 오래된 절터가 있다. 이 터에 있었던 절은 고려 말기의 사원으로 추정된다. 石槽와 花崗石製 石槽, 당간지주와 물방아 확 등이 잔존해 있는 것으로 보아, 이 절의 크기를 짐작하게 하여 준다.[9] 또한 보문산이 고려시대 이 지역에 살았던 우리 선인들의 정신적 안식처였음도 짐작하게 한다.[10]
　국내에는 또 다른 보문산(普門山)들이 있으니 다음이 그것이다.

　보문산(普門山) ; 경북-예천군 보문면과 안동군 풍산면에 걸쳐 있는 산. 높이 643m. 학가산(鶴駕山) 서남쪽이 되는데, 보문사(普門寺)의 이름을 땄음.[11]

　경상도에 있는 이 보문산(普門山)은 보문사(普門寺)라는 절 이름에서 온 것이 확실하다. 그리하여 면 이름으로 보문면, 터 이름으로 보문면터, 저수지 이름으로 보문못·보문제(普門堤), 보 이름으로 보문보가 있다. '보문사'라는 절은 곳곳에 있다.

---

8) 大田地名誌(대전직할시사 편찬위원회, 1994) p.417에는 '대사동 뒤편에 있는 산으로 457m 정도의 산'이라고 하여 1m의 차이를 보이고 있다.
9) 앞의 ≪大田地名誌≫ 418쪽.
10) 보문산정 동쪽 성벽에서 발견된 청동기시대 유적으로 보아, 이 보문산이 청동기 시대부터 우리 선인들 삶의 터전이었음을 알 수 있다.(대전지명지 418쪽)
11) 한글학회, 한국땅이름큰사전(1991), p.2429. 이외에 '보문산골짜기'(경남 함양-수동-우명-가성동 동북쪽에 있는 골짜기)라는 지명이 있는 것으로 보아 '보문산'이란 산이 있는 듯하다. 한자를 달리 쓰는 '普門山'만이 ≪신증동국여지승람≫권24 青松都護府 醴泉郡 山川조에 보인다. 普門山 : 군의 동쪽 34리에 있다(在郡東三十四里).

普門寺 ; 경기- 강화- 삼산- 매음- 매음 북쪽 낙가산 중턱에
　　　　있는 절.
普門寺 ; 경남- 밀양- 단장- 무릉- 노곡 뒤쪽에 있는 절.
　　　　해방 후에 세움.
普門寺 ; 충남- 천원- 목천- 교촌- 솟대배기 뒤 흑성산 밑
　　　　골짜기에 있는 절.
普門寺 ; 강원- 원주- 봉산- 봉산동 1,011 번지에 있는 절.
　　　　(포교당)
普門寺 ; 서울- 동대문- 보문동애 있는 절. 속칭 탑골승방
　　　　이라고 함.
普門寺 ; 서울- 도봉- 도봉- 도봉산에 있는 절. →원통사.
普文寺 ; 경남- 진해- 경화- 배암 북쪽에 있는 절.

이들 중 맨끝(경남- 진해- 경화- 배암 소재)의 절만 '普文寺'라
하였고, 다른 절들은 모두 '普門寺'라 하였다. 이외에 '보문사터(普
門寺-)'·'보문사터당간지주(普門寺-幢竿支柱)'·'보문사터석조(普門
寺-石槽)'(경북- 경주- 보문- 보문동 856 번지)가 있는 것으로 보
아 절로서 '보문사(普門寺)'가 있었던 듯하다. 절 이름이나 불교 관
련의 지명·사물명에 '普門'이 많이 나타나는 것은 이것이 불교 술
어인 때문이다.
　'普門'이란 조선조 말기의 승려 妙煥의 法號이기도 하지만 佛家의
말이다. 즉 화엄경에서 밝힌 一門 가운데 一切法을 攝入하는 것을
이르는 말이다. 普法이라고도 한다. 또 불보살 神通의 힘이 無量門
을 開通하여 여러 가지 몸을 示現하여 一切衆生을 圓通하는 것을
뜻하기도 한다.12)
　그러나 대전의 '보문산(寶文山 또는 普門山)'은 다음의 지리지에
는 보이지 않는다.

---

12) 한국불교대사전편찬위, 한국불교대사전

'新撰八道地理志'(1432)
'世宗實錄地理志'(1454)
'八道地理志'(1478)
'興地圖書'(영조 후반기)
'東國輿地勝覽'(1481)
'新增東國輿地勝覽'(1530, 중종25)

다음의 지리지에는 '寶文山'이 보인다.

'東國輿地志'(顯宗朝,1660-1674) 公州牧 山川. 寶文山 ; 유성 동쪽 25리에 있다.[13]
'東國輿地志'(顯宗朝,1660-1674) 公州牧 寺刹. 寶文寺; 寶文山에 있다.[14]
'大東地志'[15](1864) 권5 公州 古邑 山水. 寶文山 ; 동남쪽 80리 이다.[16]
'조선환여승람(朝鮮寰輿勝覽)'(1932) 山川. 寶文山 ; 大田邑 남쪽에 있다. 金顯一의 시 ; "제일 호서 땅에 높은 寶文山, 내려다 보니 大田市요, 기이하고 넓으니 큰 남쪽이로다
          (第一湖西地崔巍寶文山俯瞰大田市奇宏擅南關)."[17]
'朝鮮寰輿勝覽'(1932) 寺刹. 蓬萊菴 ; 寶文山 남쪽에 있다. 普門庵 ; 寶文山 동쪽 大寺里에 있다.[18]
'朝鮮寰輿勝覽'(1932) 名望. 宋冕在가……寶文山 중에 정자를 짓고 원근의 士友와 더불어 講學을 했다.[19]

이상으로 보아 '寶文山'은 17C 후반에 나온 '동국여지지'에 치음

---

13) 大田廣域市史編纂委員會, 大田史料叢書 第一輯, 大田地理志(1996). 244쪽
14) 앞의 ≪大田地理志≫ 245쪽.
15) 大東地志 ; 조선 시대 말에 金正浩가 지은 한국 지리책. 大東輿地圖를 완성한 후 나시 시작하여 고종 원년(1864)에 완성함. 32권. 목판본.
16) 앞의 ≪大田地理志≫ 250쪽.
17) 앞의 ≪大田地理志≫ 155쪽.
18) 앞의 ≪大田地理志≫ 寺刹 171쪽.
19) 앞의 ≪大田地理志≫ 207쪽.

나오기 시작하여, 19C 후반에 나온 '대동지지'에 나오고, 20c 초반
에 나온 '조선환여승람'에 자주 나옴을 알 수 있다. 그러나 틀림없이
'보문산'에 있었던 절 ; '普門寺'·'普門庵'이 다음의 지리지에 보임은
이 산 이름과 절 이름과의 관계를 암시하고 있다.

> '興地圖書'[20] (朝鮮 조 英祖 후반기) 公州牧 寺刹. 普門寺 ; 공주 쪽
> 80리에 있다.(普門寺 在州東八十里)[21]
> '忠淸道邑誌' 21권 공주목(正祖代) 사찰. 普門寺 ; 州의 동쪽 50리
> 에 있다.
> '公山誌'(1859) 사찰. 普門寺 ; 府 동쪽 50리에 있는데 지금은 없
> 다.[22]
> '公山誌'(1923) 사찰. 普門寺……은 모두 지금은 없다.[23]
> '조선환여승람'(1932) 사찰. 普門庵 ; 寶文山 동쪽 大寺里에 있
> 다.[24]

'여지도서' 공주목 사찰조에는 '新院寺 ; 在州南五十里, 岬寺 ; 在
州東三十里, 東學寺 ; 在州東五十里, 麻谷寺 ; 在州西四十里'라 하
였다. 갑사·동학사의 연장선 상의 東 80리에 있는 절은 보문산에
있는 폐사찰 '普門寺'임이 확실하다. 그러나 '寶文山'이란 산 이름이
폐사 '普門寺'에서 유래했다거나, 반대로 '보문사'라는 절 이름이 '보
문산'이라는 산 이름에서 왔다는 언급은 아무데도 없다. 그러나 '충
청도읍지'(21책 공주목), '동국여지지'(공주목 산천조), '大東地志'

---

20) 興地圖書 ; 英祖조 후반기(영조 33년부터 41년 사이)에 興地勝覽의 續成
   을 목적으로 전국의 각 官邑에서 編輯 上送한 邑誌를 종합 편성한 것으로
   각 관읍마다의 지도가 실려 있다.…… 여지승람의 闕略을 改修 補完키 위
   한 것이었으며, 특히 같은 연대의 읍지의 收聚라는 데 한층 사료적 가
   치가 크다.(국사편찬위원회, 한국사료총서 20, 興地圖書 上 崔永禧 序)
21) 국사편찬위원회, 한국사료총서 제20, 興地圖書 上 公州郡 寺刹 175쪽. 앞
   의 《大田地理志》 243쪽 참조.
22) 앞의 《大田地理志》 255쪽.
23) 앞의 《大田地理志》 257쪽.
24) 앞의 《大田地理志》 171쪽.

(권5 공주 산수조)에는 '寶文山'이라는 산 이름이 보이고 있다.

이상으로 보아 '寶文山'의 지명 연원은 우암이 이 산을 보기 싫어하여 부채로 가리고 다녔다는 사실 혹은 전해 오는 이야기에서 찾아야 한다고 필자는 생각한다. 우암이 왜 보문산을 부채로 가리면서 안 보려 하였을까? 그것은 儒學을 공부한 유자로서의 우암이, 부처님 모양 즉 佛像의 모습을 한 보문산을 안 보기 위해서 그리하였다고 하는 것은 혹 이상한 일이 아닐 수도 있다. 그러나 여기에는 몇 가지 의문점이 있다.

 1) 보문산의 모양은 아무리 보아도 '여러 부처님 즉 불상의 모습'을 하고 있지는 않다. 또 아무리 보아도 보문산의 모양이 '미륵불' 같지도 않다. '중이 머리에 쓰는 고깔' 같기는 하다. 그러나 이 고깔은 삿갓 [蘆笠] 이나 방갓 [方笠] 과 그 모양이 크게 다르지 않다. '고깔'을 좀 자세히 알아 본다.

불교의 중들이 썼고, 또 농악대에서 꽃을 야단스럽게 장식하여 쓰는데, '곳'이란 '꽃'의 옛말이라 ('곳갈'이란) '꽃으로 꾸민 갈'이란 뜻이요, '갈'은 우리 조상이 즐겨 쓰던 옛날 쓰개다. 일반으로 위가 뾰족한 쓰개를 모두 '갈'이라 불렀고, 옛글에 '변'(弁)과 같다고 한 것이 이것이다[25].

 2) 우암은 모든 불교적인 산에 대하여 보문산을 대하듯이 하였는가 하는 점이다. 보문산을 보지 않으려고 한 것이 우암의 선친 묘에 왕래하던 어린 시절 혹은 사계 선생에게 공부하러 다니던 어린 시절만 그랬는지, 장성하여 생애 내내 그리 했는지는 잘 모를 일이다. 다만 다른 곳에서는 이런 기행을 하지는 않은 듯하다. 충남-금산-진산-행정 첨림골 남서쪽 대둔산(大芚山)에는 太古寺 라는 절이 있다. 이 절 어귀에 있는 석문(石門) 바위에는 우암이 썼다는 '石門'이라는 글씨기 크게 음각되어 있다. 안내판에는 우암이 이 곳(절?)에서 修學하였다고 쓰여 있다. 이 석문은 太古寺의 일주문 역할을

---

25) 이훈종, 민족생활어 사전(한길사,1993) 72쪽.

하고 있다. 우암이 절을 꺼리고 불교 배척을 '보문산'의 경우처럼 했었다면 어림없는 일이다. 이것으로 보아도 보문산이 불교와 관련되어 있기 때문에 우암이 부채로 가린 것은 아니다. 다른 어떤 유학자도 그 출생·성장지 부근의 산에 대하여 이같은 극단의 행동을 하지는 않은 듯하다.

이상의 이유로 보아 우암이 보문산 보기를 극단적으로 기피한 이유는 보문산만의 어떤 특별한 사연이 있다고 필자는 생각한다. 그것은 보문산의 생김새가 발가벗은 여자가 치부를 드러내고 누워 있는 것 같아서 그랬을 것이라는 견해와 가까운 것이다. '가까운 것'이란 이유는 '산의 모양'이 그럴 뿐만 아니라, 이같은 산형에서 비롯한 '산의 이름'과 연합한 보문산에 대한 인상 때문이었을 것이다. 이 산의 이같은 인상과 산 이름은 무엇일까? 이 답은 뒤로 미루고 우리의 논의를 전개하여 본다.

2.1 雄犬性器와 관련된 지명들과 사연

1. 犬城(삼국유사 권4 寶壤梨木)

산뿌리가 물에 임하여 뾰죽히 선 것이 있어 지금 世人이 그것을 미워하여 이름을 고쳐, 犬城이라 하였다.(有山岑臨水峭立 今俗惡其名 改云犬城). 미워하여 '犬城'이라한 '犬城'은 바로 '雄犬性器'(개○)를 훈차표기한 것이다.

2. 犬蹲山(견준산 ; 개좆배기산)26)

'견준산'은 공주의 우금티(고개) (남향하여)오른쪽에 있는 산이다. 현지 주민들은 점잖지 못하다는 생각에 조심스럽게 낮은 소리로 '개

---

26) 졸고 ; 견준산(犬蹲山)類의 산 이름에 대한 고찰, 웅진어문학 3호, (1995) 참조.

좆배기산'이라고 부르고 있다. '견준산'이라고 부르지 않는다. '犬蹲山'은 고유명을 한역한 이름이다. '견준산'이나 견준산의 고유명 '개좆배기산'이나 둘다 동학농민전쟁 이전의 기록, 역사서, 지도서 어디에도 보이지 않는다. 동학농민군과 관군과의 치열한 혈투와 농민군의 처참한 패배로 인한 민중들의 원한이 이 산에 대한 증오심으로 나타난 것이 이 산 이름이다.

3. 鷄足山

대전 근교의 이 산도 '三峯並列 形如鷄足'에서 온 것이 아니다. 필자는 '개좆산'의 음차표기라고 본다27). 삼국사기에 전하는 백제 부흥군과 신라군의 혈전 후 패배한 백제 부흥군과 생존한 백제 유민의 증오심에서 이렇게 부르게 되었을 것이다.28) 이 산 주변에 '개머리산(犬頭山)'이 있음은 좋은 암시를 준다.

4. 개젖/개좆(바우), 개죽/계족(골)

한글학회 지은 《한국땅이름큰사전》에는 개젖바우, 개좆(바우/바위), 개좆(보/봉), 개죽/계족(골)이 많이 있다.(242쪽 참조) 이들은 모두 '雄犬性器'를 말한 것이다.

---

27) 좀더 자세한 것은 필자의 졸고 "견준산(犬蹲山)類의 산 이름에 대한 고찰", 웅진어문학 3호, (1995) 참조.

28) 三史 권 42 列傳 제2 金庾信 中 (이병도, 국역 삼국사기, 628~629쪽) 賊(백제 부흥군)이 큰 소리로 외치기를 《비록 보잘것없는 작은 城이지만, 兵器와 食糧이 모두 넉넉하고 군사들은 義롭고 용감하다. 차라리 죽기로 싸울지언정 맹세코 살아서 항복하지를 않겠다》고 하였다. 庾信이 웃으며 《窮한 새와 困한 짐승도 스스로 救할 줄을 안다는 것이 이를 이름이다》하고, 旗를 휘두르고 북을 울려 공격하였다. 文武大王이 높은 데 올라 싸우는 군사들을 바라보며 눈물어린 말로 격려하니, 군사들이 모두 분격 돌진하여 鋒刃을 돌보지 아니하였다. 九月 二十七日에 城(瓮山)이 함락되었는데, 賊將은 잡아 죽이고 백성들은 놓아 주었다

2.2 여성기 혹은 남성기와 관련된 지명들과 사연

1. 玉門谷(삼국사기 권5 신라본기 제5 선덕왕 5년 5월)

5월에 개구리 떼가 대궐 서쪽 玉門池(삼국유사 권1 善德王 知幾 三事조에는 靈廟寺 玉門池라 하였음)에 굉장히 모여 들었다. 왕이 듣고 좌우에게 일러 가로되, 〈개구리는 怒한 눈이니 군사의 相이다. 내 일찍이 듣건대 西南邊에 또한 玉門谷29)(삼국유사 권1 善德王 知幾三事 조에는 富山下의 '女根谷'이라 하였음)이라고 하는 곳이 있다 하니 [혹시 鄰國의 兵이] 그 곳에 잠입하여 있지는 아니한 가〉하고, 이에 장군 閼川과 [弼呑을 명하여 군사를 끌고 가서 수 탐하여 본즉] 과연 백제 장군 于召가 獨山城을 침습하려고 군사 500인을 이끌고 그 곳에 잠복하여 있으므로 閼川이 이를 갑자기 쳐서 죄다 죽이었다.30)

여기 玉門池, 玉門谷 (女根谷)은 女性器를 지칭하는 고유어 '보○ 못', '보○골/실'을 한자를 빌려 점잖게 표기한 것이 틀림없다. 현대 의 지명들에도 이러한 것들이 많다. 한글학회의 《한국땅이름사전》 (중)(2438쪽)에는 '보○'를 접두한 '골·내·답·개·바우·산·샘' 이 모두 31 개소나 있다. 이 중에는 '보○산'도 있다.

보○산: 경남-진해-수도-수도동에 있는 산.

2. 남성기 '자○'와 관련된 현존 지명

《한국땅이름큰사전》(하), 4784쪽)을 보면 '자○'에 '고개, 골,

---

29) 이와 관련된 기사가 삼국사기 권27, 백제본기 제5 무왕 37년 5월조에도 보인다(이병도 국역 삼국사기 417쪽). '옥문곡'이란 지명의 언급은 삼국 사기 권 41, 열전 제1 김유신 上에도 보인다.(이병도 국역 삼국사기 622 쪽)

30) 이병도, 국역 삼국사기. 72쪽.

교, 바위, 밭, 배미, 봉, 터, 테'가 붙은 지명이 한 면을 차지한다. '자지고개'만도 전국에 5 개소가 있다. 이들 '자○' 모두가 남성기를 의미하는 것은 아닐 수도 있다. '자주색'을 뜻하기도 하고 미상인 것들도 많다. 그러나 다음은 '자○'에 관련된 것을 명확히 밝히고 있다.

　자지고개〔자짓곡, 　자짓고개〕【고개】경남-고성-고성-월평-월평리에 있는 고개, 지금은 철성공원이 되었음. 옛날에 남매가 이 고개를 넘다가 비를 만났는데, 그 아우가 비에 젖은 누이의 육체를 보고 정욕을 일으켜서 누이에게 덤벼들려고 하다가 자신의 부당한 행동을 뉘우치고 자신의 자지를 잘라 자살하였다 함.

자지바우【바위】경북-성주-가천- 관룡 동쪽에 있는 바위. 모양
　　　이 자지처럼 생겼음.
자지바위【바위】서울-서대문-봉원- 말목바위 아래에 있는 바위.
　　　모양이 자지와 흡사함.
자지바위【바위】서울-종로-사직- 뒤 사직공원 인왕산 중턱에 있
　　　는 바위. 자지 모양으로 생기었음.
자지봉【산】전북-남원-산동-태평- 배실 동쪽에 있는 산. 자지같
　　　이 생겼다 함.
자지봉【산】강원-양구-남-가오작- 산 모양이 남자의 생식기처
　　　럼 생겼다 함.

3. 결 론

　앞에서 입에 올리기에 거북한 지명들을 많이 든 것은 여기서 다음과 같은 말을 하고 싶어서였다. 대전 주변의 '보문산(寶文山)'도 이 산의 모습이 여성기와 흡사함에서 비롯한 '보○산'의 '지', 혹시는 '之'자로 쓰던 것을 '文'자로 바꾼 것은 아닐까? 그리하여 불교 융성

기에는 불교와 관련된 '普門山', 유교(儒學) 전성기에는 '보'자는 좋
은 의미의 글자 〔佳好字〕 '보배 보'(寶) · '글월 문'(文)자로 바꾸어
'보문산(寶文山)'이 된 것은 아닐까? 이 같은 추측만이 우암이 이
산을 굳이 보지 않기 위해 부채로 가리고 다녔다는 이유를 충분히
설명할 수 있기 때문이다. 그러나 우암이 굳이 '보문산'을 쳐다보지
않으려 했다는 사실이나 그 이유, '보문산(寶文山)'의 옛 이름 등은
역사적 기록 어디에도 보이지 않는다. 필자는 이것이 본고에서 아
쉬운 점이다.

〈참고 문헌〉

강헌규(1995), "견준산(犬蹲山)類의 산 이름에 대한 고찰"
　　　　　　,대전:웅진어문학 3호.
국사편찬위원회, 한국사료총서 20, 여지도서(輿地圖書)
대전광역시사편찬위원회(1996), (대전사료총서 제1집)대전지리지.
대전직할시사편찬위원회(1994), 대전지명지.
변평섭(1972), 한밭승람, 대전: 호서문화사.
이병도(1997), 원문겸역주 삼국유사, 서울: 광조출판사.
　　　　(1982), 국역 삼국사기, 서울: 을유문화사.
이중환(저), 노도양(역)(1968), 택리지, 서울: 자유교양사.
이훈종(1993), 민족생활어사전, 서울: 한길사.
한국불교대사전편찬위원회(1982), 한국불교대사전, 서울: 보련각.
한글학회(1991), 한국땅이름큰사전.
한상수(편)(1979), 충남의 전설, 대전: 한일출판사.

夜來者說話의 전승 양상과 의미

라 인 정

1. 서 론

夜來者설화는 사람과 밤에 오는 異物이 성적으로 결합한다는 내용으로 이야기되는 설화를 말한다. 설화의 주된 내용은 남녀 주인공의 만남과 헤어짐, 그리고 그에 의하여 연계되는 사건들이다. 남녀 주인공은 한쪽은 사람이며, 다른 한쪽은 이물이다, 이물이란 사람이 아닌 동·식물, 정령 등의 부류를 총칭하는 것이다. 그리고 이들이 성적으로 결합하는데, 이를 '交媾'라 한다.[1]

설화는 이야기체로 전승된다는 특성이 있다. 그래서 창작이나 전파, 전달이 쉽게 이루어질 수 있었고, 때문에 그것을 창작하고 전승하는 사람들의 사상이나 생활관, 풍습 등이 쉽게 드러나고 있다. 이런 연유로 이 설화를 보면 사람과 이물과의 교구를 가능한 것으로 인식하였던 전승자들의 의식을 엿볼 수 있다.

이물로 등장하는 동물·식물은 사람과 性的으로 결합할 때에 자

---

[1] 라인정(1999 : 1)

신의 본체를 숨기고 사람의 모습으로 변신한다. 사실 사람과 이물이 결합한다는 것은 현대인들에게는 비논리적이며, 불가사의한 일로써 수용하기 어렵지만, 설화를 창작하고 전승하였던 고대인들에게는 자연스럽게 받아들여진 일이었을 것이다. 그들은 동물과 식물 등 생명을 가지고 있는 것들은 靈이 있다고 생각하였으며, 인격화하였고, 따라서 사람과 소통이 가능하다는 사고를 갖고 있었기 때문이다. 즉 고대인들은 이 세상에 존재하는 모든 것은 精靈이 있다는 애니미즘과 그것에서 한 걸음 더 나아가 그것들을 숭배하고 신앙시하는 토테미즘을 갖고 있었다. 때문에 그들의 애니미즘이나 토테미즘과 같은 사상이 이런 기이하고도 흥미로운 설화를 창작하고 전승시킬 수 있었던 思惟적 기반을 이루었을 것은 당연한 일이다.

서사문학에 있어서 주인공의 비범하거나 신이한 탄생 모티브는 관습적으로 이용된 것이었고, '이물교구'는 그것이 가능하도록 전제되는 주요 사건이었다. 이런 점에서 야래자설화는 학자들의 관심의 대상이 되어 왔으며, 그에 따라 연구도 다양하게 실행되었고, 연구 성과 또한 풍부하게 이루어졌던 것이다.

그 동안의 연구 업적을 개략적으로 살펴보면 다음과 같다.

임석재는 〈朝鮮の 異類交婚譚〉 2)에서 내용이나 구성이 세계적으로 유사하게 전개되고 있는 이물교혼담을 교구 대상을 중심으로 5가지 유형으로 나누고, 야래자설화를 '인간과 동물과의 교혼' 유형에 분류하였다. 더불어 전승 사고 면에서는 동물이 사람의 모습으로 변신하는 것으로 볼 때 우리 나라의 경우 신이나 식물·동물·무생물들이 다같이 사람이 되기를 희구하는 모습으로 나타난다고 하였다. 손진태는 《韓國民族說話의 研究》 3)에서 이 설화를 '견훤식전설'이라 명명 소개하면서 일본의 설화가 한국으로 유입 전승되었고, 그것이 북쪽의 회령이나 성진 지방에까지 전승되었다고 주장하면서 일본인 학자 鳥居龍藏의 견해4)를 반박하였다. 최상수는

---

2) 임석재(1939)
3) 손진태(1947 : 199~212)

〈夜來者型傳說考〉5)에서 사람이 아닌 것이 밤마다 온다는 의미로 '야래자전설'이라 명명하고 그 원형과 예화를 들며, 이 설화의 발생 요인을 첫째 토템 사상의 흔적으로 보고, 둘째 탄생한 아기가 신격을 가진 사람이라는 것을 말하기 위한 장치라고 하였다. 소재영은 〈異類 交媾 考〉6)에서 사람과 사람 이외의 존재가 혼인하는 내용으로 이루어진 설화를 이류교구설화라 규정하면서, 유형면에서는 모티프를 설정하여 卵生型, 甄萱型, 羽女型, 報恩型으로 나누었는데, 견훤형이 바로 야래자설화이다. 기능면에서는 이물교구 후 後嗣가 있는 경우 대부분 비범한 인물의 탄생을 신성시하기 위한 서사문학의 구조적 장치임을 강조하였다. 김화경은 〈夜來者 說話의 구성구조 분석〉7)에서 야래자의 정체를 살핀 결과 북부지방은 수달, 용, 중부 지방은 거북, 절구공이, 동삼, 남부 지방은 지렁이가 많다고 하여 전국을 3분하였다. 그리고 그 이유를 한민족의 남하와 경제 형태가 바뀌면서 파생된 것이라 보고, 자연의 상태가 인간에 의하여 정복되어 가고 있으며, 자연→문화라고 하는 인류사의 발전 진화적인 한 단면이라 밝혔다. 지영하는 〈異類交婚 說話의 話素가 지닌 象徵〉8)에서 설화는 그 시대, 사회의 관습을 반영하는데, 야래자설화의 내용과 데릴사위제와의 연관성을 살펴 그 혼속을 반영하고 있다고 밝히고 있다. 라인정은 《異物交媾說話研究》9)에서 이물교구 모티브를 지닌 설화를 총체적으로 고찰하면서 야래자설화의 전승 양상과 이물의 상징적 의미, 교구의 기능 등을 살피고, 그런 상징적 의미를 믿었던 전승자들의 전승의식을 살폈다.

　　그 동안 이루어진 연구 업적들은 야래자설화를 종합적으로 고찰

---

4) 鳥居龍藏(1912)에 따르면 이 설화는 북쪽에서 전승 유입되어, 한국을 거쳐 일본으로 전파되었다고 밝히고 있다.
5) 최상수(1957)
6) 소재영(1968)
7) 김화경(1981)
8) 지영하(1989)
9) 라인정(1999)

하여 오랫동안 전승되어온 이 설화의 존립과 전승의 의미를 부여하
였고, 설화의 내용·구조·전승·사상 등의 특징을 고찰할 수 있는
기회를 제공하였던 것에 그 의의를 둘 수 있다.

설화를 연구하는 방법으로는 설화의 주제나 서사적 실상 내지 미
적 범주 등을 밝히는 문학적 방법, 설화에 반영된 생활상이나 풍속,
민간 신앙 등과 연결하는 민속학적 방법, 사람의 원초적 심성과 수
용적 심리를 탐색하는 심리학적·정신분석학적 방법, 설화의 구조
를 분석하는 구조주의적 방법, 사회 구조나 사회 제도와의 관련성
에서 연구하는 사회학적 방법, 그리고 설화의 전파 과정이나 전승
지역 등을 주로 연구하는 역사지리학적 방법 등이 있다. 본고에서
는 야래자설화를 문학적 방법으로 살피면서 민속학적 방법과 구조
주의적 방법을 병행하여 고찰한다. 이에 이 설화의 유형별 전승 양
상을 살피고, '이물'이 갖고 있는 상징적 의미를 살필 것이다.

본고는 한국정신문화연구원의 《한국구비문학대계》와 그외 설화
자료집들을 이용하여 50여 편의 설화를 선별하였고, 이를 연구 대
상으로 하였다.

2. 유형별 전승 양상

설화의 유형이란 동일한 내용을 갖춤으로써 많은 설화들 중에서
다른 것들과는 구별되는 서사구조를 갖고 있는 일련의 것을 말하
며, 때문에 설화의 분류는 그 자체로 끝나는 것이 아니라 다음 단
계의 연구를 위한 기초 자료가 되기도 하며, 분류안을 토대로 하여
연구하고 분석하여 그 설화가 지니고 있는 참된 의미를 규명하게
된다. 따라서 설화의 분류 작업은 설화 연구의 최종 목적이 아니고,
설화 연구를 위한 준비 과정이라 할 수 있으며, 이를 통하여 설화
의 존재 양상을 체계적으로 파악할 수 있고, 자료를 쉽게 정리할
수 있으며, 또 자료를 쉽게 찾아 볼 수도·있다.10)

야래자설화의 유형 분류는 교구 현상에 바탕을 둔 '교구의 결과'를 기준으로 하였다. '교구의 결과'는 설화의 구성, 사건 진행의 전 과정을 실질적으로 응축하고 있으며, 설화의 배경과 등장 인물, 사건 등은 명확한 전승 양상을 보이고 있기 때문이다. 교구 결과를 살피기 위하여 우선 설화의 서사 구조를 검토하고, 다음 단계로 내용의 유사성과 차이점 등을 비교하였다. 설화의 유형 분류에서 그 서사 구조는 무시할 수 없는 것인데, 한 유형에 속하는 모든 각편은 서로 일치하는 서사 구조를 지니고 있기 때문이다.

야래자설화의 주요 사건은 사람과 이물과의 교구이며, 그 결과로 어떠한 사건이 연속되는가 하는 것이다. 그 연속되는 사건은 단순히 이물을 퇴치하는 것으로 끝나는 것, 교구로 인하여 아기가 탄생하는 것, 아기가 성장하여 이물인 아버지의 뼈를 명당 터에 묻어 천자가 되는 것인데, 이들 후속 사건에 의하여 세 가지로 분류하였다. 이것을 다음과 같이 설명할 수 있다.

1) 동삼형 : 이물교구 모티프 + 이물퇴치 모티프
2) 견훤형 : 이물교구 모티프 + 이물퇴치 모티프 + 아기탄생 모티프 + 큰 인물 되는 모티프
3) 천자형 : 이물교구 모티프 + 이물퇴치 모티프 + 아기탄생 모티프 + 물 속 명당에 뼈 걸기 모티브 + 천자 되는 모티프

먼저 동삼형의 서사 진행 과정을 순차적으로 단락지어 보면 다음과 같다.

(1) 전라북도 금산에 한 장자가 살고 있는데, 열여덟 살쯤 된 장성한 딸이 있다.

---

10) 조동일(1981 : 1~24)

(2) 딸의 방에는 밤마다 아름다운 남자가 와서 잠을 자고 새벽에 돌아간다.

(3) 딸은 이름과 사는 곳을 묻지만 남자는 알려 주지 않는다.

(4) 딸은 부끄러움을 무릅쓰고 아버지에게 사실을 말하게 된다.

(5) 아버지는 이상한 일이라며 바늘에 실을 꿰어 두었다가 남자의 옷에 꽂으라고 시킨다.

(6) 그날 밤에도 남자가 와서 자고 새벽에 나가려고 하자 딸은 남자의 옷에 바늘을 꽂는다.

(7) 아침 일찍 아버지는 실이 풀려 나간 곳을 찾아가게 된다.

(8) 자기 집의 뒷동산 수풀 속에 있는 동삼에 바늘이 꽂혀 있는 것이다.

(9) 아버지는 사람들과 같이 그것을 파내어 달여 먹는다.

(10) 그 후로 그 남자는 오지 않는다.11)

동삼형은 9편 전승되는데, 밤마다 여자에게 와서 잠을 자고 가는 남자의 정체를 알아내어 그것을 물리친다는 야래자설화의 기본 서사 구조로 이루어졌다. 이는 견훤형이나 천자형 설화들도 공유하고 있는 삽화이다.

주인공인 여자는 '과년한 색시', '처자', '김좌수네 맏딸', '장자네 딸', '여자 아이'라 하여 민담의 기본적 성격인 불특정 인물이 주인공이며, 특별히 '옥녀'라 하여 주인공의 이름이 거명되는 각편도 있다. 이것은 신화나 전설보다는 민담으로 전승되고 있다는 것을 보여 주고 있다. 이들의 공통점은 정상적으로는 남자와 성적 관계를 맺을 수 없다는 것이다.

그러나 이들에게는 매일 밤마다 '예쁜 총각', '어떤 아이', '어떤 청년', '초립동이', '푸른 두루마기를 입은 총각'이라고 전승되는 정체를 알 수 없는 남자가 와서 잠을 자고 새벽에 가는 것이다. 이들 중에

---

11) 최상수(1958 : 157~158), "童參".

는 '개구리를 좋아하여 연못에 있는 개구리들의 소리에만 신경을 쓰면서, 머리에는 관을 쓰고 있다'는 것으로 이물의 모습이나 성질을 짐작할 수 있게 하는 각편도 있다.

정체를 알 수 없는 남자가 매일 밤 와서 자고 가자 여자들은 '몸이 수척하여진다'거나, '배가 불러온다'거나 하는 것으로 모르는 남자를 만나고 있다는 사실이 밖으로 알려지게 된다.

그리하여 여자들은 '아버지', '어머니', '어른들', '부모들'에게 사정 이야기를 하게 된다. 사정 이야기를 들은 사람들은 '명주실과 바늘을 준다'거나 '명주실을 주며 손목에 묶어 두라'거나 '명주꾸리를 준다'거나 하는 방법을 일러준다. 밤이 되어 정체를 알 수 없는 남자가 왔다가 새벽에 돌아가려 하자 여자들은 사람들이 일러 준대로 한다.

아침이 되어 사람들을 불러 실을 따라 가보니 '삼이 있다'거나 '구렁이가 죽어 있다'거나 '천 년 묵은 지렁이가 있다'거나 '뱀이 나가는 것'으로 남자의 정체가 밝혀진다. 정체를 알 수 없는 남자들은 지렁이(2편), 구렁이(1편), 동삼(5편)으로 동삼이 가장 많아 이에 '동삼형'이라 명명한다. 전승자들은 이물이 동삼인 경우에 '그것들을 캐어 먹는다'거나 '어머니의 병을 고친다'거나 '부자가 된다'거나 하는 것으로 전승하여 동삼이 사람에게 발견되려고 일부러 나타나는 것으로 인식하고 있다.

다음으로 견훤형의 사건의 전개 과정을 순차적으로 단락지어 보면 다음과 같다.

(1) 어느 한 집에 과수가 살고 있다.
(2) 남편이 죽자 여자는 길쌈을 하면서 생활을 꾸려 나간다.
(3) 과수의 집에는 밤마다 잘생긴 남자가 찾아와 과수댁과 자고 돌아간다.
(4) 문을 잠궈 놓아도 남자는 아무 거리낌없이 들어온다.
(5) 여자가 누구냐고 물어도 남자는 알 필요 없다고 한다.

(6) 시간이 지나 과수는 아기를 갖게 된다.

(7) 과수는 남자의 정체를 밝히기 위해 고민을 한다.

(8) 어느 날 밤에 왔다가 돌아가는 남자의 뒤에 길쌈하던 실을 묶어 둔다.

(9) 날이 밝아 실을 따라가 보니 자기 집 장독 뒤로 들어가는 것이다.

(10) 과수는 동네 사람들에게 사실 이야기를 하고 같이 가 본다.

(11) 사람들과 같이 실이 들어 간 곳을 파 보니 거기에는 큰 지렁이가 있다.

(12) 과수는 아이를 낳았는데 지렁이의 소생이다.

(13) 나중에 그 아이는 후백제의 시조가 된다.12)

견훤형은 29편으로 가장 많이 전승되고 있다. 이물과 교구하는 주인공은 '과수', '과년한 처자', '규중 처녀', '무남독녀', '대감 집의 딸', '어느 처녀'들로 사회의 통념상 남자와 성적 관계를 맺을 수 없는 여자들이다. 특별히 절에서 살고 있던 '거미가 아름다운 여자로 환생'하는 각편도 있다.

이들에게는 밤마다 '불그스름한 옷을 입은 남자', '초립동이', '남자', '청의 동자', '푸른 옷을 입은 총각', '봇짐을 진 중년 서생'이 와서 잠을 자고 새벽에 간다. 각편에 따라서는 '새파란 옷을 입고 문을 여닫지도 않고 출입을 한다'거나, '얼굴은 희지만 문도 열지 않고 들어온다', '푸른 기운이 방으로 들어간다', '푸른 옷을 입은 남자가 오는데 꼼짝 못하게 되는' 등 이물의 성질이나 생김새, 능력을 짐작하게 하는 화소가 전승되는데, 이는 남자에 대한 괴이함으로 보이며 그로 인하여 교구의 신이함을 증폭시킨다.

이렇게 되자 임신을 하여 '배가 불러온다'거나, '딸의 허리가 굵어져 간다'거나, '야위어 간다'거나, '간부가 있다고 소문이 난다'거나,

---

12) 한국정신문화연구원 어문연구실(5-4 : 693~695), "견훤은 지렁이 소생".

'딸이 직접 말을 한다'와 같은 것으로 남자와 관계한 것이 드러나게 된다.

여자들은 '부모', '아버지', '어머니', '절의 주지'에게 그간의 사정 이야기를 하여 방법을 모색하기도 하고 혼자 고민하여 방법을 모색하는 각편도 전승된다.

모색된 방법은 '바늘에 명주실을 꿰어 두었다 남자의 옷에 꽂아라', '명주실을 왼쪽 팔에 묶어라', '명주실'이나 '실'을 준비하거나 '바늘에 실을 꿰어 놓아라'는 것이나 '길쌈하던 실'을 이용한다는 것이다. 밤이 되어 남자가 왔다가 새벽에 가려고 하자 여자는 준비해 둔 것을 '옷에 꽂는다'거나 '옷에 묶는다', '발목에 묶는다', '손목에 묶는다'와 같은 방법을 이용하여 남자의 정체를 확인하기에 이른다.

아침이 되어 '부모'나 '어머니', '아버지'로 이야기되는 이들은 사람들을 불러모아 실을 따라 간다. 실을 따라 가보니 '지렁이'나 '수달'의 등에 바늘이 꽂힌 채 죽어 있다거나, '조개'나 '자라', '거북이'가 실에 끌려온다거나, '구렁이가 죽어 있다'거나, '지네'이거나, '바늘을 꽂자 금돼지로 변하는 것', '어룡' 등으로 밤에 오는 남자의 정체가 밝혀진다. 이물들은 한결같이 동물이며, 이미 죽어 있거나 죽지 않은 이물은 사람들이 죽인다.

이물의 정체가 밝혀지자 밤마다 오던 남자는 오지 않게 되는데 여자는 임신을 한 상태이어서 달이 차 아기를 낳는다. 그리고 아기는 성장하여 훌륭한 사람이 되는데, '견훤', '무왕', '특정 성씨의 시조', '천자', '천자의 아버지', '왕', '후백제의 시조', '남한산성의 개척자' 같은 인물이 된다. 즉 이물교구로 인하여 후손이 생기고 그 후손은 훌륭한 사람이 되거나 특정 성씨의 시조가 된다는 것이다. 그 중에서도 '견훤'이라는 인물로 전승되는 것이 가장 많다. 그리하여 이 유형을 '견훤형'이라 명명한다.

천자형의 사건 전개 과정을 순차적으로 단락지어 보면 다음과 같다.

(1) 회령의 서쪽 서촌이라는 곳에 이좌수가 살고 있는데 과년한
　　 딸이 하나 있다.
(2) 처녀가 자는 방문을 잠궈도 어떤 남자가 열고 들어와 강간하
　　 고 돌아간다.
(3) 그 남자는 그런 식으로 며칠에 한 번씩 왔다 간다.
(4) 처녀는 그 남자에게서 사람 냄새가 아닌 동물 냄새가 나는
　　 것을 알게 된다.
(5) 얼마 후 처녀는 임신한 것을 알고 더 이상 숨길 수 없어 부
　　 모에게 말한다.
(6) 부모는 어떻게 그럴 수 있느냐고 딸을 의심하여 밤에 딸의
　　 방을 지킨다.
(7) 딸의 말대로 밤에 웬 흉칙하게 생긴 것이 딸의 방으로 들어
　　 간다.
(8) 부모는 확인하기 위해 명주실을 꿴 바늘을 남자의 옷에 꽂으
　　 라고 시킨다.
(9) 딸은 부모가 시키는 대로 남자에게 바늘을 꽂자 실이 계속하
　　 여 풀려 나간다.
(10) 다음 날 동네의 장정들을 데리고 실을 따라 가니 두만강 건
　　　 너 산꼭대기에 있는 조그만 못 속으로 들어간다.
(11) 사람들을 동원하여 물을 퍼내고 보니 커다란 개구리 한 마
　　　 리가 있다.
(12) 괴상한 두꺼비라고 생각하고 죽이자 그날 밤부터 그 남자는
　　　 오지 않는다.
(13) 딸은 그후 사내 아이를 낳는다.
(14) 딸은 아이의 아버지라 그냥 둘 수 없어 개구리의 뼈를 걷어
　　　 바위틈에 묻어 둔다.
(15) 아이는 성장하여 머리도 노랗고 눈알도 노르스름하며 발그
　　　 스름 한 피부를 갖고 있어 별명을 노라치라 한다.
(16) 아이가 물가에서 놀고 있는데 웬 노인이 와서 수영 잘하는

사람을 묻는다.

(17) 아이들이 노라치가 수영을 잘 한다고 하자 노인은 물 속의 어디에 있는 자리에 무엇을 갖다 놓고 오는 심부름을 해 달라 한다.

(18) 아이는 집에 와 노인에 대하여 어머니에게 말을 한다.

(19) 어머니는 바위틈에 묻어 둔 개구리의 뼈를 갖다 아이에게 주며 그 자리에 그것을 걸으라고 한다.

(20) 아이는 어머니가 준 것을 숨겨 노인이 준 것을 가지고 물 속으로 들어간다.

(21) 노인이 말한 자리에 아버지의 뼈를 걸어 두고 그 왼편에 노인이 준 것을 걸고 물 밖으로 나온다.

(22) 그후 이 아이가 청나라의 태조가 된다.13)

천자형은 6편인데, 견훤형에서 파생된 것으로 볼 수 있다. 이물교구 모티프와 이물퇴치 모티프, 그 위에 아들 낳는 모티프가 결합하고, 그 아들은 물 속에 있는 명당 자리에 이물인 아버지의 뼈를 걸음으로써 나중에 중국의 천자가 된다고 전승된다.

이물은 '수달'이나 '지렁이', '개구리'라는 물에서 사는 동물로 전승되는데, 이는 나중에 태어날 아이의 성질이나 생김새를 어느 정도 시사하기 위한 전승자들의 의식적인 전승이라고 할 수 있다. 태어난 아기는 자라서 정말로 수영을 잘한다.

이물의 정체를 밝히기 위하여 '실뭉치를 발목에 걸어 둔다'거나, '남자의 옷에 바늘을 꽂는다'는 방법을 이용하여 이물의 정체를 밝힐 수 있는 계기를 마련한다. 실을 따라 가자 이물은 '이미 죽어 있다'거나 '사람들이 발견하고 죽인다'거나 하여 죽임을 당한다. 여자는 임신을 한 상태이어서 죽임을 당한 이물을 아기의 아비지로 생각하고 이물의 뼈를 거두어 둔다.

---

13) 한국인류학회(1969 함남북편 : 307~310), "淸太祖 其 1".

여자는 달이 차서 아들을 낳는데, 아들은 아버지의 생김새를 닮아서 '머리가 노랗다'거나 '눈알이 노르스름하다'거나 하여 '노라치'라고 부른다. 태어난 아이는 헤엄을 잘 치는데, 이는 아버지인 '수달'이나 '개구리'가 물에서 사는 동물이라 그 성질을 닮았을 것이라는 전승자의 인식이 반영된 것이라 할 수 있다.

아이가 사는 마을에는 연못이 있는데, 아이는 항상 헤엄을 치며 논다. 어느 날 마을에 '지사'나 '지상사라는 노인', 또는 '노인'이 와서 물 속에 있는 '와룡석'이나 '사람 형상의 바위'에 뼈 주머니를 걸어 달라는 부탁을 한다.

아이는 집에 와 어머니로부터 아버지의 이야기를 듣고 어머니가 주는 아버지의 뼈 주머니를 몰래 숨기고 물 속으로 들어가 아버지의 뼈 주머니를 '왼쪽 귀'에 걸고 노인이 준 뼈 주머니를 오른쪽에 걸고 나온다. 이를 볼 때 '왼쪽'을 전승자들이 좋은 쪽으로 인식하고 있다는 것을 알 수 있다.

이렇게 물 속의 명당 터에 아버지인 이물의 뼈를 걸어서 그 음덕으로 '본인이 자라서 청태조가 된다'거나, 어떤 여자와 혼인하여 아들 셋을 낳는데 그 중 '셋째 아들이 청태조가 된다'는 각편도 있다. 결국 이물교구에 의하여 태어난 아이가 물 속에 있는 명당 자리에 아버지인 이물의 뼈를 묻어 후손이나 자신이 청나라의 천자가 된다고 전승되고 있다.

야래자설화의 전승 양상을 살펴볼 때 다음과 같은 것을 고찰할 수 있었다. 우선 구연자의 남녀 비율에서 보면, 50명의 전승자 중에 남성 구연자가 33명으로, 압도적으로 남성에 의하여 전승되고 있음을 알 수 있다. 그 이유는 설화의 내용이 여성 구연자가 구연하기에는 민망한 것이기 때문이라 생각된다. 특히 아기가 태어나려면 여성의 성적 결합이 이야기되어야 하며, 더욱이 사람이 아닌 이물과의 성적 결합이 이루어진다는 사건은 여성 구연자로 하여금 청중들이 있는 열려진 공간에서 구연하기에는 조금 거리낌이 있는 부분이었을 것이다. 또한 구연자의 연령층은 주로 60대 이후의 노인들이었고, 많이 전승되는 것으로 나타나고 있다.

다음으로 지역적인 전승 분포를 보면, 경기 : 4편, 강원 : 2편, 충남 : 6편, 충북 : 2편, 경북 : 9편, 경남 : 5편, 전북 : 4편, 전남 : 3편, 제주 : 1편으로 전국적인 분포를 보이고 있어 전국적인 전승이 이루어지고 있다고 할 수 있다.

더불어 견훤형이나 천자형에서는 이물과의 교구 후 임신모티브가 연계되어 비범한 능력을 지닌 인물이 탄생한다는 모티브로 연결되어 이 설화의 전승의 의미를 확인하게 되는데 비하여, 동삼형은 단지 이물과의 교구와 그의 정체 확인으로 끝맺는다. 이물교구 모티프가 동삼형 설화의 서사 구조 전체를 이끌고 있다고 할 수 있다.

또 동삼형에서는 이물이 대부분 '동삼'이라는 식물로 전승되지만, 견훤형이나 천자형은 이물이 동물로 전승되고 있어 특이하다고 할 수 있다. 이로 인해 동삼형에서는 이물교구로 인한 후손이 없다. 이는 사람과 이물이 결합하여도 그 사이에서는 어떤 생명체도 나올 수 없다는 전승자들의 사람들의 합리적인 사고가 반영된 것이라 할 수 있다. 따라서 동삼형이 견훤형이나 천자형보다 후대에 형성·전승된 것으로 보아도 무방할 것이다.

야래자설화는 이미 서대석에 의하여 水父 - 地母형의 신화로서 농경의 풍요를 비는 제전을 통하여 전승되었을 가능성이 높다고 연구14)된 바와 같이 처음의 원형은 신화이었던 것이 전승되는 과정에서 차츰 신화적 성격을 잃어 어떤 특정 인물에 관한 전설로 변이되고, 나아가 동삼형에서 볼 수 있는 것처럼 민담으로 변이되어 전승되고 있는 것도 볼 수 있다.

---

14) 서대석(1985 : 9~60)

3. 이물의 상징적 의미

야래자설화에는 사람이 아닌 것이 사람으로 변신하여 주인공으로 등장하며, 그들에 의하여 일어나는 교구와 그 결과 자손이 탄생하는 것은 정상적으로는 받아들일 수 없는 비과학적인 사건이다. 獸姦이라는 변태적 행위가 일부에서 있기는 하였지만, 과연 사람이 아닌 것이 사람과 성적으로 결합할 수 있으며, 그 결과 사람이 탄생할 수 있는 일인가?

사람들은 사실적인 사건들을 문학적으로 수용하기 위하여 비유나 상징이라는 수법을 이용하는데, 설화도 당시의 사회 제도나 생활 습관, 역사적 사건 등을 나타내기 위하여 비유나 상징이라는 수법을 이용하여 왔다. 설화에 비유나 상징이라는 수법이 가능한 이유는 자연 만물에 대한 고대인들의 인식 때문이라 할 수 있다. 자연 만물과 사람을 동격으로 간주하였던 고대인들의 우주관이나 자연관이 설화에 나타나는 것이다. 그리하여 동물이나 식물 등의 사람이 아닌 것도 단순히 이물로만 여긴 것이 아니라, 신격화하여 신으로 숭배하기도 하고, 조상으로 인격화하기도 하였다.

야래자설화에서는 사람이 아닌 이물이 사건을 일으키는 주요 등장 인물로 나타나는데, 이 때에는 자신의 본체를 숨기고 사람으로 변신하여 나타난다. 그러면서 자신의 욕망을 충실히 실현하고 있는데, 그 때에는 욕망 실현에 적합한 성적 역할을 하고 있다. 이것들은 자신의 정체를 숨기고, 남자의 모습으로 밤마다 여자의 방으로 들어 와 잠을 자고 가는데, '아름다운 남자', '어떤 아이', '웬 청년', '예쁜 총각', '靑衣동자', '새파란 도포를 입은 청년', '초립동이', '푸른 두루마기 입은 남자', '불그스름한 옷을 입은 남자', '붉은 옷을 입은 남자', '푸른 옷을 입은 남자'로 변신하여 사람인 여자와 직접 교구하는 것으로 이야기된다.

이 설화에 등장하는 이물의 본체는 동물과 식물로 나눌 수 있다. 견훤형이나 천자형에서는 동물이, 동삼형에서는 식물이 주로 나타난다. 동물인 이물의 정체는 지렁이(31%), 뱀(6%), 자라·거북이 (11%)와 같이 형상적으로 남성기와 비슷한 것들과 수달(13%), 용(6%), 개구리(6%), 조개(2%)와 같은 물과 관계 있는 것들, 또 사람과 밀접한 관계 속에 살고 있는 돼지(2%), 개(2%) 등이다.

남자로 변신하여 등장하는 동물은 그 생태적인 특징과 속성으로 크게 달동물과 달동물이 아닌 것으로 나눌 수 있다. 달동물이란 달이 지니고 있는 永續·부활·재생의 뜻을 상징하는 동물들로서, 뱀·개구리·지렁이·거북이·자라·곰·우렁이 등이 속한다.15)

달동물인 뱀이나 지렁이, 두꺼비 등이 왜 자주 나타나는 것일까? 거기에는 여러 가지 이유가 있다. 먼저 생태적인 면으로 보면 거북이나 지렁이, 뱀과 같은 달동물은 알을 많이 낳는 동물들이다. 많이 생산할 수 있다는 것은 자연 상태에서 개체 수를 늘일 수 있는 확률이 높다는 것이다. 이것은 종족의 개체 번식 그리고 생명 유지와 관련이 깊은 것이다.

또 달동물이 재생을 상징하거나 그런 속성을 지닌 것으로 인식하는 이유는 달의 주기적인 순환과 동일시하기 때문이다. 뱀이 주기적으로 허물을 벗어 새로운 모습을 갖는다는 것을 달의 순환성으로 인한 모습의 바뀜과 같은 것으로 인식하고 있는 것이다. 또 자라나 거북이의 신체를 이용한 보임과 숨김은 순환 주기에 의한 달의 生滅 과정과 같은 것으로 인식하는 것이다. 또 달은 재생뿐만 아니라 풍요와 다산의 상징이기도 하여서 여성의 생생력과도 동일시되고 있다. 뱀이 허물을 벗는 것은 달의 주기적인 生滅과 같은 순환 관념이고, 달의 변화 주기는 여성의 月經 주기와 같은 것으로 관념 체계를 형성하여 왔다. 이에 대하여 엘리아데는 '달 - 비 - 생산 - 여성 - 뱀 - 죽음 - 주기적 재생'이라는 관계를 설정하여 그 상징성을 논하고 있다.16)

또 뱀·두꺼비·거북이·지렁이 등의 이물은 잘생긴 남자의 모습

---

15) 김열규(1975 : 245)
16) 이은봉 역(1982 : 178~192)

으로 변신한다. 이들을 잘생긴 남자로 등장시키는 이유는 무엇일까? 그것은 아마도 이들이 지닌 외형상의 상징적 의미 때문일 것이다. 지렁이·뱀·자라·거북이들은 그 외형적인 생김새가 남성의 성기를 상징하는 것으로 인식되어 왔다. 따라서 잘생긴 남자를 표현하는 데에 뱀이나 거북이·지렁이 등을 등장시키는 것이 자연스러운 일이었을 것이다.

고대인들은 동물을 사람과 동격시하거나 때로는 神格視까지 하였다. 신화학에서는 동물이 사람과 동격시되는 것을 애니마리즘(animalism)이라 하며, 애니마리즘 현상과 더불어 신화나 의례를 통해 특정한 동물이 사람의 시조가 되었을 경우 그 동물을 가리켜 獸祖神이라 부르고 있다. 그래서 고대의 신화들은 동물들을 두고 형성된 고대인들의 다양한 관념이나, 사고를 이해하는데 도움을 주고 있다. 이는 단순히 동물 애니미즘을 말하는 것만이 아니고, 고대인에게 神聖顯示가 동물과 더불어 이루어졌다는 것을 시사하고 있다.

그리하여 신적인 힘이 동물에 깃들고, 동물을 통해 시현될 때 동물은 神聖顯示가 된다.17) 게다가 동물들의 이상한 행동은 반드시 신의 뜻이라 믿으며, 사람이 예지하지 못하는 것을 알려 주기도 하고, 神의 뜻을 전하기도 하는 능력을 행사하는 것18)이라고 인식하기도 하였다. 설화나 민간 신앙에서의 동물들은 사람보다 먼저 자

---

17) 김열규(1985 : 123)

18) 백제가 망할 때 거북이를 비롯한 닭, 물고기 등의 동물들이 이상한 행동을 통해 예언한다.

…百濟烏會寺 有大赤馬 晝夜六時 遶寺行道. 二月 衆狐入義慈宮中 一白狐坐佐平書案上. 四月 太子宮雌雞與小雀交婚. 五月 泗沘岸大魚出死 長三丈 人食之者皆死 九月 宮中槐樹 鳴如人哭 夜鬼哭宮南路上 五年庚申春二月 王都井水血色 西海邊小魚出死 百姓食之不盡 泗沘水血色 四月 蝦蟆數萬集於樹上 六月 有大犬如野鹿 自西至泗沘岸 向王宮吠之俄不 知所之 城中群犬集於路上 或吠或哭 移時而散 有一鬼入宮中大呼 曰百濟亡百濟亡 卽入地 王怪之 使人掘地 深三尺許 有一龜 其背有文…

(《三國遺事》卷 第 1 太宗 春秋公條).

연의 움직임이나 앞으로 일어날 일을 아는 것으로 이야기된다. 이는 사람처럼 인공적으로 습득된 의식보다는 자연과 더불어 살면서, 자연적으로 쌓여진 무의식의 직관 능력이 발달하였기 때문이다.

이물이 식물로 전승되는 것도 있는데, 동삼형 설화에서는 대부분 식물인 동삼(11%)으로 전승되고 있다. 동삼은 다른 식물과 달리 스스로 움직일 수 있는 것으로 인식되고[19] 있어서 사람으로 변신이 가능한 것으로 이야기되어 왔다. 게다가 동삼을 성적 능력이 있는 것으로 인식하는 이유는 깊은 산의 깨끗한 곳에서만 볼 수 있어서 神藥靈草로 여기고 있어 사람들로 하여금 외경심과 동경심을 갖게 하기 때문이다. 또 외형상 사람과 닮았고, 藥效로써의 강인한 힘 때문에 남성 상징으로도 인식되고 있다. 이런 사상적인 기반 위에서 자연스럽게 동삼으로 전승된 것이다.

식물은 보편적 갱신과 주기적 재생의 신비를 상징하는 것으로 알려져 있다.[20] 농경 문화 속의 사람들은 모든 생물이 순환한다고 믿는다. 특히 식물은 '생 – 성장 – 죽음 – 재생'이라는 生滅의 반복이라는 의미에서, 사람의 일생과 동일시된다. 농경 문화를 지닌 우리 민족에게 식물이 갖는 의미는 여러 면으로 중요한 것이다. 그렇기 때문에 야래자설화에서 식물도 이물로 등장할 수 있었던 것이다.

야래자설화에서는 윤리적으로 아기를 낳을 수 없는, 남편이 없는 과부나 처녀가 아기를 낳는 것으로 이야기된다. 그것은 지렁이·자라·거북이·수달·뱀 등의 이물들의 폭력적인 의도에 의한 결합의 결과이며, 이때 여자들은 수동적인 태도로 이물의 의도에 이끌리게 된다. 이물은 신성적 존재로 인식된다. 그것은 매일 밤 여자의 방으로 들어오는데, 잠겨 있는 방문도 열 수 있고, 방문을 열지 않고도 빨려 들어가듯 방안으로 들어오기 때문이다. 신이한 힘을 가졌고, 공간적 이동도 자유로이 할 수 있는 힘을 가진 존재로 인식하는 것이다.

---

19) 한국정신문화연구원 어문연구실(1 - 4 : 120~121), "童子蔘".
20) 이동하 역(1983 : 113)

교구의 결과로 태어난 아기에게는 신성성을 드러낼 만한 외형적 징표는 없다. 다만 아버지로 역할 지어진 이물의 정체를 확인하는 것으로써, 태어나는 아기의 신이성이 짐작되고, 또한 아기에게 신성성이 보장된다. 개구리, 수달, 자라 거북이, 지렁이 등이 물과 관련 있는 동물이어서 源水의 믿음이 있고, 이런 신이한 힘을 父系로 한 아이는 비범함을 가질 수밖에 없다는 당위성을 부여해 주는 것이다.

따라서 아기는 역사적으로 실존하였던 인물인 경우도 있지만, 구체적인 인물이 아닌 경우도 있다. 역사적으로 실존하였던 인물로 이야기되는 것은 후백제의 견훤, 백제의 무왕, 청태조인 누루하치이다. 정상적이고 합리적인 사고로는 도저히 이해할 수 없는 탄생이기에 태어날 인물에 대한 신성성의 증여 수단으로 이용되는 것이다.

야래자설화에서 여성은 초자연적 이물들의 결합 욕구로 교구하게 되고, 그 결과 아이를 낳게 된다. 여성은 삶을 상징하고, 즐거움과 고통이 있는 이 세상으로 사람을 나오게 하는 것은 여성의 역할이다.21) 생명이 여성에게 주어지면 여성은 이것을 낳고 먹여서 기른다. 그래서 여성의 힘은 대지의 여신이 지닌 힘과 동일시된다.

이 설화에서 보이는 사람과 이물과의 성적 결합은 사람들의 정상적인 삶의 형태에서 볼 때 상식을 벗어나는 불가능한 일이기에, 그 의미가 문제시되는 것은 당연한 일이다. 그래서 고대인들은 그 의미를 상징적으로 전달하였지만, 오늘날의 사람들이 그것을 잘못 해석하여 여러 가지 오류를 범하기도 하고, 잘못 이해하기도 한다. 하지만 그런 상징은 하루아침에 해결해 놓을 수 있는 것도 아니고, 또 그리 단순한 것도 아니다. 이것을 해결할 수 있는 것은 오랫동안 쌓아온 문화적 관습과 연결지어야 한다. 즉 이러한 상징들을 문화적 관습과 고리지을 때 우리들은 고대인들의 생활을 이해할 수

---

21) 이윤기 역(1996 : 106)

있으며, 그들의 사고 체계를 조금이나마 짐작할 수 있는 것이다. 하지만 상징 체계가 단순히 개개의 상징들을 뭉뚱그려 놓은 것은 아니다. 하나의 이야기가 구성되기 위해서는 어떤 일정한 구조 법칙에 의해서 서사 단위들이 유기적으로 배열되듯이 상징 체계라는 법칙은 낱낱의 상징을 총체적으로 결집시키는 원리로 작용한다. 결국 상징 체계란 서사 구조의 골격을 지탱해 주는 문화적 해석이며, 두 가지가 접합되는 속에서 참다운 이야기의 의미 설명이 이해될 수 있고, 그 때에야 비로소 설화의 존재 설정이 가능한 것이다.[22]

4. 결 론

설화는 공간적으로 전파되고 시간적으로 전승되면서 계속하여 이어진다. 이렇게 설화가 전승되고 전파될 수 있었던 데에는 구전이라는 특성을 지니고 있기 때문이다. 하지만 이로 인하여 설화의 보존과 전승 상태는 가변적일 수밖에 없다. 그래서 같은 유형의 이야기라도 전승자의 의도와 취향에 따라 이야기의 형식과 내용이 변이될 수 있다. 이것은 설화에 있어서 많은 변이형이 파생되는 요인으로써 설화의 전승 속성상 본질적인 과정이기도 하다. 화자들은 설화를 통하여 자신의 흥미, 설화에 대한 설명, 설화가 갖는 교훈 등 여러 가지를 말하고자 하기 때문이다.

야래자설화도 처음에는 어느 특정 집단의 신화이었던 것이 오랜 시간을 전승되어 오면서 설화의 전승 의도나 전승자의 개인적 차이에 의하여 전설로 변이 전승되고, 나아가 민담으로 변이 전승되고 있음을 짐작할 수 있었고, 동삼형과 견훤형, 천자형의 세 가지 유형으로 전승되고 있음을 살펴보았다.

세 가지 유형 설화에서는 사람인 여성과 이물인 남성이 성적으로

---

22) 나경수(1988 : 96)

결합하는데, 이때에는 이물인 남성의 강력한 결합 욕구에 의한 폭력 결합이 이루어진다. 그리고 남성의 정체가 밝혀지면서 이물은 죽임을 당하게 되거나 자신의 세계로 돌아가는 폭력 분리가 일어난다. 이 폭력 결합과 폭력 분리는 야래자설화의 기본 서사구조로서 '야래자'라 명명할 수 있는 기초가 되었으며, 이 설화의 존립과 전승의 의미를 마련하게 되었다. 동삼형설화의 기본 서사 구조에 견훤형은 교구의 결과로 비범한 인물이 탄생하여 큰 인물이 된다는 서사 구조가 얹혀진다. 그 아이는 단순히 '큰 인물'이라는 전승도 있지만, 역사적 인물, 그 중에서도 '견훤'이라는 전승이 가장 많다. 천자형은 견훤형의 서사 구조에 물 속에 있는 명당 터에 아버지인 이물의 뼈를 건다는 서사 구조가 덧붙는다. 그리하여 아이는 천자가 된다는 구조로 전승된다.

이러한 유형별 설화의 서사 구조를 보면 동삼형의 서사 구조에 약간의 다른 내용이 덧붙여져 서사 구조가 완성되고 있음을 알 수 있다. 그렇다고 동삼형이 야래자설화의 원형이라고 할 수는 없다. 오히려 견훤형이나 천자형보다 후대에 파생 전승된 것으로 짐작할 수 있다.

야래자설화에서는 사람과 밤에 오는 이물이 성적으로 결합한다는 괴이한 이야기를 하고 있는데, 이것은 고대인들의 자연에 대한 사유적 바탕에서 가능하였던 것이다. 그리하여 자연 만물에 대한 상징적 의미가 있는데, 사람과 교구하는 이물 역시 상징적 의미를 갖고 있으며, 그러한 사상이 이 설화의 전승에 중대한 힘을 실어 주었다.

이 설화에 등장하는 이물은 지렁이, 뱀, 자라·거북이 같이 외형상의 특성으로 남성의 성기를 상징하는 것과 수달, 용, 개구리, 조개와 같은 물과 관계 있는 것들, 또 사람과 밀접한 관계 속에 살고 있는 돼지, 개 등이다. 이들은 생태적으로나 속성상 달동물이 지니고 있는 永續·부활·재생의 뜻을 상징하는 동물들이다. 또 식물인 경우 외형상 사람과 닮았고, 藥效로써의 강인한 힘 때문에 남성 상징으로도 인식되고 있으며, 외경심과 동경심을 갖게 하는 동삼으로 전승된다.

식물이나 달동물은 보편적 갱신과 주기적 재생의 신비를 상징하는 것으로 알려져 있다. 농경 문화 속의 사람들은 모든 생물이 순환한다고 믿는다. 특히 식물의 '생 – 성장 – 죽음 – 재생'이라는 生滅의 반복과 달의 주기적인 생멸의 반복은 사람의 일생과 동일시된다.

자연 만물에 대한 민족의 이러한 사유적 바탕 위에서 야래자설화는 형성되었고, 파생·전승되고 있으며, 그 안에 녹아 있는 전승자들의 의식 역시 오랜 시간 설화의 전승과 더불어 지속될 것이다.

〈참고 문헌〉

구미래, (1994), 한국인의 상징 세계, 서울 : 교보문고.

김열규, (1971), 한국민속과 문학연구, 서울 : 일조각.

김화경, (1981), 한국설화의 연구, 대구 : 영남대학교 출판부.

나경수, (1988), 韓國建國神話硏究, 광주 : 전남대학교 대학원 박사학위논문.

라인정, (1999), 異物交媾說話硏究, 대전 : 충남대학교 대학원 박사학위논문.

박계홍, (1973), 動植物의 變異에 대한 象徵性, 어문연구 8.

뽈 디엘, 안용철 역, (1994), 그리스 신화의 상징성, 서울 : 공동체.

사재동, (1978), 견훤전의 형성에 대하여, 어문연구 3.

서대석, (1985), 백제신화 연구, 백제논총 1, 백제문화개발연구원.

소재영, (1969), 異類 交媾 考, 국어국문학 42 · 43.

손진태, (1947), 한국민족설화의 연구, 서울 : 을유문화사.

임석재, (1939), 朝鮮의 異類交婚譚, 朝鮮民俗 3.

M.엘리아데, 정진홍 역, (1980), 우주와 역사, 서울 : 현대사상사.

조동일, (1981), 영웅이야기의 유형 연구, 구비문학 5집, 정신문화연구원.

조셉 캠벨·빌 모이어스, 이윤기 역, (1996), 신화의 힘, 서울 : 고려원.

지영하, (1989), 이류교혼설화의 화소가 지닌 상징, 어문학보 12, 강원대 국어
      교육과.

퀴브느와, 윤정선 역, (1983), 징표, 상징, 신화, 서울 : 탐구당.

최상수, (1958), 한국민간전설집, 서울 : 통문관.

한국인류학회, (1969~1981), 한국민속종합조사보고서, 문화재관리국.

한국정신문화연구원 어문연구실, (1979~1988), 한국구비문학대계 1~82, 동
      연구원.

〈부 록〉

동삼형

1. 동자삼　　　　　구비대계 1-4　　　경기도 의정부　　이항훈, 남, 71
2. 인삼의 변신　　　구비대계 4-2　　　충남 대덕　　　　김연경, 여, 76
3. 산삼의 변신　　　구비대계 4-2　　　충남 대덕　　　　윤민녀, 여, 70
4. 동삼의 전설　　　한국의 전설 10권　충남 금산
5. 童蔘　　　　　　한국민간전설집　　충남 금산　　　　김동필, 남
6. 소금산 지렁이　　구비대계 7-6　　　경북 영덕　　　　조유란, 여, 72
7. 지렁이와 접한 처녀　구비대계 7-13　경북 대구　　　　김상태, 남, 76
8. 바늘에 찔린 구렁이　한국민간전설집　경남 동래　　　　김영조
9. 종소리와 뱀　　　한국민간전설집　　평남 평양　　　　이종복, 남

견훤형

1. 창녕조씨 시조 조계룡(曺繼龍)　구비대계 1-2　　경기 여주
　　　　　　　　　　　　　　　　　　　　　　　　이원복, 남, 51
2. 수달피 후손　　　　　　　　　구비대계 1-4　　경기 의정부
　　　　　　　　　　　　　　　　　　　　　　　　이항훈, 남, 71
3. 남한산성 개척자는 개의 자식　구비대계 1-5　　경기 수원
　　　　　　　　　　　　　　　　　　　　　　　　박성석, 남, 73
4. 거북과 결혼한 여인　　　　　　구비대계 2-5　　강원 속초
　　　　　　　　　　　　　　　　　　　　　　　　정연옥, 여, 87
5. 계족산(鷄足山)의 유래　　　　구비대계 3-4　　충북 영동
　　　　　　　　　　　　　　　　　　　　　　　　김화영, 여, 69
6. 견씨(甄氏)의 유래　　　　　　구비대계 3-4　　충북 영동
　　　　　　　　　　　　　　　　　　　　　　　　유광연, 남, 73
7. 견훤이는 천상에서 귀양온 지네아들　구비대계 5-1　전북 남원
　　　　　　　　　　　　　　　　　　　　　　　　임모상, 남, 75
8. 뱀신랑의 복수　　　　　　　　구비대계 5-1　　전북 남원
　　　　　　　　　　　　　　　　　　　　　　　　유미자, 여, 25
9. 견훤은 지렁이 소생　　　　　　구비대계 5-4　　전북 군산
　　　　　　　　　　　　　　　　　　　　　　　　고상락, 남, 65
10. 견훤의 탄생　　　　　　　　　구비대계 5-6　　전북 정읍

27. 지렁이의 아들	한국민간전설집	전남 광주
		견운용, 남
28. 蔡氏沼	한국민간전설집	강원 평강
		김종원, 남
29. 廣積寺의 거미	한국민간전설집	함북 성진
		이인주, 남
30. 지렁이 아들	민속종합보고서	전남편
		홍순택 조사

천자형

1. 누루하치 이야기	구비대계 8-5	경남 거창
		김재열, 남, 77
2. 노라치	한국민간전설집	함남 회령
		김능근, 남
3. 淸太祖 其1	민속종합보고서 함남북편	함북경원
		채관석, 남, 78
4. 淸太祖 其2	민속종합보고서 함남북편	함북경원
		김성덕, 남, 73
5. 淸太祖	임석재 전집 4	함북경원
		채관석, 남, 78
6. 淸太祖	임석재 전집 4	함북경원
		김성덕, 남, 73

대전시 道安洞의 祈雨祭 考察

박 종 익

목 차

---

1. 序 論

이 글은 도안동 일대의 민속조사 과정에서 수집한 祈雨祭 자료를 근거로 하였다. 이 조사는 현재 목원대학교가 들어선 도안동 일대의 民俗誌 작성의 일환으로 시도된 것이다. 필자는 이 조사과정에서 도안동의 口碑傳承을 비롯하여 歲時風俗, 民間信仰, 놀이, 地名由來, 俗信, 生産風俗, 民間療法 등을 조사한 바 있다[1]. 그리고 이 글에서 다룰 기우제에 관한 자료는 민간신앙의 하위 영역에 포함시켜 소사하였다.

이 일대에 내한 소사는 1998년 봄부터 겨울까지 사계절에 걸쳐 이루어졌다. 필자는 이 기간 동안 수시로 이곳을 방문하여 제보자들을 만났다. 조사방법은 현지를 직접 방문하여 제보지에게 질문하고, 그의 답변을 녹음기에 채록하는 등의 방식을 취하였다. 녹음채록을 우선하면서도 기왕에 작성한 질문지를 통하여 기록하는 등의

---

1) 拙稿, 《도안마을의 숨결》, 대전서구문화원, 1999.

방법도 겸하였다. 제보자는 이곳에서 태어나고 지금까지 거주해온 원주민을 대상으로 삼았다.

사실 기우제에 대한 일반적 논의는 적지 않다고 할 것이다. 사적인 전개과정에 관한 연구2)로부터 개념정의를 중심으로 한 비교론 내지 일반론이나3), 개별 지역에 대한 보고서4)에 이르기까지 그 관심이 표현되어 왔다. 그러함에도 대전광역시나 충청남도를 대상으로한 기우제 조사 연구는 미진한 편이었다.

따라서, 이 글은 우리고장 대전지역에서 이루어지던 기우제의 실상에 관한 탐구에 목적을 둔다. 그리고, 지역을 대전광역시 서구 도안동에 한정하여 이 지역에서 지내오던 기우제의 실체를 분석하려 한다.

2. 本 論

2.1. 祈雨祭의 傳統

비에 관한 관심은 단군신화에도 잘 나타나 있다. 《三國遺事》

---

2) 朴桂弘, 〈中世社會의 祈雨儀式에 對한 考察〉, 《韓國民俗硏究》, 螢雪出版社, 1982.
　　─────, 〈近世社會의 祈雨儀式에 對한 考察〉, 위와 같은책.
　　張籌根, 〈기우제의 변천과 방법〉, 《한국민속문화의 탐구》, 국립민속박물관, 1996.
3) 宋錫夏, 《韓國民俗考》, 日新社, 1960.
　　康龍權, 〈韓國의 祈雨風俗에 關한 硏究〉, 《石堂論叢》 6, 동아대, 1981.
　　任東權, 《韓國民俗文化論》, 集文堂, 1983.
　　任章赫, 〈기우제의 비교민속학적 고찰〉, 《한국민속문화의 탐구》, 국립민속박물관, 1996.
4) 《韓國民俗綜合調査報告書》 12권, 文化財管理局, 1969-1981
　　이필영, 〈민간신앙〉, 《大田民俗誌 上》, 大田廣域市史編纂委員會, 1998.
　　─────, 〈마을공동체 신앙〉, 《大田市史 3》, 大田直轄市史編纂委員會, 1992.
　　拙稿, 〈민간신앙〉, 《도안마을의 숨결》, 대전서구문화원, 1999.

王儉朝鮮條를 보면 '桓雄은 인간 세상을 탐내 무리 삼천을 거느리고 태백산 꼭대기 神檀樹 밑에 내려와 신시를 건설한다5)'고 적고 있다. 그리고 이 왕검을 따라 내려온 이들 가운데 그를 보좌하는 중요 인물이 바로 '風伯·雨師·雲師'라고 밝히고 있다. 새 세상을 여는 桓雄天王의 중심 보좌역이 비와 바람·구름을 움직이는 이들이라고 하는 점은 이들 부족의 정체성을 이해하게 하는 근거가 된다. 요컨대, 이들은 자연현상에 지배받는 생활경제를 유지하고 있기에 雨順風調가 무엇보다 중요하였다 할 것이다.

　곧, 단군시대에 이미 우리 민족의 생산활동은 농경이 근간이었던 것을 알 수 있다. 삼국시대에 들어서도 이러한 농경 중심의 경제활동은 지속되었다. 이는 농경과 관련된 각종 제의가 실행되었던 사례만으로도 쉽사리 이해할 수 있다6). 아울러 비가 오지 않아 가뭄이 드는 것은 하늘이 제왕에게 내리는 경고와도 같은 뜻으로 이해하였다. 곧, 제왕이 정치를 바로 하지 않아 내려지는 징계와도 같은 의미로 받아들였다. 때문에 가뭄이 계속될 때 제왕은 이에 대한 책임을 스스로 자처하였다. 한 예로 신라 眞平王은 즉위 7년에 가뭄이 들자, '3월에 가뭄이 있었다. 왕이 늘 머물던 궁을 피하고 먹던 음식을 감하였으며, 친히 죄수를 살폈다7)'고 한다. 일종의 근신인 셈이다. 근신의 구체적 실행으로 편안한 잠자리를 피하고 먹던 음식도 줄이고 있음을 볼 수 있다.

　또, 이것만으로 부족하기에 비를 비는 구체적인 행위를 시도하기도 한다. 역시 진평왕 50년 기사에 보면, '여름에 큰 가뭄이 있었다. 시장을 옮기고 용을 그리어 비를 빌었다8)'고 한다. 이 기록은

---

5)　《三國遺事》, 卷第一 紀異第一 古朝鮮, '雄率徒三千 降於太伯山頂 神檀樹下 謂之神市 是謂桓雄天王也 將風伯雨師雲師 而主穀主命主病主刑主善惡 凡主 人間三百六 十餘事 在世理化'
6)　《三國史記》, 卷第三十二 雜志 第一 祭祀條 참조.
7)　《三國史記》, 卷第四 新羅本紀 第四 眞平王, '七年 春三月 旱 王避正殿減常 膳 御南堂親錄囚'
8)　《三國史記》, 卷第四 新羅本紀 第四 眞平王, '夏 大旱 移市 畵龍祈雨'

비를 비는 구체적 사례인 것이다. 용은 비를 좌우하는 신명이기에
용을 대상으로 비를 빌었다고 할 것이다. 이처럼 온 나라가 가뭄에
처하였을 때에는 왕이 중심이 되어 기우제를 올렸던 것이다. 그리
고 이러한 전통은 고려와 조선에 이르러서도 지속되었다.9)

오늘날까지 지속되고 있는 기우제는 이러한 전통에 뿌리를 대고
있다. 기왕에 조상들이 행하여온 맥락을 그대로 수용하여 지속하고
있는 것이다. 도안동에서 이루어지는 기우제도 이와 다르지 않다.
그 구체적인 행위방식은 이 지역 나름의 고유성이 존재하겠으나 비
를 빌어 가뭄을 물리치고자 하는 의도 자체는 전통적 기우의식에
맥을 대고 있다 할 것이다.

제보자들에 따르면 6~70년대까지도 가뭄이 들면 기우제를 지내
왔다고 답한다. 오뉴월에 이르도록 가뭄이 계속되면 의례히 기우의
식을 치루었다고 한다. 이러한 기우제는 이미 그들의 조상들로부터
물려받은 것으로서 관습적인 검증을 거친 행위라는 것이다. 따라서
의심의 여지 없이 의식을 준비하고 대규모의 제의를 시행하였다고
한다.

2.2. 祈雨祭 實態

근래에는 각종의 수리시설이 설치되어 물의 이용에 고충이 줄어
들었다. 하천을 따라 좌우에 위치한 전답은 대부분 댐이나 보로부
터 이어지는 수로를 갖추고 있다. 따라서 물의 공급과 조절이 용이
해져 농작에 많은 도움을 얻고 있다. 이곳 도안동도 예외는 아니다.

계룡산과 대둔산으로부터 발원한 수원이 천을 이루고, 그 물이
이곳 도안마을 앞들을 가로질러 흘러내려간다. 따라서 농민들은 이
시내의 중간 중간에 보를 설치하여 그 물을 활용하고 있다. 곧, 수
로를 통하여 물을 농지로 유입시키고 있는 것이다.

---

9) 朴桂弘, 〈中世社會의 祈雨儀式에 對한 考察〉, 및 〈近世社會의 祈雨儀式
　　에 對한 考察〉, 앞의 논문, 참조.

제보자들은 물의 유인이 용이해진 시기로 60년대를 꼽는다. 그 이전에는 물의 확보와 공급이 쉽지 않았다고 말한다. 또, 물의 저장을 꾀하기 위해 설치한 수리시설도 원시적인 것이어서 홍수가 나면 무너져내려 제 기능을 발휘하지 못하였다고 한다. 여기에 도안동 일대는 천수답이 많아 적절한 우량이 절실하게 요구된다고 하였다. 실제, 수통골 학하리로부터 이어지는 소하천은 수량이 적어 조금만 가물어도 농수로서의 기능을 다하지 못한다는 것이다.

이곳에서는 우량의 많고 적음이 그해의 풍흉을 가름하는 한 요인으로 작용하였다. 대부분의 전답이 수로보다 고지에 위치하며, 또 천수답이 많기 때문이다. 곧, 적절한 수원을 확보하고 있는가 그렇지 않은가는 풍흉을 가름하는 절대적 요건이 되었던 것이다. 이처럼 기우의 수량이 농작의 풍흉을 좌우함으로 해서 적절한 수량에 대한 농민들의 바람은 남다르다. 농작물의 수확은 일년을 생산주기로 하기에 그 해의 수확은 일년의 수확이 되는 셈이다. 따라서 가뭄 피해로 인해 농사를 버렸다면 그 자체가 일년 수확의 포기와 통하는 것이다.

따라서 우량의 많고 적음은 이 일대 농민들의 넉넉함과 빈곤함에 적지 않은 영향을 미친다고 할 수 있다. 우량이 풍흉에 절대적으로 기여하기에 이에 대한 적절한 확보가 절실하다는 것이다. 바로 이같은 이유에서 기우제가 시행된다. 알맞은 수량의 확보를 통하여 농사를 풍년으로 이끌고자 하는 의도에서 기우제가 치루어진다고 할 것이다.

이 지역에서 비를 기원하는 기우제의 형식은 두 가지로 나누어 살펴 볼 수 있다. 이는 그 규모와 기원 방식에 근거해 나눈 것인데, 날궂이와 기우제가 바로 그것이다. 전자를 소극적인 기우의식이라 한다면 후자는 보다 적극적인 기우의시이라 할 것이다. 닐궂이는 일종의 뱅이10)와도 같은 것이다.

---

10) '뱅이'란 본래 豫防의 뜻을 갖고 있다. 어떠한 징후를 느끼고 그것을 예방할 방편으로 뱅이를 시도하는 것이 일반적이다. 그런데 경우에 따라서는

1) 날궂이

날궂이는 가뭄의 초기에 시행된다. 가뭄이 모내기 할 무렵까지 지속되면 주민들 사이에 날궂이를 지내자는 공론이 이루어진다. 비가 내리기를 무작정 기다릴 것이 아니라 직접 불러보자는 의견이 제기되고, 이것이 공론화 된다는 것이다. 그리하여 마을의 주민들에 의해서 공론으로 채택되면 바로 날궂이 할 날을 받아 시행한다.

도안동은 마을 앞 들에 하천을 끼고 있다. 마을은 남쪽으로부터 보았을 때 용소리, 원도안, 가돈리, 가락리의 순으로 자리 잡고 있다. 그리고 이 들을 가로지르는 하천에서 날궂이를 행하는 마을도 역시 이 4곳의 마을 사람들이다. 곧, 소태봉과 옥녀봉을 줄기로 한 산자락에 이들 마을이 존재하며, 역시 이 마을의 사람들이 가뭄의 극복 방편으로 날궂이를 한다. 이들 4개 마을의 날궂이는 개별적으로 이루어진다. 옥녀봉에서 올리는 연합기우제와는 달리 날궂이 행사는 각각의 마을에서 필요에 따라 개별적으로 시행하여 왔다.

이 지역의 날궂이는 마을로부터 100여 미터 떨어진 하천에서 실시한다. 날궂이를 행하는 사람은 모두 여성이다. 대부분 기혼자이며, 과거에는 장년층의 여성들이 중심이 되었다고 한다. 여성들은 날궂이에 필요한 소도구를 가지고 사전에 지정된 곳에 모인다. 그리고는 들 앞에 가로놓인 하천으로 향한다. 이들이 가지고 나오는 중심 도구는 키이다. 키를 비롯하여 바가지, 얼게미, 싸리비, 솥뚜껑 등이 동원된다. 여기에 더하여 더러운 옷가지 등을 가지고 나오는 사례도 있다.

물가에 도착한 여성들은 날궂이 하기에 알맞은 장소를 물색한다. 옷가지를 말릴 수 있는 나무를 찾고 물의 깊이는 알맞은지 등을 살펴 장소를 정한다. 그리고 철질을 할 수 있는 장소를 택하여 솥뚜껑을 걸 수 있도록 준비해두기도 한다. 이어서 옷을 벗고 물 속으

이미 발생한 일이나 징후에 대한 해결 방안으로서 행해지기도 한다.

로 들어간다. 본격적인 날궂이 행사를 하는 것이다. 대부분의 여성들은 속옷도 걸치지 않는다고 한다. 그렇게 해야 효험이 있다는 것이다.

이 지역 4개 마을의 날궂이 사례를 아래에 나열한다.

① 키를 가지고 물을 퍼 키질을 한다. 또는 키를 가지고 물을 허공으로 날린다.
② 싸리비에 물을 적셔 하늘에 뿌린다.
③ 바가지에 물을 퍼 하늘로 뿌린다. 더러는 다른 사람에게 뿌리며 물장난을 한다.
④ 얼게미 속에 바가지로 물을 퍼 담아 비가 내리는 흉내를 낸다.
⑤ 솥두껑을 두개 부디쳐 '떵 떵' 소리를 낸다.

이상의 사례는 모두 비가 오는 상황을 연출하는 행위라 할 수 있다. 물을 퍼서 키질을 하는 것이나 싸리비·바가지 등으로 물을 하늘에 뿌리는 행위는 모두 비가 내리는 상황을 모의하는 행위라 할 것이다. 여기에 솥두껑을 부딛혀 천둥소리를 흉내냄으로써 시각과 청각에 근거한 소낙비의 현장을 만들어내고 있다. 따라서 이를 물맞이라고 표현하기도 한다.

이러한 일련의 행위들은 모두 주술적 기원행위라 할 것이다. 비가 오지 않음에도 비가 오는 상황을 모방하여 비를 부르는 주술의 현장인 것이다. 그리고 이 주술의 현장에는 이 지역 사람들의 간절한 비의 염원이 담겨 있기도 하다. 곧, 비가 내리는 상확의 모방 내시 연출이라고 하는 모방주술 속에는 모방이 현실로 구현되기를 바라는 기원자의 소망이 담겨있다고 할 것이다.

여성들의 비를 부르는 행위는 여기에 그치지 않는다. 앞서의 사례가 비를 부르는 모방저 행위리 한다면 이후의 사례는 그야말로 날이 궂기를 의도하는 구체적 행위가 될 수 있다. 곧 참가자들의 의도된 날궂이가 계속 이어진다. 그 사례를 들어본다.

① 여성들은 속고쟁이 하나만을 걸치거나 알몸으로 물 속에서 춤을 춘다.
② 물 속에서 서로에게 물을 끼얹거나 소리를 지르는 등 장난을 친다.
③ 물 속에서 소변을 보거나 대변을 본다.
④ 물가에서 월경액이 묻은 속옷을 빤다. 물에 빤 속옷을 나뭇가지에 걸어 말린다.

앞서 ①과 ②의 예는 날궂이 행사의 대표적인 수순이다. 이같은 일련의 행위 곧, '부녀자들이 동원되어 가무하고, 물맞이 하고, 광란을 부리는 것은 신을 즐겁게 하는 娛神의 의미가 있다11)'고 하는 해석도 있으나 이는 다른 각도에서 바라보아야 할 것이다. 이를테면, 조선의 치국이념과 생활윤리는 유교를 근간으로 하고 있다. 그런데, 여성들이 대낮에 맨몸으로 춤을 추고 괴성을 지르는 등의 행위는 유교사회 도덕률에서 벗어난 것이라 하겠다. 따라서 이에 대한 바로잡음이 요구된다. 이 바로잡음을 의도하는 것이 바로 사례 ①과 ②의 목적이라 할 것이다.

요컨대, 유교사회에서 대낮에 여성들이 맨몸으로 물 속에 들어가 괴성을 지르고 춤을 추는 행위는 사회의 미풍양속을 파괴하는 행위로 볼 수 있다. 신으로서도 여성들이 물속에서, 그것도 대낮에 벌이고 있는 이같은 비윤리적 행위가 못 볼 것에 해당한다고 할 수 있다. 따라서 신명은 이에 대한 징계를 고려하지 않을 수 없을 것이고, 그 심판으로 소나기를 내려 이들을 쫓으리라는 것이다. 날궂이를 시연하는 행위자들은 이같은 윤리 해체에 대한 징계를 이끌어내려 하고 있는 것이다. 장대 같은 소나기로 자신들의 파행적 행위를

---

11) 이는 임동권교수가 언급한 바라고 하기 보다 다른 이의 견해를 옮겨 놓은 것으로 이해된다. 곧, 인용한 내용과 같이 말하기도 하고, '그와는 반대로 남자는 조용한데 여인들이 광란함으로써 음양이 되바뀌게 되어 신이 노여워서 비를 내리게 한다는 주장도 있다'고 적고 있다.(任東權, 위의 책, 308쪽.)

벌해 달라는 것이다.

사례 ③과 ④ 역시 앞서의 의도와 유사하다. 앞의 예가 양속의 파괴라 한다면 이들 사례는 양속은 물론이요 오염의 요소까지 겸하고 있다. 대변을 맑은 개울에 띄우는 것은 적극적인 오염 행위에 속하는 것이다. 마찬가지로 월경액이 묻은 속옷을 빠는 것도 적극적인 오염행위라 할 것이다[12]. 사실 전통 민간사회에서 여성의 월경액은 보편적 부정 상징으로 통한다[13]. 때문에 조심스럽게 단속하고 남모르게 갈무리해야 할 대상이었다. 혈액이 외부로 노출되거나 또는, 피묻은 옷이 타인에게 확인되는 것은 개인의 부주의 뿐 아니라 인격성까지 의심받을 수 있는 사항이었다. 따라서 여성들은 속옷을 빨 때에 타인의 눈을 피하고 또, 그것을 말릴 때에도 타인의 시선을 피하도록 하는 것이 보편적 관습이었다. 그러함에도 날굿이에서는 그와 정 반대의 상황이 전개되고 있다. 그야말로 하천의 오염을 극대화하고자 하는 의도가 담겨 있는 것이다.

이처럼 부정을 극대화 하는 데에는 나름의 의도된 목적이 내재되어 있다. 앞서, 양속 파괴의 예와 마찬가지로 적극적인 오염을 통하

---

12) 정결성이나 신성성을 더럽히는 방법으로 비를 부르는 행위는 전통적인 것으로 이해된다. 龍沼나 龍川에 개를 잡아서 생피를 뿌리거나 개 머리를 넣는 것도 같은 맥락이다. 산의 정상에서 오줌을 싸는 행위도 또한 이와 통한다.(張籌根, 위의 논문, 225쪽 참조)

13) 여성의 월경액은 전통사회에서 부정의 상징으로 보았다. 가락리에서는 전염병이 돌면 연자방앗대를 훔쳐다가 마을 입구에 세워놓고 여성의 피묻은 속옷을 입혀 놓거나 섥쳐놓았다고 한다. 이는 일종의 뱅이에 속한다. 여성이 가랑이를 벌리고 있는 형상을 의도하면서 그 가랑이 사이의 혈액을 통하여 부정을 극대화 하는 것으로 볼 수 있다. 곧, 부정의 극대화를 통하여 역질귀신을 쫓는 방식을 취하고 있는 셈이다. 이는 부정과 부정의 대결구도로 우위의 부정이 보다 열등한 부정을 물리칠 수 있다고 하는 전통사회의 인식에 기초한다.

또, 부엌에서 여성들이 깔고 앉은 빗자루나 부지깽이에 월경액이 묻으면 이것들이 도깨비로 변한다고 하는 예가 있다. 이 또한 부정의 도깨비화라고 하는 면을 보여주는 것이다. 이처럼 전통사회에서 여성의 월경액은 부정의 상징으로 통하였다.

여 신명의 정화의지를 촉발시키고자 하는 것이다. 우주만물을 관할
한다고 인식되는 천제에게 오염상황을 보여주고 그 대응을 유도하
고 있는 셈이다. 그리고 그 대응이 소나기와 같은 비로 귀결되리라
는 기대를 갖는다.

그런데 물의 오염은 비단 천제에게 국한되지 않음을 볼 수 있다.
물 속에는 용왕이 머무른다고 인식되고 있으며, 이 용이 비를 조절
하는 역할을 갖기도 한다고 하는 것이 제보자들의 생각이다. 실제
이러한 관념은 민속사회의 보편적 인식이기도 하다. 천상을 지배하
는 신명이 천제라 한다면 水界를 지배하는 신명은 다름아닌 용이라
할 것이다. 따라서 물의 오염은 용의 공간인 수계의 오염으로 통한
다. 곧, 용왕은 수계의 오염에 대해 대응을 할 것이고, 그 의지가
비로 시현될 것이란 추정이다. 더럽혀진 자신의 세계를 정화하기
위하여 소나기를 동원하리라는 행위자들의 계산이 깔려있다.

이와 같이 일련의 비를 부르는 행위들이 어느 정도 전개되면, 마
을의 여자들은 사전에 준비해간 솥뚜껑을 냇가에 걸고 전을 부치는
등으로 음식을 장만한다. 그리고는 행사에 참가한 사람들끼리 음식
을 나누어 먹는다. 한껏 음식을 먹고 나면 다시 물 속으로 들어가
날궂이를 계속한다. 이렇게 날궂이 행사는 저녁 무렵까지 지속된다.

도안동 일대 조사 대상의 4개 마을에서 모두 이러한 날궂이 행사
가 치루어진 바 있다. 인위적인 방법으로 비가 내리는 것을 모방하
고, 신의 노여움을 이끌어내어 비를 유도하는 행위를 하였던 것이
다.

그런데, 이러한 날궂이 행사를 시행한 바 있는 제보자들은 이러
한 행위를 통하여 비가 내리게 되었다고 하는 나름의 확신을 가지
고 있다. 날궂이 행사를 갖고 나면 당일이나 며칠 지나지 않아서
실제로 비가 내렸다고 주장한다. 따라서 날궂이 행사가 비를 부르
는데 효험이 있는 것으로 믿고 있다.

2) 기우제

기우제는 가뭄이 극심한 상황에 이르렀을 때 시행된다. 날굿이를 하였음에도 비가 오지 않을 경우에는 보다 적극적인 방법으로 기우제를 올린다. 기우제는 그 행사의 규모가 크다. 그리고 각각의 마을에서 개별적으로 행하는 것이 아니라 이곳 4개 마을이 연합해서 지낸다. 각 마을의 대표가 협의하여 비용을 할당하고 날을 받아 기우제를 준비한다.

제의의 규모가 크기 때문에 그에 소용되는 비용도 적지 않다. 그리고 이 제의 비용은 개별 마을의 동기금이나 걸립을 통하여 조달한다. 걸립은 풍물패가 가가호호 방문을 하여 쌀이나 금전을 거출하였다. 그 수량이나 금액 정도는 주민의 의지에 따른다. 다만 喪事가 있어 喪期에 놓인 가정이나 임산부 내지 출산모가 있는 가정은 제외하였다. 그밖의 부정이 있는 가정도 피하였다. 이것은 제의에 부정이 감염되는 되는 것을 피하기 위한 행위라 할 수 있다. 순결하지 못한 부정적 요인이 제의에 감염되면 제의 자체가 효험이 없으리라는 인식이다. 그리고 이렇게 모인 재화는 제의를 치루는 비용으로 충당되고 일부는 제의 전후에 필요한 참가자들의 음식 마련에 사용된다.

4개 마을이 연합하여 치루는 행사이므로 제물의 준비에도 소홀히 하지 않는다. 돼지를 잡아 통채로 올리고 과일, 포, 시루떡, 술 등을 정성스럽게 준비하여 사용하였다고 한다. 또, 제의의 말미 행사를 위해 옥녀봉 제장에 나뭇더미를 준비하여 두었다. 나뭇더미는 아래에 상작을 쌓고 그 위에 청솔가지 등을 쌓아 준비해 둔다.

제관의 선정에도 주의를 기울였다. 제관은 부정이 없는 깨끗한 사람으로 생기복덕을 보아 정하였다. 그리고 제관으로 선정된 사람은 부정한 것을 보지 않고, 부부간의 합방을 금하며, 비린 것이나 육식을 하지 않는 등의 금기를 지켜야 한다. 이 또한 부정차단의 일환이다. 제관을 경험한 바 있는 제보자는 마을을 대표해서 가뭄의 해소를 기원해야 하기 때문에 그 책임이 적지 않았다고 한다.

제의는 원도안과 가돈리·가락리를 끼고 있는 옥녀봉에서 지냈다. 옥녀봉은 이들 마을의 진산이자 중심이 된다 할 수 있다. 이 산의 정상에서 기우제를 올리는 것이다. 기우제를 지내는 날이면 이 산이 사람들로 가득하였다고 한다. 산기슭 마을에서 보면 산에 오르거나 올라가 있는 사람들로 산 자체가 하얗게 변했다고 전한다.

이는 기우제에 대한 이곳 주민들의 관심을 보여주는 단편적인 예이다. 곧, 농사를 짓는 농민들의 비에 대한 욕구가 표출된 현장이라할 수 있다.

기우제는 焚香, 獻酒, 告祝 飮福 등 유교식 제의형태로 진행된다. 특히, 告祝을 통하여 기원자의 소망이 천제에게 전달된다. 그 내용이 기재된 축문을 우리 글로 풀어 간단히 소개한다.

> 모년 모월 모일 한밭 도안동 아무개가 옥황상제 강우신께 감히 고하나이다. 우리 도안 마을에 극심한 가뭄이 들었나이다. 엎드려 비를 비옵나니 비바람을 순조롭고 고르게 내려주시고, 만물이 자라나서 풍년이 들고 시속이 화해롭게 하여 주소서. 백성이 곤하지 않게 하여서 하늘을 공경하고 나라를 돕게 하여 주소서. 삼가 희생으로 제물을 올리오니 흠향하소서[14]

축문은 제의의 목적을 담고 있는 문장이라 할 수 있다. 왜 기우제를 올리는지 기원자의 의지가 이 축을 통해 그대로 나타난다. 위에 예시한 축의 내용을 살펴보더라도 이를 쉽게 확인할 수 있다. 우선 축에서 보듯이 기우제의 목적이 '가뭄이 극심하여 비바람을 고르고 순조롭게 내려달라'고 하는 것임을 볼 수 있다. 그리하여 풍년이 들면 시속이 화해로워질 것임을 호소하고 있다. 곧, 풍년이 들어야 미풍양속이 살아나고 나라를 도울 수 있으며, 하늘을 공경할 수

---

14) 도안동의 祈雨祭 祝文; 維歲次 干支 某月 干支 朔 某日 干支 咸田(한밭)
    道安洞 幼學 ０ ０ ０ 敢昭告于 玉皇上帝 降雨之神 下察五方 旱來極甚 伏以
    祈雨 雨順風調 萬物育成 時和年豊 使民不困 敬天輔國 謹以 牲幣奠獻 尙饗

있다고 하는 것이다. 이처럼 제 축문은 기원자들의 소망이 집약되어 있다. 요컨대 기원자의 갈망과 호소가 담겨있는 문장이 바로 축문이라 할 것이다.

이렇게 유교식 제의가 갈무리되면 산 정상에 쌓아둔 장작더미에 불을 지펴 연기를 피운다. 치솟는 불꽃에 생솔가지와 같은 생나무를 쌓아 연기가 산을 뒤덮도록 유도한다. 가급적 연기가 널리 퍼지도록 나무가지로 연기를 휘젓는다.

필자는 기원자들의 이같은 행위가 앞서의 날궂이와도 유사한 성격을 갖는다고 본다. 마을의 주산에 불이 난 것을 모의하여 옥황상제나 강우신으로 하여금 비를 내려주도록 유도하는 행위라 할 수 있다. 한편 이처럼 불을 지피는 행위에 대하여 '천신께 기원을 알리기 위해서라든가, 천신이 오르내리는 길을 밝힌다든가, 양기인 불로 음기인 비구름을 부르는 것이라는 등[15]'의 견해도 있다.

그런데 위와 같은 견해에도 불구하고 산 정상에서 불을 지피고 연기를 피우는 행위를 왜 부정의 모의로 보는가? 이는 우선 산 정상이 신명이 머무르는 곳이라는 보편적 인식에 기인한다. 전통적으로 우리 민족은 마을의 주산에 산신이 머무른다고 보아왔다. 이는 신의 정주관을 바탕으로 하는 것이지만, 강림에 있어서도 마을의 주산과 산 정상은 중요시 된다. 산 정상은 신명이 오르내리는 통로이자 그들을 모셔 제사드리는 제장인 것이다. 따라서 주산의 정상은 신성의 공간이라 할 수 있다. 바로 이같은 성소가 불에 의해 훼손된다고 하는 것은 신명에게도 긴박한 상황이 아닐 수 없다. 바로 이점을 염두해 두고 산 정상에서 화재를 모의하는 것으로 해석된다. 신의 거소가 불타고 있다는 위기감을 조성하고, 그 위기를 신명이 나서서 비(雨)로서 제압하도록 유도하는 것이 이 행위에 담겨있다는 것이다.

이렇게 자정 무렵에 시작된 기우제는 화재 유도 행위를 끝으로

---

15) 張籌根, 앞의 논문, 223쪽.

본 행사가 갈무리된다. 그리고 이어서 뒷풀이가 전개된다. 사람들은
젯상에 올린 돼지를 삶아 밤이 새도록 먹고 마시는 등 여흥을 즐기
는 것이다. 기우제를 경험한 마을 사람들은 이 행사가 날이 밝도록
지속되었었다고 주장한다.

3. 結 論

도안동에서 시행되었던 기우제가 대전시를 대표할 만한 제의 형
태인지는 보다 폭넓은 조사를 거친 뒤 확정할 수 있다. 다만, 지금
까지 조사된 대전시 기우제 자료를 보면 도안동의 사례와 크게 다
르지 않다. 도안동의 날궂이나 기우제가 나름의 전형성을 갖추고
있다는 것이다. 이상의 논의를 요약하여 제시한다.

첫째, 기우제는 단군시대 이래로 가뭄시에 치루어 온 제의의 한
형태였다. 고대사회에서는 가뭄이 들면 왕이 스스로 책임을 자처했
으며, 가뭄의 극복 방편으로 기우제를 지냈다. 그리고 이러한 전통
은 고려·조선을 거쳐 지속되어 왔다.

둘째, 도안동의 기우제는 두가지 형태로 나누어 볼 수 있는데 그
하나가 날궂이이다. 날궂이는 여성들이 중심이 되어 행하는 비 부
르기 의식이다. 날궂이의 방식중 하나는 비가 내리는 상황을 연출
하는 것이다. 키나 빗자루 등을 통하여 비가 내리는 상황을 시연하
는 이 방식은 모방주술의 원리에 따른 것이다.

다른 하나는 미풍양속을 해치는 방식이다. 대낮에 여성이 알몸으
로 물 속에서 춤을 추고 또 고성을 지르는 등의 비윤리를 조장하는
것이다. 그리하여 천제로부터 비의 징계를 유도해 내려는 방식이다.
여기에 물세계의 오염으로 신명의 정화를 유도하는 방식이 있음도
제시하였다. 요컨대 사전에 계획된 도덕의 파괴와 오염을 통하여
신명의 정화의지를 이끌어내는 방식이라 할 수 있다.

셋째, 도안동 일대 4개 마을이 연합하여 지내는 기우제는 유교식

제의와 火災 모의의 이중적 구조로 짜여져 있다. 유교식 제의는 신명을 불러 기원자의 소망을 발원하는 방식으로 이루어진다. 그리고 이같은 소망은 축문으로 집약된다. 우순풍조로 풍년이 실현되면 미풍양속과 국가적 번영이 이루어질 수 있으며, 신명을 공경할 수 있다는 것이다. 요컨대, 기원자는 정성스런 제의식과 발원문을 통하여 신심을 얻으려 한다고 볼 수 있다.

여기에 나무더미 태우기는 일종의 화재 모의로 신성공간의 훼손이란 뜻을 담고 있는 것으로 보았다. 신명의 거처 내지 강림의 공간이 불에 의해 위협받고 있음을 모의함으로써 신명에게 위기감을 조성하고, 그러한 연유로 신명의 진화를 유도하는 행위로 보았다.

사계의 고견과 충고에 귀를 기울이면서 부족하나마 논의를 마친다.

〈參考文獻〉

《三國史記》
《三國遺事》
《韓國民俗綜合調査報告書》　12권, 文化財管理局, 1969-1981.
康龍權, 〈韓國의 祈雨風俗에 關한 研究〉, 《석당논총》 6, 동아대, 1981.
宋錫夏, 《韓國民俗考》, 日新社, 1960.
朴桂弘, 〈中世社會의 祈雨儀式에 對한 考察〉, 《韓國民俗研究》, 螢雪出版社, 1982.
______, 〈近世社會의 祈雨儀式에 對한 考察〉, 《韓國民俗研究》, 螢雪出版社, 1982.
朴鍾翼, 《도안마을의 숨결》, 대전서구문화원, 1999.
이필영, 〈민간신앙〉, 《大田民俗誌 上》, 大田廣域市史編纂委員會, 1998.
______, 〈마을공동체 신앙〉, 《大田市史 3》, 大田直轄市史編纂委員會, 1992.
任東權, 《韓國民俗文化論》, 集文堂, 1983.
任章赫, 〈기우제의 비교민속학적 고찰〉, 《한국민속문화의 탐구》, 국립민속박물관, 1996.
張籌根, 〈기우제의 변천과 방법〉, 《한국민속문화의 탐구》, 국립민속박물관, 1996.

〈船遊樂〉의 공연 양상과 형성 과정

史 眞 實

1. 머리말

　　이 논문에서는 〈船遊樂〉의 공연 양상과 형성 과정을 밝히고 그 연극사적 의의를 가늠하고자 한다. 〈선유락〉은 조선시대 궁정 및 관료 사회에서 공연된 呈才이다. 정재는 지금까지 음악사 및 무용사의 관점에서 주로 연구되었으나 연극사의 관점에서 새로운 연구의 시도가 이루어질 필요가 있다. 정재는 음악, 무용, 문학 등의 예술 형식을 함께 아우른 공연 양식이기 때문이다.

　　정재를 연극으로 볼 수 있는가에 대한 논쟁은 소모적이므로 다만 '문학을 언어 텍스트로 지닌 연행예술'로서 연구할 뿐이라는 견해를 밝힌 적이 있었다. 그러나 여기서는 분명히 정재를 '연극'으로 다루고자 한다. 다만 이때의 '연극'이란 'drama'가 아닌 'theatre'를 말한다. drama는 문학의 한 징르인 희곡으로서 문학석 기순이 적용되므로 범주 설정이 까다롭다. theatre는 공연예술의 한 장르로서 다양한 하위 장르들을 포괄할 수 있다.1) 따라서 theatre에 속하는 呈才, 笑謔之戲, 탈춤 등을 비교하여 연구하고 더 나아가 연극 일반론을 펼 수 있는 길이 열리는 것이다.

연극론의 입장에서 정재를 다룬 연구는 드물다. 필자는 고려시대 작품인 〈舞鼓〉, 〈動動〉, 〈獻仙桃〉, 〈紫霞洞〉을 중심으로 정재의 공연 방식과 연출 원리를 밝히고자 하였다.2) 공연 행위가 이루어질 때 발생하는 극중공간, 공연공간, 현실공간의 층위에 관한 가설을 세워 각 작품의 공연 양상을 분석하였고, 〈자하동〉과 〈헌선도〉의 공연 방식을 통하여 '假托'의 연출 원리를 도출하였다. 그 논의의 결과를 이어 조선시대 정재인 〈船遊樂〉의 공연 양상을 분석하고자 한다.

〈船遊樂〉은 커다란 彩船을 설치하고 많은 인원이 등장하는 성대한 歌舞劇으로서, 조선후기에 궁정 연회의 공연 종목으로 채택된 작품이다. 조선전기의 궁정은 고려시대 정재의 전통을 계승하고 재창조하였을 뿐 아니라, 새로운 정재를 많이 창작하였는 데 그 내용이 《樂學軌範》에 전한다. 〈선유락〉은 《악학궤범》에 들어 있지 않고 정조 때에 이르러서야 궁정의 기록에 나타나게 된다. 이와 함께 많은 작품들이 조선후기 궁정의 연회에 올라가게 되는데, 당대의 공연 상황과 더불어 이들 작품의 형성 및 변천 과정을 추적하는 작업이 필요하다. 또한 작품의 공연 방식과 연출 원리를 밝히는 작업을 통하여 조선후기 궁정 연극의 思潮를 추출하는 데 나아갈 수 있다.

〈船遊樂〉은 비교적 풍부한 공연 관련 기록을 남기고 있다. 궁정 연회에서 공연된 최초의 기록은 정조 19년(1795) 正祖의 華城 陵幸 행사를 기록한 《園行乙卯整理儀軌》이다. 또한 같은 행사를 기록화로 그려 만든 병풍 가운데 〈奉壽堂進饌圖〉서 〈선유락〉의 공연

---

1) drama의 역사를 따진다면 한국연극사는 빈약할 수밖에 없다. 그러나 theatre의 역사를 따진다면 오랜 전통과 많은 작품늘을 보용하는 풍부한 연극사의 전개 양상을 확인할 수 있다. 呈才는 drama라고 할 수는 없지만 훌륭한 theatre라고 할 수 있다.
2) 사진실, 〈고려시대 呈才의 공연방식과 연출원리〉, 《정신문화연구》 73호, 1998. 12.

장면을 볼 수 있다. 그 이후3) 발행된 많은 의궤에 〈선유락〉의 呈才圖가 실려 있고, 공연에 필요한 呈才儀仗, 服色 등에 관한 정보가 들어 있다. 의궤에는 그림이 실려 있을 뿐 정재 절차가 기록되어 있지 않은데, 고종 대에 발행된 《呈才舞圖笏記》4)에는 정재의 절차가 구체적으로 기록되어 있어 좋은 자료가 된다.

鄭顯奭의 《敎坊歌謠》(1872)에 실린 〈船樂〉 및 朴趾源의 《熱河日記》 가운데 〈漠北行程錄〉에 나오는 〈배따라기곡〉은 〈선유락〉과 공연 내용이 흡사하여 그 변천 과정을 밝혀줄 중요한 기록이 된다. 그밖에 李晩用의 〈離船樂歌〉, 南公轍의 〈船離謠〉 등도 〈선유락〉의 공연과 관련된 주요 단서를 제공한다.

본론의 논의에서는 먼저, 〈船遊樂〉 대본의 모습을 확인할 수 있는 세 자료를 비교하면서 구체적인 공연 절차를 고찰하고 그 변이 양상을 추출하고자 한다. 이어 〈船遊樂〉의 극중공간·공연공간·현실공간의 양상을 분석하고 마지막으로 그 형성 과정을 가늠하고자 한다.

2. 〈船遊樂〉 대본의 변이 양상

〈船遊樂〉 대본의 모습을 확인할 수 있는 세 가지의 자료는 그 기록 시기를 확인할 수 있어서 〈船遊樂〉의 변천 과정을 추적하는 데 도움이 된다.5) 세 자료는 《열하일기》의 〈막북행정록〉(1780) 에

---

3) 정조 19년 이후 순조 27년(1827), 28년, 29년, 헌종 14년(1848), 고종 5년(1868), 10년(1873), 14년(1877), 24년(1887), 29년(1892), 광무 5년(1901), 6년에 설행된 궁중 연회에서 〈선유락〉이 빠짐없이 공연되었다: 임미선, 〈船遊樂과 漁父詞〉, 《문헌과해석》 발표 요지, 1999. 7.
4) 《呈才舞圖笏記》, 한국정신문화연구원 한국학자료총서 1, 1994.
5) 세 자료는 모두 동일한 정재를 기록하였으나 각각 이름이 다르다. 총칭할 때는 〈船遊樂〉이라 부르되, 궁정의 정재인 〈선유락〉만을 가리킬 때는 '《정재무도홀기》의 〈선유락〉' 또는 '궁정의 〈선유락〉'이라고 한정하여 부르기로

묘사된 〈배따라기곡〉, 《교방가요》(1872)에 실린 〈船樂〉, 《정재무
도홀기》에 실린 〈船遊樂〉이다.6) 그러나 자료의 선후 관계가 명확
하다고 해서 그 순서를 따라 변천하여 왔다고 단정할 수는 없다.
지방 관아에서 공연된 대본과 궁정에서 공연된 대본이 섞여 있기
때문이다. 궁정과 지방 관아라는 공연 공간의 차이는 〈선유락〉의
공연 양상에도 뚜렷한 차이를 가져왔으리라 짐작할 수 있다. 또한
〈선유락〉이 궁정에서 지방으로 내려왔는지, 지방에서 궁정으로 올
라갔는지 하는 문제도 해결해야 한다.

《정재무도홀기》의 〈선유락〉은 궁정 연회에서 공연된 대본이다.
1894년 《外進宴時舞童各呈才舞圖笏記》에서 1901년 《女伶各呈才
舞圖笏記》까지 7종의 홀기에 수록된 〈선유락〉의 내용은 거의 같
다. 다만 행사의 규모에 따라 출연자의 수가 달라지고, 外進宴의 경
우 妓女에서 舞童으로 출연자가 바뀔 뿐이다.

본 논의에서는 이 가운데 《女伶各呈才舞圖笏記(辛丑)》를 택하여
논의 대상으로 삼는다. 〈船樂〉은 지방 관아에서 공연되었던 대본이
다. 대본과 함께 공연 장면의 그림이 실려 있는데, 정재를 반주하는
三絃六角은 궁정이 아닌 지방 관아의 연회에서 보이는 관습이기7)
때문이다.

〈배따라기곡〉은 세 대본 가운데 가장 앞선 시기의 기록이어서 〈선
유락〉의 변천 및 전파 과정을 밝혀줄 단서를 지니고 있다. 이 대본
이 궁정에서 공연된 것인지 지방에서 공연된 것인지는 별도의 논의
가 필요하다. 다만 〈배따라기곡〉으로 부르고 있다는 사실에서 西道
지방의 색채를 느낄 수 있으므로, 잠정적으로 지방에서 공연된 대
본이라고 규정하고 논의를 진행하기로 하겠다.

〈선유락〉의 변이 양상을 밝히기 위하여 세 대본을 비교하는 표를
작성하였다.8)

한다.
6) 본문에서는 번역한 내용을 인용하고 원문을 뒤에 부록으로 실었다.
7) 〈船遊樂과 漁父詞〉를 발표한 임미선 선생의 조언이다.

		배따라기곡 (漢北行程錄, 1780)	船樂 (敎坊歌謠, 1872)	船遊樂 (呈才舞圖笏記, 1901)
入場	船	자리 위에 畵船을 놓는다		樂師가 彩船을 인솔하여 들어와 殿 가운데 놓고 나간다.
	童妓	童妓 한 쌍을 뽑아 小校로 꾸미는데, 紅衣·朱笠·貝纓을 입고, 虎鬚와 白羽箭을 꽂고, 왼손에는 활을 잡고, 오른손에는 鞭鞘를 쥔다		童妓 두 사람(닻을 잡는 사람, 돛을 잡는 사람)이 배 가운데서 등을 보이며 앉는다.
	執事			執事妓 2인이 몸을 구부리고 북쪽을 향하여 殿 가운데 엎드린다.
	諸妓			內舞妓 10인은 안에서 끄는 줄을 잡고 外舞妓 34인은 줄을 잡고서, 배를 끌기 위하여 좌로 돌며 서로 이어 선다.

8) 먼저 세 자료의 공연 절차를 몇 과정으로 나누고 원문에 실린 공연 절차를 거의 빠짐없이 순서대로 정리하였다. 과정은 《정재무도홀기》의 〈선유락〉에서 取稟하는 순서에 따라 나누고 나머지 두 대본에만 있는 절차를 새 과정으로 끼웠다.

軍禮		軍禮를 짓는다	執事가 들어와 '兵房軍官이 들어온다'고 아뢰고, 巡令手를 불러 호령한다. 순령수가 '병방군관은 들어오라'고 부른다. 이어 집사가 '발걸음을 재촉하라'고 부르면, 순령수가 크게 세 번 외치고, 병방이 군례로써 알현한다. 집사가 '병방군관이 잘 거행하지 못하면 허물을 적어 올리리라'고 아뢰고 나서 형리를 부르면 형리가 응답한다.	
初吹	執事 및 樂手	'初吹'를 부르면 뜰 가운데서 鼓角을 울린다	병방이 '초취'를 아뢴다.	집사기가 양 소매를 들고서 '초취'를 아뢰고 나와서, 똑바로 남쪽을 향하여 螺手를 불러 '초취' 호령을 한다. 나수가 나각을 세 번 분다.
	諸妓 및 樂手	배 좌우의 諸妓들이 모두 비단 치마를 입고 「어부사」를 제창한다. 음악이 반주된다.		
二吹	執事 및 樂手	'二吹'를 부르는 것은 초례와 같다.	병방이 '二吹'를 아뢴다	집사기가 몸을 구부리고 들어와 '이취'를 아뢰는 것은 위의 예와 같고 호령도 위의 예와 같다.
三吹	執事 및 樂手	'三吹'를 부르는 것은 초례와 같다	병방이 '三吹'를 아뢴다. ※이어 '軍物前排'를 아뢴다.	집사기가 '삼취'를 아뢰는 것도 위의 예와 같다.
鳴金二下	執事 및 樂手		집사가 들어와 '坐起吹'를 아뢰고 '鉦手, 鳴金二下, 大吹打'라고 부른다. ※이어 '鳴金三下, 吹打止'라고 부른다	집사기가 들어와 '鳴金二下'를 아뢰고 나와 징수를 불러 '명금이하' 호령을 한다. 징수가 징을 두 번 친다.

행선 준비	童妓	小校로 꾸민 童妓가 배 위에 올라 '發船砲'를 부르고 인하여 닻을 거두어들이고 돛을 올린다.	병방이 '擧碇砲'를 아뢰고 ' 砲手放砲一聲'을 호령한다. 병방이 배 위에 나누어 서서 비단 돛을 단다.	
	執事		집사가 배의 앞과 뒤에 나누어 선다	집사기가 들어와 꿇어앉아 '行船'을 아뢰고는 일어나 남쪽을 향하여 서서 순령수를 부른다.
	諸妓		諸妓들이 배를 끌고 들어와 놓는다.	諸妓가 순령수가 되어 응답한다.
行船	童妓		배가 움직이면 병방이 배 위에서 춤을 춘다.	
	執事		집사가 鞭鞘로 배의 앞뒤를 왼쪽으로 돌게 민다.	
	諸妓	諸妓들이 함께 「배따라기」를 노래하고 축원한다.	歌妓가 배를 에워싸고 모여 서서 「배따라기」를 제창하고 이어 「어부사」 초편을 부른다. 諸妓들이 왼쪽 소매를 펼쳐 배를 에워싸고 돌면서 「지화자」를 부르고 배가 다섯 번 돌면 그친다. 음악이 그치면 歌妓가 모여 서서 「어부사」 중편을 부른다. 배가 오른쪽으로 움직이고 諸妓들이 오른 소매를 펼치고 가다가 배가 다섯 번 돌면 그친다. 모여 서서 「어부사」 종편을 부른다.	諸妓가 배를 끌고 回舞하면서 「어부사」를 부른다.
	船		좌우 각각 다섯번 돌면 그친다.	
鳴金 三下	執事 및 樂手			집사기가 들어와 꿇어앉아 '鳴金三下'를 아뢰고 나가서 징수를 불러 '명금삼하'를 호령한다. 징수가 징을 세 번 친다
下船	童妓 및 諸妓		돛을 내리고 배에서 내려오면, 諸妓들이 배를 끌고 나간다	
退場	모두		음악이 시작되면 집사와 병방이 함께 춤을 추며 절하고 끝난다, 병방이 '罷坐吹, 鳴金大吹打而止'를 아뢰고, 집사는 '軍物前排退'를 아뢰며 이어서 '兵房軍官下直'을 아뢴다.	음악이 그치면 퇴장한다.

　세 자료가 각기 다른 목적으로 쓰여진 글이기 때문에 서술 과정
에서 공연 절차가 임의대로 생략되었을 가능성이 있다. 그러나 세
대본을 비교한 결과 '입장-군례-초취-이취-삼취-명금이하-행선준비-
행선-명금상하-하선-퇴장' 등의 공통된 공연절차를 추출할 수 있었
다. 이하에서는 이러한 절차에서 나타나는 뚜렷한 공통점과 차이점
을 중심으로 논의하고자 한다.

　入場은 彩船을 가져다 놓는 일에서 시작된다. 궁정 공연에서 사
용된 채선은 몸체에 연꽃 그림을 새겨 넣었으며 돛에는 두 마리의
飛龍 그림을 새겨 넣었다. 배의 앞쪽에는 용머리를 장식하였고 닻
을 감고 풀 수 있도록 설치하였다. 배에는 받침대를 달아 회전할
수 있게 하였다. 두 대본에서는 본 공연이 시작되기 전에 가져다
놓았는데, 〈선악〉에서는 行船 과정 직전에 배를 끌고 들어왔다.

　또한 〈선유락〉의 등장인물인 童妓, 執事 및 諸妓들이 복색을 갖
추고 대기하게 된다. 〈배따라기곡〉에 의하면 童妓 한 쌍을 젊은 무
관인 小校로 꾸민다고 하였다. 〈선악〉에 등장하는 兵房軍官과 같다.
〈선악〉의 기록에도 병방군관이 戎服을 입고 刀鞭을 찬다고9) 하였
으므로 〈배따라기곡〉의 小校와 같은 모습이다. 〈선유락〉에서는 다
만 童妓라고 하였다. 그러나 《원행을묘정리의궤》의 정재도 및
〈화성능행도〉의 진찬도에 나타난 〈선유락〉의 공연 장면을 보면 배
위에 탄 인물의 복색이 앞의 두 경우와 같다는 사실을 확인할 수
있다.

　執事(妓)는 구령을 불러 정재를 진행하는 사람이다. 〈선악〉에서
는 집사 역시 軍服을 입고 刀鞭을 찬다고 하였다. 궁중 의궤의 설
명에 의하면 집사는 朱笠에 孔雀羽를 꽂고 천릭을 입으며 칼과 활,
화살을 지니고 배앞에서 호령한다고 하였다.10) 〈배따라기곡〉에서는

---

9) 執事二(軍服佩荷刀鞭), 兵房軍官二(戎服刀鞭), 少妓(牽纜), 童妓
10) 女妓二人戴朱笠, 挿羽, 着天翼, 佩劍弓矢, 列立於船前, 作號令爲執事;
　　〈呈才樂章〉, 《純祖己丑進饌儀軌》上(영인본), 서울대학교 규장각,
　　1996, 181쪽.

집사에 대한 언급이 나타나지 않으나 그 역할은 존재했던 것 같다. 그밖에 諸妓들은 배 주위에서 노래하고 춤추는 역할을 맡는다.

다른 두 대본에 비하여 궁정의 〈선유락〉은 그 준비 과정이 잘 짜여져 있다. 본 공연이 시작되기 전에 이미 初入 排列의 형식이 갖추어지는 것이다. 童妓 두 명이 배 위에 올라가서 돛의 앞과 뒤에 서고 한 사람은 닻을 한 사람은 돛을 잡는다. 外舞妓는 원을 그리며 배를 에워싸고 있으며, 內舞妓는 그 안쪽에서 배를 끄는 줄을 잡는다. 격식을 따져 초입 배열을 갖추는 공연 방식은 궁정 연회에서 공연된 〈선유락〉의 특색이라고 여겨진다.

軍禮는 궁정의 공연에서는 나타나지 않고 지방 관아의 공연에 나타난다. 〈배따라기곡〉에서는 '前作軍禮'라고 간단하게 서술하였는데 〈선악〉에서는 집사가 등장하여 병방을 불러들이는 과정을 자세하게 서술하였다. 먼저 수령에게 병방을 불러들인다는 사실을 아뢰고 다시 巡令手를 불러 명령을 전달하게 하는 엄격한 호령 체계를 갖추고 있다. 이 군례의 상황은 실제 상황이 아니라 가상적으로 설정된 상황이라고 보아야 할 것이다. 武官이 배에 오르기 전에 거쳐야 하는 의례를 모방하였다고 할 수 있다.

初吹·二吹·三吹는 '첫 번째 吹角', '두 번째 취각', '세 번째 취각'의 준말이라고 할 수 있다. 구령이 떨어지자 鼓角 또는 螺角을 울린다고 하였기 때문이다. 螺角은 소라 껍데기로 만든 악기로서 의례의 절차를 알리기 위한 신호 용도로 불렀다고 할 수 있다. 집사가 호령하면 螺手가 나각을 세 번 분다. 초취·이취·삼취를 반복하여 거행하는 것은 세 대본이 일치한다. 궁정의 〈선유락〉은 집사가 取稟하고 호령하는 절차가 매우 정교하고 격식있게 짜여져 있다. 역시 궁정의 공연에 맞게 변화된 부분이라고 할 수 있다. 한편, 〈배따라기곡〉의 경우 초취가 끝나고 나서 기녀들이 〈漁大辭〉를 부른다는 사실은 다른 대본과 크게 다른 점이다.

鳴金二下는 취품과 호령에 따라 징수〔鉦手〕가 징을 두 번 치는 순서인데, 大吹打를 연주하라는 신호라고 할 수 있다. 吹打는 軍樂

으로 행진을 할 때 연주되는 음악이다. 〈船遊樂〉에서 소재로 삼은 行船도 행진의 일종이라고 할 수 있으므로 취타를 연주하였다고 여겨진다.

행선 준비는 배를 움직이기 전에 이루어지는 절차이다. 〈선악〉에서는 이때 諸妓들이 배를 끌어다 무대 위에 놓는다. 한편, 〈배따라기곡〉과 〈선악〉에서는 小校 및 兵房이 배에 올라 닻을 거두거나 돛을 다는 등의 행선 준비를 한다. 궁정의 〈선유락〉에서는 이미 앞의 준비 과정에서 童妓가 배에 올라서서 있었기 때문에 이 절차가 필요하지 않다. 또한, 〈배따라기곡〉과 〈선악〉에서는 소교 및 병방이 '發船砲' 또는 '放砲一聲'이라는 호령을 내어 행선 준비가 끝났음을 알린다. 반면, 궁정의 〈선유락〉에서는 집사기가 '행선' 명령을 내리고, 諸妓들이 순령수가 되어 응답을 한다. 〈배따라기곡〉에서는 집사의 행동이 드러나지 않으며, 〈선악〉에서는 집사가 배의 앞과 뒤에 나누어 서는 행동을 한다.

行船은 배를 움직이며 노래를 부르는 장면으로 〈선유락〉 공연의 절정에 해당한다고 할 수 있다. 〈배따라기곡〉에서는 諸妓들이 〈배따라기〉 노래를 부르며 축원한다고 하였을 뿐 배를 끌거나 돌며 춤추는 절차에 대하여 언급하지 않고 있다. 〈선악〉이나 궁정의 〈선유락〉에서는 諸妓들이 배와 연결된 줄을 잡고서 回舞하면서 〈어부가〉를 노래한다. 다만 궁정의 〈선유락〉에서는 內舞妓와 外舞妓가 두 겹의 回舞 대형을 이룬다는 차이가 있다. 기록에 나와 있지는 않으나 內舞妓와 外舞妓가 서로 반대 방향으로 돌면서 성대함을 더했을 가능성이 있다.

한편, 세 대본은 행선할 때 부르는 노래의 양상에서 큰 차이를 나타낸다. 〈선악〉과 궁정의 〈선유락〉에서는 이때 〈어부사〉를 부르는데 〈배따라기곡〉에서는 이미 초취 과정에서 〈어부사〉를 불렀다. 또한 궁정의 〈선유락〉에서는 1장과 2장만을 부르는데, 〈선악〉에서는 〈어부사〉 9장을 초장, 중장, 종장으로 나누어 모두 부르고, 〈지화자〉라는 노래도 부른다. 가장 중요한 차이는 〈배따라기〉 노래에 있다. 〈배따라기곡〉과 〈선악〉에서 불려지는 〈배따라기〉가 궁정의 〈선유락〉에서는 불려지지 않는 것이다.

鳴金三下는 취품과 호령에 따라 징수〔鉦手〕가 징을 세 번 치는 순서로서 大吹打를 그치라는 신호라고 할 수 있다.

下船은 〈선악〉에만 나타나는데, 병방이 돛을 내리고 배에서 내려오면 諸妓들이 배를 끌고 나간다. 〈배따라기곡〉과 궁정의 〈선유락〉에서도 下船의 절차를 상정할 수 있다.

退場은 세 대본 모두에 있는 절차일 수밖에 없으나 〈선악〉에서는 특히 강조되었다. 집사와 병방이 함께 춤추며 절한 다음, 처음과 마찬가지로 군례로써 퇴장 인사를 한다.

지금까지 《열하일기》의 〈배따라기곡〉, 《교방가요》의 〈선악〉, 《정재무도홀기》의 〈선유락〉을 공연절차에 따라 나누어 비교하였다. 비교의 결과 드러나는 변이 양상의 의미에 대해서는 다음 장에서 논의하도록 하겠다.

3. 〈船遊樂〉의 극중공간·공연공간·현실공간

공연 행위가 발생할 때 연기자와 관객은 같은 시공간 안에서 공존하게 된다. 외형적으로는 극장 안에 함께 있을 뿐이지만, 극중공간·공연공간·현실공간의 세 층위에서 공존하는 관계를 내포하고 있다.11) 극중공간은 허구적으로 형상화된 공간으로 극중인물의 세계이다. 공연공간은 공연이 이루어지는 공간으로, 연기자와 관객이 만나는 장소이다. 현실공간은 극중공간과 공연공간의 배후에 있는 일상공간이다.

---

11) 이에 대해서는 이미 이론적 가설을 세우고 작품 분석을 통하여 논의를 진행한 바 있다. 본래 '극중공간'이 아닌 '작중공간'이라는 용어를 사용하였으나 논지를 명확하게 하기 위하여 전자로 바꾸어 사용하고자 한다; 사진실, 〈고려시대 呈才의 공연방식과 연출원리〉, 99~101쪽 참조.

이 공간들은 '현실공간〉공연공간〉극중공간'의 포함 관계를 이룬
다. 물리적으로 보면, 극중공간은 대체로 무대 위에 한정되고 공연
공간은 무대와 객석에 한정되며 현실공간은 극장을 포함한 모든 일
상적인 생활 공간에 해당한다. 공연 활동의 측면으로 보면, 현실공
간의 여건이 공연공간에 영향을 주고 공연공간의 여건이 극중공간
에 영향을 주는 관계가 성립한다.

현실공간 속에서 공연공간이 형성될 때 시간의 흐름은 연속된
다. 그러나 공연공간 속에서 극중공간이 구축될 때 시간의 흐름은
단절되는 것이 보통이다. 극중공간의 시간이 공연공간의 시간과 일
치한다면 극중공간의 독립성이 보장되지 않는다.

〈선유락〉의 공연공간은 궁정 등 상층 문화 집단이 참여하는 연
회석상에 마련된다. 보통 궁궐에서 進宴이나 進饌, 進酌 등의 연회
를 베풀 때, 임금의 御座를 정점으로 하여 殿의 좌우로 여러 宗親
이나 신하들이 앉는 자리가 정해지고 殿의 가운데는 비워져 있다.
각종 의식과 공연이 이루어지는 공간이다. 또한 이 공간은 연회의
절차에 따라 언제든지 무대로 전환될 수 있다. 그렇게 되면 殿 북
쪽의 어좌 및 殿의 좌우에 마련된 자리는 자연스럽게 객석으로 전
환되는 것이다. 이러한 공연공간의 양상은 지방 관아에서 마련하는
연회석도 마찬가지이다. 평양의 浮碧樓나 鍊光亭의 연회를 예로 들
면, 부벽루의 대청 안쪽에 평양감사의 자리가 고정되어 있고 그 앞
대청의 좌우로 초청된 손님들의 자리가 마련된다. 역시 대청의 가
운데는 비어 있어 정재가 공연될 무대공간을 확보하게 된다.12)

〈배따라기곡〉과 궁정 〈선유락〉의 경우, 入場 과정을 통하여 연
회공간이 공연공간으로 전환된다. 彩船을 갖다 놓거나, 童妓와 諸妓
들이 자리를 잡는 일들이 해당된다. 〈선악〉의 경우 입장 과정은 없
으나 정재 절차를 진행하는 執事가 등장함으로써 공연이 시작된다
는 암시를 주게 된다.

---

12) 〈浮碧樓宴會圖〉, 〈鍊光亭宴會圖〉, 《韓國의 美》 21, 중앙일보사.

　　공연공간을 다시 극중공간으로 전환하는데, 〈배따라기곡〉과 〈선
악〉에서는 군례 과정을 통하여 극중공간으로 들어간다. 〈선악〉의
대본에 등장하는 집사와 병방은 기녀가 분장한 극중인물이기 때문
이다. 〈배따라기곡〉이나 〈선유락〉에서도 童妓가 小校 등 武官으로
분장하고 등장한다. 이들 극중인물이 속한 극중공간의 모습은 언뜻
짐작하기 어렵다. 더욱이 〈선유락〉에서 공통적으로 부르는 노래가
〈어부사〉라는 사실을 상기할 때 젊은 무관의 출현은 낯설지 않을
수 없다.

　　널리 알려져 있듯이 〈어부사〉는 고려말부터 조선 후기에 이르
기까지 상층 문화 집단에 의하여 향유된 노래이다. 聾巖 李賢輔가
83세 때(명종 4년, 1549) 이전부터 전해 내려오는 〈漁夫歌〉 2
편을 〈漁夫長歌〉 9장과 〈漁夫短歌〉 5장으로 개찬하였고, 孤山
尹善道가 이것을 바탕으로 春夏秋冬 각 10수씩 40수의 〈漁父四時
詞〉를 창작하였다.13) 〈船遊樂〉 정재의 가사인 〈어부사〉는 바로
이현보의 〈漁夫長歌〉를 바탕으로 하고 있다. 〈선악〉에서는 전체
9장을 모두 부르고 궁정의 〈선유락〉에서는 1장과 2장을14) 부른다.
〈어부사〉는 江湖에서 한적한 삶을 구가하는 漁翁의 모습을 제재
로 하였으므로 어디에서도 젊은 무관의 자취는 찾을 수 없다. 〈선
유락〉과 젊은 무관의 관계를 밝혀줄 단서는 먼저 〈배따라기곡〉 관
련 기록에서 찾을 수 있다.

　　우리 나라는 땅이 좁아 멀리 가며 생이별하는 일이 없으므로 고통
　을 겪는 것도 심하지 않다. 다만 水路로 중국에 使行 갈 때 가장 고
　통스런 마음을 갖게 된다. 그러므로 우리 나라의 大樂府에 이른바

---

13) 《樂章歌詞》에 전하는 〈어부가〉를 원래의 〈어부가〉로 보는 견해가 일
　　반적이다. 이른바 〈원어부가〉에서 이현보의 〈어부장가〉로, 윤선도의
　　〈어부사시사〉로 이어지는 개찬과 창작의 과정을 비교한 연구 성과가 많
　　이 축적되었다.
14) 실제 공연 때는 아홉 장을 다 불렀을 가능성도 있으나 呈才舞圖笏記에는
　　예외없이 1장과 2장만을 소개하고 있다.

〈배따라기곡〉이 있는데 우리말로는 '배가 떠난다'는 것과 같다. 그 곡
이 슬프기 짝이 없다.
　　자리 위에 畵船을 놓고, 童妓 한 쌍을 뽑아 小校로 꾸미는데, 紅
衣·朱笠·貝纓을 입고, 虎鬚와 白羽箭을 꽂고, 왼손에는 활을 잡고,
오른손에는 鞭鞘를 쥔다. …(이하 공연 장면 중략)…이는 우리 나라
에서 제일 눈물을 많이 흘리는 때이다. 지금 張福은 아비와 아들이
아니면서도 친하고, 임금과 신하가 아니면서도 의리가 있고, 남편과
아내가 아니면서도 정이 있고, 친구가 아니면서도 사귀어왔다. 그래
서 그 생이별의 고통이 이와 같았던 것인데, 비단 강, 바다, 다리가
이별하는 장소가 될 뿐 아니라 다른 나라이건 다른 고향이건 이별하
는 장소가 아닌 곳이 없으니, 아아 슬프다!

박지원은 정조 4년(1780) 2월부터 10월까지 陳賀兼謝恩使인
三從兄 朴明源을 수행하여 중국에 다녀왔다. 위의 내용은 〈漠北行
程錄〉이라는 일기의 일부인데, 離別에 관한 斷想을 풀어내면서
〈배따라기곡〉의 공연 내용을 묘사하고 있다. 위의 기록에 의하면
"水路로 중국에 使行 갈 때 가장 고통스런" 이별의 마음을 갖게 되
는데 그 상황을 꾸며 공연한 것이 〈배따라기곡〉이었다고 여겨진다.
그렇다면 뱃길을 떠나면서 뼈아픈 이별을 경험하는 주체는 누구인
가. 멀고 험한 여정을 앞두고 있으므로 使臣 일행의 가족들이 가장
그 안부를 걱정하게 될 것이다. 그러나 그러한 염려가 "제일 눈물을
많이 흘리는" 상황으로 치닫지는 않는다. 使行 길을 떠나는 것이 가
문으로서는 명예스러운 일이기도 하거니와 다시 만날 것을 기약할
수 있기 때문이다.
　　다음의 자료에는 使行 길에서 만난 젊은 무관과 妓女의 이별 장
면이 나타난다.

府尹을 作別ᄒ니　　　　모든 妓生 ᄒ직ᄒ네
져 妓生들 모양보쇼　　　깁흔 情은 업건마는
面面이 손을 줍고　　　　우는 양이 缺然ᄒ다
그중의 花紅이ᄂ　　　　오지마라 付託ᄒ여

아니올가 넉엿더이
은은이 우는양은
梨花一枝곳슝이의
梧桐秋夜 조흔달이
萬里의 이 行客이
못볼너라 못볼너라
暫時라도 지체ᄒ면
쎄치고 쩌ᄂ가니
져 花紅 셧ᄂ모양
行次가 비의 올나

기동을 안고셔는
花紅이 네왓나야
봄비을 씌엿고나
구름의 좀겻고나
傷心處 만컨마는
너우ᄂ양 못볼너라
닉 필경 失禮ᄒ다
人情이 木石일다
츠마ᄒ들 도라보랴
지촉令 나리신다15)

이 작품은 柳寅睦의 〈北行歌〉이다. 작자는 伯父인 柳厚祚가 고종 3년(1866) 嘉禮冊封 奏請使로 중국에 갈 때, 子弟軍官이 되어 수행하였다. 유인목은 使行 길의 긴 여정을, 客館에서 만난 기녀들과의 만남과 이별을 중심으로 풀어나갔다. 위의 장면은 所串舘에서 만난 기생 花紅과 鴨綠江에서 이별하는 장면이다. 그 전날 나루에 나오지 말라고 당부하였으나 화홍이 나와서 울자 가슴아파 하는 심정을 표현하였다. 결국 행차가 배에 오르면서 젊은 무관과 기녀는 이별하게 된다. 화홍을 만나기 전에도 유인목은 鳳山에서 菊心이라는 童妓를 만났었다. 그녀는 黃州를 거쳐 평양, 順安, 安州까지 그를 동행하고 淸川江을 건널 때 이별한다. 菊心 역시 강나루의 이별 장면에서 많은 눈물을 흘렸다. 이들의 이별이 아픈 것은 다시 만날 것을 기약할 수 없기 때문이다.

使行 길을 가면서 또는 公務를 수행하기 위하여 지방 관아를 방문하는 관리들과 그곳 官妓의 만남과 헤어짐은 많은 에피소드를 만들어 내었고 설화를 거쳐 소설에 수용되었다. 〈선유락〉의 극중공간 역시 이러한 경로를 통하여 형상화된 것이라고 할 수 있다.

---

15) 柳寅睦, 〈北行歌〉
   權寧徹, 〈북행가에 대하여〉, 《국문학연구》 5집, 효성여자대학 국어국문학연구실, 1976. 2. 참조.

결국 〈선유락〉에 출연한 童妓는, 水路로 使行 길을 떠나면서 이별을 경험하는 극중인물인 젊은 무관으로 전환되었다고 할 수 있다. 그는 '發船砲' 등의 명령을 내리면서 지휘관으로서의 면모를 나타내기도 한다. 彩船을 갖추어 놓는 것, 초취·이취·삼취의 과정에서 螺角을 불어 행선의 차비를 차리는 것, 船砲를 울려 行船할 신호를 보내는 것, 大吹打를 연주하여 使行의 기상을 드높이는 것, 〈배따라기곡〉과 〈선악〉에서 初吹 전에 軍禮를 거치는 것 등이 모두 극중공간의 상황을 연출하는 데 기여하고 있다.

그렇다면 배를 에워싸고 노래하는 諸妓들은 무관의 상대역인 여인이 될 수 있다. 그들은 행선 과정에서 배가 떠나갈 때 小校를 향하여 다음과 같은 노래를 부른다.

닻 들자 배 떠나니
이제 가면 언제 오리
만경 창파에 가는 듯 돌아오소.

뱃길로 님을 떠나보내며 부르는 〈배따라기〉 노래는 극중인물의 대사로 보아도 무방하다. 이 순간 노래 속의 話者는 이별의 아픔을 토로하며 님의 귀환을 바라는 여인으로서, 출연자인 기녀를 통하여 극중인물로 전환되어 관객의 눈앞에 제시되는 것이다.

그런데 〈선유락〉의 극중공간은 특정하고 구체적인 인물과 사건을 다루지 않는다. 소교 두 명과 여러 명의 기녀가 등장하므로, 남녀 주인공이 일대일의 대응을 이루지 못하는 것이다. 뱃길을 사이에 두고 이별하는 남자들과 여자들의 모습을 불특정 다수로 형상화하고 있다고 할 수 있다. 〈선유락〉의 극중공간은 서사적인 줄거리를 형상화하지 않고 서정적인 상황을 연출하는 데 역점을 두기 때문이다.

나루터에 배가 정박해 있고 초취, 이취, 삼취를 외치는 호령 소리와 함께 출항을 알리는 螺角 소리가 울린다. 거듭 세 번 울리는 나각 소리는 이별의 순간이 점점 다가오는 절박한 상황을 나타낸다. 드디어 砲聲이 울리고 배는 출항한다. 이 장면에서 배 위의 무관들과 배 바깥에 있는 여러 여인들이 대비된다. 관객에게 船離의 비장한 정서를 불러일으킬 극중공간의 상황이 연출된 것이다. 이때 〈배따라기〉 노래가 불려지고 관객의 감정은 최대로 증폭된다.

> …(생략)…
> 螺角 소리 세 번에 노래가 목이 메고　　　　　畵角三吹歌咽咽
> 金鉦 소리 울리니 눈물 철철 흐르네.　　　　　金鉦一通泣漣漣
> 비단치마 기녀들이 행색을 시작하니　　　　　羅叢錦隊動行色
> 물길 아득하게 중국으로 떠나네.　　　　　　水程渺渺人朝天16)
> …(생략)…

　　위의 자료는 李晩用(1802~?)의 〈離船樂歌〉인데, 관람이 끝나자마자 단숨에 써내려 갔다고17) 하였으니 생생한 관극의 경험을 서술하였다고 할 수 있다. "畵角三吹"는 초취, 이취, 삼취의 절차를 가리키고 '金鉦一通'은 鉦鼓를 울려 船砲를 흉내내는 상황을 나타내었다고 여겨진다. 취각 소리에 이어 선포가 울리자 배가 떠나고 안타까운 이별에 울음을 터뜨리고 마는 극중인물의 심정이 관객에게 이입되었다고 할 수 있다.

　　그러나 〈선유락〉의 극중공간은 연속적이지 않다. 諸妓들의 역할이 다층적이기 때문이다. 諸妓들은 극중공간과 공연공간을 넘나들며 관객 앞에 모습을 드러낸다. 배를 끌고 回舞하면서 〈어부사〉를 부르는 동안 그들은 공연공간의 출연자로 되돌아간다. 〈어부사〉의 화자는 漁翁 자신이거나 그의 삶을 바라보는 관찰자이므로

---

16) 李晩用, 〈離船樂歌〉, 《東樊集》 2권 7장.
17) 앞의 주와 같음.
　　西京樂府, 本十八舞, 而六舞無前, 今只有十二舞. 離船樂卽居其一, 盖水路朝北時所製. 聲調悽惋, 形容萬里滄海離船遠別之狀, 令人黯然下淚. 觀樂纔罷, 遂與山泉走筆記之, 以寓我東古今興替之悲, 命曰離船樂歌.

〈선유락〉의 극중인물이 될 수 없다. 따라서 諸妓들이 〈어부사〉를 부르는 상황은 〈배따라기〉 노래를 부르는 상황과 다를 수밖에 없다. 〈어부사〉는 다만 뱃노래의 기능을 지닐 뿐이다. 특히 '지국총 지국총 어사와'라는 의성어를 통하여 行船의 분위기를 자아내는 데 중점을 두었다고 할 수 있다. 이때 諸妓들은 극중공간이 아닌 공연 공간 위의 합창대 역할을 수행한다고 할 수 있다.

행선 과정에서 諸妓들이 回舞하고 배가 무대 위에서 도는 장면은 공연공간의 기교가 절정을 이룬다고 할 수 있다. 관객의 눈은, 회전할 수 있게 고안된 채선 및 줄을 잡고 돌면 자연히 배가 돌게 한 안무의 기술 등에 맞추어질 것이다. 이때 안목 있는 관객이라면 공연공간의 층위에서 나타나는 여러 가지 모습들을 극중공간의 상황과 연결시켜 해석할 수 있다.

어찌하여 만경창파는　　　　　　　　　　　　可奈萬頃滄波水
큰 파도 험한 물결로 배를 못가게 하는가　　鯨濤鰐浪難行船
…(중략)…
가자 하나 가지 못해 배가 배회하는데,　　　欲發未發帆徘徊
여음 소리 가냘프니 情은 헛되이 얽히네.　　餘音嫋嫋情空纏

이만용은 〈離船樂歌〉에서, 여러 기녀들이 回舞하는 모양을 그저 群舞로 받아들이지 않고 파도가 넘실대는 모습을 형상화한 것으로 해석하고 있다. 또한 채선이 회전하는 것을 배가 가지 못해 배회하는 것으로 파악하고 있다. 사실 배가 회전하는 것은, 한정된 공간에서 行船하는 모습을 형상화하는 기교를 발휘한 것이다. 그러나 그 모습에서 뱃길을 떠나야 하나 미처 발길이 떨어지지 않는 극중인물의 심정을 읽어낸 것이다.

행선 과정에 이어 대취타가 끝나고 하선 절차가 이어진다. 극중 공간의 상황은 무관이 使行 길을 떠나는 것으로 끝이 나게 되어 있으므로, 하선 절차는 극중공간과 무관하다. 하선을 지켜보면서 관객은 극중인물에 대한 감정 이입의 상태에서 벗어나 다시 공연공간의 출연자와 관객으로 되돌아간다고 할 수 있다.

〈선유락〉의 공연에서, 관객이 쉽게 극중인물의 감정에 이입될 수 있는 것은 극중공간과 공연공간의 배후에 있는 현실공간의 특성 때문이다. 앞서 언급하였듯이 극중공간의 소재가 되었을 使行 가는 무관과 기녀의 만남과 이별은 그것을 경험한 현실 속의 사람들에게 매우 절실한 내용이기 때문이다. 그러한 경험을 하지 않은 사람들에게 있어서도 뱃길을 떠나는 먼 여정을 앞두고 생기는 두려움 때문에 쉽게 극중인물의 감정과 동화될 수 있었다고 여겨진다. 더구나 이 작품이 평양 등 서도 지방에서 使行 가는 일행을 위하여 베풀어진 연회에서 공연되었다면 그 감동은 커질 수밖에 없다.

4. 〈船遊樂〉의 형성 과정

지금까지 〈선유락〉 대본의 변이 양상을 살피고 작품의 극중공간, 공연공간, 현실공간에 대하여 논의하였다. 그 결과 극중공간 및 그 배후에 있는 현실공간의 특성이, 使臣 일행이 거쳐가는 지방과 깊은 관련이 있다는 사실을 확인할 수 있었다. 그렇다면 〈선유락〉은 본래 평양 등 서도 지방에서 만들어진 작품일 수 있다는 추정이 가능하다.

李晩用의 〈離船樂歌〉에 이러한 추정을 뒷받침할 내용이 나온다.

  (〈離船樂〉은) 西京의 樂府로서, 본래 18舞였으나 6舞는 전하지 않아 지금은 다만 12舞만 있다. 〈離船樂〉은 그 중의 하나로 대개 水路로 중국에 使行 갈 때 만든 것이다. 聲調가 처량하며, 배를 티고 만리 창해로 떠나가는 이별의 모습을 형용하여, 사람들이 저도 모르게 눈물을 흘리게 된다. 관람이 끝나자마자 山泉과 더불어 단숨에 기록하였다.18)

위의 자료에서도 〈離船樂〉, 즉 〈배따라기곡〉에 대하여 "水路로 중
국에 使行 갈 때 만든 것"이라 하였다. 따라서 水路로 가는 使行 길
의 이별은 〈배따라기곡〉의 소재가 되었다고 할 수 있다. 특히 위의
자료에서는 〈배따라기곡〉이 평양의 악부라고 하였다. 또한 현재 전
승되는 〈배따라기〉가 서도 잡가인 사실을 보아서도 〈배따라기곡〉이
평양에서 형성되었다고 추정할 수 있다.[19]

평양이 고려의 西京이었던 시절에는 대동강 및 주변의 樓亭이 임
금의 遊樂 장소로 자주 활용되었다. 尹斗壽가 편찬한 《平壤誌》[20]
〈古事〉 부분에는 고려의 임금들이 대동강에서 船遊를 벌인 내용이
많이 나온다. 주로 대동강 위에 龍船 또는 樓船이라 이르는 배를 띄우
고 그 안에서 연회를 하였다는 기록이다.[21] 대동강 船遊는 강변에 있
는 興福寺, 永明寺 등의 사찰 및 浮碧樓, 多景樓 등의 누정을 유람하
고 연회를 베푸는 일과 함께 이루어지곤 하였다.

한양이 도읍지가 되면서 임금의 遊樂處로서 평양의 역할은 점점
쇠퇴하였다고 할 수 있지만, 여전히 평양의 대동강과 그 주변의 명
승지는 宴會와 遊樂의 장소로 활용되었고 이러한 전통 속에서 樂歌

---

18) 李晚用, 〈離船樂歌〉, 《東樊集》 2권 7장.
   西京樂府, 本十八舞, 而六舞無傳, 今只有十二舞. 離船樂卽居其一, 盖水路
   朝北時所製. 聲調悽惋, 形容萬里滄海離船遠別之狀, 令人黯然下淚. 觀樂纔
   罷, 遂與山泉走筆記之.

19) 〈船遊樂와 漁父詞〉(임미선, 앞의 발표 요지)에서 "서도지역의 배따라기
   노래를 춤으로 형상화한 형태로 공연되다가 후에 궁중으로 이입되었으리
   란 해석도 가능하다"고 하였다. 본 논문의 논의를 진행시키는 과정에서
   임미선 선생의 발표를 듣게 되었는데, 생각이 일치하였으므로 확신을 가
   지고 계속 논의를 진행하게 되었다.

20) 규장각 소장, 10책.
   1책에는 선조 23년(1590)에 윤두수가 평양부윤으로 부임하여 편찬한
   《평양지》가 들어 있고, 5~9책에는 후손 尹游(1674~1737)가 영조 3
   년(1727)에 부윤으로 부임하여 편찬한 《續平壤誌》가 들어 있다.

21) 靖宗 7년 10월, 文宗 7년 10월, 宣宗 4년 8월, 肅宗 7년 7월 등에 龍船
   및 樓船을 띄우고 연회를 벌인 기록이 있다: 《평양지》 4권 9~11장 참
   조.

舞가 발달하였다. 따라서 조선 후기에는 궁정의 연회를 능가하는 평양감사의 향연이 이루어질 수 있었고 〈평양감사향연도〉와 같은 회화 작품으로 남게 되었던 것이다.[22]

특히 인조 이후 공식적으로 京妓 제도가 폐지되면서[23] 평양 등 지방의 樂歌舞는 더욱 성행하였다고 할 수 있다. 궁중에서 內宴을 열 경우 選上妓를 활용하는 등 지방의 妓樂에 의존하여야 했기 때문이다. 평양감사 등 서도 지방의 수령들은, 국가적인 행사를 위하여 樂歌舞를 유지하고 육성하는 역할을 수행하여야 하였다.

또한 평양은 우리 나라 사신이나 중국 사신이 지나는 길목의 요지로서 각종 樂歌舞가 발달할 요건을 유지하게 된다. 평양감사는 사신의 일행을 맞이하여 각종 宴會와 遊樂으로 사신 일행을 위로하고 환영하였다. 그들은 대동강 일대를 유람하면서 성대한 연회를 즐겼는데, 사신으로서 평양을 거쳐간 많은 문인들이 대동강 및 명승지의 정취와 연회의 풍류에 대하여 시를 남기고 있다. 평양 뿐 아니라 黃州, 成川, 安州 등 지방의 관아에서도 사신 일행을 접대하였다. 이들 지역에서 육성된 선상기는 궁정과 지방의 정재가 교류할 수 있는 매개 역할을 하였다고 할 수 있다.[24]

〈배따라기곡〉은 바로 이러한 공연 상황 속에서 형성되어 중국으로 떠나는 사신 일행을 위하여 공연되었던 것이다. 박지원이 묘사한 〈배따라기곡〉에 의하면, "諸妓들이 〈배따라기〉를 노래하고 또한 축원한다"고 하였다. 이때 축원이란 바로 먼 뱃길을 떠나는 이들의 안녕을 빌고 무사히 돌아오기를 바라는 기원이라고 할 수 있다. 그렇다면 박지원 역시 사신 일행으로서 평양 등 서도 지방에서 머

---

22) 사진실, 〈船遊놀음의 무대와 객석〉(《문헌과해석》 7호, 문헌과해석사, 1999. 5.)에서 〈평양감사향연도〉 중 〈船遊圖〉에 나타난 공연 상황에 대하여 논의하였다.
23) 김종수, 〈朝鮮朝 17·18世紀 男樂과 女樂〉(《韓國音樂史學報》 11집, 경산; 한국음악사학회, 1993. 12), 159~160쪽 참조.
24) 송방송, 〈18세기 전기의 唐樂呈才와 鄕樂呈才〉, 《진단학보》 85호, 1998, 106~108쪽.

물다가 그곳 수령이 베푼 연회에서 〈배따라기곡〉의 공연을 관람하였으리라 여겨진다.

〈배따라기곡〉은 세 자료 가운데 〈선유락〉의 원형이라고 할 수 있다. 이 작품이 궁정 연회의 공연 종목으로 수용되어 《정재무도홀기》의 〈船遊樂〉으로 나타나게 되었고, 지방 공연 나름대로의 변천 과정을 거쳐 《교방가요》의 〈船樂〉으로 나타나게 되었던 것이다. 〈배따라기곡〉은 궁정 연회에 수용될 때는 공연 방식에 변화가 있었다.

〈선유락〉의 궁정 공연 내용은 정조 19년(1795) 이전의 기록에는 나타나지 않는다. 정조 이전에 간행된 숙종 45년(1719)의 《진연의궤》와 영조 20년(1744)의 《진연의궤》에는 〈선유락〉이 정재 목록에 나타나지 않는 것이다. 정조 이후에 편찬된 의궤를 볼 때, 外進宴을 제외한 대다수의 연회에서 〈선유락〉이 공연되었던 사실과 견주어 볼만하다. 〈선유락〉은 일단 궁중에 들어간 다음부터는 궁정 연회의 고정적인 공연 종목이 되었던 것이다.

〈선유락〉이 궁정으로 올라가 공연되는 계기는 역시 選上妓의 활동에서 찾아야 할 것이다. 실제로 각종 의궤의 기록을 통해서 볼 때 궁정 연회에서 〈선유락〉을 공연한 기녀는 모두 평양, 안주, 성천 등의 지방에서 올라온 官妓였다.25) 주지하다시피, 이 지역은 사신 일행이 지나는 길목에 위치해 있으면서 그들을 위한 각종 연회와 유락을 제공하였던 곳이다.

南公轍의 〈船離謠〉에 의하면, 〈배따라기곡〉이 200년 동안 전해져 왔다고 하였다.26) 남공철은 노래말을 인용하고 이어서 정재의 공연 장면을 묘사하고 있다. 따라서 전래된 지 이백 년이 되었다는

---

25) 김종수, 〈18세기 이후 內宴의 樂歌舞 差備 考察〉, 《한국음악사학보》
   20집, 1998. 77~86쪽 참조.
26) 南公轍, 〈船離謠〉, 《金陵集》 2권 7장.
   石駁 擧兮船離, 此時去兮何時來, 萬頃滄波去似廻. 此曲傳來二百年, 聞者爲
   之心自哀.

것은 노래말만을 가리키는 것이 아니라 정재 전체를 가리킨다고 할
수 있다. 남공철이 1840년에 세상으로 떠났으니 늦어도 17세기 중
반에 〈배따라기곡〉이 형성되었다는 사실을 알 수 있다. 그렇다면
17세기 중반에 이미 평양을 중심으로 하는 서도 지방에서 〈배따라
기곡〉이 형성되어 공연되다가 백년이 넘게 지나서야 궁정 연회의
공연종목으로 채택되었다고 할 수 있다.

　궁정의 〈선유락〉은 본래의 공연 방식에서 많이 변개된 것이라
할 수 있다. 가장 큰 변화는 행선 과정의 船離 장면에서 〈배따라
기〉 노래를 삭제하고 〈어부사〉만을 부른다는 사실이다. 〈배따라
기〉 노래는 멀리 뱃길로 使行을 떠나는 님을 보내는 여인의 정서가
집약되어 있고, 현실적으로는 사신 일행의 무사한 귀환을 비는 축
원이 깃들여져 있다. 이러한 노래가 가져다주는 비장미는 더 이상
궁정의 관객에게는 의미가 없었다고 할 수 있다. 다만 궁정의 공연
공간에서는 화려하게 치장한 채선 및 그것을 활용하여 가상적으로
형상화한 뱃놀이의 기교가 강조되었다고 할 수 있다.

　〈배따라기곡〉 또는 〈離船樂〉이라고 불렸던 이 작품이 궁정의 공
연종목으로 채택되면서 〈船遊樂〉이라는 다소 閑遊的인 분위기의 작
품으로 바뀌었다고 할 수 있다. 따라서 극중인물이었던 젊은 무관
의 존재도 그 의미가 점점 퇴색되었다. 《純祖己丑進饌儀軌》의 정
재도에 이르면 배에 타고 있는 인물이 戎服을 입은 武官이 아니라
예쁘게 치장한 童妓의 모습으로 나타나고 있는 것이다. 이러한 변
천 과정을 거친 〈선유락〉은 20세기 초 상업적인 옥내극장의 무대에
서 공연되었고 최근에 복원되어 공연되고 있기도 하다.

5. 맺음말

　이 논문은 매우 거창한 문제를 탐색하려는 과정에 있다. 서양연
극사의 개념인 theatre를 동양연극사의 전통과 견주어 어떻게 재정

립할 것인가 또는 theatre에 해당하는 전통적인 개념 용어를 어떻게 연결할 것인가 등의 문제 의식과 관련이 있기 때문이다. 따라서 연극론의 입장에서 〈선유락〉을 대상으로 삼아, 그 공연 양상과 형성 과정을 밝히고자 하였다.

〈선유락〉의 공연 양상은, 극중공간·공연공간·현실공간의 층위에 관한 이론적 가설을 바탕으로 분석하였다. 〈선유락〉은 공연공간이나 현실공간에서 독립한 극중공간을 만들어낸다. 그 극중공간은, 使行 길을 떠나는 젊은 무관과 官妓의 만남과 헤어짐을 소재로 하여 형상화되었다. 〈선유락〉에 출연한 童妓는, 水路로 使行 길을 떠나면서 이별을 경험하는 극중인물인 젊은 무관으로, 노래하는 諸妓들은 무관의 상대역인 여인으로 전환되었다고 할 수 있다.

〈배따라기곡〉은 세 대본 가운데 〈선유락〉의 원형이라고 할 수 있다. 이 작품이 궁정 연회의 공연 종목으로 수용되어 《정재무도홀기》의 〈船遊樂〉으로 나타나게 되었고, 지방 공연 나름대로의 변천 과정을 거쳐 《교방가요》의 〈船樂〉으로 나타나게 되었던 것이다. 궁정의 공연공간에서는, 화려하게 치장한 채선 및 그것을 활용하여 가상적으로 형상화한 뱃놀이의 기교만이 필요했다고 할 수 있다. 따라서 〈배따라기곡〉이 궁정 연회에 수용될 때는 공연 방식에 변화가 있었고 다소 閒遊的인 분위기로 바뀌었다고 할 수 있다.

정재의 극중공간은 서사적인 줄거리를 형상화하지 않고 서정적인 상황을 연출하는 데 역점을 둔다. 〈선유락〉에서는 船離의 비장한 정서를 불러일으킬 극중공간의 상황이 연출되었다. 이러한 점은 정재와 일반적인 연극의 형상화 방식에서 나타나는 차이라고 할 수 있다. 전자는 서정 양식을 바탕으로, 후자는 서사 양식을 바탕으로 입체적인 場景을 연출한다고 할 수 있기 때문이다. 이 문제는 아직 구체적인 이론적 가설을 갖추고 있지 못하다. 정재와 여타 연극 양식을 비교하는 연구를 통하여 이 과제가 해결되기를 고대한다.

또한 〈선유락〉은 〈漁夫詞〉를 가사로 사용하고 있어 '문학'과 '演行'이 결합하는 다양한 양상을 규명하는 논의로 이어질 수 있다.

구술 문화에서 기록 문화로 전이되는 동안, '문학의 연행'과 '언어 텍스트를 지닌 연행예술'은 서로 경계를 넘나들며 영향을 주고받았다고 할 수 있다. 정재는 후자의 대표적인 양식으로서, 두 양상의 경계 및 영향 관계를 밝혀줄 단서를 제공할 것이다. 특히 「漁父詞」는 오랜 향유의 전통을 지니고 있으며 그 연행 방식에 대한 기록이 많이 남아 있어 〈船遊樂〉에서 나타나는 연행 방식과 비교하여 논의할 수 있다.

〈 부 록 〉

(1) 〈배따라기곡〉

　　我東壞地狹小, 無生離遠別, 不甚知苦. 獨有水路朝天時, 最得苦情耳. 故我東大樂府有所謂排打羅其曲, 方言如曰船離也. 其曲悽愴欲絶.

　　置畫船於筵上, 選童妓一雙, 扮小校, 衣紅衣・朱笠・貝纓, 揷虎鬚・白羽箭, 左執弓弭, 右握鞭鞘. 前作軍禮, 唱初吹則庭中動鼓角, 船左右群妓皆羅裳繡裙, 齊唱〈漁夫辭〉, 樂隨而作. 又唱二吹三吹如初禮, 又有童妓扮小校, 立船上, 唱發船砲, 因收碇擧航, 群妓齊歌且祝. 其歌曰, "錠擧兮船離, 此時去兮何時來, 萬頃蒼波去似回."

　　此吾東第一墮淚時也. 今張福親非父子, 義非主臣, 情非男婦, 交非朋友, 而其生別之苦如此, 則亦非獨江海河梁爲之地也, 異國異鄕無非別地, 嗚呼痛哉.

―〈漠北行程錄〉, 《燕岩集》―

(2) 〈船樂〉

　　執事入稟 "兵房軍官現謁入", 呼"巡令手"(呼"兵房軍官現謁入") 又呼"行步促", 巡令手大喝三聲, 兵房以軍禮現. 執事稟 "兵房軍官不善擧行, 奏記過" 乃呼刑吏. 刑吏應(兵房軍官附過) 兵房稟初吹・二吹・三吹, 軍物前排. 入稟 "坐起吹" 呼 "鉦手鳴金二下, 大吹打". 又稟 "鳴金三下, 吹打止", 諸妓曳船入置. 兵房稟 "擧碇砲", 呼號 "砲手放砲一聲". 兵房分立船上掛錦帆, 執事分立船頭尾, 歌妓繞船簇立, 齊唱曰, "碇擧兮船離, 萬頃蒼波, 夜半收纜聲, 今去兮何時還. 飛也似回 欲斷腸", 又唱〈漁夫辭〉初篇

　　…(漁父詞 初篇 3장 생략)…

　　樂作吹打, 乃行船. 兵房舞於船上, 執事以鞭推船頭尾左旋行. 諸妓展左袖繞船行, 唱 "芝花紫". 船凡五周而止. 樂止, 歌妓簇立, 唱〈漁父辭〉中篇.

　　…(漁父詞 中篇 3장 생략)…

　　樂作吹打, 又行船右旋, 諸妓展右袖. 凡五周而止. 歌妓簇立, 又唱(漁)夫辭終篇.

　　…(漁父詞 終篇 3장 생략)…

　　乃落帆下船, 諸妓曳船出. 樂作, 執事・兵房俱舞拜止. 兵房稟 "罷坐吹, 鳴金大吹打而止", 執事稟 "軍物前排退", 又稟 "兵房軍官下直".

—《敎坊歌謠》—

(3)〈船遊樂〉

　　樂師帥彩船入置於殿中而出. 童妓二人(執碇, 執帆)船中左右背坐. 內舞妓十人執內曳縴, 外舞妓三十四人執縴曳船次, 左旋相連而立. 執事妓二人蹋蹄北向, 殿中俛伏, 兩手擧袖, 初吹取稟而出, 正路南向, 號螺手初吹號令(吹螺角三次). 執事妓蹋蹄而入, 二吹取稟如上儀, 號令如上儀. 執事妓三吹取稟如上儀. 執事妓入, 鳴金二下取稟而出, 號鉦手鳴金二下號令(打錚二次), 樂作(吹打). 執事妓入跪, 行船取稟, 起立南向, 號巡令手(諸妓應答), 行船號令(諸妓應答). 諸妓曳船回舞, 唱漁父詞(雪鬢漁翁이 住浦間ᄒ야 自言居水勝居山을 ᄇᆡᄭᅵ여라 ᄇᆡᄭᅵ여라 早潮纔落晚潮來라 至匊忽 至匊忽於思臥ᄒ니 倚船漁父一肩高라 青菰葉上凉風起ᄒ고 紅蓼

花邊白鷺閑을 돗다러라 돗다러라 洞庭湖裏駕歸風을 至匊忽至匊
忽於思臥ᄒ니 帆急前山忽後山을), 訖, 執事妓入跪, 鳴金三下取
稟, 以出號鉦手鳴金三下號令(打錚三次), 樂止, 退.
—《女伶各呈才舞圖笏記(辛丑)》—

◆ 編著者 紹介

최태호(崔台鎬)

1940년 全南 求禮에서 출생하여 大田에서 성장하였으며, 大田
高를 졸업하고 慶北師大 國語科에서 文學士, 慶北大 大學院에
서 文學碩士, 仁荷大 大學院에서 文學博士 학위를 받았음.
현재 牧園大學校 國語國文學科 教授.

主要論著에

『校註內房歌辭』『大學敎養漢文』『松江文學論考』「內房歌辭研究」
「歌辭의 分類的 考察」「高麗詩歌의 傳承樣相에 대하여」

韓國古典文學研究

◆ 인쇄 2000년 10월 22일 ◆ 발행 2000년 10월 31일
◆ 엮은이 최태호 ◆ 발행인 이대현 ◆ 편집 이태곤
◆ 발행처 역락출판사 / 서울 중구 필동3가 28-19(진성빌딩 306호)
  TEL 02) 2268-8656 FAX 02) 2264-2774 ◆ 전자우편
  YOUKRACK@hitel.net ◆ 등록 1999년 4월 19일 제2-2803호
◆ 정가 40,000원
◆ ISBN 89-88906-63-2-93810 ◆ ⓒ 역락출판사, 2000
 * 잘못된 책은 교환해 드립니다.